GOLDMANN

Autorin

Sandra Paretti, aufgewachsen in Regensburg, studierte in München, London und Rom, promovierte zum Dr. phil. und arbeitete als Redakteurin und Kritikerin. Seit 1967 verfaßte sie zahlreiche Bestseller, die in sechzehn Sprachen erscheinen, u. a. »Der Winter, der ein Sommer war«, »Der Wunschbaum«, »Tara Calese«. Sandra Paretti lebt in der Schweiz.

Von Sandra Paretti sind als Goldmann-Taschenbücher außerdem lieferbar:

Der Winter, der ein Sommer war. Roman (9201)
Die Pächter der Erde. Roman (9249)
Laura Lumati. Roman (9565)
Südseefieber. Roman (8572)
Tara Calese. Roman (9551)

SANDRA

PARETTI

ROSE UND SCHWERT

LERCHE UND LÖWE

PURPUR UND DIAMANT

3 HISTORISCHE ROMANE

GOLDMANN VERLAG

Der Goldmann Verlag
ist ein Unternehmen der Verlagsgruppe Bertelsmann

Made in Germany · 12/90 · 1. Auflage

Umschlaggestaltung: Design Team München
Umschlagphoto: Schlück/Accornero, Garbsen
Druck: Elsnerdruck, Berlin
Verlagsnummer: 11985
AR · Herstellung: Heidrun Nawrot
ISBN 3-442-11985-5

Inhalt

Rose und Schwert

1

Das glühende Holzscheit brach prasselnd entzwei. Funken sprühten auf, flogen über die Esse, fielen auf die Reitstiefel des Mädchens und sengten schwarze Flecken in das hellgraue Wildleder. Caroline achtete nicht darauf. Gedankenverloren starrte sie in das Feuer und schlug mit dem schmiedeeisernen Schürhaken weiter auf den glühenden Strunk ein. Ihre schlanke Gestalt in dem enganliegenden Reitkostüm aus silbergrauem Samt warf einen langen Schatten auf den hellen Steinboden der Schloßküche von Rosambou.

Diese mächtige Feuerstelle hatte sie schon als Kind magisch angezogen. Abends, wenn es ruhig wurde, hatte sie stundenlang vor dem Feuer gehockt: wenn die frisch gescheuerten Steinplatten des Bodens noch vor Feuchtigkeit glänzten, wenn die Kupferkessel wieder blitzend an der Wand hingen und die zwei Kerzen auf dem Tisch so tief heruntergebrannt waren, daß man meinen konnte, das grüne Blattwerk auf den Kacheln sei wirklicher Efeu, der die Wände überwachse... Mit dem Feuer konnte sie besser reden als mit den Menschen; das Feuer verstand sie besser als die Menschen. Das Feuer war ihr Element – wild und verzehrend. Aber heute versagte der geheimnisvolle Zauber. Die leisen Stimmen des Feuers gingen unter in dem dumpfen Donner der Kanonen und dem harten Geknatter der Gewehre, das der Ostwind vom Schlachtfeld herübertrug.

Seit dem Morgen tobte an diesem 21. März 1814 die Schlacht bei Arcis-sur-Aube zwischen Napoleon und den Alliierten; den Preußen, den Österreichern und den Russen. Der Graf Romme Allery hatte seine Bauern unter Waffen gestellt, sein ganzes Zinn eingeschmolzen und zu Kugeln gegossen. Simon hatte eine Fuhre nach der anderen zur Front gebracht. Die letzte vor einer Stunde. Im Hof standen die Kutschen und Karren, vollbepackt, bereit zur Abfahrt. Noch diese Nacht würden sie Rosambou verlassen – vielleicht auf immer.

Marianne, die Beschließerin, wirtschaftete an dem großen Tisch in der Mitte der Küche. Vor ihr aufgetürmt lag ein Berg von Lebensmitteln: Schinken, Würste, getrüffelte Pasteten in Steingutnäpfen, geräucherter Aal, ein Korb Eier, silberne Dosen mit Kaffee und Tee, Zucker und Mehl in roten Leinensäckchen, Fladenbrote, flache Käselaibe, Kristallschalen mit Konfekt und Backwerk – und auf einer Silberplatte türmten sich frisch gebackene Kapaune. Marianne verpackte alles sorgfältig in die zwei riesigen Waschkörbe, die neben ihr am Boden standen. Sie war eine mittelgroße, rundliche Frau von fünfzig Jahren. Die weiße Schürze, die sie über dem apfelgrünen Hauskleid trug, war steif gestärkt. Marianne war eine flinke Person – aber heute schien sie bei jedem Handgriff zu zögern. Immer wieder lief sie zur Tür, spähte in den Hof und lauschte in die Nacht hinaus und kam schließlich atemlos zurück: »Caroline! Es ist Ruhe! Mein Gott, wäre das ein Glück. Vielleicht überlegt es sich der Herr Graf jetzt doch noch anders, und wir bleiben. Das Schloß und alles im Stich lassen! Es wäre Wahnsinn! Das schöne Schloß.«

Caroline blickte über die Schulter. »Packen Sie fertig, Marianne.«

Die Beschließerin blieb mit offenem Mund an der Tür stehen. »Ja, gehen Sie denn so leicht von hier weg?« fragte sie fassungslos.

Ohne ein weiteres Wort hing Caroline den Schürhaken an den Halter neben dem Kamin, ging zum Tisch und begann einzupacken. Marianne stützte die Hände in die Hüften. »Mein Gott! Ihre Mutter hat es kommen sehen. Gut, daß ihr das erspart geblieben ist. – Was ist das für eine Zeit, in der wir Frauen unsere Söhne nur noch fürs Sterben gebären! – Und alles wegen diesem –« Sie verschluckte das Schimpfwort, das sie auf der Zunge hatte, denn im selben Augenblick war die Küchentür aufgeflogen.

»Man hört dich bis nach Arcis-sur-Aube für unseren Kaiser beten, Marianne!«

Caroline sah kurz auf – aber Simons Gesicht verriet nichts. Und wenn der Feind schon vor dem Tor stünde, Simon würde immer noch Witze reißen. Lachend warf er den schwarzen Umhang auf einen Stuhl und nahm den schwarzen Schlapphut ab. Simon Valmon war nicht nur der kräftigste und größte Kerl weit und breit, er war auch der verschwiegenste – und treu, wie es nur die Bretonen sein können. Seit mehr als zwanzig Jahren war er im Dienst des Grafen Frédéric Auguste de la Romme Allery. Als dessen Bursche hatte er den italienischen und den ägyptischen Feldzug mitgemacht. Er hatte sich ausgezeichnet, aber er war kein Soldat geworden – und auch kein Höfling, obwohl er dem Grafen Sekretär, Vertrauter und Gutsverwalter in einer Person war. Simon Valmon war Bauer geblieben. Ein bretonischer Bauer – ein Herr. Mit langsamen Schritten, die Hände auf dem Rücken gefaltet, ging er um den großen Tisch und griff sich schließlich einen Kapaun.

»Warten Sie, Monsieur Valmon, ich decke gleich für Sie!«

Marianne hatte mehr als eine mütterliche Schwäche für Simon.

Aber er wehrte ab. Heißhungrig biß er in das knusprige Hähnchen und goß sich aus einem dunkelblauen Steingutkrug Wein ein. Ein paar Minuten lang fiel kein Wort. Über den drei Menschen lag eine unheimliche Spannung. Sie dachten alle dasselbe, aber sie wagten nicht, es auszusprechen.

»Wie steht es?« brach Caroline das Schweigen.

Simon warf die abgenagten Knochen in das Feuer, wusch sich die Hände in dem runden eingemauerten Marmorbecken an der Wand.

»Erzählen Sie doch!« drängte auch Marianne. »Ist endlich Schluß mit der Schießerei? Hat's der Kaiser ihnen wieder gegeben?«

Zwischen Simon und Caroline flog ein Blick hin und her. In dem Gesicht des Mannes ging ein Lächeln auf. Aus den Fältchen um die Augen strahlte es über das verschlossene Gesicht. In seinem schleppenden bretonischen Tonfall begann er dann: »Ich weiß nicht, was passiert wäre, wenn Leutnant Leterpe nicht gewesen wäre...«

»Was ist mit Albert?« fiel ihm Caroline ins Wort.

»Ihr Verlobter hat den Kaiser herausgehauen! – Eine Geschichte für die Geschichtsbücher! Ich hätte dabeisein mögen. Es geschah in einer Feuerpause. Der Feind schien sich zurückzuziehen, aber es war nur ein Hinterhalt. Plötzlich wälzt sich eine Staubwolke heran – sechstausend russische Kosaken greifen an! Und unsere Dragoner auf und davon, wie eine Herde Schafe, wenn es blitzt. – Und der Kaiser – allein auf den Feind!« Er machte eine Pause. Dann fuhr er fort: »Leterpe war der einzige, der den Kopf nicht verlor. Er schoß mitten in die Fliehenden hinein, brachte sie zur Besinnung. Ohne ihn wäre der Kaiser verloren gewesen.«

Simon hatte Caroline die ganze Zeit nicht aus den Augen gelassen. Verflucht! Dieses achtzehnjährige Ding war aus Erz gemacht! Ohne mit der Wimper zu zucken hatte sie zugehört. Noch nie hatte er sie so bewundert wie in diesem Augenblick. Für so eine Frau – da hätte er die Welt aus den Angeln gehoben... Marianne schlug ungeduldig die Deckel über den Körben zu.

»Und?«

»Sie leben beide. Der Kaiser und Leterpe.«

»Und wir haben gesiegt?« fragte Marianne weiter.

Über Simons Gesicht ging ein Schatten. »Komm, pack an!« Zu zweit packten sie einen der schweren Körbe an und schleppten ihn hinaus.

Die Tür fiel hinter Simon und Marianne zu. Caroline löste ihr Halstuch, breitete es auf dem Tisch aus und raffte darin zusammen, was noch dalag: Brot, Speck, Äpfel, eine Flasche Wein. Von dem Bord neben der Tür nahm sie eine Traglaterne und entzündete sie. Dann öffnete sie die Tür zum anschließenden Bügelzimmer, an dessen Ende eine Steintreppe ins Freie führte. Rechts von ihr lag der nächtliche Park. Aber Caroline wandte sich nach links, eilte den überwachsenen Pfad entlang, der im Schatten der Bäume, die längs der Schloßmauer wuchsen, verlief. Der Umriß des alten runden Wehrturms tauchte auf. Seit dem mysteriösen Tod der Mutter vor acht Jahren hatte ihn niemand mehr betreten.

Seit sechs Tagen hielt Caroline hier ihren Bruder Philippe versteckt. Niemand auf Schloß Rosambou ahnte etwas davon. Als sie eines Morgens ihr Ankleidekabinett betrat, hatte ihr Bruder vor ihr gestanden. Er war desertiert, aber Caroline hatte sich keinen Augenblick besonnen. Sie kannte den Vater. Er durfte nichts erfahren. Er würde den Sohn einem Standgericht ausliefern – oder im ersten blinden Zorn selber richten. Auf dem letzten Absatz der Wendeltreppe blieb Caroline stehen und klopfte dreimal kurz hintereinander mit dem Schlüssel gegen die Wand: das verabredete Zeichen. Mit ein paar Schritten war sie dann bei der Tür, schloß auf. Die dicke Honigkerze, die auf dem runden Tischchen neben dem einfachen Lager stand, flackerte. Ihr süßer Duft machte die verbrauchte Luft des Raumes noch stickiger. Philippe sprang vom Bett auf, breitete die Arme aus. »Die Sonne geht auf.« Dabei stieß er gegen den Tisch, die Kerze fiel zu Boden.

»Philippe, paß auf!« Caroline bückte sich schnell. »Der Turm ist wie Zunder.«

»Verbrennen? – Wäre wenigstens ein theatralischer Abgang.« Sein Lachen klang nicht froh. Er sah sich um. »Ich verstehe nicht, daß Mutter die zwei Fenster zumauern ließ...« Er warf sich wieder auf das Bett – »Überhaupt! Wie sie es hier nur ausgehalten hat?«

Der runde Raum enthielt außer Bett, Tisch und Stuhl nichts. Nur die Wände waren ringsum, von der Decke bis zum Boden, mit schwarzsilbernem Brokat verhangen. Am Boden lag ein dunkelvioletter Teppich. Eine Klosterzelle voll düsterer Pracht. Im Oktober 1805, als Napoleon den Feldzug gegen Österreich begann, hatte die Gräfin – eine gebürtige Wienerin – das Turmzimmer bezogen. Es war ihr stummer Protest gegen ihren Mann, der den fünfzehnjährigen Philippe gezwungen hatte, an diesem Krieg teilzunehmen. Hier hatte man sie ein Jahr später tot gefunden...

Philippe hatte die Hände hinter dem Kopf verschränkt. Die blonden Haare waren zurückgefallen, gaben die Stirn frei. Noch nie war Caroline aufgefallen, wie ähnlich er der Mutter sah. Derselbe hohe weiche Schwung der Augenbrauen, dasselbe samtene Braun der Augen, derselbe schmale langgezogene Mund. Nur das knochige Kinn und die gebogene Nase kamen vom Vater. Unbequem war dieses Gesicht, nervös und aggressiv. Philippe setzte sich auf, zog die Beine an und schlug die Arme um die Knie. Mit einem spöttischen Blick musterte er seine Schwester. »Daß du auf den Albert Leterpe verfallen bist, das will mir einfach nicht in den Kopf. Ärger wird er dir bestimmt nicht machen, nur einen Haufen Kinder – und Langeweile.«

»Das wird von mir abhängen.« Sie lachten beide – aber Caroline wußte genau, daß seine gute Laune nur Attrappe war. Sie spürte die Verzweiflung dahinter, die Unrast. Sie hielt das Bündel noch immer in der Hand; er nahm es ihr jetzt ab, knöpfte den Knoten auf. »Gestern eine Fuhre, heute schon wieder eine, du willst mich wohl mästen?«

»Du wirst die Vorräte brauchen. – Wir reisen diese Nacht ab – nach Paris.«

Sie hatte Bestürzung erwartet oder einen Zornausbruch. So verschieden Philippe von seinem Vater war, in seinem Jähzorn übertraf er ihn noch. Aber Philippe warf den Kopf zurück und lachte. »General Frédéric Auguste de la Romme Allery flieht! – Endlich mal eine menschliche Regung! Sehr gut – der Alte wird mir sympathisch!«

»Wir fliehen nicht – Vater wird in Paris gebraucht!«

»Ich weiß, meine kleine Heroine! In unserer Familie gibt es nur einen Feigling: mich! – Wie konnte ich mir einbilden, Vater hätte diesen größenwahnsinnigen Korsen endlich durchschaut.«

Carolines graue Augen wurden schmal und schwarz. »Wegen dieses hergelaufenen Korsen wird der Name Frankreichs...«

»Unsterblich und so weiter und so weiter...«, unterbrach er sie. »Ich höre Vater reden! Und außerdem haben alle Frauen was übrig für geniale Ungeheuer.«

»Schweig!« Caroline preßte ihm die Hände vor den Mund. – Jetzt hörte auch er die Geräusche, helles Klirren, wie wenn Metall auf Stein stößt. »Ich muß gehen.«

Sie wandte sich um, aber Philippe hielt sie fest. Ohne etwas zu sagen, nahm er sie in die Arme, küßte sie auf die Stirn. »Ich werde nie vergessen, was du für mich getan hast.« Seine Stimme klang plötzlich sehr weich.

Caroline war hinausgeschlüpft und hatte – instinktiv, ohne zu denken – den Schlüssel herumgedreht und abgezogen. Auf den

Zehenspitzen schlich sie die Wendeltreppe hinab, dem Geräusch folgend. Der dicke Teppich, mit dem die Mutter die Stiege hatte belegen lassen, schluckte ihre Schritte. Jetzt kam der Quergang, der zur Empore der Schloßkapelle hinüberführte. Caroline war jetzt sicher, daß die Geräusche von dort kamen. Sie schob den Riegel zurück. Ächzend öffnete sich die schwere Tür. Sie machte ein paar zögernde Schritte. Die Dielen knarrten unter ihr. Jetzt sah sie unten im Kirchenschiff einen Lichtschimmer – und dann die hagere, hohe Gestalt des Vaters mit dem schneeweißen, kurzgeschnittenen Haar hinter dem Altar hervortreten. »Caroline? Bist du es?«

Sie stieg die steile Treppe links neben der Orgel hinunter. Die Kapelle von Schloß Rosambou war ein alter romanischer Steinbau und seit sechshundertfünfzig Jahren unverändert: das Taufbecken aus rötlichem Granit, das Deckengewölbe, an dessen roten Schlußsteinen immer wieder das Wappen der Grafen Romme Allery auftauchte – Rose und Schwert –, der Chor mit den verblichenen Fresken und der schwarze schimmernde Basaltblock, der als Altar diente. Auf dem Altar stand als einziger Schmuck ein fünfundsiebzig Zentimeter hohes goldenes Kreuz, über und über mit kostbaren Steinen besetzt. Aber wenn man die Kirche betrat, sah man den Altar nicht. Vierzehn Fahnen, die von den Seitenwänden über Kreuz in den Raum hingen, verdeckten ihn ganz. Es waren die Fahnen der vierzehn Schlachten, die der Graf unter Napoleon geschlagen hatte. Seit dem Tod der Mutter hatte hier kein Pfarrer mehr die Messe gelesen. Es war eine Kirche des Krieges. Eine Kirche, in der es nach Feuer und Blut roch.

»Du hast für den Sieg gebetet?« Der Vater hob die Lampe und betrachtete das Gesicht seiner Tochter.

»Ich habe Abschied genommen.« Die schönen grauen Augen blickten ihn ruhig an; auf den Wangen lag der zarte, blühende Hauch, der ihrem Teint den Schimmer kostbarer Perlen verlieh.

Der Graf machte eine Bewegung, als wolle er etwas abschütteln. »Seltsam – als ich vorhin die Schritte hörte, hatte ich ein Gefühl, als wäre Philippe im Haus...«

Caroline hielt dem Blick des Vaters stand. Sie spürte keine Angst. Was sie für ihren Bruder getan hatte, würde sie immer wieder tun und auch vor dem Vater verteidigen. Nicht weil sie Philippes Handeln billigte, sondern ganz einfach, weil er ihr Bruder war. Aber der Graf schien die Wahrheit nicht zu ahnen. »Ich wollte es dir schon gestern sagen«, fuhr er fort, »Philippe ist nicht tot, wie wir befürchtet haben. Ich habe nachforschen lassen. Er muß in Gefangenschaft geraten sein« – er zögerte –, »oder aber – mein Sohn...«

Er verstummte, wandte sich ab. Er wollte nicht, daß Caroline in diesem Augenblick sein Gesicht sehen konnte. Er trat hinter den Altar. »Komm, ich habe dir etwas zu zeigen!«

Caroline trat neben den Vater. Es drängte sie zu sprechen, dem Vater die Wahrheit zu sagen, so schwer sie ihn auch treffen würde. Aber eine innere Stimme sagte ihr, daß das jetzt nicht die Stunde dafür war...

Der Graf hob die Laterne. Der Lichtschein fiel auf den Boden. »Ich habe hier eine Kassette mit Goldmünzen und Dokumenten vergraben. Unter dem Stein in der Mitte. Ich werde eines Tages nicht mehr sein – und wenn du es brauchst, Simon weiß davon. Simon kannst du vertrauen.«

Caroline griff nach der Hand des Vaters, eine Geste der Zärtlichkeit, die er selten duldete, aber in diesem Augenblick sogar erwiderte.

»Ich weiß, Caroline, was auch immer geschehen mag, du wirst schon das Richtige tun.« Er deutete auf das Wappen: »Die Rose und das Schwert – so ist das Leben –, Liebe und Kampf...«

Er öffnete die Tür zur Sakristei und trat an den Schrank, in dem man früher die Meßgeräte und Gewänder aufbewahrt hatte. Er drückte auf eine Feder: Ein Geheimfach sprang heraus. Eine Schmuckschatulle kam zum Vorschein. Der Vater klappte den Deckel zurück: Funkelnde Pracht lag vor Carolines Augen. »Deine Mutter hat ihren Hochzeitsschmuck nur einen Tag lang getragen – dann nie mehr. Er gehört jetzt dir.« Caroline beugte sich über das Geschmeide. »In Paris wirst du genug Zeit haben, das Zeug zu betrachten...«

Caroline nahm die Schatulle. Als sie die Kirche betrat, sah sie ihren Vater, wie er die Fahne von Marengo aus dem Schaft zog, sie auf den Steinboden legte und die Verschnürungen löste. Er faltete sie zusammen. Den Fahnenschaft stieß er mit dem Fuß zur Seite. »Mit der will ich begraben sein – versprich mir das!« Sein schmales, braunes Gesicht mit den tiefliegenden Augen unter den buschigen Brauen und der gebogenen Nase war beherrscht wie immer. Sie konnte nur erraten, was in ihm in dieser Stunde vorging...

Der Hochzeitsschmuck ihrer Mutter lag ausgebreitet auf ihrem Himmelbett: Diadem, Halsband, Ohrringe, Armband und Ring. Ein funkelndes Gewirr aus Sternen und Blumen. Caroline konnte der Versuchung nicht widerstehen. Sie mußte ihn anlegen! Für ein paar Minuten wenigstens.

Im Treppenhaus hallten die schweren Schritte Simons wider und die ungeduldige Stimme ihres Vaters. In zwanzig Minuten würden sie aufbrechen. Caroline schnürte die Reitstiefel auf, legte das Reitkostüm ab. Sie hatte es so eilig, daß sie nicht einmal mehr das leise Klirren des Schlüssels zum Turmzimmer hörte, als sie die Jacke über einen Hocker warf. Sie schlüpfte in das weiße Spitzennegligé, zündete die beiden Kerzen neben dem hohen venezianischen Wandspiegel an und steckte ihr blauschwarzes Haar mit silbernen Spangen hoch. Dann legte sie den Schmuck an, fühlte ihn schwer und kühl auf der Haut – und es war ihr, als sprächen diese Steine auf eine geheimnisvolle Weise zu ihr: Paris! Sie trat vom Spiegel zurück und lächelte. »Wir sind alle verrückt. Philippe, Vater, ich – und Mutter muß es auch gewesen sein, sonst hätte sie diesen Schmuck getragen...«

Die Uhr auf dem Kamin zeigte drei Viertel acht. Um acht Uhr mußte sie fertig sein. Sie mußte sich beeilen. Hastig trennte sie an dem Mantel, der schon bereitlag, die Pelzbesätze an Ärmel und Kragen auf und versteckte den Schmuck darin. Dann nähte sie alles wieder mit schnellen Stichen zu. Der große schwarze Schiffskoffer mit ihren Kleidern war schon gepackt, aber sie ging noch einmal zurück in ihr Ankleidekabinett. Dort lagen die Habseligkeiten aus ihrer Kindheit: eine alte Stoffpuppe, Zinnsoldaten, ein kleiner Degen, eine Pappschachtel; rosa Seidenpapier raschelte – in silberner Filigranarbeit lag Napoleons Krönungskutsche vor ihr, die der Vater einmal aus Paris mitgebracht hatte. Und dann in einer Mappe aus rotem Saffianleder: Alberts Briefe.

Albert! Die Worte ihres Bruders fielen ihr ein. War Albert wirklich so? Sie sah ihn vor sich: groß, wuchtig, auf den breiten geraden Schultern den mächtigen Kopf mit den braunen Locken, alles war einfach und gerade an ihm – wie seine Welt. Eine Welt ohne Abgründe, ohne Probleme und im Grunde so verschieden von der ihren! Aber davon schien er nichts zu ahnen.

Ein Schlag ans Fenster ließ sie zusammenschrecken. Sie zog hastig die schweren goldgelben Brokatvorhänge zurück – da sah sie den Mann auf dem unteren Sims der Erkermauer stehen. Zuerst erkannte sie ihn nicht, in dem grauen schlammverspritzten Umhang.

Mit einem Klimmzug war Albert Leterpe über der Fensterbrüstung und stand vor ihr. Sein Gesicht war grau vor Müdigkeit, der rote Uniformrock unter dem Umhang zerfetzt. Er strömte den Geruch von Pferden, Pulver und Schweiß aus. »Wir brauchen Kutschen – frische Pferde!« stieß er hervor. Dann erst bemerkte er, daß Caroline im Negligé war. »Caroline!« Er schlang seine Arme um ihren schlanken biegsamen Körper. Ihr Leben sprang heiß auf ihn über – und er hob sie auf und trug sie zum Bett ... der Krieg, die Kutschen, die Pferde, alles versank. Es gab nur noch sie! »Caroline... Caroline«, stammelte er.

Caroline erging es wie ihm. Bebend lag sie an ihn geschmiegt – brannte unter seinen Küssen, seinen Berührungen. Jetzt waren seine Hände am Gürtel ihres Negligés, versuchten die Schleife zu lösen...

»Und ich dachte, du seist wegen der Kutschen gekommen«, murmelte sie zärtlich.

»Ich dachte es auch«, flüsterte er zurück. Erst dann begriff er den Sinn der Worte. Er mußte sich Gewalt antun, sie zu lassen. »Caroline – du bist eine Zauberin.« Er erhob sich. Da sah er den Koffer. Caroline war seinem Blick gefolgt. »Wir verlassen Rosambou und gehen nach Paris«, sagte sie.

»Ich muß mit deinem Vater sprechen. Ich brauche Kutschen und Pferde, die besten, für den Kaiser!«

»Ist die Schlacht verloren?«

»Wir haben alles zurücklassen müssen. Ich muß heut nacht noch St. Dizier erreichen.«

»Eine Sekunde. Ich komme mit zum Vater.« Sie verschwand im Ankleidekabinett. Als sie zurückkam, trug sie ein hochgeschlossenes lavendelblaues Wollkleid, dessen einziger Schmuck eine kostbare römische Gemme war.

Leterpe hatte seine Leute im äußeren Wirtschaftshof absitzen lassen. Ein Stalljunge füllte die steinerne Tränke mit frischem Wasser aus dem Ziehbrunnen und schleppte eine Haferkrippe herbei. Die Soldaten rieben ihre dampfenden Pferde ab und sanken dann neben der verglimmenden Feuerstelle auf den Boden. Marianne kam mit zwei Tragkörben über den Hof auf die Soldaten zugerannt. Sie ging von Mann zu Mann und teilte Wein, Schinkenstücke und Brot aus. Die Männer griffen zu und aßen gierig. Leterpe, zu dem Marianne zuletzt trat, winkte ab. Er hatte keinen Appetit.

»Geben Sie mir!« Ein Soldat sprang auf, riß Marianne die Weinflasche aus der Hand und blieb dann vor Leterpe stehen. Es war Peran, ein alter Haudegen mit einem wilden, pockennarbigen Gesicht. »Hätte man prima zu einem Stützpunkt ausbauen können – das Schloß hier...« Er setzte die Flasche wieder an den Mund.

Peran ging Leterpe auf die Nerven, aber er schwieg. Er war mit den Gedanken woanders. Peran trat noch näher auf ihn zu:

»Partisanenkrieg! Verstehst du... Wie die Russen müßte man es machen: alles anzünden – damit sie nichts mehr finden.« Er starrte in das verglimmende Feuer, und in seinem trunkenen Hirn keimte ein Entschluß auf...

2

Arcis-sur-Aube brannte immer noch.

Caroline preßte ihr Gesicht an das Kutschenfenster. Sie war noch ganz benommen von den Bildern des Aufbruchs... Simon, unter der Last ihres Koffers – Vater, wie er mit dem großen Schlüsselbund die Haupttore verschloß – Marianne, das rote wollene Tuch um die Schultern, wie sie weinend in der Nacht verschwand, um im nahen Hof ihres Bruders unterzuschlupfen. Und dann Luna, ihr schwarzer Vollbluthengst mit dem weißen Stern auf der Stirn, wie fröhlich er gewiehert hatte, als Simon ihn aus dem Stall geholt und an Alberts Pferd angekoppelt hatte.

Draußen huschte die Landschaft vorüber, glänzende Pferdeleiber, bunte Uniformröcke, und immer wieder tauchte das gespannte, übernächtige Gesicht Alberts auf. Die Landschaft glich einer magisch beleuchteten Theaterkulisse. Die Bäume, die Sträucher, alles schien plötzlich fremd und unwirklich unter diesem violetten Himmel mit dem Halbmond, blaßrot und durchsichtig wie eine Mohnblüte.

Der Troß – die drei Kutschen für Napoleon, die Kutsche und der Karren des Grafen – rollte durch den Schloßpark von Rosambou. Hier war Caroline aufgewachsen. Auf diesen Kieswegen hatte sie laufen gelernt. Im Teich beim türkischen Pavillon wäre sie beinahe ertrunken. Die Steinfiguren bei den Wasserspielen am Ende des Parks – sie hatte als Kind bittere Tränen darum vergossen, denn sie hatte geglaubt, es seien verzauberte Menschen. Wie lange war das her... Sie kamen an der großen Lichtung vorüber, an deren Ende der Park ins offene Land überging. Jenseits, längs eines Baches, war ein Laubengang angelegt, über und über mit wilden Rosen umsponnen. Dort hatte Albert sie zum erstenmal geküßt, dort war unter seinen Liebkosungen die Frau in ihr erwacht. Die Nacht war kalt. Caroline wischte den Beschlag vom Fenster. Albert ritt jetzt neben ihrer Kutsche. Sie versuchte sein Gesicht zu erkennen. Aber er war nur eine dunkle Silhouette vor dem glühenden Himmel. Caroline fröstelte plötzlich. Eine kalte, ahnungsvolle Angst um

Albert befiel sie. Am liebsten hätte sie anhalten lassen, wäre auf ihr Pferd gesprungen, das Albert neben sich führte, und wäre an seiner Seite geritten!

Sie wandte sich zu ihrem Vater. Er saß ihr gegenüber, die Hände auf den Knien – ein undurchdringliches Schweigen umgab ihn. »Krieg ist etwas Gräßliches!« Zum erstenmal fühlte sich Caroline in eine Welt gestoßen, vor der ihr graute. Sie war wie erlöst, als die Stimme des Vaters aus der Dunkelheit kam. »Gräßlich gewiß – aber menschlich. In allem was lebt, steckt dieser Keim zum Kampf; zwischen allen Menschen, sogar zwischen Liebenden.« Nach einer Pause fuhr er fort: »Deine Mutter war eine stille Frau, aber ich bin sicher, in allen ihren Gebeten hat sie Gott angefleht, er möge mich ändern. Sie hätte mich schwächer gewollt... Auch das ist Kampf...«

»Ich kann einfach nicht glauben, daß ein Gott diese wüste Welt erschaffen hat – verstehst du mich?« Caroline wunderte sich selbst über ihre Worte.

»Nur zu gut. Du wirst noch oft zweifeln. Vielleicht gibt es einen Gott – und es genügt, wenn er sich alle paar hundert Jahre einmal zeigt – in Menschen, an denen alles groß ist: ihr Verstand, ihr Mut – ihr Herz...«

Sie hatten den Park verlassen. Gleich würde die Anhöhe kommen, von der aus man noch ein letztes Mal Schloß Rosambou sehen konnte. Caroline drehte das Fenster herunter. Albert, der vorausgeritten war, ließ sein Pferd in Trab fallen. Er beugte sich zum Kutschenfenster herunter. Seine Stimme war ganz Wärme: »Die Nacht ist kühl.«

Aber Caroline hörte es nicht, denn dort, wo das Schloß mit seiner breiten, wuchtigen Fassade und den runden Wehrtürmen stand, zuckte greller Feuerschein in den nächtlichen Himmel. Rosambou. Rosambou brannte! Philippe! Sie mußte zurück. Ohne eine Sekunde zu überlegen, riß Caroline den Schlag der Kutsche auf. »Halt an, Simon!« schrie sie dem Mann auf dem Kutschbock zu. Sie hatte ihren Fuß schon auf dem Tritt, aber der Vater war schneller. Er packte sie bei den Schultern und riß sie in den Fond zurück. Die Kutschentür schlug krachend im Fahrtwind.

»Was zum Teufel soll das? Willst du dir alle Glieder brechen?«

»Rosambou! Es brennt! Sieh doch! Ich muß hin!«

Der Graf schaute zurück. »Was willst du? Wegen einer brennenden Remise zurück? Reiß dich zusammen!«

Wie sollte er sie verstehen? Er wußte nicht, was sie wußte. Verzweifelt versuchte sie sich aus seinen Händen zu winden. »Laß mich – oder du wirst es bereuen!« Er war jetzt nicht mehr ihr Vater, sondern nur eine fremde Macht – so feindlich wie das Feuer, das Philippe töten würde...

Der Graf starrte sie fassungslos an. Simon hatte die Pferde gezügelt, und die Kutsche kam zum Stehen. Caroline schnellte auf und sprang nach draußen. »Schnell mein Pferd! Bind mein Pferd los!«

Sie wollte sich auf den sattellosen schwarzen Hengst, den Leterpe mit sich führte, schwingen – als der Vater ihr die Arme auf den Rücken riß. »Caroline! Komm zur Besinnung!« Die Hände auf dem Rücken, stieß er sie vor sich her zur Kutsche. »Los, fahr zu Simon!« Und zu Caroline: »Voran, steig ein!« Sein harter Griff, mit dem er ihr die Hände auf den Rücken hielt, schmerzte, daß sie hätte schreien mögen. Aber sie preßte die Lippen aufeinander.

»Philippe ist in Rosambou im Turm!« sagte sie dann mit unheimlicher Ruhe – und ohne darauf zu achten, ob Leterpe sie vielleicht hörte. Jetzt konnte nur noch die Wahrheit Philippe retten.

»Philippe?« Der Vater ließ sie los.

»Ja, Philippe. Ich selbst habe ihn dort versteckt – vor dir!«

Für den Bruchteil einer Sekunde schien der Graf wie gelähmt. Es stimmte also, was er die ganze Zeit geahnt hatte, aber nicht wahrhaben wollte. Sein Sohn – der Sohn des napoleonischen Generals de la Romme – ein Deserteur! Im eigenen Haus versteckt!

Caroline sah, wie das Gesicht ihres Vaters versteinerte – gleich würde er das Todesurteil sprechen, wie damals, als man in einer Jagdhütte beim Schloß den siebzehnjährigen Sohn eines Pächters entdeckte, der desertiert war. »Ein Deserteur hat sein Leben verwirkt«, hatte ihr Vater damals zu den Eltern des Jungen gesagt – und sie gezwungen, ihn dem Standgericht auszuliefern. Caroline fuhr zusammen, als sich die Hand des Vaters auf ihr Haar legte. »Ich reite zurück.«

»Laß mich mit!« bat sie.

Er schüttelte den Kopf. »Das ist eine Sache zwischen Philippe und mir. Ihr fahrt weiter.«

Caroline nickte stumm. Sie versuchte im Gesicht des Vaters zu lesen. Was hatte er vor? Würde er Philippe selber richten? Sie sah ihm nach, als er sich auf ihr Pferd schwang und den Abhang hinunterjagte. Leterpe, der alles stumm beobachtet hatte, trat zu Caroline. »Was ist mit Philippe?«

Sie antwortete nicht. Sie starrte in die Nacht hinaus, zu dem brennenden Schloß dort unten. Der ganze linke Trakt stand in

Flammen. Kapelle und Turm waren nicht mehr zu sehen. Caroline schlug die Hände vors Gesicht.

Noch ein anderer hatte alles beobachtet und gehört: Peran. Vorhin, bei der kurzen Rast auf Rosambou, hatte er drei Flaschen Wein geleert – und dann war in seinem trunkenen Kopf eine Idee aufgekeimt, verzweifelt, sinnlos und verbrecherisch: Er würde das Schloß in Brand stecken. Der Feind sollte nichts mehr finden als schwelende Asche... Und er hatte es getan. Er ließ sein Pferd zurückfallen. Niemand achtete darauf. Als der Abstand zu den anderen groß genug war, riß er es herum und preschte dem Grafen mit verhängten Zügeln nach.

Die steile Stichflamme machte den äußeren Wirtschaftshof taghell. Vom Scheunendach aus, wo das Feuer ausgebrochen war, hatte es auf den angrenzenden Wehrgang und den runden Holzturm an dessen Ende übergegriffen. Der Turm war einer der ältesten Teile von Schloß Rosambou, das Holz Jahrhunderte alt und morsch. Links fand das Feuer keine Nahrung: Die Kapelle war aus Stein, und hinter dem Turm verlief die steinerne Schloßmauer. Auch dort würde das Feuer sich nicht ausbreiten können. In einer Stunde würde alles vorbei sein. Nur vom Turm würde dann nichts mehr übriggeblieben sein als ein Haufen Asche.

Der Graf brachte sein Pferd unter dem Torbogen zum Stehen. Er war so in Gedanken versunken, daß er Peran nicht bemerkte, der jetzt ebenfalls das Tor erreichte, absaß und, sein Pferd am Zügel führend, hereinschlich. Mit abwesendem Gesicht starrte der Graf auf den brennenden Turm, in dem sein Sohn war – hörte das Zischen der gefräßigen Flammen – atmete den scharfen Brandgeruch. War das nicht wie ein Gottesurteil? Hatte nicht eine höhere Gewalt eingegriffen? Sein Sohn hatte sein Leben verwirkt – aber seine Ehre war noch zu retten, durch diese Flammen. Den Grafen schauderte vor seinen eigenen Gedanken – aber er konnte sie nicht mehr zügeln. Er würde dafür sorgen, daß der Name seines Sohnes in die Vermißtenliste aufgenommen würde – ein paar Jahre später würde man ihn für tot erklären lassen. Die Ehre des Sohnes, die Ehre der Familie wäre gerettet. Aber Caroline! Sie würde ihn durchschauen – und er würde auch sie noch verlieren. Er sprang vom Pferd.

Der Graf war ein Mann, der für seine Kaltblütigkeit als General berühmt gewesen war. In Augenblicken höchster Gefahr handelte er, der sonst so oft ein Opfer seines Temperaments wurde, kalt und überlegt. Auch jetzt. Er rannte in den Geräteschuppen, holte sich eine Hacke, einen Kübel mit Sand, Säcke und lederne Gurte. Er nahm seinen schweren dunkelgrünen Tuchmantel ab und warf ihn zusammen mit dem Hut und den Säcken in den Trog, aus dem die Pferde getränkt wurden. Er wartete, bis sich alles mit Wasser vollgesogen hatte. Mit den nassen Sackfetzen umwickelte er sich die Füße, schnürte sie mit Lederriemen fest. Den triefend nassen Mantel zog er mit einem Ruck fest um den Leib und setzte den Hut auf. So betrat er die Kapelle. Von der Empore drückten dunkle Rauchschwaden herunter.

Peran hatte sein Pferd angebunden und war dem Grafen in die Kapelle gefolgt.

Der Graf stürmte mit angehaltenem Atem die schmale Treppe zur Empore hinauf. Hinter der Orgel befand sich ein altes Rosettenfenster aus buntem Glas mit dem Wappen der Familie. Er schlug es mit der Hacke ein, stieg hindurch in den Wehrgang. Hier stand schon alles in Flammen. Von der Decke fiel glühender Staub. Der Rauch war so dicht, daß er kaum noch etwas sah. Endlich erreichte er die Wendeltreppe. Die erste Stufe gab unter ihm nach. Mit der rechten Hand fing er sich an der dicken Kordel, die an der Mauer angebracht war und als Geländer diente, und zog sich daran, dicht an die Mauer gepreßt, weiter. Als er endlich taumelnd an der Tür anlangte, bemerkte er, daß er die Hacke nicht mehr hatte. Mit seiner ganzen Körperkraft warf er sich gegen die Tür. Krachend fiel dicht vor ihm ein Stück Decke herunter. Er wich zurück, atmete den Geruch versengter Haare ein. Eine plötzliche Schwäche überkam ihn. Doch dann warf er sich wieder mit den Schultern gegen die Tür, wieder und wieder, bis er fühlte, wie sie splitternd aus Schloß und Angeln brach. Er fiel nach vorne. Als er sich aufraffte, spürte er etwas Weiches, einen Körper. Philippe! Er rüttelte den Leblosen. Mit letzter Kraft packte er den Bewußtlosen unter den Armen, zog ihn hinter sich her. Flammen züngelten an ihm empor, Dielen barsten unter seinem Schritt. Endlich erreichte er den Wehrgang, das eingeschlagene Rosettenfenster...

Im Hof legte der Graf den Sohn auf den Boden, riß sich die glimmenden Kleider vom Leib und die brennenden Fetzen von den Füßen. Dann kniete er sich über ihn, öffnete das Wams über der Brust und horchte. Das Herz schlug noch, flach und unregelmäßig.

Er faßte die Arme seines Sohnes bei den Handgelenken und begann sie mit gleichmäßigen rhythmischen Bewegungen auf die untersten Rippenbögen zu pressen. Ein leises Stöhnen war das erste Zeichen des zurückkehrenden Atems – und dann bewegte Philippe die Lippen, murmelte etwas. Der Graf sprang auf die

Füße, eilte zum Ziehbrunnen, füllte einen Kübel mit kaltem Wasser – und schwappte es über den Sohn. Ein Zittern lief durch Philippes Körper – und dann richtete er sich mit langsamen, traumwandlerischen Bewegungen auf, stützte den Oberkörper auf die Ellbogen. Verstört blickte er um sich, wie ein Mensch, der aus einem bösen Traum erwacht...

Peran, der alles beobachtet hatte, trat jetzt aus dem Schatten, in der Rechten eine Flasche Wein, die er irgendwo im Hof aufgeklaubt hatte. Leicht schwankend trat er auf Philippe zu, kniete sich vor ihm nieder, um sein Gesicht deutlicher zu erkennen. Als er sich aufrichtete, war sein Gesicht eine höhnische Grimasse. Er lachte betrunken: »Sieh mal an. Der vermißte Leutnant de la Romme! Hier also, in diesem Schlupfwinkel, steckt er! Ich ahnte es doch, daß etwas faul war.« Er sah den Grafen frech an. Sein Atem roch nach Wein. »Und die anderen? Herr Graf? Mit Ihrem feinen Sohn sind noch drei andere verduftet. Wo sind sie?«

Der Graf griff in die Jackentasche nach der Pistole. Er spannte den Hahn und zielte, aber dann ließ er die Waffe sinken und sagte kalt: »Das hier geht nur meinen Sohn und mich etwas an. Verstanden! Verschwinde, ehe ich dich niederknalle.« Er wandte sich ab, ohne weiter auf ihn zu achten.

Er sah nicht, daß Peran den Weg zum Turm einschlug – nur besessen von dem Gedanken, die anderen Deserteure zu finden... »Ich werde sie herausholen, diese Verräter, diese Hunde...«, murmelte er vor sich hin...

Philippe hatte sich zu dem Wassertrog geschleppt. Er füllte die Handflächen mit Wasser und trank gierig. Dann erhob er sich, trat auf seinen Vater zu. Er blickte auf die Waffe, die der Graf noch immer in der rechten Hand hielt. »Also tue es schon« sagte er befehlend.

Der Vater rührte sich nicht vom Fleck. Wie angewurzelt stand er da, seinem Sohn gegenüber, der in der weißen Hose und dem grünen Rock eines Dragoneroffiziers vor ihm stand.

»Los! Ein Mensch weniger, was ist das schon. Dein Kaiser hat ganze Jahrgänge ausgemerzt!« Philippe trat noch einen Schritt auf den Vater zu, riß das geöffnete Wams vollends auf. »Worauf wartest du noch? Ich habe zwar viel vergessen, was man mir eingebleut hat, aber eines nicht: Ein Deserteur ist nicht mehr wert als ein toller Hund... Los, rette die Ehre der Grafen Romme!«

Der Vater schüttelte den Kopf, steckte die Waffe weg. Er kämpfte mit Empfindungen, die sich mit seiner Ehre nicht vereinbaren ließen. »Ich muß zurück«, sagte er beherrscht. »Unsere Wege trennen sich – für immer. Leb wohl.« Er zog seine Brieftasche, nahm ein Bündel Banknoten heraus und hielt sie dem Sohn hin.

»Weißt du, was du tust? Du hilfst einem Deserteur zur Flucht.«

»Ich helfe meinem Sohn. Zum letztenmal. Nachher wird es keinen Sohn mehr für mich geben – ich habe ihn in dieser Stunde verloren.«

Der Graf wollte sich abwenden. Aber Philippe griff nach seinem Arm. »Wir sind noch nicht fertig, wir zwei. Ich habe zu lange geschwiegen und zu oft. Als du mich als Kind in die Kadettenschule und mit fünfzehn Jahren in die Armee gezwungen hast – in die Armee, die gegen Österreich marschierte, gegen das Land deiner Frau – das war ihr Tod, das hat sie umgebracht! Und du! Du hast es mit angesehen! – Warst du so blind – oder warst du so grausam? Ich habe schon damals meinen Vater verloren.«

Der Graf sah seinen Sohn an, und es war ihm, als tue er zum erstenmal einen Blick in dessen wahres Wesen. Die Stunde, in der er zum erstenmal spürte, daß etwas von ihm selbst in dem Sohn weiterlebte – diese Stunde machte zugleich alles zunichte. Er machte eine Bewegung auf Philippe zu, aber ein Schrei ließ sie beide auffahren. Er kam vom Turm. Ein gellender Todesschrei. Und dann sahen sie in den Flammen die Silhouette eines Mannes – mit den Händen ins Leere greifend. Im selben Augenblick stürzte der Turm krachend in sich zusammen, begrub die Gestalt unter sich in einem sprühenden Feuerregen.

Sie fanden Peran unter den Trümmern, aber jede Hilfe kam zu spät. Philippe beugte sich zu dem Toten und drückte ihm die ins Leere starrenden Augen zu. »Schon wieder ein Vater, der seinen Sohn verloren hat.« – Und nach einer kleinen Pause: »Also dann, bis in Paris – das verspreche ich dir, ich werde dabeisein, wenn Paris kapituliert!« Ohne das Geld zu beachten, das der Vater noch immer in der Hand hielt, wandte Philippe sich ab. Er ging zu den beiden Pferden, die am Tor angebunden waren und, von dem Feuer unruhig gemacht, ängstlich wieherten. Er nahm Perans Pferd, und ohne sich noch einmal umzusehen, ritt er davon.

3

Der Mond warf sein blasses Licht auf Carolines Gesicht, verwandelte das dunkle Grau ihrer Augen in irisierendes Silber. Albert, der neben ihr in der Kutsche saß, die holpernd auf der Straße zwischen den mächtigen Alleebäumen dahinfuhr, zog sie an sich. Caroline bog den Kopf zurück, lächelte ihn an. Aber ihre Gedanken waren beim Vater. Er hätte längst zurück sein müssen. Albert neigte sich über sie. Mit dem Zeigefinger zog er die Linien ihres Gesichts nach. Die Brauen, die Wangen, die Nase mit ihren zarten vibrierenden Flügeln, den Mund. »In wenigen Tagen werden wir in Paris sein«, brach er das Schweigen. »Und du wirst sehen, es wird bald Frieden geben. Dann werden wir heiraten! Dann werde ich dich endlich ganz für mich haben. Alle Tage, alle Nächte! Immer mußt du um mich sein. Die ganze Welt schauen wir uns zusammen an. Das wünschst du dir doch immer.«

Caroline wunderte sich über sich selbst. Was war los mit ihr? Sie liebte ihn doch? Wenn diese Liebe auch so ganz anders war, als sie sich immer gedacht hatte, daß Liebe sein würde. Liebe – ein Feuer, das einen verzehrt.

Der Hufschlag eines Pferdes schreckte sie aus ihren Gedanken. Und dann sah sie ihren Vater. Im Mondlicht glänzte das dunkle Fell Lunas vor Schweiß. Der Graf rief etwas, und die Kutsche hielt.

Caroline und Albert waren ausgestiegen. Albert nahm die Zügel von Luna und sah den Grafen forschend an. Der fehlende Mantel, die versengten Haare – aber er fragte nicht. »Sie haben einen Mann verloren«, sagte der Graf. »Peran.«

»Peran?«

»Ja, er ist mir nachgeritten. Vielleicht wollte er mir helfen. Er war in dem brennenden Turm, als er zusammenstürzte. Er war sofort tot.«

Caroline bewunderte ihren Vater, seine absolute Beherrschung. Aber zugleich war er ihr unheimlich.

Albert hätte noch viele Fragen gehabt, aber die Zeit drängte. »Wir müssen uns jetzt trennen. Ich muß diese Nacht noch St. Dizier erreichen. Auf der Hauptstraße sind Sie jetzt sicher. Und vielen Dank für die Kutschen.«

»Sagen Sie dem Kaiser, daß er auf den General de la Romme rechnen kann, wenn er ihn braucht.« Der Graf stieg in die Kutsche, er wollte die beiden jungen Leute nicht stören bei ihrem Abschied.

Albert schlug seine Arme um Caroline – mit einer plötzlichen Heftigkeit, die sie an ihm bisher nie erlebt hatte – und flüsterte, während er sie küßte: »Bald hab' ich dich ganz für mich, Tag und Nacht.«

Bald war Albert mit seinem Trupp auf einem Seitenweg in der Nacht verschwunden. Caroline winkte ihm nach, so lange sie noch etwas von seinem Helmbusch sehen konnte. Der Graf klopfte an die Wand zum Bock. »Vorwärts, Simon!« Mit einem Ruck fuhr die Kutsche an.

»Lebt er?« fragte Caroline. Der Vater nickte. Sein Gesicht verriet nichts. Und sie wagte nicht weiterzufragen. Es hatte zu regnen begonnen. Der Wind peitschte die Tropfen gegen das Kutschendach. Carolines Kopf lehnte an der Schulter des Vaters. Sie hatte die Augen geschlossen, aber sie schlief nicht. Der Rest der Nacht erschien ihr wie ein Spuk: das eintönige Trommeln des Regens, die vor Kälte beschlagenen Scheiben, das Holpern der Räder über die schlechte Straße – Simons Stimme und Peitsche, wenn er die Pferde antrieb. An irgendeiner Poststation hatten sie Rast gemacht. Es war tief in der Nacht gewesen. Dann der Aufbruch im Morgengrauen – die vereinzelten Schüsse entfernter Vorpostengefechte, die der Wind zu ihnen hertrug – und endlich St. Dizier.

Es war gegen Mittag, als sie es erreichten. Über dem Biwak auf den Feldern vor der Stadt hing tief und schwer ein verregneter Himmel. Alles war grau und naß: die Zelte, die Pferde, die Karren und die Kutschen – und auch die Menschen, die dazwischen herumhasteten. Der Graf holte sich einen neuen Mantel aus dem Gepäck, warf ihn über die Schultern und wandte sich an Caroline: »Warte hier auf mich – ich muß zum Kaiser.«

Simon füllte zwei lederne Futtertaschen mit Hafer und hängte sie den Pferden um. Auch Caroline war inzwischen aus der Kutsche gesprungen, strich sich die verdrückten Röcke glatt und klaubte ein paar Stäubchen von ihrem violetten Tuchmantel mit dem silbergrauen Luchsbesatz. Im Kutschenfenster prüfte sie ihre Haare. Sie waren hochgesteckt. Unter dem silbergrauen Pelzbarett drängten sie in wilder unbezähmbarer Fülle hervor. Aber das gehörte zu ihr, das machte sie schöner als gedrechselte Lockenpracht. Aus ihrem Beutel holte sie ein duftendes Spitzentaschentuch und steckte es in den Ärmel. Ihre Toilette war beendet. Simon reichte ihr vom Bock den Essenskorb herunter. »Sie sind sicher hungrig?«

»Nein, neugierig! Ich sehe mich etwas um, ich bin gleich wieder zurück.«

Das Gelände war morastig. Überall standen Pfützen. Mit beiden Händen raffte Caroline die Röcke, setzte Fuß vor Fuß, schritt mitten durch die Soldaten, die müde und abgerissen auf dem nackten Boden lagen. Bisher kannte sie Armeen nur von Paraden und Schlachtenbildern. Was sie jetzt sah – das waren Geschlagene – eine Armee aus Kindern und Invaliden. Wo sie durchschritt, richteten sich Männer auf, riefen ihr Scherzworte nach, pfiffen durch die Zähne. Caroline lief es kalt über den Rücken. Diese Art der Bewunderung war ihr unheimlich. Sie war froh, als sie das spitze Zelt mit der kaiserlichen Standarte entdeckte – und dann sah sie auch ganz in der Nähe die drei Kutschen. Sie ging darauf zu und sah, wie ein Mann damit beschäftigt war, das Wappen der Grafen Romme mit einem großen goldenen N zu übermalen. Und dann entdeckte sie auch Kira, Alberts Pferd. Sie wollte das Tier streicheln, aber es wich nervös und ängstlich der Berührung aus und schnaubte erregt. Sie trat an den Wagen. Die Vorhänge waren zugezogen. Vielleicht schlief Albert noch. Ihre Hand griff nach dem silbernen Türknauf. In der Nähe schrie eine Männerstimme: »Haltet sie zurück! Schnell!« Aber Caroline hatte den Schlag schon geöffnet.

Das erwartungsvolle Lächeln auf ihrem Gesicht erlosch vor dem entsetzlichen Anblick. Auf dem Boden der Kutsche lag Albert mit einer klaffenden Wunde quer über der Stirn. »Albert! Albert!« Sie warf sich über den Toten.

Der Kaiser hatte sich hinter seinem Schreibtisch erhoben und war dem Eintretenden entgegengegangen. »Graf de la Romme! Es tut gut, ein altes, vertrautes Gesicht zu sehen.«

In dem runden Zelt aus schwerer grüner Seide mit dem goldgestickten Adler hinter dem Schreibtisch standen auf niedrigen Steinsockeln fünf breite Kupferbecken, bis zum Rand mit glühender Holzkohle gefüllt. Räucherstäbchen aus Aloe, die glimmend auf dem Rost über der Glut lagen, strömten einen herben Duft aus. »Es tut mir leid, daß unser erstes Wiedersehen mit einer schlimmen Nachricht für Sie beginnt«, sagte der Kaiser. »Ihr zukünftiger Schwiegersohn, Leutnant Leterpe… er ist tot.«

»Leterpe? Tot?« Der Graf starrte fassungslos in das Gesicht des Kaisers.

»Ein feindlicher Spähtrupp. Sie überfielen den Troß mit den Kutschen. Leterpe fiel in dem Gefecht. Die anderen kamen durch.«

Der Graf hatte den Kopf gesenkt. Sein erster Gedanke war Caroline! Er mußte zu ihr. Sofort, bevor sie es vielleicht von anderen erfuhr. Napoleon legte die Hand auf die Schulter des Grafen und sagte mit leiser Stimme: »Es sind immer die Besten…« Sein gebieterisches Gesicht verlor für einen Moment seine Ruhe und zeigte einen Zug tiefer Erschöpfung. Vor dem Zelt wurden Stimmen laut. Der Vorhang teilte sich, ein Soldat der Wache trat zögernd ein. »Was soll das?« fuhr ihn der Kaiser an. »Ich will ungestört sein!«

»Majestät! – Ein junges Mädchen – bei der Kutsche – sie hat den Toten gefunden.«

Noch bevor er zu Ende gesprochen hatte, war Graf de la Romme an ihm vorbei aus dem Zelt gestürzt.

Reglos lag Caroline über dem Toten. Ihre Arme umschlangen den kalten, erstarrten Körper. Ihre Haare hatten sich unter dem Pelzbarett gelöst und fielen in schweren schwarzen Flechten über das Gesicht des Toten, bedeckten die klaffende Wunde. »Caroline!« Der Graf war herangetreten und half seiner Tochter behutsam auf. Sie ließ es geschehen, blieb an ihn gelehnt stehen, das Gesicht an seiner Schulter vergraben. Der Graf legte schützend den Arm um sie, wollte sie wegführen – da erblickte er den Kaiser, der ihm gefolgt war.

»Majestät.« Der Graf machte eine Geste. »Darf ich Ihnen meine Tochter vorstellen.« Dann wandte er sich wieder Caroline zu, redete leise auf sie ein.

Sie löste sich aus seinem Arm, aber er wartete vergeblich darauf, daß sie vor dem Kaiser in eine Reverenz versinken würde.

Caroline stand regungslos, mit zurückgeworfenem Kopf. Sie blickte den Mann an, der vor ihr stand, in dem legendären grünen Rock, sah das Gesicht, blaß im kalten Licht des grauen Tages. Sie hatte den Kaiser bisher nur von ferne gesehen – bei Paraden. Was jetzt, da sie so dicht vor ihm stand, von ihm ausging, konnte kein Bild und keine Büste wiedergeben.

»Komtesse«, brach Napoleon das Schweigen – »ich verstehe Ihren Schmerz. Ich leide mit Ihnen.«

Sie sah ihn offen an, ihre Augen waren plötzlich zwei schwarze Flammen. »Dann müssen Sie mit sehr vielen leiden – mit Millionen!« Ihre Stimme war leise, aber eisig und anklagend, voller Haß.

Graf Romme packte seine Tochter am Handgelenk. Entsetzen stand auf seinem Gesicht. »Majestät! Vergebung! Der Schock – sie weiß nicht, was sie sagt.«

Caroline riß sich vom Vater los. Sie machte einen Schritt auf Napoleon zu. Mit einer Handbewegung wies sie auf den Toten am Boden der Kutsche und dann in die Runde – dorthin, wo auf dem nackten Erdboden die erschöpften, abgerissenen Soldaten lagen: der Rest der großen Armee. Ein Schluchzen kam aus ihrem Mund – dann brach sie zusammen.

Der Kaiser fing sie im Sturz auf. Einen Augenblick lang lag sie in seinen Armen. Ihr Gesicht, vor Sekunden noch flammend vor Haß, hatte jetzt einen Ausdruck der Hilflosigkeit. Die Lippen stammelten unverständliche Worte, aus dem langen dunklen Wimpern flossen Tränen.

»Majestät... Verzeihen Sie! Ich werde mich um meine Tochter kümmern. In der Nähe ist ein Kloster der Zisterzienserinnen. Dorthin werde ich sie bringen.«

»Das geht auch mich an, Graf.« Der Kaiser winkte die Wache herbei, erteilte kurze Befehle. Eine Bahre wurde gebracht. Vier Diener betteten die Bewußtlose darauf, legten eine rote Seidendekke über sie und schoben die Bahre in eine kaiserliche Kutsche. Napoleon ließ sein Pferd vorführen. Die beiden Männer ritten voraus.

4

Caroline schob das Tablett auf das Tischchen neben dem Bett und lehnte sich in die Kissen zurück. Vier Tage waren vergangen, seit man sie ins Kloster gebracht hatte. Auf Geheiß der Oberin hatte man heute ihr Bett in den Wintergarten gerollt. Denn über Nacht war es Frühling geworden. Durch die hohe Glaswand schien die Märzensonne.

Die Oberin ging mit einer kupfernen Kanne von Pflanze zu Pflanze. Diese zwanzig Quadratmeter blühender Wildnis mit dem gepflasterten Weg in der Mitte und den plätschernden Brunnenbecken an den Wänden waren ihre ganze Freude. Hin und wieder warf sie der Patientin einen Blick zu. Die ersten zwei Tage lang hatte sie wie eine Tote geschlafen. Dann war das Leben allmählich zurückgekehrt. Aber sie war apathisch geblieben, und es war der Oberin bis heute nicht gelungen, dieses unheimliche Schweigen zu brechen. Sie stellte die Kanne weg. Als sie sich umwandte, sah sie das leere Tablett. Die Patientin hatte alles aufgegessen: den Reis, das Geflügelfrikassee, den Salat, die Nußcreme. Die Oberin setzte sich zu Caroline ans Bett.

»Ich freue mich, daß es Ihnen besser geht, Komtesse. Dann kann ich heute einen Kurier abschicken. Haben Sie besondere Nachrichten für den Kaiser?«

»Für den Kaiser?« Unwillkürlich setzte sich Caroline auf. »Wie käme ich dazu?«

»Nun, er schien sehr um Sie besorgt. Und er bat mich ausdrücklich, ihn über alles zu unterrichten.«

Caroline ließ sich in die Kissen zurücksinken. Ihr Gesicht verschloß sich. Seltsame Gefühle stritten in ihr. Dann war es also wahr, was sie in den letzten Tagen für die Erinnerung an einen

Fiebertraum gehalten hatte... Und obwohl sie sich dagegen wehrte, war es ihr auch jetzt wieder, als ruhten die Augen Napoleons auf ihr und als klänge seine Stimme in ihr nach. Es war wie ein Zwang, neben dem alles andere verblaßte: die Erinnerung an Albert, ihre Verzweiflung über seinen Tod, ihr ohnmächtiger Haß gegen den, für den er sein Leben gelassen hatte. Aber auch jetzt wieder versuchte sie, diesen geheimnisvollen Zwang abzuschütteln. »Mein Vater?« fragte sie. »Haben Sie Nachricht von ihm?«

»Er ist mit dem Kaiser nach Paris.«

»Ohne mich?« Caroline sagte es mehr zu sich.

Die Oberin zog die Brauen hoch. »Ich weiß nicht, ein junges Mädchen ist hier sicherer.«

Carolines Antwort war ein helles, herausforderndes Lachen. Mein erster Eindruck war also doch der richtige, dachte die Oberin. Als man die Bewußtlose vor vier Tagen gebracht hatte, das wirre dunkle Haar um das schöne Gesicht, das in der Ohnmacht noch voll Stolz und Trotz war, hatte sie sofort an ein schlummerndes Raubtier denken müssen. Ein Wesen, wild, unbezähmbar und stark. Was immer diesem Mädchen zustoßen würde, es würde die Kraft haben, sich wieder zu erheben, wie der Phönix aus der Asche. Die Oberin drehte unwillkürlich an dem Ring, den sie am kleinen Finger der linken Hand trug. In dem dunkelblauen Lapislazuli war das Wappentier der Herzöge der Lamare eingraviert: der Phönix. In der Familie lebte seit Jahrhunderten der Glaube an die magische Kraft dieses Wappentieres. Ihr hatte er nie geholfen. Sie war zerbrochen, damals, vor zehn Jahren, als man ihr die Nachricht vom Tode ihres Geliebten brachte. Sie hatte Paris verlassen, hatte sich in die Anonymität eines klösterlichen Lebens geflüchtet. In Paris hielt sich noch immer das Gerücht, die Herzogin Eliette de Lamare lebe unter einem angenommenen Namen in England. Nur einer kannte die Wahrheit, ihr Halbbruder Gil. Aber auch ihm war es nicht gelungen, sie ins Leben zurückzureißen. Dies hier war nur ein Warten, das wußte sie wohl; ein Warten auf den Tod. Aber dieses Geschöpf da war stark – und deshalb würde es für sie immer wieder das neue lockende Ufer – das Leben – geben.

Carolines Stimme riß die Oberin aus ihren Gedanken. »Und der Feind?«

»Nähert sich Paris! Diesmal steht alles auf dem Spiel.«

Simon hatte gewußt, was er tat, als er Carolines Hengst im Kloster zurückließ. Als sie davon hörte, war sie nicht mehr länger im Bett zu halten. Zwei Tage lang hatte die Oberin sie noch am Ausritt hindern können. Aber am dritten Tag fragte Caroline nicht mehr. In aller Frühe holte sie Luna aus dem Stall – und ritt davon.

Im Reiten legte sie ihre Hand an Lunas Hals, klopfte ihm zärtlich das glänzende Fell am Nacken. Der schwarze Hengst mit dem weißen Stern auf der Stirn trug sie davon; immer weiter vom Kloster weg, eine Anhöhe hinauf, der aufgehenden Sonne entgegen.

Caroline war ausgehungert nach Luft, nach Freiheit, nach Leben. Bei der ersten Gelegenheit, die sich bot, würde sie das Kloster verlassen und nach Paris gehen. Wie hatte ihr Vater sie überhaupt hier lassen können? Stand es so schlecht? Aber gerade dann hätte er sie mitnehmen müssen. Eine weite hügelige Ebene öffnete sich vor ihr: Längs eines Baches standen vereinzelte Birken, in der Ferne die dunkle Silhouette eines Waldes.

Sie schmiegte sich ganz dicht an Luna, feuerte den Hengst an: »Schneller! Luna, schneller!« Ihr Haar flatterte im Wind. Sie liebte es, so dahinzufliegen zwischen Himmel und Erde ... da zerrissen Schüsse die Stille.

Luna bäumte sich auf. Caroline brachte ihn nur mit Mühe zur Ruhe. Dann sah sie die Reiterschwadron. Allmählich löste sie sich aus dem Schatten des Waldes, wälzte sich wie eine dunkle Wolke über die sonnenüberglänzte Ebene. Die Uniformen waren nicht zu erkennen, denn die Reiter hatten die Sonne im Rücken. Sie näherten sich mit rasender Schnelligkeit. Jetzt erkannte sie die hohen geraden Mützen. Kosaken! Caroline riß ihr Pferd herum. In gestrecktem Galopp jagte sie zum Kloster zurück, preschte mit geducktem Kopf durch das Tor.

Im Wirtschaftshof lief alles aufgeregt durcheinander. Schwestern schleppten Holzböcke und Sandsäcke zur Pforte, verrammelten das große Tor mit Karren und Brettern. Zwischen den Schwestern in ihren weißen flatternden Kutten mit dem schwarzen Skapulier und Gürtel entdeckte sie einen Mönch. Die Kapuze tief ins Gesicht gezogen, gab er kurze Kommandos. Caroline blieb keine Zeit, sich zu wundern, denn schon tauchten die ersten schwarz-grünen Tschakos am Rand der niedrigen Klostermauer auf. Die Luft war plötzlich voller wilder Schreie – und dann sah Caroline die ersten Kosaken über die Mauern in den Klosterhof springen. Immer mehr folgten. Im Nu wimmelte der Hof von roten Hemden.

Caroline eilte auf die kleine versteckte Pforte zu, die in den Kreuzgang führte. Hier war es still und ruhig. Aus der Klosterkapelle drang das Gemurmel der betenden Nonnen. Caroline lief den Arkadengang entlang, auf der Suche nach der Oberin. Plötzlich hörte sie hinter sich auf dem Steinboden Sporen klirren. Ohne sich umzusehen, begann sie zu rennen. Die schweren klirrenden Schritte kamen immer näher. Zwei Hände packten sie um die Mitte. Als sie sich atemlos umwandte, blickte sie in ein junges lachendes Männergesicht. Sie versuchte sich loszureißen, aber die Hände des Kosaken umschlossen fest ihre Taille. Sein mutwilliges Lachen verwandelte sich in Staunen.

»Sind alle Nonnen in Frankreich so hübsch?« Er sprach ein gebrochenes Französisch. Mit sanfter Gewalt schob er Caroline vor sich her, bis sie mit dem Rücken an der Mauer stand.

Caroline empfand keine Angst, nur Ungeduld. »Lassen Sie mich los, sofort!« Wieder versuchte sie sich aus seinem Griff zu befreien. Er schüttelte eigensinnig den Kopf. Seine Augen verengten sich, und mit einer plötzlichen Gewaltsamkeit, die sie nicht erwartet hatte, riß er sie an sich.

Caroline spürte sein Begehren. Es sprang auf sie über; etwas in ihr genoß diese fordernden Männerhände und auch die Worte, die der Kosak stammelte, die sie zwar nicht verstand, aber deren wilde Zärtlichkeit etwas Betäubendes hatte. Ohne den Griff zu lockern, riß er sie mit sich auf den Boden. Caroline stieß einen gellenden Schrei aus, aber im selben Augenblick ließ er sie los. Sie sah, wie er sich steif aufrichtete, die Hände seitlich in einer Bewegung des Ergebens ausgestreckt. Und dann das Funkeln eines Degens im Rücken des Kosaken. Alles andere geschah in Sekunden: der Mönch, die Kapuze tief ins Gesicht gezogen; der Kosak, der sich auf einen Befehl hin umwandte; die zwei schwirrenden Degenhiebe ... das schmerzverzerrte Gesicht des Kosaken, seine Hand, die zur Wange zuckte ... Der Kosak lehnte leichenblaß an der Mauer. Fassungslos blickte er auf das Blut an seiner Hand, als er sie zurückzog.

Als Caroline sich umwandte, war der Mönch nirgends mehr zu sehen. Eine Stimme rief ihren Namen. Mit ausgebreiteten Armen lief Philippe auf seine Schwester zu. Da stutzte er – starrte auf den Kosaken. Er trat zu ihm, faßte ihn am Kinn, drehte seine linke Wange ins Licht. Die Spitze des Degens war nicht tief in die Haut eingedrungen. Das Blut in der Wunde hatte bereits eine Kruste gebildet. Aber die zwei Hiebe waren meisterlich geführt worden: Auf der Wange prangte ein dunkelrotes Kreuz! Auch Philippe starrte es an wie eine Erscheinung. »Wo ist er?« stieß er dann erregt hervor.

Caroline blickte auf das blutige Zeichen. »Es war ein Mönch. Er ist verschwunden, so plötzlich, wie er gekommen ist. Sein Gesicht konnte ich nicht erkennen.«

Philippe griff nach Carolines Hand. »Schnell!« Er zog sie hinter sich her. Die Kirche, die Wirtschaftsgebäude, die Höfe, sie fanden ihn nirgends. Er war wie vom Erdboden verschluckt.

Caroline schloß hinter Philippe die Tür der Zelle. »Willst du mir nicht sagen, was das alles soll? Wer ist dieser Mönch?«

Philippe, in der Uniform eines Kosakenoffiziers, lehnte am Fenster, den Hof im Auge behaltend. Auf seinem Gesicht lag ein schwärmerischer Zug. Als er den Namen aussprach, hatte seine Stimme einen fast feierlichen Klang: »Gil de Lamare!«

Gil de Lamare – Caroline lauschte dem Klang nach! »Das ist doch... Simon hat mir davon erzählt.«

»Mehr als Simon weiß auch ich nicht. Man kennt nur seine Taten. Während der Revolution hat er Hunderten zur Flucht verholfen, sie vor der Guillotine gerettet. Er war der Freund des Generals Bonaparte. Aber nicht lange – er verabscheut Gewalt. Er lebt für die Menschen, die Hilfe brauchen. – So wie er, so müßte man sein.«

Caroline versuchte sich den Mann vorzustellen, von dem ihr Bruder wie von einem Gott sprach. Aber in ihrer Erinnerung war nur die hohe Gestalt in der Mönchskutte, das Schwirren des Degens, das blutrote Zeichen.

»Und du bist sicher, daß er es war?« fragte sie.

»Das Kreuz! Es ist sein untrügliches Zeichen.«

»Und warum ziehst du mit dieser Horde Wilder – wenn ein Gil de Lamare dein Idol ist?«

»Weil ich dabei sein will, wenn Napoleon fällt! Weil ich mit eigenen Augen sehen will, wie er abdankt und sein Regime der Gewalt in sich zusammenstürzt.«

»Hast du das auch Vater gesagt?« Schon die ganze Zeit wollte Caroline ihn fragen, was in jener Nacht, als Rosambou brannte, zwischen Vater und Sohn geschehen war.

Philippe machte eine ungeduldige Bewegung. »Reden wir nicht davon – nicht heute.«

»Manchmal glaube ich, ich verstehe dich«, sagte sie plötzlich sehr ernst.

Er sah sie an. Voller Wärme und Zuneigung. Sie hatte sein Herz getroffen. Er wußte, daß es nicht vieler Worte zwischen ihnen bedurfte und daß sie auch nicht erwartete, daß er über Alberts Tod etwas sagen würde. Sie waren, so spürte er, vom gleichen Blut. »Eines Tages wirst du mich ganz verstehen«, sagte er. »Morgen sind wir in Paris. Und das bedeutet Frieden.« Er legte den Arm um sie. »Caroline – du wirst sehen, es wird alles gut.«

Es war noch dunkel, als die Kosaken am nächsten Morgen zum Aufbruch rüsteten. Ein Kurier hatte Order vom Zaren gebracht. Noch an diesem Abend des 30. März sollten sich alle Heeresteile vor Paris treffen. Stumm sattelten die Männer die Pferde. In kleinen Gruppen verließen sie den Hof, sammelten sich auf dem Feld vor dem Kloster.

Als letzter ritt ein blutjunger Kosak durch das Tor. Der Tschako saß ihm tief in der Stirn. Aber das Pferd verriet Caroline. Philippe erkannte Luna sofort. Er lenkte sein Pferd neben das ihre. »Hast du von Kosaken noch nicht genug? Du bist wahnsinnig! Du kannst nicht mit uns reiten!« Aber innerlich war er stolz auf sie. Er wußte, er würde nur eine Frau heiraten, die wie seine Schwester war: stolz, schön und unberechenbar.

Caroline lehnte sich aus dem Sattel und gab der braunen Stute ihres Bruders einen Schlag. »Auf, Kosak! Auf nach Paris!«

5

Wie blaue Seide spannte sich der Himmel über die Stadt an der Seine. Die Türme, Giebel und Kuppeln der Kirchen und Paläste stiegen aus dem grauen Häusermeer, und in ihren Fenstern und auf ihren Kupferdächern zerstoben die Strahlen der Sonne zu flimmernden Lichtkaskaden. Es war der Morgen des 31. März 1814. In der Nacht hatte Paris vor den Truppen der Alliierten kapituliert.

Caroline ritt an der Seite ihres Bruders im unmittelbaren Gefolge des Zaren Alexander von Rußland. Die Vororte Joinville, Nogent, St. Mandé, Reuilly waren wie ausgestorben. Paris hatte seinen Kaiser noch nicht vergessen. Stumm säumte das Volk die Straßen, musterte die Sieger voller Mißtrauen. Freut euch nicht zu früh, schienen die Mienen der Menschen zu sagen. Ihr habt zwar Paris, aber *ihn* habt ihr noch nicht. Der Zug rollte weiter. Erst auf dem Boulevard St. Martin waren die Häuser mit den weißen Fahnen der Bourbonen geschmückt. Und dann tauchte in der Ferne die Madeleine auf, der griechische Säulentempel, den Napoleon zu Ehren der Großen Armee hatte errichten lassen. Schreie der Begeisterung schlugen den Siegern entgegen. Auf den Balkonen und an den Fenstern drängten sich festlich gekleidete Frauen, warfen aus Körben Blumen auf den Platz.

Philippes Gesicht leuchtete. Das war die Stunde, auf die er seit Jahren gewartet hatte. »Schau dir das an!« Er wandte sich nach rechts, wo noch vor ein paar Sekunden Caroline war. Aber er blickte in ein fremdes Gesicht. Suchend schaute er sich um, doch sie war nirgends zu entdecken. Philippe wurde unruhig. Er löste sich aus der Kolonne, suchte den Platz ab – aber Caroline war spurlos verschwunden.

Der schwarze Hengst mit der weißen Blesse auf der Stirn sprengte im Galopp über die Place de la Concorde, am Obelisken vorbei, der silbern glänzenden Seine zu. Die Hufe dröhnten über die Steinplatten der Brücke. Am jenseitigen Ufer angekommen, zögerte der blutjunge Kosak – Caroline überlegte einen Augenblick, dann lenkte sie Luna nach links in den Boulevard St. Germain. Die breite Straße war wie ausgestorben. Keine weißen Fahnen, keine Blumen, keine Schaulustigen, die darauf warteten, die Sieger zu begrüßen.

Caroline ritt im Trab die Rue de Varenne entlang. An einem Seitenpfad, zwischen zwei Parkmauern, hielt sie an, schwang sich vom Pferd und stieß ein Eisenpförtchen auf. Nachdem sie ihr Pferd angebunden hatte, verließ sie den Park wieder und eilte zum Haupteingang des zweistöckigen klassizistischen Palais.

Von dem warmen Ocker der Mauern hob sich das lichte Grau der Marmorgesimse und der acht dorischen Säulen am Portal wirkungsvoll ab. Sie nahm die sechs Marmorstufen in schnellen Sprüngen. Der vergoldete Klopfer am Portal zeigte an seinem runden massiven Halter das Wappen der Grafen Romme Allery. Sie ließ den schweren Ring zweimal gegen die Tür fallen und lauschte. Aber nachdem die Schläge und das hohle Echo von innen verklungen waren, herrschte wieder Stille. Sie sah die Fassade entlang. Die Fensterläden waren von innen geschlossen. Sie blieb unschlüssig stehen, horchte in das Haus hinein, glaubte Stimmen zu hören, Schritte.

Kurz darauf ging das Portal einen Spalt weit auf und wurde sofort wieder zugeschlagen. Ein Lächeln flog über ihr Gesicht; Caroline hämmerte mit beiden Fäusten auf die Tür ein. Die geschnitzte Tür flog auf. Auf der Schwelle stand Simon, in jeder Hand eine schwere Pistole, den Finger am Abzug. »Schert Euch fort! Wenn Euch Euer Leben lieb ist!«

Caroline senkte den Kopf, trat einen Schritt zurück und hob die Hand an die Mütze, dann riß sie sich den Tschako vom Kopf. Eine Welle schwarzen Haares fiel auf ihre Schultern herab. Sie schüttelte den Kopf, damit das Haar sich löste, und lachte. »So begrüßt du mich, Simon?«

Der Diener starrte entgeistert ihre Uniform an. Langsam ließ er die Pistolen sinken. »Komtesse! Sie?« Er trat zurück in den Schatten der Halle. »Kommen Sie herein, Komtesse!«

Carolines Augen mußten sich erst an die Dunkelheit gewöhnen. Die geschwungene Freitreppe aus weißem Marmor, die goldenen Kandelaber an den Pfeilern, die Marmorbüsten in den Nischen – das alles konnte man nur ahnen. Simon ging voran. Seine Schritte hallten auf dem schwarzen Marmorboden. Er öffnete die Tür zum Empfangssalon. Auch hier herrschte tiefe Dämmerung. Er zündete zwei Wandleuchter an. »Hier steht Ihr Gepäck. Es wird gut sein, wenn Sie die Verkleidung ablegen.« Er wandte sich zum Gehen. »Ich richte etwas zum Essen, Sie haben sicher Hunger.«

Caroline wollte noch etwas fragen, aber da war er schon zur Tür hinaus. Was war mit Simon? Warum fragte er nicht, wie sie nach Paris gekommen war, dazu in der Uniform eines Kosaken? Verbarg er ihr etwas? War dem Vater etwas zugestoßen? Sie warf die Uniform auf einen Sessel, der, wie die anderen, mit einem grauen Schonbezug versehen war; suchte das warme, moosgrüne Hauskleid aus dem Koffer. Vor dem Kaminspiegel kämmte sie sich das Haar. Sie war zu ungeduldig, um es jetzt aufzustecken. Sie ließ es einfach auf die Schultern fallen und zog nur ein grünes Samtband durch.

Auch in der großen gekachelten Küche waren die Läden vorgezogen. Die Kerze, die auf dem viereckigen Holztisch in der Ecke brannte, gab nur dürftiges Licht. Simon saß auf der Bank und schnitt von einem großen Laib Brot ab. Auf dem Tisch stand ein Krug Wein, zwei Gläser, auf einem Holzbrett lag Schinken und ein Stück Käse.

»Das ist alles«, meinte Simon entschuldigend. »Ich bin erst vor ein paar Stunden gekommen.« Er schenkte Caroline Wein ein. Wieder fiel ihr auf, wie abwesend er war.

»Wo ist Vater?« fragte sie.

»In Fontainebleau – beim Kaiser! Er befindet sich wohl, wenn auch diese Tage für ihn...« Harte Schläge an die Haustür ließen beide zusammenfahren. Simon griff nach den zwei Pistolen. »Bleiben Sie hier – und halten Sie sich still.«

Der Lärm vor der Tür schwoll an. Gewehrkolben trafen auf das schwere Bronzetor. Simon ging mit langsamen, schweren Schritten hinaus. Umständlich schloß er das Tor auf.

»Auf Befehl der Polizei! Hausdurchsuchung!«

Simon wich vor dem Trupp hereindrängender Polizisten zurück. Aber an der untersten Stufe der Freitreppe stellte er sich breitbeinig auf, die Pistolen im Anschlag.

»Wo ist der Graf Romme Allery?« fragte der Führer des Trupps, ein junger feister Mann mit schwarzem gekräuselten Haar.

Simon hielt die Läufe seiner Pistolen auf ihn gerichtet. »Der Graf ist nicht hier!«

»Davon werde ich mich selber überzeugen.«

»Er ist beim Kaiser!«

»Es gibt keinen Kaiser mehr!« höhnte einer der Männer und stieß mit seinem Bajonett nach der Marmorbüste Napoleons, die in einer Mauernische stand. Mit einem dumpfen Schlag fiel sie zu Boden; der Polizist trat mit dem Stiefel danach.

Caroline, die Simon gefolgt war und sich in einer schattigen Nische versteckt hatte, beobachtete alles. Sie sah, wie das Blut aus Simons Gesicht wich, und sie hörte das Knacken des Hahnes, als er die Pistolen entsicherte. »Simon! Nicht!« Caroline stürzte aus ihrem Versteck. Die Männer starrten sie wie eine Erscheinung an. Caroline wandte sich langsam dem Kommissar zu. »Machen Sie, was Sie wollen. Mit Paris. Mit Frankreich. – Aber dies ist das Haus meines Vaters. Hier gilt nur sein Wort!« Sie stand mitten in dem Streifen Sonnenlichts, das durch das offene Portal in die Halle fiel.

Der Kommissar deutete eine Verbeugung an. »Komtesse, wir haben Befehl...«

»Sie haben gehört, daß mein Vater in Fontainebleau ist«, fiel sie ihm ins Wort. »Führen Sie dort Ihren Befehl aus. In diesem Haus ist niemand. Nur ich und Simon – ich gebe Ihnen mein Wort.«

Der Kommissar maß sie mit einem prüfenden Blick. Seine engstehenden Augen, über denen die dunklen Augenbrauen zusammenwuchsen, verschleierten sich. »Das Wort einer so schönen, so mutigen Frau genügt mir.« Er machte seinen Leuten eine Geste. Murmelnd verließen sie die Halle. Er folgte ihnen bis zum Portal, gab ihnen einige Befehle.

Simon hatte sich noch immer nicht von der Stelle gerührt. Er stand dort, auf der untersten Stufe der Freitreppe, mit hängenden Armen, scheinbar gleichgültig. Aber Caroline kannte ihn zu gut, als daß er sie hätte täuschen können. Innerlich zitterte er vor Spannung. Sie war sicher, daß sie nicht allein im Haus waren, daß sich jemand hier verbarg...

Der Kommissar kam zurück, verneigte sich betont korrekt. »Darf ich mich vorstellen: Tibot, Théophile Tibot.« Über sein Gesicht, dem das massive Kinn etwas Gewalttätiges gab, huschte ein eitles Lächeln. »Es tut mir leid, daß ich Ihre Bekanntschaft unter so wenig galanten Umständen machen mußte – aber vielleicht gelingt es mir, diesen ersten Eindruck zu korrigieren.«

Die Höflichkeit hätte geboten, ihn in ein Zimmer zu bitten; aber Caroline wollte das Gespräch so rasch wie möglich beenden. »Es ist alles noch sehr ungemütlich hier«, sagte sie.

»Komtesse – wo Sie sind, ist das Paradies.«

»Sind Sie umgekehrt, um mir das zu sagen?«

Ein amüsiertes Lächeln huschte über das Gesicht des Mannes. »Sie wären die erste Frau, die nicht gerne hört, daß sie schön ist.«

»Zur richtigen Zeit – und vom richtigen Mann sehr gerne.«

»Vielleicht ist die richtige Zeit schon da, Komtesse. Die Bekanntschaft eines Théophile Tibot – unterschätzen Sie das nicht. Er könnte manches tun – für die Tochter eines napoleonischen Generals.« Tibot deutete mit einer wegwerfenden Geste auf die Büste Napoleons am Boden. »Seine Zeit jedenfalls ist vorbei! Endgültig!« Er ergriff ihre Hand, preßte seine Lippen darauf. »Ich bin Ihr Diener...«

Caroline lehnte mit dem Rücken an der Tür. Draußen verloren sich allmählich die Schritte des Kommissars. Sie spürte, daß ihre Knie zitterten; aber da war noch etwas anderes, der heiße jähe Zorn, wie sie ihn von ihrem Vater und Philippe kannte, und das Wissen, daß sie hätte töten können. Simon eilte zu ihr. »Was ist los mit Ihnen?«

»Jetzt heraus mit der Wahrheit – was ist dort oben los, Simon?«

»Wieso? Was soll dort oben los sein?«

»Mach mir nichts vor! Vom ersten Augenblick an hatte ich das Gefühl, als wäre noch jemand im Haus. Deine Verlegenheit bei der Begrüßung. Deine Unruhe in der Küche. Und dann vorhin. Du standest an der Treppe, als würdest du den Weg nach oben nur über deine Leiche freigeben.«

Simon schüttelte den Kopf. »Ich kann nicht reden.«

Caroline lief an ihm vorbei die Treppe hinauf. Sie eilte von Zimmer zu Zimmer. Aber sie schienen alle verlassen, überall schlug ihr die staubige abgestandene Luft lange nicht benützter Räume entgegen. Dann, im Erkerzimmer, das auf den Park hinausging, entdeckte sie das offenstehende Fenster. Sie beugte sich hinaus. Der Park war leer. Simon war ihr gefolgt. »Sie sind ja schlimmer als Fouchés Leute«, versuchte er zu scherzen.

Ihre Augen suchten mißtrauisch das Zimmer ab. Die Kleiderkammer! Die Tür war nur angelehnt. Sie öffnete sie und zog den Vorhang zur Seite. Auf dem Messinggestell hing ein buntes Durcheinander: Uniformen aller Art, schwarze Kutschermäntel, verschossene Kleider, wie die Bäuerinnen der Provence sie tragen, farbenprächtige Ballroben, Fetzen, wie Bettler sie anhaben, und dann entdeckte sie die Mönchskutten: schwarze, weiße, braune. Eine Ahnung stieg in ihr auf, eine Erinnerung: das schwirrende Geräusch eines Degens, das blutige Mal auf der Wange des Kosaken... Sie sah Simon forschend an, als sähe sie ihn mit ganz anderen Augen. Simon? Ein Vertrauter jenes geheimnisvollen Unbekannten? Es würde zu ihm passen, zu seiner Verschwiegenheit, seiner Unbeugsamkeit. »Du hast mir immer vertraut«, sagte sie schmeichelnd.

Statt einer Antwort zog Simon den Vorhang wieder vor die Kleider, schloß die Tür, wandte sich zum Gehen. »Sie müssen nicht alles wissen.«

»Aber ... vielleicht weiß ich mehr, als du ahnst.«

Er sah sie an, fast väterlich. »Fragen Sie nicht weiter – es ist besser.«

»Für wen besser? Simon! Soll ich dir etwas zeigen? Ich brauchte einen Degen dazu, einen Degen und – eine Wange.« Sie tat, als führte sie einen doppelten Schlag mit einer Degenklinge gegen Simon. Sie lachte hellauf über Simons betroffenes Gesicht. »Nun, habe ich recht? Gil...«

Er ließ sie nicht zu Ende sprechen. Er verschloß ihr mit seiner Hand den Mund. »Spielen Sie nicht mit dem Namen, Komtesse, nicht vor Fremden! Sie könnten glauben, Sie wüßten mehr. Sie bringen sich und ihn in Gefahr. Ich kann nicht reden. Mich bindet ein Schwur.«

Sie wußte, er würde schweigen, und sie drang nicht weiter in ihn. »Weiß Vater davon?« Er schüttelte den Kopf. »Was hat der Graf dir aufgetragen?« fragte sie.

»Nach dem Haus zu sehen, mich umzuhorchen und dann zurückzukommen.«

»Wir werden heute noch aufbrechen«, sagte sie entschlossen. »Ich muß zu ihm nach Fontainebleau.«

»Es wird nicht einfach sein durchzukommen. An allen Toren sind strenge Paßkontrollen.«

Caroline warf den Kopf lachend zurück. »Dagegen weiß ich ein Mittel.« Sie deutete auf die Kleiderkammer. »Wir werden dort schon was finden, meinst du nicht?«

6

Der Bauernkarren ratterte die breite Allee auf Fontainebleau zu. Am Himmel stand ein flammendes Abendrot, und als sie jetzt den Schatten der Allee verließen, schien es Caroline, als sei nicht nur die berühmte Porte d'Orée aus Gold, sondern das ganze Schloß. Der Karren kam mit einem harten Ruck zum Stehen. Zwei Wachen traten heran. »Na, Bauer, bringst du was für die Küche? – Oder willst du uns deine schöne Tochter dalassen?«

Simon schüttelte den Kopf. »Wir wollen hinein.«

»Wollen hinein!« wiederholte der Wachsoldat lachend. »Ich hab's ja gewußt, das ist ein Sonderkurier aus Paris.« Der andere Soldat war mißtrauisch. »Hast du Pässe – für dich und deine Tochter?«

Simon reichte die Papiere hinunter, die er aus dem Lederbeutel auf seiner Brust geholt hatte. Durch das Fenster der Wachstube konnte Caroline sehen, wie die Soldaten die Köpfe zusammensteckten und dann einen Boten ins Schloß schickten. Sie kletterte vom Bock, trat an den Teich. Durch die Stille klang das Rauschen der Wasserspiele aus dem Brunnenhof herüber. Jenseits der Mauer dämmerte die dunkle Silhouette des Parks. Dahinter stieg die Fassade des Schlosses auf, schien unendlich mit ihren Hunderten von Fenstern. Caroline trat näher an das Wasser, beugte sich über die glänzende Fläche, auf der ihr Spiegelbild schwamm: der brombeerblaue, in tiefe Falten gelegte Wollrock, das burgunderrote geschnürte Mieder und darüber ein dunkelblaues Wolltuch. Die Haare verbarg eine elfenbeinfarbene gestärkte Haube, die das Gesicht streng umschloß, durch ihre ausladenden Flügel aber trotzdem etwas verspielt Kokettes hatte.

Am Tor wurden Stimmen laut. Kommandos flogen durch die Luft. Wachen stürzten aus der Wachstube, postierten sich. Sie sah die beiden Männer über den Hof kommen: die hagere gebeugte Gestalt ihres Vaters – und daneben der Kaiser. Das Tor flog auf, die Wachen salutierten.

Caroline lief ihnen entgegen. Sie umarmte ihren Vater – und dann tat sie, was sie damals, in St. Dizier, dem Kaiser verweigert hatte, sie sank in eine tiefe Reverenz vor ihm.

An der Seite des Grafen Frédéric Romme Allery betrat Caroline den Salon des Kaisers. Das leuchtendgelbe Kleid aus matter Seide zeichnete die sanften Linien ihrer Gestalt zärtlich nach. Ein perlenbesticktes Goldband legte sich um den weiten Ausschnitt, kreuzte sich vorne in der Mitte und lief unter der Brust weiter. Das Haar war, nach der Mode, im griechischen Stil aufgesteckt. Ein Perlenband schlang sich kunstvoll durch die dunklen Flechten.

Der Kaiser stand an den Kamin gelehnt. Er begrüßte den Grafen, dann wandte er sich Caroline zu. Er ergriff ihre Hand, kam ihrer Reverenz zuvor. »Bitte nicht, wenn Sie stehen, kann ich Ihr Kleid viel besser betrachten – und Ihre Augen.« Ein Wink, und der Kämmerer und die Lakaien verließen den Raum. Der Kaiser deutete auf den ovalen Tisch in der Mitte des Salons. »Darf ich bitten.«

Caroline erhielt den Platz zu seiner Rechten. Der Vater saß ihr gegenüber.

Auf dem Tisch waren in vergoldeten Schüsseln und Terrinen die Speisen aufgebaut: Kastanienpüreesuppe, als Vorspeisen Hecht à la Chambord und Rebhühner à la Monglas; das Hauptgericht bestand aus Kapaun und Lammviertel und den dazugehörigen Gemüsen und Salaten; Orangengelee und Eis bildeten das Dessert. Zum Trinken standen zwei Flaschen Chambertin und eine halbe Flasche Weinlikör bereit.

Der Kaiser nahm nur wenig. Essen war nie etwas Wichtiges in seinem Leben gewesen – und heute interessierte es ihn überhaupt nicht. Während er plauderte, suchte sein Blick immer wieder Caroline. Er sprach von tausend Nichtigkeiten, vom Theater, von neuen Büchern, erzählte Anekdoten – mit einem natürlichen ungezwungenen Witz, als stünde nicht sechzig Kilometer entfernt der Feind – als wüßte er nichts von dem Dekret, das die Armee und das Volk vom Treueid gegen ihn entbunden hatte...

Als man beim Dessert angelangt war, nahm er eine der großen silbernen Schalen mit Eis und erhob sich. »Kommen Sie, Eis muß man am Kamin essen. Hitze und Kälte, das belebt.« Er lehnte sich an den geschwungenen Marmorsockel. »Und nun erzählen Sie. Sie haben sich den Einzug der Alliierten in Paris angesehen?«

»Ich war dabei.«

Napoleon wechselte einen Blick mit dem Grafen. »Wußte das Ihr Vater schon? Wir vermuteten Sie sicher im Kloster, in der Obhut einer strengen Oberin.«

Caroline schüttelte den Kopf. »Ich mußte nach Paris, und kaum war ich im Haus, kam die Polizei.« Sie wandte sich an ihren Vater. »Sie suchten nach dir. Ein Kommissar Tibot führte sie an.«

»Sie durchsuchten das Haus?« Der Kaiser stellte seine Fragen jetzt fast unpersönlich, wie bei einem Verhör.

»Sie wollten es. Aber ich gab mein Wort, daß niemand da sei...«

»Und das genügte dem rabiaten Tibot?«

»Er schickte seine Leute weg – und kam dann allein zurück.«

»Drohte er Ihnen, wollte er Sie erpressen?«

Caroline antwortete nicht gleich. Dann sagte sie zögernd: »Es klang, als drohte er Ihnen, Majestät...«

»Mit welchen Worten?«

Sie wiederholte, was Tibot gesagt hatte.

»Also doch!« rief der Graf. »Sie planen Mord – wir müssen etwas unternehmen!«

Der Kaiser schien nicht zu hören. Er senkte den Kopf, die Hand über den Augen, als lausche er in sich hinein. Die Worte des Mädchens – nur ihr Klang hatte ihn erreicht – hatten etwas in ihm angerührt, von dem er sein Leben lang behauptet hatte, er besäße es nicht: das Herz. Und plötzlich sagte er: »Sie lieben Ihren Vater sehr? Verzeihen Sie, wenn ich frage, aber ich habe es zu oft erlebt, daß alle Liebe erlischt, wenn sie Mut erfordert – wirklichen Mut.« Sie antwortete nicht, und er schien auch keine Antwort zu erwarten. »Und Leterpe?« fragte er. »Liebten Sie ihn sehr?«

Caroline zögerte. Sie hatte sich die Frage selber oft gestellt. »Ich glaube, ich liebte ihn nur in jenem Augenblick wirklich, als ich ihn verlor«, sagte sie schließlich.

»Wenn ich noch einmal von vorn anfangen könnte, würde ich es machen wie die Könige, die dieses Schloß gebaut haben. Sie kannten nur die Jagd, die Künste – und die Liebe.« Wieder sprach er mehr zu sich selbst. »Liebe –. Ich habe vergessen, was das ist.« Er sah Caroline von der Seite an.

Wie unter einem geheimen Zwang wandte sie ihm ihr Gesicht zu, wartete. Er wollte etwas sagen – aber die Worte, die er so oft und so leicht benützt hatte, erschienen ihm diesem Mädchen gegenüber wie eine Beleidigung. Ein Leben lang hatte er die Worte der Liebe kalt und überlegt wie Waffen gebraucht. Jetzt, da er nach ihnen suchte, fehlten sie ihm. Er wandte sich fast abrupt ab. »Sie werden müde sein«, sagte er. »Ich habe noch Pflichten. – Schlafen Sie gut.«

7

Caroline löste die Perlen aus dem Haar, bürstete es, bis es zu knistern begann, und steckte es mit zwei Schildpattkämmen aus der Stirn. Leise summte sie vor sich hin, während ihre Hand spielerisch über die Dosen und Fläschchen hinging, die auf dem Toilettentisch standen. Schließlich wählte sie die silberne Dose mit der Mandelkleie. Sie schüttete ein wenig davon in eine der vergoldeten Porzellanmuscheln, gab etwas Honigwasser dazu und rührte den Brei mit einem kleinen goldenen Löffel aus ihrem Necessaire an. Mit einem Schwämmchen benetzte sie Gesicht und Hals mit lauwarmem Wasser und verteilte dann sorgfältig die bräunliche Paste. Die abendliche halbe Stunde vor dem Spiegel war fast so etwas wie ein Ritual – auch wenn sie oft nichts weiter tat, als ihre Hände in Zitronenöl zu baden. Es war, als füge sich erst in dieser halben Stunde der Tag zu einem Ganzen.

Sie wusch die erstarrte Maske ab und verteilte ein wenig von jener Mixtur auf Hals, Gesicht und Hände, die sie selber nach einem alten Rezept der Großmutter ihres Vaters aus Mandelöl und Orchideenpollen herstellte. Dann zog sie die Kämme aus dem Haar, löschte die Kerzen, warf das zartgelbe Spitzennegligé über einen Hocker und schlüpfte in das breite Himmelbett mit den schweren blausilbernen Brokatvorhängen. Der Seidendamast des Bettes schmiegte sich kühlend um ihren nackten Körper, ein Gefühl, das sie genoß, seit sie denken konnte. Der Duft der Kerzen hing noch in der Luft. Das Feuer im Kamin brannte still vor sich hin, erfüllte das Zimmer mit warmer, lebendiger Dämmerung. Auf dem runden Mahagonitisch neben dem Bett standen ein Silberbecher mit Eis und eine Schale mit Früchten.

Caroline schloß die Augen. Je länger sie den Kaiser kannte, desto rätselhafter wurde er ihr. Er reagierte nicht wie andere Männer, man wußte nicht, was er wirklich dachte. Ein paarmal an diesem Abend hatte sie die Empfindung gehabt, er studiere sie wie ein Wissenschaftler, kalt, unbeteiligt. Und sie verstand, daß Menschen ihn hassen konnten – ahnte, warum Frauen ihn geliebt – und dennoch verraten hatten.

Die Geräusche aus den Gemächern der Bediensteten waren verstummt. Im Schloß war es still geworden. Gedankenverloren lauschte sie auf das leise Flüstern der Flammen. Eine Diele knarrte. Sie setzte sich auf, horchte. Aber das einzige Geräusch war das Knistern der verkohlenden Holzscheite im Kamin. Doch dann war da etwas anderes – das Geräusch eines sich drehenden Türknaufs. Eine Tapetentür, die sie vorher nicht bemerkt hatte, ging auf – und in der Öffnung erschien der Kaiser.

Caroline raffte erschreckt das Daunenbett vor ihren nackten Körper. Fassungslos starrte sie den Mann in der weißen anliegenden Seidenhose und der taillierten blauen Samtjacke an, der die

Tapetentür hinter sich geschlossen hatte und sich nun wie selbstverständlich zu ihr ans Bett setzte.

»Sie sollten Ihre Haare immer offen tragen...« Seine Hand fuhr liebkosend über ihre blauschwarzen Flechten.

Caroline wich seiner Berührung aus, glitt bis zum Kopfende des Himmelbetts; ihr Hals, ihre Schultern, der Ansatz der Brust wurden sichtbar.

Der Kaiser war ihrer Bewegung gefolgt, seine Hände berührten ihre Schultern. Er neigte sich über sie, Caroline überlief ein Frösteln. Es war ganz still. Nur die leisen Geräusche des verglimmenden Feuers im Kamin erfüllten den dämmerigen Raum – und seine Stimme, beschwörend, drängend. Seine Hände glitten von ihrer Schulter, schlossen sich um ihre Hände, die immer noch das Daunenbett über der Brust gerafft hielten, wollten den Griff lösen, spielerisch, zärtlich. Es ging ein geheimnisvoller Zwang von diesen Händen aus, erfüllten sie mit einer plötzlichen Schwäche. Auf das Gesicht des Kaisers trat ein selbstbewußtes Lächeln, das Lächeln eines Mannes, der sich immer alles genommen hatte, wonach es ihn verlangte, schnell, im Überfall, ohne zu fragen. Caroline empfand dieses Lächeln wie eine Beleidigung, wie eine Herausforderung. Es war das Lächeln eines Feldherrn, nicht das eines Liebenden. Sie kam zur Besinnung. »Majestät – als was sind Sie hier? Als Kaiser? Als Feldherr? – Bitte – meinen Umhang?«

Der Kaiser nahm den zartgelben Morgenrock aus reiner Seide auf, der über dem Hocker neben dem Bett lag.

»Geben Sie ihn mir – und drehen Sie sich um.«

Caroline griff nach dem Negligé. Der Kaiser wandte sich ab, zögerte einen Augenblick und schnellte dann herum. Aber Caroline lag da, den schlanken, biegsamen Körper in die schimmernde Seide gehüllt; sie lachte ihm entgegen. »Sie sind also doch als Feldherr gekommen, als der Mann der schnellen Schlachten...«

»Meine besten habe ich so gewonnen!« Er setzte sich zu ihr, umschlang sie mit beiden Armen.

Caroline ließ es geschehen – aber in ihren Augen blitzte es: »Diese Schlacht haben Sie noch nicht gewonnen.«

Wieder schien er sie nicht zu hören – nur ihre Nähe zu fühlen. »Caroline – ich liebe Sie. Seit damals, seit St. Dizier. Ich habe Sie nicht vergessen können.«

Wieder spürte sie den Zwang, der von seiner Stimme, seinen Händen ausging. Ein Klopfen an der Tür ließ sie zusammenfahren. Der Kaiser ließ Caroline los, wollte zur Tür eilen, aber es war schon zu spät. Im Schatten der Türfüllung erschien Napoleons Kammerdiener Constant, rollte ein rechteckiges Tischchen vor sich her. Der Kaiser fuhr ihn an. »Kannst du nicht warten, bis du ein Zeichen bekommst?« Der Diener wich zurück. Auf seinem Gesicht mischten sich geheuchelte Ergebenheit und hemmungslose Neugier. Während er devot dienerte und schließlich die Tür hinter sich ins Schloß zog, nahmen seine Augen jedes Detail der Szenerie in sich auf. »Ganache!« Der Kaiser gab dem Tischchen einen wütenden Stoß, daß es durch den Raum rollte. Die Kerzen der silbernen Leuchter flackerten, die Gläser, Teller und Platten klirrten. Caroline mußte über den Zorn des Kaisers lachen. »Er hat doch bestimmt nur getan, was Majestät ihm befohlen hatten – oder?« Sie hatte ihre Sicherheit wiedergefunden. – »Ich würde das Tischleindeckdich gern in der Nähe bewundern.« Sie sah zum Kaiser auf. Er war in diesem Augenblick nur ein Mann für sie, ein Mann, der eine Lektion verdiente. »War das« – sie deutete auf das so routiniert vorbereitete Liebesmahl – »für vorher – oder nachher gedacht?«

Der Kaiser senkte den Blick. »Verzeihen Sie.« Er war mit einem Schritt bei ihr, nahm ihre Hände. »Ich hätte Ihnen früher begegnen müssen...« Er verstummte, schien mit sich zu kämpfen, ob er weitersprechen sollte. Dann fuhr er fort: »Der Offizierskadett Bonaparte träumte nicht von Ruhm, sondern nur von Liebe. Aber die Frauen sahen nur seinen abgetragenen Rock – und später nur noch seine Macht.« Er sah sie an. Ihre Augen schimmerten in der Dämmerung, und es war ihm, als hätte sie all das in seinem Leben sein können: die leidenschaftliche Geliebte, die zärtliche Mutter seiner Kinder, die treue Gefährtin, die strahlende Kaiserin. – Er wußte es plötzlich mit einer Klarheit, die ihn stumm und betroffen machte – denn er wußte auch, daß es vielleicht zu spät war, daß ihm keine Zeit mehr blieb.

Unvermittelt, fast schroff ließ er ihre Hände los. »Schlafen Sie gut – und verzeihen Sie.«

8

Der Graf Romme Allery schenkte seiner Tochter aus der silbernen Kanne Orangenblütentee ein. Seine Augen hingen mit väterlicher Liebe an ihr. Bis zu dem Tag, an dem sie von Schloß Rosambou geflohen waren, hatte er in ihr immer nur das kleine Mädchen gesehen. Seitdem hatte er erkannt, daß sie erwachsen war – eine schöne, mutige Frau.

Caroline setzte ihre Tasse ab. Äußerlich war sie ein Bild ruhiger Gelassenheit. »Vater«, sagte sie, »ich habe eine Bitte. Ich möchte nach Paris zurück.« Sie sah, wie er lächelte. Ahnte er, was in der Nacht vorgefallen war? Es war ein gutes Gefühl, zu wissen, daß er sie verstehen würde – auch ohne Worte.

»Wir gehen zusammen nach Paris«, sagte er. Er erhob sich, ging auf und ab. »Der Kaiser soll diese Nacht zugunsten seines Sohnes abgedankt haben, behauptet man.« – Er sah sich um, als wolle er sich vergewissern, daß sie allein waren. »Es ist ein Manöver. Er will Zeit gewinnen. Möglich, daß die Alliierten in den nächsten Tagen Teile ihrer Truppen von Paris abziehen.« Er blieb vor Caroline stehen, senkte seine Stimme. »Der Kaiser verfügt über fünfzigtausend Soldaten. Damit könnte in ein paar Stunden alles entschieden sein – wenn der Schlag perfekt vorbereitet ist.«

»Man hat dich in Paris bereits gesucht«, gab sie zu bedenken.

»Das habe ich einkalkuliert in meiner Rechnung. Aber die ›Abdankung‹ des Kaisers hat alles verändert – und dann ist da mein Geld, mein Name, meine Beziehungen zum österreichischen Kaiserhaus.«

Caroline überlegte, ob sie es ihm sagen sollte. Aber er mußte es wissen. »Philippe ist in Paris. Ich weiß nicht, was zwischen euch geschehen ist, damals im Schloß. Aber – könnte er in deinem Spiel nicht eine wichtige Karte sein? Wäre er nicht der lebendige Beweis, daß deine Abkehr von Napoleon echt ist?« Er legte seine Hände auf Carolines Schultern. »Ich habe einen anderen Trumpf in diesem Spiel, der besser sticht...«

»Du meinst mich?«

»Ja, dich. Eine Frau mit deiner Schönheit, deinem Mut – und deiner Verschwiegenheit.« Er umfing Caroline mit einem prüfenden Blick. »Traust du dir die Rolle zu? Dann mach dich bereit.«

Caroline lehnte sich in den Fond der Kutsche, ihrem Vater gegenüber. Der Kaiser hatte ihnen durch seinen Kämmerer gute Reise wünschen lassen. Er selber, hieß es, sei ausgeritten, werde nicht vor Mittag zurückkehren. Sie hörte, wie Simon auf den Bock kletterte. Die Wachen öffneten das große vergoldete Tor, die Pferde zogen an. Sie rollten aus dem Schloßhof, die Allee nahm sie auf. Rechts glänzte der Teich, an dem sie gestern abend gestanden hatte – dahinter stieg die Silhouette des Schlosses auf. Gestern? Es schien Caroline eine Ewigkeit, daß sie Rosambou verlassen hatten; das Feuer, die nächtliche Flucht, die Ankunft auf dem Biwak von St. Dizier, der schreckliche Augenblick, als sie Leterpes Leichnam entdeckt hatte, die stillen Tage im Kloster – wie weit lag das alles zurück. Und doch waren erst zwei Wochen vergangen...

Die Kutsche verließ die Allee, bog in den Wald ein. Caroline blickte ihren Vater an. Auf seinem schmalen braunen Gesicht mit den tiefliegenden Augen und dem weißen Haar lag eine erwartungsvolle Spannung, die es jung und kühn machte. Was wußte sie eigentlich von ihm? Seit er vor Jahren vom ägyptischen Feldzug das Fieber mitgebracht hatte, das ihn immer wieder aufs Krankenlager warf, lebte der Graf zurückgezogen auf seinem Schloß. Er schien nur noch um seine Besitzungen, sein Vermögen besorgt – und um seine Gesundheit. Jedes Jahr machte er mehrere lange Badereisen, allein, ohne Begleitung; nie hatte sie erfahren, wo er sich während der Kuren eigentlich aufhielt.

Die Bremsklötze, die sich knirschend gegen die Räder stemmten und den Wagen zum Stehen brachten, weckten sie aus ihren Gedanken. Ein Reiter beugte sich zum Kutschenfenster, ein Kurier aus Fontainebleau. Er reichte ein versiegeltes Päckchen zum Fenster herein, salutierte, wendete sein Pferd. Caroline hielt das Päckchen einen Augenblick unschlüssig in der Hand, dann riß sie das Papier auf. Vor ihr lag ein schmales abgegriffenes Leinenheft, von der ersten bis zur letzten Seite eng beschrieben. Ein Billet fiel heraus. Es waren Napoleons ungeduldige Züge: ›In diesem Heft schlägt das Herz des Kadetten Bonaparte. Für ein Traumbild, für das er leben wollte – oder sterben. In meinem Leben wird es keinen Augenblick mehr geben, der nicht Ihnen gehört.‹

Das Blatt zitterte in Carolines Hand. Als sie aufblickte, begegnete sie dem verständnisvollen Blick ihres Vaters.

Caroline stand vor dem dreiteiligen Wandspiegel in ihrem Boudoir. Monsieur Leroy, der erste Schneider von Paris, drapierte hauchzarte Goldspitze um den tiefen Rückenausschnitt des schmalen silberweißen Seidenkleides. Er trat zurück, prüfte sein Werk, aber er war nicht zufrieden.

Caroline winkte ihrer Zofe. »Méline, den Schmuck.« Das ältliche Mädchen in dem schwarzen Kleid hielt Caroline die geöffnete Schmuckkassette hin. Der Brautschmuck ihrer Mutter schimmerte ihr entgegen, den der Vater ihr vor der Flucht in der Schloßkapelle von Rosambou gegeben hatte. ›Für Paris!‹ hatte er damals gesagt. Jetzt war der Tag gekommen. Caroline legte das Collier um den Hals.

Monsieur Leroy stand hinter ihr, sah ihr zu. Sein Gesicht verklärte sich. »Komtesse, ich hab's.« Er trat vor sie hin. »Hier, unter der Brust ein paar Tupfer, ein paar Edelsteine wie die Ihres

Schmucks, blaßlila Blüten, silbergraue Sterne – und unten am Saum flimmernde Brillantsplitter.« Er griff nach seinem Block, zeichnete auf, wie er sich die Applikation vorstellte. »Ganz Paris wird davon sprechen.«

Caroline mußte über seine Begeisterung lächeln. »Monsieur Leroy, Sie sind ein Künstler – aber wenn das Kleid bis heute abend fertig sein soll, müßten Sie auch ein Zauberer sein.« Der Schneider verbeugte sich tief: »Für Sie, Komtesse, wird man zum Zauberer.«

Caroline machte der Zofe ein Zeichen. Méline schob die spanische Wand heran, die mit einem kostbaren alten Gobelin bespannt war. Caroline stieg vorsichtig aus dem Festgewand und schlüpfte wieder in das Hauskleid aus türkisgrünem Georgette. An der Tür erschien ein Lakai. »Die Musikanten sind da.«

»Ich komme.« Ungeduldig blieb Caroline stehen, bis Méline den Verschluß im Rücken zugehakt hatte. Sie fieberte. Es gab noch viel zu tun bis zum Abend. Sie lief die Treppe hinunter. In der Halle erwartete sie Simon. Ihm paßte das ganze Theater nicht.

Caroline blieb vor ihm stehen und sagte leise und eindringlich: »Es gibt nicht immer nur den geraden Weg – das solltest du doch am besten wissen.« Er senkte den Kopf, reichte ihr ein Silbertablett mit weiteren Antworten auf die Einladung. Caroline riß den ersten Umschlag hastig auf. Über ihr Gesicht ging ein triumphierendes Lächeln. Sie hielt Simon das blaßgraue Billet hin: »Talleyrand!« Der Schachzug ihres Vaters, sich hinter die österreichische Gesandtschaft zu stecken, war also geglückt. Talleyrand kam. Der Mann, der alle Fäden in der Hand hielt. Alles würde nach Wunsch gehen.

Der Stab des Zeremonienmeisters klopfte zweimal auf. Die Damen sanken ins Knie, die Kavaliere verbeugten sich tief. Talleyrand schritt schleppend die Freitreppe empor. In dem langschößigen silbergrauen Samtrock und der silberweißen schulterlangen Perükke schien er einer vergangenen Zeit entstiegen.

Caroline, die mit ihrem Vater auf dem ersten Treppenabsatz stand und die Gäste begrüßte, sank in eine tiefe Reverenz. Talleyrand griff nach ihrer Hand und sagte zum Grafen Romme gewandt: »Ich muß Sie tadeln, Sie haben uns Ihre Tochter sehr lange vorenthalten.« Und dann zu Caroline: »Ich hoffe, Sie sind meine Tischdame. Ich will endlich aus erster Quelle erfahren, wovon ganz Paris spricht: die Geschichte von der geheimnisvollen Unbekannten, die als Kosak verkleidet mit den Alliierten in Paris einzog. Sie müssen mir alles ganz genau erzählen.«

Caroline blieb zurück, winkte einen Lakaien heran. Sie nahm

sich ein Glas Champagner und lehnte sich in eine Nische in einer Seitengalerie. Ein paar Sekunden nur zu sich kommen, Kraft schöpfen! Ihr war schwindlig: die Musik, das Stimmengewirr, die vielen neuen Gesichter, die farbenprächtigen Toiletten, der süße schwere Duft der weißen Lilien, die zusammen mit vergoldetem Blattwerk das ganze Haus schmückten. Gedankenverloren starrte sie in das bunte Treiben. Einen Augenblick kam es ihr wie ein Theaterstück vor. Aber es war Wirklichkeit, gefährliche Wirklichkeit.

Vier Offiziere standen um einen hohen schlanken Mann. Sie konnte sein Gesicht nicht erkennen – er kehrte ihr den Rücken zu –, und doch war ihr, als habe sie ihn schon einmal gesehen. Jetzt trat der Unbekannte einen Schritt zurück, machte eine Geste, als hätte er einen Degen in der Hand. Die Offiziere brachen in ein amüsiertes Gelächter aus. Caroline zitterte vor Erregung. Dieser blitzschnell angedeutete Degenhieb – es gab nur einen, der den Degen so führte – Gil de Lamare...

Caroline trat aus dem Schatten der Nische, unauffällig näherte sie sich der Gruppe. Wie gebannt hing ihr Blick an dem Mann, der ihr immer noch den Rücken zukehrte. Jetzt wandte er den Kopf, so daß sich sein Profil vor dem mächtigen Pfeiler aus schwarzem Marmor abhob: Linien, in denen sich Schönheit und Kraft zu vollkommener Harmonie vereinten. Caroline blieb wie angewurzelt stehen. In diesem Augenblick wandte sich der Mann um. »Teufel – wir haben Publikum«, sagte er. »Und noch dazu das schönste, das ich mir vorstellen kann.« Er verneigte sich. Zu galant, zu routiniert, fand Caroline.

»Schöne Komtesse, ich danke Ihnen. Die Anteilnahme in Ihren schönen Augen, Komtesse, zeigt mir, daß in dieser Stadt noch ein Herz schlägt, das nicht behext ist von diesem Rattenfänger Gil de Lamare...« Die vier Offiziere, die bei ihm standen, lachten, aber Caroline sah ihnen an, daß sie sich insgeheim über ihn lustig machten. Narrte sie ein Trugbild? Wie hatte sie auch nur einen Augenblick in diesem gezierten Gecken jenen Mann vermuten können, der sie damals im Kloster aus der Gewalt des Kosaken gerettet hatte!

»Komtesse, Sie scheinen erstaunt? Sollten Sie vielleicht noch gar nichts von dem Teufelskerl gehört haben?«

Ihre Blicke begegneten sich – und für den Bruchteil einer Sekunde war es Caroline, als entdecke sie etwas in diesen Augen, was nicht zu diesem affektierten Salonlöwen paßte. »Gil de Lamare?« Sie sprach den Namen zögernd aus, fast vorsichtig. »Nein, ich kann mich nicht erinnern...«

»Teufel, sie kennt ihn nicht? Sie ist nicht von ihm behext! Sie träumt nicht davon, in seinen starken Armen zu liegen! – Sie geben mir neue Hoffnung, Komtesse!« Er ergriff ihre Hand, neigte sich mit vollendeter Eleganz darüber.

»Sie machen mich neugierig«, sagte sie.

»Ganz Paris ist neugierig. Ich habe diesen Herren«, er deutete auf die Offiziere, »ein kostbares Geschenk versprochen, wenn sie mir diesen Mann vor die Klinge liefern.«

»Sie wollen ihn fordern?«

»Teufel, ja! Stellen Sie sich meine Lage vor! Bin ein Vierteljahr in England, komme vor ein paar Tagen wieder nach Paris, nichtsahnend, guter Dinge, im Koffer die letzten modischen Neuheiten – und stoße auf einen Rivalen! Ich – dem ganz Paris gehörte! Teufel, nein!«

»Ein Schicksalsschlag!« Caroline hatte ihre anfängliche Enttäuschung bereits überwunden. So war sie, ihr Element war der Augenblick, das war ihre Stärke – und manchmal ihre Schwäche. Jetzt fand sie Gefallen an dieser seltsamen Gestalt, die einer Komödie entsprungen schien.

»Absurd!« fuhr er erregt fort. »Keiner kennt ihn; aber alle sprechen von ihm. Die Damen vom Faubourg Saint-Germain genauso wie die Grisetten vom Palais Royal – alle haben sie nur noch einen Mann im Kopf. Einen Mann, den sie noch nie gesehen haben. Einen Mann, der jahrelang totgesagt war.« Er zog ein weißes Spitzentaschentuch, betupfte sich die Stirn. »Teufel! – Und wissen Sie, worin seine ganze Zauberei besteht? Nein? – Ich werde es Ihnen vorführen.« Er trat einen Schritt zurück, machte eine Geste, als habe er einen Degen in der Hand – und führte dann blitzschnell, wie vorhin, als sie ihn heimlich beobachtet hatte, zwei angedeutete Hiebe über Kreuz. Sein Körper, seine Bewegungen waren männlich. Aber in diesem männlichen Körper, dachte Caroline, scheint der Geist einer Kokotte zu wohnen. Seine ganze Erscheinung zeugte von geradezu weiblicher Putzsucht: die silbergrauen enganliegenden Beinkleider, der blaßviolette Rock aus matter Seide, darunter die Weste aus Silberbrokat mit den schimmernden brillantbesetzten Opalknöpfen – der auffällige Solitär, den er am kleinen Finger der linken Hand trug, der hochkarätige Brillant, der inmitten des kunstvoll arrangierten Spitzenjabots steckte.

Er hatte sein Kunststück vorgeführt – die vier Offiziere brachen in ein etwas gequältes Lachen aus; sie schienen die Szene schon oft erlebt zu haben. Der Geck machte mit seinen langen gepflegten

Händen eine Bewegung, als habe er sich einer lästigen Arbeit entledigt. »Daß ich noch einmal bei meinem alten Fechtmeister Nachhilfeunterricht nehmen würde – Teufel, das hätte ich mir nicht träumen lassen.« Er zupfte an den Spitzenrüschen seiner Ärmel. »Aber wenn ich mir etwas in den Kopf gesetzt habe, bin ich nicht zu halten.«

»Nett, daß Sie trotzdem Zeit fanden, unser Fest zu beehren.«

»Die Ehre ist ganz auf meiner Seite. Aber wenn sich mein Friseur und mein Schneider nicht bereit gefunden hätten, mir zu barbarischen Zeiten zur Verfügung zu stehen – ich wäre verloren gewesen! – Wie hätte ich vor Ihnen bestehen sollen?« Er umfing sie mit einem bewundernden Blick. »Darf man fragen, wer das Kunstwerk entworfen hat?«

»Raten Sie!«

Carolines Robe aus matter silberweißer Seide war einfach und zugleich gewagt geschnitten: der weite geschwungene Ausschnitt, die hohe Gürtung unter der Brust, mit Saphiren und Amethysten besetzt; der strenge, schmale Rock, an dessen Saum unzählige Brillanten schimmerten. Dazu trug Caroline den Hochzeitsschmuck ihrer Mutter. Silbergraue Saphire und blaßviolette Amethyste auf einem Vlies von Brillanten zu Sternen und Blumen angeordnet. Sie war dafür geboren, solche Geschmeide zu tragen. An ihr verloren sie alle protzige Kälte; sie wirkten wie exotische Blüten, die sich auf ihrer bräunlichen Haut zur vollen Pracht entfalteten.

»Ich wette, Leroy!« sagte er.

»Bravo!« Caroline applaudierte ihm.

Aus dem großen Saal klang das Zeichen herüber, das zur Tafel rief. Er hatte ihr seinen Arm geboten. Als sie aus der Galerie in den Festsaal traten, stand der Graf vor ihnen. »Nun, lieber Graf, was zum Teufel haben Sie mit Ihrem Haus gemacht? Ich habe es nicht wiedererkannt.« Seine Stimme wurde ein Flüstern, und er drohte scherzhaft mit dem Finger: »Nicht wegwerfen! – Die Büsten und Bilder Napoleons – in England ist man verrückt danach. Ich habe eine lange Liste von Bestellungen – ich hoffe, ich kann auf Sie rechnen? Soweit ich mich erinnere, hatten Sie ganz besonders schöne Stücke.«

Meinte er es ernst? War es Spott, Dummheit oder Schläue? Der Mann wurde Caroline immer unverständlicher. Man verneigte sich voreinander. Dann schritt Caroline an der Seite ihres Vaters zur Tafel, die für über hundertzwanzig Gäste in Hufeisenform aufgestellt war. »Wer war das?« fragte sie.

»Der Herzog Cyrill Michelange Belômer, du hast seinen Namen selber auf die Liste gesetzt.«

Caroline wollte etwas fragen – aber der Graf sagte, starr geradeaus blickend: »Laß dir nichts anmerken! Ich habe eben Nachricht erhalten. Es ist wahr: Der Kaiser hat abgedankt, man sagt, endgültig. – Wir müssen nachher miteinander sprechen.«

Strahlend erhob sich die Musik über das Stimmengewirr. Zu den Klängen von Jeremiah Clarkes ›Trumpet Voluntary‹ zog die Prozession der sechzig Pagen mit den Speisen ein. Fast lautlos und mit anmutigem Gleichklang der Bewegungen stellten die Pagen ihre Platten und Schüsseln auf den langen niedrigen Tisch, um den die Tafel gruppiert war.

Talleyrand, der zu ihrer Linken saß, neigte sich zu Caroline: »Sind Sie wirklich als Kosak in Paris eingeritten, wie man sich erzählt?«

Während die Pagen die Vorspeisen servierten, begann Caroline zu erzählen. Aber sie war nicht bei der Sache. Immer wieder glitt ihr Blick schräg über die Tafel, dorthin, wo der Herzog Belômer neben einer alten Dame, seiner Großmutter, saß. Sie wußte wenig über ihn, nur daß er bekannt war für seinen Reichtum, für seine modischen Extravaganzen, für die er ein Vermögen ausgab; für das leidenschaftliche Sammeln ägyptischer Altertümer; ein Mann, der auf keinem Fest fehlte. Caroline beobachtete das seltsame Paar: die alte Frau mit den herrischen Zügen und dem weißen Haar, das glatt aus der Stirn gekämmt und am Hinterkopf zu einem kunstvollen Knoten geschlungen war – und daneben den Gecken, der einem Modejournal entsprungen schien.

Talleyrand hatte rasch herausgefunden, was Carolines Aufmerksamkeit so sehr in Anspruch nahm. »Ich beneide den Herzog Belômer. Er scheint eine Eroberung gemacht zu haben.«

»Nein – ich frage mich nur, wie ein Mann so eitel sein kann.«

Über Talleyrands Gesicht ging ein vieldeutiges Lächeln. »Man sollte einen Menschen nie allein nach der Maske beurteilen, hinter der er sich verbirgt.« Er sprach die Worte ganz leichthin. »Bewußt oder unbewußt maskieren wir uns alle. Die Maske Ihres Vaters war bisher der General. Jetzt ist er in eine neue geschlüpft. Sie verzeihen mir, wenn ich etwas mißtrauisch bin, obwohl ich diese Wandlung begrüße. Ist sie Ihr Werk?«

»Würden Sie mir das zutrauen?«

»Frauen vermögen viel. Im Guten wie im Bösen. Es ist das Werk einer Frau, der Gräfin Périgord, daß ich mich für den Frieden einsetze. Deshalb – es würde mich freuen, wenn Ihr Einfluß ebenso groß wäre.«

Die Pagen räumten die Teller der Vorspeisen weg; es wurde Geflügel und Fisch serviert. Flache, vorgehitzte Steingutplatten sorgten dafür, daß die warmen Speisen nicht erkalteten. Dazu gab es erlesene Gemüse, eingelegte Früchte; Weine aus aller Herren Länder. Talleyrand nahm mit der vergoldeten Gabel ein Stückchen von dem Rehfilet à la Petersburg, ließ es auf der Zunge zergehen. »Mein Kompliment, Komtesse. Sie werden Schule machen in Paris. Paris hat es nötig. Wir haben hier fast vergessen, wie gut es ist, warm zu essen – und mit Muße.«

Caroline verstand die Anspielung auf Napoleons kalte und gehetzte Tafel sehr wohl. Lächelnd erwiderte sie: »Meine Mutter war Österreicherin – und in Wien zählt man das Essen zu den schönen Künsten.«

Talleyrand klopfte an sein Glas – alles verstummte. Mit einer leichten Verbeugung zu Caroline hin hob er es: »Auf die schöne Gastgeberin!«

Mit einer Schnelligkeit und Lautlosigkeit, die an Zauberei grenzte, wurden die Tische abgeräumt. Die Tische wurden an die Wände gerückt und in ein Kaltes Büfett verwandelt. Neue Batterien von Gläsern und Flaschen wurden aufgebaut, Weine, Champagner, Liköre, Kokosmilch, Fruchtsäfte, Backwerk, Torten, Obst und große ovale Silberplatten mit winzigen pikanten Appetithappen.

Caroline gab dem Musikmeister ein Zeichen. Ein Walzer rauschte durch die Räume. Alle strömten in den Festsaal zurück, aber keiner wagte sich als erster an den skandalösen neuen Tanz aus Wien. Da schritt zwischen den Applaudierenden der Herzog Belômer auf Caroline zu. »Komtesse, darf ich bitten.«

Caroline hatte noch nie Walzer getanzt, aber sie überlegte keine Sekunde. Mit einem strahlenden Lächeln erwiderte sie seine Reverenz – und dann flog sie in seinen Armen durch den Saal. Sie ließ sich einfach von der Musik tragen, von ihrem wirbelnden Rhythmus. Mit leicht zurückgebogenem Kopf lag sie in seinen Armen, spürte mit Erstaunen den Gleichklang ihrer Bewegungen. Die Musik brach ab. Einen Augenblick lehnte sie sich noch ganz vom Tanz benommen an ihn, hörte den Schlag seines Herzens – und wie aus weiter Ferne den Beifall rund um sie. Man applaudierte zum Tanz – aber ebenso der Harmonie ihrer Roben. Sie trugen dieselben Farben: Silberweiß, Grau und Blaßviolett.

»Eine kleine Erfrischung?« Er reichte ihr den Arm. Die Musik hatte wieder eingesetzt. Durch die Tanzenden führte er sie in einen kleinen ruhigen Salon. »Wo in aller Welt haben Sie Walzer tanzen gelernt?« fragte er, während er ihr ein Glas Champagner reichte.

»Nirgends«, sie lachte – »oder, wenn Sie wollen, eben jetzt, bei Ihnen, Herzog.«

»Teufel, ich wußte, ich würde Sie im Sturm erobern.«

Sein eitles, selbstgefälliges Lächeln ernüchterte sie. Niemals würde sie einen Mann lieben können, bei dem sie das Gefühl hatte, daß sie ihm überlegen war. Sie war froh, als ein österreichischer Offizier sich vor ihr verbeugte und sie um den nächsten Tanz bat.

Über Paris dämmerte schon der Morgen, als die Lakaien im Palais des Grafen Romme Allery die Kerzen löschten. Caroline stand in der Halle vor dem hohen Spiegel. Das Fest war vorbei, aber in ihren Adern pulste es weiter: die Musik, der Champagner, der Tanz, die geflüsterten Zärtlichkeiten, die drängenden Bitten. Sie war hellwach und berauscht zugleich. Berauscht vom Leben, von der Gegenwart. Alles andere versank daneben. Vergangenheit und Zukunft wurden wesenlos. Für sie würde es immer nur das Hier und Jetzt geben.

Sie trat näher an den Spiegel. Im Nacken hatte sich eine Locke gelöst. Die leichte Blässe gab ihrer Schönheit etwas Leidenschftliches, Wildes, Ungezähmtes. Ihr Vater stand ein paar Schritte hinter ihr, beobachtete ihr stummes Selbstgespräch vor dem Spiegel. Schließlich trat er auf sie zu, legte seine Hände auf ihre Schultern. »Du warst wunderbar!«

»Das Fest war wunderbar«, antwortete sie lächelnd.

»Durch dich«, beharrte er. Es tat ihm weh, sie jetzt in die Wirklichkeit zurückzuholen. Aber es mußte sein. »Hör zu, Caroline, ich habe Nachricht aus Fontainebleau. Der Kaiser hat wirklich abgedankt, aber was ihn dazu bewogen hat, weiß ich nicht. Aber ich habe meine Vermutungen – die Marschälle werden ihn gezwungen haben.«

»Was hast du vor? Was willst du jetzt noch ausrichten?«

»Fouché steht auf unserer Seite – und ein Mann wie Fouché kann viel.« Er nahm einen Leuchter. »Komm mit in mein Kabinett, dort werde ich dir meinen Plan erklären.« Caroline ging schweigend neben ihm. Ihre Gedanken waren immer noch beim Fest. In ihrer Linken spürte sie das Billet, das ihr der Herzog Belômer beim Abschied zugesteckt hatte. Der Graf öffnete die Tür zu seinem Arbeitskabinett, schloß die Tür, stellte den Leuchter auf den Schreibtisch.

»Der Herzog Belômer – was ist das eigentlich für ein Mensch?«

Caroline fühlte den prüfenden Blick des Vaters, und sie wurde sich klar, daß sie ihn nun schon zum zweitenmal nach dem Herzog fragte.

Er zögerte einen Augenblick mit der Antwort. »Für viele Frauen ist er ein Halbgott – und, wie man sagt, ein galanter Liebhaber. Für viele Männer ein eitler, oberflächlicher Geck. Für mich ist er eine tragische Gestalt. Seine Geschichte ist die Geschichte eines Mannes, der so tut, als habe er vergessen, was ein Mensch nicht vergessen darf.« Er sah sie wieder an. »Es ist vielleicht gut, daß du mich nach ihm fragst. Vielleicht verstehst du mich besser, wenn du seine Geschichte kennst. Denn er hat das getan, was ich nie tun könnte – er hat sich verraten.«

Caroline hatte ihren Vater selten so ernst gesehen. Sie fühlte, wie sehr er unter allem litt, wie wenig sie ihn im Grunde kannte. Sie hatte plötzlich Angst; Angst vor dem Tag, an dem er nicht mehr dasein würde. »Ich würde dich gerne verstehen«, sagte sie.

»Die Herzöge Belômer waren die reichsten und die stolzesten Burgunds«, begann er. »Ihre Güter um Lyon waren die schönsten Frankreichs, ihre Seidenspinnereien die größten Europas, ihre Schiffe eine kleine Seemacht. Das Stammschloß barg Schätze, um die Könige sie beneideten. Sie waren so mächtig, daß selbst die Revolution sich nicht an sie heranwagte. Bis zum Jahre 1793 – bis der Konvent Fouché beauftragte, dieses aufsässige Lyon zu bestrafen. Und Fouché tat es auf seine Art. Die Guillotine war ihm noch zu langsam. Er ließ die Opfer zu Hunderten hinaus in die Ebene von Broteaux führen, jenseits der Rhone – mitten hinein in Kanonen- und Infanteriefeuer. Die Leichen warf man in den Fluß.« Der Graf ging unruhig auf und ab, fuhr dann fort. »Die ganze Familie Belômer wurde ausgerottet – an einem Tag. Auch Cyril Michelange, der damals vierzehnjährige Herzog, erschien auf der Totenliste – aber wie sich später herausstellte, war er wie durch ein Wunder mit dem Leben davongekommen. Ihm gelang die Flucht nach England zu seiner Großmutter. Das ist seine Geschichte.«

»Und dieser Mann?«

»Ja, dieser Mann, dieser ewig lächelnde, spöttelnde Stutzer! Er spricht nie davon. Es scheint, als hätte er vergessen – als wäre es nie geschehen. Ich will nicht richten, aber ich verstehe ihn nicht. Er hätte sich rächen müssen. Ich hätte es getan. Frankreich hat Fouché dieses Gemetzel bis heute nicht vergessen, wird es ihm nie verzeihen, nur er...«

Caroline hatte dem Vater mit gesenktem Kopf zugehört. »Und mit diesem Fouché paktierst du jetzt? Das sagtest du doch?«

Der Graf antwortete nicht gleich. Dann sagte er langsam: »Ich benütze ihn nur. – Manchmal muß man mit dem Teufel paktieren.«

Am Morgen nach dem Fest füllte sich Carolines Salon mit Blumen. Auf dem silbernen Tablett häuften sich Einladungen zu Festlichkeiten, Bitten um Rendezvous.

Caroline genoß das erregende und verwirrende Spiel, dessen Mittelpunkt sie plötzlich geworden war. Ganz Paris warb um sie, und sie ließ es sich mit erstauntem Lächeln gefallen. Innerhalb einer Woche erreichte sie, daß niemand mehr bei dem Namen Romme Allery an den treuesten von Napoleons Generalen dachte, sondern nur noch an das Mädchen mit dem blauschwarzen Haar und den geheimnisvollen grauen Augen – an die betörende Melodie ihrer Bewegungen – an ihr Lachen...

Die Tage vergingen wie im Flug. Als Caroline am 18. April spätabends aus dem Theater nach Hause kam, erwartete sie ihr Vater in der Halle. Sie verstand ihn ohne Worte. Stumm folgte sie ihm in sein Arbeitszimmer.

Er deutete auf eine Karte, die auf seinem Schreibtisch lag. »Das ist der Reiseweg Napoleons – er wird am 20. von Fontainebleau nach Elba aufbrechen. Du wirst ihn am 21. in Nevers abfangen. Er reist inkognito, unter dem Namen Campell.« Er verstummte, sah sie an. »Caroline – es liegt jetzt alles in deinen Händen. Du mußt den Kaiser überzeugen. Wir sind bereit. Wenn er hier erscheint, schlagen wir los.«

Caroline nickte. Sie hatte immer noch den Tumult von vorhin in den Ohren, der während des letzten Aktes von Racines ›Britannicus‹ im Theater ausgebrochen war. »Du hast etwas versäumt heute abend«, sagte sie. »Es gab eine regelrechte Schlacht zwischen den Anhängern der Bourbonen und denen Napoleons.«

»Im Theater?«

»Ja, wegen einer Dekoration – ein goldener Adler. Die Parteigänger des Königs fühlten sich durch dieses Wahrzeichen Napoleons beleidigt, sie unterbrachen die Vorstellung. Im Nu war das Publikum in zwei Lager gespalten. Ludwig XVIII., der anwesend war, verließ seine Loge.«

»Wenn Napoleon in diesem Augenblick erschienen wäre – Paris hätte ihm gehört. Und es wird ihm gehören – sag ihm, wir sind bereit.« Er schloß sie in seine Arme. »Simon wartet auf dich. Und denk daran, wenn hier etwas geschehen sollte – du weißt von nichts. Du warst in Roanne, bei deinem Onkel. Gute Fahrt!« Sie küßten sich, dann eilte Caroline auf ihr Zimmer, um sich umzukleiden.

Ächzend hielt die über und über mit Staub bedeckte Kutsche vor der Hofeinfahrt ›Zum Goldenen Pfau‹ am Ortsausgang von Nevers. Simon hatte Mühe, die Pferde zum Stehen zu bringen. Sie waren wie betäubt von dem warmen stürmischen Südwestwind, gegen den sie seit Stunden ankämpften.

Als Caroline aus der Kutsche stieg, riß ihr der Sturm die Kapuze vom Kopf. Sie breitete die Arme aus, genoß die Gewalt des Sturmes; es war wie ein belebendes Bad nach der endlosen Fahrt, die sie ganz steif gemacht hatte. Ihr Blick ging über das langgestreckte, verwitterte Haus mit dem grauen, weit vorspringenden Schindeldach und den hohen Kaminen, aus denen Funken in den dunklen Himmel stoben. Die Windlichter zu beiden Seiten der Toreinfahrt hatte der Sturm gelöscht. Nur aus den Ritzen der vorgelegten Läden sickerte Licht.

Simon machte sich daran, die Pferde abzuschirren. – Er war gegen dieses Abenteuer, das merkte man ihm auch ohne Worte an – und selbst Caroline fühlte sich einen Augenblick lang unsicher. Doch dann zog sie die Kapuze ihres dunkelblauen Reisemantels tief ins Gesicht, raffte ihre Röcke und betrat den steingepflasterten dämmerigen Gang.

Aus einer dunklen Nische glitt eine Gestalt, stieß die Tür zur Wirtsstube vor ihr auf. Dichter Tabaksqualm, vermischt mit dem Geruch nach Wein und dem durchgeschwitzten Lederzeug der Rollkutscher, die rundum auf den Bänken saßen, erfüllte den niedrigen Raum mit der flachgewölbten weißen Decke. Augenblicklich verstummte der Lärm der Stimmen, als sie zwischen den Tischen hindurch zu der langgestreckten, buntbemalten Holztheke schritt. Es war wie ein Spießrutenlaufen durch die zudringlichen Blicke und Bemerkungen der angetrunkenen Männer.

Der Wirt, in Hemdsärmeln und einer rostfarbenen Schürze, mochte etwa fünfzig Jahre alt sein. Eine tiefe Narbe zog sich quer über seine Stirn. Er musterte sie mit seinen etwas vortretenden Augen. »Womit kann ich dienen?«

»Ich erwarte meinen Mann, Mr. Campell.« Das war das verabredete Zeichen.

Die Miene des Wirts blieb undurchdringlich. Aber die Narbe war unverkennbar. Ihr Vater, unter dem er in vielen Feldzügen gedient hatte, hatte sie ihr genau beschrieben. Der Wirt wandte sich zu der Durchreiche, einer grünen Butzenscheibenwand, und schob sie auseinander. Ein riesiger, schwarzer Herd mit einem gewaltigen rußgeschwärzten Kamin darüber wurde sichtbar. In den Dampf der brodelnden Kupferkessel gehüllt, stand eine große Frau mit glühendem Gesicht und zerrieb zwischen den Händen getrocknete Thymianstengel über die Hammelkeulen, die, von zwei Schnepfen flankiert, an einem Bratspieß staken. Der Wirt rief ihr etwas zu; aber die Frau reagierte nicht. Kopfschüttelnd schloß er das Schiebefenster. Er griff nach einem Stock, der in der Ecke lehnte. »Kommen Sie«, sagte er.

Der Wirt ging voraus. Caroline folgte in einigem Abstand, im Innersten aufgewühlt. Die Bilder der Fahrt von Paris nach Nevers stiegen wieder vor ihr auf. Die Nachricht von der ›Flucht‹ des Kaisers hatte sich mit der Schnelligkeit des Gerüchts herumgesprochen, und fast in jedem Dorf hatte sich eine mit Steinen und Stöcken bewaffnete Meute zusammengerottet. Sie sah wieder den Galgen, den man auf einer Wiese errichtet hatte. Die Strohpuppe, die daran hing, trug Napoleons Züge.

Caroline hatte ihren Reisemantel abgelegt. Vor dem fleckigen Spiegel über der Kommode brachte sie ihr Haar in Ordnung. Im Spiegel sah sie den Kaiser mit dem Rücken zu ihr am Kamin stehen, sich an dem prasselnden Feuer wärmend. Die Wirtin hatte den Tisch gedeckt, das in einem Alkoven stehende Bett mit frischem Linnen bezogen.

Caroline wandte sich um, trat an den Tisch. Sie erwartete nicht, daß er etwas sagen würde. Sie spürte, daß ihn in diesem Augenblick jedes Wort Überwindung kostete. »Wollen wir essen?« fragte sie.

Mit langsamen Schritten kam er zum Tisch, setzte sich. Die Wirtin hatte ihr Paradegeschirr gedeckt: große, kobaltblaue Teller mit runden Hauben, deren Griff ein vergoldeter Pfau war. Die Griffe der Bestecke und die beiden dreiarmigen Leuchter waren ebenfalls aus blauem Porzellan. Caroline nahm die Teller von dem großen Messingrechaud, stellte sie auf den Tisch. Der würzige Duft der Senfsauce, die das weiße Wallerfleisch umgab, stieg auf. Der Wirt selber hatte den Waller in der Loire gefangen, am Nachmittag, bevor der Sturm aufkam; die Wirtin hatte es Caroline zugeflüstert, während sie den Tisch gedeckt hatte. Mit mechanischen Bewegungen nahm der Kaiser ein paar Bissen, trank einen Schluck Wein, verfiel wieder ins Brüten.

Seit sie in dem Zimmer war, hatte er sie kein einziges Mal angesehen. Peinlich vermied er ihren Blick. Das war also ihr Wiedersehen! In diesem Raum, in dem alles heruntergekommen war: die verblichenen Vorhänge, der abgetretene Teppich, die Wände mit den großen bräunlichen Stockflecken. Sie mußte unwillkürlich an jene Nacht in Fontainebleau denken, an das prunkvolle Zimmer, die seidenen Vorhänge, die weichen Teppiche, die erlesenen Speisen. Aber sie fühlte, daß das alles nicht wichtig war, nicht für sie. Sie mußte sich zwingen, sich zu erinnern, weshalb sie gekommen war. »Mein Vater hat mich hergeschickt«, sagte sie schließlich. »Alles ist vorbereitet – für Ihre Rückkehr!«

Er hob den Kopf, sah sie zweifelnd an.

»Man wartet auf Sie, Majestät. Fouché ist auf Ihrer Seite. Und viele andere. Sie werden alle auf Ihrer Seite stehen, wenn Sie beschließen, nach Paris zurückzukehren. Paris wartet auf Sie!«

»Wartet auf mich?« sagte er fast unhörbar. Und dann: »Niemand braucht mich – niemand will mich.«

Caroline sprach weiter, drängend, versuchte ihn zu überzeugen. Hörte er ihr überhaupt zu? Sie fühlte, daß ihre Worte ihn nicht erreichten. Sie erhob sich und trat neben ihn. Alles war vergessen – sie ließ sich einfach von ihrem weiblichen Instinkt tragen, der ihr sagte, daß es nicht Worte waren, was dieser Mann jetzt brauchte. Fast scheu legte sie die Arme um ihn, lehnte ihren Kopf an seine Schulter – und als sie leise seinen Namen flüsterte, schwand alle Fremdheit zwischen ihnen. Sie schloß die Augen, bog den Kopf zurück, als er sie an sich zog. Seligkeit durchströmte sie. Bisher hatte sie sich immer gegen die zwingende Kraft, die von diesem Mann ausging, gewehrt, hatte ihr mißtraut. Aber jetzt gab es nichts mehr, was sie trennte.

Caroline erwachte, in die Arme des Mannes geschmiegt, von dem ersten fahlen Licht des Morgens, das durch die Vorhänge fiel. Sie blieb still liegen, um ihn nicht zu wecken. Sie genoß die Wärme seines Körpers, lauschte auf seinen Atem. Ihre Hand berührte sein Haar, seinen Hals, die Stelle, wo sie sein Blut pochen fühlte.

Wachen und Schlafen – jede Sekunde dieser Nacht hatte sie enger an diesen Körper gefesselt, an eine Liebe, die neu und unbekannt für sie war.

Auf dem Gang wurden Stimmen laut. Schritte näherten sich. Eine Faust schlug an die Tür. »Fünf Uhr, Majestät! Es ist Zeit zum Aufbruch.« Mit der Plötzlichkeit eines Mannes, der sein halbes Leben auf dem Schlachtfeld verbracht hat, war er wach. »Kommen Majestät jetzt mit nach Paris?« fragte sie lächelnd. »Ich werde nach Paris kommen«, sagte er. »Aber nicht jetzt. Paris wird mich wiedersehen – als Kaiser!«

Mit Staunen sah sie ihn an. Er war wie verwandelt. Die Resignation, die Apathie waren wie weggezaubert. »Dann lassen Sie mich mit nach Elba gehen.«

Er schüttelte den Kopf, plötzlich sehr ernst. »Ich habe mir gewünscht, daß Sie es möchten! Aber es ist unmöglich. Gehen Sie zurück – dann hat Paris wenigstens seine Kaiserin.«

Es war inzwischen fast hell geworden. Das unbarmherzige Licht des Tages ließ das Zimmer noch armseliger erscheinen. Aber wie schwach, wie unbedeutend war diese Wirklichkeit gegen jene andere.

Auch der Abschied von ihm zählte nicht: sein letzter Kuß, seine letzte Umarmung vor den Augen der wartenden Offiziere – das Geräusch der hinter ihm ins Schloß fallenden Tür, die sich entfernenden Schritte. Sie trat vom Fenster zurück, als die Kutschen in der Biegung der Landstraße verschwunden waren. Ein Pochen an der Tür riß sie aus ihren Träumereien. Es war Simon, der das Frühstück brachte. Er trug den Tisch zu ihr ans Bett, setzte das Tablett darauf ab. Der Duft von Kaffee und frischem Brot erinnerte sie an ihren Hunger.

»Danke, Simon.« Sie lächelte ihm zu; aber sein Gesicht blieb seltsam ernst; fast prüfend ruhte sein Blick auf ihr, ganz wie ein besorgter Vater.

»Soll ich die Pferde anspannen?« fragte er förmlich.

»Ja, ich bin in einer Viertelstunde bereit.«

»Sehr wohl, Komtesse.« Er wandte sich zum Gehen.

»Simon! Was ist? Was hast du?«

Er schüttelte den Kopf. »Nichts, Komtesse. Nichts Bestimmtes. Nur ein Gefühl, daß wir keine Zeit verlieren sollten.«

10

Sie brauchten zwei Tage für die Rückreise, obwohl sie häufig die Pferde wechselten. Jetzt war es Caroline, die zur Eile trieb. Sie war froh, als sie am Mittag des zweiten Tages die letzte Station vor Paris erreichten, den Gasthof von Port Royal des Champs. Es war nach einer kurzen Rast dort, daß Caroline durch das offene Fenster der Kutsche den einzelnden Reiter über die weite Ebene auf sich zusprengen sah. Bald erkannte sie die Uniform des Kosakenoffiziers, und dann war er so nahe, daß sie sein Gesicht sehen konnte. »Philippe!«

Caroline lief ihm entgegen. Sie umarmte ihn stürmisch. »Das ist eine Überraschung! Hast du uns erwartet?« Sein Gesicht war schmal geworden seit jenem Tag, an dem sie ihn zum letztenmal gesehen hatte, beim Einzug der Alliierten in Paris.

»Ich warte seit heute morgen auf euch«, sagte er ernst.

Caroline warf Simon, der die Zügel des Pferdes genommen hatte, einen fragenden Blick zu. »Niemand wußte von unserem Weg«, sagte sie.

»Ich war sicher, daß ihr nicht den direkten Weg von Nevers nach Paris wählen würdet.«

»Du hast aber gute Spitzel.« Sie versuchte zu scherzen, aber eine Ahnung schnürte ihr die Kehle zusammen.

»Ich wünschte, ihr hättet ebenso gute gehabt.«

Sie griff nach seinem Arm: »Was ist geschehen, Philippe?«

»Was geschehen mußte – Vater ist verhaftet!«

»Nein!« Sie schrie es fast. »Wer? Wer hat ihn verhaftet? Und weshalb?«

Philippe schüttelte den Kopf. »Es wäre besser für dich, wenn du von alldem nichts wüßtest. Sie haben ihn gestern abend geholt, Kommissar Tibot und seine Leute.«

Tibot! Caroline erinnerte sich an den jungen feisten Mann, der damals mit seinen Leuten ins Palais eingedrungen war, um ihren Vater zu verhaften. Haß stieg in ihr auf – und ein wilder Entschluß. »Wo haben sie Vater hingebracht?« fragte sie.

»Nach Vincennes.«

»Dann werde ich hingehen.«

Ihr Mut imponierte ihm.

»Versuche es – aber sage keinem, wo du die letzten Tage warst.«

»Ich war in Roanne, bei Onkel Maurice.«

»Hoffentlich gibt es Zeugen – eine Frau wie du fällt auf.«

»Philippe – du mußt mir helfen!«

»Was ich tun konnte, habe ich getan: Ich habe dich informiert und habe dich gewarnt. Mehr kann und mehr werde ich nicht tun.«

»Es geht um Vater. Er hat damals auch nicht gezögert, dein Leben zu retten.«

Sein Gesicht verschloß sich. »Wirklich? Hat er das? Wenn du nicht gewesen wärst, er hätte mich in dem alten Turm verbrennen lassen – nur um das, was er seine Ehre nennt, zu retten.«

»Ich sehe, du willst mir nicht helfen.« Sie wandte sich an Simon. »Gib ihm sein Pferd, daß er reiten kann.«

»Caroline, bitte, versteh mich! Für dich werde ich immer da sein.« Er drückte ihr einen Zettel in die Hand. »Wenn du mich brauchst, das ist meine Adresse.« Philippe sah Simon an. »Sag du ihr, daß sie sich in Gefahr begibt, ohne Vater helfen zu können. Wir müssen abwarten, sehen, wie die Anklage lautet. Vielleicht hört sie auf dich.« Sie wandte sich ab, bestieg die Kutsche.

Das schwere, eisenbeschlagene Tor der Zwingburg von Vincennes fiel hinter Caroline zu. Mit langsamen, müden Schritten überquerte sie den Platz, bog in den Seitenweg ein, in dem Simon mit der Kutsche wartete. Sie hatte nichts erreicht. Nichts. Das Versprechen des Kommandanten, ihrem Vater den Brief auszuhändigen, besagte wenig. Wahrscheinlich war der Brief jetzt schon im Akt des Grafen Romme Allery abgeheftet. Sie wandte sich um, blickte noch einmal zurück zu den vergitterten Fenstern in den dicken, rauchgeschwärzten Mauern des Gefängnisses. Simon war vom Bock geklettert, trat auf sie zu, reichte ihr den Arm. Sie schüttelte den Kopf. »Sie haben mich nicht zu ihm gelassen!« Ein ohnmächtiger Zorn erfüllte sie. Ihre Augen flammten auf. »Wenn ich nur ein Mann wäre!«

»Gewalt öffnet diese Kerkermauern nicht«, sagte Simon väterlich. »Nur List. Wir müssen herausbekommen, was für Beweise man gegen den Grafen hat, dann werden wir weitersehen.« Ihre Blicke begegneten sich. Caroline nickte. Simon hatte recht. – Tibot. Wieder sah sie ihn vor sich. Die engstehenden Augen, über denen die dunklen Augenbrauen zusammenwuchsen, sein massives, gewalttätiges Kinn; sie hörte sein zudringliches Geschwätz... Aber es gab keinen anderen Weg. »Wir fahren ins Polizeiministerium«, sagte sie entschlossen.

»Kommissar Tibot läßt bitten!« Der glatzköpfige Polizeidiener sagte es mit undurchdringlicher Beamtenmiene. Caroline bemühte sich vergebens, darin zu lesen. Théophile Tibot sah nicht von seinem Schreibtisch auf, als Caroline eintrat. Ringsum an den Wänden standen dunkelgrau gestrichene Aktenschränke. Tibo las in einem Schriftstück, machte hin und wieder Notizen an den Rand. Caroline hatte sich keinen Schlachtplan zurechtgelegt. Sie vertraute ganz dem Augenblick, ihrer Eingebung. Endlich blickte er auf. Sein geheucheltes Erstaunen war schlecht gespielt.

»Oh, die Komtesse Romme Allery!« Er erhob sich. Mit einer Geste, die weltmännisch wirken sollte, bot er ihr den Stuhl an, nahm dann wieder hinter seinem Schreibtisch Platz. »Was führt Sie zu mir?«

Caroline sah ihn offen an. »Das wissen Sie ganz genau. Ich komme wegen meines Vaters.«

»Richtig – man hat ihn verhaftet. Eine böse Sache. Es tut mir leid.«

Carolines Augen wurden schmal. »Sie haben ihn verhaften lassen.«

Tibot hob die Hände in gespieltem Bedauern. »Ich führe nur Befehle aus. Dazu bin ich da.«

»Dieser Befehl muß auf einem Irrtum beruhen.«

Tibot beugte sich vor und sagte leichthin: »Und Sie möchten, daß ich diesen Irrtum beseitige? Sehen Sie – es ist gut, Théphile Tibot zu kennen.« Sein Blick wurde zudringlich. »Sie sind noch schöner geworden, Komtesse. So ein Ausflug aufs Land tut Wunder. – Sie waren bei Ihrem Onkel, hörte ich?«

Caroline hatte einen Augenblick lang das Gefühl, der Boden gebe unter ihr nach. Aber dann hörte sie sich mit ruhiger Stimme sagen: »Ich will Ihre kostbare Zeit nicht zu lange in Anspruch nehmen. Ich will ganz offen sprechen. Können und wollen Sie mir helfen?«

»Niemandem würde ich lieber helfen als Ihnen. Aber die Anklage...«

»Wie lautet die Anklage?«

»Die Anklage? Darüber sollte ich eigentlich schweigen. Aber ist es wirklich so schwer zu erraten? Hochverrat, Verschwörung, staatsfeindliche Umtriebe... Man wird schon das Richtige wählen, wenn es zur Verhandlung kommt.«

»Zu einer Verhandlung wird es nicht kommen«, sagte Caroline, »mein Vater ist unschuldig.«

»Die Beweise, die wir zusammengetragen haben, wird niemand anfechten.«

»Und wenn diese Beweise nicht mehr existieren?« Sie fragte sich, ob sie nicht zu weit gegangen war. Aber sie hatte keine Wahl. »Geld würde keine Rolle spielen.« Sie sah das begehrliche Aufleuchten seiner Augen – und einen Augenblick lang glaubte sie, ihr Ziel schon fast erreicht zu haben. Aber sie hatte sein Lächeln falsch gedeutet.

»Geld?« sagte er geringschätzig. »Geld können mir viele bieten. In Ihrem Fall reizt mich Geld nicht.« Er machte eine betont kunstvolle Pause, seine Stimme sank zu einem Flüstern. »Aber vielleicht könnten wir uns anders verständigen.«

Caroline lief ein Schauder über den Rücken. Erst jetzt wurde ihr klar, auf was sie sich eingelassen hatte. Mit mühsamer Beherrschung duldete sie, daß er ihre Hand an seine Lippen führte.

»Ich mache Ihnen einen Vorschlag«, sagte er. »Diese Umgebung paßt wenig zu so delikaten Gesprächen. Kommen Sie heute abend zu mir. Dort können wir ungestört und ohne Zeugen reden.« Er gab ihr ein Billett mit seiner Adresse. »Sagen wir: um neun?«

Caroline lächelte, ein rätselvolles, undeutbares Lächeln.

»Ich werde kommen«, sagte sie.

Caroline hob den dreiarmigen Silberleuchter, hielt ihn gegen das Zifferblatt der hohen Standuhr in der Halle. Die silbernen Zeiger mit der rotgoldenen Eingravierung zeigten auf acht Uhr. Noch eine Stunde. Das flackernde Licht der drei Kerzen verwandelte die vertraute Umgebung in ein unheimliches Labyrinth, in dem selbst das Ticken der Uhr zu einem Geräusch voll geheimer Drohung wurde. Sie war allein im Haus. Die Dienerschaft hatte sich nach der Verhaftung des Grafen verlaufen – und Simon hatte sie vor einer halben Stunde mit einem unwichtigen Auftrag fortgeschickt. Jetzt bereute sie es fast. Vielleicht wäre es doch richtig gewesen, sich ihm anzuvertrauen.

Das Rascheln des weiten dunklen Moiréumhangs folgte ihr wie gespenstisches Geflüster, als sie die Halle verließ. Vor dem Arbeitszimmer des Vaters blieb sie stehen, drehte den Schlüssel herum.

Man sah dem Raum die Verwüstung, die Tibots Leute bei der Verhaftung des Grafen angerichtet hatten, nicht mehr an. Alles war wieder an seinem Platz: die Bilder, die sie auf der Suche nach dem Wandtresor von den Haken gerissen hatten; die Bücher, die sie nach belastenden Dokumenten durchwühlt, die Schubladen des Schreibtisches, die sie auf den Boden ausgeleert hatten. Caroline trat an das Stehpult in der Nische neben der Tür, schlug den Deckel hoch. Hier bewahrte der Vater sein Petschaft auf – tiefroten Siegellack, Schreibsand, Federkiele.

Sie zog die rechte Schublade, drückte auf die verborgene Feder: ein Geheimfach sprang auf. Caroline hielt den Atem an, als sie mit der Hand in den dunklen Spalt griff – und dann fühlte sie etwas Kühles, Glattes. Klein und oval lag die Glasphiole in ihrer Hand. Der Vater hatte keine Zeit mehr gefunden, das Gift zu sich zu stecken.

Sie schloß das Geheimfach und trat ans Fenster. Sie hielt das bis zur Hälfte mit weißem Pulver gefüllte Glas gegen das Licht, betrachtete es wie einen geheimen Schatz. Sie zog den Ring mit der großen grauen Perle vom Finger, öffnete den Verschluß an der Unterseite und füllte das Gift in den Hohlraum. Sie sah auf die Hände – hatte plötzlich das Gefühl, daß sie zitterten. Aber sie waren ruhig; die Unruhe saß tiefer.

Sie steckte den Ring wieder an, trat vor den Spiegel, der über dem Kamin hing. Prüfend, wie eine Fremde, musterte sie sich: eine junge schöne Frau in einem hochgeschlossenen schwarzen Seidenmantel, bereit zum Ausgehen, im blauschwarzen aufgesteckten Haar eine glitzernde Brillant-Agraffe. Nur die Augen, die in einem unheimlichen Feuer brannten, verrieten etwas von dem, was in ihr vorging. Sie spürte, während sie sich betrachtete, wie sie ruhig wurde, wieder sie selbst. Die Furcht fiel von ihr, eine bedenkenlose Entschlossenheit erfüllte sie.

Sie wandte sich vom Spiegel ab, verließ das Zimmer ihres Vaters, eilte den hohen dunklen Gang entlang. Im Windfang löschte sie die Kerzen, stellte den Leuchter auf die marmorne Konsole.

Ehe sie das Portal hinter sich schloß und die Stufen hinabeilte, zog sie die Kapuze tief ins Gesicht.

Der Kutscher murmelte etwas und hob die Peitsche. Er hätte gewettet, daß die Unbekannte eine Dame der Gesellschaft war – aber die fuhren nicht zum Spielhaus Frascati, nicht einmal in männlicher Begleitung. Er trieb die Pferde zur Eile an.

Der Wagen rollte die Seine entlang. Leichte Nebelschwaden schwebten über dem Wasser; in den bunten Lichtern der Uferpromenaden wurde ein schillerndes Gespinst daraus, das überall den schwarzen glänzenden Leib des Flusses durchschimmern ließ. Vom Pont des Arts wehte der starke, herbe Duft der Orangenbäume herüber. Die Hufe der Pferde donnerten über den Pont Neuf, und dann hatten sie bald die vertrauten Viertel hinter sich gelassen. Die Fassaden der Häuser wurden einfacher, die Beleuchtung spärlicher – aber das Leben pulste dafür um so unruhiger: Cafés, Tanzsäle, Spielhäuser, und auf den Straßen überall flanierende Gestalten, Lachen, Flüstern ... In der Rue de Richelieu ließ Caroline anhalten. Je weniger Zeugen es gab, um so besser. Es konnte nicht mehr weit sein; das Haus, in dem Tibot seine Wohnung hatte, lag in der Nähe des Spielhauses Frascati.

Eine graue, bröckelnde Fassade. Eine schwarzgestrichene Holztür, ein runder Messingknauf. Sie stieß die Tür auf. Aus dem Fenster der Conciergeloge fiel trübes Licht in den Hausgang. Caroline wollte unbemerkt vorbeihuschen, da öffnete sich schon das Schiebefenster, und eine fast männliche Stimme sagte: »He, Sie! Wohin?« Es war eine rothaarige Frau, der Überwurf aus schmuddeliger, speckiger Seide war nur lose um den üppigen Körper geschlungen.

»Tibot«, antwortete Caroline im Weitergehen. Sie fühlte den

abschätzenden neugierigen Blick. »Dritter Stock, links«, sagte die Frau.

Die rohen Holzplanken der Treppe zeigten noch die Spuren eines Läufers, mit dem sie früher belegt waren. Die Leuchter an der Wand waren verschmutzt, das Messing mit Grünspan überzogen. Dann stand sie vor Tibots Tür. Einen Augenblick zögerte sie. Umkehren? Davonrennen? Es war wie ein Zwang, aber ihr Wille war stärker als ihre Furcht. Sie ergriff den Messingring, zog daran, die Glocke schrillte durch das Haus.

Es dauerte eine Weile, dann hörte Caroline Schritte, ein Schlüssel drehte sich im Schloß, die Tür öffnete sich lautlos, Tibot verneigte sich, ohne ein Wort der Begrüßung. Er trug eine hüftlange goldgelbe Samtjacke, die in der Taille mit einer dicken Kordel zusammengehalten war, und darunter ein fleischfarbenes Trikot – der letzte Modeschrei aus England. Die Füße steckten in goldgestickten türkischen Schnabelpantoffeln.

Ihre Blicke begegneten sich. Er ergriff schweigend ihre Hand, schloß die Tür hinter ihr. »Kommen Sie!« sagte er fast tonlos.

Das Licht der Kerze glitt über graue kahle Wände, dunkle Türnischen und fing sich schließlich in einem großen schwarzgerahmten Vexierspiegel, der fast die ganze Breite der Wand am Ende des Korridors einnahm. Caroline mußte lachen – und mit dem Lachen fand sie ihre Sicherheit wieder. »Das Gruselkabinett Tibot!« sagte sie.

»Mein Kompliment, Komtesse!« Er war stehengeblieben.

»Die meisten erschrecken. Es ist eine Schwäche von mir, die Menschen zu prüfen. Und dieser Spiegel hier ist eine gute Prüfung.«

»Worauf?«

»Auf Reaktionsschnelle – und Temperament.« Tibot schob einen grauen Vorhang zur Seite, der den Gang abtrennte. Der Gegensatz hätte nicht größer sein können. Es war, als betrete man eine andere Welt. Der silbergrau tapezierte, quadratische Vorraum war von fürstlicher Eleganz. Vier mattgeschliffene englische Kandelaber an den Wänden verströmten warmes Kerzenlicht.

Tibot trat zu Caroline: »Darf ich Ihnen den Mantel abnehmen?« Er war wie benommen von dem Vorgefühl, diese Frau zu besitzen. Er hatte viele Frauen gehabt; er war ein Mann der flüchtigen, unverbindlichen Abenteuer, und es war ihm am liebsten, wenn er die Frauen nachher nie mehr wiedersah. Aber dieses Abenteuer würde er auskosten. Sie war in seiner Gewalt, und er würde sie nicht so schnell wieder daraus entlassen.

Caroline war bereits in das anstoßende Arbeitszimmer vorausgegangen. Ihr Blick fiel auf den Schreibtisch aus dunklem Mahagoni. Tibot schien ihre Gedanken zu erraten. Mit einem diabolischen Lächeln griff er in die innere Brusttasche seiner Jacke. Er holte einen Schlüssel heraus und hielt ihn Caroline hin. »Sie kommen gleich zur Sache – das gefällt mir.«

»Kann ich die Akte sehen?« Sie senkte den Kopf. Er durfte nichts von dem ahnen, was in ihr vorging.

Tibot zögerte einen Augenblick, dann trat er hinter den Schreibtisch, schloß auf, nahm einen dunkelgrünen Akt aus der Schublade. In schwungvoller Schrift stand der Name ihres Vaters auf dem Deckel. Caroline wollte danach greifen, aber Tibot klappte den Deckel zu, legte die Akte zurück, verschloß den Schub, steckte den Schlüssel wieder zu sich. »Bisher kennt nur ein Mensch den Inhalt dieser Akte«, sagte er. »Es liegt in Ihrer Hand, was damit geschehen wird.« Er legte seinen Arm besitzergreifend um ihren Rücken, zog sie mit sich in den angrenzenden Raum.

Das Wohnzimmer war noch protziger, von einer schwülen Eleganz. Die Wände, die Vorhänge, die Teppiche, die Bezüge der Sessel und Stühle, alles war in einem brennenden Rot gehalten. Vor dem weißen Marmorkamin, in dem ein Feuer brannte, lagen zwei mächtige Tiegerfelle. Auf dem Haupt des einen Tieres war ein chinesisches Schachbrett montiert. Auf einer niedrigen Ottomane dösten zwei graue Siamkater. Diese Wohnung – versteckt in einem ungepflegten Mietshaus einer der verrufensten Gegenden der Stadt – war ein schamloser Beweis für seine Bestechlichkeit. »Jetzt verstehe ich, warum Sie kein Geld wollen«, sagte sie.

Er küßte sie auf die Schulter. »Ich beginne erst jetzt zu verstehen, wie gut ich daran tat, diesmal kein Geld zu nehmen.« Seine Hände wurden dreister. Er drängte sich an sie, ein schwerer süßer Duft umgab ihn. »Die Felle sind weich und warm«, flüsterte er. »Seit ich Ihnen das erste Mal begegnet bin, sehe ich Sie darauf liegen, im zuckenden Schein des Feuers.« Er nahm sie in seine Arme, ohne Hast, selbstverständlich, als sei sie sein Besitz.

Caroline schnürte der Abscheu den Hals zusammen, aber sie bezwang sich. Ihr war heiß geworden – vor Scham. Wie konnte sie nur so sein? Sich verstellen, kalt und berechnend wie eine Dirne. Und doch hatte sie nicht das Gefühl, etwas Unrechtes zu tun. »Sie bekommen mich erst, wenn ich bekommen habe, was ich will«, sagte sie. Er eilte in den Arbeitsraum. Sie trat schnell an das

Tischchen mit den Getränken. Entschlossen streifte sie den Ring vom Finger, öffnete den Deckel an der Unterseite. Das weiße Pulver rieselte in das gefüllte Glas, löste sich mit leisem Zischen auf. Die fast schmerzhafte Verkrampfung in ihr löste sich – ein wildes, berauschendes Triumphgefühl erfüllte sie. Das Gift wirkte in Sekunden.

Als sie sich umwandte, stand Tibot in der Tür. Seine eng zusammenliegenden Augen schienen noch näher zusammenzuwachsen; sie fühlte sich von seinem Blick wie gelähmt. Langsam kam er auf sie zu, Schritt für Schritt. »Nimm das Glas«, sagte er schließlich. »Los, nimm das Glas!« Sie nahm das Glas. »Trink!« sagte er, und dann lachte er, ein Lachen, das von den Wänden des Bades widerhallte. Das Glas glitt ihr aus der Hand, zersplitterte am Boden. Sein Lachen brach ab. Seine Hände packten sie mit einem eisernen Griff. »Du wirst dir sehr viel Mühe geben müssen«, sagte er, »wenn ich das alles vergessen soll – einen Vater, der Hochverrat begeht, und eine Tochter, die einen Mordversuch macht. Ich sehe, wir sind füreinander wie geschaffen. Du bist so skrupellos wie ich. Du kannst es noch weit bringen an meiner Seite – nach einigen Lektionen. Das wird die erste sein...«

Für einen Augenblick hatte er den Griff gelockert. Caroline warf den Kopf zurück, schlug um sich – dann hetzte sie davon, durch das Arbeitszimmer in den Vorraum; sie riß den grauen Vorhang zur Seite – stürzte den finsteren Korridor entlang.

Hinter sich hörte sie sein höhnisches Lachen...

Caroline wußte später nicht mehr, wie sie aus dem Haus gekommen war. Sie hatte ihren schwarzen Umhang im Vorraum zurücklassen müssen, und so eilte sie in ihrem schulterfreien Kleid durch die nächtlichen Straßen, ohne zu wissen, wohin sie eigentlich wollte. Männer sprachen sie an, Droschken hielten neben ihr. Sie rannte verstört weiter, immer noch das höhnische Lachen Tibots in den Ohren. Was würde er tun? Alles war nur noch schlimmer geworden als vorher. Für ihren Vater und für sie. Nun war sie ganz in seiner Hand. Er hatte sie laufenlassen, wie eine Katze eine Maus laufen läßt, die ihr doch nicht entkommen kann. Aber Panik hatte keinen Wert. Sie mußte zur Ruhe kommen, sich besinnen, überlegen.

Vom Kirchturm schlug eine Uhr. Die dumpfen Schläge schwangen durch die Nacht. Von ferne hörte sie Pferdegetrappel; es kam näher. Ein Wagen bog langsam um die Ecke, ein leichtes offenes Gefährt. Die Pferde kamen zum Stehen, ein Mann sprang vom

Bock. »Kommen Sie«, sagte er ruhig, »ich bringe Sie heim.« Der Herzog von Belômer nahm ihren Arm.

Willenlos folgte sie; er setzte sie neben sich auf den Bock, schlug eine Decke um ihren Körper. Sie erlebte alles wie in einem Traum. Sie fragte sich nicht einmal, woher der Herzog um diese Zeit und in dieser Gegend plötzlich auftauchte. Sie lehnte sich mit geschlossenen Augen an ihn, dankbar um die Nähe eines Menschen...

»Komtesse, wir sind da.« – Caroline schreckte auf. Die Kutsche hielt vor dem ockerfarbenen Palais. »Mein Gott, ich muß eingeschlafen sein...«

»So ein nächtlicher Bummel ist eben anstrengend«, sagte er. Caroline war plötzlich hellwach. Im Licht der beiden Kandelaber suchte sie im Gesicht des Herzogs zu lesen. War er ihr gefolgt? Hatte er gesehen, wohin sie gegangen war? Nebeneinander schritten sie durch das Tor, den Kiesweg entlang zum Säulenportal. Caroline wollte aufschließen, als Simon bereits die schwere Tür öffnete. »Endlich!« sagte er. »Endlich kommen Sie. Wir haben Sie überall gesucht.«

Jetzt erst schien er den Herzog Belomer zu bemerken. Er verbeugte sich vor ihm. Dann wandte er sich wieder an Caroline: »Sie hätten mir sagen sollen, was Sie vorhatten.«

»Warum, was ist geschehen?« fragte Caroline.

Simon schloß die Tür. Schweigend führte er sie durch die dämmrige Halle in die Küche. Vor dem Kamin stand Philippe. Das erste, was Caroline sah, war, daß er Zivil trug; und als er ihr sein Gesicht zuwandte, war es blaß und verstört. »Tibot!« stieß er hervor... »Er ist tot. Ermordet.«

Caroline starrte ihren Bruder fassungslos an. Ihre Hände hielten krampfhaft das weiße Wolltuch über der Brust zusammen. »Tibot... ermordet?« Tonlos wiederholte sie Philippes Worte, ohne ihren Sinn zu erfassen. Sie sah Tibot vor sich, glaubte sein Lachen wieder zu hören, als sie aus der Wohnung geflüchtet war. Keine Zeit würde diese Erinnerung auslöschen können.

»Caroline!« Philippe fing die Wankende in seinen Armen auf. »Was ist?«

Caroline atmete tief; es klang wie ein unterdrücktes Schluchzen. »Nichts – es ist schon wieder vorbei.« Sie löste sich von Philippe. Ihre Augen glänzten fiebrig, als sie ihn jetzt ansah. »Woher weißt du das?«

Philippe schien mit sich zu kämpfen, ob er reden sollte. Er blickte unsicher zu Simon, der mit gesenktem Kopf an dem mächtigen Ecktisch stand. »Ich war bei Tibot«, begann Philippe zögernd. »Ein

Freund hatte mir hinterbracht, daß er dich heute erwartete. Er hat damit geprahlt. Aber ich kam zu spät – du warst weg. Die Tür zur Wohnung stand offen.« Philippe verstummte. Die Erinnerung an die grauenhafte Entdeckung überwältigte ihn. Stammelnd, in abgebrochenen Sätzen sprach er weiter. »Ich fand ihn in seinem Arbeitszimmer. Er lag über dem Schreibtisch. Er war tot, erdolcht. Ich war zu allem entschlossen gewesen! Aber ich kam nicht dazu, ihn zu töten, jemand ist mir zuvorgekommen.« Philippes Stimme senkte sich zu einem Flüstern. »Tibots Gesicht lag auf der Schreibtischplatte – aber auf der linken Wange trug er das Zeichen, das Kreuz.«

Gil de Lamare! Caroline starrte in das Feuer. Zum zweitenmal hatte der Unbekannte in ihr Leben eingegriffen. Zum zweitenmal hatte er sie gerettet. Warum? Allmählich wurde ihr bewußt, was der Tod Tibots für sie bedeutete: Es gab keine Bedrohung mehr. Sie atmete freier, fühlte sich erlöst von einem ungeheuren Druck – da fiel ihr siedendheiß die Akte ein. »Philippe! Tibot hatte eine Akte über Vater angelegt. Angeblich Beweismaterial für seine Schuld. Sie befand sich in seinem Schreibtisch, im rechten Schubfach.«

»Meinst du die?« Philippe zog aus seinem Stiefel einen grünen zusammengefalteten Aktendeckel. Sie riß ihm die Akte aus der Hand, schlug sie auf. Aber sie hielt nur den Deckel in der Hand.

»So hab' ich sie gefunden«, sagte Philippe, »sie lag am Boden, leer.«

Hatte er den Inhalt übersehen? Hatte Gil de Lamare ihn an sich genommen? Sie mußte Gewißheit haben. »Ich muß sofort hin«, stieß sie atemlos hervor.

»Um der Polizei in die Arme zu laufen?« Philippe schüttelte den Kopf. »Ich hätte den Inhalt gefunden, wenn er noch dort gewesen wäre.« Er sah zu Simon und zum Herzog hinüber, unsicher, ob er weitersprechen solle. Dann sagte er: »Man hat mich gesehen, als ich die Wohnung verließ. Die Concierge. Und, was schlimmer ist, sie hat mich erkannt!«

»Ich gebe dir Luna!« sagte Caroline. »Du brauchst ein schnelles, zähes Pferd. Vielleicht reitest du zum Zisterzienserkloster bei St. Dizier – oder nach Rosambou. Marianne wird dich sicher verstekken. Jedenfalls mußt du fort aus Paris!«

»Komtesse!« Der Herzog machte eine Verbeugung, die ihr in diesem Augenblick ganz unangebracht schien. »Die Flucht Ihres Bruders übernehme ich. Teufel, so einen Spaß hat man nicht alle Tage. Wir fahren zu mir. Dort erhält Ihr Bruder alles, Geld, Pferde, Adressen, einen falschen Paß, morgen wird er in England sein.«

Philippe sah Caroline an, als wollte er sagen: Wem vertraue ich mich da an? Als habe der Herzog seine Gedanken erraten, sagte er: »Graf Romme, ich verstehe Ihr Zögern. Aber ich darf Sie beruhigen. Es ist mir ernst. Ich werde Sie wohlbehalten nach England bringen. Teufel, ich will endlich auch mal erleben, wie man sich fühlt, wenn man am laufenden Band so tolle Stückchen vollbringt wie dieser Gil de Lamare...«

Carolines Gefühle waren voller Zwiespalt. Die unerwartete Hilfsbereitschaft, die sie diesem Gecken niemals zugetraut hätte, überraschte sie. Sie trat zu Philippe. »Soll Simon dich begleiten?« fragte sie.

Er legte seine Hände um ihr blasses Gesicht. »Und du? Warum kommst du nicht mit mir? Selbst wenn dich niemand dort bei Tibot gesehen hat – man weiß, daß er dich erwartete. Ich habe es auch erfahren. Komm mit. Du hast dich so auf Paris gefreut – und es hat dir nur Unglück gebracht.«

»Ich muß hierbleiben«, sagte sie. »Solange man Vater gefangenhält, gebe ich nicht auf.« Sie schlang ihre Arme mit einer plötzlichen Heftigkeit um ihren Bruder. »Gib acht auf dich, Philippe!«

Das Feuer im Küchenkamin war zu einem glimmenden Aschenberg zusammengesunken. Die drei Männer waren gegangen. Caroline hielt noch immer den dunkelgrünen Aktendeckel in der Hand, den ihr Philippe vor seinem Aufbruch gegeben hatte.

Wieder sah sie Tibot vor sich, wie er ihr die Akte hinhielt. ›Bisher kennt nur ein Mensch den Inhalt.‹ – Tibot lebte nicht mehr, konnte nicht mehr gegen ihren Vater aussagen. Wenn der Inhalt der Akte in Gil de Lamares Händen war, so bestand keine Gefahr mehr.

Sie blickte auf die schwungvollen Schriftzüge auf dem Deckel: Graf Frédéric Auguste Romme Allery. – Plötzlich stutzte sie. Hatte sie diese Schrift nicht schon einmal gesehen? Sie hob den Deckel näher ans Licht. Diese dunkelviolette Tinte, in der winzige goldene Funken zu flimmern schienen! Diese eigenwillige Art, das *r* zu schreiben! Eine schreckliche Ahnung beschlich sie. Sie hastete in die Bibliothek.

Das Buch, das sie suchte, hätte sie auch mit verbundenen Augen gefunden. Seit sie denken konnte, stand der schwere rote Lederband mit den silbernen Beschlägen an derselben Stelle, im untersten Fach, links neben dem Fenster. Sie brauchte beide Hände, um ihn herauszuziehen, und legte ihn auf den Boden, dort, wo sie die Kerze abgestellt hatte. Alle großen Namen Frankreichs standen in dem Gästebuch der Grafen Romme Allery einträchtig nebeneinander: Rivalen, Feinde – keiner fehlte. Aber sie suchte nur den einen, den sie insgeheim alle fürchteten: Joseph Fouché, Herzog von Otranto. Er hatte sich einige Male eingetragen. Ihre Ahnung hatte nicht getrogen. Caroline verglich die Schrift in dem Gästebuch mit der auf dem Aktendeckel. Es gab keinen Zweifel. Fouché! Vater hatte ihn ins Vertrauen gezogen – aber er hatte die Verschwörung zur Rückkehr Napoleons nach Paris verraten. Er hatte ihren Vater verhaften lassen – um sich zu retten! Fouché stand hinter allem. Er selber hatte diese unheilvolle Akte angelegt. Tibot war nur eine seiner Kreaturen gewesen.

In sich zusammengesunken kauerte Caroline am Boden. Das Wissen um die Wahrheit erfüllte sie mit einer unheimlichen Ruhe. Sie legte die Akte in das Gästebuch, verschloß es, stellte es an seinen Platz zurück. All die durchlebten Ängste dieser Nacht, die Zweifel, die plötzlichen Anwandlungen von Schwäche, in denen sie ihren Bruder am liebsten gebeten hätte, sie mit nach England zu nehmen, waren nun überwunden. Sie war jetzt nur noch von einem Gefühl beseelt: von einem eisigen, unversöhnlichen Haß. Endlich kannte sie den wirklichen Feind.

2

Als Caroline am nächsten Morgen erwachte, stand die Sonne bereits hoch am Himmel. Sie wußte nicht mehr, wie sie in der Nacht in ihr Bett gekommen war. Irgendwann hatte die Müdigkeit sie überwältigt. Auf dem weißen Schwanenflaumteppich, der ihr Himmelbett umgab, lag das schwarze Kleid, so, wie sie es abgestreift hatte. Caroline griff nach der Klingel.

Wenige Augenblicke später erschien Simon in der Tür. »Guten Morgen, Komtesse. Ich dachte, Sie würden den ganzen Tag verschlafen...«

»Der halbe genügt auch schon«, erwiderte sie lächelnd. »Ist Philippe in Sicherheit?«

»Er muß jetzt schon auf dem Weg nach England sein.« Simon sagte es ruhig und selbstverständlich, als spräche er von einer Reise.

Caroline fielen plötzlich Talleyrands Worte über den Herzog ein. ›Man sollte keinen Menschen allein nach der Maske beurteilen, die er trägt.‹ Sie wandte sich an Simon. »Hättest du das vom Herzog erwartet? Das sah ihm so wenig ähnlich...«

Ein Lächeln vertiefte die feinen Fältchen um Simons Augen.

»Ich weiß nicht, was er noch alles tun würde, um Ihnen zu gefallen. Außerdem ist er eifersüchtig...«

Simons Antwort überraschte sie nicht. Trotzdem fragte sie: »Auf wen? Auf Gil de Lamare?« Der Name erinnerte sie an etwas. »Ich habe heute nacht oben im Erkerzimmer nachgesehen«, sagte sie. »Du weißt schon, wo ich damals die mysteriöse Kleiderkammer entdeckt habe, die Mäntel, die Uniformen, die Mönchskutten. Es ist nichts mehr da.«

»Solange das Haus leer war«, sagte Simon ausweichend, »war es ein sicheres Versteck.«

»Du kannst immer noch nicht offen reden?« fragte sie.

Er schüttelte den Kopf. »Noch nicht.« Sie fragte nicht weiter.

»Haben wir heißes Wasser? Ich möchte baden!«

»Und dazu das Frühstück?« Er kannte ihre Gewohnheiten.

»Ja, ein Riesenfrühstück, Frühstück und Mittagessen auf einmal.«

Ein sicheres Gefühl sagte ihr, daß heute das Glück auf ihrer Seite sein würde. Sie hatte sich nach dem Bad angekleidet und tupfte sich noch etwas Verbenenparfum hinter die Ohrläppchen und an die Handgelenke, streifte die elfenbeinfarbenen Glacéhandschuhe über, nahm den perlenbestickten Beutel, Langsam schritt sie die Freitreppe hinunter.

Das Gefühl, zu leben! – Sie war wie berauscht davon, an diesem Morgen nach der grauenvollen Nacht. So stark, so überwältigend war dieses Gefühl, daß sie dachte: Eigentlich müßte ich jetzt fliegen können, wenn ich es nur wollte.

Sie war nicht verwundert, als sie von unten applaudierendes Klatschen vernahm. »Bravo!« Der Herzog Belômer stand am Ende der Freitreppe, streckte ihr beide Hände entgegen. »So muß Paris Sie sehen!« Er küßte ihre Hand und fuhr bewundernd fort: »Teufel! Sie sind ein Naturereignis, Komtesse. Ich komme, um Sie aufzurichten – und Sie zu trösten, und was sehe ich...«

»Ich stehe tief in Ihrer Schuld, Herzog. Ich werde Ihnen nie vergessen, was Sie für meinen Bruder getan haben.«

»Heute abend können Sie einen Teil Ihrer Schuld abtragen. Sie begleiten mich doch zum Blumenfest, das Kaiserin Josephine in Malmaison gibt? Sie dürfen mir keinen Korb geben.«

Caroline fühlte sich zugleich gerührt und belästigt von seinem hartnäckigen Werben. Er ergriff ihre Hand. »Komtesse, Paris muß Sie lächeln sehen! Es gibt keinen besseren Anwalt für Ihren Vater! Ich freue mich jetzt schon auf die verdutzten Gesichter heute abend, wenn ich mit Ihnen vorfahre.«

Sie überlegte. Er hatte recht. Niemand sollte sie, eine Romme Allery, ängstlich sehen. »Ich werde mitkommen«, sagte sie.

»Ich hole Sie um neun Uhr ab. Je später man auf ein Fest kommt, desto mehr Aufsehen erregt man.« Der Herzog verneigte sich, eilte zum offenstehenden Portal hinaus. Caroline sah ihm nach, wie er dem Pferd die Sporen gab, und die bestimmte und zugleich doch fast zarte Art, mit der er es tat, gefiel ihr. Aber dann bemerkte sie etwas anderes. Ein alter Mann schob einen buntbemalten Karren bis an die Stufen des Portals. Er bot kandierte Früchte feil. Die Geste, mit der er ihr seine Ware anbot, hatte nichts Bittendes. Es war, als schenke er ihr etwas Kostbares. Sie eilte die Treppen hinunter und suchte in ihrem Beutel nach einem Geldstück, aber er schüttelte den Kopf. Er nahm eine der in rosa Papier eingewickelten Früchte und reichte sie ihr mit einer Verbeugung. Als sie später im Haus das Papier löste, fiel ihr ein kleiner Zettel entgegen. Sie faltete ihn auseinander und las: ›Heute abend sechs Uhr. Auf dem Marktplatz von Vincennes. Sie werden Ihren Vater sehen.‹ Der Zettel war nicht unterschrieben. Aber darunter stand das Zeichen des geheimnisvollen Unbekannten – das Kreuz.

Simon hatte eine einfache Kutsche ohne das Wappen der Grafen Romme genommen. Das helle, scharfe Zischen der Peitsche, das Rattern der Räder, das waren Geräusche voll geheimer Verheißung für sie. Immer schneller wurde die Fahrt. Caroline fühlte sich eins mit dieser rasenden Jagd. Alles in ihr fieberte, war wilde ungezügelte Ungeduld.

Die Kutsche legte sich auf die Seite, fegte ächzend um eine Ecke. Gleich darauf fielen die Pferde in Schritt, die Kutsche kam zum Stehen. Der Schlag flog auf. Caroline sprang heraus. Sie blickte sich um.

Sie befanden sich im Innenhof eines alten baufälligen Hauses. Tiefe Risse zogen sich über die Mauern, die Holzläden hingen schief in den Angeln, die Geländer der Treppe waren ausgebrochen. Zwischen den roten Steinplatten des Hofs und rund um den zugeschütteten Ziehbrunnen in der Mitte wucherte Unkraut. Nirgends war ein Mensch zu sehen.

Caroline spürte die Enttäuschung. Sie hatte fest damit gerechnet, daß Gil de Lamare selber auf sie warten würde, daß sie den geheimnisvollen Unbekannten endlich zu Gesicht bekommen würde. Sie wandte sich an Simon. »Werde ich ihn nicht sehen?«

Simon sah sie einen Augenblick lächelnd an, doch dann wurde sein Gesicht wieder ernst. »Kommen Sie!«

Caroline warf den Umhang über die Schultern und folgte ihm. Simon ging auf eine verrostete Gittertür zu, aber Schloß und Angeln mußten neu sein, denn sie öffnete sich lautlos. Über ausgetretene Stufen ging es abwärts. Wieder öffnete Simon eine Tür – sie standen in einem engen, langgestreckten Weinkeller. Die Holzgestelle an den Wänden waren leer, bis auf ein paar zerbrochene staubbedeckte Flaschen. An den beiden Querwänden des Kellers lag je ein großes Faß. Simon ging auf das rechte zu. Caroline sah staunend, wie sich unter Simons Händen die vordere Wand auftat. »Halten Sie sich dicht hinter mir«, sagte er.

Caroline folgte ihm. Feuchte, faulige Luft schlug ihr entgegen. Undurchdringliche Dunkelheit umgab sie plötzlich. Der Boden unter ihren Füßen war glitschig. Unwillkürlich suchte sie mit den Händen Halt, fühlte kaltes Mauerwerk. »Geben Sie mir Ihre Hand.« Sie spürte Simons Griff. Sie gingen weiter, und allmählich gewöhnten sich Carolines Augen an die Dunkelheit. In der Ferne erkannte sie einen schwachen Lichtschein, der von oben in den schmalen, unterirdischen Gang fiel. Simon eilte weiter. Er schien sich hier auszukennen. Plötzlich hörten sie über sich Pferdegetrappel, Schritte, Stimmen. Sie befanden sich unter der Hauptstraße. Schon nach wenigen Schritten verloren sich die Geräusche. Der Gang machte eine Biegung, gabelte sich. Simon blieb stehen. Sie spürte seinen fast prüfenden Blick, als er sagte: »Was jetzt kommt, ist Ihre Aufgabe. Sie müssen allein weiter. Dieser Gang führt ins Schloß Vincennes, zur Gruft der Sainte-Kapelle. Ich bleibe hier, decke den Rückzug. Es kann Ihnen nichts geschehen.«

Caroline sah den Gang entlang, der sich schon nach wenigen Metern in vollkommener Dunkelheit verlor. »Sehen Sie hier!« Simon deutete auf die rechte Wand. Auf der dunklen, feuchtglänzenden Wand erkannte Caroline ein weißes Kreuz. »Sie brauchen nur diesem Zeichen zu folgen, dann kommen Sie zur Gruft. Dort werden Sie es noch einmal finden, es bezeichnet die Stelle, wo die geheime Tür in die Wand eingelassen ist. Auf halber Höhe ist ein eiserner Griff; den müssen Sie nach links drehen. Haben Sie verstanden?«

Caroline nickte. »Werde ich Vater dort finden?«

»Von der Gruft führt eine Treppe in die Kapelle. In diesem Augenblick findet dort ein Totenamt für den verstorbenen Präfekten des Gefängnisses statt. Die Häftlinge nehmen daran teil. Es war unsere einzige Chance, den Grafen zu befreien. Sie müssen sich beeilen!«

Mechanisch setzte Caroline Fuß vor Fuß; mit der Hand tastete sie sich an der Mauer entlang. Sie war ruhig. Sie fühlte sich im Schutz des geheimnisvoll Unbekannten, vertraute ihm ganz. Und doch beschlich sie allmählich ein Grauen. Das Pochen ihres Herzens, ihr Atem, ihre Schritte, sie gehörten nicht mehr ihr; sie lauschte darauf wie auf unheimliche Geräusche, hinter denen Gefahren lauerten. Eine Ewigkeit schien ihr vergangen, als sie endlich das nächste Kreuz erreichte. Sie beschleunigte ihre Schritte. Der Boden war jetzt trocken und eben. Er fiel leicht ab. Es kamen ein paar flache Stufen, dann schluckte weicher Sand ihre Schritte. Die Finsternis hellte sich etwas auf; sie sah, daß der Gang breiter wurde, begann zu laufen, dem schwachen Lichtschein nach. Plötzlich fühlte sie, wie ihre Füße einsackten. Sie blieb stehen. Der Schlamm reichte ihr bis zum Knöchel. An die Wand gepreßt, tastete sie sich an dem trockenen Rand des Ganges weiter. Ein leises Rauschen drang an ihr Ohr, verstärkte sich. Fauliger Gestank schlug ihr entgegen. Sie stand vor einem breiten unterirdischen Wasserlauf, in den sich die Kloaken ergossen. Für einen Augenblick war sie wie gelähmt. Hier ging es nicht weiter. Den Rücken an die Mauer gepreßt, tastete sie sich zurück, Schritt um Schritt, bis der Boden des Ganges wieder fest und trocken wurde. Sie mußte ein Kreuz übersehen haben. Aber wann? Sie hatte vollkommen das Gefühl für die Richtung verloren und auch das Gefühl für Zeit. Wie lange war sie schon in dieser unterirdischen Hölle? Zehn Minuten? Eine halbe Stunde? Eine panische Angst zu spät zu kommen, ergriff sie.

Sie hastete weiter. Die Strecke, die ihr vorhin so kurz erschienen war, dehnte sich nun unendlich. Endlich erreichte sie den Gang, den sie verlassen hatte. Er bog an dieser Stelle scharf nach rechts ab – sie war geradeaus gegangen, hatte in der Dunkelheit das weiße Kreuz nicht erkannt. Sie blieb einen Augenblick stehen, schöpfte Kraft, dann eilte sie geduckt weiter. Sie schrak zusammen, als sie über sich plötzlich Gemurmel vernahm. Wie angewurzelt blieb sie stehen, lauschte. Dann erst begriff sie: Sie war bereits unter der Kapelle, gleich mußte sie den Ausgang zur Gruft erreichen. Durch einen Mauerspalt fiel spärliches Licht. Caroline ging auf das weiße Kreuz zu, das die geheime Tür kennzeichnete. Sie suchte nach dem verborgenen Mechanismus, aber ihre Hände trafen überall nur auf die glatte Oberfläche. Sie suchte verzweifelt weiter, da fühlte sie, wie sich etwas Hartes gegen ihre Rippen drückte: der metallene Ring! Vorsichtig drehte sie ihn nach links. Lautlos gab die Tür nach. Die Stimmen aus der Kapelle wurden lauter.

Caroline zwängte sich durch den engen Spalt. Tödlich erschrokken taumelte sie zurück. Vor ihr stand ein Wachtposten. Der Mann ergriff ihren Arm, flüsterte: »In der letzten Reihe, am Seitenaltar...«

Caroline brauchte ein paar Sekunden, bis sie sich wieder in der Gewalt hatte. Der Posten war verschwunden. Immer noch wie betäubt, stieg sie mit zitternden Knien die wenigen Stufen zur Kapelle empor. Als sie aus dem Seitenaltar trat, erblickte sie ihren Vater. Seine große Gestalt schien ihr noch hagerer geworden, der Rücken noch gebeugter.

Caroline warf einen schnellen Blick hinter sich. Im Schatten der Empore standen zwei Wachen, dunkle Silhouetten; sie konnte ihre Gesichter nicht erkennen. Vom Altar her, vor dem der Katafalk stand, klang das helle Geläut der Ministrantenglocken. Weihrauchduft wehte in das Kirchenschiff. Alle sanken in die Knie, bekreuzigten sich.

Caroline kniete unmittelbar neben dem Vater nieder. Sie spürte, wie er zusammenzuckte, als sie nach seinem Arm griff. Als er sich ihr zuwandte, war sein Gesicht fahl. Dann starrte er wieder vor sich hin, auf den Boden. Hatte er sie nicht erkannt? Fürchtete er eine Falle? »Vater!« flüstete sie. »Folge mir!« Er rührte sich nicht. Caroline wurde heiß vor Erregung. Es ging um Sekunden. Sekunden, die über sein Leben und über ihr Leben entscheiden konnten. Sie redete auf ihn ein, flehend, beschwörend. Sie versuchte, ihn mit sich zu zerren. Die Männer, die vor ihm knieten, wurden aufmerksam, wandten unruhig die Köpfe. Hinter sich hörte sie das Sporengeklirr der Wachen. Schon glaubte sie, nun sei alles verloren. Aber die beiden Posten gingen an ihr vorbei, drängten sich zwischen sie und die anderen.

»Silence!« zischte der eine. Caroline nützte den Augenblick. Sie zog den immer noch widerstrebenden Vater mit sich fort.

Schweigend eilten sie den unterirdischen Gang zurück. Manchmal gab Caroline ihrem Vater kurze Anweisungen: sich zu ducken, einem vorspringenden Stein auszuweichen, den Fuß vorsichtig zu setzen, weil der Boden naß sei.

Simon strahlte, als Caroline und der Graf aus dem geheimen Gang in den Weinkeller traten. Aber ein Blick auf das verschlossene Gesicht des Grafen ließ ihn schweigen. Er schloß die zur Seite geschlagene Vorderwand des Fasses. Niemand, der jetzt in den Keller gekommen wäre, hätte dahinter eine Tür vermutet. Auf einem Hocker lag ein Bündel Kleider. Caroline löste die Knoten des Tuchs. »Sie sind für dich«, sagte sie zu ihrem Vater. »Du mußt die Kleider wechseln.«

Der Graf richtete sich auf. Er wandte sich an Simon. »Was soll das alles? Wer steckt dahinter?«

Ehe Simon antworten konnte, trat Caroline zu ihrem Vater. »Ein Freund der Gerechtigkeit.«

»Gerechtigkeit – die sich in Kloaken und Verkleidungen verstekken muß?« Seine Stimme klang bitter. »Ich will mein Recht! Und Flucht bedeutet Eingeständnis der Schuld.«

»Vater! Bitte! Füge dich mir zuliebe. Du bist in großer Gefahr. Fouché will dich zum Schweigen bringen, für immer.«

»Fouché? Was hat Fouché damit zu tun?«

»Du hast mit dem Teufel paktiert – und der Teufel hat den Pakt nicht gehalten. Fouché hat die Verschwörung zur Rückkehr Napoleons verraten! Er hat deine Verhaftung veranlaßt. Er selbst hat eine Akte mit Beweisen für deine angebliche Schuld zusammengetragen. Wir glaubten zuerst, Kommissar Tibot stehe dahinter; aber er war nur Fouchés Werkzeug. – Weißt du, daß Tibot ermordet wurde? Philippe mußte nach England fliehen.«

»Philippe? Er hat Tibot ermordet?«

»Nein. Aber er ist dort gewesen, als es geschah. Er wollte helfen.«

»Ich kann mir selber helfen! Ich fürchte Fouché nicht. Er weiß, wenn es zum Prozeß kommt...«

»Aber es wird gar nicht zum Prozeß kommen, Vater.« Carolines Stimme wurde fast zu einem Schluchzen. Sie war am Ende ihrer Kräfte.

»Herr Graf, Sie müssen uns vertrauen«, sagte Simon sehr ruhig. »Sie müssen aus Paris fort, wenigstens für eine Zeit.«

Der Graf starrte mit gesenktem Kopf ins Leere. Dann griff er nach dem Bündel Kleider. Er warf seine feine Tuchjacke, seine Weste, das Batisthemd ab, zog die groben Bauernkleider an. Zuletzt stieg er in die klobigen Stiefel, drückte den schwarzen runden Hut in die Stirn. »Und wohin geht es?« fragte er, ohne Caroline oder Simon anzublicken. »In welche neue Gefangenschaft?«

Caroline war seltsam berührt von seinen Worten. Ein heftiges Gefühl, für das sie keinen Namen hatte, riß sie mit. Sie warf die Arme um den Vater. »Alles wird wieder gut, glaub mir!« Tränen erstickten ihre Stimme. Ihr wurde klar, daß auch seine jetzige Rettung nur ein Aufschub, eine neue Gefangenschaft für ihn war. Sicher würde der Vater erst in dem Augenblick sein, in dem Napoleon wieder nach Frankreich zurückkehrte. So lange würden sie alle, Philippe, der Vater und sie selber, Ausgestoßene bleiben, Gezeichnete, zu keiner Stunde sicher vor der Rache Fouchés.

Simon war die steile, in Stein gehauene Wendeltreppe zum Hof hinauf vorausgegangen. Neben der schwarzen Kutsche, mit der Caroline und Simon hierhergekommen waren, stand jetzt ein Bauernkarren. Über die Seitenplanken war eine oft geflickte Plane gezurrt. Zwei schwere, grau-weiß gescheckte Pferde waren angespannt. Eine hohe, schlanke Gestalt in der weißen Tracht der Zisterzienserinnen kam ihnen entgegen.

»Mutter Oberin?« Erstaunt sah Caroline die Oberin des Klosters bei St. Dizier an, in deren Obhut sie nach der Flucht von Rosmabou kurze Zeit gelebt hatte.

»Wundern Sie sich?« fragte die Nonne mit einem seltsamen Lächeln. Sie reichte dem Grafen die Hand. »Kommen Sie, Graf.«

»Ich danke Ihnen«, sagte er leise, »obwohl es gegen meinen Willen ist, was hier geschieht...«

Über das Gesicht der Nonne ging ein Schatten. »Fouché hat genug Menschen auf dem Gewissen.« Sie wandte sich an Caroline. »Seien Sie ohne Sorge. Bei uns wird niemand Ihren Vater vermuten.«

Der Graf umarmte Caroline ein letztes Mal. Und diese stumme Umarmung sagte ihr: Er war ihr dankbar, daß ihre Liebe stärker gewesen war als sein Stolz. Er stieg auf den Bock, ergriff die Zügel. Die Oberin setzte sich neben ihn. Langsam rollte der Wagen aus dem Hof.

Caroline blickte ihnen in Gedanken versunken nach.

»Wir können fahren, Komtesse.«

Caroline wollte die Kutsche besteigen, doch mitten in der Bewegung hielt sie inne. »Ich werde Paris verlassen«, sagte sie. »Ich habe mich entschlossen, nach Elba zu gehen. Kannst du mir dabei helfen?«

Er nickte. »Wann wollen Sie reisen, Komtesse?«

»Sofort. Noch heute nacht. Nach dem Fest.«

»Sie wollen wirklich nach Malmaison? Es wird nicht lange dauern – und Fouché wird von der Flucht wissen.«

»Gerade darum!« Etwas Verwegenes kam in ihren Blick. »Ich möchte dabeisein, wenn er es erfährt. Du wirst alles vorbereiten für die Abreise?«

»Es wird alles vorbereitet sein.«

12

Schloß Malmaison war für das Fest in einen exotischen Garten verwandelt worden. Zehntausende von Blüten verströmten ihren schweren, berauschenden Duft. Als Caroline und der Herzog von Belômer vorfuhren, war das Fest schon in vollem Gange. Durch ein Spalier in Silber starrenden Mohren betraten sie den Festsaal.

Aller Augen richteten sich auf das eintretende Paar: den Mann in dem goldschimmernden Phantasiekostüm – und daneben das Mädchen in dem nachtblauen Chiffonkleid, das die rechte Schulter freiließ und an der linken mit einem perlenbesetzten Halbmond schräg gerafft war. Ein Raunen ging durch den Saal. Dann standen sie vor Josephine, die unter einem Baldachin weißer Kamelienblüten residierte.

Caroline versank vor der Kaiserin in eine tiefe Reverenz. Josephine ergriff ihre Hand: »Lassen Sie sich ansehen, Komtesse! Ich bin sehr, sehr neugierig auf La Belle Mysterieuse.« Aber Caroline war in Gedanken woanders. Ob ihr Vater schon aus dem Bannkreis der Stadt war? Ob Simon alles vorbereiten würde? Sie war dankbar, als der Herzog Belômer sie aus dem großen Saal in den ruhigen Salón führte. An grünbezogenen Tischen, unter niedrig hängenden Lampen, wurde gespielt. Caroline entdeckte den Herzog von Otranto, Joseph Fouché. Er kehrte ihr den Rücken zu, teilte gerade Karten aus, lautlos.

Ein Mann erschien in der Tür. Er sah sich suchend um, eilte dann auf den Tisch zu, an dem Fouché mit drei anderen Kartenspielern saß, und beugte sich an sein Ohr. Fouché erhob sich; sein Blatt noch in der Hand, zog er sich mit dem Mann in eine Fensternische zurück. Caroline ließ kein Auge von ihm. Der andere redete auf Fouché ein. Sie bemerkte, wie der Herzog von Otranto erbleichte. Langsam kam er zurück, einen Augenblick blieb er an dem Spieltisch stehen. Dann warf er die Karten mit einer entschlossenen Geste hin und kam auf sie zu.

Caroline vergaß, daß neben ihr der Herzog Belômer stand, daß rundum Menschen waren. Sie hörte die Musik nicht mehr, sie wußte nicht mehr, wo sie war. Es gab nur noch sie und Fouché, es gab nur noch ihren Haß gegen diesen Mann, der über Leichen ging.

Fouché blieb vor ihr stehen. In seinen Augen war ein Lauern, als erwarte er, daß sie sich durch ein unbedachtes Wort verrate. Aber Caroline neigte nur leicht das Haupt, sah ihn ruhig an. Ihre Gelassenheit irritierte ihn. »Ich habe eben eine Nachricht erhalten, die auch Sie interessieren wird, Komtesse. Ihr Vater ist aus Vincennes entkommen.«

Sie versuchte nicht, Überraschung zu spielen. »Und der Herzog von Otranto weiß es eher als der Kommandant von Vincennes und der Polizeiminister – ist es so?« Caroline sprach in einem Ton, als handele es sich um die Flucht irgendeines Fremden.

Fouchés schmaler Mund wurde zu einem Strich. »Ich sehe, ich sage Ihnen nichts Neues. Die de la Rommes scheinen immer noch mächtige Freunde zu haben.«

»Und ich dachte immer, der mächtigste Freund meines Vaters sei der Herzog von Otranto.«

Eine sinnlose Wut stieg in Fouché auf. Diese Romme wagte es, ihn des Verrats zu bezichtigen. Er vergaß seine Vorsicht. »Mord an Tibot, Diebstahl von Beweismaterial, Befreiung des Vaters...« Seine Stimme war heiser vor Erregung. »Komtesse, verlassen Sie sich nicht zu sehr darauf, daß Sie eine Frau sind! Sie haben ein Gebiet betreten, wo das nicht mehr zählt. Ich warne Sie.«

Sie wandte sich an den Herzog. »Bitte bringen Sie mich hinaus. Hier ist die Luft zu stickig.« Sie nahm seinen Arm. Durch einen seitlichen Ausgang gelangten sie in die Halle und von dort über flache Treppen in den nächtlichen Park, der Schloß Malmaison umgab. Die plötzliche Stille, die frische, kühle Luft; es war Caroline, als erwache sie aus einem Alptraum. Schweigend gingen sie nebeneinander her, verließen den gepflasterten Weg, schritten über den kurz geschnittenen Rasen. Schattenhaft tauchten die Umrisse des kleinen Tempels auf, unter dem murmelnd die Quelle für die Wasserspiele entsprang.

Caroline trat an den Rand des Bassins, es fröstelte sie. Der Herzog streifte seine Jacke ab, legte sie ihr um die Schultern.

»Auf eine Weise bin ich Fouché dankbar«, begann er. »Er gibt mir Anlaß, mit Ihnen über etwas zu sprechen, was ich schon lange mit mir herumtrage. – Komtesse, ich biete Ihnen meinen Schutz an. An meine Frau wird Fouché sich nicht heranwagen.«

Caroline sah ihn überrascht an. Sie hatte mit allem gerechnet, nur damit nicht.

»Ich weiß, daß Sie mich nicht lieben«, fuhr der Herzog ruhig fort. »Ihre Freundschaft würde mir genügen, für den Anfang.«

»Aber mir nicht.« Sie hatte es ohne zu überlegen gesagt. »Verzeihen Sie, ich wollte Sie nicht verletzen.«

»Sie haben mich nicht verletzt. Ich will Sie schützen. War Ihnen die Geschichte mit Tibot keine Lehre? Was hat Ihr Mut, Ihre Tollkühnheit Ihnen eingebracht? Nichts! Außer, daß Ihr Bruder fliehen mußte und daß Sie sich Fouché zum Feind machten. Und er ist ein gefährlicher Feind; ein Mann, der den Terror liebt, dessen ganze Lust darin besteht, Menschen zittern zu lassen.«

Caroline ging langsam auf den Tempel zu, lehnte sich an eine der roten Marmorsäulen. Sie hatte den Herzog noch nie so ernst gesehen.

»Sie kommen mir vor wie eine Schlafwandlerin«, fuhr er mit eindringlicher Stimme fort. »Ein Wunder, daß Sie noch lebend vor mir stehen. Sie sollten sich nicht auf Wunder verlassen. Es könnte sein, daß Gil de Lamare einmal nicht mehr helfen kann. Also, wollen Sie mich heiraten?«

Den Kopf an die Säule gelehnt, sah Caroline am Herzog vorbei in die Nacht. Wenn sie jetzt nach Elba ging – sah es nicht aus wie eine Flucht vor Fouché? Als Herzogin von Belômer konnte sie in Paris bleiben, das Spiel gegen Fouché aus unmittelbarer Nähe weitertreiben.

»Sie wären in guter Hut«, hörte sie ihn sagen. »Hätten ein großes Haus, Geld, einen Mann, der genug von Mode versteht, um Sie zur elegantesten Fau Frankreichs zu machen.«

»Und Sie würden zum Gespött von Paris, Herzog«, sagte sie, »wenn ich Ihren Vorschlag annehmen würde. Sie müßten immer fürchten, daß ich Sie betrüge.«

»Teufel, ich würde jeden fordern. Ich schlage eine gute Klinge.« Er fiel in den Ton, den sie an ihm nicht ausstehen konnte.

»Ein Leben ohne Liebe?« Caroline sagte es mehr zu sich. »Nein.«

Der Herzog ergriff impulsiv ihre Hände, zog sie an seine Lippen. »Sie sind herrlich romantisch! Ich würde mich gerne von Ihnen anstecken lassen.«

Caroline war plötzlich verwirrt. Ein unerklärliches Etwas war in seiner Stimme, in der Art, wie er ihre Hände geküßt hatte. »Was sind Sie nur für ein Mensch?« sagte sie.

»Ich werde Ihnen unbeschränkte Vollmacht geben, mich ein Leben lang zu studieren.«

Sie schüttelte den Kopf. »Den Mann, mit dem ich lebe, will ich lieben, nicht studieren. Vergessen Sie, was Sie gesagt haben. Es ist besser für Sie und für mich. Nur eine Bitte habe ich. Geben Sie mir Ihre Kutsche. Tarnen Sie mein Verschwinden von hier.«

»Was haben Sie vor?«

»Wenn ich Feinde habe, kämpfe ich«, sagte sie.

»Caroline!« Mit einer Plötzlichkeit und Heftigkeit, die sie fast erschreckten, hatte er seine Arme um sie geschlungen. Sein Gesicht war dem ihren ganz nahe, und wie damals, als sie ihn zum erstenmal erblickt hatte, war sie betroffen von der Schönheit dieses Mannes. Einen Augenblick lang war sie fast sicher, daß hinter der oberflächlichen Maske ein anderer Mensch steckte. Ein Mann, wie sie ihn in dieser Stunde gebraucht hätte, dem sie sich hätte anvertrauen können. Aber der Augenblick ging vorüber, der Zauber erlosch – und sie waren sich fremder als vorher.

Der Herzog ließ sie los. »Dann kann ich Ihnen nur noch wünschen, daß der große Gil immer rechtzeitig zur Stelle ist«, sagte er spöttisch.

»Ich weiß nicht, ob Sie das Recht haben, über einen solchen Mann zu spotten«, sagte sie kühl. Sie wandte sich zum Gehen.

»Spott? Teufel, Tragik nenne ich das. Ich werde verschmäht, und für einen Mann, den Sie nicht einmal kennen, für den schwärmen Sie.«

»Tue ich das? Das ist mir neu!«

»Dann wissen Sie es jetzt! Und vergessen Sie nicht: Was mich betrifft – ich stehe zu dem, was ich gesagt habe, bis in alle Zukunft...«

13

Caroline war sofort eingeschlafen an jenem Abend, als sie nach beschwerlicher Reise in Fréjus angekommen war. Pünktlich um fünf Uhr war sie an Bord eines Engländers gegangen, der sie nach Elba bringen sollte. Es war ihre erste Seereise, aber von Sonnenaufgang bis in die tiefe Dämmerung war sie am ersten Tag an Deck geblieben, war wie berauscht eingeschlafen. Und jetzt stand sie schon wieder seit dem frühen Morgen am Steven des Seglers.

Paris, Fouché, Vincennes, Malmaison, das waren nur noch Namen für sie. Die Wirklichkeit war das Meer, das geheimnisvolle Leben des Schiffes, das leise Knarren der Masten, das Klatschen der Segel, der Wellenschlag, die unendliche Weite. Sie hatte im Meer etwas ihrem Wesen Vertrautes entdeckt.

Ein Vibrieren der Planken riß sie aus ihrer träumerischen Stimmung. Sie hörte Schritte hinter sich, ein englischer Passagier, Professor aus Cambridge, trat neben sie, ein Fernrohr in der Hand. Er stellte es auf, schraubte daran herum, preßte das Auge ans Glas. Als er sich wieder aufrichtete, sagte er feierlich: »Elba! Dort wird es aus dem Meer auftauchen. Der größte Mann seiner Zeit auf einen

Maulwurfshügel verbannt! Eine Tragödie – würdig eines Shakespeare. Mademoiselle! Sie dürfen sich glücklich schätzen, Französin zu sein. Haben Sie ihn jemals gesehen?«

»Doch, ich habe den Kaiser gesehen«, sagte sie leise. In ihrem Ton war etwas, was die Neugier des Mannes weckte. Er zog ein schwarzes Oktavheft aus der Tasche, fingerte nach einem Stift. »Wann haben Sie ihn gesehen? Und wo?«

»Was ich Ihnen erzählen könnte, würde Sie nur langweilen«, sagte sie ausweichend.

»Für den Wissenschaftler ist nichts langweilig. Geschichte muß aus lebenden Quellen schöpfen.«

Caroline hatte seine letzten Worte kaum noch beachtet. In dem tiefen Blau des Himmels war die Silhouette eines Schiffes aufgetaucht. »Darf ich?« Sie trat hinter das Fernrohr. Zuerst sah sie nur schaumbekränzte Wellenkämme. Sie schraubte an dem Glas, bis sie das Schiff sah. Schmal und hochbesegelt flog es über das Wasser. Mit jeder Sekunde wurde es größer. Und dann erkannte sie den tiefschwarzen Rumpf, die roten Segel, und auf diesem Segel ein Symbol, eine weiße Taube. Im selben Augenblick gellten hinter ihr Schreie über das Schiff: »Der Korsar! Alles unter Deck!«

Caroline rührte sich nicht. Wie ein Vogel mit schwarzem glänzenden Leib und roten Schwingen segelte das Schiff des Korsaren auf sie zu, immer näher. Plötzlich war ein Zischen in der Luft. Enterhaken bohrten sich krachend in das Holz. Knirschend schoben sich die beiden Schiffsleiber aneinander. Caroline hatte nur Augen für die Gestalt auf der Brücke des Korsarenschiffes. Ein Mann stand dort, groß, aufrecht, ein grellrotes Tuch verwegen um den Kopf geschlungen, eine schwarze Klappe über dem linken Auge. Er hob die Hand. Die Matrosen auf den schwarzen Masten des Seglers schienen aus dem Himmel zu fallen. Wilde Schreie ausstoßend, schwangen sie sich an Seilen herüber auf das geenterte Schiff, sprangen an Deck. Caroline war zu fasziniert von diesem Schauspiel, um Furcht zu empfinden. Ein paar Matrosen trieben sie zu den Gefangenen, die schon gefesselt neben der Brücke standen. Die Arme wurden ihr roh auf den Rücken gerissen, die Handgelenke zusammengebunden. Nur wenige Schritte von ihr stand der Korsar breitbeinig an Deck und dirigierte seine Männer mit wenigen herrischen Handbewegungen. Jeder seiner Leute schien genau zu wissen, was er zu tun hatte. Wie Ameisen schwärmten sie aus, durchstöberten das Schiff vom Deck bis zum Kiel, schleppten Kisten, Körbe und Gepäckstücke heran, hievten sie an Bord des Piratenseglers.

In kaum einer Viertelstunde hatten sie ihre Arbeit getan, war der Engländer ausgeplündert. Auf ein Zeichen des Korsaren verließen sie das Schiff. Er selber kam auf die Gruppe der Gefangenen zu. Zwei riesige Neger mit nacktem Oberkörper folgten ihm dicht auf.

Der Korsar blieb vor dem Kapitän stehen. »Sehr vernünftig, Sir«, sagte er, »daß Sie keinen Widerstand geleistet haben. Ich habe Ihnen genug Proviant gelassen, so daß Sie Ihr Ziel erreichen können.« Er wollte sich schon zum Gehen wenden – da stutzte er. Er machte eine kaum sichtbare Bewegung mit der Hand, aber die beiden dunklen Leibwächter, die mit den Augen an ihrem Herrn hingen, verstanden sofort.

Caroline sah sie auf sich zukommen. Sie versuchte sich zu wehren, aber es war sinnlos. Mächtige Arme packten sie, trugen sie davon. Die Männer des Korsaren brachen in ein rohes Geschrei aus, als die beiden Neger sie auf hocherhobenen Armen zum Vorderdeck des Piratenschiffes trugen. Die roten flatternden Segel über ihr schienen in dem weißen flimmernden Licht der mittelmeerischen Sonne zu brennen. Dort, wo die auf dem englischen Linienschiff geraubten Sachen auf einem Haufen beieinanderlagen, blieben die Neger stehen und ließen sie auf die rauhen Planken des Decks gleiten.

Caroline war wie betäubt. Um sie herum, in einem engen Halbkreis, drängten sich die Männer in ihren roten Hemden, schwarzen Hosen und den eng um den Kopf geschlungenen schwarzen Tüchern. Es waren Kerle aus aller Herren Ländern, und aus den Unterdecks strömten immer noch mehr herbei, die Mauer schloß sich noch dichter um sie. Die Gesichter der Männer ließen sie ahnen, was ihr bevorstand. Sie war eine Beute, weiter nichts. Als sie sich hilfesuchend umblickte, sah sie, bereits weit draußen auf dem Meer, das englische Schiff in voller Fahrt davonsegeln. Plötzlich verstummte der Lärm. Die Männer wichen respektvoll zur Seite. Der Korsar kam auf sie zu, hochgewachsen, braungebrannt, die entstellende schwarze Binde über dem linken Auge. Zwei Schritte vor ihr blieb er stehen. Er zog ein Messer aus dem Gürtel. Die Neger packten Caroline, rissen sie herum. Sie spürte, wie ihre Fessel zerschnitten wurde, hörte das Seil zu Boden fallen.

Die Neger hatten sie auf seinen Wink hin wieder losgelassen. Sie war frei; frei wie ein gefangenes Tier. Sie fühlte sich erniedrigt, gedemütigt, und der Blick, mit dem der Korsar sie wie ein Stück Beute taxierte, machte sie vollends rasend. Sie bückte sich blitzschnell, griff nach dem Seil, hob es zum Schlag. Zwei dunkle Fäuste rissen ihren Arm zurück. Das halb amüsierte, halb spöttische

Lächeln auf dem Gesicht des Korsaren vertiefte sich. »Wir haben uns, scheint es, einen Panther eingefangen.« Die Mannschaft brach in ein dröhnendes Lachen aus. Der Korsar hatte die Peitsche aus seinem Stiefelschaft gezogen. Er schwang sie mit spielerischer Eleganz hin und her. »Laß sie los!« Der Neger gehorchte. Caroline schleuderte dem Korsaren das Seil vor die Füße. Sie steckte die Hände in die Taschen ihres weißen Mantels. Ihre rechte Hand spürte die Pistole, die Simon ihr beim Abschied gegeben hatte. Sie wußte, daß es sinnlos war, was sie tat; selbst wenn sie ihn tötete, würde es nicht ihre Freiheit bedeuten. Aber das andere war stärker. Sie zog die Waffe, zielte. Der Korsar riß ihr den Arm hoch. Ein Schuß peitschte durch die Luft. Seine Faust umklammerte ihre Hand, daß sie aufschrie vor Schmerzen. Die Pistole fiel zu Boden, er stieß sie mit dem Fuß weg.

»Hast du noch mehr solche Spielzeuge bei dir?« Er riß ihr den Mantel herunter, die Jacke des Kostüms. Als sie nur noch in dem engen Rock und der gelben Seidenbluse vor ihm stand, durchsuchte er sie. Sein Gesicht war jetzt ganz nahe vor ihr. Ein leichter Duft von Sandelholz umgab ihn. Seine Hände tasteten ihren Leib ab, wie eine ihm verfallene Beute, sicher, kundig. Sie haßte ihn – und gleichzeitig erschrak sie, weil diese Hände sie erregten. »Nein! Nein!« Wie von Sinnen versuchte sie sich ihm zu entziehen. Sie schlug um sich, wild, blind.

Er schlug sie ins Gesicht, einmal, zweimal. Für den Bruchteil einer Sekunde war sie wie gelähmt. Sie starrte ihn an. Dann spuckte sie vor ihm aus. Einen Augenblick herrschte unheimliche Stille. Die Männer hielten den Atem an. Der Korsar wog die Peitsche in seiner Hand. Dann drehte er sich abrupt weg, wandte sich an die Mannschaft. »Schaut sie euch an! Wer traut sich zu, die kleine Bestie zu zähmen?« Ein Sturm brach los. Alle schrien durcheinander. Der Korsar hob die Hand. »Das Los soll entscheiden.« Die Männer schienen das Spiel zu kennen. Ein Sack wurde herbeigeschafft; jeder trat heran und legte einen Gegenstand hinein. Der Korsar stand mit unbeweglichem Gesicht dabei. Nachdem der letzte Mann sein Los hergegeben hatte, zog der Korsar den breiten goldenen Reif mit dem Skarabäus vom Mittelfinger, ließ ihn in den Sack fallen. Er wandte sich an Caroline. »Jetzt kannst du dir deinen Herrn selber suchen. Los, wähl!« Er deutete auf den Sack zu ihren Füßen. Caroline warf den Kopf zurück. Sie gab dem Sack einen Tritt, daß er umfiel.

Das Lächeln, das den Mund des Korsaren umspielte, wurde hart. Er hob die Hand, und die Peitsche traf Caroline mit voller Wucht über die Schulter. Ein wahnsinniger Schmerz durchzuckte sie, vom Hals den Rücken abwärts. Sie preßte die Hand vor den Mund, bezwang ihren Schrei. Der Neger zu ihrer Linken stieß einen dumpfen Laut aus, als wäre er von dem Peitschenhieb getroffen worden. »Tu es!« flüsterte er. »Tue es, er kann grausam sein.«

Caroline spürte, wie ein warmes Rinnsal von der Schulter den Rücken hinablief. Sie beugte sich über den Sack, griff blind zu, nahm das erste Stück, das ihr in die Hand kam. Die Männer brachen in ein schallendes Gelächter aus, als sie den Gegenstand in ihrer Hand sahen, einen Kochlöffel.

Widerstrebend wurde ein dürrer Mann nach vorne geschoben. Sein erschrockenes Gesicht unter dem schütteren blonden Haarkranz war rot angelaufen. Er rieb sich verlegen die Hände an der weißen Küchenschürze, die um ihn schlotterte. »Er schnappt uns die beste Beute weg!« rief jemand. Die Männer johlten. Verlegen war der Koch vor Caroline stehengeblieben. Seine schwermütigen Augen schienen ihr das stumme Versprechen zu geben, daß ihr bei ihm nichts geschehen würde.

Der Korsar wandte sich an den Koch. »Nimm sie mit! Vielleicht bekommen wir jetzt besseres Essen! Du achtest auf sie. Sie wird nicht angerührt – von keinem. Habt ihr verstanden! Und nun auf eure Posten! Setzt die Segel!«

Caroline lag auf der Holzpritsche in dem schmalen Verschlag neben der Schiffsküche. Der Koch löste mit lauwarmem Wasser die Fetzen der Seidenbluse und des weißen Batisthemdes aus der schon verkrusteten Wunde, die als tiefer Riß quer über das linke Schulterblatt lief. Caroline zuckte bei jeder Berührung zusammen. »Es ist gleich vorbei. Das Zeug muß heraus, sonst eitert die Wunde.«

Die Tür flog auf, ein Mann kam herein, warf ein Bündel Kleider auf den Boden. Als er Caroline mit nacktem Rücken daliegen sah, kam er näher. Er zog ein silbergeschmiedetes Medaillon unter seinem Hemd hervor. »Hättest du das nicht aus dem Sack fischen können? Es ist ein Talisman. Ich hätte ihn dir geschenkt.«

»Laß sie in Ruhe!« sagte der Koch. »Du siehst doch, daß sie Schmerzen hat.«

»Die muß man ihr austreiben – du Dummkopf. Aber davon verstehst du nichts.« Er erhob sich und verließ den Verschlag.

»Er meint, er kann alle so schikanieren wie seine Ruderer«, murmelte der Koch. Dann sagte er: »Es wird noch einmal weh tun, aber dafür wird die Wunde schnell verheilen, und es wird kaum eine Narbe bleiben.«

Caroline nickte schwach. Sie drückte den Handrücken gegen den Mund. Es war, als tropfe flüssiges Feuer in die Wunde. Tränen traten in ihre Augen. Nur langsam wurde das Brennen schwächer. Der Koch fuhr ihr mit einer unbeholfenen Geste über das Haar. »Gleich ist es vorbei.« Gedankenlos hatte er es in seiner Muttersprache gesagt.

Caroline hob den Kopf. »Sie sind Deutscher?« fragte sie in dem leicht österreichischen Tonfall, den sie von der Mutter übernommen hatte.

Über das Gesicht des Mannes ging ein ungläubiges Staunen. »Ja, aber hier nennt mich jeder Slim. Und Sie?«

»Ich bin Französin. Meine Mutter war Österreicherin, aus Wien.«

»Wien«, sagte er leise. »Ich habe dort musiziert, am Kaiserhof. Ich könnte heute Konzertmeister sein. Aber ich wollte die Welt sehen.« Es war, als hätte Caroline eine Quelle angeschlagen. »Keiner weiß hier, was ich früher war. Sie wissen nur, daß ich ein schlechter Koch bin. Sie trampeln auf mir herum. Aber das läßt sich aushalten. Vieles läßt sich aushalten.«

Schweigend hatte Caroline ihm zugehört. Immer hatte sie geglaubt, der Mensch sei allein für sein Schicksal verantwortlich. Sein Mut, seine Schwächen würden das Leben bestimmen. Aber es mußte da noch etwas geben, etwas, worüber der Mensch nichts vermochte, dem er ausgeliefert war. Mit wieviel Hoffnungen war sie in Fréjus an Bord des englischen Linienschiffes gegangen! Endlich hatte sie sich sicher gefühlt, glaubte allen Gefahren entronnen zu sein. Und nun...

Als hätten ihn ähnliche Gedanken bewegt, meinte der Koch: »Seltsam, daß Sie ausgerechnet mein Los gezogen haben.« Er zerriß ein Leinentuch in schmale Streifen, tränkte einen davon in Olivenöl, legte ihn vorsichtig auf die Wunde. »Sie müssen sich jetzt aufsetzen, sonst kann ich den Verband nicht festmachen.« Als Caroline sich aufrichtete, errötete er vor ihrer Nacktheit mehr als sie selber. Stumm legte er den Verband an. Aus einem Spind holte er ein weißes Hemd. »Sind Ihre Koffer mit an Bord gekommen?«

»Ich weiß nicht.«

»Ich werde nachsehen. – Versuchen Sie, auf der rechten Seite liegen zu bleiben, damit die Wunde nicht wieder zu bluten anfängt.« Er zog die Decken über sie. »Schlafen Sie.«

Caroline nickte. Sie war zu müde, um ihm zu danken. Allmählich ließen die Schmerzen nach. Sie schloß die Augen, dämmerte unruhig vor sich hin.

Als sie aufwachte, war die Kerze auf dem Tisch erloschen. Sie richtete sich auf, lauschte. Auf dem Schiff herrschte Stille. Von ferne glaubte sie Schreie, kurze Kommandorufe zu hören. Und dann war da noch etwas: ein leises, trockenes Knirschen. Hatten sie einen Hafen angelaufen? Sie sprang auf, stopfte das Hemd in ihren Rock. In der Küche warf die Glut des Herdes einen schwachen Lichtschein auf die dunkelgebeizten Holzplanken.

Der Koch hantierte mit roten Wangen an dem riesigen Herd. In den Töpfen brodelte es. Der Duft feiner Speisen erfüllte die Küche. Auf dem Handelsschiff hatten sie ein fertiges Mittagsmahl erbeutet; mitsamt dem kostbaren Geschirr und Silberbesteck. Das Menü für den Kapitän kochte in vier riesigen Kesseln.

Caroline kauerte neben dem Küchenherd und trank aus einem Blechnapf den heißen starken Grog, den der Koch ihr gebraut hatte. Sie war in warme Decken gehüllt, und dennoch fror sie. Ihr war zumute, als sei ihr Innerstes zu Eis erstarrt und werde nie mehr auftauen; als würde sie nie mehr diese würgende Übelkeit loswerden, als würde sie nie mehr lachen können.

In der Tür erschien die große breite Gestalt des Negers Batu; langsam kam er näher, schnupperte an den Töpfen, schnalzte genießerisch mit der Zunge. Er tippte Caroline zart auf die Schulter: »Käpt'n Essen bringen.« Caroline sah den Koch an. Der nickte. »Wenn er es sagt.«

»So wie ich bin – kann ich mich wenigstens waschen und kämmen?«

Der Koch schmunzelte. »Sieh mal an! Ihre Lebensgeister erwachen wieder.« Er füllte eine Kupferkanne mit warmem Wasser, ging voraus in die Vorratskammer. Dort öffnete er einen Schrank. Ein muschelförmiges Kupferbecken war in die Wand eingelassen, darüber hing ein Spiegel.

Caroline wusch sich das Gesicht und die Hände, kämmte sich das Haar. Sie wunderte sich, als sie sich im Spiegel betrachtete. All das Schlimme des Tages hatte keine Spur auf ihrem Gesicht zurückgelassen.

Als sie in die Küche zurückkam, standen die Speisen für den Kapitän auf einem doppelstöckigen Tragtablett aus hochpoliertem Messing schon bereit. Sie nahm das Tablett; Batu ging voran. Vor der schweren, silberbeschlagenen Tür zur Kapitänskajüte blieb der

Neger stehen. Er lächelte Caroline aufmunternd zu und drückte die Klinke herunter.

Sie betrat einen dämmrigen, niedrigen Raum. Mit einem leisen Fauchen sprang ein schwarzer Panther auf, näherte sich ihnen mit seinem lautlosen geschmeidigen Schritt. Batu packte das Tier am Kopf, flüsterte ein fremdes Wort. Der Panther streckte sich zu Carolines Füßen aus. »Nicht rühren«, sagte der Neger zu Caroline. »Warten.« Er ließ sie allein.

An ihren Füßen fühlte Caroline den warmen atmenden Körper des Panthers. Sein Kopf lag zwischen seinen Pranken, seine glimmenden Augen waren unverwandt auf sie gerichtet. Der Boden der Kajüte war mit Tierfellen ausgelegt. Das Licht der Kerzen brach sich in den golden schimmernden Glasaugen der Tierköpfe.

Sie hatte sich die Kajüte des Korsaren ganz anders vorgestellt: protzig, bunt, überladen mit funkelndem Beutegut. Aber der Raum strahlte Ruhe aus: der matt schimmernde Glanz der Mahagonitäfelung an Decke und Wänden, die großen Seekarten und nautischen Instrumente, die den Tisch in der Mitte des Raumes bedeckten, die schmalen, mit dunkelgrünem Leder bezogenen Sitze.

Erst jetzt bemerkte sie die in die Holztäfelung eingelassene Tür, die in einen zweiten Raum führen mußte. Eine weiche dunkle Männerstimme summte eine Melodie. Als sich die Tür endlich öffnete, blickte Caroline volle Verwunderung auf den Mann, der in einem tiefschwarzen Samtjackett heraustrat. Der Lichtschein des dreiarmigen Leuchters in seiner Hand fiel auf ein Gesicht, das sie kaum wiedererkannte. Ohne die entstellende Binde und ohne das rote Tuch um den Kopf wirkte der Korsar vollkommen verändert. Das ebenmäßige Oval seines Gesichts, die hohe Stirn, die dunklen mandelförmigen Augen, das schwarze glatte Haar, die bronzene Haut – man konnte ihn für einen Aristokraten halten. Nur der goldene Reif in seinem linken Ohrläppchen gab ihm etwas Barbarisches.

Er lächelte über ihr Erstaunen. »Gefall' ich dir so besser?« Seine weißen Zähne blitzten. »Ach so, du meinst die Augenbinde! Nun, ich lege keinen Wert darauf, daß mich jeder gleich erkennt.« Er ließ sich auf das Lager hinter dem Tisch nieder. Das Pantherweibchen erhob sich, strich schmeichelnd um seine Beine und streckte sich dann zu seinen Füßen aus.

Sie haben dieselben Bewegungen, das Raubtier und der Mann, dachte Caroline.

Dem Korsaren war ihr Blick nicht entgangen. Er kraulte das Tier.

»Sie war nicht immer so zutraulich«, sagte er lächelnd. »Sie hat zuerst auch gefaucht und gekratzt...« Er lehnte sich zurück. »Was ist, soll das Essen kalt werden?« Caroline stelle das Tablett auf den Tisch. »Sie wünschen nicht, daß ich Sie auch noch bediene...«

»Warum nicht? Jeder hier auf dem Schiff hat seine Aufgabe.« Er sah sie nachdenklich an. »Wohin wolltest du eigentlich?« Sie wollte schon antworten, aber dann schwieg sie. Plötzlich tat ihr Herz einen Sprung. Das Schiff aus Fréjus würde Elba anlaufen. Der englische Professor würde Napoleon aufsuchen. Er würde von der Plünderung des Schiffes berichten. Ihr Name würde fallen... Sie hob den Kopf. »Sie haben einen Fehler gemacht«, sagte sie ruhig, »als Sie mich mit Gewalt mitnahmen. Sie hätten alle mitnehmen dürfen, nur mich nicht! Jetzt haben Sie den Teufel auf dem Hals!«

»Den Teufel? Du glaubst, ich fürchte ihn? Wenn man die Menschen kennt, fürchtet man den Teufel nicht.« Er verstummte. Er zog das Tablett heran, füllte seinen Teller, schenkte sich Wein ein.

Andächtig begann er zu essen. Sie sah auf seine braunen nervigen Hände; auch in ihren Bewegungen lag raubtierhafte Geschmeidigkeit. Er schien sie vergessen zu haben, und sie wandte sich zum Gehen. Als sie an der Tür war, sagte er: »Wir werden heute abend an Land gehen. Es ist ein Schlupfwinkel, eine winzige Insel. Ich bin dort der Herr. Jeder würde dich ausliefern – ich sage das nur, falls dein Köpfchen wieder auf Flucht sinnen sollte...«

Das Schiff hatte festgemacht. Es schlingerte leicht in der Dünung, zerrte an seinen Steinankern. In langen weichen Wellen rollte das Meer in die Bucht. Hinter einem schmalen Streifen weißen Sandes stieg eine Insel zu einem sanften Hügel an. Rund um ein Holzfeuer, das in hohen Flammen in den dunklen, mondlosen Nachthimmel schlug, lagerten die Männer des Korsaren.

Caroline drückte die Stirn an das Bullauge. Sie hatte genug gesehen. Leise schlich sie durch das finstere Zwischendeck, tastete sich zur anderen Seite hinüber. Mit angehaltenem Atem öffnete sie die Luke. Dort mußte, wie sie an Deck bemerkt hatte, das Fallreep zu dem Beiboot herunterhängen. Ihre Hand spürte das rauhe Hanfseil, die glatte runde Sprosse. Sie beugte sich hinaus. Im Schatten des Schiffes schwankte ein kleines Boot auf dem Wasser.

Die Schritte der Wachen an Deck dröhnten schwer und langsam durch die Stille. Sie wartete, bis die Schritte sich entfernt hatten. Dann zwängte sie sich durch die Luke. Ihr Fuß fand Halt an einer Sprosse. Lautlos glitt sie abwärts, duckte sich mit angehaltenem

Atem in das schwankende Boot. Sie stemmte die Füße gegen die Leisten am Boden, zog den Umhang dichter um sich. Sie lauschte: Das Glucksen des Meeres rund um Boot und Schiff, die Schritte der Wachen an Bord – niemand schien ihre Flucht bemerkt zu haben. Sie löste das Tau. Sacht ließ sie die Ruder in das Wasser tauchen. Langsam glitt das Boot im Schatten des Schiffes dahin.

Bald sah Caroline die Bucht vor sich liegen, in der das Schiff vor Anker lag. Das Feuer, um das die Mannschaft des Korsaren saß, brannte jetzt in einer ruhigen Flamme. Gedämpfte Trommelschläge kamen aus dem Dunkel. Vor dem rötlichen Schein des Feuers sah sie zwei hohe Gestalten mit seltsam narkotischen Bewegungen tanzen, unwirklich und spukhaft. Caroline war gefesselt von der unerwarteten nächtlichen Szene. Die Trommel klang lauter, drängender. Der schlafwandlerische Tanz der beiden Neger wurde wilder, verzückter. Caroline hatte ganz vergessen weiterzurudern. Die Strömung faßte das Boot, trieb es langsam in die Bucht. Mit leisem Knirschen lief es auf den flachen Sand.

Caroline blickte um sich. Hinter dem schmalen Streifen weißen Sandes stieg die Insel zu einem sanften Hügel an. Sie überlegte nicht lange. Sicher würde sie auf der Insel ein Versteck finden, in dem sie sich verborgenhalten könnte. Mit schnellen Schritten überquerte sie den Strand, drang in das bergende Dunkel der Büsche ein. Blätter streiften ihr Gesicht, Blüten verfingen sich in ihrem Haar. Sie atmete den schweren, süßen Duft des Hibiskus, die seidige Luft dieser Nacht. Plötzlich verstummten die Trommeln. Vorsichtig spähte Caroline durch die tropisch wuchernden Sträucher. Nur etwa zehn Meter vor ihr brannte das Feuer.

Die beiden Neger standen dort, als seien sie mitten in der Bewegung erstarrt. Hoch aufgerichtet, die Arme eng an die dunklen glänzenden Körper gelegt. Einen Augenblick herrschte vollkommene Stille unter den Männern, die in bunten Gruppen um das Feuer lagerten. Dann explodierte ein heller Beckenschlag, zitterte vielstimmig in der Stille nach. Die Trommel fiel in einen schnellen, jagenden Rhythmus.

Die beiden Neger hatten ihren Tanz wieder aufgenommen. Immer lauter, immer peitschender wurden die Trommelschläge, immer ekstatischer der Tanz. Ihre Füße stampften im rasenden Rhythmus der Trommel. Die kurzen, um die Hüfte geschlungenen grellroten Tücher mit den wehenden Fransen hoben die Kraft dieser wuchtigen, muskulösen Körper nur noch mehr hervor. Caroline hatte vergessen, wo sie sich befand, vergessen, daß sie auf der Flucht war. Es war, als hätte sie einen Zauberkreis betreten, als würden geheime Kräfte ihren Willen, ihre Vorsicht, ihr Denken lähmen. Sie hatte sich aus dem Schatten der Sträucher gelöst und stand an den Stamm einer hohen Zeder gelehnt. Ihr dunkler Umhang hatte sich geöffnet. Sie starrte mit geöffneten Lippen auf die tanzenden Leiber.

Die Trommel verstummte. Die beiden Neger sanken wie bewußtlos zu Boden. Die anderen Männer klatschten rhythmisch in die Hände, schrien durcheinander. »Der Käpt'n – der Käpt'n soll tanzen!«

Der Korsar war aufgesprungen, stand in ihrer Mitte. Er warf das schwarze Samtjackett und das weiße Hemd weg. Die Reflexe des Feuers huschten über seinen kraftvollen Oberkörper. Er hob die Arme. In jeder Hand blitzte ein geschwungener Sarazenensäbel. Er kreuzte die Klingen über den Kopf. Einen Atemzug lang stand er reglos da. Die schwarze Hose schmiegte sich eng um seine schmalen Hüften und Beine. Die Männer waren still geworden. Dann stieß er einen wilden Schrei aus. Die Säbel wirbelten mit einem Zischen durch die Luft, kreisten um seinen Körper, zeichneten Figuren in die Luft. Caroline hätte fast aufgeschrien, als die beiden Neger, die bisher regungslos am Boden gehockt hatten, aufsprangen und sich mit hochgeworfenen Armen in die blitzenden Klingen stürzten. Mit wild herausforderndem Lachen duckten sie sich unter den tödlichen Klingen hinweg, sprangen darüber, waren wie vom Erdboden verschluckt, schnellten im nächsten Augenblick jäh wieder empor. Caroline lehnte mit hängenden Armen am Stamm der Zeder; ein selbstvergessenes Staunen lag auf ihrem Gesicht. Mit allen Sinnen sog sie den wilden exotischen Zauber dieser Nacht in sich ein...

Ein ohrenbetäubendes Jubelgeschrei schreckte sie auf. Der Tanz des Korsaren war zu Ende. Die Männer lagen sich in den Armen, tranken einander zu, begannen nun selber zu tanzen. Der Korsar war zur Seite getreten. Nur wenige Schritte von Caroline entfernt, füllte er aus einem der hölzernen Weinfäßchen seinen Becher und hob ihn zum Mund. Plötzlich wandte er den Kopf und blickte in ihre Richtung. Er stellte den Becher weg und kam langsam auf sie zu.

Caroline begann zu laufen. Hinter sich hörte sie das leise Geräusch nackter Füße, die in weiches, dichtes Gras traten, hörte seinen Atem. Sie lief, aber sie empfand keine Angst. Das Ganze war wie ein Spiel, wie eine Fortsetzung des Tanzes, den sie beobachtet hatte. Als sie das üppig blühende Buschwerk erreicht hatte, blickte sie kurz um. Der Korsar folgte ihr auf dem Fuß. Sie lief geduckt weiter. Er hätte sie längst einholen können, aber es schien ihm Spaß zu machen, sie zu jagen. Auch Caroline hätte schneller rennen können. Aber etwas in ihr genoß es, von ihm verfolgt zu werden wie ein Wild. Es war nicht der Korsar, dessen Schritte sie hinter sich hörte – es war der Gott mit dem bronzenen Körper und den Bewegungen eines Raubtiers, dessen Tanz sie behext hatte. Sie hatte den Abhang erreicht, der sich sanft zum Meer hin erstreckte. Der Mond war aufgegangen; wie eine schwere goldene Frucht hing er am Himmel. Plötzlich war der Korsar bei ihr. Seine Arme umschlangen sie, gaben sie aber sofort wieder frei. Caroline war unter der flüchtigen Berührung erschauert. Ihre Augen öffneten sich weit. Sie sah in sein Gesicht, und sie fand darin nichts mehr von dem, was sie erschreckt hatte. Mit zurückgeworfenem Kopf rannte sie dem Strand zu. Ihr Haar hatte sich gelöst und flatterte im Wind. Ihr war, als flöge sie dahin. Sie achtete nicht mehr auf den Weg. Sie hatte nicht einmal bemerkt, daß sie den Umhang verloren hatte.

Nach einer Weile blieb sie stehen. Sie blickte sich suchend um, lauschte. In dem Sand hinter ihr, der im Licht des Mondes silbern schimmerte, war nur ihre eigene Spur. Ihr Herz klopfte schneller. Sie spürte die Enttäuschung wie einen Stich. Sie wollte zurücklaufen, da stand er wie aus dem Erdboden gewachsen vor ihr – fing sie in seinen Armen auf.

»Suchst du mich?« Seine Stimme war ein warmes, zärtliches Flüstern. Aber da war noch etwas anderes, ein Zittern der Erregung. Caroline fühlte sich unendlich wehrlos, mitgerissen von einem Strudel unbekannter Empfindungen. Sie gehörte sich nicht mehr selbst. Mit geschlossenen Augen überließ sie sich seinen Küssen. Er bettete sie auf den weichen Sand, der noch die sanfte Glut des Tages in sich bewahrt hatte. Die Sterne des Himmels spiegelten sich in ihren dunklen schimmernden Augen. Aber sie sah nur das Brennen in den Augen des Mannes.

Ohne daß sie sich dessen bewußt wurde, entkleidete er sie. Sie fühlte seine Hände, seinen Atem, den leisen Duft, der ihn umgab, die Weichheit seiner Lippen auf ihrer Haut. Es war ihr, als würde sie sich ihres Körpers auf eine neue Weise bewußt. Sie glaubte das Bewußtsein zu verlieren. Sie wehrte sich nicht mehr gegen die Lust, die ihren Körper durchströmte. Jede Faser ihres Leibes verlangte nach dem Mann, nach seiner grausam zärtlichen Kraft.

Sie lag ausgestreckt im Sand. Sie spürte den kühlenden Wind, der vom Meer herüberstrich, auf ihrem heißen Körper. Neben ihr, auf seinen Ellbogen gestützt, lag der Korsar und betrachtete sie. Sie brauchten keine Worte in diesem Augenblick. Sie sahen sich schweigend an. Caroline fuhr mit der Hand über das Gesicht des Mannes. Es hatte fast denselben Ausdruck wie vorhin beim Tanz: das klare, unschuldige Gesicht der Leidenschaft. Sie erinnerte sich, daß Marianne ihr einmal gesagt hatte, leidenschaftliche Männer seien nach der Befriedigung kalt und zynisch. Aber in diesem Mann spürte sie nur Wärme, eine mühsam beherrschte Glückseligkeit.

Er zog sie an sich, half ihr aufzustehen. »Komm, ich muß dir etwas zeigen.« Hand in Hand liefen sie den Strand entlang. Verborgen hinter dichtem Gebüsch öffnete sich eine Felsspalte. Durch einen steil ansteigenden Hohlweg gelangten sie auf eine mondbeschienene Lichtung. Eine Hütte, deren breites, flaches Dach fast bis zum Boden herabhing, stand dort. Der Korsar öffnete die Tür. Sie betraten einen großen halbdunklen Raum. Zwei mit glühender Holzkohle gefüllte Kupferbecken gaben Wärme und Licht. In einer Nische im Hintergrund stand ein breites Ruhebett. Dorthin führte er sie. Caroline nahm nichts von alldem wahr. Sie spürte nur den Arm des Mannes, der ihre Schulter umspannte und sie führte. Jede seiner Bewegungen übertrug sich auf ihren Körper, ließ sie erbeben. Wieder war die Verzauberung da – trug sie mit unwiderstehlicher Gewalt fort, verschmolz den Mann und die Frau in einer sengenden Glut.

Als Caroline am nächsten Morgen erwachte, füllte gedämpftes Sonnenlicht den Raum. Aus der angelehnten Tür in der Nähe des Bettes hörte sie ein Feuer knistern, das leise Klappern von Geschirr und Besteck. Der Duft von Orangenblütentee zog herein.

Sie war jetzt voller Entsetzen über sich selbst. Es war, als tauche sie aus tiefer Bewußtlosigkeit auf – als begreife sie erst jetzt, was geschehen war. Sie hatte sich einem wildfremden Mann hingegeben. Sie war in seiner Hütte, lag in seinem Bett. Sie hatte getan, was sie niemals für möglich gehalten hätte: Sie hatte den Mann, der sie liebte, zu dem sie unterwegs war – betrogen. Mit einem Mann, der sie geraubt, der sie mißhandelt, den sie zu hassen geglaubt hatte. Wie hatte das geschehen können? Sie hatte nicht besser gehandelt als jene Frauen, die sie immer so verachtet hatte, die ihre Treulosigkeit mit ihrer Schwachheit entschuldigten!

Die Arme unter dem Kopf verschränkt, starrte Caroline in das dunkel gebeizte Dachgebälk. Sie fuhr zusammen, als der Korsar ihren Namen rief. Er stellte ein Tablett auf den runden Marmortisch neben dem Bett. Der weiße Mantel stand über seiner Brust offen. Sein Blick umfing sie, traf sie wie eine zärtliche Berührung. Caroline wollte sich dagegen wehren, aber gerade dadurch kam ihr noch deutlicher zum Bewußtsein, wie stark die Kraft war, die sie an diesen Mann band. Selbst in diesem Augenblick erfüllte sie diese Kraft mit einem heißen Glücksgefühl. Und das brannte alles, ihre Zweifel und Gewissensbisse, weg. Sie glaubte zu wissen, daß es Bezirke geben müsse, in denen die Begriffe Gut und Böse aufgehoben waren; daß es Augenblicke im Leben geben konnte, in denen der Mensch eins wurde mit den geheimnisvollen Kräften der Natur – entfesselt wie sie, unbezähmbar wie sie, unschuldig wie sie.

»Bereust du es?« fragte er zögernd. Sein Blick war ernst.

Caroline war betroffen, wie genau er gespürt hatte, was in ihr vorging. Sie ergriff seine Hand und sagte leise: »Nein – es ist alles gut.«

14

Caroline saß auf der Steinbank vor der Hütte im Schatten der hohen Akazie. Auch jetzt, am späten Nachmittag, war dieser Julitag noch von einer sengenden Glut. Sie hatte den Kopf etwas zurückgelegt, schaute in die breite Baumkrone über sich, beobachtete das Spiel des Sonnenlichts und des Windes in den zarten gefiederten Blättern, durch die der tiefblaue Himmel schimmerte.

Der Korsar, der mit einem Glas gekühlter Limonade aus dem Haus trat, blieb stehen. Er liebte es, sie zu beobachten, wenn sie sich allein fühlte. Es schien ihm, als sei sie ihm in diesen Augenblikken fast so nahe wie in den Stunden, da sie in seinen Armen lag. Auch wenn sie, wie jetzt, selbstvergessen in den Himmel schaute, war sie ein Stück Natur, voll geheimer Kräfte, sanft und unbezähmbar zugleich – und unergründlich. Sie war aufgeblüht in diesen drei Monaten auf der Insel. Ihre samtene Haut war noch um einen Schatten dunkler geworden, sie schimmerte in einem tiefen weichen Rosa. Ihr Körper hatte die mädchenhafte Spröde verloren, ihre Bewegungen waren so süß und lockend geworden wie ihr Lächeln. Er ging auf sie zu, reichte ihr das Glas, lehnte sich stumm an den Stamm der Akazie. Nachts, wenn sie in seinen Armen eingeschlummert war, fragte er sich oft, ob auch ihr Herz ihm gehöre. Aber er hatte nie den Mut aufgebracht, sie zu fragen. Er wartete darauf, daß sie es eines Tages sagen würde; wartete mit der geheimen Verzweiflung eines Mannes, der mehr liebte, als er sich eingestehen wollte.

Aber sie war stumm geblieben. Nur etwas gab ihm Hoffnung: Nicht einmal in den drei Monaten hatte sie gefragt, wann sein Schiff wieder auslaufen werde. Und doch hatte er ständig in der Furcht gelebt, sie könnte plötzlich verschwinden. Vor allem dann, wenn befreundete Korsaren bei der Insel vor Anker gingen und er sie für Stunden verlassen mußte. Nicht einmal der Gedanke, daß die beiden Neger sie bewachten, hatte ihn beruhigen können. Seine Angst hatte sich als unbegründet erwiesen, aber er fühlte sich ihrer nicht sicher. War ihr Gleichmut, war die Ergebenheit in ihr Schicksal Verstellung? Worauf wartete sie?

Er hatte nicht gewagt, daran zu rühren. Er kannte sich selbst nicht wieder. Und auch seine Männer fanden ihn verändert. Er wußte, daß schon lange Unruhe unter der Mannschaft herrschte. Diese Männer waren nicht für ein beschauliches Leben gemacht. Sie brauchten die Gefahr, das Abenteuer so notwendig wie die Luft zum Atmen. Die ersten Wochen hatte er sie das Schiff ausbessern und von oben bis unten neu streichen lassen. Aber jetzt gab es keine Arbeit mehr für sie. Und was das schlimmste war: vor einer halben Stunde war der erste Maat dagewesen und hatte gemeldet, daß sie nur noch für eine Woche Verpflegung hätten. Der Korsar hatte nur gelacht und aufs Meer gedeutet. Da seien genug Fische. Der Maat war mit steinernem Gesicht abgezogen. Es mußte ihm gelingen, sie noch etwas hinzuhalten, ein, zwei Wochen.

Gerade hatte er sich neben Caroline auf die Steinbank gesetzt, als er die Männer sah. Sie traten aus dem Felsspalt, einer hinter dem anderen, stumm, mit verschlossenen Gesichtern. Es war die ganze Mannschaft. Sie kamen auf die Hütte zu. Mahmud, der Aufseher der Ruderer, an ihrer Spitze. Der Korsar erhob sich und ging ihnen entgegen.

Mahmud, die Hände in den Hosentaschen, trat vor. »Wir sind keine Fischer, Käpt'n«, sagte er mit schwerer Zunge. »Und wir wollen auch keinen Fischer zum Käpt'n.«

»Etwas deutlicher, Mahmud. Soll das heißen, daß ihr meutert?«

In diesem Augenblick stürzte der Mann, der auf dem höchsten Punkt der Insel Wache hielt, auf die Lichtung. Schon von weitem schrie er: »Drei Fregatten! Mit Kurs auf die Insel!«

Die Mannschaft wich zur Seite und machte dem Mann Platz.

»Kriegsschiffe?« fragte der Korsar.

Der Matrose rang nach Atem. »Kriegsschiffe«, stieß er hervor. »Napoleonische!«

Einen Augenblick stand der Korsar bewegungslos da. Caroline war aufgesprungen, zu ihm gelaufen. Der Korsar blieb ganz ruhig. »Macht das Schiff klar!« befahl er. Aufgeregt murmelnd, verschwanden die Männer. Der Korsar lief in die Hütte. Er griff nach seinem schwarzen Rock, öffnete den Schub, in dem seine schwarze Augenklappe und sein rotes Kopftuch lagen. Caroline, die ihm gefolgt war, schlang die Arme um ihn. »Geh nicht, bitte!«

»Hast du Angst um mich?« Er sah sie ernst an.

»Du mußt fliehen«, flüsterte sie atemlos. Der Name Napoleons war niemals zwischen ihnen gefallen. Und sie konnte ihm auch jetzt nicht sagen, warum die drei napoleonischen Schiffe die Insel ansteuerten.

»Es wird mir nichts geschehen«, sagte er. »Gegen drei Schiffe zu kämpfen, wäre sinnlos.«

Sie umarmte ihn, Tränen erstickten ihre Stimme. Er strich ihr übers Haar. »Mein Diener Batu bleibt bei dir, und ich verspreche dir, es wird kein Schuß fallen.«

Caroline sah ihm nach, wie er über die Lichtung lief, in jeder Bewegung seines schönen geschmeidigen Raubtierkörpers bebend vor Kraft und Leben.

Angst und Freude kämpften in ihr. Sie stand lange unter der Tür der Hütte. Sie wußte nicht, wieviel Zeit vergangen war.

›Kriegsschiffe! Napoleonische!‹ Es war ihr, als höre sie wieder die atemlose Stimme des Wachtpostens, der die Meldung gebracht hatte. Sie hatte nie daran gezweifelt, daß Napoleons Schiffe eines Tages den Weg zu ihr finden würden. In ihren Träumen hatte sie es immer wieder so eindringlich erlebt, daß sie beim Erwachen Minuten gebraucht hatte, um sich wieder mit der Wirklichkeit abzufinden...

Eine dröhnende Explosion durchbrach die Stille. Dumpf grollte das Echo über die Lichtung.

»Was war das?« Der Neger Batu, der ein paar Schritte vor ihr stand, hob die Achseln. Sie lauschte auf die ferne Brandung des Meeres, das Gezwitscher der Vögel, den Wind, der in den Baumkronen spielte. Alles war wie vorher. Und doch waren es nicht mehr dieselben Geräusche. Unsichtbar, unhörbar breitete sich etwas aus, vor dem ihr graute. Sie eilte in die Hütte und ergriff das Fernrohr. Der Neger folgte ihr, als sie den schmalen steilen Pfad hinauflief, der zum höchsten Punkt der Insel führte.

Das Piratenschiff lief auf die drei Schiffe Napoleons zu. Auf der Kapitänsbrücke erkannte sie die Gestalt des Korsaren. Über ihm, am Hauptmast, flatterte weißes Tuch. Sie visierte die napoleonischen Schiffe an, ein größeres und zwei kleinere. Am Bug des Kommandoschiffes erkannte sie eine goldglänzende prächtige Galionsfigur. Alle drei trugen den einfachen schwarzweißen Tarnanstrich, den Napoleon schon als Erster Konsul für die französische Flotte eingeführt hatte... Caroline stieß einen Schrei des Entsetzens aus: Jetzt erst entdeckte sie auf dem einen der kleineren Schiffe das brennende Segel. Die Flammen waren fast unsichtbar in dem flimmernden Licht, das über dem Meer stand. Hatte der Korsar nicht Wort gehalten? Das konnte sie nicht glauben. Hätte er sonst das weiße Tuch am Hauptmast seines Schiffes aufgezogen?

»Siehst du das brennende Segel, Batu?«

Er wich ihrem Blick aus, starrte hinaus aufs Meer zu den Schiffen. Sie hob das Fernglas. Auf dem Kommandoschiff öffneten sich die Kanonenluken. Drohend schoben sich die Mündungen der Kanonen aus den dunklen Löchern. Sie ließ das Glas sinken. »Batu, das darf nicht geschehen!«

Im gleichen Augenblick ließ eine schwere Kanonensalve Luft und Erde erzittern. Rauchwolken verhüllten die Schiffe. Aus dem dichten Qualm züngelten die Flammen. Der Wind trug vom Meer abgerissene Schreie herüber.

Langsam lichtete sich der Rauch. Ein brennendes Schiff tauchte aus den Rauchschwaden. Es war das Schiff des Korsaren. Das rote Vorsegel hing zerfetzt herunter. Der Hauptmast war geborsten. Wieder zerriß eine Salve die Stille. »Nein!« Caroline schrie es mit einer ihr selbst ganz fremden Stimme.

»Bitte nicht. Nein!« Es war ein beschwörendes Stammeln, ein verzweifeltes Gebet. Batu legte den Arm um sie, wollte sie wegführen. Aber sie wußte plötzlich, was sie zu tun hatte. »Ein Boot«, sagte sie. »Komm schnell!«

Sie rannte den Abhang zur Küste hinunter. Sie mußte eingreifen, das Schlimmste verhindern! Es war ihre Schuld! Warum hatte sie geschwiegen! Jeder Mann, der fiel, würde ihretwegen sterben.

Ein einzelnes Boot lag umgedreht am Strand der Bucht. Batu wendete es, zog es in die Flut. Caroline raffte den weiten Rock, watete durch das seichte Wasser. Sie setzte sich auf die vordere Bank. Batu stieß ab und ergriff die Ruder. Seine schnellen, kraftvollen Schläge peitschten das Meer.

Die Schiffe waren weiter von der Insel entfernt, als Caroline gedacht hatte. Aber sie sah, daß das napoleonische Kommandoschiff und der Korsar jetzt Breitseite an Breitseite lagen. Die Kanonenrohre starrten schwarz und glänzend aus den Luken.

Sie richtete sich im Boot auf, schwenkte verzweifelt ihr Taschentuch. Irgend jemand mußte sie doch sehen! Aus den sechzehn Kanonenrohren des napoleonischen Kommandoschiffes schossen Flammen. Ohrenbetäubendes Dröhnen erfüllte die Luft. Das Meer geriet in Aufruhr. Plötzlich schwankte das Boot wie wild. Caroline verlor das Gleichgewicht, stürzte. Batu riß sie zurück. Große Wellen warfen das Boot hin und her. Sie wollte nach dem Ruder greifen, aber der Neger nahm es ihr aus den Händen. »Ich rudere.«

Die See beruhigte sich. Wrackteile schwammen heran, verkohlte Planken, ein zersplitterter Mast und dann – die Fetzen eines roten Segels, aufgebläht wie ein Seeungeheuer. Leichen trieben, den Rücken nach oben, vorbei, eine blutige Spur im Wasser hinterlassend. Batu ruderte verbissen. Der große Kerl zitterte am ganzen Leib, Caroline kämpfte Angst und Entsetzen nieder. Es gab nur einen Weg, stärker als das Grauen zu sein: Man mußte es wagen, ihm ins Auge zu sehen. Nur dann konnte man es besiegen. Der Pulverdampf verzog sich und gab das Wrack frei, das einmal das stolze Schiff des Korsaren gewesen war. Eine Bordwand war aufgerissen. Das Meer überspülte bereits das leere Deck. Ein paar Überlebende schwammen im Wasser. Um sie herum spritzte das Wasser in Fontänen hoch. Mit Schaudern sah Caroline, daß Männer vom Deck des Kommandoschiffes auf sie schossen.

Ein Boot legte von dort ab, kam auf sie zu. Zwei Matrosen ruderten, vorne stand ein Offizier. Er salutierte vor ihr, als wäre nichts geschehen. »Komtesse Romme Allery?«

Caroline nickte stumm.

»Der Kommandant erwartet Sie.« Ein Rauschen übertönte seine Stimme. Als Caroline sich umwandte, tauchte das Deck des Korsarenschiffes gurgelnd in die Tiefe.

Jabomir Paderevsky, Kommandant der Schiffe, verbeugte sich vor Caroline, zog ihre Hand an die Lippen und lächelte eitel.

»Willkommen, Komtesse! Sie sind frei.« Sie sah in ein junges Gesicht mit hohen magyarischen Backenknochen. Das hellbraune Haar fiel quer in die breite, niedrige Stirn. Seine Augen lagen voll Bewunderung auf ihr. »Sind Sie immer so mutig?«

Caroline spürte Erbitterung in sich aufsteigen. »Und Sie – greifen Sie immer Schiffe an, auf denen die weiße Flagge weht?«

»Die weiße Fahne, Komtesse? Ich habe sie sehr wohl gesehen. Bedauerlicherweise war die Mannschaft des Piratenschiffes mit den Absichten ihres Kapitäns nicht einverstanden. Sie hat das Gefecht eröffnet.«

»Ein Massaker – wegen eines Segels, das ein Irrer in Brand

schießt? Und seit wann ist es Sitte, Menschen, die hilflos im Wasser treiben, wie Ratten abzuknallen?«

»Sie haben sich selbst außerhalb des Rechts gestellt, sind vogelfrei.«

Batu, der bisher neben ihr gestanden hatte, stahl sich leise davon. Caroline sah, wie er zum Hinterdeck eilte. Auf den Planken lag ein Mann, mit einer Plane zugedeckt. Wie ein treuer Hund hatte Batu seinen Herrn gewittert. Für den Bruchteil einer Sekunde mußte Caroline die Augen schließen; sie spürte, wie alles Blut aus ihrem Kopf wich. Ihr schwindelte. Doch es ging vorüber, und sie eilte dem Neger nach. Hinter sich hörte sie die Stimme des Kommandanten. »Bleiben Sie, Komtesse! Es ist zu spät.« Seine Stimme klang plötzlich unsicher.

Die Plane hob und senkte sich über dem Sterbenden. Caroline kniete sich neben ihn, zog die Decke zurück. Das rote Kopftuch war verrutscht, darunter quoll sein tiefschwarzes Haar hervor. Nur die zuckenden, blutleeren Lippen verrieten etwas von seinen Schmerzen. Eine Hand griff nach ihrem Arm, wollte sie wegziehen. Caroline schüttelte sie ab. »Einen Arzt«, sagte sie, »schnell einen Arzt!«

»Da kann kein Arzt mehr helfen.« Es war die Stimme des Kommandanten. »Eine Rahe hat seinen Leib aufgeschlitzt.«

»Gehen Sie!« Caroline schrie es fast. »Gehen Sie! Lassen Sie mich allein!«

Der Korsar wurde unruhig. Seine Lippen versuchten, Worte zu formen. Dann schlug er die Augen auf. Wie schön er ist, dachte Caroline. Sein Blick schien den Himmel abzusuchen.

»Ich bin es«, sagte sie. Tränen würgten sie.

Als er sie erkannte, ging ein Leuchten über sein Gesicht. Es war kein Lächeln, keine Überraschung. Es war, als wären alle Spuren, die das Schlimme in seinem Gesicht hinterlassen hatte, ausgelöscht. Nur noch das Gute, das in ihm gelebt hatte, war in seinen Zügen. Es war das Gesicht eines unbesigten Herzens. »Ich wollte nicht kämpfen. Sie haben einen Freund getötet.« Seine Stimme war nur ein Flüstern, aber sie klang fest. »Ich wollte leben. Mit dir, für dich. – Mahmud war es, der auf eigene Faust zu schießen begann.« Er machte mit der Hand, die auf seiner Brust lag, ein schwaches Zeichen. Caroline beugte sich tiefer über ihn. Er deutete auf seinen Kopf. Sie verstand. Sie löste die schwarze Augenklappe, streifte das rote Tuch vollends aus der Stirn. »Vor dem Tod ... brauche ich diese Maskerade nicht mehr.« Seine Lippen formten die Worte, Silbe für Silbe. »Vor ihm ... darf ich der sein, der ich wirklich bin...« Er hatte die Augen geschlossen. Schweißperlen traten auf seine Stirn. Er rang nach Luft, aber seine Züge blieben ruhig.

Caroline kämpfte mit den Tränen. Sie suchte nach Worten. Sie fand keines. Als er die Augen aufschlug, sah er sie mit einem Blick an, in dem noch einmal das ganze brennende Ungestüm seiner Liebe war. »Ich habe dich... zu spät gefunden... zu spät. Begrabt mich auf der Insel... Da war ich glücklich.«

Caroline stürzten die Tränen aus den Augen. Der Korsar lag mit geschlossenen Augen. Seine Lippen murmelten unverständliche Worte. Plötzlich schlug er noch einmal die Augen auf. Er machte Batu, der auf der anderen Seite neben ihm kniete, ein Zeichen. Mit einer letzten Anstrengung flüsterte er: »Die Papiere, in der eisernen Kassette... Gib sie ihr...« Sein Atem ging immer schwerer. Seine Worte wurden immer unverständlicher. »Sie... jetzt deine Herrin... Sei ihr treu... Vergiß es nicht. Die Papiere... Porto Ferraio... Omar... treu...« Seine Hände, die bisher ruhig gelegen hatten, fuhren unruhig über die Decke, suchten, umklammerten Carolines Hand. Zittern lief durch den kraftvollen Körper – dann sank sein Kopf zur Seite.

Caroline verharrte regungslos. Sie sah nichts, sie hörte nichts. Die Zeit schien stillzustehen. Behutsam löste sie ihre Hand aus der des Toten, zog die Decke über sein Gesicht. Sie erhob sich. Mit gesenktem Kopf blieb sie vor dem Leichnam stehen. Das, was sie fühlte, hatte nichts mit dem leblosen Bündel zu ihren Füßen zu tun. In ihrer Erinnerung würde er immer leben – sein kühnes sonnenverbranntes Gesicht, seine brennenden Augen, sein Lachen. Als sie aufsah, merkte sie erst, daß der Kommandant die ganze Zeit neben ihr gestanden hatte. Hinter ihm seine Offiziere.

»Geben Sie mir ein Boot«, sagte sie ruhig.

»Ich schicke zwei von meinen Männern«, sagte der Kommandant.

Sie schnitt ihm das Wort ab. »Ich brauche Ihre Männer nicht.« Sie wandte sich zur Reling. Batu hatte sich seinen toten Herrn auf die Schulter geladen. Das Meer war wieder spiegelglatt. Am Strand der Insel lagen bunte Kleiderfetzen, verkohlte Holzstücke, ein einzelner Schuh. Die nächste Flut würde sie fortschwemmen. Nichts mehr würde an das erinnern, was hier geschehen war. Die Natur hatte kein Gedächtnis, sie ließ sich nicht zeichnen vom Schicksal der Menschen, sie nahm keinen Anteil, sie kannte das Leiden nicht. Vögel zwitscherten in den Sträuchern, große schillernde Schmetterlinge flatterten von Blüte zu Blüte, das hohe fette Gras neigte sich leise im Wind.

Caroline folgte Batu, der den Toten über den Strand zu der Lichtung hinauftrug. Als sie an der Feuerstelle vorbeikamen – dort, wo sie in der ersten Nacht die Tanzenden beobachtet hatte –, war es Caroline, als begreife sie erst in diesem Augenblick, was in der Bibel mit der Vertreibung aus dem Paradies gemeint war.

Sie hatten die Lichtung erreicht. Batu legte den Toten sanft in das tiefe Gras. Zögernd kam eine Gestalt auf sie zu, begann plötzlich zu rennen, fuchtelte mit den Armen. Es war Slim, der Koch. Sein schütteres blondes Haar klebte ihm strähnig am Kopf, seine viel zu weiten Hosen schlotterten um seinen dürren Körper. Seine Lippen waren bläulich, an seinen Schläfen traten die Adern hervor. Er brachte vor Erregung kein Wort heraus.

»Haben sich noch andere gerettet?« fragte Caroline.

»Drei oder vier habe ich gesehen, auf einem Floß, ich habe nur Mahmud erkannt.« Der Koch starrte auf den leblosen Körper des Kapitäns. Plötzlich liefen ihm Tränen über das Gesicht, er schluchzte wie ein Kind.

»Hol den Spaten« – Caroline deutete auf den Toten – »und fang schon an. Batu wird dir gleich helfen.« Sie bedeutete dem Neger, ihr zu folgen. Sie betraten die Hütte. »Was hat der Kapitän mit den Papieren und der Kassette gemeint?« fragte sie.

Batu hatte eine Kerze angezündet. Schweigend schlug er den Teppich zurück und hob eine Falltür auf. Er stieg voraus in den Keller hinunter, der in den vulkanischen Boden unter der Hütte in den Felsen gehauen war. Mit der Kerze leuchtete er den Boden ab. In einer Steinplatte, fast unsichtbar in den Boden gefügt, war ein schwarzer Eisenring eingelassen. Caroline hielt die Kerze, während Batu die Steinplatte anhob. In der Öffnung wurde eine eiserne Kassette sichtbar. Batu nahm sie heraus. Im Schloß steckte ein Schlüssel. Er übergab sie Caroline. Batus Augen hingen an ihren Händen. Aber Caroline schüttelte den Kopf. Was die Kassette auch bergen mochte, jetzt war nicht die Stunde, daran zu rühren.

Als sie wieder in die Hütte traten, war Caroline einen Augenblick benommen von dem Licht, von der Wärme, die auf sie einstürzten. Sie blieb mitten in dem großen Raum stehen, in dem sie drei Monate lang gelebt hatte. Es war ganz still. Nur die kleine ovale verbeulte Schiffsuhr auf dem Marmortisch neben dem Bett tickte.

Batu sah Caroline mit bittendem Blick an.

»Die Uhr? Willst du sie?«

Batu nahm die Uhr; seine große dunkle Hand schloß sich zärtlich um sie. Dann nickte er verschämt.

»Sie gehört dir.«

Auf dem niedrigen Tisch am Fenster stand der Schminkkasten, der sie an den ersten Tag auf der Insel erinnerte. Sie deutete darauf. »Nimm das mit. Hilf Slim. Ich komme gleich.« Für das, was ihr noch zu tun blieb, wollte sie allein sein. Der dunkle Riese schlug die eiserne Kassette und den Schminkkasten in eine Decke und verließ die Hütte. Carolines Blick ging noch einmal durch den Raum. Der Lindenholzschrank mit den reichen Schnitzereien; die strenge englische Kommode aus Palisander; der riesige Teppich, dessen warme goldbraune Farben zu leben schienen; das breite Bett in der Nische; der venezianische Spiegel... Das Schicksal hatte sie hierher verschlagen. Diese Hütte, dieser Raum, jeder dieser Gegenstände war zu einem Teil ihrer selbst geworden.

In einem plötzlichem Entschluß lief sie in die kleine Küche. Im Herd war noch Glut. Sie fachte das Feuer neu an. In einem Korb lagen trockene Reiser. Sie hielt sie in die Flammen, bis sie lichterloh brannten, warf sie auf den Boden, an die Vorhänge...

Das Grab war bereits zugeschaufelt, als sie aus der Hütte rannte. Schweigend starrte sie in die Flammen. Balken stürzten krachend zusammen. Es würde nichts als ein Aschenberg zurückbleiben. Die Asche würde zu Erde werden. Gras würde wachsen über Hütte und Grab, Blumen, blühende Sträucher. Sie wandte sich ab. Sie wußte, daß es richtig gewesen war, was sie getan hatte. Im Westen versank die Sonne. Himmel und Erde verschmolzen in ein schimmerndes Grau. Aber Caroline nahm nichts davon wahr. Sie roch den schweren Duft des Hibiskus. Sie hörte wieder den Rhythmus der Trommeln – und im rötlichen Schein des Feuers sah sie den tanzenden Mann, die Lichtreflexe auf seinem bronzenen Körper, in dem die Natur wilde animalische Kraft zu göttlichem Ebenmaß vereint hatte.

So würde er in ihr weiterleben...

Caroline drehte langsam den Schlüssel um, der in der eisernen Kassette steckte. Endlich war sie allein. Sie saß in der Kapitänskajüte, eine dicke Kerze im schweren bronzenen Halter verbreitete warmes, dämmriges Licht. Sie hatte die Einladung des Kommandanten, mit ihm und den Offizieren zu Abend zu essen, abgelehnt. Auch die Speisen, die auf dem Tablett neben ihr standen, hatte sie nicht angerührt. Nur von dem leichten roten Wein hatte sie sich ein Glas eingeschenkt.

Sie klappte den Deckel der eisernen Kassette zurück. Obwohl sie keine Ahnung gehabt hatte, was darin sein mochte, empfand sie doch Enttäuschung. Die Kassette war leer, bis auf ein Petschaft, ein

Papier und ein schmales, in Leder gebundenes Buch. Sie griff zuerst nach dem Petschaft. Es trug den Buchstaben S, der sich um eine Taube schlang. Dann griff sie nach dem Papier, faltete es auseinander. Es war ein Offiziersdiplom. In schwungvoller Schrift stand der Name da – der Name, den der Korsar ihr nie gesagt hatte: Norman Sterne. Sie nahm den Lederband, blätterte ihn auf. Ihre Enttäuschung vertiefte sich. Es waren biblische Psalmen. Sie wollte das Buch schon zurücklegen, als ein gefaltetes Blatt herausfiel. Sie hielt ein Rundschreiben der Royal Navy in der Hand. Es war in knappem militärischen Ton an alle Kapitäne der englischen Handels- und Kriegsschiffe im Mittelmeer gerichtet. Sie las, und plötzlich war ihr Interesse hellwach.

Am 17. Mai – vor ungefähr drei Monaten also – war eine ›East Indian‹ geentert und ausgeraubt worden. Von einem Mann, der als Omar, der Große Korsar, bezeichnet wurde. Er hatte dabei ein wichtiges Geheimdokument erbeutet. Es betraf – Carolines Herz setzte einen Schlag aus – Napoleon. Der Kapitän, dem es gelingen würde – so hieß es in dem Rundschreiben weiter –, dem Korsaren das Dokument abzujagen, werde eine Belohnung von 3000 Pfund Sterling erhalten. Caroline rückte die Kerze näher heran. Unter dem Gedruckten stand eine handgeschriebene Notiz. Sie erkannte die Schriftzüge des Korsaren. Sie entzifferte: ›7. August, Porto Ferraio, Omar bei Philomena.‹ Caroline ließ das Blatt sinken. Sie erinnerte sich an die letzten gehauchten Worte des Korsaren. ›Die Papiere... Porto Ferraio... Omar...‹ Was hatte das alles zu bedeuten? Was hatte es mit Napoleon zu tun? War er in Gefahr? Sie erhob sich, öffnete die Tür zu dem schmalen Vorraum. Batu hockte mit angezogenen Beinen am Boden.

Als er Caroline sah, sprang er auf. In der dunkelblauen Uniformjacke mit dem hohen steifen Kragen und den engen, am Fuß leicht ausschwingenden Hosen wirkte er noch größer. »Komm herein«, sagte sie. Sie verschloß die Tür hinter ihm, verriegelte sie. Sie deutete auf das Blatt, das auf dem Tisch neben der Kassette lag.

»Du hast davon gewußt?«

Er nickte.

»Wo ist das Dokument?«

»Omar hat es – der Große Korsar.«

»Hier steht, es betreffe Napoleon – weißt du, was darin steht?«

Batu schüttelte den Kopf. »Ich weiß nur, daß die Korsaren dem großen Kaiser helfen wollen. Denn sie hassen die Engländer.«

»Wie wollen sie ihm helfen? Ist er bedroht?«

Batu deutete auf das Schreiben, auf die an den unteren Rand

gekritzelte Notiz. ›7. August, Porto Ferraio, Omar bei Philomena.‹ »Dort sollte alles besprochen werden«, sagte er.

»Du weißt, wo das ist?« Batu nickte. Caroline blickte stumm auf die Schriftzüge. Dann sah sie Batu an. »Du wirst mich hinführen«, sagte sie.

15

In einem leuchtendgelben Kleid, im Schatten des großen blauen Sonnenschirms, den Batu über sie hielt, schritt Caroline über die Mole an Land. Ein goldgelber Seidenschal lag lose über ihrem blauschwarzen Haar.

Fischer hatten die drei napoleonischen Schiffe während der letzten Stunde ihrer Fahrt im Triumphzug zum Hafen Porto Ferraio begleitet. Jetzt hatten sie mit ihren Booten längs der Mole, die weit ins Meer hinausragte, ein Spalier gebildet. Die sonnenverbrannten Männer standen aufrecht in ihren Booten und winkten mit ihren bunten Halstüchern der jungen Frau zu, die auf die am Ende der Mole wartende Kutsche zuschritt.

Batu öffnete den Schlag, ließ Caroline einsteigen und sprang dann neben den Kutscher auf den Bock. Die Pferde zogen an. Caroline sank in die Polster zurück. Am liebsten hätte sie selber die Pferde angetrieben. Seit Monaten hatte sie auf diesen Augenblick gewartet, aber jetzt schien es ihr, als wären diese letzten Minuten vor dem Wiedersehen die schlimmsten. Stimmen wurden laut. Die Kutsche hielt mit einem Ruck. Der Schlag wurde aufgerissen. Immer wieder hatte sich Caroline den Augenblick vorgestellt, das Wiedersehen ausgemalt – aber jetzt war alles ganz anders; die Freude tat weh wie ein Schreck.

Napoleon hatte sich vom Pferd geschwungen. Caroline streckte ihm die Arme entgegen. Er hob sie heraus, schloß sie in die Arme. Stumm hielten sie sich umschlungen, wagten nicht, sich zu rühren, zu sprechen.

»Es ist gut, daß du da bist«, sagte er schließlich, verstummte, betroffen von dem Du, das zum erstenmal zwischen ihnen gefallen war. Sein Blick hielt sie fest, und in seinen Augen war etwas, was sie tiefer anrührte, als jede Zärtlichkeit es in diesem Augenblick vermocht hätte.

Caroline schwang sich in den Sattel des Pferdes, das man herbeigeführt hatte. Der schwarze Hengst tänzelte unruhig; sie klopfte ihm den Hals. Napoleon hatte seinen Schimmel bestiegen, sein Blick flog noch einmal zu ihr herüber, dann gab er dem Tier die Sporen. Mit gesenktem Kopf und gespanntem Hals erklomm ihr Hengst den letzten steilen Hang zum Gipfel. Die Bäume wurden spärlicher, und dann lag das breite, grüne Plateau der Kuppe vor ihr – Caroline war wie geblendet: flimmerndes Licht, Himmel und Meer. Napoleon, der seinen Schimmel frei laufen ließ, half ihr vom Pferd.

Der Weg bis zum Gipfel des Monte Giove war ihr wie im Flug vergangen. Zuerst die glühende heiße, staubige Straße an der Küste entlang, dann die langsam ansteigenden Serpentinen mit den baumhohen Kakteen zur Seite. Als die Weinberge begannen, hatten sie den Weg verlassen. Querfeldein waren sie aufwärts geritten, durch die schattigen Kastanienwälder. Sie hatten während des Ritts kaum ein Wort gesagt. Manchmal war ein Blick zwischen ihnen hin und her geflogen; aber die Fragen blieben unausgesprochen.

Caroline hatte sich auf das weiche Graspolster niedergelassen.

»Hier hab' ich gesessen, habe geschaut und gewartet«, sagte Napoleon. »Ich weiß nicht, wie oft.« Er legte seinen Arm um sie. Caroline lehnte ihren Kopf an ihn, und in diesem Augenblick wußte sie, daß nichts Fremdes zwischen sie getreten war seit jener Nacht in Nevers. Die Zeit hatte sie nicht getrennt, sondern einander nur noch nähergebracht. »Ich werde alle Uhren stillstehen lassen«, sagte er leise, »und alle Kalender abschaffen.«

Sie lauschte seiner Stimme. »Wie hast du erfahren, wo ich war?« fragte sie.

»Durch einen Engländer. Es war ein Zufall, daß ich ihn überhaupt vorließ, es besuchen mich hier so viele Leute. Ich komme mir manchmal vor wie eine Zirkusattraktion. Aber dieser englische Professor war nicht abzuweisen. Von ihm erfuhr ich, was geschehen war. Das war vor über zwei Monaten. Seither suchen dich meine Schiffe.« Caroline fühlte, daß ihn Fragen quälten, Fragen, vor denen er Angst hatte. »Ich habe es gefühlt, daß du mich suchst. Und ich habe gewußt, daß du mich finden würdest.«

»Ich werde meinen Kommandanten Paderevsky belohnen. Nur ihm konnte dieser Streich gelingen.« Sie sah plötzlich wieder alles vor sich. Das zerschossene Schiff, die im Wasser treibenden Leichen. Und den Korsaren, an Deck des Schiffes, sterbend. »Was hast du?« hörte sie Napoleon fragen. »Ist etwas?«

Sie blickte zu Boden. »Dein Paderevsky versenkte ein Schiff, auf dessen Mast eine weiße Fahne wehte«, sagte sie. »Dieser Korsar war dein Freund. Ich erfuhr es erst bei seinem Tod. Er und die anderen Korsaren wollten dir helfen. Sie wollten dir ihre Schiffe zur Verfügung stellen, um Frankreich zurückzuerobern.« Er antwortete nicht. Er starrte aufs Meer hinaus. Caroline konnte nur ahnen, was in ihm vorging. »Die Korsaren besitzen ein englisches Geheimdokument«, sagte sie. »Die Engländer planen etwas gegen dich. Ich weiß nicht, was, aber ich werde es bald wissen.«

Napoleons Züge entspannten sich. »Die Engländer planen seit zwanzig Jahren etwas gegen mich«, sagte er lachend. »Letzthin hieß es sogar, ich sei bereits vergiftet.«

»Glaub mir«, Caroline sagte es fast flehend. »Diesmal ist es ernst. Sie planen etwas gegen dich. Sie...«

Er verschloß ihren Mund mit seiner Hand. »Diesmal ist es wirklich ernst«, sagte er lächelnd. »Ich muß dich anfassen, damit ich weiß, daß ich nicht träume.«

»Sie besitzen ein geheimes Dokument«, wollte sie weitersprechen, aber sie vergaß, was sie hatte sagen wollen. Sie spürte nur noch seine Nähe. Er nahm ihr Gesicht in seine Hände, sah sie ernst und schweigend an. Es war eine Geste von unendlicher Zärtlichkeit – die Geste eines Mannes, der erkannt hatte, daß Glück immer nur geliehen ist. »Alles ist jetzt gut. Und nichts anderes zählt, jetzt, da du wieder da bist. Hab keine Angst.« Seine Stimme war tonlos. »Ich liebe dich.« Er zog sie noch fester an sich.

Die Kutsche rollte zwischen den staubbedeckten Kakteen talwärts, auf Port Ferraio zu. Caroline sah die Silhouette der Stadt auftauchen, die grellweiß gekalkten Häuser. Vor fünf Tagen erst war sie diesen Weg in der Gegenrichtung mit Napoleon geritten. Fünf Tage und Nächte. Es kam ihr vor wie ein Traum, aus dem sie sich nicht lösen konnte. Batu kutschierte. Am Morgen hatte jene geheimnisvolle Philomena eine Botschaft geschickt; Omar, der Große Korsar, erwarte sie. Sie hatten jetzt die Stadt erreicht. Über dem Meer dämmerte schon der Abend. Die Villa lag wie ausgestorben. Philomena empfing sie in der Halle. Ohne ein Wort zu sagen, schritt sie voran. Über eine enge eiserne Wendeltreppe ging es aufwärts. Philomena, eine grauhaarige Frau mit dem undurchdringlichen Gesichtsausdruck einer Sphinx, öffnete die Tür zu einem Turmzimmer. Sie schlug einen schweren dunkelgrünen Samtvorhang zurück und ließ Caroline eintreten. An dem schmalen Fenster, mit dem Rücken zu ihr, stand ein Mann. Noch bevor Caroline sein Gesicht sehen konnte, wußte sie, daß sie keinem Freund gegenüberstand.

Mit einer schroffen Bewegung, die das niedrige Turmzimmer zu sprengen schien, hatte der Große Korsar sich vom Fenster weggedreht. Caroline sah in ein kühnes maurisches Gesicht voll düsterer Leidenschaft; um die kräftigen Lippen spielte ein Zug tiefer Verachtung. Es würde schwer sein, diesem Mann sein Wissen zu entreißen. An die dunkle Holzvertäfelung gelehnt, die Beine übereinandergeschlagen, stand er da; unter der Kleidung ließ sich ein geschmeidiger, gestählter Körper ahnen. Ein Blick voll Feindseligkeit traf sie. »Also, was willst du?«

Es mußte furchtbar sein, diesen Mann zum Feind zu haben – aber Caroline hielt dem Blick stand. »Ich will wissen, was die Engländer gegen den Kaiser planen.«

»Hat dir das Norman nicht gesagt?«

»Wäre ich dann hier? Er konnte mir vor seinem Tod nur noch sagen, daß ich hierherkommen sollte.«

»Gut – du hast seinen Wunsch jetzt erfüllt. Du kannst wieder gehen.«

Für einen Augenblick glaubte Caroline zu ersticken. Die Wut, die heiß in ihr aufstieg, nahm ihr den Atem. »Ich werde gehen, wenn Sie gesprochen haben.«

»So? Glaubst du, du kannst mit jedem Mann so umspringen wie mit Norman?«

Angst und Empörung schlugen über ihr zusammen, aber sie beherrschte sich. »Es war sein Wunsch, daß Sie mir sagen sollen, was in dem erbeuteten Dokument steht.«

»Wie du willst.« Seine Stimme war nur noch Spott. »Die Engländer sind sehr besorgt um die Sicherheit ihres Gefangenen. Und sie sind der Meinung, daß Elba zu nahe an Frankreich liegt. Der Kaiser könnte auf dumme Gedanken kommen. Sie finden, daß er auf einer Azoreninsel, fünfhundert Meilen vom festen Land entfernt, weit besser aufgehoben wäre. Auf St. Helena zum Beispiel.«

»Sie wollen ihn nach St. Helena verschleppen?«

»Wenn sie jemanden finden, der die schmutzige Arbeit für sie tut. Ein Korsar vielleicht.«

Caroline versuchte in dem Gesicht des Mannes zu lesen. War das eine Warnung? Ohne nachzudenken, folgte sie ihrem weiblichen Instinkt. Es mußte ihr gelingen, ihn auf des Kaisers Seite zu ziehen. »Ich weiß, daß die Korsaren im geheimen auf Napoleons Seite stehen. Ich weiß, daß sie ihm sogar helfen wollen, Frankreich zurückzuerobern.«

Der Korsar stutzte. War sie so naiv oder so raffiniert? Hatte sie seine Drohung nicht verstanden? »Es stimmt«, begann er zögernd.

»Die Korsaren waren die Freunde des Kaisers. Wir wollten ihm helfen. Aber nach dem, was geschehen ist, werden sie es nicht mehr tun. Norman Sterne war mein Freund, mein einziger.«

»Aber der Kaiser ist unschuldig an seinem Tod. Es war ein unglückliches Zusammentreffen.«

Der Korsar machte eine Handbewegung, die sie verstummen ließ. »Schuld oder nicht. Für mich ist Normans Tod ein Fingerzeig des Himmels. Es entsteht nichts Gutes, wenn wir Piraten unsere selbstgewählte Welt verlassen.«

Caroline sah ein, daß es unmöglich sein würde, ihn umzustimmen. »Dann habe ich nur noch eine Bitte«, sagte sie. »Überlassen Sie mir das Dokument, das Sie erbeutet haben. Ich will es dem Kaiser zeigen. Sonst glaubt er nicht, daß er in Gefahr schwebt. Bitte, geben Sie mir das Dokument. Für Sie hat es doch keinen Wert.«

»Keinen Wert? Da irrst du dich. Die Engländer bezahlen mir dafür dreitausend Pfund. Das ist viel Geld. Und ich könnte mir noch mehr verdienen.« Die düstere Glut seiner Augen hatte sich noch vertieft. »Wir rächen unsere Toten«, sagte er. »Das ist unser Gesetz.«

»Wenn Norman Sterne Rache gewollt hätte, würde er mir dann den Auftrag gegeben haben, hierherzukommen? Norman...«

»Sprich den Namen nicht aus! Um deinetwillen mußte er sterben!« Er hatte es geschrien, am ganzen Körper bebend. Schroff wandte er sich ab. Im Raum herrschte beklemmende Stille.

Leise sagte Caroline: »Ich wollte seinen Tod nicht. Niemand wird verstehen, was zwischen uns war, aber es war gut. Wenn Sie Vergeltung wollen – rächen Sie sich an mir, nicht am Kaiser.«

Der Mann stand reglos. Eine dunkle Silhouette in dem grauen Zwielicht. Eine Hand legte sich Caroline auf die Schulter. Sie hatte vergessen, daß Philomena die ganze Zeit neben ihr gestanden hatte. »Laß ihn allein!« Die Frau schlug den Vorhang zur Seite, öffnete die Tür. Ohne ein Wort stiegen sie die eiserne Wendeltreppe hinunter, durchschritten die Halle.

Als Caroline aus dem Haus trat, war es schon dunkel. Batu erwartete sie bei der Kutsche. Caroline fühlte, wie er sie von der Seite ansah, scheu und doch neugierig. Sie wandte den Kopf, sah zum Meer hinunter. Es gab nur einen Menschen, mit dem sie in diesem Augenblick hätte sprechen können: Napoleon. Und sie war voller Ungeduld, nach Marciana Marina zu kommen.

Der Abend hatte keine Abkühlung gebracht. Über dem Marktplatz von Marciana Marina brütete noch die Glut des Tages. Männer waren dabei, die letzten Vorbereitungen für den Hahnenkampf zu treffen. Die Luft schien stillzustehen unter den tiefziehenden Wolken.

Caroline streifte den Seidenschal von ihren Schultern, sah sich suchend um. Das Licht der Fackeln, die in eisernen Ringen an den Wänden der Häuser steckten, beleuchtete den Marktplatz des ganz in der Nähe von Porto Ferraio gelegenen kleinen Fischerdorfes. In den Gewölben, die im Geviert um den Platz lagen, glänzten die Steinplatten des Bodens an manchen Stellen noch feucht. Es roch nach Salzwasser und Fisch. Stimmengewirr erfüllte den Platz. Über offenem Feuer wurden Fische gebraten, am Spieß drehte sich ein Lamm. Auf niedrigen Bänken hockten die Männer um den rechtekkigen, von einem Seil eingezäunten Kampfplatz. Caroline drängte sich zwischen ihnen hindurch.

Napoleon saß auf einer etwas erhöhten Bank, über die eine Decke geworfen war. »Da bist du ja. Komm, setz dich zu mir.« Er klatschte in die Hände. Schlagartig verstummte der Lärm. »Ihr könnt anfangen«, sagte er. Ein hagerer Mann trug zwei Käfige herbei. Er schlug die Deckel auf, streifte den Tieren die ledernen Kappen vom Kopf. Dann packte er sie unter den Flügeln, warf sie über dem Kampfplatz in die Luft. Flügelschlagend kamen die Hähne zu Boden. Es waren zwei große kräftige Tiere. Der eine schwarz, der andere rostrot. Im Licht der Fackeln blitzten die scharfen gebogenen Messer, die an ihre Füße geschnallt waren. Napoleon wandte sich an Caroline: »Willst du wetten?«

Sie schüttelte den Kopf. Napoleon hob die Hand. »Hundert auf den schwarzen.« Die beiden Hähne schienen einen Augenblick von der plötzlichen Helligkeit wie betäubt. Dann duckte der schwarze Hahn mit dem festen roten Kamm den Kopf. Sein Gefieder sträubte sich. Mit einem Flügelschlag sprang er seinen Gegner an, hackte auf dessen Hals ein. Federn stäubten zu Boden. Der rote Hahn bäumte sich auf. Die Männer saßen mit vorgeneigtem Oberkörper auf den Bänken, verfolgten den Kampf mit Gemurmel und jähen Anfeuerungsschreien.

Caroline rückte näher an Napoleon heran. Niemand beachtete sie im Eifer des Kampfes.

»Ich habe mit dem Großen Korsaren gesprochen«, flüsterte sie. »Weißt du, was die Engländer planen? Sie wollen dich mit Gewalt von Elba verschleppen. Die Insel erscheint ihnen nicht mehr sicher genug. Sie wollen dich auf eine Azoreninsel bringen.«

Er blickte geradeaus. Nichts in seinen Zügen änderte sich. Es war das Gesicht, das die Welt seit zwanzig Jahren an ihm kannte: beherrscht, konzentriert, undurchdringlich. »Hast du das Dokument gesehen?«

»Es gibt keinen Zweifel. Sie suchen nur jemanden, der es für sie tut.«

Er lachte. »Diese Feiglinge! Jeder gedungene Mörder hat mehr Mut als diese Kanaillen. Du siehst, selbst jetzt noch zittern sie vor mir.« Er sah sie mit einem seltsamen Lächeln an.

»Ich werde ihnen zuvorkommen. Sie werden mich noch auf Elba suchen, wenn ich längst in Frankreich bin.«

Die Männer schrien johlend auf. Wankend und fast all seiner Federn beraubt, stand der rostrote Hahn am Boden. Blut tropfte aus seinen Wunden. Ein Zittern lief durch seinen Körper. Dann sank er zusammen. Der schwarze stand lauernd daneben, auch er blutend, aber aufrecht. Der Hagere hatte einen neuen Verschlag mit einem perlgrauen Hahn gebracht. Er packte den Hahn an den Flügeln, hielt ihn hoch in das Licht der Fackeln, die im Wind, der plötzlich aufgekommen war, zuckten. Die Männer schlossen neue Wetten ab. Napoleon hob die Hand: »Noch mal hundert auf den schwarzen!« Er sah Caroline an. »Du wirst sehen – er ist jetzt erst richtig in Rage. Seine Wunden haben ihn nur stärker gemacht.« Er zögerte. »Wenn er siegt, nehme ich es als Orakel, als ein Zeichen, daß auch ich noch siegen kann.« Er ließ den Blick über die erhitzten Gesichter der Männer gehen. »Diese Männer hier gehen für mich durchs Feuer. Mit ihnen erobere ich ganz Frankreich aufs neue.«

Caroline fröstelte. Ihr war unheimlich. Dabei hatte er doch nur ausgesprochen, was sie selbst unzählige Male in den letzten Monaten gedacht hatte. Sie hatte seine Worte in Nevers nicht vergessen: ›Ich werde zurückkehren nach Paris, als Kaiser.‹ Sie hatte nie daran gezweifelt. Sie wußte, seine Kraft war ungebrochen. – Und doch spürte sie, daß ihr sein Streben nach Macht fremd geblieben war, daß sie in ihm immer den Mann und nicht den Kaiser gesucht hatte. Sie fühlte, wie sich seine Hand auf die ihre legte – und mit einer Heftigkeit wie nie zuvor wurde ihr bewußt, daß das Leben ohne die Liebe unerträglich wäre.

Napoleon hatte sie von der Seite beobachtet. »So nachdenklich? Denkst du immer noch an die Engländer? Hast du mir etwas verheimlicht?«

»Ich wollte, wir hätten die Eremitage nie verlassen«, sagte sie leise.

»Weiche mir nicht aus. Was war noch?«

Es fiel ihr schwer, jetzt davon zu sprechen. »Die Engländer versuchen, die Korsaren für ihren Plan zu gewinnen.«

Napoleon schüttelte den Kopf. »Sie werden damit keinen Erfolg haben. Die Korsaren kennen so etwas wie Ehre. Was man von meinen ehemaligen Marschällen und Ministern nicht sagen kann. Die kriechen jetzt um den Bourbonenthron...« Er sprach den Satz nicht zu Ende und verfiel ins Brüten. Dann sagte er: »Sie werden eines Tages wieder zittern vor mir, alle.«

Die Männer hatten ihre Wetten abgeschlossen. Der Hagere warf den perlgrauen Hahn in den Ring. Wild mit den Flügeln schlagend, hielt er sich einen Augenblick in der Luft, stieß dann auf den schwarzen herab. Aber der wich aus, fiel seinen Gegner im gleichen Augenblick von der Seite an. Lange stand der Kampf gleich. Aufgeputscht von Drogen, drangen sie immer erbitterter aufeinander ein; beider Gefieder wurde dunkel vom Blut, klebte an ihren Leibern. Der perlgraue nahm einen letzten Anlauf. Aber der schwarze brachte ihn mit einem plötzlichen Flügelschlag zum Straucheln. Dann stürzte er sich auf ihn. Die Messer an seinen Füßen gruben sich in die Flanken seines Gegners, mit dem Schnabel riß er ihm den Hals auf... Schaudernd wandte sich Caroline ab. Ein Tumult entstand. Schreie erfüllten den Platz. »Der Kaiser. Der Hahn des Kaisers hat gewonnen!« Die Männer waren von den Bänken gesprungen, tanzten herum, mit grünen dickbäuchigen Weinflaschen stießen sie auf den Kaiser an. Napoleons Augen leuchteten auf. »Du bringst mir Glück!«

Aber Caroline konnte seine Freude nicht teilen. »Ich habe Angst.«

»Hast du nicht selber gewünscht, daß ich nach Frankreich zurückkehren sollte?«

»Ja – ich habe es gewünscht.« Sie schwieg. Die fünf Tage und Nächte in der Eremitage im Schatten des Monte Giove hatten andere Wünsche in ihr geweckt. Dunkel ahnte sie, daß sie unerfüllbar waren, aber um so heftiger klammerte sich ihr Herz daran. Sie wollte nicht wahrhaben, daß diese paradiesischen Tage ein Geschenk waren – daß die Zeit des Glücks bemessen war. Sie sah ihn an. »Sind wir nicht glücklich hier?«

Seine Stimme war voll Wärme, als er nachdenklich sagte: »Ich hätte dir früher begegnen müssen.«

»Es ist nie zu spät«, sagte Caroline. »Wir könnten fortgehen, ein neues Leben beginnen. Wir könnten nach Amerika gehen.« Es war eine Eingebung, aus dem Augenblick geboren. Sie hatte niemals vorher mit diesem Gedanken gespielt – nicht bewußt.

»Amerika?« wiederholte er zögernd. »Daran habe ich auch schon gedacht. Wenn mein Sohn hier wäre – vielleicht würde ich es dann tun.«

»Warum holst du ihn nicht zu dir?«

»Seit ich hier bin, bitte ich darum, daß sie ihn mir geben.«

Seine Stimme war bitter. »Ich weiß nicht einmal, wo sie ihn vor mir versteckt halten. Ich kann gar nichts unternehmen. Das ist das Infame. Mir sind die Hände gebunden. Ich muß froh sein, wenn sie ihn am Leben lassen. Ich darf nicht daran denken.«

Der Wind war stärker geworden. Einzelne schwere Regentropfen fielen nieder. Dann zuckte ein Blitz auf. Der Donner war noch ferne. Napoleon erhob sich abrupt. »Komm, laß uns gehen. Ich halte es hier nicht mehr aus.« Die Männer wichen zur Seite. Wieder zerriß ein greller Blitz die Wolkenmassen. Dumpf grollte der Donner in den Berghängen nach. Es begann stärker zu regnen.

Batu hockte wartend auf dem Tritt der Kutsche. Sie stiegen ein. Das Gefährt rollte die Hafenstraße entlang, dann aufwärts die schmale Straße, die sich durch die Weinberge schlängelte. Der Regen prasselte auf das Dach. Napoleon hatte seinen Arm um Caroline gelegt. Zwischen ihnen war jenes gute Schweigen zweier Menschen, die der Worte nicht bedürfen.

Den Entschluß, Napoleons Sohn nach Elba zu holen, hatte sie noch in jener Nacht nach dem Hahnenkampf gefaßt. Zu niemandem hatte sie davon gesprochen. Selbst dem Kaiser hatte sie ihren Plan erst heute anvertraut – es war ihr Geschenk zu seinem Ehrentag. Ganz Elba hatte diesen 15. August, des Kaisers fünfundvierzigsten Geburtstag, gefeiert. Am frühen Morgen hatte es begonnen. Aus den entlegensten Bergdörfern waren sie gekommen: Männer und Frauen in ihrer strengen schwarzen Tracht. In Körben hatten sie ihre Gaben gebracht: Blumen, Früchte, Wein, selbstgetöpferte, bemalte Tonkrüge, bestickte Tücher. Am Nachmittag kam der Blumenkorso von Porto Ferraio zu Napoleons Residenz, dem Palazzo Mulini. Abends, zum Ball, hatte Napoleon die ganze Bürgerschaft Porto Ferraios eingeladen. Und dann, um Mitternacht, während auf den Bergen die Freudenfeuer brannten und von den Forts die Salutschüsse über die Insel hallten, hatten sich mit Lampions geschmückte Fischerboote in der Bucht zu einem riesigen N formiert...

In ihrem Zimmer hörte Caroline, wie die Gäste sich verabschiedeten, das Abfahren der Kutschen. Sie löste den Verschluß des malvenfarbenen Abendkleides mit der filigranzarten Silberstickerei, das sie zum Ball getragen hatte. Leise raschelnd sank es zu Boden. Sie schlüpfte aus den flachen Satinschuhen. Barfuß, einen lindgrünen Musselinumhang über die Schultern geworfen, trat sie an das offene Fenster. Tief atmete sie die kühle Luft vom Meer ein.

Aus dem Park drang Musik. Slim! Aus dem schlechten, ausgemergelten Koch des Korsaren war wieder das geworden, was er früher gewesen war: ein Musiker. Die Gäste des Festes hatten dem jungen österreichischen Maestro, der so temperamentvoll wie ein Italiener musizierte, immer wieder voll Bewunderung applaudiert.

Irgendwoher aus einem von gelben Lampions erleuchteten Laubengang des Gartens klang Lachen. Schon bald, dachte Caroline, wird eine helle Kinderstimme Haus und Garten erfüllen. Die Kaiserin Marie Louise war mit einem kleinen Hofstaat in Aix, dem neuesten Modebad der französischen Provence, eingetroffen – mit ihrem vierjährigen Sohn. Es war wie ein Fingerzeig des Schicksals. Und sie würde ihm folgen.

Hinter ihr öffnete sich die Tür des Zimmers. Der Schlüssel drehte sich im Schloß. Über den weichen Teppich kamen Schritte auf sie zu. Sie tat, als habe sie es nicht bemerkt, aber jedes der Geräusche war für sie voll geheimer Zärtlichkeit, voll Versprechen. Dann schlossen sich seine Arme um ihren Körper. »Ich werde dich sehr vermissen.«

»Ich werde bald wieder hier sein. Mit ihm.«

Er sah sie ernst an. »Überlege es dir noch einmal! Du weißt, ich kann dir niemanden zu deinem Schutz mitgeben. Und wenn dein Plan mißlingt, kann ich nicht offen für dich eintreten. Ich müßte leugnen, daß ich von deinem Plan wußte. Wenn der geringste Verdacht auf mich fiele...«

»Bist du deshalb gekommen?« Sie lehnte sich schmeichelnd an ihn. Das Licht der Nacht spielte über ihr Gesicht.

»Ich bin eifersüchtig auf jeden Atemzug, auf jedes Lächeln von dir, das nicht mir gehört.« Sanft drängte er sie zu dem breiten Bett. Aneinandergeschmiegt sanken sie in die weichen Daunen. Seine Hände fuhren dem Schwung ihrer Hüften nach. Caroline war es, als sprängen Funken auf sie über – als züngelten kleine Flammen an ihrem Rücken empor. Mit ungeduldigen Händen streifte er den Umhang von ihren Schultern. »Jedesmal ist es, als berührte ich dich zum erstenmal«, sagte er leise.

Caroline klappte den Sonnenschirm zusammen. Die Platanenallee, die zu dem weißen Landhaus mit den hellgrün gestrichenen Fensterläden hinführte, war schattig und kühl. Sie drehte den Schirm spielerisch in der Hand, sah noch einmal prüfend an sich hinunter. Das weiße durchbrochene Kleid mit dem leuchtendblauen Unterkleid war weder zu einfach noch zu elegant; brav und doch ein bißchen romantisch – genau das Richtige für eine verarmte Adelige, die sich um eine Stelle als Erzieherin und Hauslehrerin des Kaisersohns bewirbt.

Gestern mittag war sie in Aix angekommen. Als Mathilde Komtesse Waldbrugg – das war der Mädchenname ihrer Mutter – war sie in der Pension abgestiegen. Bisher war alles nach Wunsch gegangen. Nur von Batu begleitet, hatte sie die Überfahrt von Elba nach Fréjus gemacht. Batu war in Fréjus zurückgeblieben, im Haus ›Zum Silbermond‹. Er würde dort, wie besprochen, seine Vorbereitungen treffen, bis sie ihn brauchte.

Caroline trat aus dem hohen Schatten der Bäume auf den weißen Vorplatz, den Blumenrabatten einsäumten. Sie stieg die drei breiten Marmorstufen zum Portal hinauf und zog an dem hochpolierten Messinggriff. Kurz darauf näherten sich Schritte. Ein Lakai öffnete. Caroline nannte ihren Namen und gab ihm das Schreiben, das sie auf ihre Bewerbung erhalten hatte. Er führte sie in die Halle, schob ihr einen der zartgrün gestrichenen Sessel hin und verschwand.

Sie wartete. Sie empfand keine Angst, daß ihr gewagtes Spiel durchschaut werden könnte. Aber mit jeder Minute, die verstrich, wurde sie unruhiger. Die Stille des Hauses, der süßlichmodrige Duft der Rosen, das Ticken der kleinen vergoldeten Pendeluhr auf dem niedrigen runden Marmortisch – alles steigerte ihre Nervosität. Um sich abzulenken, hatte sie bereits jeden Gegenstand der Halle betrachtet: die beiden großen, nachgedunkelten Landschaften, das frisch übermalte ovale Brustbild des Kaisers Franz, die kleine Bronzemadonna in der Nische, vor der eine Schale welkender Rosen stand. Jetzt erst, so nahe vor dem Ziel, wurde Caroline klar, wie schwer es sein würde, ihren Plan auszuführen. Wieviel Glück sie brauchen würde – wie leicht ein Zufall alles vernichten konnte. Die Spannung hatte ihren ganzen Körper ergriffen. Sie erhob sich. Es mußte gelingen, ihre Gelassenheit zurückzugewinnen – oder wenigstens gelassen zu scheinen. Sie trat vor den Spiegel in dem breiten goldenen Rahmen, und während sie sich musterte, kam sie sich wie eine Schauspielerin vor, die kurz vor dem Auftritt in ihre Rolle schlüpfte.

Den Gang entlang näherten sich Schritte. Es war der Lakai, der ihr geöffnet hatte. »Monsignore Neri läßt bitten!« Caroline folgte dem Lakaien. Am Ende des Ganges angelangt, öffnete er eine Tür. »Komtesse Waldbrugg!«

Caroline befand sich in einem hohen Raum. Das Sonnenlicht, das zu dem Fenster und durch die nach dem Garten hin offene Flügeltür hereinfiel, fing sich in den Vitrinen, die ringsum in die Wände eingelassen waren und in denen auf silbergrauem Samt bunte Steine funkelten. Vor einer der Vitrinen stand ein mittelgroßer, hagerer Mann, die Soutane lose um die Schultern geworfen. Sein dunkles glattes Haar war im Nacken und auch an den Seiten und Schläfen scharf ausrasiert, als trüge er eine Perücke. »Einen Augenblick, Komtesse.« Er sprach das Deutsch mit dem harten explosiven K und dem offenen hellen A der Norditaliener.

Jetzt erst sah Caroline den großen dunkelblauen Edelstein, den er in der Hand hielt. Langsam drehte er ihn hin und her, betrachtete ihn von allen Seiten durch eine Lupe. Mit einer Geste winkte er Caroline heran. »Haben Sie schon einmal einen Alexandrit gesehen? Bald schimmert er rot wie ein Rubin, bald violett wie ein Amethyst, bald blau wie ein Saphir.« Er warf ihr einen kurzen Blick zu. »Auch die Natur ist voller Täuschungen.« Behutsam legte er den Stein in die Vitrine zurück, tupfte seine Fingerspitzen an einem Schwamm ab, der in einer silbernen Schale lag. Dann trat er hinter den zierlichen Schreibtisch mit den rotgoldenen geflammten Beschlägen. Bevor er sich setzte, warf er die Soutane über die Lehne des Sessels. Er trug darunter einen Anzug aus schiefergrauer Seide.

Stimme, Haltung und Gesten des Mannes befremdeten Caroline. Für einen Geistlichen wirkte er zu elegant, für einen Mann von Welt zu steif – ein seltsames Zwitterding zwischen Mönch und Lebemann. Er hatte sich gesetzt, die Ellbogen aufgestützt, die weißen, fast weiblichen Hände aneinandergelegt. »Nun zu Ihnen, Komtesse. Die Waldbruggs haben einen guten Namen im österreichischen Kaiserhaus. Hofmarschall Neipperg, an den Sie Ihre Bewerbung richteten, glaubte Sie sogar zu kennen.« Wieder traf sie ein Blick seiner tiefliegenden Augen. »Allerdings sprach er von einer älteren Dame.«

»Er wird mich mit meiner Tante verwechselt haben.« Caroline hatte ihre Kaltblütigkeit zurückgewonnen.

»Dann liegt der Beruf also gewissermaßen in der Familie? Nun, Ihre Majestät ist heute morgen mit Hofmarschall Neipperg zu einer kleinen Reise in die Schweiz aufgebrochen. Man hat mich beauftragt...« Er schien sich nur selten entschließen zu können, einen Satz zu Ende zu sprechen. Caroline neigte den Kopf ein wenig, als lausche sie gespannt seinen Worten. Sie hatte Mühe, ihre Freude zu verbergen. Die Reise der Kaiserin – besser hätte sie es gar nicht treffen können. Monsignore Neri hatte weitergesprochen. »Ihre Majestät hofft, in den Schweizer Bergen Vergessen zu finden von den Schrecken der letzten Monate – und Hofmarschall Neipperg soll ihr helfen, ihren Seelenfrieden wiederzufinden.« Um seine vollen Lippen, die dem Asketengesicht etwas Genußsüchtiges gaben, spielte ein anzügliches Lächeln. Er sah auf das Blatt, das vor ihm auf dem Schreibtisch lag. »Verzeihen Sie, aber ich entdecke in Ihrer Bewerbung nirgends Ihr Alter.«

»Ich bin zweiundzwanzig«, log Caroline mit dem unschuldigsten Gesicht.

»Zweiundzwanzig, soso. Ein Alter, in dem die meisten Frauen ans Heiraten denken.«

»Wir Waldbruggs heiraten alle spät – wenn überhaupt.«

»Sehr weise.« Er vertiefte sich wieder in das Schreiben. »Hier steht, daß Sie Englisch, Französisch und etwas Italienisch beherrschen; Ihr Deutsch hat, wie ich bereits mit Vergnügen feststellen konnte, exakt die Melodie, die man in Schönbrunn pflegt.« Er blickte auf. »Darauf allein kommt es zunächst an. Die Kaiserin wünscht, daß in ihrer Gegenwart ausschließlich Deutsch gesprochen wird. Sie verstehen. Das Thema Napoleon ist tabu. Der kleine Satan hat ausschließlich Deutsch zu antworten.«

Caroline mußte unwillkürlich lachen. »Alle Kinder, die ich erziehen soll, scheinen kleine Ungeheuer zu sein.«

»Sie glauben, ich scherze. Nun, Sie werden es ja bald genug erleben. Der Prinz *ist* ein kleines Ungeheuer – widerspenstig, jähzornig. Ich möchte Ihnen keine Angst machen, aber ich halte es für meine Pflicht, Sie zu warnen – und Ihnen auch gleich meine Hilfe anzubieten. Vier Damen hat er schon verjagt. Und Sie sind sehr jung.« Er hatte sich erhoben, war zu Caroline getreten. »Nun – vielleicht vollbringen Sie das Wunder. In der Antike hielt man die Schönheit für die mächtigste Erzieherin.« Seine Stimme klang plötzlich salbungsvoll.

»Weil sie die Augen öffnet und das Herz«, vollendete Caroline. Ihr Bruder Philippe hatte diese Stelle aus Platon bis zum Überdruß zitiert.

»Mein Kompliment, Komtesse. Wie wahr das aus einem schönen Mund klingt! Man bekommt Lust, Ihr Schüler zu werden.«

Eine Kinderstimme gellte durch das Haus. Türen wurden geschlagen. Die Augen des Priesters wurden hart. »Mir scheint, der Prinz möchte Ihnen seine Aufwartung machen. Kommen Sie.«

Monsignore Lorenzo Neri eilte voraus. Caroline folgte ihm. Als sie die Halle betraten, stolperte eine grauhaarige füllige Frau die Treppe herunter. »Monsignore, helfen Sie mir doch!«

»Laß die Pferde anspannen!« rief eine helle befehlende Kinderstimme. Auf halber Höhe der Freitreppe stand in einem dunkelblauen Seidenanzug der vierjährige Prinz. Mit beiden Händen hielt er eine silberne Pistole. »Los, oder ich schieße!« Als er den Priester sah, rief er: »Lorenzo, hilf mir! Mach sie kaputt! Sie will mich einsperren.«

»Geben Sie mir die Pistole, Majestät.« Neri ging auf das Kind zu. Schritt für Schritt, wachsam wie ein Dompteur. »Wenn Majestät sie mir geben, dürfen Sie sich etwas wünschen.«

Das Kind schüttelte eigensinnig den Kopf. »Laß die Pferde anspannen, ich will auf den Berg, wo man bis Elba sieht.«

Caroline hatte die Szene schweigend verfolgt; sie war betroffen von der äußerlichen Ähnlichkeit des Prinzen mit seinem Vater – aber mehr noch davon, wie sehr er Napoleon in seinem Wesen glich. Sie ging auf den Knaben zu und fuhr ihm über das blonde Haar. Sein ganzer Körper zitterte, strömte eine fiebrige Hitze aus. Sein Nacken war feucht vor Schweiß. Verstört sah er sie an. »Bist du die neue Lehrerin?«

Caroline nickte.

»Ich will aber nicht Deutsch lernen.«

Caroline lächelte. »Wir lassen die Pferde anspannen und fahren erst einmal auf den Berg, von dem man bis Elba hinübersieht.«

Der Prinz sah sie mißtrauisch an. »Wenn du mich anlügst, mache ich dich auch kaputt.«

»Ich lüge dich nicht an – Ehrenwort!« So hatte Caroline als Kind ihre Versprechen bekräftigt.

»Ehrenwort!« wiederholte der Prinz – und es war, als hätten sie einen Pakt geschlossen.

Caroline machte der Kinderfrau, die wie eine aufgescheuchte Glucke hinter Neri stand, ein Zeichen. »Ziehen Sie ihm einen leichten Leinenanzug an. In zehn Minuten fahren wir.«

Die Frau raffte ihre grauen Barchentröcke, nahm den Prinzen bei der Hand, schnaufte die Treppe hinauf.

Lorenzo Neri sah Caroline mit undurchsichtigem Lächeln an.

»Sie versuchen es also mit Zuckerbrot? Wenn Sie meinen Rat hören wollen: Dieser Junge braucht die Peitsche.«

»Wir werden sehen.«

»In vierzehn Tagen werden Sie anders reden. Wenn es nach mir ginge...« Er verstummte, wandte sich schroff ab und ließ sie stehen.

In vierzehn Tagen, dachte Caroline, da werden wir längst auf Elba sein...

Zwei Tage lang spielte sie jetzt schon die Rolle der Gouvernante. Der Prinz war eigensinnig, intelligent, frühreif – und in allem, was er empfand oder tat, ungestüm. Aber sie sah das Kind nicht mit den Augen einer Erzieherin. Sie sah es mit den Augen einer Frau, die den Vater des Kindes liebt. In allem entdeckte sie Napoleon wieder, und ganz unbewußt übertrug sie ihre Liebe zu ihm auf seinen Sohn. Der Prinz antwortete mit der ihm eigenen Heftigkeit auf die plötzliche Wärme, die ihn umgab. Seit jener Szene in der Halle hatte Caroline nicht mehr von seiner Seite weichen dürfen. Nachts mußte die Tür zwischen seinem und ihrem Zimmer offenbleiben – sie mußte an seinem Bett sitzen, bis er eingeschlafen war.

Immer wieder sprach er in diesen Augenblicken von seinem Vater. Woher hatte er nur sein Wissen? Er wußte genau, wie lange ein Schiff von Fréjus oder Cannes nach Elba unterwegs war, wußte die Namen einiger treuer Diener, die dem Kaiser in die Verbannung gefolgt waren. Mit vorsichtigen Fragen hatte Caroline herausgebracht, woher der Prinz diese Einzelheiten wußte: von Monsignore Neri! Von jenem Mann, der ihr den strikten Befehl gegeben hatte, das Thema Napoleon zu meiden. Sie stand vor einem Rätsel. Was war sein wahres Gesicht? Er wurde ihr immer unverständlicher und unheimlicher. Nur eines war sicher: Er beobachtete sie auf Schritt und Tritt. Instinktiv spürte Caroline, daß die rege Anteilnahme an der Erziehung des Kindes nur eine Tarnung war. Aber was verbarg sich dahinter? Was für ein Spiel trieb er? War es sein eigenes – oder handelte er in einem fremden Auftrag?

Die Zeit war zu kurz gewesen, um dahinterzukommen. Und heute morgen war ein Kurier von Marie Louise gekommen, mit dem Befehl, daß ihr Sohn und ihr kleiner Hofstaat ihr sofort in die Schweiz folgen sollten. Carolines ganzer Zeitplan war dadurch umgeworfen worden. Schon in zwei Tagen würden sie aufbrechen. Zwei Tage, das war sehr wenig – aber es mußte genügen, wenn Batu alles vorbereitet hatte...

Caroline zog auf ihrer Seite den Vorhang der Kutsche zu. Der Junge war in ihren Armen eingeschlafen, sie wagte sich kaum zu rühren. Behutsam schob sie ihm ein kleines Lederkissen unter den Kopf.

Aus der Jackentasche ihres maisgelben Reisekostüms zog sie eine kleine goldene Uhr. Es war bald fünf. Seit zwei Stunden wartete sie. Seit zwei Stunden begann ihr Herz bei jeder Wegbiegung schneller zu schlagen – aber es geschah nichts. Hatten sie sich verpaßt? Hatte Batu ihren Brief nicht erhalten?

Monsignore Lorenzo Neri, der ihr in Priesterkleidung schräg gegenübersaß, schien in ein Buch vertieft. ›Die geheimnisvolle Welt der Kristalle‹. Wie alle seine Bücher war auch dieses in schwarzes Leinenpapier eingebunden. Las er wirklich? Sein Gesicht hatte auch jetzt einen lauernden Ausdruck. Um neun Uhr waren sie in Aix aufgebrochen. Die beiden Kutschen mit dem Personal und dem Gepäck sollten ihnen in einer halben Stunde folgen, aber Caroline hatte dafür gesorgt, daß mindestens eine Stunde daraus wurde. In letzter Minute hatte sie noch einmal die Gepäckkiste des Prinzen öffnen lassen und den Inhalt vor den Augen der entsetzten Kinderfrau auf den Boden der Halle entleert und sich angestellt, als suchte sie etwas. Sie kannte Elianes Langsamkeit und ihre pedantische Ordnungsliebe. Sie hatten mindestens eine Stunde Vorsprung vor den nachfolgenden Kutschen. Und sie würden diese Stunde brauchen...

Caroline lehnte sich vor, sah zum offenen Fenster hinaus. Im Licht der tiefstehenden Sonne zog die Landschaft vorüber. Wiesen, Baumgruppen, Birkenhaine, weidenumstandene Tümpel. »Noch eine Stunde, dann haben wir es für heute«, sagte Neri, von seinem Buch aufsehend. »Sie sind bestimmt schon ganz steif.«

Caroline hatte keine Lust, sich mit Neri zu unterhalten.

»Der Kleine hat ein weiches Plätzchen«, fuhr Neri unbeirrt fort. »Man könnte neidisch werden.«

Sie überhörte es. Seine süßliche Freundlichkeit war ihr fast noch unerträglicher als seine feindselige Kälte. Sie sah auf das Kind herunter, das friedlich in ihren Armen schlief – und vor das Gesicht des schlummernden Kindes schoben sich Napoleons Züge. Jene Züge, die nur sie kannte.

»Wie Sie das Kind ansehen, Komtesse!« Lorenzo Neri klappte das Buch zu, legte es neben sich, rieb sich die Hände. »Man könnte meinen, es sei Ihr eigenes. Ich habe da ein gutes Auge.«

»Sie betrachten Menschen wie Ihre Kristalle, mit dem Mikroskop. Aber bei Menschen versagt das Mikroskop. Es verzerrt.«

»Mag sein, daß es verzerrt – aber es macht zugleich das verborgenste sichtbar. Es ist nun einmal meine Leidenschaft, von den Menschen mehr zu wissen, als sie ahnen.«

Caroline wurde heiß bei diesen Worten. Sie mußte sich zwingen, seinem Blick standzuhalten. Im selben Augenblick ging ein Krachen durch die Kutsche. Ächzend neigte sie sich zur Seite. Die rechte Tür sprang auf. Das Kind erwachte mit einem Schrei.

»Ruhig«, sagte Caroline, »ruhig, es ist nichts.« Sie hatte sich gerade noch mit der linken Hand an einem der Ledergriffe festhalten können. Das Kind in ihren Armen schaute schlaftrunken. Sie hielt es fest an sich gepreßt. Sie wagte es nicht, sich den schrägen Sitz zur aufgesprungenen Tür hinabgleiten zu lassen. Es konnte sein, daß die Kutsche dann ganz umkippte. Am Schlag erschien der grauhaarige, stiernackige Kutscher. »A Loch, a mistigs«, fluchte er mit hochrotem Kopf. In der Wut hatte er vergessen, daß zu den Pflichten eines k.u.k. Kutschers auch ein gepflegtes Sprechen gehörte.

Neri sprang zuerst hinaus. Caroline reichte ihm das Kind. Dann folgte sie – und mit einem Blick hatte sie alles gesehen! Mitten in der Wiese, keine fünfzig Schritt von ihnen entfernt, unter einer Linde, stand der mit bunten Bändern und Blumen geschmückte Leiterwagen, die vier Apfelschimmel davor. Sie sah die farbenprächtigen Kleider der ›Damen‹ aus dem ›Silbermond‹ – und dann Batu. Er steckte in einer zinnoberroten türkischen Pluderhose, die von einem breiten silbernen Gürtel gehalten wurde. Ein knapper silberbestickter Bolero hob seinen mächtigen muskulösen Oberkörper noch mehr hervor. Langsam, ohne Hast, kam er über die Wiese. Mit ihm drei Männer in Leinenanzügen, Strohhüte auf dem Kopf. Hinter ihnen der Schwarm Mädchen. Caroline hätte vor Freude jubeln können; ihr Plan ging also auf. Aber sie zwang sich zu einer bekümmerten Miene und besah sich interessiert das eingebrochene Rad.

»Der Achsn fehlt nix.« Der Kutscher kroch unter dem Wagen hervor. »Aber alleinig werma den Sakra net rausbringa. Wenn a paar Mannsbilder da wärn!«

Monsignore hatte die Picknickgesellschaft inzwischen auch entdeckt. Caroline beobachtete sein Gesicht; sie kannte es schon so gut, daß sie darin lesen konnte: Er hatte keinen Verdacht geschöpft!

»Ich glaube, wir haben Glück.« Er deutete auf die Männer, die nur noch ein paar Schritte von ihnen entfernt waren. Der Junge hatte Carolines Hand ergriffen. Mit der anderen hielt er die kleine silberne Pistole umklammert. »Schau! ein Mohr!« rief er aufgeregt. »Ist er ein Prinz, weil er so schön angezogen ist?« Batu und die drei

Männer standen jetzt um den Wagen. Neri redete auf sie ein. Die drei besahen sich den Schaden von allen Seiten. Dann zogen sie ihre Jacken aus, warfen sie in die Wiese, krempelten die Ärmel auf.

Inzwischen waren auch die Mädchen herangekommen. Wie ein Schwarm großer bunter Vögel umringten sie die Kutsche. Madame Claire, die Besitzerin des ›Silbermonds‹, in einem zartvioletten Kleid, durch dessen durchbrochenen Ausschnitt verführerisch ihre braune Haut schimmerte, strahlte Neri mit dem mütterlichsten Lächeln an, das sie aufbringen konnte.

»Monsignore – es ist Ihnen doch nichts geschehen? Und Ihren Schutzbefohlenen?« Sie tätschelte Carolines Wangen. »Mein Gott, das Mädchen ist ja ganz blaß. Und der kleine Mann?«

Sie bückte sich zu dem Prinzen, der ihr trotzig ins Gesicht sah.

»Mein Gott.« Sie betupfte mit einem Spitzentuch ihre Augen.

»Ich hatte auch so einen, im selben Alter.« Sie schluchzte plötzlich auf. »Der Scharlach. Der Teufel ruht nie.«

Caroline bewunderte es, wie Madame Claire ihre Rolle spielte. Die hatte sich wieder gefaßt. »Monsignore, dürfen wir Sie zu einem Gläschen einladen? Auf diesen Schreck gehört ein Schluck – das wird Ihnen guttun.« Bevor Neri noch ablehnen konnte, war er von den Mädchen umringt. Mit sanfter Gewalt zogen sie ihn mit sich fort. Madame Claire hatte sich ungeniert bei dem Priester eingehakt. An seinem anderen Arm hing eine üppige Schwarze. Rund um den heiligen Mann raschelten seidene Röcke, duftete es nach jungen Weibern. Bis sie den Picknickplatz erreicht hatten, war Lorenzo Neri bereits so verwirrt, daß er sich nur noch schwach wehrte, als sie ihn zu Boden zogen. Mit einem verlegenen Lachen ließ er sich mitten unter die Mädchen sinken. Um ihn herum bauschten sich die Röcke; Dessous wurden sichtbar, mit Spitzen besetzt; schlanke Beine, zierliche Füße, feste Waden – all das, was sonst die Herrenwelt von Fréjus erfreute. Eine zierliche Braune in einem apfelgrünen weitausgeschnittenen Kleid füllte einen blauen Steingutbecher mit Wein, reichte ihn Neri, dessen Gesicht einen so törichten Ausdruck angenommen hatte, daß Caroline – sie saß etwas abseits, aber nahe genug, um jedes Wort hören zu können – sich das Lachen verbeißen mußte. Er ergriff das Glas. »Auf unsere Retterinnen!« Er tat einen kräftigen Schluck. Ein Lächeln verklärte seine Züge. Er griff nach dem schon wieder neu gefüllten Glas – aber seine Hand war bereits unsicher. Madame Claire übernahm es, ihm den Trank liebevoll einzuflößen. Sie hatte seinen Kopf in ihren Schoß gebettet. Die Züge des Mannes erschlafften, die Augen fielen ihm zu. Seine Atemzüge wurden regelmäßig und tief.

Als Madame Claire sicher war, daß das Mittel gewirkt hatte, sagte sie trocken: »Der braucht die nächsten vierundzwanzig Stunden kein Brevier mehr zu beten.« Das lang angestaute Lachen der Mädchen machte sich, mit der Gewalt einer Fontäne, Luft. Sie sprangen auf, drängten sich jetzt alle um den Schlafenden.

Caroline war inzwischen zu der Kutsche gelaufen, aber als sie sah, daß Batu und die drei Männer sich des Kutschers ›angenommen‹ hatten, kehrte sie zu den ›Damen‹ zurück. Madame Claire hatte Neri ins Gras gelegt. Dabei war die Perücke heruntergerutscht, ein kantiger Schädel wurde sichtbar, über den sich, wie angeklebt, ein paar Haarsträhnen zogen. Die Mädchen begannen, Neri zu durchsuchen, die Taschen seiner Jacke, seiner Weste. Plötzlich sprang die zierliche Braune auf. »Ein Brief!« Sie reichte ihn Madame mit einem Knicks. Die wandte sich damit zu Caroline. »Ich glaube, das könnte interessant sein für Sie.« Ihre braunen Augen glänzten vor Unternehmungslust. Sie sah Caroline an. »Sie sind ein bißchen blaß.«

Caroline lächelte. »Erschrocken bin ich eigentlich nur eben, als Ihre Mädchen auf Monsignore stürzten.«

Madame lachte. »Haben Sie gedacht, sie würden ihn zerreißen?«

»Nein, ich hatte Angst, sie könnten ihn wieder aufwecken.«

»Der Monsignore und sein Kutscher werden wie die Toten schlafen auf das Pulver, das ich ihnen in den Wein gemischt habe. Mindestens zehn Stunden.«

»Ich glaube, es wird Zeit«, sagte Caroline. »Wir sollten schauen, daß wir hier wegkommen.«

Madame Claire klatschte in die Hände. »Los, Kinder!« Die Männer packten Neri unter den Armen und Füßen, trugen ihn zur Kutsche. Der Prinz sah es mit großen staunenden Augen; ohne ein Wort zu sagen, hatte er Caroline an der Hand genommen und zog sie mit sich über die Wiese. Die Kutsche steckte immer noch mit dem rechten Vorderrad in dem tiefen Schlagloch. Batu war dabei, die Pferde auszuspannen. Mit einem Schlag trieb er sie in die Wiesen. Der Kutscher lehnte schon in einer Ecke der Kutsche, und die Männer hoben jetzt auch den Monsignore Neri hinein. »Nicht schlecht für den Anfang«, sagte Madame Claire. »Aber von künstlerischen Feinheiten habt ihr wohl noch nichts gehört.« Sie verlangte nach leeren Weinflaschen und einem Spitzentüchlein. »Wir wollen doch etwas für den guten Ruf der beiden Tugendbolde tun.« Nachdem sie ihr Arrangement vollendet hatte, sah es aus, als habe in der Kutsche ein wüstes Zechgelage stattgefunden.

Die Mädchen kicherten. Der Prinz zog ungeduldig an Carolines

Hand, neugierig, was es in der Kutsche so Lustiges zu sehen gab. Caroline zögerte – aber da hatte Madame Claire den Knaben schon hochgehoben. »Hast ganz recht, mein Junge. Sieh dir das nur gut an. Weil sie dich immer geärgert haben, müssen sie jetzt schlafen, hundert Jahre lang. Und nun komm, jetzt geht es zu Mère Claire, da wartet ein feines weiches Bettchen auf dich.«

Sie stellte den Prinzen wieder auf die Beine. Caroline nahm seine rechte Hand, Madame Claire seine linke. Sie liefen mit ihm über die Wiese. Der Junge zwischen ihnen flog durch die Luft, strampelnd und schreiend vor Vergnügen. Die Mädchen hatten den bunt geschmückten Leiterwagen bereits bestiegen. Sie nahmen den Prinzen in Empfang; dann kletterten Madame Claire und Caroline hinauf. Madame Claire zählte die Häupter ihrer Lieben, dann klatschte sie in die Hände. Batu, der vorne auf dem Bock saß, schwang die Peitsche, daß es nur so knallte, die vier Apfelschimmel zogen an.

Caroline blickte zurück auf die windschiefe Kutsche, die mit ihrem eingebrochenen Rad die Straße blockierte. Die anderen würden sie finden. Aber ihr Vorsprung war groß genug. Ihr Plan war geglückt. Seit sie in jener Nacht auf Elba den Entschluß zur Entführung des Prinzen gefaßt hatte, hatte sie sich den Ablauf immer wieder vorgestellt, kritisch, voller Zweifel, ob sie das Netz auch fein genug geknüpft habe. Jetzt war sie verblüfft, wie einfach, wie reibungslos alles gegangen war. Aus einem Unternehmen, das ihr wie ein gefährliches Abenteuer erschienen war, war ein Lustspiel geworden. Hätte sie nicht allen Grund gehabt, noch viel übermütiger zu sein als die Mädchen der Madame Claire? Was war nur los mit ihr? Sie fühlte das Kind auf ihrem Schoß, sie hörte die fröhlichen Stimmen rund um sich, aber ihr Herz blieb seltsam schwer. Als fände es noch nicht den Mut, an das Glück zu glauben, als könnte es sich erst freuen, wenn sie den Boden Elbas betreten würde.

17

Caroline war im ›Silbermond‹ in Fréjus untergeschlüpft, um zu warten, bis ihre Verfolger ihre Spur verloren hätten. Wie recht sie mit ihrer Vorsicht hatte, bestätigten die Nachrichten, die Madame Claire täglich aus der Stadt mitbrachte. Lachend berichtete sie von Verhaftungen in den französischen Häfen. Keine Frau, die mit einem blonden Jungen ein Schiff besteigen wollte, war mehr sicher, nicht vom Pier weg in die nächste Haftwache abgeführt zu werden. Das hatte Caroline vorausgesehen. Unerwartet aber war die Heimlichkeit, mit der nach dem Sohn des Kaisers gesucht wurde. Die Zeitungen schwiegen. Nirgends erschien eine Notiz. Was Caroline aber am meisten beunruhigte, war jener Brief, den eines der Mädchen bei Monsignore Neri gefunden hatte. Es waren nur ein paar geheimnisvolle Worte, an den Prior des Klosters San Marco in Florenz adressiert. Sie lauteten: »Keine Sorge. Nichts wird auf uns hinweisen. Habe unerwartete Hilfe gefunden. Erwarten Sie uns in drei Wochen...«

So oft Caroline ihn auch las, sie wurde nicht schlau daraus. Welche Verbindung bestand zwischen dem Prior und Neri? Wer half ihm – und wobei? Ihr Gefühl, daß Neri ein falsches Spiel trieb, hatte sie also nicht getrogen, und dieser Brief wies ihr auch schon eine Spur. Aber wohin würde sie führen?

Acht Tage blieb Caroline mit dem Prinzen in dem Versteck. Dann beschloß sie, ihren Plan zu ändern und nicht in Fréjus an Bord zu gehen. Sie würde den Landweg nehmen und von einem italienischen Hafen aus nach Elba übersetzen. In der Morgendämmerung des 3. September war es soweit. Madame und ihre Mädchen richteten zwei große Picknickkörbe her, gefüllt mit Leckereien für die lange Reise: kalter Braten, Pastetchen, allerlei Salate, Weißbrot, kandierte Früchte und andere Näschereien, Wein und selbstgebraute Limonade, ganz nach dem Geschmack des Prinzen. Sie hatten ihn wie einen kleinen Gott verwöhnt, und er hatte es sich mit der selbstverständlichen Grazie eines Gottes gefallen lassen.

Am späten Nachmittag des 17. September erreichten sie den kleinen toskanischen Hafen Piombino. In den letzten Stunden hatte Caroline manchmal geglaubt, man werde sie in Piombino auf der Bahre zum Schiff tragen müssen. Nach den vierzehn Tagen Fahrt über holperige Wege, nach vierzehn Nächten in harten, schlechten Betten hatte sie das Gefühl, eine Marionette zu sein, die gleich aus dem Leim gehen würde. Aber als sie jetzt hinter den Häusern die Masten der Schiffe auftauchen sah, vergaß Caroline Müdigkeit und Schmerzen. Batu hielt, wie sie ihm befohlen hatte, vor dem großen ockerfarbenen Albergo ›Elba‹. Während der Hausdiener das Gepäck in den Gasthof trug und Batu sich um die abgehetzten Pferde kümmerte, war der Wirt erschienen. Er dienerte vor Caroline, sprach von zwei Staatszimmern, die noch frei seien, tätschelte dem Prinzen die Wangen, wollte sie gleich ins

Haus führen. Aber Caroline winkte ab. Die frische Luft, die vom Meer herstrich, tat ihr nach der langen Fahrt gut. Sie nahm den Prinzen an der Hand. »Wir gehen noch zum Hafen.«

»Aber Madame – das letzte Schiff nach Elba ging vor einer halben Stunde.« Der Prinz hatte sich von ihr losgemacht, lief voraus. Sie folgte ihm langsam. Im Westen ging die Sonne unter. Caroline hob das Kind auf die Kaimauer. Schweigend sahen sie auf das Meer hinaus. Caroline hatte das Gefühl, als sei Napoleons Sohn in den drei Wochen, die sie jetzt zusammen waren, auch ihr Kind geworden. Jeder Tag war fest in ihr Gedächtnis und in ihr Herz eingebrannt: der Tag, an dem sie ihn das erstemal gesehen hatte – mit der Pistole, die er mit beiden Händen hielt –, die acht Tage im Haus der Madame Claire; eine lustige, übermütige Zeit – die lange beschwerliche Reise in der Kutsche, die vielen Stunden, die er in ihren Armen geschlafen hatte.

Die Sonne war im Meer versunken. Sie hob das Kind von der Kaimauer, aber es schüttelte den Kopf. »Bitte, ich möchte heute noch nach Elba.«

»Du hast doch gehört, das letzte Schiff ging vor...« Sie hielt mitten im Satz inne. Der Wirt! Wie hatte er wissen können, daß sie, die ihm doch ganz fremd war, Piombino mit dem Schiff verlassen wollte? Und daß ihr Ziel Elba war? Ein schrecklicher Verdacht stieg in ihr auf, nahm ihr für einen Augenblick den Atem.

»Was hast du?« fragte das Kind.

Sie riß sich zusammen. »Nichts. Komm, die Nacht wird ganz schnell vergehen.« Aber die Angst blieb, schnürte ihr den Hals zusammen, die Angst, daß im letzten Augenblick noch etwas geschehen könnte. Der Wirt erwartete sie unter der Tür. Caroline sah ihn jetzt mit anderen Augen an, dieses wieselflinke Männchen von unbestimmbarem Alter. Wieder dienerte er um sie herum. Sie traten in das Haus, in die leere Halle, in der ein paar Korbstühle und kümmerliche Palmen in grünen Holzkübeln standen. Caroline sah sich suchend um. Wo war nur Batu?

»Wenn Sie wünschen, werde ich Ihre Zimmer heizen lassen«, sagte der Wirt. »Es ist Nummer zehn und elf, im ersten Stock, mit dem Blick aufs Meer.«

Wenn Batu nur da wäre! Aber sie genierte sich, vor dem Kind ihre Angst zu zeigen. Der Wirt hatte den Leuchter von einem Tisch genommen. Er stieg voran, die Treppe hinauf, in den ersten Stock, ging einen engen dunklen Gang entlang. Vor einer Zimmertür blieb er stehen. »Da sind wir schon.« Er hob den Leuchter. Caroline wollte nach der Klinke greifen – da öffnete sich die Tür fast lautlos von innen. Aus dem Schatten trat ein Mann in den Türrahmen. Um seine Schultern hing lose die Soutane des Priesters. Lorenzo Neri deutete eine Verbeugung an. In seinen Augen funkelte ein triumphierendes Lächeln. »Treten Sie nur ein, Komtesse de la Romme Alery. Das ist doch Ihr wahrer Name. Ich habe Sie schon ungeduldig erwartet.«

Caroline blieb stumm vor Grauen. Dann faßte sie sich, griff nach der Hand des Kindes, wollte fliehen. Türen öffneten sich, Männer stürzten auf den Gang, rissen das Kind fort, umringten sie. Die Schreie des Kindes gellten Caroline in den Ohren. Vergeblich versuchte sie, die Mauer der Männer zu durchbrechen. Sie kam keinen Schritt weiter. Zwei Fäuste packten sie an den Schultern, stießen sie zurück.

»Schau an! Das wilde Täubchen. Will wieder mal ausfliegen...« Die heisere Stimme, das kehlige, gebrochene Französisch. Caroline starrte den Mann an. Der Bart hatte ihn verändert, aber dieses feiste olivfarbene Gesicht mit den harten schmalen Augen und der Narbe von der Schläfe zum Mund würde sie immer wieder erkennen. Es gab keinen Zweifel, vor ihr stand Mahmud, der Aufseher der Ruderer auf dem Korsarenschiff. Er hatte ihr Handgelenk ergriffen, umklammerte es mit einem eisernen Griff, der sie vor Schmerzen in die Knie zwang. »So ist's recht, mein Täubchen. Du wirst noch um Gnade flehen.«

»Laß sie los!« Es war Neri. Der Monsignore ergriff Carolines Arm. »Kommen Sie!« Als er die Tür hinter sich geschlossen hatte, blieb er vor ihr stehen. »Sie scheinen unser Wiedersehen nicht so sehnlich erwartet zu haben wie ich.« Lorenzo Neri trat an den weißgedeckten Tisch, auf dem ein kaltes Abendessen, eine Kristallkaraffe mit Wein und zwei Gedecke bereitstanden. Zwei hohe vierarmige Porzellanleuchter verbreiteten warmes Licht. »Sie sehen, ich habe eine kleine Feier vorbereitet, denn Sie haben mir einen großen Dienst erwiesen, Komtesse.«

Caroline gelang es nur mühsam, ihre Überraschung zu verbergen. Sie hatte ihm einen Dienst erwiesen?

»Was ist mit dem Kind? Sie haben kein Recht, es zu quälen.«

»Das Kind? Machen Sie sich keine Sorgen. Es wird zu seiner Mutter zurückkehren. Ich selber werde es hinbringen. Zusammen mit Ihnen – wenn Sie vernünftig sind.« Das Kerzenlicht und die ins Graugelbliche verschossene Seidentapete des Zimmers ließen sein Gesicht noch fahler als sonst erscheinen.

»Übrigens, ich möchte Ihnen ein Kompliment machen. Ihr Plan

war klug. Sie haben sogar mich eine Zeitlang getäuscht. Ich hätte den Prinzen nicht sicherer entführen können.«

»Wollen Sie sich lustig machen?«

Neri zögerte, aber die Verlockung, seinen Triumph auszukosten, war stärker als seine Vorsicht. »Sie haben mir ein höchst schwieriges und gefährliches Stück Arbeit abgenommen. Und dazu noch allen Verdacht von mir abgelenkt. Wir hätten Sie schon in Fréjus in Ihrem Unterschlupf ausheben können. Aber Piombino, das paßte noch besser in unsere Pläne. Nur deshalb haben wir Sie bis hierher kommen lassen. Wir waren Ihnen immer auf der Spur...«

Unsere Pläne? Was waren das für Pläne? Welche Rolle spielte das Kind dabei? Und welche Rolle er, Lorenzo Neri? War er ein Mann der Kirche? Oder der Politik? War seine Soutane nur eine Maske? Caroline fiel wieder der Brief ein. Der rätselhafte, an den Prior des Klosters San Marco in Florenz gerichtete Brief, den eines von Madame Claires Mädchen bei Neri gefunden hatte. Instinktiv hatte sie die Gefahr gewittert. Und doch war sie in die Falle gegangen.

Neri war an den gedeckten Tisch getreten. Er machte eine einladende Geste.

»Sie haben mich bis Piombino verfolgt, um mit mir zu Abend zu essen?« Caroline versuchte, Zeit zu gewinnen. Immer noch hoffte sie auf Batu. Er war verschwunden, seit sie den Gasthof betreten hatten. Holte er Hilfe?

Neris Blick traf sie, halb lauernd, halb schadenfroh. »Wenn Sie sich um Ihren Diener Sorgen machen... Er ist ganz in Ihrer Nähe, wo er hingehört.« Er ging zu der Tür, die in einen Nebenraum führte, öffnete sie. Caroline blickte in den dunklen Raum, und dann sah sie die Gestalt am Boden, leblos hingestreckt, wie tot. Batu! Sie bemerkte die Spur des geronnenen Blutes, das in einem dünnen Rinnsal aus seinem Mund gesickert war. Neri zog sie von der Tür weg, schloß wieder ab. »Ihr Diener war so unklug, sich zur Wehr zu setzen. Ich hoffe, Sie sind klüger als er.«

Er hatte die Kristallkaraffe auf dem Tisch ergriffen und schenkte sich ein Glas Rotwein ein. Seine Stimme nahm wieder den salbungsvollen Ton an. »Ich habe Ihnen ein Angebot zu machen. Sie sind gescheit, mutig und kaltblütig. Fähigkeiten, die wir schätzen. Und dazu hat der Prinz Sie ins Herz geschlossen. Er wird auf Sie hören.« Er drehte das Glas langsam in der Hand. »Es ist ein einmaliges Angebot.«

Caroline konnte nichts denken, nichts empfinden. Sie wußte nur eines: Sie war ihm ausgeliefert. Auf Gedeih und Verderb.

»Was hätte ich zu tun?« sagte sie.

»Nicht so eilig. Ehe ich Ihre Fragen beantworte, habe ich selber einige zu stellen.« Neri sah sie an. »In wessen Auftrag handeln Sie? Ich würde an Ihrer Stelle die Wahrheit sagen – als Beweis, daß Sie es ehrlich meinen. Wer also steckt dahinter? Napoleon?« Er ging auf und ab, die Hände auf den Rücken gelegt, wartete auf ihre Antwort. Die Dielen knarrten unter seinen Schritten. Er blieb vor ihr stehen. »Nun?«

»Napoleon?« Sie hoffte, daß sie ihre Verwunderung überzeugend spielte. »Wie kommen Sie darauf?«

Neri ließ sie nicht aus den Augen. »Es wäre naheliegend – oder nicht? Dieser Vierjährige ist der zukünftige Herrscher Frankreichs. Wer Macht über das Kind hat, wird Macht über Frankreich haben.«

Das Bewußtsein, daß nichts in der Welt sie zum Reden bringen würde, erfüllte Caroline in diesem Augenblick mit einem triumphierenden Gefühl. Niemand würde aus ihrem Mund die Wahrheit erfahren. »Sie sind auf der falschen Fährte«, sagte sie. »Der Kaiser hat nichts damit zu tun.«

Neris Augen wurden eng. »Schweigen ist oft besser als Lügen – aber in Ihrem Fall ist beides gleich schlimm. Es gibt Mittel, Menschen zum Reden zu bringen – nicht gerade angenehme Mittel, aber wirksame.« In seinen Zügen war etwas Satanisches. »Aber noch vertraue ich auf Ihre Klugheit...«

Draußen auf dem Gang wurden Stimmen laut. Ein Schrei erklang. Der Schrei eines Kindes – und erstickte dann, als halte ihm jemand gewaltsam den Mund zu. Es war, als hätte es nur noch dieses Lautes bedurft, um Caroline alle Vorsicht, alle Beherrschung vergessen zu lassen. Sie stürzte zur Tür, riß sie auf. Die Männer waren so verblüfft, daß sie nicht sofort reagierten. Sie hörte Neris Stimme, aber da hatte sie schon die Treppe erreicht. Sie hastete die Stufen hinunter, aber es war vergeblich. Sie waren schneller. Sie hörte sie hinter sich, und dann fühlte sie sich an den Schultern gepackt, an den Armen, den Beinen. Im selben Augenblick fiel etwas Rauhes über sie. Sie bäumte sich verzweifelt auf, aber der grobe, faserige Stoff des Sacks, den man über ihren Kopf geworfen hatte, preßte sich an ihren Mund, um ihren Hals. Hände drückten ihre Kehle zu. Das Pochen des Blutes dröhnte in ihren Ohren... Die Stimmen der Männer kamen nur noch von weit her, seltsam unwirklich. Und in dem letzten Atemzug, bevor sie das Bewußtsein verlor, war nur ein Gefühl, brennend und wild: Ich will leben, ich will leben...

Leben... Leben... Sie wußte nicht, ob sie es geschrien hatte: Es klang wie der Schrei eines gefangenen Tieres. Sie wußte nichts mehr. Jeder Atemzug tat ihr weh. Atmen? Sie atmete. Sie lebte. Caroline öffnete die Augen, schloß sie sofort wieder. Der Raum schien zu schwanken, Übelkeit würgte sie. Sie wartete, versuchte langsam zu atmen, sich zu besinnen, wo sie war. Ihre Hände tasteten um sich, spürten groben Stoff. Sie trug ein rauhes Hemd mit langen losen Ärmeln auf dem Körper; das Gewebe hatte ihren Hals wund gescheuert. Ihre Füße waren nackt. Alle Glieder schmerzten, in ihrem Kopf war eine dumpfe Leere. Wieder versuchte sie, die Augen zu öffnen. Allmählich nahm der Raum Gestalt an: das schmale vergitterte Fenster ganz oben an der Wand, durch das kaum Licht fiel, die vor Feuchtigkeit glänzenden Wände aus großen Steinquadern, der graue Steinboden, die hohe schwere Gittertür.

Sie versuchte, sich aufzurichten, fiel aber sofort wieder auf das Strohlager zurück. Wie lange war sie schon hier? Einen Tag? Einen Monat? Ein Jahr? Zeit hatte keine Bedeutung mehr. Ihr Gedächtnis, ihr Wille waren so gelähmt wie ihr Körper, der nur noch ein Verlangen zu kennen schien: Schlafen... Aber der Funke Bewußtsein, der noch in ihr war, wehrte sich. Verzweifelt versuchte sie, die Erinnerungsfetzen sinnvoll aneinanderzureihen. Piombino. Der Gasthof am Hafen. Neri. Das Kind, das man ihr entrissen hatte. Batu. Die Männer auf der Treppe. Dann riß alles ab. Wohin hatte man sie gebracht? Der Brief fiel ihr wieder ein. Das Kloster San Marco in Florenz? Ihre Hand, die schlaff über den Rand des niedrigen Lagers hing, suchte nach dem Krug, der am Boden stand. Sie stützte sich auf den Ellbogen, goß etwas aus dem Krug in das Glas. Die milchigweiße Flüssigkeit verströmte einen schweren süßlichen Duft. Die leichte Übelkeit, die sie erfüllte, wurde heftig, als sie trank. Alles krampfte sich in ihr zusammen. Sie sank auf das Lager zurück. Sie spürte, wie ihr ganzer Körper plötzlich schweißnaß wurde.

Gift! Es war, als zerrisse dieser Gedanke die dämmernde Betäubung, die sie gefangenhielt. Wollte man sie endgültig stumm machen? Oder war es ein Mittel, sie zum Reden zu bringen? War es das, was sie lähmte, ihre Glieder wie mit Blei füllte, ihr Gedächtnis verdunkelte, ihren Willen ausgelöscht hatte? Sie mußte kämpfen, sich wehren. Wenn sie sich selber aufgab, war es das sichere Ende. Aber sie war zu schwach. Sie spürte, wie die Kräfte sie verließen. Ihre Gedanken verwirrten sich; sie fühlte sich zurücksinken in das willenlose Dahindämmern...

Der Raum lag im Dunkeln, als sie wieder zu sich kam. Sie zitterte am ganzen Körper vor Kälte. Die Zähne schlugen ihr aufeinander. Sie zog die kratzende Decke über die Schultern. Aber der Druck im Kopf war schwächer geworden, und auch die bleierne Schwere in den Gliedern hatte etwas nachgelassen. Ihr Körper begann sich zu wehren. Es waren Schritte, die sie geweckt hatten. Sie kamen hallend den Gang entlang, hielten vor der hohen Gittertür. Im Licht einer Laterne sah sie die Gestalten von zwei Nonnen. Ihre Gesichter erkannte sie nicht. Sie unterhielten sich flüsternd, aber sie konnte ihre Worte nicht verstehen. Schlüssel klapperten, das Schloß öffnete sich, das Gitter schwang auf. Caroline schloß die Augen, stellte sich schlafend. Ihr Herz klopfte so schwer, daß sie glaubte, man müsse es hören.

»Sieht sie nicht aus wie ein Engel mit ihrem schönen langen Haar?« sagte eine Stimme. Caroline spürte, wie eine Hand leise über ihr Haar strich.

»Ja, schon überirdisch«, antwortete eine zweite Stimme voller Spott.

Mit leisem Stöhnen, als erwache sie aus tiefem Schlaf, schlug Caroline die Augen auf, blickte teilnahmslos um sich. »Wo bin ich?« sagte sie schlaftrunken mit schwerer Zunge.

»Wo du hingehörst.« Die ältere der beiden Nonnen, die mit der harten Stimme, betrachtete Caroline mit mitleidlosem Interesse aus ihren leicht vorstehenden Augen. »Du warst sehr krank, aber wir bringen dich schon wieder auf die Beine. Komm, trink das. Es wird dir guttun.« Sie schob ihren Arm unter Carolines Rücken, hielt ihr das Glas hin.

Caroline schüttelte den Kopf. »Ich bin nicht durstig.« Die Nonne legte ihre Hand auf Carolines Stirn. »Du hast etwas Fieber«, sagte sie. Die andere Nonne, die im Schatten am Ende des Lagers gestanden hatte, trat näher. Mit einem seltsamen Lächeln zog sie die grobe Decke von Carolines Körper, knöpfte das Nesselhemd über der Brust auf. Gemeinsam setzten sie Caroline auf, zogen ihr das Hemd über den Kopf. Dann begann die jüngere, sie mit einem in Alkohol getränkten Schwamm abzureiben. Die ältere frottierte mit einem trockenen Tuch nach. Ein wohliges Gefühl durchrieselte Caroline. Die Nonnen zogen ihr das frische Hemd über den Kopf. Als die ältere sich einen Augenblick abwandte, streifte die jüngere, wie unversehens, ihre Brust. Caroline fiel verwirrt auf das Lager zurück.

»Ich bin Schwester Verena«, sagte die junge Nonne in einem weichen singenden Tonfall. »Ich werde nachher das Essen bringen.«

»Hier, nimm die Sachen.« Die Stimme der Älteren klang gereizt. Sie warf Caroline das alte Hemd hin, trat an die Tür. Sie verließen die Zelle. Das Schloß schnappte ein, die Schritte entfernten sich.

Schwester Verena rückte das rohe Holztischchen, auf dem das Tablett mit den Speisen stand, an Carolines Lager heran. »Komm, du mußt jetzt essen.«

Caroline sah die Speisen. Eine bauchige Tasse mit Fleischbrühe, in der kleine goldgelbe Markklößchen schwammen; in einem See nach Rosmarin duftenden Tomatensucus das Stück Lasagne mit Parmesan und Butterflocken bestreut; in der Glasschale das Kirschkompott. Am liebsten hätte sie sich auf die Speisen gestürzt, aber sie bezwang ihren Hunger. Konnte nicht auch dem Essen ein Mittel beigemengt sein?

»Ich habe keinen Hunger«, sagte sie matt. »Aber kannst du mir sagen, wo ich bin?«

»Ich würde es dir gerne sagen, aber ich muß schweigen.« Die Nonne hatte sich neben Caroline am Rand des Lagers niedergelassen.

»Bin ich in Florenz? Bitte, sag mir nur das!« Caroline blickte in das ovale Gesicht der Nonne, ein Gesicht mit weißer zarter Haut und melancholischen Augen.

»Nicht in Florenz«, antwortete sie flüsternd. »Aber nicht weit davon entfernt.« Sie suchte etwas in den tiefen Taschen ihrer weiten schwarzen Kutte. »Schau, das habe ich dir mitgebracht.« Sie zog einen Kamm heraus. Sie blickte Caroline an. Ihre Augen bekamen einen warmen Glanz. »Du hast so schönes Haar. Darf ich es dir kämmen?«

Die dunklen Augen starrten Caroline an, ihr Haar, ihr Gesicht, ihren Körper. Der Blick beunruhigte Caroline. Aus den Tiefen ihrer Erinnerung tauchte ein Märchen aus ihrer Kinderzeit auf, in dem eine Prinzessin mit einem vergifteten Kamm in einen todesähnlichen Schlaf versetzt wurde. Die Nonne hatte begonnen, sie zu kämmen. Langsam, fast zärtlich fuhr sie mit dem Kamm durch Carolines schweres blauschwarzes Haar, glättete es mit der Hand. »Ich habe meines wieder wachsen lassen«, sagte sie mit ihrer schmeichelnden Stimme. »Heimlich, niemand weiß es. Es reicht mir schon wieder bis zur Schulter.« Plötzlich war ihr Mund dicht an Carolines Ohr. »Wenn du willst, zeige ich es dir.« Sie schlang ihre Arme um Caroline. Und dann spürte Caroline warme, weiche Lippen auf ihrem Hals.

Sie wich zurück, das Blut schoß ihr ins Gesicht; sie spürte Widerwillen.

»Ich hole dich ab«, flüsterte Verena, »während der Mitternachtsmette.«

Der letzte Schlag der Glocke, mit der die Nonnen zur Mitternachtsmette gerufen wurden, war längst verklungen. Durch den tiefen Fensterspalt sickerte ein Streifen Mondlicht in die Zelle. Auf dem Gang war es still, aber durch die gewölbte Decke glaubte Caroline Schritte zu hören. Hatte die Nonne sie vergessen? Wieder spürte sie, wie das Blut heiß in ihr Gesicht stieg. Sie hatte schon manchmal davon gehört, daß es Frauen gab, die Liebe bei anderen Frauen suchten. Frauen, die Männer haßten und sich Frauen zuwandten. Frauen, die aus Übersättigung einmal ›etwas anderes‹ probieren wollten. War es verworren und töricht, in der seltsamen Neigung, die ihr Schwester Verena entgegenbrachte, eine Möglichkeit zu sehen, lebend aus dem Kerker zu entkommen? Sie lebte – und alles in ihr wollte weiterleben, wehrte sich dagegen, in dieser Gruft dahinzusiechen, bevor sie noch wirklich gelebt hatte.

Seit der Flucht von Rosambou hatte das Schicksal sie wie ein wilder Strudel ergriffen. Sie hatte von einem glücklichen unbeschwerten Leben in Paris geträumt, von Liebe... Sollte sie hier elendiglich zugrunde gehen, ohne daß je einer davon erfahren würde?

Ein Geräusch an der Tür ließ sie aufschrecken. Schwester Verena huschte herein. Sie hielt ihr eine Ordenskutte hin. »Das ist für dich. Du wirst lustig darin aussehen.« Sie half Caroline, die Kutte überzuziehen. Dann ergriff sie ihre Hand. Über einen dunklen Gang und viele steile Treppen ging es aufwärts. Aus der Ferne klang eine Orgel, das Gemurmel von betenden Stimmen wurde lauter und wieder schwächer. Endlich blieb die Nonne vor einer Tür stehen. Mit einem Schlüssel, der an einem dunklen Band hing, öffnete sie.

Sie befanden sich in einem langgestreckten Raum mit schrägen, weißgekalkten Wänden. Es duftete nach Wäsche. Über einem Ständer hingen frisch gebügelte Nonnenhauben und Halskrausen. Auf dem Ofen im Hintergrund standen Bügeleisen nebeneinander, die noch Wärme ausströmten. Der tiefe behäbige Polstersessel davor war mit einem hellgrundigen Blumenmuster bezogen. Dorthin zog die Nonne Caroline, drängte sie hinein und kuschelte sich neben sie. Mit einem Lächeln löste sie ihre Haube. Langes seidiges Haar fiel ihr bis auf die Schultern. Ihr Gesicht wirkte jetzt noch schmaler, die Augen noch größer, sie schimmerten in einem tiefen Grün. Sie griff nach Carolines Hand – und ließ sie erschreckt wieder fallen. Sie lauschten beide atemlos. Und dann hörten sie es wieder: Stimmen, ganz nahe, als befinde sich jemand im Raum. Die Nonne atmete auf. Sie legte einen Finger auf die Lippen, bedeutete Caroline zu schweigen. Mit lautlosen Schritten eilte sie zum Kamin. Caroline war ihr gefolgt. Sie beugte sich in die hohle Öffnung des Kamins, horchte. Durch den Luftschacht vernahm sie eine Frauenstimme, hart und tief: »Keine Sorge, Monsignore, sie wird bald reden.«

Ein Lachen war die Antwort. Das Lachen eines Mannes. »Ich weiß, Madre, man lobt Ihre Kunst weithin. Aber wir haben erfahren, was wir wissen wollten. Verwenden Sie jetzt Ihre Kunst darauf, sie zum Schweigen zu bringen.«

Caroline hatte das Gefühl, als stürze sie in einen unendlichen Abgrund. Die Worte, die Lorenzo Neri gesprochen hatte, waren ihr Todesurteil. Durch den Luftschacht des Kamins drang die harte Stimme der älteren Nonne. »Sie können sich auf mich verlassen, Monsignore. Die Komtesse soll ihren Frieden finden.«

»Ich kenne Ihr sanftes Herz, Madre. Aber in diesem Fall muß es schnell gehen. Ich möchte Florenz beruhigt verlassen. In Wien erwarten mich genug andere Sorgen.«

»Wenn es zur nächsten Mitternachtsmette läutet, wird die Komtesse uns bereits...«, sie zögerte, als suchte sie nach einem Wort, und schloß dann: »verlassen haben.«

»Gut. Und absolutes Schweigen.«

Die Stimmen verloren sich. Eine Tür fiel ins Schloß.

»Komm schnell, du mußt zurück in deine Zelle.« Schwester Verena hatte Caroline am Arm genommen. Aber Caroline wich entsetzt vor ihr zurück. Sie war plötzlich überzeugt, daß auch Schwester Verena nur ein Werkzeug in den Händen Neris war. Und dieses nächtliche Rendezvous im Bügelzimmer war nichts als ein teufliches Arrangement, eine Folter, um sie mürbe zu machen.

»Was hast du? Vertraust du mir nicht mehr?«

»Wem kann ich noch trauen?« sagte Caroline, mehr zu sich.

Die Schwester zog sie mit sich. Willenlos ließ Caroline es geschehen. Schwester Verena schloß die hohe Gittertür hinter ihr. »Ich muß gehen«, flüsterte sie, »aber ich komme wieder. Vertrau mir! Und iß nichts, trinke nichts – nur was ich dir gebe!«

Caroline sah sie verständnislos an. Sie war immer noch wie gelähmt, unfähig, einen Gedanken zu fassen. Die Nonne huschte davon. Der schwere Stoff ihrer Kutte schleifte über die Steinfliesen.

Caroline starrte dem Schatten nach. Und erst jetzt, allein, in der Stille, dämmerte ihr die ganze Wahrheit. Es gab keine Hoffnung mehr. Sie würde in diesem Kerker elend zugrunde gehen. Ihr Blick irrte durch die Zelle. Das Fenster! Für einen Augenblick schlug ihre Angst in verzweifelten Mut um. Sie schob das Lager dicht an die Wand unterhalb des Fensters, stellte den kleinen Holztisch darauf. An die feuchten, roh behauenen Quadern der Mauer gepreßt, reckte sie sich empor, bekam endlich die Gitterstäbe zu fassen, zog sich daran hinauf. Sie war zu schwach, um sich lange zu halten. Aber im Lichte des Mondes hatte sie die Silhouette von Florenz gesehen. Scharf und dunkel ragten die Kuppeln und Türme in den klaren Nachthimmel. Dieser Anblick verstärkte in ihr nur noch das Gefühl der Ohnmacht, des Gefangenseins. Nein, es gab keine Hoffnung mehr. Panik ergriff sie. Sie rannte zu der Gittertür. Wie von Sinnen rüttelte sie an den eisernen, rostigen Stäben. Sie schrie. Unheimlich hallte das Echo ihrer Schreie durch die unterirdischen Gewölbe. Aber niemand schien sie zu hören.

Schließlich sank sie erschöpft auf das Strohlager, zog die rauhe Decke über sich. Mit brennenden Augen lag sie da. Sie war todmüde, aber sie wehrte sich dagegen, einzuschlafen. Einmal glaubte sie Schritte näher kommen zu hören. Ihr Herz schlug schneller. Sie wußte, sie war soweit, jeden Menschen anzuflehen. Sie würde um ihr Leben bitten. Sie würde alles sagen, was man von ihr wissen wollte. Sie würde sich erniedrigen, sich demütigen – nur um zu leben.

Sie wartete, atemlos, wagte nicht, sich zu rühren. Die Schritte waren verklungen – aber jetzt kamen andere Geräusche, Stimmen, Klopfzeichen, ein Wimmern. Überall, rund um sie. Im Boden, in den Mauern. In dem qualvollen Schwebezustand zwischen Wachen und Schlafen, in dem sie sich gewaltsam hielt, ging sie durch alle Höllen der Todesangst. Erst als das fahle Licht des dämmernden Morgens in die Zelle fiel, erlöste sie ein tiefer bleierner Schlaf...

18

Erschrocken fuhr Caroline auf, starrte in das Gesicht der Frau, die sich über sie neigte.

»Was ist denn? Hast du schlecht geträumt?« Um den schmalen Mund der Nonne, die Neri mit Madre angesprochen hatte, spielte ein grausames Lächeln. Caroline schauderte. Am Ende des Lagers erkannte sie Verena, ernster und blasser als sonst.

»Komm, steh auf«, fuhr die ältere fort. »Du bekommst ein schönes helles Zimmer...«

Caroline rührte sich nicht. »Ich will kein anderes Zimmer. Ich will mein Recht, meine Freiheit. Ich will wissen, warum man mich hier gefangenhält.«

»Dich – gefangenhält? Aber mein Kind!« Sie legte die Hand auf Carolines Stirn. »Man hat dich hierhergebracht, weil du sehr, sehr krank warst.«

»In einen Kerker?«

»Der Arzt befürchtete Aussatz. Wir haben dich trotzdem aufgenommen und gepflegt. Zum Glück war es nur ein Nervenfieber – und bald wirst du wieder ganz gesund sein.«

Caroline graute vor der Verstellungskunst dieser Frau, vor der Kraft, die das Böse dem Menschen verleihen kann. Sie setzte sich auf. Sie haßte es, von dieser Frau berührt zu werden. Schwester Verena legte ihr einen gestrickten Wollschal um die Schultern. Dann traten sie in das dämmrige Gewölbe hinaus. Sie schritten den Gang entlang, eine enge steile Treppe aufwärts. Es war dieselbe Treppe, über die sie gestern nacht Schwester Verena während der Mitternachtsmette in das Bügelzimmer geführt hatte. Gestern war sie noch voller Hoffnung gewesen. Jetzt ging sie den Weg als Verurteilte. Sie erreichten einen breiten Gang mit verblichenen Fresken an den Wänden. Rundbogentüren lagen nebeneinander, eine schloß die ältere Nonne auf. »Du wirst dich hier wohl fühlen«, wandte sie sich an Caroline. »Noch ein paar Tage. Sobald du wieder ganz zu Kräften gekommen bist, kannst du gehen.«

Sie betraten ein helles weißgekalktes Zimmer. Durch das vergitterte Fenster fiel das Sonnenlicht herein, warf das Muster des Gitters vergrößert auf die frisch gewachsten Holzdielen. Caroline nahm jede Einzelheit mit überscharfer Deutlichkeit auf: den dunkelblauen abgetretenen Teppich, das Bett mit dem geschnitzten Baldachin, den Wandschirm daneben, den schweren geschnitzten Betschemel, den Tisch, das Kruzifix. Und auf einem niedrigen Hocker stand ihr Reisekorb. Caroline trat an das Fenster. Weicher blauer Dunst schwebte über dem Tal des Arno. Die gewaltige Kuppel des Domes schien zum Greifen nahe. Sie blickte nach unten. Eine gähnende Tiefe tat sich vor ihr auf. Die Mauern des Klosters wuchsen aus der steilen Felswand, auf die das Haus gebaut war, heraus. Klein wie ein Spielzeug rollte ein Karren auf der staubigen Straße tief unter dem Kloster dahin.

»Hast du besondere Wünsche für das Frühstück?« fragte die ältere Nonne.

Caroline trat vom Fenster weg. Sie schüttelte den Kopf, ein Würgen in der Kehle.

»Nun, ich werde schon etwas bringen, das dir schmeckt.« Sie verließ den Raum.

Schwester Verena wartete, bis ihre Schritte verklungen waren, dann trat sie auf Caroline zu, ergriff ihre beiden Hände. »Hab keine Angst. Ich werde dir helfen. Ich werde einen Weg finden. Verlasse dich ganz auf mich.« Sie öffnete den Deckel des Reisekorbs. »Jetzt ziehst du dich erst einmal an.« Die Nonne zog ein rauchblaues Musselinkleid heraus. »Das muß dir stehen, das paßt zu deinen Augen. Ich werde dir helfen.«

Caroline nahm das Kleid, trat hinter den Wandschirm. Wie sinnlos das alles war. Wie grauenhaft. Man gab ihr ein schönes Zimmer. Man fragte sie nach ihren Wünschen. Welch gespenstisches Spiel! Mit mechanischen Bewegungen streifte sie das Nesselhemd ab, schlüpfte in den zartblauen Satinunterrock, den Schwester Verena ihr hinhielt. Die Nonne zog das Taillenband zusammen und band die Schleife. Dann befestigte sie die Schnürung über der Brust, rückte die Träger zurecht. Caroline stieg in das Kleid. Die Schwester hakte den Verschluß im Rücken zu. Plötzlich spürte Caroline, wie die Nonne sie umarmte. In einem anderen Augenblick wäre ihr diese heftige Zärtlichkeit peinlich gewesen, aber jetzt empfand sie sie nur als grotesk. »Wie schön du bist! Deine Haare!« Die Nonne griff in Carolines blauschwarzes Haar. »Soll ich es dir hochstecken?«

Caroline mußte sich zwingen zu antworten. »Nein, gib mir nur das blaue Samtband.« Schritte kamen den Gang herunter, hielten vor der Tür. »Iß nichts«, flüsterte die Schwester. »Rühr nichts an von dem, was man dir bringt!«

Es war die ältere Nonne. Sie trat mit einem Tablett ein. Geschäftig breitete sie ein weißes Tuch über den Tisch, stellte das Frühstück darauf. »Ich habe es selber zubereitet. Die Schokolade wird dir sicher schmecken. Und die beiden Venezianer sind frisch aus dem Backofen, so sind sie am besten.«

Caroline sah, wie Schwester Verena warnend den Kopf schüttelte. Sie empfand Rührung und Dankbarkeit. Vielleicht meinte die Nonne es wirklich ehrlich.

»Wenn du etwas möchtest, läute mir.« Die ältere Nonne stellte eine Glocke auf den Tisch.

»Danke, Madre«, sagte Caroline mit tonloser Stimme. Die Nonne wandte sich zum Gehen. An der Tür blieb sie noch einmal stehen. »Jetzt iß und schlaf dann wieder. Später wird dir Schwester Verena den Garten zeigen. Ein kleiner Spaziergang wird dir guttun.«

Die Tür fiel hinter ihnen zu. Ein Schlüssel drehte sich im Schloß. Aber Caroline hatte nur Augen für das Essen. Sie atmete den Duft der Schokolade, des frischen Gebäcks. Ihr war schwindlig vor Hunger. Und doch war die Angst größer. Sie horchte auf den Gang hinaus. Als alles stillblieb, nahm sie die Speisen und eilte damit zum Fenster. Sie öffnete einen Flügel, schüttete die Speisen in das dichte Gebüsch, das den steilen Hang heraufwucherte. Sie würde nun nicht mehr in Versuchung geraten, doch noch davon zu essen. Als sie sich wieder ins Zimmer zurückwandte, fiel ihr Blick in den Spiegel. Sie sah sich wie eine Fremde an. Sie war schmaler geworden, ihre dunkelgetönte Haut um einen Schein blasser. Aber die Leiden der letzten Zeit hatte ihre Schönheit nicht angetastet, sondern sie auf eine neue, ihr selbst noch fremde Art gesteigert. Nicht einmal die letzte Nacht, in der sie durch alle Qualen einer zum Tode Verurteilten gegangen war, hatte Spuren hinterlassen. Das Bewußtsein ihrer Schönheit gab ihr Kraft, die dumpfe Apathie abzuschütteln und zu hoffen.

Es begann schon zu dunkeln, als ein Geräusch Caroline weckte. Sie saß in dem Sessel am Fenster. Sie mußte vor Erschöpfung eingeschlafen sein. Im ersten Augenblick glaubte sie, jemand sei in ihrem Zimmer. Aber die Geräusche kamen von nebenan. Es war, als ringe ein Mensch verzweifelt nach Atem. Und dazwischen ein schwaches, qualvolles Stöhnen, als winde sich jemand in schrecklichen Krämpfen.

Sie setzte sich auf, lauschte angespannt. Schritte kamen den Gang entlang. Stimmen flüsterten aufgeregt, Türen gingen. Eine Weile herrschte ein nervöses Hin und Her in dem benachbarten Raum. Plötzlich wurde alles still – und dann begann jemand laut zu beten. Murmelnde Stimmen antworteten. Eine Erinnerung stieg in Caroline auf. Sie war wieder das elfjährige Mädchen mit den hüftlangen Zöpfen. Sie war wieder auf Schloß Rosambou. Im Sterbezimmer der Mutter. Sie hörte die klagenden Gebete der Sterbefrauen, sah wieder das Gesicht der Mutter. Der Tod hatte es noch verschlossener gemacht, den Zug von Enttäuschung um den Mund noch verstärkt... Damals hatte Caroline zum erstenmal gezweifelt, ob der Tod wirklich eine Erlösung sei, das Eingehen in eine bessere Welt. Und wie immer, wenn sie nicht mehr weiter wußte, war sie zu ihrem Vater gelaufen, hatte ihn gefragt. Seine

Antwort hatte sie nicht vergessen: ›Der Tod ist ein Teil des Lebens wie das Geborenwerden‹, hatte er gesagt. ›Mehr weiß ich nicht.‹ Ihr Vater! Wenn er wüßte... Plötzlich stiegen heiße Tränen in ihr auf. Schluchzend vergrub sie das Gesicht in den Händen. Sie hörte nicht, wie die Tür leise aufging.

Schwester Verena huschte herein, schloß hinter sich wieder ab. Erst als sie das Tablett mit der Karaffe und zwei Gläsern auf den Tisch setzte, wurde Caroline aufmerksam. Schwester Verena lächelte ihr zu. Aus ihrer Kutte holte sie einen Apfel und ein Stück Brot. Dann bemerkte sie das leere Tablett. Sie erbleichte. »Du hast doch davon gegessen?«

Caroline schüttelte den Kopf und deutete auf das Fenster. Die Nonne trat zu Caroline. Sie legte den Arm um sie. »Du zitterst ja am ganzen Körper. Es wird alles gut, glaube mir. Hör zu! Ich habe einen Plan.« Sie warf einen unsicheren Blick zur Tür. »Wenn du tust, was ich dir sage, sind wir beide morgen frei.«

Caroline blickte sie an. Sie war ihre einzige Hoffnung, und doch war ihr Mißtrauen wach und warnte sie. »Was war nebenan?« fragte sie.

»Sprich leise! Nebenan ist eine Pensionärin gestorben. Sie wird heute nacht noch begraben. Die Madre hat es befohlen...« Die Schwester zögerte weiterzusprechen. »Sie zuerst – und dann du. Und darauf beruht mein Plan. Ich werde dir einen Trank geben. Er wird dich für ein paar Stunden wie tot machen. Scheintot, verstehst du. Hast du so viel Mut?«

Caroline fühlte, wie alles in ihr erstarrte. Mut? Den Mut würde sie haben, wenn sie nur hätte sicher sein können, daß es keine Falle war.

»Es ist die einzige Chance«, drängte die Nonne. »Und die letzte. Die Madre muß glauben, du seist tot. Sie werden dich in einen Sarg legen und in den Klostergarten schaffen. Ich werde den Sarg begleiten. Ich kenne den Gärtner. Er wird tun, was ich sage. Ich habe Geld. Wir werden zusammen fliehen.« Caroline schüttelte den Kopf. »Ich kann nicht.«

»Traust du mir nicht?«

»Ich weiß nicht mehr, wem ich trauen kann.«

»Vertrau mir, bitte. Für mich ist das Leben hier genauso schrecklich wie für dich. Ich bin wie eine Gefangene. Meine Eltern haben mich hier einsperren lassen, weil ich... du weißt schon. Aber ich bin reich. Wir werden frei sein, zusammen.«

Caroline saß auf ihrem Bett und starrte vor sich hin. Die Vorstellung, sich diesem seltsamen Geschöpf auf Gedeih und Verderb auszuliefern, war ihr schrecklich. Ohne ihre Antwort abzuwarten, war die Nonne hinausgeeilt. Wollte sie ihr wirklich helfen? Oder war das ihre Art von Barmherzigkeit – daß sie die Todgeweihte mit der Hoffnung auf Rettung ins Verderben schickte? Der Gedanke ließ sie nicht los, als Schwester Verena wieder hereinkam, an den Nachttisch trat und aus einem silbernen Döschen weißes Pulver in das leere Glas schüttete. Aus dem Porzellankrug goß sie Mandelmilch drauf, rührte die Flüssigkeit ein paarmal um. Schritte kamen den Gang entlang. Verena stellte das Glas hin, eilte zur Tür, horchte...

In diesem Augenblick fiel in Caroline die Entscheidung. Sie handelte, ohne zu überlegen, ganz aus dem Instinkt heraus. Sie vertauschte die beiden Gläser auf dem Tablett, nahm ein Glas und stellte das mit dem Pulver an dessen Platz. Verena kam zurück. Als sie sah, daß Caroline das Glas in der Hand hielt, ging ein Strahlen über ihr Gesicht. »Du wirst nichts spüren. Nur schlafen, ein paar Stunden...«

Caroline wußte nicht, welche Kräfte sie zwangen, so und nicht anders zu handeln. »Ich glaube, ich bringe es nicht über die Lippen«, sagte sie, um die Nonne ganz in Sicherheit zu wiegen.

»Ach was, es ist nicht gefährlicher als die Milch allein.« Verena griff nach dem Glas mit dem Pulver. »Komm, stoß mit mir an. Auf die Zukunft!«

Es gab einen matten Klang, dann setzte Verena das Glas an die Lippen. Für den Bruchteil einer Sekunde war Caroline versucht, es ihr aus der Hand zu schlagen. Aber sie ließ es geschehen und trank gelassen ihre Milch aus.

»Nun, war es so schlimm?« Verena setzte sich lächelnd neben Caroline auf das Bett.

Caroline sah, wie die Nonne ihren Arm heben wollte. Aber es blieb bei dem Impuls. Ihr Lächeln wurde langsam steif. Sie blickte Caroline verwundert an, wollte etwas sagen, aber ihre Zunge gehorchte ihr schon nicht mehr. Schwer sank sie auf das Bett zurück, den Mund leicht geöffnet, in den Zügen ein ungläubiges Staunen.

Caroline handelte wie in Trance. Sie löste die Nadeln aus der Haube der Nonne und knöpfte die Kutte auf. Nachdem sie die Schwester, die wie leblos dalag, entkleidet hatte, zog sie die Decke über sie. Sie selbst schlüpfte in das Nonnengewand, setzte die Haube auf. Dann betrachtete sie ihr Werk im Spiegel. Sie waren etwa gleich groß, hatten sogar eine vage Ähnlichkeit – die Nacht mußte das übrige tun. Sie trat noch einmal an das Bett, lauschte auf den leisen Atem der Nonne. Wenn sie die Wahrheit gesagt hatte, dann würde es ihr nichts schaden. Wenn sie gelogen hatte... Caroline schüttelte den Gedanken ab. Sie durfte jetzt nicht daran denken. Sie würde alle ihre Kraft für sich selber brauchen.

An der Tür lauschend, hörte Caroline, wie die Madre ihre Anweisungen gab. Der Sarg wurde auf den Gang getragen. Es war der richtige Augenblick. Vorsichtig drückte Caroline die Klinke herunter – aber die Tür war verschlossen. Ihre Hand, die auf der Klinke lag, zitterte. Einen Augenblick war sie ratlos. Dann griff sie in die Tasche der Kutte. Da war der Schlüssel. Sie durfte jetzt keinen Fehler machen, nicht in Panik geraten. Sie war Schwester Verena, und je natürlicher sie diese Rolle spielte, um so weniger würde sie auffallen. Sie faßte sich ein Herz, öffnete die Tür und trat auf den Gang hinaus; sie vergaß nicht einmal, die Tür hinter sich abzuschließen. Dann eilte sie der kleinen Prozession, die dem Sarg folgte, nach. Mit gesenktem Kopf schloß sie sich den Nonnen an. Die neben ihr sah nur kurz auf und flüsterte: »Da bist du ja. Die Madre hat dich schon gesucht.« Caroline faltete die Hände, fiel murmelnd in das Gebet der Nonnen ein. Über eine breite Treppe ging es abwärts, dann durch eine Halle und hinaus in einen engen, gepflasterten Hof. Der Zug kam zum Stehen, als die Madre das hohe schmiedeeiserne Gittertor aufschloß. Dann nahmen die beiden Männer den Sarg wieder auf und verließen den Hof.

Caroline bemerkte mit Schrecken, daß die Madre am Tor stehengeblieben war. Ihr Herz stockte. Aber sie ging ruhig weiter, den Kopf über die gefalteten Hände gesenkt, und in diesem Augenblick kam das Gebet aus ihrem tiefsten Herzen. Dann war sie an der Madre vorbei und hatte den Hof verlassen. Ihre Knie zitterten, als sie den abschüssigen Weg an der wild überwachsenen Mauer entlang hinter dem Sarg herschritt. Aber sie hatte nur Augen für die Straße, die sich jenseits der niedrigen Mauer aus lose aufeinandergeschichteten Steinen hell im Mondlicht den Berg hinunterschlängelte. Carolines Schritte wurden zögernder. Sie wußte: Wenn sie fliehen wollte, dann mußte es jetzt sein. Es waren nur noch wenige Schritte bis zu dem schmalen Mauerdurchlaß, der in den Klostergarten führte. Schon verschwanden die beiden Männer mit dem Sarg durch die Pforte. Die Nonnen folgten. Mit gesenkten Köpfen und gefalteten Händen wandelten sie dahin, ohne einen Laut, wie körperlose Wesen. Die letzte Nonne tauchte im Schatten der Pforte unter. Caroline machte einen Schritt zur Seite. Sie preßte sich an die Mauer; es gab keinen Strauch, keinen Baum, hinter dem sie sich hätte verstecken können. Wenn eine der Nonnen bemerkte, daß Schwester Verena fehlte? Wenn jemand sie vom Klosterhof aus beobachtete? Alle ihre Sinne waren hellwach. Ihr Mut war ihre einzige Waffe, die Dunkelheit und die Verkleidung waren ihre einzigen Helfer. Damit mußte sie das Glück zwingen.

Geduckt hetzte sie im Schatten der halbhohen Mauer entlang. Steine rollten unter ihren Füßen weg; in ihren Ohren war jedes Geräusch überlaut. Atemlos erreichte sie das Ende der Mauer, schwang sich hinauf und ließ sich auf der anderen Seite hinunter. Einen Augenblick war sie wie benommen. Sie stand mitten in hohem, dürrem Gras und lauschte. Aber alles blieb still. Sie atmete tief. Die Luft war schwer von den herben Düften der verbrannten Gräser und der ausgetrockneten Erde. Caroline war es, als atme sie das Leben ein, als werde es ihr in diesem Augenblick neu geschenkt.

Sie löste das Band der Haube und warf sie ins Gras. Mit einer Kopfbewegung schüttelte sie ihr schweres Haar locker. Dann knöpfte sie die Kutte auf. Das leichte rauchblaue Musselinkleid, das sie darunter trug, klebte ihr am Körper. Schnell streifte sie die Kutte ab; dabei war ihr, als habe sich am Boden etwas bewegt, aber sie achtete nicht darauf. Sie raffte den Rock ihres Kleides, wollte zur Straße – da bohrte sich ein stechender Schmerz in ihren rechten Knöchel.

Wie angewurzelt blieb sie stehen, ihre Augen weiteten sich: Am Boden wand sich der Leib einer Schlange, glänzend im Mondlicht, dann huschte sie unter einen Stein. Aus dem Biß am Knöchel züngelte der Schmerz brennend das Bein empor. Sie fühlte, wie der Knöchel anschwoll. Das Gift begann zu wirken. In großen Sprüngen rannte sie durch die Wiese zur Straße. Jedesmal, wenn sie auftrat, zuckten wütende Schmerzen durch ihr Bein...

Sie kauerte zusammengesunken am Rand des mit Geröll bedeckten Weges, als sie Pferdegetrappel hörte. Ein Karren kam holpernd näher. Sie richtete sich auf, stolperte dem Wagen entgegen. Der bärtige Mann auf dem Bock zügelte das Pferd. »Helfen Sie mir! Eine Schlange! Bitte...«, stammelte Caroline.

Der Mann sah sie verständnislos an. Er trug seltsame, mit vielen bunten Flecken besetzte Kleider. Er nahm die Pfeife aus dem Mund und brummte etwas. Caroline, die in der Erregung Französisch gesprochen hatte, deutete auf ihren Fuß. Der Schmerz war so heftig, daß sie sich kaum noch auf den Beinen halten konnte. Der Mann band die Zügel fest und sprang vom Bock. Ihre Blicke begegneten sich. Seine kleinen Augen unter den buschigen Augenbrauen lächelten. »Na, komme schon.« Er half Caroline auf den Bock. Er befühlte den Knöchel und nickte. Aus der Ledertasche, die am Bock hing, holte er einen Riemen. »Zieh den Strumpf aus. Sonst kann ich nichts machen.«

Caroline hob entschlossen den Rock, löste das Strumpfband. Der Mann legte den Riemen unterhalb des Knies um das Bein und zog ihn fest zusammen. Dann nahm er den Fuß in die Hand. Mit einem feststehenden Messer machte er zwei kurze tiefe Schnitte im Kreuz über die Bißstellen und drückte mit beiden Daumen die Wunde aus. Caroline stieß einen Schrei aus. Im selben Augenblick traf sie ein Schlag ins Gesicht.

»Hör zu«, sagte er, »ich verstehe, wenn eine hübsche junge Nonne wie du davonläuft. Aber ich lege keinen Wert darauf, dabei erwischt zu werden, wie ich dir helfe. Also, nimm dich zusammen!« Er hatte ihre Hand gepackt. »Beiß da drauf, aber schrei nicht.« Er preßte seinen Mund an die Wunde und begann daran zu saugen. Mehrmals spuckte er das Blut und das Gift auf die Straße. Endlich richtete er sich auf. Er nahm aus dem Lederbeutel eine Flasche Branntwein, spülte den Mund und spuckte noch einmal aus. Dann zog er einen weißen Fetzen aus der Hosentasche, tränkte ihn mit Alkohol und betupfte die Wunde damit. »So, passieren kann jetzt nichts mehr.«

Caroline war noch wie betäubt von den Schmerzen. »Können Sie mich ein Stück mitnehmen? Ich möchte nach Florenz.«

»Nach Florenz mußt du schon selber«, sagte der Mann. »Aber die Nacht kannst du bei mir bleiben.« Er zog hinter sich die Plane auf. »Kriech da hinein! Auf dem Bock kann ich dich nicht brauchen. Es ist besser, man sieht dich nicht.«

Caroline senkte den Kopf. Sie wußte nicht, was sie sagen sollte.

»Du brauchst mir nichts zu erzählen. Es wäre ja doch gelogen. Taddeo Gaddi, der Lumpensammler, verstehst du, kann es mit den Klosterfrauen nicht verderben.«

Caroline kroch in den Wagen. Sie kauerte sich zwischen die prall gefüllten Säcke. Der Wagen fuhr an. An der Biegung der Straße sah sie durch die geöffnete Plane das Kloster oben auf dem Hang. Die Bogenfenster waren jetzt alle hell erleuchtet...

Es war der Hunger, der sie Stunden später weckte; ein nagender Hunger, so quälend und herrisch, daß sie sofort hellwach war. Sie fand sich auf einem harten Lager aus Lumpen in einem engen Holzverschlag. Durch die offene Tür sah sie auf einen Platz, wo die Lumpen in hohen Bergen aufgestapelt lagen. Die Bretterwand im

Innern war von oben bis unten mit Knöpfen und Gürtelschließen gespickt. Über dem Eingang war von der Bretterwand zur Mauer ein Strick gespannt, und daran waren ein paar bunte Fetzen verknotet. Neben dem Lager am Boden herrschte ein wüstes Durcheinander: niedergebrannte Kerzen, geschnitzte, buntbemalte Krippenfiguren, eine ausgebrochene Marmorvase, die von Knöpfen überquoll, eine bauchige Weinflasche, in der vertrocknete Blumen steckten, zerfledderte Bücher, schmutzige Socken, einzelne Schuhe – und all das verdoppelt durch den großen fleckigen Spiegel, der an der Wand lehnte.

Caroline griff nach dem Krug mit Wasser und dem Stück Brot, das noch von gestern abend dalag. Das Wasser schmeckte schal, und das Brot schimmelig, aber Caroline schlang es heißhungrig hinunter. Ihr rechter Knöchel war noch ein wenig geschwollen, aber er schmerzte kaum noch.

An der Wand hing ein Kalender. Die Tage waren abgestrichen bis zum 5. Oktober. Drei Wochen mußte sie bei den Nonnen zugebracht haben. Sie nahm den ausgebrochenen Kamm, der in dem Durcheinander lag. Vor dem Spiegel teilte sie das Haar in der Mitte und flocht es zu zwei Zöpfen. Sie wollte sich entstellen mit dieser Frisur, sich unkenntlich machen. Sie hatte es oft erlebt, daß bei anderen Frauen eine verrutschte Locke genügte, um das Gesicht vollkommen zu verändern, aber bei ihr half das nichts.

»Schmier dir lieber Ruß ins Gesicht.« Caroline hatte Taddeo Gaddi nicht kommen hören. Breitbeinig stand der unter den Vorhangfetzen. Sein Gesicht war verschlossen. Schließlich sagte er: »Damit du nur weißt: Sie haben beim Konvent in Fiesole eine Kutte gefunden...«

Caroline senkte den Kopf. Sie fühlte, wie sie innerlich versteinerte. Einen Augenblick lang hatte sie freier geatmet. Jetzt war wieder die Angst da, schnürte ihr die Kehle zusammen. »Ich gehe schon«, sagte sie.

Der Mann reichte ihr einen Teller mit lauwarmem Haferbrei. »Iß das vorher. Wer weiß, wann du wieder etwas bekommst. Und dein Fuß? Tut er noch weh?«

»Nein. Ich spüre ihn kaum noch. Vielen Dank – für alles.«

»Ach was...« Er sagte es fast grob. »Ich würde dich ja dabehalten. Aber es geht nicht, wegen der Lumpensortierer. Wenn die dich hier sehen, die verraten dich für eine Lira.« Er wandte sich schroff ab, als bereue er seine Worte.

Caroline folgte ihm nach draußen. In der Mitte des Platzes lag ein aufgeschnittener Sack. Bunte Stoffetzen quollen heraus. Taddeo

Gaddi hockte am Boden und begann zu sortieren, ohne Caroline weiter zu beachten.

Florenz leuchtete in jenen Farben, die es sonst nirgends auf der Welt gibt. Der Vater hatte Caroline oft von dieser Stadt erzählt. Er hatte ihr von den Bildern Peruginos, Raffaels und Leonardos vorgeschwärmt. Von den Kirchen, den Palästen – und von den Menschen, die, wie er fand, das schönste Italienisch sprachen, das männlichste, das stolzeste. »Es ist eine Stadt«, hatte er gesagt, »die du lieben wirst...«

Caroline hatte von diesem Florenz geträumt. Und noch im Konvent, als sie durch das vergitterte Fenster ihres Gefängnisses die Kuppeln und Türme der Stadt gesehen hatte, hatte sie geglaubt, wenn sie erst einmal in Florenz wäre, könne ihr nichts mehr geschehen. Jetzt war sie hier – aber sie hatte das Gefühl, in ein riesiges Labyrinth geraten zu ein, ein Labyrinth, aus dem sie nie mehr entkommen würde. Vor jedem Gendarmen, dem sie begegnete, zuckte sie zusammen. Vor jeder Soutane, vor jeder Mönchskutte floh sie. Jeder Blick, der sie traf, steigerte in ihr die Angst, das Gefühl, von unsichtbaren Feinden gejagt zu werden.

Einen halben Tag irrte sie schon durch Florenz, sinnlos, ohne Ziel. Sie wußte nicht, wohin sie eigentlich wollte. Sie war in einen Teufelskreis geraten. Sie besaß kein Geld, konnte sich nicht ausweisen. Selbst der große, brillantbesetzte Saphir, ein Geschenk des Vaters zu ihrem achtzehnten Geburtstag, war wertlos für sie. Eine Stunde lang hatte sie vor den Juwelierläden auf dem Ponte Vecchio mit sich gekämpft. Scheu war sie an den kleinen, mit Samt und Seide ausgeschlagenen Schaufenstern, in denen nur wenige, kostbare Stücke lagen, vorbeigestrichen. Aber dann hatte sie doch nicht gewagt, einen der Läden zu betreten, aus Angst, sich zu verraten. Nicht einmal zu den Wucherern in den kleinen dunklen Gassen hinter Or San Michele hatte sie sich getraut. Sie fühlte sich ausgehöhlt. Hunger und Durst quälten sie. Schließlich hatte sie sich auf den Steinstufen, die den Dom Santa Maria del Fiore umliefen, niedergelassen. Von den Kirchen läutete es zur Vesper; es war die Stunde, in der Florenz zu einer schwebenden Stadt wurde. Die trotzigen Paläste, die gewaltigen Kuppeln, alles wurde leicht und wie durchsichtig in dem tiefen Blau des Himmels. Aber die Schönheit der Stadt, der Zauber der Stunde konnten Caroline nicht trösten. Sie erfuhr nur, daß das Schöne schrecklich sein kann, daß es den Einsamen noch einsamer macht und den Verzweifelten noch verzweifelter...

Caroline raffte sich auf. Sie überquerte den Domplatz und bog in den Borgo de San Lorenzo ein. Lockende Essensdüfte schlugen ihr entgegen. In kleinen halbdunklen Gewölben prasselten Herdfeuer. An Spießen drehten sich knusprige Hähnchen, auf dem Rost brutzelten dickbelegte Pizzen, und in der Glut des Holzkohlenfeuers steckten die Spieße mit fetten Sardinen. Caroline mußte wegschauen, sonst wäre sie zur Diebin geworden.

Der Strom der Hausfrauen und Mägde, die alle in dieser letzten Stunde des Marktes besonders günstig kaufen wollten, trug sie mit sich fort. Sie kam zu einem Platz, der ganz erfüllt war vom Geschrei der Händler. Alles gab es hier: Butter, kunstvoll in Rharbarberblätter eingeschlagen, Käse, Schinken, Gemüse, Obst, Geflügel, Wild, Spezereien. An einem buntgeschmückten Stand verkaufte eine Frau mit einem kleinen Jungen auf dem Arm gebrannte Mandeln. Zwischen den Buden hockten Kinder, die aus hohen Tonkrügen frische Oliven feilboten. Caroline löste sich aus der Menge, trat an den Brunnen, der hinter den Ständen leise vor sich hinplätscherte. Erschöpft sank sie auf den Brunnenrand, fing das Wasser in den hohlen Händen, trank es gierig. Eine schwere breithüftige Frau warf ihr einen mißtrauischen Blick zu. »He! Du! Willst du stehlen? Oder suchst du Arbeit? Ich muß noch zwei Körbe Fisch fertig machen. Ich könnte Hilfe brauchen.«

Caroline trat zu dem breiten Steintisch, an dem überall kleine schillernde Fischschuppen klebten, erstarrtes Blut. Die Frau war zu dem Fischkelter getreten, in der Hand an einem kurzen Stiel das Netz. Die Fische schnellten hin und her, als sie auf den Steintisch geworfen wurden. Caroline mußte wegschauen, als die Frau die erste Forelle packte und ihren Kopf auf die Steinplatte des Tisches schlug. Dann schlitzte sie mit einem scharfen Messer den Leib auf, riß die Eingeweide heraus und warf den Fisch vor Caroline auf den Tisch. Caroline hatte das geschwungene Messer mit dem breiten Rücken genommen. Sie packte den Fisch zwischen den Kiemen, genauso, wie sie es zu Hause bei Marianne gesehen hatte. Die Schuppen flogen durch die Luft, spritzten ihr ins Gesicht. Sie war noch nicht einmal zur Hälfte mit der ersten Forelle fertig, da flog schon die nächste auf ihren Tisch...

Eine halbe Stunde später war der Fischkelter leer, die beiden Körbe bereits abgeholt. Die Frau wischte sich die Hände an ihrer blutverschmierten Schürze ab und gab ihr zwei Lire. »Hast dich gar nicht schlecht angestellt fürs erstemal. Vielleicht gibt es morgen wieder was zu tun.«

Die zwei Lirastücke krampfhaft in der Hand haltend, lief Caroline zu dem Stand mit den duftenden kleinen, mit Anis und Koriander bestreuten Brotlaiben – da hörte sie Stimmen, Klatschen, leisen Trommelwirbel. Menschen drängten sich um eine offene Manege. Der Trommelwirbel schwoll an. Die Menge starrte gebannt nach oben. Über die Manege war ein Seil gespannt – und darauf balancierte eine hohe, schlanke Gestalt. Caroline stieß einen Schrei aus. Die zinnoberroten türkischen Pluderhosen... Der breite silberne Gürtel... Der enge silberbestickte Bolero, der den muskulösen Oberkörper umschloß... Nur einer trug so ein Gewand...

Der Mann auf dem Seil schien für Augenblicke im Nichts dahinzuschreiten, ein Phantom, nur aus Licht und Schatten geboren. Caroline war es unmöglich, sein Gesicht zu erkennen; es war nichts weiter als eine bizarre, grellbunte Silhouette, die sich von Sekunde zu Sekunde änderte.

Mit den Ellbogen bahnte sie sich einen Weg durch die Menge. Wie eine unbewegliche Mauer umstanden die Zuschauer die Manege, Caroline war, als müsse sie in schweres Gestein eindringen. Aber mit jener bäuerlichen Robustheit, die ihr eigen war, kämpfte sie sich weiter. Endlich stand sie ganz vorne, fast unmittelbar unter dem Seil, das zwischen zwei rot-weiß gestrichenen Holzpfosten gespannt war.

Der Mann hatte jetzt die Mitte des Seils erreicht. Es gab keinen Zweifel: Er trug Batus Gewand. Caroline wollte schon seinen Namen rufen – da machte er mit einem Sprung eine halbe Drehung. Beifall rauschte auf, aber Caroline hatte nur Augen für das Gesicht des Mannes: die Schweißperlen auf der breiten Stirn, in die das kurze gelockte Haar fiel, das verwegene Lächeln in den weit auseinanderstehenden Augen, die kühn gebogene Nase, der schmale konzentrierte Mund. Sie starrte in dieses fremde Gesicht, als wäre es nur ein Trugbild – als müßten im nächsten Augenblick die Züge Batus darunter auftauchen. Aber es war nicht Batu. Für einen Augenblick war ein Hoffnungsstrahl in ihre Verzweiflung gefallen – und war wieder erloschen.

Wie gelähmt stand Caroline da. Der Trommelwirbel irgendwo im Hintergrund, der eine Weile verstummt gewesen war, schwoll wieder an. Langsam, Millimeter für Millimeter, ließ sich der Seiltänzer in den Spagat gleiten; die Menge war so still, daß man hätte glauben können, sie habe zu atmen aufgehört. Aber Caroline hielt nichts mehr zurück. Die Schrecken und Demütigungen des vergangenen Tages hatten sie nicht so im Innersten getroffen wie diese Enttäuschung. Es war, als empfände sie jetzt erst das ganze

Ausmaß ihrer Verlassenheit. Hinter ihr wurde es unruhig. Ein Schieben und Drängen lief durch die Zuschauer, unmutiges Gemurmel wurde laut.

In diesem Augenblick ging ein Aufschrei durch die Menge. Der Artist, im Spagat angelangt, hatte sich plötzlich nach rückwärts fallen lassen. Es sah aus, als stürze er, aber er fing sich mit den Kniekehlen auf, rotierte mit unheimlicher Schnelligkeit um das Seil. Begeisterte Schreie und Pfiffe erfüllten die Luft, die Menge applaudierte dem waghalsigen Kunststück.

Caroline lief zu den drei bunten Wagen, die etwas abseits hinter der Manege standen. Aus dem ersten Wagen fiel Licht. Caroline eilte das Holztreppchen hinauf; ein Zirkus war ein guter Platz, sich zu verstecken.

In der Mitte des Raumes, mit dem Rücken zu ihr und nur mit einer rosa Trikothose bekleidet, stand eine zierliche Gestalt und wusch sich in einer Blechschüssel. Über der Stuhllehne hing eine brandrote struppige Perücke, am Boden lag ein Harlekinkostüm.

Caroline sah in ein rot-weiß geschminktes Clownsgesicht. »Verzeihen Sie...«

Das Mädchen ließ das Tuch sinken, mit dem sie sich die Schminke aus dem Gesicht hatte wischen wollen. Sie schien weder geniert noch erschreckt. Ihre hellen Augen, das einzig Lebendige in der starren rot-weißen Maske, glitten über Carolines Kleid.

Caroline stand unschlüssig an der Tür. Sie konnte noch nicht daran glauben: Man hatte sie nicht fortgejagt! Nach allem, was sie hinter sich hatte, war das für sie wie ein Wunder. Scheu blickte sie sich um. Die blaugestrichenen Holzplanken der Wände, der an vielen Stellen gestopfte Teppich, die mit Streublumen gemusterten Vorhänge, der violette Samtvorhang, der im Hintergrund, ein Alkoven vortäuschend, die Betten verbarg – das alles zeugte von einer Hand, die sich kunstvoll bemühte, aus einem ärmlichen Quartier ein gemütliches Heim zu machen. Plötzlich ging hinter ihr die Tür auf. Verblüfft blieb die grazile Frau, in dem durchsichtigen, türkisgrünen Gewand einer Bajadere, vor Caroline stehen. Hinter ihr ertönte ein schallendes Gelächter. Der Seiltänzer in Batus Kostüm trat in den Wagen.

Mit Augen, die unter den schweren türkisgrün geschminkten Lidern hin und her huschten, musterte die Frau Caroline mißtrauisch. »Was suchst du hier?«

Ehe Caroline antworten konnte, sagte das Mädchen: »Sie ist hungrig, das seht Ihr doch.«

»So, sie ist hungrig?« Die Frau machte mit dem Sammelteller, den sie in der rechten Hand hielt, eine Bewegung, daß die wenigen Kupfermünzen darauf herumtanzten. »Sollen wir sie damit vielleicht auch noch durchfüttern?«

Caroline stieg das Blut in die Wangen. »Verzeihen Sie. Ich gehe sofort.«

Sie wollte zur Tür hinaus, aber der Seiltänzer trat ihr in den Weg. »Nun bleib schon. So kannst du nicht gehen. Meine Frau meint es nicht so. Estrella hat das beste Herz.«

Hinter sich hörte Caroline das harte klirrende Geräusch, mit dem die Frau den Sammelteller auf den Tisch stellte. »Mal wieder den großen Herrn spielen, was? Der große Zocco! Zocco und seine Brüder. Die drei fliegenden Teufel. Die drei Rattenfänger, denen die Weiber überall nachliefen, sogar Herzoginnen.« Sie lachte. »Die Zeiten sind vorbei, mein Lieber. Schon lange. Da, schau dir die paar jämmerlichen Kupfermünzen an – mehr bist du ihnen nicht mehr wert.«

Caroline war die Szene, deren Ursache sie war, peinlich, doch dann sah sie, wie über das Gesicht des Mannes ein jungenhaftes Lächeln huschte. Sie fühlte seinen Blick auf sich ruhen. Er zog die Brauen zusammen, aber das Lächeln in seinen braungrün gesprenkelten Augen blieb. »Vom Bau bist du nicht, das sieht man sofort. Also, was willst du? Ist man hinter dir her? Deine Eltern? Die Polizei?«

Caroline antwortete mit einem jener Blicke, deren sie sich selbst nicht bewußt war, die aber in jedem Mann den Wunsch weckten, ihr zu helfen, sie zu beschützen. »Ich habe Sie gesehen, auf dem Seil«, begann sie zögernd. »Ich kannte jemanden, der besaß genauso ein Gewand wie Sie.«.

Der Mann sah an sich herunter. Er schien plötzlich verlegen.

»Wer war es?«

»Mein Diener.«

»Ihr Diener!« Die Frau lachte höhnisch auf. »Hör dir das an. Sie hat einen Diener!«

»Einen Neger?« fragte der Mann ernst, ohne auf seine Frau zu achten.

Caroline nickte. Mit einemmal hatte sie Angst vor der Wahrheit. Batu, das war die Erinnerung an ein Leben, das voller Verheißungen, voller Zukunftspläne gewesen war. Fast bereute sie es jetzt, gefragt zu haben...

»Wir haben ihn in Piombino aufgelesen«, hörte sie den Mann sagen. »Mit einem Messerstich in der Lunge. Sie müssen geglaubt haben, er sei tot.«

Caroline blickte auf. »Er war nicht tot?«

»Er lebte noch, trotz der inneren Blutung. Ein Riese. Wir haben ihn mitgenommen, ihn gepflegt. Wir dachten, er könnte eine Attraktion werden für unseren Zirkus.«

»Dachtest du!« fiel die Frau ihrem Mann ins Wort. »Eine schöne Attraktion. Ein lebendiger Leichnam.«

»Wo ist er? Ich muß ihn sehen.«

Der Mann schien zu zögern. Er war ernst geworden. »Wir haben alles getan«, sagte er. »Die Wunde ist gut verheilt. Trotzdem wurde es jeden Tag schlechter mit ihm. Er ist vollkommen apathisch, redet nicht, nimmt kaum noch Speisen zu sich.« Seine Augen forschten in Carolines Gesicht. Dann öffnete er die Tür. »Komm!« Der Platz, auf dem der Zirkus seine Manege errichtet hatte, lag jetzt verlassen da. Die Menschen hatte sich verlaufen. Zocco ging voran. Im Tierwagen wurde es unruhig, als er die Tür aufschloß. Sie betraten einen engen, von Gittern gesäumten Gang. Feuchte Wärme schlug ihnen entgegen, geschwängert mit der scharfen Ausdünstung der Tiere. »Es war sein Wunsch«, sagte Zocco, »er wollte bei den Tieren sein.«

Aufgescheucht sprangen drei schwarze Affen an das Gitter ihres Käfigs. Ein Bär erhob mit zornigem Brummen das Haupt. Der hinterste Teil des Wagens war mit einem ausgefransten Tuch verhangen. Zocco schlug es zurück. Ein Strohlager wurde sichtbar. Caroline erkannte die Umrisse einer Gestalt. Die offenen Augen des Negers, die bewegungslos ins Leere gestarrt hatten, schienen zu erwachen. Caroline ließ sich am Boden neben ihm nieder. Sie beugte sich über ihn. »Batu – ich bin's!«

Ein dumpfer Laut entrang sich der Brust des Negers. Dann richtete er sich auf. Mit beiden Händen griff er nach ihr, als müßte er sich vergewissern, daß er nicht träumte. »Komtesse!« Es war ein Aufschrei, der Caroline erschütterte. Batu hatte seinen Kopf in ihre Hände gegraben. Schluchzen schüttelte seinen schweren Körper. Mit einer mütterlichen Geste fuhr Caroline über sein Haar. Dann hob er den Kopf. In seinen dunklen glänzenden Augen stand Staunen. Seine Herrin lebte! Er hatte versagt, damals, in Piombino. Er hatte den Schwur, den er seinem sterbenden Herrn geleistet hatte, gebrochen. Er hatte sich überwältigen lassen. Er mußte sterben, wenn seine Herrin starb. Das war der einzige Gedanke, das einzige Gefühl, das seit jenem verhängnisvollen Abend in Piombino Platz in ihm hatte – der ihn nicht leben und nicht sterben ließ. Und er wäre zugrunde gegangen an dem Bewußtsein, am Tod seiner Herrin schuld zu sein. Jetzt durfte er wieder leben.

Noch in derselben Nacht hatte der Zirkus Florenz verlassen. Als Caroline in dieser Nacht auf dem dürftigen Lager, das man für sie im Wagen der Tochter hergerichtet hatte, einschlief, glaubte sie, daß nun die Angst endlich ein Ende haben würde. Sie hatte Batu wiedergefunden. Sie hatte einen Unterschlupf. Aber die Angst blieb.

An den beiden Tagen, für die der Zirkus in dem alten römischen Amphitheater in Fiesole seine Zelte aufgeschlagen hatte, wagte sich Caroline nicht vor die Tür. Die Nähe des Klosters, die Erinnerung an die Todesqualen, die sie dort ausgestanden hatte – die Angst hatte sich bereits zu tief in ihr Wissen eingefressen, sich darin wie eine Krankheit ausgebreitet. Auch als sie weiterzogen, wurde es nicht besser. Caroline kannte sich selbst nicht mehr. Sie vegetierte nur noch. Und manchmal, wenn sie nachts todmüde von der Arbeit und doch schlaflos dalag, während die Wagen rüttelnd zu einem neuen Ort zogen, hatte sie das Gefühl, nicht mehr sie selbst zu sein.

Batu war seit jenem Tag in Florenz wieder gesund. Er war jetzt die Attraktion des kleinen Wanderzirkus. Wenn er in seinem Phantasiegewand, den Bären an der Leine, ein Äffchen auf der Schulter, durch die Straßen der Städte und Ortschaften schritt und die Vorstellungen austrommelte, dann klingelte es abends in Estrellas Sammelteller. In den freien Vormittagsstunden studierte Zocco mit dem Neger eine jener Trapeznummern ein, mit denen er und seine Brüder einst berühmt geworden waren. Er versuchte auch Caroline zu überreden aufzutreten. Er hatte sich eine Zaubernummer ausgedacht, in der sie ihm assistieren sollte. Aber Caroline war nicht dazu zu bewegen. Schon der Anblick einer Soutane genügte, um sie an Neri zu erinnern und die panische Angst, noch einmal in seine Hände zu fallen, wiederaufleben zu lassen. Den ganzen Tag über hielt sie sich in den Wohnwagen auf. Sie verrichtete bereitwillig alle Arbeiten: striegelte die Pferde, mistete die Stallungen aus, übernahm die Fütterung der Tiere.

Alle bemühten sich um sie. Batu umsorgte sie mit rührender Liebe. Zocco, der Seiltänzer, bewies ihr mit unzähligen kleinen Aufmerksamkeiten seine heimliche Verehrung. Rosaria war wie eine Schwester, versuchte, wo sie nur konnte, Caroline aufzuheitern. Und sogar Estrellas anfängliche Eifersucht hatte sich gelegt. Und doch hatte Caroline immer das Gefühl, nur geduldet zu sein. Sie war an einem Punkt angelangt, an dem alles ihre Verzweiflung nur noch steigerte.

So war der Herbst vergangen. Sie hatten Italien verlassen, zogen durch die Schweiz. Ein früher harter Winter hatte sie in den Alpen überrascht. Caroline lernte Hunger und Kälte zu ertragen, ohne daß es für sie Bedeutung hatte. Sie vergaß ihren neunzehnten Geburtstag. Sie hatte verlernt, in den Spiegel zu schauen und Wünsche zu haben – Hoffnungen, ein Ziel.

Das Mädchen, das in Paris Fouché getrotzt hatte, das den Weg nach Elba gefunden hatte: Sie dachte an dieses Mädchen wie an eine Fremde.

Lebte sie noch? Es gab Augenblicke, da schien es Caroline, als existierte nur noch ihre Hülle – und als bedürfte es nur eines winzigen Stoßes, um auch diese Hülle zu zerbrechen.

19

Es war ein Abend im März, als der Zirkus Zocco in Grenoble einzog, seinen Standplatz aufsuchte, Batu als Werber durch die Stadt zog und Caroline sich der Tiere annahm, um sie, wie immer, für die erste Vorstellung herzurichten.

Die überlangen Arme vor dem Körper verschränkt, saß das Gibbonpärchen in seinem Verschlag auf der Eckbank hinter dem rohgezimmerten Tisch. Das Männchen hielt Caroline die zwei bauchigen Blechtassen hin; sie füllte sie mit dem Trank aus Milch und Honig. Der Gibbon stellte eine der Tassen vor sein Weibchen, und sie nickte mit dem Kopf; es war eine eindressierte Zeremonie, die während der Vorstellungen immer große Heiterkeit auslöste. Aber während die Gesten der Tiere in der Manege marionettenhaft wirkten, waren sie, wenn sie allein waren, von einer fast menschlichen Anmut erfüllt.

Es war in diesem Augenblick, daß Batu hereinstürzte, die Trommel, mit der er durch die Straßen gezogen war, wegstellte und Caroline den halbzerfetzten Maueranschlag reichte. Er war so gerannt, daß er nach Luft ringen mußte. »Komtesse. Der Kaiser...«

Caroline griff nach dem Blatt. Ihre Hand zitterte. »Was ist mit dem Kaiser?« Die Buchstaben flimmerten Caroline vor den Augen. Sie sah nur den napoleonischen Adler auf dem Kopf des Papiers. Unwillkürlich schloß sie die Augen.

»Er ist wieder in Frankreich. Vor drei Tagen war er hier. In Grenoble. Vor drei Tagen ist er durch die Stadt gezogen.« Batus Stimme war heiser vor Erregung.

Caroline stand immer noch, den Aufruf in der Hand, starrte vor sich hin, als Zocco in der Tür erschien. »Was ist, Batu? Wo steckst du? Hilf mir das Trapez aufstellen!« Jetzt erst bemerkte er das Plakat. Er riß es ihr aus den Händen, zerknüllte es, warf es zu Boden, stampfte wütend darauf herum. »Bleib mir damit weg!« schrie er. »Ich will davon nichts sehen. Nichts! Nichts!«

Nie zuvor hatte Caroline diesen heiteren beherrschten Mann so außer sich gesehen. Sein Gesicht war so fremd wie in den Augenblicken auf dem Seil. Nur langsam beruhigte er sich. »Die drei Zoccos waren einmal die beste Truppe in der Welt«, sagte er mit einer Stimme, tonlos vor ohnmächtigem Haß. »Bis dieser Mann kam!« Er stieß mit dem Fuß nach dem Papierknäuel. »Diese Proklamation... jedes Wort Heuchelei, alles Lüge, die Worte eines Mörders. Auch meine Brüder sind einmal auf seine schönen Worte hereingefallen und sind dafür gestorben.« Er wandte sich abrupt ab. An der Tür blieb er noch einmal stehen. »Wenn ihr bei uns bleiben wollt – nennt seinen Namen nie!«

Caroline blieb betroffen zurück. Sie verschloß den Käfig der Affen, trat zu dem Baribalbären. Schwerfällig richtete er sich auf seinen Hintertatzen auf und drehte sich, während sie sein schwarzes Fell glänzend bürstete, mit wohligem Brummen langsam um sich selbst. Im ersten Augenblick, als Batu die Nachricht gebracht hatte, hatte sie daran gedacht, die Zirkusleute um ein Pferd und etwas Geld zu bitten, um dem Kaiser sofort nachzureiten. Aber niemals würde Zocco helfen. Sollte sie es trotzdem wagen, ohne Pferd, ohne einen Pfennig mit Batu auf eigene Faust loszuziehen?

Sie reichte dem Bären aus dem Futterkorb zwei Bananen, band ihm das breite rote Taftband mit den glitzernden unechten Orden um und befestigte die Jakobinermütze auf seinem Kopf. Während sie mechanisch ihre Arbeit tat, zog noch einmal alles, was sie seit jenem Tag, an dem sie Elba verlassen hatte, erlebt hatte, an ihr vorbei. Um seinetwillen war alles geschehen. Für ihn hatte sie die Tollkühnheit begangen, seinen Sohn zu entführen.

Von dieser Stunde an wartete sie auf einen Zufall, eine Gelegenheit, einen Fingerzeig des Schicksals. Sie wußte nicht, worauf sie eigentlich wartete. Sie wußte nur, daß sie diesmal nicht versuchen würde, das Glück zu zwingen. Sie würde warten, sie würde bereit sein. Grenoble, Lyon, Chalon, Dijon – bis dahin hatte Caroline gehofft, daß der Zirkus nach Paris ziehen würde. Aber Zocco schien die Stadt seiner größten Triumphe genauso zu hassen wie den Kaiser.

Und dann wußte Caroline plötzlich, wie ihr Ziel hieß: Rosambou...

Caroline stand hinter dem scharlachroten Vorhang, der den Manegeneingang abschloß, und blickte durch das Guckloch. Zocco und seine Tochter, beide in blau-gelben phantastischen Federkostümen, schwebten gleich riesigen Vögeln durch die Luft, rund um den mächtigen Trapezpfeiler, dessen im Boden verankerte Trossen leise knarrten. Mit kurzen wilden Schreien sich gegenseitig anfeuernd, schraubten sie sich immer höher – bis sie fast waagrecht mit ausgebreiteten Flügeln dahinsegelten. Ganz Arcis-sur-Aube war auf die Wiese vor dem Ort gekommen, wo der Zirkus seine Manege aufgestellt hatte. Der Sammelteller Estrellas würde heute abend voll werden. Die Bauern dieser Gegend waren dankbare Zuschauer nach den Schrecken und Nöten des Krieges.

Draußen in der Manege wurden jetzt Schreie laut, entsetzte und zugleich begeisterte Schreie, als die beiden Artisten mit einem hellen zischenden Geräusch im Sprungtuch landeten. Das war der Augenblick, auf den Caroline gewartet hatte. Sie gab Batu das Zeichen. Er hörte auf zu trommeln, legte die Hände auf das Fell, bis der zitternde Nachklang erstarb. Im Schatten des Wohnwagens lief Caroline hinaus ins freie Land; hinter ihr Batu, ein lautloser schwarzer Panther.

Hinter ihnen rauschte Beifall auf, verklang das Klirren von Estrellas Tamburin, zu dessen leisem, peitschendem Rhythmus Zocco und Rosaria ihre halsbrecherischen Doppelsaltos vollführten...

Endlich tauchte vor ihnen der Birkenhain auf, der das Forellenwasser ein paar hundert Meter weit begleitete. Caroline kannte hier jeden Stein, jeden Strauch, jede Wegbiegung; dies war das Paradies ihrer Kindheit. Bald mußte die nördliche Front der Schloßmauer von Rosambou sichtbar werden.

Der Weg dorthin erschien ihr endlos. Schließlich hatten sie den morschen Holzsteg erreicht, der über das Forellenwasser führte. Schwärme von Mücken tanzten über dem Wasser. Auf der Sandbank am Ufer sah man die Spuren des Rotwilds, das hierher zur Tränke kam. Mitten in der Wiese, die zu beiden Seiten das erste Stück der Schloßauffahrt begleitete, blieb Caroline stehen, blickte zurück zu dem rötlichen Widerschein, den die mannshohen Pechfackeln des Zirkus in den Himmel warfen.

Schweigend eilten sie weiter, quer über die taufeuchte Wiese, durch die sich die Fährten des Wildes zogen, die Böschung hinauf, im Schatten des Laubwaldes dahin. Noch ein paar Minuten, und sie würde zu Hause sein. Unwillkürlich begann sie schneller zu rennen. Sie erkannte die Silhouette des Tores. Sie wollte schon zu der Seitenpforte eilen, als sie stutzte. Stimmen wurden laut, Kommandos, der harte Schlag von Pferdehufen auf dem Pflaster.

Caroline trat schnell in den Schatten der hohen Ahornbäume. Das breite, wuchtige Tor schwang auf. Ein Trupp Reiter, alle in dunklen, wehenden Umhängen, sprengte aus dem Schloßhof. Sie blickte ihnen verwundert nach. Als der Hufschlag verklungen war, öffnete sie die Seitenpforte. Das weite Rund des Hofes lag vor ihr; aus dem Dunkel stieg das Schloß empor. Lag es an den Kerzen, die in den Glaslaternen auf der Freitreppe brannten und weiches Licht verströmten? Oder lag es an ihr – an dem Zauber dieser Stunde? Das düstere, efeuumwucherte Rosambou verwandelte sich in ihren Augen in eine Märchenpalast. Es hätte Caroline nicht gewundert, wenn plötzlich Musik erklungen wäre, wenn festlich gekleidete Damen und Herren auf der Freitreppe erschienen wären.

Unter der hell erleuchteten Tür stand ein Mann, schien in die Nacht hinauszuhorchen. Die Art, wie er sich hielt, den Kopf leicht zurückgelegt, die linke Hand am Gürtel... Caroline begann zu laufen. Sie spürte den Boden nicht mehr unter den Füßen. Sie flog die Freitreppe hinauf. Sie sah noch, wie das Erkennen in Philippes Augen aufleuchtete – dann lag sie in seinen Armen, barg ihren Kopf an seiner Brust. Sie hörte, wie er ihren Namen murmelte, sie fühlte, wie seine Hand über ihr Haar strich, sie spürte die Kühle seines weißen Hemds und darunter seinen Herzschlag. Sie selber hatte keine Worte, keine Geste. Sie hatte nur Tränen, heiße Tränen...

Philippe hielt die Schluchzende umfangen. Er wußte nicht, was ihr widerfahren war, aber er ahnte, daß es furchtbar gewesen sein mußte. »Schau, jetzt ist alles gut«, sagte er leise. Allmählich beruhigte sie sich. Die Tränen versiegten. Sie löste sich von Philippe, betrat die Halle. Ringsum an den Wänden brannten die Leuchter. Wärme und Kerzenduft erfüllten den hohen, strengen Raum. Nein, sie träumte nicht: Sie war zu Hause. Sie war auf Rosambou. In den langen Monaten der Angst und Erniedrigung hatte Caroline sich mit einem schützenden Panzer aus Trotz, Verachtung und Gleichgültigkeit umgeben. Jetzt zersprang dieser Panzer – und es war Schmerz und Erlösung zugleich.

Die Tür, die zu der Schloßküche führte, hatte sich geöffnet. Eine kleine runde Frau trat in die Halle. Caroline eilte auf sie zu. »Marianne! Erkennst du mich nicht, Marianne?«

»Komtesse! Mein Gott – ich hätte Sie nicht erkannt!« Die Wirtschafterin griff nach Carolines Hand. »Sie leben!« stammelte sie. »Und wir hatten schon alle Hoffnung aufgegeben.«

Sie ging um Caroline herum, als könnte sie noch immer nicht ihren Augen trauen. »Meiner Seel – ich glaube, ich hätte die Hunde auf Sie gehetzt. In diesen Fetzen!« Sie rang die Hände. »Wenn der Herr Graf das erfährt – er wird gesund vor Freude...« Sie verstummte plötzlich. Sie hatte Batu entdeckt, der an der Tür stehengeblieben war.

Caroline war Mariannes Blick gefolgt. Mit einem Lächeln winkte sie den Neger heran. »Das ist mein Diener, Batu.« Mit hängenden Armen, den Kopf verlegen gesenkt, ließ Batu die musternden Blicke über sich ergehen. »Richte ihm etwas zu Essen«, sagte Caroline, »und mir auch. Wir sind beide ganz ausgehungert.«

Marianne nickte. »Ich werde euch schon satt bekommen. Und für Sie richte ich ein Bad und mache Feuer in Ihrem Zimmer. Oh, ist das eine Freude, daß Sie wieder hier sind, Komtesse.« Sie winkte Batu, ihr zu folgen, und verschwand mit wehenden Schürzenbändern in der Küche.

Philippe hatte die Tür des Speisesaals hinter sich zugezogen. Er legte den Arm um Carolines Schultern. »Willkommen auf Rosambou! Du hast dich nicht verändert«, sagte er zärtlich. »Überraschungen liebst du noch immer. Das Aschenbrödel mit dem Diener! Es sollte mich nicht wundern, wenn noch eine goldene Kutsche nachkommen würde.«

Und seltsam – erst in diesem Augenblick flammte aus dem Wirbel der Gefühle in Caroline die Freude auf; klein und schwach noch, wie ein Feuer, das eben erst entzündet wurde, im nächsten Augenblick aber schon groß und mächtig. Mit einer fast übermütigen Geste deutete sie auf den langen schmalen Eichentisch in der Mitte des Raumes, an dem man offenbar kurz zuvor gegessen hatte. »Und du hast mich erwartet, wie man sieht.« Das Bild der Reiter in ihren wehenden Mänteln tauchte wieder vor ihr auf, aber der Augenblick war stärker. Das heiße, brennende Gefühl: zu leben! Plötzlich umarmte sie ihren Bruder, preßte sich an ihn, küßte ihn auf Wange und Stirn.

Philippe ließ es geschehen, hingerissen und erschreckt zugleich. Mit dem Instinkt eines Menschen, der selbst viel gelitten hatte, erriet er, daß diese überschäumende Freude nur aus dem dunklen

Grund überwundenen Grauens wuchs. Caroline ließ sich in den Sessel vor dem Kamin fallen. Sie schlüpfte aus den groben Schuhen, streckte ihre Füße dem Feuer entgegen. Philippe, beide Hände auf die geschnitzte Lehne des Sessels gestützt, blickte über ihren Kopf weg ins Feuer. »Wir befürchteten schon das Schlimmste«, begann er zögernd. »Als Napoleon in Paris einzog, schickte er einen Boten zu Vater – er glaubte, wir wüßten etwas von dir!«

Eine Weile war nur das Knistern und Knacken der glimmenden Buchenscheite zu hören. Dann sagte Caroline, seinen Fragen zuvorkommend: »Nicht jetzt, Philippe. Ich kann jetzt nicht reden, später vielleicht...«

»Verzeih – es war nicht Neugier.«

Sie dankte ihm mit einem Blick, und es war ihr, als sehe sie ihn erst jetzt richtig. Philippe hatte sich verändert seit jener Nacht vor mehr als einem Jahr, als er nach der geheimnisvollen Ermordung Tibots aus Paris hatte fliehen müssen. Es war dasselbe sensible, für einen Mann fast zu schöne Gesicht, und doch war er ein anderer. Aus dem Träumer war ein Mann geworden. Ruhe, Sicherheit und Kraft gingen von ihm aus. »Seit wann bist du aus England zurück?« fragte sie.

»Seit sechs Wochen.«

»Warst du in Paris?«

»Nein.« Philippe trat an den Kamin. Er lehnte sich an den breiten Marmorpilaster, der die Kaminplatte trug; sein Blick ging ins Weite. »Ich bin gleich nach Rosambou gegangen. Und hier werde ich bleiben.« Er sprach mehr zu sich. »Ich gehöre hierher, in dieses Haus, auf diesen Boden. Das weiß ich jetzt. Es gibt hier viel zu tun für mich.«

Caroline hatte gar nicht richtig zugehört; sie hatte nur die Stimmung seiner Worte erfaßt, das Gute darin. »Wenn Vater dich hören könnte, er wäre glücklich. Hast du Nachricht von ihm? Er muß jetzt doch selig sein! Der Kaiser wieder in Paris! Alles ist so gekommen, wie er es sich gewünscht hat.«

Philippe antwortete nicht. Sein Schweigen machte Caroline stutzig. »Ist etwas mit Vater, Philippe? Verschweigst du mir etwas?«

»Es geht ihm nicht sehr gut.« Philippe ärgerte sich über sich selber. Er hätte es ihr verschweigen müssen, wenigstens an diesem ersten Abend. »Niemand weiß, was es eigentlich ist. Und er will keinen Arzt sehen. Vorgestern hat der Kaiser ihm Doktor Foureau geschickt. Nicht einmal den hat er vorgelassen.«

Caroline starrte gedankenverloren in den Spiegel, der über dem Kamin hing und in dem sich der prunkvolle Speisesaal wiederholte. Aber sie nahm nichts davon wahr. Nicht die Harmonie des hellen hohen Raumes, nicht die beschwingte Melodie der Stukkaturen, die sich rings über die Wände zogen, nicht die triumphierenden Farben des Deckenfreskos. Sie dachte über Philippes Worte nach. – Foureau hatte vorgestern bei Vater vorgesprochen? Wie hatte die Nachricht Philippe so schnell erreichen können? Plötzlich fielen ihr wieder die Reiter ein, die ihr am Schloßtor begegnet waren. Sie erhob sich, trat an die Stirnseite der Tafel. »Du hast aber schnelle Boten.«

Ein amüsiertes Lächeln huschte über Philippes Züge. »Und meine Schwester gute Augen. Ich hatte Besuch aus Paris. Kurz bevor du kamst, brachen sie auf.«

Er schien nicht verlegen – und doch hatte Caroline das Gefühl, daß er ihr auswich. Sie betrachtete nachdenklich die Tafel. Sieben Gedecke, leere Weinflaschen, halbvolle Gläser, zerknüllte Servietten. Sie entdeckte neben einer Serviette eine runde goldene Dose. Sie nahm sie, ließ den Deckel aufspringen. Die Dose enthielt blaßviolette Veilchenpastillen. Die Innenseite des Deckels schmückte eine kostbare Emaillearbeit. Sie stutzte. In den dunkelblauen Grund war mit winzigen Edelsteinsplittern ein Wappen eingelassen: ein Phönix. Caroline hatte sich nichts gedacht, als sie die Dose geöffnet hatte. Es war gedankenlos geschehen, aber jetzt blickte sie sinnend auf das Wappen. Der Phönix! Wo hatte sie nur dieses Wappen schon einmal gesehen? Sie deutete auf die Dose. »Einer deiner Freunde scheint vergeßlich zu sein.«

Einen Augenblick zögerte Philippe. Dann sagte er: »Du kennst ihn sogar, meinen vergeßlichen Freund. Es ist der Herzog von Belômer. Er war auf einer Jagd, hier in der Gegend.«

Belômer. Caroline senkte den Kopf; sie wollte jetzt nicht beobachtet sein. Sie betrachtete die Dose. Der Phönix? Nein, das war nicht BGelômer gewesen! Aber wo nur? Sie konnte sich nicht entsinnen. »Ich werde sie ihm bringen«, sagte sie, »wenn ich nach Paris gehe.«

»Du willst nach Paris?«

»Ja, ich will nach Paris. Ich muß zu Vater, und...«

Er trat zu ihr, legte seine Hände auf ihre Schultern. »Napoleon – das wolltest du doch sagen.« Er schüttelte den Kopf: »Immer noch nicht geheilt?«

Caroline erwiderte seinen Blick mit einem entwaffnenden Lächeln. »Da müßte ich von mir selbst geheilt sein.«

»Eines Tages wird einer kommen, der wird dich zähmen«, sagte Philippe. »Ich bin gespannt, wer es sein wird.«

»Ich auch.« Sie lachte. Sie hatte die beiden Worte ganz leichthin gesagt. Aber in diesen Worten lag alles, was sie in dieser Stunde empfand: das Bewußtsein, jung zu sein, schön zu sein, das ganze Leben noch vor sich zu haben.

Es war wie in ihrer Kindheit: Marianne, die das Bad bereitete, heißes Wasser herbeischleppte, bis Caroline bis zum Hals in dem duftenden Schaum saß. Marianne, die ihr das Haar mit feinen Kräuteressenzen wusch. Marianne, die das große vorgewärmte Badetuch um sie schlug, ihr das Haar trocknete, es locker bürstete. Als Caroline schließlich in dem langen fließenden Negligé aus weißer Seide, das an den Ärmeln und am Saum mit Schwanenflaum besetzt war, in ihr Boudoir trat, war vor dem prasselnden Kamin zum Abendessen gedeckt. Die Bouillon, die Forelle, die Wildpastete, den Karamelpudding – Caroline ließ nichts stehen.

Philippe hatte seinen Sessel ganz nahe an die Bergère gerückt, auf der Caroline es sich bequem gemacht hatte. Er legte ihr die Speisen vor, schenkte den Wein ein. Die Kerzen brannten herunter, nur das Feuer im Kamin gab noch Licht, nahm den Dingen ihre harten Konturen. Die Wände, die Bilder, die Spiegel, das Himmelbett, alles wurde zu weichen Schatten, voll geheimen Lebens. Jetzt konnten sie beide plötzlich sprechen. Philippe erzählte von dem Jahr in England. Er hatte so gelebt, wie er es sich immer gewünscht hatte. Er hatte studiert, Dichter und Künstler kennengelernt – und sich doch noch nach Rosambou gesehnt. Er hatte geliebt und war getäuscht worden. Er hatte seine Träume nicht verraten, aber er war ohne Illusionen zurückgekehrt. Und wie von selber begann auch Caroline zu erzählen – und es war ihr, als würde mit jedem Wort die Last des Erlebten leichter.

Philippes Augen hingen an ihrem Gesicht. Denn mehr als ihre Worte sagte ihm ihr Gesicht, in dem sich alles widerspiegelte; in dem er auch das lesen konnte, was sie verschwieg. Sie würde immer ihren eigenen Weg gehen, nach ihren eigenen Gesetzen leben, das bewunderte er an ihr. Sie gehörte zu jenen starken Naturen, die man demütigen kann, aber nicht beschmutzen; sie war wie ein Diamant, unzerstörbar und rein.

Auch der folgende Tag behielt die Stimmung dieser Nacht. Nach dem Frühstück ritt sie mit Philippe hinaus in den sommerlich warmen Maitag. Stunden streiften die Geschwister durch die Besitzungen, die zum Schloß gehörten. Am Abend brüteten sie über den Bauplänen, die Philippe für den niedergebrannten Wehrturm entworfen hatte. Dazwischen kam immer wieder Marianne aus der Nähstube gelaufen, holte Caroline zu Anproben. Die Mode hatte sich geändert in dem vergangenen Jahr. Die Rüschen an den Röcken saßen tiefer, die Schleifen über der Brust höher – in Gedanken war Caroline schon in Paris.

Nur drei Tage hielt es sie in Rosambou. Am Morgen des vierten Tages rollte die vierspännige Kutsche mit dem Wappen der Grafen Romme Allery aus dem Schloßhof.

20

Es war spät am Abend, als der staubbedeckte Vierspänner Paris erreichte. Caroline lehnte am Fenster der Kutsche, die sich nur im Schritt einen Weg durch das Treiben der festlich gekleideten Menschen bahnen konnte.

Es war der 1. Juni 1815. Paris feierte das Maifeld. Der Posthalter in Choisy hatte Caroline jede Einzelheit dieses Festes erzählt, das schon am frühen Morgen mit prächtigen Truppenparaden auf den grünen Auen zwischen Militärschule und Seine zu Ehren des Kaisers begonnen hatte. Aber noch immer war die ganze Stadt auf den Beinen. Auf den wolkenlosen Tag war eine Nacht von jener geheimen, erregenden Helligkeit gefolgt, die wie Wein ins Blut ging, die berauschte, ohne müde zu machen.

Als sie in den Boulevard St. Martin einbogen, hatte Caroline das Gefühl, in einen Festsaal zu fahren. Die Häuser, die Paläste, die Kirchen, die Theater, alles war illuminiert. Birkengrün, Blumengirlanden und Fahnen schmückten die Fenster. Von überallher scholl Musik. Auf den Plätzen tanzten die Menschen.

Das Palais der Grafen Romme Allery war noch erleuchtet. Vor dem Portal standen Kutschen. Als Caroline in die Auffahrt einbog, öffnete sich das Portal. Drei Männer, in dunkle Pelerinen gehüllt, schwarze Ledertaschen in der Hand, traten ins Freie. Einen davon erkannte sie: Doktor Corvisart. Sie standen eine Weile dort, lebhaft diskutierend, ehe sie sich verabschiedeten und in ihre Kutschen stiegen.

Caroline wartete, bis die Ärzte abgefahren waren. Dann erst verließ sie die Kutsche, rannte die breiten Marmorstufen hinauf. In der Halle war niemand. Caroline eilte die Treppen empor, den

Gang entlang zum Zimmer ihres Vaters. Als sie nur noch wenige Schritte davon entfernt war, trat eine Gestalt aus der Tür. Caroline fuhr erschrocken zurück, als sie die Nonnentracht bemerkte, aber dann erkannte sie die Oberin des Zisterzienserinnenklosters von St. Dizier. Die Herzogin Eliette de Lamare hielt einen Leuchter in der Hand. Als sie Caroline erblickte, legte sie einen Finger an den Mund, bedeutete ihr zu schweigen. Sie nahm Caroline am Arm, zog sie von der Tür weg.

»Mein Gott, Sie kommen gerade zur rechten Zeit. Vielleicht wird jetzt doch noch alles gut. Das war sein einziger Wunsch, Sie noch einmal zu sehen!«

»Steht es so schlimm? Die Ärzte waren gerade bei ihm?«

»Ja, sie waren bei ihm. Ich habe sie in meiner Verzweiflung geholt.« Sie hob mutlos die Schultern. »Jeder sagt etwas anderes. Im Grunde weiß ich: Ihr Vater ist kein Fall für die Ärzte. Sie hätten ihn erleben müssen – als er in St. Dizier die Nachricht von der Rückkehr des Kaisers erhielt! Er lebte auf. Und es war nicht nur, weil sein unwürdiges Versteckspiel nun ein Ende hatte. Es war die Erfüllung seines Lebens, aller seiner Träume. Und dann...« Die Oberin verstummte. »Er war ein Baum, als er St. Dizier verließ – ein Mann im Vollbesitz seiner Kraft.«

Caroline blickte überrascht auf. Sie spricht wie eine Frau, die liebt, mußte sie unwillkürlich denken. »Und dann?«

»Ihr Vater kam nach Paris. Napoleon bot ihm ein Ministerium an. Das zweite, das er nach seiner Rückkehr vergab. Das erste hatte Fouché erhalten.«

»Fouché?« Fouché, der die Pläne ihres Vaters zur Rückkehr des Kaisers hintertrieben hatte, der ihren Vater in Vincennes hatte einkerkern lassen, der ihn für immer zum Schweigen hatte bringen wollen?!

»Ja, Fouché! Mit ihm sollte Ihr Vater an einem Tisch sitzen, zusammen arbeiten – so, als ob nichts geschehen wäre.«

»Ich verstehe es nicht.« Caroline wollte nicht glauben, was sie da erfahren hatte. Es war zu ungeheuerlich. Aus dem Zimmer des Vaters drang leises Stöhnen.

»Kommen Sie, Komtesse. Je eher er Sie sieht, desto besser.« Die Oberin öffnete die Tür, betrat das Zimmer. Die Kerze auf dem Nachttisch flackerte.

»Vater!« Mit einem Aufschrei sank Caroline in die ausgebreiteten Arme. Von mehreren Kissen gestützt, saß er halb aufgerichtet im Bett. Sie konnte ihr Erschrecken nur mühsam verbergen. Seine Wangen waren eingefallen, die Haut, die sich über die Knochen spannte, war grau wie totes Gestein; am tiefsten traf sie aber der Zug tödlicher Melancholie um den Mund. Vor einem Jahr hatte man den Grafen kaum für fünfzig gehalten. Jetzt war er ein Greis, vom Tode gezeichnet. Als könnte sie ihn dadurch ins Leben zurückreißen, hatte Caroline ihre Arme immer fester um seinen Hals geschlungen. »Du machst ja schöne Sachen!« sagte sie lächelnd, obwohl ihr zum Weinen war. »Sich mitten im Sommer ins Bett legen!«

»Und du – treibst dich in der Welt herum! Laß dich anschauen. Ich glaube, du bist noch hübscher geworden.«

Jene Zartheit, deren nur die leidenschaftlichsten Herzen fähig sind, weil sie allein die Verwundbarkeit der Seele kennen, ließ Vater und Tochter in diesen ersten Augenblicken des Wiedersehens leichte, belanglose Worte sprechen.

Der Graf sah an sich hinunter. »Ich hatte keine Zeit mehr, Toilette zu machen. Du mußt entschuldigen.« Seine Gelassenheit war echt. Es war die Gelassenheit eines Menschen, der die irdischen Dinge überwunden hat. Caroline bewunderte ihren Vater, aber es war eine Bewunderung, die ihr das Herz zerriß. Sie spürte seine Todessehnsucht – und sie wollte es nicht wahrhaben. Es mußte einen Weg geben, ihn dem Leben wiederzugewinnen. »Morgen kannst du große Toilette machen. Bevor wir nach Rosambou fahren«, hörte sie sich sagen. Er ergriff ihre Hände. »Rosambou?« Es war, als besäße dieses Wort Zauberkraft. In seine erloschenen Züge kehrten Farbe und Leben zurück. »Die Felder müssen schon ganz hoch stehen.« Aber sogleich verdüsterte sich sein Gesicht. »Wer soll die Ernte einbringen, wenn es wieder Krieg gibt?«

»Philippe ist da«, sagte Caroline schnell. »Du wirst staunen. Er hat seine Liebe für das Land entdeckt. Er ist überall – bei den Pächtern, in den Ställen. Er hat sogar schon Pläne gemacht, den abgebrannten Turm wieder aufzubauen.«

Der Vater sah sie nachdenklich an. »Aber du bist doch bestimmt nicht nach Paris gekommen, um sofort wieder umzukehren.« Caroline senkte den Kopf. »Ich werde nach Rosambou gehen«, sprach der Vater weiter, als errate er ihre geheimsten Gedanken und Gefühle. »Aber du? Bitte, bring mir zuliebe keine Opfer! Es würde mich bedrücken – und es wäre sinnlos. Ich bin da angelangt, wo man nichts mehr will, nichts mehr für sich. Du hast mich damals aus Vincennes gerettet, vor Fouché. Ich bin dir dankbar dafür, und noch mehr, daß du jetzt gekommen bist. Aber versteh mich richtig, man muß den Tod hinnehmen, das Ende...«

Caroline hörte es nicht mehr, wollte es nicht mehr hören. Wieder war dieses leere tote Gefühl in ihr, wie vorhin. Napoleon! Er hatte Fouché wieder in seine alten Rechte eingesetzt, ihm wieder Macht gegeben – obwohl er von dessen Verrat wußte, obwohl er wußte, daß er ihren Vater, ihren Bruder, sie selbst mit tödlichem Haß verfolgt hatte. Sie begriff das alles nicht. Sie wußte nur: Napoleon hatte sich für Fouché entschieden. Sie sah ihren Vater an. »Ich bringe kein Opfer. Wir gehören nach Rosambou. Du, Philippe und ich. Ich bin gekommen, dich zu holen. Paris ist Gift!«

Er sah sie an. Sein Lächeln war milde, voller Weisheit. »Unsere Träume sind Gift – wenn sie mit der Wirklichkeit nicht mehr übereinstimmen. Napoleon Bonaparte, Kaiser eines neuen Frankreich – das war mein Traum. Und er wird es bleiben, auch wenn ich daran sterbe. In meinem Alter ist es zu spät, sich neue Träume zu suchen. Aber du! Für dich war Napoleon immer etwas anderes. Und vielleicht gibt es den Mann, von dem du geträumt hast, noch – vielleicht gibt es ihn erst jetzt, wo der andere gestorben ist. Es wäre das letzte, was ich wollte: zwischen euch zu stehen.«

Sie hatte den verschlüsselten Sinn seiner Worte sehr wohl verstanden. Er hätte sie nicht verurteilt, wenn sie, trotz allem, was geschehen war, geblieben wäre. Einen Augenblick spürte Caroline die Verlockung. Als heimliche Kaiserin würde sie die Macht haben, Fouché, ihren Feind, zu Fall zu bringen. Welch ein Triumph!

»Überlege es dir gut«, hörte sie die Stimme des Vaters.

»Ich brauche nicht mehr zu überlegen.« Sie fühlte sich wie befreit durch die Entscheidung, die sie in diesem Augenblick getroffen hatte. »Morgen früh fahren wir. Wenn du willst.«

Der Graf ergriff die Klingel, die auf dem Tischchen neben dem Bett stand. Die Geste war bestimmt und entschlossen. Die Oberin erschien. Der Graf hatte sich aufgesetzt, seine Augen leuchteten. »Wir werden Paris verlassen. Schon morgen. Simon soll kommen, damit ich ihm meine Anweisungen geben kann.« Die Oberin sah vom Grafen zu Caroline. Dann nickte sie, und für einen kurzen Moment trat Wärme in dieses abgeklärte, kühle Gesicht. Der Graf deutete auf das Tischchen. »Die Medikamente werden wir nicht mitnehmen.«

Im Reisekostüm, so, wie sie am Abend zuvor in Paris angekommen war, ging Caroline noch einmal durch die Räume. Erinnerungen stiegen in ihr auf. Das große Fest, das ihr Vater gegeben hatte. Die vielen Anproben mit Leroy, der Ball, den sie und der Herzog Belômer mit einem Walzer eröffnet hatten. Tanzen, sorglos sein, ausgelassen. Sie dachte voller Sehnsucht daran. Würde es immer so sein, daß sie nur nippen durfte am Glück? Es klopfte an der Tür. Die Oberin trat ein. Ihr Gesicht war verschlossen. »Der Kaiser. Er erwartet Sie in der Halle.« Die Züge der Oberin verrieten nichts von dem, was sie empfand. »Versuchen Sie, Ihrem Vater eine Begegnung zu ersparen.«

Caroline nickte stumm. Sie war schon an der Tür, als sie noch einmal umkehrte. Sie nahm die durchbrochenen Handschuhe von der Spiegelkonsole. Sie streifte sie über ihre Hände, die immer noch rauh und voller Risse waren von der Zeit beim Zirkus Zocco.

Ihr Herz klopfte zum Zerspringen, als sie, eine Hand auf dem Marmorgeländer der Freitreppe, hinunterschritt. Äußerlich gelassen, war es ihr, als müßten ihr im nächsten Augenblick die Beine den Dienst versagen. Halb abgewandt stand er in der hohen dämmrigen Halle. Jetzt hatte er ihre Schritte gehört. Er drehte sich um, aber er kam ihr nicht entgegen. Caroline hatte ihm um den Hals fallen wollen – aber etwas in seiner Haltung hemmte sie. »Majestät!« Die Stimme gehorchte ihr kaum.

Seine Augen ruhten ernst auf ihr – wie damals in St. Dizier, als sie sich zum erstenmal begegnet waren. Sie machte eine hilflose Geste. »Bitte, kommen Sie in die Bibliothek.« Verwirrt und erschreckt über das Sie, das sie gebraucht hatte, ging sie voran, öffnete die Tür. Durch die Ritzen der vorgelegten Holzläden fiel spärliches Licht in den Raum. Auch hier waren Stühle und Sessel mit Schonbezügen versehen. Napoleon blickte sich um. »Man verläßt Paris, wie ich sehe.« Seine Stimme klang förmlich, fast kalt.

»Ja, mein Vater geht nach Rosambou. Die Ärzte haben uns wenig Hoffnung gelassen. Wenn ihn noch etwas retten kann, dann das.« Warum fragte er nicht nach ihrem Vater? Nur ein Wort, eine Geste für den Mann, der ihm zeit seines Lebens treu gedient hatte.

Napoleon senkte den Kopf. »Alle verlassen mich. Alle. Als hätte ich die Pest. Nur die Aussätzigen bleiben, die Krüppel, die Kreaturen.«

Caroline trat auf ihn zu. »Er ist mein Vater.«

Sein Blick flammte auf. »Tue nicht, als verstündest du mich nicht! Dein Vater ist nicht der wahre Grund. Der wahre Grund ist Fouché. Er steht zwischen uns. Aber ich brauche ihn. Politik und Gefühle haben nichts miteinander zu tun. Ein Kaiser, der mit dem Herzen regiert – ist verloren. Ich brauche einen Mann wie Fouché. Ich brauche seine Spitzel. In London, in Berlin, in Wien, am Zarenhof. Durch ihn erfahre ich, was sie gegen mich planen, erfahre es rechtzeitig. Man muß mit dem Teufel paktieren...« Genau das waren auch die Worte ihres Vaters gewesen, damals, bevor sie nach Nevers aufgebrochen war.

»Und wenn er dich wieder verrät?«

»Das wird er nicht. Er haßt mich, aber er dient mir, denn noch bin ich in Frankreich.« Über sein Gesicht ging ein Schatten. »Früher geschah, was ich wollte. Jetzt muß ich tun, was andere wollen.«

Caroline beobachtete ihn betroffen. Nie zuvor hatte sie ihn so erlebt. Die innere Unsicherheit, die er nur mühsam verbarg, die Zweifel an der eigenen Kraft. Was war mit ihm geschehen? Sie spürte, daß er litt, und sie litt mit ihm – aber verstehen konnte sie ihn nicht.

Bitter fuhr er fort. »Nichts ist geblieben, alles ist mir in den Händen zerronnen. Alles! Der ärmste Mann in Frankreich hat eine Frau, die ihn liebt, ein Zuhause, Kinder.« Plötzlich straffte er sich. »Sie wollen Krieg – sie sollen ihn haben!«

Caroline trat zu ihm, legte die Hand auf seinen Arm. »Du hast einmal zu mir gesagt, das Schicksal, das sind wir selber. Nichts zwingt uns. In dem Augenblick, wo wir gegen unseren Willen handeln, hören wir auf, Menschen zu sein. Muß dieser Krieg sein? Es werden wieder Menschen sterben.« Sie sah an seinem Blick, daß ihre Worte ihn nicht erreichten.

»Denkst du noch an unsere Pläne. Amerika...«

Er wandte sich schroff ab. »Davonlaufen? Wie ein Feigling?«

Er verstand sie nicht. So wenig, wie sie ihn in diesem Augenblick verstand.

Den Gang kamen schwere Schritte entlang. Die Tür der Bibliothek flog auf. »Komtesse, wir sind soweit.« Simon fuhr verlegen zurück, als er den Kaiser erblickte. »Verzeihen Sie. Ich wußte nicht«, murmelte er und zog sich zurück. Die Tür schloß sich hinter ihm.

Sie sahen sich an. Sie wartete auf ein Wort, auf ein einziges Wort, aber er schwieg. Er schien nicht einmal mehr zu sehen. Er zog sie an sich. Sie hielten sich umschlungen, als wäre diese stumme Umarmung das einzige, was ihre geheimen Ängste und Ahnungen bannen könnte...

Gewitterschwüle lastete über dem Land, eine dumpfe, brütende Hitze.

Sie waren jetzt schon den vierten Tag unterwegs. Immer wieder hatten Militärkolonnen die Straßen blockiert. Stundenlang hatten sie nur im Schritt fahren können. Erst in St. Dizier hatten sie die Spitze der napoleonischen Truppen, die auf dem Marsch an die

Ostgrenze waren, überholen können. Die dunkle Wolkenwand im Westen türmte sich immer höher auf. Simons Peitsche zischte über die schweißnassen Rücken der Pferde. Er wollte noch vor dem Gewitter Rosambou erreichen.

Sie hatten die Hauptstraße verlassen, fuhren durch den Laubwald, der sich wie ein Dach über den Weg wölbte. Caroline beugte sich weit aus dem Fenster. Am Ende des Weges tauchte das Schloß auf, dann kam die Kutsche knirschend zum Stehen. Simon legte die Bremsen ein. Eine seltsame Stille lag über dem Schloß, verstärkte noch seinen düsteren Eindruck. Warum kam niemand? Warum öffnete niemand das Tor?

Simon wollte durch die Seitenpforte den Schloßhof betreten, um das Haupttor von innen zu öffnen, aber die Seitenpforte war verschlossen. Er hämmerte mit dem eisernen Klopfer gegen das Holz. Caroline hielt es vor Ungeduld nicht mehr in der Kutsche. Sie sprang heraus, sah sich um – und stutzte. Aus den schmalen Scharten der beiden Türme, die das Tor flankierten, schoben sich Gewehrläufe, eine unsichtbare, unbekannte Stimme rief: »Wer seid ihr? Was wollt ihr?«

Simon, den nicht leicht etwas aus der Fassung brachte, lief rot an. »Was wir wollen? Daß ihr aufmacht! Sofort. Der Graf Romme Allery ist da!« Einen Augenblick herrschte Stille. Die Gewehre verschwanden nicht, blieben auf die Kutsche gerichtet. Das Tor blieb verschlossen. Da erblickte Caroline die Gestalt ihres Bruders auf dem Turm. Er winkte ihr zu, gab ein Kommando. Das Tor schwang auf. Simon führte die Pferde am Zügel. Der zweite Wagen mit dem Gepäck, den Batu lenkte, folgte.

Der Graf winkte ab, als die Oberin und Caroline ihn stützen wollten. Er verließ die Kutsche. Und dann standen sich Vater und Sohn gegenüber. Hier hatte der Graf seinen Sohn aus den Flammen des brennenden Wehrturms gerettet; hier hatte er ihn verstoßen, den Deserteur des Kaisers. Immer noch standen sie sich stumm gegenüber, als Caroline sagte: »Oh, ihr Männer, was macht ihr es euch so schwer! Wollt ihr euch nicht umarmen?«

Plötzlich lächelte der Graf, breitete die Arme aus, umfing seinen Sohn mit einer steifen Umarmung. »Alle Achtung«, sagte er, um seine Rührung zu verbergen. »Du führst ein strenges Regiment.« Der Schloßhof war ein einziges Feldlager. Planwagen standen im Karree vor den Wirtschaftsgebäuden. Bauernburschen waren dabei, das Mauerwerk der Wehrtürme zu befestigen. Der Graf hatte sich umgeblickt. »Ist der Feind schon so nahe?«

»Nicht der Feind, Vater.«

Einer der Bauern trat vor und verbeugte sich. »Verzeihen Sie, Herr Graf«, sagte er unbeholfen, »nicht, daß Sie glauben, Ihr Sohn hätte uns aufgewiegelt. Wir sind es, die zu ihm gekommen sind, die letzten Männer von Arcis-sur-Aube, die letzten Söhne. Wir haben dem Kaiser treu gedient... Immer. Wir haben nicht an unsere Frauen gedacht, an unsere Höfe. Aber jetzt ist es Zeit, daß wir an sie denken. Dieser neue Krieg ist nicht mehr unser Krieg.«

Der Graf starrte in sein Gesicht und die Gesichter der anderen Bauern, die einen Kreis um sie gebildet hatten. Dann nickte er stumm, wandte sich zum Gehen. Er hatte die Freitreppe gerade erreicht, als draußen vor dem Tor Lärm entstand. Gewehrkolben hämmerten gegen die Holzbohlen des Tores, ein Schuß zerriß die Stille. Die Bauern hatten ihre Waffen ergriffen, liefen an ihre Posten. »Nicht schießen!« schrie Philippe beschwörend. »Keiner schießt!« Er rannte zum Tor, öffnete den kleinen Spion in der Seitenpforte aus dickem Holzgebälk. Vier Reiter waren abgesessen.

»Wir suchen einen Philippe Romme Allery«, sagte einer der Uniformierten, ein Hauptmann.

»Ja – das bin ich.«

»Öffnen Sie!«

Philippe gab zwei Bauern ein Zeichen. Sie öffneten das Seitentor. Die vier Männer stürmten in den Hof, stutzten, als sie sich von Bauern umringt sahen, die mit Flinten, Hacken und schweren Dreschflegeln bewaffnet waren. Der Hauptmann zog ein gefaltetes Blatt aus seiner Ärmelstulpe. Er wandte sich an Philippe. »Ich habe Befehl, Sie zu verhaften.«

Um Philippes Mund lag ein Lächeln. Er warf einen Blick auf die Bauern. In ihren Gesichtern stand die ruhige leidenschaftslose Entschlossenheit einfacher Menschen. »Und den Grund?« fragte er. »Darf man ihn erfahren?«

»Hochverrat!« Der Hauptmann wies auf die Bauern. »Es ist besser, Sie folgen uns freiwillig.«

Ein plötzlicher heftiger Wind wirbelte Staub auf. Ein erster greller Blitz zuckte durch das tiefe Gewölk. Die Bauern hatten ihren Kreis noch enger um die vier Uniformierten geschlossen. Plötzlich wichen sie auseinander, machten dem Grafen Platz, der zu ihnen trat.

»Was gibt es?« fragte der Graf, ohne ein Zeichen von Erregung. »Wer soll verhaftet werden? Und von wem?«

Der Hauptmann salutierte. Er schien verlegen. Seit einer Kriegsverletzung vor sechs Jahren war er der Exekutive unterstellt, und es war nicht das erstemal, daß er im stillen auf seinen neuen Beruf fluchte. »Wir haben Befehl«, begann er stockend, »Ihren Sohn zu verhaften und ihn nach Vincennes zu bringen. Man hat ihn denunziert, Spitzeldienste für England zu leisten.«

Unter den Bauern erhob sich drohendes Gemurmel. Philippe sah den Grafen an. »Das ist lächerlich, nur ein Vorwand.« Er wandte sich an den Hauptmann. »Kann ich den Haftbefehl sehen?«

Der Hauptmann reichte ihm das Blatt.

Philippe überflog es. »Ich wußte es ja!« stieß er leise hervor. Er ließ die Hand sinken. Dann sagte er unvermittelt: »Gut, ich komme mit.«

»Einen Moment!« Der Graf streckte die Hand aus. »Zeig mir den Befehl!«

Caroline hätte in diesem Augenblick ihren Vater am liebsten an der Hand genommen, ihn weggeführt. Sie ahnte die Wahrheit, und sie hatte Angst. Aber der Graf nahm Philippe den Befehl aus der Hand, mit einer Bestimmtheit, die keinen Widerspruch duldete.

Die beiden Wolkenwände hatten sich vereinigt: Der Nachmittag war in jene tiefblaue flirrende Dämmerung des Gewitters getaucht, durch die eine vertraute Umgebung mit einem Schlag fremd und unwirklich wird. Blitze, unter denen sich das Firmament zu erheben schien, zuckten auf. Carolines Augen hingen an dem Dokument in den Händen ihres Vaters. Auch sie hatte jetzt Fouchés Unterschrift entdeckt.

Hoch aufgerichtet stand Graf Romme Allery da. Nur das leise Zittern das Blattes in seinen Händen verriet, was in diesem Augenblick in ihm vorging. Keiner der Männer sah ihm an, daß er eben den Streich erhalten hatte, von dem er sich nicht mehr erholen sollte. Sie spürten nur die unbesiegbare Kraft dieses Mannes – sahen nur den flammenden Haß in seinen Augen. »Sagen Sie Herrn Fouché, dem Herzog von Otranto«, sagte er, scheinbar ruhig, »sagen Sie ihm, hier auf diesem Boden, in diesen Mauern – gilt sein Wort nichts.« Er riß den Befehl entzwei, warf die Fetzen dem Hauptmann vor die Füße. »Nichts gilt sein Wort. Nichts!«

Der Hauptmann wollte etwas erwidern, aber da traten die Bauern vor. Sie hoben ihre Waffen. Die vier Uniformierten wichen vor dieser schweigenden, drohenden Menschenmauer zurück.

Der Hufschlag der vier Pferde entfernte sich, und noch immer starrte der Graf zum Tor. Plötzlich ging eine Bewegung durch seine hohe Gestalt, so, wie wenn der Sturm in die Krone eines Baumes greift. Mit der rechten Hand faßte er sich an die Brust. Seine Züge verzerrten sich qualvoll, an den Schläfen traten die Adern dunkel hervor. Er wandte sich um, schritt auf das Haus zu, die Schultern hochgezogen, die Schritte steif und unsicher. Caroline und Philippe hatten ihn in die Mitte genommen. Aber auf den Stufen der Freitreppe verließ ihn die Kraft. Bewußtlos sank er in ihren Armen in sich zusammen. Simon, der herbeigeeilt war, und Philippe trugen den Grafen ins Haus. Caroline lief voraus, schlug das Bett auf. Sie legten ihn darauf. Caroline öffnete die Jacke, knöpfte das Hemd über der Brust auf. »Simon, schnell einen Schwamm, Branntwein, Tücher – und einen Arzt!«

In diesem Augenblick schlug der Graf die Augen auf. Er schüttelte den Kopf. »Ich habe keine Zeit mehr – für einen Arzt.«

»Sage so etwas nicht, Vater.« Caroline versuchte ein Lächeln.

Simon war zögernd an der Tür stehengeblieben. Der Graf hob abwehrend die Hand. »Keine Geschichten, Simon. Laß mich mit den Kindern allein.« Der Graf hatte die Augen geschlossen. Er kämpfte um jeden Atemzug. »Steckt mir ein paar Kissen unter den Kopf«, flüsterte er. »Und hört auf, euch Sorgen zu machen.«

Philippe stützte den Grafen. Caroline schob ihm Kissen unter den Rücken. Der Graf hatte ihre Hände genommen. Mit leiser Stimme begann er zu sprechen. »Es ist gut zu wissen, daß ihr zusammenhaltet. Versprecht mir, daß es so bleibt, dann kann ich ruhig sterben.« Seine Finger strichen tröstend über ihre Hand. »Der Tod ist nichts Schlimmes. Wir sterben jeden Tag. Jeden Tag geht ein Teil unseres Lebens dahin, von Geburt an... Warum sollte die letzte Stunde schrecklich sein.«

Caroline spürte den Frieden, der aus seinen Worten sprach, die Weisheit; aber es war eine Weisheit, die sie nicht zu trösten vermochte. Ihre Tränen waren Tränen der Verzweiflung – und ohnmächtigen Zorns. Wenn ihr Vater starb, dann war es Fouché, der ihn getötet hatte.

Über das Gesicht des Grafen huschte ein Lächeln, das Caroline so wenig begriff wie seine Worte. »Begrabt mich mit der Fahne von Marengo; sie ist noch im Gepäck – trotz allem, was geschehen ist. Und trage keine Trauerkleider! Geht nicht flüsternd durch das Haus, auf Zehenspitzen. Macht mir das Sterben nicht schwer durch Tränen. Alles soll sein, wie es immer war...«

Am anderen Tag hatte sich der Graf sein Lager an das Fenster rükken lassen, von dem aus er in den Schloßpark schauen konnte. Durch die Lichtung ließ er seinen Blick hinausgehen in das Land, auf die wogenden Felder, und noch weiter bis dorthin, wo im flimmernden Licht des Hochsommers Erde und Himmel eins wurden.

Es war weder Bitternis noch Trauer in ihm. Er schien sich nur jeden Tag weiter zu entfernen. Wenn er aus den tiefen Bewußtlosigkeiten, die sich in immer kürzeren Abständen wiederholten, erwachte, glich er einem Fremden, der von weit her kam...

Graf Frédéric Auguste de la Romme Allery starb, wie er gelebt hatte. Das Schicksal hatte seine Träume vernichtet, aber es hatte sein Herz nicht besiegen können. Er starb, wie alle Männer aus dem Geschlecht der Romme Allery vor ihm gestorben waren. Sie alle hatten die Schwelle in die andere Welt überschritten, als ginge man von einem Zimmer ins andere.

Am Morgen des 11. Juni 1815 fanden sie ihn tot.

21

Fast täglich kamen Kuriere mit Briefen. Die Bauern kampierten im Hof, die Wachttürme von Rosambou waren Tag und Nacht mit Posten besetzt, und wenn die Kuriere kamen, öffneten sie nicht das Tor. Sie mußten ihre Briefe durch den Spion hereinreichen.

Es waren hastig hingeworfene Briefe voll Sehnsucht – Ausbrüche einer verzweifelten Leidenschaft. Worte voll rührender Zärtlichkeit, Bitten, zu ihm zu kommen. Aber in Caroline weckten sie eher Unruhe und Ratlosigkeit. Niemand machte eine Bemerkung, niemand fragte sie, aber sie spürte deutlich, wie diese Botschaften zwischen ihr und den anderen standen. Sie wußte, daß sie sich zu entscheiden hatte und daß jeder Tag, den sie vergehen ließ, die Entscheidung nur hinausschob.

Dann kam der 18. Juni. Der Tag verging in Ungewißheit; dann wußte man in Rosambou, was in Waterloo geschehen war. Der Kaiser geschlagen. Auf der Flucht. Die wildesten Gerüchte erreichten Rosambou. Plötzlich gab es kein Zögern mehr für Caroline. Sie wußte, was sie zu tun hatte. Ihr Blick fiel auf den Schreibsekretär. Sollte sie Philippe ein paar Zeilen hinterlassen? Es war gegen ihr Wesen, sich wie ein Dieb davonzuschleichen, einen Entschluß nicht offen zu bekennen. Trotzdem: Sie würde Rosambou heimlich verlassen, denn das, was sie zwang, Napoleon zu folgen, war nicht mit Worten zu erklären. Und selbst wenn sie die richtigen Worte gefunden hätte, würde sie geschwiegen haben – aus Scheu, an Dinge zu rühren, die nur sie beide angingen. Noch ein letztes Mal blickte sie sich im Raum um. Dann öffnete sie die Tapetentür, eilte die schmale Gesindestiege hinunter und verließ das Schloß über das Treppchen, das vom Bügelzimmer in den Park führte, um Batu zu suchen. Plötzlich war ihr, als folge ihr jemand. Sie drehte sich um und starrte erschrocken auf den Mann in dem dunklen Umhang. Erst als er vor ihr den Hut zog, erkannte sie den Herzog von Belô. So fremd, wie seine Stimme geklungen hatte, so fremd wirkte seine Erscheinung. »Sie?«

»Ja, ich. Und ich sehe, ich komme zur rechten Zeit. Sie wollen verreisen? Ich sage nein! Was Sie vorhaben, ist Wahnsinn.«

»Woher wollen Sie wissen, was ich vorhabe?« Sie hatte sich gefaßt. »Sie können mir nichts befehlen. Sie verstummte. Seine Augen erschreckten sie. Sie fühlte sich durchschaut.

»Nein«, sagte er, »ich kann Ihnen nichts befehlen. Dennoch sollten Sie mich anhören. Sind Sie wirklich so naiv, daß Sie die Gefahr nicht sehen, in die Sie hineinrennen? Lassen wir beiseite, daß Sie zu Napoleon wollen. Das ist Ihre Sache. Aber es ist nicht Ihre Sache allein, daß Sie Fouché in die Hände laufen. Sie gefährden damit auch uns.«

»Fouché? Was hat Fouché damit zu tun?«

»Sie sind wirklich blind! Für Ratten wie ihn gibt es keinen günstigeren Augenblick als diesen. Begreifen Sie das immer noch nicht?« Er riß sich den dunklen Umhang über der Brust auf, als drohe er zu ersticken. »Ihr Vater war ein Mann, ein furchtloser Mann, ein Baum, und dennoch war Fouché stärker. Er hat den Baum gefällt. Und Sie Pflänzchen wollen ihm Widerstand leisten?«

»Ich begreife nicht.«

»Ihr Vater ist tot! Aber glauben Sie nur nicht, das genüge einem Mann wie Fouché. Er ist gründlich. Er wird nicht eher ruhen, bis es die Romme Allerys nicht mehr gibt. War Ihnen Piombino keine Lehre?«

»Piombino? Was hatte Fouché damit zu tun?«

»Ihr Instinkt müßte Ihnen sagen, wo die Fäden zusammenlaufen!« fuhr der Herzog beschwörend fort. »Monsignore Neri war nur sein Werkzeug!«

»Das ist nicht wahr!«

»Ich weiß, daß es wahr ist. Und daß der Herzog von Otranto sich ins Fäustchen gelacht hat: Die Tochter seines Todfeindes spielt ihm in die Hände. Sie raubt den Sohn des Kaisers. Er rettet ihn. Nun verdankt er Ihnen, daß er am österreichischen Kaiserhof ein Alibi auf Lebenszeit hat. Erkennen Sie endlich, daß er seine Handlanger überall hat? In den Salons, den Bordellen und den Klöstern. Lassen Sie die heroische Pose. Sie sind ihm nicht gewachsen.«

»Aber Sie! Sie sind ihm wohl gewachsen!« Noch während sie die Worte sprach, wußte sie, daß sie ihm unrecht tat, aber ihre Erregung riß sie mit sich fort. Sie wollte ihm unrecht tun. Sie wollte ihn verletzen. »Ich weiß, daß Fouché Ihre Familie ausgerottet hat – und was tun Sie? Sie plaudern mit dem Mörder Ihrer Familie, scherzen mit ihm, spielen mit ihm Karten. Ich habe es mit eigenen Augen gesehen.«

»Einen Gegner wie ihn kann man nur mit den eigenen Waffen vernichten.« Die Stimme des Herzogs war plötzlich von einer unheimlichen Ruhe. »Mit Heuchelei, mit Verstellung, mit List.« Er verstummte, wie jemand, der nahe daran war, zu viel zu sagen. Er ergriff ihre Hand. »Kehren Sie um. Um Ihrer selbst willen. Ich bitte Sie darum.« In dem Blick, mit dem er sie ansah, war jenes geheime Etwas, welches auch das unerschrockenste Herz unsicher gemacht hätte. Eine Pause entstand, schwer und beklommen von dem stummen Widerstreit der Gedanken und Gefühle. »Damals ist es mir nicht gelungen, Sie zurückzuhalten. Ich habe mir tausend Vorwürfe gemacht, daß ich Sie nicht gezwungen habe. Und doch. Ich kann Sie auch jetzt nur bitten.«

Sie wich seinem Blick aus. Er liebte sie, liebte sie immer noch. Vor einem Jahr hatte sie darüber gelächelt, da hatte diese Liebe nur ihrer Eitelkeit geschmeichelt. Jetzt fühlte sie sich betroffen, zutiefst verwirrt. Wie um sich zu schützen vor den fremden Kräften, die auf sie einstürmten, beschwor sie Napoleons Bild. »Ich kann nicht zurück«, sagte sie. »Verstehen Sie doch.«

»Lieben Sie ihn so sehr?«

Caroline senkte den Kopf. Er braucht mich, dachte sie, jetzt mehr als je zuvor – aber sie sprach es nicht aus. Sie war zu jung, zu leidenschaftlich, zu absolut, um in diesem Augenblick zu ermessen, was dieses ›Er braucht mich‹ bedeutete. »Ich verstehe.« Der Herzog ließ ihre Hand los.

»Nein, Sie verstehen nicht.« Sie suchte nach Worten, aber dann warf sie sich schluchzend in die Arme des Mannes. Er hielt sie umfangen, keines Wortes, keiner Geste fähig. Endlich richtete sich Caroline wieder auf. »Verzeihen Sie! Und vielen Dank! Ich werde auf mich achtgeben.«

Er antwortete nicht. Wie er gekommen war, verschwand er wieder.

22

Sie saßen in der Laube aus wildem Wein, in dem kleinen verträumten, von einer halbhohen Mauer umgebenen Garten hinter dem Haus. Der Morgen, prall von Wärme und Licht, schien die Schatten der Nacht getilgt zu haben.

Über den gepflasterten Weg kam die Zofe, stellte die Kännchen mit dem Tee und der heißen Milch auf den Tisch; schlug das weiße Tuch von dem Körbchen, in dem die duftenden, noch warmen Brötchen lagen. »Wenn Majestät noch etwas wünschen...« Sie wurde rot, knickste und entfernte sich. Caroline nahm die Teekanne, schenkte ein. Über Napoleons Gesicht, in dem noch die Spuren der Strapazen und die Bitternis der Niederlage standen, huschte ein Lächeln. »Weiß du überhaupt noch, wieviel Zucker ich nehme?«

Sie sagte nichts, sondern nahm schweigend vier Stück Zucker für ihn. Dann schnitt sie eines der Brötchen auseinander, bestrich es mit Butter, legte es auf seinen Teller. »Willst du nicht davon essen? In Mexiko wird es keine so guten Brötchen mehr geben. Aber ich hoffe, das ist das einzige, was du vermissen wirst.«

Er sah sie an. »Mexiko?«

»Ja, Mexiko oder Panama oder Kolumbien oder Kalifornien. Nur weit weg von hier! Heute nacht im Traum hast du geredet. Ich habe nur ein Wort verstanden: Mexiko.«

Er sah vor sich hin. »Es soll viel Ähnlichkeit mit Korsika haben. Es soll Silber geben und Edelstein. Du wirst ein Bad bekommen – aus lauter Saphiren, so dunkel wie deine Augen.«

»Und wann fahren wir?«

Ein Schatten ging über sein Gesicht. »Draußen im Hafen von Rochefort liegt ein englischer Kreuzer. Meine zwei Fregatten kommen nicht bis zum Leuchtturm.«

»Wenn du es wirklich willst, kann uns niemand aufhalten. Wir werden ein anderes Schiff finden, einen holländischen oder amerikanischen Frachter. Bitte, laß uns diesmal wirklich gehen. Und laß uns bald gehen!«

»Mein ganzes Geld ist in Paris.«

»Ich habe meinen Schmuck dabei. Dafür können wir halb Mittelamerika kaufen.« Sie lächelte ihm zu. Aber die Heiterkeit dieses Morgens, so zart und zerbrechlich wie eine Seifenblase, war zerstoben.

Er schob den Teller weg. Er hatte nichts angerührt. Er blickte über sie hinweg. Dann sagte er: »Es ist noch etwas anderes. Versteh mich – ich habe gewartet auf dich. Ich habe die Stunden gezählt. Ich habe auf jede Kutsche gelauert, auf jeden Kurier. Ich hätte Paris schon viel eher verlassen. Und gleichzeitig habe ich gehofft, du mögest nicht kommen. Nein, sage nichts. Ich hätte dich niemals an mich fesseln dürfen. Ich sollte dich zurückschicken – jetzt noch. Aber ich habe die Kraft nicht.«

Caroline hatte sich erhoben. Sie trat zu ihm. Draußen, von der Straße her, klang Trommelwirbel, Caroline horchte auf. Und dann hörte sie die Stimme, laut schreiend, unverkennbar. Sie lief zur Mauer, stieg auf die Steinbank. Durch die dichten Zweige der Hagebuttensträucher sah sie auf die Straße. Mitten in einem Schwarm Gassenjungen stand Zocco – groß und kraftstrotzend in der zinnoberroten türkischen Pluderhose, dem knappen silberbestickten Bolero. Caroline sprang von der Bank. Napoleon sah sie erstaunt an. »Seit wann interessierst du dich für Zirkus?«

Sie lachte. »Seit ich selber dabei war!«

»Du?«

»Ja! Ich werde es dir erzählen, später, in Mexiko. Ich bin gleich wieder da.« Damit lief sie zur Gartenpforte, schob den schweren eisernen Riegel zurück und trat auf die Straße. Zocco war weitergegangen, die Trommel umgehängt, das Äffchen auf der Schulter. Sie lief zu ihm. »Zocco!«

Er starrte sie an, dann erst erkannte er sie. Seine Zähne blitzten in dem sonnenverbrannten Gesicht. »Die Ausreißerin!« Er sah sie von oben bis unten an. »Wie muß ich Sie denn jetzt anreden?«

»Wie du willst. Und ihr? Wie geht es euch? Was machen Rosaria und Estrella? War sie sehr böse auf mich?«

»Sie hat so getan, aber heimlich war sie sogar froh, als du weg warst. Ganz geheuer warst du ihr nie.«

»Wie kommt ihr hierher?«

»Wir können es uns nicht aussuchen. Frankreich ist klein geworden, selbst für einen kleinen Zirkus.«

»Seid ihr schon lange hier?«

»Seit zwei Tagen. Heute geben wir die Abschiedsvorstellung. Es wird unsere allerletzte sein. Wir gehen nach Amerika! Übers große Wasser mit Sack und Pack und allen Tieren, eine ganze Arche Noah. Ich hab' genug von Frankreich, von der großen Nation und ihrem Kaiser. Ich habe keine Lust, hier zu krepieren.«

»Und wann werdet ihr fahren?« Daß sie Zocco hier getroffen hatte – war es nicht wie ein Fingerzeig des Schicksals?

»Ein amerikanischer Frachter nimmt uns mit«, hörte sie Zocco sagen.

»Er läuft von Rochefort aus?«

»Ja, morgen in aller Frühe.«

»Wo finde ich den Kapitän?«

Der Artist runzelte die Augenbrauen. »Schon wieder mal ausreißen?« Er drehte sich um, deutete auf eine schmale Gasse. »Wenn du da hinuntergehst, kommst du zum Hafen. Rechts, der erste Gasthof ›Zu den vier Winden‹. Vielleicht erreichst du ihn dort noch. O'Toole heißt er.«

»Danke, Zocco. Wir sehen uns noch.«

O'Toole war nicht mehr in den ›Vier Winden‹. Aber der Wirt, dem die schöne Fremde in dem eleganten Kleid aus scharlachroter Chinaseide gefiel, erbot sich, ihr zu helfen. »Er ist eben erst gegangen, er kann noch nicht weit sein«, meinte er, während sie zum Hafen eilten. Am Kai angekommen, setzte er die Hände an den Mund und schrie den Namen des Kapitäns. Aus einer der beiden Barkassen, die an der Mole festgemacht hatten, erhob sich ein Mann. »Das ist O'Toole.« Der Wirt deutete auf den Mann in der leuchtend weißen Uniform. Caroline dankte dem Wirt und eilte die Mole hinaus.

O'Toole war aus der Barkasse gestiegen. »Was gibt es, Mademoiselle?« Er legte die Hand leicht an die Mütze. Sein Französisch klang breit und schwerfällig.

»Haben Sie noch Platz für einige Personen?«

Er sah sie nachdenklich an. In sein junges sommersprossiges Gesicht hatten Wind und Sonne um Augen und Mund feine Risse gegraben. »Es ist ein Frachter. Ein gutes Schiff, aber eben ein Frachter, ohne jeden Luxus.«

»Das ist gleichgültig.« Caroline hatte englisch geantwortet. In die schmalen hellen Augen des Mannes trat ein Lächeln. »So unterhalte ich mich schon lieber. Mit dem Französischen bricht man sich die Zunge. – Also, Plätze hätte ich schon. Aber es ist nicht billig. Die Konjunktur ist gut, verstehen Sie? Das muß man ausnützen. Es scheint, als hätten plötzlich alle Franzosen Frankreich satt. Fünfzig Louisdor pro Person müßte ich schon verlangen. Auf die Hand. Das soll kein Mißtrauen sein, aber...«

Caroline hatte schnell entschlossen den Saphir vom Finger gestreift. »Nehmen Sie das als Pfand?«

Der Mann ließ den Ring in seine flache Hand rollen. Die kleinen Brillanten, die den Saphir umgaben, funkelten im Licht. Dann nickte er. »Sie müssen morgen um fünf Uhr hier sein. Eine Barkasse wird Sie an Bord bringen. – Und wen darf ich erwarten?«

Caroline zögerte einen Augenblick. »Monsieur Muiron mit Frau und drei Bediensteten«, sagte sie dann.

Er legte die Hand an die weiße Mütze. »Ihr Diener, Madame Muiron.« Er sprang in die Barkasse.

Sie lächelte ihn an – und in diesem Lächeln war die ganze überschwengliche Freude, die sie in diesem Augenblick empfand. Das blauschwarze Haar fiel Caroline in die Stirn, die grauen Augen schienen nichts wahrzunehmen. Der Wirt von den ›Vier Winden‹ zog tief den Hut und schaute dann, als Caroline vorüberging, ohne ihn zu beachten, halb enttäuscht, halb bewundernd hinter ihr her.

Caroline war weit fort in Gedanken, ganz erfüllt von ihrem Triumph. Sie bog in die schmale Gasse ein, begann wieder zu laufen, bis sie das Palais der Baronin Evry erreicht hatte. Plötzlich stand sie wieder vor dem angelehnten schmiedeeisernen Eisenpförtchen, durch das sie ins Freie getreten war. Sie drückte es auf. Ihre Augen suchten Napoleon. Er saß auf der Bank unter dem Magnolienbaum. An einigen Knospen waren schon die grünen, seidig glänzenden Blätter aufgesprungen, und die perlmutterfarbenen Blüten drängten sich wie kostbare Perlen hervor. Der ganze Garten war von ihrem zugleich einschläfernden und erregenden Duft erfüllt. Caroline schloß das Pförtchen hinter sich, schob den Riegel vor. Er sah auf, als sie auf ihn zueilte. Er schien weder erstaunt noch erfreut, sondern sagte fast tadelnd: »Was ist denn in dich gefahren?«

»Ich war am Hafen.« Sie lächelte geheimnisvoll. Ihre Freude war viel zu groß, um durch irgend etwas getrübt zu werden. »Am Hafen?« Er runzelte die Stirn. »Um dir die ›Bellerophon‹ anzusehen? Hast du mir nicht geglaubt, daß wir hier wie Gefangene sind?«

»Der lächerliche Kreuzer mit seinen paar Kanonen?« Sie war zu sehr Frau, um diesen Augenblick nicht ganz auskosten zu wollen. »Wir werden unter ihren Augen auslaufen. Mit einem Amerikaner.« Sie sagte es, als sei das die größte Selbstverständlichkeit. »Morgen früh um fünf erwartet uns eine Barkasse. Es ist alles perfekt.« Sie hätte ihn am liebsten an die Hand genommen, wäre mit ihm über den Rasen getanzt. »Wir werden den Engländern eine Nase drehen – und nicht nur ihnen – allen!« Sie war wie berauscht. »Morgen früh sind wir am Meer, in vier Wochen in Amerika!«

Er sah sie an wie eine Fremde – und doch war ihm nie zuvor so klar gewesen, was das Geheimnis ihres Wesens ausmachte: ihr Mut zum Handeln. »Ich hätte dir früher begegnen müssen«, sagte er. Er wußte, daß er nur wiederholte, was er schon oft gesagt hatte.

Caroline entging die Bitternis, die Mutlosigkeit in seiner Stimme nicht. »Und ich glaube, wir sind uns gerade zur rechten Zeit begegnet«, sagte sie. »Die meisten Menschen leben nur ein Leben. Aber du hast viele.« Sie sah ihn zärtlich an. »Seine Majestät, den Kaiser, habe ich nie geliebt – aber das Leben des Mannes, den ich liebe, wird erst jetzt beginnen.« Sie sah ihn erwartungsvoll an. Aber seine Miene blieb verschlossen.

Das Spiel war aus. Er hatte alles eingesetzt – und verloren. Ihm blieb nur eines – seine Rolle zu Ende zu spielen, seinem endgültigen Sturz nicht auszuweichen, sondern ihn zu vollenden. Aber er fand keine Worte, es ihr zu sagen, nicht in dieser Stunde. Vielleicht später, aber jetzt hätte sie ihn nicht verstanden. »Ich danke dir«, sagte er leise. »Für alles, auch was du für meinen Sohn getan hast. Ich habe bisher nicht davon gesprochen, denn Worte sind kein Dank dafür, daß du dein Leben eingesetzt hast. Ich...«

Sie verschloß seine Lippen mit einem Kuß. Sie dachte nur an die Zukunft, die vor ihnen lag. »Ich muß mich beeilen«, sagte sie. »Es gibt noch so viel zu erledigen.«

Das Lächeln, mit dem sie ihn ansah, machte es ihm unmöglich, sie aus ihrem Traum zu reißen.

Als Batu die Tür des Juwelierladens vor Caroline öffnete, löste ein verborgen angebrachter Mechanismus eine Spieluhr aus: In zarten silbernen Schlägen klang eine Melodie auf. Caroline sah sich erstaunt um. Die mit purpurnem Samt drapierten Wände, die Vitrinen, die antiken Köpfe und Statuetten, die in den Nischen standen, erfreuten sie – der Raum glich eher einem Privatmuseum eines Millionärs als einem Laden.

Aus einer seitlichen Tür trat ein kleiner verwachsener Mann, Jacques Durand. »Madame!« Er verneigte sich. »Womit kann ich dienen?«

»Die Baronin Evry hat Sie mir empfohlen, Monsieur Durand. Ich möchte etwas verkaufen, ein Schmuckstück.«

Durand trat an den runden Tisch. »Bitte nehmen Sie Platz.«

Caroline machte Batu ein Zeichen, und der Neger legte die flache Lederschatulle vor den Juwelier hin. Durand zog aus dem Seidentäschchen seiner Weste eine Lupe, setzte sie ans Auge. Er öffnete das Etui, beugte sich über das Brillantkollier. Caroline beobachtete ihn, wie er bedächtig Stein um Stein prüfte, ein fast unmerkliches Lächeln auf seinem Gesicht. Dann blickte er auf. »Wissen Sie, wer der Meister ist?«

»Nein. Ich weiß nur, daß es in Paris gefertigt wurde, für meine Großmutter.«

Er nickte. Den Kopf ein wenig zur Seite geneigt, betrachtete er noch einmal das Kollier, nicht wie ein Geschäftsmann, sondern wie ein Sammler. »Solche Stücke hat nur einer gemacht«, sagte er dann. »Felicien Chanor. Sie können ihn nicht mehr kennen. Er war mein Lehrer.« Er sah Caroline an. »Madame, wenn Sie nur in einer momentanen Verlegenheit sind – ich beleihe Ihnen das Stück gerne. Sie können das Geld zurückgeben, wann es Ihnen paßt. Die Baronin ist mir Bürge genug.«

»Aber ich verlasse Frankreich.«

»Schade«, murmelte der Juwelier. »Ich kann Ihnen niemals geben, was es wert ist.« Er schien zu überlegen. »Wenn Sie mit 100000 Franken zufrieden sind? Und wie gesagt, es wird jederzeit zu Ihrer Verfügung stehen; denn ich werde mich bestimmt nicht davon trennen.«

»Ich danke Ihnen.«

»Sie sind also wirklich entschlossen?«

Caroline nickte.

Der Juwelier hatte sich erhoben. Mit kleinen Schritten verschwand er in der Tür im Hintergrund. 100000 Franken! Noch nie im Leben hatte Caroline soviel Geld in der Hand gehabt. Die Überfahrt sollte zu einem einzigen Festtag werden. Einen ganzen Stall mit Kapaunen würde sie auf das Schiff schaffen lassen. Ein ganzes Beet mit frischem Lauch, den er so gerne aß. Obst, Fässer voll Chambertin. Eine Badewanne, Badesalz, Rosenseife, Eau de Cologne, Aloeparfum, Mandelpulver, Schwämme, Zahnpulver.

Duran kam zurück, legte ein dickes Kuvert vor sie hin. »Bitte, zählen Sie nach.«

Caroline schüttelte den Kopf. »Ich würde mich doch verzählen. Es wird schon stimmen.« Sie steckte das Kuvert, das prall mit Scheinen gefüllt war, in ihren Beutel.

»Wenn Sie mir bitte die Quittung unterschreiben würden.« Der Juwelier reichte Caroline das Papier und eine Feder. Caroline zögerte einen Augenblick, so sehr hatte sie sich bereits an den Gedanken gewöhnt, von morgen an Madame Muiron zu sein. Dann unterzeichnete sie mit ihrem vollen Namen. »Viel Glück, Madame.« Durand brachte sie zur Tür.

Wieder erklang die kleine zauberische Melodie. Wärme und Licht schlugen ihr entgegen. Batu riß den Schlag der Kutsche auf. Aber bevor Caroline einstieg, zog sie aus ihrem linken Spitzenhandschuh den kleinen Zettel, auf dem sie sich die Geschäfte notiert hatte, die ihr die Baronin Evry empfohlen hatte. »Zu Chaboisseau am Quai Saint-Michel.«

Es war spät am Nachmittag, als Caroline in das Palais zurückkehrte. Der rötliche Sandstein der Fassade schien im Licht der tiefstehenden Sonne von innen her zu glühen. Auf Batus Arm gestützt, stieg sie aus der Kutsche, hungrig, müde, aber strahlend. Sie hatte alles bekommen, was sie gewollt hatte. Und noch vieles mehr. In einem Büchergewölbe hatte sie ein besonders schönes Schränkchen gesehen. In einer Stunde war es mit Büchern gefüllt. Auch Alexander von Humboldts neueste Veröffentlichung über Mittelamerika war dabei. Während sie die flachen, ausgetretenen Sandsteinstufen emporstieg, versuchte sie ein ernstes, gleichgültiges Gesicht zu machen. Es würde ihr schwerfallen, sich nicht zu verraten, aber sie würde sich bezwingen; sie wollte seine Überraschung erleben, wenn er alle diese Dinge auf dem Schiff vorfand.

Ein Diener hielt ihr die Tür auf. Sie betrat die kühle dämmrige Halle, die nach englischer Art wie ein großer weitläufiger Salon eingerichtet war. In einem der Petit-point-Sessel saß die Baronin Evry. Sie legte das Buch, in dem sie gelesen hatte, auf den Tisch neben sich, nahm das Lorgnon vom Auge. »Da sind Sie ja. Ich machte mir schon Sorgen.« Sie deutete auf den Sessel ihr gegenüber. »Setzen Sie sich ein wenig zu mir. Ich höre immer gerne, was in der Stadt geschieht.« Die wachen bernsteinfarbenen Augen und das üppige rotblonde Haar, das auch ein schwarzes winziges Samtbarett nicht zu bändigen vermochte, ließen die Runzeln, die die Jahre in dieses Gesicht mit der feinen weißen Haut der Rothaarigen gegraben hatten, vergessen. Die Höflichkeit gebot es, der Bitte zu entsprechen, auch wenn sich in Caroline in diesem Augenblick alles dagegen sträubte.

»Nun, haben Sie alles zu Ihrer Zufriedenheit erledigen können?«

Caroline nickte. »Ich danke Ihnen sehr. Monsieur Durand war überaus liebenswürdig.«

»Ja, er hat ein Herz wie ein Kind – und doch hat er es zum Millionär gebracht.« Sie blickte Caroline an. »Sie denken bestimmt, warum hält mich die alte Frau mit ihrem Gerede auf! O nein, verteidigen Sie sich nicht! Junge Menschen halten heute nicht mehr viel von Etikette. Ihr seht nur ihre Schattenseiten, ihre Heuchelei. Wir haben noch gelernt zu lächeln, auch wenn uns zum Weinen zumute war.«

Carolines Ungeduld war geschwunden, einer seltsamen Unruhe gewichen.

»Aber die Etikette hat auch ihr Gutes: in manchen Augenblicken vermag sie uns Halt zu geben. Es sind nur oberflächliche Worte, ich weiß, aber sie können die Brücke sein, die uns über einen Abgrund führt.«

Die Worte der alten Frau waren in Caroline gefallen wie Steine in klares Wasser. Sie zogen ihre Kreise, immer weiter und weiter, den klaren, ruhigen Wasserspiegel verdunkelnd... »Bitte sprechen Sie«, sagte sie. »Sagen Sie mir, was ist geschehen?«

Die Baronin nahm einen weißen Umschlag aus den Seiten des Buches. »Hier, das ist für Sie. Ich glaubte, ich hätte den Mut, es Ihnen selber zu sagen.«

Caroline hielt den Brief in den Händen, und plötzlich merkte sie, daß ihre Hände zitterten. Sie las den Brief zweimal, dreimal. Aber er blieb nichts weiter als ein weißer Bogen mit einigen dunklen unverständlichen Zeichen einer fremden Sprache. Erst allmählich formten sich die Zeichen zu Worten, die Worte zu abgerissenen Sätzen: »Verzeih mir... Versuche nicht, mich aufzuspüren... Ein zweites Mal würde ich nicht mehr die Kraft finden... der einzige, der wahrhaftigste Beweis meiner Liebe...« Wie durch einen dichten Nebel tauchte das Gesicht der Baronin auf. Caroline verneigte sich mit einer leichten Kopfbewegung vor der alten Dame. »Bitte, lassen Sie mich morgen früh um vier Uhr wecken. Ich muß um fünf Uhr am Hafen sein. Wenn Sie mich jetzt bitte entschuldigen.«

Wie in Trance stieg sie die Treppe hinauf, schloß die Tür ihres Zimmers hinter sich ab, begann mit mechanischen Bewegungen ihre Kleider abzulegen. Sie löste die Schleife des Huts, zog die Kämme aus dem Haar, öffnete den Gürtel ihres Kleides. Sie wußte nicht, was sie tat, wußte nicht, wo sie war. Jedes Gefühl, jeder Gedanke, alles war in ihr gestorben. Sie stand vor etwas, das sie nicht begreifen konnte.

Eine leichte Brise bewegte das Meer. Die Luft war erfüllt von Kommandorufen, vom rauhen Schrei der Möwen, vom Klatschen der Segel. Über den Wald von Masten spannte sich ein Himmel von wunderbarer Reinheit. Schneeweiße Segel, bunte Flaggen, das Labyrinth der Takelagen hob sich scharf von dem schimmernden Hintergrund von Luft, Himmel und Meer ab. Mit Batu schritt Caroline die Mole hinaus. Schon von weitem erkannte sie die Gestalt Zoccos; neben ihm stand ein Matrose. Er legte die Hand an die Mütze. »Madame Muiron?«

Caroline nickte stumm. Sie sah an dem Funkeln in Zoccos dunklen Augen, daß er eine Anzüglichkeit auf der Zunge hatte, und vielleicht wäre sie dankbar gewesen, wenn er sie ausgesprochen, sie damit für einen Augenblick von sich selber abgelenkt hätte. Aber Zocco schwieg. Er deutete aufs Meer hinaus, auf eine Barkasse, die sich dem Ufer näherte. »Es wird Zeit für Monsieur Muiron«, sagte er.

»Wir haben es uns anders überlegt. Wir kommen nicht mit.«

Der Matrose stutzte und fuhr dann auf. »Und die Fracht? Alles, was Sie gestern an Bord schaffen ließen. Der Kapitän wird schön fluchen.«

Die Barkasse hatte inzwischen angelegt. Caroline wandte sich mit einem schnellen Entschluß an den Artisten. »Die Fracht gehört euch.«

»Wie? Uns?« Zocco konnte seine Verlegenheit kaum verbergen. »Hoffentlich ist es etwas, was wir brauchen können«, brummte er.

»Ich glaube schon. Grüße Rosaria und Estrella.« Sie war froh, als die beiden Männer in die Barkasse sprangen.

»Was ist«, sagte einer der Männer an Bord, »fahren wir allein?«

»Ja«, sagte der Matrose, »wir fahren allein. Los, mach schon!« Er stieß die Barkasse ab.

Caroline blieb auf der Mole stehen. Die Barkasse entfernte sich mit schnellen Schlägen, wurde kleiner und kleiner. Zocco und die Matrosen stiegen als winzige Punkte das Fallreep des Amerikaners empor. Sie sah, wie die beiden großen Steinanker gelichtet wurden. Der Wind griff in die Segel, blähte sie auf. Langsam wendete das Schiff, drehte auf das Meer hinaus. Bald waren seine Segel nur noch ein Schwarm kleiner weißer Wolken, mit denen der Wind spielte – und dann stieß das Schiff in die gleißende Lichtmauer des Horizonts, verschmolz damit. Caroline stand noch immer dort, den Blick ins Weite gerichtet, noch immer unfähig, zu begreifen, zu empfinden. Sie bemerkte nicht einmal, daß Batu schon seit einer ganzen Weile versuchte, ihre Aufmerksamkeit zu erregen. Als sie sich schließlich umwandte, da erblickte sie, in seiner lässigen Art an einen der massiven Holzpfosten der Mole gelehnt, den Herzog von Belômer. Er ging ihr entgegen, verneigte sich, reichte ihr den Arm, als sei es das natürlichste von der Welt. »Ein wunderschöner Morgen.« Caroline konnte nichts erwidern. Die Stimme, die zu ihr sprach, der Arm, der sie führte, die Planken, die sich unter ihrem Schritt leise bewegten – alles war wirklich und zugleich unwirklich, wie das Schiff, das dort im Westen entschwunden war. Eine vierspännige geschlossene Kutsche stand neben der offenen Berline der Baronin Evry, mit der sie gekommen war. Der Herzog öffnete den Schlag. Jetzt erst sah sie ihn an. »Wohin fahren wir?«

»Wohin Sie wollen!«

»Dann bitte ich Sie, bringen Sie mich nach Rosambou.«

Batu war schon dabei, den flachen Korb mit den breiten Lederriemen und seinen Schiffssack aus grober blauer Leinwand in der unter dem Wagen angebrachten Gepäckkiste zu verstauen. Auf seinem Gesicht stand Enttäuschung. Er hatte sich auf das Meer gefreut; es war die einzige Heimat, die er jemals gekannt hatte.
Der Herzog stieg ein, setzte sich ihr gegenüber. »Soll ich die Vorhänge zuziehen?«

»Bitte nicht.« Und sie war dankbar, daß er keine weiteren Fragen stellte.

23

Die Sonne stand noch nicht im Zenit, als die Kutsche die Straße nach Fontenay verließ und in einen Waldweg einbog. Caroline blickte auf. Der Herzog lächelte. »Bis Rosambou ist es ein weiter Weg. Außerdem wollte ich Ihnen schon immer Pré-des-Rôs zeigen.«

Dunkel erinnerte sich Caroline an den Namen des Landgutes an der Westküste, auf dem Philippe bei seiner Flucht nach England Station gemacht hatte. Und wie ihre Sinne vorhin die Bilder des Meeres in sich aufgenommen hatten, mit einer leidenschaftlichen Heftigkeit, als seien es nur die stummen Dinge, bei denen der Mensch Antwort und Zuflucht finden könne, prägte sie sich nun die Bilder der Landschaft ein.

Der Hufschlag war nur noch ein gedämpfter trommelnder Rhythmus auf dem weichen Waldboden. Durch die breitgefächerten Kronen der Föhren sickerte die Julisonne als ein mildes Leuchten. Die Stämme, die gefiederten Farne, die tiefblauen Kerzen der Lupinen – über allem lag der Schimmer gesponnenen Goldes. Der Weg stieg jetzt leicht an, der Wald wurde lichter, trat zurück. Sie hatten ein Hochplateau erreicht, Weideland mit einer hellen, vom Seewind gebleichten Grasnarbe. In der Ferne, dort, wo die zerklüftete Küste zum Meer hin abfiel, tauchte das graue Gemäuer einer Ruine auf, einer Zitadelle, die aus dem Fels zu wachsen schien.

»Die Festung... oder was ist es?« fragte sie.

Der Herzog beugte sich vor, warf einen Blick aus dem Fenster. »Ein schmeichelhafter Name für ein altes Raubnest.« Er lehnte sich wieder in seine Ecke zurück. »Ja, auch die früheren Herzöge von Belômer haben ihren Reichtum nicht anders zusammengescharrt als die englische Königin: durch Seeräuberei. Die Bucht da draußen war die Falle.« Er hatte sein Lorgnon aus der Westentasche gezogen, spielte damit. Plötzlich sagte er nachdenklich: »Seit über hundert Jahren verfällt die Ruine. Die Leute machen einen weiten Bogen darum herum – sie sagen, in manchen Nächten höre man immer noch das Wimmern der Frau.«

Er lachte. »Ich habe es noch nicht gehört. Tatsache ist nur: Zwei Belômer, zwei Brüder, liebten dieselbe Frau und konnten sich nicht einigen, ein altes Familienübel...« Er sah sie an und lächelte. »Sie wollen die Geschichte zu Ende hören? Nun schön. Ein Duell sollte entscheiden. Es fand in einem großen Saal statt, mit dem einzigen Erfolg, daß sie sich gegenseitig umbrachten – und die Frau sich mit den beiden Leichen in die Festung einschloß und darüber wahnsinnig wurde. Das ist alles. Ich hoffe, Komtesse, daß Pré-des-Rôs Ihnen in einer besseren Erinnerung bleibt.«

Ein schwarzer Hirtenhund kam ihnen kläffend entgegen, begleitete sie bis zu einem erlenbestandenen Flußlauf. Die Kutsche polterte über die Brücke. Nach einer letzten Wegbiegung tauchten die langen Fronten eines im Geviert erbauten Landschlosses auf, mit blinkenden Fenstern und russischgrün gestrichenen Läden. Und nun erst verstand Caroline auch die Bedeutung des Namens: Kletterrosen umspannten das Haus bis unters Dach, ließen das Mauerwerk unter einem Teppich dunkelgrünen Blattwerks und leuchtender Blüten verschwinden. Lakaien eilten herbei, als sie in den Innenhof fuhren. Der Herzog sprang aus der Kutsche, führte Caroline ins Haus. In der Halle trat ihnen eine weißhaarige Frau entgegen, versank in eine anmutige Reverenz. »Oh, Sie bringen einen Gast mit...«

»Nicht nur das, Mathurine. Ich verspreche dir, heute hast du das aufmerksamste und dankbarste Publikum für deine Kochkünste. Wir sind beide ausgehungert.« Der Herzog wandte sich an Caroline. »Sie wollen sich sicher ein wenig erfrischen. Ich werde Ihnen Ihre Zimmer zeigen.«

Sie stiegen die Freitreppe aus rötlichem Marmor empor. In den mit grauer Seide bespannten Wänden der Galerie waren Nischen eingelassen, angefüllt mit Figuren, Vasen, Blumen und Früchten aus buntschimmerndem böhmischen Glas. Caroline blieb stehen, nahm ein gläsernes Bäumchen in die Hand, in dessen blühendem Gezweig winzige goldgesprenkelte Vögel saßen. Der Herzog deutete auf einige Vitrinen, die leer waren. »Die schönsten Stücke stehen auf dem Boden in Kisten. Seit über einem Jahr will ich sie auspacken. Wäre das nicht etwas für Ihre schönen Hände?«

Er schien keine Antwort zu erwarten. Sie waren in einen in sanftes, grünes Dämmerlicht gehüllten Salon getreten. Auf einem Cembalo lagen aufgeschlagene Noten. »Auch dazu finde ich kaum noch Zeit.« Der Herzog seufzte. »Ich träume mein Leben lang davon, meine Zeit besser einzuteilen, aber für einen Junggesellen bleibt das wohl ein Traum.« Er wollte gerade weitergehen, als sich eine Flügeltür öffnete. Ein Diener schob eine Frau im Rollstuhl herein. Eine dünne Seidendecke verhüllte ihre Beine. Steif aufgerichtet, die Arme auf die beiden Lehnen des Stuhles gestützt, saß sie dort, während der Diener sie mit unbeweglichem Gesicht näher rollte. Caroline sah den Herzog fragend an, aber er schien genauso überrascht wie sie.

»Willst du sie mir nicht vorstellen, Cyril?« sagte die Frau mit einer eigenartigen dunklen Stimme. Sie war noch jung, ihr Alter war schwer zu schätzen; nicht die Zeit hatte dieses Gesicht gezeichnet, sondern ein geheimes Leid.

Der Herzog hatte sich gefaßt. Er zeigte auf Caroline. »Komtesse Caroline da la Romme Allery.« Er machte eine Kopfbewegung zu der Frau. »Und das ist Melanie.«

»Laß nur, Cyril, wenn es dir schwerfällt, meine Gegenwart zu erklären«, unterbrach sie ihn. Ein paar wache Augen sahen Caroline an. »Die Komtesse Allery. Das ist sie also. Ich habe schon viel von Ihnen gehört. Wenn Cyril hier ist, höre ich nur noch von Ihnen. Wenn er einmal hier ist. Nicht wahr, Cyril?«

»Bitte, Melanie!«

»Nein, nein, Komtesse, Sie können mich nicht kennen«, fuhr sie unbeirrt fort, »denn ich existiere nicht. Nicht wahr, Cyril? Ich existiere schon lange nicht mehr. Aber bisher war das wenigstens mein alleiniges Reich.« Mit dem letzten Wort hatte sie dem Diener ein Zeichen gegeben. Er drehte den Stuhl, rollte sie davon, die Tür schloß sich hinter ihnen.

Der Herzog hatte kein Wort mehr über die seltsame Begegnung gesagt, und sie hatte nicht gefragt. Es war sein Geheimnis, und sie hatte nicht daran rühren wollen. Sie war an das offene Fenster des Schlafgemachs getreten, als der Herzog sie verlassen hatte. Sie löste die zwei goldenen Nadeln, die unter den Schleifen den Hut festhielten. Sie zog die Kämme aus dem Haar, schüttelte es aus. Vor dem Fenster dehnte sich eine Wiese, fiel sanft zu den tiefhängenden Weiden ab, die den Fluß fast ganz verbargen. Im Dunst der Mittagshitze hatten die Ruinenreste der Raubburg die Farbe flüssigen Metalls. Dahinter ahnte man das Meer. Wieder sah sie das Schiff mit vollen Segeln auf das Meer hinausstreben, das Schiff, das ohne sie und ihn ausgelaufen war. Das, was geschehen war, hielt sie noch immer gefangen. Aber die stumpfe Starre hatte sich in eine tiefe Ruhe verwandelt. Fast betroffen fühlte Caroline, daß unter dieser Ruhe keine Verzweiflung war, kein Aufbegehren. Das Schicksal hatte gegen sie entschieden, aber sie fühlte sich nicht betrogen.

Sie legte das Reisekostüm ab. Sie wusch sich, sie genoß die sprühende Kühle des Wassers auf der warmen Haut; sie kämmte sich die Haare, sie legte einen Hauch dunkleren Puders auf Wangen und Stirn. Dann holte sie das Hauskleid aus pfirsichfarbenem Atlas aus dem Reisekorb, das sie gestern nachmittag in Rochefort zusammen mit den passenden Schuhen und einem Band fürs Haar gekauft hatte. Und als sie das Kleid anlegte, empfand sie keinen Schmerz, sondern dieselbe Lust, diesen glatten feinen Stoff auf ihrem Körper zu fühlen, wie gestern, als sie es anprobiert hatte.

Sie zog das Band so durch das Haar, daß es nur ein paarmal aus der dunklen Fülle auftauchte, tupfte ein wenig indisches Orchideenöl in den Haaransatz und die Beugen der Arme. Als sie ihren Beutel von dem Tischchen nahm, stutzte sie. Dunkel und glänzend lag ein Lederetui da. Sie nahm es zögernd in die Hand; konnte es sein, daß es genau dieselbe Schachtel zweimal gab? Sie schlug den Deckel auf. Vor ihr lag das Brillantkollier, das sie gestern Durand verkauft hatte – der Hochzeitsschmuck ihrer Großmutter, der nach dem Wunsch ihres Vaters einmal ihr Hochzeitsschmuck hätte werden sollen. Sie strich mit der Hand leise über die funkelnden Steine. Sie dachte nicht darüber nach, wie er hierhergekommen war – sie erlebte es wie ein Wunder.

Mathurine stellte goldene Schalen mit warmen duftenden Waffeln, dazu zwei Kristallschalen mit Pistazieneis auf den Tisch und warf einen letzten prüfenden Blick über alles. »Soll ich die Markisen noch etwas weiter herunterlassen?«

Der Herzog warf Caroline einen Blick zu, bevor er antwortete. »Nein, es ist gut. Der Fasan war köstlich. Ich bin viel zu selten hier.«

Ein Strahlen ging über das Gesicht der Frau. Sie stieg die zwei flachen Stufen des Erkers hinunter und rollte den Wagen mit den abgetragenen Speisen davon.

Warmes, webendes Licht erfüllte die Bibliothek, in deren Erker sie saßen. Der Herzog hatte sich erhoben. Die Tasse in der Hand, lehnte er am Fenster. Caroline fühlte seine Augen auf sich ruhen, und als sie aufsah, konnten sie nicht so schnell zum Lächeln finden wie sein Mund.

»Dieses Zimmer ist wie gemacht für Sie«, sagte er. »Es macht Ihre Augen violett, tiefviolett – wie dunkle Amethyste.« Sie ging auf seinen leichten Ton ein: »Und Ihnen stehen die hohen spanischen Kragen.«

»Leider sind sie unmodern. Aber ich bekenne mich zu meinen Marotten.«

Caroline hatte während des ganzen Essens auf einen günstigen Augenblick gewartet. »Ich möchte Ihnen noch danken – für das Kollier. Es ist ein alter Familienschmuck. Ich sollte ihn zu meiner Hochzeit tragen.«

Er hatte sich neben sie gesetzt. Mit einer Bewegung, die bestimmt und scheu zugleich war, legte er seine Hand auf ihre. »Ich nehme es als ein gutes Omen – und Sie? Ich will nicht drängen, aber...« Er verstummte, rückte von ihr ab. Die Tür der Bibliothek hatte sich geöffnet. Melanie fuhr in ihrem Rollstuhl herein.

»Ich dachte mir schon, daß unsere Lesestunde heute ausfallen würde.« Ihre Stimme war dünn und zerbrechlich wie Glas. »Ich wollte dir einen Besuch melden. Ein Abbé Guerin wartet.« Sie gab dem Diener ein Zeichen. Caroline blickte zur Tür, aber selbst als sie sich hinter dem Diener und der Frau geschlossen hatte, schien etwas von ihr im Zimmer zurückgeblieben zu sein.

»Ich bin Ihnen eine Erklärung schuldig«, sagte der Herzog. »Worte sagen immer nur die Hälfte, trotzdem will ich es versuchen. Es war in England, vor sechs Jahren, im Haus eines Freundes. Melanie – sie spricht ein wundervolles Französisch, obwohl sie Engländerin ist – brachte den Kindern Französisch bei. Sie war Waise. Der Vormund hatte sie um ihr kleines Erbe betrogen. Ein Mann hatte sie verlassen. Das alles wußte ich, bevor ich sie selber sah. Ich stand schon auf ihrer Seite, noch ehe ich sie kannte.«

Caroline machte eine abwehrende Geste, aber es schien, als müsse er sprechen, als habe er diese Worte schon zu lange zurückgehalten.

»Melanie ist nicht der Typ Frau, die Gewalt hat über meine Sinne. Aber ich hatte das Gefühl, sie brauche meinen Schutz. Ich brachte sie in das Haus meiner Großmutter, als Vorleserin. Ich nahm sie mit auf Gesellschaften. Ich tat alles, nur um ihr Freude zu machen. Nicht im Traum dachte ich daran, daß sie es anders auffassen könnte. Ich machte ihr nie die geringsten Hoffnungen, ich war blind für ihre Gefühle – denn ich liebte sie nicht. Als ich dann vor eineinhalb Jahren nach Frankreich zurückkehren wollte, brach sie zusammen. Seitdem ist sie gelähmt. Sollte ich sie allein lassen? Ich hatte nicht den Mut dazu. Ich war mit ihr bei den besten Ärzten.

Nichts hat geholfen – und ich beginne Melanie zu verstehen.« Der Herzog war bei den letzten Worten hinter Carolines Stuhl getreten, hatte seine Hände auf ihre Schultern gelegt. »Es gibt nichts Schrecklicheres als Liebe, die nicht erwidert wird.« Einen Augenblick schlossen sich seine Hände fester um ihre Schultern. »Ich wollte, daß Sie das alles wissen. Ich bin frei, frei für eine Liebe, die erwidert wird.«

Caroline antwortete nicht. Der Mann, seine Worte, der Sommertag, der zu den Fenstern hereinflutete, warm, bunt und duftend, der Auvergner Wein, der wie eine süße schwere Melodie in ihrem Blut summte – dunkel fühlte sie den Zauber. Unwillkürlich schloß sie die Augen. Gestern, als sie den Brief öffnete, den die Baronin Evry ihr gab, hatte sie geglaubt, jedes Gefühl in ihr sei gestorben. Jetzt empfand sie die Freiheit, die ihr das Schicksal wieder zurückgegeben hatte, als etwas Kostbares. Der Gedanke zu heiraten hatte sie nie gestreift. Die Verlobung mit Leterpe war wie ein Spiel zweier Kinder gewesen.

Der Herzog Belômer blickte in dieses träumende Gesicht. Er kannte sie jetzt seit eineinhalb Jahren. Sie war immer ein Rätsel für ihn gewesen, aber nie so sehr wie an diesem Morgen, am Hafen von Rochefort, als sie seinen Arm genommen hatte, zu ihm in die Kutsche gestiegen war. Erst jetzt wußte er, daß er sich fast gewünscht hatte, sie endlich einmal schwach zu sehen, und zugleich gestand er sich ein, daß er enttäuscht gewesen wäre.

Caroline hatte sich erhoben. Lächelnd sagte sie: »Erwarten Sie eine Antwort?«

»Nein«, sagte er. Sein Gesicht blieb ernst. »Ich erwarte keine Antwort, nicht jetzt.« Er wollte sie nicht über die Brücke der Schwäche gewinnen; er würde auf die Stunde warten, in der sie sich ihm selber geben würde. Er konnte nicht anders...

Caroline erwachte von den flüsternden Stimmen unter ihrem Fenster. Milde Dämmerung füllte den Raum. Die Stimmen waren verstummt; sie sprang aus dem Bett, eilte zum Fenster und fuhr zurück bei dem Anblick des Mannes, der die Rosenhecke entlang dem Flußufer zustrebte. Die eckigen, hochgezogenen Schultern unter der dunklen Soutane, die steifen, marionettenhaften Bewegungen der Beine, das dunkle Haar, im Nacken gerade abgeschnitten wie eine Perücke... Es gab nur einen Mann, der diesem glich: Monsignore Lorenzo Neri!

Die Gestalt verschwand in einer Lücke der Hecke, tauchte dann noch einmal kurz aus dem dichten Schilf am Flußufer auf. Kein

Zweifel, es war Neri. Caroline schlüpfte in die Kleider, die über einem Hocker neben dem Bett lagen, nahm den perlgrauen Kaschmirschal um die Schultern. Sie lief die Treppe hinunter, durch die Halle und den Gartensaal ins Freie.

Sie stand in einem Wirtschaftshof, begrenzt von langgestreckten Pferdeställen. In einem Zwinger sprang eine Meute brauner Jagdhunde kläffend gegen die Gitter. Endlich fand sie eine Pforte, die ins Freie führte. Sie trat hinaus, erkannte die zum Fluß hin abfallende Wiese, die sie von ihrem Zimmer aus gesehen hatte. Das Gras wurde feucht und morastig, das Schilf immer höher. Einen Augenblick blieb sie ratlos stehen. Dann entdeckte sie den schmalen, ausgetretenen Weg. Sie folgte ihm bis zum Fluß. An einem schmalen Holzsteg lag ein Kahn. Die dunkle Spur einer Schlaufe an dem Pfosten sagte ihr, daß hier ein zweiter Kahn gelegen haben mußte – bis vor wenigen Minuten... Sie sprang in das schwankende Boot, löste das Seil vom Pfosten und stieß mit den Rudern vom Steg ab. Im Schatten der tiefhängenden Weiden ruderte sie dahin.

Je weiter sie der Kahn den Fluß hinuntertrug, desto stärker wurde in ihr das Gefühl, einer Täuschung erlegen zu sein. Der Fluß schlängelte sich zwischen immer steiler aufragenden Ufern hindurch. Die Dämmerung verdichtete sich. Die Ruine der Festung hob sich scharf gegen den flammenden Himmel ab. Sie trieb direkt auf die düsteren Felsenwände zu. Sie verdoppelte ihre Anstrengungen, so als würde sie dort Antwort erhalten.

Zu spät erkannte sie, daß der Fluß hier in einen unterirdischen Kanal mündete. Sie wollte den Kahn zum Ufer lenken, aber die stärker werdende Strömung hatte ihn erfaßt. Geduckt, die Ruder angezogen, glitt sie durch die Nacht, die sie plötzlich umgab. Sie fühlte ihr Herz schlagen, ein Rauschen in den Ohren; sie wußte nicht, ob es ihr Blut war oder ob es die Stimmen des Wassers waren, die sich in dem Gewölbe vervielfachten.

Ein rötlicher Schein glomm auf. Der Kanal weitete sich, ein Strudel brachte das Boot zum Schwanken, Sand knirschte unter dem Kiel. Vor ihr lag das offene Meer, fast schwarz unter dem verglühenden Brand der ins Meer tauchenden Sonne. Hinter ihr stieg die felsige Steilküste empor. Nester von Mauerseglern klebten in den Spalten; aus Ritzen wuchsen Sträucher, grau und nackt wie der Fels, der sie nährte. In den Schlick des schmalen Uferstreifens, überzogen von grünem, schleimigen Seetang, hatte die Flut ihre Linien gegraben. Die Sonne war untergegangen, jäh brach die Dunkelheit herein, jetzt erste gewahrte Caroline draußen, am Ende der sich weitenden Bucht, den Segler. Schwaches Licht drang aus den Kajütenfenstern. Die Segel hingen schlaff an den Rahen, nur langsam bewegte sich das Schiff aus der Bucht, gewann das Meer... Ob jenes Schiff den Monsignore Neri an Bord genommen hatte? Aber wie kam er überhaupt hierher, nach Pré-des-Rôs, auf Belômers Landsitz? Es war ihr unvorstellbar, daß der Herzog davon wissen sollte – er, der ihr selbst die Augen darüber geöffnet hatte, daß der Priester nur ein Werkzeug Fouchés war. Und Melanie? Jetzt erinnerte sie sich, daß die andere Stimme unter ihrem Fenster eine Frauenstimme gewesen war...

Je mehr sie grübelte, um so unerklärlicher und undurchdringlicher wurde alles, so undurchdringlich wie das dunkle Wasser, das plötzlich ein fester Stoff zu sein schien, als sie versuchte, in den unterirdischen Kanal zurückzurudern. Sie hatte die Strömung jetzt gegen sich und kam nur mühsam vorwärts.

Sie war schon geneigt, über das ganze Abenteuer zu lächeln, als sie mitten in der Bewegung innehielt. Ein Wimmern über ihr ließ sie erzittern. Sie suchte mit den Augen die nassen glänzenden Felsenwände ab. Sie glaubte schon jede Stelle zu kennen, jede Ader im Gestein – als sie den in den Fels versenkten Anlegering und daneben die in den Fels gehauene Treppe entdeckte. Sie ruderte an die Mauer, band den Kahn fest. Mit einem Satz erreichte sie die Felstreppe. Der Schal glitt ihr von den Schultern, aber sie merkte es nicht. Mit der Hand an der Felswand Halt suchend, eilte sie die schmalen glitschigen Stufen empor. Dann endete der Gang. Tastend suchte sie die Wand ab. Ohne ein Geräusch gab die glatte Felsplatte nach, bewegte sich zur Seite, verschwand in der Felswand. Nichts sonst hätte so unheimlich sein können wie diese absolute Lautlosigkeit.

Die Treppe stieg jetzt in entgegengesetzter Richtung weiter an, schien kein Ende zu haben. Caroline hatte das Gefühl, vor dem Echo der eigenen Schritte zu fliehen. Ein schwacher Lichtschein wurde oben sichtbar. Noch ein paar Stufen – und sie befand sich auf einer Art Galerie, die in halber Höhe eine riesige Halle umlief.

Ein heruntergebranntes Kaminfeuer verbreitete jene verwirrende Dämmerung, in der die Gegenstände jeden Augenblick die Form zu verändern scheinen. Caroline blickte wie gebannt in den Saal hinab. Zwei Fackeln, links und rechts vom Kamin, qualmten unter den Eisenkappen, mit denen sie gelöscht worden waren. In der Luft hing der scharfe Geruch von Männerstiefeln, die gegen das Feuer gehalten werden; eben noch mußten hier Menschen gewesen sein.

Carolines Augen hatten sich inzwischen an die Dämmerung

gewöhnt. Die dunklen Vertiefungen in der Mauer rund um die Galerie erkannte sie jetzt als Türen. Sie ging auf die erste zu. Sie hatte schon die Hand auf der Klinke, als sie innehielt. Was hoffte sie hier zu finden? Ihr Verstand warnte sie, riet ihr umzukehren. Aber der Wunsch, das Geheimnis dieser unterirdischen Felsenburg zu lösen, war zu leidenschaftlich.

Sie stieß die Tür auf – und zuckte zurück. Etwas streifte ihre Wange, zwei kurze Schläge. Mit einem hohen klagenden Schrei schwirrte ein Mauerseglerpärchen aus der Fensteröffnung in die Nacht hinaus. Ein halb aus den Angeln gebrochener Fensterladen schwankte mit einem leisen Ächzen hin und her.

Auch in den nächsten Räumen fand sie immer wieder dasselbe: Vögel, die aufgeschreckt davonflatterten, den feuchten Salzgeruch des Meeres, das Echo der Brandung. Aber ihr Instinkt hatte sie nicht betrogen: Schon der nächste Raum bestätigte ihre Vermutung, daß hier Menschen sein mußten: Schinken und Rauchwürste hingen von der Decke. Auf den Holzregalen lagen Fladenbrote, am Boden Weinfässer. Im nächsten Raum waren Waffen aufbewahrt; an der Wand aufgereiht die Gewehre; blankgeputzte Pistolen auf einem langen Tisch, am Boden eiserne Pulvertruhen. Einen weiteren Raum gab es, mit einer weißbezogenen Pritsche, mit Arztbestecken, mit einem Apothekerschrank, und eine Art Büro mit einem Arsenal von Stempeln sowie einer kleinen seltsamen Maschine, die Caroline an die Presse der Kupferstecher erinnerte.

Sie öffnete wieder eine Tür – und prallte zurück. Eine Kerze flackerte im Luftzug. An dem Tisch, auf dem sie brannte, schien eben noch jemand gesessen zu haben. Der Schminkkasten mit dem schräggestellten Spiegel, die Cremetöpfe, der flache Tiegel mit der wachsartigen fleischfarbenen Masse, die schwarze Perücke, die Augenbrauen – als hätte gerade ein Schauspieler seine Maske abgelegt...

Aber etwas anderes verwirrte sie noch mehr. Links neben dem Tisch befand sich ein Kleiderständer. Uniformen, Kutschermäntel, Hüte, bäuerliche Trachten, Mönchskutten. – Caroline beschlich das Gefühl, dies alles schon einmal gesehen zu haben. Sie nahm die Kerze vom Tisch. Sie stand vor dem schweren Ledervorhang, der den Raum abteilte. Mit einer plötzlichen Entschlossenheit zog sie ihn auseinander – und erstarrte.

Das Gesicht, das sie vorhin aus dem Schlaf gerissen, sie hierhergeführt hatte, mit der Macht eines bösen Dämons, blickte ihr entgegen. Ein Paar stechende, unbewegliche Augen waren auf sie gerichtet. Auf den Lippen, lüstern und verkniffen zugleich, fror ein

Lächeln. Fassungslos starrte Caroline in dieses Gesicht. Es war Neri, und er war es nicht – sie stand vor einer täuschend ähnlichen Wachspuppe. Eine Maske hatte sie genarrt...

Die Kerze glitt ihr aus den Händen, erlosch zischend auf dem Boden. Plötzlich war es um ihren Mut und ihre Ruhe getan. Sie stürzte aus dem Raum, die Galerie entlang, die schmale hölzerne Stiege in den Saal hinunter zu dem Kamin. Sie glaubte schreien, dieses Gespensterhaus mit ihrer Stimme füllen, die Menschen, die sich hier verbargen, aus ihrem Versteck zwingen zu müssen – oder sie würde wahnsinnig.

Da hörte sie ein Geräusch hinter sich. Angst jagte in eisigen Schauern durch ihren Körper. Im selben Augenblick fühlte sie die Hände. Ihr Schrei gellte durch das Gewölbe. Das Grauen nahm ihr alle Kraft.

»Caroline«, sagte der Mann hinter ihr. Er sprach leise. »Sie können mir vertrauen.«

Eine seltsame Verwandlung ging mit ihr vor. Sie wollte sich umdrehen, sie wollte sein Gesicht sehen, wollte die wahnwitzige Hoffnung, die sie plötzlich wie ein heißer Strom durchpulste, bestätigt finden. Aber seine Hände hielten ihre Arme so fest, daß sie sich nicht bewegen konnte. »Sie dürfen mich nicht sehen.«

Sie bebte vor Erregung. Aber es war nicht mehr die Angst. Die Gewalt seiner Hände schien ihr sanft. Und plötzlich wußte sie, was sie dunkel gefühlt hatte: daß er es war. Seit damals, in St. Dizier, als er sie vor dem Kosaken gerettet hatte, hatte sie ihn gesucht. In Paris, auf Elba, in Florenz, in Rosambou – wo immer sie gewesen war, was immer geschehen war, sie wußte jetzt, daß sie alle Wege gegangen war, um ihn zu finden. »Sag es mir, sag mir, daß du es bist, Gil...« Sie sank in seine Arme, sie fühlte sich emporgehoben, mit schnellen Schritten davongetragen. Sie wußte nicht mehr, wo sie war; sie wußte nicht mehr, ob der Mann es war, der sie trug, oder ob sie es war, die ihn mit sich fortriß; ob es seine Hände waren, die sie auf ein Lager betteten, die ihre Kleider lösten – oder die ihren. Sie stammelte seinen Namen, sie klammerte sich an ihn, auch ihre Stimme, ihre Hände gehörten ihr nicht mehr, waren nur noch Rausch.

Ihr Leib war es, der sie immer wieder weckte in dieser Nacht, ihr junger erwachter Leib, der nach dem Mann verlangte. Wie hatte sie nur leben können, ohne solche Lust zu kennen? Sie glaubte, sie müsse daran sterben. Längst war er es nicht mehr allein, der das Feuer schürte. Sie war es, die ohne Scham es neu entfachte...

Sie wandte leise den Kopf. Auch diesmal war er vor ihr erwacht.

Er glitt von dem Lager, entzündete eine Kerze im Hintergrund. Sie erschrak nicht – sie war nicht einmal verwundert, als sie die samtene Maske sah, die sein Gesicht fast ganz verhüllte. Sie legte nur den Kopf an seine Wange. »Warum?« fragte sie leise, aber sie erwartete keine Antwort. Sie glaubte in diesem Augenblick zu wissen, daß sie ihn in jeder Maske erkannt und geliebt hätte.

»Ich kann es dir nicht sagen... noch nicht. Aber die Zeit wird kommen, bald, und dann...«

Sie beugte sich über ihn, verschloß seine Lippen mit ihrer Hand. »Ich sehe dich auch so«, flüsterte sie. »Mit meinen Lippen, mit meinen Händen, mit meinem Körper, meinem Herzen.« Ihre Lippen berühren sein Haar, den Hals. Er zuckte zurück, aber sie hatte die entstellende Narbe schon entdeckt: eine dunkelrote Furche, die den Nacken tief durchpflügte, und es war ihr, als würde ihr dieselbe Wunde zugefügt. Sie spürte, daß sie an sein Geheimnis gerührt hatte; daß eine Frage den dunklen Vorhang, der ihn umgab, zerreißen würde.

Sie suchte seine Augen unter der Maske. Da umgriffen seine Hände ihren Leib. Seine Küsse löschten alle Fragen, alle Gedanken in ihr aus. »Laß mich sterben«, flüsterte sie, außer sich...

Sie erwachte später in einem Sessel vor dem Kamin. Das Feuer war erloschen, aber der Aschenberg strömte immer noch Wärme aus. Durch zwei tiefe vergitterte Fensternischen fiel graues ungewisses Licht. Auf einem niedrigen Lederhocker lagen ihre Kleider. Er war fort, er war gegangen, und sie wußte nicht einmal, wo er jetzt war, wann sie ihn wiedersehen würde. Sie schob die Otterfelldecke, die sie einhüllte, zurück, begann sich anzukleiden. Eine süße Schwere erfüllte sie, und sie wußte, das war die Liebe.

Unter ihren Kleidern fand sie einen Kamm und einen kleinen Spiegel. Gerührt betrachtete sie die beiden einfachen Gegenstände. Er hatte daran gedacht, er hatte sie hierhergelegt. Sie kämmte sich das Haar durch, aber sie blickte nicht in den Spiegel. Nur in seinen Augen hätte sie sich sehen wollen an diesem Morgen, dieses neue Wesen, das er in dieser Nacht erschaffen hatte.

Sie hob das Otterfell auf, da erblickte sie, in die Asche gezeichnet, sein Zeichen: das Kreuz. Sie kniete sich vor den Kamin, fuhr mit der Hand zärtlich über diesen Gruß, als sie die halbverkohlten Papierschnitzel unter der Asche entdeckte. Sie holte sie heraus, legte sie neben sich auf die Steinfliesen, aber das Feuer hatte nur einzelne Buchstaben übriggelassen, die keinen Sinn ergaben.

Sie steckte die versengten Papierstückchen zu sich; sie dachte, er habe den Brief in der Hand gehabt, seine Augen sind über diese

Buchstaben gegangen. Gedankenverloren blickte sie in die Asche. Alle Fragen standen wieder auf, und auf keine hatte sie eine Antwort erhalten, nicht einmal darauf, ob sie gestern ein Traum genarrt hatte, als sie glaubte, Neri zu folgen...

Sie fand den Kahn an seiner alten Stelle. Im Osten dämmerte das erste Licht des Morgens. Noch waren die Sterne zu sehen, aber ihr Licht war jetzt weich, und ihre Konturen verschwammen wie weiße Tupfer auf blauem Löschpapier.

Leichte Morgennebel schwebten über den Wiesen. Die Dächer von Pré-des-Rôs waren naß vom Tau. Als Caroline in das stille Haus trat, fühlte sie sich zurückversetzt in ihre Mädchenzeit auf Rosambou, an jenen Morgen nach ihrem ersten Erlebnis, als sie heimlich auf Zehenspitzen in ihr Zimmer zurückgekehrt war. Als sie den Gang, an dem ihre Zimmer lagen, erreicht hatte, hörte sie Schritte; es war Mathurine, die, ein silbernes Tablett in den Händen, darauf eine Teekanne, Tassen, Gläser, die schmale Holztreppe, die in das Obergeschoß hinaufführte, herunterkam. Caroline zögerte. Sie hatte das Verlangen, allein zu sein, zu schlafen, seine Umarmungen, die sie noch ganz stark und körperlich fühlte, zu bewahren, im Traum die Nacht zurückzugewinnen. Aber da war noch etwas anderes, eine leise Frage, eine nicht eingestandene Hoffnung – und vielleicht konnte Mathurine ihr eine Antwort darauf geben. Sie trat Mathurine unbefangen entgegen.

»Komtesse sind schon auf?« Mathurine musterte sie verwundert.

»Ja. Ich konnte nicht mehr schlafen. Ich war etwas spazieren, am Fluß.«

»Und alle, die zum erstenmal in Pré-des-Rôs sind, sagen, daß sie hier besonders gut schlafen – das Seeklima... Soll ich Ihnen das Frühstück auch in der Sternwarte servieren?«

»Eine Sternwarte?« Caroline erinnerte sich jetzt, den runden Aufbau auf dem Turm gesehen zu haben.

»Ja.« Mathurine deutete auf die Treppe. »Der Herzog hat vor ein paar Jahren den Glockenturm dazu ausbauen lassen. Hat er sie Ihnen noch nicht gezeigt? Er verbringt ganze Nächte dort.« Hatte er auch diese Nacht dort verbracht? Sie wagte die Frage nicht zu stellen.

»Was nehmen Sie? Kakao, Tee, Kaffee?«

»Tee mit Sahne – und alles, was Ihre Küche bietet. Es muß die Seeluft sein – ich habe einen Riesenhunger.«

Mathurine eilte die Galerie entlang. Caroline sah ihr nach. Unschlüssig trat sie vor den ovalen Spiegel, der über einer vergoldeten Konsole hing. Es war ihr Gesicht, es waren ihre Züge – aber sie waren verwandelt. Sie erinnerte sich an die Worte, die der Herzog von Belômer einmal zu ihr gesprochen hatte: Ja, sie war eine Schlafwandlerin gewesen. Sie hatte gesehen und war doch blind gewesen; sie hatte gefühlt und war doch unbeteiligt gewesen. Sie war über Abgründe gegangen, ohne zu straucheln; sie hatte Leidenschaften entfesselt und hatte sich die Hände darüber gewärmt wie über einem Feuer. – Nun war sie selber Feuer und Abgrund.

Sie strich sich eine Locke aus der Stirn und eilte die Treppe zu der Sternwarte hinauf.

Die Treppe endete in einem halbrunden, holzgetäfelten Vorraum voller Bücher, Atlanten und Instrumente. Sie glaubte Stimmen zu hören, die verstummten, als sie sich der Tür näherte.

Der Herzog drehte sich nur kurz auf seinem hochgeschraubten drehbaren Hocker vor dem Fernrohr um, als sie eintrat. Er sah sie fragend an. »Fällt es Ihnen so schwer, von mir allein gelassen zu werden?«

Sie atmete den Lavendelduft, der den Herzog umgab, sie hörte seine Stimme, die etwas gezierte Art, mit der er die Worte formte. »Ich wußte nicht, daß Sie hier sein würden.« Sie bemerkte die Tür in der Bücherwand an der Seite des Raumes. Sie war sicher, bei ihrem Eintreten das Einschnappen des Schlosses gehört zu haben.

Sie konnte nicht anders. Sie öffnete die Tür: Sie wußte nicht, was sie erwartet hatte; aber jetzt, als sie Neri erkannte, war in ihr weder Schrecken noch Überraschung. Seine stechenden Augen unter den schweren Lidern irrten zwischen ihr und dem Herzog hin und her. Sein Mund versuchte ein Lächeln.

»Hören Sie«, sagte der Herzog. »Ich werde versuchen, es Ihnen zu erklären...«

Sie wandte sich ab. Sie konnte nicht länger in dieses Gesicht schauen. Der Herzog sagte noch etwas, aber sie achtete nicht darauf, ihre Enttäuschung, ihre Erbitterung war zu groß. Sie verließ den Raum, stieg die schmale Treppe hinunter. Sie wünschte mit jedem Schritt Meilen zwischen sich und die beiden Männer legen zu können. Sie wollte nicht einen Kampf mit Gespenstern aufnehmen. Sie wollte vergessen.

Vor der Tür zu ihrem Zimmer holte sie der Herzog ein. »Komtesse, bitte, lassen Sie mich erklären.«

»Dies ist Ihr Haus. Sie brauchen mir keine Rechenschaft abzulegen. Ich muß um Vergebung bitten, daß ich mich vergaß und die Tür öffnete.«

»Sie sollten mich anhören, meine Gründe...«

»Sie werden Ihre Gründe haben – aber ich will sie nicht hören. Ich will vergessen – nie mehr an das Schreckliche denken. Sie selbst haben mich gewarnt vor diesem Mann, und nun treffe ich ihn bei Ihnen wieder. Heißt er nun Abbé Guerin?«

»Guerin oder Neri – die Namen sind unwesentlich.« Der Herzog trat an den Spieltisch. Er nahm eine der Rokokofiguren aus handbemaltem Sèvresporzellan auf. »Läufer, Springer, Bauer. Die Figuren in Fouchés großem Spiel schlüpfen jeden Tag in eine andere Maske. Er liebt das Spiel, ein doppeltes, ein dreifaches. Das Täuschen ist seine wahre und einzige Leidenschaft. Er stellt die Szenen, gibt seinen Masken die Stichworte, er selbst bleibt hinter dem Vorhang, im dunkeln, das seine Sphäre ist.«

»Und was ist Ihre Maske?« fragte Caroline. »Sie spielen doch mit, Herzog? Sonst hätten Sie den Abbé nicht versteckt vor mir.«

»Ich wollte Sie nicht erschrecken.«

»War das der einzige Grund? Oder hatten Sie einen Augenblick die Kontrolle über das Spiel verloren? Sie glauben, auch mit mir spielen zu können, wie Sie mit allem und allen spielen.« Sie verstummte, betroffen von der Veränderung in seinen Zügen.

Seine Augen hatten ein Feuer, das sie zum erstenmal in ihnen entdeckte. »Ja, ich spiele«, sagte er nachdenklich, wie zu sich. »Es ist eine Leidenschaft, der Zeitvertreib der Menschenverächter. Sie läßt einen nicht mehr los, und manchmal kann man Spiel und Wirklichkeit nicht mehr auseinanderhalten.« Er blickte über sie hinweg. »Nur – diesmal geht es um Frankreich. Es ist in Fouchés Hand, zum erstenmal hat er, was er immer wollte, die uneingeschränkte Macht über dieses Land.«

»Dann wird Frankreich für alle eine Hölle werden. So, wie es für meinen Vater zuletzt eine Hölle war.«

»Komtesse! Versuchen Sie einmal, nicht nur zu empfinden. Versuchen Sie einmal zuzuhören.«

Caroline wandte sich ab. »Ich weiß nicht, wie Sie mich überzeugen wollen, daß nicht auch Sie falsch spielen«, sagte sie leise.

»Fouché ist Herr in Paris. Es liegt in seiner Hand, was geschehen wird; ob es wieder ein Königreich Frankreich geben wird oder einen zweiten Napoleon. In den Tuilerien werden in diesem Augenblick die Räume der Kaiserin Marie Louise und ihres Sohnes, des Königs von Rom, prunkvoll renoviert. Auf Veranlassung Fouchés. Seine geheimen Unterhändler sind in Wien. Fouché ist ein Spieler, und Napoleons Sohn ist der größte Trumpf in seiner Karte. Seine Unterhändler sind auch in Gent, bei Ludwig XVIII. Fouché weiß, daß der Bourbone vor diesem Kind zittert, daß er, wenn er nach fünfundzwanzigjähriger Verbannung noch einmal auf seinen Thron will, auch einen Fouché in Kauf nehmen muß.«

»Niemals!« sagte Caroline spontan. »Niemals wird der König einem Fouché die Hand reichen, einem Mann, der seinen Bruder auf die Guillotine geschickt hat!«

»Ein Mann, der an die Macht will, kann viel vergessen. Er wird sein Gewissen bei seinem Beichtvater erleichtern – und dann Fouché den Treueid abnehmen. Ich werde mit Monsignore Neri nach Gent reisen... mit einer Botschaft für den König.«

Caroline blickte den Herzog fassungslos an. »Sie wollen Fouché den Steigbügel halten? Dem Mann, der Ihre Familie ausgerottet hat?«

Das Gesicht des Herzogs verschloß sich. »Nein, Sie können das nicht begreifen! Frauen sind blind, wenn sie hassen.«

»Sie wissen nicht, was Haß ist.«

»Es gibt etwas, was furchtbarer ist: zwanzig Jahre stumme Feindschaft, zwanzig Jahre geduldiges Warten. Nein, Fouché kann man nur mit seinen eigenen Waffen schlagen!«

Hörte sie ihm überhaupt zu? Was ging sie das alles an?

»Verstehen Sie, warum ich so handeln muß!« fuhr der Herzog fort. »Rache wäre zuwenig für das, was er meiner Familie angetan hat. Aber ihm, der tausend Sprossen emporgeklommen ist, immer geduldig, immer wachsam – diesen Mann dazu zu verführen, daß er ungeduldig und blind den Schritt in den Abgrund tut...« Erst jetzt schien der Herzog zu bemerken, daß sie ihm nicht mehr zuhörte. »Sie schweigen, Komtesse. Immer schweigen Sie.« Er stand vor ihr, plötzlich hilflos. Mit einer Bewegung, als handelten sie gegen seinen Willen, legten ihr seine Hände den verrutschten Kaschmirschal um die Schultern. Dann wandte er sich schroff ab und verließ sie.

Erst jetzt kam ihr zum Bewußtsein, was geschehen war: Der Herzog von Belômer spielte Fouchés Spiel; als sein Unterhändler würde er nach Gent zu Ludwig XVIII. reisen. Er ist wahnsinnig, dachte sie. Er kommt nach Rochefort, er holt mich hierher nach Prédes-Rôs, macht mir einen versteckten Antrag – und am selben Tag empfängt er Neri! Er weiß, daß dieser Mann meinen Tod wollte. Er verbündet sich mit Männern, die meine Feinde sind – und er verlangt noch, daß ich ihn verstehe...

Verstehen! Immer benützten Männer dieses Wort, wenn sie von

einer Frau Unmögliches verlangten. Das Leben könnte so einfach, so klar und schön sein – die Männer waren es, die es kompliziert machten, zu einem Labyrinth, aus dem sie dann selber keinen Ausweg mehr fanden. Daß sich Frauen in die klare leblose Ordnung der Klöster flüchteten, in dieser Stunde verstand sie es – und auch jene andere Flucht in den Taumel der Sinne, in die Lust ohne Liebe. Vielleicht war das Leben wirklich nur ein Spiel und jeder ein Narr, der mehr davon erwartete...

Caroline verließ ihr Zimmer und eilte die Treppe aufwärts, bis sie sich in dem kahlen Treppenhaus befand, das zu den Dienstbotenräumen führte. Batu stand an einem vergitterten Fenster. Es gab den Blick auf den Innenhof frei. Zwei Knechte führten gerade vier Füchse aus dem Stall, schirrten sie vor eine Kutsche, die frisch geputzt und poliert bereitstand.

Caroline faßte einen plötzlichen Entschluß. Sie deutete auf den Hof hinaus. »Wir reisen ab, Batu, mit dieser Kutsche, für wen immer sie auch bereitgestellt ist. Hol das Gepäck aus meinem Zimmer. Wirf alles in den Korb, was herumliegt. Ich warte hier. Beeil dich! Und es ist besser, wenn dich niemand sieht.«

Nichts könnte sie mehr hier halten, in diesem Haus. Sie würde ohne Groll gehen, aber auch ohne ein Wort des Abschieds. Nach wenigen Minuten kam Batu mit dem Reisekorb auf dem Rücken die Treppe herunter. Über dem Arm trug er die leichte altrosa Taftpelerine, legte sie Caroline um. Sie warf einen letzten Blick aus dem Fenster. Die Pferde waren angeschirrt. Der Kutscher saß wartend auf dem Bock. Sie nickte Batu zu. »Wir brauchen nur die Kutsche«, sagte sie. »Der Kutscher interessiert uns nicht!«

»Eine feine Kutsche. Und gute Pferde.« In Batus Augen funkelte es verwegen. Er war in diesem Augenblick wieder der Pirat; sein Körper straffte sich, wie früher, bevor er sich am Enterseil in die Lüfte geschwungen hatte, hinüber auf das Beuteschiff. Sie traten in den Hof hinaus. Batu riß den Schlag auf. Caroline verschwand in der Kutsche. Batu schwang sich auf den Bock, riß dem Kutscher die Zügel aus der Hand. »Steig ab!«

»Die Kutsche ist für den Herzog...«

»Ich weiß. Aber ich werde kutschieren!«

Der Kutscher starrte den Neger an. Dann begann er plötzlich um Hilfe zu rufen. Ohne die Zügel loszulassen, packte Batu den Mann unter den Armen, warf ihn vom Bock. Dann gab er den Pferden die Zügel, die Peitsche sauste über ihre Rücken. Die Kutsche preschte aus dem Hof; in gestrecktem Trab ging es durch die gewundene

Auffahrt. Caroline saß im Fond und fühlte sich übermütig wie als Kind bei einem Streich. Erst als sie über die Brücke fuhren, lehnte sie sich aus dem Fenster. Ihr Blick glitt über Pré-des-Rôs weg, hinaus zu der Ruine auf der Steilküste.

24

Die Mägde, die am Brunnen der ›Vier Jahreszeiten‹ Wasser schöpften, hielten inne, und die Savoyardenjungen, die im Schatten der Droschken frühstückten, pfiffen leise durch die Zähne, als sie die Kutsche mit dem goldenen Phönix der Herzöge von Belômer erblickten, und in dem aufgeschlagenen Wagen die junge, schöne Frau, ganz allein.

Caroline klappte den Sonnenschirm zu, als die Kutsche in die Rue Varenne einbog. Rechts begleitete sie bereits die Mauer, die den Park des Palais Romme Allery umschloß. Die Pferde fielen in Schritt. Zwischen dem Grün der Platanen blinkte der warme Ockerton der Fassade auf, das lichte Grau der Marmorgesimse. Sie war wieder daheim.

Batu zog die Zügel an. Caroline öffnete selbst den Schlag, stieg mit gerafften Röcken aus. Sie trat an das schmiedeeiserne Tor und drückte auf den in einer Rosette verborgenen Mechanismus. Drei breite Eisenklammern sprangen auseinander. Batu zog die beiden schweren Flügel des Tores auf. Während er den Wagen wendete, eilte Caroline ungeduldig voraus. Sie holte den Schlüssel aus dem Seitenfach ihres Beutels. Da sah sie, genau über dem Schloß angebracht, das schwere rechteckige Siegel, das Schreiben, das die Worte trug: »Konfisziert. Die Republik Frankreich. Der Präsident. Fouché.«

Ihre Hand sank herab. Ihr Blick ging über die Fassade, die Umgebung. Jetzt erst fiel ihr auf, daß auf der mit feinem hellen Sand bestreuten Auffahrt Unkraut wuchs. Von den Rhododendronsträuchern des Mittelrondels hatte kein Gärtner die verwelkten Blüten geschnitten. Die Blumen traten in wuchernder Fülle über die Beete.

Neben ihr blitzte etwas auf. Batu hatte einen kurzen Dolch aus seinem Gürtel gezogen, er wollte das Siegel aufsprengen – aber Caroline legte ihre Hand auf die seine und schüttelte den Kopf. Sie wußte nicht, was sie tun würde. Sie hatte nur das Gefühl, als beginne sich ein großes Rad in ihr zu drehen. Wie schwach mußte

Fouché sich im Grunde fühlen, wie unsicher auf seinem Präsidentenstuhl, wenn er schon Angst vor dem Namen Romme Allery hatte! Aber gerade diese Schwäche war es, die ihn so gefährlich machte.

Sie steckte den Schlüssel ein und schritt zum Wagen. In Gedanken ließ sie die Menschen vorbeiziehen, die sie in Paris kannte. Es waren viele – und doch zählte keiner. Aber sie mußte mit jemandem sprechen. Nur einer fiel ihr ein, der Notar ihres Vaters, César Sorel, der, seit sie sich erinnern konnte, das Vermögen der Romme Allery mit Sorgfalt und Umsicht verwaltete, als wäre es sein eigenes.

Sie wandte sich an Batu. »In die Rue Mazarin, Nummer siebzehn. Und schließe das Dach der Kutsche.«

Der Bureauvorsteher führte Caroline in den Salon. »Es wird nicht lange dauern.« Caroline dankte. Dieser kleine dämmrige Raum mit seiner kühlen Luft, das verwelkte Grün der Seidentapete, der Blick in den kleinen verspielten Garten – all das tat ihr gut nach der Fahrt durch die vor Hitze und Lärm brodelnden Boulevards in der stickigen geschlossenen Kutsche.

Sie wollte eben eine der Zeitungen aus dem geschnitzten Lindenholzständer nehmen, als die Tür gegenüber sich öffnete. »Sub jugum suave.« Sie hörte die vertraute Stimme des Notars. »Unter das süße Joch.« Ein jugendliches Lachen antwortete. »Zwanzig Millionen versöhnen mit viel. Außerdem, er soll, wie man sagt, immer ein zärtlicher Gatte gewesen sein.« Ein junger Mann trat heraus. Der schwarzbraune Anzug betonte den schlanken, fast zarten Gliederbau seiner hohen Gestalt. Aber Caroline hatte nur Augen für das Gesicht, das ihr bekannt vorkam, obwohl sie sicher war, diesem Mann niemals zuvor begegnet zu sein. Dieses ebenmäßige Oval, das weiche samtene Braun von Haar und Augen, das unmerkliche Lächeln – woran erinnerte er sie nur? Er starrte sie mit jener unverschämten Neugierde an, die man in Paris einem Mann nur verzieh, wenn er Soldat, Künstler oder Italiener war. Dann verneigte er sich, wie entschuldigend, ehe er den Raum verließ. Caroline sah ihm nachdenklich nach. Der Bureauvorsteher öffnete die Tür. »Komtesse Romme Allery!«

César Sorel, weißhaarig und schwerleibig, thronte in einem grünen Ledersessel hinter dem wuchtigen Schreibtisch, unter dem ein großer Kater lag, in dessen dichtem Fell der Neunundsechzigjährige sich die Füße wärmte – das einzige, was Sorel gegen seine beginnende Gicht tat. Er erhob sich, kam ihr entgegen, schob ihr den Sessel zurecht. »Sie haben den jungen Mann gesehen, der eben mein Büro verließ?«

Caroline nickte. Sie kannte seine Eigentümlichkeit, nie direkt auf die Dinge loszugehen, trotzdem war sie verwundert. Sorel deutete auf das massive Gestell aus Mahagoni, auf dem Akten lagen. »Der Graf Castellane und ich haben eben den Entwurf für einen Ehekontrakt durchgesprochen – eine der merkwürdigsten Ehen, die ich je geschlossen habe: ein alter Jakobiner und eine junge Dame aus Frankreichs blauestem Blut.«

Caroline blickte fragend in das Gesicht des Notars.

»Geduld, Komtesse, Sie werden mich gleich verstehen. Der junge Mann, den Sie eben sahen, ist der zukünftige Schwager des Herzogs von Otranto – seine Schwester Gabrielle wird Fouché heiraten, oder vielmehr: Fouché läßt es sich zwanzig Millionen kosten, endlich ganz zur ›Gesellschaft‹ zu gehören, und den Castellanes erspart diese Hochzeit die Konfiskation ihrer Besitztümer... ja, so sieht es in Paris aus! Soll ich sagen: Willkommen? Mir sind Sie es immer – aber mein Rat vermag wenig im Augenblick. Sie sind wegen der Konfiskation gekommen?«

Sie nickte. Sie war wie benommen. »Ich bin eben in Paris eingetroffen. Als ich in unser Palais wollte...«

»Es werden jeden Tag mehr. Die Hälfte meiner Klienten hat die Stadt bereits verlassen.«

»Aber kann man sich nicht wehren, einen Prozeß anstrengen? Was habe ich schon zu verlieren?«

Er blickte sie an; seine Augen, eingebettet in Tränensäcke, waren von einem verschleierten Grau. »Was Sie zu verlieren haben? Viel, Komtesse! Ihr Vater hat einen sechsten Sinn für Geld. Selbst ich, sein Vermögensverwalter, frage ihn um Rat, wenn ich mein Geld anlegen will. Er war der erste, der das Geschäft mit den spanischen Schatzbons witterte; er war der erste, der Eisenbahnaktien kaufte...«

Caroline hörte ungeduldig zu. Sie begriff nicht, worauf der Notar hinauswollte.

»Als er vor einem Jahr hier in Paris seine Konten und Depots auflöste, habe ich ihn nicht verstanden. Wie sich jetzt zeigt, hat er richtig gehandelt. – Fouché hat geschäumt, als er feststellen mußte, daß es für die Bank von Frankreich nichts zu kassieren gab. Er selbst hat sich zu mir bemüht, aber auch mein Tresor war leer... Sie sollten Ihren Vater warnen. In Rosambou ist er sicher, das ist weit vom Schuß, aber hier...« Sie blickte auf. Sollte er es wirklich noch nicht wissen? War die Nachricht noch nicht nach Paris gedrungen?

»Mein Vater ist tot«, sagte sie. »Er starb in Rosambou...« – sie mußte sich selbst erst besinnen – »vor fünf Wochen.«

»Verzeihen Sie mir, Komtesse.« Ein Schweigen entstand. Der Notar schlug eine Akte auf, als müsse er sich an etwas Reales klammern. »Die Konfiskation ist gegen Ihren Vater ausgesprochen – auch Fouché weiß also nicht...« Er verstummte, fuhr dann nachdenklich fort: »Das ändert vieles. – Ich nehme an, Sie wissen, wo das Geld und die Papiere sich befinden?« Seltsame widersprechende Gefühle stritten in Caroline. Der Abend, bevor sie aus Rosambou geflohen waren, stieg wieder in ihr auf: die Schloßkapelle, ihr Vater, der ihr die Steinplatte hinter dem Altar zeigte. »Ich glaube, ja«, sagte sie.

»Hören Sie mir gut zu, Komtesse! Handeln Sie, als wüßten Sie es nicht. Nehmen Sie einen Kredit auf, ich bürge für Sie. Und verlassen Sie Paris. Warten Sie auf Rosambou alles Weitere ab. Vielleicht sieht in einigen Wochen bereits alles ganz anders aus – und dann holen wir uns auch noch die zwanzigtausend Franken zurück, von den Pferden, die versteigert wurden.«

»Man hat Luna versteigert!« Caroline war aufgesprungen. Zahlen, Aktien, das hatte ihr nichts gesagt, aber Luna – jetzt erst begriff sie, was geschehen war. Ihr gehörte nur noch, was sie auf dem Leib trug. Sie sollte Paris verlassen. Sie hatte nicht einmal mehr das Recht, da zu stehen, wo sie stand. »Warum haben Sie das nicht verhindert? Wer hat Luna ersteigert? Ich muß ihn wiederhaben, gleichgültig, was es kostet!«

Der Notar blickte auf. Er hatte sein Leben lang der Vernunft gedient, aber geliebt hatte er immer nur das andere, das irrationale. »Ich werde mich darum kümmern, sobald es geht. Im Augenblick sind uns die Hände gebunden, auch mir.« Er erhob sich, nahm ihre Hand. »Tun Sie nichts Unüberlegtes! Warten Sie ab. Hoffen Sie nicht auf Gerechtigkeit – in Paris zählt im Augenblick nur eines: auf seiten des Siegers zu sein.« Er sprach nicht weiter, aber er ließ ihre Hand nicht los, wie ein besorgter Vater, der Angst hat vor der Wirkung eines einzigen falschen Wortes.

»Ich danke Ihnen.« Sie lächelte. »Ich will versuchen, an Ihre Worte zu denken.« Ihre Röcke raschelten, als sie die Tür durchschritt.

Sie ist wie ihr Vater, dachte Sorel, der ihr nachsah. Wenn andere am Ende ihres Mutes sind, erwacht der ihre erst.

Die Kutsche rollte über den Pont Neuf. Ein leichter Windzug blähte die Vorhänge, brachte den etwas fauligen Duft der Seine mit, den Duft der Orangenbäume und der Pfefferminzlimonade, die Mädchen unter bunten Sonnenschirmen feilboten. Rue Saint Honoré, Place Vendôme, elegant gekleidete Menschen, luxuriöse Schaufenster. – Sie war reich, sehr reich. Ihr Vater hatte das Geld vor Fouché gerettet – sie wußte, wo es lag, aber sie empfand es nicht als Besitz; sie empfand es als Freiheit. Geld war eine Waffe, bedeutete Macht. Sie klopfte an das Fenster zum Kutscherbock. »Zum Palatin.« Und als ein paar Minuten später der Besitzer des Hotels Palatin sie als Herzogin anredete – da wußte sie, daß Geld auch ein Zauberstab war. Sie schritt über die bourbonenblaue Wiese des dicken belgischen Teppichs, sie atmete den süßen Duft der weißen Lilien, die sich in goldenen schmalhüftigen Vasen drängten; Pagen in weißen Rokokoanzügen und silberüberstäubten Perücken öffneten die Flügeltüren der Suite vor ihr: ein Salon in Weiß und Gold tat sich auf, auf einem Tischchen stand eisgekühlter Champagner, waren Pastetchen angerichtet. Eine lautlose Zofe verschwand mit den Kleidern, brachte sie wenig später gebügelt wieder. Ein Friseur mit müden Augen und schnellen federleichten Händen bot seine Dienste an.

Sie war kaum allein, als es klopfte und ein Bote ihr das schmale Kuvert überbrachte und ihr bedeutete, daß er auf Antwort warten solle. Sie öffnete das Kuvert, erblickte das Wappen; die goldene Säule, um die sich eine Schlange windet. Es gab für den Herzog von Otranto kein charakteristischeres Wappen als dieses. Er bat sie um eine Unterredung am Quai Voltaire. Um zwei Uhr.

Sie war kaum ein paar Stunden in Paris – und schon wußte er es. Eine Stunde hatte sie Zeit. In einer Stunde konnte sie fort sein, Paris verlassen haben... Nein, den Triumph, vor ihm geflohen zu sein, wollte sie ihm nicht gönnen. Sie wandte sich an den Boten. »Ich werde pünktlich sein.«

Sie stand lange vor dem Kleiderschrank. Sie versuchte, sich den Fouché vorzustellen, an den sie bisher nie gedacht hatte: den Mann, der dabei war, ein junges Mädchen zu heiraten. Sie wählte schließlich das lavendelfarbene Atlaskleid. Das war die richtige Farbe für das graue Büro am Quai Voltaire. Sie streifte den um einen Schatten dunkleren Mantel aus feinster Spitze darüber, der sich wie eine zweite Haut über den schimmernden Atlas legte und am Hals zu einem angedeuteten Stuartkragen aufblühte.

Die Schritte des Amtsdieners schlurften vor ihr her, über Treppen und Gänge; Türen gingen auf, schlossen sich. Sekretäre prüften ihren Einlaßschein, versahen ihn mit Stempeln. Immer tiefer ging es in das Labyrinth, das Fouché sich als seine Zitadelle erwählt hatte. Caroline wußte längst nicht mehr, in welchem Teil des Gebäudes sie sich befand, sie hatte alle Orientierung verloren. Aber vielleicht gehörte das dazu, dieser Weg durch die grauen Gänge, der auch einen Menschen unsicher machen mußte, der keinen Grund zur Furcht hatte. Eine neue Tür öffnete sich: ein hoher Raum, dunkle geschlossene Schränke, staubiges graues Licht. »Monsieur le Président!« zischte der Diener hinter ihr. Sie stand vor Fouché.

Sie zwang sich zu einer stummen Reverenz. Als sie sich erhob, begegnete sie zwei fischkalten Augen in einem fahlen Gesicht. Ein dünnes Lächeln spielte um seinen Mund. Er deutete auf den hochlehnigen Stuhl. »Wie heißt es doch? Es ist mehr Freude über einen reuigen Sünder...«

Sie flüchtete sich in die stumme Sprache der Frauen, sie senkte den Kopf. Erst als sie sich wieder in der Gewalt hatte, hob sie die Augen. Wie hatte sie nur hoffen können, daß diesen Mann seine Sinne verführen könnten.

»Ich sehe mit Freude, ich habe Sie unterschätzt, Komtesse. Ich gestehe, ich habe nicht damit gerechnet, daß Sie meiner Aufforderung folgen würden.«

»Ich hielt es für eine Einladung«, sagte sie.

Wieder glitt ein Lächeln über sein Gesicht, das wie eingemauert in dem hohen steifen Kragen saß – ein unheimliches Eigenwesen, das den Körper nicht zu brauchen schien. »Wenn Sie so wollen, ist es eine Einladung. Um es gleich zu sagen, es tut mir leid, daß Sie Ihr Haus verschlossen vorfanden. Sie sind im Palatin abgestiegen?«

Sie nickte.

»Ich will keine Umschweife machen.« Er zog aus einem Aktendeckel ein Blatt. Seine schlanken Hände fuhren fast zärtlich über das Pergament. »Ich verabscheue Gewalt, wo sie unnötig ist«, sagte er. »Mir liegt nichts daran, dieses Urteil wirklich zu vollstrecken, es sei denn...« Er reichte ihr ein Schriftstück.

Caroline hielt das Todesurteil ihres Vaters in den Händen, gezeichnet mit seiner Unterschrift. Das Blatt glitt ihr aus den Händen, flatterte zu Boden. Sie bückte sich danach. Einen Augenblick war sie versucht, es zu zerreißen, die Fetzen Fouché hinzuwerfen, ihm ins Gesicht zu schleudern und zu sagen: Du hast ihn bereits getötet! Sie wunderte sich, woher sie die Beherrschung nahm. Sie legte das Blatt auf den Tisch. Nur ihre Hände zitterten. »Was kann ich tun, um meinen Vater zu retten?« Sie empfand Triumph darüber, wie glatt die Lüge über ihre Lippen kam.

Fouché schob das Urteil wieder in die Akte. Seine Augen, dazu erzogen, alles zu registrieren und nichts zu verraten, gingen prüfend über ihr Gesicht, klopften es ab, wie der Meißel den Stein. »Frauen waren immer meine besten Helfer«, sagte er schließlich. »Und in diesem Fall kann vielleicht nur eine Frau mir helfen, wo so viele Männer versagt haben.« Er hatte sich gesetzt. »Es gibt einen Mann, der das Leben Ihres Vaters aufwöge. Und da er es schon einmal so wunderbar errettet hat, damals in Vincennes – warum nicht ein zweites Mal? Er liegt mir sehr am Herzen, dieser Mann. Er wäre mit sogar mehr wert als nur das Leben Ihres Vaters.«

»Sie sprechen in Rätseln«, hörte sie sich sagen. »Sie müßten mir schon seinen Namen nennen.«

»Sein Name? Gil de Lamare. Den Namen kennen alle. Ich will wissen – wer verbirgt sich hinter diesem Namen!«

»Und Sie glauben, ich könnte ...« Sie versuchte seinen lauernden Blicken standzuhalten.

»Ein Gefühl sagt mir, ja. Oder, wenn Sie so wollen, die Tatsache, daß er Ihrem Vater half, daß er Ihre Rechnung mit Tibot sogar mit einem Mord beglich! Diese beiden Male glaubte ich ihn zu haben. Zweimal hat er sich in Gefahr begeben – für Sie. Und wenn mich mein Gefühl nicht trügt – er würde es wieder tun.« Er erhob sich hinter seinem Schreibtisch. Er schob den Stuhl etwas zurück, und mit einer marionettenhaften Bewegung seiner Hand deutete er auf die Akte. »Sie haben die Wahl. Und – kein falsches Spiel! Ich hoffe, Sie ersparen es sich und mir. Noch bevor Sie das Haus von Monsieur Sorel betraten, wußte ich, daß Sie in Paris sind – und ich werde auch in Zukunft jeden Ihrer Schritte kennen ...«

Sie hatte nicht gewußt, was sie tat, als sie zu Fouché ging, war nur einem Gefühl gefolgt. Auch jetzt, als sie wieder ins Freie trat und, geblendet von dem hellen Licht des Mittags, auf ihre Kutsche zuschritt, hatte sie noch keine Ahnung, was sie tun würde.

Batu öffnete den Schlag der Kutsche und klappte das Treppchen heraus. Caroline trat nahe an ihn heran. »Zum Pont Neuf«, flüsterte sie ihm zu. »Fahr ganz nahe an eine geschlossene Droschke heran. Ich möchte unbemerkt umsteigen. Dann bringst du die Kutsche ins Palais des Herzogs. Ich brauche sie nicht mehr.« Sie drückte ihm ein Goldstück in die Hand. »Dann hast du frei für heute.«

Der Schlag schloß sich hinter ihr. Die Kutsche rollte aus dem Hof, hinaus auf den Quai Voltaire. Durch das Rückfenster beobachtete Caroline den Tilbury mit einem langhalsigen Mann in grünkariertem Rock; der Wagen folgte ihnen. Sie machte Batu ein Zeichen, und er begriff. Am Pont Neuf drängte er sich mit seinem Vierspänner mitten in das dichteste Gewühl, und Caroline konnte unbemerkt in eine Mietdroschke umsteigen. Sie zog die Vorhänge zu, bat den Kutscher zu warten. Erst als sie sich vergewissert hatte, daß der Tilbury mit dem Langhalsigen der leeren Kutsche des Herzogs gefolgt war, nannte sie dem Kutscher die Adresse eines bekannten Perückenmachers am Quai de la Tournelle.

Sie wußte, daß von nun an jeder ihrer Schritte nicht nur ihr, sondern auch Gils Schicksal entscheiden konnte. Das, was sie sich sehnlichst gewünscht hatte: daß er ihr ein Zeichen geben würde – das konnte ihnen nun zum Verhängnis werden.

Sie war müde und hungrig, aber zufrieden mit sich, als sie das Palatin betrat. In den beiden Schachteln, die der Hoteldiener hinter ihr hertrug, befanden sich Dinge, mit deren Hilfe sie sich so verwandeln konnte, daß Fouchés Spitzel sie nicht mehr erkennen würden, nicht einmal jener Langhalsige in der grünkarierten Jacke, der ihr mit der Kutsche gefolgt war und jetzt in der Hotelhalle saß. Er tat so, als sei er in eine Partie Domino vertieft. Sie ging mit Absicht nahe an ihm vorbei, und als er aufsah, lächelte sie ihm herausfordernd zu.

Sie ließ sich ein Menü mit getrüffelten Wachteleiern, überbackenem Stint, Genfer Ferra und Parfait Mazarin aufs Zimmer bringen, aber sie schickte den Ober, der sie bedienen wollte, weg. Sie schloß die Tür, stieg aus den Kleidern, zog die schweren dunkelblauen Samtvorhänge zu, deckte das breite Baldachinbett auf. Sie ließ das Bad ein, schob den Tisch mit den Speisen neben die Wanne – und aß dann, bis zum Hals im warmen duftenden Wasser sitzend, wie sie es von Kindheit auf mit Leidenschaft tat. Das warme Wasser, das Essen, der Wein – ein tiefes Wohlgefühl durchströmte ihren Körper. Nackt und noch feucht vom Bad, schlüpfte sie unter die weißen Linnen. Quer im Bett liegend, die Beine leicht angezogen, die Arme um das Kissen geschlungen, schlief sie noch im selben Augenblick ein..

Als sie erwachte, lag sie immer noch in derselben Stellung. Durch die geschlossenen Vorhänge drangen leise und schläfrig, wie eine ferne Brandung, die Geräusche des nächtlichen Paris.

Sie tastete nach dem Feuerzeug auf dem Nachttisch, entzündete die Öllampe aus Rosenquarz. Die Uhr zeigte halb zehn. Sie schlug die Linnen zurück. Sie spürte den dichten Flor des Teppichs unter ihren Füßen, als sie auch die anderen Lampen entzündete. Im Salon löste sie die Verschnürung der beiden noch verpackten Schachteln, legte die Kleider, die Perücken und Masken zurecht.

Dann setzte sie sich an den Schminktisch. Im Licht einer Lampe, deren Schein durch zwei mit Wasser gefüllte Glaskugeln besonders hell wurde, steckte sie das Haar auf, schminkte ihr Gesicht, parfümierte sich. Dann trat sie an das Fenster und spähte hinaus. Auf dem hellerleuchteten Boulevard flogen Kutschen dahin, flanierten die Nachtschwärmer. Von irgendwoher drang leise der Klang von Geigen, vermischte sich mit dem Summen des Boulevards. Es hielt sie plötzlich nicht mehr. Sie nahm die silberblonde Perücke, zog sie vor dem Spiegel über ihr Haar, steckte sie mit Nadeln fest. Mit schnellen Händen hakte sie das leichte Mieder zu und streifte die Seidenstrümpfe über; sie stieg in das silberweiße Kleid, warf den Domino, die rosa Seite nach außen, über die Schulter und schloß ihn unter dem Kinn. Zuletzt setzte sie die straßbesetzte silberweiße Satinmaske vor das Gesicht. Sie löschte die Lichter, trat auf den Gang. Sie schloß die Tür hinter sich ab, steckte den Schlüssel zu sich. Langsam schritt sie die Freitreppe hinunter. Der Spitzel saß immer noch an seinem Tisch mitten in der Halle, grau vor Müdigkeit, und spielte Domino mit sich selbst. Diesmal erkannte er sie nicht.

Die Flügeltüren schwangen vor ihr auf. Sie trat hinaus in die milde schmeichelnde Nachtluft. Es war ihr, als betrete sie die wirbelnde Fläche eines Karussells, das sie mit sich fortriß.

25

Musik und Lachen scholl ihr entgegen, als sie die lampiongeschmückten Arkaden des Palais Royal betrat. In bunten, halboffenen Zelten saßen Paare, die sich noch keine Stunde kannten. Rund um den erleuchteten Springbrunnen in der Mitte des Gartens war ein Tanzpodium errichtet. Sie sah den Tanzenden zu, als sie plötzlich den Arm eines Mannes neben sich spürte, die raschelnde Seide seines Rocks. Sie erkannte ihn sofort – neben ihr stand der junge Mann, der ihr am Vormittag bei Sorel begegnet war, Graf Castellane, der zukünftige Schwager Fouchés. Im ersten Augenblick wollte sie nicht glauben, daß ein Zufall sie hier zusammengeführt hatte. Aber er schien sie nicht zu beachten; er spähte über die tanzenden Paare, als suche er jemanden. Und dann trafen sich ihre Blicke. Ein Lächeln trat in seine grünbraun gesprenkelten Augen. Es war dieselbe fast unverschämte Offenheit, mit der er sie auch heute früh gemustert hatte. »So allein durch die Nacht?«

»Wenn die Nacht so schön ist!«

Er bot ihr seinen Arm. »Dann lassen Sie uns tanzen.« Sie betraten die Tanzfläche. Er nahm sie in seine Arme, aber sie merkte, daß er mit seinen Gedanken woanders war. Wieder gingen seine Augen wie suchend über die Menschen, die sich um das Podium drängten. Caroline blieb mitten im Tanz stehen. »Wo immer Sie mit Ihren Gedanken sind – hier sind Sie nicht.«

»Bitte!« Eine knabenhafte Röte stieg ihm ins Gesicht. »Wie haben Sie das gemerkt?«

Sie hob ihren Fächer, faltete ihn auseinander, um ihr Lächeln zu verbergen. »Vielleicht weil ich selber mit den Gedanken woanders bin.«

Er starrte sie an. »Verzeihen Sie.« Er zog eine Visitenkarte aus der Tasche, überreichte sie Caroline mit einer Verbeugung. »Castellane – Majastre. Meine Vornamen stehen alle darauf. Es sind zu viele, ich werde sie mir nie alle merken können.« Wieder sah er sich um. »Ich bin auf der Suche nach meiner Schwester.«

Sie mußte sich zwingen, nichts zu sagen, nicht zu verraten, daß sie mehr von ihm wußte, als er ahnte. Eine kühne Idee blitzte in ihr auf. »Reißt sie oft aus? Vielleicht kann ich Ihnen helfen, sie zu suchen.«

Er senkte den Kopf. Er war plötzlich verändert, verlegen, unsicher. »Warum eigentlich diese Maske?« fragte er.

»Vielleicht habe ich auch einen gestrengen Bruder.«

Er lachte plötzlich befreit auf. »Ich glaube, Sie hat der Himmel geschickt.«

Sie verließen das Palais Royal. Eine kupferbeschlagene Kutsche löste sich aus dem Gedränge des Boulevards, nahm sie auf, brachte sie über den Pont au Change hinüber auf die Ile de la Cité und fuhr sie dann durch die engen Gassen im Schatten von Notre Dame. Graf Castellane schien einen ganz bestimmten Weg einzuschlagen, so, als sei es nicht das erstemal, daß er hier seine Schwester suchte. Die kopfsteingepflasterten Straßen wurden immer enger, immer näher rückten die dunklen, hochgiebeligen Häuser zusammen.

Man sagte von der Ile de la Cité, sie sei das Herz von Paris, aber Caroline kam es vor, als drängen sie in die Eingeweide der Stadt vor. Das Val d'Amour war ein Viertel, von dem sie bisher nur gehört hatte, aber niemals gewagt hätte, es allein zu betreten. Die Vorstellung, daß eine Komtesse Castellane in einem solchen Revier ihren Vergnügungen nachgehen könne, vergrößerte nur Carolines Neugier. Sie hatten die Kutsche verlassen und eine leicht ansteigende Gasse betreten, als die gewaltige Gestalt eines Nubiers Carolines Aufmerksamkeit fesselte. Er stand im Schatten eines Torbogens, schwere glänzende Geschmeide bedeckten seine Arme. Castellane hob mit einem Ausdruck des Abscheus die Schultern. »Kommen Sie weiter! Das ist nichts für Sie!« Aber Caroline achtete nicht darauf. Sie preßte das Gesicht gegen die große Scheibe, durch die sie in einen von rötlichem Dämmerlicht erfüllten Raum blicken konnte. Um eine schwarze Säule in der Mitte des Raumes standen, nur eine schmale Gasse freilassend, mit Tierfellen bedeckte niedrige Ottomanen. Frauen saßen darauf, dicht gedrängt, manche halb entblößt, verwelkte alte Frauen, grell geschminkt, mit Schmuck überladen. Alle blickten gebannt auf die Säule in der Mitte des Raumes, an die nun aus dem dunklen Hintergrund ein Neger geführt wurde; jung, kräftig, muskulös stand er da, mit verbundenen Augen, aber vollkommen nackt. Eine Frau mit rotgefärbtem Haar und einem blassen, mumienhaft verzerrten Gesicht, in dem nur die umschatteten Augen zu leben schienen, trat vor ihn hin, tastete seinen Körper ab, dann eine andere, eine dritte. Sie riefen etwas, eine Stimme im Hintergrund antwortete, und plötzlich begriff Caroline, was da vorging: sie boten Summen auf den Neger... In ein paar Minuten war alles vorbei, der Neger wurde weggeführt, ein anderer nahm seinen Platz ein. Caroline wandte sich ab. Sie fühlte, wie ihr unter dem Blick Castellanes die Röte ins Gesicht stieg. »Ich wußte nicht, daß es so etwas gibt«, sagte sie stockend. »Sie ersteigern sie?«

Er warf ihr einen halb strafenden, halb erleichterten Blick zu. »Ich dachte schon, das gefällt Ihnen. Ja, sie ersteigern sie, für eine Stunde, eine Nacht. Sie nennen es bal nêgre. Kommen Sie weiter. Davon sollte eine Frau wie Sie nichts wissen!«

Trotz regte sich in Caroline. »Immerhin – hier suchen Sie Ihre Schwester. Ein Klosterleben scheint sie auch nicht zu führen.«

»Ach was, Kloster! Da kommen sie erst auf den Geschmack des Verbotenen.« Er verstummte. Schweigend gingen sie weiter. Die Straße wurde breiter, man ahnte die nahe Seine. Plötzlich blieb Castellane vor einem der Häuser stehen. Niedriger und gepflegter als die anderen, stand es etwas zurückgesetzt hinter einem schmalen offenen Vorgarten. Vier schlanke Säulen und ein Giebelfries bildeten das Portal. Caroline konnte in der Dunkelheit die Darstellung des Giebelreliefs nicht erkennen – nur die Lettern aus glänzendem Onyx: »Sappho«. Der Graf war ihr voraus an das Portal geeilt. Im selben Augenblick öffnete es sich, Lachen erklang, Musik; zwei Frauen, eng umschlungen, traten ins Freie, die Tür schloß sich wieder. Castellane eilte ihnen nach, sprach leise mit ihnen. Dann kam er zurück, blieb unentschlossen vor Caroline stehen. Sie mußte lächeln, jetzt, da sie dieses Haus gesehen und den Grund seiner Verlegenheit ahnte. »Darum also war ich für Sie ein Geschenk des Himmels.«

Er griff nach ihrer Hand. »Sie können mir einen großen Dienst erweisen. Ich weiß nicht, wie ich es ihnen erklären soll..« Er zwang sich, Caroline offen anzusehen. »Sie soll in Kürze heiraten, und wenn es bekannt wird, daß sie hier, in diesem Haus...«

»Sie macht sich nichts aus Männern«, sagte Caroline ungeniert. »Das hätten Sie mir auch gleich sagen können. Ich werde sie holen. Wie erkenne ich sie?«

»Ein schwarzer Samtanzug fehlte in ihrer Garderobe. Sie hat haselnußbraunes Haar. Sie trägt es außer Haus meist offen, schulterlang. Sie werden sie bestimmt erkennen. Wir sehen einander sehr ähnlich.«

Caroline schritt auf das Haus zu, im Rücken das leise Knistern ihres seidenen Mantels, der über den Boden streifte; die Ziegenledersohlen ihrer Schuhe glitten auf der feuchten, dichten Rasendecke des Vorgartens, der das Haus wie ein grüner Gürtel umschloß, wie von selbst dahin. Noch war alles ein amüsantes Abenteuer, in das sie zufällig geraten war, ein Abenteuer, so unwirklich wie diese Nacht.

Eine Vorhalle öffnete sich auf ihr Klopfen. Aus den tiefen Falten der schwarzen Wanddraperien ragten Schalen, die mildes Licht verströmten. Im zweiten Raum tanzten Frauen Leib an Leib mit fast unmerklichen Bewegungen. Frauen in den Armen von Frauen, mit offenem Haar, bloßen Füßen, entblößten Brüsten. Haare vermischten sich, nackte Füße berührten sich zu dem Rhythmus von Tamburinen.

Caroline stand an der Tür, blickte auf das seltsame Treiben; neugierig, belustigt. In einer Lücke sah sie eine knabenhaft schmale Gestalt auftauchen mit langem Haar, schwarzem Samtanzug, das mußte Gabrielle sein. Noch tanzte sie von ihr abgewandt, doch jetzt drehte sie sich langsam – und Caroline erschrak. Im ersten Augenblick wollte sie sich einreden, daß sie sich vielleicht doch täuschte. Aber es gab keine Zweifel – es war Verena.

Gabrielle schien Carolines Blick zu fühlen, sie blickte zu ihr herüber, und Caroline war froh, daß eine Maske ihr Gesicht verbarg, daß die dichten künstlichen Wimpern der Augenschlitze selbst ihre Bicke nur ahnen ließen. Die Nonne Verena – Gabrielle de Castellane? Die zukünftige Frau Fouchés, des Herzogs von Otranto! Caroline war zumute, als bewege sie sich plötzlich auf einer glatten Eisfläche. Noch konnte sie zurück. Noch hatte sie sich nicht zu erkennen gegeben, keinen Fehler gemacht.

Gabrielle schien ihr unter diesen Traumtänzerinnen die einzige Wache zu sein. Mit einem Lächeln, in dem sich Verführungslust mit Ungeduld mischten, hielt sie eine üppige weißhäutige Schönheit im Arm. Sie trug ein weißes gefältetes Musselingewand, dessen straffes goldenes Kreuzband die nackten, mit Henna geschminkten Brüste nach oben schob. Caroline hatte ihren Entschluß gefaßt. Sie trat nahe an die Tanzenden, machte Gabrielle ein Zeichen. Die hielt im Tanz inne und flüsterte ihrer Partnerin etwas zu. Caroline erkannte in ihr eine bekannte Schauspielerin. Langsam, wie erwachend, schlug diese jetzt die Augen auf. Ein Blick voll Eifersucht traf Caroline.

Gabrielle kam auf Caroline zu. »Ich danke dir«, flüsterte sie. »Du hast mich von ihr erlöst. Aber warum so geheimnisvoll? Warum die Maske? Du machst mich neugierig.«

Gabrielle zog Caroline mit sich zu einer der Wandnischen, die hinter Portieren und Kübeln mit riesigen künstlichen Blumengestecken ganz verschwanden. Gabrielle zog den Vorhang zu.

Caroline wollte die Maske abnehmen, aber Gabrielle kam ihr zuvor. »Laß mich!« Ihre schmalen Hände lösten behutsam die Maske. Ihre Augen wurden weit. »Du, Hexe, du! Teufelin! Du hast mir nicht getraut, hast den Trank vertauscht, ich habe es damals schwer büßen müssen. Du hast viel gutzumachen!« Aber sie schien nicht ernsthaft erzürnt zu sein. Ihre Augen hingen bewundernd an Caroline. »Du bist noch schöner geworden.« Sie beugte sich vor. »Aber warum die Maske, die Perücke? – Halten sie dich auch unter Verschluß?«

»Ich werde dir alles erklären. Aber nicht hier. Laß uns gehen.«

Ein Schatten ging über Gabrielles Gesicht. »Hat mein Bruder dich geschickt? Weiß er, daß wir uns kennen?«

»Nein. Ich selber wußte es nicht, daß Gabrielle und Verena...«

»Weißt du, daß sie mich verheiraten wollen? Mich!« Sie lachte. »Erst sperren sie mich in ein Kloster, und nun bin ich die Rettung der Castellanes! – Seit wann kennt ihr euch?«

»Noch nicht eine Stunde. Er suchte dich im Palais Royal – ein Zufall. Bitte, sag ihm nicht, daß wir uns schon kannten. Und sage ihm auch meinen Namen nicht!«

»Ich habe deinen Namen nie erfahren.«

»Caroline...«

»Caroline de la Romme Allery?«

Caroline hatte die Maske wieder aufgesetzt. Sie verließen die Nische, drängten sich schnell an den Paaren vorbei, traten vor das Haus. Der Graf Castellane stand neben der Kutsche. Als er sie erblickte, kam er auf sie zu. Gabrielle lachte. »Schau dir sein Gesicht an – wie ein Pfarrer, der Geister austreibt. Nun, Bruderherz, was bietest du uns außer deinem Ehrengeleit?«

Der Graf nahm den Arm seiner Schwester. »Du hattest mir versprochen…« Er kam nicht weiter. Die Haustür der Villa Sappho schwang auf, heraus eilte die blonde Schauspielerin, sah sich um.

»Schnell!« Gabrielle drängte ihren Bruder in die Kutsche, Caroline folgte. Gabrielle wollte eben den Schlag schließen, aber die Schauspielerin hinderte sie mit einer flehenden Geste. Stumm reichte sie Gabrielle einen kleinen perlenbestickten Beutel. Dann schloß sie selbst den Schlag.

Die Pferde zogen an. Gabrielle ließ sich in die mit der Wappenburg der Castellanes bestickten Samtpolster sinken. »Wenn sie nur eine bessere Schauspielerin wäre«, seufzte sie. »Ihre Abschiede sind einfach zu schlecht.«

Das Haus der Castellanes lag auf der Ile Saint Louis, dieser träumenden Insel inmitten der brodelnden Stadt; an ihren Ufern fand die Seine Zeit, melodiöser zu rauschen, die Sonne hielt auch an den heißesten Tagen den kühlenden Fächer des Windes vor – und die Uhren hatten eine andere Zeit.

Castellane begleitete die beiden Mädchen schweigend bis vor die Tür zu Gabrielles Gemächern. Er schien sie nur widerstrebend allein zu lassen. »Hier endet dein Auftrag«, sagte Gabrielle. Lachend zog sie die Tür vor seiner Nase zu.

Trotz der milden Sommernacht brannten überall in den vier ineinandergehenden Räumen die Kamine; im Salon, der Bibliothek, dem Boudoir und dem mit Seide ausgeschlagenen Schlafzimmer am Ende der Zimmerflucht. Unwillkürlich mußte Caroline an die kahle Zelle aus rohbehauenen Quadern denken, in der sie sich vor noch nicht ganz einem Jahr zum erstenmal begegnet waren. Gabrielle trat an den lichterloh brennenden Kamin. »Eines habe ich mir im Kloster geschworen – nie mehr zu frieren.« Sie streifte die schwarze Samtjacke ab und warf sie auf das breite Bett. Die Silberwolke des freischwebenden Baldachins und das rieselnde Gespinst der Girlanden waren aus Filigran gearbeitete Volieren, in denen künstliche Vögel an Drähten schwebten, auf silbernen Ästen wippten.

»Gefällt es dir? Alle finden es überspannt! Aber ich mag nun einmal künstliche Dinge lieber als lebendige. Am liebsten hätte ich künstliche Diener.« Sie sah auf. »Das ist das einzige, was mich mit dieser irrsinnigen Heirat versöhnt: Weil sie so absurd ist. Und dann: Die wenigen Male, die ich den Herzog gesehen habe, mußte ich immer an eine der Gruselmarionetten bei Lipin denken.«

»Vielleicht ist er ganz anders als du denkst.«

»Keine Marionette, meinst du? Verlasse dich darauf – ich werde eine aus ihm machen. Was meine Wünsche angeht – diese Heirat wird mich nicht ändern. Du kennst ihn? Euer Name steht auch auf seiner Liste?«

Caroline nickte. »Ja, wir stehen auf seiner Liste. Aber es ist nicht nur das – er war es, der mich nach Florenz hat bringen lassen, in das Kloster. Du erinnerst dich an den Mann, den wir belauschten? Er kam in seinem Auftrag.«

»Sie brauchen immer das Gefühl, daß sie uns beherrschen, daß wir ihnen ausgeliefert sind...« Gabrielle knöpfte langsam die den halben Unterarm bedeckenden Manschetten der violetten Seidenbluse auf.

»Du sollst ihn schon bald heiraten?« Carolines Herz schlug schneller. Der Gedanke war bestechend: Gabrielle als Werkzeug ihrer Rache an Fouché.

»Sie nähen zu fünft am Hochzeitskleid.«

»Und die Trauzeugen?«

»Was weiß ich! Soll ich dich vorschlagen?«

»Ich hätte eine bessere Idee. Wie wäre es mit dem König als Trauzeugen?« sagte sie. »Du könntest bei dem Herzog darauf bestehen.«

Die beiden Frauen waren einander so fremd, so entgegengesetzt wie Feuer und Wasser, und doch gab es zwischen ihnen ein gegenseitiges Verstehen, das keiner Worte bedurfte. »Mir scheint, es war auch diesmal ein glücklicher Zufall, daß wir uns begegnet sind.« Gabrielle lächelte. »Der König als Trauzeuge? Ich glaube, ich verstehe...«

Sie hatte endlich die Knöpfe der Bluse aus den Seidenschlaufen gelöst. Als sie die Bluse auszog, entstand ein leises Knistern. Sie streifte mit flinken Händen die Hose ab. Darunter trug sie nur ein schwarzes Seidentrikot, so knapp und fein, daß es die Rosetten der Brüste genau nachmodellierte, den Nabel, jede Sehne des Körpers. Sie klappte ein Schränkchen auf, kam dann mit zwei gefüllten Gläsern zum Kamin. Sie reichte Caroline ein Glas. Eine scharfe eisige Süße erfüllte Carolines Mund, verwandelte sich in der Kehle in ein sanftes Brennen.

Gabrielle hatte sich zu ihren Füßen auf dem Boden niedergelassen. Ihre Stimme war nur ein Raunen. »Ich möchte dich. Ich möchte dir zeigen, daß eine Frau eine Frau viel glücklicher machen kann, als ein Mann es je vermag. Weil sie besser weiß, wie eine Frau empfindet; weil sie dieselben Wünsche hat – und alles ist ohne Gefahr, nur Lust. Du lächelst? Was denkst du?«

»Hat dich das je gestört, was andere denken?«

»Nein – nie! Und dich auch nicht, nicht wahr?«

Caroline nickte. Ja, das war es. Sie waren beide, wenn auch auf ganz verschiedene Weise, frei, waren nur sich selbst untertan. Das war es, was sie verband. Und deshalb war in diesem Augenblick nichts Peinliches zwischen ihnen. »Ich werde es sicher noch öfter versuchen«, sagte Gabrielle. »Ich möchte dich neugierig machen. Die meisten Menschen sind wie falsch zusammengesetzte Maschinen. Sieh mich an! Es gibt nur ganz wenige, bei denen alles zueinanderpaßt. Du – du bist so jemand. Ich habe es sofort gespürt, schon damals im Kloster. Aber es ist noch stärker geworden. Kann die Liebe das aus Menschen machen?«

Caroline sah an ihr vorbei ins Feuer. Noch vor wenigen Augenblicken hatte sie sich gefragt, was sie hier zu suchen hatte, hatte sie geglaubt, daß diese Gabrielle sie nie verstehen würde – und nun rührte sie an das Geheimste in ihr.

»Wer ist es?« hörte sie Gabrielles Stimme.

Caroline war betroffen von der Hellsichtigkeit dieser Frau, von ihrer Fähigkeit, sich in einen anderen hineinzuversetzen.

»Ich kenne ihn – und kenne ihn nicht. Ich weiß seinen Namen, Gil de Lamare – aber ich weiß weniger als viele andere. Ja, ich tue es für ihn. Und deshalb darf Fouché niemals erfahren, daß wir uns kennen!«

»Er ist sein Feind?« – »Sein größter. Ich war bei Fouché. Er hat mir das Leben meines Vaters geboten – gegen das seine. Er glaubt, daß ich ihn verraten werde.«

»Gut, daß ich es weiß. Was ich höre, wirst von jetzt an auch du hören.«

Caroline hatte Gabrielle noch nie so ernst gesehen. Sie erhob sich, ergriff Carolines Hand. Sie schlug einen Vorhang zur Seite, öffnete die Tür zu einem flachen, steinernen Balkon. Sie traten ins Freie. »Da unten, die Treppe, die zur Seine hinabführt, siehst du sie? Daneben, in der Mauer, ist die Einfahrt für die Kähne.« Sie schloß die Balkontür. »Wir sind das dritte Haus nach dem Pont Tournelle. Du kannst hier bleiben. Hier wird dich niemand finden.«

»Und dein Bruder?« – »Wird nichts erfahren – und wenn, er würde schweigen. Wenn er es auch nicht zugibt, er haßt den Herzog im Grunde seines Herzens mehr als ich.«

26

Der weiße Papagei trippelte auf dem Rasen des Dachgartens hin und her. »La belezza es come un fiore...« Seine Stimme hatte einen dunklen, fast menschlichen Klang. Aber Caroline lauschte auf etwas anderes, auf das Summen, das diesen ersten August seit dem frühen Morgen erfüllte. Zuerst war es nur im Haus selber gewesen: das geschäftige Auf und Ab der Zofen, der Schneiderinnen, der Friseure, die Gabrielle für die Hochzeit herrichteten. Aber dann war es auch von außen herangeflutet, unhörbar, ungreifbar und doch beklemmend, als seien die kleinen, dunkelgeränderten Wolken, die eilig am Himmel dahinzogen, Hornissenschwärme. Der erste Ruf der Glocken von Notre Dame war längst verhallt, die letzte Kutsche mit Hochzeitsgästen davongerollt. Das Haus war leer, kein Diener war mehr da, keine Zofe. Kein Pferd stand mehr in den Ställen, keine Kutsche in den Remisen. Sinnend schaute Caroline zu, wie der Papagei aus Batus dunkler Hand Rosinen und kleine Melonenstücke pickte. Unter dem breitrandigen Hut war Batus Gesicht nur noch ein Schatten. Er trug die Tracht des Castellaneschen Hofstaates, Gold und Schwarz; sie hätte ihn kaum erkannt, wenn sie ihm so begegnet wäre.

Sie begriff sich selber nicht mehr. Was hielt sie eigentlich zurück? Vorsicht? An einem Tag, an dem ganz Paris auf den Beinen war? Gewiß, das war der Tag des Triumphes für Fouché; von allen seinen halsbrecherischen Seiltänzertricks war das sein tollstes Stück: den Bourbonen zum Trauzeugen zu bitten! Aber hatte sie es nicht selber gewollt? Rechnete sie nicht darauf, daß es zugleich sein erster Schritt in den Abgrund wäre? Sie wandte sich an Batu. »Können wir in zehn Minuten in Notre Dame sein?«

Batu richtete sich auf, seine Zähne blitzten in einem Lächeln. »In sieben, Komtesse.« Er schien nur auf diesen Augenblick gewartet zu haben.

Ein Schwarm kleiner Fische stob auseinander, als Batu die Barke mit dem Baldachin über dem Sitz aus dem unterirdischen Gewölbe auf den Fluß hinausstakte. Die Strömung erfaßte sie, trug sie längs der Kaimauer dahin.

In der Ferne tauchte bald das dunkle Massiv von Notre Dame auf, rechts der Pont Louis, schwarz von Menschen. Batu trieb die Barke mit kräftigen Stößen in den Schatten der Brücke. Eine schmale, unter Schlingpflanzen verborgene Einfahrt tauchte auf. »Du kennst dich ja gut aus!« Caroline zog den dichten schwarzen Schleier tiefer über das Gesicht. »Ich hatte Zeit genug, den Weg zu erkunden.« Batu band die Barke fest.

Schweigend eilten sie durch den Gang, der in einem dämmrigen Gewölbe endete, der Krypta des Klosters. Schemenhaft erkannte Caroline einen steinernen Altartisch, ein Taufbecken, Nischen mit Sarkophagen, einen Bottich mit frisch angerührtem Mörtel, das Werkzeug von Maurern, die hier an der Arbeit waren, ein paar Weinflaschen, die Reste einer Mahlzeit. Von ferne klang eine präludierende Orgel, Gemurmel schwoll plötzlich an, als sie einen Mauerdurchlaß durchschritten. Batu wandte sich um, ein stolzes Lächeln um den Mund. »Gleich sind wir da.«

Der kühle Atem des Steins legte sich um sie, das düstere Dämmern des Waldes aus Streben und Pfeilern. Caroline zögerte einen Augenblick. Ein paar Schritte vor ihr stand das Kirchengestühl des Adels; auf den reichgeschnitzten Seitenwangen der Bänke prangten die Wappen. Ihr Herz begann schneller zu schlagen, als sie das Wappen der Romme Allery erblickte. Sie blieb im Schatten der dreistöckigen Tribüne stehen, die im Seitenschiff für die Schaulustigen errichtet worden war.

Sie hatte von ihrem Platz einen guten Blick auf den Altar. Gebrielle kniete auf den Altarstufen, umflossen vom Silberbrokat ihrer Schleppe. Fouché, auf der anderen Seite, ganz in Schwarz, das Gesicht in den Händen vergraben. Etwas tiefer standen die königliche Familie, die Herzöge und Prinzessinnen, das Haus Artois Orléans, der Hochadel. Die starrenden Gewänder ließen sie beim ersten Hinsehen reglos erscheinen, als seien auch sie aus dem Stein der Kathedrale erschaffen, als wüchsen sie aus den Grabplatten der Könige.

Fanfarenstöße schmetterten durch die Kirche. Durch die Leibgarde, die längs des Mittelgangs Spalier stand, ging Bewegung. Die Orgel setzte ein. Der König zog in die Kirche. Langsam bewegte sich der Zug vorwärts, dem Schritt dieses Königs angepaßt, der meist viel zu freigiebig lächelte, um die geheimnisvolle Aura von Schrecken und Gnade um sich zu schaffen, die das Volk brauchte, um einen Herrscher lieben zu können. Aber in dieser Stunde blieb sein Gesicht ernst, unnahbar. Caroline sah es mit Genugtuung. Das war kein Mann, der den Tod seines Bruders vergessen hatte – und die Gnade, die er in dieser Stunde Fouché erwies, war in Wirklichkeit ein Todesurteil.

Caroline hatte genug gesehen. Sie wollte schon gehen, als neben ihr Unruhe entstand. Die Schaulustigen machten nur widerwillig einem Mann in dunkler Soutane Platz, der sich zu den Bänken des Adels vordrängte. Es war nicht Schrecken, was sie empfand, als sie Neri erkannte. Er streifte sie fast, doch er hatte keine Augen für sie. Er trat neben eine Frau, die verschleiert am äußersten Platz einer der Adelsbänke saß. Neri berührte ihre Schulter, und als die Frau den Kopf wandte, erkannte sie Melanie...

Melanie und Neri – Carolines Gedanken überstürzten sich, und trotzdem blieb sie auch jetzt kalt und besonnen. Sie setzte sich auf den leeren Platz hinter dem ungleichen Paar. Neri hatte sich zu Melanie herabgebeugt.

»Sie haben recht gehabt«, hörte sie Neri flüstern. »Ich habe jetzt den Beweis. Mein Kompliment! Das wird Fouchés schönstes Hochzeitsgeschenk...«

Die nächsten Worte gingen in einem triumphalen Crescendo der Orgel unter. Der König war am Altar angelangt. Mit ihm sanken alle in die Knie. Melanies Kopf tauchte hinter der Rückenlehne der Bank unter. Neri beugte das Knie, bekreuzigte sich.

Caroline schloß die Augen. Um sie herum war das Gemurmel des Gebets, das der König angestimmt hatte, aber sie vernahm nur immer wieder Neris Worte, wie ein hallendes Echo wiederholten sie sich in ihrem Innern. Was bedeuteten sie? Sie mußte wissen, was er herausgefunden hatte.

Ein Rauschen ging durch die Kirche. Alles erhob sich wieder. Caroline blickte zu Neri hin – aber er war verschwunden. Sie sah um sich. Auch Batu konnte sie nirgends entdecken. Eine furchtbare Ahnung stieg in ihr auf...

Sie holte ihn erst am Ende des dunklen Ganges, kurz vor der Treppe, die zur Krypta hinabführte, ein. Mit der Ruhe eines Jägers, der ein erlegtes Wild heimbringt, trug er den leblosen Körper in seinen Armen. Schaudernd blickte Caroline in das Gesicht Neris, das entstellt war vom würgenden Griff, mit dem Batu ihn getötet hatte. Ein Arm hing schlaff herab.

»Was hast du getan?« Ihre Stimme hatte keine Kraft.

»Was ich mir seit Piombino geschworen habe...« Er sprach mit der verklärten Grausamkeit eines Kindes. »Er wollte mich töten, und er wollte Sie töten! Einmal mußte seine Stunde kommen... Niemand hat es bemerkt – nicht einmal er selber..«

Es war sinnlos, mit Batu zu rechten. Er würde es nicht verstehen, und es würde nichts mehr ändern. Neri war tot, mit seinem Geheimnis gestorben. Aber er hätte nicht sterben dürfen, nicht in diesem Augenblick – sein Wissen hätte sie gebraucht.

Batu hatte den Toten in der Krypta auf den Boden gelegt. Mit einem Eisen stemmte er die Platte des Sarkophags, dessen Umrandung die Maurer ausgebessert hatten, hoch. Er hob den Bleisarg heraus, den Holzrost, auf dem er ruhte. Er sah fragend auf. »Soll ich ihn vorher durchsuchen?«

»Laß das!« fuhr ihn Caroline an. »Nur, was in seinem Kopf war, wäre wichtig gewesen.«

Batu legte den Toten in die Grube, stellte den Rost über ihn, hob den Bleisarg darauf, die Platte. Mit prüfendem Blick ging er um den Sarkophag herum. »Niemand wird ihn finden.«

Er stand vor ihr. Sie sah seine Hände, sein Gesicht. Er hatte getötet, wie ein Soldat einen Feind tötet, und jetzt erwartete er ein Lob. Er war ein treuer Diener, er würde sein Leben für sie lassen – und doch fand sie in diesem Augenblick kein gutes Wort für ihn. »Fahr mit dem Kahn zurück und rühre dich nicht aus dem Haus.«

»Und Sie, Komtesse?«

»Tu, was ich dir gesagt habe!« Sie wandte sich ab.

Ohne daß sie wußte, wie sie dorthin gelangt war, befand Caroline sich plötzlich in dem Trubel auf dem Vorplatz der Kirche. Alle Dialekte Frankreichs flogen durcheinander. In einer Bude wurde Wein ausgeschenkt. Frauen drängten sich um einen Stand mit seidenen Tüchern. Am lebhaftesten ging es an dem langen Tisch zu, der neben der Klosterpforte stand. Dort saßen die Bettler und warteten auf ihr Freiessen.

Ein Mann, der nicht in diese Gruppe paßte, ein Falstaff in Lumpen, zupfte eine Laute, wiegte sich mit der Grazie der Dicken zu der gesummten Melodie. Und plötzlich verstummte der grölende Chor, als er zu singen begann:

> Trinkt, Freunde! Trinkt ein letztes Mal,
> trinkt auf sein Henkersmahl!
> Und hätten's alle auch vergessen –
> Einer wird ihm die Strafe messen;
> der überall und nirgends war:
> Gil de Lamare!

Caroline stand wie angewurzelt. Der Chor der Bettler fiel in den Refrain: »... der überall und nirgends war: Gil de Lamare!« Sie wollte sich schon einen Weg zu dem Sänger bahnen, als der Gesang plötzlich abbrach und die Bettler von den Bänken aufsprangen. Hochrufe wurden laut, Blumen flogen durch die Luft, das Signal der Herolde hallte über den Platz. Das Portal von Notre Dame hatte sich geöffnet. Der Hochzeitszug erschien: Hellebardiere, Pagen, Chorknaben, das Brautpaar, der König unter seinem blaugoldenen Baldachin, der Adel. Blinzelnd traten sie in das volle Sonnenlicht.

Lag es nur an ihrer eigenen Stimmung, daß sie die Fröhlichkeit, die den Brautzug umbrandete, als künstlich, als unecht empfand, daß ihr die Ausgelassenheit so makaber erschien, als befinde sie sich auf einem Richtplatz?

Der Strom des Volks riß sie mit sich fort. Noch einmal sah sie das steinerne Gesicht des Königs, Gabrielles ernste Züge, Fouchés undurchdringliches Lächeln. Aber gegenwärtig blieb ihr nur die Stimme des Sängers. Sie ging ihr nicht aus den Ohren, erfüllte sie mit Glück und zugleich mit einer törichten Eifersucht: Alle schienen Gil zu kennen – sogar die Bettler von Paris.

27

Die heißen Hände des Hochsommers lagen über allem, schläferten Gedanken und Willen ein. Caroline ließ es gerne geschehen. Alles war ihr willkommen, was sie die selbstverschuldete Gefangenschaft vergessen machte.

Vier Tage waren vergangen seit Gabrielles Hochzeit. Wie jeden Nachmittag war der Bruder bei ihr erschienen. Sie spielten dann l'hombre, ein altes spanisches Kartenspiel. Aber sie wartete nur auf eine Nachricht von Gabrielle; und an diesem Nachmittag endlich wurde die Zofe der Herzogin von Otranto gemeldet.

Mit einem Lächeln auf den Lippen kam sie herein, in schillerndem Graurosa. Sie versank vor Caroline in einem tiefen Knicks und überreichte ihr ein kleines rosa Kuvert. Auf dem Kärtchen standen nur ein paar Worte: »Bitte folge Madelon. Ich habe dir viel zu erzählen. Gabrielle.«

Erst als sie in der Kutsche mit dem Wappen des Herzogs von Otranto saß, wurde ihr bewußt, daß es tollkühn war, was sie tat. Aber sie genoß die Gefahr. Daß die Kutsche einen weiten Bogen um das Haus in der Rue Cerutti machte und dann in einer engen Seitenstraße vor einem niedrigen, in die Mauer eingebauten Gärtnerhaus hielt, dämpfte ihren Überschwang nicht. Im Gegenteil, all das Geheimnisvolle, der lange Weg durch verlassene Gänge, über schmale dunkle Dienstbotentreppen steigerte ihn nur. Auf einem halbrunden Absatz blieb Madelon stehen, klopfte dreimal an eine Tür. Lautlos öffneten sich die Flügel nach innen; zwei weiße Arme streckten sich Caroline entgegen, zogen sie über die Schwelle.

Gabrielle führte Caroline in einen Salon, der auf den ersten Blick nur aus Farben zu bestehen schien: leuchtendes Apricot, tiefes rötliches Gold und darüber das Blau eines Deckenfreskos. Caroline war wie geblendet. »Gefällt es dir? ›Sonnenaufgang über dem Olymp‹ habe ich es getauft! Was magst du? Kaffee? Eis?«

»Eigentlich nichts.« Caroline war ungeduldig; sie wollte wissen, was Gabrielle ihr zu erzählen hatte.

»Daß mein gestrenger Bruder dich überhaupt weggelassen hat! Er bewacht dich doch so unerbittlich wie die Ehre und das Erbe der Castellane. Der Frauenfeind als Troubadour – wie machst du das bloß? Womit gewinnst du die Männer? Mit deinem Lächeln? Mit deinem Schweigen?«

Caroline mußte lächeln. »Ich habe nie darüber nachgedacht.«

»Manchmal beneide ich dich«, sagte Gabrielle. »Du bist so gefährlich, wie ich es sein möchte. Du bist es – ohne daß du es willst, ohne daß du etwas tust.« Sie lachte auf hakte Caroline unter. »Komm, über solche Dinge redet es sich am besten am Ort der Tat.«

Sie betraten das Schlafzimmer. Die Schritte versanken in knöcheltiefem Fell. Durch die silberdurchwirkte Spitze der Vorhänge drang das Licht gebrochen; vom Plafond, gleich einem Kranz von Gestirnen, hingen Lampen, die auch jetzt am Tag brannten, und deren Öl balsamischen Duft verströmte. Gabrielle ließ sich mit einem übermütigen Laut auf das Bett fallen und griff nach einer Kordel, die von der Decke herunterhing. Die Seide der Wände teilte sich rauschend; an der Decke rollte sie in schmalen Bahnen zur Seite und öffnete die Weite geschliffener Spiegel.

Gabrielle hatte die Arme um die Knie geschlungen. »Ich habe an alles gedacht. Und es klappte auch alles wie am Schnürchen. Madelon, die Zofe, die dich hergebracht hat, ist ... unglaublich. Mein Herzog kam überhaupt nicht zum Protestieren gegen die falsche Braut, die da plötzlich in seinen Armen lag. Es war herrlich, ich feuerte die beiden an. Ich fühlte mich so sicher, ich weiß nicht, wie es dann plötzlich doch passierte. Ich konnte einfach nicht länger zuschauen, glaube ich. Es hat mich hingerissen. Ich wollte sein Waterloo sein – aber er wurde meines... Er hat Kräfte wie ein Kentaur.«

Ohne jeden Übergang, mit demselben schmelzenden, versonnenen Lächeln fuhr sie fort. »Er frißt mir aus der Hand. Ich habe nicht geahnt, wie groß die Macht einer Frau sein kann, die einen Mann durch seine Sinne beherrscht.« Sie stockte. »Und ich ahnte nicht, wie verwundbar sie dadurch selber wird.«

Sie waren in den Salon zurückgekehrt.

Gabrielle trat an den zierlichen vergoldeten Sekretär. Sie öffnete ein Geheimfach und holte zwei Pässe heraus. »Sieh dir das an! Die habe ich heute früh auf seinem Schreibtisch entdeckt.« Caroline hatte die Pässe genommen. Sie schlug sie auf, betrachtete die vielen Stempel und Unterschriften.

»Zwei Auslandspässe«, sagte Gabrielle. »Für den Herzog und für mich. Außerdem habe ich Geld gefunden und Anweisungen auf italienische und deutsche Bankhäuser. Das alles sieht nach Flucht aus. – Und noch etwas: Seit gestern abend geht das Feuer in seinem Kamin nicht mehr aus. Fuderweise bringen sie die Akten vom Quai Voltaire herüber. Er reißt die Dossiers heraus, verbrennt sie, klebt neue Nummern auf die Akten. So läßt er sie dann zurückbringen ins Ministerium. Er scheint vor irgend etwas Angst zu haben.« Es schien sie Überwindung zu kosten, weiterzusprechen. »Er schrie im Traum. Mir graute vor ihm, und doch hatte ich Mitleid mit ihm.«

Draußen waren Schritte zu hören. Gabrielle faßte Carolines Hand. »Komm, er darf dich hier nicht sehen.« Sie zog die Freundin in die benachbarte Bibliothek, deren Wände mit schwarzer Seide ausgeschlagen waren. Gabrielle langte in eines der Regale rechts vom Kamin. Plötzlich öffnete sich eine Tür, ohne das geringste Geräusch.

Die Kerze in Carolines Hand flackerte im Luftzug. »Wie hast du das entdeckt?« Unwillkürlich flüsterte Caroline.

»Er selber hat mich darauf gebracht. Ich suchte ihn hier in der Bibliothek. Ich wußte, er mußte hier sein, er schloß sich jeden Tag eine Stunde ein.«

»Und wohin führt der Gang?«

»In den Keller eines Nachbarhauses, das er gemietet hat, das aber seit langem leersteht. Komm! Du wirst noch mehr sehen.«

Die steinerne Treppe führte steil abwärts. Der Gang machte eine Biegung – sie standen vor einem massiven, engmaschigen Eisengitter, das tief in den Mauern des Gewölbes verankert war. Noch ein paar Stufen, und sie standen in einem großen Verlies. Das Licht einer verrußten Lampe, deren Docht in trübem Öl schwamm, beschien die rohbehauenen Quader der Wände; Caroline sah die

Guillotine in der Mitte des Kerkers, blank und glänzend, als seien die Henkersknechte eben damit fertig geworden, sie für die nächste Hinrichtung herzurichten. Caroline starrte auf die Guillotine. Wie ein Galeerensträfling an die Schiffsplanken, so hatte Fouché sich selbst an seine Schuld gekettet! Diese Guillotine war der Schatten über seinen Tagen, das Gespenst seiner Nächte; Caroline trat schaudernd an die Guillotine heran. In der Holzbank, auf der die Verurteilten knien, stand eingebrannt ›Lyon 1793‹. Sie träumte nicht – dasselbe Jahr, dieselbe Stadt! Das Jahr und der Ort des furchtbaren Massenmordes auf Befehl Fouchés!

Ein Stöhnen kam aus der dunklen Nische unter der Treppe. Caroline hatte das furchtbare Gefühl, sich nicht von der Stelle rühren zu können, als die gedrungene Gestalt eines Mannes sich von einem Strohsack erhob und auf sie zukam. Sein Haar war gelblichweiß; Schmutz und Schweiß von Jahren hatten dem groben Leinen seines Hemdes die Farbe erstarrten Blutes gegeben.

Caroline wich zurück – aber der Mann schien sie mehr zu fürchten als sie ihn. Seine Augen hatten einen stumpfen, unsicheren Blick. Er fuhr mit den Händen durch die Luft, als müsse er sich unsichtbarer Feinde erwehren. »Nein! Nein! Das ist nicht die Stunde des Henkers! Es sind genug heute...« Er taumelte, sank in die Knie, ein tränenloses Schluchzen schüttelte ihn – ein alter Mann, der vor den Geistern zitterte, die ihn heimsuchten.

Caroline trat wie unter einem Zwang zu ihm. Er hob den Kopf. Für einen Moment war es, als lockere sich der hypnotische Bann, der ihn in seinen Fesseln hielt. In den von den Greueln seines Handwerks verschütteten Zügen flackerte es auf.

»Sprich!« sagte Caroline beschwörend. Sie sah, wie es in ihm arbeitete; sie glaubte schon, er werde sprechen, der geheime Bann, der seine Seele knebelte, von ihm abfallen. Ihrem Instinkt folgend, sagte sie: »Sprich, es wird dich befreien!«

»Befreien...« – das Wort entrang sich verstümmelt seinen des Sprechens entwöhnten Lippen; er schien ihm eine Weile nachzulauschen, doch dann verschloß sich sein Mund wieder, seine Züge erloschen. Er erhob sich, und als seien die Frauen gar nicht zugegen, nahm er seine Lappen auf, begann damit die breite, glänzende Schneide der Guillotine zu polieren.

Unfähig, auch nur ein Wort zu sprechen, gingen sie weiter. Und auch als sie dann an der niedrigen Tür standen, fanden sie keine Worte. Gabrielle öffnete die Tür. Draußen wartete eine Kutsche. »Verstehst du nun«, sagte Gabrielle schließlich, »was ich meinte, als ich sagte, ich hätte Mitleid mit ihm...«

Caroline nickte. »Ja«, sagte sie. »Er ist immer Sieger geblieben, er hat alle überspielt, alle überlebt – aber eines kann auch er nicht – gegen Gespenster kämpfen...«

28

Im Zug der Kutschen, die vom Corso aus dem Jardin de Luxembourg zurückkamen, überquerte die Kalesche den Pont Neuf, auf dem sich in dieser Stunde das Pariser Leben zusammendrängte: Luxus und Elend, Anstand und Laster, gehüllt in Glanz und Duft des sinkenden Tages.

Wie jedesmal nach einer überstandenen Gefahr, fühlte sich Caroline von den starken Schwingen einer unbezähmbaren Lebenslust emporgetragen.

Bei Chretien Troques wählte sie eine halbe Stunde lang unter zweihundert Parfumsorten ein Fläschchen indischen Orchideenbalsams aus. Bei Bernasconi kaufte sie Pistazienmarzipan. Schließlich betrat sie den Salon der Madame Oltschewska, deren Handschuhe und deren fünf Töchter die Pariser in ihr Herz geschlossen hatten, seit die fünfzehnjährige Bronka dem Herzog Talleyrand vor aller Augen eine schallende Ohrfeige versetzt hatte, als er erkunden wollte, ob ihre Taille wirklich so zerbrechlich sei, wie das einfache Schulmädchenkleid es ahnen ließ.

Ein blondes Mädchen führte Caroline aus dem Laden über zwei Stufen aufwärts in den geräumigen Probiersalon.

»Darf ich?« Sie legte Carolines Hand auf ein Samtkissen, nahm das seidene Maßband, das in einem Porzellankörbchen auf dem Tisch stand. Noch bevor sie seine Stimme hörte, sah Caroline das Spiegelbild des Herzogs von Belômer. Den goldkannelierten Stock spielerisch zwischen zwei Fingern balancierend, kam er näher. Eine Brise Lavendel wehte zu ihr her.

»Sie verzeihen, wenn ich mich einmische.« Er wandte sich an die Verkäuferin. »Weg mit diesem barbarischen Maßband! Wie wollen Sie dieser Hand so gerecht werden? Sie werden ein Modell aus Ziegenleder anfertigen.«

Die Verkäuferin eilte davon. Caroline sah erst jetzt zum Herzog auf. Und als sei es das natürlichste von der Welt, daß sie hier einander begegnet waren, sagte sie: »Ich habe meine Handschuhe immer fertig gekauft.«

Die Verkäuferin war mit einer Art Reißbrett zurückgekommen,

auf das ein Stück Ziegenleder straff aufgesteckt war. Caroline mußte beide Hände ganz ausgespannt darauflegen. Mit Kreide zeichnete die Verkäuferin die Konturen nach, notierte sich den Umfang der Handgelenke, die Länge des Unterarms. Der Herzog ging ganz auf in seiner Rolle des modebesessenen Elegants, ja, es schien Caroline, als forciere und übertreibe er sie, um nur ja keine Fragen aufkommen zu lassen. Als sie endlich den Salon verließen, hatte er für sie ein Dutzend kurzer, ein Dutzend halblanger und ein Dutzend dreiviertellanger Handschuhe aus hauchdünner champagnerfarbener Spinnwebenspitze bestellt.

Er sah sie lächelnd an. »Ich glaube, ich habe Ihnen einmal versprochen, Sie zur elegantesten Frau von Paris zu machen. Ich wiederhole mein Angebot...« – »Nicht Paris, Sie sagten Frankreich!« – »Teufel auch! Sie haben mir sogar zugehört!« Er wies auf seine Karosse. »Steigen Sie ein.«

Sie sank neben ihn in den Fond, verwirrt von dem Gefühl, das sie so plötzlich und unerklärlich überfallen hatte.

»Wo zum Teufel haben Sie eigentlich gesteckt? Ich dachte, Sie hätten Paris verlassen. Ich suche Sie seit zwei Tagen. Ich trage etwas mit mir herum, das in Ihre Hände gehört.« Er zog ein Pergament aus seinem Rock, faltete es raschelnd auseinander. »Die Konfiskation Ihres Besitzes und Ihres Hauses ist aufgehoben. Der König selbst hat es verfügt und mir die Urkunde gegeben.«

Sie starrte auf das Schriftstück in seiner Hand, aber sie fand keine Worte, das auszudrücken, was sie empfand.

»Glaubten Sie im Ernst, daß ich zum Spaß nach Gent gefahren bin oder aus Dummheit, oder weil Fouché mir seinen Spion in den Pelz gesetzt hatte? Diesmal hat Fouché sich in seinen eigenen Netzen gefangen. Sein Spiel ist verloren, das schmale Seil, auf dem er tanzt, wird immer dünner und immer unsicherer. Man wird ihm noch eine Weile zuschauen...«

Seine Worte holten Caroline aus ihren eigenen Gedanken zurück. Einen Augenblick drängte es sie, ihm zu erzählen, was in Notre Dame geschehen war. Sie hatte das Gefühl, als müsse er es wissen, auch die Tatsache, daß Melanie und Neri sich verbündet hatten, die Worte, die zwischen ihnen gefallen waren... Aber sie unterdrückte es.

»Den besten Streich jedoch hat Fouché selber gegen sich geführt«, sprach der Herzog weiter. »Den Bourbonen zum Trauzeugen zu bitten! Teufel, das ist, als wenn ich Gil de Lamare als Brautweber zu Ihnen schicken würde.« Sie fühlte seinen Blick, ein Zögern, aber dann fuhr er fort, als drängte es ihn zu sprechen: »Sie hätten dabeisein sollen! Der König tobte, als er Fouchés Ansinnen hörte – so außer sich habe ich ihn nie gesehen! Eine Nacht lang mußte ich auf ihn einreden, bis er sich beruhigte. Plötzlich fand er sogar Spaß an dem Henkersmahl in Notre Dame. Und an dem, was jetzt noch kommt, werden alle Feinde Fouchés ihren Mut kühlen können. Von Stufe zu Stufe wird er fallen, ein Amt nach dem anderen verlieren, und an jede dieser Stufen wird er sich klammern, mit blutigen Nägeln. Denn eines kann Fouché nicht, hat er nie gekonnt – der Macht freiwillig entsagen.«

Er hatte mit einem Feuer gesprochen, das Caroline aufrüttelte. »Warum haben Sie in Pré-des-Rôs nicht so gesprochen? Dann hätte ich Ihnen glauben können.«

»Ich habe so gesprochen, aber Sie hörten mir damals nicht zu!« Er lachte, aber es klang nicht frei. »Wahrscheinlich dachten Sie bereits daran, mit meiner Kutsche davonzubrausen.« Er schien bemüht, wieder zu dem leichten scherzenden Ton zurückzufinden. »Aber jetzt sollten Sie mir zuhören. Ich glaube, das interessiert Sie. Im Royal findet morgen ein Fest statt, ein Fest der Masken. Ich bin sicher, daß Sie in der Rue Varenne die Einladung vorfinden werden. Auch mir ist übrigens die Ehre zuteil geworden, dabeizusein, wenn Gil de Lamare sein Visier lüften wird...«

Ihr Herz setzte einen Schlag aus. Ein heißer wirbelnder Nebel des Gefühls legte sich über ihr Bewußtsein. »Was haben Sie gesagt?« Daß die Kutsche vor dem Palais der Romme Allery hielt, daß sie der Arm des Herzogs von Belômer führte – sie war sich dessen kaum bewußt. »Sagten Sie mir nicht einmal, daß es ihn gar nicht gäbe, daß er eine Fama sei?« – »Unter Rivalen, denke ich, ist alles erlaubt.« Er sah sie an, mit einem undeutbaren Ausdruck, der sein Gesicht wie eine Maske verhüllte. »Wird mir die Ehre widerfahren, Sie morgen zum Fest begleiten zu dürfen?« Er reichte ihr das Schriftstück und einen Bund Schlüssel.

Caroline nickte. Sie griff plötzlich nach seiner Hand. »Danken ist etwas, das ich nicht gut kann – nicht mit Worten.«

Er lachte auf. »Worte wären mir auch zuwenig. Verstehen Sie doch: Der Abend ist meine letzte Chance. Ich will wenigstens Kopf an Kopf mit dem Phantom ins Rennen gehen. Also – bis morgen!«

Erst als sie draußen die Kutsche davonrollen hörte, begriff sie, daß sie ganz allein war im Haus. Sie entzündete alle Leuchter, sie öffnete die Fenster, ließ das Licht der hellen Sommernacht hereinfluten. Im Dämmer der Wandnischen wurden die Marmorbüsten sichtbar, die Bilder an den Wänden, die Möbel. Aber Caroline sah diese Dinge nicht. Sie sah wieder den brennenden Nachthimmel über Rosambou, spürte wieder das tödliche Entsetzen. Damals, in jener Nacht, vor achtzehn Monaten, hatte es begonnen. Wie ein Sturm war es losgebrochen, hatte sie erfaßt, sie vor sich hergetrieben; und wenn es sie einmal losgelassen hatte, war sie immer hierher geflüchtet, in dieses Haus. Jedesmal hatte sie geglaubt, jetzt würde alles gut werden.

Sie wagte nicht weiterzudenken.

Allmählich erwachte das Haus, gewann sein Leben zurück. Im Licht der Kerzen begannen die Farben wieder zu strahlen, die Dinge zu atmen. Aber für Caroline klang auch aus dem traulichen Kanon der Uhren die geheime Mahnung, sich dieses Mal nicht täuschen zu lassen, wachsam zu bleiben. Widerwillig gab sie dem Drängen in sich nach, das sie in die Bibliothek führte. Den Leuchter in der Hand, schritt sie zögernd die Regale ab. Lyon 1793. Die Guillotine! Dieselbe Jahreszahl, der Name derselben Stadt.

Ihr Blick blieb an einer Reihe roter Saffianlederrücken hängen: die gesammelten Jahrgänge des ›Moniteur‹, die ihr Vater hatte binden lassen. Sie nahm den Band 1793 heraus, begann zu blättern. Sie überflog die Seiten, die Schlagworte der Revolution – die dünngedruckten, endlosen Reihen, die Listen der Hingerichteten.

Da war es. Lyon. Ein Bericht über Fouchés ›erste Lektion‹, die er den aufsässigen Bürgern der Seidenstadt gab, über den Tag, an dem er die Schreckensherrschaft seiner Guillotine errichtete, der zehntausend zum Opfer fallen sollten.

Sie stellte den Band zurück, nahm den nächsten heraus. Januar, Februar, März ... immer noch die dünngedruckten Namen, wie ein versickernder Strom von Blut. Und dann, am 5. April 1794 nur noch zwei Namen, zwei Verurteilungen, zwei letzte Opfer, deren Köpfe in den Korb rollten: der Scharfrichter und sein Gehilfe! Sie schlug den Band zu. Ja, das war Fouché: die Zeugen seiner bösen Taten beseitigen; den Henker, der sein Werk getan hatte, für immer zum Schweigen bringen ...

Der Henker von Lyon? Sie glaubte wieder den Mann in dem Verlies vor sich zu sehen. Wenn er es war? Wenn Fouché ihm das Leben geschenkt hatte, um ein willenloses Werkzeug zu besitzen?

Sie schob den Band zurück in das Regal, verließ die Bibliothek. Sie wußte kaum mehr als vorher. Nur ihre Ahnungen hatten neue Nahrung bekommen, ihr leidenschaftlicher Haß.

Ein jäher Windstoß fuhr aus dem Kamin, mähte die hohen Flammen der zwei Dutzend Kerzen um. Der eben noch strahlend erhellte dreiteilige Spiegel, vor dem Caroline saß, sank ins Dunkel.

Antoine, der sie für das Fest der Masken frisierte, hielt inne, »Wir werden etwas Lack nehmen müssen, damit die Frisur hält.«

Caroline nickte abwesend. Das Fest begann um acht Uhr. Aber sie hatte sich geschworen, erst um halb neun zu erscheinen. Sie wußte genau, wenn sie einmal dort war, konnte sie nicht mehr warten. Das hätte sie nicht ertragen. Er war es, der warten sollte. Seine Augen sollten sie suchen, wenigstens dieses eine Mal.

Mit den Fingerspitzen hob der Friseur die Locke heraus, fuhr ganz leicht mit einem Pinsel über das Haar, blies darüber, damit das Harz, das der Locke festen Halt geben sollte, schneller trocknete. Aus der Halle drangen Stimmen herauf. Schritte näherten sich der Tür. Es klopfte, und Batu erschien. »Der Herzog von Belômer«, meldete er. »Führe ihn in den Salon.«

Caroline blieb noch einen Augenblick sitzen, in ihr Spiegelbild versunken. Ihre Augen erschienen ihr dunkler als sonst. Der warme, matte Ton, den ihre Haut in der Sonne des Dachgartens angenommen hatte, verstärkte noch die Pracht des Kleides. Sie steckte die langen Brillantgehänge in die Ohren, schlüpfte in die Handschuhe, streifte über die linke Hand das Brillantarmband. Sie hatte keine Maske gewählt für dieses Fest – es wäre ihr absurd erschienen. Und doch hatte sie, während sie sich jetzt betrachtete, das Gefühl, als diene der Glanz, der sie umgab, nur dazu, ihr wahres Wesen zu verbergen. Caroline wandte sich zur Tür. Vor den Fenstern zuckte Wetterleuchten auf. Die Musselinvorhänge flatterten ins Zimmer. Caroline spürte eine seltsame Schwäche.

Eine silbergraue Pelerine um die Schultern, vor dem Gesicht eine Halbmaske, so stand er in der Tiefe des Raumes. Er hatte ihr Eintreten noch gar nicht bemerkt, unwillkürlich war Caroline an der Tür stehengeblieben. Im Halbdunkel wirkte seine Gestalt wie eine Statue. Jedesmal, wenn sie ihn sah, gab es ein Erschauern vor der herausfordernden Schönheit dieses Mannes. Jetzt trat er auf sie zu, zog ihre Hand an die Lippen. »Ich habe Sie heute in Gedanken den ganzen Tag vor mir gesehen – ich hätte gewettet, daß Sie Rot tragen würden. Und nun dieses Schwarz!«

Durch die Maske spürte sie seinen Blick, sie konnte diesen Augen nicht ausweichen. »Schenken Sie uns ein?« Sie deutete auf den silbernen Kübel, in dem Champagner bereitgestellt war.

»Und ich dachte, Sie stürben vor Ungeduld, auf das Fest zu kommen.« Er füllte die Gläser, reichte ihr eines. »Beantworten Sie mir eine Frage«, sagte er. »Was ist es, was Sie an diesem Gil de

Lamare so reizt? Sie kennen ihn nicht, nicht einmal sein Gesicht. Er kann häßlich sein. Jetzt ist Verwegenheit um ihn. Aber bedenken Sie – das alles wird heute abend mit dem Geheimnis von ihm abfallen, wie ein Kostüm. Dann ist er nur noch ein Mann wie jeder andere. Vielleicht ein Sonderling, vielleicht auch ganz durchschnittlich – aber vielleicht auch ein Mann, der niemals zur Ruhe kommen wird, dem das Doppelleben zur zweiten Natur wurde. Haben Sie das wirklich alles bedacht?«

Einen Augenblick herrschte Stille. Nein, er hatte sie nicht verletzt. Und trotzdem konnte sie nichts erwidern. Nie in ihrem Leben würde sie mit einem Mann über ihre Gefühle zu einem anderen Mann sprechen. Nicht aus Verschlossenheit, sondern aus dem Wissen um den Zauber des Schweigens.

»Darauf gibt es keine Antwort«, sagte sie. »Und die es gibt, die ist hier verschlossen.« Sie wandte ihm ihr Gesicht zu: »Ich gehe doch nicht zur Hochzeit, sondern auf ein Fest der Masken – und dazu unter Ihrem Schutz.«

Er sah sie mit einem seltsamen Blick an. »Nein, Caroline – ich kann Sie nicht beschützen, nicht mehr. Wenn Gil de Lamare in Ihr Leben tritt, wird es mich nicht mehr geben.«

Es war das erstemal, daß er sie bei ihrem Vornamen nannte.

Sie hatten stumm die Gläser geleert, er hatte ihr den Arm gereicht, als die Tür aufflog und einer der Leute des Herzogs hereinstürzte. Der Herzog runzelte die Stirn. »Was gibt es, Sulpice?«

»Miss Melanie! . . . ein schwerer Sturz! Der Arzt ist schon bei ihr. Sie verlangt nach Ihnen.« – »Ein Sturz?« – »Der Arzt sagt, es sei lebensgefährlich.« – »Welcher Arzt?« – »Ich kenne ihn nicht. Miss Melanie hat ihn selber gerufen.«

Er machte dem Diener ein Zeichen. »Warte draußen. Ich werde sofort kommen.«

Die Tür schloß sich.

Sie ist nicht gestürzt, es ist nur ihre Eifersucht, dachte Caroline. Sie weiß, daß er mit mir zu dem Fest geht. Es war wie eine plötzliche Eingebung, und dennoch ahnte sie nicht, wieviel schrecklicher die ganze Wahrheit war. Es drängte sie, ihn zurückzuhalten.

»Es tut mir leid«, sagte er. »Sie werden ohne mich gehen müssen.«

»Und wenn Ihr Diener Sie nun nicht mehr angetroffen hätte?«

Er stutzte, schien nicht gleich zu verstehen. »Es tut Ihnen leid, daß ich gehe?« fragte er dann. Sein Gesicht flammte auf. »Das ist das erstemal, daß Sie mich zurückhalten wollen. Sie hätten nichts

Schöneres sagen können.« Seine Hände umspannten ihre Schultern. Sein Gesicht neigte sich über sie. Aber er ließ sie ebenso plötzlich, wie er sie an sich gezogen hatte. »Ich werde trotzdem rechtzeitig zum Fest kommen.«

Nachdem er den Salon verlassen hatte, stand sie einen Augenblick reglos, dann eilte sie ihm nach, von einem Gefühl gezogen, gegen das sie wehrlos war. Aber sie sah nur noch seine wehende Pelerine, hörte das Zufallen des Kutschenschlags, den harten Wirbel von Pferdehufen.

Verwirrt und benommen stand sie unter dem Portal des Hauses. Sie wollte gerade die Stufen hinuntergehen, als ein Fremder mit der gleitenden Schnelligkeit eines Schattens aus der Nacht auftauchte.

Er näherte sich ihr, ein weiter Mantel verhüllte seine Gestalt. Als er in den Lichtkreis der hohen Bronzekandelaber trat, glaubte sie sich von einem Spuk genarrt.

Ihre Augen weiteten sich vor diesem Bild eines von den Toten Auferstandenen. Die Kühnheit dieses sonnenverbrannten Gesichts... Der Ernst dieser dunklen, mandelförmigen Augen... Die grausame Zärtlichkeit dieses Mundes – dies alles konnte es nur einmal geben auf der Welt: Das war der Korsar, Norman Sterne!

Wenn es noch einer Bestätigung bedurft hätte, daß dies keine Ausgeburt ihrer Phantasie war, so war es das Verhalten Batus, der in diesem Augenblick aus dem Haus trat. Er taumelte einen Schritt zurück, warf sich dann mit einem Aufschrei dem Fremden zu Füßen, ergriff seine Hand, küßte sie. Die Worte, die er stammelte, waren das englisch-spanische Kauderwelsch der Piraten. Dann erhob er sich, deutete mit leuchtenden Augen auf Caroline. »Ich habe sie gut beschützt, Herr...« Der Fremde hatte den Ausbruch über sich ergehen lassen. »Du bist Batu, nicht wahr? Aber ich bin nicht dein Herr. Dein Herr ist tot.« Es war dieselbe Stimme, metallisch und zugleich warm. Er trat einen Schritt näher, verneigte sich vor Caroline. »Ich suche Sie. Seit einem halben Jahr suche ich Sie! Ich bin Ramon Sterne, Normans Bruder.«

Jetzt erst, im vollen Schein der Lampen, sah Caroline, was die Nacht ihr verborgen hatte: das Elend dieses Mannes, das verzweifelt versuchte, den Schein von Eleganz zu wahren.

»Sie erinnern sich – die Kassette, die Sie von der Insel mitnahmen? Es muß eine Bibel dabeigewesen sein. Die Familienbibel der Sternes. Wo ist sie?«

»Welche Bibel?«

»Wollen Sie sagen – Sie hätten sie nicht mehr?«

Einen Augenblick glaubte Caroline, er würde sich auf sie stürzen. Aber er stand hilflos da, seine eben noch beherrschten Züge zerfielen in Verzweiflung, Zorn und Mutlosigkeit. »Ich weiß, daß Sie die Kassette an sich genommen haben. Und ich weiß, daß sie die Bibel enthielt. Sie müssen sie haben! Denken Sie nach!«

Batu, dessen Augen unverwandt an Ramon Sterne hingen, nickte. »Wir haben sie aus der Höhle geholt, Komtesse.« Auch Caroline erinnerte sich wieder an die Kassette, die das Rundschreiben der Royal Navy, das Petschaft, das Offiziersdiplom und eine Bibel enthalten hatte. »Ja, ich entsinne mich.«

»Sie besitzen sie noch? Es war niemand bei Ihnen, der sie von Ihnen verlangt hat?«

»Nein, niemand, das weiß ich bestimmt. Aber ich muß überlegen.« Wenn sie die Kassette noch besaß, dann mußte sie in Rosambou sein. Sie konnte dem Mann die Hoffnung nicht nehmen. »Verzeihen Sie, aber ich muß jetzt fort.« Es drängte sie, ihm ihre Gastfreundschaft anzubieten, aber seine auch in den abgerissenen Kleidern unnahbare und stolze Haltung ließ sie fürchten, ihn damit zu verletzen. »Kommen Sie morgen wieder.«

»Ich werde morgen abend kommen«, sagte er. »Wenn Sie gestatten. Und vergessen Sie nicht – es geht nicht nur um das Vermächtnis meines Bruders. Es geht um mein Leben und um alle, die ihr Leben schon dafür haben lassen müssen. Sprechen Sie zu niemandem darüber, zu niemandem!«

Er verschwand, wie er gekommen war. Einen Augenblick stand das Vergangene vor ihr auf; doch noch ahnte sie nicht, wieviel Macht diese Vergangenheit bald über ihr eigenes Schicksal gewinnen würde.

Sie wandte sich an Batu. »Den Mantel – schnell!« Die schwarze starrende Seide um die Schultern, eilte sie zu der Kutsche.

29

Kein Mensch war mehr auf dem Vorplatz des Theaters, aber die vielen Kutschen sagten Caroline, daß halb Paris zu dem Fest geladen war. Sie raffte das Kleid, stieg im flackernden Licht der Pechfackeln die Stufen zum Theater hinauf. Zu beiden Seiten standen Männer in flammendroten Mänteln, hüfthohen schwarzen Stiefeln, glänzenden Brustpanzern, schwarzen Augenmasken.

Die Türen flogen vor ihr auf. Das Schellengeläute mittelalterlicher Narrenkappen begleitete sie, als sie den vom Foyer durch einen roten Vorhang abgetrennten Vorraum betrat. Eine Gestalt im schwarzen Domino, das Gesicht unter einer spitznasigen venezianischen Gesichtsmaske verborgen, kam auf sie zu. »Madame?« Caroline reichte ihm ihre Einladungskarte. Er beugte sich über die Liste, die neben ihm auf dem Tisch lag. »Loge eins, Komtesse.« Aus einem Korb nahm er eine jener schwarzen Augenmasken, die man wie ein Lorgnon an einem Griff vor die Augen halten konnte. »Dieses Fest ist für Augen gemacht, die durch ein Visier blicken.« Er sprach mit halblauter Stimme. Sie schien Caroline verstellt. Er zog an einer Kordel, und wie von unsichtbaren Händen gerafft, öffnete sich der Vorhang und schloß sich wieder hinter ihr, als sie den Saal betrat.

Wie eine Verirrte fand sie sich inmitten der bunten lärmenden Menge, die das Parkett, aus dem man die Stuhlreihen entfernt hatte, füllte. Eine Flut von Farben und Geräuschen schlug über ihr zusammen. Sie hob das Visier vor die Augen. Suchend glitt ihr Blick über die Masken. Gleich ihr trieben sie ziellos dahin, prächtig und ärmlich, schön und häßlich; sie schienen aus allen Ständen zu stammen, einander fremd und doch miteinander verbunden durch einen Mann, der in ihr Schicksal eingegriffen hatte. Eine Frau näherte sich ihr in einem zarten Gewand, eine lichte, frühlingshafte Erscheinung. Caroline versuchte die silberne Maske, die ihr Gesicht verhüllte, zu durchdringen; sie sah nur ein paar lächelnde Augen. »Geduld, Komtesse«, hörte sie die Unbekannte flüstern. Ehe Caroline fragen konnte, war sie verschwunden.

Plötzlich ertrug sie die Menschen nicht mehr um sich herum. Sie verließ das Parkett, suchte den Weg zu ihrer Loge. Sie war leer. Sie sank in einen der Sessel. Ihr Blick wanderte über die Ränge, ruhte dann für einen Augenblick auf dem schweren lichtblauen Brokat des Vorhangs, in dem mit goldenen Fäden ein Phönix eingewebt war. Der Phönix! Aber ehe sie noch einen Gedanken fassen konnte, näherten sich Schritte der Loge. Sie hörte, wie der Samt zur Seite geschoben wurde. Die Hand, mit der sie das Visier hielt, sank ihr in den Schoß. »Ich dachte mir, daß ich Sie hier finden würde...«

Alles um sie herum begann zu wanken. Der Schreck war zu groß, als daß sie ihn hätte verbergen können. In den wimpernlosen Augen Fouchés glomm ein hektisches Feuer. »Sagen Sie nicht, es sei ein unerwartetes Wiedersehen! Hofften wir nicht beide darauf, an das gleiche Ziel zu gelangen? Ich darf mich doch zu Ihnen setzen? Sie verstehen – sein Triumph wäre nicht vollkommen, wenn ich dabei fehlte... Ah, es beginnt.«

Hinter der Bühne ertönte ein dröhnender Gong. Im Theater

wurde es still. Der Vorhang teilte sich. Das matte grüne Dämmerlicht eines frühen kalten Morgens erfüllte die Bühne; ein Prospekt zeigte den Marktplatz von Lyon. In der Mitte ragte die Guillotine auf. Daneben, wie leblos, der Henker. Rundum, auf dem Platz, ein Heer von Gestalten, Doppelwesen mit zwei Gesichtern, ein gespenstisches, regloses Ballett – bis Caroline erkannte, daß es nur Marionetten waren, die an unsichtbaren Drähten aus dem Bühnenboden herabhingen. Aus dem Schatten des Bühnenpfostens trat ein Mann.

Seht her – die Guillotine von Lyon,
für keinen kannte sie Pardon.
Zweitausend Köpfe rollten in den Sand.
Das Urteil kam aus einer Hand –
Fouché hat sich der Mann genannt.
Und hätten's alle auch vergessen –
Einer wird ihm die Strafe messen,
der überall und nirgends war:
Gil de Lamare.
Auch ihn wollte er sterben sehn,
Sein Blut im weißen Schnee vergehn.
Doch er war nicht geboren für den Tod,
ein Weib erbarmt sich seiner Not.
Madame Guillotine war ihm gewogen,
hat Fouché um ihn betrogen.
Und hätten's alle auch vergessen –
Einer wird ihm die Strafe messen,
der überall und nirgends war:
Gil de Lamare.

Seit jenem Tag trägt er am Hals ihr Zeichen,
die Jahre konnten's nicht verbleichen.
Was lieb ihm war, ist umgebracht,
sein Heim, das ist die schwarze Nacht.
Im Herzen trägt er treu den Schwur:
Ein Leben für die Rache nur.
Und hätten's alle auch vergessen –
Einer wird ihm die Strafe messen,
der überall und nirgends war:
Gil de Lamare.

Caroline konnte nicht anders, sie mußte Fouchés Blick suchen. Die schweren Lider hatten sich gesenkt. Als er sprach, hatte seine Stimme den leichten plaudernden Ton der Ironie. »Sie sehen, ich darf mir schmeicheln, daß dieses Fest nicht zuletzt für mich inszeniert wurde.« Er beugte sich zu ihr. »Übrigens, finden Sie nicht auch – Villon hätte bessere Verse gemacht?«

Nein, das war nicht mehr der Fouché, dem sie vor vierzehn Tagen gegenübergestanden hatte in seinem Amt am Quai Voltaire. Damals hatte alle Macht in seinen Händen gelegen – jetzt hatte er etwas von einem verwundeten Tier. Sie wagte nicht, zu entscheiden, wer der gefährlichere war.

Die Stimme des Sängers unterbrach ihre Gedanken:

Ob es der Herr in Samt und Seide war?
Der Musketier, der Mönch, der Pferdetreiber?
Das Bauernweib, der Geck, der Knecht?
In tausend Masken kämpft er für das Recht.
Des Herzogs Häscher ihn beschleichen,
doch was sie finden – nur sein Zeichen!
Und hätten's alle auch vergessen –
Einer wird ihm die Strafe messen,
der überall und nirgends war:
Gil de Lamare.

Zu spät bemerkte sie die Gestalten, die in die Loge eingedrungen waren, die flüsternden Stimmen. Jemand umklammerte ihre Handgelenke, riß ihre Arme auf den Rücken. Ihren Schrei erstickte der Knebel.

»Habt ihr ihn?« hörte sie Fouchés Stimme. Eine andere antwortete. »Ja, er ist in die Falle gegangen.«

Dann spürte sie den Schlag, ein betäubender Schmerz riß sie in den Abgrund...

Als sie wieder zu sich kam, befand sie sich, die Hände auf den Rücken gefesselt, in einem kleinen Gefährt ohne Fenster, das eilig durch die Nacht dahinrollte. Der Knebel steckte nicht mehr in ihrem Mund, aber ein ätzender Geschmack brannte auf ihren Lippen.

Sie war nicht allein, ein anderer Atem war neben ihr, gepreßt wie der eines gereizten Tieres. Er flößte ihr eine besinnungslose Angst ein. Ein sicheres Gefühl sagte ihr, daß Fouché selber ihr Wächter war, und dann vernahm sie auch schon seine Stimme.

»Oh, Sie sind wieder da! Das freut mich. Es hätte mir leid getan, wenn Sie dem zweiten Akt nicht mit der gleichen Aufmerksamkeit wie dem ersten hätten folgen können. Denn jetzt beginnt die Tragödie – ausnahmsweise einmal nach der Komödie.«

Zwischen den Fingern spürte sie das Ende der Fessel. Sie legte die Handflächen eng aneinander; der lose geschlungene Knoten rutschte tiefer. Wenn sie nur genug Zeit haben würde, mußte es ihr gelingen, den Knoten zu lösen. »Wohin bringen Sie mich?« sagte sie so ruhig wie möglich.

»Haben Sie vergessen, daß Sie ein Rendezvous haben?« Er lachte leise. Es klang wie das Geräusch, das entsteht, wenn der Wind in trockenes Laub fährt. »Ich selber bringe Sie zu ihm. Sie sehen, es ist ein verhängnisvoller Fehler, zu früh zu triumphieren.«

Der Knoten hatte nachgegeben, begann sich unter ihren Fingerspitzen zu lösen – aber jetzt hielt sie inne.

»Zu ihm?«

»Ihr Frauen wollt nur mit dem Feuer spielen – aber wehe, wenn ihr echte Narben davontragt! – Ja, ich bringe Sie zu ihm. Haben Sie denn vorhin im Theater nicht zugehört? Damals ist er Madame Guillotine entkommen – seitdem wartet sie nur auf diese Stunde.«

Sie glaubte die Besinnung zu verlieren. Gil war verraten. Gil war in Fouchés Händen!

»Ich hatte mir das etwas anders vorgestellt«, hörte sie ihn sagen. »Es kränkt ein wenig meine Eitelkeit, daß wir das alles einer Frau verdanken.«

»Einer Frau?«

»Ja. Die Ihnen Gil de Lamare so wenig gönnt, daß sie ihn lieber tot sieht: Melanie!«

Das Gefährt hielt. Der Schlag wurde von außen geöffnet, Licht fiel herein. »Steigen Sie aus!« Die Worte kamen aus Fouchés Mund wie das Zischen einer Schlange. Sie erkannte die Fassade des Hauses in der Rue Cerutti. Die Fenster lagen im Dunkel. Hilfesuchend blickte sie die Straße hinunter, aber sie lag öde und verlassen. Die zwei Männer, die sie in der Loge überwältigt hatten, stießen sie vorwärts, zu dem Haus neben dem Fouchéschen Palais. An der Haustür blieben sie zurück. Ein schmaler, modriger Gang nahm sie auf.

Wie durch einen Nebel sah sie das eiserne Gitter vor sich auftauchen, die letzten Stufen, die Quader der Wände, diese wüste Landschaft ausgeweinter Augenhöhlen, den Schatten des Henkers – aber den Mut, dorthin zu blicken, wo die Guillotine stand, hatte sie nicht mehr. Sie stand mit gesenktem Kopf.

»Ich hoffe, ich habe Ihren letzten Wunsch erraten«, hörte sie Fouché sagen. »Wenn schon Paris nicht mehr erfahren kann, wer Gil de Lamare war – der Komtesse Romme Allery sei es zu wissen vergönnt.«

Sie spürte, wie Fouché ihr den Kopf hochriß. Sie zwang ihren Blick zu der Guillotine. Er kniete auf dem Schafott, an Händen und Füßen gefesselt, eine schwarze Binde über den Augen, das weiße Hemd geöffnet, weit vom Hals zurückgeschlagen – sie sah die flammende Narbe, die sich über den Nacken des Mannes zog. Sie wollte zu ihm stürzen, aber Fouché stieß sie brutal zurück. Sie taumelte gegen die Mauer. Wie von Sinnen fuhr seine Hand nach den schweren Brillantgehängen an ihren Ohren. Er riß sie ab. Sie spürte den Schmerz nicht, der sie durchzuckte, nicht das tropfende Blut. Fouché warf die Brillanten dem Henker hin. »Hier dein Lohn – und nun an die Arbeit!«

Der Henker rührte sich nicht. Er stand, die Augen unverwandt auf Caroline gerichtet. Sie streifte die Fessel ab. Fouché starrte nur den Henker an. »Los, worauf wartest du! Oder soll ich es selber tun?« Ein Laut stieg aus der Brust des Henkers. Es war, als breche ein um seinen Leib geschmiedeter Panzer entzwei, und ein entfesseltes Wesen trete heraus, von übermenschlichen Kräften belebt. Seine Augen flammten auf. Mit erhobenen Händen ging er auf Fouché zu...

Fouché wich zurück, in fassungslosem Entsetzen vor der Kreatur, die sich gegen ihn erhob. Mit irrem Blick taumelte er rückwärts, nur noch ein Bündel Angst, stürzte, wie von Furien gehetzt, davon, die Treppe hinauf.

Sie achtete nicht darauf. Sie trat zu der Guillotine. Mit zitternden Händen löste sie seine Fesseln. Als er sich aufrichtete, trug er noch die Binde über den Augen. »Darf ich sie heute lösen?« fragte sie.

Er nickte. »Aber erschrick nicht...«

Sie lauschte auf seine Stimme – und die Hände sanken ihr herab. Wie blind sie gewesen war! Noch gestern, noch vor einer Stunde! Mit Schaudern dachte sie daran, daß sie ihn hatte fortgehen lassen, obwohl sie gefühlt hatte, daß Melanies Sturz nur ein Vorwand war. Ein Wort von ihr hätte all das Schreckliche verhindern können.

»Hast du Angst?« fragte er. »Angst vor der Wahrheit?«

»Es sind nur meine Hände, die zittern«, sagte sie. Auch seine Hände waren nicht ruhig, als er jetzt das schwarze Tuch löste. »Ich hatte mehr Angst als du. Denn einer mußte dich verlieren.«

Die ernsten umschatteten Augen des Herzogs von Belômer hielten sie fest. Er also war es – Gil. Sie kannte diese Augen, sie kannte jeden Zug dieses Gesichts – und hatte es doch nie wirklich gesehen. Sie verließen den Kerker. Niemand begegnete ihnen. Sein Schritt war neben ihr, seine Hand hielt die ihre. Sie erlebte es wie ein Wunder.

Lerche und Löwe

1

Im Brand der sinkenden Sonne jagte der Braut-Troß die Küstenstraße nach Saint-Malo dahin. Der Staub wirbelte unter den Hufen der Pferde, ihre Mähnen flogen im Wind. Die beiden silberbeschlagenen Karossen und die Gepäckwagen, auf denen sich die Sandelholzkisten türmten, ächzten in den Federn. Über allem lag die stumpfe Schmutzpatina einer Dreihundertmeilenfahrt. Aber Caroline ging es immer noch nicht schnell genug. Sie hätte Pferde gebraucht, die schneller waren als ihre Wünsche. So nah am Ziel kannte ihr Herz keine Geduld mehr.

Ihr gegenüber saß Philippe. »Ich glaube, noch nie sind Kutschen so schnell von Paris nach Saint-Malo gekommen. Wenn seine Yacht so schnell war wie wir, muß er den Cup des Prinzregenten gewonnen haben.«

Caroline antwortete nur mit einem Lächeln. Sie hatte die Regatta der Hochseesegler um die Isle of Wight, die der Herzog mitmachte, ganz vergessen, und jetzt lenkte etwas anderes ihre Aufmerksamkeit auf sich. In der Ferne tauchte die Silhouette der bretonischen Hafenstadt auf: die Stadtmauer mit ihren Toren, von Regen, Wind und Sonne ausgewaschene Giebel, Zinnen aus dem Grau alten Silbers schoben sich in den Himmel, überragt vom Filigran der gotischen Kathedrale. Dort, in Saint-Vincent, würde sie morgen an seiner Seite vor dem Altar knien, am Tag der Tagundnachtgleiche, wie es seit Generationen in ihrer Familie Tradition war. Aus der Komtesse Caroline de la Romme Allery würde an diesem 23. September 1815 die Herzogin von Belômer werden.

Philippe rückte neben sie.

»Dort! Das ist das Schloß!«

Von dem weißen Saum der Brandung umspült und durch eine Mole mit dem Land verbunden, glich Schloß Mortemère mit den vier Ecktürmen aus dem 16. Jahrhundert eher einer Wasserfeste.

Ein Trupp Reiter kam ihnen entgegen. Eine Pferdelänge vor der ersten Kutsche teilten sie sich. Im vollen Galopp zogen sie die Zügel an. Die Kutschen rollten durch das Spalier der Pferde. Plötzlich war die Luft voller Blumen. In den Steigbügeln stehend, warfen die Männer Rosen über die Kutsche der Braut. Von dem Kordon der Berittenen umgeben, rollte der Zug der Kutschen weiter. Sie bogen von der breiten Straße auf einen schmaleren Weg ab, der im

Schatten der Festungswälle von Saint-Malo in einem weiten Bogen abwärts führte. Aus der grünen See stieg Schloß Mortemère auf, alt und unzerstörbar wie der Fels, aus dem seine Mauern und Türme wuchsen. Auf den Ecktürmen wehten Fahnen. Donnernd rollten die Kutschen über die Bohlen der mit Mauern und Zinnen befestigten Mole in den Schloßhof. Ein Gärtner war mit einem Gehilfen beschäftigt, die Portale und Fenster mit frischem Grün und bunten Blumengirlanden zu umwinden. Zimmerleute hämmerten an einem Tanzpodium. Mägde trugen in flachen Körben frischen Lachs ins Haus. An einem eisernen Gestell hingen Wildbret, abgezogene Lämmer, rote Rinderhälften. Aus den offenen Fenstern der Küche zog würziger Pastetenduft über den Hof. Über allem lag das tiefe Leuchten des vergehenden Tages, der zu zögern schien, als gebe ihm das farbenprächtige Bild der Kutschen, der Reiter, der jubelnden Menschen einen Grund, länger zu verweilen.

Mit einem Ruck kam die Kutsche vor dem Portal zum Stehen. Philippe sprang heraus und reichte Caroline die Hand. Dann eilte er zu der zweiten Kutsche, um Eliette, der Halbschwester des Herzogs, die mit ihnen aus Paris gekommen war, herauszuhelfen. Pagen rollten einen blauen Läufer aus, in den mit Goldfäden das Wappen der Herzöge von Belômer, der Phönix, eingewebt war.

Lächelnd schritt Caroline durch das Spalier der Menschen, die alle einen Blick dieser Frau erhaschen wollten, die einen Mann bezaubert hatte, dessen Herz für uneinnehmbar gegolten hatte. Sie war nur wenige Schritte vom Portal entfernt, da trat aus dem Halbdunkel Leblanc, der Vermögensverwalter des Herzogs. Seine Verbeugung vor Caroline war mehr Höflichkeit eines Herrschers als Ergebenheit eines Dieners. »Komtesse – im Namen des Herzogs, Willkommen auf Schloß Mortemère!«

Sie stand vor der Schwelle, zu der sie ein so weiter Weg geführt hatte – und zögerte. So nahe am Ziel überfiel sie Bangigkeit. Die ganzen letzten Wochen hatte sie sich nie eingestanden, daß in der Melodie ihres Glücks ein dunkler Ton mitschwang. Jetzt war er unüberhörbar. Sie wehrte sich dagegen. Sie wollte nicht denken, daß das Glück auch diesmal vielleicht nur ein Trugbild war. Aber sie war in ihrem Leben schon durch zu viele Schrecken gegangen, um in diesem Augenblick die Kontrolle über sich zu verlieren. Sie richtete den Blick auf Leblanc. »Geben Sie mir Nachricht, wenn die Yacht des Herzogs gemeldet wird.« Ihre Stimme verriet nichts von ihren Gefühlen.

Leblanc verbeugte sich. Die Legende, die dieser Frau vorausging, hatte ihn nicht beeindruckt. Die Schönheit einer Frau hatte nie etwas über diesen Mann vermocht. Er besaß die Stärke jener, die stark sind, weil sie weder Zweifel noch Hoffnung kennen, weder Liebe noch Haß. Aber die Ruhe, mit der sie diesen Augenblick gemeistert hatte, hatte ihn gewonnen. Diese Frau schien seines Herrn würdig zu sein – und auch der Dienste eines Leblanc. »Darf ich Sie führen?«

Die Gästezimmer lagen im westlichen Turm. Erst morgen, nach der Trauung, würde die Braut in die neu umgebauten Wohnflügel umziehen. Caroline hatte die Diener angewiesen, die großen Reisekoffer und Kisten unausgepackt stehen zu lassen. Sie stand in dem weiten Rund des Fensters, das den Blick auf das Meer freigab. »Ich verstehe ihn nicht«, sagte Eliette neben ihr, »daß er nicht einmal an einem solchen Tag auf sein Vergnügen verzichten konnte.«

Caroline antwortete nicht. Nichts konnte ihre Laune verderben. Mit einem Blick voll Bewunderung und Resignation sah Eliette ihr zu. Sie kam sich uralt vor neben diesem Geschöpf. Viel zu alt und viel zu vorsichtig, um geliebt zu werden. Nie würde ihr die Hingabe dieses Mädchens an den Augenblick möglich sein. Immer würde sie vor dem letzten Schritt zurückschrecken. »Ich habe einfach nicht die Kraft, die man braucht, um das Glück zu halten – so wie Sie.« Fast gegen ihren Willen hatte Eliette zu sprechen begonnen.

Caroline schüttelte lachend den Kopf. »Sie kennen ihn doch, Segeln ist seine Leidenschaft. Und Sie wissen auch, daß er, seit es den Regent's Cup gibt, ihm nachjagt. Immer ist er ihm um Haaresbreite verlorengegangen. Aber diesmal hat er ihn gewonnen. Ich spüre es. Und ich habe das Gefühl, er hat ihn allein mir zuliebe gewonnen.«

Draußen kamen Schritte näher, dann klopfte es an der Tür. Leblanc näherte sich. Er wies die beiden livrierten Lakaien an, die Silberleuchter in den Raum zu tragen. »Schließt die Läden«, sagte er mit seiner dunklen Stimme, die außer seinen Augen das einzige Lebendige an diesem Mann zu sein schien. »Wir bekommen Sturm!«

»Sturm!?« Er hatte den Satz gar nicht an sie gerichtet, aber Caroline zuckte bei diesem Wort zusammen. »Es ist die Zeit der Stürme jetzt, im September. Werden Sie das Essen auf dem Zimmer einnehmen?«

»Es eilt nicht. Ich werde mich melden.«

Die Tür schloß sich hinter Leblanc und den beiden Dienern.

»Ich werde nie ganz klug aus ihm«, sagte Eliette. »Seinen richtigen Namen kennt niemand. Er war neun oder zehn Jahre, ich war noch nicht geboren, als das Meer ihn hier anspülte und die Familie ihn aufnahm. Schon damals waren seine Haare schneeweiß. Daher der Name Leblanc, der Weiße.«

Caroline sah wieder die feine, wie gestochene Handschrift des Heiratsvertrages vor sich, den Leblanc aufgesetzt hatte. »Und er verwaltet das Vermögen?«

»Es gibt nichts, was in seinen Händen nicht zu Gold würde. Er findet immer neue Quellen; er gräbt alte, in Vergessenheit geratene Lehensdokumente aus, uralte Privilegien. Er bekommt Wegzoll für jedes Stück Vieh, das hier auf den Wochenmarkt getrieben wird; die Gemeinde Dinard-Saint-Enogat hat uns an jedem Osterfest Lebkuchen zu liefern; die Pfarrei von Saint-Vincent schuldet uns zwölf Messen im Jahr – und ich weiß nicht, was noch alles. Die Leute hier nennen ihn nur den König von Saint-Malo. – Fragen Sie mich nicht, was uns alles gehört. Ich kenne mich darin so wenig aus wie der Herzog. Ich weiß nur: In einer Zeit, in der ganze Adelsgeschlechter verarmt sind, in der die Emigranten alles verloren haben, hat Leblanc Geld zusammengetragen, hat es aufgehäuft, vermehrt.«

Aus dem Haus drangen Geräusche geschäftigen Lebens: gedämpfte Stimmen, eilige Schritte, das Klirren beladener Tablette, das Prasseln der Öfen, die von den Gängen aus beheizt wurden, fernes Lachen. Eliette war gegangen. Caroline verschloß die Tür und eilte in das anschließende Schlafkabinett. Auf der Bergère hingebreitet lagen die beiden Roben für die Hochzeit. Die Journalisten der Pariser Modejournale hatten ihrem Schneider Leroy die Tür eingerannt, um die Erlaubnis zu erhalten, diese beiden Kleider abbilden zu dürfen. Wie gerne hatte sie die Hauptstadt verlassen. Wie glücklich war sie gewesen über den Entschluß des Herzogs, in Saint-Malo zu heiraten, fern von diesem Paris, in dem jeder ihrer Schritte, jedes ihrer Worte in der nächsten Stunde stadtbekannt waren...

Caroline hatte sich vor dem Frisiertisch niedergelassen. Sie nahm die Nadeln und Kämme aus dem Haar, löste die Bänder der Ziegenlederhandschuhe, streifte die seidenen Strümpfe ab. Sie zog die Jacke aus, die Bluse. Raschelnd sanken Rock und Unterkleider zu Boden. Im Spiegel erblickte sie ihren nackten Körper. Verwirrt wandte sie sich ab. Fliehend vor sich selbst, vor der Unruhe, schlüpfte sie in das Bett. Sie war müde, und doch ersehnte ihr Körper eine andere Erlösung als die des Schlafs.

Ein strahlender Himmel spannte sich am anderen Morgen über Saint-Malo.

Das Frühstückstablett stand unberührt neben Caroline auf dem kleinen runden Tischchen. Sie hatte nur im Bad eine Tasse Tee getrunken. Nicht einen Bissen hätte sie essen können. Der Sturm war vorüber, der ersehnte Morgen gekommen; aber *er* war noch immer nicht da.

Sie öffnete den Schmuckkoffer, der auf dem Frisiertisch stand, hob das Zwischenfach heraus. Sie drehte den winzigen goldenen Schlüssel um, schlug den Deckel auf. Der taubeneigroße Diamant lag auf dem scharlachroten Samt, weißes Feuer versprühend, Symbol des Unzerstörbaren, Magnet des Glücks. Und doch berührte sie etwas Dunkles in diesem Augenblick. Sie kannte es. Sie hatte dagegen gekämpft, und sie hatte geglaubt, es besiegt zu haben – für immer: Der Fluch, der sie zu verfolgen schien, seit jener Nacht vor eineinhalb Jahren, als sie aus Rosambou, dem Schloß ihrer Kindheit, hatten fliehen müssen. Betäubt von dem dunklen Vorgefühl, hörte sie nicht den Tumult, der unten entstanden war. Erst als die Tür aufsprang und Philippe hereinstürzte, kam Caroline wieder zu sich. »Die Yacht! Sie müssen gleich einlaufen.«

In der Halle warteten schon die Hochzeitsgäste, die mit zur Kirche fahren würden. Caroline eilte grußlos an ihnen vorbei, hinaus auf den Hof. Als sie zu der steilen Steintreppe kamen, die zu dem kleinen Yachthafen hinabführte, wollte Philippe ihr die Hand reichen, aber sie wehrte lachend ab.

Die Yacht, schwarz die Segel, schwarz der Schiffsleib, schoß über die glatte See. Die Segel flogen herum, das Boot legte sich zur Seite. In einem scharfen Bogen fuhr es in den Hafen ein, glitt an die Kaimauer heran.

Gebannt starrte Caroline hinüber. In einer Luke erschien ein roter Haarschopf. Ein Hüne in rostroter Uniform stand plötzlich an der Reling – sprang mit einem gewaltigen Satz zur Mole hinüber, noch ehe die Taue befestigt waren. Der Riese eilte an ihr vorbei auf Leblanc zu, den sie erst jetzt entdeckte. Das Gesicht des Verwalters war grau. Er machte eine Geste, als wolle er Carolines Hand ergreifen. »Es ist etwas Unfaßbares geschehen, Komtesse«, sagte er dann. »Man hat den Herzog in England verhaftet.«

Philippe, der neben ihr stand, nahm ihren Arm, wollte sie wegführen. Caroline stieß ihn zur Seite. Sie trat einen Schritt vor und winkte den Hünen heran. »Was ist geschehen?«

Charles Tarr trat zögernd näher. Der eckige Schädel des Norwegers, der unmittelbar auf den mächtigen Schultern zu sitzen schien, deutete eine Verbeugung an. »Wir hatten den Cup gewonnen. Am nächsten Morgen wollten wir in See gehen.« Er sprach stockend, schien die einzelnen Worte zusammenzusuchen. »Der Herzog kam nicht, am nächsten Morgen ... nur ein Bote ... mit der Nachricht, daß man den Herzog verhaftet hätte, während des Festes.«

»Und der Grund?«

Der Norweger zuckte mit den Schultern. »Wußte niemand...«

Caroline begriff, es war sinnlos, weiterzufragen. Sinnlos wie diese mysteriöse Verhaftung, sinnlos wie ihre Hoffnung. Sie blickte hinaus zu der Yacht. Eben fielen die schwarzen Segel herab, sanken in sich zusammen. Mit einer Schnelligkeit, die für Caroline in diesem Augenblick etwas Grausames hatte, entkleideten die Seeleute das Schiff. Schwarz schaukelte es auf der gleißenden Flut, schwarz starrten die Masten in den blauen Himmel – ein Skelett.

Mit dem rechten Fuß warf sie den schweren Brokatrock zur Seite, wandte sich zum Gehen. Etwas so Wildes ging von ihr aus, daß Leblanc und der Norweger vor ihr zurückwichen. Auch der Priester, der unvermittelt aus der Menge auf sie zutrat, um ihr ein Wort des Trostes zu sagen, prallte zurück. Das schwarze Feuer ihrer Augen schloß ihm den Mund. Sie eilte die steile, in den Fels gehauene Treppe empor. Als sie den Schloßhof betrat, blieb sie unwillkürlich stehen. Die ganze Hochzeitsgesellschaft stand dichtgedrängt in dem engen Halbrund. Caroline war es, als müsse sie davonrennen, fliehen aus dieser Arena, gefüllt mit Menschen, lüstern vor Neugier. Zu einer Hochzeit waren sie gekommen; aber was war schon eine Hochzeit gegen dieses Schauspiel einer Braut ohne Bräutigam! Caroline straffte sich. Hocherhobenen Hauptes, ohne Hast durchschritt sie die sich bildende Gasse. Es war wie ein Zwang. Sie mußte in die Gesichter dieser Menschen blicken. Die Männer wichen ihren Augen aus, manche schuldbewußt wie Jungen, die man beim Quälen eines hilflosen Tieres ertappt hatte. In den Augen der Frauen aber funkelte unter dem dünnen Schleier des Mitgefühls Triumph. Und mit diesen Menschen wäre sie in die Kirche eingezogen, mit ihnen hätte sie an einer Tafel gesessen, die gleichen Speisen gegessen, den gleichen Wein getrunken, zur selben Melodie getanzt!

Sie schritt die Stufen hinauf. In ihren Schenkeln, in ihrem Rücken war das Zittern der Erschöpfung wie nach einem scharfen Ritt. Aber die Menschen sahen nur das stolz erhobene Haupt, die Hand, die voll Anmut den Rock raffte, das Leuchten einer unbesiegbaren

Kraft im Schatten der dichten Wimpern – und sie hatten plötzlich das Gefühl, daß man sie um etwas betrogen hatte...

Aufatmend betrat Caroline die Halle. Es vergingen Sekunden, bis sich ihre vom Sonnenlicht geblendeten Augen an die Dämmerung gewöhnten. In einer natürlichen Reaktion ihrer starken Natur trat sie, um erst einmal Atem zu schöpfen, an die lange Tafel, auf der das kalte Büfett aufgebaut war. Es waren nicht die üblichen pompösen Platten mit kunstvollen Arrangements. Antoine Carème, der ungekrönte König der französischen Küche, den der Herzog nach Saint-Malo hatte kommen lassen, hatte sich nicht mit Alltäglichem zufriedengegeben. Aus Hummern, Lachsen, Aalen, Forellen, aus Bärenschinken, Rehziemern, Gänsebrüsten, Straußeneiern, weißen und schwarzen Trüffeln, aus allen Früchten und Kräutern dieser Erde hatte er eine fantastische Landschaft aufgebaut. Ein abwesendes Lächeln auf den Lippen, stand Caroline davor. Für einen Augenblick hatte der Schmerz seine Macht über sie verloren. Aber als sie sich jetzt umwandte und Monsieur Carème gewahrte, mußte sie sich Gewalt antun, um ihn nicht schroff zurechtzuweisen. »Bitte, Monsieur Carème, lassen Sie alles abräumen...«

Antoine Carème starrte sie mit offenem Mund an, rührte sich nicht von der Stelle. »Ich habe vier Tage und vier Nächte daran gearbeitet, ununterbrochen. Ich habe mein Bestes gegeben. Nein, nein, das kann nicht alles umsonst gewesen sein...« Er hob flehend die Hände. »Noch sind die Gäste da! Sie werden ihnen diese Köstlichkeiten nicht vorenthalten!«

Carolines Geduld war am Ende. War dieser Mensch so naiv oder war er so roh? »Monsieur Carème, Sie haben meinen Wunsch gehört. Sie können die Speisen an die Armen von Saint-Malo verteilen.«

»Nein!« Er breitete theatralisch die Arme aus. Wie ein Besessener lief er vor der Tafel auf und ab. »Lieber zerstöre ich es mit meinen eigenen Händen.« Caroline stand am Fuß der Treppe. Sie wünschte lachen zu können über diese groteske Szene. Aber ihr graute.

2

Die fünf Schläge der Uhr im Eckturm verklangen. Der Schrei eines Wasserhuhns kam aus dem nahen, schilfbestandenen Ufer. Caroline stand unter dem Portal und blickte in den Schloßhof. Es dunkelte. Die Gäste waren abgereist. Als letzte hatten vor wenigen Minuten Philippe und Eliette Mortemère verlassen. Es war nicht leicht gewesen, ihren Bruder davon zu überzeugen, daß er in Paris beim König mehr für den Herzog tun konnte, als wenn er sie nach England begleitete. Von zwei Knechten gezogen, rollte ihre Reisekutsche auf den Hof. Vier Pferde wurden aus dem Stall geführt, haselbraun und kräftig. Ihren Reisekoffer auf der Schulter, sprang Batu auf den Bock, warf ihn auf das Kutschendach. Sorgfältig begann er ihn festzuschnüren.

Ein Tag war vergangen, vierundzwanzig endlose Stunden, und jetzt verlangte es sie mit Ungeduld, von hier fortzukommen...

Caroline durchschritt die Halle, suchte den Weg zum Arbeitszimmer. Die Wände des uralten Raumes nahmen vom Boden bis zur Decke Archivschränke ein, schwere Schlösser hingen davor. Leblanc, in dem hochlehnigen Stuhl hinter dem Schreibtisch, saß nach vorne gebeugt da. Die Feder in seiner Hand raschelte über das vor ihm liegende Papier.

»Bitte, Monsieur Leblanc«, brach Caroline das Schweigen, »sorgen Sie dafür, daß alle zwanzig Meilen frische Pferde bereit stehen.«

Die steile Falte zwischen seinen Brauen vertiefte sich. »Ich hoffte, Sie würden es sich doch noch anders überlegen, Komtesse.« Er legte den Federkiel aus der Hand. Er öffnete den Mahagonikasten, in dem er Petschaft und Siegellack aufbewahrte. So eine Frau war ihm noch nicht begegnet. Jede andere hätte eine Tragödie daraus gemacht. Diese da hatte niemand weinen sehen. Eine Weile war sie auf ihren Zimmern geblieben. Dann hatte sie ihrer Zofe geklingelt, hatte sich ein Bad bereiten und dazu frischen Lachs, Butterkartoffeln und Weißwein servieren lassen. Sie war anders. Sie war stark. Er hatte nicht Angst um sie, wenn sie allein nach England fuhr. Einen Augenblick spielte er sogar mit dem Gedanken, ob er sie nicht zu seiner Verbündeten machen sollte. Es war eine spontane Gefühlsaufwallung – und das genügte, ihn davon Abstand nehmen zu lassen. Er sah zu ihr auf. »Fahren Sie nicht nach England. Hören Sie auf mich.«

Carolines Blick war auf die Gegenstände gefallen, die neben Leblanc auf dem Tisch lagen: mit seltsamen Zeichen bedeckte Blätter, Zirkel und Winkelmesser, ein siderisches Pendel, ein Astrolabium. Dieser Mann setzte sie in Erstaunen. »Wie ich sehe«, sagte sie lächelnd, »beschäftigen Sie sich mit Astrologie, Monsieur Leblanc. Sie wollen mich doch nicht etwa deshalb von meinem Vorhaben abbringen, weil die Sterne und Zeichen dagegen sind?«

Er blickte sie an, aus Augen, deren Feuer sein weißes Haar und die Runen, die das Alter in sein Gesicht gegraben hatte, vergessen ließ. »Es ist nur ein Zeitvertreib«, sagte er, »der Zeitvertreib eines Mannes, der wenig Schlaf braucht.«

»Und erfüllen sie sich – Ihre Berechnungen? Sind in Ihrem Leben die Dinge eingetroffen, die in den Sternen standen?«

»Ich habe das Glück, mein eigenes Horoskop nicht stellen zu können!«

»Und mein Horoskop? Und das des Herzogs? Haben Sie es gestellt? Was haben Sie herausgefunden?« Für einen Augenblick vergaß sie, warum sie hergekommen war.

»Die Bahnen seiner Sterne sind unauflöslich mit denen Ihrer Sterne verbunden, Komtesse.« Seine Stimme war voller Zurückhaltung, fast abwehrend.

»Ich will es sehen«, sagte sie. »Zeigen Sie es mir!« Sie trat näher an den Tisch. Aber er legte die Hände über einige Blätter.

»Wir haben hier ein Sprichwort«, sagte er. »Ein sehr weises. Wenn man auf die eigenen Füße schaut, stolpert man.«

Zuerst war Caroline betroffen von seiner Weigerung, aber dann lachte sie. »Ich will es beherzigen«, sagte sie. »Ich werde nicht auf meine Füße blicken, sondern auf schnellstem Weg reisen.«

Wieder sah er sie an. »Ich bezweifle, ob es der beste Weg sein wird, Komtesse, dem Herzog zu helfen.«

»Nennen Sie mir einen besseren, und ich will ihn gerne befolgen. Wenn Sie einen Verdacht haben, sprechen Sie!«

»Einen Verdacht?« Leblanc entzündete eine Kerze, hielt sie an den Siegellack. Langsam drehte er den roten Lackstift. Der erste Tropfen fiel auf das weiße Papier. Er preßte das Siegel in den Lack. »Ein Mann, der so reich ist wie der Herzog, hat immer Feinde«, sagte er. »Reich zu sein – und ein Träumer, nichts schlimmer als das! Keine Schwäche zu haben, das hat die Welt noch keinem verziehen.« Mit abwesendem Blick räumte er die Schreibsachen auf. Sicher, er hatte eine Vermutung. Es war ihm immer klar gewesen, daß einmal der Tag kommen mußte: So dicht das Netz der Geheimhaltung auch gesponnen war, so gut die Papiere der Schiffe auch getarnt waren, so unauffällig das Geld in den verschiedensten Bankhäusern deponiert war, einmal hatte eine Masche dieses Netzes reißen müssen. Aber noch war es nichts weiter als ein Verdacht. Und Leblanc war ein zu weitsichtiger, zu praktisch denkender Mann, um seine Entschlüsse auf Vermutungen zu gründen. Er erhob sich, reichte ihr ein offenes Kuvert. »Eine Vollmacht für das Londoner Bankhaus Barring. Wenn Sie sie vorzeigen, erhalten Sie jede beliebige Summe, Komtesse. Eine Kaution kann unter Umständen sehr hoch sein.«

»Eine Kaution?« Sie begriff nicht gleich. »Was auch immer geschehen ist, der Herzog ist zu Unrecht inhaftiert!«

Was verheimlichte er vor ihr? Die Frage lag ihr schon auf der Zunge, aber sie wußte, dieser Mann würde nicht antworten. Eine Hand auf den Schreibtisch gestützt, stand er da. Seine Gestalt verschwand in dem Halbdunkel, das aus den Ecken des Raumes drängte, und Caroline schien es, als sei er aus demselben ungreifbaren und doch undurchdringlichen Stoff gemacht und kehre nur in sein eigentliches Element zurück. Nein, hier kam sie nicht vorwärts. Genausogut hätte sie die Mauern dieses Schlosses befragen können. Sie nahm das Kuvert aus seiner Hand entgegen. Wie hatte sie überhaupt ein Wort verlieren können! Vom Hof drang das Geklingel des Pferdegeschirrs herauf. »Ich danke Ihnen.« Leblanc verneigte sich. Eigentlich waren es nur seine Augen, die noch mehr ins Dunkel zurücksanken.

Sie streckte die Beine wohlig auf dem Fußpolster aus, das zwei flache, mit heißem Wasser gefüllte Kupferflaschen von unten her erwärmten. Sie öffnete den Deckel des runden Proviantkörbchens, das neben ihr stand. Ihre Finger glitten tastend über vielerlei Tüten und Dosen. Sie suchte nicht die kandierten Früchte, das Schokoladengebäck. Sie hatte Lust auf das Stück Roggenbrot, das Batu ihr immer in einer silbernen Dose hineinschmuggelte. Jede Magd bekam davon, soviel sie wollte, nur sie mußte sich dieses Stück Brot seit ihrer Kindheit ›stehlen‹. Marianne, die Beschließerin von Rosambou, und für sie fast so etwas wie eine Mutter, die es selber so gerne aß, am liebsten frisch aus dem Backofen, hatte immer getan, als würde Caroline krank davon werden. Nur weil sie eine Adlige war!

Caroline hatte das nie begriffen. Aber es war immer noch so. Die Revolution? Auch sie hatte daran nichts geändert. Gerade die einfachen Menschen waren es, die hartnäckig auf diesen äußerlichen Zeichen des Unterschiedes zwischen Herr und Diener beharrten, als wäre es eine Schande, einem Herrn zu dienen, der dasselbe Brot aß. Diese Welt war manchmal schwer zu begreifen...

Die Kutsche kam so unvermittelt zum Stehen, daß der Ruck Caroline vornüber warf. Mit beiden Händen fing sie sich gerade noch an der dicken Kordelschlaufe, die neben dem Vorhang herunterbaumelte.

Sie stieß den Schlag auf. Der Nebel war so dicht, daß sie die zwei

Führungspferde des Vierergespanns kaum erkennen konnte. »Was ist denn? Warum geht es nicht weiter?« Plötzlich entdeckte sie die Männer. Zwei hielten die Zügel der Leitpferde. Der dritte kam auf sie zu.

Die breite goldene Verschnürung einer Kapitänsuniform schimmerte auf, als der Mann an den Schlag trag. Er setzte den Fuß auf das aufgeklappte Trittbrett. Caroline sah es mit Empörung; sie wünschte, sie wäre nicht so leichtsinnig gewesen, ihre Waffe in den Koffer zu werfen. »Wer sind Sie? Und woher nehmen Sie die Frechheit, meine Kutsche anzuhalten?«

Ein dunkles Gesicht hob sich ihr entgegen. »Manuel Janio Herera, Kapitän der *Myrmidon*.« Er sprach ein rauhes, kehliges Französisch. »Und dieser Aufenthalt dient nur Ihren Interessen, Komtesse.«

Er kannte sie! Und wagte es dennoch, sie aufzuhalten. »Ich bin in Eile. Befehlen Sie Ihren Leuten...«

»Ich kenne den Grund Ihrer Eile«, fiel er ihr in seinem seltsamen Tonfall ins Wort. »Aber warum die weite Reise nach England, wenn Sie von Manuel Herera aus Peru erfahren können, weshalb der Bräutigam nicht zur Hochzeit erschienen ist.«

Er legte den Kopf ein wenig zur Seite. Sein glattes, von Feuchtigkeit benetztes Haar glich einem schwarzen Helm. »Da ich befürchte, Sie werden meinen Worten kaum Glauben schenken, ist es besser, Sie überzeugen sich mit eigenen Augen.«

»Was sollen diese Andeutungen? Reden Sie endlich!« Sie sah die Züge des Peruaners jetzt deutlicher, das olivfarbene Gesicht, die breiten Backenknochen, die schrägen, weit auseinanderstehenden Augen, die Reflexe von zwei Pupillen, die unverwandt auf sie geheftet waren und etwas Tigerhaftes hatten.

Um den breiten, schmallippigen Mund des Mannes lag ein gespannter Zug. Es konnte ein freundliches oder ein grausames Lächeln sein. »Ich möchte Ihnen ein Schiff zeigen. Eines der vielen Schiffe des Herzogs. Vor allem aber die Fracht, die wir an Bord haben. Wir werden gerade zurechtkommen, wenn die Ware ausgeladen wird. Dann werden Sie vieles verstehen, Komtesse.« Er wandte sich einen Augenblick ab, gab seinen Männern ein Zeichen. Die Pferde zogen an. Er schwang sich in die anfahrende Kutsche. Warum hatte sie das zugelassen? Sie konnte sich immer noch nicht beruhigen, daß es diesem Mann gelungen war, sie zu überrumpeln. Ein Schiff des Herzogs? Sie wußte nicht einmal, daß Schiffe zu seinem Besitz gehörten. Und was sollten diese Andeutungen von der Fracht? Wo fuhren sie überhaupt hin? Die Scheiben der Kutsche waren blind vom Nebel, und nicht einmal das Geräusch der unter den Rädern wegspringenden Steine konnte ihr das entsetzliche Gefühl nehmen, daß kein Boden mehr unter ihnen war. Sie hatte jede Orientierung verloren. Tückisch und lautlos, wie durch einen bösen Zauber, hatte sich die Welt verwandelt. Gab es im Leben des Herzogs etwas, von dem sie nichts wußte? Etwas, das er ihr verschwiegen hatte, um sie zu schonen, sie in Sicherheit zu wiegen?

Verschwommen drangen Lichter durch den Nebel, Stimmen, die Silhouetten nackter Schiffsmasten. Die Kutsche hielt. Herera sprang hinaus, streckte ihr die Hand entgegen.

Alles in Caroline wehrte sich dagegen, sich auf den Arm dieses Mannes zu stützen; doch etwas warnte sie, seinen Stolz zu sehr zu verletzen. Als hätte sie seine Hand übersehen, stieg sie schnell aus.

Das Licht der wenigen Laternen versickerte im Nebel. Das weite Halbrund des Hafenkais von Saint-Malo glich einer im Ungewissen dahintreibenden Insel. Schweigend schritt sie neben dem Peruaner den Kai entlang. Der Anschlag der Wellen begleitete ihren Weg, aufgespannte Fischernetze, überzogen mit dem glitzernden Gespinst der Feuchtigkeit. Ein Boot wartete auf sie; am Heck steckte eine rauchende Fackel. Sie nahm auf der Bank Platz. Ein anderes, tief im Wasser liegendes Boot kam ihnen beim Übersetzen entgegen. Schulter an Schulter, in drei Reihen, kauerten dunkle Gestalten. In das Klatschen der Ruder mischte sich Kettengeklirr. Durch einen Riß des Nebels fiel Licht auf sie: schwarze krause Köpfe, schwarze nackte Leiber – Sklaven? Sie wandte den Kopf, suchte den Blick des Peruaners. Doch Herera beachtete sie nicht. Auch an Deck der *Myrmidon* erwartete sie dasselbe Bild; die nächste Kolonne dunkler nackter Leiber stand zum Ausladen bereit. Beleuchtet von Laternen, ragte am Heck die Kapitänskajüte auf. Caroline schloß geblendet die Augen, als sie eintrat. Überall brannten Lampen, deren geschliffene Glaszylinder die Helligkeit vervielfachten.

Trotz der strahlenden Helligkeit und des verschwenderischen Reichtums der Einrichtung hatte der Raum etwas Düsteres. Der chinesische Seidenteppich, die Vorhänge und Portieren – schwarze barbarische Muster bedeckten sie: Riesenblumen mit weitgeöffneten tierähnlichen Kelchen, feuerspeiende Drachen.

Wortlos hatte Herera ihr einen Stuhl hingeschoben; es war dieselbe Bewegung wie an der Kutsche, herrisch und zugleich unterwürfig. »Muß ich noch viel erklären«, begann er jetzt, »oder erraten Sie die Wahrheit? Die *Myrmidom* ist nichts anderes als ein

Sklavenschiff, Komtesse! Eine schwarze, aber goldene Fracht. Ich bin nur mit einem Achtel an diesem Schiff beteiligt – aber selbst dieses Achtel macht mich zu einem reichen Mann.« Sein schmallippiger Mund öffnete sich zu einem lautlosen Lachen. »Diese eine Fahrt allein bringt 50000 Pfund ein. Und ich weiß mit Sicherheit von fünf weiteren solchen Schiffen, die dem Herzog von Belômer gehören. Monsieur Leblanc könnte Ihnen gewiß noch genauere Auskünfte geben.«

Caroline hatte das Gefühl, von einem bösen Traum gefangengehalten zu werden. Und wie im Traum fühlte sie sich wie gelähmt, ihrer Sprache beraubt.

»Nicht, daß ich etwas dagegen einzuwenden hätte, daß der Herzog auf diese Art seinen Reichtum vermehrt«, fuhr Herera fort. »Viele haben sich an dieser goldenen Ernte beteiligt. Der Reichtum Liverpools, Bristols, Londons, es gäbe ihn nicht ohne den Sklavenhandel. Warum ich Ihnen das alles sage: Weil gerade die Engländer, die dieses Geschäft mit soviel Tüchtigkeit und Erfindungsgabe betrieben haben, plötzlich ihre sentimentale Ader für das Recht dieser Schwarzen entdeckt haben. Kurz, Komtesse, England hat seit einigen Jahren den Handel mit Sklaven auf allen seinen Schiffen zum Verbrechen erklärt. Sie kontrollierten ein Schiff namens *Felicidade*. Ein Spanier? Zur Tarnung, ja. Aber in Wirklichkeit gehört das Schiff Ihrem zukünftigen Gatten, und es hatte dreihundertfünfzig Sklaven an Bord. Nach dem englischen Gesetz wird so etwas mit fünfzehn Jahren Deportation bestraft. Das war der Grund für die Verhaftung des Herzogs!«

Carolines Gehirn registrierte die Worte. Der Mann sprach zu sicher, als daß es eine Lüge sein konnte. Und doch hatten seine Worte keine Gewalt über sie. Sie hob den Kopf. »Und das ist alles? Deshalb haben Sie mich hierhergebracht?«

Er starrte sie an. Wie er sie haßte, diese stolzen, marmornen Seelen der Weißen. Zu lange trug er den Wunsch in sich, sie einmal in seinem Leben seinem Willen zu unterwerfen. Er, der Nachfahre eines Indio, der sich selbst dazu verdammt hatte, unter diesen schwarzen Kreaturen zu leben.

»Sie sind mir eine Antwort schuldig, Kapitän Herera«, sagte Caroline ruhig. – »Ich denke, Sie stehen in den Diensten des Herzogs. Aber ich will Sie gerne davon entbinden...«

Herera zuckte die Achseln. »Leblanc hat Ihnen kein Wort von alledem gesagt. Ist es so? Er hätte Sie nach England reisen lassen, ohne daß Sie überhaupt gewußt hätten, worum es geht. Er scheint Geheimnisse ebenso zu lieben wie das Geld.«

Leblanc! Caroline erinnerte sich an Eliettes Worte, daß der Herzog sich nie um Geld oder Geschäfte gekümmert hatte. Wenn er von diesen Geschäften ebensowenig wußte wie sie bis zu dieser Stunde? Wenn es allein ein Werk Leblancs war? Aber noch während sie es dachte, wurde ihr klar, daß es ihr im Grunde gleichgültig war. Sie mußte zu ihm. Alles andere war bedeutungslos. Sie hatte schon genug Zeit verloren. Sie sah Herera an. »Sie haben mir gezeigt, was Sie mir zeigen wollten«, sagte sie. »Welches Interesse hatten Sie daran?«

»Ganz einfach. Wir beide sind gleich stark an einer Sache interessiert – an der Freiheit eines Menschen. Ich habe Ihnen die Freiheit des Herzogs anzubieten – gegen die Freiheit eines Mannes, den Intendant Leblanc auf Mortemère beherbergt.«

»Ein Gefangener – auf Schloß Mortemère?«

»Ich sagte beherbergt!!«

»Aber Sie meinen: Gefangen. Was ist mit ihm? Kommen Sie zur Sache!«

»Ich habe Freunde, die sich für diesen Mann interessieren, das heißt für eine Erfindung, die er gemacht hat. Das Haus Santi und Leblanc hatten ursprünglich vor, diese Erfindung gemeinsam auszuwerten – aber Leblanc scheint plötzlich das Geschäft allein machen zu wollen. Übergeben Sie mir den Mann, und schon morgen wird der Herzog frei sein. Das Haus Santi ist mächtig genug.«

Caroline hörte zu, ohne den ganzen Sinn der Worte zu begreifen, die Hintergründe dieses überraschenden Angebots. Und sie versuchte es auch gar nicht erst. Was gingen sie diese Männergeschäfte an? Sie dachten alle nur an sich, an ihren Vorteil, an ihre Ziele. Sie mußte es genauso machen. »Was reden wir lange«, sagte sie. »Lassen Sie uns aufbrechen. Sie sollen Ihren Mann haben.«

Herera verneigte sich. Um seinen Mund spielte ein Lächeln, halb Staunen, halb Triumph.

3

Der große Saal, die leere abgeräumte Tafel – Caroline schritt achtlos daran vorüber. Ein Lichtstreif fiel durch den Spalt der angelehnten Tür zu Leblancs Arbeitszimmer. Sie öffnete sie leise, trat ein. Er saß an seinem Schreibtisch, im Lichtkreis einer einzigen Kerze. Er hob den Kopf, stand auf, als er sie erkannte, Verwunderung auf den

Zügen, Überraschung, dann Freude. »Sie sind zurückgekehrt? Ein weiser Entschluß, Komtesse!«

Caroline stand da, drehte die Handschuhe zwischen den Fingern. Nein, Leblanc war kein Untergebener, dem man einen Befehl erteilte und der blind gehorchte. Zu lange Jahre stand er schon in den Diensten der Herzöge von Belômer. Er hatte ein Recht auf eine Erklärung. »Es geschah nicht freiwillig«, sagte sie. »Ich bin aufgehalten worden, gegen meinen Willen... von Herera, dem Kapitän der *Myrmidon*.« Sie beobachtete sein Gesicht, aber kein Muskel verriet ihr seine Gedanken, und doch spürte sie instinktiv, daß ihn diese Nachricht traf. »Er hat mich auf die *Myrmidon* gebracht, die gerade ihre Fracht löschte.«

Leblanc stand da, die Arme auf der Brust ineinander verschränkt, blickte sie ruhig an. Kein Erschrecken, nicht der Schatten eines schlechten Gewissens lag in seinem Blick, eher Trauer, Melancholie. »Und dieses Wissen – macht es Sie leichter, glücklicher?«

Sie wich seinem Blick nicht aus. »Der Herzog – weiß er von diesem Handel?«

Leblanc schüttelte bedächtig das Haupt. »In der Welt eines Herzogs von Frankreich ist es nicht üblich, von Geld zu sprechen, noch sich darüber Gedanken zu machen, wie es erworben wird. Das ist allein meine Aufgabe.« Er lächelte. »Wenn man seine hohen Begriffe bewahren will, ist es besser, die Wirklichkeit nicht kennenzulernen. Ich rate Ihnen, vergessen Sie, was Sie gesehen haben.«

»Sie vergessen, daß diese Art von Geschäften der Grund ist, warum man den Herzog verhaftet hat. Eines seiner – Ihrer Schiffe wurde aufgebracht. Die *Felicidade*, mit Sklaven an Bord. Herera bot mir einen Handel an: Die Freiheit des Herzogs gegen die Freiheit eines Mannes, den Sie hier gefangenhalten. Herera wartet draußen darauf, daß ich ihm diesen Mann ausliefere.«

»Es ist gut, daß Sie Herera hergebracht haben«, sagte Leblanc. »Ich werde mit ihm sprechen. In einer Sprache, die er versteht.«

»Nein! Es ist genug geredet worden. Sie geben den Mann heraus!«

»Ich vertrete die Interessen des Herzogs«, sagte Leblanc. »Und ich würde sie verletzen, wenn ich Ihren Befehl befolgte.« Er neigte den Kopf. »Wenn mich eine Schuld trifft, dann die, daß ich nicht genug Vorsicht habe walten lassen, und das wäre in der Tat ein unverzeihlicher Fehler. Was die Art des Handels, den wir mit einigen Schiffen betreiben, anbelangt... die Welt ist häßlich und schmutzig, gewiß. Ich habe sie nicht gemacht, ich finde mich nur in ihr zurecht, Komtesse. Es gab eine Zeit nach der Revolution, da wurden die Schlösser des Adels geschleift, die Alleen zu Brennholz zerhackt, da saßen Herzöge in London in der Emigration in kalten Dachstuben, da verbargen sich die stolzesten Namen Frankreichs hinter den Zeichen von Pastetenbäckern und Schnapsbrennern. Der Herzog von Belômer aber konnte Hunderten das Leben retten, dank seines bewahrten Vermögens. Er bekämpfte Napoleon, während ich, sein Diener, ganz Europa mit Marmorbüsten des Kaisers überschwemmte. Und während unsere Schiffe, Gesetze und Verbote übertretend, Spezereien und Zucker ins Land schmuggelten, konnte der Herzog Ihren Vater aus Vincennes befreien, vor dem sicheren Tod...« Er schien nicht mehr zu ihr zu sprechen. Rastlos durchmaß er den Raum, den Kreis des Lichts verlassend, wieder in ihn zurückkehrend. »Es ist soviel Böses im Namen des Guten geschehen, warum nicht Gutes im Namen des Bösen?« Er blieb vor Caroline stehen, warf ihr einen forschenden Blick zu. Mit seinem untrüglichen Sinn für die Realität wußte er, daß er dem Herzog mit der Auslieferung Ramon Sternes nicht im mindesten half. Aber wie sollte er das dieser Frau klarmachen? Trotzdem sagte er: »Hören Sie mir bitte noch einen Augenblick zu, Komtesse, dann mögen Sie entscheiden. Sie wollen, daß ich diesen Mann ausliefere – gegen ein vages Versprechen. Dieser Mann besitzt ein wertvolles Geheimnis: das Wissen und die Pläne, Schiffe zu bauen, die schneller sein werden als der schnellste Klipper. Begreifen Sie, was das bedeutet? Wer diese Schiffe besitzt, der wird...«

Caroline hörte seine Worte, fühlte seinen erwartungsvollen Blick auf sich gerichtet. Sie hatte ihm die ganze Zeit zugehört, obwohl es sie große Überwindung gekostet hatte. Jetzt war es ihr genug. Das war nicht der Augenblick, nachzudenken! Wenn sie damit anfing, würde sie morgen noch hier sein.

»Und wenn dieser Mann Gold machen könnte! Geben Sie ihn frei!«

Leblanc sah Caroline mit dem Blick eines Menschen an, für den es nur eines gab, vor dem ihm graute: Handlungen, die vom Gefühl diktiert waren. Trauer war in seinem Blick, die ganze Kluft zwischen Vernunft und Leidenschaft. Er neigte leicht das Haupt. »Ihr Diener, Komtesse.« Ohne ein weiteres Wort wandte er sich um. Er zog einen Vorhang an der Schmalseite des Raumes zur Seite. Eine Tür wurde sichtbar, schwang lautlos auf.

Durch wie viele Gänge war sie Leblanc gefolgt? Endlich blieb er vor einer Eichentür stehen. Es wunderte sie, daß sie nicht verschlossen war. Sie traten in einen Raum. Er lag im Dunkeln, aber der Luftzug ließ die Glut eines Holzkohlenbeckens aufglimmen. Leblanc schob einen Vorhang zur Seite, hob die Lampe. Auch hier war es finster. »Hat man Ihnen denn kein Licht gebracht?« fragte Leblanc besorgt.

»Ich habe es gelöscht«, sagte eine Stimme. »Die Tage sind mir lang genug.«

Caroline stutzte, als sie die Stimme vernahm; es war wie ein vergessener Klang, der irgendwo aus der Erinnerung aufstieg. Leblanc stellte die Lampe auf einem Marmortisch ab. Der Raum glich in nichts einem Verlies. Am Boden lagen wertvolle Teppiche; an der Wand stand ein Bücherschrank; der goldene Rahmen eines Spiegels schimmerte matt. Eine offene Bogentür führte in einen zweiten Raum, in dem ein großer Zeichentisch aufgestellt war. An einer Tischstaffelei lehnte der Aufriß eines Schiffes.

»Man erwartet Sie«, sagte Leblanc. »Ich bedauere, daß ich Sie nicht überzeugen konnte, daß Ihre Erfindung hier in guten Händen gewesen wäre.«

Der Mann erhob sich. Er trat an das Bücherregal, nahm einen schmalen silberbeschlagenen Lederband heraus. »Ich bin bereit.« Als er sich umwandte, fiel das Licht der Lampe voll auf sein Gesicht. Caroline erschauerte. Wie schon einmal stand er vor ihr, wie von den Toten auferstanden, wie damals, als er aus der Nacht am Portal ihres Pariser Palais auftauchte, aus Sturm und Gewitter. Nur noch einer auf der Welt hatte diese Augen gehabt: Ramon Sterne, der Bruder des Korsaren. Sie lief auf ihn zu. »Sie? Wie in aller Welt kommen Sie hierher? Warum sind Sie damals nicht mehr gekommen? Haben Sie es gefunden, das Vermächtnis Ihres Bruders?«

Er sah sie an. Sein Gesicht war ruhig, und doch schien es zu brennen. »Ja, ich habe es gefunden, Komtesse. Aber wie Sie sehen, sind andere mächtiger.«

Sie wandte sich ab, suchte Leblancs Blick. »Zwei schnelle Pferde, Sattelzeug...«, sagte sie. Wenn er davon überrascht wurde, so verriet sein Gesicht nichts. »Komtesse befehlen«, sagte er. »Ich werde es veranlassen.«

»Nein! Zeigen Sie uns nur den Weg zu den Ställen. Und überlassen Sie alles andere uns!«

»Sehr wohl, Komtesse.« Leblancs Schritte verhallten im Dunkel. Caroline tastete nach dem Riegel der Holztür; knirschend öffnete sie sich. Vor ihnen lag ein zweiter Hof, gesäumt von den Ställen, den Wohnungen des Gesindes. Irgendwo in einem der Pferdetröge tröpfelte Wasser. Ein Flattern huschte um den entlegendsten der vier Ecktürme, eine Eule schrie. Weit entfernt, davor zu erschrekken, weckte dieser Laut in Caroline eher einen prickelnden Reiz. Sie ging voran, öffnete das Stalltor. Die Tiere hoben die Köpfe. Sie schritt die Boxen ab; bei einem Hengst mit weißer Blesse blieb sie stehen. Sie band das Tier los, führte es vor, zur Geschirrkammer. Auch Sterne hatte ein Pferd losgebunden.

Den Schwarzen am Zügel führend, wies sie den Weg zum Schloßtor. Sie spähte durch das Gitter der seitlichen Pforte nach draußen. Der Nebel hatte sich gelichtet, sie sah die beiden Männer auf ihren unruhig tänzelnden Pferden. Sie wandte sich an Sterne. »Was auch geschieht, wir müssen zusammenbleiben.« Sie zog das Tor auf, langsam, behutsam, schwang sich in den Sattel. Sie spürte das warme Fell des Tieres, seine Muskeln und Sehnen. Diese Berührung hatte etwas Beruhigendes, Vertrautes. Nichts und niemand würde sie nunmehr hindern.

Die Zähne des Tieres mahlten an der Trense, so als hätte sich ihre Ungeduld ihm mitgeteilt. Sie wußte, es brauchte keine Sporen, nur den leisen Druck ihrer Schenkel, ein Schnalzen ihrer Lippen. Der Hengst schoß voran. Der harte Schlag wechselte, als die Hufe über das Holz der Bohlen donnerten. Zu spät wurden sie von den beiden Reitern bemerkt. Am Ende des Dammes, der Saint-Malo mit dem Festland verband, hatte sich der Nebel aufgetan. Das Licht des Mondes floß über das von niedrigen Hecken durchzogene Land, das auch in der Nacht seinen herben Reiz bewahrte.

Tief über den Rücken des Pferdes gebeugt, in gestrecktem Lauf dahinjagend, erkannte Caroline die Stelle, an der sie der Kordon der vierundzwanzig Reiter empfangen hatte. Ihren Gedanken nachhängend, sprengte Caroline dahin, als sie bemerkte, daß der Hufschlag des zweiten Pferdes, der ihr wie ein Echo gefolgt war, verstummte. Sie zog die Zügel scharf an, blickte sich um. Ramon Sterne war zurückgefallen. Sein Pferd ging in ungleichem Trab. Sie wandte ihren Schwarzen, ritt ihm entgegen. »Ein Eisen verloren?«

»Gleich beide, an der Hinterhand. So kann ich Ihnen nicht folgen.«

Caroline zog ihre kleine Uhr aus der Jackentasche. Es war schon nach Mitternacht. »Meine Kutsche ist vorausgefahren. Ich weiß nicht, wann wir sie einholen. Zu zweit auf einem Pferd schaffen wir es nie. Ich muß in der Frühe um neun Uhr in Calais sein, zum Paketboot nach England.«

»Reiten Sie zu! Ich werde in der nächsten Ortschaft einen Schmied finden. Unser Vorsprung ist groß genug. Für mich geht auch morgen noch ein Boot, jeden Tag...«

Sie suchte seinen Blick, aber wie schon vorher, konnte sie ihn dann kaum ertragen. Es war eine Heftigkeit darin, vor der sie zurückschrak. Wie sehr mußte das Leben ihn verletzt haben, ihn, dessen Äußeres ein Bild von Entschlossenheit und Kraft bot. Sie zögerte, und doch konnte sie nicht anders. Sie mußte ihm die Wahrheit sagen. »Der Herzog ist verhaftet worden. Für seine Freiheit hat man die Ihre verlangt. Ich war entschlossen, Sie auszuliefern.«

Ein Lächeln ging über sein Gesicht. »Es gibt kein Verbrechen, das die Santis nicht begehen würden.«

»Die Santis?« Wieder fiel dieser Name, der ihr nichts sagte.

Er schüttelte den Kopf. Nein, er konnte in diesem Augenblick nicht davon sprechen. Seit mehr als einem Jahr verfolgten sie ihn. Seine Freunde hatten sie beseitigt, einen nach dem anderen, ihn langsam eingekreist, immer enger war das Netz geworden. Er hatte nichts mehr als sein nacktes Leben besessen und sein Wissen, als Leblancs Leute ihn nach Mortemère gebracht hatten. Aber er hatte die Tage dort nicht einmal als Gefangenschaft empfunden. Etwas in ihm war fast erleichtert gewesen, weil endlich alles ein Ende haben würde. Er beugte sich im Sattel vor. Seine Hand löste den Verschluß der Satteltasche; er zog die Bibel, die er aus dem Schrank genommen hatte, heraus. »Sie haben sehr viel für mich getan«, sagte er, »darf ich Sie auch noch darum bitten? Nehmen Sie sie an sich, nehmen Sie sie mit nach London.« Er reichte ihr den Lederband. Er ließ keinen Blick von ihren Händen, während sie das Buch in die Satteltasche schob. »Geben Sie gut darauf acht«, sagte er. »Und sobald Sie in London sind, bitte, bringen Sie es d'Arlincourt.« Er zögerte. »Sie werden die Adresse in dem Buch finden.« Seine Stimme wurde beschwörend. »Aber nur ihm, nur ihm persönlich dürfen Sie es aushändigen!«

Caroline nickte. Es schien ihr nicht nötig, ihr Versprechen durch Worte zu bekräftigen. Schweigend reichte sie ihm eine Börse mit Geld, und ehe er abwehren oder danken konnte, riß sie ihr Pferd herum und jagte davon...

4

Caroline stand vor dem offenen Kamin, aber den Flämmchen, die an den verkohlten Holzstücken leckten, schien es genauso kühl zu sein wie ihr. Gleich würde auch dieses Feuer ausgehen, und es würde hier im Salon genauso kalt werden wie in den übrigen drei Räumen. Sie hatte um Holz und zusätzliche Holzkohlenbecken gebeten. Die Unruhe im Haus ließ Caroline vermuten, daß sie die Schwestern Short mit diesem Wunsch in Verlegenheit gebracht hatte.

Philippe hatte ihr die Adresse in London genannt, das Haus an der Ecke des St.-Pauls-Friedhofes, und sie hatte alles so vorgefunden, wie Philippe es ihr geschildert hatte: das zweistöckige Haus aus Ziegelsteinen, das Dach mit unzähligen Schornsteinen besetzt; die Schwestern Emma und Lilibeth Short, weißhaarig, überschlank, in schwarzen Kleidern und Spitzenhäubchen; auf rührende altjüngferliche Art zugleich zaghaft und überschwenglich; ihre Räume eine skurrile Mischung aus erlesener Eleganz und kleinbürgerlichem Kitsch.

Caroline hatte gleich nach ihrer Ankunft Batu, der sie nun als treuer Diener überallhin begleitete, mit einem Billett zum französischen Gesandten in London, dem Marquis d'Osmond, geschickt. Sie hatte mit Bedacht das Atlaskleid für den Besuch am Portland Place gewählt. Der schwere Abendmantel lag neben ihr am Stuhl bereit. Allmählich wurde sie ungeduldig. Wo blieb nur Batu mit der Droschke?

Es klopfte an der Tür. Sie öffnete. An jedem Arm einen Korb voller Holz, stand Timothy da, das Hausfaktotum der Schwestern Short. »Komtesse entschuldigen bitte. Das Holz mußte erst gehackt werden.« Er stellte die Körbe neben den Kamin. Caroline drückte ihm eine Münze in die Hand. »Bitte, sorgen Sie dafür, daß in allen Kaminen immer ein Feuer brennt. Auch wenn ich nicht zu Hause bin. Lassen Sie das Feuer nie ausgehen.« Sie trat an eines der mit verschnörkelten Eisenbalkonen verzierten Fenster. Weiche blaue Dämmerung entrückte die Dinge, die engstehenden Häuser, den Friedhof mit den alten, ausladenden Trauerweiden, und darüber im Dunst, frei in den Lüften schwebend, gleich einem Bergmassiv, das aus den Wolken ragt, die Kuppel der St.-Pauls-Kathedrale. Unten lag die Straße verlassen, in dem eigenartigen Licht der Gaslaternen, ein Licht, das sie noch nie woanders gesehen hatte. Sie wollte sich schon abwenden, da sah sie die elegante Droschke in die Straße einbiegen.

Caroline griff nach dem Abendmantel, warf ihn über, als die Tür des Salons aufging. Es war Batu. »Entschuldigen Sie, Komtesse, daß ich so eindringe. Aber der Marquis d'Osmond ... Er möchte Sie sprechen.«

Der Gesandte kam zu ihr? Was bedeutete das? Caroline kam

nicht weiter in ihren Überlegungen. Der Marquis stand bereits unter der Tür. Sie warf schnell einen Blick zum Kamin, aber Timothy war verschwunden. Lautlos schloß Batu die Tür.

Einen Augenblick war nur das Prasseln des neu entfachten Feuers zu hören. Mit dem kurzen energischen Schritt, mit dem kleine Männer die fehlenden Zentimeter auszugleichen versuchen, kam der Marquis auf Caroline zu. »Komtesse, Sie sehen, Sie brauchen nur zu rufen.«

»Ich danke Ihnen, Marquis.« Caroline war sich noch immer nicht sicher, ob sein Kommen ein gutes Zeichen war. Marquis d'Osmond hatte seine schwarze Pelerine über eine Stuhllehne geworfen. Die Hände reibend, trat er näher an den Kamin.

»Ich freue mich, Sie so gut untergebracht zu sehen.«

Er wandte sich vom Feuer weg, ihr zu. Wie schon beim Eintreten, empfand er beim Anblick dieser Frau Genugtuung darüber, daß diese außergewöhnliche Schönheit eine Französin war. »Was für ein bezauberndes Kleid Sie tragen! Es macht mich stolz. Sie bestätigen den Ruf, den Französinnen in diesem Land genießen – von der Mode und von der Liebe mehr zu verstehen als die Frauen anderer Nationen. Sie bleiben länger in London?«

»Ich hoffe, nur wenige Tage«, sagte sie. »Bis sich das Mißverständnis um den Herzog von Belômer aufgeklärt hat.« Sie sah, wie der Marquis nervös seine weiße Batistkrawatte zurechtzupfte, wie plötzlich das Lächeln von seinem Gesicht verschwand. »Das Ganze ist äußerst peinlich... Delikat.« Er biß sich auf die Lippen. »Heute früh kam mit der Korrespondenz aus Paris Order für diesen Fall.«

»Vom König?«

»Ihr Bruder hat beim König interveniert, ja.«

»Sprechen Sie! Was gedenkt der König gegen dieses Unrecht zu unternehmen; die Verhaftung eines Herzogs von Frankreich.«

Der Marquis nickte. »Gewiß, Komtesse. Die Sache ist nur die – wir haben eben einen Krieg verloren. Seit Waterloo ist kaum ein Vierteljahr vergangen. Unsere Position England gegenüber ist alles andere als gut. Wir können im Moment nicht auftrumpfen. Dem König sind die Hände gebunden.«

»Ludwig XVIII. hat diesen Krieg nicht geführt und nicht verloren.«

»Richtig – und er denkt auch nicht daran, den Kredit, den er in aller Welt hat, dadurch zu erschüttern, daß er Skandale des französischen Adels deckt. Sklavenhandel ist in England ein Verbrechen.«

Sie starrte ihn an, unfähig, etwas zu sagen. Es war ausgesprochen, das Unglaubliche! Alles in ihr verlangte danach, diesem Mann auf der Stelle die Tür zu weisen. Aber sie besann sich, zwang sich zur Klugheit. Sie wollte sich nicht Feinde schaffen. »Wir haben uns mißverstanden, Marquis«, sagte sie mit der vollkommenen Ruhe, die über sie kam, wenn es zu kämpfen galt. »Ich habe mich nicht an Sie gewandt, damit Sie etwas unternehmen. Ich wollte Sie lediglich um einige Informationen bitten.«

»Ich fürchte, ich werde Ihnen da kaum weiterhelfen können. Der Fall liegt beim Obersten Gericht der Admiralität.«

»Ich will nur wissen, wohin man den Herzog gebracht hat!«

»Das, Komtesse, übersteigt mein Wissen. Ich kann Ihnen auch nicht helfen, es in Erfahrung zu bringen.«

»Das heißt, Sie wollen nicht helfen.«

»Sie zwingen mich, unhöflich zu sein, Komtesse. Es heißt ganz einfach für den französischen Gesandten laut Order vom König, daß der Herzog von Belômer nicht existiert.«

Caroline konnte die Verachtung, die sie für diesen Mann empfand, nicht länger verbergen. »Deshalb durfte ich also Ihr Haus nicht betreten.«

Die braunen Augen des Marquis wurden hart. »Jetzt haben wir uns verstanden, Komtesse! Und noch einen Rat. Ich bemerkte, daß Sie einen schwarzen Diener haben. Treten Sie nicht allzu offen mit ihm in London auf. Man würde es als Affront empfinden, in dieser Situation.«

Dieser Mann war nicht nur feige, er war auch dreist, wie es nur dumme Menschen sein konnten. Jedes weitere Wort war sinnlos. Trotzdem konnte sie es sich nicht versagen, zu antworten: »Wie peinlich, Marquis, daß der König nicht auch eine Order gab, die meine Existenz aufhob. Aber keine Sorgen. Ich werde Sie nicht noch einmal kompromittieren. Sie waren nie hier. Ich existiere so wenig für Sie wie der Herzog.«

Der Marquis d'Osmond nahm die Pelerine vom Stuhl und verneigte sich. Ein gezwungenes Lächeln spielte um seinen Mund. »Sie übertreffen den Ruf, der Ihnen vorausgeht, Komtesse. Der Herzog ist zu beneiden. Ich sehe, ich brauche mir weiter keine Sorgen um ihn zu machen.«

Immer noch vor dem Kamin stehend, hörte Caroline das Geräusch der davonfahrenden Kutsche. Es war seltsam. Sie empfand fast Erleichterung. Sie klingelte. Als Batu erschien, als er vor ihr stand, auf ihre Befehle wartend, sie ansah, mit Augen, aus denen sie seine ganze treue Abhängigkeit herauslas, sagte sie: »Wir haben nie darüber gesprochen, Batu, aber wenn du je den Wunsch hättest, nicht mehr in meinen Diensten zu stehen – ein Wort von dir würde genügen.« Aber er schien nur zu erschrecken, als hätte sie mit ihren Worten an seinen kostbarsten Besitz gerührt. »O nein, Komtesse, Sie dürfen mich nicht wegschicken!«

Sie lachte auf. »Nur um eine Kutsche zu besorgen. Und erfrage die Adresse von Lady Northumberland.« Sie würde dem französischen Gesandten beweisen, wie wenig sie ihn brauchte. Wozu hatte der Herzog seine vielen Freunde! Sie holte aus dem Schlafzimmer ihre Schmuckkassette. Nach einigem Zögern nahm sie den brillantenen Halbmond heraus. Die langausgezogenen Enden nach oben, steckte sie ihn über der Stirn ins Haar. In ihr war ein leises Zittern, als schmücke sie sich für ihn.

Im Northumberland House, dem Stadtpalais der gleichnamigen Herzöge im Stadtteil Mayfair, fand an diesem Abend eines jener glänzenden Feste statt, zu denen diese Familie ihre ebenso reichen wie mächtigen Freunde um sich versammelte. Ein Diener hatte Caroline in den stillen Anmeldesalon geführt, ihre Karte entgegengenommen. Sie hatte nicht die Ruhe, sich zu setzen, obwohl man sie nun schon fast eine halbe Stunde warten ließ. Langsam ging sie auf und ab. Der dicke grüne Teppich schluckte ihre Schritte. Leise raschelte ihr Mantel bei jedem Schritt. Gleich einer fernen Brandung drang der Festeslärm herüber. Lautlos, wie aus dem Boden gewachsen, stand der Haushofmeister plötzlich vor ihr. »Es tut mir leid – Lady Northumberland bedauert. Sie empfängt heute nur geladene Gäste.«

Caroline blickte auf das Tablett, auf dem ihre Karte lag, auf die Hand, die es hielt. Mechanisch legte sie eine Münze auf den silbernen Teller, raffte ihren Mantel. Eine Tür flog vor ihr auf. Sie durchschritt einen Säulengang. Hinter ihr klang Musik auf, Lachen, Stimmengewirr. Sie war zu betroffen, um irgend etwas zu empfinden. Sie spürte nur, wie etwas Dunkles sich in ihr ausbreitete, etwas, für das sie keinen Namen hatte. An den beiden Türstehern vorbei stieg sie die flache Freitreppe hinunter.

Der französische Gesandte war zu ihr gekommen, um sie nicht in seinem Haus empfangen zu müssen. Hier hatte man sie abgewiesen wie eine lästige Bittstellerin. Sie konnte es immer noch nicht fassen. So klein, so verächtlich durften Menschen einfach nicht sein. Der Herzog hatte die Northumberlands immer als seine besten Freunde in London bezeichnet. Wenn sie schon so handelten – wie würden sich dann erst seine Feinde verhalten? Aber sie durfte nicht an sich denken, an Beleidigungen, die man ihr zufügte; was mußte es erst für *ihn* bedeuten, sich von all denen verlassen zu sehen, die ihn umworben und hofiert hatten!

Sie stand draußen am Fuß der Freitreppe. Ihr Blick ging zurück über die cremefarbene Fassade des Hauses, die strahlend erleuchteten, hohen Fenster. Zwei gigantische Kandelaber verströmten ihr Licht. Aus allem sprach alter Reichtum und Würde, vor allem aber, so schien es ihr, eine Art Herablassung gegenüber jedem Fremden, jedem, der nicht dazugehörte.

Die Nacht umfing sie mit feuchter, durchdringender Kühle. Der Mond stand am Himmel. Was sollte, was konnte sie tun in einer fremden Stadt, in der sie niemand kannte? Ein Geräusch hinter ihr ließ sie zusammenfahren. Aus dem Boden gewachsen, stand ein Mann neben ihr, in einen schwarzen Mantel gehüllt. Er deutete eine Verbeugung an. »Zu Ihren Diensten, Komtesse.«

»Wer sind Sie?«

»Jemand, der weiß, wie schwierig es ist, in einer fremden Stadt etwas zu erreichen, wenn man keine Freunde hat.«

»Sie scheinen Gedanken lesen zu können«, sagte sie. Der Klang ihrer eigenen Stimme gab ihr einen Teil ihrer Sicherheit zurück.

»Das wäre eine zu unsichere Methode«, antwortete der Fremde lächelnd. »Zu wissen, ist besser.«

Ihr Staunen wurde immer größer; ein Grauen beschlich sie. Und doch – nach dem ersten Schrecken war sie fast froh über diese Begegnung. Es war ihr selber unerklärlich, aber ihre Hoffnung regte sich wieder. Wenn die Freunde ihr nicht weiterhalfen, warum nicht ein Fremder. »Warum dieses große Interesse?« fragte sie. »Nur aus Freundlichkeit?«

»Das wäre nicht unsere Art, nein.« Er schien amüsiert. »Selbstverständlich erwarten wir etwas dafür. Aber davon später. Wir mißbilligen, was mit dem Herzog geschah – genau wie Sie. Daß uns seine Verhaftung gelegen kommt, ist etwas anderes. Jedenfalls – es stünde in unserer Macht, ihm die Freiheit zu bringen.«

Es war ihr plötzlich, als hätte sie dieselben Worte früher schon einmal gehört. Ihr Mißtrauen erwachte. »Woher weiß ich, daß Sie die Wahrheit sprechen?«

»Sie können es nicht wissen. Aber vielleicht machen Sie den Versuch. Darf ich bitten?« Er wies auf die Kutsche.

Sie warf keinen Blick auf die Straßen, durch die sie fuhren. Erst als die Pferde in Schritt fielen, erwachte ihr Interesse an der Umwelt wieder. Sie rollten durch eine zur Themse hin abfallende Gasse, so eng, daß die Kutsche mit knapper Not durchkam. Schemenhaft tauchte ein runder Torbogen auf. An den Wänden der tunnelartigen Einfahrt brannten Gaslaternen. Ein Hof öffnete sich. Die Kutsche hielt. Der Schlag wurde von außen geöffnet, ohne daß jemand zu sehen war. Ihr Begleiter stieg aus, reichte ihr die Hand.

Sie trat ins Freie. Lagerhäuser und Speicher umgaben den Hof. Auf einer Rampe türmten sich Weinfässer. In einem Dock, das in einer Seite in den Hof schnitt, ankerten Lastkähne. »Wo sind wir?« fragte Caroline.

»Don Santi erwartet Sie voller Ungeduld.«

Santi. Der Name löste Unruhe in ihr aus, so wie ein Stein die ruhige Oberfläche eines Wassers zerstört. Sie betrachtete den Fremden jetzt mit anderen Augen. Sie hatte fast den Eindruck, daß es nicht mehr derselbe Mann war wie vorher. Der weite Mantel, der Schlapphut, alles erschien ihr wie eine Verkleidung, eine Maske, mit der sie genarrt werden sollte. Wie mußte erst dieser Santi sein, der dieses Chamäleon zum Diener hatte? »Dann wollen wir Don Santi nicht länger warten lassen.«

Durch einen zweiten Lagerhof waren sie an ein Wohnhaus gelangt. Mit seinen vorgelegten Läden, dem verwitterten, fleckig gewordenen Verputz wirkte es wie unbewohnt, dem langsamen Verfall anheimgegeben. Aber Don Santi schien ein Mann zu sein, der diese ärmliche Fassade brauchte, um sich des dahinter verborgenen Reichtums und Luxus um so tiefer erfreuen zu können. Der große Vorraum, in den ihr Begleiter sie geführt und allein zurückgelassen hatte, hing voller wertvoller Bilder; in mattgoldenen Rahmen prangten sie auf den mit perlgrauer Seide bespannten Wänden, lauter Frauenbildnisse, eines vollendeter als das andere.

Unwillkürlich suchte Caroline nach einem Spiegel. Sie trat an das Glas. Es war, als zeige ihr der Spiegel nichts anderes als eines der Gemälde. Sie trat noch näher. Auch jetzt blieb sie sich nur ein Bild. Nichts von dem, was sie erlebt hatte, fand sie in diesem Antlitz. Es war Schönheit, Lächeln; nichts vermochte es von ihrem Gesicht zu tilgen – vielleicht nicht einmal der Tod. Sie trat vom Spiegel zurück, als sie Schritte hörte. Die Portiere zu einem Nebenraum hatte sich geöffnet. Eine Stimme sagte: »Sie studieren Ihre Waffen, Komtesse? Die ewigen und uralten Waffen der Frau?« Sie wandte sich um.

Der Raum schien zu eng zu werden beim Erscheinen dieses Mannes. Alles an Rafael Santi war schwer und massiv. Der Schädel mit dem lockigen Flaum über der breiten Stirn, der Nacken, die

Brust. Er war ganz Kraft; ein Stück Kraft, das sich zufällig die Form eines Mannes gesucht hatte, und wie er jetzt auf sie zukam, mußte sie unwillkürlich an einen Zentauren denken. Seine Verbeugung, nur ein leichtes Senken des Kopfes, hatte etwas von der trügerischen Ruhe eines kampfbereiten Stieres.

Seine mandelförmigen braunen Augen, das einzige, was an seine phönizischen Ahnen erinnerte, leuchteten auf. »Seien Sie willkommen!« Seine Augen glitten über ihren Hals, das Dekolleté. Der Gaumen war nicht sein Problem, der konnte noch lange fasten – aber nicht sein Fleisch.

Caroline mußte lachen. Alles hatte sie erwartet, nur nicht dieses offenkundige Interesse an ihrer Person. »Sie sind sehr leichtsinnig, mich zu empfangen.«

Seine Augen zogen sich zusammen. Diese Frau brachte ihn aus dem Konzept. Was war los mit ihm? In den fünfzig Jahren seines Lebens hatte er nie über Frauen nachgedacht. Und er wollte es auch in Zukunft nicht. Er wollte nach den Gesetzen weiterleben, die sein Vater ihm und seinem Bruder vererbt hatte: der Gabe, Unmögliches möglich zu machen, der Lust am Bösen, einer unersättlichen Sinnlichkeit.

»Ich hoffe, es stört Ihren Appetit nicht, wenn ich mich nur an Salate halte«, sagte er. »Der Arzt hat mir Fasten verordnet, aber Sie müssen hungrig sein. Erst ein paar Stunden in London – und schon die ganze Stadt durchmessen, auf der Suche nach Freunden! Aber kommen Sie!« Er schlug vor ihr die Portiere zurück. Ein Salon nahm sie auf. Auf einem ovalen Tisch war für zwei gedeckt. Die Teller und Bestecke leuchteten golden. Caroline spürte plötzlich, wie hungrig sie war.

Ein zierlicher braunhäutiger Diener bediente sie so flink und unauffällig, daß es an Zauberei grenzte. Unsichtbare Hände schienen die Teller zu wechseln, die Weingläser auszutauschen, das Wasser in den Karaffen eisgekühlt zu halten. Caroline aß mit Lust und Hingabe, als sei ihr entfallen, warum sie hier war.

Lautlos, wie er die Speisen gebracht hatte, trug der Diener die Schüsseln, Platten und Teller wieder fort, tauchte noch einmal auf und stellte ein Kupferbecken auf den Dreifuß neben Santi. Eukalyptusduft zog durch den Raum. Santi suchte Carolines Blick. »Ich hoffe, der Herzog von Belômer wird bald ebenso mein Gast sein wie Sie. Glauben Sie mir, niemand hat diese Verhaftung mehr bedauert als ich. Es ist, als habe man ein Kunstwerk zerstört.«

Der Sinn seiner Worte blieb ihr dunkel. »Sie haben mir durch Ihren Boten Hilfe angeboten«, sagte sie. »Was ist der Preis?«

»Einen Moment, Komtesse. Ein Kunstwerk, sagte ich. Eines, das meine ganze Bewunderung fand! Nur ein Franzose konnte der Welt diese blendende Komödie vorspielen! Gil de Lamare, Herzog von Belômer, der gefeierte Held, der letzte Ritter, der Helfer aller Unterdrückten – finanziert seine Heldentaten mit Gold aus dem Handel mit Sklaven.«

Die Worte trafen Caroline nicht. Sollte er nur reden, ihr seine innersten Gedanken enthüllen. Um so leichter würde sie seine schwache Stelle herausfinden.

»Das nenne ich das Böse in der Vollendung«, fuhr er fort. »Was sind wir Santis dagegen! Wir haben es zu Reichtum, zu goldenem Geschirr gebracht. Aber uns fehlen ein paar Generationen Vorfahren, um so raffiniert zu sein. Der Sklavenhandel, so wie wir ihn betreiben – wie gewöhnlich! Und da gibt es Menschen, die glauben, das Böse bedürfe keiner Fantasie!« Der Gedanke faszinierte ihn, eine Idee regte sich, wollte ihn mitreißen. Um sich zu sammeln, trat er vor das Bild auf der Mahagonistaffelei am Fenster: Seine neueste Erwerbung, aufgestöbert bei einem Trödler in der Cheapside, ein Mädchenkopf von Rembrandt – auf der Rückseite eines wertlosen Nelsonporträts. Lange starrte er es an, aber es half nichts. Die Vorstellung, dem Herzog diese Frau wegzunehmen, hatte etwas Betäubendes. Scheinbar in das Bild versunken, sah er doch nur sie. Er war fünfzig Jahre alt geworden, ohne je sein Herz zu fühlen. Der Gedanke brachte ihn wieder zu sich. Er hatte diese Frau nicht hierherbringen lassen, um Tollheiten zu begehen, sondern ein Geschäft mit ihr zu machen. »Sie wollen den Preis wissen«, wandte er sich an sie. »Nun gut. Er ist nicht hoch. Sagen Sie mir, wo wir Ramon Sterne finden.«

»Ich weiß es nicht.« Hatte ihre Stimme sie verraten? Er lächelte, aus Augen, die plötzlich sinnlich schimmerten. »Ein bißchen mehr Fantasie, Komtesse! Sie können sich wirklich nicht erinnern? Ist der Preis zu hoch – für die Freiheit des Mannes, den Sie lieben? Oder haben Sie etwa Skrupel?«

»Ich sagte Ihnen doch, ich weiß es nicht.«

Sie standen voreinander. Rafael Santi lächelte noch immer. Er ergriff ihre Hand, beugte sich darüber. »Es war mir eine Ehre! Und zögern Sie nicht zu lange. Der Preis könnte sich erhöhen.«

»Ich werde darüber schlafen«, sagte sie.

»Ja, schlafen Sie.« Während er die Worte aussprach, trat eine gefährliche Spannung in seine Züge. Es war wie eine Verwandlung. Das Bewußte wich daraus, verdrängt von elementaren Kräften... Aber das machte Caroline keine Angst. Alles, was seinen

Verstand, seine Wachsamkeit einschläferte, kam ihren Plänen zugute. Sein Begehren durfte ihr folgen – wenn es ihr nur gelang, seine Aufpasser abzuschütteln.

5

Der zuckende Schein einer fast im Öl erstickenden Laterne geisterte durch die Straße. Sie war so eng, daß Caroline das Gefühl hatte, mit den Schultern die Hausmauern zu streifen. Der starre Blick blinder Fenster traf sie. Sie hatte die Kutsche weggeschickt; sie wollte keine Zeugen. Nur wenige Schritte hinter ihr verklangen die Geräusche des sich entfernenden Wagens, und doch war ihr, als trenne sie schon ein Ozean von der Stadt mit ihrem bunten nächtlichen Leben, durch die sie eben noch gefahren war. Dicht in den Mantel gehüllt, eilte sie weiter. Bei jedem Schritt spürte sie die Bibel, die sie bei sich trug. Santis Forderung hatte sie daran erinnert, das Versprechen, das sie Ramon Sterne gegeben hatte, einzulösen. Unwillkürlich blickte sie sich bei dem Gedanken an Rafael Santi um. Es folgte ihr niemand. Dreimal hatte sie nach dem Verlassen seines Hauses die Kutsche gewechselt. Aber sie war mißtrauisch und vorsichtig geworden. Sie beschleunigte ihre Schritte. Es war so dunkel, daß sie nur noch ahnen konnte, wohin sie trat. Aus keinem der Häuser drang Licht. Das absurde Gefühl stieg in ihr auf, daß es diese Straße am Tag nicht gab, daß sie eine Ausgeburt der Nacht war. Wenn sie morgen wieder hierherkäme, würden diese Häuser verschwunden sein. Sie hatte sich gewünscht, niemandem zu begegnen auf diesem Weg, aber jetzt wäre es eine Erlösung gewesen, einen Menschen zu sehen.

Eine ansteigende Gasse hatte sie aufgenommen. Unvermittelt ging die fast ländliche Wildnis längs der Themse in eines jener von früh bis spät von feinen Düften durchzogenen Quartiere über, in denen jedes Haus ein Schlemmerlokal, ein Kaffeehaus oder eine Weinschenke beherbergte.

Plaudernd traten zwei Männer aus einer Schenke. Die hellerleuchteten Butzenscheiben warfen ein Muster bunten Lichts auf das Pflaster. In einem Glaskasten neben der Tür hing die Liste der Getränke; von innen drang Stimmengewirr heraus. Es war Caroline, als nehme die Welt allmählich wieder ihr vertrautes Gesicht an. Am besten, sie fragte hier nach dem Weg.

Sie war an die kühle Luft der Nacht gewöhnt; der dichte

Tabaksqualm, der in der Hitze eines scharfgeheizten Kachelofens von stechender Trockenheit war, nahm ihr fast den Atem. Alle Blicke richteten sich auf die messingbeschlagene Ebenholztheke und die hohe Gestalt eines Mannes in silberbesticktem Rock, der dort stand und auf den Wirt einredete.

»Claret! Mein lieber Finch! Wie oft habe ich Euch gesagt, daß, solange Euch dieser Wein fehlt, Ihr niemals Londons erste Taverne sein werdet.«

Caroline, die an die Theke getreten war, hörte aus dem Englisch des Mannes sofort den französischen Akzent heraus. Die Stickerei an Kragen und Manschetten seines Rocks zeigte kleine Lilien. Nur französische Peers hatten das Recht, ihre Staatsröcke so besticken zu lassen. Aber sie sah auch die Stellen, wo die Fäden durchgewetzt, wo sie stumpf und glanzlos waren.

Der Wirt warf seiner Frau, die an einem erhöhten Kontortischchen saß, einen fragenden Blick zu. Als bemerkte sie es gar nicht, ließ sie den Kopf über die Bücher gesenkt, und doch schien der Mann genau zu verstehen, was das bedeutete. Er wandte sich an den Franzosen. »Monsieur Alphonse, ich habe Claret im Haus, aber ich muß darauf bestehen, daß Sie bezahlen.«

Der Franzose schien nicht verletzt. Wie einem Vertrauten legte er dem Wirt die Hand auf die Schulter. »Soll ich den hohen Herren der Admiralität Themsewasser vorsetzen? Es geht um Englands Ruhm! Und Sie werden sagen können: Mit meinem Wein wurde der Vertrag begossen. Morgen werde ich alles bezahlen!«

Der Wirt machte sich von dem freundschaftlichen Griff frei. »Ich habe Ihnen schon für zwanzig Guinees zu oft geglaubt.«

Der Franzose stand reglos. Dann wandte er sich von der Theke ab. Die Unruhe unter den Gästen steigerte sich noch mehr. Alle redeten durcheinander. »Er hat also wieder eine unsterbliche Erfindung gemacht!« übertönte eine Stimme die anderen.

Caroline war es, als träfe der Spott sie. Aber der Mann, dem das Gelächter galt, schien von dem, was rund um ihn vorging, nicht berührt. Den Kopf, den eine schlohweiße Mähne wie helles Feuer umflammte, hoch erhoben, schritt er zur Tür. Caroline zog eine Banknote aus ihrer Börse, reichte sie über den Schanktisch. »Fünf Flaschen Claret«, sagte sie bestimmt. »Den Rest schreiben Sie Monsieur Alphonse gut. Und, bitte, beeilen Sie sich!«

Er war noch nicht weit gekommen. Unter dem Bogen eines Durchgangs holte sie ihn ein. Sie hatte impulsiv gehandelt, als sie den Wein gekauft hatte und ihm gefolgt war. Aber mußte nicht jedes Wort ihn nur noch mehr verletzen? Sie wußte nichts weiter zu sagen als »Monsieur, hier ist Ihr Wein«. Sie hatte französisch gesprochen. Sie hob den Korb mit den Flaschen.

Der Mann wandte sich um, erschrocken, als habe man einen Schlafwandler geweckt. Er deutete auf den Korb. »Für mich? Wirklich? Ich habe mein Leben lang die Existenz von Feen geleugnet – und da stehen Sie vor mir.« Er nahm den Korb aus ihren Händen. Mit höfischer Grandezza verbeugte er sich. »D'Arlincourt.«

»Alphonse Jouffroy Favras d'Arlincourt?« Das war der Mann, den sie gesucht hatte.

Der Mann nickte, halb geschmeichelt, halb betroffen. »Sie sind viel zu jung, um etwas von mir zu wissen...«

»In Frankreich lernt man das Abc immer noch an den Namen der Unsterblichen der Akademie – und, außerdem, mein Vater war damals in Rouen, als Sie mit Ihrem Dampfschiff die Seine hinauffuhren. Hieß es nicht *Spartacus*? Vater hat uns Kindern oft davon erzählt. Von dem wunderlichen Schiff, von den Tausenden von Menschen, die an den Ufern seinen Weg begleiteten.«

Der Marquis d'Arlincourt starrte vor sich hin. »Es war ein kurzer Triumph. Hat Ihr Vater es Ihnen nicht erzählt? Das Schiff sank, explodierte, zwei Fischer zogen mich aus dem Wasser, unter dem Gelächter der Menge. Und dann kam die Revolution. Sie wollten eine schnellere Guillotine von mir, nicht Dampfschiffe. Damals bin ich, wie so viele, nach England emigriert.«

Schweigend führte er sie.

Eine Eisentür schwang auf. Im Schein der beiden Kandelaber, die jenseits auf den Pfosten eines schmiedeeisernen Tores brannten, öffnete sich ein mit bunten Steinen gepflasterter Hof. Dem Tor gegenüber, auf beiden Seiten von einer Mauer umzogen, lag ein zweistöckiges Haus, dessen heruntergekommener Zustand nicht einmal von dem Halbdunkel verheimlicht werden konnte.

Die Stille des Hofes wurde plötzlich von dem Geräusch sich nähernder Kutschen unterbrochen. »Sie kommen«, flüsterte d'Airlincourt. Aus seiner Stimme klang Erregung. »Es ist ein wichtiger Besuch! Männer von der Admiralität. Vielleicht.«

Zwei Kutschen rollten in den Hof. Das Tor schloß sich wieder hinter ihnen. Uniformierte Kutscher rissen die Schläge auf. Aus der Kutsche waren zwei Offiziere gestiegen. Der Marquis d'Airlincourt trat zu ihnen. Caroline hielt sich im Hintergrund, während die Männer sich begrüßten. Sie war nicht einmal dazu gekommen, nach Sterne zu fragen. D'Arlincourt schritt voraus, Lord Barth den

Weg zum Haus zeigend. Als er die Eingangstür aufzog, flammten, wie von Geisterhand entzündet, die Wandlüster des Entrees auf. Verblüfft blieb Lord Barth stehen. »Mit solchen Erfindungen könnten Sie ein reicher Mann werden.«

Der Marquis machte eine wegwerfende Geste. »Diesen Reichtum überlasse ich Handwerkern. Was Sie gleich zu sehen bekommen, wird dem ganzen Land neuen Reichtum bringen.«

»Ich hoffe es«, hörte Caroline Lord Bath sagen. »Ich habe Ihretwegen, und weil diese Herren«, er deutete auf die drei Offiziere, »mir keine Ruhe ließen, meine Abreise zu den Rennen in Newmarket um einen Tag verschoben.«

Der Marquis d'Arlincourt öffnete eine Tür. Ein Gang lag vor ihnen. Und noch ehe die Männer die eisenbeschlagene Tür an seinem Ende erreichten, vernahm man ein leises Dröhnen, das aus dem Kellergeschoß des Hauses aufzusteigen schien und weniger hörbar als unter den Füßen spürbar war. Das gleichmäßige Stampfen wurde lauter, als d'Arlincourt die Tür öffnete. Sie traten auf eine aus rohem Holz gezimmerte Galerie. Hier standen Zeichentische, Arbeitsbänke, eine Unzahl kleiner aus Spanholz gefertigter Schiffsmodelle. Aber niemand beachtete sie. Die Besucher blickten hinunter, zu dem das ganze Kellergeschoß einnehmenden Wasserbassin. Der Marquis gab ein Zeichen, und Caroline sah einen Mann, dessen Gesicht und Kopf unter einer Art Visier verborgen war, zur Antwort die Hand heben. Das aus der Tiefe des Hauses dröhnende Beben wurde lauter. Die eben noch ruhige Wasserfläche belebte sich, Wellen brandeten auf. »Meine Pumpen können jeden Wellengang erzeugen«, erklärte d'Arlincourt. »Es herrschen Bedingungen wie auf offenem Meer. Meine Modelle bewältigen jeden Seegang.« Der Marquis hatte einen Mantel übergestreift und deutete auf die Eisentreppe, die zu dem Becken hinunterführte. »Folgen Sie mir, meine Herren. Überzeugen Sie sich selbst.«

Caroline blieb auf der Galerie zurück.

Erst als das Dröhnen verstummte, der Wellenschlag im Bassin abebbte, nahm Caroline ihre Umgebung wieder wahr. Irgendwo entwich aus einem Ventil zischender Dampf, aus seinen Wolken lösten sich die Gestalten, voran Lord Barth, der die Eisentreppe hinaufstapfte. Sein Gesicht war gerötet vor Zorn. »Lächerlich«, hörte Caroline ihn sagen. »Lächerlich! Sie wollen wohl damit unsere Überlegenheit zur See zerstören. Dampfschiffe! Das wäre das Ende des Empire!«

»Aber Sir, das ist das Schiff der Zukunft«, warf einer der Offiziere ein.

»Zukunft! Nie wird so etwas in meinem Namen geschehen! Ich will ein Schiff mit reinem Deck und Kapitäne, die wie Kapitäne aussehen und nicht wie Schornsteinfeger! Und dafür habe ich die ersten Rennen versäumt!« Er warf seinen Offizieren einen Blick zu. »Kommen Sie, meine Herren!«

Die schwere Eisentür fiel ins Schloß. Der Marquis d'Arlincourt war am Fuß der Treppe niedergesunken. Sie hastete die Stufen hinunter und stieß fast mit dem Mann zusammen, den sie schon zuvor von der Galerie aus bemerkt hatte. Sie spürte seinen Blick hinter der Maske, und noch ehe er mit einer raschen Bewegung das Schutzvisier abstreifte, glaubte sie ihn zu erkennen – Ramon Sterne. Aus den in die bronzene Haut gegrabenen Linien aus Öl und Schmutz schien ein zweites Gesicht sie anzublicken, fremd, alles Persönlichen entleert, gezeichnet von der Anstrengung.

»Helfen Sie mir!« sagte er. Sie faßten den Marquis unter, geleiteten ihn zu einem Stuhl. Allmählich kehrte Farbe in d'Arlincourts Lippen zurück, sein Atem wurde freier.

Der alte Mann sah zwischen Caroline und Ramon Sterne hin und her. »Ich glaube, ihr kennt euch noch nicht«, sagte er. »Das hier ist Ramon Sterne, mein einziger Schüler und eines Tages mein Nachfolger, der mein Werk weiterführen wird. Und sie ist meine gute Fee. Machen Sie sich keine Gedanken, ich weiß, Sie sind es trotz allem. Und wo ist der Claret? Kommt, ich brauche jetzt ein Glas.«

Er lehnte jede Hilfe ab und stieg die Treppe zur Galerie hinan. Sterne mied Carolines Blick, und so schwieg auch sie. D'Arlincourt hatte die Pläne von einem der Zeichentische gefegt und drei Gläser gefüllt. »Kommt, nehmt eure Gläser. Jetzt trinken wir.«

Ramon Sterne sah d'Arlincourt an. »Worauf trinken? Auf das Ende? Auf das endgültige Nein der Herren von der Admiralität? Auf das Luftschloß, das sich in nichts aufgelöst hat? Auf die guten Feen, die uns Träume vorgaukeln, die nie Wirklichkeit werden?«

Ohne es zu wissen oder zu wollen, hatte Sterne das einzige getan, was d'Arlincourt in dieser Stunde wieder aufrichten konnte. »Was soll das heißen?« fuhr er auf. »Wer redet von Träumen?! Ich bin als reicher Mann nach England gekommen – heute besitze ich nichts mehr. Meinst du das? Ich habe das letzte Schmuckstück ins Pfandhaus getragen. Ich habe meine Peers-Rente auf Jahre hinaus verpfändet. Das Haus gehört mir nicht mehr – sie haben schon den Räumungstermin festgesetzt. Glaubst du, das alles sei für einen Traum geschehen? Das Ende! Dieses Wort kenne ich nicht!«

Sterne deutete auf die zahllosen Modelle auf der Galerie. »Ich werde nicht als Träumer enden. Keine Sache dieser Welt ist das wert. Du änderst die Welt nicht. Ich glaube nicht mehr an das, was wir tun wollten.«

»Glauben!« rief d'Arlincourt aus. »Die Menschen haben geglaubt, daß die Erde eine Scheibe sei. Sie haben geglaubt, daß die Sonne sich um uns drehe. Ein Wissenschaftler, der vom Glauben redet! Nein – unsere Aufgabe ist es, zu denken, zu handeln. Sonst werden die Schiffe noch in tausend Jahren auf Wind warten. Ich baue seit dreißig Jahren an meinem Schiff. Tag für Tag. Und ich weiß, eines Tages wird es Wirklichkeit sein.«

Caroline konnte an Sternes Gesicht ablesen, daß die Worte d'Arlincourts ihn nicht erreichten. Sie verstand Sterne. Sie selbst hatte Stunden wie diese durchlebt, in denen sie nur noch einen Wunsch gehabt hatte: ein kleines friedliches Leben ohne Schicksal! Und doch war der Funke aus den Worten d'Arlincourts auf sie übergesprungen. Sie begriff, was das bedeutete: Schiffe, die aus eigener Kraft über das Meer fuhren, unabhängig von der Gunst des Windes. Plötzlich wußte sie, was sie zu tun hatte. »Sie werden Ihr Schiff bauen, Marquis«, sagte sie, »für mich!« Warum sollte eine Frau nicht auch wie ein Mann handeln können? »Ich schenke Ihnen nichts, Marquis. Ich beteilige mich an Ihrem Unternehmen, also danken Sie mir nicht.«

D'Arlincourt setzte sein Glas ab. Seine hagere Gestalt straffte sich, als sei die Kraft der Jugend in ihn zurückgekehrt. Er schlug sich mit der Hand an die Stirn. »Und ich wollte es an die Engländer verschachern! Ich Narr! Mein guter Geist hat mich vor dieser Sünde bewahrt.«

Sterne stand mit gesenktem Kopf und starrte auf den Boden, eher verstört als erfreut. Er hatte gelernt, das Unglück als natürlich zu betrachten und dem Glück zu mißtrauen.

Caroline ahnte, was in Ramon Sterne vorging. Sie tat einen Schritt auf ihn zu: »Der Marquis braucht Ihre Hilfe.« Sein Blick traf sie. Er hatte sie schon einmal so angesehen – in der Nacht, als sie ihm zur Flucht verholfen hatte. Und wie damals wollte er dieses Gefühl, das ihn überrumpelte, unterdrücken, verbergen. »Mich brauchen Sie am wenigsten«, sagte er. »Ich bin nur eine Gefahr. Sie wissen, man ist mir auf den Fersen. Santi wird nicht aufgeben.« Er sah erst Caroline und dann d'Arlincourt an. »Sie hat die Bibel herübergebracht.«

»Santi!« rief der Marquis lachend. »Pah! Wir bauen unser Schiff irgendwo, wo es weit und breit keinen Santi gibt – und keine Admiralität.« Wie berauscht trat er an ein kleines dunkelgestrichenes Schreibpult, holte Pergament und Schreibzeug, rückte einen

Stuhl heran. »Wir machen am besten gleich den Vertrag, Komtesse!«

Sie schüttelte den Kopf. »Ich denke, Ihr und mein Wort genügen.« Er starrte sie an. Dann klappte er den Deckel des Pultes auf. Weiße, mit schweren Siegeln versehene Blätter wurden sichtbar. »Wissen Sie, was das ist, Komtesse? Lauter Verträge!« Er griff unter die Blätter, wirbelte sie in die Luft. »Verträge? Leere Versprechungen, Bonaparte, Alexander, der Bourbone... Alle wollten sie mein Schiff.«

Von dem Marquis ging etwas aus, das den ganzen Raum mit elektrischer Spannung aufzuladen schien; es war, als spränge der Funke seiner Freude auf das Holz, das Eisen über. Und Caroline erkannte, daß Jugend nicht mit Jahren zu messen war. Dieser Mann war jung, weil er die wunderbare Gabe besaß, das Dasein immer wieder mit naiver Begeisterungskraft zu erleben. »Und jetzt Wein!« rief er mit einer großen Geste aus, als stünden irgendwo hinter einer der Türen Diener und Pagen mit schwerbeladenen Tabletts bereit, die nur auf seinen Ruf warteten.

6

Erst als die Kutsche vor dem Haus der Schwestern Short in St. Paul's Church Yard anhielt und Ramon Sterne sie losließ, wurde Caroline bewußt, daß sein Arm während der ganzen Fahrt um ihre Schultern gelegen hatte. Er hatte sich erboten, sie nach Hause zu bringen, und sie hatte es dankbar angenommen. Und sie war froh, daß die Bibel nicht mehr in ihrem Besitz war.

»Sie fragen sich sicherlich, was diese Bibel so wertvoll macht«, hatte er gesagt. Und dann hatte er ihr erklärt, daß sie das ganze Wissen des Marquis enthielt. Zeichnungen, Formeln, Berechnungen, all die Pläne von seiner Hand für den Antrieb seines Schiffes.

Er streckte ihr die Hand entgegen, half ihr heraus, und sie war froh, daß diese Hände sie führten.

Die Kutsche rollte davon, verschwand im Nebel. Wenn das Geräusch der Räder nicht gewesen wäre, hätte man meinen können, sie gleite gleich einem Schatten auf Wolken aus Dunst dahin. Es gab weder Weg noch Steg. Irgendwo mußten Lampen brennen, mußten erleuchtete Fenster sein, Leben, auch zu dieser späten Stunde. Sterne hatte Carolines Arm genommen, führte sie die Straße zum Haus der Shorts. Caroline suchte den Schlüssel aus ihrem Beutel, schloß die Tür auf. In dem von zwei kleinen Öllampen erleuchteten Entree hielt sie inne. Sie sah zu Sterne auf. Sein Blick begegnete ihr, und sie wußte, daß er sie nicht allein lassen würde. Sie hatte Angst vor der schmalen halbdunklen Stiege, die sie hinauf mußte, vor den einsamen Zimmern, die dort oben auf sie warteten – vor dem Bett, in dem sie trotz der Müdigkeit nicht würde schlafen können. Sterne ergriff eine der Lampen. »Es ist besser, ich bringe Sie hinauf«, sagte er. »Ich habe Sie genug in Gefahr gebracht, als ich Ihnen die Bibel anvertraute. Bleiben Sie hinter mir.«

Die Dielen knarrten leise unter ihren Schritten, der Schein der Lampe huschte über die Wände. Der Rücken Ramon Sternes stieg vor ihr auf, ein mächtiger Schild, geschaffen, um sie zu schützen; das lange entbehrte Gefühl, Frau zu sein, stieg in ihr auf. Sie war es müde, mutig zu sein und stark. Sie empfand nur noch Sehnsucht nach Schutz, nach Geborgenheit.

Sterne hatte die Tür geöffnet. Wärme schlug ihnen entgegen. Er schloß die Tür. Der rote Glutberg im Kamin atmete blaue Flämmchen. Es hatte nichts Peinliches für sie, sondern erschien ihr ganz natürlich, daß dieser Mann in ihren persönlichsten Bereich eindrang. Daß sie sich kaum kannten, hatte nichts zu sagen. Gleich vergessenen Bildern, die mit einer Melodie wieder lebendig werden, klang die Erinnerung an ihre Gefangenschaft auf der Korsareninsel in ihr auf. Die Zeit hatte das Bittere, das Demütigende getilgt. Wieder verwischte sich das Bild der beiden Brüder, verschmolz zu einem. Sie hatte Norman Sterne sterben sehen – und doch war er hier. Derselbe Mann, mit denselben Bewegungen lautloser Kraft und derselben dunklen Schönheit eines gefährlichen Tieres. Ihre Blicke trafen sich, und mit einem Erschauern begriff sie, daß dieser Mann dort kein Bild der Erinnerung war, sondern Gegenwart.

Er nahm ihr den Schal von den Schultern. Die Augen unverwandt auf sie geheftet, öffnete er den Verschluß des aufgestellten Kragens, streifte den Mantel herunter. Er betrachtete das Gesicht dieser Frau, die ihn beunruhigte, seit er ihr in Paris das erstemal gegenübergestanden hatte. Vorher hatte er sie gehaßt, weil sie, wie er glaubte, seinen Bruder in den Tod getrieben hatte. Aber der eine Augenblick hatte alles geändert, wie ein Bann, den sie über ihn geworfen hatte.

Caroline sah in das Gesicht des Mannes. Was sie darin fand, war nicht mehr Besorgtheit. Sie fühlte, wie seine Hände danach verlangten, sie zu berühren. Mehr vor sich selber als vor dem Mann fliehend, wandte sie sich zum Tisch, goß sich heißen Tee ein. Die Tasse mit beiden Händen umschlossen haltend, trat sie an das Feuer. Ihr war heiß und kalt zugleich. Sie wußte nicht, was sie sich mehr wünschte: daß sie die Kraft besäße, ihn wegzuschicken, jetzt sofort – oder daß er sie, ohne sich um ihren Widerstand zu kümmern, in seine Arme nähme.

Im Zimmer war es dunkel geworden. Aber Caroline nahm davon nichts mehr wahr. Die Arme des Mannes hielten sie umschlungen. Seine Lippen brannten auf ihrem Gesicht. Sie wußte, daß jeder Augenblick des Gewährenlassens sie nur mehr auslieferte. Aber während ihr Wille sich noch frei glaubte, war ihr Körper bereit, sich auszuliefern. Es war derselbe, jeden Widerstand lähmende Strom körperlicher Anziehung wie damals am nächtlichen Strand der kleinen Mittelmeerinsel, als der Bruder dieses Mannes ihr seine Leidenschaft auferlegt hatte.

Sie spürte seine Hände ihren Rücken hinuntergleiten, und anstatt zurückzuschrecken, klammerte sich Caroline nur noch fester an ihn. Ihre Hände umschlossen seinen Nacken. Streichelnd glitten ihre Finger über das Haar – und erstarrte mitten in der Bewegung. Bevor sie selber noch begriff, was geschehen war, hatten sich ihre Hände gelöst. Es war Caroline, als würde sie plötzlich aus einem hypnotischen Schlaf gerissen. Ein trockenes Schluchzen brach aus ihr, ein herzzerreißender Laut. Ihr »Nein... Nein...« kam wie ein Hilferuf von ihren Lippen.

Ein Atemzug lang war Ramon Sterne versucht gewesen, ihre Abwehr mit Gewalt zu brechen – und vielleicht hätte er es getan, wenn sie versucht hätte, ihn von sich zu stoßen. Aber ihr Kopf war auf seine Schulter gesunken. Schutzsuchend lehnte sie an ihm. Sie fühlte die Hand, die über ihr Haar fuhr; sie hörte seine beruhigende Stimme. Allmählich faßte sie sich, wurde wieder Herr ihrer selbst. Sachte trat sie zurück. Sie war dankbar, daß er sie nicht einfach enttäuscht losließ, sondern ihre Hände ergriff.

Er hatte die Leidenschaft in allen ihren Formen kennengelernt. Die Arme der Frauen waren für ihn immer offen gewesen, und mehr hatte er nicht gewollt. Er hatte ihnen seine Kraft geschenkt, Zärtlichkeit – aber noch nie hatte er das tiefe atemlose Glück so empfunden wie in diesem Augenblick.

Er las es aus ihrem Gesicht: Sie leugnete nichts ab von dem, was sie in seinen Armen empfunden hatte; sie versagte sich ihm, aber sie tat es auf eine Weise, die ihm den Verzicht so wertvoll erscheinen ließ wie eine Hingabe. Sie gehörte einem anderen. Er wußte es, ohne daß sie es ihm sagen mußte. Er erwartete bei diesem Gedanken einen Schmerz zu empfinden, aber Glücksgefühl breitete sich immer mehr aus. War es, weil sie so ganz anders war als andere Frauen in ähnlichen Augenblicken, weil nicht der Schatten von Peinlichkeit zwischen ihnen aufgekommen war? Sie hatte nein gesagt und doch war es, als hätte sie ihn gerade dadurch beschenkt.

Er hatte ihre Hände losgelassen. Er nahm den Mantel auf, warf ihn über die Schultern. So trat er noch einmal auf sie zu. »Ich werde es nur einmal aussprechen«, sagte er, »nie mehr wird es über meine Lippen kommen, das verspreche ich Ihnen. Aber dieses eine Mal muß ich es sagen. Ich liebe Sie.«

Noch einmal, für einen kurzen Augenblick, schloß sich um sie der geheimnisvolle Bann dieser Stunde. Das Unmögliche hatte Ramon Sterne nie entmutigt. Im Gegenteil. Er hatte sich immer nur an unerreichbar scheinenden Zielen entflammt. Er liebte diese Frau! Ja, er liebte noch die Qualen, die sie ihm bereiten würde. Da er sie nicht besitzen konnte, würde er über ihr Glück wachen. Sanft ließ er sie los. Noch einmal hob er kurz die Hand, dann schloß sich die Tür hinter ihm.

Caroline lauschte, bis seine Schritte verklungen waren. Sie verriegelte die Tür. Die Erschöpfung war tiefem Frieden gewichen. Kaum daß sie ins Bett geschlüpft war und das Licht gelöscht hatte, schlief sie auch schon ein.

7

Lautes Pochen an der Tür weckte Caroline. Schlaftrunken, mit geschlossenen Augen, tastete sie um sich, als müßte sie erforschen, wo sie sich befand. Sie hatte das Gefühl, nicht länger als eine halbe Stunde geschlafen zu haben, aber als sie die Augen blinzelnd öffnete, sah sie, daß es heller Tag war. Sie hörte ihren Namen rufen. Sie setzte sich auf. Das offene Haar fiel ihr um die nackten Schultern. Das Nachthemd lag unberührt am Ende des Bettes. Sie war zu müde gewesen, es anzuziehen. Sie hob den Morgenmantel auf, schlüpfte hinein, um die Tür zu öffnen.

Emma Short stand draußen. »Ich bin es, Komtesse. Unten ist ein Bote für Sie.« Sie reichte Caroline ein Kuvert. Mütterliche Gefühle wärmten das Herz des alten Mädchens, als sie Caroline noch erhitzt vom Schlaf mit verwirrtem Haar und barfuß vor sich stehen sah. »Wenn Sie erlauben, werde ich heute selber Feuer bei Ihnen machen«, fügte sie mit einem Blick auf Carolines dünnen, über der Brust aufgesprungenen Morgenmantel hinzu. »Sie müssen ja frieren.« Bevor Caroline es verhindern konnte, war sie schon im Zimmer, kniete vor dem Kamin.

Den Brief in der Hand, kehrte Caroline in den kleinen Schlafraum zurück. Sie entnahm dem Umschlag eine Karte aus elfenbeinfarbenem gehämmertem Papier. In der linken Ecke stand in Golddruck geprägt ein Zeichen, eine Art Wappentier. Die kleine regelmäßige Schrift darunter mutete wie gedruckt an, so als scheue der Schreiber sich, auch nur das geringste seiner Persönlichkeit preiszugeben. »Bitte seien Sie ruhig«, stand da. »Die Haft des Herzogs wird bald beendet sein. Wenn Sie ihn sehen wollen, geben Sie diese Worte der Wache am Tower. Ein Freund.«

Einen Augenblick stand Caroline zaudernd, und doch hatte sie sich bereits entschieden; auch wenn es wieder eine Falle war, sie mußte es versuchen! Der Tower. Warum war sie nicht gleich darauf gekommen! Wo hätte man einen Herzog sonst auch hinbringen können! Sie nahm noch einmal den Brief zur Hand. Wieder betrachtete sie das Zeichen am Rand: es war ein Tier, ein sprungbereiter Löwe. Ihr fiel ein: die ›Liga der Löwen‹ – unter diesem Namen hatten der Herzog und seine Freunde viele ihrer Taten vollbracht.

Caroline besaß die wunderbare Gabe, Erlebnisse, die einen anderen Menschen lange gequält hätten, in der Stunde, in der sie geschahen, zu überwinden, und so war es auch jetzt. Während sie badete und frühstückte, verstärkte sich ihre fröhliche Stimmung. In einem plötzlichen Entschluß nahm sie das Kleid aus mattem Seidenrips mit der schmalen knielangen Tunika aus dem Schrank: Leroy hatte es für ihre Hochzeitsreise entworfen, in dem Gelb, das der Herzog am meisten an ihr liebte; es schien ihr für diesen Tag gerade richtig. Mit jenem lächelnden Ernst einer Frau, die sich eben wieder ihrer Schönheit bewußt geworden war, trat sie vom Spiegel zurück. Alles erschien ihr ganz einfach.

Caroline lehnte am Fenster der Hackney Chariot, die sie mitsamt einem ortskundigen Fahrer gemietet hatte. Sie konnte nicht glauben, daß dies dieselbe Stadt sein sollte, durch die sie in der Nacht vorher geirrt war. Wo eine graue gesichtslose Steinwüste sie angestarrt hatte, dehnten sich jetzt breite, mit Säulenvorhallen gesäumte Straßen, Fluchten weißer, reich stukkierter Fassaden, die Arenen riesiger Plätze. Tore aus vergoldetem Schmiedeeisen schimmerten im Schatten hoher Platanen mit ihren gesprenkelten Stämmen und den Kaskaden dunkelgrünen Blattwerks – und immer wieder blinkte am Ende der Querstraßen die Themse. Bald schob sich auch das Massiv des Towers dunkel in den Himmel. Rechts vom Eingang, vor einem in den Schatten des Mauerwerks geduckten Haus, schwebte, aus dünnem Messingblech getrieben, das Wahrzeichen einer Taverne, ein Tiger. Mit geblähtem, metallisch glänzendem Gefieder hockte ein Rabe auf dem Dach der Hauptwache; die harten Laute, die er ausstieß, schienen nicht aus dem Hals eines lebendigen Wesens zu kommen. Auch die zwei Wachsoldaten in den dunkelblauen Uniformen mit dem weiten Umhang und der zerdrückten Plustermütze wirkten wie erstarrt, düstere Schemen einer versunkenen Zeit. Aber all das konnte das Glücksgefühl, das Caroline beherrschte, nicht dämpfen. Sie sah nur den Tag, sein Lächeln – und sie nahm es als Versprechen, daß sich ihre Hoffnungen erfüllen würden.

Sie hatte den Wachen das Billett gereicht. Sie hörte nichts als die Schläge ihres Herzens, als das Außentor zum Tower aufschwang. Ein Wachsoldat war auf den Bock gesprungen und hatte dem Kutscher die Zügel aus der Hand genommen. Im Schritt rollte der Wagen in das Innere der doppelten Befestigungsmauern. Rechts tauchten die Käfige und Gehege der königlichen Menagerie auf; sie erkannte einen Strauß, zwei schwarze Bären, Affen, und dann hinter den Gittern seines Zwingers, wie ein goldner Schatten hin und her streichend, einen Löwen.

Die Bohlen der Zugbrücke grollten unter den Rädern. Aus den königlichen Wappen des Middletowers flatterte ein Vogel auf, erhob sich in den Himmel. Nach einem kurzen Stück Luft und Freiheit nahm das nächste Tor sie auf. Auch als sie schließlich durch das Haupttor in den innersten Bereich des Towers gelangten und plötzlich wieder Himmel und Sonne da waren, verließ Caroline das geheime Frösteln nicht.

Die Kutsche bog nach links. Rasen wurde sichtbar, Bäume dahinter, von tanzenden Lichtflecken und durchsichtigem Grün verschleiert, ein Fachwerkhaus. Der Wagen kam zum Stehen.

Caroline stieg aus dem Wagen. Ein kahlköpfiger Mann in einer dunkelblauen Uniform, mit einer knöchellangen Schürze darüber, kam auf sie zu. In der einen Hand hielt er eine verbeulte Blechschale, mit der anderen schnalzte er den Raben, die mit geblähtem, metallisch glänzendem Gefieder hinter ihm her küpften. Ihre gestutzten Flügel streiften über den Rasen. Fosdyke, der Rabenpfleger, warf Caroline einen kurzen Blick zu. Er schüttete den

Inhalt der Schüssel auf das von Gras umwachsene Quadrat aus Steinplatten. Die Raben, die ihm mit rauhem, ungeduldigem Krächzen gefolgt waren, hüpften hinauf, zerrissen mit ihren riesigen Schnäbeln die rote Masse. Das Blut spritzte auf ihr schwarzes Gefieder, überzog ihre Krallen und färbte allmählich den ganzen Stein. Caroline mußte wegsehen. Das Bild hatte plötzlich in ihr die Vorstellung eines Richtblocks hervorgerufen, auf dem sich Raben die Reste eines Kadavers teilten...

Caroline brannte vor Ungeduld der Boden unter den Füßen. Es waren keine fünf Minuten, die sie jetzt im Tower war, aber ihr schien es eine Ewigkeit.

»Wo ist der Herzog?« fragte sie.

»Ein Herzog?« Der Rabenpfleger sah Caroline mit einem Blick an, der verriet, daß er sehr empfindlich reagieren konnte, wenn es jemand wagen sollte, sich über die allzu friedlichen Zustände im Tower lustig zu machen, so als würde seine persönliche Ehre damit angegriffen.

»Ja, der Herzog von Belômer«, sagte Caroline.

»Tut mir leid, Madame. Ein Herzog ist nicht bei uns.«

Das Karussell des Hoffens und Getäuschtwerdens begann sich also wieder zu drehen. Die Stimme des Mannes klang unnatürlich laut in ihren Ohren. Ihr schauderte vor der Kühnheit ihrer Hoffnung, die sie hergeführt hatte. Ihr Mut war nichts anderes gewesen als Leichtsinn. Schließlich fragte sie: »Vielleicht ist er doch hier, unter einem anderen Namen. Es wäre doch möglich...«

»Seit ein paar Tagen haben wir einen Neuen im Bloody Tower«, sagte der Rabenpfleger zögernd. »Das Essen müssen wir ihm aus der Taverne zur ›Goldenen Kette‹ holen. Und heute hat er sich sogar einen Fechtmeister kommen lassen.«

»Das klingt sehr nach ihm.«

»Er ist aber trotzdem nur ein gewöhnlicher Herr. Mortemère heißt er.«

Mortemère! Er war also doch hier! Sie, die sonst so schnell reagierte, war wie gelähmt. »Das ist er!«

Carolines Blick ging zu dem Rabenpfleger. Alles hing jetzt von ihm ab. Seine Züge behielten ihre Starre. »Mich soll es freuen, wenn es der ist, den Sie suchen, Madame. Ich bringe Sie hinauf.«

Die Wendeltreppe, die Fosdyke Caroline aufwärts führte, schien kein Ende zu nehmen. Wie in einem in die Dunkelheit gegrabenen Höhlengang schraubten sie sich aufwärts. Aus tiefen Mauerluken fiel Licht; es schien nicht der Widerschein des Tages zu sein, sondern aus den Quadern der Mauer zu sickern.

Sie hatten einen mannshohen gewölbten Gang erreicht und bogen nach rechts. Vom Ende her kam helles Klirren. »Fechtstunden im Tower«, murmelte der Mann kopfschüttelnd, als er die schwere, angelehnte Eisentür aufzog. Sie traten in einen mit Teppichen behangenen und ausgelegten Vorraum, der nur durch den Spalt der roten Brokatportiere, die in dem Mauerbogen zum Hauptraum angebracht war, etwas Licht erhielt. »Soll ich Sie melden?«

Caroline hielt den Mann mit einer Handbewegung zurück. »Nein. Ich möchte mich erst vergewissern, ob es wirklich der Herzog ist.« Sie trat an die Portiere. In der Mitte des großen Raums standen sich die beiden fechtenden Männer gegenüber. Sie trugen beide Lederkoller und enganliegende Hosen aus Seidentrikot; ihre Gesichter waren hinter vergitterten Visieren verborgen. Der Herzog kämpfte mit dem Gesicht zu ihr. Sein Körper blieb ruhig wie der einer Statue, während sein Arm den Degen führte. Der andere wich zurück. Mit einem triumphierenden Laut setzte der Herzog ihm nach. Einen Augenblick verharrten beide reglos. Dann rissen sie die Visiere vom Kopf.

Sein Anblick löste in Caroline ein Gefühl aus, das ihr den Atem nahm. Es war ihr, als hätte sie vergessen gehabt, wie vollkommen die Harmonie dieser Züge und dieses Körpers war. Es fiel ihr schwer, sich von dem Bild abzuwenden. Sie trat von der Portiere zurück. Der Rabenpfleger stand wartend hinter ihr. Sie nickte ihm zu. »Es ist der Herzog. Sie brauchen mich nicht zu melden.«

Zum erstenmal huschte etwas wie ein Lächeln über das Gesicht des Mannes. »Das freut mich für Madame.«

Caroline lauschte den sich entfernenden Schritten, dem leisen Rasseln des Schlüsselbundes. Mit laut pochendem Herzen stand sie da. Sie hörte das Lachen des Herzogs. Sie war am Ziel – und sie hatte plötzlich Angst vor dem Augenblick, da sie ihm gegenübertreten würde. Das hatte sie noch nie zuvor empfunden: Sie bangte vor dem Augenblick des Wiedersehens. Sie hatte in der Vorstellung gelebt, einen unglücklichen Gefangenen zu finden, aber sie fand einen Mann, der lachte, der sich die Zeit mit Fechtstunden vertrieb. Sie hatte sich ausgemalt, wie tief ihn diese Verhaftung unter den Augen derer, die sich seine Freunde nannten, getroffen haben mußte, wie sehr die Anklage, die man gegen ihn erhob, seinen Stolz, sein empfindliches Ehrgefühl verletzt haben mochte. Sie lauschte seinem Lachen, und sie hatte Angst davor. Angst, daß er auch in diesem Augenblick der Beherrschte sein würde, während sie nichts weiter haben würde als ihre Tränen. Sie wäre am liebsten davongelaufen, aus Angst, daß ihr die Kraft fehlen würde, diesen Augenblick zu überstehen. Sie schloß die Augen, versuchte sich zu sammeln, den Aufruhr zu überwinden.

Als sie die Augen wieder öffnete, fiel ihr Blick auf den Degen. Er lag vor ihr auf dem Tisch, daneben ein Fechtvisier. In einem plötzlichen Entschluß setzte sie das Visier auf, als könnte sie so ihre Gefühle verbergen. Schritte kamen näher. Eine Stimme sagte: »Ich weiß nicht, warum Sie noch Stunden nehmen... Wenn ich mit Ihnen arbeite, so immer mit dem Gefühl, ich sei Ihr Schüler und Sie mein Lehrer. Bis morgen?« – »Bis morgen«, antwortete seine Stimme.

Die Portiere rauschte auf, schloß sich wieder. Der Fechtmeister verharrte mitten im Schritt, starrte Caroline erschrocken an. Aber ehe er etwas sagen konnte, eilte sie, den Degen in der Hand, an ihm vorbei, durchschritt die Portiere.

Mit gesenktem Degen schritt Caroline auf den Herzog zu. »Nehmen Sie noch einen Schüler, Herzog?«

Er wandte den Kopf. Nicht der Hauch eines Erstaunens huschte über seine Züge. Nur ein unmerkliches Lächeln glaubte Caroline zu erkennen. Sie dachte nicht daran, daß diese Ruhe nur seine Art der Maskierung war, hinter der er sein wahres Wesen verbarg. Sie dachte auch nicht daran, daß es immer eines der Geheimnisse ihrer Liebe gewesen war, daß nur sie allein auch das wahre Gesicht dieses Mannes kannte. Alles in ihr bäumte sich dagegen auf, daß er in diesem Augenblick, von dem sie alles erwartet hatte, ihr nicht mit dem Antlitz der Wahrheit und der Leidenschaft gegenübertrat. War das ihr Schicksal: In dieser Liebe, der einzigen Liebe ihres Lebens, alle Qualen einer Leidenschaft, deren Ziel sich im Augenblick des Ergreifens immer wieder verflüchtigte, erleiden zu müssen?

Den Degen in der Rechten, stand er vor ihr. »Soll ich an der Klinge, die Sie schlagen, erraten, wer Sie sind?«

Caroline konnte nicht antworten. Ihre Lippen zitterten. Am liebsten hätte sie das Visier heruntergerissen und sich in seine Arme geworfen. Aber sie hob den Degen. Von all den verwirrenden Gefühlen, die sie in dieser Stunde durchlitt, beherrschte sie der eine Gedanke, das Idol, das sie liebte, seiner Ferne und Unnahbarkeit zu berauben, ihn auf die Erde zurückzuholen, einen Menschen aus Fleisch und Blut.

Stumm kreuzten sie die Klingen. Sich kaum von der Stelle

bewegend, kämpften sie miteinander. Leise klirrte der Stahl. Noch war es ein Spiel. Noch wußte Caroline, daß es nur ein Spiel war, aber schon löste sie sich allmählich von sich selber. Ihre Schläge wurden schneller und härter. Der Herzog wich einen Schritt zurück. Caroline war wie im Rausch. Sie war nicht mehr sie selber. Eine Fremde war aus ihr getreten, geformt aus den Schrecknissen, die sie um seinetwillen erduldet hatte, aus den Stunden der Angst und den Stunden ungestillter Sehnsucht. Erst als der andere Degen ihren Schlag nicht mehr parierte, erwachte sie. Der Herzog nahm das Visier vom Kopf. »Ich erkläre mich für besiegt.« Er trat zu ihr. Sie schlang ihre Arme um seinen Hals. Der Kampf hatte sie befreit von allem Bitteren und Dunklen, das sich auf ihre Seele gelegt hatte während der letzten Tage. Es gab keinen Boden mehr unter ihr. Sie waren die einzigen Menschen in diesen Mauern, die einzigen Menschen in dieser schrecklichen, herrlichen Welt.

War es ein Sturm, der sie aufhob und wegtrug? Waren es seine Arme? Sanft bettete er sie auf das Lager. Er flüsterte Worte. »Meine Frau... verstand sie; aber für sie waren es nicht Worte. Ihr schwarzes Haar flutete über den roten Damast. Entflammt von Verlangen hielten sie sich umfangen.

8

Eng umschlungen kamen sie wieder zu sich. Sie schwiegen beide. Sie wollten noch nicht zurückkehren zu den Worten. Ihre Hände suchten einander, getrieben von der Sehnsucht, den Geliebten nicht nur zu berühren, sondern mit ihm erneut zu verschmelzen.

Er hatte die Damastdecke über sie gezogen. Er lauschte auf ihren Atem. Er hatte nie geglaubt, eine Frau wie sie zu finden; und als er ihr begegnet war, hatte er gefürchtet, sie sei nur eine Fata Morgana, die sich beim ersten Windhauch verflüchtigen würde. Hatte er nicht darum seine Liebe vor ihr so lange unter der Maske des oberflächlichen Gecken verborgen? Er hätte sie fast verloren dadurch, aber hatte er anders handeln können?

All die Augenblicke des vergangenen Jahres stiegen vor ihm auf. Jeder Tag und jede Nacht, in der er nicht schützend die Hand über sie gehalten hatte. Daß sie furchtlos war wie er, daß sie kämpfen konnte wie er, hatte ihn mit einem törichten Stolz erfüllt. Jetzt graute ihm bei dem Gedanken, was alles hätte geschehen können.

Ohne daß sie ein Wort gesagt hatte, ahnte er die Qualen und Zweifel, die sie hatte ausstehen müssen. Um seinetwillen. Wie leicht hätte es sein können, daß dieser Weg sie nicht zu ihm, sondern von ihm weggeführt hätte. Und er wußte plötzlich, daß er es nicht ertragen könnte, sie zu verlieren. Schon die Vorstellung, daß sie bald wieder diesen Raum verlassen würde, war ihm unerträglich. Er verstand seine Ruhe nicht mehr; sein sicheres Vertrauen, daß sie an dieser Trennung nicht wie andere Frauen gelitten hatte, aufgelöst und hilflos, war ihm unbegreiflich. Sie hatte gelitten. Er wußte es, und es peinigte ihn. Aber fast noch schlimmer war für ihn, daß dieses schlafende Antlitz nichts verriet. Was immer sie erlebt hatte, es hatte keine Spuren hinterlassen. Versunken in jenen Hauch eines Lächelns, der selbst im Ernst über ihren Zügen lag, betrachtete er sie. Sie gehörte ihm. Dieses Lächeln gehörte ihm. Seit jenem Märztag vor einem Jahr, als sie an ihm vorbei in den Hof des Zisterzienserinnen-Klosters von St. Dizier gesprengt war, hatte er gewußt, daß sie die Frau war, auf die er immer gewartet hatte. Daß sie zueinander gehörten, war für ihn etwas so Unumstößliches gewesen, daß er es nicht einmal eilig gehabt hatte, sie an sich zu binden. Aber jetzt graute ihm, als würde er plötzlich gewahr, daß er die ganze Zeit am Rande eines Abgrundes dahingewandelt war.

Er wußte plötzlich, was er zu tun hatte; noch in dieser Stunde sollte es geschehen; hier, in diesen Mauern.

Leise erhob er sich, trat zum Sekretär. Auf ein Billett, das seinen Namen und sein Wappen trug, schrieb er den Namen des einzigen katholischen Priesters, den er in London kannte, des Monsignore Eustachio Perendez von der portugiesischen Kirche. Zusammen mit einem Goldstück steckte er das Billett in ein Kuvert, faltete es einmal und schob es in eine der Blechkapseln, die auf dem Sekretär lagen. Er schraubte den Deckel fest und ging damit zum Fenster. In der tiefen Mauernische war eine eiserne Spule im Stein versenkt. Er löste die Leine, hakte die Kapsel daran fest und schob sie durch die Gitter des Fenstergevierts. Mit leisem Surren rollte die Spule ab.

Caroline, die sein Tun beobachtete, wartete, bis er die Leine wieder ganz aufgespult hatte. Als er sich umwandte, sagte ihm ihr Lächeln, daß sie nicht erst jetzt erwacht war. »Deine Flaschenpost?«

Hörte er ihre unausgesprochene Frage heraus? »Leider reicht sie nicht bis Mortemère«, sagte er, »sondern nur bis zu meinen Wächtern.« Er hob den Kopf. »Was hast du dir gedacht, in Mortemère, als ich nicht kam, an unserem Hochzeitstag?«

Sie konnte ihm nicht gleich antworten. Noch spürte sie den

Schmerz, wenn sie an diesen Tag dachte. Ohne sich dessen bewußt zu sein, begann sie ihre Kleidung in Ordnung zu bringen, als könne ihr das über diesen Augenblick hinweghelfen.

»Monsieur Carème hat sich wie ein Wahnsinniger aufgeführt«, sagte sie schließlich. »Er meinte, darauf bestehen zu müssen, daß die Hochzeit trotzdem gefeiert würde – seiner Pasteten wegen. Ich glaube, er wird uns nie verzeihen.«

Sie sahen sich an, und etwas geschah, so als würde der Raum plötzlich heller. War es, daß sie *uns* gesagt hatte? War es ihre Stimme, in der nicht der leiseste Vorwurf mitschwang? Sie wußten nicht, was es war, aber die Beklemmung, die sie eben noch erfüllte, hatte ihren Stachel verloren. »Und du?« fragte er. »Was hast du gefühlt?«

»Ich... ich habe mein Hochzeitskleid zerrissen.« Es war ihr, als hörte sie wieder den Stoff zerschleißen, als sähe sie wieder die Perlen rund um sich am Boden aufspringen und als käme wie damals dieses wundersame Gefühl der Befreiung über sie. Lächelnd fuhr sie fort: »Dann hatte ich Hunger. Ich badete. Ich ließ mir frischen Lachs bringen. Die Gäste fuhren ab, ohne Essen zwar, aber doch zutiefst befriedigt von dieser Hochzeit, die nicht gefeiert werden konnte, weil der Bräutigam fehlte. Dann ließ ich meine Kutsche anspannen.«

Er setzte sich neben sie, legte den Arm um ihre Schultern. Er mußte sie berühren, um zu wissen, daß sie wirklich war, daß er nicht nur alles träumte. Sie war ihm ein Geheimnis. Sie war es ihm nie mehr gewesen als in dieser Stunde. »Du bist noch am selben Tag abgereist?«

»Sollte ich nicht?«

»Und Leblanc ließ es zu?«

»Er versuchte mich zurückzuhalten –«

»Sagte er nicht, ›mit Geld läßt sich so etwas am besten in Ordnung bringen‹?«

»Das waren seine Worte. Aber er sagte mir nicht, warum man dich verhaftet hatte.«

Sein Gesicht verschloß sich. Der Ton seiner Stimme wurde heftig. »Das konnte er auch nicht wissen. Niemand konnte es wissen.«

»Doch, ich glaube, daß er es wußte. Aber Leblanc ist ein Mann, der es versteht, sein Geheimnis zu hüten. Hat er dir jemals gesagt, welche Fracht deine Schiffe an Bord haben? Sklaven! Ich habe sie gesehen.«

So war es also wahr! Keine Unterstellung, keine falsche Anschuldigung, kein Vorwand, unter dem man ihn verhaftet hatte. Er konnte es nicht fassen. Als hielte ihn ein böser Traum gefangen, wartete er darauf, zu erwachen. Aber nichts geschah, nichts erlöste ihn von dieser furchtbaren Wahrheit. »Ich wußte es nicht«, brach er schließlich das Schweigen. »Ich habe ihnen ins Gesicht gelacht, als sie kamen und mir sagten, sie hätten ein Schiff mit Sklaven an Bord aufgebracht, dessen Eigentümer ich sei. Die Anschuldigung erschien mir so absurd, daß ich gar nicht auf den Gedanken kam, ihr entgegenzutreten.« Er wünschte, seine Worte zurücknehmen zu können. Klangen sie nicht wie eine Entschuldigung? Aber es gab keine Entschuldigung für ihn. Daß er nicht geahnt hatte, woher sein Geld stammte, daß er nicht einen Augenblick nachgedacht hatte, aus welchen Quellen sein Reichtum floß, sprach ihn nicht von der Schuld frei. Alles, was er jemals an Gutem getan hatte, war plötzlich wertlos.

Er wandte sich ihr zu. Er mußte ihre Augen sehen, wenn er jetzt sprach, Augen, aus denen er sein Urteil lesen würde. »Wirklich«, sagte er, »ich habe ihnen ins Gesicht gelacht. Ich hielt das Ganze für eine Erfindung. Es war für mich eine köstliche Komödie, ein Spaß, so wie ich ihn mir hätte ausdenken können. Ich genoß es geradezu, daß sie mich hier einsperrten. Darum, nur darum habe ich dich warten lassen.«

Bei einem Geräusch erhob er sich, ergriff ihre Hand. »Ich habe eine Überraschung.« Er war sicher, daß es Monsignore Perendez war.

Die Portiere öffnete sich. Eine Wache erschien, machte den Weg frei für zwei Männer. »Richter Howard«, verkündete der eine. Mit der einen Hand auf einen Stock gestützt, am anderen Arm von einem jungen Mann geführt, so trat Basil Howard ein, der blinde Richter, der dem Herzog bei seiner Einlieferung in den Tower die Anklage verlesen hatte. Caroline, die den Mann nicht kannte, sah, daß der Herzog erblaßte.

»Herzog.« Der Richter neigte das Haupt. Über sein Gesicht mit der wuchtigen Stirn, der großen Nase und dem schweren Kinn, das früher etwas Rauhes, Kämpferisches besessen hatte, hatte das Alter eine Patina der Weisheit gelegt. Die Haut war wie vergilbtes Linnen, und die Augen schienen von demselben Stoff überzogen. Der Schreiber hatte ihn zu dem großen Tisch geführt, der wegen des Fechtunterrichts etwas zur Seite gerückt stand. Er setzte sich an die Schmalseite, legte das Schreibzeug vor sich hin, öffnete den Deckel der Akte. Eine ungeduldige Handbewegung ließ ihn aus der Akte ein Blatt herausnehmen. Basil Howard nahm das Schriftstück.

Caroline war es, als lese er es durch. Dann reichte er es über den Tisch, genau in die Richtung, wo der Herzog stand. »Wenn Sie das unterschreiben wollen. Es ist nur eine Formalität, Herzog, Sie sind frei.«

Caroline sah, wie der Herzog zusammenzuckte. Seine Hand, die das Blatt schon hatte ergreifen wollen, fiel herab. »Frei!?« Jetzt, nachdem er wußte, daß die Anklage, die man gegen ihn erhoben hatte, der Wahrheit entsprach, empfand er dieses Wort wie Hohn. »Und die Anklage, die Sie mir erst vor vier Tagen vorlasen? Ich kenne die Strafe, die darauf steht. Fünfzehn Jahre Deportation.«

Der Richter hob den Kopf. »Ich bin gekommen, um Ihnen den Beschluß des Hohen Gerichts der Admiralität mitzuteilen, nicht aber, um mit Ihnen darüber zu diskutieren, Herzog. – Außerdem wäre das, was ich zu sagen hätte, nicht für andere Ohren als die unseren bestimmt.« Dabei wandte er den Kopf in die Richtung, wo Caroline stand.

»Meine Frau weiß, was geschehen ist«, sagte der Herzog. »Was für mich bestimmt ist, ist auch für sie bestimmt.«

Der Richter schüttelte den Kopf. »Das Urteil ist gesprochen. Es ist ein Urteil, das ich nicht billige. Ich bin schon lange Richter, aber ich habe mich immer noch nicht daran gewöhnt, daß mit Hilfe von Recht und Gesetz Urteile gefällt werden, die der Gerechtigkeit zuwiderlaufen. Ihre Anwälte waren brillant, Herzog. Sie haben sich so ausgezeichnet auf das Recht verstanden, daß die Gerechtigkeit verlieren mußte. Ich wiederhole, Sie sind frei.« Ein Zug von Müdigkeit und Bitternis lag um den Mund des Richters, während er das Urteil, das auf dem Tisch lag, zum Herzog hinüberschob. »Und jetzt, bitte, unterschreiben Sie.«

»Ich werde nicht unterschreiben, Richter Howard. Es geht hier um ein Sklavenschiff. Das Schiff gehörte mir. Das ist nach englischem Gesetz ein Verbrechen. Ich kenne dieses Gesetz.«

»Sehr richtig«, antwortete der Richter. »Aber dem jungen Kapitän ist in seinem Eifer ein Versehen unterlaufen. Er glaubte sich im Recht, als er die *Felicidade* aufbrachte und sie zwang, Sierra Leone anzulaufen. Das Schiff hatte Sklaven an Bord. So weit, so gut. Aber bedauerlicherweise war der Eifer des Kapitäns Fawkes größer als seine Kenntnis der Gesetze. Er hätte nur das Recht gehabt, das Schiff aufzubringen, wenn der Eigentümer Engländer wäre.«

»Aber ich bin Engländer. Ich lebe seit meinem vierzehnten Lebensjahr in diesem Land. Ich bin sein Bürger, seitdem die Revolution mir das Recht genommen hat, mich Franzose zu nennen.«

Der Richter winkte seinem Schreiber, der ein gefaltetes Blatt aus der Akte nahm und es dem Richter gab. »Seit genau einem Monat sind Sie wieder Franzose. Ihre Repatriierungsurkunde muß so ungefähr das erste gewesen sein, was der König von Frankreich unterzeichnet hat. Ihr Verwalter, Monsieur Leblanc, der auch Ihre Anwälte bestellt hat, scheint ein sehr weitschauender und vorsichtiger Mann zu sein. Er hat an alles gedacht. Sie hatten wirklich allen Grund, über die Anklage zu lachen! Ich sage es zum letztenmal, Herzog. Sie sind frei. Und nicht nur das. Ich habe die Pflicht, gegen Kapitän Fawkes ein Verfahren einzuleiten. Wie gesagt, seine Aufbringung der *Felicidade* war wider das Gesetz, und er wird wegen dieser illegalen Beschlagnahme nach dem Gesetz bestraft werden.« Seine Stimme hob sich. »Wenn Sie Wert darauf legen, können Sie der Anklage der Admiralität gegen Kapitän Fawkes noch Ihre persönliche Klage hinzufügen, und er wird Ihnen die freigelassenen Sklaven Stück für Stück bezahlen müssen.«

»Ich kenne die englischen Gesetze«, sagte der Herzog mit unheimlicher Ruhe. »Ganz besonders die Gesetze gegen den Handel mit Sklaven. Sie werden nicht vergessen haben, Richter Howard, welchen Kampf es gekostet hat, sie durchzusetzen, und in welcher Form ich daran beteiligt war.«

Caroline hielt den Atem an. Was für eine absurde Verstrickung! Der Mann, der gegen ein Verbrechen kämpfte, machte sich eben dieses Verbrechens schuldig. »Wenn die Admiralität Kapitän Fawkes anklagt, verlieren diese Gesetze ihren Sinn«, hörte sie den Herzog sagen. »Das ist krasses Unrecht! Die Anklage gegen Kapitän Fawkes muß niedergeschlagen werden. Ich kann dieses Recht nicht anerkennen. Ich werde das Urteil, das Sie gebracht haben, nicht unterschreiben. Ich werde diesen Raum nicht verlassen.«

»Das Urteil ist gesprochen. Es ist gültig, ob Sie es anerkennen oder nicht.« Der alte Mann zögerte weiterzusprechen; es war einer jener Momente, wo er zwischen seinem Richtereid und seinem Herzen schwankte, und er hatte sein Leben lang Mut genug besessen, sich im richtigen Augenblick für sein Herz zu entscheiden. »Es gäbe Wege, Kapitän Fawkes der Bestrafung zu entziehen – allerdings nur solche, die gegen das Recht verstoßen. Sie werden nicht erwarten, daß ich Ihnen diese Wege beschreibe.«

»Wo befindet sich Kapitän Fawkes jetzt?« fragte der Herzog.

»Bis zu seiner vollständigen Genesung im hiesigen Marinehospital.« Er unterbrach sich. Um einen Ton rauher fuhr er fort. »Und jetzt, Herzog, bitte, unterschreiben Sie!« Der Schreiber sprang auf, reicht dem Herzog die Feder. Er hielt das Papier fest, während der

Herzog seinen Namen auf das Papier setzte. Der Schreiber streute Sand darüber und legte es, nachdem es getrocknet war, zusammen mit der Repatriierungsurkunde in die Akte. Er verschloß Feder und Tinte in dem Schreibkasten. Auf seinen Stock gestützt, hatte der Richter sich erhoben. Der Schreiber nahm seinen Arm. Stumm den Kopf neigend, verließ Richter Howard den Raum.

Der Herzog stand immer noch vor dem Tisch, an dem er das Urteil unterzeichnet hatte. Der Instinkt sagte Caroline, daß sie warten mußte, bis er das Schweigen brechen würde, daß sie ihm Zeit lassen mußte.

Sie glaubte seine Gedanken zu kennen, als wären es ihre eigenen. Dieses Urteil, das ihn freisprach von aller Schuld, war nur dazu gemacht, ihn seine Schuld noch tiefer fühlen und den Wunsch, diese Schuld zu sühnen, noch heftiger werden zu lassen. Es kam wie eine Eingebung über sie. Für einen Mann wie den Herzog würde es nur einen Weg geben, seine Schuld abzutragen. Sie erhob sich, trat zu ihm. »Dieser Kapitän Fawkes«, sagte sie. »Gib ihm ein neues Schiff, ein besser ausgerüstetes, ein schnelleres für die Jagd auf die schnellen Clipper der Sklavenhändler.« Ihre Blicke begegneten sich, und als Caroline weitersprach, war ihr, als leihe sie seinen Gedanken nur die Stimme. »Jetzt ist dieses Urteil noch absurd, aber deine Taten werden es rechtfertigen. Du brauchst die Freiheit, um handeln zu können! Und wir brauchen noch etwas, Schiffe, die schneller sind als die schnellsten Clipper der Sklavenhändler. Dampfschiffe...« Der Gedanke riß sie mit. »Wir werden sie haben. Der Marquis d'Arlincourt wird sie für uns bauen. Ich werde dir alles erzählen.«

Er legte die Hände auf ihre Schultern. Sie hatte seine geheimsten Gedanken ausgesprochen, und doch erschrak er davor. Vorhin, als er ihren Schlaf bewacht hatte, war ein anderes Ziel vor seinen Augen gestanden. Er hatte nur noch für sie leben wollen. Für dieses Glück, das er nie zu finden gehofft hatte. Für diese Liebe, die seine einzige und letzte war. Sollte er dieses Ziel, kaum ins Auge gefaßt, wieder aufgeben? Er zögerte – und doch war die Entscheidung schon gefallen.

»Kapitän Fawkes soll ein Schiff bekommen, auf das er stolz sein wird«, sagte er. »Wir werden ein Geschwader aufstellen, vor dem sie zittern werden wie vor reißenden Löwen.«

Ihre Augen suchten sich. Sie umarmten sich. Sie dachten nicht daran, daß sie am Beginn eines neuen Lebens standen, das ständigen Kampf, dauernde Gefahr bedeutete. Das einzig Schlimme, was sie sich in diesem Augenblick vorstellen konnten, war, wieder getrennt zu werden.

Sie vernahmen die Schritte, das Lachen, die fremdländischen Flüche; doch erst als im Vorraum die Tür aufflog, brachten sie es über sich, sich aus ihrer Umarmung zu lösen. Von einer Hand vorwärtsgeschoben, stolperte ein Priester fast über den noch von der Fechtstunde her aufgerollten Teppich.

Monsignore Eustachio Perendez war ein mittelgroßer Mann, aber neben dem Riesen, der gleich hinter ihm mit eingezogenem Kopf durch die Portiere kam, wirkte er klein und verloren.

Der Riese verbeugte sich vor Caroline und vor dem Herzog. Die Augen in seinem von Sommersprossen übersäten Gesicht leuchteten. »Ich bin gesegelt wie der Teufel. Und wie es scheint, komme ich mit dem Hochzeitsgeschenk gerade noch zurecht.«

Caroline brauchte Sekunden, um in die Gegenwart zurückzufinden, um in dem blonden Riesen den Kapitän der Yacht wiederzuerkennen, Charles Tarr, der ihr in Mortemère die Nachricht von der Verhaftung des Herzogs übermittelt hatte.

»Ich habe es geradewegs von Rotterdam hergebracht«, fuhr der Riese fort, »nachdem ich die Nachricht von Monsieur Leblanc bekam, daß Sie bald frei sein würden.« – Leblanc, dachte Caroline. Er hatte es gewußt. Er hatte recht behalten mit der Behauptung, seine Methoden führten am schnellsten zum Ziel. Dieser Mann wurde ihr immer unheimlicher.

»Und wie segelt die Yacht sich?« fragte der Herzog.

»Sie macht ihrem Namen alle Ehre. Sie liebt den Sturm genauso wie die leisesten Lüftchen. Ich habe sie so geankert auf der Themse, daß man sie von diesem Turm aus sehen müßte.«

Caroline sah den Herzog an. Er nickte. »Monsignore Perendez wird uns trauen, auf der Stelle. Und ich hoffe, daß mein Hochzeitsgeschenk dir gefällt.« Er ergriff ihre Hand, zog sie mit sich. Nebeneinander stiegen sie die zwei Stufen des Fensterantritts empor.

Hinter den Zinnen und Türmen des Towers schimmerte die Themse, und darauf, umweht von blauen Flaggen, lag ein Schiff. Caroline fühlte den Blick des Herzogs, und plötzlich begriff sie.

»Das ist dein Hochzeitsgeschenk?«

Er nickte. »Ich habe es *Alouette* getauft«, sagte er leise, »weil du wie eine Lerche in meinem Leben aufgesteigen bist.«

»Alouette...«, Caroline flüsterte es wie ein Zauberwort. Ihr war, als käme das Schiff immer näher, als würde es immer deutlicher, als brauche sie nur durch die Mauer zu gehen und schon stünde sie im silbernen Schatten der Segel, könnte die Treppen zu dem funkelnden Pavillon am Heck hinaufsteigen. Stumm standen sie nebeneinander. Ein Gefühl von unendlicher Weite und Freiheit ergriff sie. Dort, auf dem Schiff, das mit leuchtenden Schwingen in den gleißenden Fluten des Lichts schwebte, wartete die Zukunft auf sie. Vergessen war, daß diese Zukunft sie vor wenigen Augenblicken noch erschreckt hatte!

Sanft legte der Herzog den Arm um Caroline. »Wir wollen den Monsignore nicht länger warten lassen.« Auf seinen Wink kam der Priester heran, verneigte sich. Der Herzog hielt Carolines Hand.

Der Priester blickte vom Herzog zu Caroline. Seine schweren Augenlider befiel ein Blinzeln; die unzähligen Runzeln, die seinem olivfarbenen Gesicht etwas von einer zusammengeschrumpften Frucht gaben, zuckten. Sein Blick schweifte durch den Raum, als suche er einen geeigneten Platz für die Zeremonie, und blieb an dem schmalen Mauerstück zwischen den beiden Fenstern hängen. Er stieg die zwei Stufen hinauf und bedeutete dem Herzog und Caroline, vor ihm hinzuknien.

Caroline schloß die Augen. Sie spürte die feuchte Kühle des Steins, auf dem sie kniete, und die blendende Helle hinter ihren Lidern. Es war nicht die Kathedrale St.-Vincent in Saint Malo, schimmernd im Glanz Tausender von Kerzen, durchbraust von Orgelklängen. Es war der Tower. Die Steine trugen Monogramme und Namen von Gefangenen, denen sich diese Zelle nur zum Sterben geöffnet hatte. Es war kein Fest. Es war viel mehr. Außerhalb der Formen von Sitte und Gewohnheit erfüllte sich hier das Schicksal. Oder war es umgekehrt? Waren nicht sie es, die es bezwungen hatten und ihm das leidenschaftliche Gesicht ihrer Liebe aufdrückten?

Caroline spürte seine Hand, und sie wußte, daß da, wo sie einander halten konnten – und wäre es die Hölle –, immer das Paradies sein würde.

9

Rauschend teilte die Barke das Wasser der Themse, glitt auf das Schiff zu. Gleich einem Palast stieg die *Alouette* in den Himmel. Caroline stand neben dem Herzog. Mit selbstvergessenem Staunen blickte sie hinauf zu dem bunten Gefunkel der Fenster, zu den

Galerien und Balustraden, die wie Gold glänzten, zu den großen venezianischen Laternen längs der Reling. Ein Schwindelgefühl, von dem sie nicht wußte, ob es vom Schauen oder von der allzu großen Freude kam, erfaßte Caroline. Haltsuchend griff sie nach seinem Arm. »Gil...« Sie hatte nichts als dieses Wort in diesem Augenblick, und es sagte alles, was sie empfand.

Die Barke verlangsamte die Fahrt. Lachend, übermütig und glücklich gingen sie an Bord, sogleich umringt von einem Schwarm Gratulanten. Charles Tarr, der sie an der Reling erwartet hatte, bahnte sich einen Weg zu ihnen. Er machte ein Gesicht, als hätten Piraten das Schiff geentert. »Gott sei Dank, daß Sie da sind. Ich weiß mir langsam nicht mehr zu helfen! Das Schiff ist voller Leute, die ich nicht kenne. Seit einer Stunde strömen sie an Bord. Sie behaupten, zu der Hochzeit geladen zu sein.«

»Zu einem Fest gehören nun einmal Gäste, mein lieber Charles«, versuchte der Herzog seinen Kapitän zu beruhigen.

Charles war keineswegs beeindruckt oder erleichtert.

»Dann waren wohl auch die Feuerwerker bestellt!« Es war keine Frage, sondern ein Vorwurf. Tarr war auf einem Fischkutter zur Welt gekommen; er hatte auf glitschig nassen und schwankenden Schiffsplanken laufen gelernt; mit siebzehn Jahren hatte er sein erstes eigenes Schiff geführt – und seitdem hatte er es nicht mehr erlebt, daß es auf einem Schiff einen anderen Willen gab als seinen. »Die haben eine Ladung an Bord gebracht, mit der man eine ganze Flotte in Brand stecken kann.«

»Es ist gut«, sagte der Herzog. »Die Feuerwerker haben langjährige Erfahrung auf königlichen Schiffen. Keines davon ist bisher abgebrannt.«

Charles Tarr stand mit gerunzelten Brauen da. »Darf ich Sie führen«, wandte er sich an Caroline.

Sie gingen über das Schiff, an dem alles glänzte und funkelte. Mit erwachendem Besitzerstolz schritt Caroline über die hellen Planken. Morgen früh würden die Segel an den Masten emporfliegen, würden sich im Wind blähen, sie die Themse abwärts tragen, hinaus aufs Meer. Es erinnerte sie an den Auftrag, den sie Tarr gegeben hatte. »Ist Leutnant Fawkes an Bord?« fragte sie.

Charles Tarr nickte. »Das war ein Kinderspiel. Aber er ist noch so schwach, daß er keine zwei Schritte gehen kann. Nur noch Haut und Knochen. Der Arzt ist bei ihm; er glaubt, daß er des Fiebers in ein paar Tagen Herr wird.«

»Und der Marquis d'Arlincourt?« fragte Caroline.

»Bewacht eifersüchtig das Verladen seiner Schätze«, antwortete Tarr. »Ich fürchte, wir müssen Ballast abwerfen, wenn er sein ganzes Teufelszeug an Bord hat.« Seine Miene wurde nachdenklich. Vielleicht war doch etwas an den Gerüchten von den neuen schnellen Schiffen. In Amerika, auf dem Mississippi, sollte schon so ein Ding laufen. Mit riesigen Schaufelrädern an beiden Seiten und fauchendem Schornstein. »Ein Schiff ohne Segel – das kann ich mir einfach nicht vorstellen.« Er hatte die letzten Worte mehr zu sich selbst gesagt.

Schweigend gingen sie weiter, Männer der Besatzung, die vorbeikamen, blieben stehen, salutierten. Der Himmel hatte allmählich eine dunklere Tönung angenommen; wie verstreute Steine funkelten die ersten Sterne auf. Das weite Halbrund des Hecks öffnete sich vor ihnen. Zwischen den hochgezogenen Außenwanten eingebettet, wurde eine Fassade sichtbar. Die Vorhänge hinter den Fenstern waren zugezogen.

»Ihr Reich, Madame!« Charles Tarr hatte eine Tür aufgehalten und sie allein gelassen. Überwältigt von dem, was sich ihren Augen bot, schritt Caroline durch den großen, die ganze Tiefe des Hecks ausnützenden Salon. Sie konnte keine Einzelheiten aufnehmen, sie spürte nur überall die Hand des Herzogs, der ihre geheimsten Vorlieben kannte: das Blau des Salons, den weichen Goldton des Boudoirs, das Rot ihres Schlafgemachs, das Grün des Bades. Als hätten die Farben berauschende Kraft, stand sie schließlich im Boudoir und ließ sich auf den Sessel nieder, den eine Zofe ihr hinschob. Das Mädchen versank in einen tiefen Knicks. »Zu Ihren Diensten.«

Das schmale Gesicht mit den braunen Augen und dem aufgesteckten Haar – jetzt erst erinnerte sich Caroline, daß es die Zofe war, die sie schon auf Mortemère bedient hatte, Delphine. Das Mädchen löste mit leichter Hand die silbernen Nadeln, die den Hut hielten. Sie legte Caroline den Frisiermantel um die Schultern, zog die Kämme und Spangen aus dem Haar. Immer nur eine Strähne in die Hand nehmend, begann sie es zu bürsten.

Sie stand vor dem hohen Spiegel, allein. Die Zofe hatte sie unter einem Vorwand weggeschickt. Einen Augenblick wenigstens wollte sie allein sein, um Atem zu holen.

Eine Tür öffnete sich leise hinter ihr. Sie hörte, wie er näher kam und sie dann umarmte. Er beugte sich über sie, küßte ihr Haar, ihren Nacken, ihre Schultern.

Ein Orchester setzte ein. Die Klänge stiegen vom Fluß herauf. Strahlend trug die Trompete die Melodie. Den Kopf an seine

Wange gelehnt, lauschte sie. Es war dieselbe Melodie, ›Trumpet Voluntary‹ von Jeremiah Clark. Der Abend, an dem sie sich zum erstenmal gegenübergestanden hatten, stieg mit den Klängen auf. Auch jene Nacht im Park von Malmaison fiel ihr ein, wo er sie gebeten hatte, seine Frau zu werden. Aber sie war blind gewesen, wie es nur eine Frau sein kann, die einem Traum nachjagt. Sie hatte bezahlt dafür. Sie war durch Erlebnisse gegangen, die einen Menschen zerstören können, aber sie war stärker geworden.

Sie war nicht mehr das Kind von damals. Sie war erst neunzehn Jahre alt, aber sie besaß die Erfahrungen eines voll gelebten Lebens. Manchmal hatte sie es als Last empfunden; manchmal hatte sie gewünscht, daß sie Rosambou niemals verlassen hätte; als wäre alles Glück und aller Friede dieser Erde in den Mauern dieses alten Schlosses zu Hause. Sie hatte sich zurückgeträumt, voller Sehnsucht nach dem Paradies ihrer Kindheit mit seinen kleinen Wünschen und seinem kleinen Glück.

Er nahm ihr Gesicht zwischen die Hände. »Wir segeln noch diese Nacht«, sagte er.

10

Im Schein der flackernden Laternen glich das Schiff einem Feenpalast, zwischen Wasser und Himmel schwebend. Blumen übersäten das Deck, Girlanden wehten zwischen den Masten und rankten sich von Kandelaber zu Kandelaber rund um die Reling.

Aus den beiden mit Kapellen besetzten Booten, rechts und links neben der *Alouette,* stieg Musik auf. Diener schoben silberne Räderwagen über das Deck, schenkten Claret, Porto und Champagner aus. In Schalen türmten sich Gefrorenes, Backwerk, kandierte Früchte.

Mit der übermütigen Laune eines Karnevalstreibens trug es Caroline und den Herzog von Gruppe zu Gruppe. Komplimente flogen ihnen zu. Scherzworte, Ratschläge. Immer noch kamen Gäste, geladene und ungeladene. Alle wollten das Paar sehen, das sich im Tower hatte trauen lassen; sie kamen, um diese Legende eine Nacht lang mitzuerleben, diesen Traum mitzuträumen.

Für Caroline war es mehr als ein Traum und mehr als Wirklichkeit. Etwas, das nicht an Ort und Zeit gebunden war, trug sie, eine Kraft, die der Vergänglichkeit nicht unterworfen war. Sie war glücklich – und doch wünschte sie nicht, diese Stunden anhalten zu können. Sie fühlte sich nicht am Ziel, wie andere Frauen am Tag ihrer Hochzeit. Wie hatte ihre Mutter jedesmal gesagt, wenn sie vor dem Gemälde stand, das sie im Brautkleid zeigte? »Bilder sind treuer als das Leben.« Sie war noch ein Kind gewesen damals und hatte die Worte nicht verstanden, aber sie hatte den bitteren Zug um den Mund der Mutter gesehen und sie immer schnell von dem Bild weggezogen. – Nein, Caroline würde niemals versuchen, das Glück einer Stunde festzuhalten. Schon jetzt freute sie sich auf den Augenblick, wenn das Fest verrauscht wäre, wenn die Segel an den Masten zitterten und das Schiff themseabwärts trügen.

Als hätte sie allein durch die Kraft ihrer Gedanken etwas ihr Verwandtes in der Natur wachgerufen, wirbelte ein plötzlich aufkommender Windstoß die Blumen über das Deck. Durch die Masten ging ein Beben, die Fahnen schlugen hart gegen die Rahen. Der Strom schien das Schiff zu rufen, der Nordwest nach Segeln zu suchen, die er füllen könnte.

Caroline lauschte auf diese Kräfte; sie schienen ihr ein Echo auf das, was in ihr war: Ungeduld, Leben, Sehnsucht nach Neuem – als sagte ihr eine geheime Ahnung, daß sie nur wenig Zeit hatte, daß es ihr Schicksal war, ein ganzes volles Leben zusammengedrängt auf wenige Jahre leben zu müssen.

Der Herzog hatte sie wieder allein gelassen, war von Freunden weggezogen worden. Sie drängte sich durch die Menge. Jemand berührte sie am Arm, reichte ihr ein Glas Champagner. »Ein Sieg auf der ganzen Linie«, sagte eine Stimme, »lassen Sie uns darauf anstoßen.«

Jenen unmeßbaren Bruchteil eines Augenblicks, den man, aus dem Schlaf gerissen, braucht, um sich zurechtzufinden, blickte Caroline den Mann an, als wäre er ihr vollkommen fremd.

Rafael Santi hob sein Glas. »An dem Abend, an dem ganz London Ihnen seine Huldigung darbringt, durfte ich nicht fehlen!« Er verneigte sich. Die Lider senkten sich tiefer über die dunklen Augen. Es wirkte wie ein hintergründiges Lächeln. »Es war immer die Stärke der Santis, sich mit dem Stärkeren zu verbünden.«

Daß er so schnell zur Sache kam, beruhigte sie. »Verbündete haben in der Regel dasselbe Ziel«, sagte sie ruhig, »und ich sehe nicht, worin unsere gemeinsamen Interessen bestehen könnten.«

»Zum Beispiel darin, einen Kampf zu beenden, bevor er Ausmaße annimmt, die ihn für keinen Teil mehr vorteilhaft machen.«

Sie lächelte. »Wie Sie richtig bemerkten, sind wir die Stärkeren. Und wir werden diesen Vorteil zu nutzen wissen, für unsere Pläne!«

»O ja, Ihre Pläne! Ich habe davon gehört. Der Marquis d'Arlincourt ist an Bord. Wieder waren Sie mir einen Schritt voraus. Und doch wäre es bedauerlich, wenn es Ihnen nicht gelänge, den neu erwachten Tatendrang des Herzogs in andere Bahnen zu lenken.« Sein Blick wanderte über das Schiff, berührte jede Einzelheit mit einer aufreizenden Vertraulichkeit. »Es liegt mir nicht, zu drohen, aber für die Santis steht ebensoviel auf dem Spiel wie für Sie. Dem Herzog geht es um Ehre – uns geht es um Geld, um ein Geschäft, das eine Goldgrube ist. Man macht es uns schwer genug. Und bedenken Sie, daß im Leben meist die unedlen Motive über die edlen siegen.«

Santi verstummte. Daß diese Frau keine Angst kannte, wußte er. Gerade darum rechnete er mit ihrem kühlen, abwägenden Verstand, mit ihrem ausgeprägten Wirklichkeitssinn. Und nun mußte er erleben, wie seine Worte ihr Ziel verfehlten. Sein Leben lang hatte Rafael Santi nur das Verlangen kennengelernt, das dem Leib einer Frau galt. Aber in diesem Augenblick hätte er alles dafür gegeben, in das Denken und Fühlen dieser Frau eindringen zu können. Es war wie ein Zwang. Er mußte es aussprechen. »Ich bin bisher noch keiner Frau wie Ihnen begegnet. Aber überschätzen Sie Ihre Kräfte nicht.« Er stand ganz ruhig. Nur seine Hände, erstaunlich zarte Hände, waren dauernd in Bewegung. »Und rechnen Sie nicht mit unserem Mitgefühl, mit unserem Gewissen, oder wie immer Sie es nennen wollen. Das Gewissen der Santis besteht darin, immer das zu tun, was zu ihrem Vorteil ist.«

Mehr intuitiv als verstandesmäßig ging Caroline auf, wie gefährlich es wäre, diesen Mann zu unterschätzen. *Ein* Sieg über ihn bedeutete noch gar nichts. Unausrottbar wie das Böse würde er sich immer wieder erheben, in immer neuer Gestalt.

»Ich möchte nicht, daß es zu einer zweiten Runde kommt zwischen uns«, hörte sie ihn sagen. »Denn die zweite Runde wird uns gehören. Ich weise Sie auf den Wahlspruch hin, den wir Santis seit Generationen befolgen: Alles wissen, nichts verzeihen! Die erste Kraftprobe zwischen uns beiden habe ich genossen. Ihnen zu unterliegen war ein Reiz, den mir vor Ihnen keine Frau verschafft hat. Aber ich kann den Gedanken nicht loswerden, daß ein Sieg über Sie noch süßer sein könnte. Ich empfehle mich.«

Das Feuerwerk hatte begonnen, Raketen flogen zischend in den Himmel, zerplatzten. Pausenlos barsten sie an Bug und Heck des Schiffes. Ihr Gedonner verschlang die Ausrufe der Menschen, ihre Gespräche. Caroline stand wie unter einem Feuerregen.

Ein Zittern lief durch das Schiff, als breitgefächerte Lichtgarben in den Nachthimmel schossen, ihre schillernden Schwingen entfalteten ein riesiges Fabeltier mit flammenden Flügeln und feurigem Atem. Die Bilder wechselten in Sekundenschnelle, einander immer noch übertreffend. Verzaubert starrten die Gäste empor, selbstvergessen wie Kinder, die einen Blick ins Paradies tun.

Caroline sah es, und sie wußte – sie hatte dieses Paradies für immer verloren. Nicht erst in dieser Stunde. Vielleicht war sie ohne Illusionen geboren, dieser seltsamen Gabe, die den Menschen die Wirklichkeit um vager Träume willen geringachten ließ. Sie war ein Kind der Erde. Es war nie die Hoffnung gewesen, die sie glücklich gemacht hatte – sondern immer nur die Gegenwart, ganz gleich, ob sie schlimm oder schön war. Jeden Augenblick hatte sie angenommen, hatte sie ganz gelebt. Auch diese Stunde würde bleiben: das Grauen, das sie barg, das Glück, das stark war, überwältigend – und das Wissen, daß diese Erde kein Platz für ein Paradies war, sondern der Fels, an dem der Mensch und seine Werke eines Tages zerschellen mußten, und daß ihm bis dahin nur eines blieb: jeden Augenblick zu leben, als wäre es der einzige und letzte.

Eine Kuppel aus strahlend weißem Licht wölbte sich über dem Schiff. Auf der Spitze erstrahlten wie zwei einander zugewandte Mondsicheln die Initialen ihrer Namen, zweimal das C – Caroline und Cyril.

In die plötzliche Stille drangen begeisterte Hochrufe auf das Paar, als ein Windstoß das kunstvolle Lichtgebäude zum Einstürzen brachte.

Der Herzog war neben Caroline getreten. Er legte ihr ein wärmendes Cape um die Schultern, denn der Wind wurde immer stärker. Das Schiff war in Aufruhr, der Sturm fegte über das Deck. Die Gäste drängten von Bord, Boote legten ab. Von immer größer werdenden Wellen hin und her geworfen, kämpften sie sich dem Ufer zu. Rufe schollen herauf. Die Schreie der Matrosen mischten sich darunter. Überall tauchten sie auf. Charles Tarr stand auf der Brücke. Seine Kommandos hallten über das Deck.

Mit lautem Kettengerassel hob sich der Anker der *Alouette*; die ersten Segel lockerten sich. Immer lauter, anfeuernder kamen von der Brücke die Befehle Kapitän Tarrs. Behend kletterten die Matrosen die Masten empor, liefen die Rahen entlang.

Der Herzog hatte den Arm um Caroline gelegt. Ein Rauschen füllte die Luft, als das Großmastsegel sich entfaltete. Das Schiff erbebte, als erprobe es die Kraft seiner Schwingen für den Flug.

Die schmalen hohen Fensterflügel, vom reich fallenden, am Boden sich bauschenden weißen Taft der Vorhänge fast verdeckt, standen weit auf. Die roten Holzläden waren vorgelegt. Durch die steil gestellten Holzlamellen drang das Sonnenlicht als rötliche Glut, die alles wie mit Feuerschein überhauchte, den Marmor des Bodens, die Seide des Betthimmels, die nackten Körper der Liebenden.

Die seidenen Decken waren zu Boden geglitten. Nackt, dem Abklingen der Lust nachlauschend, lagen sie da, versunken in jenes fast unbewußte Spiel ihrer Leiber, die nicht voneinander lassen wollten. Sacht schob er ihr das Kissen unter den Kopf; seine Hand spielte mit ihrem offenen Haar.

Sie schwiegen, berauscht von dem Bewußtsein einer Leidenschaft, die keine Sättigung zu kennen schien, die nach jeder Vereinigung nur noch verzehrender wurde.

Caroline setzte sich auf. Vorsichtig, wie jemand, der sich erst zurechtfinden muß, stellte sie den Fuß auf den kühlen Marmor. Ein Lächeln huschte über ihr Gesicht. Ringsum, am Boden, lagen Kleid, Hemd, Schal, Pantoffeln, Gürtel, ungeduldig abgestreift, achtlos hingeworfen, als sie lange vor Sonnenaufgang von ihrem Spaziergang aus den schlafenden Gärten zurückgekehrt waren. Unberührt, wie die Zofe es gestern hingebreitet hatte, lag über dem Hocker das silberweiße Negligé. Caroline nahm es auch jetzt nicht. An dem aus einem einzigen Beryllblock geschnittenen Spiegel vorbei, der ihr Bild verschwommen und dunkel wie ein tiefes Wasser wiedergab, trat sie zum Fenster.

Sie hob mit der Hand eine der Lamellen. Das Holz war warm von der Sonne. Im ersten Augenblick sah sie nichts als blendende Helligkeit. Innerhalb weniger Stunden war der Garten zu einem weißen Blütenmeer geworden. Die über hundert Mandelbäume, die den sanft abfallenden Hang bestanden, hatten ihre Knospen geöffnet, so wie immer im Dezember. Wie kleine schattige Inseln schwammen darin die Orangen- und Zitronensträucher. Die Zypressenhecke war nur noch ein ferner dunkler Saum. Aus der Tiefe des Gartens klang eine Mädchenstimme, langgezogene scharfe Töne, flirrend und heiß wie die Luft. Holzschuhe klapperten über steinerne Fliesen.

Dreißig Tage und dreißig Nächte waren sie jetzt hier im ›Haus mit den roten Läden‹, in den Hügeln über Lagos, an der Südküste Portugals. Dreißig Tage, in denen nicht der Schatten einer Wolke das klare, durchscheinende Blau des Himmels getrübt hatte; dreißig Nächte, beherrscht vom Aufblühen und Welken des Mondes. Tage und Nächte, die Caroline wie ein einziger Augenblick seliger Ekstase erschienen, endlos und doch viel zu kurz, jetzt, da die Stunde gekommen war, in der er sie zum erstenmal verlassen würde, um an Bord der *Alouette* nach Cabo de San Vincente zu segeln.

Ihn beschäftigten ähnliche Gedanken, während sein Blick ihrer morgendlichen Pantomime folgte. Auf den Zehenspitzen wippend, stand sie dort. Die dunkle Flut des Haares ließ die Schultern breiter erscheinen, die Taille noch schmaler. Mit keinem einzigen Wort hatte sie versucht, ihn zurückzuhalten. Er war stolz auf sie, auf ihre fast männliche Fähigkeit, die Dinge, die getan werden mußten, nicht mit Gefühlen zu belasten und zu komplizieren. Aber jetzt, noch die ganze Süße ihrer Hingabe im Blut, tat es ihm weh, daß sie nicht versuchte, diese Trennung zu verhindern, so kurz sie auch war.

Es waren nicht einmal zwei Tage, die sie getrennt sein würden. Und diese Fahrt nach Cabo de San Vincente war wichtig. Wenn es Lord Beresford und ihm gelänge, König Johann VI. von Portugal zu bewegen, die Akte gegen den Sklavenhandel zu unterzeichnen, so konnte das die Wende bedeuten. Idee und Vorbereitungen zu den Verhandlungen waren sein Werk gewesen, und doch empfand er das Ganze jetzt wie eine Last, die er nur zu gern abgeworfen hätte. Allein dieses Zimmer, dieses Haus zu verlassen, würde ihn übermenschliche Überwindung kosten. Ein Gefühl, daß damit etwas zu Ende ginge, das sich nie mehr wiederholen würde, beschlich ihn.

Caroline hatte den Laden einen Spalt geöffnet. Sie pflückte eine der üppigen Dolden des wilden persischen Flieders, der unter dem Fenster wuchs. Sie schloß den Laden wieder, trat zu ihm ans Bett. Zwischen den Handflächen die Blüten zerreibend, neigte sie sich über ihn. Die violetten Blättchen fielen auf seine Haut. Der starke Duft von Vanille stieg auf.

Er lag reglos, unverwandt zu ihr aufblickend. Plötzlich schnellte er auf, zog sie zu sich herab, warf sich über sie. Sie liebte seine plötzlichen Überfälle, seine Jagden auf sie, in denen die Leidenschaft das lachende Gesicht des Mutwillens annahm. Aber diesmal war es etwas anderes. Beinahe grausam nahm er sie, als wolle er sie auslöschen und alles in ihr, das ihm noch Geheimnis war, das er nicht kannte.

Fast bewußtlos, an der Grenze zwischen Schmerz und Lust, öffnete sie noch einmal die Augen, sah zu ihm auf. Sie wußte nichts von der rückhaltlosen Hingabe, die auf ihrem Gesicht stand. Sie sah nur die Erlösung, die über seine Züge glitt, als sie ihre Arme noch fester um ihn schlang.

Sie war ins Bad getaucht, unter den Strahl der Quelle, die sich aus dem Muschelmund in das Becken ergoß. Die grünen Marmorsäulen, die das Glasdach trugen, stammten, wie das bunte Steinmosaik des Beckens, noch aus römischer Zeit. Das Wasser kam dampfend heiß aus dem Innern des Berges.

Der Herzog war ihr gefolgt. Mehr als er es sah, spürte er die leisen Schauer, die über ihren Körper liefen. Er nahm eines der Frotteetücher und trat damit an das schmale Treppchen, das ins Becken hinabführte. »Komm«, sagte er, »laß es gut sein, oder willst du noch jünger werden?« Er hüllte sie in das Tuch und führte sie in den kleinen, maurisch eingerichteten Raum neben dem Schlafgemach zum Frühstückstisch. Tee stand bereit, türkischer Kaffee, ein blauer Steingutkrug mit Wasser, im Felsenkeller unter dem Haus gekühlt.

Aber Carolines Gedanken waren bei etwas anderem. »Du glaubst also auch an die Wunderkraft der Quelle?« Das Lächeln, das ihre Lippen umspielte, ließ ihre Augen noch ernster erscheinen.

Quelle und Tempel, im Altertum der Proserpina geweiht, galten als Heiligtum der Fruchtbarkeit und ewiger Jugend. Merkte er, worauf sie mit ihrer Frage hinzielte?

Aber er lachte nur. »Ich weiß nicht, wie lange dieser Besitz uns schon gehört, ich weiß nur, daß erst Leblanc es war, der die Bedeutung der Quelle entdeckt hat. Er bestellte einen Chemiker, der die Zusammensetzung des Wassers feststellte; er ließ Zettel in drei Sprachen drucken und das Wasser abfüllen. Heute verschickt er es in die ganze Welt. Ich bin gespannt, auf was für Quellen meines Reichtums ich mit der Zeit noch stoße. Aber es ist nützlich. Wir werden heute dem Unterhändler von König Johann VI. 400000 Pfund dafür bieten, daß Portugal sich dem englischen Verbot des Sklavenhandels anschließt. Das älteste Sklavenhändlervolk der Welt auf unserer Seite! Früher haben die Könige sich damit die Kassen gefüllt. Aber das ist vorbei. Jetzt ist das Geschäft in privaten Händen. Das wird es dem König erleichtern, sein Gewissen zu entdecken.«

Er hatte nicht von diesen Dingen sprechen wollen. Nicht an diesem Morgen, an dem so ganz anderes ihn beschäftigte, an dem er, wie manchmal in der letzten Zeit, jene Schwere des Herzens empfand, eine fast schmerzliche Sehnsucht nach einem Leben, das abgegrenzt war wie der blühende Garten draußen. Ein Haus, eine Familie, Bäume, die er wachsen sah, Kinder, die ihm geboren wurden. Er stand im Zenit seines Lebens. Ein abenteuerlicher Weg lag hinter ihm. Etwas in ihm, das immer stärker wurde, drängte ihn, an seine eigene Ernte zu denken: das Glück, das diese Frau ihm schenkte, zu halten, es zu umzäunen und zu pflegen. Ein Kind, dachte er, erst wenn wir ein Kind haben, werde ich wissen, daß all das nicht nur ein Traum war.

Ihre Blicke trafen sich. Es war Caroline, als kenne sie seine Gedanken. Aber warum sprach er sie nicht aus? Man sah ihrem Körper nichts von ihrem Geheimnis an, aber mußte er es nicht ahnen?

Einen Augenblick war sie versucht, es ihm zu sagen, noch ehe er ging. Aber dann entschied sie sich, zu schweigen. Ihr Geheimnis war zu kostbar. In der Stunde, in der sie es ihm anvertrauen würde, durfte kein anderer Gedanke in ihm sein.

»Da wir gerade von Geld sprechen«, sagte sie schließlich – »wie hoch kann ich gehen bei der Versteigerung des Schiffes?«

Ein amerikanischer Clipper, die *Camelot*, war vor drei Tagen im Hafen von Lagos eingelaufen und stand zum Verkauf.

»Der Schätzwert ist achttausend«, sagte der Herzog, »aber du kannst ruhig höher gehen. Leutnant Fawkes soll sich an Bord noch einmal gründlich umsehen, aber soweit ich es beurteilen kann, ist es ein gutes, schnelles Schiff. Wir sollten es auf jeden Fall ersteigern, bevor es in falsche Hände fällt. Es gibt da im Kloster Monchique eine höchst unheilige Bruderschaft, Mönche, die der Papst ihres sehr weltlichen Lebens wegen exkommuniziert hat. Aber das Kloster ist reich – und die Mönche sind – ich weiß nicht warum – an der *Camelot* brennend interessiert. Aber du wirst sie überbieten. D'Arlincourt wird noch eine Weile brauchen, bis sein erstes Schiff fertiggestellt ist, und bis dahin... Was rede ich immer von Geschäften!« Er war neben sie getreten, beugte sich zu ihr, nahm ihr Gesicht in beide Hände, küßte sie. »Morgen abend bin ich wieder da.«

»Morgen...« wiederholte sie, aber das Wort kam ihr seltsam, fast fremd vor. Morgen – er hätte genausogut sagen können, in einem Jahr. Mit weitgeöffneten Augen sah sie zu ihm auf, ernst und zärtlich. Nachher, draußen, vor den Leuten, würde sie lächeln. Das hier war der Abschied, der nur ihnen gehörte.

Caroline stand mitten in der Helligkeit des Arkadenhofes. Noch einmal wandte der Herzog den Kopf, hob die Hand. Dann tauchten

Pferd und Reiter im Schatten des mit Wein überwachsenen Laubenganges unter.

Über den mit lavendelblauen Keramikplatten belegten Weg kamen Schritte. In schwarzem Gewand, das Haar unter einer steifen Rüschenhaube verborgen, kam die Beschließerin auf Caroline zu. Caroline folgte ihr in den von einer riesigen alten Zeder überschatteten Remisenhof. Silberbeschlagenes Zaumzeug funkelte im Licht. Ein Mann in weißem Hemd und knappem schwarzen Bolero hielt das Pferd am Zügel. Er verbeugte sich tief.

Caroline war voller Ungeduld. Sie war so schnell, daß der Mann, der nur auf dem Sprung gewesen war, ihr zu helfen, zu spät kam. Sie griff nach den Zügeln, so daß das Pferd sich aufbäumte und der Mann zur Seite springen mußte.

Caroline achtete nicht auf die verwunderten Blicke, die ihr folgten, während sie durch den weißen Torbogen sprengte. Sie schlug nicht den Weg nach Lagos ein, wohin sie gewollt hatte. Sie ritt auf den mit Lavageröll bedeckten Pfad, der sich in Serpentinen um die Hochebene der Serra de Monchique hochschraubte, zur Ponta de Piedade, dem Felsplateau, hoch über Lagos, von wo aus man einen weiten Blick über das Meer hatte.

Immer wieder fiel das Pferd in den ruhigen Schritt eines an bergige Wege gewöhnten Tieres. Immer wieder trieb Caroline es an.

Endlich hatte sie das Felsplateau ereicht. Sie roch das Meer, noch ehe sie es aufschimmern sah. Mit einem kühnen Schwung sprang der Fels über den Abgrund hinaus, als wolle er eine Brücke über das Meer schlagen, hinüber nach Afrika.

Sie band das schweißnasse Pferd an einem einzelnen, vom Wind gebeugten Korkbaum fest. Vögel mit leuchtendroten Schnäbeln und tintenblauen Gefieder flatterten auf. Den Boden bedeckte ein dicker Teppich von Erika und einer gelben Blume, die sie nicht kannte. Aber sie hatte nur Augen für das Meer, das sich in seiner grenzenlosen Weite vor ihr ausbreitete.

Sie lief zum Rand des Felsvorsprungs. Einen Augenblick hatte sie das Gefühl, als wiche der Boden unter ihr zurück, als zöge die unendliche Weite sie in ihre Arme, und sie verstand, warum man sagte, Algarve, diese südlichste Landschaft Portugals, sei das Ende der Welt.

Dann sah sie das Schiff. Die Segel leicht vor dem Wind, zog die *Alouette* aus dem Hafen von Lagos. Caroline sah durch das Teleskop.

Er stand auf der Kommandobrücke. Sie hob die Hand, um ihm zu winken – und ließ sie sinken. Sie war froh, daß er sie nicht sehen konnte. Denn wieder, wie schon die ganzen Stunden seit dem Erwachen, drängte sich ihr, gegen ihren Willen, mit dem Zwang einer Vision eine Ahnung auf, daß es ein Abschied auf lange war.

Hatte sie es schon verlernt, allein zu existieren? Aber was fürchtete sie eigentlich? Es war ein beunruhigender Gedanke. Frauen, die getrennt von dem Mann, den sie liebten, nur noch Schatten ihrer selbst waren, der Einsamkeit wie einem Gespenst ausgeliefert, hatte sie immer verachtet. Aber seit sie wußte, daß sie ein Kind erwartete, fühlte sie anders. Etwas in der weiblichen Natur schien bestimmt zur Selbstaufgabe, als wäre das der größte Liebesbeweis, den eine Frau dem Mann darbringen konnte. Hätte sie es ihm doch sagen sollen? Sie schüttelte den Gedanken ab. Es waren nie die Sklavinnen, die am meisten geliebt wurden, sondern jene anderen, unbezähmbaren, die nur sich selbst gehörten, die alles, was sie einem Mann in den Nächten gewährten, am Tag zurücknahmen.

Sie eilte zurück zum Pferd, saß auf und riß es an den Zügeln herum. »Los!« schrie sie. »Los! Nach Lagos! Ein Schiff kaufen.« Sie mußte die Beklommenheit, die wie ein Netz über ihr lag, abschütteln. Ein wilder Wille, etwas zu tun, zu handeln, erfüllte sie.

12

Die Schaulustigen, die zur Schiffsauktion gekommen waren, wichen erschrocken zur Seite, als die junge Frau, deren schwarzes Haar im Wind flatterte, auf dem weißen Araberhengst geradewegs auf die vor den Arkaden aufgestellten Stuhlreihen zujagte, auf denen die Interessenten Platz genommen hatten. Schnaubend stieg es in die Höhe, als Caroline das Pferd zügelte, schüttelte die Mähne, als wolle es die Reiterin abwerfen.

In einer Hand den straffen Zügel, mit der anderen den Hals des Pferdes streichelnd, mit geröteten Wangen und glänzenden Augen, spürte sie den bebenden Leib des Pferdes unter sich. Auch sie war außer Atem, und doch fühlte sie sich herrlich befreit, als hätte sie bei dem rasenden Ritt die quälende Wehmut des Abschieds hinter sich gelassen.

Unter all den Gesichtern, die zu ihr aufblickten, sah sie nur das von Borromeu Mendez. Sie hatte den Inhaber des Auktionshauses besucht und ihm gesagt, daß sie sich an der Versteigerung beteiligen werde. Der alte Herr stand hinter dem mit dunkelgrünem Filz bespannten Pult; die Hand mit dem elfenbeinernen Hammer erstarrte in der Luft. In den wenigen Minuten, die seit Beginn der Versteigerung vergangen waren, hatte Borromeu Mendez alle Qualen des Fegefeuers ausgekostet. Er hatte seinen Augen nicht getraut, als er die Herzogin von Belômer nicht unter den Bietern entdeckt hatte. Allein ihretwegen hatte er die brokatbespannten Stühle auf den Platz herausstellen lassen; nur für sie stand das Tablett mit den Erfrischungen bereit, und nur für sie hatte sich sein Diener in seine Galalivree zwängen müssen.

Er selber hatte seinen pflaumenblauen Frack angelegt und in die weiße Seidenkrawatte eine graue Perle gesteckt. Pünktlich um neun Uhr hatte er die kleine Versammlung begrüßt. Er hatte nur eine gesucht, aber die Herzogin von Belômer war nicht da gewesen. Der Gedanke, die Versteigerung zu verschieben, war ihm durch den Kopf geschossen, aber die spöttischen Augen von Pater Clemente vom Kloster Monchique hatten ihn zur Besinnung gebracht.

So hatte er die Versteigerung eröffnet, aber im stillen hatte er die Mönche verflucht, die das Schiff jetzt ohne Konkurrenz und unter Preis bekommen würden. Warum war er nicht wenigstens so vorsichtig gewesen, einen Strohmann zu bestellen, der in jedem Fall dafür gesorgt hätte, daß er das Schiff nicht verschenken mußte! In Lissabon saß ein halbes Dutzend seiner Freunde aus den Marseiller Tagen, und jeder verstand sich perfekt auf diese Rolle. All diese Gewissensbisse hatten ihn vor einer Sekunde noch gequält, aber jetzt zählte das alles nicht mehr. Er ließ den Hammer auf das Pult niedersausen. »Fünftausend für Pater Clemente. Zum ersten! Zum zweiten! Und zum...«

»Sechstausend!« rief Caroline. Borromeu Mendez sah mit einem Blick gespielter Überraschung zu ihr hinüber. »Die Herzogin von Belômer bietet sechstausend.« Er gab seinem Diener ein Zeichen. Der Mann eilte zu Caroline, wollte ihr aus dem Sattel helfen, aber sie winkte ab.

Der Mönch bewegte sich nicht. Er hob die rechte Hand, in der er ein schwarzgebundenes Brevier hielt.

Mendez lächelte. »Pater Clemente ist vorsichtig. Er bietet Sechstausendfünfhundert.«

»Achttausend«, rief Caroline.

Ein Schweigen entstand. Pater Clemente hatte nicht damit gerechnet, dieser Frau hier zu begegnen. Die Berichte, die ihr aus London vorausgeeilt waren, schienen nicht übertrieben zu sein.

Trotzdem – das Schiff würde sie nicht bekommen. Er lächelte bei dem Gedanken, daß sie den Reichtum des Klosters unterschätzte. Er hob die Hand. Der Goldschnitt des Buches schimmerte in der Sonne. »Zehntausend!«

»Zwölftausend«, sagte Caroline. Ohne daß sie es wollte, war in ihrer Stimme Herausforderung.

Zum erstenmal ging eine Bewegung durch den Pater. »Dreizehntausend«, sagte er.

Caroline dachte nicht daran, daß sie die Summe, die der Herzog ihr als Kaufpreis genannt hatte, schon längst überschritten hatte. Sie wußte nur, daß die Mönche nicht wollten, daß sie in den Besitz des Schiffes kam, und das reizte sie. »Fünfzehntausend«, rief sie Borromeu Mendez laut zu.

»Fünfzehntausend«, Mendez kostete jede Silbe aus. »Für die Herzogin von Belômer.«

Pater Clementes Hand fuhr sofort in die Höhe. »Zwanzigtausend!«

Auf dem Platz war es still geworden. Die Zaungäste standen in einem Halbkreis hinter den zwei Stuhlreihen. Seit einem Monat redeten sie von nichts anderem als von dieser Frau auf dem Pferd dort. Seit dem Tag, da sie mit ihrem Mann in Lagos an Land gegangen war, hatte sich Lagos verwandelt. Es war aus seinem Dornröschenschlaf erwacht. Aber noch etwas anderes war mit dem fremden schönen Paar nach Lagos gekommen: Glanz und ein Hauch von Romantik. Es war keiner unter ihnen, der nicht wünschte, daß sie den Mönch überbieten möge. Borromeu Mendez erging es nicht anders. »Zwanzigtausend für Pater Clemente«, sagte er zögernd. Er wagte nicht, zu Caroline hinüberzusehen. Er hätte es verstanden, wenn sie nicht mehr geboten hätte. Er hatte seine Versteigerung, sein Drama gehabt! Aber mit dem Instinkt des alten Händlers spürte er, daß noch etwas passieren würde. Und doch erschrak er fast, als Caroline mit lässiger Gebärde hinwarf: »Fünfundzwanzigtausend.«

»Fünfundzwanzigtausend«, hörte sie die Stimme Mendez', der sich Gewalt antun mußte, um gelassen zu erscheinen. »Fünfundzwanzigtausend bietet die Herzogin von Belômer für die *Camelot*.« Er blickte zu Pater Clemente hin. In dem Gesicht des Mönches bewegte sich kein Muskel. Caroline glaubte zu wissen, daß er das Rennen noch nicht aufgab. Sie wurde unsicher, ob sie noch weiter bieten sollte. Schon sah sie, wie er die Hand heben wollte, als er, offenbar irritiert, zur Seite blickte. Ein Mönch drängte sich durch die Zuschauer. Mit ein paar Schritten war er bei Pater Clemente. Er neigte sich zu ihm, flüsterte ihm etwas zu. Pater Clemente erhob sich und nickte. Er hob bedauernd die Hände. »Ich muß leider verzichten.« Aus dem dünnen Lächeln, das seine Züge noch schärfer machte, konnte man Zorn lesen, aber ebenso Spott. Er wandte sich Caroline zu. »Ich gratuliere Ihnen zu dem schönen Schiff, Herzogin!«

»Fünfundzwanzigtausend! Für die Herzogin von Belômer«, rief Borromeu Mendez feierlich. Der elfenbeinerne Hammer schlug dreimal auf das Pult. Mendez machte eine Verbeugung zu Caroline hinüber. »Die *Camelot* gehört Ihnen.«

Caroline war zu überrascht von dem unerwarteten Sieg, um sich gleich freuen zu können. Sie fühlte die Blicke der Umstehenden auf sich gerichtet. Erst als Leutnant Fawkes aus der Menge auftauchte, als sie seine leuchtenden Augen sah, wurde es Wirklichkeit, daß die *Camelot* nun ihr gehörte.

»Ich habe nicht mehr daran geglaubt«, sagte er, während er ihr aus dem Sattel half.

Caroline lachte. »Habe ich nicht gesagt, daß wir morgen segeln, Kapitän Fawkes?«

»Das hätte ich beinahe vergessen«, sprudelte er hervor. »Ich habe eine Mannschaft für das Schiff! Ich fasse es selber noch nicht. Ich habe geglaubt, es sei unmöglich – aber ich brauchte keinen Schritt zu tun. Hier in Lagos habe ich sie gefunden. Einer der Padres gab mir den Tip!«

Hatte sie diese letzte Bemerkung überhört? Nein, nur zu gut sollte sie sich später daran erinnern. Aber in diesem Augenblick übertönte die Freude alles. »Wann können wir auslaufen?«

»Mit der ersten Flut morgen früh.«

Mit offenen Augen vor sich hin träumend, lag Caroline auf dem breiten Bett im Schlafgemach der *Camelot*. Sie spürte die Bewegung des Schiffes, das Anschlagen der Wellen – aber für ihre brennende Ungeduld, dem Geliebten entgegenzusegeln, ihn zu überraschen, war auch der schnellste Clipper nicht schnell genug.

Sie hatte sich, bald nachdem sie an Bord gekommen war, unter Deck begeben. Mit der Beklommenheit und Fremdheit, die man in Räumen empfindet, in der lange Zeit ein anderer Mensch gelebt hat, war sie durch das Wohndeck gegangen. Borromeu Mendez hatte nicht übertrieben. Bis in die kleinste Nebensächlichkeit war alles mit erlesenem Geschmack eingerichtet. Sie hatte hier eine Vase anders gestellt, dort einen Sessel verrückt, eine Portiere aufgezogen. Und immer wieder war sie vor einem Spiegel stehengeblieben, mit einem Lächeln, das eigentlich schon dem galt, der bald diese Räume beleben würde.

Schließlich hatte sie das einzige getan, was diesen langen Stunden des Wartens einen Sinn gab – sie hatte sich für ihn schöngemacht.

Sie streifte die in Rosenwasser getränkten Tücher ab, in die sie sich nach dem Bad gewickelt hatte. Die Haut ihres Körpers fühlte sich glatt und kühl wie Seide an. Ich bin nicht besser als irgendeine Kurtisane, dachte sie. Ich würde jedes Zaubermittel anwenden, damit seine Leidenschaft nie erlischt. Ich könnte es nicht ertragen, daß er mich nicht mehr so liebt wie jetzt, daß er mich ansieht und dabei an etwas anderes denkt. Lieber würde ich ihn verlieren. Das wäre nicht so schlimm, als von ihm vergessen zu werden... Sie brach in Lachen aus. »Ich bin verrückt«, sagte sie zu sich selber.

Sie sprang vom Bett auf, lief barfuß hinüber in den Ankleideraum. Über der zierlichen Chaiselongue vor der halbrunden Spiegelnische lagen die Kleider bereit. Es war ein an orientalische Frauentrachten angelehntes Kostüm. Bluse und Beinkleider aus Musselin waren von leuchtendem Türkis. Dazu gehörten eine perlgraue, mit silbernen Schnüren verschlossene Samtjacke und silberbestickte Pantoffeln, die vorne einen halben Zoll aufgeschlagen waren.

Ohne einen Blick in den Spiegel zu werfen, legte Caroline die Kleider an.

Die Melodie, die sie während des Ankleidens vor sich hin gesummt hatte, war auf ihren Lippen verstummt. Ob ich dieselbe wäre, wenn ich nicht schön wäre? dachte sie. Ob ich hier stünde, genauso glücklich? Ein unschöner Zug in meinem Gesicht, ein Makel an meinen Körper – hätte er mich auch dann geliebt?

Ein Klopfen an der Tür riß sie aus ihren Gedanken. Es war Fawkes. Als er Caroline erblickte, vergaß er für einen Augenblick, warum er gekommen war. »Sie sehen aus wie eine Prinzessin aus Tausendundeiner Nacht.«

Caroline lächelte, und doch schämte sie sich ein bißchen ihrer naiven Freude, die sie immer empfand, wenn sie bewundert wurde.

»Wir haben Cabo de San Vincente erreicht«, sagte Fawkes. »Die *Alouette* muß jeden Augenblick gesichtet werden.«

»Ich komme!« Ihre Ungeduld, ihr Bangen, ihr Herzklopfen waren plötzlich verflogen. Sie nahm den mit silbernen Sternen bestickten Seraoul, warf ihn sich über die Schultern.

Fawkes reichte ihr den Arm, als sie an Deck traten. Mit vollen Segeln glitt die *Camelot* über das Meer. Das blaue seidene Banner mit dem Wappen des Herzogs, das Fawkes hatte aufziehen lassen, schien einen eigenen Himmel über dem weißen Schiff zu bilden. »Ist es nicht herrlich?« hörte sie Fawkes sagen. Seine Hand fuhr zärtlich über die Holzverkleidung der Reling. »Mir ist, als hätte ich bisher nur widerspenstige Krokodile gesegelt. Mit diesem Clipper hier kann man Walzer tanzen. Wir werden dem Herzog ein Schauspiel bieten. Ich muß auf die Brücke. Das Schiff des Herzogs kann jeden Augenblick auftauchen.«

Steil ragte das Kap in den Himmel. Ein funkelndes Kreuz schwebte darauf. Rundum dehnte sich das Meer. Caroline nahm ihr Teleskop an die Augen. Wie in einer Laterna magica wechselten die Bilder: Wellen und Wasser, die glatten Rücken von Delphinen, vorschnellende Körper, wie von unsichtbaren Zügeln und Händen gelenkt. Geduldig suchte Caroline das Meer ab. Dann sah sie das Schiff. Zuerst war es nur wie der Schatten eines Vogels über der spiegelnden Fläche. Aber es wuchs schnell. Hochgetakelt flog es über das Meer. Caroline spähte über das Wasser. Jetzt sah sie es schon mit bloßem Auge. Es ankerte nicht mehr vor dem Kap, es befand sich bereits auf der Heimfahrt.

Schweigend blickte Caroline dem immer größer werdenden Schiff entgegen. Von der Brücke hörte sie Fawkes Kommandos rufen. Über ihr, in den Rahen, begann ein geschäftiges Hin und Her. Die *Camelot* hielt jetzt direkten Kurs auf die *Alouette*. Unter dem Druck der prallen Segel leicht schräg gelegt, wurde die Schnelligkeit des Clippers immer größer. Schon wurden die Deckaufbauten der *Alouette* sichtbar, die Matrosen in den Rahen winkten, zum Zeichen, daß sie ihr Gegenüber erkannt hatten. Warum ließ Fawkes nicht beidrehen? Übertrieb er in seinem Stolz nicht das Manöver? Es wurde höchste Zeit, sonst rammten sie noch die *Alouette*. Caroline blickte hinauf zur Kommandobrücke, um Fawkes ein Zeichen zu geben. Die Brücke war leer.

Als sie sich umwandte, sah sie einen Fremden in einer schwarzen Kapitänsuniform. Das dunkle Haar lag glatt um seinen Tigerkopf. Hinter ihm tauchten zwei Matrosen auf, und zwischen ihnen, die Hände auf den Rücken gefesselt, Fawkes. Sie sah die Szene vor sich, ohne sie zu begreifen. Noch war sie in jenem Zustand der Lähmung, der in furchtbaren Situationen einen Menschen wie einen Schutzmantel umgeben kann. Sie wußte nur, sie durfte Fawkes nicht ansehen; sie mußte die Augen verschließen vor ohnmächtiger Wut!

Es war besser, in diesem Augenblick in das Gesicht des anderen Mannes zu blicken. Die Nacht von St.-Malo stieg wieder vor ihr auf. Das Sklavenschiff Hereras. Der Peruaner deutete eine Verbeugung an. Seine Schneidezähne blitzten, als er sprach. »Was man sich sehr wünscht, Herzogin – eines Tages geht es in Erfüllung. Und daß Sie selber Ihr Gefängnis und Ihre Wächter gekauft haben, macht diese Stunde noch vollkommener!« Er hob die Hand. Als gehorche der Clipper allein dieser Bewegung, als hätten die zwischen den Rahen hin und her huschenden Gestalten nichts damit zu tun, lief ein Zittern durch das Schiff. Wie ein Pferd, das vor einem Hindernis scheut, wich die *Camelot* der *Alouette* aus, tauchte tief in die Wellen und drehte in knappem Bogen ab.

Für Augenblicke lagen die Schiffe Seite an Seite. Caroline hatte sich umgewandt. Sie sah den Herzog auf der Brücke stehen. Er hob die Hand, winkte ihr zu. Vom Licht umflossen stand er dort, ein strahlender Gott, dem die Elemente gehorchten, in dessen Armen sie aus dem Alptraum, den sie eben erlebte, erwachen würde.

»Sie sollten den Gruß erwidern«, hörte sie die Stimme Hereras. »Es wird ein Abschied auf lange Zeit.«

Caroline rührte sich nicht. Ihre Augen brannten, von der Sonne, von den Bildern, die aus ihrem Innern kamen; sie war besessen von der Vorstellung, daß im nächsten Augenblick aus den Masten der *Alouette* die Enterseile herüberfliegen, daß stählerne Haken sich in den weißen Leib der *Camelot* bohren mußten. Aber nichts geschah. Keiner schöpfte Verdacht. Sie sahen das herzogliche Banner. Sie sahen ihre Herrin am Bug stehen. Das seltsame Manöver der *Camelot* nahmen sie als einen etwas überschwenglichen Willkommensgruß.

»Warten Sie nicht zu lange!« Wieder sah sie Herera ein Zeichen geben. Diesmal galt es den Männern am Vorderdeck. Sie rissen eine weiße Persenning zurück. Das glänzende Metall einer Kanone wurde sichtbar, das Rohr auf die *Alouette* gerichtet, die ihre volle Breitseite darbot. Der Schwefelgeruch einer brennenden Lunte stieg auf. Ein Schrei gellte über Deck. Die Ablenkung seiner Wachen ausnutzend, hatte sich Fawkes losgerissen. In Riesenschritten hetzte er über Deck. Ein paar Schritte vor der Kanone warf er sich in einem Hechtsprung über das Zündloch, um die Lunte zu ersticken. Zwei Männer stürzten sich auf ihn. Dolche blitzten auf und gruben sich in Fawkes' Rücken. Lautlos glitt er zu Boden. Füße traten nach ihm, stießen ihn unter dem Seil der Reling ins Meer. Das Aufklatschen seines Körpers im Wasser ging in der Detonation unter, die das Schiff im selben Moment erschütterte und der die zweite schwächere des Einschlages drüben auf der *Alouette* folgte.

Das Bersten splitternden Holzes erfüllte die Luft. Caroline versuchte den Rauch, der die Kommandobrücke verhüllte, mit den Augen zu durchdringen. Der Herzog war nicht mehr dort. Mühsam hielt sie einen Schrei zurück. Doch dann entdeckte sie etwas, das sie mit wilder Freude erfüllte. Drüben auf der *Alouette* öffneten sich die Luken des Kanonendecks. Schwarz schoben sich die Schlünde der Rohre heraus. – Warum schossen sie nicht! Wo blieb das Kommando? Der Gefahr, die ein offener Kampf auch für sie bedeutete, nicht achtend, fieberte Caroline der ersten Salve entgegen. Mit jeder Sekunde entfernte sich die *Camelot* weiter von der *Alouette*. Mit vollen Segeln strebte der Clipper ins offene Meer. Bald würde es zu spät sein, die Entfernung zu groß. Laß sie schießen! dachte sie mit der Inbrunst eines Gebetes. Bitte!

»Er ist zu vernünftig«, hörte sie Herera sagen. »Er hat zuviel Angst um Sie. Man kann es verstehen.« Er tat einen Schritt auf sie zu. Unwillkürlich wich Caroline zurück. Sie spürte die Reling im Rücken. Ein Sprung – und sie wäre frei...

Kapitän Herera war ihr Blick nicht entgangen. Er packte sie um den Leib. »O nein! Den Haien werde ich Sie nicht überlassen. Die haben für heute an einem Selbstmörder genug.« Das Lächeln war aus seinem Gesicht verschwunden. »Keine Tränen?« Seine Stimme war ein Flüstern. »Aber du wirst bald weinen, bald!« Er war enttäuscht, daß sie sich nicht wehrte, daß sie ihm keinen Anlaß gab, sie zu züchtigen, hier im Angesicht der Mannschaft. Seit jener Nacht auf der *Myrmidon* in St.-Malo kreisten alle seine düsteren Träume um diese Frau. Hätte sie nur die Hand gegen ihn erhoben, er hätte sie auf den Planken des Schiffes, vor den Augen der Mannschaft genommen. Aber ihre Fügsamkeit reizte ihn nicht. »Kommen Sie.« Mitten im Schritt hielt er plötzlich inne. Die Luft war von einem Rauschen erfüllt.

Caroline hob den Blick. Zuerst sah sie nichts, geblendet von dem grellen Sonnenlicht, das sich in den prallgefüllten Vormastsegeln fing. Aber dann erkannte sie das blaue Banner mit dem Wappen des Herzogs. Jemand hatte es vom Hauptmast geschnitten, und nun flatterte es zu Boden, fiel ein paar Schritte vor ihr auf die Planken. Die schwere Seide sank in sich zusammen. Und dann sah sie, wie sich am Hauptmast das neue Banner entrollte und vom Wind erfaßt wurde; eine purpurne Flagge mit einem goldenen geflügelten Stier. Sie blickte noch immer hinauf zu diesem Sinnbild ihrer Niederlage, als Herera mit einer Geste zur Flagge sagte: »Es ist das Wappen der Santis, was Sie sehen. Die Santis haben nicht die Gewohnheit, sich ihre Schiffe schenken zu lassen. Aber Sie wollten es nicht anders. Sogar die Mannschaft haben Sie angeheuert. Es sind alles meine Leute, bis auf den letzten Mann.«

Santi! Der Name traf sie wie ein Peitschenhieb.

Die Zähne des Peruaners blitzten... »Endlich einmal sehe ich Sie überrascht. Sie konnten nicht ahnen, daß das Kloster Monchique eine Niederlassung der Santis ist. Sie sollten es auch nicht ahnen. Sie werden bald die Ehre haben, den zweiten der Brüder kennenzulernen, Cesare Santi. Wir sind auf dem Weg zu ihm. Er erwartet Sie ungeduldig. Nicht, daß eine Frau für ihn zählte. Jeder Sklave ist ihm wertvoller. Aber er zählt auf den Herzog von Belômer, dem Ihr Leben sicherlich so teuer ist, daß er, um es zu retten, auf seine Pläne verzichten wird.«

Endlich begriff sie. Sie sollte als Geisel dienen, um dem Herzog die Hände zu binden. Sie scheuten den offenen Kampf mit ihm. Eine Antwort lag ihr auf der Zunge, aber sie schwieg aus Klugheit.

»Bis wir in Dahomey sind, wird einige Zeit vergehen«, sagte Herera. »Und solange Sie hier an Bord sind, solange sind Sie meine Gefangene. Cesare Santi macht sich wenig daraus, wie er Sie bekommt – wenn er Sie nur bekommt!«

Caroline senkte den Blick, um ihre Verachtung nicht sehen zu lassen. Ich werde ihn nicht reizen, dachte sie. Ich werde ihn zu Tode langweilen mit meiner Fügsamkeit. Aber Caroline täuschte sich über sich selbst – auch wenn sie, wie jetzt, schweigend mit gesenktem Blick neben dem Peruaner herging, drückte nichts an ihr Fügsamkeit aus. Alles war Herausforderung, ungebrochener Stolz.

Auf dem Seitengang des Decks wurden Stimmen laut. Matrosen stießen einen Mann vor sich her. Die nassen Kleider klebten an dem riesigen Körper. Um die nackten Füße bildete sich bei jedem Schritt eine Wasserlache. Noch bevor er den Kopf hob, hatte Caroline Charles Tarr erkannt. Der Kapitän der *Alouette* war in dem Moment, in dem er die Gefahr erkannt hatte, ohne Besinnen über Bord gesprungen; ein Gefecht würde Lebensgefahr für die Gefangene bedeuten, aber er fühlte sich stark genug, sie vor allem zu bewahren. Er hatte seinen Augen nicht getraut, als er sehen mußte, wie die *Alouette* ihre Kanonen wieder einzog. Er hatte sich auffischen und gefangennehmen lassen, um, wenn er ihr schon nicht helfen konnte, wenigstens die Gefangenschaft mit ihr zu teilen. Caroline wäre am liebsten zu ihm hingelaufen, hätte die Arme um ihn geschlungen. Aber etwas in den hellen Augen des Norwegers hielt sie zurück. Es war wie eine Bitte, klug zu sein, sich still zu verhalten – aber auch ein Versprechen. Sie war nicht mehr allein.

Auf einen Befehl Hereras zerrten die Männer den Gefangenen einen Niedergang hinunter. »Noch jemand, der für Sie sterben will!« sagte Herera, zu Caroline gewandt.

Sein Hohn berührte sie nicht. Er haßte sie. Es bereitete ihm Genugtuung, sie zu erniedrigen. Solange er es nur mit Worten tat, wollte sie zufrieden sein.

13

Von zwei Wachen begleitet führte Herera seine Gefangene über Treppen und Gänge unter Deck. Mit der Zeit bekam Caroline das Gefühl, als gehe er mit ihr im Kreis, als wolle er, daß sie auf diese Weise jede Orientierung verlor. Schließlich betraten sie einen niedrigen, mit gefüllten Regalen, Warenballen und Fässern vollgestopften Raum, der durch die winzigen, auf Wasserhöhe liegenden Bullaugen nur schwaches, unstetes Licht erhielt. Drückende Schwüle umfing sie; der Essiggeruch der frisch desinfizierten Planken nahm Caroline fast den Atem. Entgegen ihrem Vorsatz, sich fügsam zu zeigen, bäumte sich bei dem Gedanken, daß man ihr hier irgendeine kleine stickige Koje anweisen würde, alles in ihr auf.

Herera führte sie an den mit Tauen festgezurrten Fässern mit Trinkwasser vorbei. Ein dumpfes Grollen lief durch den Raum, als er eines davon mit dem Stiefel anstieß. »Sind Sie nicht erstaunt, wie sorgfältig unsere Reise vorbereitet ist? Wie lange wir uns Zeit gelassen, wie wir jeden Ihrer Schritte beobachtet haben? Die Santis lieben die Sorgfalt bei ihren Unternehmungen.«

Er blieb vor einem Regal stehen, schlug einen Ballen auf, knüllte den Stoff in der Faust zusammen. »Billigster englischer Kattun, von Kindern gewebt. Drei Meter davon, eine Kanne Rum, fünf Messer – mehr zahlen wir nicht für einen Sklaven.«

Herera bückte sich nach einem Sack. Er griff hinein und hielt Caroline eine Handvoll Glasperlen hin. »Für eine junge gesunde Frau steigt der Preis um eine Handvoll!«

Der Blick, mit dem er Caroline ansah, war schlimmer, als wenn er sie berührt hätte. Sie wurde sich bewußt, daß ihr Gewand nicht dazu angetan war, die Formen ihres Körpers zu verbergen. Als sie es anlegte, hatte sie nur an den einen gedacht, nicht an die vielen anderen, die sie auch so erblicken würden. Sie raffte den Seraoul über der Brust zusammen, wich einen Schritt zurück. Doch diese Bewegung reizte den Mann noch mehr. Er packte ihr Handgelenk. Die schmalen goldenen Reifen, die sie trug, schnitten unter dem Griff schmerzhaft in die Haut. Er zog sie mit sich in eine Kajüte hinein. Der Blick, den die beiden Wachen miteinander wechselten, sagte Caroline mit schamloser Deutlichkeit, was ihr bevorstand. Und doch schöpfte sie Hoffnung, als Herera, bevor er die Tür zuzog, den Männern gebot, vor der Tür zu warten. Er schickte sie nicht weg! Caroline klammerte sich an diesen Gedanken. Die Anwesenheit der Männer vor der Tür war für sie ein Unterpfand, daß er nicht versuchen würde, ihr Gewalt anzutun.

Herera hatte mit Bedacht diese Kajüte gewählt, in der er sich selber vor dem Auslaufen der *Camelot* verborgen gehalten hatte. Dieser Behandlungsraum des Schiffsarztes hatte es ihm angetan. Er enthielt nichts als eine Liegestatt, Tisch und Lampe. Die Wände, deren Schübe das ärztliche Instrumentarium enthielten, waren mit silbergrauem Metall verkleidet, das wie ein matter Spiegel wirkte.

Caroline zitterte, als Herera auf sie zukam. Die fest aufeinanderliegenden Lippen des Mannes zuckten. Er riß ihre Hand, mit dem sie den Seraoul zusammenhielt, herunter. »Ich weiß, wie eine Frau aussieht.« Seine Stimme war voll Spott. »Was du hast, hat jede. Darauf bin ich nicht versessen.« Er zog einen der Wandschübe auf. Ein Skalpell funkelte in seiner Hand. Er hob es langsam, dicht vor ihr Gesicht. »Ich bin auf etwas anderes versessen. Darauf, daß aus diesen Augen der Stolz verschwindet, die Verachtung gegen alle, die nicht in seidenen Betten gezeugt wurden. Du kennst keine Angst, aber ich werde sie dich lehren. Du sollst zittern, wenn du nur meinen Schritt hörst.« Er setzte die Spitze des Messers an den Halsausschnitt ihrer Bluse. Sie spürte die Spitze des Stahls auf der Haut, aber sie rührte sich nicht. »Noch immer mutig?« Er verstärkte den Druck. »Noch immer keine Tränen? Keine Bitten?« Caroline fühlte, wie ihr der Schweiß ausbrach. Plötzlich fuhr die Klinge unter die silbernen Schnüre, die das Samtjäckchen zusammenhielten. Sie rissen entzwei. Dann schlitzte er die Bluse auf. Caroline stieß einen Schrei aus.

»Endlich! Endlich bekommst du Angst. Laß sie mich sehen. In deinen Augen will ich sie sehen!« Er packte sie an den Haaren, riß ihr den Kopf herum, daß sie ihn anblicken mußte. Das gelbe Augenpaar vor ihr in dem Kranz schwarzer spitzer Wimpern war das eines Besessenen. Panik erfaßte Caroline. Sie riß sich von ihm los, flüchtete in die äußerste Ecke. Mit einem Satz holte er sie ein. »Die Tür ist dort! Damit du es weißt. Solltest du zu fliehen versuchen, gehörst du den beiden.«

Carolines Angst schlug in Haß um. Sie riß den Dolch aus seinem Gürtel. Aber er fing ihren zum Stoß erhobenen Arm ab, bog ihn nach hinten, daß sie vor Schmerz aufschrie. Ihre Finger öffneten sich. Klirrend fiel der Dolch zu Boden. Er schleuderte sie auf die Liegestatt. Rasende Hände zerrissen ihren Gürtel. Seine Stimme stieß unartikulierte Laute aus.

Angewidert wandte sie den Kopf. Er stürzte sich über sie. Das Gewicht des Mannes nahm ihr den Atem. Die eiserne Klammer seiner Schenkel hielt sie fest. Ein irres Lächeln stand auf seinem Gesicht. Ein stummer, erbitterter Kampf entbrannte. Verzweifelt fühlte Caroline, daß ihre Kräfte erlahmten. Noch einmal bäumte sie sich auf, schlug mit Armen und Beinen um sich. Sie zerkratzte sein Gesicht, seinen Nacken. Aber als steigerten die Schmerzen nur sein Begehren, umschlang er sie noch fester. Sie war am Ende, und sie wußte es; nichts nahm dieses Schreckliche von ihr, keine Ohnmacht, nichts. Sie mußte es über sich ergehen lassen.

Wie ein Rasender nahm er von ihr Besitz, ein reißendes Tier, das in sie eindrang, sich an ihr sättigte. Sie preßte die Hand zwischen die Zähne. Sie erstickte ihre eigenen Schreie. Die Genugtuung, daß er sie um Gnade flehen hörte, wollte sie ihm nicht geben. Nur ihren Tränen konnte sie nicht gebieten.

Reglos, ohne ein Gefühl ihres eigenen Körpers, lag sie da. Sie wünschte sich, in Bewußtlosigkeit zu versinken. Aber ihre kräftige Natur versagte ihr diese Gnade. Ihr Körper war wie ausgelöscht. Die Fähigkeit zu empfinden hatte sie verlassen. Nur die Fähigkeit zu denken war ihr geblieben. Ihr Geist war überwach. In quälender Hartnäckigkeit wiederholte er sich immer wieder das Geschehene...

Sie ertrug es nicht länger. Sie richtete sich auf. Am Boden lagen die Fetzen ihres Gewandes, einer der silberbestickten Schnabelpantoffeln. Sie hob den Seraoul auf, hüllte sich in den dünnen Musselin. Die Reflexe des vor dem Bullauge vorbeiflutenden Wassers huschten durch den Raum. Mit leerem Blick starrte sie über die bewegte Fläche des Meeres. Von irgendwoher kam der Duft geschmorten Hammelfleisches. Er weckte nur Ekel in ihr und die Vorstellung, daß die verschlossene Tür dort aufgehen und er wieder erscheinen könnte. Und sie sah nur einen Ausweg, eine Rettung: den Tod.

Mit dem Entschluß zu sterben kam eine tiefe Ruhe über sie. Ihr Blick ging suchend über die Wand mit ihren Schüben und Fächern, die jetzt im Widerschein des Meeres, über dem die sinkende Sonne ihre Glut goß, amethystfarben überhaucht war. Sie öffnete das Fach, aus dem Herera das Skalpell genommen hatte. Funkelnd lagen Messer, Scheren und Pinzetten vor ihr. Sie nahm ein kleines spitzes Messer, prüfte mit dem Daumen seine Schärfe. Aber wenn sie sich die Pulsadern aufschnitt, bestand dann nicht die Gefahr, daß man sie rettete? Sie mußte etwas anderes finden. Wenn es hier Arztbesteck gab, mußten auch Medikamente da sein – Gift!

Sie begann den Schrank zu durchsuchen. Sie öffnete jedes Fach, jeden Schub. Sie fand Binden, Bandagen, Pflaster, Bruchbänder, Stützkorseletts, Klistierschläuche, aber keine Medikamente. Als letztes öffnete sie eine schmale Tür. Der Schrank war leer. Enttäuscht wollte sie ihn schon wieder schließen, als sie an der Rückwand die Vertiefung sah. Sie beugte sich in den Schrank. Lautlos bewegte sich die Rückwand unter dem Druck ihrer Hand zur Seite, verschwand in der hohlen Wandfütterung. Eine winzige Kammer tat sich auf. In einem Gestell standen dunkle, mit Etiketten versehene Glasphiolen, durch besondere Halterungen auch bei hohem Seegang vor dem Umfallen geschützt. Im schwachen Lichtschein, der aus der Kajüte drang, entzifferte Caroline die Schilder, lateinische Namen, die ihr nichts sagten, bis sie plötzlich innehielt. Sublimat stand auf einer besonders großen Flasche. Sie zog den Glasstöpsel heraus. Im Halbdunkel schimmerten die durchsichtigen Kristalle wie exotische Blüten.

Ernüchterung war über sie gekommen. Es war, als erwache sie aus einem wirren Trancezustand. Sie verschloß die Phiole wieder, stellte sie zurück. Sie hatte sich das Leben nehmen wollen, dieses Leben, das einzige Sichere, das sie besaß in einer Welt unsicherer Gefühle und trügerischer Hoffnungen.

Warum eigentlich! Weil sie in die Hände eines Wahnsinnigen gefallen war? War sie dadurch eine andere geworden? War sie jetzt weniger wert? Wenn einer den Tod verdient hatte, dann er.

Der kaum überwundene Ekel stand wieder auf. Ihr wurde siedendheiß bei der Vorstellung, daß es zu einer anderen Zeit geschehen wäre! Ein paar Monate früher, und sie müßte jetzt in der schrecklichen Furcht leben, daß der Same dieses Mannes sich in ihrem Schoß eingenistet hatte. Das wenigstens hatte das Schicksal ihr erspart. Sie hatte plötzlich das heftige Bedürfnis, sich zu waschen, jede Spur dieses Mannes von ihrem Leib zu tilgen.

Es war Nacht geworden, als sie die Geheimwand des Schrankes

wieder hinter sich schloß. Sie suchte die zerfetzten Kleider zusammen, warf sie in die Ecke neben der Tür. Sie wickelte sich in das weiße Linnen. Sie hatte die Lampe gelöscht und es sich auf dem schmalen Lager bequem gemacht, um in aller Ruhe ihre Lage zu überdenken, als sie Schritte hörte. Aber sie näherten sich nicht ihrer Kajüte. Wie leises Donnergrollen ging es durch das Deck. Jemand holte Trinkwasser für die Mannschaft.

Das Wasser! Caroline richtete sich auf. Es war wie eine Erleuchtung. Ohne Trinkwasser war jedes Schiff verloren, mußte es Land anlaufen. Wenige Schritte von ihrer Tür entfernt standen die Fässer. Und dort in der Kammer stand Gift. Die zerstoßenen Kristalle des Sublimats würden sich, ohne eine Spur zu hinterlassen, auflösen.

Ruhelos durchwachte Caroline die Stunden, nur auf den Augenblick wartend, da es auf dem Schiff still werden würde. Wenn sie ihren Plan sofort in die Tat hätte umsetzen können, hätte sie mit der Ruhe und Unerschrockenheit einer Schlafwandlerin gehandelt. Der erzwungene Aufschub aber gab ihrer Fantasie Raum, sich alle Gefahren, alle Möglichkeiten der Entdeckung auszumalen. Und doch wurde sie dadurch in ihrem Entschluß nicht wankend.

Es war weit nach Mitternacht, als das Lärmen der feiernden Mannschaft verstummte. Eine Weile rumorte es noch im Innern des Schiffes. Luken fielen zu, Türen flogen krachend ins Schloß. Caroline entging kein Geräusch. Die Angst, Herera könne sie noch einmal heimsuchen, schärfte ihre Sinne. Endlich war nichts zu vernehmen als die Schritte der beiden Wachen an Deck und das Rauschen des Wassers.

Die Stunde, auf die sie einen Abend und eine halbe Nacht lang gewartet hatte, war gekommen. Bis ins kleinste war alles vorbereitet, das Gift zerstoßen und abgemessen, für jedes der zehn Fässer fünfundzwanzig Gramm. Die Dosis würde nicht tödlich sein, aber genügen, um jeden Mann an Bord krank zu machen. Behutsam, damit die Dielen nicht knarrten, trat Caroline zu dem Wandschrank und entnahm ihm das bereits vorbereitete Stück Moltonstoff. Sie stopfte es fest zwischen den unteren Türrand, damit kein Schein hinausdringen konnte. Sie entzündete das Öllämpchen und stellte es in die Nähe der Tür. Als das geschehen war, holte sie aus der Arzneikammer das Gift. Wie Puderzucker lag es in der dünnwandigen Silberschale.

Ihre fiebrige Nervosität war einer jedes Gefühl ausschließenden Konzentration gewichen. Sie wählte ein kurzes Messer aus dem

Arztbesteck. Der runde Türknauf war mit zwei Schrauben befestigt. Vorsichtig löste Caroline die Schrauben, zog den Türknauf ab. Sie hob die Lampe an das offen daliegende Schloß. Der Mechanismus schien nicht allzu kompliziert. Aus dem Arztbesteck wählte sie eine Zange mit flachem verbreiterten Griff. Vorsichtig führte sie die Zange ins Schloß, sie faßte den Stift. Langsam, Millimeter für Millimeter, drehte er sich. Im nächsten Augenblick würde der Riegel aus seinen Haltern schnappen und die Tür sich vor ihr öffnen. Mit einem fast mißtrauischen Staunen registrierte Caroline, daß gerade jener Teil ihres Planes, den sie sich sehr schwierig vorgestellt hatte, so leicht auszuführen war. Sie lauschte angespannt. Die Schritte der Wachen hatten denselben Takt wie vorher. Sie drehte die Zange weiter. Ein leises Klicken – die Tür sprang einen Spalt breit auf. Schnell löschte Caroline die Lampe und griff nach der Schale mit dem Gift. Der nächste Schritt würde alles entscheiden. Er konnte die Freiheit bedeuten – aber auch den Tod.

Sie löste sich aus dem Schatten der Tür. Auf Zehenspitzen eilte sie zu den Wasserfässern. Behutsam hob sie den Deckel des ersten an, schob ihn ein Stück zurück. Ein kühler Hauch schlug ihr entgegen. Wasser! Wie gut ihr Plan war – jetzt, als sie sich über das Faß beugte, die hohle Hand hineintauchte und trank, wußte sie es vollends. Das Wasser war lauwarm, aber ihrem ausgetrockneten Gaumen schien es von köstlicher Frische. Sie füllte den Meßbecher mit Gift; langsam streute sie das Pulver in das Wasser. Es versank wie ein weißer Schleier und löste sich auf. Das Wasser war so klar wie zuvor, es roch auch nicht anders. Zufrieden zog sie den Deckel über das Faß. Während sie von Faß zu Faß ging, jedes lautlos öffnete, in jedes Gift mischte, machte sich in ihr ein rauschhaftes Hochgefühl breit. Sie begann die Gefahr zu genießen, das Bewußtsein, Rache zu üben.

Gerade öffnete sie die letzte Wassertonne, da erstarrte ihre Hand in der Bewegung. Ein Laut war aus dem Dunkel gekommen, hinter ihr, ganz in der Nähe. Unfähig sich zu rühren, unfähig zu irgendeiner Reaktion, stand sie starr.

»Nicht!« sagte eine Stimme. »Warten Sie!«

Caroline wandte den Kopf. Die Stimme kam aus dem Verschlag dicht hinter ihr. Doch es war dort zu dunkel, als daß sie etwas hätte erkennen können. Eine Kette rasselte leise. Eine Hand schob sich zwischen den Brettern hindurch.

»Hier bin ich!«

Caroline trat näher. Der Verschlag war so eng, daß der Mann

darin nur mit angezogenen Beinen hocken konnte. Schwere Ketten an Händen und Füßen, kauerte er auf einem Strohsack.

»Ich habe Sie beobachtet...« Er hielt inne. Das maskenhaft starre Gesicht der Frau machte ihm plötzlich bewußt, daß Sekunden tödlichen Erschreckens hinter ihr lagen. »Ich bin es«, flüsterte er. »Erkennen Sie mich nicht? Verzeihen Sie, wenn ich Sie erschreckt habe. Ich wollte nur verhindern, daß Sie alles Wasser vergiften. Wir müssen auch trinken!«

Caroline brachte noch immer kein Wort heraus. Es war wie ein allmähliches Zusichkommen. Sie war nicht entdeckt! Der Mann war ein Gefangener, wie sie: Charles Tarr! An alles hatte sie gedacht, nur daran nicht.

»Die Reise ist lang«, sagte er. »Ohne Wasser werden wir sie nicht überstehen.« Seine Hand deutete in die Richtung der Regale. »Dort hängen leere Wasserschläuche. Wenn Sie zwei füllen und einen davon mir bringen...« An einer Verstrebung hingen Schläuche. Caroline eilte hin und nahm zwei herunter. Sie glitt beinahe auf dem nassen Boden aus. Der Duft roten Weines hing in der Luft. Keinen Meter von ihr, fest an den Wandplanken vertäut, stand ein Weinfaß. Beim Schöpfen mußte eine Kelle verschüttet worden sein. Der Wein für Herera, schoß es ihr durch den Kopf. Mit der linken Hand an sich gepreßt hielt sie immer noch die silberne Schale mit dem Rest des Giftes. Sie überlegte nicht. Sie hob den Deckel, schüttete das weiße Pulver in den Wein. Seit sie wußte, daß Tarr hier war, fühlte sie sich ganz sicher. Ohne Hast ließ sie die beiden Schläuche mit dem Wasser aus der letzten Tonne vollaufen. Lächelnd trat sie an den Verschlag und reichte Tarr den Schlauch. »Morgen nacht komme ich wieder.«

Charles Tarr hob abwehrend die Hand. »Nein. Tun Sie das nicht! Gehen Sie kein Risiko ein! Wir müssen abwarten. Mit dem Wasser komme ich viele Tage aus.« Die Eisen an seinen Händen schlugen aneinander. »Aber wenn Sie dafür etwas hätten...«

»Ich glaube schon! Ich bin gleich zurück.« Caroline huschte in ihre Kajüte. Sie wußte genau, in welchem Fach des Arztbestecks die Feilen lagen. Sie nahm alle mit. Tarr würde sie alle brauchen. Als sie ihm das Bündel durch den Verschlag reichte, fiel eine Feile klirrend zu Boden. Diesmal war es der Mann, der mehr erschrak als sie. Die Geste seiner Hände war wie eine Bitte, schnell in ihre Kajüte zurückzukehren.

»Es ist gut, Sie in der Nähe zu wissen«, murmelte sie. Dann hob sie schnell ihren Wasserschlauch, die Silberschale und den Meßbecher vom Boden auf und schlüpfte zurück in ihr Gefängnis.

Sie fühlte sich so erschöpft, daß sie sich kaum noch aufrecht halten konnte. Aber sie gab sich nicht nach. Sie setzte den Türknauf wieder ein, zog die Schrauben fest, beseitigte jede Spur ihres nächtlichen Ausflugs. Zuletzt stellte sie Schale und Meßbecher auf den alten Platz in die Arzneikammer und verbarg den Wasserschlauch dort.

In die Kajüte zurückgekehrt, stellte sie die Lampe auf den Tisch zurück und löschte sie. Bleigrau glitten Meer und Himmel an dem Bullauge vorbei. Nur in dem versprühenden Spitzenwerk der Wellenkämme funkelten hie und da die Farben des nahenden Tages.

Gehörte das Geräusch des Schlüssels noch zu ihren Träumen, das Öffnen der Tür? Erst als die Schritte näher kamen, erwachte Caroline ganz. Sie zog die Decke, die im Schlaf verrutscht war, über sich. Sie zwang sich, trotz des schmerzhaft blendenden Morgenlichts, die Augen zu öffnen. Aber der Mann, der in der Kajüte stand, war nicht Herera, sondern einer der beiden Mestizen, die Herera auf Schritt und Tritt folgten. Ohne zu grüßen, mit einem Blick, als sei niemand im Raum, stellte er ein Tablett auf den Tisch. Zur Tür zurückgekehrt, blieb er dort einen Moment stehen; seine schmalen dunklen Augen gingen prüfend durch den Raum. Caroline wurde es heiß bei diesem Blick. Sollte sie doch etwas vergessen haben beim Aufräumen?

Aber der Mestize zog die Tür hinter sich zu. Das Schloß schnappte ein. Sie wartete, bis die Schritte verklungen waren. Aufatmend rutschte sie an das Ende des Lagers, wo der Tisch stand, beugte sich über das Tablett mit den Speisen. Eine Blechschale enthielt Hirsebrei, ein anderer, größerer Napf ein Gemisch aus Fisch, Tomaten und weißen Bohnen. Auf einem Teller lagen ein Stück Zwieback, vier Feigen und das Viertel einer Zitrone. Das Wasser in dem Blechbecher war mit ein wenig Wein vermischt. Man schien in der Küche die verbeultesten Stücke des Geschirrs für sie ausgesucht zu haben. Aber das störte sie nicht. Heißhungrig nahm sie die ersten Löffel Hirsebrei. Plötzlich hielt sie inne, spuckte, was sie im Mund hatte, in die Schüssel zurück. Der Brei war mit Wasser gekocht! Mit Wasser, das sie vergiftet hatte. Ob Tarr auch daran dachte? Sie schob das Tablett von sich. Das hatte sie nicht bedacht. Solange sie an Bord war, würde sie nichts zu sich nehmen können als das bißchen Schiffszwieback und die paar Feigen, die man ihr brachte.

Langsam kaute sie den trockenen Zwieback; die Feigen hob sie sich für später auf. Durst quälte sie, aber sie wagte nicht, zu ihrem

Versteck zu schleichen und von ihrem Vorrat zu trinken. Sie ließ sich auf das Lager zurücksinken. Trotz der Hitze, die im Raum herrschte, zog sie die Decke bis zum Kinn. Das Gesicht zur Wand, lag sie da und sagte sich, daß auch diese Tage vorübergehen würden.

Sie glaubte wieder die Kanonenrohre der *Alouette* zu sehen, die Stimme Hereras zu hören: »Der Herzog ist zu vernünftig.« Warum war er vernünftig gewesen? Sie hätte es nicht sein können an seiner Stelle. Aber Männer waren anders, und ihre Liebe war anders als die einer Frau.

Sie rührte sich nicht, als der Mestize das Tablett wieder holte, als er an ihr Lager trat und sich kurz über sie neigte. Sie wollte nicht mehr sehen und hören. Sie mußte ihren Hunger vergessen – und ihre Gedanken.

Aber der Hunger kam wieder. Jedesmal, wenn einer der Mestizen das Essen brachte, wurde er quälender. Es waren immer dieselben Speisen, und doch erschienen sie Caroline von Tag zu Tag verlokkender. Es gab Augenblicke, wo sie fürchtete, sich nicht mehr beherrschen zu können, wo die brennende Leere ihres Magens mit allen Finten und Listen ihren Verstand auszuschalten suchte. Aber dann griff sie doch nur nach dem Zwieback, brach ihn mit zitternden Händen, zerkaute langsam die Feigen, lutschte das Viertel der Zitrone aus.

Jeder Tag war dem anderen gleich. Sie machte sich keine Zeichen. Sie wollte gar nicht wissen, wann ein Tag zu Ende ging und ein neuer begann. Sie dachte nicht daran, sich zu waschen oder zu kämmen. Zusammengerollt wie ein krankes Tier lag sie da und dämmerte vor sich hin. Das grelle Licht, das, durch die Spiegelung des Meeres verdoppelt, ruhelos wie die Wellen über die Wände der Kajüte flimmerte, höhlte sie aus. Aber die schlimmste Folter waren die Gedanken, das ziellose Warten, daß endlich etwas geschehen würde.

Das Schiff glitt mit unveränderter Schnelligkeit dahin. Abend für Abend, wenn die Laternen an Deck entzündet wurden und ihr Widerschein gleich flammenden Schwingen, die dem Schiff plötzlich gewachsen waren, über die Fluten huschten, klang Gesang an Deck auf, seltsame, fremdländische Weisen.

Nichts änderte sich im Leben an Bord, nichts im Ablauf der Geräusche, der ihr zur Uhr geworden war in ihrer Gefangenschaft. Täuschte sie nicht nur der Wunsch, wenn sie glaubte, daß die Schritte der beiden Mestizen matter wurden, ihre Gesichter fahler, ihre Augen fiebrig? War die Dosis des Giftes doch zu klein gewesen? Oder war es durch die lange Lagerung wirkungslos geworden? Hatte es sich gar nicht im Wasser aufgelöst, sondern war nur als Satz abgesunken? Wenn alles umsonst gewesen war, die Gefahr, die sie auf sich genommen hatte, der Hunger? Wenn ihr Traum von Befreiung nur ein Wahn war, mit dem sie sich selber genarrt hatte, zu ihrem eigenen Schaden?

Endlich bekam ihre Hoffnung neuen Aufschwung. Es mußten fast acht Tage vergangen sein. Sie hatte die Stunde herbeigesehnt, in der man ihr das Abendessen bringen würde. Sie war schon halb entschlossen, aufzugeben, sich auf die Speisen zu stürzen, den verdünnten Wein zu trinken; an diesem Morgen hatte sie den letzten Rest aus dem Wasserschlauch gesogen.

Sie lauschte mit jagendem Herzen. Sie konnte ihre beiden Wachen schon am Schritt unterscheiden, aber diesmal war es jemand anders, der sich der Tür näherte. Sie öffnete sich. Ein schmächtiger Indio trat ein. Er war nicht wie die Matrosen gekleidet, sondern trug einen dunkelblauen Lakaienanzug mit roter Seidenweste. Er stellte das Tablett auf den Tisch. Caroline sah mit einem Blick, daß der Becher mit dem verdünnten Wein, die Schüssel mit dem Brei fehlten. Auf dem Blechteller lagen nur ein Stück Räucherfisch, zwei Stück Zwieback, eine halbe Zitrone und die vier Feigen.

»Gibt es heute nichts zu trinken?« fragte sie. Der Indio sah sie verständnislos an, zuckte mit den Schultern. Caroline machte eine Geste des Trinkens. Der Indio schüttelte den Kopf. Auf sein Gesicht trat ein entsetzter Ausdruck. Er stammelte etwas in seiner Sprache, preßte die Hände auf den Magen.

»Das Wasser – schlecht?« fragte Caroline. »Water bad?« Er nickte und eilte davon.

Caroline ließ sich auf das Lager zurückfallen. Sie hätte sich freuen müssen, Triumph empfinden. Aber keines der Gefühle hatte Platz in ihr. Vielleicht wenn es eher geschehen wäre... Aber jetzt war das Maß der Qualen, das sie dafür auf sich genommen hatte, zu groß geworden. Sie empfand nichts als die Leere, die eintritt, wenn eine zu starke Spannung sich löst. Sogar der Hunger und der Durst, die sie noch vor einem Augenblick gepeinigt hatten, waren einer großen Gleichgültigkeit gewichen.

Sie lag da, starrte vor sich hin; ihre Gedanken und Gefühle verloren sich, ehe sie Gestalt annehmen konnten, trieben ziellos dahin. Erst der Gedanke an Tarr rüttelte sie auf. Sie mußte etwas tun, und wenn es nicht für sie selbst war, so doch für ihn. Wie mußte dieser Riese Hunger gelitten haben!

Sie setzte sich auf, rückte den Tisch heran, zog dem Fisch die goldbraune Haut ab, schabte das bräunliche Fett von der Innenseite, strich es auf den Zwieback. Sie löste das Fleisch von den Gräten, drückte die Zitrone darüber aus. Sie aß ohne Hast. Und ohne Ungeduld wartete sie, bis der Indio das Tablett wieder weggetragen hatte. Sobald auf dem Schiff alles ruhig war, würde sie neues Wasser holen.

Sie hatte den Vorhang des Bullauges zur Seite geschoben. An Deck brannten Laternen, warfen ihre langen Lichtgarben über den dunklen Spiegel des Wassers. Es brannten weniger Lichter als sonst. Die Wellen flossen träger als sonst; das Schiff segelte langsamer als sonst. Die Masten sind nicht mehr voll besetzt, dachte sie – und erst jetzt stieg etwas wie Freude in ihr auf. Doch die Müdigkeit war stärker. Ein paarmal ertappte sie sich, wie ihr die Augen zufielen – ihr Wille, erschöpft wie ihr Körper, konnte dem süßen Zwang des Schlafes nicht mehr widerstehen. Aber noch ihr letzter Gedanke war: Das Wasser, ich muß es holen... Wasser.

14

Sie glaubte, nicht mehr als eine halbe Stunde sei vergangen, aber der fahle Schein, der die Kajüte erfüllte, sagte ihr, daß der Tag nicht mehr fern war. Die Decklaternen waren gelöscht. Meer und Himmel begannen sich langsam voneinander zu lösen. Caroline hatte die ganze Nacht verschlafen, die Nacht, die allein ihr Vorhaben schützte. Sie mußte es trotzdem wagen! Noch ein langer Tag ohne Wasser, ein langer Abend – die Vorstellung war so schrecklich, daß jede Gefahr daneben verblaßte.

Es dauerte eine Ewigkeit, bis sie die Schrauben des Türknaufs gelöst und das Schloß geöffnet hatte, und sie merkte daran, wieviel Kräfte sie verloren hatte. Den leeren Wasserschlauch in der Hand, eilte sie zu dem Verschlag von Charles Tarr. Wie das erstemal kauerte er auf dem Strohsack. Er rührte sich nicht, und einen Augenblick fürchtete sie, er lebe nicht mehr.

Sie rief ihn leise beim Namen, berührte ihn mit den Fingerspitzen an der Schulter. Endlich kam Leben in die Gestalt. Er schlug die Augen auf, war sofort hellwach. »Gut, daß Sie kommen.« Er reichte ihr den Wasserschlauch. Seine Handgelenke waren dünn geworden, aber sie waren frei von den Ketten. Nur die breiten schwarzen Schließen lagen noch um die Gelenke. Er lächelte. »Jetzt sind die

Füße dran. Es geht langsam, aber man braucht schließlich eine Beschäftigung. Und ich habe so das Gefühl, daß ich Füße und Hände bald brauchen werde. Sie haben nicht mehr genug Leute. Sie segeln höchstens noch drei Knoten.«

Caroline sah auf den Mann hinunter. Seine Ruhe, seine Zuversicht waren echt. Er erinnerte sie an Simon. Es war gut, daß er da war. Aber noch ein anderer Gedanke drängte sich ihr auf. Sie hatte in den vergangenen Tagen gehadert mit der kühlen Vernunft des Herzogs. Aber jetzt verstand sie ihn und warum er seiner Liebe die Vernunft zur Führerin gegeben hatte. Es wäre furchtbar gewesen, wenn er ihr in die Gefangenschaft gefolgt wäre, wenn er dort die Stelle Tarrs eingenommen hätte. Ihre Leiden wären dadurch nicht gelindert, sondern nur verdoppelt worden. Es hätte alles nur schlimmer gemacht. Sie wären damit beide bedingungslos den Santis ausgeliefert gewesen – ohne Aussicht auf Rettung.

Von fern drangen Männerstimmen durch die Stille. Caroline lauschte. Die Stimmen kamen von Deck. Das Schiff war erwacht. Sie mußte zurück. Sie nahm die beiden Schläuche. Die Wassertonne war noch voll. Sie hatten nichts daraus genommen. Sie füllte die Schläuche und reichte Tarr den seinen durch den Verschlag. Auch er hatte die Stimmen gehört. »Halten Sie sich bereit«, flüsterte er. »Ich glaube, es tut sich bald etwas. Die suchen Land oder eine Insel mit Wasser. Ich hab' es in der Nase.«

Caroline nickte. Ihr Entschluß war gefaßt. Wenigstens einen Blick mußte sie an Deck werfen, mit eigenen Augen sehen, was Tarr zu erraten glaubte. Sie lief in ihre Kajüte, warf den gefüllten Schlauch auf den Tisch. Dann eilte sie wieder hinaus. Sie hörte Tarrs Stimme, als sie den Aufgang hinauflief. Er rief ihr nach, sie solle unten bleiben, aber sie war nicht mehr zu halten. Sie mußte wissen, was auf dem Schiff vor sich ging.

Sie lauschte angestrengt. Die Schritte und Stimmen waren unmittelbar über ihr. Sie befand sich im vorderen Teil des Schiffes, irgendwo unter der Kommandobrücke, wie sie glaubte. Es war schwer, in der Dunkelheit, die in dem schmalen Laufgang herrschte, einen Lukendeckel zu finden. Sie tastete die niedrige Decke ab. Ihre Finger berührten einen Eisenring. Sie lauschte. Die Schritte waren verstummt. Eine Männerstimme war zu vernehmen, monotone Worte in einer fremden Sprache. Caroline stemmte beide Handflächen gegen den Lukendeckel. Kühle schlug ihr durch den Spalt entgegen, netzte ihr vom Schlaf heißes Gesicht. Sie hob den Deckel noch etwas weiter an.

Vor ihr, zum Greifen nahe, ragten weiße Relingspfosten auf, dahinter war der Himmel, und in seinem lichten Grau – ein Vogel. Konnte sie ihren Augen trauen? Nein, sie irrte sich nicht. Es war ein Vogel. Weit breitete er seine Schwingen aus, und dann vernahm sie seine Schreie. Land – sie mußten in der Nähe von Land sein! Behutsam, damit kein Geräusch sie verrate, wandte sich sich nach der anderen Seite, von der immer noch die monotone Männerstimme kam. Ein Mann stand vor der Mannschaft, ein Buch in der Hand. Als er verstummte, bückten sich vier Männer, hoben ein Brett vom Boden auf, auf dem ein langes, mit Segeltuch verschnürtes Paket lag. Die Männer hoben es hoch, schoben das Ende über die Reling. Das Paket begann zu rutschen. Wie ein Schatten flog es in die Tiefe, schlug laut klatschend ins Wasser. Die Männer bekreuzigten sich.

Caroline zog den Lukendeckel wieder zu. Ihre Arme waren lahm vom Halten. Sie hatten einen Toten der See übergeben. Ob er an dem Wasser gestorben war? Aber sie kam nicht zum Nachdenken. Ganz in ihrer Nähe waren plötzlich Stimmen, Schritte kamen näher. Sie hetzte zurück. In Schweiß gebadet erreichte sie den Lagerraum. Nur noch wenige Schritte, und sie war in ihrer Kajüte. Schon streckte sie die Hand nach dem Türknauf aus, da erst sah sie den dunklen Schatten, der in der Kajütentür stand.

Seit sie in Hereras Gewalt war, hatte allein der Gedanke an ihn sie mit Grauen erfüllt – doch jetzt war sie ruhig. Jenes unerklärliche Gefühl der Erleichterung war in ihr, das furchtlose Menschen erfüllt, wenn endlich das geschieht, mit dem sie insgeheim gerechnet haben. Sie entdeckte den Wasserschlauch in seiner Hand.

Seine Züge waren von Krankheit entstellt, von der Gier nach Wasser. Er riß den Stöpsel aus dem Schlauch. Das Wasser schoß in einem Strahl heraus, traf sein Gesicht, den offenen Mund, die ausgetrockneten Lippen; er trank. Dann schleuderte er den Schlauch von sich, packte Caroline bei der Hand, zerrte sie in die Kajüte. »Darum also hast du nichts gegessen und getrunken«, sagte er heiser. »Ich dachte, es sei dein Stolz. Wo ist das Gift?« Er zog die Peitsche aus seinem Stiefelschaft. »Du sollst erfahren, was darauf steht, Wasser an Bord eines Schiffes zu vergiften. Also, wo ist es?«

Zischend zerschnitt der Lederriemen die Luft. Caroline duckte sich. Die Lampe fiel vom Tisch, das Glas zersplitterte. Wieder holte er aus. Sie spürte keinen Schmerz, als der Lederriemen sich um ihre Taille schlang wie eine Schlange, die ihr den Atem abdrückte. Herera zog sie zu sich heran. Er war wie von Sinnen. Mit der freien

Hand strich er tastend über ihr Gesicht. »Was für ein Gesicht! Früher hätten sie dich dafür verbrannt. Aber du sollst keinen mehr täuschen.«

Ein Dolch blitzte vor ihren Augen. Gebannt starrte sie auf die Klinge, die immer näher auf sie zukam. Sie mußte ihn zu sich bringen. »Gehört das auch zu den Befehlen, die Ihnen Don Santi gegeben hat?« Sie zwang sich langsam zu sprechen, ganz ruhig.

Herera zuckte zusammen. Eine Stimme gellte über das Deck. Schritte kamen polternd näher. Die Kajütentür wurde aufgerissen. Ein Mann stürzte herein, fahl wie Herera, mit aufgesprungenen Lippen. Seine Worte überschlugen sich. »Land, Käpten... ein Schiff... ein Schiff von uns! Die *San Domingo.*« Er lachte irre, warf sich Herera in die Arme. »Wasser... Wasser...«

Herera schüttelte ihn ab, ließ Caroline stehen, rannte hinaus, gefolgt von dem Mann, der wie von Sinnen vor sich hin lachte.

Ein Rennen und Schreien erfüllte das Schiff. Dazwischen dröhnten, verzerrt durch das Sprachrohr, Hereras Kommandos. Caroline schleppte sich aus der Kajüte. Die Beine drohten ihr zu versagen, als sie Tarrs Verschlag erreichte. Sie klammerte sich mit beiden Händen an die Latten.

Tarr sah die Augen, in denen noch das Grauen stand, die Lippen, halb geöffnet, zitternd, unfähig, ein Wort zu formen. Er umfaßte ihre Hand. Daß sie vor ihm stand, frei und unversehrt, erschien ihm wie ein Wunder. Er war ihr in die Gefangenschaft gefolgt, um sie zu schützen, aber bisher war er dazu verdammt gewesen, ohnmächtiger Zeuge ihrer Qualen zu werden. »Wir müssen überlegen«, sagte er. »Wir haben wenig Zeit. Wir haben Land erreicht, nicht wahr? Da, hören Sie!« Seine Züge hellten sich auf. »Sie gehen vor Anker!«

Das Knirschen der Winde, das Rasseln der Ankerkette, jetzt hörte es auch Caroline. Ein Beben ging durch das Schiff, als der Anker auf Grund stieß. Sie nickte. »Ich habe einen Vogel gesehen, vorhin...« Mit dumpfem Platschen setzten Boote im Wasser auf. Dann verebbten die Geräusche, Stille senkte sich über das Schiff.

»Sie sind von Bord«, flüsterte Tarr. »Da ist keiner mehr zu halten. Was haben Sie?«

Caroline war blaß geworden. Hatte der Mann vorhin nicht von einem anderen Schiff gesprochen? Wie, wenn es nun gar keine Möglichkeit zur Flucht gab, wenn alles vergeblich gewesen wäre. »Es ist noch ein anderes Schiff da«, sagte sie. »Eines von den Schiffen der Santis, die *San Domingo.*«

Tarr sprang auf. An seiner Bewegung merkte sie, daß er sich inzwischen auch von den Fußfesseln befreit hatte, mit beiden Händen packte er die Querlatten des Verschlags. Splitternd brach das Holz. Er warf sich gegen die Tür; wie dürre Halme barsten die Latten unter der Wucht dieses riesigen Körpers. Dann stand er vor ihr. Seine Augen leuchteten. Seine Arme breiteten sich aus. Am liebsten hätte er Caroline wie ein Kind aufgehoben und davongetragen. Aber er sagte nur: »Kommen Sie!«

Das Deck lag verlassen. Die Segel der *Camelot* waren eingeholt. Wie Nester schwebten die leeren Mastkörbe über ihnen. Aus der Kombüse drang der scharfe Geruch schnell gelöschter Holzkohlenglut. Das Ruder, das nicht festgelascht war, pendelte hin und her.

Mit Riesenschritten war Tarr zum Kompaßhaus geeilt. Von dort aus hatte er einen weiten Rundblick. Sie ankerten in der Bucht einer Insel, die, von einem Gürtel mannshohen Schilfes umgeben, auf der silbergrauen See schwamm. Tintenblau zeichnete sich dahinter die Silhouette einer bergigen Küste ab. Und da war auch das andere Schiff. Das Heck ihnen zugewandt, ankerte es im durchsichtigen Wasser der Bucht, auf einer Linie mit der *Camelot*, an seinem Mast die gleiche purpurne Flagge mit dem goldenen, geflügelten Stier. Nichts regte sich auf seinem Deck. Jetzt legte das erste Boot mit den Männern Hereras bei. Die Männer kletterten die Strickleiter hinauf. Tarr starrte mit gerunzelten Brauen hinüber. »Diese Brut hat immer Glück«, stieß er hervor. »Wir müssen hier weg, ehe sie zurückkommen.«

Sie stießen fast mit dem Mann zusammen, der ihnen mit stierem Blick in den Weg trat. »Die Schweine«, lallte er, »lassen mich hier krepieren. Saufen sich voll...« Er knickte in den Knien ein. Tarr zog Caroline weiter. »Wir können ihm nicht helfen! Wir müssen an uns denken.« Er blickte um sich. »Auf die andere Seite! Hier sind alle Boote weg!«

Augenblicke später schwebte sie, sich mit beiden Händen am Rand des Bootes festhaltend, in die Tiefe. Sacht setzte das Boot auf die Wellen auf. Caroline griff nach dem Seil, das Tarr ihr über die Reling zuwarf. Mit einer Behendigkeit, die bei einem so großen Mann wie Tarr etwas Unheimliches hatte, glitt er an dem Tau zu ihr hinunter ins Boot. Er packte die Riemen. Mit mächtigen Schlägen, und doch so, daß die Blätter ohne einen Spritzer ins Wasser tauchten, ruderte Tarr auf die Insel zu; die ersten zweihundert Meter im Schutz des Clippers, doch bis ans Ufer war es noch einmal so weit.

Von der *San Domingo* kam Geschrei. Ein Lächeln huschte über Tarrs Gesicht. »Stürmische Begrüßung«, sagte er, »um so besser für uns.« Er warf einen Blick über die Schulter zu der Insel hin. »Halten Sie sich fest. Jetzt gilt es!«

Sich weit vor- und zurückbeugend, zog er die Ruder durch. Das Boot schoß voran. Der Strand rückte schnell näher. Eine Brise ließ das Schilf aufrauschen.

Tarr, mit dem Rücken zur Insel, sah nicht die dunklen Gestalten, die plötzlich das Schilf durchbrachen, die glänzenden nackten Leiber, die sich ins Wasser stürzten, auf das Boot zuschwammen. Er sah nur den Schrecken in Carolines Augen, hörte den Laut aus ihrem Mund. Er ließ die Ruder sinken, sah sich um. Im selben Augenblick tauchten rund um das Boot die Köpfe der Neger aus dem Wasser auf. Gellende Schreie ausstoßend, kreisten sie das Boot ein. Sie rissen die Ruder aus den Halterungen. Ein Kanthaken schlug in das Holz, sechs Neger zerrten das Seil hinter sich her, nahmen das Boot in Schlepp. Die anderen stießen es vor sich her auf die *San Domingo* zu. Caroline war wie versteinert. Neben ihr im Wasser tauchten die dunklen, kahlgeschorenen Köpfe auf und ab. Keuchend und prustend stießen sie das Wasser aus.

Etwas Dunkles trieb ihnen entgegen, gewölbt wie der Rücken eines Fisches. Aber dann sah Caroline, daß es eine Uniformjacke war. Je näher sie der *San Domingo* kamen, um so mehr solcher zerfetzter Kleider schwammen auf den Fluten. In der leichten Dünung schaukelten Leichen, die das Wasser rot färbten. Caroline blickte Tarr an. Er machte eine Bewegung, als wolle er seinen großen Körper zwischen sie und dieses gräßliche Bild stellen. Aber sie mußte hinsehen. Sie konnte den Blick nicht von den dahintreibenden verstümmelten Leichen wenden. In einem Toten erkannte sie einen der Mestizen, die sie auf der *Camelot* bewacht hatten.

Auf der *San Domingo* brach ein höllischer Lärm los, als man das Boot mit den zwei Weißen entdeckte. Die Hände um die Knie geschlungen, krampfhaft, als müsse er sich an sich selbst festhalten, um sich nicht zu einer Verzweiflungstat hinreißen zu lassen, saß Tarr da. »Das waren die Schreie, die wir für die Begrüßung hielten«, sagte er. »Die Mannschaft der *Camelot* ist in eine Falle gegangen! Die *San Domingo* war ein Sklavenschiff. Sehen Sie! Auf den Schultern der Neger, das eingebrannte S! Es sind Sklaven der Santis. Sie müssen sich befreit und die *San Domingo* in ihre Gewalt gebracht haben. Und dann haben sie gewartet. Deshalb war es an Deck so still.«

Tarr starrte vor sich hin, auf die Eisen, die er noch an Armen und

Beinen trug. Das, was dort auf dem Schiff geschehen war, erfüllte selbst diesen Mann mit einem Grauen, das ihm die Worte nahm, mit denen er Caroline Mut hätte zusprechen können. Sie saß da, die Hände im Schoß, den Kopf leicht zurückgeneigt. Vor ihr ragte der Rumpf der *San Domingo* auf. Rostzerfressen, von Tang behangen, mit zerfetzten Segeln, glich sie einem herrenlos auf dem Meer treibenden Gespensterschiff.

Das Deck der *San Domingo* war rot vom Blut. In Lachen stand es auf den vom Salzwasser gebleichten Planken.

An den Pfosten der Reling hingen Uniformfetzen der über Bord geworfenen Leichen. Die erbeuteten Messer und Waffen, die Hereras Leute aus Gewohnheit und Zufall bei sich getragen hatten, lagen auf einem Haufen zusammen, nicht Zeugen eines Kampfes, sondern eines Massakers, in dem die von Hunger und Durst geschwächte Mannschaft abgeschlachtet worden war.

Am Fuß des Hauptmastes stand die hochaufragende Gestalt eines Negers. Er schien der Anführer zu sein; er, als einziger, war nicht nackt, sondern in eine scharlachrote kniekurze Tunika gekleidet. Als einziger trug er keine Waffe. Stumm, nur mit Blicken und Gesten befahl er seinen Männern. Der laute Siegestaumel der Neger war auf ein Zeichen von ihm verstummt. Oder hatte der Vorgeschmack, noch ein weißes Opfer zu finden, sie von selbst verstummen lassen? Caroline sah die nackten Körper vor sich; mächtige, wie aus rotem Mahagoni geschnitzte Oberkörper, gebeugte, fast greise Rücken, aber auf allen das eingebrannte ›S‹ und die Narben, die kleinen Krater der Pocken und die walnußgroßen Wülste, die von den Peitschen aus Alligatorhaut stammten.

An die Kajütenwand gefesselt, die Arme, wie ein Gekreuzigter weit von sich gestreckt, nackt und bewegungslos, hing Herera dort. Noch lebte er. Sein Blick traf Caroline, auch jetzt im Angesicht des Todes voll unversöhnten Hasses!

Nicht fähig, diesem Blick standzuhalten, wandte Caroline den Kopf und sah den Anführer der Neger auf sich zutreten. Sie um einen Kopf überragend, stand er vor ihr. Jetzt, aus der Nähe, bemerkte sie, daß er ein Mulatte war. Seine Haut war von dem stumpfen Braun der Kokosnuß, sein Haar nur leicht gekräuselt. Die schmale gerade Nase, der weiche, so überraschende Mund – ein träumerisches Pathos lag über diesem Gesicht, dem die Grausamkeit nur als Maske zu dienen schien. »Sie sind seine Frau?« Er hatte die Frage in reinem Englisch gestellt.

Caroline brauchte einen Augenblick, um die Frage zu verstehen.

Dann wurde ihr klar, daß er Herera meinte. Sie sah zu Herera hinüber. »Nein!« stieß sie hervor. Sie wies auf Tarr. »Wir waren seine Gefangenen!« Aber noch während sie diese Worte sprach, schaltete sich ihr Verstand ein. Sie fürchtete die neu aufflammende Mordlust der Neger. »Töten Sie ihn«, sagte sie. »Ich wünsche seinen Tod genauso wie Sie. Aber ist es klug, ihn zu töten? Sie brauchen jeden Mann, der ein Segel zu bedienen versteht – und wenn er Ihr Gefangener ist!«

Der Mulatte ließ sie nicht aus den Augen. Es war kein Hochmut in ihren Worten. Es war einfach die Klarheit, mit der sie zu denken vermochte. Jede andere Frau hätten allein beim Anblick dieses Schiffes, dessen Deck einem Schlachthaus glich, die Kräfte verlassen. Sie war Herrin ihrer Gedanken und Empfindungen geblieben. Sie hatte recht. Sein Verstand hatte ihm das gleiche gesagt, damals, als sie die am Gelbfieber erkrankte Mannschaft der *San Domingo* überwältigt hatten. Bis auf zwei Weiße hatten sie alle getötet. Er hatte das Gemetzel verhindern wollen, genau wie heute. Aber er hatte es nicht gekonnt. Sonst gehorchten sie ihm auf einen Blick, auf einen stummen Wink. Aber in diesen Augenblicken hatte seine Macht ihre Grenzen gefunden. Auch jetzt, als er sich umblickte, spürte er, als wäre er mit jedem der Männer auf geheime Weise verbunden, ihre immer ungeduldiger werdende Forderung nach dem Leben des Mannes, der dort gefesselt hing. War es nicht ihr Recht, das einzige, das ihnen geblieben war, das Recht auf Rache? Leib an Leib gefesselt, in der endlosen Nacht des Sklavendecks zusammengepfercht – hatte er ihnen da nicht immer wieder diesen Tribut versprochen?

Der Mulatte streckte die Hand aus. Seine Finger schlossen sich um den Griff des Messers. Er hob den Arm, und die Waffe flog aus seiner Hand. Ein Schwirren erfüllte die Luft, als die anderen Neger dem Beispiel ihres Anführers folgten. Mit einem unheimlichen Lächeln blickte Herera den tödlichen Geschossen entgegen.

Caroline starrte auf das furchtbare Schauspiel. Was dort geschah, war nicht Mord, sondern ein barbarischer Kult; diese Messer galten nicht einem Menschen, sondern einer bösen Macht. Die Neger stürzten sich mit unartikulierten Schreien auf den Leichnam, rissen die Klingen aus dem Körper. Blut quoll hervor.

Caroline blickte auf, als das Geräusch ihrer nackten Füße näher kam. Sie blickte in Gesichter, die von allem Persönlichen entleert waren, dunkle Derwischmasken, die ein furchtbarer Gott zwang, ihm ein neues Opfer darzubringen. Tarr ergriff Carolines Hand, zog sie an sich. Sie fühlte, wie ihre Kräfte sie verließen. Es war, als lösten sich die Planken unter ihren Füßen. Kein Geräusch drang mehr zu ihr. Es war eine jener Sekunden, in denen das menschliche Herz, den Tod vorwegnehmend, in einem einzigen Blick Abschied nimmt. Blau dehnte sich das Meer, grün stieg die Pyramide der Insel auf. Wie eine weiße Lohe schwebte die *Camelot* auf der See. Carolines Augen weiteten sich. Sie stieß einen Schrei aus, hob die Hand, deutete zu dem Clipper hinüber. Plötzlich hob sich das Schiff aus den Fluten. Die Stille zerbarst unter einer gewaltigen Explosion. Flammengarben brachen aus dem weißen Rumpf.

Keiner an Bord der *San Domingo* hatte Augen für die *Camelot* gehabt, für den Rauch, der schon seit einer Weile aus ihren Luken quoll. Die *Camelot* stand in Falmmen! Die Erschütterung hatte die Ankerkette zerrissen. Wie ein durchgegangenes Pferd stampfte das brennende Schiff über die Wellen. Die Ankerkette hinter sich herschleifend, trieb es auf die *San Domingo* zu. Das Feuer hatte die Besegelung erfaßt, das Takelwerk; züngelnd fraß es sich den Großmast empor. Unaufhaltsam kam die *Camelot* näher. Schon trug die aufkommende Brise einen Funkenregen zu ihnen herüber.

Die Neger, immer noch die Messer in den Händen, standen wie gelähmt. Ihr Anführer schrie ihnen Befehle zu, aber sie reagierten nicht. Charles Tarr ergriff eine Axt, alle wichen scheu vor ihm zurück, als er zum Ankerpfosten eilte. Er holte zum Schlag aus immer wieder, bis das Eisen zersprang und die Ankerkette rasselnd in die Tiefe sauste. Ein Zittern lief durch das Schiff, dann schnellte es mit einem Satz vorwärts.

Die Neger waren aus ihrer Erstarrung erwacht. Die ersten Segel flogen auf, spannten sich im Wind. Am Ruder tauchte die schlanke jungenhafte Gestalt eines Weißen auf. In einer blauen, mit Tressen besetzten Kapitänsuniform stand er dort und warf das Ruder herum, eine fremde, unwirkliche Erscheinung vor der Kulisse der teerhäutigen nackten Leiber der Schwarzen. Die ganze Takelage war in Bewegung geraten. Rauschend entfaltete sich das Großsegel der *San Domingo*. Es war höchste Zeit. Nur noch wenige Meter trennten die beiden Schiffe. Der in goldenen Lettern am Bug prangende Name der *Camelot* begann sich unter der Gewalt der Hitze aufzulösen. Der Wind trug Schwaden glühender Asche zur *San Domingo* herüber. Beizender Brandgeruch erfüllte die Luft, legte seine trockene Bitternis auf Lippen und Zungen, wehte als ätzender Staub in die Augen. Caroline spürte, wie ein Arm sich um sie legte. Es war der Anführer der Neger, der sie mit sich fortzog. Sie spürte durch ihre dünnen Schuhsohlen den heißen an Deck gewehten Staub. Über ihnen hatte eines der Segel Feuer gefangen. Ein brennender Fetzen flatterte auf sie zu. Septimus, der Mulatte, riß Caroline zur Seite, aber das brennende Tuch streifte noch ihr Haar. Knisternd fing es Feuer.

Mit beiden Händen erstickte Septimus die Flammen; spürte nicht den Brand, der seine Haut versengte. Er spürte nur die seidige Schwere dieses Frauenhaares, das sich in seine Hände schmiegte. Er sah ihr Gesicht nahe vor sich, die weiße Haut. Ein Gefühl wie damals, als er zum erstenmal im Golf von Benim nach Perlen getaucht war, brannte in dem Herzen des Mannes auf. Derselbe magnetische Ruf, der ihn als Junge gezwungen hatte, in die Tiefe des Meeres zu tauchen, ging von dieser Frau aus. Er wußte nicht, wer sie war, nicht, woher sie kam. Er wußte nur, sie war weiß, eine weiße Göttin, das Ziel seiner Sehnsüchte.

Caroline stand reglos unter der Berührung. In ihr war ein Erschauern, und sie wußte nicht, war es die verspätete Reaktion auf die überstandenen Ängste oder war es die Antwort ihrer Nerven auf die Hände dieses Mannes. Sie sah zu ihm auf, und seine Augen wiederholten noch deutlicher, was seine Hände ihr schon verraten hatten. Sie erschrak nicht davor. Es war eher wie ein vertrautes Zeichen in einer Wildnis, etwas, das ihr Halt gab und sie ihrer selbst wieder bewußt werden ließ.

Auf der *Camelot* stürzte der Großmast in sich zusammen. »Kommen Sie«, sagte Septimus. »Ich bringe Sie unter Deck. Und fürchten Sie nichts!« Caroline warf einen letzten Blick hinüber auf das in lodernden Flammen stehende Schiff, das jetzt, nachdem der Rumpf aufgebrochen war, schnell zu sinken begann. Es war ihr, als zerbreche damit die letzte Brücke, die sie mit einer Welt verband, die noch zu verstehen war.

Mildes Dämmerlicht und süßer Duft erfüllten die Kajüte. Der winzige Raum wurde fast ganz von einem bis an die Decke reichenden blühenden Jasminstrauch eingenommen, der aus einem großen Porzellankübel wuchs. Die Eleganz des Raumes schien Caroline so unwirklich wie das grausame Schauspiel, das sie eben erlebt hatte. Sie hatte sich auf dem Hocker vor dem Spiegel niedergelassen. Die Negerin, die Septimus zu ihr geschickt hatte, ein hochgewachsenes Mädchen mit mädchenhaften Brüsten, kniete neben ihr. Mit einem Rasiermesser hatte sie die versengten Strähnen aus Carolines Haar geschnitten und war jetzt dabei, es durchzubürsten.

Das milde Licht, die Nähe einer anderen Frau, das leise knisternde Geräusch des Bürstens – alles wirkte beruhigend auf Caroline; der wiegende Rhythmus sagte ihr, daß die *San Domingo* die Bucht verlassen hatte. Wenn sie die Augen schloß, hätte sie meinen können, wieder auf der *Camelot* zu sein.

Nein, sie wollte nicht denken. Sie lebte und sie wollte weiterleben. Nur das zählte im Augenblick.

Die Negerin hatte sich erhoben und eine Truhe geöffnet. Sie kannte jedes Stück Tuch darin. Viele Stunden hatte sie hier verbracht, die Stoffe vor sich hinhaltend. Hier hatte sie die scharlachrote Seide gefunden, aus der sie die Tunika für Septimus genäht hatte. Für sich selbst etwas aus den Stoffen zu nähen, hatte sie nicht gewagt. Das Schönste war ein goldener Brokat, genauso schwer wie das Haar der weißen Frau, so kostbar wie ihre helle, matt leuchtende Haut. Sie nahm ihn aus der Truhe.

Caroline fühlte, wie der Stoff knisternd an ihr niederglitt. Erst jetzt, als sie sich in Gold gehüllt im Spiegel sah, nahm sie sich bewußt wahr. Sie lebte! Sie war es, die dort saß, dieselbe wie immer, als wäre nichts geschehen; als säße sie vor dem Spiegel ihres Boudoirs zu Hause.

Als gehe es sie nichts an, sah sie der Schwarzen zu, wie sie mit Schere, Nadel und Faden hantierte und ein lose fallendes Gewand ihr über Schultern und Achseln drapierte. Caroline suchte unwillkürlich nach ihrem Täschchen, nach Geld. Aber sie besaß nichts mehr; nicht einmal einen Beutel mit einem Kamm, einem kleinen Spiegel, ein paar Tropfen Duft. Nicht einmal das, was sie am Leib trug, gehörte ihr.

Sie wandte sich vom Spiegel ab. Den Rest des Stoffes in der Hand, stand das Mädchen vor ihr, sie mit Zeichen fragend, ob sie ihn behalten dürfe. Als Caroline nickte, ergriff das Mädchen ihre Hand, küßte sie. Dann deutete sie auf sich und sprach die einzigen Worte, die sie in der fremden Sprache gelernt hatte: »I – Josephine.« Zwischen den beiden Frauen war plötzlich ein Lächeln, die anonyme Vertrautheit desselben Geschlechts.

Das Mädchen hatte die Tür nicht verschlossen, als es gegangen war; sie hörte Schritte, sie verharrten vor ihrer Tür. Der Knauf drehte sich – Charles Tarr steckte den Kopf herein. Sein Gesicht hellte sich auf, als er Caroline erblickte. Er zog die Tür hinter sich zu, sah sich im Raum um. »Es war doch kein so schlechter Tausch«, sagte er, die Ängste, die er um sie ausgestanden hätte, überspielend. Obwohl er geduckt stand, berührte sein weißblonder Haarschopf fast die Kajütendecke. »Diese Italiener denken nur an sich, wenn sie ein Schiff bauen.«

»Haben Sie etwas erfahren?« fragte Caroline. »Was ist das Ziel der *San Domingo*?«

»Es ist, wie ich vermutet habe«, antwortete Tarr. »Die *San Domingo* ist ein Schiff der Santis. Der Kapitän war ein Italiener, Velano. Das Ziel war Westindien, die Insel Barbados. Über dreihundert Sklaven waren an Bord, für die Zuckerplantagen. Dreißig Mann Besatzung, der Kapitän mit seinem Sohn. Sie bekamen Gelbfieber. Von den Negern starben an die zweihundert, von der Besatzung zehn Mann. Der Mulatte hat den Aufstand angezettelt. Am Leben blieb nur einer – der Sohn.«

»Der Sohn des Kapitäns?« fragte Caroline. »War das der Junge am Ruder?«

Tarr nickte. »Er ist knapp fünfzehn, Nicanor Velano. Er hat das Schiff so ungefähr allein gesegelt. Millimetergenau auf dem Kurs, ich habe die Logbücher gesehen. Ohne ihn wären sie bei dem Sturm, der sie überraschte, alle ertrunken. Das Schiff leckt wie ein Waschtrog. Zehn Mann stehen dauernd an den Pumpen. Deshalb sind sie in dieser Bucht vor Anker gegangen. Sie wollten kalfatern.«

Das Schicksal des Jungen, der den Aufstand der Schwarzen überlebt hatte, beschäftigte Caroline. »Er hat den Negern geholfen, obwohl sie seinen Vater getötet haben?« fragte sie.

»Sein Vater ist gestorben wie Herera. Und er hat dabei zugesehen. Es ist nicht viel aus ihm herauszubekommen. Er scheint diesen Septimus sogar zu bewundern... Septimus haben wir am wenigsten zu fürchten. Er ist ein Träumer mit großen Plänen. Nach dem, was ich mir so zusammengereimt habe, will er an Land wiederholen, was ihm hier auf dem Schiff gelungen ist: alle Sklaven befreien.«

»Und wohin sind wir unterwegs?« fragte Caroline. Tarr antwortete nicht gleich, und es war ihr sogar, als weiche er ihrem Blick aus. »Was ist das Ziel?« beharrte sie.

»Die Sklavenküste«, antwortete er widerwillig. »Sie planen, in der Nähe an Land zu gehen. Es könnte für uns von Vorteil sein. In Wydah sind nicht nur die Santis. Außer den Portugiesen haben die Holländer und Franzosen dort Faktoreien. Der Hafen wimmelt von europäischen Schiffen. Und wenn wir Glück haben, stoßen wir auf eines der englischen Schiffe, die im Golf vor der Sklavenküste patrouillieren.«

»Wann wollen sie an Land gehen?«

»Heute nacht noch. Wir müssen abwarten. Sie werden vorsichtig sein. Wenn sie geschnappt werden, verzieren ihre Köpfe morgen den Strand von Wydah. Das wissen sie. Wir sind Weiße. Sie werden uns nicht helfen. Aber sie werden genug mit sich zu tun haben, das ist unsere Chance.« Er zog unter seinem Hemd einen flachen Korkgürtel hervor. »Das habe ich Ihnen mitgebracht, für alle Fälle.«

»Ich kann schwimmen.« Zum erstenmal konnte sie lachen.

»Legen Sie ihn trotzdem an. Ich habe schon viele, die schwimmen konnten, ertrinken sehen. Kommen Sie erst an Deck, wenn es dunkel ist. Schlafen Sie sich bis dahin richtig aus. Es wird eine lange Nacht werden.« Er suchte mit den Händen die vergoldeten Leisten der Wandtäfelung ab. Auf einen Druck hin klappte ein Teil der Täfelung heraus und gab eine Bettnische frei. »Ich hätte mich auch gewundert, so arm ist kein Kapitän eines Sklavenschiffes, daß seine Gäste auf Pritschen schlafen müßten.« Tarr sah sie an. »Sie können doch schlafen?«

»Ich werde schlafen wie eine Tote«, antwortete sie.

Am Rand des Bettes sitzend, lauschte sie Tarrs Schritten nach, die sich schnell entfernten. Sie strich über die kühle Seide der Bettbezüge wie über etwas lange Entbehrtes. Sie würde schlafen, ohne Gedanken, ohne Träume, in einem tiefen, Kräfte sammelnden Schlaf.

15

Die *San Domingo* glitt mit gelöschten Lichtern durch die Nacht. Stumm hockten die Neger auf dem Oberdeck, reglose Schatten, kaum zu unterscheiden von den Pfosten und Taurollen, mit den Augen die Nacht durchdringend, als sähen sie bereits die Küste vor sich. Afrika, das Land ihrer Knechtschaft und ihrer Träume. Auch Caroline, die von der Kommandobrücke auf das Deck hinunterblickte, eilte mit ihren Gedanken dem Schiff voraus; die Vorstellung, daß die *Alouette* im Hafen von Wydah liegen könnte, hatte sich im Laufe des Abends in ihr so festgesetzt, daß sie für Augenblicke vergessen konnte, daß es nichts weiter war als ein wahnwitziger Wunschtraum. Nur einer erwartete sie mit Sicherheit: Cesare Santi. Ohne ihn gesehen zu haben, glaubte sie ihn zu kennen. Seinen Willen, seine Skrupellosigkeit, seine Zähigkeit im Verfolgen eines Zieles, das er sich einmal gesteckt hatte. Er wollte Waffenstillstand mit dem Herzog, und sie war der Preis. Wie gründlich mußte er seinen Gegner studiert haben!

Über ihr schlugen leise die Segel; um sie waren die leisen

Geräusche der Wirklichkeit: Charles Tarr, in dessen Händen sich das Ruder drehte, die Stimme Nicanors, der Tarr die Tiefe des Wassers zurief.

Eine Bewegung lief über das Schiff, als Septimus aus seiner Kajüte trat. Sekunden verharrte er reglos, ein Leopardenfell um seine nackten Schultern: ein Magier, in der stummen Beschwörung barbarischer Kräfte, die in den Männern und Frauen, die zu ihm emporstarrten, schlummerten. Er trat auf das Deck hinaus, zwischen seine Gefährten. Arme streckten sich ihm entgegen, berührten das Leopardenfell, griffen nach seinen Händen. Septimus schritt dahin wie in Trance.

Flimmernd, kaum von den Sternen zu unterscheiden, drangen die ersten Lichter durch das Blau der Nacht. Die leichte Brise frischte auf. Schnell kam die Küste näher, ein Labyrinth von Lagunen. Dahinter, von fast durchscheinender Helligkeit, die Klippen, die Befestigungswerke eines Forts.

Nicanor war zum Bug geeilt, gab Tarr von dort aus mit den Händen die Lotsenzeichen. Der Kapitänssohn kannte hier jede Untiefe, jede Fahrrinne. In der Ferne tauchte das rote Licht eines Leuchtturms auf. Plötzlich waren Dudelsackklänge in der Luft. Von einem Schiff, das außerhalb der Lagune ankerte, scholl ein Ruf herüber. *Fair Rosamond* las Caroline am erleuchteten Bug. Ein Engländer. Caroline dröhnte das Blut in den Ohren. Sie starrte zu Tarr hinüber, aber der schüttelte nur den Kopf, wies mit einem Blick hinunter auf das Deck. Caroline verstand. Eine Flucht war unmöglich. Sie wären nicht einmal bis zur Reling gekommen. Ihr Geschick war mit dem der Schwarzen verknüpft, als wären sie mit Ketten aneinandergefesselt.

Septimus entging die mühsam gebändigte Unruhe der Weißen nicht. Er wußte, daß sie auf Flucht sannen. Er spürte, daß dasselbe Geschick, das diese Frau in seine Hände geführt hatte, sie ihm auch wieder entreißen würde. Das Bewußtsein, daß es nicht in seiner Macht stand, sie zu halten, vertiefte sein Begehren nur noch. Schweigend stand er neben ihr, aufs neue betroffen von der vollkommenen Schönheit dieser Züge, in denen etwas lag, das ihm sagte, daß es in keines Mannes Macht stehe, sich die Liebe dieser Frau zu erzwingen – daß es anderer, überirdischer Kräfte bedürfe, der Kräfte eines Dämons, wie sie dem Mantel, den er trug, innewohnten. Er zögerte. Es kam ihm wie ein Verrat vor, wie ein Heraufbeschwören des Unglücks. Und doch konnte er nicht anders handeln. Er nahm das Fell von den Schultern, legte es ihr um. »Die Nacht ist kalt.«

Lautlos rollten die Vorsegel ein. Die *San Domingo* verlor an Fahrt. Ein Raunen lief über das Deck. Wie von Geisterhänden bewegt, hoben sich die Boote aus den Davits, schwebten in die Tiefe.

Dicht geschlossen glitten die Boote dem Ufer zu. Im Gleichtakt tauchten die Ruder ins Wasser. Verankerte Tonnen, Seezeichen, auf denen Wimpel flatterten, glitten vorüber. In das eintönige Geräusch der tauchenden Ruder und des sich teilenden Wassers mischte sich etwas anderes. Boote lösten sich vom Ufer, strebten den in der Bucht ankernden Schiffen zu, Ketten klirrten... Es war die Stunde, in der die Sklavenschiffe ihre lebende Fracht an Bord nahmen.

Stumm ruderten die Neger. Sie schienen nicht einmal zu atmen. Caroline, die neben Tarr saß, empfand dies Schweigen wie eine Fessel, die es auch ihr unmöglich machte, mit Tarr zu sprechen. Nur mit Blicken, verstohlenen Gesten, konnten sie sich verständigen. Wann? fragten ihre Blicke. Warten! antworteten die seinen.

Das Wasser wurde durchsichtig. Leise knirschte der Sand unter dem Bug. Das Boot schaukelte wild, als einige Männer ins Wasser sprangen. Bis zur Brust von den Wellen umspült, zerrten sie das Boot an Land.

Die Neger hatten sich auf dem schmalen Streifen des Strandes gesammelt, der auch im Dunkel der Nacht den zarten Perlmuttschimmer der Millionen zerschellter Muscheln ausstrahlte. Vor ihnen ragten steile Klippen auf, hinter ihnen dehnte sich das Meer. Keiner warf einen Blick zurück. Nur einen sah Caroline, der sich von seinem Anblick nicht lösen konnte: Nicanor Velano. Immer wieder ging sein Blick zu dem Schiff, das, von einer Meeresströmung erfaßt, in die Weite des Ozeans hinaustrieb.

Septimus, das Leopardenfell wieder um die Schultern, führte den Zug an, den steilen Pfad die Klippen hinauf, der von den Füßen der Fischer und Perlentaucher ausgetreten war, die seit Jahrhunderten hier zum Strand hinabstiegen. Auf der Höhe angelangt, verharrte er, blickte über die weite, sich vor ihm ausbreitende Ebene. Immer, wenn er sich diesen Augenblick vorgestellt hatte, hatte ein übermächtiges Glücksgefühl ihn erfaßt. Aber jetzt, am Ziel, war nur Sorge für die nächste Stunde in ihm. Wenn sie sich nach links wandten, hatten sie den Schutz eines Palmenhaines. Aber dort, im Schatten der Bäume, trafen sich die weißen Wachen des Forts mit den schwarzen Mädchen; die Gefahr der Entdeckung war zu groß. Sie mußten den Weg über die offene Ebene wählen.

»Bleiben Sie immer in meiner Nähe, was auch geschieht«,

flüsterte Tarr Caroline zu, als sich die Karawane jetzt in Bewegung setzte. Caroline nickte stumm. Die fiebrige Ungeduld, die sie noch eben gequält hatte, war gewichen. Die Berührung mit Erde, das Gefühl, wieder Boden unter den Füßen zu haben, übte eine beruhigende Wirkung auf sie aus. Die betauten Spitzen der Gräser streiften ihre Knöchel. Die dünnen Sohlen ihrer Atlasschuhe sogen sich schnell mit Nässe voll, während sie versuchte, mit der Kolonne Schritt zu halten. Irgendwo auf diesem Weg, von dem sie nicht wußte, wo er sie hinführte, würden diese Schuhe, das letzte, was ihr noch von ihren eigenen Dingen geblieben war, zerfetzt von den Füßen fallen. Immer schneller wurden die Schritte der Neger; mit gespenstischer Lautlosigkeit flohen sie durch die Nacht. Plötzlich stockte der Zug; zu ihrer Linken war etwas sichtbar geworden, das Caroline an riesige über den Fels geworfene Vogelnetze erinnerte. Dann erst gewahrte sie die in den Boden gehauenen Gruben, Felsenkrale, aus deren Tiefe Stimmen klangen, schaurige Klagen ausstoßend. Gitter, die sie für Netze gehalten hatte, mit spitzen Dornen und Widerhaken besetzt, umzogen die Krale.

Sie sah Tarr fragend an, obwohl sie die Antworte kannte. »Es sind Neger«, sagte er. »Eingefangene Sklaven. Die Händler kerkern sie darin ein, bis sie zum Abtransport aussortiert werden.« In diesem Augenblick begriff Caroline, was Männer wie den Herzog bewegte, diesen Kampf zu führen. Etwas wie ein Gefühl der Zusammengehörigkeit mit diesen Schatten, mit denen sie durch die Nacht floh, stieg in ihr auf.

Sie hatten die Krale hinter sich gelassen und eilten am unteren Rand einer mit dornigen Tamarisken bestandenen Böschung entlang. Dahinter spiegelte der dunkle Himmel den rötlichen Schein von Feuern. Septimus hob die Hand, und auf sein Zeichen verharrte der Zug. Das Bellen von Hunden war zu vernehmen, und dann ein Schrei. Langgezogen gellte er durch die Nacht. Die Neger standen wie erstarrt. Sie kannten diesen Schrei. Sie selber hatten mit diesem Laut einst die Stille der Nacht erfüllt.

Vergeblich suchte Septimus sie zurückzuhalten. Sie hörten nicht auf seine Worte. Sie stürmten die Böschung hinauf. Caroline fühlte sich mitgerissen, in dorniges Gebüsch geschleudert. Sie erhob sich, eilte ihnen nach. Und dann sah auch sie es: Keine hundert Meter vor ihnen brannte mitten auf dem Feld ein Feuer. Weiße standen herum. Über der Faktorei wehte das rote Tuch der Santis. In einer langen Reihe vor dem Tor standen die Neger, und neben ihnen Männer mit Peitschen und Bluthunden, die an ihren Leinen zerrten. Jetzt packten zwei Weiße den ersten Neger der Reihe, stießen ihn vor sich her zur Feuerstelle. Sie rissen ihm die Arme auf den Rücken. Aus dem hellen Schein trat eine Gestalt. Mit beiden Händen hob der Mann das Brenneisen aus der Glut. Der Schwarze bäumte sich auf, als das rote Eisen sich in seine Brust brannte. Sein Schrei gellte durch die Nacht.

Die Sklaven der *San Domingo* starrten hinüber, und eine Woge mörderischen Wahnsinns kam über sie. Caroline sah, wie Septimus vor sie trat, sie mit beschwörend ausgebreiteten Armen zurückzuhalten versuchte, aber es war zu spät. Wie eine Herde wütender Stiere stürmten sie den Hang hinauf. Trunken von der eigenen kaum gewonnenen Freiheit, fühlten sie die Kraft in sich, auch ihre Brüder zu befreien.

Caroline hatte das Gefühl, von einem Orkan erfaßt zu werden. Links und rechts packten sie Hände. Ihre Füße berührten kaum noch den Boden, als Tarr und Septimus sie mit sich fortrissen. Die Luft war erfüllt von Schreien, vom wütenden Bellen der losgelassenen Hunde, von Schüssen.

Einen Augenblick hatte Septimus, angesteckt vom Fieber des Aufruhrs, eine vage Möglichkeit gesehen, diesen ungleichen Kampf, den er nicht gewollt hatte, dennoch für sich zu entscheiden. Aber die Überraschung der Wachen hatte nicht lange gedauert. Reihenweise sanken die Sklaven der *San Domingo* unter den Gewehrsalven der Weißen zu Boden. Septimus war zurückgewichen. Caroline spürte, wie seine Hand sich um ihre schloß. »Folgt mir«, flüsterte er. Er führte sie zur Seite, den hohen Palisadenzaun entlang, der die Faktorei umzog. An seinem Ende dehnte sich ein baumloses Feld. »Wir müssen es versuchen«, sagte Septimus, »vielleicht erreichen wir die Wälder.«

Die Rufe, die hinter ihnen erklangen, das Bellen der Hunde zeigte ihnen, daß man ihren Fluchtweg entdeckt hatte. Bald würde man sie finden. Die Dunkelheit allein bot ihnen keinen Schutz. Ein Schuß peitschte auf; es folgte ein Geräusch, als schläge die Kugel in Erde ein. Über Tarrs Lippen kam ein Laut der Überraschung. Es war so dunkel, daß sie einander nur als Umrisse sehen konnten, und doch glaubte Caroline zu erkennen, wie Septimus aus seiner Starre erwachte. »Ist jemand verletzt?« fragte er. Als niemand antwortete, deutete er hinter sich in die Dunkelheit. »Weiter! Folgt mir!«

Erst als sie den Rand der Monsunwälder erreicht hatten, blieb Septimus stehen. Keuchend sanken sie auf den Boden. Septimus blickte von einem zum anderen, aber seine Augen suchten die, die nicht mehr bei ihm waren, die Gefährten seines Traumes, der jäh zerronnen war, verloren wie das Leopardenfell, das auf der Flucht von seinen Schultern geglitten war, das Symbol der Macht. Nur er hatte den Traum überlebt. Plötzlich stürzte er zu Tarr, der mit dem Rücken, schwer atmend, gegen den Stamm eines Fieberbaums lehnte.

Jetzt erst sah auch Caroline, trotz der Dunkelheit, den großen Blutfleck auf seinem Hemd. Sie schob Septimus zur Seite, kniete sich neben ihn. »Tarr! Was ist geschehen?«

Er lehnte dort, aufrecht mit dem mächtigen Körper, der auch jetzt noch gegen alle Tode gefeit schien. Lächelnd hob er die Hand, verschloß Caroline den Mund. »Es gibt nichts zu sagen...« – seine Worte kamen mühsam. Sein Blick ging zu Septimus. »Bleiben Sie bei ihnen.« Ein Zittern ging durch seinen Körper, ein Atemholen, das seine Brust weitete. »Ich dachte immer... es würde ein Schiff sein, auf dem ich sterbe...«, sagte er. »Aber dieser Baum... ist genausogut... ich spüre, wie ich mit ihm verwachse...« Sein Kopf sank zur Seite, aber noch immer stand auf seinem Gesicht das Lächeln eines neugierigen Kindes.

Seit Stunden wateten sie durch den Sumpf, bei jedem Schritt bis zu den Knien einsinkend, die Frau in ihrer Mitte. Zweige streiften Carolines Gesicht, oder waren es die Flügel von Libellen? Wasser gluckste unter ihren Fußsohlen, oder war es der Laut eines Tieres? Caroline lauschte nur auf ein Geräusch: auf den Hieb der mächtigen Klinge, mit der Septimus bei jedem Schritt den Weg von wuchernden Pflanzen befreite. Es war ein Geräusch, schneidend wie ein Peitschenhieb. Es trieb die drei Menschen voran.

Der Mond schien jetzt hell. Manchmal blickte sich Septimus um, blieb auch für ein paar Minuten stehen. Caroline wagte nicht zurückzublicken, nicht an Tarr zu denken. Sie dachte nur an den nächsten Schritt, den nächsten Atemzug. Wie ein im Meer Treibender sich an ein Holzstück klammert, so hielt sie ihren Blick auf den dunklen Rücken vor sich geheftet. Ein Schild, stark und breit genug, sie vor allem zu beschützen, gezeichnet mit dem Walnußmuster der neunschwänzigen Sklavenpeitsche. Jedesmal, wenn dieser Rücken langsam in Morast verschwand, stockte ihr das Herz. Aber immer wieder tauchte Septimus auf. Kein Zeichen der Erschöpfung war an ihm zu merken, seine Kräfte schienen unerschöpflich. Seine Worte waren immer dieselben: »Nicht stehenbleiben.«

Der Sumpf und die Nacht nahmen kein Ende.

Die Lippen aufeinandergepreßt, tat Caroline den nächsten Schritt. Der Boden unter ihr war grundlos. Immer neue Quellen öffneten sich. Wie Zement umschloß der Morast ihren Leib. Schlamm spritzte ihr ins Gesicht. Bei jedem Schritt fürchtete sie, der Sumpf werde ihr in den Mund schwappen. Irgendwann zogen Arme sie in die Höhe, ihre Füße berührten festen Grund. Hände trockneten sie mit Laub und Moos, lösten die Egel, die sich an ihren Beinen festgesetzt hatten. Jemand legte ihren Kopf auf ein Kissen von Blättern. Jemand sprach auf sie ein, aber sie konnte nicht mehr antworten. Ihre Kräfte waren erschöpft, alle Gedanken erloschen. Die Augen fielen ihr zu. Sie wußte nicht, ob es der dunkle Abgrund des Schlafes war, in dem sie versank, oder der Sumpf, dessen fauligen Geschmack sie noch immer im Mund hatte...

Durch den Türvorhang aus Schilf sah Caroline Septimus und Nicanor um ein Feuer sitzen. Der Klang ihrer Stimmen drang zu ihr, das Rauschen des nahen Flusses. Ein Boot lag an seinem Ufer. In den gefiederten Kronen der Palmen spielte der Wind. Spieße mit Vögeln drehten sich über der Glut. War diese Idylle Wirklichkeit? War es Traum? Oder war es der Tod, der zu ihr gekommen war mit einem Traumbild?

Sie fühlte sich seltsam leicht, als habe sie ihren Körper verlassen, als schwebe sie wie ein Vogel in den Lüften und blicke hinunter auf die Welt, die immer kleiner wurde. Aber die Stimmen waren wirklich da, der Geruch nach gebratenem Fleisch, die köstliche Frische eines neugeborenen Tages. Sie setzte sich auf, sah an sich hinunter. Ein Stückchen Stoff klebte an ihr, braungelb geflammt wie eine überreife Banane, nicht einmal bis zu den Knien reichend. Sie suchte unwillkürlich nach einem Spiegel, eine letzte Bestätigung suchend, daß sie wirklich lebe. Am Boden stand ein flaches, mit Wasser gefülltes Holzgefäß. Sie neigte sich darüber. Sie fand sich im klaren Spiegel des Wassers – unverändert und doch eine andere geworden.

Mit einem Lächeln, das neu an ihr war, das erst diese Nacht sie gelehrt hatte, trat sie aus der Bambushütte zu den Männern. Sie blickten auf und verstummten vor diesem Lächeln, in dem das Wissen um den Tod zu einem Staunen über das Leben geworden war. Sie trank die Milch aus der Kokosnuß, die man ihr reichte; sie aß den gebratenen Vogel; es war, als trinke und esse sie zum erstenmal.

Das Boot, kaum breiter als ihre Körper, glitt den Strom hinauf. Himmel und Sonne waren verschwunden. Das gewaltige, den Strom überspannende Dach des Mangrovenwaldes hatte sich dazwischengeschoben. In grüner glimmender Dämmerung fuhren sie dahin wie in einem unterirdischen Gewölbe, das keine Tageszeiten kannte. Die Luft war feucht und schwer; das Wasser des Flusses schien sich nur widerwillig vor dem Bug zu teilen, zäh wie flüssiges Zink. Schatten von Tieren huschten durch die Dämmerung. Früchte fielen durch die in Stockwerken übereinanderwachsenden Bäume. Reglos, wie gebrochene Äste, hingen Schlangen im Grün.

Caroline war in das Boot gestiegen, ohne zu fragen, wohin es ging, wohin man sie bringen würde, immer noch unter dem Bann des ihr neu geschenkten Lebens. Septimus kniete, ihr den Rücken zukehrend, vor ihr im Boot. Das langstielige Paddel in seinen Händen tauchte im immer gleichen Rhythmus ins Wasser, und so handhabte auch Nicanor Velano hinter ihr, auf der anderen Seite des Bootes, das seine.

Die Zeit schien stillzustehen. Einmal, als das Dach der Bäume sich für einen Augenblick auftat, sah Caroline, daß die Sonne schon hoch am Himmel stand. Dann schloß sich der Wald wieder, der Tagtraum nahm sie wieder auf. Hatte sie überhaupt bemerkt, daß Septimus die Ufer des Stroms rastlos mit den Augen absuchte? Das Lauernde, das in seinen wespenartig gezeichneten Augenbrauen war? Sie sah nur den nackten Rücken des Mannes, und auf der dunklen Haut, wie perlendes Quecksilber, die Schweißtropfen. Plötzlich setzte der Schlag der Paddel aus. Jeden Muskel seines Körpers angespannt, kniete Septimus in dem Boot.

Etwas wie ein Frösteln ging durch den Rücken des Mulatten. Ein Schwirren war in der Luft, der hohe Ton eines Insekts, ein Aufblitzen, und dann sah Caroline den wippenden Pfeil in dem dunklen Rücken vor sich, buntgefiedert an seinem Ende und noch zitternd von seinem Flug. Das Paddel glitt Septimus aus den Händen, trieb davon. Langsam, ohne einen Laut, sank er vornüber, über den Rand des Bootes in die Fluten. Das Gesicht nach unten, trieb er im Wasser, nur sein Rücken war zu sehen und darin aufrecht der Pfeil.

Unter den überhängenden Ufern wurde es unruhig. In die träge dort ruhenden Alligatoren kam Leben. Sie tauchten ins Wasser, schwammen auf Septimus zu. Unter ihren schnappenden Mäulern schien der Tote noch einmal zum Leben zu erwachen, er schien mit ihnen zu ringen, als müsse er nur noch diesen letzten Kampf bestehen, bevor sein Traum Wirklichkeit würde.

16

Es war eine Nacht aus gläsernem Indigoblau. Die lodernden Feuerstellen, die das Lager der schwarzen Amazonen des Königs von Dahomey umgaben, schienen sich, darin spiegelnd, ins Unendliche fortzusetzen. Reglos, in ihren hellen Wollumhängen, die sie gegen die Kühle der Nacht trugen, hockten die Wachen vor dem Eingang des Zeltes. Ihre gekreuzten Ebenholzhellebarden, mit den polierten Menschenschädeln an der Spitze, die im Licht des Mondes und der Feuer metallisch glänzten, warfen lange Schatten in das Zelt. Es stand in der Mitte des Lagers, etwas erhöht auf einem Bambusrost aufgeschlagen. Die Standarte mit dem Alligator an der Spitze zeigte, daß es das Zelt ihrer Anführerin war – aber jetzt beherbergte es eine Gefangene, die kostbarste Beute ihres Kriegszuges: Eine weiße Göttin mit blauschwarzem Haar und Augen aus Saphir.

Sie hatten Caroline in Schals aus weißer Seide gehüllt, ihr ein Lager aus Teppichen und Fellen bereitet. Sie teilten mit ihr, was sie selber aßen, und sie bewachten sie sorgfältiger als die viertausend Gefangenen, die in dem Kral am Rande des Lagers zusammengepfercht waren. Tag und Nacht waren die Schatten der Wachen um das Zelt; alle drei Stunden vollzog sich lautlos die Ablösung. Caroline nahm es hin, wie sie nach dem Tod von Septimus ihre Gefangenschaft hingenommen hatte, als gehe es sie nichts an, als könne sie nur überleben, wenn sie sich wie ein Stein von dem Strom treiben ließ, der sie erfaßt hatte.

Der Boden des Zeltes erbebte leise, als sich die Wachen erhoben. Das Kreuz der Hellebarden öffnete sich, und dann sah sie Nicanor Velano. Sie hatte ihn verloren geglaubt, als man ihn beim Eintreffen im Lager von ihr getrennt hatte; nun stand er dort, in seiner Kapitänsuniform, deren Blau im Halbdunkel tief violett leuchtete, über der Brust das Gefunkel der silbernen Tressen: ein schillerndes Fabelwesen zwischen den Negerinnen. Er war durch den schmalen Zelteingang getreten. Sein Gesicht lag im Schatten; etwas in seiner Bewegung verriet Caroline, daß er am liebsten die Arme um sie geworfen hätte. Er ließ sich neben Caroline auf die Felle nieder. Die Hände um die Knie geschlungen, starrte er vor sich hin.

»Wo warst du?« sagte Caroline, nur um das Schweigen zu brechen, das sie seit so vielen Stunden umgab. Nur um endlich wieder ihre eigene Stimme zu hören.

»Ganz in der Nähe, in einer der Palmhütten.«

Vor dem Zelt trugen zwei Amazonen einen großen Kessel vorbei, in dem dampfende Flüssigkeit schwappte. Stimmengewirr erfüllte das Lager; aus der Ferne kam der jagende Rhythmus einer Trommel, das Geräusch stampfender Füße, klatschender Hände. Singsang erhob sich darüber, schillernd wie diese Nacht. Über allem lag die Stimmung des Aufbruchs.

»Sie ziehen in die Hauptstadt des Königreichs Dahomey«, sagte Nicanor.

Caroline erinnerte sich, wer er war: der Sohn eines Sklavenkapitäns. »Du warst schon einmal dort?«

»Mit meinem Vater, ja. Es ist eine richtige Stadt, mitten in der Wüste, Abomey. Sie nennen sie *City of Blood*, die Stadt des Blutes. Der Tag, an dem die Amazonen von ihrem Kriegszug zurückkehren, ist immer ein großes Fest. Alle sind da, der König, die Sklavenhändler, die Kapitäne.« Er schien keine Angst zu haben vor dieser Stadt, eher glaubte Caroline die Ungeduld zu spüren, dorthin zu gelangen. »Und die Frauen hier?« fragte sie.

»Sie sind die Soldaten des König Gezo von Dahomey. Vater sagte immer, sie seien tapferer und grausamer als Männer. Jedes Jahr um diese Zeit sind sie auf Kriegszug, drei Monate lang, und treiben Sklaven für ihren König zusammen. Wenn sie im eigenen Land nicht mehr genug finden, überfallen sie die Nachbarstämme.«

Caroline nickte stumm. Die Bilder der letzten Tage, die an ihr vorbeigeglitten waren wie an einem blinden Spiegel, erstanden wieder: Tief im Wasser liegend, waren aus den Seitenarmen des Stromes unzählige Kanus zu ihnen gestoßen. Kopf an Kopf hatten die Neger darin gesessen, manchmal an die hundert, nur von einem kleinen Trupp Amazonen begleitet. Der Gedanke an Kampf war ihr bei diesen Bildern, über denen die Lautlosigkeit eines Schattenspieles lag, nie gekommen. Allein vom Anblick dieser Kriegerinnen wie gelähmt, schienen die Gefangenen jeden Widerstand aufgegeben zu haben.

»Im letzten Jahr haben sie siebentausend Gefangene gemacht«, fuhr Nicanor Velano fort. »Siebentausend, die der schwarze König an die Weißen verkauft hat.« In seiner Stimme war Haß. »Er hatte mir das Versprechen abgenommen, zu schweigen«, fuhr er fort. »Aber jetzt, da er tot ist, kann ich es dir sagen: Septimus war der Sohn König Gezos. Sein eigener Vater hat ihn an Santi verkauft.« Nicanor Velano bemerkte Carolines Erschrecken nicht, so sehr nahm ihn all das, was mit dem Namen Santi zusammenhing, gefangen. »König Gezo ist reich«, fuhr er wie im Selbstgespräch fort. »Und mächtig. Aber Cesare Santi ist der wahre König von Dahomey. Ich war mit meinem Vater oft bei ihm.«

Caroline hörte nicht mehr auf die Worte Nicanors. Santi! War sie deshalb Herera entkommen, den Hunden, dem Sumpf? Allein der Gedanke, diesem Mann zu entrinnen, hatte ihr Kraft gegeben. Aber wie durch Zaubermächte schienen alle Wege, die sie einschlug, zu dem einen Ziel zu führen: Cesare Santi! Sie hatte nie an das geglaubt, was andere Fügung oder Schicksal nannten. In ihren Ohren hatten diese Worte immer nach Ausrede geklungen; eine billige Mystifizierung menschlichen Versagens hatte sie darin erblickt. Sie wollte auch jetzt nicht daran glauben, und doch ertappte sie sich bei dem Gedanken, daß nur dieselbe, außerhalb jedes menschlichen Einflusses stehende dunkle Macht, die sie hierhergeführt hatte, sie auch erretten konnte.

Eine Verzweiflung, die sie Tarr und Septimus um ihren Tod beneiden ließ, überwältigte sie.

Nicanor Velano war nicht entgangen, daß Caroline sich plötzlich abwandte. Obwohl er keinen Laut vernahm, obwohl ihr Gesicht im Schatten lag, ahnte er die Tränen. Er kannte den Grund nicht. Er spürte nur, wie seine Beklommenheit vor dieser Frau sich in den heißen Wunsch verwandelte, sie zu trösten. Er rückte zu ihr und legte den Arm um ihren Hals. Wieder, wie in den vergangenen Nächten, allein in der Palmhütte, sah er sie vor sich, wie sie nach dem Weg durch den Mangrovensumpf dagelegen war, nackt, die Haut dunkel vom Moor; und wieder spürte er den stechenden Schmerz, den Neid, die Eifersucht, als Septimus diesen Leib mit seinen Händen berührt, ihn abgewaschen und trockengerieben hatte.

Er hörte, wie Carolines Atemzüge leiser und tiefer wurden. Er stahl seine Hand unter der Decke zu ihrer Brust. Sein Herz klopfte zum Zerspringen, als er die schwellende Rundung unter der dünnen Seide fühlte. Mit offenen Augen lag er neben der Frau. Ungeformte Bilder und Wünsche stiegen in ihm auf. Schemenhaft ahnte er die Umrisse des fremden Wesens, das er einmal sein würde: der Mann, der sich immer wieder an diese Nacht erinnern würde, an den Geruch von Tierfell und Frauenhaut, diese Nacht, in der er sich zum erstenmal erlebt hatte.

Caroline erwachte von dem Lärm des Aufbruchs, dem dumpfen Schlagen der Trommeln. Vier Amazonen standen um sie herum. Das graurosa Licht des frühen Morgens verlieh der dunklen Haut der Frauen einen stumpfen metallischen Schimmer. Die rotgefärbten Haare, in einer dicken, wie gelackt glänzenden Innenrolle unter den Alligator-Kappen hervorkommend, wirkten wie Perücken.

Eine der Frauen lächelte Caroline zu. Sie deutete auf eine hölzerne, mit weißlicher Flüssigkeit gefüllte Sitzwanne, die in einem Dreifuß aus schwarzem Büffelhorn hing. Darunter erfüllte ein mit Holzkohlenglut gefülltes Kupferbecken das Zelt mit praller Wärme.

Caroline zögerte, so sehr sie sich nach einem Bad sehnte. Vielleicht war es nur die andere Rasse, die diese Gesichter für sie so unleserlich machte, die selbst ein Lächeln zu einer undeutbaren Hieroglyphe werden ließ, jeder ihrer Bewegungen etwas Drohendes verlieh. Schließlich streifte sie aber doch die seidenen Schals vom Körper und stieg in die Wanne. Die Amazone ergriff einen Schwamm, netzte ihr die Arme, die Schultern. Mandelduft stieg aus dem Bad, aus einem lauwarmen Gemisch aus Kokosmilch und Sesamöl, das sich wie ein seidener Film auf die Haut legte.

Naß, wie sie aus dem Bad kam, begannen die Amazonen, Carolines Körper mit Goldstaub einzupudern. Eine flimmernde Wolke hüllte sie ein. Vier Marabuwedel huschten über ihren Hals, über ihre Schultern, Arme und Beine. Ehe sie noch recht begriff, was mit ihr geschah, war ihr ganzer Körper mit einer schimmernden Goldschicht bedeckt. Sie schloß die Augen und hielt den Atem an, als die Amazonen auch noch ihr Gesicht golden puderten. Sie hatte sich so daran gewöhnt, wehrlos zu sein, daß sie keinen Augenblick daran gedacht hatte, aufzubegehren. Aber plötzlich begriff sie: Man hatte sie für den König geschminkt! Nackt, nur angetan mit dieser dünnen Schicht aus Goldstaub, sollte sie vor ihn hintreten, kein menschliches Wesen, sondern ein kostbares exotisches Wild... Der Gedanke rüttelte sie auf. Nein, diese Haut aus Gold war keine Demütigung für sie – nur eine Herausforderung. Sie hatten eine Sklavin aus ihr machen wollen, ein Wesen, das nicht mehr sich selbst gehörte – aber sie hatten etwas ganz anderes erreicht. Alles, was sie empfand, war das ungeduldige Verlangen, auch diese Strecke ihrer Irrfahrt hinter sich zu bringen.

Das Schwanken der Sänfte, in der man sie trug, das grelle blaue Licht, das die lose gespannten Tücher auf sie warfen, der Geruch, den die schweißnassen Leiber der Trägerinnen ausströmten – alles schien nur dazu gemacht, Carolines Qualen noch zu vergrößern. Unter ihr glitt der Wüstenboden vorbei, das Muster von tausend nackten Füßen.

Die Goldschicht auf ihrer Haut war in der Glut der Sonne zu einem Harnisch aus Millionen glühender Nadeln geworden. Von dem Fieber, das darunter in ihren Adern brannte, halb betäubt, dämmerte sie dahin. Das bläuliche Licht, das sie umgab, füllte sich mit Bildern, die wie Aquarellfarben ineinander verschwammen, noch ehe sie klare Umrisse annehmen konnten.

Gedehnte Rufe, von der Spitze der Karawane sich fortpflanzend, kamen näher. Caroline lugte durch einen Spalt der Vorhänge. Auf dem harten Blau des Himmels stand ohne Schatten, ohne die Zwischentönte der Luft, wie mit brutaler Genauigkeit gemalt, die Stadt Abomey, *City of Blood*. Von einer roten Lehmmauer umschlossen, stieg sie aus dem blendenden Weiß der Wüste. Gefiederte Baumkronen, wie aus Metall geschnitten, zeichneten sich davor ab.

Die Fährte durch die Wüste war in eine breite Straße übergegangen. Das Stimmengewirr verstummte; nur das Geräusch der nackten Füße blieb. Der Zug hatte den Bezirk der Fetischhäuser erreicht. Aus Gebeinen von Menschen und Tieren erbaut, auf den bleichen Knochenwänden in grellen Farben Sonnen, Schlangen und Stierköpfe zeigend, und immer wieder Symbole des männlichen Geschlechts, legten sie sich wie ein Zauberkreis um die Stadt.

Die Straße begann anzusteigen. Ein Tor nahm sie auf. Sie waren in der Stadt. Jubelrufe umbrandeten den Zug. Von allen Seiten drängten sich dunkle Gestalten an die Sänfte heran, um diese Gefangene zu betrachten. Am ganzen Leib zitterte Caroline, von einer wilden Panik erfaßt, wie damals als Kind, als ihr Vater ihr das Karnevalstreiben auf dem Pont Neuf hatte zeigen wollen. Ringsum an den Scheiben der Kutsche waren plötzlich bunte Fratzen, grüne spitznasige Masken aufgetaucht; sie hatte aufgeschrien – und doch den Blick nicht von dem Treiben lösen können, von jener Faszination des Schrecklichen und Fremdartigen bezwungen, die sie auch jetzt wieder hinausspähen ließ in diese Stadt, die auch in der Nähe etwas von einem gemalten Prospekt behielt. Schattenlos reihten sich die Häuser, flirrende, grellbunte Luftspiegelungen. Ein Markt schwappte seinen Brodem von frisch geschlachtetem Fleisch, sonnenwarmen Früchten und penetranten Gewürzen über sie aus. Die Klänge schriller Flöten waren plötzlich um den Zug, mißtönend und auf eine wilde, ausgelassene Weise fröhlich, genau wie die nur mit den Fingerspitzen geschlagenen Rhythmen der Trommler, die sich dem Zug in der Stadt angeschlossen hatten.

Alles drehte sich vor Carolines Augen.

In Karrees zu je hundert waren die Gefangenen in dem riesigen Palasthof aufgestellt. Dazwischen, in Viererreihen, sternförmig angeordnet, standen die Kriegerinnen, rostrot die Gewänder, die

Haare und die Alligator-Standarten, schwarz die Hellebarden mit den weißen Totenschädeln. Im Kern dieses Sterns, unmittelbar der Tribüne des Königs gegenüber, hatten die Trägerinnen Carolines Sänfte abgesetzt.

In flachen Stufen, über die Leopardenfelle geworfen waren, stieg die Tribüne zum Thron des Königs an. Über dem Sitz aus Elfenbein schwebte der Baldachin aus karmesinroter indischer Seide. Der Thron war noch leer, aber wie ein Pfauenrad sich auffächernd, hatte der Hof bereits Platz genommen: Links vom Königsthron die Kinder, Frauen und Matronen, je nach ihrem Rang auf niedrigen Schemeln, auf kleinen Hockern oder Stühlen; ein Berg aus sich bauschenden Stoffen, funkelndem Geschmeide, phantastischen Turbanen, sich drehenden Sonnenschirmen und wehenden Fächern. Rechts standen die Männer; die Priester in weißen bis zum Boden wallenden Umhängen, die Hofbeamten in schmalen kaftanartigen Gewändern. Dahinter ragten, Schulter an Schulter, baumlang und nackt bis zu den Hüften, die Eunuchen. Aus den Falten ihrer orangefarbenen Pluderhosen blitzten schwere Waffengehänge.

Durch das Spalier der Leibwache ging jetzt eine Bewegung. Auf der Treppe des Palastes war der König aufgetaucht. Gezo, Herrscher von Dahomey, Oberster Priester der heiligen Krokodile. Ein karmesinroter Sonnenschirm schwebte über dem hochgewachsenen Mann in dem goldfunkelnden Mantel und dem seltsamen, breitrandigen, mit goldenen Federn und Spitzen verzierten Hut. Er ging schnell, fast unfeierlich, und doch ließ seine Art, den Fuß auf die Erde zu setzen, keinen Zweifel daran, daß er sich als Herr dieser Erde fühlte.

Die Schwarzen warfen sich zu Boden, blieben liegen, bis der König vorbeigeschritten war. Nur ein paar Weiße, die Caroline erst jetzt neben dem Thron entdeckte, blieben stehen. Ob Cesare Santi unter ihnen war? Jener Mann in dem sandfarbenen Seidenanzug?

Vor Caroline tanzten rote Kreise. Sie schloß die Augen, rang nach Atem. Jemand riß die blauen Vorhänge der Sänfte auseinander. Die dunkle, ringgeschmückte Hand einer Amazone streckte sich ihr entgegen. Und dann stand Caroline da, in dem gnadenlosen Licht, das, vom goldenen Panzer ihrer Haut reflektiert, eine Aureole um sie breitete, durch die sie die Menschen, die ihr entgegenstarrten, nur wie bunte Schemen sah...

Wie von selbst setzten ihre nackten Füße Schritt vor Schritt in den seidenweichen rosagetönten Sand des Palasthofes. Aufrecht, den

Blick nur auf den König gerichtet, blieb Caroline an den Stufen des Throns stehen.

Caroline ahnte nicht, was in dem König vorging. Sie wußte nicht, daß die Schwäche, gegen die sie ankämpfte, ihre Lippen leicht geöffnet hatte und ihren Augen einen weichen Schimmer verlieh, der den Mann vergessen ließ, daß er König war und die Frau, die vor ihm stand, seine Gefangene. Sie wußte nur, daß sein erstes Wort das Urteil sein würde.

Der König sah die Frau, die ohne ein sichtbares Zeichen der Angst vor ihm stand. In ihren Augen lag weder geheuchelte Unterwürfigkeit noch jener Hochmut, für den er die Weißen verachten gelernt hatte – vor allem jenen Mann, der keine zwei Schritte neben der Frau stand, Don Cesare Santi, den er wie einen Freund behandelte und den er dennoch haßte. Sein Blick wanderte von Caroline zu Santi. Und plötzlich wußte er, wie er diesen Mann treffen, ihn hier vor allen bloßstellen konnte. Auf Caroline deutend, wandte er sich an den Sklavenhändler, der nach einem Vertrag das Erstkaufrecht auf alle seine Sklaven hatte. »Ich warte auf Euer Gebot, Don Santi!«

Caroline hätte erschrecken müssen, aber sie blieb ruhig. Die Ähnlichkeit mit Rafaelo Santi war verblüffend. Sie hatte ihn sich anders vorgestellt. Immer, wenn sich ihre Gedanken mit ihm beschäftigten, hatte sie einen Mann vor sich gesehen, den die Tropen ausgehöhlt hatten, einen Mann, den sie allein schon seines Äußeren wegen würde hassen können. Aber in diesem Gesicht, mit Augen, die gelernt hatten, ohne Zucken ins grelle Sonnenlicht zu blicken, fand sie nur jene aus Abendland und Orient gemischte Schönheit, die den Männern dieser Familie gemeinsam war.

»Sie sind sonst entschlossener, wenn es um Sklaven geht«, sagte der König. »Also, was bieten Sie?«

»Lassen Sie mir Zeit«, sagte Santi. »Sie wissen, daß ich mir die Sklaven des Königs immer genau ansehe; denn es sind immer die teuersten.« Dann hob er seinen silbernen Stock, deutete auf Caroline. »Ich biete den Preis für fünfhundert Sklaven«, sagte er.

Ein spöttischer Zug spielte um die Lippen des Königs. »Zu wenig, Don Santi!«

»Den Preis für tausend Sklaven«, sagte Santi.

König Gezo tat, als habe er das neue Gebot nicht gehört. Santi schien nicht mehr für ihn zu existieren. Er hob die Hand, gab ein Zeichen. Aus dem Gewimmel der Diener trippelte ein nur mit Federn bekleideter Zwerg, der einen Sonnenschirm aus nephritgrüner Seide über sie hob und begann, ihr Kühlung zu fächeln.

Caroline wußte nicht, was dieser Schirm über ihrem Kopf bedeutete; daß nur wenigen dieses Vorrecht zustand und daß seine Gewährung eine hohe Gunst war. Auf einen zweiten Wink des Königs schob sich ein kleiner, ungemein fetter Neger aus der Reihe der Männer: Hok-tan-hoon, Zeremonienmeister des Königs. Im Schatten des Schirmes dahinschreitend, folgte sie ihm. Hinter sich hörte sie Cesare Santi rufen: »Mein letztes Gebot! Der Preis für zweitausend Sklaven!« Sie hörte das Auflachen des Königs, ein schadenfrohes Lachen, das ihr die geheime Feindschaft zwischen diesen beiden Männern schlagartig enthüllte.

In einem feinen Strahl sprühte das Wasser über Carolines Körper. Der Goldpanzer, der noch vor Sekunden über ihrer Haut gelegen und unter dem sie zu verbrennen geglaubt hatte, löste sich. Ihre Beine abwärts lief das Gold in dünnen Rinnsalen, das schwarze Onyxmosaik des Bodens mit funkelnden Fäden überziehend.

Camea, die Berberin, der Hok-tan-hoon sie übergeben hatte, reichte Caroline einen neuen, mit wohlriechenden Essenzen getränkten Schwamm. In atlasbraunen Musselin gekleidet, stand die hagere, etwa vierzigjährige Frau vor der Duschnische, deren Dämmerlicht den Leib der Weißen noch heller erscheinen ließ. Der König hatte der Weißen seinen Lieblingszwerg gegeben. Camea war lange genug am Königshof von Dahomey, um diese Gunst deuten zu können. Aufmerksam beobachtete sie die weiße Frau. In ihren Bewegungen vereinigten sich die Anmut und die Nervosität eines edlen Pferdes, eine Seltenheit bei den weißen Frauen, die für den Geschmack Cameas außer der hellen Haut nicht viel hatten, was einen Mann lange fesseln konnte. Aber diese hier war anders. Camea spürte es, wie Tiere derselben Rasse sich wittern. Sie, die Berberin aus den Bergen des Atlas, mit den leicht eingefallenen Wangen, war nie schön gewesen; und doch hatte sie sich wie wenige als Frau ausgelebt, und tat es jetzt noch, wenn die Prinzen des Hofs zu ihr schlichen...

Der in sich geschlossene Bereich inmitten der Frauenhäuser, den man Caroline angewiesen hatte, bestand aus einem kleinen halbüberdachten Innenhof und einem großen Raum mit Teppichen an den Wänden. Außer den niedrigen Diwanen, die sich ringsum an den Wänden hinzogen, enthielt der Raum nichts als ein Ebenholztischchen, in das aus Elfenbein ein Schachbrett eingelegt war. Aber nicht die Figuren standen darauf, sondern Schalen mit Sesamöl und Henna, Baumwolltücher, Kämme aus Schildpatt, Spangen und Nadeln aus Silber.

Ein feuchtes duftendes Tuch über dem Gesicht, lag sie auf dem Diwan, während Camea Öle und Salben in ihre Haut massierte. Vom Innenhof drang das Rauschen des Springbrunnens. Manchmal klang fern ein Frauenlachen auf und versickerte in dem Murmeln, das irgendwo hinter den Wänden wie ein unsichtbarer Strom dahinfloß.

Der Harem eines Negerkönigs!

Das dünne Seil aus Hoffnung und Selbstbetrug, auf dem Caroline traumwandlerisch dahingeschritten war, gab unter ihr nach. Sie fühlte sich stürzen. Ihre Hand suchte unwillkürlich Halt und blieb kraftlos auf den Kissen liegen. Sie wollte etwas sagen, aber auch ihre Lippen gehorchten ihr nicht mehr. Immer schwerer wurde ihr Körper, immer schneller stürzte sie, immer tiefer...

Voller Schrecken neigte sich Camea über die wie leblos, mit weitgeöffneten Augen Daliegende. Ein unartikulierter Schrei brach aus ihr, aber sie selber hörte ihn nicht mehr...

17

Einzelne Lichtfäden spannten sich durch die rötliche Dämmerung. Rosa wehten die Federn eines Straußenwedels hin und her; über einen Stickrahmen geneigt saß eine Frau, schimmernde Perlen auf ihre Nadel ziehend. Alles war Caroline zugleich vertraut und fremd an diesem Bild. Immer wieder war es in ihren Fieberträumen aufgetaucht, sie daran erinnernd, daß es jenseits der Krankheit noch etwas anderes gab – aber nur, um im nächsten Augenblick wieder zu zerfallen. Auch jetzt wartete sie darauf, daß es sich auflöse. Aber das Bild blieb, wurde deutlicher. Die Frau dort am Bettende, in braunen Musselin gehüllt, in ihre Stickarbeit versunken, war das nicht Camea? Sie bewegte ihre Hände unter der Decke. Sie gehorchten ihr. Sie schlug die Augen auf. Alles um sie herum blieb, wie es war, stand fest an seinem Platz. Aber es war ein anderer Raum, in dem sie lag. Rote Tücher, mit seltsamen Zeichen darauf, bedeckten die Wände. Und was bedeutete das – die Ketten aus blauen perlartig aufgereihten Holzstückchen, die nach Moschus duftenden Schnüre, die man ihr um den Hals gelegt hatte?

Sie machte eine Bewegung. Sogleich ließ Camea ihre Arbeit sinken, eilte zu ihr ans Bett. Sie beugte sich über Caroline. Ihr Gesicht verriet Fassungslosigkeit, als erblickte sie eine von den Toten Auferstandene. Camea legte ihr sachte die Hand auf die Stirn. Sie hatte nicht mehr geglaubt, daß die Weiße je aus ihrem totenähnlichen Schlaf erwachen würde, trotz der roten Zaubertücher nicht, des auf die Türschwellen gestreuten Pulvers aus zerriebenen Kamelknochen, trotz der heilkräftigen Schnüre. Aber das Fieber war verschwunden. Sie sah das klare Auge, den suchenden, aber bewußten Blick. Sie rannte hinaus an die steinerne Brüstung der Terrasse und schrie mit sich überschlagender Stimme in den Hof hinunter. Tiefe Stille antwortete ihr. Dann ein ohrenbetäubender Lärm, eine Explosion von Rufen und Stimmen. Camea eilte zurück, an die Seite der Kranken.

Einen Augenblick hatte Caroline vor dem Sonnenlicht die Augen schließen müssen. »Was ist?« fragte sie verwirrt. In die herben, fast männlichen Züge der Berberin trat jene plötzlich aufleuchtende Schönheit, die manche häßliche Gesichter wie ein Geheimnis hüten. »Ihr lebt«, sagte sie, »und alle werden aufatmen. Vor allem Ah-poo-che-noo, der Medizinmann. In einer Stunde sollte er geteert und gehäutet werden. Er wäre der dritte gewesen, den der König töten ließ, weil er Eure Krankheit nicht besiegte.« Camea umfing Caroline mit einem Blick wilden Stolzes. »Er war wie von Sinnen. Seit über hundert Tagen und Nächten sind die Feuer vor den Fetischhäusern nicht mehr gelöscht worden.«

Caroline richtete sich unter den stützenden Armen der Berberin auf. »So lange?« Sie blickte sich in dem Raum um; auch er ähnelte mit seinen rotverhangenen Wänden und Fenstern den Löwenklauen über der Tür und den Bündeln von Tierhaar dem Innern eines Fetischhauses. Jetzt verstand sie die Bedeutung dieser Dinge, und auch die der Ketten und Schnüre an ihrem Körper. Ihr schauderte.

Camea hatte Kissen in Carolines Rücken geschoben. Sie nahm eine Schale mit Rosenwasser und benetzte Carolines Gesicht, betupfte die Innenflächen ihrer Hände. »Ihr wurdet immer ganz ruhig, wenn ich Euch damit wusch«, sagte sie.

Caroline ließ sie gewähren. Tief atmete sie den Duft des Wassers ein. Alles war ein staunendes Zurückfinden ins Leben.

»Auch das mochtest du«, sagte Camea, während sie zwischen den Handballen etwas Mandelmilch und Schildkrötenöl warm und sämig rieb. Sie hatte ihre ganze Sorgfalt und ihr reiches Wissen um die Geheimnisse weiblicher Schönheit aufgewandt, damit Caroline während jeder Stunde der Krankheit schön wie eine Frau war, die ihren Geliebten erwartet. Sie hatte ihr das Haar gebürstet, ihr die Lippen mit Purpur getönt, ihren Leib mit immer neuen Düften und Ölen gesalbt.

Caroline lächelte Camea zu. »Kann man nicht die Läden schließen?« Etwas anderes hatte ihre ganze Aufmerksamkeit auf sich gezogen: das Leben in ihrem Leib. Reglos lehnte sie in ihren Kissen.

Deutlich spürte sie die stoßenden Bewegungen. Sie lauschte in sich hinein, erschüttert, daß sie jenes zweite Leben in sich vollkommen vergessen hatte und daß sie auch in den ersten Augenblicken des wiedergeschenkten Daseins nur sich selber empfunden hatte. Da war es wieder. Ihr Kind. Caroline schob die Hand unter die Decke, legte sie auf den Leib, um noch deutlicher zu spüren, wie es sich regte. Sie glaubte, die Rundung des Kopfes zu ertasten. Wie winzig dieses Wesen war! So klein, daß es ihren Leib kaum verändert hatte.

Was sie noch keinen Augenblick getan hatte: sie rechnete nach. Fast sieben Monate. Sie glaubte ihren Vater lachen zu hören. »Die Frauen der Romme Allerys haben immer bis zur letzten Stunde getanzt und geritten. Reiten und Tanzen, das erspart eine neue Garderobe.«

Camea trat mit einem Glas Kamelmilch an das Bett. Bei dem säuerlichen Geruch wurde Caroline fast übel. Sie schüttelte abwehrend den Kopf. »Als Ihr krank wart, konntet Ihr nicht genug davon bekommen«, sagte Camea.

»Als ich krank war«, antwortete sie. »Aber jetzt bin ich bald gesund. Bring mir zu essen, richtiges Essen. Ich habe Hunger für zwei.«

Wie ein sattes, müdes Kind war Caroline in die Kissen zurückgesunken und eingeschlafen. Nichts mehr hatte sie wecken können, weder der Lärm des Festes, das den ganzen Palast erfüllte, noch Cameas Geschäftigkeit. Erst am Abend, als neuer Hunger sie zu quälen begann, erwachte sie. Der Schein einer Öllampe erfüllte den Raum. Von den Wänden und Fenstern waren die roten Tücher verschwunden, die Fetische. Auf dem Ebenholztischchen standen nicht mehr Fläschchen und Schalen mit seltsamen Medizinen, sondern Naschwerk, Früchte und eine Karaffe mit Wasser.

Cameas Stuhl war leer. Der Stickrahmen und die Schnüre mit den winzigen Korallenperlen lagen am Boden. Vor der Tür der Terrasse, nur eine aus Licht und Schatten gezeichnete Silhouette, hockte ein Zwerg und blickte in den Hof hinunter, aus dem Geräusche feiernder Menschen heraufdrangen.

Caroline schlug die Decke zurück. Als sie den Fuß auf den Boden setzte, wurde ihr einen Augenblick schwindlig. Sie wartete, bis es vorüberging. Sie blickte an sich herunter, ein Lächeln auf den Lippen, die stumme Zwiesprache mit dem Kind, das sie trug, wieder aufnehmend. Nein, wenn man es nicht wußte, sah man es ihr nicht an; und doch ahnte sie, daß es Camea nicht verborgen geblieben sein konnte. Sie trat an das Bogenfenster, das auf die Terrasse führte. Der Fächer des Zwerges bewegte sich schnell, die Federn seines Gewandes wehten bei jedem Luftzug auf. Er mußte ihren Schritt gehört haben. Sie dachte an ihr Kind und daß sie alles Schlimme von ihm fernhalten wollte.

Vier Eunuchen, in prächtig bestickte Wollmäntel gehüllt, hielten draußen Wache. Der Blick in den Innenhof war ihr durch die weit vorspringende Terrasse verwehrt. Sie sah nur den zuckenden Schein eines großen Feuers und an den weißen Mauern die ins Gigantische vergrößerten Schatten der Feuertänzer, die im jagenden Rhythmus schriller Flöten darüberhuschten.

Die Flammen der Kerzen neigten sich unter dem Luftzug, als Camea den Türvorhang zurückschlug. Mit schnellen Schritten kam sie zu Caroline. »Hok-tan-hoon kommt im Auftrag der Priester«, konnte sie ihr noch zuflüstern. Dann trat schon der in giftgrüne Seide gewickelte Koloß ein, blieb in der Mitte des Raumes stehen. Neben Hok-tan-hoon hielt ein Diener ein silbernes Tablett, auf dem ein kleines Messer lag.

Caroline registrierte es gleichgültig, wie auch den Zug von Tücke in dem von Fett überwucherten Gesicht des Zeremonienmeisters. Schweigend reichte Hok-tan-hoon das Messer Camea. Ehe Caroline wußte, wie ihr geschah, hatte Camea ihr eine Haarlocke abgeschnitten. Hok-tan-hoon nahm Messer und Locke, verneigte sich vor Caroline und verließ den Raum.

»Was soll das Ganze?« fragte sie. »Wozu die Locke von meinem Haar?«

»Für den König und für das Orakel.«

»Das Orakel?« Sie sah Camea fragend an.

Um die Augen der Berberin sprangen Fächer von Fältchen auf. Nie zuvor war Caroline die Schärfe dieses Gesichtes so aufgefallen, das Gespannte darin, wie es sehr sinnlichen Frauen in späteren Jahren oft eigentümlich ist. »Der König hat den Rat der Priester zusammengerufen«, sagte Camea. »Sie werden die heiligen Krokodile befragen. Dazu brauchen sie Euer Haar. Vor jeder wichtigen Entscheidung werden die Krokodile befragt. Und das *ist* eine wichtige Entscheidung – der König will Euch zu seiner Königin machen.«

Alles Blut war aus Carolines Gesicht gewichen. »Nein«, stieß sie hervor. »Niemals. Niemals wird das geschehen.« Sie ließ sich am Rand des Lagers nieder. Ein einziger Gedanke beherrschte sie: Flucht! Aber wohin sollte sie fliehen? Schon an der Schwelle der Tür würden die Wachen sie anhalten. Überall standen sie, an jeder Treppe, unter jeder Galerie. Und selbst wenn es ihr gelänge, bis zu den Wällen vorzudringen, hinaus aus der Stadt. Was erwartete sie dort? Don Santis Leute. Und wenn sie ihnen entkam: die Wüste, ein fremdes, unbekanntes Land, fremde, unbekannte Menschen. Es gab nur einen Weg. Sie erhob sich. »Camea, ich will zum König. Führe mich zu ihm!«

Die Berberin war einen Schritt zurückgewichen, hob abwehrend die Hände. »Ich habe nicht gehört, was Ihr gesagt habt! Der König hat die Hand auf Euch gelegt. Es wird geschehen, was beschlossen ist, mit oder gegen Euren Willen. Nur eines könnte es verhindern, das Orakel. Aber ich würde es mir an Eurer Stelle nicht wünschen... Möchtet Ihr dabeisein? Es ist das einzige, was ich für Euch tun kann. Ich weiß einen Platz, von wo aus man den Hain der heiligen Krokodile überblicken kann. Ich kann Euch hinführen. Wenn das Orakel gegen die Heirat ist, seid Ihr frei. Noch kein Herrscher Dahomeys hat es gewagt, sich über das Orakel hinwegzusetzen.«

»Führe mich hin«, sagte Caroline.

Camea nickte stumm. Mit einem schnellen Blick vergewisserte sie sich, daß die Eunuchen sie nicht beobachteten. Sie legte Caroline einen Wollmantel um die Schultern. Sie flüsterte dem Zwerg ein paar Worte zu, dann zog sie Caroline mit sich in den Hindergrund des Raumes. Sie berührte eine neben dem Wandteppich herunterhängende Kordel. Lautlos rollte der Teppich zur Seite. Eine schmale Treppe führte abwärts. »Bleibt immer hinter mir«, flüsterte Camea.

Das Licht des aufgehenden Mondes wob zwischen den Arkaden des langen Ganges, der zwischen den Frauenhäusern und den königlichen Gärten entlangführte. Über ein Gewirr verwinkelter Treppchen und Gänge drangen sie ins Freie. Schweigend eilten sie durch ein Gehölz, das mit seinen ausgeschlagenen Stellen und den stehengebliebenen Wurzelstöcken an einen nicht vollendeten Park erinnerte. Ein paar Schritte von ihnen entfernt stob etwas aus dem Unterholz. Mit weiten Sprüngen setzte eine Gazelle über die Wiese, blieb stehen, den Kopf erhoben, witternd. Vom Mondlicht hell beschienen, tauchte eine Gruppe von Stieren auf, schwarz und glänzend wie aus Lavastein geformt, mit gesenkten Hörnern. In den Bäumen hockten Bussarde. »Der Hain der heiligen Tiere«, flüsterte Camea. »Wir haben nicht mehr weit.«

Caroline erkannte jetzt die Einzäunung der Gehege: ein Gitter, zwischen den Baumstämmen gespannt; im Licht der Nacht schien es nicht fester als ein mit Millionen Tauperlen besetztes Gespinst. War es die Stille? Die unwirkliche Schönheit der Nacht und der wie verzaubert wirkenden Tiere? War es das strömende, alles mit seinem Schein durchdringende Licht des Mondes? Vergessend, daß auch diese Tiere Gefangene waren wie sie, glaubte Caroline ein Paradies zu durchschreiten. Auch die Gefangenschaft konnte also ein Paradies sein – sie erschrak bei dem Gedanken. War es schon so weit mit ihr gekommen? Begann sie bereits, sich mit dem Unabänderlichen abzufinden, sich nicht mehr aufzulehnen? Was war es, das sie so ausgehöhlt hatte? Die Krankheit, die hinter ihr lag? Das Warten auf ein Wunder?

Die Bäume rückten enger zusammen. Der Pfad begann anzusteigen. Hinter hohem Strauchwerk wurde ein spitzes rundes Dach sichtbar. Camea nahm Caroline bei der Hand. Ein verfallener Steinpavillon tauchte vor ihnen auf. Im Schatten der doppelten Säulenreihe, die ihn umlief, eilten sie weiter, leise, auf Zehenspitzen. Ein Tier huschte aus einer Nische, verschwand in der Nacht. In den Zweigen des Baumes, der den Pavillon halb verdeckte, regte sich ein Vogel. Der Duft von Zimt schwebte in der Luft. Aber Caroline hatte nur noch Augen für das, was sich vor ihr, in der etwas tiefer gelegenen Lichtung, begab, dort, wohin Cameas Hand wies.

Männer mit gespenstischen, weißgeschminkten Gesichtern standen in einem dichten Kreis um den Teich der heiligen Krokodile. In den erhobenen Armen hielten sie lodernde Pechfackeln. In einen Mantel aus Leopardenfell gehüllt, seine Leibwachen hinter sich, stand der König Gezo an der Schmalseite des Teiches. Ein Holzsteg führte von dort in das Wasser; seine Oberfläche, dunkel und zähflüssig auf den ersten Blick, wogte wie kochende Lava in einem Krater hin und her. Manchmal tauchte der breite gehörnte Rücken eines Krokodils auf.

Caroline blickte Camea fragend an, aber die Berberin legte den Finger auf den Mund. Aus der Mauer der Männer war eine hohe Gestalt neben den König getreten. Die mit seltsamen Zeichen bestickten weiten Gewänder, in die er gekleidet war, flatterten bei jedem Schritt um die spindeldürren Beine. Die an einem Bambusrohr befestigte Affenmaske, die der Mann vor das Gesicht hielt, machte ihn vollends zu einem Wesen, das der Unterwelt entstiegen schien. Vor dem König sich verneigend, begann er mit hohler Stimme einen halb gesprochenen Singsang. Die Weißgeschminkten fielen mit beschwörenden Ausrufen ein. Der König hob die Hand. Der Chor verstummte. Jemand reichte dem Priester ein Weidenkörbchen, in dem ein winziges nacktes Wesen lag.

»Es muß ein Kind sein«, wisperte Camea, »nicht älter als sieben Tage. Es schläft ganz tief. Sie haben ihm Mohnsud eingeträufelt.«

Caroline versuchte sich gegen das Grauen zu wehren, das sich ihrer bemächtigte. Sie zwang sich zu der Frage: »Was wird mit dem Kind geschehen?«

»Der Priester wird es in dem Körbchen auf das Wasser setzen zu den Krokodilen. Geschieht dem Kind nichts, stimmen die Götter der Hochzeit des Königs zu. Stirbt es, seid Ihr frei.« Cameas Stimme war kaum zu unterscheiden von dem Rascheln, das hin und wieder durch die Baumkrone über ihnen ging.

Der Priester hatte den Steg betreten. Leichtfüßig, fast tänzelnd schritt er dahin. Am Ende des Steges angelangt, verharrte er; dann kniete er nieder und setzte das Körbchen auf die Wasserfläche. Mit dem Kind trieb es vom Steg weg. Wie durch Zauberei hatte sich die Oberfläche des Wassers beruhigt. Das Körbchen hatte die Mitte des Beckens erreicht, als das flache Maul eines Krokodils auftauchte, ein zweites und drittes, immer mehr. Caroline preßte die Hände vor den Mund, um nicht zu schreien. Das Wasser war plötzlich eine brodelnde Masse. Carolines Augen suchten das Kind – aber sie fanden nur noch das Körbchen: umgestürzt, leer...

Die Stimme des Königs durchschnitt die Nacht, eine Stimme, die nicht von einem Menschen zu kommen schien, sondern ein Aufschrei der Natur war. Caroline mußte die hinausgeschleuderten Worte nicht verstehen, um ihren Sinn zu erfassen.

»Er wendet sich gegen das Orakel!« stieß Camea tonlos hervor. »Er sagt, sie haben ihn betrogen. Sie haben die Tiere vorher nicht mit Ferkelfleisch gefüttert, wie es das Gesetz verlangt. Er verkündet die Hochzeit!« Sie starrte Caroline mit einem Ausdruck panischen Entsetzens an. Dieses weiße Gesicht, das aus sich selbst Helligkeit zu verströmen schien, diese Augen mit ihrem magischen bläulichen Feuer – wenn diese Weiße eine Zauberin war? Eine Dschinih, die die Männer mit ihrer Schönheit behexte, ins Verderben stürzte? Weiß – es war die Farbe des Todes, des bösen Zaubers. Nur Zauberei konnte den König so verblendet haben, sich dem Orakel der heiligen Krokodile zu widersetzen. Und sie, Camea, war es gewesen, die dieses Wesen hierher geführt hatte! Die Berberin, die sonst klar wie ein Mann zu denken vermochte, war plötzlich wieder ein Kind. Sie wußte nicht, ob sie Hals über Kopf fliehen oder sich diesem Wesen zu Füßen werfen sollte.

Wie von Furien gehetzt, eilte Camea vor Caroline her. Alle paar Schritte blickte sie sich um, in der irren Hoffnung, daß dieses Wesen, das ihr folgte, sich in Luft auflösen würde und damit alles wieder so sein würde wie früher.

Caroline war zu sehr mit sich beschäftigt, um dem seltsamen Gebaren der Dienerin Beachtung zu schenken. Ihre ganze Aufmerksamkeit galt dem Weg. Jeder Winkel schien ihr plötzlich wichtig, als verberge sich dahinter die Freiheit. Wie auch immer diese Freiheit aussehen würde – sie mußte fliehen. Selbst eine aussichtslose Flucht war besser, als sich der dunklen Leidenschaft dieses Königs auszuliefern. Rastlos tasteten ihre Augen alles ab, Nischen, Mauervorsprünge, die flachen, grasgedeckten Dächer. Jeden Gang, jedes Fenster, jede Treppe, an denen sie vorher achtlos vorbeigeschritten war, versuchte sie sich jetzt einzuprägen. Und doch hatte sie, als Camea hinter ihr den Wandvorhang schloß und die milde Dämmerung ihres Gemachs sie wieder aufnahm, kaum mehr als eine vage Ahnung, in welchem Teil dieses Labyrinths sie sich befand.

Auf einem Tablett stand das Abendessen bereit. Camea wollte eben damit beginnen zu servieren, als auf der Terrasse Unruhe entstand. Sie rollte die Matte, die am Abend gegen die Kühle der Nacht vorgelegt wurde, weg und trat hinaus. Undeutlich drangen Stimmen herein. Caroline glaubte eine davon zu erkennen, hell und ein wenig rauh. Aber ehe sie ihrer Sache sicher war, wurde es wieder still. Fragend blickte Caroline die Berberin an, die allein zurückkam. »Wer war es? Die Stimme – sie kam mir bekannt vor.«

Camea sah auf. »Es ist der Junge, der Sohn des weißen Kapitäns, der an demselben Tag gekommen ist wie Ihr«, sagte sie. »Er kommt jede Nacht, seit Ihr hier seid«, fuhr Camea fort. »Er besticht die Wachen, damit er bis zum Morgengrauen unter Eurem Fenster sitzen kann. Ihr habt ihn behext.«

»Führ ihn herein!« Caroline achtete nicht auf die Abwehr in Cameas Gesicht. »Ich will ihn sehen.«

Als Nicanor Velano aus dem Dunkel der Nacht in den Lichtkreis der Tür trat, in dem wallenden Umhang mit der tief ins Gesicht gezogenen Kapuze, erschien Caroline der Sohn des Kapitäns größer und älter, als sie ihn in Erinnerung hatte. Aus den noch undeutlichen Kinderzügen hatte sich ein neues Antlitz von männlichem Ernst geformt; hinter der Stirn schienen sich neue Träume niedergelassen zu haben. Sie trat auf ihn zu, ihn zu umarmen, aber dann zögerte sie, ihn in die Arme zu schließen. »Ich freue mich, dich zu sehen«, sagte sie nur. »Warum bist du nicht früher gekommen?«

Nicanors beherrschtes Gesicht zerfiel unter einem Sturm chaotischer Gefühle. Er warf sich ihr zu Füßen. »Ich werde dich befreien! Wir werden zusammen fliehen. Ich habe alles vorbereitet.« Mit brennenden Augen starrte er zu ihr empor. »Aber versprich mir, versprich mir, daß du mir gehören wirst!« Wie ein Alptraum hatte ihn die Vorstellung verfolgt, daß sie ihn in diesem Augenblick, in dem er sich ihr offenbaren würde, auslachen könnte.

Aber sie lachte nicht. Ihre Augen, die ihm fast schwarz erschienen, blickten ernst auf ihn herab, und um den leichtgeöffneten Mund lag etwas wie Erschrecken. Früher hatte Caroline Geständnisse dieser Art halb amüsiert, halb geschmeichelt hingenommen. Aber nichts von alledem war in diesem Augenblick in ihr. Sie war der Männer müde. Und sie war der Liebe müde, die sie, sich selbst zum Fluch, in den Männern weckte.

»Versprich es mir!« hörte sie die drängende Stimme Nicanors. Sie sah ihn an. Wußte er, was die Worte, die er sprach, bedeuteten? Und selbst wenn – hatte sie eine andere Wahl? Sie war in einer Lage, in der einer Frau alles erlaubt war. Sie fuhr durch das braune lockige Haar des jungen Mannes und nickte stumm. Sie sah, was sie mit einem einzigen stummen Nicken bewirkt hatte, und sie war zufrieden damit. Ihr anfängliches Zögern vor diesem Spiel war überwunden. Wozu war sie eine Frau, wenn sie diesen Einsatz nicht wagte? Es gab nun einmal für einen Mann keinen besseren Ansporn als den, eine Frau erringen zu wollen. Daß er so jung war, daß sie die erste Frau war, die er begehrte, machte ihn unbesonnener und gefährlicher, aber sie traute es sich zu, ihn zu zügeln. Mit einer Geste, die zugleich Abstand und Vertrautheit schuf, forderte sie ihn auf, sich neben sie zu setzen. »Du hast gesagt, alles sei zur Flucht bereit? Wie hast du das gemeint?«

»Daß du in dieser Stunde noch frei sein kannst. Mein Pferd steht draußen vor den Wällen. Es trägt uns beide, und vor Morgengrauen können wir in Wydah sein, auf einem Schiff. Ich kenne viele Kapitäne.« Die Schultern etwas vorgezogen, die Hände geballt, stand er da.

Caroline mußte ein Lächeln unterdrücken. Sie wußte, daß es jetzt an ihr lag, kaltes Blut und Vernunft für zwei aufzubringen. »Zu fliehen, nur um in der nächsten Stunde wieder gefangen zu werden, das kann nicht unser Ziel sein«, sagte sie.

»Vertraust du mir nicht?« Er war in seinem Stolz verletzt, Röte überzog sein Gesicht. Alles in ihm wehrte sich gegen einen

Aufschub. Caroline ergriff begütigend seine Hand. »Wir dürfen nicht zur Küste. Dort würden sie uns zuerst suchen. Jeder würde uns verraten. Es gibt nur einen Weg – die Wüste. Niemand wird glauben, daß wir das Unmögliche wagen, und gerade darum müssen wir es tun.«

»Die Wüste?« Ursprünglich hatte er denselben Gedanken gehabt; aber hatte ihn verworfen. Die Strapazen, die sie dort erwarteten, hätte er ihr niemals zugemutet. Trotzdem, sie hatte recht. Fasziniert von ihrem Mut, starrte er sie an. »Wir müssen dafür gerüstet sein«, fuhr Caroline fort. »Wir brauchen zwei Reittiere, Lasttiere, ein Zelt, Karten, Mehl, Öl, Zündhölzer. Vor allem aber Wasser, Waffen und Geld für einen Führer.«

»Das Pferd für dich habe ich schon! Es ist das schönste von allen, ein schneeweißer Hengst.«

Diesmal lächelte sie. »Ich brauche kein schönes Pferd. Ich brauche eines, das die Wüste kennt, das Hitze und Kälte gleich gut ertragen kann. Der struppigste Klepper ist mir recht, wenn er nur zäh ist.«

»Ich werde das richtige wählen. Don Santi hat einen ganzen Stall voller Pferde.«

Der Name Santi mahnte Caroline zur Vorsicht. Sie glaubte Nicanor, aber sein Überschwang war eine Gefahr, die sie nicht unterschätzen durfte. Seine Verliebtheit konnte ihn zu einem falschen Wort verleiten, eine Unachtsamkeit konnte ihn verraten. »Du bist sicher, daß Don Santi nichts von dem Ziel deiner nächtlichen Ausflüge weiß?« fragte sie. »Ganz sicher?«

»Er ist daran gewöhnt, daß ich manchmal tagelang fortbleibe, zur Jagd. Er haßt Frauen, und so kann er sich nicht vorstellen, daß ich sie nicht auch hasse. Er weiß nichts, und er wird nichts wissen. Er vertraut mir!«

Es waren nicht so sehr seine Worte, die sie beruhigten, als etwas, das aus seinem ganzen Wesen sprach. »Genügt dir ein Tag, um alles vorzubereiten?« fragte sie. »Kannst du morgen, sobald es dunkel ist, hier sein?«

»Ich werde da sein.« Er war plötzlich neben ihr, umschlang sie mit seinen Armen.

Caroline konnte an seinen Augen ablesen, was in ihm vorging. Sein naives Begehren war eine Herausforderung. Es reizte sie, ihre Macht über ihn zu erproben. Sie schmiegte sich an ihn. Sie nahm seinen Kopf in beide Hände, suchte seinen Mund. Sie wartete, bis er die Augen schloß, und dann küßte sie ihn, bis sie in sein Gesicht jenen Zug von Schmerz und Ausgeliefertsein treten sah, der ihr sagte, daß er ihr Sklave war. Sie wunderte sich, daß sie vor dem Gedanken, diesem Jungen Liebe vorzuspielen, fast zurückgeschreckt wäre. Jetzt schien es ihr, daß sie, um die Freiheit zu erringen, keine unschuldigere Sünde begehen konnte.

»Wir dürfen Camea nicht mißtrauisch machen«, sagte sie nah an seinem Ohr. »Wir können niemand vertrauen, nur uns selbst! Du mußt jetzt gehen!« Sie schob ihn leicht fort – er wollte gehen, doch plötzlich riß er sie mit jener abrupten Gewalttätigkeit, wie sie nur der Scheu entspringt, an sich. Er bedeckte ihr Gesicht mit Küssen und stürzte, jäh von ihr ablassend, davon.

18

Das blauschwarze Haar mit breiten Goldschnüren durchzogen, die Arme und Beine schwer von Geschmeide, lehnte Caroline, für die Hochzeit geschmückt, in dem Berg seidener Kissen.

Der Tag war wie im Flug vergangen. Amüsiert und geduldig hatte Caroline alles über sich ergehen lassen: die rituellen Waschungen, das Salben und Parfümieren, das sich über Stunden hinziehende Schminken, bei dem Camea, von den Fußsohlen anfangend, die sie zart mit Henna rötete, kein Fleckchen ihres Körpers vergessen hatte.

Caroline hatte dabei nur an die Flucht gedacht. Erst seit Camea die Öllampe entzündet hatte und die Luft, die durch die Gitter der Fenster strich, die nächtliche Kühle mit sich brachte, mischte sich in ihre Beschwingtheit Unruhe. Wenn die Zeit für Nicanor zu kurz gewesen war? Schlimmer noch: Wenn sein Plan entdeckt worden war? Immer weniger konnte sich Caroline auf das Schachspiel konzentrieren; während der beiden ersten Partien gegen Camea war sie so unaufmerksam gewesen, daß sie beide verloren hatte. Jedes kleinste Geräusch von draußen lenkte sie ab. Sie hatte nur noch Ohren für die Schritte auf der Terrasse.

Diesmal täuschte sie sich nicht. Ein Luftzug traf sie im Rücken, als die Matte zur Seite geschoben wurde. Sie wandte sich um und blickte in das haßerfüllte Gesicht Hok-tan-hoons, der, begleitet von zwei Männern, über die Terrasse in den Raum eingedrungen war. Erst Cameas Aufschrei ließ Caroline sich der Gefahr bewußt werden. Aber da hatten sich die beiden Männer schon über sie gestürzt. Arme preßten sie in die Kissen. Ein seidener Schal wurde ihr um den Mund geschlungen, erstickte ihre Stimme. Die Schachfiguren fielen zu Boden.

Hok-tan-hoon schritt voran, während die beiden Männer sie wegführten.

Der Palast schien wie ausgestorben.

Caroline spürte die Kälte der Nacht, als sie aus dem Schatten der Galerie ins Freie traten. Eine Treppe führte in einen Hof hinunter. Von den gelöschten Feuerstellen stiegen weiße Rauchsäulen in den Nachthimmel.

Hok-tan-hoon schritt quer durch den Hof. Im Schein des Mondes und der Fackeln wurde ein Tor sichtbar. Caroline hatte das Gefühl, als lege sich ein eisiger Panzer um sie, der bei jedem Schritt schwerer und enger wurde und ihr die Luft nahm. Würgend stiegen Tränen in ihr auf, drohten das schwache Gerüst der Beherrschung zu sprengen, die sie noch aufrecht hielt. Jenseits des Tores war das Geräusch von Pferdehufen zu vernehmen. Es mußten mehrere sein. Caroline hörte es deutlich. Sie kamen rasch näher – zu laut, zu unbekümmert, als daß es Nicanor sein konnte. Nicanor Velano. Sie wagte es nicht zu denken...

Hok-tan-hoon gab den beiden Wachen am Tor ein Zeichen. Sie hoben die schweren eisernen Stangen, die zweimal übers Kreuz liefen, aus den Haltern. Langsam schwang das Tor auf. Leuchtend hell, aus Mondlicht geformte Phantome, ritten drei in weiße Wollmäntel gehüllte Männer in den Hof, ein viertes Tier, das zwei prall gefüllte Ledersäcke trug, angekoppelt mit sich führend. Es waren Weiße, und auf den mit Troddeln verzierten Satteldecken prangte in Goldstickerei der geflügelte Stier der Santis. Caroline konnte den Blick nicht davon wenden, nicht von diesem Wappen, nicht von diesen Männern. Einer der Reiter hob die Hand zu einem herablassenden Gruß, der Hok-tan-hoon galt. Mit einer zugleich gelangweilten und gereizten Geste deutete er auf die Ledersäcke. »Fünfzehntausend Dollar! Sie sind listiger, als ich dachte, Hok-tan-hoon. Ist niemand da, der uns das Zeug abnimmt?«

Die Männer Santis gaben sich keine Mühe, vor ihr etwas zu verheimlichen. Nur Hok-tan-hoon schien die Szene peinlich. Er schielte zu den Geldsäcken hin, begehrlich und zugleich feige. »Ich kann es nicht nehmen.« Es kostete ihn unendliche Überwindung, seine Geldgier zu unterdrücken.

Der blonde Reiter wandte sich unbeirrt zu seinen Begleitern. »Packt das Geld um! Wo sind die Kleider?«

Einer der Reiter warf ihm ein verschnürtes Bündel zu. Der Mann fing es auf, rollte es auseinander und ließ es Caroline vor die Füße fallen. »Ziehen Sie das an! Wir wollen Sie bei bester Gesundheit erhalten.« Er hatte gesprochen, ohne sie eines Blickes zu würdigen. Eine unsinnige Wut preßte Carolines Herz zusammen, und doch bezwang sie sich. Sie fror, und die Nacht war kalt. Um sich selber Schaden zuzufügen, war sie zu stark, trotz allem, was sie erlebt hatte. Noch einmal regten sich Trotz und Widerwillen in ihr, als sie entdeckte, daß es Männerkleider waren, aber dann stieg sie in die Reithosen und die Stiefel, zog das Hemd über und die taillierte Samtjacke. Zuletzt warf sie sich den weißen Umhang über die Schultern. Der Reiter hielt das Pferd an der Trense. »Steigen Sie auf!«

Caroline schwang sich auf das Pferd. Die beiden anderen Reiter trieben ihre Tiere dicht neben sie, fesselten ihr die Handgelenke mit einer seidenen Schnur und legten ihr dann die Zügel in die Hand.

Die Pferde wandten sich zum Tor. Von den Feuerstellen stieg der Rauch nur noch in dünnen Fäden auf. In dem vom Mond hell beschienenen Palast mit seinen unzähligen dunklen Fensterschlitzen herrschte eine Stille, wie sie nur der Tod oder die Angst um sich verbreitet.

Das Tor schloß sich hinter ihnen. Die drei Reiter hatten sie in die Mitte genommen; einer ritt voran, zwei folgten ihr. Sie hörte hinter sich ihre Stimmen, ihr Lachen, roh und zynisch. Es verstummte jäh, als ein Schrei die Nacht durchschnitt. Caroline stemmte sich in den Steigbügeln auf, wandte sich im Sattel um. Aus dem Schatten des tiefen Grabens, der die äußere Palastmauer umzog, tauchte ein Pferdekopf auf, die fliegende Mähne, der Leib eines Tieres und der Reiter, der es mit wilden Schreien antrieb. Nicanor!

Caroline besann sich keinen Augenblick. Sie stieß ihrem Schimmel die Stiefel in die Weichen. Sie duckte sich auf den Hals des Tieres, lenkte es zu dem Graben, aus dem Nicanor aufgetaucht war. Krachend schlugen die Vorderhufe auf, verloren den Halt. Einen Moment strauchelte das Pferd, dann hatte es sich gefangen. Schnaubend jagte es weiter. Dorniges Gebüsch schlug Carolines Beine, zerfetzte die Satteldecke, aber sie sah nur, hinter einem Strauch angebunden, das Pferd und die zwei hochbepackten Lasttiere. Hinter ihr dröhnte Hufschlag. Zischend fuhr etwas durch die Luft – eine Schlinge fiel über ihren Kopf, zog sich über ihrer Brust zusammen.

Um den Mund des blonden Reiters lag ein Lächeln, als er die Schlinge, die ihr den Atem nahm, etwas lockerte. »Sie reiten wie ein Mann – schade, daß Sie es nicht sind.« Lässig, als wäre es keine Überraschung für ihn, die zwei Lasttiere und das Pferd hier zufinden, band er die Pferde los, nahm das gemeinsame Koppel, an dem sie hingen, und ritt dann mit Caroline zur Straße zurück.

An Händen und Füßen gefesselt, saß Nicanor Velano auf seinem Pferd. Und doch konnte Caroline kein Mitleid empfinden, sondern nur Erbitterung. Er hatte alles in der Hand gehabt. Wenn er in seinem Versteck geblieben wäre, wenn er von dort aus die drei Reiter mit gezielten Schüssen getötet oder verwundet hätte – sie wären jetzt beide frei. Aber er hatte nicht überlegt, er hatte sich von seinen Gefühlen hinreißen lassen. Nicht weil er noch so jung war, sondern einfach, weil er ein Mann war, ein besinnungslos verliebter Mann.

Sie kannte nur einen, der lieben und doch er selber bleiben konnte: Cyril Michelange, Herzog von Belômer. Oft hatte diese Fähigkeit ihn ihr unheimlich erscheinen lassen. Jetzt wußte sie, daß sie gerade das an ihm liebte.

Bei dem Gedanken an ihn kam Ruhe über sie; es war jene Ruhe, die den Menschen in den Augenblicken erfüllt, in denen er dem Wesen, das er liebt, näher ist als sich selbst. Sie vergaß die eigene Verzweiflung. Sie vergaß, wo sie war. Sie starrte auf die vom Mond beschienene Straße, die sich vor ihr dehnte; sie empfand sie nicht als etwas, das sie voneinander trennte, sondern als etwas, das sie einander entgegentrug.

Der Geruch von feuchter grünender Erde war es, der Caroline auf ihre Umgebung aufmerksam machte. Der schweigsame Trupp hatte den Abomey umschließenden Wüstengürtel verlassen und ritt nun in dem welligen fruchtbaren Gelände der Dab-a-dab-Hügel dahin. Weideland streckte sich links und rechts des Weges. Hügel schoben sich heran, von terrassenartigen Feldern überzogen, schmale, künstlich angelegte Wasserrinnen schimmerten auf, steinerne Zisternen. Auf dem ausgetretenen Pfad neben der Straße kam ihnen der Zug der Wasserträgerinnen entgegen, die Nacht für Nacht das Wasser für die Hauptstadt holten. Die schlanken Tonkrüge auf den Schultern, schritten sie daher, lautlos, schemenhaft, nur mit ihren hohen gedehnten Rufen *See-dag-bee* – gutes Wasser – eine klingende Spur durch die Nacht ziehend.

In einer Senke tauchten die Giebel eines weitläufigen, erleuchteten Hofes auf. Ein Palmenhain umgab ihn wie eine natürliche Mauer. Der blonde Reiter ritt an das rohe Holzgatter heran. Der Wächter, der ein Rudel Hunde an der Leine hielt, schien auf sie gewartet zu haben. Das Tor öffnete sich. Die Pferde fielen in Trab, als witterten sie schon ihre Ställe. Eine niedrige Stechpalmenhecke trennte den Weg von den weiten Feldern links und rechts. Nicht weit dahinter entdeckte Caroline die hohen Holzzäune der Faktorei. Um das Feuer geschart saßen Wächter. Es war dasselbe Bild wie in Wydah, in jener Nacht, da sie die *San Domingo* verlassen hatten.

Caroline hatte sich oft gefragt, welche Macht ihr all diese Prüfungen auferlegt hatte, welch ein Fluch es war, der sie zu alldem verdammt hatte. Dort hinter den Zäunen lag die Antwort. Die Santis waren es, ihre Habgier, ihr Glaube, daß die Sklaverei für diese primitiven Schwarzen ein gottgewolltes Schicksal war. Ihr teuflischer Verstand war der Motor von allem. Immer wieder hatte Caroline gehofft, ihnen entkommen zu können. Sie war bereit gewesen, jeden Preis zu zahlen, auch den der Erniedrigung. Und jetzt war sie doch da, wo Don Santi sie haben wollte: auf seinem Grund und Boden, in seiner Gewalt.

Zweige blühender Obstbäume hingen über eine weiße Mauer. Als die Reiter das geöffnete Tor passierten, dehnte sich vor ihnen ein Garten. Die kunstvolle Gartenanlage mitten in der Wüste erschien Caroline wie ein neuer hassenswerter Zug, den sie an Santi entdeckte, wie die freche Besitznahme einer Schönheit, auf die er kein Anrecht hatte. Dieser Eindruck verstärkte sich noch, als sie in einen langgestreckten Hof einritten. Weißes Mauerwerk warf das Licht unzähliger Kandelaber strahlend zurück. Rundum, in regelmäßigen Abständen, führten zwei flache, von kugelig geschnittenen Lorbeerbäumen flankierte Stufen zu schwarzen reichbeschlagenen Türen.

Von selbst drängten die Pferde nach rechts, auf einen schmalen Durchlaß zu. Dahinter wurden Ställe sichtbar.

Scharf und warm schlug ihr der Tier- und Salpetergeruch entgegen. Er entströmte der roten zerstampften Erde eines mit weißen Latten eingezäunten Karrees, den rötlichen Lehmmauern der Ställe. Zwei Männer trieben ein hellhäutiges Rind heraus, zogen es in die Umzäunung, wo, in einem Kreis von Männern, der Stier wartete. Das riesige tiefschwarze Tier stand mit gesenktem Kopf da, unruhig, gereizt, die Erde mit den Hinterfüßen aufwerfend. Ein Mann, der mit seiner struppigen Haarmähne und den überlangen herabpendelnden Affenarmen selber etwas von einem wilden eingefangenen Tier hatte, legte dem Stier einen Arm um den Hals. Die zwei Stallburschen hatten die Kuh vor dem Stier postiert. Die Erde erzitterte, als der Stier jetzt, die Hinterfüße in den Boden rammend, in die Höhe stieg. Einen Augenblick stand er fast schwerelos da, tänzelnd, herausfordernd jene Kraft darbietend, die ihn zum Symbol der Zeugungskraft gemacht hat, seit es Menschen gab. Dann stürzte er sich auf die Kuh, begrub sie unter seinem Leib. Die Männer brachen in rohes Gelächter aus und verstummten, als eine Stimme, die Caroline nur zu gut kannte, sagte: »Gönnt ihm eine Pause.«

Der Kreis der Männer öffnete sich. Cesare Santi trat heraus. Für Santi existierte in diesem Moment nicht die Frau, der er so lange nachgejagt war. Er sah nur den Jüngling, der gefesselt, mit gesenktem Haupt, zwischen den Männern stand, und dahinter die zwei hochbepackten Lasttiere und seinen besten Hengst, Cyrano.

»Tritt näher«, sagte er in die Stille hinein. Er mußte keinen Namen nennen. Nicanor wußte, daß nur er es war, der gemeint war.

Stumm blickte Cesare Santi den Jüngling an. Langsam zog er die Peitsche aus dem Stiefelschaft. Er, der nie einem Menschen vertraut hatte, außer sich selbst, ihm hatte er vertraut. Alles hätte er ihm antun können. Jedes Verbrechen hätte er verstehen und verzeihen können, aber nicht das. Einer Frau hatten seine geheimsten Gedanken und Wünsche gegolten!

Die Peitsche zischte durch die Luft. Blindwütig schlug er zu. Stück für Stück zerfetzte die Peitsche Nicanors Kleider. Nur die Fesseln hingen noch um den nackten geschundenen Körper. Nicanor taumelte, aber er blieb aufrecht stehen. Cesare Santi hielt plötzlich inne, starrte auf den von blutigen Striemen überzogenen Leib des Jünglings. Endlich ließ er die Peitsche sinken. Aber seine Lust, denjenigen, den er liebte, zu strafen, war noch nicht gestillt. Er gab den Männern ein Zeichen. »Gebt ihm die Folter im Bambusgarten«, befahl er.

Zwei Stallburschen packten Nicanor unter den Armen.

Caroline mußte wegsehen. Übelkeit stieg in ihr auf. Die Stimmen um sie herum wurden zu einem Dröhnen. Die Gesichter der Männer begannen sich um sie zu drehen...

Erst als zwei Arme sie auffingen, merkte sie, daß sie zusammengesunken war. Das plötzliche Schwindelgefühl war so schnell vergangen, wie es gekommen war. Ein Mann kniete neben ihr. Er fühlte ihren Puls, zog ihr die Augenlider auseinander. Dann knöpfte er die Jacke auf, betastete ihren Leib. Er wandte den Kopf zu Santi. Das schmale Gesicht des Arztes, auf dessen einstmals edlen Zügen die Spuren des Alkohols nur um so krasser hervortraten, hatte sich nicht verändert. Er sagte nur: »Sie ist schwanger.«

Cesare Santi war einen Schritt näher getreten. »Weißt du wenigstens von wem?« Caroline starrte ihn an. Sie begriff seine Worte nicht. Sie spürte nur, daß die Raserei, in die Nicanors Verrat ihn gestürzt hatte, wieder aufflammte. »Erspar dir eine Antwort. Es ist auch gleich; ihr Frauen widert mich an.«

Unvermittelt wandte sich Santi von ihr ab. Mit einer herrischen Kopfbewegung machte er den drei Reitern ein Zeichen, ihm zu folgen.

Die drei Reiter, die nur auf diesen Augenblick gewartet hatten, umringten ihren Herrn. Der ganze Hof war plötzlich in Bewegung. Der Arzt berührte Carolines Arm. »Kommen Sie!«

Der Arzt hatte Caroline in den Hof geführt, durch den sie schon bei ihrer Ankunft gekommen war. Die eingeschossigen Gebäude umschlossen ihn in einem Geviert. Der Quertrakt am Ende gab durch das als Mosaik in die Portal-Estrade eingelegte Wappen zu erkennen, daß hier Cesare Santi wohnte. In dem Haus, das dem Don Santis zunächst lag, stand die Eingangstür offen. Licht fiel heraus. Darauf eilte der Arzt zu. Mit einer Handbewegung forderte er Caroline auf, einzutreten.

Stapel von Kartons, mit Etiketten versehen, standen am Eingang. Caroline blieb im Windfang stehen, während der Arzt ins Haus rief: »Wie weit bist du?«

»Gleich fertig«, antwortete eine Stimme. Bald darauf erschien in der Tür im Hintergrund ein Chinese. Das fahle Gesicht blickte undurchdringlich. Über die weiße Jacke fiel ein langer schwarzer Zopf. In seinen Armen türmten sich Pappkartons. »Das sind die letzten.«

Der Arzt schien Carolines Anwesenheit vergessen zu haben. Sie hörte, wie er mit schnellen Schritten zum nächsten Haus eilte. Caroline schloß die Tür hinter sich. Sie wandte sich um und fuhr zurück, erschreckt von ihrem eigenen Spiegelbild. War es dasselbe Gesicht, das ihr im Haus mit den roten Läden aus dem Spiegel entgegengesehen hatte? Sie griff in ihr Haar, zog die goldenen Kämme, Nadeln und Schnüre heraus, schüttelte die Flechten aus. Wie oft war sie so vor einem Spiegel gestanden. Wie oft hatte sie in diesem Antlitz geforscht, sich fragend, was das war, was die Männer darin fanden, was sie alles andere vergessen ließ. Sie hatte es nie gefunden – und sie fand es auch jetzt nicht. Sie sah sich in dem Wohnraum um. Öllampen spendeten mildes Licht. Auf dem niedrigen Mahagonitisch hatten der Staub von Jahren und die Kartons, die bis vor wenigen Minuten daraufgestanden hatten, ein Muster gezeichnet. Auf den Vorhängen, den Bezügen der beiden

Sessel, dem Teppich, auf denen nicht mehr zu erkennen war, welche Farbe sie ursprünglich einmal besessen hatten, nistete das Grau in allen Spielarten. Von der Eingangstür kam ein Geräusch. Der Chinese huschte herein, blickte sich im Zimmer um, verschwand im Nebenraum und kehrte mit einer Spanschachtel zurück. Lautlos, wie er hereingekommen war, verließ er das Haus wieder. Dieser Nebenraum war ein Schlafgemach. Es enthielt nichts als ein Bett, ein Tischchen und eine Truhe, wie man sie auf Schiffen als Kleiderkisten benützt.

Caroline legte den Schmuck, den sie immer noch in der Hand hielt, auf eine weiße Porzellanschale, den einzigen Gegenstand unter all den staubbedeckten Dingen, der ihr glänzend und sauber entgegenstrahlte. Als sie das Moskitonetz, das über das Bett herabhing, aufheben wollte, zerriß es, löste sich in Staub auf, der sich klebrig an ihre Finger heftete. Ein Geruch von Fäulnis und verschimmeltem Stoff stieg aus dem Bett auf.

Caroline kehrte in den Wohnraum zurück. Sie rückte die zwei Sessel aneinander und kauerte sich darauf. Immer noch in den Männerkleidern, den wollenen Umhang über sich gebreitet, saß sie da. Sie löschte die Lampen nicht. Sie schloß die Augen, versuchte zu schlafen. Aus dem Nebenhaus drangen Geräusche. Irgendwann huschte der Schein von Fackeln, die draußen auf der Terrasse vorüberglitten, durch den Raum. Laute Männerstimmen kamen näher, verebbten allmählich. Zu müde, um ganz wach zu werden, zu unruhig, um einzuschlafen, trieb sie dahin, in einen hellhörigen fröstelnden Schlummer wie in ein zu dünnes Kleid gehüllt.

Erst als der fahle Schein des neuen Tages ins Zimmer drang, sank sie in tiefen, traumlosen Schlaf.

19

Sonnenlicht flutete durch die offene Terrassentür. Ohne daß Caroline Schritte vernommen hatte, stand plötzlich der chinesische Diener, ein Tablett balancierend, neben ihr. Nur der schaukelnde schwarze Zopf im Nacken, der die weiße Rohseide seiner Jacke raschelnd streifte, verriet, daß er eben erst eingetreten sein mußte. Lautlos setzte er das Tablett ab, schlug die Serviette über dem noch warmen Gebäck auseinander, kehrte die drei Tassen für Tee, Kaffee und Kakao um, öffnete Schalen mit Zucker, Marmelade, Honig, frisch geschlagener Sahne, Zitronenscheiben und Butterröschen. Ehe Caroline die lang entbehrten Köstlichkeiten überschauen konnte, war der Chinese verschwunden.

Caroline zog sich das Tischchen näher heran. Sie ließ sich Zeit beim Frühstücken. Von der Terrasse her wehte der Duft von Rosen; das harte Zusammenschlagen einer Heckenschere war zu vernehmen und das glucksende Eintauchen von Gießkannen in eine Regentonne. Entschlossen, ihr neues Gefängnis genauer als am Abend vorher zu erkunden, erhob sie sich. Wie lange mußte dieser Raum schon unbewohnt sein? Nur der Staub und das Sonnenlicht schienen die Stoffe und Teppiche abgenützt und zerschlissen zu haben. Hinter dem Schlafzimmer entdeckte sie einen dritten Raum, ein gekacheltes Bad. Die Griffe, Halter und Hähne waren aus Gold gefertigt, aber keiner davon ließ sich bewegen. Das mit Flakons und Cremetöpfchen überladene Toilettentischchen sagte ihr, daß schon früher einmal eine Frau in diesen Räumen gelebt hatte.

Eine Frau in von Santis Reich? Etwas hielt Caroline davon ab, diese Gegenstände zu berühren. Und doch trieb sie die Neugier Sekunden später, die Schiffstruhe im Schlafgemach zu öffnen. In der Innenseite des Holzdeckels fand sie ein verschnörkeltes Monogramm: M. L. Sie zog den Deckel der in das Holz eingearbeiteten Metallkiste auf. Parfümduft schlug ihr entgegen. Er stieg aus dem schwarzen Taftkleid, das auf Bauschen von Seidenpapier in der Truhe lag. Caroline hob es heraus. Sie warf die Samtjacke ab; noch in Stiefeln, Hose und Bluse, zog sie das Kleid über und eilte zum Spiegel. Es mochte vor dreißig Jahren modern gewesen sein. Der strenge Schnitt ließ vermuten, daß die Frau, die es getragen hatte, in Trauer gewesen war. Aber abgesehen davon paßte es ihr, als sei es für ihre Figur geschneidert. Sie behielt es an, einfach weil es gut tat, ihre Bewegungen, ihre Schritte wieder vom leisen Geräusch knisternder Seide begleitet zu hören.

Auf dem Tischchen standen die Reste des Frühstücks. Sie machte sich noch einmal darüber her und trat dann auf die Veranda hinaus. Geblendet stand sie da. Der Gluthauch der Sonne hüllte sie ein. Schemenhaft sah sie die Reiter, die auf dem hellen Gartenweg daherritten. Plötzlich löste sich einer aus der Gruppe. Im Galopp jagte er über den Rasen, mitten durch Blumenbeete, Rabatten und die auseinanderstiebenden chinesischen Gärtner. Es war Cesare Santi. Er parierte sein Pferd kaum einen Meter vor Caroline, starrte sie wie eine Geistererscheinung an. Dann sprang er aus dem Sattel, stürzte sich auf sie. Er riß ihr das schwarze Kleid vom Leib. Der Taft zerschliß wie Zunder. Mit beiden Händen raffte er die zu Boden geflatterten Fetzen zusammen. Alles vollzog sich in Sekundenschnelle, nur begleitet vom Geräusch der brechenden Seide und dem stoßweisen Atem des Mannes.

Ehe Caroline begriff, was geschehen war, saß Santi schon wieder zu Pferd, sprengte davon, den Stoff an die Brust gedrückt. – Hatte das Leben in diesem künstlichen Paradies inmitten der Wüste die Menschen alle irre gemacht? Caroline sah die rohe Spur, die die Hufe des Pferdes durch Rasen und Beete gezogen hatte. Sie blickte an sich hinunter, und plötzlich überfiel sie jener Lachreiz, wie ihn das Entsetzen in Menschen hervorruft, die stärker sind als ihre Nerven. Unbekümmert, ob jemand sie hören konnte, stand sie da und lachte, das Gespenst der Angst damit verscheuchend.

Sie konnte diesem Lachreiz auch nicht Einhalt gebieten, als das Gesicht des Arztes über der Rosenhecke auftauchte, die ihre Veranda von der seinen abtrennte. Er öffnete das unter blühenden Ranken verborgene Türchen. Er trat zu ihr, blickte sie aus seinen rotgeränderten Augen an, die keinen Schlaf zu kennen schienen. War auch er irre? Waren sie alle Wahnsinnige? Caroline stand in der prallen Hitze des Mittags, und doch fror sie.

Das Dämmerlicht, das die vor die Fenster und die Verandatür gezogenen Läden schufen, ließ Caroline die Hitze noch drückender empfinden. Den sprudelnd aufsteigenden Bläschen der Limonade zusehend, die der Chinese vor sie hingestellt hatte, spielte sie mit dem Strohhalm. Sie fühlte sich müde und hellwach zugleich, instinktiv von dem trügerischen Frieden beunruhigt.

Den ganzen Tag über war nichts geschehen. Niemand hatte nach ihr gesehen, niemand sie gerufen. Das lautlose katzenhafte Kommen und Gehen des Chinesen mit Speisen und Erfrischungen, das plötzliche Auftauchen des Arztes hatte das Gefühl einer geheimen, sich draußen irgendwo vorbereitenden Bedrohung nur noch verschärft. Sie kam sich vor wie in einer Glaskugel, die jeden Augenblick zersplittern konnte. Wie schon so oft vorher, trat sie an die Verandatür. Der Garten lag verlassen, blendend weiß liefen die Wege durch die Rasenflächen. Die Schatten der Bäume und Sträucher, die allmählich wuchsen, waren nichts weiter als matte Flecken in dem gleißenden Flimmern, in dem alles verschmolz. Zum hundertstenmal stellte sie sich vor, daß sie in den Garten hinausgehen würde, immer weiter, durch die Tore, ohne daß jemand sie daran hinderte. Es war eine Gedankenspielerei, aber nicht einmal diese führte sie zu Ende, so groß war ihre Lethargie. Am Himmel hatte sich eine Wolkenbank zusammengeschoben. Fern, undeutlich lief ein dunkles Grollen über die Ebene, auf der eine Staubwolke aufwirbelte und schnell näher kam. Wie ein Phantom tauchte die Gestalt eines Reiters auf. Mit gespenstischer Schnelligkeit flogen Pferd und Reiter durch das Meer von Licht. Schon klang der Schlag der Hufe auf dem Hof. Caroline eilte in das Schlafgemach, von wo aus sie den Innenhof überblicken konnte. Sie sah Cesare Santi aus seinem Haus treten. Der Reiter hatte sein Pferd pariert, saß ab und stürmte die flachen Stufen hinauf. Mit plötzlich klopfendem Herzen verfolgte Caroline die Szene. Die Männer wechselten nur wenige Worte. Don Santi winkte einen Diener heran, gab ihm einen Befehl. Der Mann rannte über den Hof, verschwand in den Stallungen. Keine Minute später, als hätten sie schon wartend zu Pferd gesessen, sprengten sechs Reiter heraus. Der Mann, der mit Santi gesprochen hatte, schwang sich wieder aufs Pferd und setzte sich an die Spitze des Trupps.

In gestrecktem Galopp ritten die Männer davon. Santi blickte ihnen nach. Caroline glaubte ein triumphierendes Lächeln auf seinem Gesicht zu erkennen.

Wie ihr sofort, als sie den Reiter erblickt hatte, bewußt gewesen war, daß die Botschaft, die er brachte, mit ihr zu tun hatte, so war ihr jetzt klar, daß man sie jeden Augenblick zu Don Santi holen würde. Sie war sich so sicher, daß sie trotz der unerträglichen Schwüle die Samtjacke anzog, ihr Haar ordnete. Und doch gab es ihr einen Stich, als sie Schritte über den Hof auf ihre Tür zukommen hörte und der Diener Santis eintrat.

Sie folgte ihm in den Hof. Die Wolkenbank war zu einem Berg angewachsen, der sich in den Himmel türmte, grollend, Sturmböen atmend. Der Wind fegte über den Hof. Diener rannten umher. Caroline sog die mit Elektrizität geladene Luft tief ein. Das Warten, die Ungewißheit hatten sie krank gemacht. Jetzt lebte sie auf. Ihr Element war nicht die Ruhe, ihr Element war der Sturm, der Blitz – alles, was unbezähmbar war wie sie selber. Was sie für Angst gehalten hatte, war nichts anderes gewesen als Ungeduld.

Sie folgte dem Diener die Stufen hinauf, durch die Tür in eine dämmrige Halle, die nur von den funkelnden Goldmosaiken des Bodens und der Wände Licht zu erhalten schien. Der Diener zog eine schmale Tür auf. Unbefangen, eher neugierig betrat Caroline den in Rot und Gold gehaltenen Salon, in dem eine Tafel gedeckt war. Cesare Santi, der neben der Tür gewartet hatte, wollte etwas sagen, aber im selben Moment entlud sich über dem Haus ein Donnerschlag.

»Wie passend«, sagte er. »Sie treten mit Blitz und Donner ein.«

Er verneigte sich nicht vor ihr, er ergriff nicht ihre Hand. Es herrschte zwischen ihnen jene intime Vertrautheit der Feindschaft, die, wie echte Freundschaft, das konventionelle Zeremoniell überflüssig macht. »Ich mußte Sie holen lassen«, fuhr er fort. »Ich konnte die Nachricht nicht länger für mich behalten.« Er wies auf die festliche Tafel hin, die, wie Caroline erst jetzt bemerkte, für drei Personen gedeckt war. »Es ist Sitte der Santis, die Siege mit den Besiegten zu feiern«, hörte sie ihn sagen. »Noch fehlt einer, aber ich glaube, er wird uns nicht lange warten lassen.«

Sie spürte, daß er auf eine Reaktion von ihr wartete, auf ein Zeichen des Erschreckens, aber als hätte er etwas Belangloses gesagt, das sie nichts anging, verweilte ihr Blick auf den goldenen Tellern, den geschliffenen Gläsern. Sie hörte ihr Herz schlagen, während sie scheinbar gelassen dastand. Sie hatte Santi verstanden. Der Bote, die Reiter – der Gast, auf den sie gemeinsam warteten, war der Herzog.

Für Cesare Santi war ihr Schweigen ein Zeichen, daß sie nicht daran dachte, sich als besiegt zu betrachten. Aber ihre stolze Haltung war ganz nach seinem Sinn; um so länger und ausgiebiger würde er seinen Sieg auskosten können. Er trat neben sie. Er war nicht viel größer, aber seine breiten gerundeten Schultern, die sich unter dem weißen Seidenhemd abzeichneten, vermittelten ihr den Eindruck, als überrage er sie um einen Kopf. Mit der Leichtigkeit, die all seinen Gesten eigentümlich war, führte er sie in die anschließende Bibliothek, deren Glasfront zur Veranda einen weiten Blick in den Ziergarten freigab. Er schob ihr einen Sessel hin, schenkte aus einer Karaffe Wein ein. »Ich habe es nicht zu hoffen gewagt«, sagte er, »daß ein Mann wie der Herzog sich mir freiwillig ausliefern würde.«

Für einen Moment trafen sich ihre Blicke, und Santi fragte sich, ob die Augen dieser Frau jemals geweint hatten. Ob es überhaupt etwas gab, womit man sie verwunden konnte. Ein Blitz spaltete den Himmel, warf seinen grellen Schein in den Raum. Krachend folgten die Donnerschläge. Die Welt schien unterzugehen in der blauvioletten Masse der Wolken, aus denen sich der Regen ergoß. Der Sturm peitschte ihn gegen die Glastüren; etwas wurde gegen die Scheibe geschleudert und fiel zu Boden. Cesare Santi hatte sich erhoben. Er öffnete eine der Türen. Mit der Stiefelspitze stieß er den kleinen braungefiederten Vogel, der leblos am Boden lag, zur Seite. Caroline bemerkte den Blutfleck an seiner Stiefelspitze. »Da haben Sie meine ganze Philosophie«, sagte er. »Lerchen sind dazu gemacht, zur Erde zu fallen, und nicht, wie die Menschen meinen, um in den Himmel zu steigen. Alle stürzen, die Dingen nachjagen, die nicht aus Erde gemacht sind.«

Es störte Cesare Santi nicht, daß nur er es war, der redete. Allein das Bewußtsein, daß jedes seiner Worte in ihr haftenblieb, befriedigte ihn schon. Mit jenem Missionsdrang, der in den Bösen oft noch stärker ausgebildet ist als in den Guten, drängte es ihn zu sprechen. Er blickte in den prasselnden Regen hinaus, der immer noch dichter wurde. Die Lampe, die einer der lautlosen Chinesen entzündet hatte, hob das Profil des Mannes scharf aus dem dämmrigen Hintergrund. Stirn und Nase waren eine einzige, kaum unterbrochene Linie, die aber nur, wie jetzt, im Profil brutal wirkte. »Wenn mich jemals Mitleid streifen sollte«, fuhr er in seinem Monolog fort, »würde ich es in doppelte Grausamkeit verwandeln. Das Böse ist das Gesetz meines Lebens. Der Herzog von Belômer hat das Gute zu seinem Gesetz gemacht. Er hat damit gesiegt – bis zu dem Tag, an dem er die Torheit beging, eine Frau und die Liebe in sein Leben einzulassen.« Er sah zu Caroline hinüber. Die Kaltblütigkeit und der Hochmut dieser Frau, die ihn noch eben amüsiert hatten, begannen ihn zu reizen. Er wollte erleben, daß sie auffuhr, ihm widersprach. »Nicht mir wird der Herzog unterliegen. Sie haben ihn mir ausgeliefert. Wenn es Sie nicht in seinem Leben gäbe, wäre er immer noch unverwundbar. Von allen Fallen, die man einem Mann stellen kann, ist die Liebe die grausamste und sicherste!« Mit derselben Bewegung, mit der er vorhin den toten Vogel weggestoßen hatte, stieß seine Stiefelspitze in den dicken Teppich. »Wie viele Männer sind es, die Sie ruiniert haben? Wissen Sie es wenigstens? Zählen Sie Ihre Siege? Oder gehören Sie zu den Frauen, die einen Mann nur dann in Erinnerung behalten, wenn er ihr Herz in einen Haufen glühender Asche verwandelt hat?«

Obwohl Cesare Santi nur von ihr und dem Herzog sprach, hatte Caroline das Gefühl, als diene ihm das nur zur Tarnung, damit er um so mehr von sich selber reden könne. Was verbarg sich dahinter? Gab es in diesem Mann doch eine schwache Stelle? Sie kam nicht weiter in ihren Gedanken. Die Tür flog auf. Atemlos, triefend vor Nässe, stürzte ein Mann herein, Caroline erkannte in ihm den reitenden Boten von vorhin.

Cesare Santi war aufgesprungen. »Was ist? Habt ihr ihn?« Der Mann sagte etwas, das Caroline nicht verstehen konnte. »Dann nimm eben noch ein Dutzend Männer!« hörte sie Santi sagen. »Ein Weißer in Abomey! Es ist unmöglich für einen Fremden, sich länger als ein paar Stunden verborgen zu halten. Ihr müßt ihn finden!«

Der Mann entfernte sich eilig.

Cesare Santi war an die Glasfront getreten, blickte hinaus in die Nacht, die plötzlich hereingebrochen war. »Der Herzog hätte sich an die Gesetze der Erde – und nicht an die Gesetze der Liebe halten sollen«, sagte er.

»Und welches Gesetz gibt Ihnen das Recht, ihn wie ein Tier jagen zu lassen?« Caroline nahm unwillkürlich den leise drohenden Ton des Mannes auf.

Er wandte sich um. Langsam kam er auf sie zu, bis er dicht vor ihr stand. Die Schönheit dieser Frau, die alles, was in ihre Nähe kam, häßlich zu machen schien, empfand er in diesem Augenblick wie eine Verneinung seiner Existenz. Zerstörungswut stieg in ihm auf. »Ein Mann, der so töricht handelt, hat eine Strafe verdient, finde ich. Was, meinen Sie, würde den Herzog am tiefsten treffen?« Ein Windstoß fuhr durch den Raum; die zuckenden Flammen der Kerzen duckten sich, als sei eine Tür aufgesprungen. Caroline wandte den Kopf. »O nein! Der Retter ist noch nicht da.« Santi lachte höhnisch. »Es bleibt uns genügend Zeit, die richtige Strafe für den Herzog zu finden, etwas, das Sie und ihn ständig an mich erinnern soll. Ich glaube, ich weiß es schon!«

Drohungen hatten niemals Gewalt über Caroline besessen. Sie wußte, wie gefährlich es war, diesen Mann zu reizen, und doch mußte sie es tun. »Sie machen mich neugierig, Don Santi.«

Das herausfordernde Lächeln, das ihre Worte begleitete, war für Cesare Santi wie ein Schlag ins Gesicht. Seine Drohung war kaum mehr gewesen als eine teuflische Gedankenspielerei, aber der Spott dieser Frau zwang ihn, damit Ernst zu machen. »Ihre Neugier soll gestillt werden.« Er streckte die Hand nach der Kordel aus, die zwischen den Falten des Vorhangs hing. Im Haus schlug eine schrille Glocke an. Caroline fuhr aus dem Sessel auf, aber Santi war sofort bei ihr. Er nahm ihre Hand. »Wir sind doch nicht schreckhaft?« Seine braunen goldgesprenkelten Augen waren dicht vor ihr.

Caroline schleuderte die Hand des Mannes weg. Sie hatte den Fehler gemacht, ihn zu reizen, aber wenn sie jetzt zeigte, daß sie Angst hatte, würde sie ganz verloren sein. Eine Tür hatte sich geöffnet. Unbeholfen, behindert von der Kraft, die in seinem animalischen Körper steckte, kam der Tiermensch herein, den Caroline gestern abend im Hof bei den Stieren gesehen hatte. Die engen Hosen schmiegten sich wie eine zweite Haut um die von Muskeln fast deformierten Beine; das rostrote Baumwollhemd stand über der behaarten Brust offen. Wie eine gesträubte Mähne stand das lange krause Haar um das braune Gesicht mit der wulstigen Stirn.

Cesare Santi machte der Kreatur, die bei der Tür stehengeblieben war, ein Zeichen, näher zu kommen. »Ich weiß, mein Pulu ist keine Schönheit«, sagte Santi. »Aber er hat die Kraft meiner Stiere.« Santi deutete auf Caroline. »Was meinst du, Pulu? Gefällt sie dir?« Der Angeredete reagierte nicht. Er starrte vor sich hin, eingeschüchtert, fast ängstlich. Santi begann zu lachen, ein leises, obszönes Lachen. »Ich weiß nicht einmal, ob es ihm mit einer Frau Spaß machen würde. Oder stören meinen Pulu nur die Kleider?« Santi stand plötzlich hinter Caroline. Ehe sie sich wehren konnte, hatte er mit beiden Händen Jacke und Bluse aufgerissen. »Sie gehört dir!« rief Santi. »Nimm sie dir!« In den stumpfen Augen des Mannes trat Begreifen. Es war wie ein Funke, der in einen Heuschober fällt. Sein Mund zog sich auseinander. Seine Kräfte, an denen er bisher nur geschleppt hatte wie an einer Last, schienen nun die Herrschaft über dieses Wesen zu übernehmen. Santi kannte diese Verwandlung. Er hatte sie oft genug erlebt. Er sah vor sich, was geschehen würde. Pulu würde sie töten, während er sie besaß. Das schöne grausame Spiel, diese Frau alle Qualen der Angst und Demütigung leiden zu lassen, wäre vorbei, noch ehe es richtig begonnen hatte. Nein, er wollte nicht ihren Tod.

Santi warf einen Blick auf Caroline, auf dieses maskenhafte, blutleere Gesicht mit dem unnatürlich roten Mund, den übergroßen, glänzenden Augen. Wann würde sie schreien, wann versuchen zu fliehen? Oder würde sie kämpfen? Die Neugier, ihre Todesangst mitzuerleben, war für einen Augenblick so groß, daß Cesare Santi alles andere vergaß. Langsam bewegte sich der Tiermensch auf Caroline zu. Die Scheu vor der ungewohnten Umgebung war in das überwältigende Bewußtsein seiner Kraft umgeschlagen. Er wäre durch nichts mehr aufzuhalten gewesen, wenn Santi nicht blitzschnell dazwischengetreten wäre, ein Messer in der Hand. »Auf deinen Platz!« herrschte Santi ihn an. »Setz dich dort in die Ecke und rühre dich nicht mehr!« Den Kopf zwischen die Schultern ziehend, floh der Mann vor seinem Herrn in die Ecke neben der Tür, ließ sich auf den Boden nieder, in eine Art Starre fallend.

Auf der Terrasse war es still geworden. Der Regen hatte aufgehört. Es war nur eine Pause, ein kurzes Atemholen des Unwetters vor seiner letzten gewaltigsten Entladung. Nicht anders empfand Caroline die Stille, die sich seit Santis plötzlichem Umschwung über den Raum gesenkt hatte. Daß er dieser Kreatur Einhalt geboten hatte, betrachtete sie nicht als Rettung, sondern nur als den Beginn von etwas, das noch furchtbarer sein würde.

Diese Gewißheit beherrschte sie so vollkommen, daß sie kein Auge hatte für den brütenden Ausdruck auf Santis Gesicht. Ihre Aufmerksamkeit war einzig und allein auf das Messer gerichtet, das Santi noch immer in der Hand hielt. Wie magnetisch angezogen, konzentrierte sie sich auf dieses Messer, als wäre es das einzige Zeichen, das sie noch verstand, der einzige Helfer. Mit dieser Waffe in Händen konnte sie alles ändern. Wenn dieser Mann dort zu atmen aufhörte, gab es keine Gefahr mehr für sie. Sie mußte den Blick gewaltsam von der funkelnden Klinge losreißen. Sie senkte die Lider aus Frucht, daß ihre Augen sie verraten könnten. Sie zog sich ganz in sich zurück, so sehr, daß selbst der Stolz aus ihrer Haltung wich und sie dem Mann, der sie beobachtete, nur noch das Bild einer Frau bot, die sich aufgegeben hatte.

Santi registrierte es mit der sich am Leiden eines anderen entzündenden Zärtlichkeit aller Grausamen. Aber er sah noch etwas anderes. Das offene Haar der Frau, das hinten nur mit einem Band zusammengehalten war; die Hände mit den kleinen ovalen Nägeln, die auf dem roten Samtpolster lagen ... Muriel! So hatte sie damals dort gestanden, in Reisekleidern, in Stiefeln, Hosen und Jackett, wie diese ... Muriel! Wie Vögel aus einem geöffneten Käfig stoben die so lange verschlossenen Erinnerungen auf, schoben sich vor die Wirklichkeit, ein bunter, wirbelnder Nebel, in dem die beiden Frauen zu einer einzigen wurden. Sie wußte, daß er ihren Mann getötet hatte! Sie wußte es und liebte ihn, den Mörder, dennoch.

Das Gewitter, das für Minuten geschwiegen hatte, brach mit verstärkter Gewalt los. Die Feuerbögen der Blitze durchschnitten den Himmel, einander jagend wie die Explosionen, die Hinmel und Erde erzittern ließen. Santi trat einen Schritt näher auf Caroline zu. Gebannt starrte er in diese Augen, aus denen jedes Leben gewichen schien. Muriel. Sie war es! In einer Stunde wie dieser war es geschehen. Es war dasselbe Messer wie damals.

Das Messer auf der flachen Hand balancierend, hob Santi es der Frau langsam entgegen. »Ich weiß, daß du an nichts anderes denkst. Du willst mich töten. Aber es wird dir nichts nützen, wenn ich es dir gebe. Du hast es so oft versucht. Du wirst es auch diesmal nicht fertigbringen.«

Die Augen des Mannes schienen nur noch aus der unnatürlich geweiteten Pupille zu bestehen. Auf dem bräunlichen Gesicht mit der glatten, fast frauenhaft feinen Haut lag eine reglose, nach innen lauschende Spannung wie die eines Blinden oder eines Traumwandlers.

Das ›du‹ und seine fremde, vor Leidenschaft zitternde Stimme – dunkel ahnte Caroline, daß Santi nicht sie, sondern eine andere meinte. Sich der unbewußten Steuerung ihres Instinktes überlassend, wußte sie, daß sie diese Vision des Mannes nicht auslöschen durfte. Im Gegenteil, sie mußte versuchen, ihn noch tiefer in diesen Zustand hineinzutreiben. Sie mußte ganz das werden, was er in ihr zu sehen glaubte, die Frau, die irgendwann, lange vor ihr, hier gestanden haben mußte, ihr vollkommen fremd und doch auf eine geheime Weise vertraut durch das Messer, nach dem sie, genauso wie sie selber, verlangt haben mußte. Nebenan hatte ein Diener den Speisesalon betreten und machte sich an der Tafel zu schaffen. Mit Schrecken sah Caroline, wie Santi den Kopf wandte; sie zitterte bei dem Gedanken, daß er aus diesem seltsamen Zustand erwachen könnte. Aber auch der Diener, der leise mit Gläsern und Bestecken klapperte, schien zu dieser Stunde zu gehören. Santi legte das Messer auf das Tischchen neben den Kerzenleuchter. Sein Blick ging zu der Uhr, die in die Holzvertäfelung der Bibliothek eingelassen war. Er trat näher und blickte stirnrunzelnd auf die Zeiger. Dann öffnete er das Glas über dem Zifferblatt, stellte die Zeiger zwei Stunden vor. Dumpf schlug das Spielwerk die halben und vollen Stunden.

Cesare Santi hatte sich Caroline wieder zugewandt. Er legte seine Hand auf ihren Arm. »Du wolltest dich vor dem Essen noch umziehen, Muriel.«

Die Szene vom Vormittag, als Santi ihr das schwarze Kleid vom Leib gerissen hatte, stand wieder vor Caroline auf. Sie war jetzt ganz sicher, daß Cesare Santi in ihr eine andere, aus der Vergangenheit aufsteigende Gestalt sah. Leise, als könnte jedes Geräusch den Bann dieser Stunde zerstören, trat sie auf Santi zu. Er ergriff ihre Hände, betrachtete sie. Ein Lächeln ging über sein Gesicht. »Du trägst seinen Ring nicht mehr!?« Er stieß es flüsternd hervor. »Du hast seinen Tod genauso gewollt wie ich! Ich wußte es immer. Wir werden uns verstehen. Wir sind beide aus dem gleichen Stoff.« Er umschloß ihre Handgelenke fester, zog sie näher zu sich heran, als wollte er sie in die Arme schließen.

Ein Widerschein der zuckenden Flammenschleier, die über den Himmel wehten, glitt durch den Raum. Für Sekunden glühten Bäume und Sträucher vor der Terrasse in fluoreszierendem Grün auf, gespenstische Schemen, die sofort wieder im Dunkel untertauchten. Mit einer heftigen Bewegung fuhr Cesare Santi mit der flachen Hand über die drei Kerzen des Leuchters, das sie zischend erloschen.

Der Raum, jetzt nur noch von einem Leuchter erhellt, sank ins Halbdunkel.

»Ich weiß, es ist dir zu hell für das, was du tun möchtest«, sagte er. »Du mußt nicht erschrecken, daß ich deine Gedanken kenne. Du bist wie ich. Du mußt zuerst hassen, bevor du lieben kannst. Ich habe dich auch gehaßt, als ich dich das erstemal sah. Gehaßt für jeden Augenblick, den du dem anderen gehört hast. Und du haßt mich jetzt, weil ich das Verbrechen begangen habe, das du dir gewünscht hast. Und du weißt, daß deine Kraft, mich zu hassen, mit jeder Sekunde, die du hier bist, schwächer wird. Du hast nicht mehr viel Zeit, Muriel. Wenn du mich töten willst, dann tu es schnell, solange noch genug Haß in dir ist. Er wird verlöschen wie die Kerzen unter meinen Händen. Da liegt das Messer. Nimm es! Jetzt ist der letzte Augenblick...«

Caroline war es, als entrolle sich ein dunkles, wüstes Drama vor ihr. Bisher hatte es nur aus Kostümen und Requisiten bestanden, deren Bedeutung sie nur hatte ahnen können. Aber jetzt wurde daraus plötzlich Wirklichkeit – die alles mit sich reißende Wirklichkeit des Wahnsinns! Dieser Mann, der vor ihr stand, war nicht mehr der Teufel, dem es genügte, mit Worten zu foltern, dem eine kalte, nur vom Gehirn gelenkte Grausamkeit Befriedigung verschaffte. Nicht mehr sein eisiger Verstand war jetzt der Motor seiner Handlungen – etwas viel Gefährlicheres trieb ihn an: der dunkle Zwang des Wahnsinns, der in dieser Stunde zum Ausbruch kam.

Santi nahm das Messer von dem Tischchen. Caroline sah die doppelschneidige Klinge, kurz, breit und grausam, den beinernen Griff. Die vage Hoffnung, die sie vor kurzem beim Anblick dieses Messers empfunden hatte, schien ihr wie ein Hohn. Niemals würde es ihr gelingen, es an sich zu bringen. Sie zuckte zusammen, als Cesare Santi es ihr in die Hand legte. Sie hielt den Tod in der Hand.

Sie, die vor kurzem nach diesem Messer gefiebert hatte, war jetzt kaum fähig, es zu halten. War sie noch sie selber? Oder war sie Muriel, jene andere? Sie sah die Brust des Mannes vor sich. Sie glaubte den Schlag seines Herzens unter der weißen Seide zu sehen. Und sie wußte, niemals würde sie das Messer durch diese Seide stoßen können, durch die braune glatte Haut, in das muskulöse Fleisch.

Behutsam, fast zärtlich, umschlossen die Hände des Mannes ihre Finger. »Ich wußte, daß du es nicht kannst. Jede Nacht bist du gekommen, das Messer in der Hand, hast dich über mich gebeugt – ich habe getan, als schliefe ich. Ich habe gewartet. Aber du konntest es nicht – dabei ist es so einfach...«

Caroline war nicht fähig, auf die Hände des Mannes zu blicken, die das Messer jetzt gegen die eigene Brust richteten. Aus ihren Fingern, die immer noch den beinernen Griff umschlossen hielten, war jedes Gefühl gewichen. Leise, wie beschwörend, fuhr die Stimme des Mannes fort. »Sieh her, Muriel! Wie leicht es ist. Wie diese Klinge eindringt. Sie ist dafür gemacht. Es tut nicht weh. Kein Blut, keine Wunde.«

Caroline hatte ihre Hand unter seiner Umklammerung gelöst, aber der Mann schien es nicht zu bemerken. Er stand da, den Blick ins Leere gerichtet, und trieb sich das Messer bis zum Heft ins Herz...

Langsam, wie von unsichtbaren Händen gehalten, sank Don Santi in den Sessel, der hinter ihm stand. Er lächelte. Seine Stimme kam stockend. »Bist du nun versöhnt?« Er versuchte den Kopf zu heben. »Muriel...« Blut sickerte aus seinem Mund. Seine Stimme erstickte. Er glitt tiefer in den Sessel. Sein Körper fand nirgends mehr Halt. Seine Augen irrten suchend durch den Raum, fanden noch einmal zu Caroline zurück. Er starrte sie an – im Sterben jäh aus seinem Wahn erwachend.

Das schon entrückte Gesicht verzerrte sich. Die Augen funkelten noch einmal auf. Das ganze gräßliche Erkennen spiegelte sich in ihnen, ein wilder Haß brach daraus hervor. Er wollte schreien, aber es wurde ein Gurgeln. Dann sackte er in sich zusammen.

Caroline stand wie gelähmt; sie war erschöpft bis in die letzte Faser ihres Körpers, wie nach einem furchtbaren Kampf, so als hätte sie wirklich das Messer in seine Brust gestoßen. Den Anblick des Toten nicht länger ertragend, wandte sie sich ab. Sie hätte fast aufgeschrien, als sie neben der Tür den Tiermenschen erblickte. Ohne einen Laut, ohne eine Bewegung hockte er dort, so wie Santi es ihm befohlen hatte. Begriff er überhaupt, was hier geschehen war?

Caroline selber begriff es nicht, wollte es nicht begreifen. Die einzigen Komplicen des Geschehens schienen die stummen leblosen Gegenstände, die Sessel, die Uhr, die Bücher in den Regalen, die Tüllvorhänge, die im Wind aufwehten, über das Gesicht des Toten strichen...

Einen Augenblick streifte Caroline der Gedanke, den Toten

wegzuschaffen, aber gleichzeitig wußte sie, daß sie ihn nicht anrühren konnte. An dem Toten vorbei eilte sie zu der angelehnten Verandatür, zog sie auf und rannte in den Garten hinaus.

20

Sie lief im Schatten der Bäume dahin. Regen schlug ihr ins Gesicht. Die Dunkelheit, der Regen, der über ihr Gesicht rann, die Kühle der Nacht brachten sie allmählich zu sich. Cesare Santi war tot. Er hatte sich selber getötet, im dunklen Rausch des Wahnsinns.

Sie hielt mitten im Schritt inne bei diesem Gedanken. Er kam so überraschend, als hätte sie Santis Sterben nicht mit eigenen Augen erlebt. Sie blickte zurück zu der Glasfront der Veranda. Aus der Bibliothek fiel Licht. Die Vorhänge bewegten sich im Luftzug. Noch war der Druck des Grauens, der auf ihr lastete, so stark, daß das Gefühl der Befreiung dagegen nicht ankam. Schnell wandte sie sich ab. Im Schutz der Bäume bleibend, eilte sie weiter. Schemenhaft tauchten die Dächer der Stallungen auf. Sie brauchte ein Pferd. Ohne Pferd war ihre Flucht aussichtslos.

Außer Atem erreichte sie das Mäuerchen, das den Garten gegen die Stallungen hin abgrenzte. Sie langte darüber, ertastete einen Riegel, schob ihn zur Seite. Aus den flachen Bogenfenstern der Ställe drang Lichtschein. Nicht das geringste Geräusch war zu vernehmen, nicht einmal das leise Stoßen und Rumoren der Tiere in ihren Boxen. Vorsichtig drückte sie eine der Stalltüren auf. Ihr Blick ging durch die Boxen. Sie waren leer. Alle waren sie draußen in der Nacht, auf der Jagd nach einem Menschen! Anstatt sie zu lähmen und zu entmutigen, spornte dieser Gedanke sie nur noch mehr an. Sie huschte durch den Stall. In der anschließenden Remise standen Kutschen. Ein Tor führte hinaus in einen ausgedehnten Gemüsegarten. Wie zur Bleiche ausgelegte Tücher zogen sich niedrige blühende Stauden über den Boden hin. Sie hatte sich während des Tages ein so genaues Bild von der Lage der Häuser, der Gärten und des Weges durch die offenen Felder gemacht, daß sie keinen Moment zögerte; sie wußte, welche Richtung sie einzuschlagen hatte. Sie verließ den Garten, der unmerklich in Felder überging, und lief in den Furchen eines Baumwollfeldes dahin, außer Atem und doch von einem aufkommenden Überschwang der Freiheit erfaßt, der sie selbst den bohrenden Schmerz vergessen ließ, der hin und wieder ihre Eingeweide zusammenzog.

Der Regen hatte aufgehört. Zwischen den schaumgeränderten Wolken segelte der Mond wie in einem hochgehenden Meer. Endlich tauchten die Lagerfeuer der Faktorei, die zuerst nur eine zarte Rötung des Himmels gewesen waren, in der Ebene vor ihr auf. Hinter der mannshohen Hecke aus Stachelakazie sah sie das Tor. Die beiden Gatter standen offen. Das Rudel Hunde lagerte rund um den Pflock, an dem ihre Lederriemen befestigt waren. Daneben saß der Wächter. Noch unschlüssig, ob sie es riskieren sollte, an den Hunden vorbei hinauszuschlüpfen, hörte sie Hufschlag.

Durch die Zweige sah sie die Reiter aus der Nacht dahersprengen. Die dampfenden Leiber der Schimmel glänzten. Die offene Anordnung des Trupps sagte deutlich, daß sie ohne den Mann heimkehrten, den sie Santi als Gefangenen hätten bringen sollen. Als letzter kam der blonde Reiter, der sie aus dem Palast König Gezos abgeholt hatte. Sein glattes spöttisches Gesicht wirkte fremd und verwildert von den Anstrengungen dieser Nacht. Kaum hatte er das Tor passiert, glitt Caroline aus ihrem Versteck. Die Hunde zerrten jaulend an den Leinen, aber der Wächter starrte nur kopfschüttelnd den Reitern nach. Überrascht, wie leicht es gewesen war, zu entkommen, blickte Caroline noch einmal zurück. Bald würde es dort, wo sich das dunkle Karree der Dächer abzeichnete, hell werden. Sie glaubte zu sehen, wie die Männer in den Hof einritten. Sie glaubte das Dröhnen der Hufe auf dem Pflaster zu hören. Sie würden die Stufen zu Santis Haus hinaufstürmen, ihn finden...

Caroline begann zu laufen. Sie rannte durch den Palmenhain, der nach Abomey führte. Manchmal stockte sie, schöpfte Luft, lauschte, aber alles blieb still. Aus den tiefziehenden Wolken fiel hin und wieder ein Windstoß, schüttelte aus den Kronen der Palmbäume Wasserfontänen. Das aufgelöste, vom Regen schwere Haar zog ihr den Kopf nach hinten, schlug ihr bei jedem Schritt auf den Rücken. Mit offenem Mund sog sie die kühle Nachtluft ein – den wilden Geschmack der Freiheit.

Sie glühte wie im Fieber, als sie am Ende des Palmenhaines die Lichtung mit den Zisternen auftauchen sah. Die Stimmen der Wasserträgerinnen flogen durch die Stille. Die Frauen waren nichts als dunkle Silhouetten, einander gleich wie der Faltenwurf ihrer bis zu den Knöcheln reichenden Gewänder, gleich wie die Krüge, die sie auf der Schulter trugen.

Caroline wich tiefer in den Schatten der Bäume zurück, als sie in ihrer Nähe Stimmen hörte. Am Rand des Hains kam eine Negerin daher. Ein Mann folgte ihr. Er trug den weißen Anzug der chinesischen Diener Don Santis. Das Paar verschwand hinter einem dichten Gebüsch. Zweige knackten; in das Lachen der Frau mischten sich kleine Schreie. Dann sah Caroline etwas aus dem Gebüsch fliegen. Ein zweites, zu einem Ballen zusammengerolltes Teil folgte. Zuletzt wirbelte eine Muschelkette durch die Luft, verfing sich scheppernd am Hals des Wasserkrugs, den die Frau dort abgestellt haben mußte. Ein Lächeln glitt über Carolines Gesicht. Sie hatte bis zu diesem Augenblick keinen Plan gehabt, wie es ihr gelingen könnte, unerkannt nach Abomey zu kommen. Jetzt wußte sie es. Sie zog sich die Kleider, den Krug heran. Er war gefüllt. Etwas Klebriges blieb an ihren Händen haften, als sie ihn hochhob, um daraus zu trinken. Sie hielt ihre Hände nahe vor die Augen. Die Innenflächen waren dunkel gefärbt von der Tonerde.

Sie stieg mit leisem Bedauern aus den Lederstiefeln. Die Hände immer wieder im Wasser netzend, rieb sie die Tonfarbe von dem Krug, verteilte sie auf Gesicht, Hals, Arme und Füße; trotz der Eile sorgfältig darauf bedacht, keine Stelle zu vergessen. Dann legte sie das bis zu den Knöcheln reichende Gewand der Negerin an. Sie bückte sich nach der Muschelkette, die noch am Boden lag, hängte sie sich um den Hals; aus demselben instinktiven Trieb, der Kinder und Bettler verlorene Dinge auflesen läßt.

Sie sah an sich herunter, gleichsam mit den Augen des Herzogs. Vielleicht würde diese Nacht sie einander finden lassen. Sie wagte nicht weiterzudenken. Sie wußte nur, daß sie keine Worte haben würde für das, was hinter ihr lag; daß statt ihrer diese Dinge ihm ihre Geschichte erzählen mußten: ein Gewand, das einer anderen gehörte, eine Kette aus Muscheln, die wie vertrocknete Oliven aussahen, und ein Krug mit Wasser.

Sie hätte sich die Nacht dunkler gewünscht, als sie auf die Lichtung der Zisternen hinaustrat. Der Mond schien ihr plötzlich nur dazu da, zu verraten, daß ihre Bräune nichts als primitive Schminke war. Aber keine der Negerinnen beachtete sie. Der Krug auf der Schulter machte Caroline zu einer der Ihren.

Sie schloß sich dem Zug an, der sich in einer endlosen Kette den ansteigenden Weg nach Abomey hinzog. Gestern, vom Pferd aus, war ihr der Schritt der Wasserträgerinnen langsam erschienen. Jetzt konnte sie kaum mithalten. Das nasse Gras, das sie bei den ersten Schritten wie ein erfrischendes Bad auf ihren brennenden Fußsohlen empfunden hatte, begann ihr weh zu tun, als bestünde es aus hauchdünnen Schneiden. Der Krug scheuerte auf ihrer nackten Schulter. Der Arm, mit dem sie ihn hielt, schmerzte. *Seedag-bee* – hell und langgezogen flog der Ruf der Wasserträgerinnen durch die Nacht, ein monotoner Kanon, der den Zug mit seinem unerbittlichen Rhythmus vorantrieb.

Der Aufschlag von Pferdehufen lief durch die Erde. Caroline blickte sich um; der Trupp Reiter jagte im Galopp heran. Schnaubend kamen die Tiere näher. Peitschen zischten, als die Negerinnen nicht gleich den Weg freigaben. Caroline wich zur Seite, aber eines der Pferde streifte sie. Den Krug krampfhaft festhaltend, stürzte sie zu Boden; ein Teil des Wassers ergoß sich über sie. Dann ging alles unter in dem Schmerz, der in ihrem Leib wühlte. Sie preßte die Hände gegen ihren Leib. Nein, nicht jetzt, nicht jetzt! Sie mußte die Stadt noch erreichen. Sie mußte erst ein Versteck für sich und ihr Kind finden, bevor sie es zur Welt bringen konnte.

Der Schmerz erlosch so plötzlich, wie er gekommen war. Trotzdem fand Caroline nicht die Kraft, sich aufzurichten. Sie war wie gelähmt von etwas anderem, das viel schlimmer war als der Schmerz – von einem Gefühl des Ausgeliefertseins und grenzenloser Ohnmacht. Nicht die Roheit der Männer hatte es in ihr geweckt, sondern die stumme Ergebenheit der Negerinnen, die, wie sie, hingestürzt waren und sich jetzt ohne einen Laut, ohne eine Geste der Empörung erhoben, ihre Krüge aufnahmen, deren Inhalt zum großen Teil verschüttet war und unter ihren nackten Füßen in der Erde versickerte. Caroline schien es, als sei dies das Schicksal dessen, was eine Frau tat: alles versickerte sinnlos, wie eine Handvoll verschütteten Wassers. Die Schönheit einer Frau, die Liebe, die sie weckte, die Kinder, die sie gebar – nichts blieb ihr. Alles ging von ihr, verflüchtigte sich. Was übrigblieb, war ein Wesen, verdammt zum Tragen von Lasten, für die es zu schwach war. Selbst wenn sie sich glücklich wähnte, blieb sie eine Sklavin ihrer Natur, die sie dazu zwingen konnte, auf nackter Erde ihr Kind zu gebären...

Ihr Kind. Zum erstenmal war der Gedanke daran ganz wirklich. Sie hatte sich immer einen Sohn gewünscht; aus dem Naturtrieb der Frau, den Mann, den sie liebte, noch einmal aus ihrem Fleisch und Blut zu erschaffen. Aber in diesem Augenblick war es mehr, war es das inbrünstige Gebet, daß dieses Wesen, das sie in sich trug, ein Mann sein möge! Die Vorstellung, in diese Welt ein Kind zu setzen, das den Fluch des weiblichen Geschlechts trüge, war ihr furchtbar.

Vorsichtig, um den Schmerz nicht wieder zu wecken, richtete sie sich auf. Die Reiter waren verschwunden, der Schlag der Hufe in der Nacht verhallt. Hinter ihr, in der Senke des Tales, breitete sich wie eine kleine erleuchtete Stadt der Besitz Cesare Santis aus. Alle Fenster waren hell. Fackeln huschten hin und her. Sie raffte sich auf. Sie hatte sich bisher nicht aufgegeben, und sie durfte es auch jetzt nicht tun. Sie hob den Krug auf die Schulter und reihte sich in den Zug der Wasserträgerinnen ein.

Seit Stunden setzte sie Schritt vor Schritt. Seit Stunden versuchte sie, nicht auf ihren Körper zu achten, nicht auf den Krug, der, obwohl halbleer, wie eine Zentnerlast auf ihre Schulter drückte, und nicht auf jene Stelle im Rückgrat, die bei der nächsten Bewegung zu brechen drohte. Längst hatten sie das fruchtbare Gebiet der Dab-a-dab-Hügel verlassen und schritten auf dem glattgetretenen Wüstenpfad dahin. Ringsum dehnte sich nichts als die wellige Weite der Wüste, da und dort von einem Graben oder einem Tierskelett unterbrochen, das, die Rippen nach oben, wie eine seltsame Pflanze aus dem Sand wuchs. Endlos dehnte sich der Weg, den sie gestern nacht zu Pferd im Flug durchritten hatte. Mit einem fahlen Graugelb, das von der Wüste auf den Himmel überzufließen schien, dämmerte der Tag. Blaßrosa und durchsichtig zeichnete sich in der Ferne die Silhouette der Stadt ab. Aber anstatt näher zu kommen, schien sie vor ihnen herzuziehen, unerreichbar und unwirklich wie eine Fata Morgana.

Caroline hob den Krug auf die andere Schulter. Sie wußte nicht, wie oft sie das getan hatte während dieser nicht enden wollenden Nacht. Sie sah in der Armbeuge die hellen Linien unter der braunen Tonschicht. Sie zog das lose Ende des Schals über den Kopf. Don Santis Reiter waren auf der Suche nach ihr. Bevor es Tag wurde, mußte sie in Sicherheit sein; das Tageslicht würde ihre Verkleidung preisgeben. Wie jede Frau, verlangte es sie nur noch nach dem einen: nach den Armen des Mannes, den sie liebte. Nur diese Sehnsucht trieb sie während der langen Nacht weiter und weiter. Doch jetzt, vor den Toren der Stadt, zerstob diese Hoffnung wie ein Traumgespinst. Wie sollte sie ihn finden, wenn zwei Dutzend Männer, die jeden Winkel in der Stadt kannten, ihn nicht hatten aufspüren können?

Plötzlich stockte der Zug. Die Frauen an der Spitze hatten eines der Außentore Abomeys erreicht. Caroline, die nur die Schemen von zwei Gestalten sah, ergriff panische Angst. Waren es die Reiter Santis? Die Negerin, die jetzt bei den Männern stand, lachte hellauf, warf etwas in eine Tonschale, die auf einem Dreifuß stand.

Immer noch voller Angst begriff Caroline, daß die Männer da vorne Zolleinnehmer sein mußten, die jeder Wasserträgerin eine Muschel als Wegzoll abverlangen.

Caroline nestelte die Kette an ihrem Hals auf, nahm eine Muschel herunter. Sie zog den Schal tiefer ins Gesicht. Sie hatte das Gefühl, daß ihre Blässe durch die braune Farbe leuchten mußte. Mit gesenktem Kopf trat sie vor, warf die Muschel in die bis zum Rand gefüllte Schale. Sie starrte auf den Boden, damit ihre Augen sie nicht verrieten. Sie hörte, wie hinter ihr die nächste Muschel in die Schale fiel. Weder links noch rechts schauend, nichts sehend als die dunklen Fersen der Frau vor ihr, schritt sie dahin.

Erst als der Lärm der Händler, die um diese Stunde ihre Stände und Waren am Markt aufbauten, ihr entgegenschlug, atmete sie freier. Freudige Rufe begrüßten die Wasserträgerinnen. Der Zug, der Caroline wie ein einziger Leib vorgekommen war, löste sich auf.

Von erneuten, immer heftiger werdenden Schmerzen getrieben, folgte sie zwei Frauen in eine dunkle Seitengasse, aufrecht gehalten von der Hoffnung, daß *er* plötzlich vor ihr stehen müsse, dort, am Ende der engen Häuserschlucht, wo es weiß aufschimmerte.

Die Frauen waren in einem Haus verschwunden. Allein trat Caroline auf den halbrunden Platz, aus dessen rötlichem Sand ganz überraschend eine kleine schneeweiße Moschee aufstieg. Die Kuppel schien mit der milchigen Helligkeit des Himmels zu verschmelzen. An eine Hausmauer gelehnt, auf die Pause zwischen den Schmerzen wartend, blickte Caroline zu der Moschee hinüber. Dort, an diesen flachen Stufen, die so weiß waren, als hätte noch nie ein Mensch seinen Fuß daraufgesetzt, endeten Macht und Gewalt dieser Welt. Ihre letzten Kräfte aufbietend, überquerte sie den Platz, schleppte sie sich die Stufen empor. Aus dem Innenhof floß stilles, ewig gleiches Dämmern; irgendwo plätscherte ein Brunnen.

Die Wehen, die ein paar Atemzüge lang ausgesetzt hatten, kamen von neuem. Wie ein Tier, das einen Schlupfwinkel sucht, tastete sich Caroline den Gang entlang, zu dem hinter zierlichen weißgrünen Säulen verborgenen Gebetsraum. Mit letzter Kraft sank sie auf die Fliesen.

Die Kühle des Steins drang in ihren Rücken. Stöhnend, in Schweiß gebadet, lag sie da, sich nach jeder Schmerzwoge fragend, ob sie noch die Kraft hätte, einer neuen standzuhalten. Der Raum begann um sie zu kreisen, ein Kaleidoskop von Farben und Zeichen. Aber keine wohltätige Ohnmacht umfing sie. Jede Sekunde dieser Qual mußte sie erleben – und jede dieser Sekunden schien ihr schwerer zu wiegen als die Lust eines ganzen Lebens. Sie half dem Wesen nicht, das da ans Licht wollte. Erbittert wehrte sie sich dagegen, ein Kind zu gebären, für das sie nicht einmal eine Windel hatte, in die sie es einschlagen konnte; alles in ihr bäumte sich dagegen auf, es hier zur Welt zu bringen, auf dem nackten Boden. Wie oft zu Hause, in Rosambou, hatte sie eine ganze Nacht im Stall verbracht, wenn eine Stute warf. Sie hatte das Tier beruhigt, hatte es gestreichelt. War sie in dieser Stunde etwas anderes als ein gequältes Tier? Warum sollte sie nicht für sich tun können, was sie für ein Tier getan hatte? Es war, als hätten sich die überreizten Nerven plötzlich ausgetobt. Sie wurde ruhiger. Der robuste Teil ihrer Natur gewann die Oberhand. Sie befahl sich, tief durchzuatmen, sich zu entspannen, sich nicht mehr zu wehren. Sie zog sich einen seidenen Gebetsteppich heran, rollte ihn zusammen und schob ihn sich unter den Rücken. Als hätte es nur noch dieser einen Bewegung bedurft, war das Kind plötzlich da. Sie war zu schwach, um die Hände danach auszustrecken, noch war das Kind nichts anderes als etwas Warmes, Zappelndes zwischen ihren Schenkeln, aber schon schien aller Schmerz ausgelöscht, schon begann die Verklärung dieses Martyriums.

Ein staunendes Lächeln trat auf Carolines schweißüberströmtes Gesicht, als sie den ersten kläglichen Laut des Neugeborenen vernahm. Sich mit beiden Händen aufstützend, richtete sie sich auf. Wie winzig das Wesen war, das aus tiefblauen Augen zu ihr emporstarrte, wie zerbrechlich...

Sie hörte nicht die Schritte hinter sich. Den Gebetsteppich in der Hand, glitt die Araberin in den Raum. Hajat, die Frau des arabischen Moscheeverwesers, blieb wie angewurzelt stehen, als sie die Frau mit dem weißen Kleid erblickte. Gellend schrie sie den Schreck über das Unfaßbare, das sich ihren Augen bot, hinaus. Doch dann besann sie sich. Sie ließ sich auf die Knie nieder. Sie stammelte unverständliche Worte, und doch war es Caroline, als hätte ihr nichts so deutlich sagen können wie diese fremden Laute, daß da jemand war, der ihr helfen wollte – eine Frau wie sie.

Die Araberin hatte das Kind aufgenommen, hielt es Caroline hin. Mit den Beinchen zappelnd, schwebte es vor ihren Augen. Caroline wollte es schon beim Namen rufen – und verstummte. Nicht einmal das, nicht einmal einen Sohn! Wie ein Schatten legte es sich auf sie. Doch als die Araberin ihr endlich das Kind in den Arm legte, zog sie es mit einer leidenschaftlichen Zärtlichkeit an sich. Noch schwang das Gefühl der Enttäuschung in ihr nach, aber schon kam sie sich töricht vor. War sie nicht selber eine Frau? Hatte sie sich dessen je geschämt? Nein, das war nicht der Grund. Es war das Mißtrauen gegen diese Welt der Männer, das es so schrecklich für sie machte, ein Mädchen geboren zu haben. Würde nicht an allem, was dieses Geschöpf einmal zu ertragen hatte, auch sie schuld sein?

»Meine arme kleine Giliane«, flüsterte sie, dem Mädchen einen nur von der Zärtlichkeit erschaffenen Namen gebend.

Als Caroline erwachte, lag das Kind in ihrem Arm, wie Hajat es hineingelegt hatte. Sie hätte nicht sagen können, ob sie eine Viertelstunde oder einen halben Tag geschlafen hatte. Sie hörte Stimmen hinter dem Türvorhang, sie wurden lauter, erregter. Der Vorhang flog zur Seite. Mit ausgebreiteten Armen versuchte Hajat einen mittelgroßen untersetzten Mann mit langem Bart daran zu hindern, den Raum zu betreten. Aber der Verweser der Moschee ließ sich von seiner Frau nicht länger zurückhalten.

Chasid Beniir, dessen weißer Turban und weißes Gewand seiner olivfarbenen Haut einen tiefen Glanz verliehen, blieb am Ende von Carolines Lager stehen. Er musterte sie mit aufmerksamen, mißtrauischen Augen, während seine mit hellen Pigmentflecken übersäten Hände an der Kupferkette, die um seinen Hals hing, nestelten.

Vom ersten Augenblick an hatte er gewußt, wer diese Fremde war. Seit Wochen tuschelte ganz Abomey von der Weißen. Die einen nannten sie eine Zauberin, die anderen eine Göttin, beides mit dem gleichen Entsetzen. Und eben erst auf dem Markt hatte Chasid Beniir gehört, daß in der Nacht Don Cesare Santi ermordet worden war, und daß seine Männer überall nach dieser Weißen suchten.

Caroline las die Gedanken von dem Gesicht des Mannes. Sie war erleichtert, daß er alles wußte. Vielleicht hätte sie sonst versucht, ihn zu belügen, einfach aus ihrer körperlichen Schwäche heraus, aus dem blinden Trieb, für ihr Kind eine Bleibe zu haben. Sie richtete sich auf. »Ich sehe, Ihr wißt alles«, sagte sie. »Ich werde gehen.«

Chasid Beniir hatte ihre französisch gesprochenen Worte verstanden. Auf alles war er vorbereitet gewesen, aber nicht darauf. Alle Gründe, die er gegen ihr Bleiben hatte, brachen zusammen durch diese Worte, die alles, was er hatte sagen wollen, vorwegnahmen. Chasid Beniir kam sich grausam vor; schlimmer, er war nahe daran gewesen, sich gegen Allahs Willen aufzulehnen. Und dennoch zögerte er, sann er auf einen Ausweg, wie er es anstellen könnte, weder den Zorn des Propheten noch den der Mächtigen dieser Welt auf sich herabzurufen. Er senkte den Kopf, starrte zu Boden. Das Bild dieser jungen Frau mit dem Kind im Arm war mehr, als er ertragen konnte. »Allah hat Euch zu uns geschickt«, sagte er schließlich.

Caroline wußte, daß der Bezirk der Moschee tabu war. Aber Santis Männer würden sich nicht daran halten, wenn sie erst wußten, daß sie hier war. »Nicht wahr, man sucht mich«, sagte sie. »Und Sie wollen, daß ich gehe.«

»Ja, man sucht Euch«, bestätigte er stockend. »Meine Frau hat getan, was Allah wollte. Ich würde Euch dabehalten... aber wir sind hier nur wenige Gläubige. Wir sind nur geduldet, auf Widerruf. Um Eurer selbst willen solltet Ihr die Stadt verlassen. Es gibt eine Möglichkeit morgen nacht, wenn die Karawane nach Timbuktu aufbricht.«

Seine Frau war neben Caroline getreten, schob ihr Kissen in den Rücken, legte einen Wollschal um ihre Schulter. Caroline empfand es wie ein geheimes Zeichen, daß sie anders dachte als ihr Mann. Eine Karawane nach Timbuktu. Viele Hunderte von Meilen durch die Wüste. Vielleicht hatte er recht – es gab wohl nur eine Rettung – die Flucht. Hatte sie nicht selbst daran gedacht...? Und doch: Wie konnte sie von hier fort? Daß man in ganz Abomey von ihr sprach, erhöhte nur die Gefahr. Aber es vergrößerte auch die Hoffnung, daß *er* sie bald fand. Sie mußte hierbleiben. »Ich kann die Stadt nicht verlassen«, sagte sie. »Ein Weißer sucht mich. Ich muß auf ihn warten.«

»Ich werde versuchen, ihn zu finden«, sagte Chasid Beniir. »Aber da ist noch etwas. In zwei Tagen wird Don Santis Leiche verbrannt. Er war ein großer Mann, er war ein Freund des Königs, und so wird die Totenfeier einen ganzen Tag dauern. Sie werden ihm sieben Stiere opfern – und, so wollen es die Götter Dahomeys, alle Kinder, die am Tag seines Todes geboren wurden.« Er blickte Caroline offen an. »Die Priester des Königs werden jedes Haus durchsuchen. Sie werden auch hierherkommen. Wenn Ihr schon selbst die Gefahr auf Euch nehmt, so müßt Ihr wenigstens Euer Kind in Sicherheit bringen.«

Caroline fand keine Worte. Mutlosigkeit erfaßte sie, lähmende Verzweiflung. Man verlangte von ihr das schlimmste, was man von einer Mutter verlangen konnte: sich von ihrem Kind zu trennen.

»Überlegt es Euch gut«, sagte Chasid Beniir. »Ihr habt vierundzwanzig Stunden Zeit.« Er wandte sich zum Gehen. Er stand schon unter dem Türbogen, als eine Bewegung Carolines ihn zurückhielt. »Wann geht die Karawane?« fragte sie.

»Morgen, bei Anbruch der Dunkelheit. Es sind alles Freunde, denen Ihr vertrauen könnt.«

Caroline konnte die Worte nicht aussprechen. Sie konnte ihren Entschluß nur mit einem Senken des Kopfes ausdrücken.

Ihre Brust war noch feucht vom Mund des Kindes. Mitten im Trinken war es eingeschlafen, den Kopf schwer in die Armbeuge gebettet, lag es da, mit halboffenen Lippen, unter den schwarzen seidigen Löckchen winzige Schweißperlen von der Anstrengung des Trinkens.

Auf der Truhe stand das Körbchen bereit. Hajat hielt das wollene Häubchen und die Decke, in die sie das Kind gleich einschlagen würde, schon in den Händen. Caroline war, als begreife sie erst jetzt, was sie da tun wollte. Im Schatten des Türbogens wartete Chasid Beniir, in einen Umhang gehüllt, der auch Kopf und Gesicht verdeckte. »Es ist Zeit«, sagte er. »Eine Karawane wartet nicht.«

Caroline sah ihn schweigend an. Dann schüttelte sie den Kopf, als Hajat die Hände nach dem Kind ausstreckte. Caroline preßte das Kind an sich. »Ich kann nicht! Ich gebe es nicht her. Nein!«

Chasid Beniir trat in den Raum. Er blickte zu seiner Frau und dann wieder zu Caroline. »Sinaida wird wie eine Mutter zu dem Kind sein«, sagte er ruhig. »Sie wird in der Karawanserei von Timbuktu warten, bis Ihr nachkommt.«

»Und wenn die Karawane Timbuktu nie erreicht?« Der Gedanke an die Wüste, die ihr immer als ein Symbol der Freiheit erschienen war, machte sie jetzt zittern. »Wenn ich mein Kind nicht schützen kann – wie kann es dann eine Fremde?«

Chasid Beniir wußte, daß es keinen Sinn hatte, der jungen Frau zu widersprechen. »Ihr habt Angst, Euer Kind nie mehr wiederzusehen, fürchtet, daß man es verwechselt. Ich stamme von Beduinen ab, bei uns wird jedes Neugeborene gezeichnet. Wollt Ihr es auch tun?« Die Ruhe des Mannes hatte etwas Zwingendes. Die Trennung, die Caroline plötzlich wie Wahnsinn erschienen war, wurde wieder zu etwas Unumstößlichem. Chasid Beniir hatte einen kleinen Dolch aus den Falten seines Gewandes gezogen. Caroline zögerte einen Augenblick, dann legte sie das Kind vor sich auf die Laken, sie streckte die Hand nach der Klinge aus. Wenn, dann wollte sie es selber tun, ehe ein anderer ihrem Kind Schmerz zufügte. Der Mann fuhr über die Spitze der Klinge. »Das Kind wird nichts spüren.« Er schraubte den Silberknopf des Knaufs ab, schüttelte seltsame bunte Stäbchen aus dem Innern des Griffs. Er nahm ein dunkelviolettes und legte die anderen zurück. »Damit müßt Ihr den Schnitt nachfahren. Das Mittel schließt die Wunde, und die Narbe wird sichtbar bleiben.« Er reichte Caroline Dolch und Farbstäbchen. Sie hob das Hemdchen des Kindes auf, blickte auf die rosige Haut.

Das Kind zuckte nicht einmal, als Caroline oberhalb des rechten Knies den winzigen Stern in die Haut ritzte. Die gekreuzten Linien färbten sich im zarten Purpur des Blutes. Wie Chasid Beniir ihr gesagt hatte, fuhr sie mit dem violetten Stift darüber. Das Kind war nicht aufgewacht. Die Ärmchen ausgebreitet, lag es da, den Kopf ein wenig zur Seite, manchmal bewegten sich die Lippen. Durch die Lider, die zart und durchsichtig waren, schimmerten die Augen. Caroline wehrte sich nicht mehr, als Hajat das Kind aufnahm, es in die wollenen Tücher hüllte. Sie hätte es nicht selber tun können, ihre Hände hätten ihr nicht gehorcht. Sie kam sich diesem Wesen gegenüber schuldig vor. Schuldig, daß sie es empfangen, schuldig, daß sie es geboren hatte und fortgab. Eine Fremde würde es nähren, in den Schlaf wiegen...

Hajat träufelte dem Kind ein wenig Mohnsaft in den Mund. Dann hielt sie Caroline das Körbchen noch einmal hin. Vor Carolines Augen verschwamm alles. Tränen stürzten ihr in die Augen. »Giliane«, flüsterte sie.

Dies alles geschah, um dem Kind das Leben zu retten – aber ihr war zumute, als hätte sie es in diesem Augenblick mit eigenen Händen getötet. Sie schlug die Hände vor das Gesicht, überwältigt von einem Kummer, der ihr das Herz zerriß.

21

Sie hatte Chasid Beniir nicht gehen hören. Sie hörte nicht, als er zurückkehrte. In ihrem Schmerz vergraben, in den sie sich immer wieder selbstquälerisch zurückstieß, kauerte Caroline auf dem Lager.

»Die Karawane hat Abomey verlassen.« Chasid Beniir legte die Hand auf Carolines Schulter. »Euer Entschluß war weise. Es wird alles gut.«

Caroline ließ die Hände vom Gesicht sinken. »Sie soll dem

Kind keinen Mohn geben! Warum darf es nicht schreien?« Es war das erste, was ihr, aus dem Dunkel des Schmerzes auftauchend, einfiel, und sie klammerte sich an diese Nichtigkeit.

»Sinaida ist eine gute Amme«, sagte Chasid Beniir in seinem mühsamen Französisch. »Ihre Milch ist kräftig. Das Kind wird gedeihen. Das andere muß Allah tun.«

Was Trost sein sollte, wühlte in Caroline nur den Schmerz von neuem auf. Sein Fatalismus schien ihr nichts anderes als ein Eingeständnis, daß die Gefahren, die ihr Kind in der Wüste erwarteten, nicht geringer waren, als sie es hier gewesen wären. Sechsunddreißig Tage würde die Karawane unterwegs sein, hatte er gesagt. Tage tödlicher Glut, Nächte eisiger Kälte, bedroht von Tieren, Räuberbanden.

»Ich habe in der Stadt herumgehorcht«, sprach Chasid Beniir weiter, »wegen des Weißen, auf den Ihr wartet. Ich glaube, ich habe eine Spur gefunden.« Caroline sah auf. Hatte sie recht gehört? Chasid Beniir war zur Tür gegangen. Er schob den Teppich zur Seite, rief etwas hinaus. Ein farbenprächtig gekleideter Mann trat herein; auf seinem Kopf saß ein spitz auslaufender Turban; um ihn größer erscheinen zu lassen, waren seine gestickten Schnabelschuhe mit dicken Korksohlen versehen.

»Das ist Jussuff, der Verwalter der Karawanserei«, stellte Chasid Beniir seinen Freund vor. »Er ist das Ohr von Abomey. Er hatte gestern einen ganz besonderen Kunden.«

Jussuff nickte eifrig. »Ein ganz besonderer Kunde, da hat Chasid recht«, begann er. »Ich will nicht klagen, aber solche Kunden sind wie Regen nach langer Dürre. Dieser da kaufte zwei Pferde, die besten, die ich hatte, und zwei Maultiere. Er nahm das goldgestickte Sattelzeug. Er kaufte das hochrote Riemenwerk mit den goldenen Glöckchen, zu dem mich einmal mein Hochmut verführt hatte und das seit Jahren dalag, wie eine Strafe Allahs. Und, beim Propheten, er fragte nicht nach dem Preis. Jusuff schien es ebensoviel Spaß zu machen, sein behendes Französisch vorzuführen, wie seine Ringe, deren Funkeln das lebhafte Gebärdenspiel seiner Hände begleitete. Der Händler breitete die Arme aus und warf einen Blick zum Himmel. »Er hat bar bezahlt, ohne zu handeln!«

»Wie sah er aus?« unterbrach Caroline ihn ungeduldig.

»Der größte, magerste, knochigste Bursche, der jemals meine Karawanserei betreten hat!« Schwelgend im Gefühl seiner Wichtigkeit, merkte Jussuff nicht, wie die Frau erblaßte. »Der Sprache nach ein Kabyle«, fuhr er fort. Er griff in die Falten seines Gewandes. »Bezahlt hat er damit.« Das eine Auge zukneifend, öffnete er die Hand, in der ein Goldstück lag.

Mit klopfendem Herzen blickte Caroline auf die Münze. Ein portugiesischer Crucedo! War dieses Goldstück nicht das Zeichen, auf das sie so verzweifelt gewartet hatte? Es kam vom Herzog! Sie zweifelte nicht daran. Der Kabyle war nur ein Bote, weil er sich selber nicht in die Stadt wagen konnte; die Männer dieses Stammes galten als besonders gute und mutige Führer. »Wo kann ich den Mann finden?« fragte sie.

Jussuff schloß die Hand um das Goldstück und ließ es verschwinden. Er zuckte mit den Achseln. »Beim Propheten, gesprächig war er nicht. Sein einziges Interesse galt der Totenfeier Don Santis. Darüber wollte er jede Einzelheit wissen.« Ein Erinnern blitzte in den Augen des Mannes auf. »Er muß in den Diensten eines Christen stehen. Er hat meinen kleinen Vorrat an Alkohol aufgekauft. Ein nachsichtiger Gott, der Gott der Christen.« Er verstummte, als er den strafenden Blick seines Freundes bemerkte.

»Es ist gut, Jussuff«, murmelte Chasid Beniir. »Du kannst gehen.« Jussuff verneigte sich. Plötzlich fiel ihm noch etwas ein. Er blickte Caroline an. »Ich möchte schwören, daß der Kabyle morgen zu der Totenfeier in der Stadt sein wird. Er ist nicht zu übersehen. In ganz Abomey gibt es keinen so großen Mann.«

In einen schwarzen Burnus gehüllt, das Gesicht hinter dichten schwarzen Schleiern verborgen, betrat Caroline den von Stimmen und Menschen brodelnden Ah-jah-ee-Platz. Die Mauern der Häuser waren hinter einem rotschwarzen Gobelin von Fahnen und Standarten verschwunden. Golden funkelte das Zeichen der Königswürde, der Leopard, und der geflügelte Stier der Santis. Auf einer blumengeschmückten Plattform thronte König Gezo inmitten seines Hofstaates. Davor stand der Katafalk Cesare Santis.

Die Hände, die sie hätten verraten können, unter dem Gewand versteckt, drängte sich Caroline durch die Menge. Seit dem Morgengrauen, seit die ersten Menschen hier auf den Platz geströmt waren, hielt sie Ausschau nach dem Mann, den Jussuff ihr beschrieben hatte. Langsam ließ sie den Blick über den Platz gleiten. Das schwarze Gewebe der Gaze brach die Welt in lauter winzige Facetten. Oder war es der ohrenbetäubende Lärm, das Durcheinander von Trommeln, Flöten, Tamburinen und Menschenstimmen, die jede Wahrnehmung in Splitter zerfallen ließen? Sie wich zur Seite, von drei Weißen, die sich sporenklirrend eine Gasse durch die Menge bahnten, weggedrängt. Einer wandte den Blick, musterte sie. Caroline wurde heiß unter den Schleiern. Sie hatte ihre Maske vor dem Spiegel geprüft. Kein Auge konnte diese dichten Schleier durchdringen. Aber dann sah sie die harten spöttischen Augen des Blonden, die an ihr hinunterglitten, auf ihre Füße fielen. Weiß und verräterisch standen sie unter den schwarzen Falten des Burnus hervor. »Das ist sie«, hörte Caroline die Stimme des Mannes. Mit einem Aufschrei warf sie sich herum, stürzte davon.

Instinktiv rannte sie dorthin, wo die Menschen dichter standen. Mit beiden Händen erzwang sie sich einen Weg durch die Mauer nackter schwarzer Leiber, die sich immer wieder vor ihr aufrichteten, Hindernis und Schutz zugleich. Plötzlich fiel ein Schatten über sie. Eine Hand umschloß ihren Arm, sanft und bestimmt, wie nur die Hand eines Freundes es tun konnte. Als Caroline den Kopf wandte, erkannte sie den Mann, den sie gesucht hatte: baumlang und knochig; ein fahlbraunes Gesicht mit der gebogenen Nase, den ausgehöhlten Wangen und den tiefliegenden Augen der semitischen Rasse. Ganz von selbst schienen die Menschen vor ihnen eine Gasse zu bilden, als der Kabyle ihre Hand nahm, sie mit sich zog, an den Rand des Platzes, in den Wald von Fahnen und Standarten. In der dämmrigen Schlucht aus rötlichen Lehmmauern eilten sie weiter, bogen in eine Gasse, schlüpften durch eine angelehnte Tür in ein Haus. Der Kabyle bedeutete ihr, keinen Laut von sich zu geben. Draußen kamen Schritte näher. Männerstimmen riefen durcheinander. Für einen Augenblick blieb jemand vor der Tür, hinter der sie Zuflucht gesucht hatte, stehen. Dann rannte er mit einem Fluch weiter. Auf das Gesicht des Kabylen trat ein Lächeln. »Wir wollen ihnen dankbar sein. Sie haben es mir leichtgemacht, Sie zu finden.«

Lautlos legte er den Riegel vor die Tür und forderte Caroline auf, ihm zu folgen. Durch eine qualmige Küche, auf deren Herd vergessene Brotfladen verkohlten, gelangten sie in einen winzigen, mit Brettern umzäunten Hof. Schwarzweiß gesprenkelte Hühner flatterten auf. Vor einer angepflockten Ziege lag eine Handvoll dürren Grases. Ein Schwein bildete eine einzige verkrustete Masse mit der ausgetrockneten Lehmsuhle, in der es vor sich hindöste.

Caroline schloß geblendet die Augen, als plötzlich die volle Glut der Sonne auf sie herabstürzte. An den schneeweißen Mauern des weiten Hofes schäumte das Sonnenlicht wie Gischt auf. Unter einem Vordach, das Schatten bot, standen zwei Pferde. Das fuchsbraune warf wiehernd den Kopf in die Höhe, als es den Kabylen erblickte. Er hob Caroline in den Sattel. Eben wollte er das zweite Pferd losbinden, als in der Toreinfahrt die Männer Santis auftauchten. Mit einem Satz war der Kabyle bei Caroline, sprang hinter sie auf das Pferd. Er riß die Zügel so heftig an sich, daß der Fuchs in die Höhe stieg. Auf den Hinterbeinen herumwirbelnd, wandte das Tier sich um, jagte durch den Hof, auf die Toreinfahrt zu.

Nebeneinanderstehend, versperrten die Männer Santis den Weg. Zwei konnten sich in letzter Sekunde zur Seite werfen. Den in der Mitte rissen die Hufe des Pferdes nieder.

Kaum die Erde berührend, flog der Fuchs dahin. Aber die Verfolger gaben nicht auf. Caroline hörte Hufschlag hinter sich immer näher kommen. Vor ihnen lag bereits das Stadttor. Der Kabyle zog etwas aus der Satteltasche; ein prall gefüllter Geldbeutel flog durch die Luft, auf die Torwachen zu. Sie gaben den Weg frei.

In den Donner der Hufe, der noch im Gewölbe des Tores nachhallte, mischten sich die Stimmen der Männer, denen die Wachen in den Weg getreten waren.

Caroline und der Kabyle hatten an die zweihundert Meter Vorsprung, als ihre Verfolger aus dem Schatten des Tores auftauchten. Der Kabyle riß das Pferd herum, lenkte es auf den tiefen Graben zu, jenseits dessen die Steppe begann. Caroline hörte seinen Ruf, unverständliche Laute einer Geheimsprache zwischen ihm und dem Pferd. Unter ihnen gähnte der Graben, eine Schlucht aus Millionen stahlharter Dornen. Caroline lief es kalt über den Rücken. Das Pferd setzte zum Sprung an. Als hätte es nicht zwei Menschen, sondern Flügel auf dem Rücken, schoß es in einem weiten Bogen in die Luft. Erdklumpen und Grasbüschel flogen herum, als es aufkam. Die Mähne schüttelnd, fiel es in einen etwas langsameren Galopp. Aber das schien die Absicht des Kabylen zu sein. Er übergab Caroline die Zügel. Sie sah, wie die dunkle Hand des Mannes aus der Satteltasche eine Pistole zog.

Hinter ihnen wurde der Hufschlag der Verfolger lauter. Caroline spürte, wie der Kabyle sich im Sattel umwandte. Zwei Schüsse fielen, unmittelbar hintereinander. »Nur noch einer!« Die Stimme des Mannes war siegestrunken. Er hatte die Zügel wieder an sich genommen. Ohne ersichtlichen Grund machte das Pferd plötzlich einen weiten Sprung, setzte über einen vom Wind zusammengetragenen Haufen Reisig und Gras, als wäre es ein Erdloch. Wieder peitschte ein Schuß auf, der Verfolger hatte ihn abgegeben. Caroline sah, wie die Hände des Kabylen sich fester um die Zügel schlossen. Er lenkte das Pferd zur Seite, unter die Bäume, die rechts auftauchten, und brachte es zum Stehen.

Der Kabyle saß ganz ruhig hinter ihr. Caroline wandte sich um. Der Verfolger würde sie gleich erreichen. Es war der Blonde. Sie sah in seiner Hand die funkelnde Waffe. Er war jetzt bei der kaum sichtbaren Erhebung im Sand angelangt, die Caroline für einen Reisighaufen gehalten hatte. Im selben Augenblick knickte das Pferd mit den Vorderhufen ein. Kopfüber stürzte es in die Fanggrube, die sich unter dem Reisig verbarg, den Reiter mit sich in die Tiefe reißend. Der Kabyle starrte lächelnd hinüber, mit dunklen, leuchtenden Augen, in denen das Leben funkelte, die Lust am Kämpfen und Töten – aber auch schon der Tod. Die Zügel, die er eben noch straff gehalten hatte, glitten aus seiner Hand. Ohne einen Laut sackte er zusammen. Sein Oberkörper neigte sich zur Seite; er stürzte, nur ein Fuß, der sich im Steigbügel verfangen hatte, hemmte seinen Fall. Langsam, wie jemand, der sich erschöpft von einer übermenschlichen Anstrengung zur Ruhe legt, sank er in den hellen Sand.

Caroline hatte den Leichnam des Kabylen mit seinem blauen Mantel zugedeckt. Der Einschuß der Kugel war kaum zu sehen in der schwarzen Stickerei; unter dem linken Schulterblatt war sie eingeschlagen und in sein Herz gedrungen. Das Gesicht auf einen Arm gebettet, lag er da, immer noch lächelnd, immer noch im Traum des Sieges befangen. Drüben in der Löwengrube, in die der Verfolger gestürzt war, herrschte Stille.

Caroline trat zu dem Pferd. Murva – der Name war das einzige, was sie von den Worten des Kabylen verstanden hatte. Sie schwang sich in den Sattel. Sie nahm die Zügel auf und ließ sie wieder sinken. Wohin sollte sie es lenken? Sie kannte das Ziel nicht.

Sie neigte sich vor, legte die Hand auf den Hals des Pferdes. »Murva«, sagte sie leise. Sie konnte nur darauf hoffen, daß der Fuchs den Weg kannte. Das Pferd schüttelte die Mähne, warf den Kopf zurück, so wie es seinen Herrn begrüßt hatte. Dann setzte es sich in Bewegung.

Eine Weile trabte es am Saum des Gehölzes hin und schlug dann einen nur dem geübten Auge sichtbaren Saumpfad durch die dichter werdenden Bäume ein. Niedrige, rosafarbene Disteln bedeckten den Boden, an manchen Stellen so dicht wie ein Teppich. Dazwischen liefen Tierspuren, alle in derselben Richtung, alle dem Fluß zu, der plötzlich auftauchte. Mit dem langen glänzenden

Schweif nach den Insekten schlagend, die in summenden Trauben über dem Wasser hingen, setzte das Pferd auf die andere Seite. Caroline zog ihre nackten Füße aus dem Steigbügel unter die Falten des Gewandes. Die Bewegung kostete sie Mühe, und erst in diesem Augenblick wurde sie sich der langsam aus ihrem Leib sickernden Wärme bewußt. Es war kaum ein Schmerz. Sie erschrak auch nicht darüber. Es war nur, als weiche mit dem Blut auch jede Spannung aus ihrem Körper.

Eine tiefe Gleichgültigkeit kehrte in sie ein. Die fiebernde Erwartung, was sie am Ende dieses Weges erwarten würde, erlosch. Nicht einmal ihre Fantasie, mit der sie sich den Augenblick des Sich-Wiederfindens so oft ausgemalt hatte, belebte sie. Es war, als habe sich nach den allzu oft getäuschten Hoffnungen ihre Fähigkeit zur Freude erschöpft.

Immer mehr verbreiterte sich der Fluß. Schilf wuchs in die seichten Ufer hinein, Libellen, groß wie Kolibris, saßen auf leuchtendblauen Kelchen; ihre geäderten Flügel verschmolzen mit den Blüten zu einer neuen bizarren Blume.

Irgendwo, jenseits der Bäume, klang der rauhe Ruf eines Raubvogels auf.

Das Pferd blieb stehen. Es hob den Kopf, wieherte. Ein Knacken lief durch das Dickicht. Ein Araber, in einen weißen Burnus gehüllt, der nur seine Augen freiließ, trat zwischen den Bäumen hervor. In dem roten breiten Gürtel steckten Dolch und Pistole. Wortlos trat er zu dem Pferd, hielt ihm in der offenen Hand Datteln hin, streichelte es. Seine schwarzen, in Runzeln gebetteten Augen sahen kurz zu Caroline auf, blieben einen Moment an ihren weißen Händen hängen. Er nahm das Pferd an der Trense.

Die Bäume rückten noch dichter zusammen. Um die Stämme hatte ein violett blühendes Moos Kissen gebildet. Sonnenflimmer spielten darüber. Nur die Natur schien in dieser Stunde Empfindungen in Caroline hervorzurufen. Ihre Stummheit tat ihr gut. Friede ging davon aus, ein Friede, wie der Mensch ihn nicht kannte, der ihn auf ewig verloren hatte, als er zu denken begann. Die Helligkeit nahm zu. Breite, goldene Streifen zogen sich durch die Stämme. Eine Lichtung öffnete sich. Vor einem Zelt brannte ein Feuer. Ein kupferner Kessel hing darüber, ein leerer Spieß. Im Eingang des Zelts tauchte ein zweiter Araber auf. Die Männer wechselten ein paar Worte. Der Mann, der sie hierhergeführt hatte, reichte ihr die Hand.

Caroline schwang sich aus dem Sattel. Sie spürte, daß die

Blutung zum Stillstand gekommen war. Immer noch tief verschleiert, stand sie da. Der Boden unter ihren Füßen strahlte Wärme aus. Die Luft, die sie umgab, schien flüssige Glut. Und doch fror sie plötzlich. Stumm deutete der Araber dorthin, wo die Lichtung sich abwärts neigte, wo der Flußlauf sich weitete und wo aus dem Spiegel des Wassers die Silhouette eines Mannes aufragte.

Ein breitrandiger Hut aus ungebleichten Pflanzenfasern verbarg sein Gesicht. Mit nackten Beinen stand er in der Quelle, die den kleinen See und den Fluß speiste. Das flache, klare Wasser wimmelte von rotgeschuppten Fischen. Die weiten Ärmel seiner Bluse flatterten, als er den Arm hob. Die Spitze eines zweizackigen Speers blinkte in der Sonne. Eine glitzernde Fontäne spritzte auf, als er zustieß und der Speer in den Rücken des Fisches drang.

Caroline war froh, daß der Sand das Geräusch ihrer Schritte verschluckte, daß der schwarze Schleier ihr Gesicht verhüllte. All das würde ihr helfen in den Augenblicken, die vor ihr lagen; auch die Weite der Wüste, deren Saum man von hier aus schon ahnte, die gegenwärtig war durch ihren heißen trockenen Atem. In einem Raum hätte sie Angst gehabt, ihm gegenüberzutreten, Angst, zu ersticken, erdrückt zu werden von der Lawine angestauter Gefühle. Aber hier war die Natur so stark, daß der Mensch und alles, was ihn bewegte, nichtig wurde. Den Fisch mit dem Speer aus dem Wasser ziehend, drehte der Mann sich um. Er rief den Dienern einen Befehl zu, aber plötzlich gehorchte ihm die Stimme nicht mehr.

Wie versteinert stand Caroline da, lauschte auf die fremde Stimme, starrte auf das unter der Krempe des Hutes im Schatten liegende Gesicht. Es war Ramon Sterne, der dort stand! Caroline war zumute, als höre sie auf zu leben. Sie war nur noch ein hohles Gefäß, in dem sich der Atem der Wüste fing, zu einem lauten Rauschen anschwoll. Alles, was sie einmal gewesen war, Kraft, Mut, Hoffnung, Liebe, schien es nicht mehr zu geben. Nicht einmal Fragen! Ob dem Herzog etwas zugestoßen war – sie wollte es nicht wissen! Etwas Schlimmeres als daß nicht er es war, der dort stand, konnte sie sich nicht vorstellen. Nicht einmal die Nachricht von seinem Tode könnte sie tiefer treffen. Und wenn er lebte, wenn etwas anderes ihn abgehalten hatte – so wollte sie auch das nicht wissen. Sie stand da, starrte durch die schwarze Gaze ihres Schleiers, die ein Netz von feinen Sprüngen über die Welt zog, wie es alte Bilder trugen. Sie riß den Schleier vom Gesicht, streifte den Schal vom Kopf.

Ramon Sterne hatte den Fisch in den Sand geworfen. Er war glücklich gewesen über diesen Auftrag des Herzogs. Jeden Tag auf dieser gefahrvollen Irrfahrt der letzten Monate war er glücklich gewesen, weil seine unselige Liebe zu dieser Frau plötzlich einen Sinn bekommen hatte. Dort stand sie. Sie lebte. Er war nicht zu spät gekommen, wie er in den letzten Stunden des Wartens immer wieder befürchtet hatte. Aber mit viel größerer Furcht wartete er jetzt auf die Reaktion. Obwohl seine Liebe sich nie Hoffnungen gemacht hatte, wußte er, daß ihre offen gezeigte Enttäuschung, nicht den Herzog, sondern ihn hier zu finden, ihn tief treffen würde.

Zögernd tat er einen Schritt auf sie zu. Er wollte etwas sagen, aber er blieb stumm. Es war, als stehe er einem Wesen gegenüber, das mit Menschen nichts mehr gemein hatte. Ihr Gesicht verriet ihm nichts von ihren Gefühlen. Das Antlitz dieser Frau schien ihm unwandelbar wie Stein. Die Augen waren nichts als schattiges, ins Violett spielendes Grau. Sie fragten nicht, sie sprachen nicht, sie blickten in das grelle Licht, als könnte es sie nicht blenden. Ihre Blicke begegneten sich. Einen Moment glaubte Ramon Sterne etwas Wildes in diesen Augen zu sehen.

»Der Herzog hat mich geschickt«, sagte er schließlich, nur um die schreckliche Stille zu unterbrechen.

»Er lebt also?« sagte sie. »Er ist nicht tot.«

»Er konnte nur einen Fremden schicken, einen Mann, den Don Santi nicht kannte.«

Caroline unterbrach Ramon Sterne mit einer schroffen Bewegung ihrer Hand. Ihr Verstand, das erste, was nach dem Schock wieder zu arbeiten begann, sagte ihr, daß nur so ihre Rettung möglich geworden war. Aber mit dem Herzen dachte Caroline anders. Für ihr Herz zählte nur eines: daß er nicht da war. Sie lebte, sie war gerettet, aber diese Errettung schmeckte bitter. Es schien ihr, daß es nichts gab, das sie tiefer hätte schmerzen können als dies: Daß nicht seine Liebe es war, die sie gerettet hatte, sondern sein Verstand. Ihr Herz revoltierte gegen diesen neuen Aufschub. Sie konnte nicht noch einmal beginnen zu warten. Sie bestand nur noch aus dem grausamen Schmerz getäuschter Hoffnung. Sie raste gegen sich selbst und gegen den, den sie liebte.

Ihr Blick fiel auf die im Sand liegenden zweizackigen Speere. Sie bückte sich danach, nahm einen auf, trat damit an das Ufer des Tümpels. Rotgeschuppt, mit großen durchsichtigen Flossen, die in der Strömung spielten, standen die Fische im Wasser. Hin und wieder stiegen Luftblasen an die Oberfläche, zerplatzten. Sie hob den Speer. Das Wasser spritzte auf, als sie zustieß, als die Spitze in den Leib des Fisches eindrang. Sie nahm den nächsten Speer, stieß wieder zu. Sie konnte nicht aufhören, bis das Wasser sich trübte vom aufgewirbelten Sand und vom Blut der Tiere. Sie wußte nicht, warum sie es tat. Sie wußte nicht, wem dieser Haß galt, der sie dazu trieb, zu zerstören, zu töten. Zu vieles war in ihr, für das es kein Vergessen geben würde und das sie doch nicht länger mit sich herumtragen konnte. Er allein hätte es von ihr nehmen können. Aber er war nicht da. Sie mußte es selber töten, wenn sie weiterleben wollte.

Ramon Sterne stand daneben, betroffen von diesem Ausbruch von Grausamkeit – und doch konnte er den Blick nicht von dieser Frau wenden, fasziniert von diesem neuen Gesicht, fasziniert von einer geheimen Verwandtschaft.

Caroline sah zu, wie die arabischen Diener die Fische aus dem Wasser zogen. Sie ließ den letzten Speer sinken. Sie blickte in das rotgefärbte Wasser, und es war ihr, als habe eine andere das getan. Ein Gefühl der Befreiung stieg allmählich in ihr auf. In den Monaten, die hinter ihr lagen, war die Liebe zu einer Erinnerung verblaßt. Diese Stunde hatte sie wieder freigelegt. Sie wandte sich zu Sterne. Sie wußte nicht, daß um ihre Lippen ein Lächeln lag. »Wann reiten wir?« sagte sie.

Vor der kleinen Karawane dehnte sich endlos die Wüste, auch im sinkenden Tag ein flammendes Lichtmeer, über das sich kein Himmel, sondern irisierende Leere wölbte.

Zwei Kamele mit buntverschnürten Ballen auf dem Rücken zogen in ihrem eigenartigen schwankenden Schritt voran. Von den beiden Arabern, die sie führten, waren nur die Augen, die Hände und die kräftigen nackten Füße zu sehen. Dahinter folgten zu Pferd, wie arabische Handelsmänner gekleidet, Caroline und Sterne.

Die Vermummung war Sternes Einfall gewesen. Aber er hatte dabei nicht nur an mögliche Verfolger gedacht. Ramon Sterne hatte gehofft, daß dieses männliche Gewand ihm helfen würde, die Gegenwart der Frau leichter zu ertragen. Nicht die Wüste machte ihm Angst, nicht die vielen hundert Meilen vor ihnen – sondern allein diese Frau. Er wußte jetzt schon, daß diese männlichen Kleider, die sie trug, ihm nichts von dem Kampf mit sich selbst ersparen würden.

Die Araber hatten die Kamele angehalten. Der Führer kniete am Boden, tastete mit seinen dunklen Händen den Sand ab. Als er sich erhob, sagte er: »Nur eine Karawane, die hier durchgekommen sein muß.«

Jetzt sah auch Caroline die Spur. Weich, wie von den Füßen des Windes gezogen, führte sie in einem Bogen durch die Sandwellen und verschwand in der Unendlichkeit. Hier war das Tier gegangen, das ihr Kind trug, und Sinaida, die fremde Amme, die es in den Armen hielt. Es war wie ein Sog, der sie erfaßte. Es war der Ruf dieser Spur. Der Ruf eines Kindes – und eines Mannes.

Die Tiere hatten sich wieder in Bewegung gesetzt. Die Glöckchen des Zaumzeugs klingelten. Der Saum der Steppe hinter ihnen verschwand. Nichts mehr als wogende Fläche umgab sie.

Purpur und Diamant

1

Es war eine der Nächte, in denen im Hafenviertel von Lissabon die Türen doppelt verriegelt wurden und die Männer, die noch unterwegs waren, die Hand am Griff ihrer Waffen hatten.

Seit dem Einbruch der Dämmerung war die Einfahrt in den Hafen für Schiffe zu gefährlich. Das Wasser dampfte. Dem heißen Junitag des Jahres 1816 war eine kalte Nacht gefolgt. In die Tejo-Bai herein schoben sich die weißen Dunstballen.

Am Hafendamm türmten sie sich auf, quollen über die Brüstung, krochen am Boden weiter. Der Westwind trieb sie vor sich her.

Lautlos breitete sich der Nebel aus, löschte das Licht der Laternen, dämpfte das Rauschen des gegen die Kaimauern brandenden Meeres – und machte den Mann, der am Hafendamm stand, zu einem Schemen, das auftauchte und wieder verschwand.

In einem dunklen, die ganze Gestalt verhüllenden Umhang stand er dort und blickte in die Richtung, wo, verborgen von dem Gebirge aus weißem Gewölk, das Meer sein mußte. Sein Gesicht war blaß. Auf seinem hellen Haar hatte der Nebel einen feuchten Film gebildet. In seinen Augen war der Glanz und die Starre des Wartens.

Jeden Tag, zur Zeit der einbrechenden Dämmerung, kam der Herzog von Belômer hierher. Eine Kutsche brachte ihn bis zum Largo Calatayud. Bei jedem Wetter harrte er auf seinem Platz aus, den Blick auf das Meer gerichtet, als müßte es ihm endlich die erwartete Botschaft bringen.

Die Leute, die am Hafen lebten, die Besitzer der Schenken, die Handwerker, die Arbeiter der Lagerhäuser und der Docks, hatten sich an seinen Anblick gewöhnt. Sie hatten herausgefunden, wer dieser Mann war. Sie kannten die Legende seiner Geschichte; sie wurden nicht müde, daran weiterzuspinnen, mit dem Vorgefühl, eines Tages vielleicht selbst Mitwirkende in diesem Drama zu sein.

Die beiden Soldaten der Hafenwache, die ihre stündliche Patrouille machten, blieben stehen, als sie in der Ferne den Schatten auftauchen sahen. Der Ältere schüttelte den Kopf. »Gestern stand seine Kutsche die halbe Nacht am Largo Calatayud.«

»Und alles wegen einer Frau...«

»Wenn sie so schön ist, wie man sagt, versteh! ich ihn.«

»Und wenn sie gar nicht mehr lebt? Eine Belohnung von tausend Escudos – für die winzigste Nachricht über ihren Verbleib. Wo gibt es das? Ich kenne keinen Kapitän und keinen Handelsagenten, der nicht versucht hätte, die tausend zu verdienen. Und vergiß nicht, daß Bibi Lupin und seine Leute seit drei Monaten für ihn arbeiten – vergeblich ... Wenn Lupins trübe Quellen versiegen, dann gebe ich keinen Réis mehr für das Leben dieser Frau.«

Der Ältere zuckte die Achseln. »Es würde mich interessieren, wie eine Frau sein muß, für die ein Mann vergißt, daß es auch noch andere gibt.«

Sie waren weitergegangen. »Ich kenne einen aus Lagos. Miguel.« Der jüngere dämpfte seine Stimme. »Er hat sie gesehen, damals, bevor Don Santis Leute ihr Schiff kaperten und sie an die Sklavenküste verschleppten. Miguel sagte, für eine solche Frau würde er sich sofort vom Cabo de São Vicente herunterstürzen.«

»Es gibt solche Frauen – aber meistens ist kein Glück um sie ...«

»In seiner Kutsche liegt immer ein Damenmantel aus schwarzer Seide bereit«, spann der Jüngere seine Gedanken weiter. »Das weiß ich von seinem Kutscher. Und in seinem Haus, in der Casa Trestorres, steht ein ganzes Zimmer mit ihren Koffern voll. Niemand darf sie anrühren. Niemand läßt er hinein.«

»Nun hör schon auf damit. Ich schlage vor, wir wärmen uns beim alten Pera erst einmal auf.«

Die beiden Soldaten blickten noch einmal zurück. Der Mann stand noch immer am Hafendamm, ein paar Schritte von ihnen entfernt. Als er sich jetzt umwandte, flog sein Mantel auf. Er blieb stehen wie jemand, der aus tiefem Sinnen aufschreckt. Er schien Sekunden zu brauchen, um sich zu erinnern, wo er sich befand. Aber auch dann bemerkte er seine Zuschauer nicht.

Er schlug den Mantel wieder um sich, hielt ihn über der Brust zusammen. Er stand dort, wartend, lauschend. Mit einer Bewegung, als befreie er sich von unsichtbaren Fesseln, begann er zu gehen. In seinen Mantel gehüllt, schritt er dahin, schnell, ungeduldig, zurück zum Largo Calatayud, wo seine Kutsche wartete.

Die beiden Soldaten waren ihm gefolgt. Sie hörten, wie er dem Kutscher zurief: »Zur Casa Trestorres!« Sie blieben stehen, bis der Wagen im Nebel verschwunden war. Der Jüngere seufzte. Der Ältere steuerte zielstrebig auf Peras Schenke zu.

Die Casa Trestorres lag außerhalb von Lissabon, am nördlichsten Punkt der Vorstadt Belém, hoch über der Zone des Nebels. Hinter alten Bäumen und einer hohen Mauer aus rohbehauenen

Granitquadern erhob sich der maurisch-gotische Bau mit seinen schmalen, vergitterten Fenstern und den drei Türmen, mehr Burg als Haus. Die Einfahrt war ein gewaltiges Gewölbe, das die ganze Tiefe des Gebäudes einnahm. Auf die alten eisernen Fackelhalter hatte man verglaste Lampen montiert. Seit der neue Besitzer das Haus bewohnte, brannten sie Tag und Nacht.

Das Gewölbe hallte vom Hufschlag der Pferde wider, als die Kutsche hereinrollte. Noch bevor sie zum Stehen kam, öffnete sich der Schlag, und der Herzog von Belômer sprang heraus. Den schwarzen Damenmantel über dem Arm, eilte er die Steinstufen hinauf, die ins Innere des Hauses führten.

Wärme schlug ihm entgegen, als er die Halle betrat, der strenge Geruch alten Gemäuers, alter Balken. Yeppes, der Vorsteher des Hauswesens, ein dreißigjähriger Mann mit den schrägen geschlitzten Augen und dem glatten schwarzen Haar eines portugiesisch-asiatischen Mischlings, trat aus dem Dunkel auf den Herzog zu. Er verbeugte sich. Er vermied es dabei, den Herzog anzusehen. Es war immer sein Ehrgeiz gewesen, Herren zu dienen, die nicht waren wie die anderen. Aber in diesen Augenblicken, wenn der Herzog von seinen nächtlichen Wachen am Hafen zurückkehrte, mit den Augen, die nichts wahrnahmen, war er Yeppes unheimlich. Wußte dieser Mann überhaupt, wo er sich befand? Daß er nicht mehr draußen in der Nacht war, nicht mehr aufs Meer hinausstarrte?

Der Herzog war stehengeblieben. Aus einer angelehnten Tür drangen Männerstimmen. Er sah fragend auf. Yeppes machte eine Geste zu der angelehnten Tür hin, aus der jetzt lautes Lachen schall. »Fragt mich nicht, wer diese Leute alle sind, ich weiß es nicht. Ich weiß nur, daß Ihr allzu nachsichtig mit diesem Gesindel seid. Senhor Lupin tut nachgerade, als wäre das sein Haus.«

»Irgendwelche Nachrichten?« fragte der Herzog.

»Wenn, dann hat Senhor Lupin sie *mir* nicht anvertraut.« Der Ausdruck seines Gesichts sagte deutlich, was Yeppes über Bibi Lupin und seine Spitzel dachte. Daß die Berichte, die Bibi Lupin dem Herzog über die angestellten Nachforschungen erstattete, so gut wie nichts Konkretes enthielten, konnte Taktik sein. Vielleicht wollte Lupin diese fette Pfründe einfach so lange wie möglich ausschöpfen. Vielleicht war es auch die Vorsicht des gerissenen Spions, das Material erst herauszugeben, wenn es keine Lücken mehr enthielt. Die eine wie die andere Vorstellung paßte Yeppes nicht.

Der Herzog war an die Tür getreten. Er öffnete sie halb, warf einen Blick in den Raum. Die Beine in eine Felldecke gehüllt, saß Bibi Lupin in der Nähe des Feuers. Der Schein der Flammen lag auf seinem Fuchsgesicht. Wie immer waren seine Augen leicht zugekniffen. Um ihn herum lagerten zechende Männer. Der Herzog trat von der Tür zurück.

Yeppes hielt es nicht mehr aus. Er mußte sich Luft machen. »Seit drei Monaten ernährt und bezahlt Ihr diese Männer, und was haben sie Euch gebracht? Seit drei Monaten tischen sie Euch Märchen auf, nichts als Märchen.« Yeppes sah, daß der Herzog ihm nicht zuhörte, trotzdem sprach er weiter. »Ihr solltet sie alle zum Teufel jagen. Ihr könntet genausogut alle Kartenlegerinnen Lissabons hier einquartieren. Es macht keinen guten Eindruck, diese Leute im Haus zu haben. Euer Ruf...« Yeppes verstummte. Unsicher starrte er dem Herzog ins Gesicht, von dem der abwesende Ausdruck gewichen war. In den grauen Augen waren Spott und Härte.

Der Herzog, immer noch in den Umhang gehüllt, immer noch den Damenmantel aus schwarzer Seide über dem Arm, ging an Yeppes vorbei. Mit schnellen Schritten stieg er die Treppe hinauf. Er hatte das Haus gemietet, ohne es vorher gesehen zu haben. Er bewohnte es seit drei Monaten, ohne den Dingen, die ihn umgaben, die geringste Aufmerksamkeit zu schenken.

Er war erleichtert, keinen der Bedienten in seinen Räumen zu treffen. Er verriegelte die Tür und breitete den Damenmantel behutsam über einen Sessel. Er ging zu einem der Fenster, zog die Vorhänge auseinander, öffnete es. Als er in die Casa Trestorres eingezogen war, hatten Bäume vor dem Fenster gestanden. Er hatte sie fällen lassen, damit die Sicht zum Meer frei wurde.

Das Meer. Von hier aus behinderte kein Nebel den Blick. Das Meer war wie ein Spiegel des Himmels in dieser Nacht. Die Lichter der auf dem offenen Meer ankernden Flotte funkelten heller als die Sterne. In einer Stunde würde auch in der Hafenbai kein Nebel mehr sein. Schon jetzt begannen sich die dichten weißen Ballen aufzurollen, durchsichtig zu werden. Wie phantastische, zwischen unsichtbaren Pfosten gespannte Fischernetze hingen sie längs der Ufer, vom Wind leicht bewegt.

Was erwartete er eigentlich von seinen abendlichen Fahrten zum Hafen? Was erhoffte er sich von Bibi Lupins Nachforschungen? War er nicht vollkommen sicher, daß Caroline lebte? Gab ihm dieser absolute Glaube nicht die Kraft, diese Zeit des ohnmächtigen Wartens zu überstehen? Und doch verlangte es ihn nach einem Zeichen.

Er trat vom Fenster zurück und nahm die Lampe vom Tisch. Er öffnete die Tapetentür, hinter der sich eine Wendeltreppe verbarg. Sein Schatten huschte neben ihm her, sich in die Krümmungen der Mauer schmiegend. Durch das Gitter eines schmalen Fensters zwängte sich ein Zweig. Dann stand er vor der Tür des Turmzimmers.

Der Raum, den er betrat, war angefüllt mit Schiffskisten, Koffern aus Zedernholz, ledernen Handkoffern in allen Größen. Es roch nach vertrockneten Rosenblättern, nach Dingen, die einer Frau gehörten und die ihren Duft in sich aufgenommen hatten.

Der Herzog stellte die Lampe ab. In seinen Bewegungen war jetzt nichts Abwesendes, Mechanisches mehr. Vorsichtig öffnete er einen dunkelbraunen Lederkoffer, schlug den mit weißem Moiré bezogenen Innendeckel zurück. Er nahm einen Schmuckkasten heraus, trat damit zur Lampe. Seine Finger berührten den Verschluß. Sie schienen zu kraftlos, um ihn zu öffnen. War es Ungeduld, die sie lähmte? War es Angst?

Den Blick abgewandt, schlug er den Deckel hoch. Auf purpurnem Samt lag ein taubeneigroßer Diamant. In seinem Glanz war etwas vom Gold der afrikanischen Sonne – und noch etwas anderes, eine geheime Kraft. Der Herzog stand da, verloren in den Anblick des Steins, den Caroline ihm geschenkt hatte. Er glaubte ihre Stimme zu hören, die Worte, mit denen sie ihm am Tag der Hochzeit den Stein, ihr Geschenk, überreicht hatte. »Siehst du, wie er lebt. Er wird leben, solange ich lebe.«

Er hatte sie damals in die Arme geschlossen, aber hatte er ihre Worte verstanden? Wirklich verstanden hatte er sie erst an jenem Abend in Lagos, als er in das Haus mit den roten Läden zurückkehrte, ohne sie, als er nachts schlaflos in dem Bett lag, das noch ihren Duft bewahrte. Am Boden standen ihre Pantoffeln. Über dem Hocker lag ihr Negligé. In der Vase stand der Fliederzweig, den sie zwei Tage vorher geschnitten hatte, persischer Flieder, dessen violette Blüten den Duft von Vanille verströmten. All diese Dinge hatten ihm nicht geholfen. Im Gegenteil. Sie sagten ihm dauernd, was geschehen war, sie wiederholten es ununterbrochen: Sie ist fort. Geraubt. Du kanntest deine Gegner. Du wußtest, daß die Santis ihr Imperium des Sklavenhandels mit allen Mitteln verteidigen würden. Sie war das beste Mittel, dir die Hände zu binden. Vor deinen Augen haben sie es getan, und du hast zugesehen, tatenlos.

Er wußte nicht mehr, ob es im Traum oder im Wachen geschehen war. Plötzlich hatte er diesen Stein vor sich gesehen. Es war wie ein Zwang gewesen. Eine unsichtbare Hand hatte ihn zu der Schmuckschatulle geführt. Und dann, plötzlich, hatte er gewußt, daß der Stein ihm ihr Schicksal verraten würde – daß in dem Augenblick, in dem Caroline stürbe, auch dieser Stein zerfiele...

Der Diamant lag funkelnd vor ihm. Seine Finger schlossen sich um den Stein. War das, was ihn erfüllte, wirklich nur törichte Hoffnung?

Das Meer und der Stein. Das waren die beiden Pole, zwischen denen er lebte. Das Meer, das er täglich nach Zeichen absuchte, nach Zeichen von ihr. Das Meer, das ihn sie täglich von neuem verlieren ließ – und der Stein, der sie ihm täglich zurückgab.

Er legte den Diamant auf den purpurnen Samt. Er verschloß die Schmuckschatulle, stellte sie in den Koffer zurück. Er nahm die Lampe und verließ das Turmzimmer.

Seine Schritte machten kein Geräusch. Der große Mann schien nicht mehr Gewicht zu haben als sein Schatten.

2

Die Strahlen der aufgehenden Sonne zerrissen die fahle Dämmerung, in deren Dunst sich Wüste und Himmel zu einer einzigen Unendlichkeit verwoben. Waagerecht flutete das Licht über die Ebene. Die geringsten Erhebungen traten scharf hervor, warfen lange violette Schatten. Für ein paar Augenblicke wurde die vom Sand verwehte Karawanenstraße zu einer deutlichen Spur, die sich in einem sanften Bogen nach Nordosten zog.

Rasim, der Anführer des kleinen Trupps, stieß seine rauhen, nur den Tieren verständlichen Schreie aus, um die Kamele zum Halten zu bringen. Er zwang sein Tier in die Knie und wartete, bis auch die beiden Reiter zu Pferd den Kamm der Anhöhe erreicht hatten. Mit ausgestreckter Hand wies er in die Wüste. Auf seinem scharfgeschnittenen Gesicht stand Freude. Er liebte die Wüste mit der überschwenglichen Zärtlichkeit des Beduinen. Er liebte ihre Grenzenlosigkeit, ihr Schweigen und die Gelassenheit, mit der sie den Menschen herausforderte.

»Morgen abend sind wir in Timbuktu«, sagte er. Erfüllt von diesem Morgen, an dem die Welt in den Schmelz der ersten Schöpfungsstunde getaucht schien, vergaß Rasim ganz, daß auf dem Weg zwischen Abomey, der Hauptstadt von Dahomey, und Timbuktu dieses letzte Stück, das vor ihnen lag, das gefahrvollste war.

Während der langen Reise war bisher alles gutgegangen. Sie hatten Steppen, Savannen und die Urwälder längs des Niger durchquert, die Regionen der Schakale, der Löwen und der Schlangen. Sie hatten keines ihrer Tiere verloren; sie waren in kein Wetter geraten; das Fieber hatte sie verschont. Dabei hatte Rasim das Schlimmste befürchtet, als er am Abend des ersten Tages entdeckt hatte, daß der eine der Reiter eine Frau war. Eine Weiße, eine Christin! Rasim war zwar ein Mann ohne Glauben, ohne Familie, ein Mann, der nur ein Zuhause hatte: die Wüste, die ihn jahrelang als Räuber ernährt hatte – aber eine Reise mit einer Christin war etwas, das alle Abenteuer, die ihm die Wüste bisher aufgegeben hatte, überstieg. Immer wieder hatte er Umwege gewählt, immer wieder hatte er lieber die Gefahren der Natur auf sich genommen, nur um der Begegnung mit Menschen auszuweichen und diese Christin vor dem blinden Haß der Eingeborenen zu bewahren. Anfangs hatte er die Verantwortung, die er trug, nur als Last empfunden, aber inzwischen war daraus der leidenschaftliche Ehrgeiz geworden, sie lebend durch diese Hölle zu führen.

Die beiden schwarzen Treiber hatten ihre Gebetsteppiche auf der Erde ausgerollt und knieten gegen Osten gewandt nieder. Die beiden Reiter blieben zu Pferd. Sie waren noch in die wollenen Tücher gehüllt, die sie gegen die Kälte der Nacht geschützt hatten. Mit einer Bewegung voller Ungeduld löste der eine jetzt die um Kopf und Hals geschlungenen Schals. Aus der Vermummung tauchte ein Frauengesicht, blauschwarzes Haar fiel den Rücken hinunter. Caroline richtete sich in den Steigbügeln auf. Die Sonnenscheibe wuchs mit jeder Sekunde. Schon begannen die Schatten kürzer zu werden. An den fernen Hügeln verweilten sie noch, ein letzter zitternder Hauch, um auf einen Schlag zu verschwinden. Es war Tag, grelle, erbarmungslose Helligkeit, die zwölf Stunden andauern würde. Sie legte die Hand über die Augen. Dort, im Osten, würde irgendwann die Kuppel der Moschee von Timbuktu auftauchen. Es hatte viele Stunden gegeben, in denen die Wüste auf Caroline wie Opium wirkte, eine Droge des Vergessens, der sie sich begierig hingab. Aber an diesem Morgen empfand sie nur Ungeduld. Ihr Blick folgte der verwehten Spur, die sich breit wie eine Straße durch den gelben Sand zog.

Die Karawane. Seit vielen, vielen Wochen verfolgten sie die nach Timbuktu ziehende Goldkarawane aus Abomey, an ausgetretenen Feuerstellen, Essensresten und dem Kot der Kamele ablesend, wie viele Tagesmärsche sie von ihr trennten. Viel zu langsam für Carolines Ungeduld hatte der Abstand sich verringert. Gestern abend endlich hatte Rasim, auf einen abgefressenen Distelbusch deutend, stolz verkündet, daß die Karawane nur noch zwölf Stunden Vorsprung haben könne. Einen Tagesritt noch, dann würden sie sie eingeholt haben, und Caroline würde ihr Kind in den Armen halten. In Timbuktu sollte Sinaida mit dem Kind warten, falls es ihr nicht vorher schon gelingen sollte, zur Karawane zu stoßen.

Giliane, ihr Kind. Bei dem Gedanken schlug Carolines Herz schneller. Nein, sie konnte nicht mehr warten bis Timbuktu. Sie mußten die Karawane schon vorher einholen. Sie mußte weiter. Ihre Unruhe übertrug sich auf das Pferd. Es warf den Kopf hin und her, tänzelte nervös. Warum gab der Anführer nicht das Zeichen zum Aufbruch?

Die schwarzen Treiber hatten ihr Gebet beendet, ihre Gebetsteppiche zusammengerollt und verschnürt. Es war Rasim, von dem die Verzögerung ausging. Er war an den Rand einer Senke getreten. Caroline lenkte ihr Pferd an seine Seite. Rasim wies den Rand der Senke hinunter, und jetzt sah auch Caroline, was er entdeckt hatte: in einer Mulde, halb von Treibsand zugeweht, lag der Kadaver eines Kamels. Die durchschnittenen Gurte, an denen ursprünglich Warenballen befestigt gewesen sein mußten, hingen schlaff über den Rücken. Caroline wandte den Blick. Sie hatte auf Rasims Gesicht noch nie einen solchen Ausdruck des Entsetzens gesehen wie jetzt. Er hatte einem der schwarzen Treiber ein Zeichen gegeben. Dieser ließ sich den Abhang hinuntergleiten. Er beugte sich über das tote Tier, untersuchte es. Als er zurückkam, rief er Rasim in einem für Caroline unverständlichen Dialekt etwas zu.

»Was gibt es?« fragte Caroline unwillig. »Ist nicht jeder Karawanenweg mit Kadavern gesäumt? Warum reiten wir nicht weiter?«

Wieder antwortete Rasim nicht sofort. Mit Augen, die zu Schlitzen verengt waren, starrte er in die Wüste hinaus, als suche er dort Antwort. Was sollte er erwidern? Es war richtig. Überall unter dem Sand lagen die Gebeine von Menschen und Tieren. Aber dieses Kamel war nicht an Entkräftung gestorben. Es war von einer Kugel getötet worden, ohne daß es dafür einen Grund gab – es sei denn... Er hob den Kopf. »Es ist ein Tier der Goldkarawane. Es war stark und gesund, als es getötet wurde.«

»Heißt das, die Goldkarawane ist überfallen worden?« Ramon Sterne hatte diese Frage gestellt.

»Das ist es, was mich beunruhigt«, sagte Rasim zögernd. »Die

Goldkarawane hat einen starken Geleitschutz. Niemand würde es wagen, sie anzugreifen.« Nur einer, dachte Rasim, nur einer begann seine Angriffe auf diese Art: Khalaf. Aber der Name kam nicht über seine Lippen. Ihn auszusprechen hieß das Unglück heraufbeschwören.

Noch war es kühl. Ein, zwei Stunden konnten die Tiere noch im Trab laufen. Vielleicht war es das beste, sich der großen Karawane anzuschließen, dachte Rasim. Die Goldkarawanen von Dahomey waren bewaffnet, als zögen sie in den Krieg. Er, Rasim, konnte ihnen sagen, wie man sich gegen die Überfälle Khalafs verteidigen mußte; nicht umsonst war er drei Jahre mit Khalafs Räuberbanden durch die Wüste gezogen. Er trieb sein Kamel an.

Der Himmel hatte sich mit einem weißen Dunstschleier bezogen. Wind war aufgekommen, ohne Kühlung zu bringen. Kein Laut war zu vernehmen, außer dem Tritt der Tiere und dem harten Rascheln des Sandes, der vor dem heißen Wind dahinkroch. Rasim trieb die Kamele zur Eile. Auf den Höhenkämmen im Westen lagerten regungslos dichte Schwaden bläulichen und gelblichen Dunstes. Er wußte, was das zu bedeuten hatte. Schon lange beobachtete er diese Vorzeichen des Sturmes. Immer wieder suchte er den Horizont nach der Silhouette der Dattelpflanzung ab, die den nächsten Brunnen markierte. Dort würde auch die Karawane haltmachen. Es konnte nicht mehr weit sein. Jeden Augenblick mußte der weiße Lichtschleier zerreißen und die Oase sichtbar werden. Rasim klopfte seinem Reittier aufmunternd den Hals, als er den Schatten gewahrte, der über den Himmel glitt. Die gelbe Wolke hatte sich von den Bergkämmen gelöst und entrollte sich jetzt wie ein riesiges Tuch. Während es näher kam, bildeten sich vor ihm zwei gewaltige Staubsäulen.

»Absitzen! Stellt die Tiere im Kreis auf!«

Erst Rasims Schreie machten Caroline auf die Gefahr aufmerksam. Sie hatte wohl den Wind gespürt, der ihr glühenden Sand ins Gesicht peitschte, aber ihre Gedanken waren ihr weit vorausgeeilt. Sie schwang sich vom Pferd. Die schwarzen Treiber versuchten die widerstrebenden Kamele zu einem dichten Kreis zusammenzudrängen. Die Sonne war verschwunden, ausgelöscht von Schwaden gelbgrauen Dunstes. Ein gespenstisches, ockerfarbenes Flakkern war in der Luft, hüllte den Trupp ein. Für Sekunden hatte der Wind ausgesetzt. Je näher die Wolke kam, um so dunkler wurde sie. Caroline fühlte sich von zwei Armen ergriffen. Ein Tuch fiel über ihr Gesicht. Im selben Augenblick stürzte eine Flut von

Staub und Sandkörnern aus dem Himmel. Mit doppelter Gewalt wirbelte der Sturm den Sand um Tiere und Menschen.

Wie von unsichtbaren Händen gestoßen, taumelte Caroline voran. Der Sturm, der jede Sekunde aus einer anderen Richtung zu kommen schien, riß den Mantel, den Sterne um sie geschlagen hatte, weg. Sand peitschte ihr in Augen und Mund. Fast blind, ohne jedes Gefühl für die Richtung, hastete sie an der Seite Sternes vorwärts. Irgendwoher klangen das ängstliche Wiehern der Pferde, das Schreien der Kamele und dazwischen Rasims verzweifelte Rufe. Durch den Schleier des wirbelnden Sands sah Caroline, wie eines der Kamele sich vom Führungsseil der Treiber losriß. Der Sturm erfaßte das große Tier. Die schweren, prallgefüllten Wasserschläuche an seinem Leib schlugen hin und her. In wildem Galopp jagte das Kamel auf eine Sanddüne zu. Die Vorderbeine sanken zur Hälfte ein. Noch ein Satz – wie ein Spielzeug versank das Tier, der gelbe Sand schloß sich über dem braunen Tierkörper.

Caroline riß sich von Sterne los. »Das Kamel mit dem Wasser!« schrie sie. »Das Wasser!« Aber Sterne hielt sie zurück. Er zog sie mit sich. Sie stolperten über entwurzelte Sträucher. Vom Sturm ausgerissene Grasbüschel flogen durch die Luft. Der Sand drang durch Carolines Gewänder. Sie hatte die Körner auf den Lippen, im Mund, im Hals. Sie konnte kaum noch atmen. Rasims Rufe waren nicht mehr zu hören. Die ängstlichen Schreie der Tiere waren verstummt. Es gab nur noch das Zischen und Fauchen des Sturms, den glühenden Regen aus Sand, der auf sie herunterprasselte.

Caroline wußte nicht, ob Minuten oder Stunden vergangen waren, als es plötzlich hell vor ihren Augen wurde. Ebenso jäh wie der Sandsturm sie überfallen hatte, ließ er von ihnen ab. Benommen blieb sie stehen, blickte um sich. Ein paar Meter hinter ihnen jagte die Wetterwand, die unvermittelt eine neue Richtung genommen hatte, gegen Süden. Sie schlug den Schal aus dem Gesicht. Weit und breit war niemand zu sehen. Kein Laut, keine Spur. Rasim, die schwarzen Treiber, die Kamele, die Pferde – es war, als hätte der Erdboden sie verschluckt.

Caroline sah wieder das im Sand versinkende Kamel vor sich. Bei dem Gedanken spürte sie Durst. Ihre Zunge klebte am Gaumen. Sie hatte den Mund voll Sand. Sie versuchte zu schlucken, aber ein krampfartiger Schmerz zog ihr die Kehle zusammen. Sie befanden sich in einem wirren Geäder flacher, ausgetrockneter Flutrinnen. Die sandige Fläche war mit Blöcken aus rotem Stein übersät, grotesk aufgetürmt und von Sandstürmen so unterhöhlt, daß sie jeden Augenblick umzufallen drohten. Caroline hob den Kopf. Ein menschlicher Laut, das Echo eines Rufes lief das Tal entlang, brach sich jenseits an den grüngrau gestreiften Felsen, die wie die Mauerreste einer versunkenen Stadt aus dem Sand ragten.

Sterne legte die Hände an den Mund, erwiderte den Ruf. Sie warteten. Endlich hörten sie aus einem Seitental die Antwort. Minuten später tauchte zwischen den Felsen der blaue Mantel Rasims auf. Er war allein und zog ihre beiden Pferde am Zügel hinter sich her. Die Tiere wieherten ängstlich. Es war, als begriffe Caroline erst jetzt, was geschehen war. Sie blickte an sich hinunter. Sie sah die dicke gelbe Schicht auf ihren Stiefeln. Sie schüttelte den Sand aus ihren Gewändern. Sie riß sich die Schals herunter. Überall am Körper spürte sie den Sand, hart und trocken, Millionen von Stacheln, die sich in ihre Haut bohrten. Überall war Sand, in den Schuhen, unter den Fingernägeln.

Langsam kam Rasim näher. Sein Gesicht war mit einer Schicht aus gelbem Sand bedeckt, die nur den nach Luft ringenden Mund und die tief in den Höhlen liegenden Augen freiließ. Ohne ein Wort übergab er Sterne die Pferde und zog dann ein Stück zusammengelegtes Papier aus seinem Gewand. Es war eine abgegriffene, an den Falten zerschlissene Karte. Sorgsam faltete Rasim sie auseinander und breitete sie auf dem Boden aus. Er kniete sich hin und beugte sich darüber. »Wo sind wir hier?« fragte Caroline. »Sind wir weit vom Weg abgekommen?«

Rasim kniete über der Karte, in der Hand den Kompaß. Zwischendurch blickte er auf. Suchend glitten seine Augen über die Ebene hin. In der Ferne tauchten jetzt winzig klein die Treiber mit den Kamelen auf. Rasim faltete die Karte zusammen und erhob sich. »Der Sturm hat uns weit abgetrieben.« Er blickte Caroline und Sterne an. »Und wir haben keinen Tropfen Wasser mehr.«

»Dann haben wir das Kamel mit den Wasservorräten verloren?« fragte Caroline.

Rasim nickte. »Es ist in den Treibsanddünen umgekommen.« Er sah an ihr vorbei in die Wüste. Dieses Gebiet war ihm nicht fremd. Es war eine der unwegsamen Gegenden, die Khalafs Bande mit Vorliebe als Schlupfwinkel benützte. Keine Stunde weit von hier gab es, wie ihm seine Karte verraten hatte, einen Brunnen mit gutem Wasser. Es war eine der geheimen Wasserstellen, die kein Karawanenführer kannte. Sie gehörte Khalaf, und es war Wahnsinn, dort hinzureiten, vor allem mit diesen Fremden. Er war jetzt beunruhigt. Zuerst das von Khalafs Leuten getötete Kamel. Dann der Sandsturm. Der Verlust der Wasservorräte. Hatte das Glück sie verlassen? »Es gibt eine Wasserstelle«, sagte er, »eine Stunde von hier, aber es ist gefährlich, sie aufzusuchen.«

»Gefährlicher, als zu verdursten?«

Rasim sah Caroline an. Ihr Gesicht lag im Schatten der weißen Tücher. Auf ihren feingezeichneten, dunklen Brauen haftete etwas Sand, glitzernd wie Tau. Während der ganzen zehn Wochen der Reise von Dahomey bis hierher hatte er keinen Augenblick der Schwäche an dieser Frau erlebt. Nicht einmal jetzt schien sie erschöpft.

Er lächelte. »Ihr habt recht. Aber wir müssen auf der Hut sein. Der Brunnen könnte von seinem Besitzer bewacht werden. Bewaffnet euch.« Wieder vermied er es, den Namen Khalafs auszusprechen.

Die Treiber waren mit den Kamelen herangekommen. Das rauhe, struppige Fell der Tiere starrte vor Sand. Rasim zog die gelockerten Gurte des Gepäcks nach. Er öffnete die Munitionstasche und nahm Patronen heraus. Er verteilte sie an die beiden Treiber, die sie in ihren Gürteln verschwinden ließen. Er nahm vier Flinten aus dem Ledersack, prüfte sie und gab jedem eine. Er selbst behielt zwei.

Caroline saß bereits im Sattel. Sie spürte Sternes Blick auf sich. Immer waren seine Augen da, etwas Warmes, das sie umfing und ihr sagte, daß sie nicht allein war, daß zwischen ihr und der Gefahr jemand stand. Sie sah ihm zu, wie auch er die Pistole aus der Satteltasche zog und das Magazin füllte. Mit wilden Rufen trieb Rasim die Kamele zum Aufbruch.

Das Wadi El-rek verlief wie eine breite, friedvolle Straße zwischen den senkrechten Bergwänden. Der Boden war von Lehmstreifen durchzogen, die sich nach Überflutungen abgesetzt hatten und die, von salzigem Schlamm zersetzt, so brüchig waren, daß die Kamele bei jedem Schritt durch die obere Sandlage bis zu den Fesseln durchbrachen. Nach vier Meilen mündete das Wadi in eine Art Arena aus messerscharfem Kiesel. Die Tiere zuckten bei jedem Schritt zusammen. Die Treiber mußten sich Sandalen anschnallen, um sich nicht die Füße aufzureißen. Rasim hatte diesen für Tiere und Treiber so unangenehmen Weg mit Absicht gewählt, denn er wurde von Khalafs Leuten nur im Notfall benützt. Er verlangsamte das Tempo seines Tieres, als er in den hinter blauschwarzen Lavafelsen versteckten Talkessel einbog. Vorsichtig, Ausschau haltend, bahnte er den Weg durch das dichte Dornengestrüpp. Am Boden konnte er keine Spuren entdecken, aber das besagte nichts.

Sein Blick suchte die mit Tamariskengestrüpp bewachsenen Hänge des Talkessels nach den weißen Burnussen von Khalafs Leuten ab, doch das Muster, das die gefiederten Zweige zusammen mit dem hellen Sand bildeten, war nirgends unterbrochen.

Rasim hatte sein Tier angehalten. Seine geübten Augen hatten den Brunnen in der Mitte des engen Talkessels entdeckt. Er ließ sein Kamel in die Knie gehen und stieg ab. Mit bloßen Händen begann er die dünne Sandschicht beiseite zu fegen, bis die Bretter sichtbar wurden, die den gemauerten Brunnen abdeckten.

Caroline zügelte ihr Pferd. Sie sah, wie Rasim die Bretter wegschob. Der Rand des Brunnens wurde sichtbar. Es schien ihr, als wäre es plötzlich kühler.

Sterne reichte ihr den Becher, den er vom Brunnen geholt hatte. Sie trank von dem Wasser. Es war kalt und leicht salzig. Vor ein paar Minuten noch war sie vor Verlangen nach diesem Wasser fast gestorben. Jetzt kostete es sie Überwindung, davon zu trinken. In ihrem Rücken war ein Frösteln. Was ließ die Sonne plötzlich so kalt werden, daß sie fror? Sie hörte Rasims Rufe. Er als einziger hatte sich keine Zeit genommen zum Trinken. Er hatte die Wasserschläuche gefüllt und im Gepäck der Tiere verstaut. Er trieb die Schwarzen zur Eile an, als fürchte er diesen Ort.

Caroline spürte das Beben, das durch ihr Pferd lief. Sie fuhr ihm beruhigend durch die Mähne. Ein leises Knistern war plötzlich in der Luft, das Geräusch rieselnden Sandes. Caroline wandte sich im Sattel um. Die Hänge des Talkessels begannen Schatten zu werfen. Die sinkende Sonne verwandelte die Luft in Millionen goldener Plättchen. Der Reiter, den Caroline jenseits am Rand des Talkessels auftauchen sah, schien aus einem goldenen Vorhang zu treten. Er war ganz in Weiß, der Turban, der Burnus, die Stiefel. Ein weißes Phantom auf einem weißen Pferd. In seiner Hand blitzte etwas auf. Ein Schuß peitschte durch die Luft. Der Sand vor den Hufen von Carolines Pferd wirbelte auf. Caroline zügelte ihr aufsteigendes Pferd. Sie riß das Tier herum – da erblickte sie hinter sich zwei andere Reiter. Lautlos waren sie herangeritten, auch sie ganz in Weiß, auf weißen Pferden. In ihren Händen lagen funkelnd die entsicherten Waffen.

3

Caroline umklammerte die Zügel, stemmte sich fester in die Steigbügel. So überrumpelt sie von diesem Überfall auch war, so furchtlos blickte sie den Männern entgegen. Sie wußte, daß sie in eine neue Gefangenschaft nicht gehen würde. Die drei Reiter nicht aus den Augen lassend, zog sie die Pistole. Sie entsicherte die Waffe, als eine Hand sich über die ihre legte. Es war Sterne, der nahe an sie herangeritten war.

»Steckt die Waffe weg«, flüsterte er. »In einem Kampf würden wir immer unterliegen. Ich werde mit den Männern reden.«

Er ritt den Beduinen entgegen, den Arm halb gehoben zum Zeichen, daß er unbewaffnet war. Sie hörte, wie er den fremden Reitern den Gruß anbot, mit dem die freien Beduinen der Wüste sich begrüßten. Ohne Hast zog Sterne jetzt etwas aus seinem Gürtel. Es war ein viereckiges Stück grüner Seide, auf das mit Goldfaden arabische Schriftzeichen gestickt waren. Er hielt es den Reitern hin.

Mit Verwunderung blickte Caroline auf dieses Zeichen, und ebenso groß schien die Überraschung bei den Reitern zu sein. Sie ließen die Waffen sinken. Ihre Mienen, auf denen Kampflust stand, hellten sich auf, blieben aber mißtrauisch. Es schien, daß sie lieber Feinden begegnet wären als diesen Fremden, die sich als Freunde entpuppten. »Was ist Euer Ziel?« fragte der Ältere schließlich, ein Mann mit gelber Haut und einem schwarzen Knebelbart.

»Timbuktu«, antwortete Sterne. »Wir sind in einen Sandsturm geraten und dadurch vom Weg abgekommen. Und wir haben das Kamel mit dem Wasservorrat verloren.«

»Und zufällig habt Ihr diesen Brunnen gefunden!« Der Blick des Beduinen ging in die Runde. Seine Augen wurden hart, als er Rasim gewahr wurde. Es schien fast, als würde er die Beherrschung verlieren, denn er hob die Waffe und richtete sie auf den Anführer des Trupps. Doch dann besann er sich anders. Er rief seinen beiden Begleitern einen Befehl zu. Rasim stand wie versteinert da. Sein sonst so lebhaftes Gesicht war stumpf und von jeder Regung entleert. Er wehrte sich nicht, als die Beduinen sich auf ihn stürzten, ihm die Waffen entrissen, ihn durchsuchten. »Bindet ihn auf sein Kamel«, rief der Beduine mit dem Knebelbart, »und nicht zu zaghaft. Wir werden schnell reiten, und wir wollen ihn nicht verlieren. Nicht wahr, Rasim, du brennst schon darauf, Khalaf wiederzusehen?«

Das rachsüchtige Lächeln stand noch auf dem Gesicht des

Beduinen, als er sich an Sterne wandte. »Ihr tragt zwar das Zeichen des Deys von Algier mit Euch«, fuhr der Beduine fort, »doch muß ich Euch bitten, mit uns zu kommen.«

Caroline hatte nur verstanden, daß sie mit diesen Männern reiten sollte. Warum? Was gab ihnen das Recht? Wer waren sie, daß allein ihr Erscheinen genügte, um jeden Widerstand im Keim zu ersticken? Die Arme auf den Rücken gefesselt, saß Rasim auf dem Kamel. Wie konnte es sein, daß dieser unerschrockene Mann, als den sie ihn kannte, sich so widerstandslos in sein Schicksal ergab, als hätte ihn allein der Anblick der Beduinen gelähmt? Die schwarzen Treiber, immer noch bewaffnet, standen stumm daneben. Caroline hätte ihnen am liebsten den Befehl zu schießen gegeben. In ihr bäumte sich alles auf. Es war unsinnig, daß sie, die in der Überzahl waren, sich dem Willen der drei Beduinen unterwarfen. Jetzt noch hatten sie es in der Hand, sich zu befreien. Sie blickte zu Sterne. Den Kopf etwas geneigt, die Hände auf dem Hals des Pferdes, saß er im Sattel. Caroline verstand ihn nicht. Sie fühlte sich von ihm im Stich gelassen.

Auf den Befehl des Anführers der Beduinen lieferten die beiden schwarzen Treiber ihre Waffen ab und bestiegen dann zu zweit eines der Kamele. Die Beduinen steckten die erbeuteten Waffen in einen Ledersack und schwangen sich zu Pferd. Jeder führte ein Kamel am Zugseil. Die Seile strafften sich, als die Beduinen ihre Pferde unvermittelt herumrissen und mit lauten Schreien den Hang des Talkessels hinaufsetzten. Caroline, die noch immer auf eine plötzliche Wendung hoffte, sah plötzlich den Mann mit dem Knebelbart neben sich. Er griff ihr in die Zügel. Das Pferd gehorchte seinem Willen, und wie vorher der Sturm, so riß sie jetzt das Pferd mit sich fort.

Sie flogen in einer Wolke rosafarbenen Sands dahin. Die Pferde schienen die Erde kaum zu berühren. Das Schlagen ihrer Hufe wurde zu einem unwirklichen Geräusch, zum jagenden Rhythmus einer unterirdischen Trommel, die sie immer schneller vorwärtstrieb. Die Pferde waren naß vor Schweiß. Der Beduine, der zwischen Caroline und Sterne ritt, wich nicht von ihrer Seite. Als Mann, der Menschen danach beurteilte, wie sie zu reiten verstanden, war sein Mißtrauen gegen die beiden Fremden während des halsbrecherischen Ritts in Sympathie umgeschlagen. Wer immer sie waren, als Reiter waren sie ebenbürtig; sie waren zu Recht im Besitz des Zeichens des Wilden Omar, des Deys von Algier.

Die Sonne war untergegangen. Der Abend stieg herauf, tauchte alles in rötliche Glut: die weißen, flatternden Mäntel der Beduinen, das glänzende Fell der Schimmelstuten – und auch die weißen Zelte, die plötzlich im Schatten eines dürftigen Palmenhains sichtbar wurden. In vollem Galopp sprengten die Männer darauf zu. Sie parierten die Pferde erst, als sie auf dem freien Platz inmitten der Zelte angelangt waren. Für Augenblicke war alles in Staub gehüllt. Stimmen schwirrten durcheinander. Als der Staub sich legte, sah Caroline eine Traube von Männern, die Rasim umringte.

Die Beduinen hatten Rasim vom Kamel losgebunden. Sie zerrten ihn an seinen Fesseln zu Boden. Noch immer war sein Benehmen das eines Schlafwandlers. Ihn vor sich her stoßend, führten sie Rasim weg zu dem großen Zelt im Hintergrund.

»Was werden sie mit ihm machen?« sagte Caroline.

»Er hat einen Brunnen benützt, der Khalaf gehört.«

Caroline sah Sterne verständnislos an. »Die Brunnen der Wüste gehören allen.«

»Aber die Wüste gehört Khalaf.«

»Ist er ein Scheich?«

»Er ist ein Räuber. Ein Freibeuter, der sich sein eigenes Königreich geschaffen hat, als er sah, daß alle anderen Königreiche schon verteilt und verbrieft waren. Sie nennen ihn den Herrn der Wüste.«

»War das Khalafs Zeichen, das Ihr den Beduinen gezeigt habt?« fragte sie. »Woher habt Ihr es?«

»Es ist das Zeichen des Deys von Algier, den sie den Wilden Omar nennen, den Herrn der Meere. Khalaf ist sein Sohn.«

Caroline hörte nicht mehr zu. Was würde mit ihnen geschehen? Wie lange würde das Zeichen sie schützen können? Warum warteten sie? Warum nutzten sie nicht die Gelegenheit? Noch saßen sie zu Pferd. Die Männer waren abgelenkt. Keiner würde es merken, oder erst, wenn sie außer Schußweite waren. Caroline straffte sich.

Sterne erriet ohne Worte, was in ihr vorging. Er selber hatte während des ganzen Ritts an nichts anderes gedacht. Aber in diesem Augenblick wäre es Wahnsinn gewesen. »Geduldet Euch! Laßt uns warten, bis es Nacht ist«, flüsterte er ihr zu.

Caroline senkte den Kopf wie immer, wenn es ihr nicht gelang, ihren Willen auf Anhieb durchzusetzen. Warten war etwas, das sie nicht konnte und das sie nie lernen würde. Sie spürte die Nähe der großen Karawane. Sie mußte zu ihrem Kind. »Und die Karawane?« sagte sie.

»Khalafs Männer werden uns den Weg zu ihr weisen.« Sterne wollte nicht weitersprechen, Caroline nicht beunruhigen; aber er sah, daß sie die Wahrheit bereits ahnte, und außerdem war sie eine Frau, die die Wahrheit vertrug. »Bisher war es nur eine Vermutung«, fuhr er fort, »aber jetzt bin ich sicher. Rasim muß es auch geahnt haben. Khalaf wird die Goldkarawane überfallen.«

»Noch in dieser Nacht?«

»Es ist die letzte Nacht vor Timbuktu, und damit die beste. Sie werden sich schon in Sicherheit glauben, wenn er angreift.« Sterne brach ab. Einer der Männer kam auf sie zugelaufen, machte ihnen ein Zeichen, ihm zu folgen.

Rasim war verschwunden; die Kamele und die schwarzen Treiber hatte man weggeführt. Sie ritten dem Beduinen nach, an leeren Zelten und gelöschten Feuerstellen vorbei, auf einen Platz, der von den Hufen der Pferde aufgewühlt war. Ein Trupp Reiter war eben aufgesessen. Die Pferde tänzelten unruhig, aber Caroline hatte nur Augen für den Mann auf dem weißen Hengst in der Mitte.

»Das ist er, Khalaf«, flüsterte Sterne. Er hätte es nicht zu sagen brauchen. Der Herr der Wüste saß stolz im Sattel. Sein purpurroter Burnus fiel über den Rücken des Schimmels. In seinem Gürtel funkelte der mit Smaragden besetzte Knauf eines Dolchs. Sein Gesicht lag im Schatten des breit ausladenden Turbans aus purpurrotem Kaschmir. Mit einem herrischen Wink bedeutete er Caroline und Sterne, näher zu kommen. Er musterte sie schweigend. »Man sagte mir, daß ihr das Zeichen meines Vaters bei euch tragt. Zeigt es mir!«

Sterne zog das Stück grüner Seide aus dem Gürtel. Er beugte sich über den Kopf seines Pferdes und reichte es Khalaf. Khalaf nahm das Tuch in beide Hände, drückte es an die Stirn, dann an die Lippen.

Einen Augenblick spielte Sterne mit dem Gedanken, sich zu erkennen zu geben. Aber was hätte es für einen Sinn, da er entschlossen war, noch in dieser Stunde das Gastrecht, das ihm Khalaf gewähren würde, zu brechen und ihn zu verraten.

»Die Freunde meines Vaters sind auch meine Freunde«, sagte Khalaf. »Seid willkommen.« Er wies über das Lager. »Man wird ein Zelt für euch herrichten. Ruht euch aus. In einigen Stunden werde ich nach euch schicken. Ich hoffe, ihr erweist mir die Ehre, an meinem Mahl teilzunehmen.« Er gab seinen Männern ein Zeichen. Mit einer Hand die Zügel führend, setzte er sich an die Spitze der Reiter. Die plötzlich hereinbrechende Dunkelheit verschluckte den Mann in dem purpurroten Burnus. Nur die flatternden weißen Mäntel seiner Männer blieben sichtbar.

Lautlos, als hätten die Pferde Watte unter den Hufen, verschwand der Trupp in der Nacht.

Dunkelheit hatte sich über alles gebreitet, schwarze, undurchdringliche Nacht. Caroline und Sterne kauerten schweigend in dem Zelt, in das ein Beduine sie geführt hatte. Sie hörten, wie er draußen die Pferde anpflockte und ihnen Heu hinwarf. Sie warteten, bis seine Schritte sich entfernten.

Ramon Sterne erhob sich. »Ich bin gleich zurück. Wartet hier.« Er schlüpfte aus dem Zelt ins Freie.

Caroline erschien es wie eine Ewigkeit, und doch waren es nur Minuten, bis er zurückkam, so lautlos, daß sie ihn erst bemerkte, als er mit dem weißen Mantel vor ihr stand. Er legte den Burnus um Carolines Schultern, den anderen streifte er selber über. »Diese Mäntel werden uns besser schützen als die Dunkelheit.« Er teilte den Zeltvorhang. Geduckt traten sie hinaus. Sie blickten um sich, lauschten. Das Lager schien verlassen. Auch die Feuerstellen waren ausgetreten.

Sie schlichen leise zu den hinter dem Zelt angepflockten Pferden. Sterne durchsuchte die Satteltaschen. Ihre Waffen waren noch da. Er reichte Caroline ihre Pistole, einen Beutel mit Patronen. Er wandte sich zum Gehen. »Und die Pferde?« fragte Caroline.

Sterne schüttelte den Kopf. »Unsere Tiere sind zu müde. Ich weiß, wo wir schnellere finden.« An den verlassenen Zelten vorbei eilte er voraus, zu dem Gehege der Pferde. Die Tiere drängten sich an den Zaun und hoben schnaubend die Köpfe. Über einem Pfosten hingen Sättel und Zaumzeug.

Sterne führte zwei Pferde aus dem Gehege, sattelte sie, alles fast ohne Geräusch. Er ließ Caroline die Zügel halten. Er zerriß den mitgebrachten groben Rupfen in Streifen, bückte sich und umwickelte damit die Hufe der Pferde. Seine Augen leuchteten, als er sich aufrichtete.

Es war zu dunkel, um die Spur von Khalafs Reitertrupp zu erkennen, aber die Pferde folgten ganz von selbst der Witterung. Nach einer knappen Viertelstunde tauchte vor ihnen die schemenhafte Silhouette des Trupps auf. Der Boden, auf dem sie ritten, mußte hartes Gestein sein, denn das Geklapper der Hufe klang deutlich herüber. Sterne lenkte sein Pferd seitwärts, und Caroline folgte ihm. Etwa achtzig Fuß weiter links fanden sie eine mit Sand bedeckte Flutrinne, ein Untergrund, auf dem der Tritt der umwickelten Hufe unhörbar war, selbst wenn sie scharfen Trab anschlugen.

In der Ferne tauchte ein Lichtschein auf. Noch konnten sie nicht erkennen, ob es das Signal eines Beduinenpostens war oder die Karawane. Sie verhielten einen Augenblick, um sich zu orientieren. Die Nacht war still. Das Hufgeklapper von Khalafs Leibwache war verstummt. Die Männer mußten ihr Versteck, von dem aus sie die Karawane überfallen wollten, erreicht haben. Vielleicht warteten sie auch, um sich mit ihren anderen Trupps zu vereinigen.

Caroline und Sterne ritten weiter. Sie trieben ihre Pferde zur Eile. Längst hatten sich die Stoffetzen von den Hufen gelöst. Vor ihnen öffnete sich ein breites Tal.

In weiter Ferne kam eine Prozession schwankender Lichter gezogen. Die Karawane! Gedämpft drang das monotone Ho-ho-ho der Treiber durch die Stille. Auch Khalafs Männer würden es hören, überall in den Schlupfwinkeln, in denen sie auf das Zeichen zum Angriff warteten. An die Gefahr, entdeckt zu werden, durften Caroline und Sterne jetzt nicht mehr denken.

»Jetzt gilt es«, flüsterte Sterne. »Reitet, ohne Euch umzusehen. Wenn wir die Karawane erreicht haben, aber erst dann, trennen wir uns. Ich werde mit den Führern sprechen. Ihr versucht, Sinaida zu finden. Frauen und Kinder ziehen meist in der Mitte der Karawane.«

Caroline nickte. Die sich immer wiederholenden Rufe der Treiber hatten etwas Friedliches. Sie glaubte ihr Kind vor sich zu sehen, in warme Tücher gehüllt, schlafend, gewiegt vom Schritt eines Kamels. Sternes Augen ruhten auf Caroline. Etwas, das stärker war als er, trieb ihn zu ihr hin. Einen Atemzug lang war ihm, als käme von der Frau, deren Burnus seine Hand streifte, eine stumme Antwort. Er wollte schon nach der Hand greifen, dieser Hand, die zu schmal und zu zart schien, um Pferde lenken und Waffen zu führen – aber dann sah er ihre Augen, die hinaus in die Nacht gerichtet waren, dorthin, wo die endlose Raupe der Karawane das Tal entlangkroch.

Sterne riß das Pferd herum und galoppierte ins Tal hinunter.

Die Lanzenspitzen des bewaffneten Trupps, der vor der Karawane herzog, stachen silbern in das Blau der Nacht. Caroline und Sterne parierten ihre Tiere. Sterne rief dem Anführer den Gruß des Friedens zu. Im nächsten Augenblick waren sie von der Reiterschar umringt. Caroline konnte nicht genug Arabisch, um den Wortschwall des Anführers zu verstehen. Endlich gelang es Sterne, sich ihm begreiflich zu machen. »Bringt die Karawane zum Stehen!

Khalafs Bande sammelt sich, dort oben in den Hügeln. Jeden Moment können sie auftauchen. Bewaffnet alle.«

Die Nachricht von der drohenden Gefahr pflanzte sich mit Windeseile durch die Karawane fort. Stimmen wurden laut, Befehle erschollen. »Das Gold!« rief jemand. »Das Gold!« Reiter sprengten nach vorne, um sich bei den Männern des Geleitschutzes Waffen und Munition zu holen. Andere wiederum kümmerten sich nicht um die Aufforderung zu halten. Verbissen trieben sie ihre Tiere vorwärts, stießen die anderen zur Seite. Schimpfworte flogen hin und her. Der festgefügte, reptilartige Leib der Karawane schien aufgerissen. Eine chaotische Woge von Menschen und Tieren flutete über die nächtliche Ebene.

Caroline wurde von dieser Woge erfaßt. Sie fand sich inmitten fremder, dunkler Gesichter. Tiere schoben sich vorbei. Gebirge von Gepäck, aus denen die langen hellen Zeltstangen in die Luft ragten. Wie sollte sie in diesem Chaos ihr Kind finden? Plötzlich fiel ihr ein, daß sie die Amme ja nicht einmal kannte. Sie wußte nur ihren Namen, Sinaida. Neben ihr hatte sich ein Kamel niedergelassen. Die Sänfte auf seinem Rücken schaukelte hin und her. Eine Hand schlug den befransten Vorhang zurück, das Gesicht einer alten Frau kam zum Vorschein. »Ich suche Sinaida«, rief Caroline der alten Frau zu. »Sinaida, die Amme. Sie hat ein Neugeborenes bei sich.« Die alte Frau hob den Kopf, schaute Caroline mit flach im Kopf liegenden Vogelaugen an. Ohne zu antworten, ließ sie den Vorhang wieder vor den Ausguck der Sänfte fallen.

»Ich suche Sinaida«, rief Caroline einem barfüßigen Neger zu, der einen unter der Last des Gepäcks ganz verschwindenden Maulesel führte. Er deutete hinter sich, ziellos in den brodelnden Haufen der Karawane.

Caroline zwängte sich mit dem Pferd durch die Menschen und Tiere. »Sinaida!« Sie rief den Namen immer wieder, während ihre Augen die für Sekunden aus der Nacht auftauchenden Gesichter absuchte. Plötzlich stand ein kleiner, kahlköpfiger Abessinier neben ihrem Pferd. »Ihr sucht Sinaida?« fragte er.

»Ja – sie hat ein Neugeborenes bei sich.«

»Kommt mit«, sagte der Mann. »Ich führe Euch zu ihr.« Aber am Rande der Karawane fielen die ersten Schüsse. Die Schüsse hatten auch die aufgeschreckt, die bis jetzt ruhig auf ihren Tieren verharrt hatten. Panik erfaßte alle, als die Männer Khalafs auf ihren Pferden die Hänge herunterjagten.

Caroline blickte sich nach dem Abessinier um, der ihr den Weg zeigen sollte. Ein vorbeipreschender Reiter riß ihn fast um. Bewaffnete bildeten einen Kreis um die Karawane. Sie schrien Befehle und versuchten Tiere und Menschen zu einem geschlossenen Haufen zusammenzudrängen. Der Abessinier rief Caroline etwas zu. Seine Stimme ging im Gewehrfeuer unter, das in diesem Augenblick von beiden Seiten eröffnet wurde. Caroline gab dem Pferd die Sporen. Vor ihr rannte der Abessinier, ein über den Boden huschender Schatten. Sie hatten sich durch das Gewühl gekämpft und den Rand der Karawane erreicht. Überall tauchten jetzt die weißen Burnusse von Khalafs Leuten aus dem Nichts. Kugeln pfiffen, Lanzen schwirrten durch die Nacht, bohrten sich zitternd in den Sand.

Den Blick geradeaus gerichtet, ahnte Caroline den Reiter, der von der Seite heransprengte. Aus den Augenwinkeln sah sie die blitzende Klinge in seiner Hand. Etwas schnitt zischend durch die Luft.

Ihre Schimmelstute warf den Kopf zurück. Die Vorderbeine hinauswerfend, brach sie zusammen. Caroline fühlte den Sattel nicht mehr; ihre Füße verloren die Steigbügel, die Zügel wurden ihr aus den Händen gerissen. Sie stürzte. Der weiße Mantel blähte sich auf, trug sie wie ein Segel...

Sie lag auf der Erde, ihre Hände hatten sich in den Sand gegraben, aber sie glaubte, Zügel zu halten. Etwas Feuchtes streifte ihre Wange, ein warmer Hauch strich ihr ins Gesicht. Sie schlug die Augen auf, sah den Kopf des Pferdes über sich, hell, schmal und großäugig. Er kam näher, stieß sie an.

Caroline streckte die Hand aus. Sie griff in die helle Mähne, legte ihr Gesicht an den Kopf des Tieres. Immer noch waren die Bilder, die sie während der Bewußtlosigkeit gefangengehalten hatten, stärker als die Wirklichkeit. Am liebsten hätte sie wieder die Augen geschlossen. Langsam tastete sie sich in die Realität zurück. Sie erinnerte sich, daß ihr Pferd gestürzt war. Sie selber schien nicht verletzt, noch schien dem Pferd beim Sturz etwas zugestoßen zu sein. Sie setzte sich auf, sie bewegte die Beine, die Arme. Sie blickte um sich. Das Bild, das sich ihr bot, riß sie endgültig in die Wirklichkeit zurück.

Die Karawane, die das ganze Tal mit lautem Leben überflutet hatte, war in den Mulden und Rinnen des Sands untergetaucht: gestrauchelte Tiere, die sich nicht mehr aus eigener Kraft erheben konnten, Gepäckstücke, deren Verschnürungen gerissen waren, zerfetzte Futterballen, aus denen das Heu quoll, zerschlitzte Wasserbehälter, zersplitterte Zeltstangen, umgekippte Sänften, zerbrochene Lanzen. Die Starre der Angst lag noch über allem. Das einzige Zeichen von Leben war das Stöhnen der verletzten Tiere und Menschen.

Aber das kümmerte sie jetzt nicht. Wo war der Abessinier? Wo Sinaida und das Kind? Der Kreisel der Huftritte zeigte Caroline die Stelle, an der ihr Pferd gestürzt war.

Sie mußte Sterne finden, von dem sie getrennt worden war. Sie blickte sich um. Am Rand der Höhenkämme schwebte der Mond. Caroline schwang sich aufs Pferd. Vor ihr türmten sich Felsblöcke zu einer bizarren Architektur auf. Sie lenkte das Pferd darauf zu. Sie umritt die Felsblöcke, drang immer weiter in die Landschaft aus glimmerndem Sand und roten, glattpolierten Lavablöcken vor. Stellenweise wuchs dünnes Gras. Allmählich wurde der Bewuchs dichter. Der Weg stieg an. Das Pferd schien einem geheimen Kompaß zu folgen, und Caroline ließ ihm seinen Willen. Mit der Sicherheit des Tieres, das einen vertrauten Weg geht, schritt es dahin. Die Kronen eines Palmenhains zeichneten sich schwarz in den Nachthimmel. Von selbst fiel das Pferd in Trab. Aus halbhohem Strauchwerk tauchte der Kopf einer Gazelle auf. Einen Moment verhielt das Tier regungslos, nur die Augen bewegten sich. Dann setzte es in gestrecktem Sprung davon.

Die Gangart der Schimmelstute wurde immer schneller, obwohl der Hang, den sie hinaufritten, steil war. Am Rand des Höhenkamms angelangt, stieß das Tier ein lautes Wiehern aus und galoppierte in kraftvollen Sätzen über die Hochebene. Caroline klopfte dem Tier den Hals. Unmerklich war die Sicherheit des Tieres auf sie übergegangen. Doch dann erschrak sie, als sie erkannte, daß das Pferd sie zu Khalafs Lagerplatz zurückgetragen hatte. Sie blickte sich um. Von dem langgestreckten, von Palmbäumen gesäumten Hochplateau waren die Zelte verschwunden. Der Sand zeigte keine Spuren mehr. Seit Monaten schien nur Wind die Schleier des Sands immer neu zu fälteln. Die hellen Granitquadern des Brunnens schimmerten im Mondlicht. Der Zaun des leeren Geheges tauchte vor ihr auf.

Das Lager war verlassen, und doch hatte sie das untrügliche Gefühl menschlicher Nähe. Ein Laut drang durch die Stille. Sie hielt das Pferd an. Sie war nicht sicher, ob es der Laut eines Tieres oder eines Menschen war. Angespannt lauschte sie in die Nacht. Da war es wieder. Ein schwaches Stöhnen. Es kam aus den halbhohen Tamariskensträuchern.

Halb verdeckt von den gefiederten Zweigen lag der Mann in einem blauen Burnus auf der Erde. Wie ein verwundetes Tier schien er versucht zu haben, sich unter den Zweigen zu verbergen.

Sie fuhr erschreckt zurück, als sie Rasim erkannte. Seine Augen standen offen und starrten in einem Ausdruck wilden Hochmuts ins Leere.

Sie bemerkte nicht, daß der Sand, in dem sie kniete, dunkel gerötet war, daß der Stoff des blauen Burnus von Blut getränkt war. Sie sah nur das Gesicht, das im Licht des Mondes nicht aus Fleisch, sondern aus gebranntem Ton geformt schien.

Schweigend kniete Caroline neben dem Sterbenden. Sie wagte nicht, ihn anzurufen. Ihr Blick ging über den freien Platz. Die Schimmelstute hatte eine Stelle mit Gras gefunden. Plötzlich hob das Tier den Kopf. Auch Caroline spürte das leise Beben, das durch die Erde lief. Immer derselbe Rhythmus, immer näher, immer deutlicher. Jetzt hörte sie den Hufschlag. Unfähig, sich zu bewegen, verharrte sie neben Rasim. Der Schatten des Pferdes mit seinem Reiter fiel über sie. Sekundenlang blickte sie in das Gesicht, ehe sie erfaßte, daß es Ramon Sterne war.

Sie schlang die Arme um ihn, sie klammerte sich an ihn, nicht fähig zu sprechen. Was sollten jetzt auch Worte? Sie wollte nur empfinden, den rauhen Burnus an ihrer Wange spüren, mit geschlossenen Augen den herben Duft einatmen, der dem Körper des Mannes entströmte. Es war nur ein Augenblick, nicht länger als ein Atemzug, und doch wog er schwerer als die Monate der Verlassenheit und Verfolgung, die hinter ihr lagen. Als sie die Augen wieder aufschlug, begegnete sie seinem Blick. Sie erschrak vor der unverhüllten Liebe darin. Sie löste sich aus seinen Armen. Es war mehr eine Geste der Resignation als des Zurückschreckens. Was sie in Sternes Augen las, machte sie traurig. Sie teilte diese Liebe nicht, sie würde sie nie teilen – aber es tat in diesem Augenblick gut, geliebt zu werden.

Bis zu dieser Stunde hatte Caroline alles, was Sterne für sie getan, als etwas Selbstverständliches hingenommen. Weniger noch: sie hatte diesen Mann übersehen, denn es war seine Gegenwart, die sie daran erinnerte, daß sie ihrem Mann nicht verzeihen konnte, daß er nicht selber gekommen war, sondern einen Fremden geschickt hatte, um sie zu retten.

»Ich wollte Euch nicht erschrecken«, sagte Sterne. »Ich suchte Euch überall.«

Aus dem Tamariskenstrauch drang ein Stöhnen. »Es ist Rasim«, sagte Caroline. »Ich fand ihn, kurz bevor Ihr kamt.«

Sterne kniete sich in den Sand. Durch den Sterbenden, der mit weiten Augen in den Himmel starrte, ging eine Bewegung. Sein Kopf fiel zur Seite. Nur die Arme, die gekreuzt über der Brust lagen, verdeckt von den weiten Ärmeln des Burnus, blieben unverändert. Sterne schob den Ärmel des Burnus zurück, wollte den Puls suchen. Mitten in der Bewegung hielt er inne. Aus dem blauen Stoff ragte der Stumpf des abgeschlagenen Handgelenks. Sterne hob den Kopf. »Hat er noch zu Euch gesprochen?«

Caroline wandte den Blick von dem schrecklichen Bild. »Warum haben sie ihn getötet? Nur weil er uns zu dem Brunnen geführt hat?«

Sterne nickte. Er wußte von den Folterungen und von den Hinrichtungen, mit denen Khalaf die bestrafte, die seine Gesetze verletzen. Wenn er daran dachte, erschien ihm der Tod, den Rasim hatte sterben müssen, wie eine Gnade. Der Beduine war langsam an der Wunde verblutet. Khalaf und seine Männer mußten sehr in Eile gewesen sein. Sterne drückte dem Toten die Augen zu. Das Hemd stand über der Brust Rasims offen. Ein Beutel aus Ziegenleder hing an einer Schnur um den Hals. Es schien, als habe der Sterbende versucht, den Beutel mit letzter Kraft hervorzuzerren. Sterne durchschnitt die Schnur; der Beutel hatte kaum Gewicht. Münzen waren bestimmt nicht darin, vielleicht enthielt er nur einen Koranspruch, wie ihn viele Beduinen mit sich trugen. Aber es war jetzt keine Zeit, den Beutel zu untersuchen. Es konnte sein, daß ein Posten Khalafs noch einmal zurückkam. Sterne streifte den weißen Burnus ab und schleifte damit über den Sand, um die Spuren, die sie hätten verraten können, zu verwischen. Das Flattern des Stoffs und das leise Rascheln des Sands waren die einzigen Geräusche in der nächtlichen Stille.

War es die Erschöpfung nach sechzehn Stunden ununterbrochenen Reitens, war es der Tote dort? Caroline hatte Angst vor dem Augenblick, wo sie wieder aufs Pferd steigen sollte. Sinaida, das Kind, sie brauchten ihre Hilfe. Sie sagte es sich vor, aber sie empfand dabei nichts als das Gefühl, vor eine Aufgabe gestellt zu sein, die ihre Kräfte überstieg. Ihr Blick ging über die Hochfläche. Der Brunnen. Ein Schluck Wasser. Vielleicht half ihr das. Im Laufen krempelte sie die Ärmel des Burnus zurück.

Sie tauchte die Arme bis zum Ellbogen in das klare, kühle Naß. Immer wieder schöpfte sie mit den Händen Wasser, trank es in gierigen Zügen. Das letzte Mal ließ sie es zwischen den Fingern durchlaufen, ohne zu trinken. Über den Rand des Brunnens gebeugt, blickte sie auf das Gesicht, das sich im ruhiger werdenden Wasser bildete. Sie schob die Schals aus der Stirn und neigte sich über ihr Spiegelbild. War sie das? Diese Augen? Dieser Mund? Es war mehr als der Blick einer Frau in den Spiegel. Es war ein plötzliches Erinnertwerden an sich selber. Sie war eine Frau. Sie war jung. Sie war schön. Sie hatte geliebt, und sie war geliebt worden, und jetzt war es Sterne, der sie liebte.

Lieben – wußte sie überhaupt noch, was das war? Daß sie Gefahren auf sich nahm, vor denen Männer zurückschreckten – geschah das aus Liebe? Wie lange würde sie fähig sein, diese Liebe zu bewahren, die ihr all das aufbürdete? Sie fühlte sich wie eine Schlafwandlerin, die plötzlich zu sich kommt. Bisher war sie ihren Weg mit blinder Entschlossenheit gegangen, ohne Zweifel, ohne Schwanken. Sie war ohne Furcht, ohne Zögern, ohne Erbarmen mit sich gewesen, nur geleitet vom Kompaß ihrer großen Liebe. Sie hatte plötzlich Angst, dieser Kompaß könnte versagen, die kleine magnetische Nadel könnte ihre Kraft verlieren...

Als Caroline sich umwandte, sah sie Sterne heranreiten, ihr Pferd neben sich am Zügel führend. »Ich habe das ganze Terrain abgesucht«, sagte er. »Sie sind fort, aber auch unser gesamtes Gepäck. Die Pferde, die Kamele, alles.« Er warf einen halbleeren Gepäcksack auf den Boden. »Das ist das einzige, was Khalafs Leute übersehen haben.«

Er öffnete den Sack und durchsuchte ihn. Das Lederetui mit den silbernen Pistolen; eine Rolle florentinischen Brokats – kümmerliche Reste der Geschenke, die für den Statthalter von Timbuktu bestimmt gewesen waren. Und der Kasten aus Zedernholz. Sterne öffnete ihn und atmete erleichtert auf. Die Arzneien und Gegengifte und das vollständige chirurgische Besteck waren noch da. Es waren Kostbarkeiten, die in diesem Augenblick alles andere an Wert übertrafen. Zuletzt nahm er zwei blaue Mäntel aus dem Sack. Die anderen Sachen legte er zurück. Er verknotete die zerfetzten Enden und band den Sack an den Sattel seines Pferdes. »Kommt«, sagte er zu Caroline, »steigt aufs Pferd. Wir haben uns schon zu lange aufgehalten.«

Caroline rührte sich nicht. Sie mußte an die Kette aus Kaurimuscheln denken, die sie als Erinnerung an den Morgen, an dem ihr Kind geboren war, in der Satteltasche aufbewahrt hatte. Nicht einmal diesen einzigen Schmuck besaß sie mehr. Mit gesenktem Kopf stand sie da, überwältigt von Mutlosigkeit. Gab es immer noch etwas, das ihr genommen werden konnte? Sie ergriff die Zügel, setzte den Fuß in den Steigbügel. »Wohin reiten wir?« Die Frage drückte ihre ganze Hoffnungslosigkeit aus.

»Zurück zur Karawane.«

Sie schwang sich in den Sattel. »Was ist geschehen?«

»Es gab Tote und Verwundete, aber Khalafs Leute haben ihr Ziel nicht erreicht. Und Ihr? Habt Ihr die Amme mit dem Kind gefunden?«

Wie konnte sie nur das Gefühl der Lähmung überwinden? »Nein, ich kam zu spät.« Es schien ihr jetzt wie ein persönliches Versagen.

Sterne warf sich einen der blauen Mäntel um die Schultern. Den anderen reichte er Caroline. »Zieht ihn über!«

Sie sah Sterne an. Wenn auch er von ihrer Seite gerissen würde, wie alle, die sich zwischen sie und ihr Schicksal gestellt hatten? Ihr Herz krampfte sich zusammen. Sie warf den blauen Mantel um sich und preßte die Knie in die Flanken des Pferdes.

4

Die Feuer der Karawane erhellten das Tal. Niemand kümmerte sich um die beiden Reiter. Die Männer der Eskorte waren damit beschäftigt, ein verletztes Kamel zu schlachten. Mit nackten Oberkörpern, kurze.breite Messer in den Händen, weideten sie das Tier aus.

Überall wurde gekocht und Brot gebacken. Über den Feuern hingen dampfende Töpfe, drehten sich mit Fleischstücken besetzte Spieße. Männer saßen vor den Zelten und zerkleinerten in Mörsern gerösteten Kaffee. Das ununterbrochene Ding-Dong ihrer Stößel wurde zum Rhythmus, der die durcheinanderschwirrenden Stimmen, das Lachen, die Schreie zu einer Melodie von wilder Kraft verwob.

Abgesondert von dieser lauten Geschäftigkeit, am Rand der Karawane, hockte ein Jüngling am Boden. In sich zusammengekauert, mit dem Rücken an ein halbaufgeschlagenes Zelt gelehnt, starrte er in die Nacht hinaus. Zu Füßen des Jünglings lag eine reglose Gestalt.

Das anonyme Zusammengehörigkeitsgefühl, das Menschen ähnlichen Schicksals verbindet, ließ Caroline und Sterne neben dem Jüngling anhalten. »Ist dein Herr krank?« fragte Sterne.

Der Jüngling hob den Kopf. Er sah Sterne an, als falle es ihm schwer, seine Worte zu verstehen. »Mein Herr ist tot.« Sein Blick richtete sich wieder auf die Gestalt auf der Erde. »Er fühlte sich dem

Tod nahe. Deshalb machte er sich auf, in Mekka zu sterben. Es war seine vierte Wallfahrt. Jetzt wird er ruhelos sein.«

Caroline und Sterne saßen ab. Sterne trat zu dem Jüngling, legte ihm die Hand auf die Schulter. »Dein Herr wird zu den Seligen eingehen.«

Der Jüngling sprang auf. »Ihr habt Mohamed ben Tumar gekannt? Er war ein guter Herr und ein gelehrter Mann. Er hat mich nie geschlagen. Er hat mich behandelt wie seinen Sohn.«

»Willst du nicht uns dienen?« sagte Caroline, einer spontanen Eingebung folgend. Mit einem Klagelaut warf sich der Jüngling auf die Erde neben den Toten. Minutenlang verharrte er so. Als er sich aufrichtete, glänzten seine Augen wie im Fieber. »Er hat es mir erlaubt. Allah hat Euch geschickt. Wo ist Euer Gepäck, wo sind Eure Tiere?«

»Wir haben kein Gepäck. Wir haben alles verloren. Wir haben nicht einmal Geld, um dir den Einstandslohn zu geben. Wir können dich erst in Timbuktu entlohnen.«

Der Jüngling hob die Hände. »Mein Herr hat immer alles geteilt. Es ist sein Wunsch, daß Ihr sein Zelt haben sollt.« Er deutete auf die verschossenen und oft geflickten Zeltplanen, die zusammengerollt am Boden lagen.

»Wie ist dein Name?« fragte Caroline.

Der Jüngling straffte sich. Sein Gesicht besaß das klassische Oval der orientalischen Rasse; durch die schulterlangen Locken und das seitlich gerutschte Käppchen mit den goldfarbenen Fransen wirkte es fast mädchenhaft. »Ich bin Almansor«, sagte er voller Stolz, »und ich werde Euch dienen wie meinem Herrn.«

In Windeseile hatte Almansor das Zelt aufgestellt, das so klein war, daß es kaum für zwei Personen Platz bot. Sorgfältig prüfte er, ob die Stangen fest genug in den Boden gerammt waren. Vor den Eingang des Zelts legte er eine alte Bastmatte. Einen Augenblick überlegte er, ob er das Ziegenfell, auf dem sein Herr geschlafen hatte, ins Zelt legen dürfe, aber nach einem verstohlenen Blick auf Caroline, die etwas abseits fröstelnd am Boden saß, entschied er, daß sie es haben solle.

Caroline schaute abwesend zu, wie Almansor ein Feuer entzündete und alles für die Zubereitung des Abendessens herrichtete. Behutsam hing er den verbeulten Zinkkessel über die Flammen. Seine Wangen glühten. Irgendwo hatte er einen Packsattel erwischt und hatte ihn wie eine Art Tisch auf dem reingefegten Eßplatz aufgebaut. Aber er schien immer noch nicht zufrieden. Er zog ein Stück Filz aus dem Gepäck seines Herrn, schüttelte es aus und breitete es über den Packsattel. Wieviel Zeit war vergangen? Minuten, eine halbe Stunde? Caroline fühlte nur, daß die Unruhe allmählich von ihr wich. Eingehüllt vom wärmenden Hauch des Feuers, von den Essensdüften, die von überallher drangen, trieb sie dahin, ohne Gedanken, ohne Sorge, was der nächste Augenblick bringen würde, nur erfüllt von einer animalischen Zufriedenheit, hier ruhig sitzen zu dürfen, einen Platz zu haben, von dem keiner sie vertrieb.

In der Gasse zwischen zwei Zelten tauchte Sterne auf, der gegangen war, um im Lager nach Sinaida zu suchen. Während er mit schnellen Schritten auf sie zukam, fiel es Caroline auf, daß er sich in dem Burnus bewegte, als wäre er darin aufgewachsen. Zwei verschiedene Rassen schienen in ihm verschmolzen, zwei Welten. Seine Bewegungen waren von der pantherhaften Anmut eines Wilden – auf seinen Zügen lag das geheime Leuchten eines Wallfahrers. Er hatte sich neben Caroline niedergelassen. Er sah müde aus. »Ich habe mit dem Führer der Eskorte gesprochen«, berichtete er. »Sie scheint nicht mehr bei der Karawane zu sein. Es gibt hier in der Gegend unterirdische Höhlen, sie dürfte mit dem Kind dorthin geflohen sein. Der Diener Sinaidas stammt hier aus der Gegend, er kennt jeden Stein hier herum. Macht Euch keine Sorgen.«

Caroline hatte eine Handvoll Sand vom Boden genommen. Sie ließ die winzigen Körner durch die Finger rieseln. Ihre Ruhe war nicht gespielt. Und doch hätte ein Ausbruch von Angst Sterne nicht so ans Herz gegriffen wie dieses Schweigen.

Sie blickte auf, als Almansor plötzlich vor ihnen stand und mit aufgeregter Stimme verkündete: »Herr! Zwei Diener von Ismael abu Ssemin. Sie bringen Geschenke!« Schon traten zwei reichgekleidete Diener in den Lichtkreis des Feuers. Der eine balancierte auf den ausgestreckten Armen ein Tablett mit dampfenden Speisen. Die Quaste seiner grünen Kappe fiel ihm über Stirn und Augen, als er sich verneigte. »Ismael abu Ssemin entbietet den Fremden, die Allah geschickt hat, um die Karawane zu retten, Gruß und Willkomm.«

Almansor nahm dem Diener Ismaels das Tablett ab. Mit einer Bewegung, die vor Stolz steif und ungeschickt war, setzte er das Tablett auf den Boden. Der zweite Diener trat vor, entrollte einen Teppich und überreichte ihn Almansor. Er war jetzt fest davon überzeugt, daß die zwei Fremden, in deren Dienst er getreten war, von hoher Geburt und großem Ansehen waren.

»Wer ist dieser Ismael abu Ssemin?« fragte Caroline.

Almansors Augen leuchteten. »Ismael abu Ssemin ist der reichste Diamantenhändler von Timbuktu. Sein Reichtum und seine Macht sind unermeßlich.« Er blickte auf das dampfende Essen und den kostbaren Teppich, und plötzlich schwand die Freude aus seinen Augen. »Herr, Ihr müßt Ismaels Geschenke erwidern! Bei Allah, er wird sonst meinen, Ihr achtet die seinen gering.« Er blickte ratlos zwischen Sterne und Caroline hin und her. »Ismael hat ein weiches Herz, aber wenn seine Ehre verletzt ist, kann er furchtbar sein.«

Sterne verschwand im Zelt. Er kam mit dem Gepäcksack zurück. Er knotete ihn auf und schüttete den Inhalt auf den Boden. Zuerst griff er nach dem Lederetui mit den silbernen Pistolen. Er ließ es aufschnappen und hielt es fragend Almansor hin, der einen Augenblick zu überrascht war, um zu reagieren. Dann klatschte er wie ein Kind in die Hände. »Das könnte nicht besser sein! Nach seinen Steinen sind es schöne Waffen, die Ismael abu Ssemin am meisten liebt.« Caroline deutete auf die Stoffrolle. Almansor fuhr mit den Fingerspitzen über den türkisfarbenen, mit Goldfäden durchwebten Brokat. »Und da sagt Ihr, Ihr habt alles verloren!« Er legte die Geschenke vor sich hin. Er sah sich schon damit durch das Lager eilen, der jüngste und ärmste aller Diener, auf dem Weg zu Ismael abu Ssemin, beladen mit Kostbarkeiten.

Die Speisen mußten kochend heiß gewesen sein, als Ismaels Diener sie brachten. Sie dampften immer noch und verbreiteten köstlichen Duft.

Das große Kupfertablett war randvoll gefüllt. Rundum lief ein Wall aus Reis; in der Mitte war das Hammelfleisch aufgehäuft. In kleinen Kupferschalen lockte türkisches Konfekt. Caroline merkte erst jetzt, wie hungrig sie war. Sie schob die weiten Ärmel zurück und tauchte die Fingerspitzen in die Wasserschale, die Almansor bereitgestellt hatte. Sie schüttelte die Feuchtigkeit ab. Als wäre sie es von Kindheit an so gewöhnt, langte sie mit den Fingern zu. Ohne die Handflächen zu beschmutzen, knetete sie aus Reis und Fleisch kleine Kügelchen und ließ sie in den Mund gleiten.

Sterne war mit etwas anderem beschäftigt. Er hatte den flachen Beutel aus Ziegenleder hervorgeholt, den er Rasim abgenommen hatte. Er zog die Schnur auf. Ein vielfach gefaltetes dünnes Papier kam zum Vorschein. Er breitete es vor sich aus, strich es glatt. Zeichen in schwarzer, roter und grüner Tinte bedeckten die Karte. Wie hypnotisiert starrte er auf seinen Fund. Er drehte die Karte in alle Richtungen, studierte die Zeichen. In seiner Stimme bebte eine geheime Erregung, als er sagte: »Der Plan der Brunnen!«

Caroline hielt mit dem Essen inne. »Der Plan der Brunnen – Ihr sagt das, als sprächet Ihr von Gold oder einem geheimen Schatz.«

Sterne blickte vor sich hin. »In der Wüste bedeutet das hier mehr als alles Gold. Khalafs Macht über die Wüste, das sind seine geheimen Brunnen. Wer diesen Plan besitzt, der ist Herr über die Wüste.« Er deutete auf die mit grüner Tinte eingetragenen Zeichen: »Die Kreise sind artesische Brunnen, die Kreuze gefaßte Quellen, die Punkte ungefaßte Wasserstellen. Hier, das sind die Straßen der großen Karawanen.« Er fuhr mit dem Finger die feinen roten Linien nach, die sich von Abomey bis hinauf nach Tripolis und Algier wie ein Netz über das vergilbte, in den Knickstellen zerschlissene Blatt zogen. »Wer diesen Plan besitzt, ist auf die Karawanenwege nicht angewiesen. Für ihn ist die tote Wüste ein einziger Brunnen.«

»Ihr meint, der Plan für die ganze Wüste, bis hin zum Mittelmeer?«

Sterne hatte es plötzlich eilig, den Plan verschwinden zu lassen. Für den, der ihn besaß, bedeutete er Leben, solange niemand davon wußte. Er faltete den Plan zusammen und schob ihn in den Lederbeutel zurück. Er erneuerte die Schnur und hing sich den Beutel um. Caroline sah noch immer die vielen Zeichen vor sich. Langsam erst ging ihr die volle Bedeutung auf. Die Wüste hatte plötzlich ihre Drohung verloren. Wasser – Wasser, dessen Kühle ihren Durst stillen würde und dessen Spiegel sie daran erinnern würde, daß sie eine Frau war, daß sie jung war, daß sie schön war, daß sie leben würde...

Sie stand vor dem kleinen Zelt und fütterte die Pferde, die bereits aufgezäumt waren. Sie schienen Carolines Ungeduld zu spüren. Die Glöckchen, die Almansor an ihrem Zaumzeug angebracht hatte, kamen nicht zur Ruhe. Lautlos huschte der Diener hin und her und packte die letzten Dinge des kleinen Haushalts zusammen. Er hatte die Nacht bei seinem toten Herrn gewacht und ihn, nachdem der Mond untergegangen war, mit Sternes Hilfe begraben.

Am Horizont zeichnete sich ein dünner grauer Streifen ab. Wind war aufgekommen und trieb kleine Sandkreisel vor sich her. Die Fahnen auf den Zelten schlugen. Irgendwo wieherten Pferde. Stimmen wurden laut. In einer Stunde würde es Tag, die Karawane bereit zum Aufbruch sein. Caroline begriff nicht, wo Sterne so lange blieb; sie ließ die schwarzen Schleier über ihr Gesicht fallen.

Sie kam sich wie eine Gefangene darunter vor, aber Sterne hatte darauf bestanden. Sie durfte durch nichts den Verdacht, daß sie eine Christin war, wecken. Endlich sah sie ihn in der Ferne kommen. Sie schwang sich aufs Pferd. Sein Pferd neben sich herführend, ritt sie Sterne entgegen.

Von dort, wo die Vorposten kampierten, trug der Wind den Klang erregter Stimmen zu ihnen her. Sternes Gesicht verriet Unruhe. Caroline folgte seinem Blick. Auf den Hügeln im Südosten, die sich dunkelblau vom grauen Himmel abhoben, waren drei Reiter erschienen. Sie galoppierten auf das Lager zu. Ihre Pferde waren weiß. Ihre weißen Mäntel flatterten um sie.

Das also hatte die Posten aufgeschreckt. Die Waffen in den Händen, erwarteten sie Khalafs Reiter – denn ganz offensichtlich waren es Abgesandte des Herrn der Wüste. Ein Raunen ging durch das Lager. Männer traten aus den Zelten, verständigten sich durch Blicke: die einen zogen sich schnell zurück, andere, mutiger oder nur neugieriger, eilten nach vorne. Die drei weißen Reiter hatten das Lager inzwischen erreicht. Caroline warf Sterne einen fragenden Blick zu. »Was kann das bedeuten?«

»Nichts Gutes, fürchte ich«, sagte Sterne mit gerunzelter Stirn. »Am besten, wir sehen zu, daß wir fortkommen.«

Sie wollten die Pferde wenden, als zwei Reiter der Eskorte heransprengten und sich ihnen in den Weg stellten. Der eine hob die Hand. »Folgt uns«, sagte er. »Ismael abu Ssemin möchte euch sprechen.« Ein Dichter Kreis von Männern umringte die drei Abgesandten Khalafs. »Platz da!« rief der Offizier der Eskorte. »Macht Platz!« Der eng geschlossene Kreis teilte sich. Murrend wichen die Männer vor den Pferden zurück.

Verborgen von ihren Schleiern, um die sie jetzt froh war, blickte Caroline in die Gesichter der Männer, und was sie darin las, sagte ihr alles. Blinder Fanatismus stand in diesen Augen. Drohende Fäuste streckten sich ihr entgegen.

»Laßt Ismael abu Ssemin sprechen«, sagte eine Stimme aus der Menge. »Ja, er soll für uns reden.«

Der Diamantenhändler war näher getreten. Er hatte ein ebenmäßiges, etwas weibliches Gesicht. Ein braunes rundes Mal über der Nasenwurzel und ein vages Lächeln, das sich einfach aus dem Schnitt seiner Züge ergab, verliehen dem Gesicht etwas Buddhahaftes. Er hob seine Stimme kaum, als er jetzt zu sprechen begann. »Ihr habt die Reiter gesehen, die Boten von Khalaf. Sie kommen wegen euch. Sie fordern im Namen des Herrn der Wüste, daß wir euch ausliefern. Ausliefern oder Angriff, das ist Khalafs Botschaft.«

Er machte eine Pause. »Khalafs Boten behaupten, daß ihr Christen seid.«

Ismaels Worte gingen in einem Wutschrei der Menge unter. Bei den letzten Worten waren die Männer zuerst entsetzt zurückgewichen, aber nur, um dann wieder drohend vorzudrängen. Ein erregtes Murmeln lief durch die Reihen. Es verstummte auch nicht, als der Diamantenhändler sagte: »Laßt sie antworten!«

Sterne stellte sich mit seinem Pferd schützend vor Caroline. Seine Stimme war fest. »Was Khalaf verlangt, ist gegen das Gastrecht. Das Gastrecht ist ein Gesetz des Propheten.«

Ismael neigte den Kopf. Sein Gesicht zeigte keinerlei Regung. »Es gibt ein anderes Gesetz«, sagte er. »Das Gesetz der Macht. Seht dorthin, und ihr versteht, was ich meine.« Wie von einer geheimen Kraft bewegt, wandten alle Blicke sich zu der Hügelkette im Südosten. Auch Caroline blickte dorthin. Oben, auf dem Kamm, den ganzen Höhenzug entlang, wurde Khalafs Streitmacht sichtbar, die hochbeinigen Schimmelstuten und, wie untrennbar mit dem Pferd verwachsen, die Reiter in den weißen Mänteln, in ihrer Mitte der eine in Purpur. Jetzt verstand Caroline die Worte des Diamantenhändlers. Khalafs Reiter, von der in diesem Augenblick aufgehenden Sonne in eine Gloriole goldenen Lichts getaucht, wirkten auch auf sie wie unwirkliche Wesen, deren Erscheinen genügte, panischen Schrecken zu verbreiten.

Auch durch die Männer, die Caroline und Sterne umstanden, war das Erschrecken gegangen. Aber ihre Furcht vor Khalaf war nichts im Vergleich zu dem Entsetzen darüber, daß Christen unter ihnen waren. Keiner erinnerte sich jetzt mehr, daß diese beiden Fremden sie am gestrigen Abend vor Khalafs Überfall gewarnt und sie dadurch gerettet hatten. Die lähmende Stille, die Caroline so endlos erschien und die doch nur Sekunden währte, entlud sich so plötzlich, daß auch Ismael davon überrumpelt wurde. Vereint in ihrem wilden Haß gegen diese beiden Ungläubigen, stürmten die Männer vorwärts. Schreie gellten auf. Steine flogen durch die Luft. Die Männer umringten Sterne und Caroline, zerrten sie von den Pferden.

»Halt!« Die Stimme des Diamantenhändlers verschaffte sich nur mühsam Gehör. »Besinnt euch! Seid ihr friedliche Reisende einer Karawane oder Männer Khalafs! Hört erst an, was sie zu sagen haben.«

»Liefert sie aus!« Der Stimme antworteten andere im Chor: »Ausliefern!«

Nur die Abgesandten Khalafs saßen ruhig auf ihren Pferden, Grausamkeit und Spottlust im Blick.

»Wartet!« Wieder war es Ismael abu Ssemin, der sich zu Wort meldete. »Wenn es euer Wille ist, dann soll es geschehen, aber es soll geschehen nach dem Gesetz der Karawane. Sagt euren Spruch, und wenn keine Stimme für sie ist, so geschehe es.«

Sterne und Caroline standen Rücken an Rücken, aneinandergefesselt. Stricke umschlangen ihre Beine, den Körper. Caroline konnte sich kaum im Gleichgewicht halten, so eng waren ihre Fußknöchel aneinandergebunden. Der Stoff ihres Gewandes war unter den rohen Händen zerschlissen. Die Stricke schnitten ihr ins Fleisch. Sie schloß die Augen, als die Männer mit der Abstimmung begannen.

»Ausliefern!«

»Ausliefern!«

Eine Hand nach der anderen schnellte in die Höhe. Jeder rief laut seinen Schiedsspruch, und Ismael abu Ssemin wiederholte feierlich Urteil und Namen des Mannes. Keine Stimme fand sich für die Christen. Zuletzt war Ismael abu Ssemin an der Reihe. Der Diamantenhändler trat vor. Von seiner Stimme hing alles ab, und er konnte kaum verhehlen, daß er diesen Augenblick auskostete. Ismael abu Ssemin war kein Mann überstürzter Taten und Gefühle, weder im Guten noch im Bösen. Es war nicht seine Art, sich übereilt ein Urteil zu bilden. Als Juwelenhändler hatte er gelernt, sich nie vom bloßen Ansehen blenden zu lassen, sondern jeden Stein und jede Perle einer sorgfältigen Prüfung zu unterziehen. Diesem Grundsatz unterwarf er jede Entscheidung in seinem Leben, auch die Entscheidung, die jetzt von ihm gefordert wurde. Bevor er seine Stimme abgab, wollte er mehr wissen über diese Christen, vor allem, ob sich sein Verdacht, der schon gestern in ihm aufgekeimt war, bestätigte. Ohne ein Wort trat er zu Caroline, denn sie war es, auf die sich sein Interesse konzentrierte. Er blickte ihr ungeniert ins Gesicht, das jetzt ohne Schleier war. Das Licht der Frühsonne, das jeden Makel noch vergröbert hätte, lag voll auf ihr, aber ihre Schönheit schien gerade dieses entblößenden Lichts zu bedürfen, um alle ihre Reize zu entfalten. Die Frau mit den Saphiraugen! Ja, sie mußte es sein, die Frau, von der ganz Abomey sprach, in den Tagen, in denen sich die Goldkarawane in der Hauptstadt Dahomeys zum Aufbruch gesammelt hatte. Eine Französin, eine Frau von hoher Geburt. Ismael abu Ssemin wurde nicht müde, sie zu betrachten. Dieser schlanke Körper. Diese Haut, mandelfarben, schimmernd wie matte Seide. Und die Augen. Der Diamantenhändler betrachtete sie nicht als Mann, sondern wie er seine Diamanten betrachtete. Auch sie wog er ab, und in seinem Kopf formte sich unklar noch der Gedanke, daß diese Frau ihm ein Vermögen einbringen könnte, wenn er es geschickt anstellte. Sie war der wertvollste Stein, den er je in den Händen gehalten hatte; er würde ihn nicht mehr loslassen, er mußte ihn besitzen...

Ismael spürte die Ungeduld der Männer. Er sah vom einen zum anderen. Wie konnte er es wagen, seine Stimme gegen sie zu erheben? Würde ihre Wut nicht ihn zuerst vernichten? Was sollte er tun?

Zwei Schüsse peitschten durch die Stille. Alle wandten den Kopf. Die drei Abgesandten Khalafs rissen ihre Pferde herum. Die Schüsse waren von der Hügelkette gekommen. Über der Phalanx der Reiter, oben auf dem Bergrücken, schwebten noch zwei weiße Wölkchen. Für die drei Reiter schien es ein erwartetes Zeichen. Der eine hob seine Flinte und feuerte zwei Antwortschüsse in die Luft. Dann steckte er die Waffe zurück. Er spornte sein Pferd an, und die anderen beiden taten es ihm gleich. In wildem Galopp jagten sie über die Ebene, die Anhöhe hinauf.

Auf Ismael abu Ssemins Stirn standen Schweißtropfen. Er war kein wundergläubiger Mann. Er glaubte nicht, daß Allah sich in die Angelegenheiten der Menschen mischte. Trotzdem, es mußte sein Wille gewesen sein, daß er diese Christin rettete.

Immer noch fassungslos blickte er zu dem Höhenzug. Die lange Reihe der Reiter war verschwunden, wie vom Erdboden verschluckt. Nur die riesige Staubwolke, die Khalafs Reiter hinterlassen hatten, und die vereinzelten Schüsse, die hinter dem Bergkamm krachten, sagten ihm, daß er keineswegs geträumt hatte.

Er wischte sich den Schweiß von der Stirn. Er besann sich, und er erkannte, daß die Gefahr noch nicht endgültig gebannt war. Die Männer, noch benommen von der plötzlichen Wendung, würden wieder zu sich kommen, würden sich wieder der Christen erinnern. Jetzt las Ismael noch Furchtsamkeit auf ihren Gesichtern, aber hatten sie nicht abgestimmt, war das Urteil nicht gesprochen?

Es war das beste, wenn er die Männer gar nicht erst zum Nachdenken kommen ließ. Er folgte einer plötzlichen Eingebung und trat zu den Gefesselten. »Ihr wartet darauf, daß ich meine Stimme abgebe.« Er breitete die Arme aus, hob den Blick zum Himmel. »Doch was ist sie im Vergleich zu der Stimme, die gesprochen hat. Es war Allah selbst, der für mich gesprochen hat. Das zweite Mal hat er Unheil von uns gewendet. Seine Weisheit und Güte seien gepriesen.«

Er zog einen Dolch aus seinem Kaftan. »Es ist Allahs Wille, daß wir ihre Fesseln lösen.« Die Männer starrten auf die Waffe in den Händen des Diamantenhändlers. Sie waren verwirrt. Unfähig zu klaren Gedanken, beherrschte sie das dunkle Gefühl, daß sie um etwas betrogen werden sollten.

Ismael abu Ssemin spürte den Widerstand. Er spürte die Gefahr. Ein Zeichen der Unsicherheit, nur ein Schritt, den er zurückwich, und alles war verloren. Er sprach nicht lauter als vorher, aber in seiner Stimme war etwas, das jeden Widerspruch lähmte. »Worauf wartet ihr? Seht ihr nicht, wie die Sonne steigt? Es ist der Tag, auf den ihr so lange gewartet habt. Auf, ihr Männer. Die Stadt wartet auf euch, die Stadt aller Städte – Timbuktu!«

Timbuktu – Ismael hatte das magische Wort ausgesprochen. Seit Monaten schwebte es vor ihnen, das Ziel dieser Reise, das Ziel aller ihrer Wünsche: rauschende Brunnen, weiche Lager, Cafés, Badehäuser, die Stille der Moschee, die Rufe des Muezzins, die Tamburine der Tänzerinnen, Frauen, die auf sie warteten, duftend und geschmückt, schweigsame, willfährige Gefährtinnen der Nacht, und über allem die Euphorie neu verdienten Geldes.

Jetzt war sich Ismael seiner Sache sicher. »Beeilt euch! Wir haben genug Zeit verloren. Schirrt das Leitkamel an, hängt die Tiere alle aneinander. Tut, was ich sage, wenn ihr Timbuktu noch vor Abend erreichen wollt!«

»Das Leitkamel ist getötet worden«, rief einer der Treiber.

»Dann nehmt Redschah!«

Es war, als hielten die Männer den Atem an. Verblüffung stand auf ihren Gesichtern, dann helle Freude. Ismaels Ansehen gründete sich nicht nur auf Diamanten, sondern auch auf diese Kamelstute. Nicht nur, daß sie schneller lief und zäher war als die anderen Tiere; die Karawanen, die sie anführte, zogen unbehelligt ihres Weges. Die Männer brachen in begeisterte Rufe aus. Sie strömten auseinander, eilten zu ihren Biwaks. Man hörte sie nach ihren Dienern rufen. Die aufgescheuchten Kamele stießen laute Schreie aus.

Ismael abu Ssemin wartete, bis der letzte sich verlaufen hatte. Ohne ein Wort trat er zu Caroline und Sterne und begann ihre Fesseln zu durchschneiden.

Es war Sterne, der sich zuerst faßte. »Ich danke Euch. Ihr habt uns das Leben gerettet.«

Der Diamantenhändler deutete hinter sich zu den Hügeln. »Dankt nicht mir. Dankt demjenigen – wer immer es war –, der Khalafs Bande abgelenkt hat.«

Sterne lachte auf. »Ich beneide Euch um Eure Ruhe, Ismael. Es war ein gewagtes Spiel, auch für Euch. Aber wir sind immer noch Christen, gefesselt oder nicht, das ist kein Unterschied.«

Sein Lachen, seine Stimme verrieten Caroline die Anspannung seiner Nerven.

»Es ist gut, daß ihr euch keine falschen Hoffnungen macht«, erwiderte Ismael nach einem Zögern. »Ihr seid immer noch in Gefahr, jetzt, wo jeder weiß, daß ihr Christen seid.«

»Mein Vater ist Moslem«, sagte Sterne. »Meine Mutter Christin.«

Der Diamantenhändler blickte überrascht auf. »Warum habt Ihr das nicht gesagt?«

»Ich hätte damit nur mich gerettet.«

Ismael steckte den Dolch in den Gürtel zurück. Er erwärmte sich immer mehr an diesen beiden Fremden. Sie waren furchtlos, sie waren stolz – das war gut. Aber ihre Ehrlichkeit war bedenklich.

Er deutete auf Caroline. »Ihr hättet nur zu sagen brauchen, sie sei Eure Sklavin. Eine Sklavin hat immer den Glauben des Besitzers. Jetzt freilich wird Euch keiner mehr glauben.« Ismael war in Hochstimmung. »Ich biete euch meinen Schutz an. Bleibt bis Timbuktu in meiner Nähe. Ich habe genug Bewaffnete. In meiner Gruppe ist Platz für euch.«

Er machte eine Pause. Beinahe hätte er hinzugefügt: und auch für Sinaida und das Kind – aber er beherrschte sich. Er wußte, daß diese Französin gestern die Karawane nach der Amme aus Rhas abgesucht hatte. Er vermutete, was dahintersteckte: das Neugeborene, das die jüdische Amme so ängstlich vor allen Blicken verbarg, war das Kind dieser Christin. Aber warum das Wissen preisgeben? Tausend Fragen schwirrten Ismael durch den Kopf, aber er bezwang seine Neugier. Was er unbedingt wissen mußte, würde er erfahren. Er verneigte sich. »Ich werde nach Eurem Diener und Eurem Gepäck schicken. Ihr wißt, wo Ihr mich findet.«

Ein tiefblauer Himmel spannte sich über die Ebene. Es war eine Landschaft ohne Atmosphäre, ohne Tiefe, glatt wie weißes Papier, über das die Karawane hinzog.

Die Vorhut im flammenden Rot ihrer Mäntel, die Eskorte Ismaels mit hohen giftgrünen Turbanen; die Trommler, ebenholzschwarze Sklaven in gelben Hemden. Und dahinter die endlose Reihe der Kamele, der Pferde und Maulesel, ein Gewimmel greller Farbtupfer.

Caroline ritt zwischen Sterne und Ismael abu Ssemin. Seit Stunden hatten sie nicht gesprochen. Es bereitete ihr Schmerzen, die Zügel zu halten. Aber diese Schmerzen waren nichts im Vergleich zu der Qual, die sie empfand, wenn sie daran dachte, daß sie aus Furcht vor ein paar fanatischen Moslems darauf verzichtet hatte, der Amme nachzureiten. Sie wußte, daß Ismael abu Ssemin recht hatte. Ihre Vernunft sagte ihr das. Aber diese Vernunft erschien ihr verächtlich, wenn sie an Sinaida und das Kind dachte.

Hin und wieder warf Caroline dem Diamantenhändler von der Seite einen Blick zu. Sie hatte nicht den Ausdruck seines Gesichts vergessen in dem Augenblick, da sie gefesselt vor ihm stand und er sie taxiert hatte. Sicher, dieser Mann hatte ihnen das Leben gerettet, und er gewährte ihnen seinen Schutz. Trotzdem konnte sie keine Dankbarkeit empfinden, sondern nur Mißtrauen. Die Vorstellung, noch den ganzen Rest des Tages neben ihm reiten zu müssen, erfüllte sie mit Unbehagen.

Kurz nach Mittag tränkten sie die Tiere, ohne abzusteigen, in einem brackigen Wasserloch. Danach zogen sie ohne Unterbrechung weiter, weniger von der Hitze als vielmehr von dem blendendweißen Licht gepeinigt.

Die Stunden vergingen. Wieder suchte Ismael den nördlichen Horizont ab. Er legte die Hand über die Augen. Ein dünner grauer Strich zwischen Himmel und Erde, weiter nichts. Jetzt begann er Kontur zu gewinnen. Spitzen zeichneten sich ab, Schieferberge. Grau und nackt wie die Kuppel der Moschee, die sich daneben am Horizont emporschob.

Timbuktu! Der Schrei lief von der Spitze bis zum Ende der Karawane, begleitet von prallenden Gewehrsalven. Als der Pulverdampf sich legte, sah Caroline in der Ferne die grauen Mauern und Türme der Stadt.

Der Platz vor dem westlichen Stadttor Timbuktus quoll über von Menschen. Auf den vier Pfosten aus Lehm, die den Platz flankierten, hatte man zur Begrüßung der Karawane riesige Pechpfannen entzündet. Meterhoch schlugen die gelbroten Flammen in den grünlichen Himmel des späten Nachmittags und verliehen der langwierigen Abwicklung der Formalitäten das Gepränge eines barbarischen Festes. Man hatte Zeit. Nach so vielen Monaten kostete man die Freude aus, das Ziel erreicht zu haben, und ohnehin durfte niemand die Stadt vor Sonnenuntergang betreten.

Rund um den Platz hatten die Verkäufer von Kaffee und Erfrischungen aller Art ihre Buden aufgeschlagen. Vollbeladene Tabletts auf dem Kopf balancierend, schlängelten sich Negerjungen durch das Gewoge der Menschen, riefen mit schrillen Stimmen ihre

Ware aus. Irgendwoher kam das Scheppern von Tamburinen, der Ton einer Flöte. Längs der Stadtmauer standen die Karren der Steuereinnehmer, fahrende Büros, die genug Platz boten, um die in Ware zu entrichtenden Tributzahlungen unterzubringen und später in die Stadt zu schaffen. Es gab den Wagen für Salz, für Gurunüsse, für Gummi, für Baumwolle, für Reis, für Sorghum, für Elfenbein und für Gold. Die Menschenmenge, die sich um die für sie zuständigen Wagen drängte, schien nicht kleiner zu werden.

Nur ein Wagen war nicht von Wartenden umlagert. Der Beamte, ein schmächtiger Mann mit schütterem Bart, saß auf einem blauen Polster, vor sich ein Schreibpult, ihm gegenüber, die Wasserpfeife im Mund, Ismael abu Ssemin. Die winzige Juwelenwaage neigte sich eben wieder unter dem Gewicht eines Diamanten. Seit einer Stunde legte Ismael Stück um Stück seiner in verschiedenen Säckchen verborgenen Schätze auf diese Waage. Zwischen halbgeschlossenen Lidern, halb wachend, halb schlafend, schaute Caroline der stummen Szene zwischen dem Diamantenhändler und dem Steuereinnehmer zu.

Sie saß im Schatten eines blauen Zeltdaches, das die Diener Ismaels über einem provisorischen Biwak aufgespannt hatten. Sie hatte gegessen und getrunken. Sie hatte geschlafen. War sie jetzt wach? Ihr Kopf lehnte an der Schulter Ramon Sternes. Das blaue Licht des Zeltdaches hüllte sie ein. Wenn sie die Lider, so wie jetzt, halb geschlossen hielt, tauchte die Welt da draußen vor dem Zelt in bläuliches Licht. Alles rückte in weite Ferne, die Menschen, der Lärm, die Wüste – selbst die Verheißungen Timbuktus. Das Leben floß vorüber wie ein ferner Strom, dessen Rauschen nur noch ein einschläferndes Murmeln war. Alle Ungeduld war aus ihr gewichen. Wann Ismael fertig sein würde, wann Almansor, den Sterne mit einer Botschaft und einem Empfehlungsschreiben an den Statthalter von Timbuktu weggeschickt hatte, zurückkehren würde – es war ihr gleichgültig. Es gab nichts mehr, das sie drängte, es gab nur noch etwas, das sie hielt: diese Schulter, an der sie lehnte, halb schlafend, halb wachend. Sie fragte nicht, was es war. Sie wollte es nicht wissen. Sie wollte nur, daß es so blieb.

Wieder hatte Ismael einen Edelstein auf die Waagschale gelegt. Leise murmelnd rechnete der Beamte. »Zwölftausend Piaster.« Er trug die Zahl in sein Heft ein; eine lange Zahlenkolonne stand schon dort.

Ismael abu Ssemin nahm den Stein von der Waage. »Zwölftausend?« Er reichte dem Beamten seine Lupe. »Bitte, Mohammed

Rais, seht selbst. Muß jetzt schon für Erde Tribut gezahlt werden?« In seiner melodischen Stimme war keine Schärfe.

Der Beamte betrachtete den Stein unter der Lupe. »Die kleine Unreinheit wiegt kein Gramm«, sagte er augenzwinkernd, »aber es könnte geschehen, daß der Stein auf einer anderen Waage als der meinen noch schwerer wiegen würde.« Er schlug sein Heft zu, legte die Steine, mit denen der Diamantenhändler seinen Tribut entrichtet hatte, in eine Kassette und verschloß sie sorgfältig. »Ich wünsche Euch Gesundheit und gute Gesellschaft, Ismael abu Ssemin.« Die Männer verneigten sich voreinander.

Ismael klatschte seinen Dienern. Sie rafften die verschiedenen Säckchen mit den Edelsteinen eilig zusammen und versenkten sie in eine Truhe. Ismael selbst legte die Schlösser vor. Ein anderer Diener brachte ihm eine Schale dampfenden Kaffees, aber Ismael lehnte ab.

Er ließ sich bei Caroline und Sterne nieder. »Khalaf ist nichts gegen diese Blutsauger. Steuern eintreiben – das ist ein besseres Geschäft als Karawanen überfallen. Kein Risiko, nur Gewinn. Jede Woche zwei Karawanen. Dreitausendfünfhundert Kamellasten Salz im Monat, fünftausend Kamellasten Gold, sechstausend Kamellasten Elfenbein. Wer Herr über die Stadt ist, ist Herr unermeßlichen Reichtums.«

Er tauchte die Fingerspitzen in eine Wasserschale und tupfte sie dann an einem Batisttuch ab. »Habt ihr meinen Vorschlag überlegt? Ich biete euch noch einmal meine Gastfreundschaft an. Ihr werdet alles vorbereitet finden.«

»Unser Diener muß jeden Augenblick zurückkommen«, sagte Sterne. »Scheich Toman ibn Mohanna ist unsere Ankunft angekündigt.«

Ismael neigte höflich den Kopf. Es fiel ihm nicht leicht, seine große Enttäuschung zu verbergen. Aber zwingen konnte er diese Fremden nicht, seine Gastfreundschaft anzunehmen. Nun, er hatte Zeit. Es war sicher, daß ihre Wege sich wieder kreuzen würden.

»Mein Haus steht euch immer offen«, sagte er mit dem Gleichmut, der ihm, wie es schien, in unerschöpflichem Maße zu Gebote stand. »Ich lasse euch auf jeden Fall zu eurer Sicherheit einen meiner bewaffneten Diener da.« Ismael hatte sich erhoben. Er verneigte sich nach orientalischer Sitte mit auf der Brust gekreuzten Armen. Sein Gesicht zeigte das vage, zwischen Vergeistigung und Sinnenlust spielende Lächeln eines Buddha.

Die Sonne war untergegangen, aber immer noch herrschte brütende Hitze. Im Nordosten baute sich seit einer Stunde eine Wolkenwand auf. Der Platz vor dem Stadttor hatte sich gelichtet. Eine Gruppe nach der anderen war im Stadttor verschwunden. Almansor war immer noch nicht zurückgekehrt. Er war jetzt mehr als drei Stunden fort.

Caroline streckte die Beine von sich, die vom langen Sitzen ganz steif waren. Sie begann sich zu fragen, ob es nicht töricht gewesen war, Ismaels Einladung auszuschlagen. Wie sehr sie sich danach sehnte: heißes Wasser, Seife, frische Wäsche. Duften, schön sein. Schön sein für einen Mann – wie lange hatte sie daran nicht mehr gedacht.

War sie noch die Frau, die vor Monaten in Abomey nach Timbuktu aufgebrochen war, eine Frau, die nicht daran dachte, wie viele Tausende von Kilometern Wüste vor ihr lagen, wie viele Gefahren sie erwarteten, sondern nur daran, daß jenseits von alledem der Mann, den sie liebte, auf sie wartete: Cyril Michelange, Herzog von Belômer.

Sie versuchte sein Bild in sich wachzurufen; sie erschrak, weil es wirklich nur ein Bild wurde, seltsam unscharf. Aber mehr erschrak sie vor dem Bitteren und Unversöhnten, das mit diesem Bild in ihr aufstieg. Seit jener Stunde vor den Toren Abomeys, als sie glaubte, er sei gekommen, sie zu retten, und dann statt seiner Sterne vor ihr gestanden war, hatte ihre Liebe zwei Gesichter. Ihr Verstand hatte eingesehen, daß er einen anderen hatte schicken müssen, wenn er sie retten wollte, einen Mann, den Santi nicht kannte. Aber ihr Herz hatte sich dem Verstand nicht unterordnen können. Für ihr Herz zählte nur das eine: Er war nicht gekommen! Er war nicht bei ihr!

Ach, die wirkliche Wüste war nichts gegen jene Wüste, in die ihr Herz sich verwandelt hatte. Sie hatte überlebt, und doch war sie nicht mehr dieselbe wie vorher. Sie lebte, aber als eine neue, andere, eine Nomadin, die dort glücklich war, wo es eine Schulter gab, an die sie sich lehnen konnte...

Zwischen den Menschen tauchte eine rote Kappe auf. Mit lauten Schreien machte Almansor den Weg für sich und sein Pferd frei. Er war außer Atem, aber das war nicht der alleinige Grund, warum er zögerte. Er senkte den Kopf, als sei es eine persönliche Schuld, von der er zu berichten hatte. »Der Scheich ist nicht in der Stadt. Seine Residenz war wie ausgestorben, als ich hinkam.«

»Nicht in der Stadt?«

»Er hat Timbuktu heute nacht verlassen, hieß es. Sie sagten, er sei in seinem Kriegslager südlich von Timbuktu, zusammen mit seinen Truppen. So bin ich hinaus zum Lager geritten, deshalb mußtet ihr so lange auf mich warten.«

»Und hast du ihn dort angetroffen?«

Almansor schüttelte den Kopf, aber jetzt leuchteten seine Augen. »Scheich Toman ist mit seinen Kriegern Khalaf entgegengezogen. Ihr wißt, daß Khalaf seit Jahren versucht, die Herrschaft über Timbuktu zu erringen. Die Wüste genügt ihm nicht mehr. Jetzt will Scheich Toman ihm entgegentreten. Sie sagten, heute morgen in der Dämmerung habe der Kampf begonnen.«

Das war es also gewesen, was Khalafs Reiter bewogen hatte, plötzlich von den Christen abzulassen, dachte Caroline. Scheich Tomans Angriff hatte ihnen vielleicht das Leben gerettet, aber jetzt war ihre Situation eben dadurch verzweifelt. Ohne die Erlaubnis des Statthalters Timbuktu zu betreten, hätte gegen die Gesetze verstoßen.

Sterne wandte sich an Almansor. »Wem hast du die Empfehlungsschreiben übergeben?«

Almansor zog das Kuvert aus seinem Burnus. »Ich hätte es nur dem Scheich selbst oder seinem Vezier gegeben. Den anderen traue ich nicht. Draußen im Lager hieß es, Scheich Toman habe Khalaf in die Flucht geschlagen und verfolge ihn.«

Sterne nahm das Schreiben an sich. »Das bedeutet, daß Scheich Toman unter Umständen noch lange nicht in die Stadt zurückkehren wird. Wann werden die Tore der Stadt geschlossen?«

»In einer halben Stunde. Ihr wollt es wagen?«

Sterne blickte zum nahen Stadttor. Eine Traube Menschen drängte sich davor. Die Wachen mit ihren karmesinroten Turbanen und den dicken Silberknöpfen auf den breiten Patronengurten standen dort und musterten aufmerksam jeden einzelnen. »Wir werden in die Stadt reiten«, sagte Sterne. »Es kann Tage dauern, bis Scheich Toman zurückkehrt. Wir können nicht hierbleiben, ohne Geld, ohne alle Mittel. Wir haben Ismaels Diener bei uns.«

»Kennt Ihr niemanden sonst in der Stadt, der Euch Gastfreundschaft gewähren könnte?« fragte Almansor.

»Aba el Maan wird uns aufnehmen«, sagte Sterne.

»Aba el Maan!« Almansor hob entzückt die Hände. »Ihr kennt Aba el Maan, den größten aller Koranausleger? Oh, wenn mein Herr das gewußt hätte!«

Wieder gebot Sterne dem Diener Schweigen. »Hole unsere Pferde!«

Caroline sah zu Sterne auf. Was seit der Ankunft Almansors geschehen war, was gesprochen worden war – sie hatte es nur halb und wie unbeteiligt aufgenommen. Um so gegenwärtiger war Sterne für sie, seine Gestalt, sein Gesicht, seine Stimme, die Sicherheit, die von ihm ausging. Sie wartete darauf, daß er sich in den Fremden zurückverwandeln würde, der er bisher für sie gewesen war. Daß er wieder der Schatten würde, der neben ihr die Wüste durchquert hatte, ohne Namen, ohne Gesicht, ohne Geschlecht.

Sterne blickte sie an. Warum war sie so still? Hatte die Nachricht sie so erschreckt?

Plötzlich spürte er ihre Hand auf seinem Arm. »Wir werden in die Stadt reiten. Wir werden tun, was Ihr für richtig haltet.« Es waren nicht ihre Worte, sondern der Klang ihrer Stimme, das absolute Vertrauen darin, das den Mann anrührte.

Über die Dächer der Stadt kamen in diesem Augenblick die hohen, langgezogenen Rufe des Muezzins. Die Menschen breiteten ihre Gebetsteppiche auf der Erde aus. Gegen Osten gewandt, knieten sie nieder. Während sie beteten, verdüsterte sich der Himmel. Von einer Sekunde zur anderen wurde es Nacht. Ein Windstoß fuhr über den Platz. Ein paar schwere Tropfen klatschten in den Sand.

»Regen!« schrie eine Stimme. »Regen!« Die Menschen, die am Boden knieten, um ihre Andacht zu verrichten, blickten zum Himmel, die Hände in flehender Gebärde erhoben. Aber die Wolken zogen weiter. Der Wind peitschte noch ein paar Tropfen herunter, aber er ließ der Wolke keine Zeit, sich zu entladen.

Almansor hatte sein Gebet beendet. Er richtete sich auf.

»Sie warten seit vierzig Tagen auf Regen«, sagte er. »Die ganze Frühjahrsernte ist verbrannt. Die Zisternen sind leer. Sie sprechen in der Stadt von nichts anderem als von Regen.«

Caroline nickte abwesend. Bald wurden die Tore der Stadt geschlossen. Sie mußten sich beeilen.

5

Dunkelheit und Hitze lasteten über Timbuktu. Der Abend hatte keine Abkühlung, kein Aufatmen gebracht. Die Schleier, die Carolines Gesicht verhüllten, waren feucht von den Schweißtropfen, die ihr über Stirn und Wangen liefen. Die Menge, die mit ihnen durch das Tor in die Stadt geströmt war, verlief sich allmählich. Es geschah ohne Geräusch, mit solch gespenstischer Lautlosigkeit, daß in Caroline das beklemmende Gefühl aufstieg, nicht das Stadttor Timbuktus, sondern das Tor zur Unterwelt passiert zu haben.

Häuser aus grauem Ton säumten die Straßen. Stumm und abweisend standen sie da, mit flachen Dächern, ohne Fenster, ohne Licht, übergangslos mit der steinernen Dunkelheit der Nacht verschmelzend.

Caroline schrak zusammen, als sie Almansors Stimme neben sich hörte. »Seht Ihr die Moschee, dort am Ende der Straße«, sagte er. »Das ist die Djingereber Moschee. Aba el Maans Haus ist gleich dahinter.«

Aus der stillen, einsamen Straße ritten sie auf einen belebten Platz hinaus und fanden sich plötzlich inmitten dichten Gedränges, eingekeilt zwischen Menschen. Körper an Körper schob sich die Menge an ihnen vorbei. Über den Köpfen schwebten kleine Laternen. Caroline befiel Angst, eine Angst, die sie in der freien weiten Wüste nie empfunden hatte. Die Spitze der Prozession hatte die Moschee erreicht. An den aufwärtsschwebenden Laternen sah Caroline, daß die Menschen die Stufen der Moschee emporstiegen. Als sie in die Vorhalle drängten, setzte monotones Gebetsgemurmel ein.

Almansor trieb sein Maultier an, lenkte es in die enge Gasse, die rechts neben der Moschee zum Haus Aba el Maans führte. Hinter ihnen ertönte plötzlich ein Schrei. »Die Christen! Die Christen sind in der Stadt!« Die Stimmen kamen näher, das Geräusch von Ledersandalen, die auf das Pflaster schlugen. Ehe Caroline reagieren konnte, hatte Sterne ihr die Zügel entrissen. Für einen Moment verlor sie fast den Halt, so unvermittelt fiel ihr Pferd in Galopp. Die Schreie der Verfolger gellten ihr in den Ohren, aber schon tauchte vor ihnen ein Tor auf. Sterne hob Caroline aus dem Sattel. Mit dem Fuß stieß er das Tor auf. Im Hintergrund des Hofs erschien ein Neger mit einer Laterne. Im nächsten Augenblick sahen sie sich von Dienern umringt. Sie nahmen ihnen die Pferde ab, verrammelten das Tor. Von draußen klang noch immer das aufgebrachte Geschrei der Menge zu ihnen. »Die Christen! Christen sind in der Stadt!«

Aus den Arkaden, die den Innenhof umliefen, trat ein hochgewachsener Neger in einer hellblauen Tobe.

»Friede über Euch«, sagte Sterne. »Wir sind Freunde von Aba el Maan.«

»Friede seinen Freunden.« Der Neger neigte leicht den Kopf.

Sie gingen die Arkaden entlang. Sie durchschritten eine Bogentür. Die Stille des Hauses nahm sie auf. Sie stiegen eine Treppe hinauf, traten auf einen Dachgarten. Es duftete nach Rosen. Aus einer weißen Marmorschale stieg ein Wasserstrahl. Der Neger schlug einen Vorhang zur Seite. In dem Raum herrschte Halbdunkel. Die Wände waren mit Büchern bedeckt. An einem Lesepult stand ein weißhaariger Araber in einer naturfarbenen Wollgebba.

»Herr, sie nennen sich Freunde von Euch«, sagte der Neger. Er hob die Lampe, so daß die Gesichter Sternes und Carolines im hellen Licht lagen.

Aba el Maan blickte auf. Ein unterdrückter Schrei kam aus seinem Mund. Er trat vom Stehpult weg, kam auf Sterne zu. Er fuhr mit der Hand durch die Luft, als wolle er eine Geistererscheinung vertreiben.

»Verzeiht«, sagte er dann mit einer Stimme, in der immer noch das Entsetzen nachzitterte. »Aber zwei Monate lang habe ich meine Diener zu jeder Karawane, die ankam, vor die Stadt geschickt. Sie kamen immer allein zurück – das letzte Mal mit der Nachricht von eurem Tod.«

Im Haus wurde es laut. Aus dem Innenhof drangen Schreie. Jetzt konnten sie einzelne Rufe unterscheiden. Eine schrille Stimme übertönte sie alle. »Die Christen! Sie müssen hier sein!«

Sterne blickte Aba el Maan lächelnd an. »Es ist wirklich ein Wunder, daß wir leben. Heute morgen waren es Khalafs Leute, die unsere Auslieferung von den Männern der Karawane verlangten.«

Aba el Maans Züge entspannten sich. Er schien geradezu erleichtert, es jetzt mit realen Dingen zu tun zu haben. »Schnell, geh ihnen entgegen«, befahl er dem Neger. Caroline und Sterne bedeutete er, Platz zu nehmen. Aufmerksam beobachtete er, wie Caroline sich auf die Fersen niederließ. In seine Augen trat ein Lächeln. »Ich muß sagen, ihr beherrscht die Sitten dieses Landes besser, als ich eure Sprache. Trotzdem will ich es versuchen.«

»Ihr sprecht Französisch!« rief Caroline aus. Die Laute ihrer Muttersprache zu hören, bedeutete ihr in diesem Augenblick mehr als alles andere.

Leise kam eine schwarze Sklavin herein. Sie rückte niedrige runde Tische aus Silber vor die Diwans, brachte kleine Schüsseln mit Näschereien: Eingemachte Aprikosen, gezuckerten Rahm, Rosenkonfekt, Pistazien; Backwerk, das in einer warmen Brühe aus Honig und Sesamöl schwamm und den Raum mit süßem Duft erfüllte. Auf den Tisch neben Aba el Maan stellte sie eine Karaffe mit roter und eine mit gelblicher Flüssigkeit, dazu sechs Gläser. Bedächtig schenkte Aba el Maan den Wein in die Gläser. »Ihr werdet euch vielleicht wundern, daß ich ein Gesetz des Korans übertrete. Aber in Tripolis kamen oft Christen in mein Haus. Seitdem ich in Timbuktu bin, ist das anders geworden.« Er sprach nicht alle seine Gedanken aus: Noch kein Christ hatte Timbuktu je betreten. Wenn er diese beiden in sein Haus aufnahm, bedeutete das etwas ganz anderes, als wenn er es in Tripolis getan hätte. Er gefährdete sich und seine Familie damit. Es war nicht das plötzliche Erkennen der Gefahr, die ihn zu diesen Überlegungen führten, sondern er versuchte lediglich, sich über die Situation klarzuwerden.

Sterne hatte Aba el Maan beobachtet, und er glaubte seine Gedanken zu erraten. »Ihr macht Euch Sorgen um unsere Sicherheit. Wir beabsichtigen nicht, lange zu bleiben.«

Aba el Maan reichte ihnen die Gläser. »Wenn Allah euch hätte verderben wollen, hättet ihr Timbuktu nie erreicht und säßet nicht hier vor mir.«

»Wer hat Euch die Nachricht von meinem Tod gebracht?« fragte Sterne.

Aba el Maan senkte den Kopf. »Ein verläßlicher, glaubwürdiger Mann, ein Kaufmann aus Abomey. Er hat berichtet, daß ihr beide tot seid. Und laßt mich gleich sagen, was mich bedrückt. Auf seine Nachricht hin habe ich alle Waren und das Geld, das für euch bereitlag, mit Briefen versehen, nach Algier zum französischen Konsul zurückgeschickt.«

Caroline spürte, daß ihre Hand, in der sie das Glas hielt, plötzlich zitterte. Was Aba el Maan eben gesagt hatte, traf sie unvorbereitet. Sie hatten fest damit gerechnet, in Timbuktu Waren und Geld vorzufinden. Und nun waren sie ohne alle Mittel. Aber gleich darauf erschien ihr das bedeutungslos. Die eigentliche Katastrophe war etwas anderes. Die Nachricht von ihrem Tod...

Sie versuchte sich diejenigen vorzustellen, die diese Nachricht weitergeben würden: der französische Konsul in Algier, der Schiffskapitän, der sie nach Lissabon brachte, zum Herzog. War es schon geschehen? Geschah es jetzt in dieser Stunde? Gil – ihre Gedanken überschlugen sich. Philippe, Simon, Marianne. Sie rief nach den Menschen, die sie liebte, aber sie erreichte sie nicht. Tot – nur noch ein Name, ein Schmerz. Vergessen...

Aba el Maan umfing Sterne und Caroline mit einem Blick voller Wärme. »Allah hat euch beschützt. Er wird auch weiter die Hand über euch halten.«

Sterne machte eine schroffe Bewegung. In seiner Stimme schwangen Leidenschaft und Empörung. »Sagt mir, Aba el Maan, was ist das für eine Religion, die es erlaubt, Menschen zu verfolgen, nur weil der Gott, zu dem sie beten, einen anderen Namen hat?«

»Ich könnte entgegnen, daß ihr Christen es nicht anders haltet. Auch ihr glaubt, daß alle, die nicht zu eurem Gott beten, eure Feinde sind. Auch ihr tötet in seinem Namen.« Aba el Maan zog ein Kissen heran und stützte sich mit dem Arm darauf. »Ich habe alle Religionen studiert. In jeder findet sich die Vorstellung, daß der Mensch Gottes Ebenbild sei. Eine erhabene Vorstellung – und verführerisch wie alle Illusionen. Die Wahrheit ist, daß der Mensch Gott nach seinem Bild geschaffen hat. Er hat sich selbst einen Herrn gegeben, einen Gott, der ihm das Recht verschaffte, alle, die anders waren als er, zu vernichten. Ihr Christen habt die Inquisition erfunden. Eure Priester sind Staatsanwälte Gottes. Der Islam ist eine einfachere Religion, unserem Wesen angemessen. Wir sind keine Sophisten, wir lieben nicht wie ihr den Zweifel – wir lieben das Absolute, wir denken in Extremen, und so lassen wir auch unseren Gott denken. Unser Gott ist ein Stammeshäuptling, und jeder, der ihm nicht Tribut zahlt, ist sein Feind.«

»Lehrt Ihr das auch Eure Schüler, Aba el Maan?« fragte Caroline.

»Ich lehre sie zu denken«, antwortete Aba el Maan, »und benütze dazu den Koran.«

»Ihr wollt Eure Schüler nicht auch zu besseren Menschen machen?«

»Vielleicht zu freieren Menschen. Je klarer ein Mensch zu denken vermag, desto eher ist er befähigt, Richtiges von Falschem zu unterscheiden. Meine Schüler sollen lernen, daß der Mensch immer die Wahl hat, gut zu sein oder böse, daß Gott ihn nicht zwingt.«

Caroline glaubte ihren Vater sprechen zu hören. Das seltsame Gefühl, das den Menschen befällt, wenn er jemandem begegnet, der fühlt und denkt wie er, bemächtigte sich ihrer und griff auf den Raum über. Die Muster der Teppiche, die Lampen, der Duft der Speisen, der harzige Geschmack des Weins – über alles breitete sich der Zauber des Vorausgeahnten und Wiedergefundenen.

»Aba el Maan«, sagte Sterne, »ich weiß, daß Ihr das lebt, was Ihr sagt. Ich hoffe, daß Ihr andere Menschen dazu bewegen könnt, zu sein wie Ihr.«

Aba el Maan richtete sich auf. »Ihr werdet müde sein. Ich habe zwei Räume für euch. Sie liegen zwischen dem Frauenhaus und dem Trakt, den ich bewohne. Dort seid ihr sicher. Der kleine Dachgarten ist vor allen Blicken geschützt.«

Caroline und Sterne erhoben sich. Sie sahen sich an. Unausgesprochen stand die Frage zwischen ihnen, was werden sollte, wie sie diese Stadt verlassen könnten, die ohne Geld für sie wie ein Gefängnis war.

»Ich werde einen Boten zu Scheich Toman ibn Mohanna schikken«, sagte Aba el Maan. »Er wird über alles Weitere entscheiden.« Er verstummte, als der Diener, der Sterne und Caroline zu ihm geführt hatte, ins Zimmer stürzte. Er eilte zu Aba el Maan, beugte sich an sein Ohr. »Sprich laut«, sagte Aba el Maan. Er deutete auf Sterne und Caroline. »Sie sind meine Freunde.«

»Timur...«

»Was ist mit dem Jungen?«

»Ihr kennt ihn ja«, begann der Diener zögernd. »Er ist in den Stall zu den Pferden der Fremden gegangen... Er hatte gehört, daß es zwei Schimmelstuten Khalafs sind. Er wollte sie unbedingt sehen. Eines der Pferde...« Den Diener schien der Mut zu verlassen, weiterzusprechen. Mit einer Mischung aus Furcht und Haß blickte er auf Sterne und Caroline. »Eines der Pferde hat ausgeschlagen und Euern Enkel getroffen.«

»Führt mich zu dem Kind«, sagte Sterne. »Ihr wißt, Aba el Maan, daß ich... Ein Blick des Arabers ließ ihn verstummen.

Aba el Maan stand wie versteinert. Nur in seinem Gesicht arbeitete es. Caroline sah, wie in seinen Augen etwas aufflammte; die in jedem Menschen schlummernde Urangst vor dem Schicksal – und die Angst vor den beiden Christen, die das Unglück in sein Haus gebracht hatten.

Aba el Maans Stimme war ohne Ausdruck. »Wartet hier. Ich schicke euch Lali. Sie wird euch in eure Gemächter führen.« Er schien sich jedes Wort abringen zu müssen.

»Nehmt mich mit«, bat Sterne wieder. »Bis Ihr Euren Arzt gerufen habt, vergeht viel Zeit.«

Aba el Maan schüttelte stumm den Kopf. Er wandte sich um und eilte mit dem Diener hinaus.

Caroline löschte das Talglicht und streckte sich auf dem niedrigen Lager aus; sie schlüpfte nicht unter die weiche Decke. Ihr war heiß. Durch das Filigran der nach maurischer Art durchbrochen gebauten, mit grünen und weißen Kacheln verzierten Mauer fiel Mondlicht und warf ein Muster aus Sternen und Blüten auf den Boden. Sie schloß die Augen. Aber statt einzuschlafen, fühlte sie sich von Sekunde zu Sekunde wacher werden.

Als Lali sie hierhergeführt hatte, war Caroline so müde gewesen, daß sie geglaubt hatte, sie werde im nächsten Augenblick in Schlaf sinken. Jetzt lag sie mit offenen Augen da, gequält von etwas, das sich ihrem Willen entzog. Oder fehlte ihr nur der Schatten hinter der Zeltwand, der in den Nächten draußen in der Wüste ihren Schlaf bewacht hatte? Sie setzte sich auf und lauschte. Ihre beiden Zimmer trennte nur ein Musselinvorhang. Aus Sternes Zimmer kam nicht das geringste Geräusch. Ob er schon Ruhe gefunden hatte?

Ein Rascheln schreckte sie auf. Draußen, auf dem Dachgarten, glitt ein Schatten vorbei. Sie lauschte angespannt. Jetzt verschwand der Schatten. Über einem Sitzpolster lagen die Gewänder, die Lali ihr gebracht hatte. Caroline nahm den blaßgrünen Haik, hüllte sich darin ein, schlüpfte in die bestickten Pantoffeln. Sie schob den Vorhang vor dem Durchlaß zu Sternes Zimmer zur Seite.

Das Lager war unberührt; das Gepäck lag ungeöffnet am Boden. Die Tür, die zum Dachgarten hinausführte, stand offen. Eine seltsame Beklommenheit erfaßte Caroline. Sie war nahe daran, in ihr Zimmer zurückzuhuschen, aber das andere war stärker. Mit klopfendem Herzen trat sie auf den Dachgarten. Mit dem Rücken an die Hauswand gelehnt, die Beine, die noch in den Reitstiefeln steckten, von sich gestreckt, saß Ramon Sterne dort, ohne Turban, ohne Burnus, nur in dem weißen Hemd mit den weißen Ärmeln und der hellen Hose. Er wandte den Kopf, blickte Caroline schweigend an. »Ihr solltet schlafen«, sagte er. Sein Ton war so, als spräche er zu einem Kind.

»Ich kann nicht einschlafen«, sagte sie. Sie war enttäuscht und wußte nicht weshalb. Was hatte sie erwartet? Der Haik hing lose um ihre Schultern. Unter dem Musselinhemd zeichnete sich ihr Körper ab.

Gegen seinen Willen mußte Sterne diesen Körper ansehen, den die dichten Gewänder nicht mehr verhüllten. »Ihr werdet Euch erkälten«, sagte er schroff. Er wollte, daß sie ging. Er wußte nicht, wie lange er es ertragen würde, sie vor sich zu sehen. »Geht und versucht zu schlafen!« Diesmal klang seine Stimme bittend.

Jetzt begriff Caroline sein sonderbares Benehmen. Aber sie konnte nicht darüber lächeln, wie sie es gerne getan hatte. Verwirrt stand sie da. Sie zog den Haik über der Brust zusammen. »Laßt mich ein wenig hier draußen bei Euch bleiben«, sagte sie sanft.

Er zog die Beine an, umklammerte die Knie mit den Armen, als sich Caroline neben ihm niederließ. »Wenn Ihr unbedingt wollt, aber vergeßt nicht, die Nacht ist kalt, wir sind hier nicht in Paris.«

Paris – warum erinnerte er sie daran, warum gerade jetzt? Warum gönnte er ihr nicht diesen Augenblick, in dem sie nichts anderes sein wollte als irgendeine Frau, die sich schön fühlte und sich in den Augen eines Mannes spiegeln wollte. Nur dieses unschuldige Glück hatte sie gesucht. Nur deshalb war sie zu ihm gekommen, um sich in seinem Lächeln wiederzufinden. Paris – wollte er, daß sie auch in dieser Stunde die Bürde ihres Schicksals nicht vergaß?

»Vielleicht redet man heute abend dort von uns«, sagte Caroline. »Habt Ihr vergessen, daß wir für die Welt tot sind?«

»Allenfalls redet man von Euch«, sagte Sterne. »Ihr stellt Euch wohl bereits die Triumphe vor, die Ihr nach Eurer Rückkehr feiern werdet.« Ja, er wollte sie verletzen, sie an die Kluft erinnern, die zwischen ihnen war. Was mußte er tun, damit sie ging, bevor geschah, was nicht geschehen durfte? Warum fiel ihm nichts ein? Warum gab es nichts, für das er sie hassen oder verachten konnte? Mein Gott, warum war sie nicht eine jener Frauen, die man in einer Stunde wie dieser nehmen konnte, und am nächsten Morgen wäre alles vergessen? Warum war sie eines jener Wesen, die Männer zum Äußersten zwangen? Und warum war er ein Mann, der sich immer eine solche Frau erträumt hatte?

»Woran denkt Ihr?« Sie berührte seinen Arm. »Bitte, sagt es mir.«

Ramon Sterne starrte in die Nacht hinaus, über das vom Mondlicht beschienene Gewirr der flachen Dächer, über dem sich die Kuppeln der drei Moscheen und die schlanken Türme der Minarette erhoben. »Es ist besser für Euch, Ihr kennt meine Gedanken nicht.«

Ein Frösteln überlief Caroline. Sie preßte die Arme an den Körper. Der Mann neben ihr hatte es bemerkt. Schweigend hüllte er sie in den Burnus, der neben ihm gelegen hatte. Seine Hände streiften ihr Haar; er atmete den Duft ihres Körpers. Aber schlimmer als das war die zutrauliche Bewegung, mit der sie sich zu ihm wandte, als wolle sie sich an ihn schmiegen.

»Geht jetzt«, sagte er rauh.

Sie blickte zu ihm auf. »Warum? Warum schickt Ihr mich weg? Warum wollt Ihr mich nicht bei Euch haben?«

Einen Moment kämpfte er mit sich, dann konnte er sich nicht mehr zurückhalten. »Stellt diese Fragen Eurem Mann, wenn Ihr zurückgekehrt seid. Er wird sie Euch besser beantworten, als ich es kann.«

Caroline riß den Burnus, den er ihr umgelegt hatte, von den Schultern. »Was habe ich Euch getan? Sagt es mir, damit ich es weiß. Ich wollte nicht an Paris denken. Ich wollte nur bei Euch sein. Ich habe keinen Menschen als Euch.« Ihre Stimme versagte ihr.

Sterne schloß sie in die Arme. Caroline wehrte sich nicht. Gegen ihren Willen lieferte ihr Körper sie dieser Umarmung aus. Einen Herzschlag lang ahnte sie die Leidenschaft, die in dem Mann schlummerte. Und sie ahnte auch, daß es dies war, was sie zu ihm hinzog. Geliebt zu werden! Kein eigenes Gefühl, sondern nur die hypnotische Kraft eines fremden, starken Gefühls.

Sie blickten sich an. Caroline hatte plötzlich Angst, Angst vor der Übermacht seines Gefühls und vor der eigenen Schwäche. Sie spürte, wie die Tränen ihr in die Augen steigen wollten. Sie stürzte davon. In ihr Zimmer zurückgekehrt, warf sie sich auf das Lager. Hinter der durchbrochenen Mauer zeichnete sich der Schatten des Mannes ab. Alle die Nächte in der Wüste war dieser Schatten ihr Trost und ihre Zuflucht gewesen – jetzt kam damit etwas ins Zimmer, das ihr das Herz zusammenpreßte. Sie grub das Gesicht in die Kissen, damit der Mann ihr Weinen nicht hören konnte.

6

Als Caroline erwachte, war es heller Tag. Hinter dem durchbrochenen Mauerwerk stand das Sonnenlicht. Sie schlug die Decke zurück, streifte das Nachtgewand ab und zog die bereitliegenden Kleider an: das knöchellange Hemd aus rosa Musselin mit den winzigen Silberknöpfen am Hals und an den Bündchen der weiten Ärmel, das ärmellose Überkleid aus fliederfarbener Seide und zuletzt den Haik aus rauchgrauem, silberdurchwirktem Chiffon. Sie kämmte sich das Haar und nahm dann den Spiegel. Es war ein schneller Blick, der eigentlich gar nicht dem Äußeren galt. Sie sah sich kopfschüttelnd an. Sie hatte sich gestern abend töricht benommen. Dabei konnte sie sich nicht einmal erinnern, wie es dazu gekommen war. Sie wollte es auch gar nicht. Sie würde diese Stunde vergessen. Sie wollte, daß es zwischen Sterne und ihr so blieb wie bisher.

Caroline schloß die Augen und rief das Bild des Mannes, den sie liebte. Sie beschwor ihre Erinnerung, seine Gestalt, versuchte sein Gesicht vor ihrem inneren Auge erstehen zu lassen. Ich habe ihn doch geliebt, dachte sie. Ich liebe ihn! Es schien ihr, daß ein ganzes Leben hinter ihr lag, das von diesen drei Worten erfüllt war. Tag und Nacht hatte sie ihn gesucht, mit ihren Gedanken, mit ihrem Körper. Sie hatte mit ihrer Sehnsucht umfangen, was ihre Hände nicht halten durften. Wie viele Tage waren es, die sie einander wirklich besessen hatten? Wenige, zu wenige. Wie viele endlose Tage und Nächte, in denen sie allein gewesen war, nur in Gedanken liebend, nur in Gedanken geliebt. Die Sehnsucht und ein unerschütterlicher Glaube hatten sie darüber hinweggetragen – bis sie irgendwo da draußen in der Wüste zerbrochen waren. Auf immer? Oder würden sie sich plötzlich wieder entfalten?

Es waren keine klaren Gedanken, eher Empfindungen und Bilder, denen sie sich überließ, während sie Kaffee trank und eine der warmen Nußpasteten aß. Schließlich schlüpfte sie in die Pantoffeln.

Es war nicht ganz einfach, sich in dem fremden, verschachtelt gebauten Haus zurechtzufinden. Schließlich gelangte sie auf eine Art Plattform, um die sich sternförmig die Innenhöfe anordneten. Nirgends war ein Mensch zu sehen. Auf allen vier Seiten führten Treppen oder Gänge ins Unbekannte.

Caroline überlegte noch, welchen Weg sie einschlagen sollte, als sie Schritte hörte. Zwei Männer kamen einen halb überdachten Gang entlang. Caroline verließ die Plattform und drückte sich in eine dunkle Mauernische. Beide Männer trugen den Turban der Ärzte, mit dem hohen, spitz auslaufenden Hut in der Mitte. Alles, was Caroline aufschnappte, war der Name Timur.

Caroline hatte die plötzliche Veränderung, die mit Aba el Maan vorgegangen war, als ihm der Unfall seines Enkels gemeldet worden war, nicht vergessen. Bedeutete der Besuch der beiden Ärzte etwas Schlimmes? Sie eilte den überdachten Gang entlang. Alle paar Meter war eine Tür. An jeder blieb Caroline stehen und lauschte. Endlich, bei der letzten, hörte sie Stimmen. Sie klopfte an. Als keine Antwort kam, trat sie ein.

Sterne und Aba el Maan standen an einem Tisch, auf dem eine Landkarte ausgebreitet lag. Die Diskussion, in der die beiden Männer begriffen waren, verstummte. Caroline suchte Sternes Blick, aber er vermied es, sie anzusehen. Aba el Maan ging Caroline entgegen. Der Kaftan, vom Hals bis zu den Füßen mit zwei Reihen kleiner funkelnder Knöpfe geschlossen, ließ ihn hagerer erscheinen als die lose Gebba vom Abend vorher, aber er betonte auch die Kraft, die in diesem Körper steckte. »Ich freue mich, daß Ihr Euch in meinem Haus schon so gut zurechtfindet.« Er sagte es ernst, aber nicht mißbilligend. »Ihr habt lange geschlafen.«

»Verzeiht, Aba el Maan«, sagte Caroline. »Es war die Neugier, zu erfahren, wie es Eurem Enkel geht, die mich Euch suchen ließ.«

Um Aba el Maans Augen lagen dunkle Schatten wie nach einer schlaflos verbrachten Nacht. »Die Ärzte sind bei ihm«, sagte er verschlossen. »Ich warte auf ihren Bericht. Ich kann Eure Neugier also nicht befriedigen. Wohl aber habe ich Nachricht von dem Boten, den ich zu Scheich Toman ibn Mohanna schickte.«

»Gute Nachrichten?«

»Keine schlechten«, erwiderte der Araber. »Toman ibn Mohanna bedauert, daß er nicht in der Stadt ist, um Euch zu empfangen. Bis zu seiner Rückkunft vertraut er Euch meinem Schutz an.«

»Und wann kehrt er zurück?« fragte Caroline.

»Ich kann es nicht sagen. Es sah zunächst nach einem leichten Sieg aus, aber Khalaf ist ein zäher Gegner.« Er blickte Caroline an. »Warum seid Ihr so voller Ungeduld?« sagte er. »Ihr Christen habt keine Herzen, sondern Uhren in der Brust. Wir Araber sind mutig, weil wir das Leben für nichts achten, ihr Christen seid mutig aus Ungeduld.«

Er verstummte. Seine Hand fuhr durch die Luft, als wollte er die Worte auslöschen.

Caroline hatte Aba el Maan aufmerksam zugehört. Seine Ruhe, die Sanftheit, mit der er sprach, täuschten sie nicht. Ihre und Sternes Anwesenheit hatten ihn in einen schweren Konflikt gestürzt. Er war bemüht, sie zu verstehen. Sein Verstand war ihr Verteidiger. Aber seine Gefühle waren ihre Gegner, jene dunkle, unbewußte Schicht in ihm, in der der Aberglaube und der Fanatismus seiner Vorfahren weiterlebten.

Als besitze er die Gabe, Gedanken zu lesen, sagte Aba el Maan: »Seid unbesorgt! In diesem Haus wurde das Gastrecht noch nie gebrochen. Wenn ihr euch wie in einem Gefängnis fühlt, so vergeßt nicht, daß ihr nur eingeschlossen seid, um euer Leben zu schützen.« Er warf einen Blick zu Sterne. »Ich weiß, ihr beide denkt an Flucht. Ich selber denke daran. Ich habe mir überlegt, wie ich euch helfen könnte, Timbuktu heimlich zu verlassen. Es würde euer und mein Problem lösen. Aber bevor daran zu denken ist – wenn ihr glaubt, daß ein Gebet etwas vermag: Betet um Regen!«

Einer der Vorhänge vor den auf die Dachterrasse führenden Türen bewegte sich. Für einen Augenblick wurde der schwarze Diener sichtbar. Er machte ein Zeichen und zog sich wieder zurück. Als habe Aba el Maan schon die ganze Zeit über nur auf dieses Zeichen gewartet, verneigte er sich und eilte davon.

Bis zu diesem Augenblick hatte Sterne es vermieden, Caroline anzusehen. Er hatte Angst vor diesem ersten Blick, Angst davor, daß er sie gestern abend zu tief verletzt hatte, daß sie zu jung war, um zu verstehen, warum er nicht anders hatte handeln können. Aber als sie ihn jetzt ansah, vergaß er alles. Es stand nicht mehr in seiner Macht, zu vergessen oder sich dagegen zu wehren. Diese Liebe war bereits stärker als sein Wille.

»Was ist mit Timur?« fragte Caroline.

Warum ging er nicht hin zu ihr? Warum nahm er sie nicht in die Arme – es war ihm, als wäre dann plötzlich alles gut. Statt dessen sagte Sterne: »Ich habe Aba el Maan noch einmal gebeten, den Jungen untersuchen zu dürfen, aber er will nichts davon wissen.«

Caroline blickte durch den Raum. Sie waren allein, und doch verließ sie nicht das Gefühl, beobachtet, belauscht zu werden. Sie senkte die Stimme. »Wir müssen aus dieser Stadt. Ihr wißt das so gut wie ich. Aba el Maan selber sprach von Flucht. Warum wagen wir es nicht?«

»Wir haben kein Geld, keine Vorräte, keine Tiere. Ich habe Almansor in die Karawanserei geschickt, damit er sich wegen Sinaida umhört. Wir können hier nicht weg. Selbst wenn wir Geld und Tiere hätten – wollt Ihr ohne Sinaida und Euer Kind Timbuktu verlassen?«

Sie senkte den Kopf. »Sagt mir, was sollen wir tun?«

Sterne deutete auf die Karte, die auf dem Tisch ausgebreitet lag, an den Ecken mit Glasgewichten beschwert. Den oberen Rand entlang zog sich in lichtem Blau der Saum des Mittelmeeres. Algier, Tunis, Marokko, Tripolis. Sterne deutete auf Timbuktu. »Es gibt drei Wege nach Algier. Der kürzeste und schnellste ist der nach Osten, mit Booten auf dem Niger zur Küste. Der längste Weg ist die große Pilgerstraße über Gadames, und dann hinauf nach Marokko und Fez. Das ist der Weg, den ich gekommen bin. Es gibt noch einen dritten. Er führt durch die Sahara nach Algier. Es ist der schwierigste und gefahrvollste – und darum wird keiner vermuten, daß wir ihn gewählt haben.«

»Erfaßt der Plan der Brunnen auch dieses Gebiet?«

Sterne nickte. »Aber ohne Geld, ohne genügend Proviant und Ersatztiere nützen uns auch die Brunnen nichts. Die Eilkuriere, die den Weg durch die Sahara nehmen, verbrauchen bis zu drei Tiere pro Mann.«

»Wir sind hier nicht sicherer. Hier sind mehr Menschen, die unseren Tod wollen, als in der Wüste. Und was das Geld betrifft...« Der Gedanke formte sich in Caroline, während sie sprach. »Denkt an Ismael abu Ssemin. Er bot uns seine Hilfe an.«

»Wie Ihr meint«, sagte Sterne verschlossen. »In jedem Fall müssen wir warten, bis es Nacht ist.«

Caroline wollte etwas erwidern, aber Sterne hatte recht. Sie waren Gefangene. Sie verschränkte die Finger in einer Gebärde der

Resignation. Sie trat an eines der Fenster. Durch die Lamellen der vorgelegten Läden strömte heiße, trockene Luft. Auf dem Dachgarten vor dem Fenster wuchs eine Fächerakazie. Ein plötzlicher Windstoß kämmte silberne Strähnen in die Krone des Baumes. Es war wie in Rosambou; wenn der Wind so in die Kronen der Ulmen gefahren war, hatte es später Wolken gegeben, die Blitze und Donner und Regen mitbrachten. Sie winkte Sterne zu sich. Sie deutete hinauf auf den Baum, durch den ein neuer Windstoß fuhr. Sie erinnerte sich plötzlich der Worte Aba el Maans. »Was meinte er, als er davon sprach, daß wir um Regen beten sollen?« fragte sie.

»In den Zisternen ist nur noch Schlamm. Die Brunnen sind versiegt. Alle Gebete, alle Zauber haben versagt. Jetzt glauben sie, den Grund gefunden zu haben, warum Allah sie so straft: die Christen!«

»Ihr meint, daß unser Leben davon abhängt, ob es regnen wird oder nicht?«

Sterne nickte, ohne sie anzusehen. Der Wind hatte sich gelegt. Die Krone der Fächerakazie war wie eine starre, aus Metall geschnittene Silhouette. Ungetrübt und tiefblau spannte sich der Himmel über die graue Stadt. Caroline lächelte plötzlich. »Ich glaube, es ist besser, wir verlassen uns auf uns selber! Wann wird es Nacht sein?«

»Hört nur auf den Muezzin. Wenn er zum fünften Gebet ruft, ist es soweit.«

Im Vorsaal der Koranschule, in dem die Mäntel der Schüler hingen und ihre Schuhe auf dem Boden standen, warteten Caroline und Sterne darauf, daß der Muezzin zum fünften Gebet riefe.

Von der Dachterrasse, wo die Schüler saßen, drangen Stimmen herüber. Einer der Knaben wiederholte die Verse, die der Lehrer vorgesprochen hatte. In der zweiten Reihe war ein Platz leer. Auf dem blauen Polster lag eine Gebetsschnur aus gelben Beryllsteinen. Ob es Timurs Platz war? Der Gedanke an den Jungen hatte Caroline den ganzen Tag beschäftigt, gerade weil sie nichts Neues über seinen Zustand gehört hatten, aber in diesem Augenblick war es nur ein Name, der durch ihre Gedanken glitt, ohne sie tiefer zu berühren. Sie war bereits ganz auf das konzentriert, was vor ihr lag.

Über die Stadt kam der hohe, langgedehnte Ruf des Muezzins. Auf der Dachterrasse wurde es ruhig. Die Knaben kehrten das Gesicht nach oben, öffneten die Hände in Schulterhöhe in anbetender Stellung. Dann ließen sie die Arme herabsinken, legten sie wieder auf die Schenkel und beugten sich vornüber, bis sie mit der Stirn den Boden berührten.

Voller Ungeduld verfolgte Caroline jede Phase der Gebetszeremonie, die kein Ende zu nehmen schien. Endlich erhoben sich die Schüler. Die Luft war plötzlich von ihren lauten Stimmen erfüllt. Lachend und raufend kamen sie in die Vorhalle. Das war der Augenblick, auf den sie gewartet hatten. Sterne berührte Caroline an der Schulter. In der Djabella aus Kamelhaar und mit dem einfachen Tuch um den Kopf, das fast das ganze Gesicht verhüllte, sah er wie ein Eingeborener aus. Caroline hatte Gesicht und Hände dunkel geschminkt und die Augen schwarz umrandet, damit sie dunkler wirkten. Sie mischten sich unter die Koranschüler und eilten mit ihnen die breiten Treppen hinunter, schlüpften durch die angelehnte Seitenpforte hinaus auf die Straße.

Die nervöse Spannung, die Caroline während des Wartens gequält hatte, verwandelte sich jetzt, wo ihr Vorhaben geglückt war, in Freude. Die Stimmen der drei Muezzins schwebten wie ein sich überlagerndes Echo durch die Luft.

Die Schüler hatten sich verlaufen. Sie waren allein.

Die Stadt war wie ausgestorben. Ohne Fenster, meist auch ohne sichtbare Türen, die irgendwo seitlich verborgen lagen, säumten die Häuser die Straßen.

Über allem lag eine ätzende Trockenheit. Die Luft war kaum zu atmen; der Boden des Platzes vor der Moschee war gesprungen vor Trockenheit. Alles lechzte nach Regen. Sogar der graue Ton der Häuser schien der Feuchtigkeit zu bedürfen.

Auf der gegenüberliegenden Straßenseite tauchte ein großes, langgestrecktes Gebäude auf. Die Brüstung des flachen Daches war höher als die der anderen Häuser und wie bei einer Festung mit Zinnen und Schatten versehen. Das Tor war riesig, und doch wirkte es viel zu klein an dieser massiven, fensterlosen Front. Von den sieben Kandelabern brannten nur zwei. Darunter standen regungslos wie Statuen zwei Wachposten, athletische Neger, in langen sudanesischen Roben und einem breiten Waffengürtel; in der einen Hand die Muskete, in der anderen eine sudanesische Kriegslanze. Caroline blickte Sterne fragend an.

Sterne nickte. »Das ist der Palast von Scheich Toman ibn Mohanna. Ismaels Haus grenzt unmittelbar daran. Kommt schnell weiter!«

Tatsächlich hatten sie ihr Ziel erreicht. Ismaels Haus wirkte im Vergleich zum Palast des Statthalters spielzeughaft klein. Carolines Schritte wurden unwillkürlich zögernder. Bitten – wie sie das haßte! Einen Fremden um Geld zu bitten – das war schlimmer als alles andere. Und wenn Ismael nicht zu Hause war? Wenn irgendein Diener sie wegschicken würde?

Caroline wurde es heiß bei dieser Vorstellung. Sie griff nach dem Klopfer, wollte ihn gegen das Holz schlagen – da tat sich die Tür vor ihr auf. Das helle Licht einer Lampe fiel in Carolines Gesicht. »Tretet ein«, sagte eine Stimme. »Mein Herr erwartet Euch.«

Die Tatsache, daß Ismael zu Hause war, ließ Caroline die Verblüffung schnell überwinden. Und doch ging ihr Blick, bevor sie eintrat, schnell noch einmal über die Vorderfront des Hauses. Hinter welchem Spion hatte das Auge gelauert, das sie hatte kommen sehen? Diese Stadt ohne Fenster, diese Häuser mit ihren blinden Mauern wurden ihr immer unheimlicher. Die ganze Stadt schien ein einziges Gefängnis. Wie sollte es ihnen jemals gelingen, daraus zu fliehen? Sie spürte, wie Sternes Hand sich auf ihren Arm legte. Nebeneinander betraten sie das Haus.

Der Diener, ein junger hellhäutiger Araber, verschloß die Haustür und ging voraus. Er führte sie über eine Treppe auf eine Galerie. Immer noch machte das Haus auf Caroline einen leeren, unbewohnten Eindruck. Es gab nichts als ihre Schritte, das Geräusch ihrer über den Boden schleifenden Gewänder. Nirgends war ein Zeichen von Leben, ein unaufgeräumtes Kinderspielzeug, ein Tischchen mit benützten Tassen, das die Diener vergessen hatten wegzutragen, der Duft einer Frau, ein Flüstern, das durch die durchlässigen weißen Mauern gedrungen wäre. Es war das Haus eines Einsiedlers. Der Diener war vor einem schimmernden Gitter stehengeblieben. Die zwei Flügel schwangen lautlos auseinander, schwebten, als hätten sie kein Gewicht. Noch ein paar Schritte, und sie befanden sich auf einer Dachterrasse.

Überwältigt von dem Bild, blieb Caroline stehen. Fächerpalmen, über die der aufsteigende Mond silberne Schleier warf; ein achteckiges Zelt aus weißer Seide; die drei Vorderwände wie Markisen ausgestellt und von vergoldeten, reichgeschnitzten Stangen gehalten. Vor dem Zelt, auf die Fersen niedergelassen, saß Ismael abu Ssemin. Vor ihm, auf einem Stück schwarzen Samts, lagen Edelsteine ausgebreitet. Ohne seine Haltung zu verändern, verneigte sich der Diamantenhändler leicht und deutete auf die mit hellen Fellen bezogenen Sitzpolster.

»Ihr habt also nicht vergessen, daß Ihr in mir einen Freund habt«, begann Ismael das Gespräch. Ohne die Tücher und Schals, die er während des Ritts durch die Wüste getragen hatte, wirkte sein Gesicht offener und härter. Auf seiner braunen glatten Haut lag derselbe sanfte Glanz wie auf der hellgrünen Seide seines lose mit einer silbernen Kordel zusammengehaltenen Gewands. »Wie gefällt es Euch in Timbuktu?«

»Es ist fast wie in Paris«, antwortete Caroline, plötzlich amüsiert, daß die Regeln der Konversation auch einen Moslem zu den gleichen banalen Heucheleien zwangen. »Man kann den Fuß nicht vor die Tür setzen, schon weiß es die ganze Stadt.«

Ismael blieb gelassen. »Dann fühlt Euch ganz wie in Paris und verbergt Euch nicht länger hinter den schwarzen Schleiern.«

Caroline schlug die Schleier ohne Scheu zurück. Sie wich dem Blick des Mannes nicht aus. Sie gehörte nicht zu den Frauen, die jeden männlichen Blick als Begehren deuteten. Für sie gab es keinen Spiegel, der ihr so deutlich sagte, daß sie schön war, wie die Augen eines Mannes. Auch wenn ihr ein Mann vollkommen gleichgültig war, hatte sie dieses Spiel immer genossen. Sie begegnete Ismaels Blick, einem freundlichen, ausdruckslosen Blick, der nichts verriet. Worauf wartete der Diamantenhändler? Wie lange sollte diese Komödie, die er mit ihnen aufführte, noch dauern? Ismael würde nicht fragen. Er würde ihr nicht entgegenkommen. Er dachte nicht daran, es ihr leichtzumachen, ihr wenigstens den ersten, bitteren Schritt abzunehmen. Er schien dieses lastende Schweigen, in dem sich ihr ganzer innerer Kampf offenbarte, zu genießen.

Ismael legte den Edelstein, den er im Licht hin und her gedreht hatte, auf den schwarzen Samt. Sein Blick kehrte zu Caroline zurück, ernst, prüfend, mit Wärme; wie er den Stein betrachtet hatte, so betrachtete er auch sie. Gestern vor dem Stadttor war es nur ein Gedankenspiel gewesen. Aber der Diamantenhändler war nicht mehr davon losgekommen. Eine Idee hatte sich in ihm kristallisiert, mehr noch, ein Plan. Er wußte, warum sie jetzt gekommen war. Gut, sie würde ihn um Kredit bitten. Er würde zweihundert Prozent Zins verlangen. Aber was sollte das? Wenn sein Plan aufging, konnte er mit diesem menschlichen Edelstein das Geschäft seines Lebens machen. Ismael war nicht müßig gewesen in den letzten vierundzwanzig Stunden. Seine Späher hatten Steinchen um Steinchen zusammengetragen, und allmählich hatte sein Plan immer klarere Formen angenommen. Diese Frau galt bereits als tot. Das würde ihm zustatten kommen; dadurch würde es ihm möglich sein, nicht nur einmal an diesem Juwel zu verdienen, sondern gleich zweimal. Er kannte Summen, die der Dey von Algier denjenigen zahlte, die ihm Frauen wie diese zuführten; und der untröstliche Ehemann würde sicher denjenigen belohnen, der seine Frau wieder aus dem Harem des Deys befreite. In beiden Fällen würde er es sein, Ismael abu Ssemin, Diamantenhändler aus Timbuktu, der diese Summe einstrich. Dann würde er endlich seinen Traum erfüllen können; er würde Schiffe ausrüsten und seine Juwelen selbst auf den großen Märkten anbieten, in Alexandria, in Istanbul, in Venedig...

Komm nicht ins Träumen, dachte er. Er streifte Sterne mit einem Blick. Er durfte diesen Mann nicht unterschätzen; er würde nicht von ihrer Seite weichen. Und sie – sie war mutig bis zur Tollkühnheit. Wenn er ihrer habhaft werden wollte, mußte er sein Netz sehr fein und sehr fest knüpfen. Und vor allem, er mußte ihr immer noch waches Mißtrauen einschläfern. Ismael zog einen Beutel aus seinem Gewand. Mit der größten Selbstverständlichkeit reichte er ihn Caroline. »Eine Hilfe, um die man bitten muß, ist bitter wie ein Almosen«, sagte er. »In diesem Beutel befindet sich Gold im Wert von zweitausendfünfhundert Piastern. Es ist ein Geschenk, und ich hoffe, Ihr werdet es nicht zurückweisen...«

Caroline hätte viel darum gegeben, wenn ihr Gesicht in diesem Augenblick hinter den schwarzen Schleiern verborgen gewesen wäre. Es war nutzlos zu grübeln – aber was für ein Ziel verfolgte Ismael? Was für einen Grund gab es für sein Verhalten? Nur ein Zeitvertreib, zu dem die Öde und Häßlichkeit dieser Stadt ihn trieb? War es, um ihnen zu demonstrieren, wie groß seine Macht war? Oder war es ganz einfach das Vorspiel zu einem erpresserischen Geldgeschäft?

Der Diamantenhändler war irritiert. Dunkel fühlte er, daß er einen Fehler gemacht hatte. Er hatte mit dieser großzügigen Geste endgültig das Mißtrauen der Christen gegen ihn besiegen, ihre Vorsicht einschläfern wollen, aber hatte er nicht das Gegenteil erreicht?

»Ihr seht uns beschämt«, sagte Sterne. »Wir haben keine Worte, Euch zu danken, Ismael. Doch sind wir nicht gekommen, um Eure Großmut auszunützen.«

Ismael biß sich auf die Lippen. Phrasen, leere wohltönende Phrasen. Er sah seine eigenen Waffen gegen sich gerichtet. Und doch erhöhte das Bewußtsein, es mit gleichrangigen Partnern zu tun zu haben, den Reiz dieser Partie.

»Denkt an Eure eigenen Worte«, fuhr Sterne fort. »Wir sind in einer Lage, in der Stolz uns nicht weiterbringt. Wir sind gekommen, um Euch ein Geschäft vorzuschlagen, das uns hilft und an dem Ihr verdient. Ihr wißt sicher von dem Geld und den Waren, die bei Aba el Maan für uns lagerten. Sie wurden nach Algier zurückgeschickt. Es waren fünfhundert englische Pfund und Waren im selben Wert.«

»Ihr wollt nach Algier? Auf welchem Weg? Über Gadames?«

»Nein. Auf dem direkten durch die Sahara.«

Ismael hob den Kopf. »Eine kluge Entscheidung. Ihr braucht mehr Tiere, bessere Führer, aber es ist ein Drittel, wenn man Glück hat, ein Viertel der Zeit.«

Sterne nickte. »Wenn Ihr den Weg machen würdet, welche Vorkehrungen würdet Ihr treffen?«

»Ihr braucht einen Führer, vier Treiber und vier Bewaffnete. Ihr braucht diese Leute nicht nur zu Eurem Schutz, sondern auch zum Jagen von Wild. Also neun Leute und dazu die doppelte Anzahl Tiere, zehn Pferde und acht Kamele, dazu vier Pferde für Euch.«

»Zweiundzwanzig Tiere?« Sterne lächelte. »Auf was für eine Summe wollt Ihr kommen?«

Ismael blieb ernst. »Die Sahara verschleißt die Tiere. Sie zu schonen, ist unmöglich. Ihr müßt am Tag Ritte bis zu vierzehn Stunden machen, gleichgültig, ob ein Tier am Weg bleibt oder nicht.« Ismael öffnete die runde schwarze Dose, die auf dem Lacktablett stand, nahm zweiundzwanzig Glasperlen heraus und ließ sie auf das Tablett rollen.

»Dann die Vorräte«, sagte Sterne.

»Alles der Reihe nach«, meinte Ismael. »Zuerst das Futter für die Tiere, dazu Vorräte für elf Personen.« Diesmal legte Ismael nur drei Perlen hin.

»Es wird noch ein Diener dabeisein«, sagte Caroline. Sie zögerte, weiterzusprechen. »Und eine Amme mit einem Kind.«

Diesmal lächelte der Diamantenhändler. »Sie wurden nicht vergessen. Ich habe ein Kind mit einer Sänfte eingerechnet und ein Ersatztier.« Ismael überlegte einen Augenblick. »Fünf Zelte. Die Nächte in der Sahara sind kalt. Und Ihr braucht Geschenke«, fuhr er fort. »Ich empfehle Euch vor allem Gegenstände, die wenig Platz einnehmen.« Er förderte aus den Falten seines Hausgewands ein Säckchen aus blauer Seide zutage und wandte sich an Caroline. »Haltet bitte die Hände auf!« Er leerte das Säckchen hinein. »Perlen muß man fühlen. Perlen haben Hunger nach Wärme, nach Haut.« Ismaels melodische Stimme wurde fast zu einem rezitativischen Singen.

Ist das die Stimme, mit der dieser Mann zu den Frauen spricht, die er liebt? überlegte Caroline. Er mußte ein guter Liebhaber sein, dieser Orientale, der schon seine Geschäfte in eine Atmosphäre von Verführung zu hüllen verstand. Die Perlen schimmerten in ihrer Hand. Sie vergaß für einen Moment, wo sie war. Der Zeit vorauseilend, sah sie sich als alte Frau im Kreis ihrer Enkel, diese Perlen in den Händen, so wie jetzt von etwas erzählend, was längst zum Märchen geworden war, auch für sie selbst...

Caroline hörte nur noch mit halbem Ohr auf die Stimmen der Männer, die Stück für Stück noch einmal die ganze Ausrüstung der kleinen Kafla durchgingen. Sie sah nur Ismaels Händen zu, die jedes seiner Worte in die Luft zu zeichnen schienen, braune, ebenmäßige Hände mit polierten Fingernägeln, aber ohne Schmuck. Im Gegensatz zur Ruhe und Würde seiner übrigen Haltung waren sie dauernd in Bewegung. Glasperle um Glasperle legte er auf das Lacktablett.

»Ihr werdet also zwanzigtausend Piaster brauchen«, hörte sie Ismael murmeln. Er richtete sich auf. »Eine große Summe.«

»Die Sendung, die Aba el Maan nach Algier zurückschickte, überstieg diesen Wert«, sagte Sterne. »Ihr habt volle Sicherheit.«

Ismael schlang die Finger ineinander. »Ich leihe das Geld zwei Christen. Das wiegt keine Sicherheit auf. Die Chance, daß ihr euer Ziel erreicht, ist trotz bester Ausrüstung nur gering.«

»Wir stellen Euch einen Wechsel aus, den Ihr beim französischen Konsul in Algier einziehen könnt.«

Ismael klatschte in die Hände. Ohne daß Caroline Schritte gehört hatte, stand ein Diener da. Es war ein anderer als vorher, ein blasser, bärtiger Jüngling mit einer Brille. Auf einen Wink Ismaels ließ er sich nieder, stellte das mitgebrachte Schreibgestell vor sich hin. Auf Caroline wirkte die uhrwerkhafte Präzision, mit der Ismael ihren Besuch vorausgeplant hatte, nicht mehr unheimlich. »Wißt Ihr immer so genau im voraus, was geschehen wird, Ismael?« fragte sie. »Was ist Eure größte Begabung? Der Handel oder die Prophetie?«

»Die Prophetie eines Kaufmanns ist nichts weiter als die Fähigkeit, besser rechnen zu können«, sagte er. »Wenn ich die Zukunft voraussehen könnte, bliebe es mir erspart, diesen Schuldvertrag aufsetzen zu müssen.«

Ismael begann zu diktieren. »Ich bezeuge mit diesem Papier, daß ich heute von Ismael abu Ssemin, Diamantenhändler in Timbuktu, Waren, Tiere und Geld im Wert von vierhundert englischen Pfund erhalten habe, die der besagte Ismael abu Ssemin kraft dieses Papiers einziehen kann, zusätzlich zweihundert Prozent Zinsen, was eine Gesamtsumme von dreitausend englischen Pfund ergibt.« Mit einer Handbewegung gab Ismael dem Sekretär zu verstehen, daß er einen Augenblick unterbrechen wollte. Er wandte sich an Sterne. »Ihr habt den französischen Konsul in Algier als Mittelsmann vorgeschlagen, mir wäre aber das Handelshaus Gafuddhin lieber.«

»Verzeiht, Ismael«, mischte Caroline sich ein. »Ihr sprecht von zweihundert Prozent. Wie hoch wäre der Zinssatz, wenn wir Moslems wären?«

»Ich wäre verletzt von dieser Frage, wenn ich nicht wüßte, daß ihr fremd in diesem Land seid. Der Kurier, der das Geld transportiert, kann überfallen werden, ausgeraubt. Es kann sehr leicht sein, daß ich nicht nur das Geld, das ich euch zur Verfügung stelle, verliere, sondern, daß ich obendrein zwei meiner Männer und eine Handvoll wertvoller Tiere einbüße. Das Risiko liegt einseitig bei mir. Niemand haftet mir dafür. Ihr habt mir noch keine Antwort gegeben, ob ihr mit dem Handelshaus Gafuddhin in Algier einverstanden seid.«

»Wenn es die Abwicklung erleichtert«, sagte Caroline.

Wieder irritierte Ismael das Lächeln dieser schönen, blaugrauen Augen. Sie war allzu klug und allzu selbstbewußt, diese Christin. Seine Gedanken umkreisten sie unablässig, während er den Vertrag zu Ende diktierte. In ihrem Fall wäre er wirklich gerne Prophet gewesen, um zu wissen, ob seine Pläne aufgingen. Aber es war vernünftiger, er konzentrierte sich auf das Naheliegende. Sicher hatte sie den Wunsch, dem Eilkurier, der Vertrag und Wechsel nach Algier brachte, die Botschaft mitzugeben, daß sie lebte. Es war wichtig, daß diese Botschaft ihr Ziel nie erreichte.

Der Sekretär schob Caroline das Schreibpult mit dem Vertrag zum Unterzeichnen hin. Er reichte ihr den Federkiel. Sie unterschrieb, ohne hinzusehen. »Ich würde gerne eine Abschrift des Vertrags besitzen.«

»Selbstverständlich. Übrigens – wenn Ihr den Wunsch habt, dem Kurier, der diesen Vertrag befördert, einen Brief mitzugeben ... Es gibt keine schnelleren Kuriere als jene, die mit Wechseln unterwegs sind.«

Caroline zögerte, eine Nachricht fremden Händen anzuvertrauen. »Ich hoffe, daß wir genauso schnell sind wie Euer Kurier«, sagte sie schließlich. »Wann stehen uns die Waren und das Geld zur Verfügung?«

»In vierundzwanzig Stunden zieht die Goldkarawane nach Kano weiter.«

»Wir sollen mit der Karawane weiterziehen?« fragte Caroline alarmiert.

»Es dreht sich nur darum, daß ihr aus der Stadt hinauskommt, und das wird nur im Schutz der Karawane möglich sein. Vor der Stadt werdet ihr euch von der Karawane trennen. Ich werde alles vorbereiten. Die Tiere, die Bewaffneten, die Vorräte. Ihr werdet alles in der Karawanserei finden. Die Nachricht über den genauen Treffpunkt werde ich euch zukommen lassen.« Der Diamantenhändler blickte zwischen Sterne und Caroline hin und her. »Bis zum Abgang der Karawane solltet ihr nichts mehr auf eigene Faust unternehmen. Es darf nicht der geringste Verdacht aufkommen, daß ihr die Absicht habt, die Stadt mit der Karawane zu verlassen.«

Ismael erwartete eine Art Versprechen, Caroline fühlte es, und doch schwieg sie. Sich zur Untätigkeit verurteilen zu lassen, behagte ihr nicht. Es kam ihr vor, als ließe sie sich freiwillig Fesseln anlegen. Ismael beugte sich vor. Sein Gesicht glitt aus dem Schatten in das Licht. »Lehrt euch Christen euer Gott nicht, den Nächsten zu lieben wie euch selbst? Warum also seid ihr so mißtrauisch?« Caroline hielt Ismaels Blick stand.

»Es ist schwer, das Vertrauen zu den Menschen wiederzugewinnen, wenn man es einmal verloren hat.«

Der Sekretär hatte die Abschrift des Vertrags fertiggestellt. Noch einmal setzten Caroline und Ismael ihre Namen darunter. Caroline faltete das Papier zusammen. »Ich danke Euch, Ismael.«

»Ich werde Euch in der Sänfte, die sonst nur ich benütze, in das Haus Aba el Maans zurückbringen lassen. Aber gestattet mir zuvor noch eine Bitte.« Ismael zog eine flache Kassette aus Rosenholz zu sich heran und schlug den Deckel auf. Auf tiefblauem Samt lagen dukatengroße Miniaturen, Porträts von Frauen. »Darf ich Yedseram zu Euch schicken, damit er für mich eine Miniatur von Euch malt?«

»Von mir – einer Christin?«

»Schönheit ist eine Religion für sich. Wenn ihr den Diamantenhändler Ismael abu Ssemin längst vergessen habt, werde ich in Nächten wie dieser hier sitzen und Euer Bild betrachten.«

»Wenn ich Euch damit eine Freude mache...«

Ihr Ton verriet Ismael, daß sie arglos war. Derselbe Bote, der den Wechsel nach Algier beförderte, würde auch die Miniatur mitnehmen und sie dem Dey von Algier überbringen. Schweigend hatten sie sich erhoben. Ein silberweißer Mond stand am Himmel, ein Mond, der nur für dieses kleine Reich Ismaels geschaffen schien, mit seinen flüsternden Palmen, seinen lautlosen Dienern und dem Mann, der die Lampen löschen ließ, um das Feuer seiner Diamanten heller zum Strahlen zu bringen.

7

Ein lautes Prasseln, das gegen die Mauer schlug, weckte Caroline. Regen! Sie fuhr vom Lager auf. Im Zimmer war es dunkel. Sie hatte kein Zeitgefühl. Seit der Rückkehr vom Haus Ismael abu Ssemins konnte sie eine Stunde geschlafen haben oder zehn. Sie wußte es nicht. Das Prasseln wurde immer lauter. Die Geräusche dieses Landes waren Caroline, wie so vieles andere, immer noch fremd. Dieses Geräusch klang wie Hagel. Sie lief zu der durchbrochenen Mauer, hinter der sich die Terrasse erstreckte.

Es war weder Regen noch Hagel. Eine Wolke von Heuschrecken prallte gegen die Mauer. Plötzlich fuhr etwas Dunkles durch diese wirbelnde Wolke von Insektenkörpern. Ein Turmfalke! Jetzt warf sich ein zweiter graubrauner Vogel in den Schwarm, ein dritter. Unter den Schlägen ihrer Flügel wurden die Heuschrecken zu Boden geschleudert. Die Turmfalken hackten mit den Schnäbeln auf sie ein. Pausenlos stießen sie in die immer dichter werdende Wolke von Heuschrecken hinein, die sich langsam auf die linke Brüstung des Dachgartens zu bewegte, um sich dahinter in die Tiefe fallen zu lassen, verfolgt von den Turmfalken.

Es mußte früh am Tag sein. Die Sonne stand noch nicht hoch. Unten im Garten der Moschee sah Caroline eine Gestalt auftauchen. Langsam, den Kopf gesenkt, kam der Mann den mit weißen Majolikaplatten belegten Weg entlang, der das Haus Aba el Maans mit der Moschee verband. Er trug einen hellen Kaftan und einen lichtblauen Umhang. Als er näher kam, erkannte Caroline Aba el Maan.

Sie glaubte noch einmal den Schreck zu durchleben, den sie gestern nacht, als sie, von Ismael kommend, durch die Moschee geschlichen waren, empfunden hatte. Die leere Moschee, die Stille. Nicht einmal das Plätschern des Brunnens, der seit Wochen versiegt war. Nur ihre Schritte, ihr Atem – und dann plötzlich im Schatten einer Säule die reglose Gestalt Aba el Maans, die Lippen stumm bewegend, die Gebetskette aus hellgelbem Beryll in den Händen. Hatte er die ganze Nacht in der Moschee verbracht?

Jetzt hob Aba el Maan den Kopf. Er blickte zu ihrem Dachgarten herauf. Es war Caroline, als durchdrängen seine Augen die Mauer, hinter der sie stand. Schnell trat sie in den Raum zurück.

Auf dem Tisch standen der Kaffee und die Nußpasteten, die sie so gerne aß. Aber sie hatte keinen Appetit. Die Vorstellung, noch diesen ganzen Tag, zwölf lange Stunden, hier verbringen zu müssen, lag auf ihr wie ein Alpdruck. Sie wusch sich Gesicht und

Hände und zog sich schnell an. Sie war nicht überrascht, als sie draußen auf dem Gang Schritte kommen hörte. Sie trat in Sternes Zimmer.

Aba el Maan hatte den Raum gerade betreten. Er murmelte einen Gruß. Caroline bemerkte, wie sein Blick suchend durch den Raum ging. Zuletzt heftete er sich auf Sternes Arztkoffer. War es Zufall? Wußte er gar nicht, was er anschaute? Hatten seine Augen, ermüdet von der langen Nacht, nur einen Punkt zum Ausruhen gesucht?

Auch Sterne war Aba el Maans Blick nicht entgangen. »Wie geht es Eurem Enkel?«

Aba el Maan antwortete nicht. Am liebsten wäre er gegangen. Er fühlte sich ertappt. Diese Nacht in der Moschee, die hinter ihm lag – sein Beten war ein einziges Aufbegehren gewesen! Der Gedanke, die verzweifelte Hoffnung, daß dieser Christ Timur retten könnte, war Sünde, und er hatte diese Sünde durch das Gebet besiegen wollen. Ein Christ durfte nicht stärker sein als Allah.

»Ich habe mein Studium nicht mit Büchern betrieben«, sagte Sterne. »Was ich von der Medizin weiß, hat mich ein griechischer Arzt gelehrt. Ihr kennt seinen Namen: Gounandros. Ihr wißt, daß man seine Kunst in ganz Nordafrika preist. Meine Lehre begann damit, daß er mir das Leben rettete. Dieser Koffer da, er ist von ihm. Wenn Ihr mir nicht vertraut, dann vertraut ihm.«

Aba el Maan blickte an Sterne vorbei, als er antwortete. »Zuerst sah es nach gar nichts aus. Eine Platzwunde am Schienbein, nicht der Rede wert. Man hat sie ausbluten lassen. Die Ärzte haben die Wunde verbunden. Gestern abend war Timur schon wieder vergnügt. Er spielte mit Firouzee, seiner Katze. Plötzlich knickten die Arme unter ihm ein. Er konnte sich nicht bewegen.«

»Was meinen die arabischen Ärzte?«

Aba el Maan suchte nach Worten. »Sie sind ratlos. Sie können nicht sagen, was es ist.« Aba el Maan wandte sich abrupt zur Tür. Sterne hielt ihn nicht auf. »Ich weiß nicht, ob ich helfen kann. Aber laßt es mich versuchen. Oder wollt Ihr Euren Enkel sterben lassen, nur weil ich ein Christ bin?«

Aba el Maan rang mit sich. »Ihr könnt ihn untersuchen«, sagte er rauh, »aber nicht mehr!« Er öffnete die Tür. »Ich werde vorangehen.«

Im ersten Augenblick glaubte Caroline, Aba el Maan habe sich in der Tür geirrt. Der Raum, in den er sie führte, glich allem anderen als einem Krankenzimmer; auf bunten Diwans und Kissen saßen

Frauen; zwischen ihnen standen niedere Messingtischchen, beladen mit Tassen und Kännchen; in Schalen häufte sich Backwerk, die Frauen schoben den Kindern, die zwischen ihnen herumtapsten, ununterbrochen Leckereien in den Mund. Als Aba el Maan mit Caroline und Sterne eintrat, zogen sie schnell die Schleier über das Gesicht.

In der Mitte des Raums, umgeben von diesem Wall aus schwatzenden Frauen und spielenden Kindern, hatte man Timur auf ein niedriges Lager gebettet. Er hatte das Gesicht der Dachterrasse zugewandt, deren Tür weit offen stand. Das grelle Licht fiel ihm ungehindert ins Gesicht. Sterne hatte nur einen kurzen Blick auf den Jungen geworfen, dann eilte er zur Tür, zog die Flügel zu, schloß die Lamellen. Es war immer noch hell im Raum, aber das Sonnenlicht fiel jetzt nicht mehr unmittelbar auf den Kranken. Sterne wandte sich an Aba el Maan. »Laßt heißes Wasser und feuchte Tücher bringen. Und, bitte, sorgt dafür, daß die Frauen sich mit den Kindern zurückziehen. Euch bitte ich zu bleiben, aber alle anderen schickt fort.«

Aba el Maan schüttelte den Kopf. »Es mag vernünftig sein, was Ihr sagt, aber glaubt mir, es ist besser, wenn die Frauen dableiben. Es geschieht nur zu Eurer Sicherheit. Es ist besser, wenn alle sehen, was Ihr mit Timur macht!«

Sterne erwiderte nichts. Er kniete neben dem Kranken nieder und öffnete den Arztkoffer. Caroline hatte sich auf der anderen Seite des Lagers auf die Fersen niedergelassen. Als erstes fiel ihr die maskenhafte Starre dieses Kindergesichts auf. Die dunklen, übergroßen Augen blickten furchtlos, und doch waren sie ohne Leben.

Ein Diener kam und stellte eine Schüssel heißes Wasser hin, legte saubere Tücher bereit. Mit dem Diener war eine Gruppe von Männern hereingekommen. Die Frauen wichen mit leisem Murren zurück, als die Männer näher traten und einen engen Kreis um Timurs Lager bildeten. In ihrer schweigenden Feindseligkeit erinnerten sie Caroline an die Männer der Karawane. Für Sterne schienen sie nicht zu existieren. Er schlug die Decke von dem Kranken zurück. Zwischen den Beinen des Kindes saß eine schwarze Katze und leckte an dem nässenden Verband. Sterne war nahe daran, sie mitten unter die flüsternden Weiber zu schleudern, aber dann nahm er sie behutsam auf und setzte sie neben das Lager. Der Verband reichte vom Knie bis zur mittleren Wade. Durch den weißen Stoff drang gelbgrüne Flüssigkeit. Sterne streckte die Hand aus, um den Verband zu lösen – als einer der Männer plötzlich seinen Dolch zog. »Berühr ihn nicht!« stieß er hervor.

Sterne sah den Araber an, wie man einen Verrückten anschaut, halb staunend, halb mitleidig. Zu Sterne gewandt, sagte Aba el Maan ernst: »Ich habe Euch gebeten, den Jungen zu untersuchen. Aber rührt ihn nicht an, sonst weiß ich nicht, was geschieht.«

Caroline hatte stillschweigend den Augenblick genützt und den Verband gelöst. Unter einer Lage Stoff kamen gelbgrüne Blätter zum Vorschein, die bereits in Fäulnis übergingen. Sterne nickte ihr dankbar zu. Er nahm eine Pinzette aus seinem Koffer und hob damit die Blätter ab. Nach dem durchnäßten, übelriechenden Verband hatte Caroline sich eine große brandige Wunde vorgestellt. Aber was zum Vorschein kam, war lächerlich. Eine flache Platzwunde, die an den Rändern bereits zu heilen begann. Keine Entzündung, kein Eiter, kein Brand. Sterne tränkte ein Stück Mull mit reinem Alkohol und entfernte die an der Haut festgeklebten Reste der fauligen Blätter. Die Menschen rundum waren still geworden. Nicht einmal die Frauen flüsterten mehr. Caroline sagte leise zu Sterne: »Wieso ist er in diesem Zustand, bei dieser harmlosen Wunde?«

»Ich bin noch nicht sicher.« Sterne nahm die Arme des Jungen, versuchte sie anzuheben, im Ellbogen zu bewegen, aber sie waren starr, als wären sie aus Eisen. Sterne befühlte die Finger. Auch auf sie hatte die Lähmung übergegriffen. Zuletzt schob er die Hand unter den Nacken des Jungen. Er wußte, daß der Junge heftige Schmerzen haben mußte. Er bettete den Kopf des Jungen in die Kissen, nahm aus seinem Koffer Salbe und Verbandszeug und begann einen neuen Verband anzulegen.

»Was ist es?« fragte Caroline voller Ungeduld. »Warum kann er sich nicht bewegen?«

Sternes Gesicht wurde noch ernster. »Wundstarrkrampf. Ziemlich fortgeschritten.« Auf seiner Stirn standen Schweißperlen.

»Es gibt ein Mittel dagegen, aber ich besitze es nicht. Vielleicht kann es zubereitet werden. Aber selbst dann ist ungewiß, ob es noch hilft. Die Chancen sind eins zu hundert. Wundstarrkrampf ist absolut tödlich.«

»Worauf wartet Ihr dann noch?«

Erst jetzt hob Sterne den Kopf. »Vergeßt nicht, wie es geschehen ist! Unser Pferd war es, das Timur verletzt hat. Das ist schlimm genug. Stirbt er an der Verletzung, so ist es Allahs Wille. Stirbt er aber an einem Gift, das ich ihm in die Haut ritze, werden alle mich für seinen Mörder halten. Habt Ihr den Mut, die Entscheidung auf Euch zu nehmen?«

Sie vergaß, wo sie war. Sie spürte die drohende Feindseligkeit, die sie umgab, nicht mehr. Plötzlich sah sie, wie in den dunklen Augen des Jungen etwas aufleuchtete. Die Apathie wich daraus.

Caroline sah die Blicke der Frauen und Männer auf sich gerichtet, und sie fand darin bestätigt, was Sterne eben gesagt hatte: Wenn sein Mittel Timur nicht rettete, war das ihrer beider Todesurteil. Und doch mußte Sterne es versuchen. Sie dachte nicht mehr an die Gefahr, in der sie selber schwebten. Sie sah zu Sterne hin. Ihre Blicke begegneten sich. Es war wie ein stummer Dialog zwischen ihnen, eine Sprache, die keiner Worte bedurfte.

Aba el Maan war nähergetreten. In seiner Stimme mischten sich Ungeduld und Abwehr. »Was ist? Könnt Ihr Timur helfen?«

»Vielleicht. Wenn Ihr die Dinge beschafft, die ich brauche. Rinde vom Krähenaugenbaum, von jungen Ästen, die noch nicht hart sind. Einen Liter reinen Alkohol, eine Apothekerwaage, einen Kessel und ein scharfes Feuer. Wenn Ihr wollt, daß Timur geholfen wird, verliert keine Zeit.« Sterne zögerte nicht mehr; er war nur noch Entschlossenheit. Jedes seiner Worte hatte in Caroline etwas angerührt. Es war ein Gleichklang zwischen ihnen, als wären sie zwei gleichgestimmte Instrumente. Zum erstenmal erkannte Caroline, wie ähnlich sie einander waren. Auch er konnte nicht klug sein, nicht vorsichtig, wenn das Herz ihm etwas befahl. Es war für Caroline eine Erkenntnis, die sie tief berührte.

Aba el Maan gab seine Befehle. Er war jetzt nicht mehr der gelassene, von der Aura abgeklärter Weisheit umgebene Gelehrte. Er war das Oberhaupt der Sippe, herrisch, unnachgiebig, tyrannisch – auch gegen sich selbst und gegen die Zweifel, die immer wieder in ihm aufstanden. Nachdem die Männer den Raum verlassen hatten, wandte er sich an Sterne. »Es geschieht, was Ihr verlangt habt. Aber was habt Ihr vor?« Seine Augen verengten sich. »Die Rinde des Krähenaugenbaumes liefert den Sudannegern das Gift, mit dem sie ihre Pfeile präparieren, wenn sie auf die Jagd gehen.«

»Timur hat Wundstarrkrampf. Sein Oberkörper ist bereits gelähmt. Er wird unter furchtbaren Qualen sterben. Wenn ihn noch etwas retten kann, dann ist es dieses Gift. Ich werde eine winzige Menge unter seine Haut ritzen.«

»Die Wirkung dieses Gifts ist aber Lähmung.« Aba el Maan war keineswegs beruhigt. »Die Elefanten, die davon getroffen werden, brechen gelähmt zusammen.«

»Das wirkliche Geheimnis jeden Giftes ist seine Dosierung. Tatsache ist, daß gerade dieses Gift bei Lähmungen als Heilmittel dient.«

»Gift und Gegengift in einem«, murmelte Aba el Maan. »Ich beginne zu begreifen.«

»Dann treibt Eure Leute zur Eile an!«

»Wißt Ihr, was Ihr tut?« Aba el Maans Stimme wurde sanft. »Wenn Timur stirbt, nachdem Ihr ihm das Gift gegeben habt, kann ich Euch nicht länger schützen.« Er zögerte. »Ich werde für Euer Leben beten.«

»Wir alle werden Euer Gebet brauchen«, sagte Sterne sehr ernst. Er blickte zu Timur. Bis zur Krisis konnte es noch Stunden dauern. Sie konnte auch eher eintreten. »Es wäre gut, wenn man Timur schwarzen Kaffee zu trinken gäbe, starken schwarzen Kaffee.« Sterne nahm seinen Arztkoffer. »Wir warten oben in unseren Räumen«, sagte er. »Laßt mich rufen, sobald Ihr alles bereit habt.«

Es war still im Raum. Sterne hatte sich in ein Buch vertieft und machte sich eifrig Notizen. Er hatte den Burnus abgelegt. Seine Rückenwirbel zeichneten sich unter dem leicht sandfarbenen Stoff des Hemds ab. Caroline vermochte nicht den Blick von ihm zu wenden. Sie hatte sich Tee bringen lassen. Sie hatte ihn heiß und stark gesüßt getrunken, um die Bitternis, die sich in dem Krankenzimmer auf ihre Zunge gelegt hatte, wegzubrennen. In den vorgelegten Holzläden knisterte die Hitze. Sternes Feder raschelte über das Papier. Seine Lippen bewegten sich, während er die chemischen Formeln abschrieb. Jeder Zug im Gesicht des Mannes drückte Energie aus, aber der Mund war der eines Träumers. Wie mußte dieser Mund sein, wenn er Worte der Liebe formte, der Leidenschaft, wenn diese Lippen andere Lippen berührten?

Caroline wandte den Blick ab. Sie versuchte, an etwas anderes zu denken, versuchte das, was sie empfand, zu verharmlosen. Ihr Verlangen nach den Lippen dieses Mannes war eine vorübergehende Laune. Nichts weiter. Das sehr weibliche, sehr selbstsüchtige Verlangen, die Liebe, die dieser Mann für sie empfand, zu kosten, nur um einmal wieder zu erleben, wie das war – geliebt zu werden. Hatte sie nicht ein Recht darauf, sich nach Liebe zu sehnen? Gerade jetzt, wo die nächsten Stunden den Tod bringen konnten. Mutig zu sein, furchtlos, Entbehrungen zu ertragen – war sie dazu als Frau geboren worden? Sie war zu jung, um sich immer mit Erinnerungen und Zukunftsträumen zu begnügen.

Sie hörte auf die raunende innere Stimme, wie man einem Verführer lauscht, halb widerwillig, halb fasziniert. Noch war es Gedankenspielerei, und doch fühlte sie, daß sie an einer Grenze angelangt war. Noch war sie die Frau, die nur einem gehörte. Aber es bedurfte nur eines Schrittes, und diese Frau würde nicht mehr existieren. Die Nachricht von ihrem Tod, die den Herzog vielleicht schon erreicht hatte, würde dann in viel furchtbarerem Sinne wahr sein.

Plötzlich hatte sie das Gefühl, daß Sterne sie beobachtete. Sie spürte, wie ihr das Blut ins Gesicht stieg. Sie kam sich ertappt vor. Sie hob den Kopf. Sie hatte sich getäuscht. Sterne nahm keinerlei Notiz von ihr. Er saß über sein Buch gebeugt. Etwas Dunkles kam über Caroline, eine dumpfe, besinnungslose Wut gegen sich selbst, gegen Sterne, gegen jene Macht, die Frauen zu den Sklavinnen der Männer machte. »Könnt Ihr nicht einmal das Buch sein lassen!«

Sterne spürte, daß sich hinter ihren Worten etwas anderes verbarg, aber er wußte nicht was. Nur sein Instinkt sagte ihm, daß alles mit ihm zusammenhing. Er fühlte sich schuldig. Aber er versuchte gar nicht erst, Worte zu finden, um sie zu beschwichtigen. Er legte den Arm um sie. Er drückte ihren Kopf an seine Brust. Er fuhr ihr über das Haar. Er zog ihr sanft die Hände vom Gesicht. Er sah ihr in die Augen. Ein Blick traf ihn, einer jener Blicke, die zurückstoßen und zugleich festhalten. Seine Lippen berührten ihre Stirn. So hielten sie sich umschlungen, Sekunden.

»Sag es mir!« Es waren keine Worte, die über Sternes Lippen kamen, es waren Laute des Herzens. »Sag es. Sag es bitte, daß du mich liebst.«

Durch Caroline rann ein Schauer. Ich habe es geschehen lassen, dachte sie. Ich wollte es. Und jetzt hasse ich mich dafür.

»Bitte geht jetzt«, sagte sie leise. Sie sah seine Augen vor sich, die unverhüllte Leidenschaft darin. Es war ihr, als blicke sie sich selber an: eine Frau, die ihr unheimlich war, die ihr Angst machte. Eine Frau, die dabei war, alle Brücken hinter sich abzubrechen.

»Ich liebe dich«, sagte er.

»Nein!« Sie stieß ihn von sich. »Geht!« schrie sie mit fremder, rauher Stimme.

Sie wird mich töten, dachte Sterne. Oder sie wird mich lieben, wie keine Frau je einen Mann geliebt hat. Beide Gedanken riefen in ihm dasselbe Glücksgefühl hervor. Was auch immer geschehen würde: zu sterben war besser, als ohne sie zu leben. Davor hatte er Angst gehabt, nur davor, vor dem Tag, an dem sie ihr Ziel erreichen würden, an dem er sie verlieren würde... Er hörte nicht, daß Schritte näher kamen, daß es an der Tür klopfte. Er hatte vergessen, daß die andere Welt noch existierte.

Caroline war froh, daß man Sterne zu Timur gerufen hatte. Sie brauchte diese Pause, um zu sich zu kommen. Ihre Gedanken trugen sie fort. Paris. Das junge Mädchen. Warum nahmen ihre Gedanken gerade diese Wendung? War es, weil sie wissen wollte, wer sie jetzt war? Kaum ein Jahr war seither vergangen. Aber jeder Tag dieser Zeit wog für ein ganzes Leben. Sie war eine andere geworden. Sie war durch die Wüste gegangen. Ihr Auge hatte sich an die Brutalität des Lichts gewöhnt, an die eisige Pracht der Nächte, und ihr Herz an die Verlassenheit und an den Tod.

Alles Zufällige, Angelernte war von ihr abgefallen. Der eigentliche Kern ihres Wesens hatte sich herausgeschält, aber noch war ihr dieses neue Wesen fremd. Sie fühlte sich ihrer eigenen Ursprünglichkeit ausgeliefert wie einer dunklen unheimlichen Macht. Sie ahnte, daß die Welt, aus der sie gerissen worden war, nie ihre eigentliche Bestimmung gewesen war. Sie hatte nichts verloren, nichts, was ihr in dieser Stunde wert schien, es zurückzugewinnen. Sie war ein Kind gewesen. Sie hatte an der Oberfläche gelebt. Alles war nur Vorspiel gewesen; die Blüte oder der Frühling, die Zeit des Träumens war vorüber. Die Blüten waren gefallen – vor ihr lag der Sommer des Lebens. Was würde er ihr bringen? Sie schloß die Augen, zurückweichend vor einer schrecklichen Vision. In ihrem Rücken spürte sie Eiseskälte. Es war wie eine Vorahnung des Todes, was sie streifte.

Sie griff nach der Schale mit Tee. Ihre Haut zitterte. Sie sprang mit einem Schrei auf. Sie hatte nur dem Zwang gehorcht, den Raum zu verlassen, ihren Gedanken zu entfliehen. Ohne bestimmtes Ziel lief sie durch Gänge, über Treppen.

Sie war überrascht, als sie sich vor der Tür zum Krankenzimmer Timurs fand. Sie war niemandem begegnet auf ihrer Flucht. Das Leben des ganzen Hauses schien sich in diesem einen Raum zusammengeballt zu haben.

Während sie noch nach Atem rang, öffnete sich die Tür, und Sterne kam heraus. Sie trat auf ihn zu, aber sie wagte nicht, ihn anzusehen. Sie fühlte, wie er ihre Hand nahm.

»Was ist mit Timur?« fragte sie.

»Ich habe ihm das Mittel gegeben«, antwortete Sterne. »Jetzt muß das Gift wirken.«

»Habt Ihr Hoffnung?«

»Vielleicht habe ich Hoffnung. Aber wichtiger ist, daß ich das Mögliche getan habe.« Sternes Züge waren entspannt. Schweigend schritten sie dahin, durch Gänge, über Galerien, Treppen. In einer mit Winden überwachsenen Galerie blieb Sterne stehen. Er trat an das Geländer. Aus dem Innenhof, in dem auf dem Stamm eines alten Baumes ein Taubenschlag angebracht war, drang leises Gurren. Das Licht des Tages sickerte durch das dichte Blattwerk der Winden. Auf Sternes dunklem Haar spielten Reflexe, der Bronzeton seiner Haut war noch weicher als sonst. Caroline empfand Verlangen, das Gesicht des Mannes zu berühren. Langsam wandte Sterne den Kopf. Aus seinen Zügen war die Spannung gewichen. Er legte die Hand auf ihre Schultern. War er eben am Lager eines Sterbenden gestanden? Hatte er eben mit dem Tod gekämpft? Das lag weit zurück. Die Gegenwart war diese Schulter, die sein Arm umspannte. Es war ihm, als trete er aus düsteren kalten Gewölben ins Freie, und Licht und Hitze umfingen ihn mit der leidenschaftlichen Heftigkeit einer Umarmung.

Ohne zu sprechen, setzten sie ihren Weg fort, beide in dem Bewußtsein, daß dies ihre letzte Stunde sein konnte. Erst als sie in die Nähe ihrer Räume kamen, ließ Sterne Caroline los. Vor ihrer Tür hatten sich zwei Diener niedergelassen. Sie schoben schnell das Brettspiel beiseite, mit dem sie sich die Wartezeit verkürzt hatten. Der eine sprang auf. Es war Almansor. Er trug seine Festtagsgewänder, sein Haar war geschnitten; und es schien, als hätte er, wie junge eitle Araber es gerne taten, die Augen leicht geschminkt. Die Freude strahlte ihm aus dem Gesicht. »Ich habe gute Nachrichten! Scheich Toman ibn Mohanna ist in die Stadt zurückgekehrt!«

Caroline wiederholte stumm Almansors Worte. Die Spannung und der Druck, unter denen sie sich seit Tagen befanden, ließen unvermittelt nach. Sie fühlte sich befreit. Sie hatte die Empfindung, als wüchsen ihr Flügel.

»Der Scheich hat seinen Diener geschickt«, hörte sie Almansor sagen. »Der Scheich erwartet euch im Palast!«

8

Es war derselbe Weg, den sie am Abend vorher zurückgelegt hatten. Und doch hatte Caroline den Eindruck, in einer anderen Stadt zu sein. Die leeren Straßen, die stummen Häuser, die öden Plätze barsten jetzt von Lärm, von Bewegung, von Farben. Der Platz, auf dem der Markt abgehalten wurde, glich einem Meer leuchtender Farben. Rosa, azurblau, lila, orange wogte es durcheinander, und darüber immer wieder das Weiß der Burnusse und Turbane.

Vor dem Palast des Scheichs vollführten sechs Trommler einen ohrenbetäubenden Lärm. Am Spalier der Wachen vorbei ritten sie in den Palasthof. Schwarze Diener nahmen ihnen die Pferde ab.

Überall standen Wachen, in jeder Nische, vor jeder Türöffnung, an jeder Biegung der Gänge. Der Saal, den Caroline und Sterne dann betraten, war mit Menschen gefüllt. Die Stimmen, die den Saal bei ihrem Eintreten erfüllt hatten, verstummten.

Aus dem Hintergrund des Raumes schimmerte eine Reihe schlanker Säulen. Dazwischen stand auf einem Podest, zu dem flache Stufen hinaufführten, ein mit weißem Brokat bezogener Diwan. Umgeben von prächtig gekleideten Dienern lagerte der Scheich. Die großen Fächer aus Straußenfedern, mit denen zwei Diener ihm Kühlung fächelten, hüllten seine Gestalt in gleitende Schatten. Der Scheich hob die Hand. Ein Ring funkelte auf, purpurrot wie der Mantel, der lose um seine Schultern hing.

Caroline starrte den Mann an. Es gab nur einen, der diesen Purpurmantel trug. War sie blind gewesen? Hatte sie die Wachen nicht gesehen? Die weißen Turbane, die weißen Toben und Burnusse! Der Mann dort war nicht Scheich Toman ibn Mohanna, sondern Khalaf, der Herr der Wüste. Man hatte sie in eine Falle gelockt. Aber mehr als diese Tatsache erschreckte Caroline etwas anderes. Ihr untrüglicher Instinkt für Gefahr hatte sie im Stich gelassen. Was immer sonst geschehen war, unbewußt war sie darauf vorbereitet gewesen, weil Vorsicht und Mißtrauen sie nie verlassen hatten.

Diesmal hatte ihr innerer Kompaß versagt, und sie fühlte sich wie ein Vogel, der mitten im Flug an die engen unzerreißbaren Maschen eines Drahtnetzes stößt.

Die Umgebung versank. Nichts mehr war von Bedeutung. Sie zog sich ganz in sich zurück. Eine Hand berührte sie am Arm. Sie blickte zu Sterne auf. Sie wußte, sie hätte es nicht ertragen, wenn er versucht hätte, ihr Mut zu machen. Aber er blieb stumm. Nicht einmal in seinem Blick lag ein Versprechen auf Rettung. Sie war ihm dankbar dafür. Sie spürte, daß auch er nicht mehr die Kraft zur Selbsttäuschung besaß. Wieder war etwas wie ein geheimer Gleichklang zwischen ihnen, das Gefühl, sich im anderen wiederzufinden. Es war gut, daß er da war.

Ein Geräusch riß Caroline aus ihren Gedanken. Khalaf klatschte in die Hände. Er lagerte in der Haltung wie vorhin, als sie den Saal betreten hatten, keine Falte seines Gewandes war verschoben. Caroline starrte nach vorne. Wie lange stand sie schon hier?

Eine Minute? Eine Stunde? Es war, als kehre sie von weit her zurück.

»Führt sie zu mir!« befahl Khalaf.

Caroline fühlte, wie die Spitze einer Lanze ihren Rücken berührte. Mechanisch setzte sie einen Fuß vor den anderen.

Im Saal war es noch stiller geworden. Die Straußenfächer hinter Khalaf kamen zur Ruhe. Khalaf hatte sich erhoben. Der purpurne Mantel entfaltete sich um ihn. Der Herr der Wüste war ein Mann im Alter Sternes, noch keine dreißig. Der Blick, mit dem er Caroline ansah, war eindringlich, aber nicht feindselig. Seine Rachsucht erlosch in dem Augenblick, in dem er den Feind überwunden vor sich sah, denn sie entsprang nicht einem Trieb zur Grausamkeit, sondern der Erkenntnis, daß ein Mann wie er auf einen Verbündeten nicht verzichten konnte: die Furcht. Nichts war so wirksam – weder Respekt noch Bewunderung. Furcht und Schrecken waren das solideste Fundament der Macht, und darum hatte er diese beiden Christen hierhergelockt – darum mußten sie sterben. Mit der Hinrichtung dieser beiden Christen würde er die Einnahme Timbuktus krönen.

Der Besitz dieser Stadt war sein großer Traum gewesen. Timbuktu, der Schlüssel zur Sahara und zum Sudan. Er hielt ihn in den Händen. Er hatte dafür gehungert und gedürstet. Morgen würde er sich während der Hinrichtung der Christen in die Djingereber Moschee zurückziehen. Die Stunde würde vollkommen sein: er würde den Bürgern Timbuktus gleichzeitig ein Schauspiel seiner Grausamkeit und seiner Frömmigkeit vorführen.

Er genoß die Vorfreude, so wie er diesen Augenblick genoß, den er möglichst auszudehnen trachtete. Er liebte es, seine Macht zu demonstrieren. Er war beeindruckt von der Ruhe der beiden Christen. Etwas wie eine spontane Sympathie stieg in ihm auf. Das Gefühl seines Triumphes über Scheich Toman und über diese Stadt verleitete ihn, weiterzusprechen. »Seht ihr, wie sie schweigen«, rief er in den Saal. »Sie wissen, daß noch keiner Verrat an Khalaf begangen hat, ohne mit dem Leben dafür zu bezahlen! Und doch soll ihnen Gerechtigkeit widerfahren, denn Allah ist ein gerechter Gott. Nicht ich werde über sie richten. Ihr sollt es tun. Das Gericht möge sich versammeln!« Sein Blick lag auf Caroline. Khalaf wußte, daß keiner der Männer ihn verstand. Jeder von ihnen würde nur den Mann töten – die Frau aber zur Königin seines Harems machen. Diese Christin war sehr schön, mehr noch, sie strahlte einen geheimen Zauber aus. Khalaf spürte es wie alle anderen im

Saal. Vielleicht war es wirklich eine Torheit, sie töten zu lassen. Aber ein noch größerer Fehler wäre es, jetzt sogleich Gnade zu üben. Dazu war immer noch Zeit.

»Schickt nach Aba el Maan«, rief Khalaf mit seiner hellen Stimme. »Er ist der Weiseste dieser Stadt. Er soll dem Gericht vorsitzen.«

Hinter der hohen, mit dunklem Holz verschalten Brüstung, die sich quer durch den Raum zog, hatte das Gericht sich versammelt. Jeder der zwölf Rechtsgelehrten hatte einen Schreiber und einen Diener neben sich. Seitlich, auf mitgebrachten Matten und Polstern, saßen die Zuschauer. Niemand sprach, nichts regte sich. Im Gerichtssaal war es totenstill. Mit halb geschlossenen Lidern saßen die Männer dort, neben sich den Diener, der den Fächer bewegte und ihnen doch keine Kühlung verschaffen konnte. Sie warteten auf das Eintreffen Aba el Maans. Die Hitze lähmte alle.

Auch auf Caroline hatte sich eine Art Betäubung gelegt. Die Ungeduld, mit der sie zuerst dem Erscheinen Aba el Maans entgegengesehen hatte, war an sich selbst erstickt. Sie zählte nicht mehr die Minuten, bis die Verhandlung endlich beginnen würde. Eine schläfrige Gleichgültigkeit hatte sie erfaßt. Sie war sich ein Rätsel. Sie kannte sich selbst so wenig. Sie hatte ihr Leben ja kaum begonnen, und schon sollte es zu Ende sein. Sie würde sterben. Sie glaubte, sich mit dem Tod abgefunden zu haben, aber es fiel ihr nur deshalb so leicht, weil sie sich den Tod nicht vorstellen konnte. Tod – das war für sie in dieser Stunde die Lockung von etwas Unbekanntem, das Versprechen auf eine neue Form des Lebens.

Die Fächer der Diener hielten in der Bewegung inne. Ein Raunen lief durch den Saal. Die Richter steckten die Köpfe zusammen, eine geflüsterte Nachricht lief durch die Reihen. Dort, wo die Wachen an der Holztäfelung der Wand lehnten, tat sich eine Tür auf. Almansor trat heraus. Die Wachen wollten ihm den Weg versperren. »Aba el Maan schickt mich zu den Gefangenen«, sagte er mit einer Bestimmtheit, die Caroline ihm nicht zugetraut hätte. Las sie es in Almansors Gesicht, noch ehe er ein Wort gesagt hatte? Almansor, der zu ihr getreten war, machte eine Bewegung, als wolle er sich vor ihr zu Boden werfen. Den Kopf gesenkt, begann er zu sprechen. »Timur, der Enkel Aba el Maans... ist tot.«

Seine Worte gingen in dem Lärm unter, der plötzlich im Saal entstand. Die Flügeltüren wurden aufgerissen, dumpfer Trommelschlag ertönte. Die Richter und Schreiber verneigten sich, die Diener warfen sich zu Boden.

Aba el Maan hatte den Saal betreten. Aufrecht, ohne nach links oder rechts zu blicken, ging der Ausleger des Korans zu seinem erhöhten Platz. Ein Diener breitete die Gesetzesbücher vor ihm aus. Aba el Maan ließ sich auf die Fersen nieder. Er ordnete die Falten seines Gewands und wartete, bis wieder Ruhe eintrat.

Caroline und Sterne hatten sich erhoben. Die Wachen bedeuteten ihnen, vorzutreten. Caroline suchte Aba el Maans Blick. Noch nie hatte ein Mensch sie in dieser Weise angeblickt. War das überhaupt Aba el Maan? Dieser Mann dort war nicht derselbe, der ihnen Zuflucht gewährte, er war auch nicht der Weise, ein Mann, der fähig war, alles zu verstehen, nicht nur mit dem Verstand, sondern auch mit dem Herzen. Dieser Mann dort war jünger als der, den sie kannte. Die Zeichen des Alters waren getilgt, die Müdigkeit um die Augen verschwunden; die Schultern waren keine Last mehr für diesen gestrafften Körper. Er war ein Mensch, den nur eines beseelte – Rache.

Zwei Neger hoben einen funkelnden Gong in die Höhe. Dunkle Schläge dröhnten durch den Raum. »Das Gericht möge beginnen«, sagte Aba el Maan.

Caroline hörte die Stimme, sie hörte diesen Laut der Ungeduld und Unversöhnlichkeit – und sie wußte, es gab keine Hoffnung mehr. Alles davor war nichts weiter als ein böser Traum gewesen, ein betäubender Schreck, der verging, ehe man begriff, was geschehen war.

Die Hände auf die Brüstung gelegt, stand Caroline vor ihren Richtern. Zu Beginn der Verhandlung hatte sie noch versucht, sich auf das zu konzentrieren, was diese Männer gegen sie vorbrachten, wenn Aba el Maan sie aufrief. Aber schon längst waren die Stimmen nur noch ein unbestimmbares Geräusch, das nicht mehr in ihr Bewußtsein drang.

Etwas anderes nahm ihre Aufmerksamkeit dafür um so mehr gefangen. Durch die waagerecht stehenden Lamellen der Läden konnte sie hinaussehen: ein Stück dunkelblauen Himmels, die Krone einer Fächerakazie. Hatte sie dieses Bild nicht schon einmal gesehen? Die Blätter standen reglos, und doch glaubte sie das Knistern zu hören, das durch die Zweige lief bis in die letzten Aderspitzen der Blätter. Es mußte das heraufziehende Gewitter sein. Sie hätte es auch gefühlt, wenn sie in einem Raum ohne Fenster gewesen wäre. Sie spürte es mit allen Sinnen, mit allen Nerven. Es beruhigte sie seltsam.

Als Kind war sie – weit entfernt, Angst zu empfinden – in solchen Stunden in den westlichen Erkerturm von Schloß Rosambou geschlichen, hinauf in den obersten Raum mit den großen Glasfenstern, über die sich abgestorbener Efeu zog; unter sich dunkel und aufgewühlt den Park, den der Sturm in ein brausendes Meer verwandelte. Über sich den Himmel, der einem riesigen Krater glich, aus dem sich blauschwarze Lava wälzte, und dann plötzlich die grellen Flammen der Blitze. Caroline wußte nichts von dem Ausdruck, der auf ihr Gesicht trat, als jetzt der erste Windstoß aus dem Himmel fuhr. Das metallische Rascheln der Akazienblätter erfüllte die Luft. Caroline empfand es wie eine Berührung. Ein Prickeln überlief sie. Sie hatte kein Gewicht mehr. Sie bestand nicht mehr aus Fleisch und Blut. Sie war ein vibrierendes Teilchen einer großen Kraft. Sie war nicht mehr Erde, sondern Feuer. Von einer Sekunde zur anderen verdunkelte sich der Gerichtssaal. Eine Tür fiel krachend ins Schloß. Ein blendender Schein erhellte den Saal, die Gesichter der Männer. Dann erfolgte ein schmetternder Schlag.

In der Luft schwebte Phosphorgeruch. Der Sturm rannte in jähen Böen gegen die Mauer an. Das Licht der eilig herbeigebrachten Lampen flackerte unruhig. Aba el Maan hob die rechte Hand. Hinter ihm tauchte die funkelnde Scheibe des Gongs auf. Wieder ertönten drei Schläge. Aba el Maan wartete nicht, bis sie verklungen waren. Er hatte lange genug Geduld geübt. Es drängte ihn, das Urteil zu verkünden. In den Nachhall des letzten Schlages hinein kam seine Stimme.

Im selben Augenblick legte sich ein Arm um Caroline. Ramon Sterne zog ihren Kopf an sich. Es war keine Geste der Liebkosung. Er hielt sie wie ein Kind, vor dessen Augen und Ohren etwas verborgen bleiben soll. Aber für Caroline war es etwas anderes. Etwas erfaßte sie, das sie alles andere vergessen ließ. War das Urteil überhaupt gesprochen worden? Es war bedeutungslos. Wichtig waren die Arme, die sie hielten.

Aba el Maans Stimme war verstummt. Stille breitete sich im Gerichtssaal aus. In das Ächzen des Sturms mischte sich ein anderes Geräusch. Einzelne Schläge, wie Früchte, die der Wind zur Erde warf. Eine Sekunde hielt der Sturm inne. Mit leisem Trommeln setzte der Regen ein!

Es regnete mit niederschmetternder Gewalt. Es war eine Sturzflut, die mit hemmungsloser Wut gegen die Mauern anrannte. Jedes andere Geräusch ging in dem ununterbrochenen Prasseln und Rauschen unter. Noch auf der steilen Treppe, die abwärts zu dem Verlies führte, war der Regen lauter als ihre Schritte.

Wachen drängten sie voran. Wachen öffneten eine eiserne Tür. Ein dunkler Gang nahm sie auf. Immer noch begleitete sie der Regen, als wäre er bereits in den Mauern, als würden diese Quadern sich im nächsten Augenblick lösen wie unterspülte Felsbrocken. Wieder standen sie vor einer Tür. Sie war so schwer, daß es der Kräfte zweier Männer bedurfte, um sie aufzuziehen und sie hinter Caroline und Sterne wieder zu schließen. Der Schlüssel drehte sich im Schloß, wurde abgezogen. Caroline lauschte. Sie konnte nicht hören, ob die Männer sich entfernten oder ob sie draußen stehenblieben.

Nur den Regen hörten sie, sehr leise, sehr weit weg, wie das ferne Rasseln von Tamburinen.

9

Nur langsam gewöhnten sich Carolines Augen an die Dunkelheit. Sie entdeckte die schmale Maueröffnung unterhalb der Decke. Ein schwacher Lichtschein fiel durch sie in den Kerker. Sie stand da und wußte nicht, worauf sie wartete. Daß Angst sie ergreifen würde, Verzweiflung? Daß dieses brennende Glücksgefühl verlöschen würde, das in dem Augenblick über sie gekommen war, als die Tür sich geschlossen hatte und sie sich allein wußte mit dem Mann, der schweigend neben ihr stand?

Es war absurd, eine hysterische Reaktion. Sie durfte diesem Impuls nicht nachgeben. Gleich würde es vorbei sein. Es war nur die übermäßige Anspannung ihrer Nerven. Sie befand sich nicht mehr in dem betäubungsähnlichen Zustand wie während der Gerichtsverhandlung. Sie war hellwach. Ihr Bewußtsein arbeitete mit voller Schärfe. Sie befanden sich in einem Kerker, und das Gericht hatte sie zum Tode verurteilt. Und doch zählte nur eines: die Gegenwart des Mannes. Ihr Blick ging durch das Halbdunkel, über die Mauern aus rohbehauenen Basaltquadern, über den festgestampften Lehmboden. In einer Ecke war ein Lager aus Heu. Daher also kam der Duft von Sonne und Erde! Sie kniete sich nieder. Sie öffnete die Schließe ihres Umhangs, ließ ihn von den Schultern gleiten. Wußte sie überhaupt, was sie tat? Sorgfältig, wie nur eine Frau das Lager bereiten kann, auf dem sie sich dem Mann, den sie liebt, hingeben will, breitete sie den Mantel über das Heu. Sie nahm die Schleier vom Kopf, legte sie zu einer Art Kissen zusammen.

Sie wartete, aber sie wagte nicht, sich umzudrehen. Sie fand immer noch eine Stelle glattzustreichen, noch einen spitzen Halm niederzudrücken, nur um die Erregung, die sie erfüllte, zu beschwichtigen. Sie verging vor Verlangen. Warum kam er nicht? Warum erlegte er ihr diese endlosen Augenblicke des Wartens auf? Sie hatten schon allzuviel Zeit vertan. Jede Sekunde des Zögerns schenkten sie nur dem Tod. Erschöpft wie von einer ungeheuren Anstrengung, ließ sie sich auf das Lager sinken. Sie hätte die Arme nach ihm ausstrecken, sie hätte ihn rufen mögen, aber sie vermochte es nicht. Sie barg den Kopf in den Armen. Sie schloß die Augen, als könne sie damit den Aufruhr ihrer Sinne zum Schweigen bringen, an dem sie lieber ersticken wollte, als ihn einem Mann einzugestehen, der nicht dasselbe empfand.

Ramon Sterne empfand in diesem Augenblick tatsächlich anders als sie. Er liebte sie. Er liebte sie mehr, als er ihr je eingestehen würde, aber gerade das machte es ihm unmöglich, diese Stunde und diesen Ort auszunützen. In sich zusammengekauert, lag sie dort. Verlassenheit, Angst – all das drückte ihre Haltung aus. Es zerriß Sterne das Herz, sie so zu sehen. Er fürchtete sich vor der Verzweiflung, die er auf ihrem Gesicht lesen würde und der er nichts entgegenzusetzen hatte – keine Hoffnung, keine Vertröstung auf ein Wunder.

Er kniete sich auf den Boden neben das Lager. Er schob den Arm unter ihren Kopf. Er suchte nach Worten, aber was sollte er sagen? Hatten Worte noch einen Sinn in diesem Kerker, der sich nur öffnen würde, um sie den Henkersknechten auszuliefern? Vergessen, schlafen, vielleicht gelang es ihm, sie zum Schlafen zu bringen, sie in seinen Armen einzuschläfern wie ein Kind. Er erschrak, als sie den Kopf wandte. Ihre Augen hefteten sich mit einem verzehrenden Blick auf ihn. Melancholie war in diesen Augen, Zärtlichkeit und in der Tiefe der schwarzen glänzenden Pupille ein Funke. Sie zog seinen Kopf zu sich herunter.

Sterne spürte die Berührung der Hände auf seiner Haut. Vor ihm schwebte ihr Gesicht, vertraut und doch verwandelt. Er fühlte, im nächsten Augenblick würde er nicht mehr Herr seiner selber sein. Er stieß sie zurück.

»Bleib!« Caroline starrte ihn an, ohne zu begreifen. »Laß mich jetzt nicht allein. Nicht jetzt!«

Sterne machte eine Geste, wie um zu erinnern, wo sie waren. »Es ist zu spät! Wir gehören nicht mehr zu den Lebenden. Im Leben haben wir es uns verweigert, uns zu lieben.«

»Das Leben verweigert es allen Menschen, zu lieben.« Caroline sagte es mehr zu sich. »Es ist die Natur des Lebens, jede Liebe zu zerstören.«

Er sah sie voller Erstaunen an. Unbewußt hatte sie ihm Antwort auf die Frage gegeben, die er in sich trug. Er streckte den Arm nach ihr aus. Er schien zu schwanken, ob er sie zurückstoßen oder an sich ziehen sollte. »Was soll ich tun?« sagte er leise.

»Du kannst nur noch eines für mich tun«, sagte Caroline.

Es war still in der Zelle. Plötzlich umfaßte Sterne sie. Er strich ihr das Haar aus der Stirn. Er gab seiner Liebe nach, vor der er geflohen war wie vor einem Fluch. Caroline spürte seine Lippen auf ihrem Hals, auf ihren Schultern. Überall am Körper spürte sie seine Hände, seinen Atem. Sie schlang die Arme fester um ihn. Sie öffnete sich ohne Rückhalt dieser Leidenschaft, deren Schärfe und Heftigkeit wie Todespein war.

Nicht blind und hastig, nicht mit geschlossenen Augen und betäubten Sinnen gaben sie sich einander hin. Sie wußten, was sie taten. Sie waren nicht schwächer als das, was mit ihnen geschah.

Sterne entdeckte ihren Körper mit der Gewalttätigkeit eines Eroberers, der endlich das Land betritt, von dem er lange geträumt hat.

Nur weil ihre Sinne noch überscharf reagierten, nahm Caroline das Geräusch wahr. Behutsam löste sie sich aus der Umarmung Sternes. Sie richtete sich auf und lauschte. Sie hörte seinen Atem in der Stille, das Rascheln des Heus, und dann wieder jenes andere Geräusch. Der Regen konnte es nicht sein, es klang eher wie einzelne fallende Tropfen. Sie berührte Sterne an der Schulter. »Hör doch!« Seine Arme suchten sie in der Dunkelheit; er zog sie wieder zu sich herunter. »Was du hörst, ist mein Herz.« Er sagte es mit einer Sanftheit, die Caroline fast noch tiefer berührte als seine Leidenschaft.

»So hört doch! Es klingt wie ein Zeichen.«

Sterne schüttelte den Kopf. »Wir haben nur diese Stunde, wir werden nie mehr daraus erwachen, nie mehr – komm...«

Es viel ihr schwer, sich ihm zu entziehen. Und doch mußte es sein. Vielleicht war es ein Zeichen, daß Hilfe nahte. »Ich will nicht sterben«, sagte sie. »Nicht jetzt, nicht heute, nicht morgen. Ich will leben.«

Er starrte sie an wie ein Wesen aus einer anderen Welt. Solange er sie in den Armen hielt, war sie sein. Ließ er sie los, würde er sie nur wieder verlieren.

Caroline hatte sich aus seiner Umarmung befreit. Schließlich trat sie an die gegenüberliegende Wand des Kerkers. Sie tastete die Steine Zentimeter für Zentimeter ab, als wären ihre Hände zuverlässiger als ihre Ohren. Das Geräusch war noch immer da. Aber sie hätte nicht sagen können, aus welcher Richtung es kam, so leise war es. Plötzlich hatte sie keine Quadern mehr unter der Hand, sondern ein Stück verputzter Mauer. Der Mörtel roch frisch. Sie klopfte mit dem Fingerknöchel dagegen. Es klang so, als befinde sich hinter der Mauer ein Hohlraum. Im gleichen Augenblick verstummte das Geräusch. Sie wartete. Sie fühlte, wie ihr der Schweiß ausbrach. Sie hatte sich verraten; sie hatte alles falsch gemacht. Sie stand wie gelähmt, als es plötzlich wieder durch die Mauer drang. Jetzt war es anders. Eins, zwei, drei – eine Pause und dann wieder eins, zwei, drei, ein deutliches Klopfen.

Sterne hatte sich erhoben. Seine ganze Haltung drückte die Überwindung aus, die es ihn kostete, in die Realität zurückzufinden. Caroline bemerkte es mit Rührung, aber auch mit Ungeduld. Wieder drang das Klopfzeichen durch die Mauer. Die leisen Zeichen wechselten den Rhythmus.

Sterne konnte ihre Hoffnung immer noch nicht teilen. Er wehrte sich dagegen. Es schien ihm wie Feigheit, sich jetzt noch einmal ans Leben zu klammern, noch einmal zu hoffen und noch einmal getäuscht zu werden.

»Es können Arbeiter sein irgendwo im Palast, ein Tier, eine Wasserader.«

Caroline war nahe daran, etwas Heftiges zu erwidern. Daß Männer vor einer Hoffnung eher zurückschrecken als vor dem sicheren Tod! Daß die Frau immer ganz allein war, wenn es galt, zu hoffen, an das Unmögliche zu glauben. Sie war überzeugt, daß es Zeichen waren, die ihnen galten, und als hätten ihre Gedanken den unsichtbaren Befreier erreicht, wurde das Klopfen deutlicher und drängender. Wenn sie nur wüßte, in welchem Teil des Palastes sie sich befanden! Als man sie herbrachte, hatte sie jede Orientierung verloren. Und doch – etwas hatte sich ihr eingeprägt, die neuaufgezogene Mauer am Ende des Ganges, gleich neben ihrer Zelle. »Habt Ihr die neue Mauer gesehen?« fragte sie. »Gleich neben der Tür zu unserem Kerker.«

Es war ihr gelungen, in Sterne Hoffnung zu wecken. Aber daß sie ihn gerade jetzt an Mut und Entschlossenheit übertraf, kränkte ihn. »Um die Mauer aufzubrechen, brauchten wir Werkzeug«, sagte er. »Und sie werden es uns nicht in den Kerker gelegt haben.«

»Und was ist das?« Caroline, die sich umgesehen hatte, hielt eine Maurerkelle in die Höhe. Sie hatte sie in einer Nische neben einem Faß entdeckt. »Seht her!« Sie deutete ins Innere des Fasses. »Ungelöschter Kalk! Die Maurer müssen ihn zurückgelassen haben. Er ist noch nicht hart geworden.«

Sterne rückte das Faß weg, tastete den Boden ab. Wenn eine Kelle da war, vielleicht fand er auch einen Hammer. Seine Finger trafen auf einen Metallschaft. Er hielt ein Kanteisen, wie es zum Behauen der Ziegel diente, in der Hand. Um seinen Mund war etwas wie Spott und Bitternis; in seinem Blick lag die Verachtung des Lebens, die Männer zu Helden macht – zu Wesen, die eine Frau nie ganz begreifen kann. Er krempelte die Ärmel seines Hemdes auf und trat an die Mauer. Er suchte eine besonders breite Fuge zwischen den Ziegeln. Der Mörtel zwischen den einzelnen Ziegeln bot kaum Widerstand, und so ging die Arbeit schneller voran, als Sterne erwartet hatte. Es konnte noch keinen Tag her sein, daß dieses Mauerstück eilig hochgezogen worden war. In feuchten Krümeln fiel der Mörtel zu Boden. Sterne schob die Hand in die Fuge, um zu erkunden, wie tief er schon in die Mauer eingedrungen war. Plötzlich fühlte er keinen Widerstand mehr. Vorsichtig lockerte er den ersten Stein und legte ihn auf den Boden. Er nahm das Werkzeug wieder auf.

»Kann ich helfen?« fragte Caroline.

»Laß mich nur.« Mit dem Gefühl, er könne den ganzen Palast zum Einstürzen bringen, führte er den nächsten Schlag.

Am Boden häuften sich die herausgehauenen Ziegel. Ein einziger Stoß genügte jetzt meist, um einen Stein zu lösen und die Öffnung in der Mauer zu erweitern. Sterne deutete durch die Maueröffnung. »Seht doch!« Im Abstand von etwa einem Meter erblickte Caroline eine zweite Mauer. Von dort kamen Geräusche, keine Klopfzeichen mehr, sondern ein Kratzen und Hämmern; offensichtlich hatte der andere dieselbe Idee gehabt wie sie und sich darangemacht, die Mauer zu durchbrechen. Einer der Ziegel bewegte sich. Caroline war nahe daran, das Gesicht an Sternes Schulter zu bergen. Der Mund wurde ihr trocken. Ihre Augen irrten über die Mauer. Ihr wurde erst jetzt bewußt, daß es Mondlicht war, das in den schmalen Zwischenraum hereinfiel. Es war also bereits Nacht. Seit vielen Stunden waren sie in dem Kerker eingeschlossen – ihr kam es wie ein einziger Augenblick vor.

Ein dumpfes Geräusch riß sie aus ihren Gedanken. Ein Stein hatte sich gelöst und war zu Boden gefallen. Eine Hand erschien, fegte den Mörtel weg. Es war eine knochige braune Hand. Am Mittelfinger funkelte ein breiter goldener Reif. Caroline blickte Sterne fragend an. »Ismael? Sein Haus grenzt an den Palast.«

Sterne schien ihre Frage nicht gehört zu haben. Unverwandt starrte er auf die Hand mit dem breiten goldenen Reif, ineinander verschlungene Schlangenkörper, die in ihrer Mitte einen Smaragd hielten. »Nur einer darf diesen Ring tragen«, flüsterte Sterne, »das Oberhaupt des Auclimmiden-Stammes, Scheich Toman ibn Mohanna.« Sterne hielt es plötzlich nicht mehr. Er warf die Werkzeuge voran in den Raum zwischen den Mauern. Dann zwängte er sich durch die Öffnung.

Scheich Toman ibn Mohanna hatte nicht auf Rettung gehofft, als er begann, mit seinem Dolch die Fugen zwischen den Steinen zu bearbeiten. Er hatte es getan, weil er es nicht mehr ertragen konnte, auf die Stille zu lauschen und auf das Licht der Öllampe zu starren. Lebendigen Leibes eingemauert, war Scheich Toman zuerst um dieses Licht froh gewesen. Aber als der letzte Stein sich von außen in die Mauer einfügte, wußte er, daß es seinen Tod nur beschleunigen würde, weil es den Sauerstoff der Grabkammer verzehrte. Und doch hatte er die Lampe nicht gelöscht. So wenig wie er den Dolch, der ihm belassen worden war, auf sich gerichtet hatte... Mit hängenden Armen lehnte er jetzt an der Wand des Kerkers der beiden Christen, in den Sterne ihn gebracht hatte. Seine Haut war wachsgelb. Er war nicht ein Mann von fünfunddreißig in diesem Augenblick, er war so alt wie die Angst des Menschen vor dem Tod. Er atmete schwer. Immer noch war ihm, als lasteten die Mauern, unter denen er lebendig begraben war, auf ihm. Solange er lebte, würde er dieses Gefühl, etwas Unsichtbares erdrücke ihn, nicht mehr loswerden. Immer würde dieser zentnerschwere Panzer seine Brust zusammenpressen. Mit einer heftigen Bewegung riß er sein Gewand am Hals auf.

Sterne eilte zu ihm. »Was habt Ihr? Ihr seht aus, als könntet Ihr Euch über Eure Befreiung nicht freuen.«

Scheich Toman ibn Mohanna senkte den Kopf. Ja, er atmete, er lebte, aber verstanden sie nicht, daß dieses Leben wenig Wert hatte? Er, Toman ibn Mohanna, Oberhaupt des Auclimmiden-

Stammes, Faki, Statthalter von Timbuktu, Sproß eines Geschlechts, das sich von Alexander dem Großen herleitete – er war dem Sohn eines räuberischen Piraten unterlegen. Es war seine eigene Schuld, daß Khalaf so groß hatte werden können. Seiner eigenen Macht allzu sicher, hatte er den Aufstieg dieses Mannes nicht mit Sorge, sondern mit Neugier verfolgt. Mit Schadenfreude hatte er zugesehen, wie die ewig aufsässigen Wüstenstämme der Fulbe in diesem Mann plötzlich ihren Meister fanden. Mehr den Freuden der Liebe als des Kampfes zugetan, war er so weit gegangen, Khalaf das Amt des Heerführers anzubieten. Die Antwort Khalafs war ein Überfall auf seine am Niger gelegene Sommerresidenz gewesen. Das war drei Jahre her. Seitdem hatte der Kampf, abgesehen von kurzen Unterbrechungen, nicht mehr aufgehört. »Ihr habt mich befreit«, sagte Scheich Toman, »aber ein Scheich, der lebend vom Feind gefangen wird, hat sein Leben verwirkt.« Mit einer Geste, als müßte er schreckliche Bilder, die auf ihn einstürmten, abwehren, hob er die Hände. »Nicht einmal den Tod im Kampf hat Khalaf mir gegönnt. Ich habe ihn angefleht, mich zu töten...« Die Worte zerbrachen in einem rauhen Laut. Es zuckte um seine Lippen. Sein Kopf sank herab. Er zog den Mantel dichter um sich. Die Arme um die Beine geschlungen, den Kopf auf die Knie gelegt, kauerte er am Boden. In seiner Haltung war etwas, das es verbot, ihn anzureden.

Eine Zeitlang hatte der Anblick dieses Mannes Caroline von ihrem eigenen Schicksal abzulenken vermocht. Jetzt dachte sie wieder mit Entsetzen an das, was ihr bevorstand. Das Bild einer Karawanserei stieg vor ihr auf. Hatte Ismael sein Wort gehalten und die für ihre Flucht notwendigen Vorbereitungen getroffen? Aber warum sollte er es getan haben, nach ihrer Verurteilung, der er selbst beigewohnt hatte?

Nur ein paar Straßenzeilen war es vom Palast des Scheichs, in dessen unterirdischen Verliesen man sie gefangenhielt, bis zur Karawanserei, ein paar hundert Meter – und doch hätte es eines Wunders bedurft, so groß, daß es sie befähigt hätte, durch Mauern zu gehen, um dorthin zu gelangen. Minute um Minute zerrann, versickerte im Schweigen des Kerkers. Der Morgen würde kommen. Die Tür dort würde sich öffnen, man würde sie zur Hinrichtung führen. In Caroline wehrte sich alles gegen diese Vorstellung. Ihr Blick ging durch die Zelle, von Scheich Toman zu Sterne, über die Wände, zur Tür. Sie wußte nicht, worauf ihre Gedanken hinzielten. Sie war wie jemand, der sich im Dunkeln vorwärtstastete. Unvermittelt, ohne zu überlegen, sagte sie: »Meint Ihr, Scheich Toman, daß es uns gelingen könnte, Khalaf hierherzurufen?«

Als Toman ibn Mohanna den Kopf hob, immer noch mit leeren Augen und ausgebranntem Gesicht, hatte Caroline den Eindruck, er habe ihre Frage nicht gehört. Aber dann sagte er: »Wer seid Ihr, daß Ihr meine Gedanken lesen könnt?« Er sprang auf, schritt durch die Zelle. »Vielleicht hat Allah mir diese Prüfung auferlegt.« Sein Blick wanderte zu Sterne. »Wie lautet das Urteil, das man über Euch verhängt hat?«

»Tod«, antwortete Sterne.

Der Mund des Scheichs verzog sich. Aber es entstand kein Lächeln. »Nicht Ihr – Khalaf wird sterben. Ich schwöre es Euch. Bevor die Sonne aufgeht...« Er verstummte. Er nahm seine ruhelose Wanderung durch die Zelle wieder auf. Dann blieb er vor Caroline stehen. Erst in diesem Moment kam ihm zum Bewußtsein, daß sie eine Frau war, eine sehr junge, sehr schöne Frau. »Ihr meint, es könnte Euch gelingen, Khalaf mit Eurer Schönheit anzulocken?« Er schüttelte den Kopf. »Er würde zwei Eunuchen schicken, um Euch zu holen.«

Mit Bitterkeit blickte sie auf die beiden Männer. Nein, es gab nichts, womit sie Khalaf in die Falle locken konnten. Die Karawane würde Timbuktu ohne sie verlassen. Sie würde nie die Sahara betreten. Nie mehr würde sie die Hand in einen Brunnen tauchen... Die Brunnen der Wüste! Wie eine Erleuchtung kam es über sie. »Khalaf wird kommen«, sagte sie.

Die Männer sahen sie zweifelnd an.

»Ich sage euch, er wird kommen! Ruft die Wachen. Schickt sie mit der Botschaft zu Khalaf, daß wir den Plan der Brunnen besitzen.«

»Ihr besitzt den Plan der Brunnen?« Über Scheich Tomans Gesicht zuckte es wie ein Blitz. »Zeigt her. Ich muß ihn sehen, ich muß ihn in den Händen halten, um es zu glauben.« Sterne zog den ledernen Beutel Rasims über den Kopf. Er holte das gefaltete Papier heraus. Scheich Toman nahm es ihm aus der Hand. Er öffnete es nicht. Er strich nur mit den Fingern darüber, liebkosend. »Dies wird ihn sicherer töten als ein Dolch! Allah ist der größte und weiseste Richter. Er allein weiß, wie viele Menschen Khalaf getötet hat, um wieder in den Besitz dieses Plans zu kommen.« Scheich Toman reichte Caroline das Papier. »Ihr werdet Khalaf den Plan der Brunnen zeigen, ihn damit in den Kerker hereinlocken. Alles andere überlaßt mir.« Er hatte die Hände erhoben. Ein grausames Zittern war in ihnen, als zerdrücke er zwischen ihnen etwas

Lebendiges. Er tötete bereits in diesem Augenblick, berauscht vom Vorgeschmack der Rache.

»Was hilft uns sein Tod?« Sternes Stimme schien Scheich Toman nicht zu erreichen. »Er öffnet uns keine der Türen, er entfernt die Wachen nicht. Seine Männer werden ihren Herrn rächen, ehe wir einen Schritt tun.«

Scheich Toman stand entspannt da, ein völlig anderer. Aus seinen Augen strahlte das Selbstvertrauen eines Menschen, der sich im Recht weiß. »Verzeiht, ich hatte vergessen, daß ihr Christen seid. Eure Soldaten mögen noch für einen toten König kämpfen. Ihr Christen betet ja auch zu einem toten Gott. Wir Mohammedaner sind anders. Wir beten nicht zu einem Gekreuzigten. Unser Gott lebt. Nicht einmal Mohammed, sein Prophet, konnte es sich leisten zu sterben. In dem Augenblick, in dem ich Khalaf töte, erlischt seine Macht. Es bleibt nichts von ihm. Allah hat ihn ausgelöscht. Und keiner wird es wagen, sich gegen Allahs Willen aufzulehnen.«

»Was soll der Lärm«, fragte der Mann unwirsch. »Könnt ihr nicht erwarten, bis der Henker kommt.«

Caroline stand an dem Viereck, das sich in Augenhöhe in der eisenbeschlagenen Türe aufgetan hatte. Ihr sank der Mut, als sie das von einem Talglicht beleuchtete Gesicht des Postens sah. Es war verschlossen und argwöhnisch. »Rufe Khalaf«, sagte sie.

Der Posten stutzte und stieß dann ein dröhnendes Lachen aus, das im Gang widerhallte. »Meint Ihr, ich habe Lust, Euch morgen Gesellschaft zu leisten und am Schweif einer Stute durch Timbuktu geschleift zu werden, weil ich es gewagt habe...«

»Khalaf wird dich viel schrecklicher strafen, wenn du meine Bitte nicht erfüllst«, unterbrach ihn Caroline. »Ich bin im Besitz von etwas, das für Khalaf von unschätzbarem Wert ist. Wenn du Khalaf nicht sofort holen läßt, schreie ich. Dann werden andere Wachen kommen und werden klüger sein als du.«

Es war ihr gelungen, ihn neugierig zu machen. »Zeigt mir, was Ihr habt.« Caroline faltete den Plan der Brunnen halb auseinander. Der Posten hob das Talglicht. Ungläubig starrte er die Karte an. Seine Hand mit dem Licht kam immer näher.

»Willst du den Plan verbrennen?«

Caroline zog die Hand zurück. »Was ist? Gehst du jetzt und benachrichtigst Khalaf – oder nicht?«

Ohne ein weiteres Wort legte der Posten den Laden vor das Guckloch. Der Riegel knirschte. Im Kerker wurde es still. Den Plan in der Hand, lehnte Caroline an der Tür. Ihre Knie zitterten. Sterne hatte den Arm um sie gelegt. »Wenn er kommt – werdet Ihr das Spiel durchhalten können?« fragte er leise.

Sie atmete tief. »Ich weiß es nicht. Ich bin nicht sicher – obwohl es bis jetzt leichter ging, als ich dachte.« Sie warf einen Blick dorthin, wo Toman ibn Mohanna stand, an der Wand gleich neben der Tür. Wenn die Tür aufschwang und Khalaf eintrat, würde er seinen Blicken entzogen sein. Sie glaubte, Scheich Tomans Entschlossenheit und seine Rachlust zu spüren; er flößte ihr gleichzeitig Vertrauen und Entsetzen ein.

Sterne zog sie näher an sich. In ihm war weder Hoffnung noch Angst. Nur Dunkelheit, das beklommene Gefühl, daß dies vielleicht der letzte Augenblick war, und nicht einmal jetzt gehörte sie ihm ganz. Er hielt nur ihren Körper, und dieser Körper sagte ihm, daß sie weit weg war. »Woran denkt Ihr?«

Sie antwortete ihm nicht. Er spürte, wie ihre Lippen seine Wangen berührten, sehr zart, sehr flüchtig. Sie schien sich immer mehr von ihm zu entfernen. Für sie gab es keine Mauern, keinen Tod. Für sie gab es immer etwas, das sie davontragen würde, die Arme eines Mannes, ein Pferd, ein Schiff. Eine Ahnung streifte ihn, daß die Augenblicke der Vereinigung nichts verändert hatten, daß auch er sie nicht würde halten können. Er fühlte, wie ihr Körper sich straffte. »Sie kommen«, flüsterte sie.

Aus der Ecke, in der Scheich Toman lehnte, kam ein dumpfer Laut. Caroline sah nur die weißen Zähne und das grüne Funkeln des Smaragds an seiner Hand. Sterne hatte sich in den Hintergrund des Kerkers zurückgezogen. Vor ihr öffnete sich das Viereck in der Tür. Caroline suchte nach einem Halt; sie klammerte sich an eines der breiten Eisenbänder, die über die Tür liefen.

Sie starrte in das Gesicht Khalafs. Zum erstenmal sah sie ihn so nah. Er trug keinen Turban, braune Locken fielen ihm in die Stirn, kräuselten sich um die Ohren. Nicht einmal die scharfen, für sein Alter allzu tiefen Linien um die Augen nahmen seinem Gesicht etwas von seiner strahlenden Jugend.

»Laßt sehen, was Ihr habt.«

Würden ihre Lippen die Worte formen können, ruhig, gelassen, ohne Verdacht zu erregen? »Kommt herein und ich werde es Euch zeigen. Allein. Ohne Wachen.« Sie wünschte, lächeln zu können, aber sie war nicht sicher, ob es ihr gelingen würde. »Oder glaubt Ihr, daß ich Euch täuschen will?« Sie entfaltete den Plan. Sie trat einen halben Schritt zurück, bevor sie ihn an die Öffnung hielt.

»Kommt näher, damit ich besser sehen kann. Es gibt viele, die behaupten, sie besäßen den Plan der Brunnen – und es sind doch nur Fälschungen.«

Caroline rührte sich nicht von der Stelle. »Erinnert Ihr Euch, wo Eure Leute Rasim gefangennahmen? War es nicht an einem Brunnen? An einer Quelle, die nur jemand kennen konnte, der den Plan der Brunnen besaß.«

»Ihr vergeßt, daß Ihr zum Tode verurteilt seid. Ich brauche nur zu warten.«

»Ihr werdet den Plan nicht mehr finden. Ich werde ihn zerreißen, jetzt vor Euren Augen.«

»Wartet. Ihr fangt an, mir zu gefallen. Eine Frau, die kämpfen kann, das ist etwas Seltenes. Was verlangt Ihr dafür? Euer Leben?«

Sie nickte. Jetzt, da sie so nahe am Ziel war, kehrte die Schwäche in ihren Knien zurück.

»Nur Euer Leben? Oder auch das Eures Begleiters?«

Sie zwang sich, näher an die Tür zu treten. »Nur mein Leben«, flüsterte sie.

»Dann können wir handeln.« Khalaf gab dem Posten ein Zeichen.

Caroline lief es kalt über den Rücken, als sie hörte, wie der Schlüssel in die Tür gesteckt wurde. Sie hatte nur einen Gedanken: fliehen! Sie durfte nicht warten, bis die Tür aufging und Khalaf hereintrat. Sie würde irgend etwas tun, was sie alle verriet, sie fühlte es, im nächsten Augenblick würde sie die Kontrolle über sich verlieren...

Caroline wich zurück. Sie spürte den Arm Sternes. Aber es war nicht mehr der Mann, der sie schützte, es war ein Fremder, der sie gegen ihren Willen festhielt, der sie zu etwas Furchtbarem zwang.

Ächzend bewegte sich die Tür in ihren Angeln. Der Lichtstreifen wurde breiter. Scharf wie ein Scherenschnitt zeichnete sich die Silhouette Khalafs ab. Er trug den Purpurmantel. Sein Schritt war leicht, unhörbar. Die Helligkeit, die ihn umgab, erlosch. Die Tür hinter seinem Rücken hatte sich geschlossen. Jetzt war sein Mantel nicht mehr rot, sondern schwarz. Und darüber das bleiche Gesicht. Lächelte er? Plötzlich warf er den Kopf herum.

Wie unter einem Zwang blickte Caroline in dieselbe Richtung. Sie sah nur Hände, eine weiße Kordel... Sie schimmerten wie Silber. Daneben sprühte der Smaragd grünes Feuer. Ihr war zumute, als wäre sie es, die im nächsten Augenblick sterben sollte. Ihr Kopf dröhnte. Vor ihren Augen zuckten Lichter, begannen zu kreisen. Lichtspiralen flogen aus der Dunkelheit auf sie zu, immer mehr, immer dichter, immer heller. Der Boden glitt unter ihren

Füßen weg. Es war nur ihr Körper, der versagte, ihr Gehirn arbeitete weiter; es ersparte ihr nichts von dem, was geschah. Es registrierte die Geräusche, übersetzte sie in Bilder. Sie selber war es, um deren Hals Scheich Toman die seidene Kordel zusammenzog, deren lebloser Körper über den Boden geschleift und durch die Öffnung in der Mauer geschoben wurde, hinter der sich die Mauer wieder schloß. Mit jedem Herzschlag erlebte sie Khalafs Sterben. Es war furchtbarer, als wirklich zu sterben.

Sie lag auf dem Heu, den Kopf in die stechenden Halme gepreßt. Die Geräusche sagten ihr, daß alles vorüber war.

Sie hörte Sterne und Scheich Toman flüstern. Sie fühlte, wie Sterne sich über sie beugte. Sie hatte Angst vor seiner Stimme. Ihr schauderte davor, diesen beiden Männern ins Gesicht zu blicken.

Sie strich sich das Haar aus dem Gesicht. Sie zupfte die Halme aus dem Gewand. Auf dem Boden lag der Plan der Brunnen. Sie hob ihn auf. Sie strich über das Papier, das rauh und körnig war wie der Sand der Wüste. Wieder stiegen Bilder in ihr auf. Aber diesmal waren es plätschernde Brunnen, grünende Oasen inmitten eines gelben Sandmeers, Pferde, um deren Hufe der Sand wirbelte, Kamele mit Bergen von buntem Gepäck auf dem Rücken. Das wüste Drama der letzten Stunde erhielt plötzlich einen Sinn, eine Rechtfertigung.

Caroline reichte Sterne den Plan der Brunnen. »Wir werden ihn bald brauchen.« Sterne staunte, wie selbstverständlich ihre Stimme klang. Sie blickten sich an, und all das, wovor sie eben noch Angst hatte, war weggewischt. Nein, es gab keinen Unterschied zwichen ihr und diesen Männern. Auch sie hatte Khalafs Tod gewollt. Auch sie hatte leben wollen.

»Seid Ihr bereit?« Scheich Toman ibn Mohanna stand in der Mitte des Kerkers. In den Händen hielt er Khalafs Purpurmantel. Auf seinem Gesicht stand Triumph. Es war wie ein Zeichen, das ihm diese Stunde aufgebrannt hatte, das Zeichen des Siegers, das Zeichen eines Mannes, den Allah vor allen anderen geprüft und erhoben hatte.

Er warf sich den Mantel um die Schultern. »Seid unbesorgt. Dieser Mantel wird sie blenden. Ich führe Euch sicher aus dem Palast. Bleibt immer dicht bei mir. Es wird so sein, wie ich Euch gesagt habe.«

Mit donnernder Stimme befahl er den Wachen, die Tür zu öffnen. Die Tür schwang langsam auf. Links und rechts standen die Posten. Sie kreuzten die Arme über der Brust, verneigten sich tief vor dem Mann im Purpurmantel.

Caroline war an der Schwelle stehengeblieben; sie warf einen Blick zurück in den Kerker. Über dem Lager aus Heu lag noch der Mantel, den sie darübergebreitet hatte. Sie eilte zurück, hob den Mantel auf. Dann folgte sie den Männern.

10

Der Regen, die Nacht und der Mond, der zwischen den Wolken dahinzog, verzauberte die Stadt. Die Häuser aus grauem Ton wurden gläserne Paläste, die Plätze aus gestampftem Lehm riesige schwarze Spiegel, die staubbedeckten Bäume silberne Fontänen. Caroline merkte nicht, daß sie bis zum Knöchel im Wasser watete, daß ihr Mantel sich mit Wasser vollsog. Das Gesicht dem Regen darbietend, schritt sie dahin.

Scheich Toman ibn Mohanna eilte mit wehendem Purpurmantel voran. Er schüttelte sich, daß die Tropfen aus seinem Mantel stoben. Es war eine Bewegung, die fast wollüstiges Behagen ausdrückte. »Morgen früh ist die Wüste grün«, sagte er, »und das Wasser der Brunnen süß. Folgt mir. Ich bringe Euch zur Karawanserei.«

»Ihr meint, daß Ismael Wort gehalten hat?« fragte Caroline.

»Möglich ist es. Was hat er für seine Dienste verlangt?«

»Vierhundert Pfund.«

»Zwanzigtausend Piaster! Und wieviel Zins?«

»Zweihundert Prozent.«

Scheich Toman lachte. »Sechzigtausend Piaster! Dafür stelle ich Euch eine ganze Armee auf! Wieviel Tiere habt ihr?«

»Vierzehn Pferde, acht Kamele, vier Treiber, vier Bewaffnete, einen Führer. Wenn Ihr Pferde braucht oder Geld...« Sterne verstummte. Er fürchtete, Scheich Toman zu demütigen.

»Macht Euch keine Sorgen um mich«, sagte Scheich Toman. »Ich besitze Silberminen im Sudan. In einem sicheren Versteck liegen Fässer mit Silberpiastern. Genug Geld, um ein Heer aufzustellen. Die Beduinenstämme der Wüste stehen auf meiner Seite. In wenigen Tagen werde ich über Tausende von Kriegern verfügen. Dann werde ich nach Timbuktu zurückkehren. Darin ist unser Gott nicht anders als der eure. Er liebt die Starken.« Er griff in sein Gewand und hielt Caroline ein Silberstück hin. »Die Silberpiaster des Scheichs Toman ibn Mohanna wird es noch geben, wenn niemand mehr Khalafs Namen kennt. Nehmt, er wird Euch Glück bringen – so wie er mir Glück gebracht hat. Aber jetzt laßt uns eilen. Wir dürfen den Aufbruch der Karawane nicht versäumen.«

Schweigend setzten sie den Weg fort. Auf der einen Seite begleitete sie die Stadtmauer, auf der anderen Seite zogen sich Häuser hin. Aus den Regenrinnen, die in der Mitte des Dachs oder der Mauer in die Luft stachen, ergossen sich wahre Sturzbäche. Es gab keinen Weg mehr, sondern nur noch Morast, den reißende Bäche aufwühlten. Der Boden war so glitschig, daß Caroline bei jedem Schritt auszugleiten drohte. Die Kleider klebten ihr am Leib. Aber es war eine jener Stunden, in denen sie auch durch Feuer geschritten wäre ohne eine andere Empfindung als die, zu atmen, zu leben. Vor ihnen lag ein großer Platz. Der Regen hatte ihn in einen See verwandelt. Ein paar Lichter, die sich darin spiegelten, ließen ihn unergründlich tief erscheinen. An der spiegelglatten Oberfläche des Wassers bemerkten die drei Flüchtlinge, daß es zu regnen aufgehört hatte.

Scheich Toman ibn Mohanna nahm den Purpurmantel von den Schultern. Er schüttelte ihn aus, hielt ihn Caroline hin. »Fühlt!« Abgesehen von einer leichten Feuchtigkeit an der Oberfläche war der Mantel trocken. »Diese Art Stoff verstehen nur die Fulbe-Frauen zu weben. Kühl in der Hitze, wärmend in der Kälte.« Er rollte den Mantel sorgfältig zusammen. Er deutete in die Ferne. »Die Lichter, die Ihr seht, das ist die Karawanserei. Von jetzt an übernehmt Ihr die Führung.« Während er sprach, hatte er begonnen, den Schal, der lose um seine Schultern lag, um den Kopf zu winden, so daß nur ein schmaler Schlitz für Augen und Nase frei blieb. »Ich rate euch, dasselbe zu tun«, sagte er. »Ist ein Treffpunkt vereinbart, wo Ismaels Leute euch erwarten?«

»Nein«, sagte Sterne. »Ismael wollte uns eine Nachricht schikken, aber dazu kam es nicht mehr.«

»Wenn seine Leute da sind, dann warten sie sicher bei dem großen Tamarindenbaum. Wenn nicht, haben wir auf jeden Fall dort am ehesten die Möglichkeit, Pferde zu bekommen. Es ist der Platz für die Bewaffneten, die noch Dienst suchen.« Er nickte zufrieden, als Sterne und Caroline, seinem Beispiel folgend, Kopf und Gesicht bis auf einen Schlitz für Augen und Nase verhüllten.

Vermummt, die Gewänder mit den Händen gerafft, schritten sie am Rand des überschwemmten Platzes dahin. Der Wind hatte sich gelegt. Der Mond stand nicht mehr am Himmel. Carolines Augen gingen hinüber zu der Karawanserei. Im flackernden Schein der vielen Feuer glich sie einem nächtlichen Jahrmarkt; ein Wald von bizarren Schirmen und aufgespannten Zelttüchern; ein buntes

Durcheinander von Menschen. Es war genauso, wie Caroline es sich vorgestellt hatte. Das Wunder war geschehen.

Mit weitausholenden Schritten eilte Sterne voran. Sie mochte seine Art, sich zu bewegen; es mischten sich darin Ungestüm und traumwandlerisches Dahingleiten. Sie brauchte nicht auf den Weg zu achten, sie brauchte nur den Fuß zu setzen wie er.

Aus der Dunkelheit kam ein Schrei. Eine Gestalt rannte in großen Sätzen auf sie zu. Das schulterlange Haar klebte dem Jungen am Kopf. Das Gesicht glänzte vor Nässe. Unter dem dünnen Hemd zeichnete sich ein magerer Körper ab. Almansor! Sekundenlang starrte er Caroline und Sterne an, bereit, jeden Augenblick die Flucht zu ergreifen vor diesen Spukgestalten, mit denen die Nacht oder seine Phantasie ihn narrte. Zögernd streckte er die Hand aus, faßte Carolines Gewand an. Er trat näher heran. »Ihr seid es! Ihr seid es wirklich!« Aus seinem Mund sprudelten Lachen, Schluchzen, Worte. »Ich habe nicht mehr daran geglaubt! Ich glaubte, daß es mein Schicksal ist, allen meinen Herren Unglück zu bringen.« Er verstummte. Er hatte so viele Fragen, aber er wagte sie nicht zu stellen. »Ihr seid naß bis auf die Haut«, rief er plötzlich aus. »Ihr braucht neue Kleider.«

Er wollte davonstürzen, aber Caroline hielt ihn fest. »Sind Ismaels Leute da?« fragte sie.

»Das war das Schlimmste!« rief Almansor aus. »Die Pferde zu sehen, die Kamele, die Vorräte, die schönen Waffen. Ich konnte es nicht mehr ertragen. Darum bin ich weg von den anderen...«

»Sie sind also da?«

»Sie warten beim Tamarindenbaum. Ich werde Euch den Weg zeigen. Kommt!«

Mehr springend als gehend, lief er vor ihnen her. Immer wieder wandte er den Kopf, als fürchte er, Caroline und Sterne könnten sich wieder in Nichts auflösen.

Rund um den Stamm des mächtigen alten Baumes, an den weitausladenden untersten Zweigen befestigt, spannten sich Zeltplanen, die unter der Last des Wassers, das sich darin gesammelt hatte, tief durchhingen. Die Männer, die darunter an den Feuern saßen, schien das nicht zu bekümmern. Behaglich streckten sie sich auf dem trockenen Boden, sogen an ihren Pfeifen, schlürften Kaffee, reichten Würfelbecher reihum. Die fünf Männer hatten kaum mehr als einen kurzen gleichgültigen Blick für die Ankömmlinge übrig. Unter dem großen gelben Zeltdach, das zu schwer war, um an den Zweigen befestigt zu werden und von zwei in die Erde gerammten Lanzen gehalten wurde, entdeckte Caroline Almansors kleines geflicktes Zelt.

Almansor deutete auf das Zelt: »Ihr werdet alles vorfinden, was ihr braucht.«

Caroline schlüpfte hinein. Die trocknen Gewänder lagen über einem im Feuer gewärmten Stein. Sie streifte die nassen Fetzen vom Leib, trocknete sich. Sie rieb das Haar trocken, steckte es wieder fest. Sie mußte achtgeben, denn die leiseste Erschütterung des Zeltes genügte, um aus den Zweigen darüber prasselnde Schauer zu schütteln. Sie zog die frischen Gewänder an, schlüpfte in die Reitstiefel. Zuletzt wand sie den weißen Mullschal um Kopf und Gesicht. Sie besah sich in dem Spiegel, der bereitlag. Sie zog den weißen Stoff noch tiefer in die Stirn. Es war derselbe weiße Baumwollmull, in den sie in Abomey ihr Kind eingewickelt hatte, bevor sie es weggab...

Das Kind! Caroline wurde es siedend heiß bei dem Gedanken. Sie trat nach draußen. Sie ging zu Almansor, der eben einen Topf mit dampfendem Hühnerpilaw vom Feuer nahm. Mit strahlenden Augen blickte er zu ihr auf. Seine Freude tat ihr weh in diesem Augenblick. Es sprach der nämliche Egoismus daraus, bei dem sie sich eben selbst ertappt hatte. Wie hatte sie die ganze Zeit nur an sich selber denken können? Sie konnte Timbuktu nicht verlassen, bevor sie nicht wußte, wo ihr Kind war. Sie bemerkte erst jetzt, daß der Platz unter der gelben Zeltplane, wo die fünf Männer Würfel gespielt hatten, leer war. Auch Sterne und Scheich Toman waren nicht zu sehen.

»Wo sind die Männer?« fragte Caroline.

»Sie sehen nach den Pferden und den Vorräten. Sie bereiten alles für den Aufbruch vor. Ihr solltet jetzt etwas essen. Bis zur ersten Rast vergehen Stunden.«

Caroline wehrte ab. »Hast du das Geld, das für den Damaszener Tafas bestimmt war, bei dem Sinaida auf mich warten sollte?«

Almansor erhob sich. Seine rechte Hand verschwand in der breiten, aus drei ineinander verschlungenen Schals bestehenden Schärpe, die er um den Leib trug. Er sah nach links und rechts, bevor er den prall gefüllten Beutel herauszog und ihn Caroline übergab. »Ich werde Euch zu Tafas begleiten.«

»Ihr braucht Euch nicht zu bemühen«, sagte hinter ihr eine Stimme. Caroline fuhr herum. Einer der Männer Ismaels stand vor ihr. Aber das beruhigte sie keineswegs. Sie hatte ihn nicht kommen gehört. Wie lange stand er schon hinter ihr, sie belauschend? Er war von mittlerer Größe und besaß den schlanken, zähen Körper eines Kriegers. Seine Gesichtsfarbe war ein tiefes Nußbraun. Die Nase mit dem zart gebogenen Rücken und der nach abwärts gezogene Mund gaben ihm etwas Hochmütiges. Auffällig war sein rotbraunes Haar, eine wahre Löwenmähne.

»Wer seid Ihr?« sagte Caroline schroff, ihn mit voller Absicht wie einen Fremden behandelnd. Der Mann neigte den Kopf, eine Geste, die den Stolz seiner Haltung nur noch betonte.

»Mallem Merabet, Euer Diener. Ismael abu Ssemin hat uns damit beauftragt, Euch sicher durch die Wüste nach Algier zu führen.«

Auch während er sprach, blieb in seinen Augen ein Ausdruck von Langeweile und Gleichgültigkeit. Neben der überschäumenden Herzlichkeit Almansors wirkte die Kühle dieses Mannes geradezu feindselig, als wäre er nicht ihr Diener, sondern ihr Bewacher.

Caroline war versucht, ihm ein für allemal klarzumachen, daß sie die Herrin war, aber sie bezwang sich. Ihre Klugheit sagte ihr, daß sie am Beginn eines Unternehmens stand, bei dem es besser war, Männer seines Schlages bei sich zu haben als unterwürfige, unselbständige Diener. Und solche Männer gehorchten nur Menschen, die sich noch besser zu beherrschen und zu verstellen verstanden als sie selber. »Was ist mit dem Damaszener?« fragte sie, so ruhig sie konnte. »Habt Ihr ihn gesprochen? Habt Ihr die Amme und das Kind geholt?«

»Tafas war einige Male hier.«

»Danach habe ich Euch nicht gefragt. Ich will wissen...«

Ein belustigtes Lächeln huschte über das dunkle Gesicht Mallem Merabets. Gelassen, als habe er es nicht anders erwartet, deutete er in das Gewühl der im Aufbruch befindlichen Karawane. »Fragt ihn selbst! Da kommt er.«

Das erste, was sie von ihm vernahm, war das Klirren seiner Armreifen. Wie breite, funkelnde Manschetten kamen sie unter den Ärmeln des dicken Wollmantels hervor. Nach allen Seiten grüßend und lächelnd, kam er heran. Sein Schritt war so langsam, daß er gar nicht außer Atem sein konnte, dennoch spielte er den Atemlosen, als er bei Caroline anlangte. »Ein halbes dutzendmal hab' ich den Weg hierher gemacht«, stieß er hervor. Das Klirren seines Schmucks war fast lauter als seine Stimme. »Als ich hörte, daß Ihr doch noch gekommen seid...«

Caroline empfand nichts als Angst. Wie viele Menschen wußten schon davon, daß ihnen die Flucht gelungen war? Wenn die Nachricht wie ein Lauffeuer durch die Stadt ging – wie lange waren sie dann noch sicher? Sie sagte gepreßt: »Ich danke Euch, daß ihr gekommen seid. Aber bitte sprecht, wo sind die Amme und das Kind?«

Tafas streckte die Hand aus. »Habt Ihr das Geld?«

Caroline reichte ihm den Beutel mit dem Gold. Unauffällig ließ ihn Tafas unter seinem Mantel verschwinden.

»Ihr werdet zufrieden sein mit meiner Nachricht«, sagte der Damaszener. »Ihr hattet mit der Amme Sinaida ausgemacht, daß sie Euch in meinem Haus erwarten sollte.«

Caroline ertrug es nicht länger. »Wo ist das Kind!«

»So beruhigt Euch doch! Wollt Ihr, daß alle Welt auf Euch aufmerksam wird. Sie waren in meinem Haus, Sinaida und das Kind. Sie kam noch vor der Karawane an, aber sie konnte nicht bleiben, nicht nachdem man Euch entdeckt hatte und in der ganzen Stadt nach Euch suchte. Es wäre zu gefährlich gewesen. Ihr müßt das verstehen. Es gab ein Gerücht, daß das Kind, das sie bei sich hatte, den Christen gehörte. Was hätte sie tun sollen?«

»Wo ist sie und das Kind?«

»Sie hat die Stadt verlassen.« Der Damaszener warf sich in die Brust. »Mit meiner Hilfe. Ich bat den Führer einer Postkafla, der ein guter Freund von mir ist, sie mitzunehmen.«

Caroline schwieg. Wieder hatte sie vergeblich gehofft. »Wo werde ich sie finden?«

»In Rhas, in ihrem Heimatdorf. Es liegt auf Eurem Weg, keine vierzig Meilen südlich von Algier. Sie wird ihr Ziel sicher erreichen. Sicherer, als wenn sie mit Euch zöge. Das Kind ist kräftig, und Sinaida ist tapfer wie ein Mann. Das einzige, was Euch beunruhigen müßte, ist, daß sie das Kind zu sehr liebt. Sie hat es ins Herz geschlossen, als wäre es ihr eigenes.«

Mallem Merabet, der sich zurückgezogen hatte, stand plötzlich wieder vor ihr. Mit geräuschlosem Schritt war er zurückgekehrt; seine Aufmerksamkeit schien ausschließlich den Pferden zu gelten, die jetzt herbeigeführt und gesattelt wurden. Ein Knecht zerrte die Lastkamele an der Leine hinter sich her. Widerwillig schreiend gingen sie in die Knie. Dreck spritzte auf.

Tafas sprang zur Seite. Hastig kreuzte er die Hände über der Brust zum Gruß. »Ihr werdet Euer Kind wiedersehen. Allah ist mit Euch! Er hat es bewiesen...«

»Lebt wohl«, sagte Caroline mit zwiespältigen Gefühlen. Sie war diesem Mann seltsamerweise nicht gram. Trotz aller Gerissenheit erschien er ihr vertrauenerweckender als Mallem Merabet und sein kleiner Trupp, der von jetzt an für ihren Schutz sorgen sollte. Wenn sie ehrlich war, mußte sie sich eingestehen, daß sie eigentlich froh war, das Kind gut aufgehoben zu wissen und nicht selbst die Verantwortung zu tragen auf dem Weg durch die Wüste. Nicht einmal die Vorstellung, daß ihr Kind an der Brust einer anderen Frau lag, hatte in dieser Stunde einen Stachel.

Ein Geräusch riß sie aus ihren Gedanken. Mallem Merabet hatte Wasser auf das Lagerfeuer gegossen. Zischend fiel der Glutberg in sich zusammen. Weißer Rauch stieg auf. Von der Spitze der Karawane, die sich bereits formiert hatte, liefen Befehlsrufe über den Platz. Mallem Merabet machte seinen Männern ein Zeichen. Sie bestiegen die Pferde.

Sterne führte Carolines Pferd am Halfter herbei. Er reichte ihr die Zügel, hielt ihr den Steigbügel. »Kommt«, sagte er ruhig, »es ist Zeit, aufzubrechen.« Caroline griff nach seiner Hand, drückte sie stumm. Dann setzte sie den Fuß in den Steigbügel und schwang sich in den Sattel. Im Licht der Fackeln setzte sich der Zug langsam in Bewegung.

An der Spitze der Karawane rief ein Treiber das erste Ho-ho durchdringend in die Nacht. Ein Pferd wieherte, Lachen klang auf, erstarb wieder, verschluckt von der Finsternis.

Caroline konnte sich nicht erinnern, jemals eine so dunkle Nacht erlebt zu haben. Es gab nichts mehr, keinen Himmel, keine Erde, nur noch diese alles verschlingende Dunkelheit, in der das Licht der Fackel kaum die Hände erreichte, die sie schwangen. Sie wußte nicht, wie lange sie schon geritten war, als Scheich Toman ibn Mohanna näher herankam. »Gebt acht«, flüsterte er. »Blickt geradeaus!«

»Was ist?« fragte Caroline, auf etwas Unangenehmes gefaßt.

»Es ist etwas, was Ihr nur hier sehen könnt, nur in dieser Stunde. Wir sagen, die Nacht schlägt ihr Auge auf. Wer es sieht, den beschützt die Nacht.« Caroline starrte in die Finsternis, und plötzlich sah sie es. Es war tatsächlich, als öffne sich ein riesiges dunkles Auge einen Spalt weit. Ein dünner glimmender Streifen lief durch das Dunkel und zerfloß. Das Ganze hatte keine Sekunde gedauert. Dann war es wieder Nacht, aber es gab jetzt Himmel und Erde und eine Linie, die sie trennte.

Die Luft war kühl und ein wenig salzig. Die Silhouette eines Waldes tauchte auf. Beim Näherkommen erkannte Caroline, daß es Fächerpalmen waren. Ein Wald, zwischen dessen Stämmen sie weiße Marmorplatten aufschimmern sah, kleine weiße Rundtempel. Ein Zug schwankender Laternen bewegte sich durch die

Dunkelheit auf den Wald zu. Es war eine kleine Gruppe, die offensichtlich nicht zur Karawane gehörte. Es schien, als beschleunigten die Treiber und Tiere den Schritt, um der Karawane auszuweichen. In der Mitte des Trupps erkannte Caroline vier Männer, die ein großes Brett auf den Schultern trugen. Ein Sarg stand darauf. Dem Zug voran schritt eine vermummte Gestalt. Unbewußt hatte Caroline ihr Pferd gezügelt, um besser beobachten zu können, was dort vor sich ging. Der Zug hielt jetzt an. Der Sarg wurde auf die Erde gestellt. Caroline wandte sich im Sattel und blickte Scheich Toman fragend an.

»Es ist der Wald der Toten«, sagte der Scheich. »In Timbuktu haben nur sie immer Schatten.«

Die Gruppe hatte sich aufgelöst. Die Männer versammelten sich um ein ausgehobenes Grab. Die gewaltigen Regengüsse hatten es mit Wasser gefüllt. Das Licht der Laternen verdoppelte sich im Spiegel des Wassers. Ein leises Murmeln klang durch die Stille. Ein Luftzug wehte Schleier von Tropfen aus den Kronen der Fächerpalmen. Caroline wollte den Blick schon abwenden, als eine Bewegung der vermummten Gestalt, die dem Zug vorausgegangen war, ihre Aufmerksamkeit fesselte. Der Mann hatte den Umhang zurückgeschlagen. Er straffte sich. Dann breitete er die Arme aus. Es war dieselbe Geste, mit der Aba el Maan sie in sein Haus aufgenommen hatte. Aba el Maan! Der zum Wald der Toten herausgekommen war, um seinen Enkel Timur zu begraben. Eine Art Lähmung erfaßte Caroline. Aber es war nicht das Erschrecken vor der Möglichkeit, durch Aba el Maan entdeckt zu werden. Es war auch nicht die Erinnerung an Timur, nicht einmal an den Augenblick, als Aba el Maan das Urteil über sie gesprochen hatte. Was ihr den Atem stocken ließ, war der plötzliche Gedanke, daß sie selbst es hätte sein können, die man dort bestattete. Die Zügel lagen schlaff in ihren Händen. Sie starrte auf die Szene. Ungeweinte Tränen machten ihr die Augen brennen. Bei der Vorstellung, hier irgendwo in der Fremde zu sterben, in fremde Erde gelegt zu werden, krampfte sich ihr Herz zusammen. War es das, was ihr immer wieder die Kraft gegeben hatte zu überleben? Diese Angst, in fremder Erde begraben zu werden?

Es gab nur einen Fleck auf der Erde, wo sie ruhen wollte. Sie glaubte aus dem Dunkel der Nacht das stille Licht der Ewigen Lampe in der Kapelle von Rosambou auftauchen zu sehen; den Altar aus einem Basaltblock, der noch aus heidnischer Zeit stammte und über dem kein Gekreuzigter hing, sondern auf dem ein goldenes, mit Edelsteinen besetztes Kreuz stand; das Taufbecken aus rötlichem Granit; das Deckengewölbe mit den roten Schlußsteinen, die das Wappen der Grafen Romme Allery trugen – Rose und Schwert; den Chor mit den verblichenen Fresken; die Fahnen, die in mächtigen geschmiedeten Haltern staken, und in ihrem Schatten die Grabplatten, die Sarkophage. Sie griff in die Zügel und lenkte ihr Pferd näher zu Sterne heran. »Ich habe eine Bitte«, sagte sie leise. »Was immer geschieht, bringt mich nach Rosambou. Versprecht mir das. Ich möchte nur dort begraben sein...« Erst als sie gesprochen hatte, kam ihr das Seltsame ihrer Bitte zum Bewußtsein, und sie erschrak. Warum dachte sie jetzt an den Tod, in dem Augenblick, da sie ihm entronnen war, da sie frei war...?

In ihrer Stimme war ein Klang, der es Sterne unmöglich machte, etwas zu erwidern. Das war keine augenblickliche Stimmung, die aus ihr sprach. In Sternes Ohren klang es eher wie eine Vorahnung, daß sie das Schloß ihrer Kindheit nie mehr sehen würde. Aber Sterne hatte nicht nur Angst um sie; stärker war etwas anderes: Eifersucht, wilde, unsinnige Eifersucht auf dieses Rosambou, auf alles in ihrem Leben, an dem er keinen Anteil hatte und nie Anteil haben würde. Selbst der Tod, von dem sie sprach, war in diesem Augenblick für ihn nichts anderes als ein unsichtbarer Rivale, der ihm die Geliebte entreißen wollte.

Ein zarter Schimmer färbte das Grau der Dämmerung. Auf den Lavahügeln lag ein intensiver rosa Glanz. Der Sand war weich wie ein Teppich. In den Mulden und Niederungen war nach dem nächtlichen Regenfall dünnes Gras gesprossen, ein frischer, blaßgrüner Hauch, der die schiefergrauen und bräunlichroten Flächen überzog.

Caroline fühlte keine Müdigkeit. Die Ängste und die Gedanken der Nacht waren mit dem Dunkel verschwunden. Der Tagesanbruch war nicht mehr weit. Die köstliche Frische, die den Morgen ankündigte, war auch in ihr. Bald würden sie sich von der Karawane trennen. Sie erwartete jeden Augenblick das Zeichen von Mallem Merabet. Aber es war Scheich Toman ibn Mohanna, der plötzlich sein Pferd zurückfallen ließ. Sie und Sterne verlangsamten den Schritt ihrer Tiere.

Scheich Toman ibn Mohanna lockerte die Vermummung um sein Gesicht. »Unsere Wege werden sich leider bald trennen«, begann er zögernd. »Bis zum Rand der Sahara ist es nur noch eine Stunde.«

Wie absichtslos ging sein Blick nach vorne zu Mallem Merabet.

Caroline war der argwöhnische Blick Scheich Tomans nicht entgangen.

»Habt Ihr etwa Bedenken gegen unseren Führer?« fragte sie.

»Er ist vom Stamm der Hasimi«, erwiderte Scheich Toman. »Das sind furchtlose Krieger, Männer, von denen es seit Jahrhunderten heißt, daß sie niemals ihr Wort brechen. Sehr viele Karawanenführer gehören diesem Stamm an. Die Treue zu ihren Reisebegleitern ist ihnen heilig.«

Jedes Wort Scheich Tomans war ein Lob, aber Caroline hatte dennoch das Gefühl, daß er ihr auswich. »Sagt offen, was denkt Ihr wirklich von Mallem Merabet?«

Scheich Toman wandte ihr das Gesicht zu, dieses Visier aus weißem Mull, unter dem sich die Nase abzeichnete und die Augen dunkel glühten. »Ihr habt einen Weg vor Euch, auf dem Ihr nie vergessen solltet, daß Ihr unter Menschen seid, die ihre ganze Intelligenz und ihren ganzen Stolz dareinsetzen, ihre wahren Gedanken zu verbergen.«

»Ihr mißtraut ihnen. Ich fühle es, und Eure Worte sagen es verschleiert.«

»Ich weiß von Mallem Merabet nur, was ich Euch sagte.« Scheich Toman zögerte. »Trotzdem, wenn Ihr einen Rat von mir wollt: Trennt Euch von ihm und seinen Männern, und zwar auf der Stelle! Ich kann Euch keinen Grund angeben für meinen Rat. Es ist nur ein Gefühl. An Tagen wie diesen weiß man mehr von den Menschen. Man sieht mit anderen Augen.« Wieder ging sein Blick nach vorne zu Mallem Merabet. »Ihr dürft nicht mit diesem Mann zusammenbleiben, das ist es, was ich sehe. Ihr müßt Euch von ihm trennen.«

Caroline lauschte dem nach, was die Worte Scheich Tomans in ihr angerührt hatten. Es war, als habe er sie nur an etwas erinnert. Das Mißtrauen gegen Ismael war wieder wach. Als sie den Diamantenhändler das erstemal erblickt hatte, war sic von einem Gefühl drohender Gefahr erfaßt worden. Erst als seine Hilfsbereitschaft die Form eines Geschäfts annahm, an dem er zweihundert Prozent verdienen würde, hatte sie ihr Mißtrauen zu beschwichtigen vermocht.

Sie wandte sich an Sterne. »Was meint Ihr?«

Als Sterne zögerte, fuhr Scheich Toman fort: »Vergeßt nicht, daß Ihr die Männer nicht braucht. Weder die Bewaffneten noch die

Treiber. Ihr habt den Plan der Brunnen. Die Sahara wird ein grünes Meer für Euch sein. Eure Tiere werden Futter und Wasser finden. Das Fell Eurer Pferde wird glänzend bleiben und die Höcker der Kamele prall. Ihr seid zu dritt. Vier Pferde und vier Kamele, mehr braucht Ihr nicht. – Aber seht nur!« Scheich Toman ibn Mohanna streckte die Hand aus. Im Osten stieg der weiße Flammenball der Sonne empor. Vom gespannten Bogen des Horizonts schnellten die Strahlen gleich funkelnden Pfeilen ab. Als versuche sie, diesem Anblick des Lichts auszuweichen, hatte die Karawane sich südöstlich gewandt. Es waren keine hundert Meter Abstand zwischen Caroline und dem letzten von der Nachhut umschwärmten Trupp, und doch wirkten Menschen und Tiere bereits spielzeughaft klein, dunkle Ornamente in dieser Unendlichkeit aus Licht. Fast schien es, als bewegten sie sich gar nicht mehr, sondern würden vom Licht allmählich aufgesogen.

Mallem Merabet und seine Leute hatten sich von der Karawane gelöst und waren zurückgeblieben. Caroline parierte ihr Pferd. Mallem Merabet ergriff ihre Zügel. »Es ist ein Gesetz der Wüste, daß keiner sich von der Gruppe absondern darf«, sagte er. »Das gilt für jeden. Auch für Euch.«

Caroline sah ihn ruhig an. Im Tageslicht hatte die dunkle Haut Mallem Merabets einen bläulichen Schimmer. Die Augäpfel glänzten wie weißes Emaille. Seine Züge drückten äußerste Wachsamkeit aus. War sie noch schwankend gewesen, ob sie dem Rat Scheich Tomans folgen sollte, so war Caroline jetzt Mallem Merabet dankbar, daß er es ihr so leichtmachte. »Ihr werdet keine Mühe mehr mit uns haben«, sagte sie. »Unsere Wege trennen sich hier.«

Zwischen den Brauen des Mannes bildete sich eine steile Falte. Er warf einen Blick zu Scheich Toman ibn Mohanna. Instinktiv spürte er, daß dieser den Entschluß der Frau bestimmt hatte. »Ihr habt uns für die ganze Reise gemietet«, sagte er.

»Ist das auch ein Gesetz der Wüste, daß der Diener bestimmt, wie lange seine Dienste dauern?«

Die Stimme des Beduinen klang eher resignierend als aggressiv, als er antwortete: »Ihr werdet nicht einmal bis zur ersten Oase kommen.«

»Das soll nicht Eure Sorge sein.«

»Ich trage die Verantwortung für Euer Leben. Ismael abu Ssemin...«

»Sagt ihm meinen Dank«, unterbrach ihn Caroline. »Das ist alles, was Ihr noch für mich tun könnt.«

»Ihr wißt nicht, was Ihr tut.« Mallem Merabet war wütend auf sich, daß er sich überhaupt darauf eingelassen hatte, mit der Frau zu verhandeln. Hatte Ismael abu Ssemin ihm nicht volle Befehlsgewalt übertragen? Wie sollte er dem Diamantenhändler klarmachen, daß man ihn einfach entlassen hatte? »Die Sahara ist nicht nur Sand, Trockenheit, Hitze, Stürme und eisige Kälte in der Nacht, das sind auch wilde Tiere und Nomaden. Und vergeßt nicht, daß die Nomaden hungriger sind als die Tiere. Für ein Säckchen Datteln bringen sie einen Menschen um.« Er hatte ohne Nachdruck gesprochen, fast gleichgültig; gerade das gab seinen Worten Gewicht. Aber Caroline ließ sich davon nicht beeindrucken. Seine hartnäckige Weigerung, sich ihrem Befehl zu beugen, bestätigte ihr nur, wie gut sie daran tat, dem Rat Scheich Tomans zu folgen. Mallem Merabet und seine Leute hatten von Ismael den ganzen Lohn im voraus bekommen. Warum also weigerten sie sich, umzukehren? Es mußte etwas geben, das über den Auftrag, sie nach Algier zu geleiten, hinausging. Etwas, von dem sie nichts wußte. »Ich hoffe, Ihr bequemt Euch endlich, mich zu verstehen«, sagte Caroline. »Eure Dienste sind beendet.«

»Gilt das auch für die Treiber?«

Caroline nickte.

»Ihr habt acht Kamele...«

»Wir brauchen nur vier davon.«

In den Augen des Beduinen flammte es gefährlich auf, aber diesmal schwieg er. Er ließ Caroline stehen und trat zu seinen Leuten. Sie bildeten einen Kreis um ihn, redeten leise auf ihn ein. Mallem Merabet hörte mit gesenktem Kopf zu. Plötzlich winkte er schroff ab. Mit gedämpfter Stimme gab er den Männern seine Anweisungen. Dann nahm er sein Pferd und saß auf. Zögernd folgten die anderen seinem Beispiel. Die Zügel lose in der Hand, lenkte Mallem Merabet sein Pferd noch einmal zu Caroline. Einen Augenblick maß er sie schweigend. Caroline empfand seine Haltung, seinen Blick wie eine stumme Drohung. Ohne Gruß riß er das Pferd herum, daß es den Kopf schnaubend zurückwarf. Gefolgt von seinen Männern, sprengte er davon.

Eine Stunde war vergangen, seit sie sich von der Karawane und den Beduinen getrennt hatten. Ihre Aufmerksamkeit ganz auf die Umgebung gerichtet, ritt Caroline dahin. Das Dreieck weißen Sandes, das in den Gürtel grauer und rötlicher Erde, der Timbuktu umgab, einschnitt, kam jetzt schnell näher. Seit einer halben

Stunde lag dieses Ufer der Wüste vor ihnen, immer gleich nahe und gleich unerreichbar. Aber in diesem Augenblick hatten sie den weißen Saum erreicht; Almansor überschritt auf seinem Lastkamel als erster die Grenze des grauen und des weißen Sandes. Die Sahara! Die Reiter zügelten ihre Tiere. Caroline streifte den weißen Mullschal aus dem Gesicht. Die vier Menschen blickten stumm hinaus in das weiße Sandmeer, das sich vor ihnen ausbreitete. Zwei kleine Pyramiden aus schwarzen Steinen bildeten eine Art Tor, das den Beginn der Wüste markierte. Von der Sonne gebleichte Knochen lagen auf dem Boden. Es waren nicht nur Gebeine von Tieren, sondern auch die von Menschen. Unzählige Male waren sie an diesen Spuren grauenvollen Sterbens vorübergeritten, ohne weiter darauf zu achten, aber in diesem Augenblick rührte Caroline etwas an, das sie frösteln machte.

Scheich Toman ibn Mohanna deutete auf die zwei schwarzen Steinpyramiden. »Das sind die Markierungen der Eilkuriere nach Algier. Mein Vater hat sie setzen lassen, aber sie sind nicht mehr vollzählig. Die Nomaden nehmen die Steine, um ihre Herde zu bauen und ihre Zelte zu beschweren.«

»In welcher Zeit legen die Kuriere den Weg zurück?« fragte Sterne.

»Ich hatte einen Mann, der ritt die Strecke in dreiundzwanzig Tagen.«

»Und wie lange werden wir für diesen Weg brauchen?« fragte Caroline.

»Ihr werdet auf jeden Fall schneller sein als mit Mallem Merabet und seinen Leuten. Ich bin froh, daß Ihr Euch von ihnen getrennt habt.«

Caroline schwebte eine Frage auf der Zunge. Was werden sie tun, wollte sie fragen. Was wird Ismael unternehmen? Aber sie schwieg. Sie wollte ihre Unsicherheit nicht zeigen. Und sie wußte auch, daß Scheich Toman ihr keine Antwort geben konnte, die sie wirklich beruhigt hätte. Alles, was sie tun konnten, war, einen möglichst großen Vorsprung zu gewinnen. Es drängte sie, keine Zeit zu verlieren. »Wir danken Euch«, sagte sie. »Wir können es nur mit Worten tun.«

Scheich Toman ibn Mohanna schüttelte den Kopf. »Ich werde immer Euer Schuldner sein. Nehmt wenigstens das zum Abschied. Es gehört in Wahrheit Euch.« Mit einer einzigen Bewegung rollte er den Mantel Khalafs, der vor ihm auf dem Sattel gelegen hatte, auf. Der Purpur leuchtete in der Sonne. Caroline sah Scheich Toman überrascht an.

»Habt Ihr die Wirkung des Mantels so schnell vergessen?« rief der Scheich, während er den Mantel wie eine erbeutete Fahne hin und her schwenkte. Seine Zähne blitzten. Es war das strahlende, grausame Lächeln des Siegers. »Dieser Mantel wird Euer fliegender Teppich sein. Wie das Feuer die wilden Tiere vertreibt, wird dieser Mantel die Räuber vertreiben. Selbst wenn die Nachricht von Khalafs Tod in die Wüste hinausdringen sollte – dieser Purpur wird stärker sein. Sie werden ihm glauben und die Nachricht von Khalafs Ende für eine Lüge seiner Feinde halten.« Scheich Toman hatte sein Pferd neben Caroline gelenkt. »Tragt ihn! Ihr habt Khalafs Gestalt und seine Jugend.« Er legte Caroline den Purpurmantel um.

Caroline fühlte, wie der Mantel sich um ihre Schultern legte, wie er über den Rücken des Pferdes hinabglitt und in weichen Falten um ihre Beine fiel. Ein Schweigen entstand. Der Augenblick, sich zu trennen, war gekommen. Sterne löste die Guerba von seinem Sattel. Er zog den Stöpsel heraus und reichte Scheich Toman den Wasserschlauch. »Trinkt noch einmal mit uns!«

Nacheinander tranken sie von dem Wasser, das die köstliche Frische der Nacht bewahrt hatte. Die Lastkamele zerrten an der Leine. Ohne sie zu treffen, ließ Almansor seine lange Peitsche über ihre Rücken sausen.

Scheich Toman nickte. »Ihr habt einen guten Diener. Ihr habt gute Tiere. Ihr habt das Auge der Nacht gesehen. Und am Tag wird Euch Khalafs Mantel schützen.« Er stützte sich mit beiden Händen auf den Hals seines Pferdes, verharrte einen Moment reglos, in die Wüste hinausstarrend. Mit einer federnden Bewegung richtete er sich im Sattel auf, griff nach den Zügeln. Noch einmal umfaßte er Caroline und Sterne mit seinem Blick. »Allah sei mit Euch!« Mit diesen Worten lenkte er sein Pferd herum. Über den Hals des Tieres gebeugt, jagte er davon. Eine Weile sah Caroline der schnell kleiner werdenden Gestalt nach. Sie spürte kein Bedauern der Trennung, nur Ungeduld, endlich den weißen Sand der Sahara unter den Hufen aufwirbeln zu sehen. Mit einem energischen Schenkeldruck trieb sie ihr Pferd an. Im weißen Sand ritt ihr eigener Schatten neben ihr her. Es war die Silhouette eines Kriegers: der unter den weißen Schals wie unter Helm und Visier verborgene Kopf, der lange Mantel, der sie größer erscheinen ließ, die von Waffen starrenden Satteltaschen.

Almansors helle Stimme zog vor ihnen her. Hoch auf dem Leitkamel thronend, sang er die Melodien der Nomaden, langgezogene, immer wiederkehrende Tonfolgen. Die Monotonie der Wüste war in diesen Liedern: das Blau des Himmels, das hart und funkelnd war wie Stahl; die Sonne, die mit ihren weißen Flammen die metallene Kuppel des Himmels zu schmelzen schien.

Caroline faszinierte diese Landschaft. Nichts hielt den Blick fest, nichts lud zum Rasten ein; alles war gegen den Menschen erschaffen, lehnte ihn ab, verspottete sein Bemühen, zu entrinnen, denn jeder Schritt, jede Bewegung schien hier vergeblich.

11

Im ersten Erwachen wußte Caroline nicht, ob es Traum war oder Wirklichkeit: Schritte, das Wiehern eines Pferdes, dann wieder Stille. Sie lag mit offenen Auren in ihrem Zelt, lauschte, hielt den Atem an. Langsam sanken ihr die Lider wieder über die Augen, kam der Schlaf zurück, aus dem sie gerissen worden war.

Sie war in dem Augenblick, in dem sie sich auf dem Lager ausgestreckt hatte, eingeschlafen. Nachdem sie die Oase Sijir verlassen hatten, waren sie acht Stunden in scharfem Trab weitergeritten, mit wenigen kurzen Pausen. Sie hatte sich kaum mehr auf den Beinen halten können, als sie vom Pferd gestiegen war. Nicht einmal Hunger hatte sie gehabt. Ein Schluck Wasser und ein paar Datteln hatten ihr genügt. Vielleicht war es der Hunger, der sie geweckt hatte; jetzt, wo sie daran dachte, spürte sie ihn. Sie schlug die leichte Wolldecke zurück, setzte sich auf. Da war es wieder, ein leises Geräusch. Waren es sich entfernende Schritte?

Sie schlang sich ein Tuch um den Kopf, hüllte sich in den Mantel und trat vor das Zelt. Draußen dämmerte es bereits. Das Feuer brannte immer noch, aber die Flammen wirkten blaß und kraftlos in dem opalisierenden Licht des nahenden Tags. Die Tiere lagerten friedlich um die Pflöcke, an denen sie angekoppelt waren. Das Gepäck türmte sich unter Zeltplanen. Alles war unberührt. Nichts hatte sich an dem Bild geändert seit der Nacht. Doch dann hörte sie Almansor, er schien zu klagen, zu jammern. Zusammen mit Sterne, der ebenfalls aus seinem Zelt gekommen war, trat Caroline zu ihm. Sie legte die Hand beruhigend auf Almansors Schulter. Der schlug die Hände vors Gesicht und warf sich auf die Knie. »Ich bin ein schlechter Diener! Anstatt zu wachen, habe ich geschlafen. Nur durch meine Schuld konnte es geschehen. Bestraft mich!« Er brach in Schluchzen aus.

»Sag uns lieber, was geschehen ist!« sagte Caroline mit ruhiger Stimme.

Almansor nahm die Hände vom Gesicht. »Diebe haben uns die Guerbas mit dem Wasser gestohlen. Gemeine Räuber! Allah wird sie bestrafen. Allah ist gerecht. Allah kennt sie. Er wird sie verfolgen.« Er deutete auf Spuren im Sand. »Da, seht! Ich habe ihre Spuren gefunden. Gemeine, feige Räuber, Diebe. Oh, ich hätte nicht schlafen dürfen!«

»Beruhige dich! Auch wir haben sie nicht gehört«, sagte Caroline. »Wie viele waren es?« fragte sie.

»Ich kann es nicht sagen. Die meisten Spuren hat der Wind wieder verweht.«

»Sie haben nur die Guerbas gestohlen?« fragte Caroline. »Von unserem Gepäck fehlt nichts?«

»Ihr kennt diese räuberischen Nomaden nicht. Wenn wir verdurstet sind, fällt ihnen der Rest der Beute in den Schoß, die Tiere, das Gepäck – sie brauchen es nur aufzulesen. Sie sind wie die Geier, die sich nur an Kadaver wagen.«

»Haben sie alle Guerbas mitgenommen?« fragte Sterne.

»Alle bis auf drei halbvolle, die sie übersehen haben.«

Sie waren zur Feuerstelle zurückgekehrt. Sterne hatte den Plan der Brunnen aus dem Lederbeutel gezogen. Sie hatten ihn in den ersten drei Tagen nicht gebraucht, weil sie ihre Guerbas bisher mit dem frischen Wasser der Oasen an ihrem Weg hatten füllen können. Er faltete den Plan auseinander. Caroline und Almansor ließen sich neben ihn auf der Erde nieder. »Zur Oase Sijir zurück sind es acht Stunden« – Sterne blickte Caroline an –, »wenn wir das gleiche Tempo anschlagen wie gestern.« Er deutete auf die beiden kleinen Kreise, mit denen er die Oase Sijir und ihren Rastplatz in die Karte eingezeichnet hatte. Dann legte er den Finger auf ein kleines Kreuz. »Das hier ist der nächste Brunnen.« Er schätzte die Entfernung ab. »Höchstens sechs Stunden, jedenfalls näher als Sijir.«

»Haben wir ungefüllte Guerbas dabei?« Caroline war der Gedanke, umkehren zu müssen, schrecklich.

»Zwölf Stück.«

»Dann werden wir zu dem Brunnen reiten.« Caroline sah Sterne an. »Was meint Ihr?«

Sterne lächelte. »Wenn wir vor dem Aufbruch noch Zeit für ein Frühstück haben, bin ich ganz Eurer Meinung.«

Die Tiere gingen mit gesenktem Kopf. Langsam setzten sie Schritt vor Schritt. Almansors Singsang war verstummt. Zusammengekauert saß er auf dem Rücken des Leitkamels. Nur manchmal fuhr seine Hand unter den Gewändern hervor. Für Sekunden funkelte das Messinggehäuse des Kompasses im Sonnenlicht und verschwand dann wieder.

Die Sonne stand im Zenit. Carolines Augen brannten. Sie hatte den weißen Mull darüber gezogen, aber die grellen Strahlen durchstachen auch den Stoff. Sie hatte das Gefühl, am ganzen Körper wund gescheuert zu sein, von den glühenden Sandkörnern, vom Salz des Schweißes. Eines der Ersatzpferde, die Sterne an der Koppel führte, knickte mit den Vorderhufen ein; es versuchte wieder aufzukommen, aber es gelang ihm nicht. Sterne nahm die Guerba, die an seinem Sattel hing. Er befeuchtete ein Tuch mit Wasser, schob es dem gestürzten Pferd ins Maul. Es schüttelte die Mähne, stieß ein rauhes Wiehern aus, sprang wieder auf die Beine.

Almansor war von seinem Kamel gestiegen. Zusammen mit Sterne begann er die anderen Pferde zu tränken. Als sie damit fertig waren, holte Sterne die Lederflasche. Jeder nahm nur einen kleinen Schluck. Immer noch hatte keiner gesprochen. Sie vermieden es, sich anzusehen. Statt der sechs Stunden, die es hätten sein sollen, waren sie jetzt schon acht Stunden unterwegs, und sie hatten sich während dieser Zeit keine Rast gegönnt. Jeden Augenblick hatten sie gehofft, daß ihr Ziel vor ihnen auftauchen müßte: ein Brunnenrand, ein Tümpel.

Sterne holte den Plan der Brunnen heraus, breitete ihn aus, strich ihn glatt. »Ich begreife es nicht«, sagte er schließlich. »Wir müßten längst bei dem Brunnen sein. Nach dem Plan hätten wir an den Überresten einer Siedlung vorbeikommen müssen.« Er prüfte den Kompaß. »Wir sind auf dem Längengrad, auf dem der Brunnen eingezeichnet ist.«

Caroline mußte daran denken, was Almansor von den Wasserdieben gesagt hatte. »Und wenn jemand den Brunnen zerstört hat?«

Almansor schüttelte den Kopf. »Das Wasser kann noch so tief unter dem Sand sein, die Pferde würden es gespürt haben.«

Schweigen breitete sich über die drei Menschen. Sie wußten, sie mußten Wasser finden, oder sie waren verloren.

»Wir warten die Kühle ab«, entschied Sterne schließlich. »Wir müssen die Pferde schonen.«

Almansor hatte Tücher ausgespannt, damit die Sonne nicht unmittelbar auf sie herunterbrannte. Zu Pferd hatte Caroline die Hitze nicht so empfunden. Sie war abgelenkt gewesen. Der Luftzug hatte lindernd gewirkt; das Bewußtsein, voranzukommen, hatte Durst und Hunger beschwichtigt. Aber jetzt wurde jede Sekunde zu einer endlosen Qual. Es gab keinen Schutz vor dieser Sonne, die kein Gestirn mehr war, sondern ein ganzer weißglühender Himmel. Die Tiere standen reglos, mit dünnem Stift in das Licht gezeichnet, wie versteinerte Wesen in hellem Gestein, nicht mehr Fleisch und Blut, nur noch erstarrter Umriß.

Sterne reichte ihr ein feuchtes Tuch. Sie preßte es gegen die Lippen. Schon bald fühlte der Stoff sich trocken und hart an. Almansor hatte sich in eine Decke gerollt, die auch seinen Kopf ganz verbarg, und sich in den schmalen Schatten gelegt, den sein Kamel warf. Auch Caroline war müde. Sie hatte Verlangen nach Schlaf, aber sie durfte nicht nachgeben. Sie würde dann nie mehr die Kraft finden, die Augen zu öffnen, sich wieder zu erheben. Sie hörte, wie Sterne den Stöpsel aus der Guerba zog. Sie machte eine abwehrende Geste. »Mir steht nichts mehr zu.« Er reicht ihr das Wasser in einem kleinen silbernen Becher. Widerstrebend führte Caroline den Becher an die Lippen. Sie trank in kleinen Schlucken. Die Spannung in ihr löste sich. Erleichtert gestand sie sich ein, daß ihre Verzweiflung nichts anderes als Durst gewesen war. Vielleicht war es wirklich das beste, jetzt zu schlafen. Sie rutschte näher zu Sterne, lehnte sich an seine Schulter und schloß die Augen.

Endlich war der Abend gekommen. Verzweifelt hatten sie auf diese Stunde gewartet. Jetzt konnten sie aufbrechen, aber sie zögerten, sie hatten Angst, die Entscheidung zu treffen, von der vielleicht ihr Leben abhing. Sie saßen um die erloschene Feuerstelle. In der grauen Asche schwelten die Knochenreste der Flughühner, die Almansor erlegt und am Spieß gebraten hatte. Rundum im hellen Sand lagen ihre rostroten Federn verstreut. Der Wind spielte mit dem Flaum.

Almansor stocherte die Asche auseinander. Mit einer Verbissenheit, die sie an ihm nicht gewöhnt waren, begann er das Gepäck auf die Kamele zu laden. Ohne ein Wort reichte er ihnen die Wollmäntel, die sie vor der Kälte der Nacht schützen sollten. Caroline und Sterne gingen zu ihren Pferden. Sie nahmen ihnen die Futtersäcke ab, legten ihnen die Sättel auf. Sterne faltete erneut den Plan der Brunnen auf, breitete ihn auf den Sand, den der Abend violett färbte. Die Zeichnung war klar und deutlich. Die abgestoßenen Ränder und die brüchigen Rinnen der Falten sagten, daß dieser Plan oft benutzt worden war, daß er viele Menschen durch die Wüste zu den Brunnen geführt hatte.

»Zum nächsten Brunnen sind es drei bis vier Stunden«, sagte

Sterne. »Es ist nur die Frage, sollen wir uns noch einmal nach dem Plan richten, oder sollen wir den Weg der Eilkuriere einschlagen?« Er machte Almansor ein Zeichen, näher zu kommen. »Ich möchte deine Meinung hören, Almansor. Du kennst die Wüste besser als wir. Sieh dir die Karte an. Vielleicht entdeckst du den Fehler, den wir gemacht haben.«

Almansor rührte sich nicht. Seine Augen verfolgten die dünnen Linien und Zeichen, die auf der Karte eingetragen waren, aber er sagte nur: »Ich bin Euer Diener. Ihr befehlt, und ich gehorche.«

»Es ist auch dein Leben, das auf dem Spiel steht!« sagte Sterne eindringlich.

Caroline sah Almansor befremdet an. Sie kannte sich nicht mehr aus mit ihm. Sonst schäumte er bei jeder Gelegenheit über. Freude und Furcht machten sich bei ihm in geradezu hysterischen Ausbrüchen Luft. Jetzt saß er dort, in sich versunken, verschanzt hinter Apathie und blindem Gehorsam. Aber – war sie nicht selber schuld an allem? Sie war es, die Mallem Merabet weggeschickt hatte. Ihr Entschluß war es, ohne einen erfahrenen Führer die Sahara zu durchqueren. Es stand ihr nicht zu, mit Almansor zu rechten. Sie allein trug die Verantwortung an dem, was geschehen war und in Zukunft geschehen würde. Sie raffte den Mantel zusammen. »Wir folgen dem Plan«, sagte sie. Sie erhob sich und ging zu ihrem Pferd.

Es war eine kalte Nacht. Seit der Mond am Himmel stand, konnten sie die Tiere im Trab laufen lassen. Nach dem Plan mußten sie den Brunnen jeden Augenblick erreichen. Almansor ging zu Fuß, das Leitkamel an der Leine führend. Mit einem Stock klopfte er den Boden ab, prüfte jede Unebenheit. Bisher hatte er nur ein morastiges Regenloch entdeckt und einen ausgetrockneten Tümpel, auf dessen Grund sich Salzfladen gebildet hatten, die im Licht des Mondes schneeweiß schimmerten. Abseits vom Weg ragte etwas Dunkles aus dem Sand. Almansor lief hin. Caroline wartete auf einen Ausbruch jubelnder Freude. Aber nur der Schlag seines Stocks klang durch die Stille.

»Hast du etwas entdeckt?« rief Caroline.

»Nur eine Markierung der Eilkuriere.« Almansor bückte sich nach der am Boden schleifenden Leine des Leitkamels. Sterne trieb sein Pferd zu der Pyramide aus schwarzen Steinen. Er schwang sich aus dem Sattel, kniete sich auf den Boden. Er wühlte mit den Händen in dem Sand am Fuß des Marksteins. »Bring mir Spaten und Hacke!« schrie er Almansor zu. Ungeduldig umschritt er die Markierung. Dann blieb er stehen, stieß mit dem Fuß danach. Polternd fielen die lose aufeinandergeschichteten Steine in den

Sand. Er konnte nicht länger warten. Er lief Almansor entgegen, nahm ihm Spaten und Hacke aus den Händen und machte sich an die Arbeit.

Almansor kam zu Caroline. »Er wird kein Wasser unter den Steinen finden.« Seine Stimme klang, als würde er im nächsten Augenblick in Tränen ausbrechen. »Ich habe die Erde abgeklopft und abgehorcht. Es ist kein Wasser dort.«

Sterne war wie von Sinnen. Die Hacke sauste auf die Steine, daß sie auseinandersprangen. Mit einer Wut, als ginge es gegen einen Feind, riß er die Felsbrocken aus dem Boden. Es lag eine solche Verzweiflung in seinem Tun, daß Caroline den Blick abwenden mußte. Das Bild des Mannes, der die Erde zwingen wollte, Wasser zu geben, zerriß ihr das Herz. Es war Wahnsinn, was er tat. Er vergeudete nur seine Kräfte. Er handelte gegen jede Vernunft. Aber war es nicht gerade das, was sie verstand? Ja, in diesem Augenblick beneidete sie ihn um seine Besessenheit. Almansor hatte begonnen, die zusammengerollten Zeltplanen aus den Gurten zu lösen. Caroline ging zu ihm hin. »Was soll das? Du brauchst die Zelte nicht aufzuschlagen. Wir bleiben nicht hier.«

Almansor deutete auf die Tautropfen, die in den zottigen Mähnen der Kamele hingen. »Wenn wir die Planen ausbreiten, wird sich darin Tau sammeln.«

»Ich helfe dir.« Caroline war froh, etwas tun zu können. Sie rollten die Zeltplanen auf der Erde aus. Die Ecken wand Almansor um kurze Pflöcke, so daß die Planen flache Wannen bildeten. Lautlos huschte er hin und her, zog die Tücher noch etwas höher, brachte noch eine Stütze an. »Es wird nicht lange dauern«, flüsterte er. »Die Zeltplanen sind noch warm; wärmer als die Erde. Die Wärme zieht den Tau an . . . da, seht!« Am Rand der Plane vor ihnen glitzerte es. Die ersten Tautropfen bildeten sich. Caroline starrte auf die durchsichtigen Wasserperlen. Fantastische Bilder stiegen ihr daraus entgegen. Die Nacht verwandelte sich. Aus der Erde schossen Springbrunnen; die ausgelegten Zeltplanen wurden zu blinkenden Seen. Sie glaubte, sie müsse sich nur umdrehen und sie würde dort, wo Sterne arbeitete, eine Quelle aus dem Boden sprudeln sehen. Sie würde sich darüber beugen. Sie würde das Wasser mit dem Mund auffangen. Sie würden ihre Guerbas füllen, die Tiere tränken. Sie würden sich im Naß baden . . .

Es fiel ihr schwer, aus ihren Wachträumen in die Wirklichkeit zurückzufinden. Das Geräusch des Spatens war verstummt. Mechanisch befolgte Caroline die Anweisungen, die Almansor ihr gab. Sie hob die Enden der Zeltplanen in die Höhe. Der Tau lief in dünnen Rinnsalen in der Mitte zusammen. Almansor kniete am Boden und fing das Wasser in einem Gefäß auf. Caroline mußte sich Mühe geben, Almansor nicht merken zu lassen, wie lächerlich ihr sein Tun jetzt vorkam, wie töricht. Glaubte er wirklich, ein Krug voll Wasser könne ihr Schicksal abwenden? Mit beiden Händen, wie ein Heiligtum, hielt Almansor den Krug. »Trinkt!« sagte er zu Caroline.

Caroline nahm den Krug, setzte ihn an die Lippen, aber sie trank nicht. Alles war so sinnlos. Ob sie dieses Wasser trank oder in den Sand schüttete; ob sie hierblieben oder weiterritten. Überall wartete dasselbe auf sie: Verdursten und Tod. In zwölf Stunden, vielleicht auch erst in sechsunddreißig Stunden. Die Zeit hatte schon jetzt keine Bedeutung mehr, sie war nur ein Teil des absurden Spiels, das sie bis zum Schluß weiterspielen würden, weil ihnen der Mut fehlte, sich die Wahrheit einzugestehen. Almansors Eile gehörte zu diesem Spiel, seine Sorgfalt, mit der er das Gepäck ordnete; die Ungeduld, mit der Sterne sein Pferd bestieg, und ihre eigene Ruhe und Beherrschung.

Almansor ergriff die Leine des Leitkamels. Langsam setzte sich der Trupp in Bewegung. Sie ritten über die Abdrücke, die ihre Füße und die ausgelegten Zeltplanen im Sand hinterlassen hatten. Sie kamen an dem Loch vorbei, das Sterne ausgehoben hatte, an den schwarzen Steinen des zertrümmerten Marksteins. Daß sie weiterzogen, geschah nicht mehr, weil sie glaubten, das Ziel zu erreichen. Es geschah nicht aus Mut und nicht aus Angst. Sich zu bewegen – vielleicht war das die letzte Hoffnung, die sie noch auszukosten hatten.

Mit lauten Rufen trieb Almansor die Kamele an.

Seit Tagesanbruch hatten sie noch kein Zeichen des Lebens angetroffen. Kein Rattenloch, keine Eidechse, keine Gazellenfährte. Der Boden bestand nicht mehr aus hellem Sand, sondern aus blankpoliertem Schlamm. Die Sonne brach sich darauf wie auf einem riesigen Kristall und prallte mit solcher Gewalt zurück, daß jeder Lichtstrahl das Auge als durchdringender Schmerz traf.

Caroline hielt sich mit letzter Kraft im Sattel. Sie umklammerte die Zügel fester, sie preßte die Beine an den Leib des Pferdes, und doch glaubte sie bei jedem Schritt zu stürzen. Schweiß lief ihr den Rücken und die Schenkel hinab. Schweiß sickerte aus dem weißen Mull ihrer Vermummung.

In der Ferne tauchte eine Staubwolke auf, eine zweite, eine dritte. Caroline war zu erschöpft, zu gleichgültig, um zu fragen, was diese Erscheinung bedeutete, um sich etwas davon zu erhoffen. Almansor übergab Sterne die Leine des Leitkamels und verschwand in der Richtung, in der die Staubwolke zuerst erschienen war. Als er zurückkehrte, hielt er zwei große, elfenbeinfarbene Eier in den Händen. »Wir haben ein Frühstück! Straußeneier! Ich werde sie braten.« Die unverhoffte Beute schien ihm etwas von seiner Unbekümmertheit zurückgegeben zu haben.

Die Pferde kamen zum Stehen. Caroline war es, als reite sie immer noch weiter. Eine ununterbrochene Wellenbewegung ging durch ihren Körper. Sie wagte nicht abzusteigen. Sterne trat mit der Guerba in der Hand zu ihr. Sie hörte das Gluckern des Wassers, glaubte das Wasser zu riechen; sie hatte seine leicht salzige Frische bereits auf der Zunge. Sie wußte, wenn sie die Guerba einmal an den Mund setzte, würde sie nicht zu trinken aufhören, bis sie leer war. Sie nahm den kleinen silbernen Becher aus der Satteltasche und hielt ihn Sterne hin. Ihre Hand zitterte. Sie wußte nicht, ob es Schwäche war oder Gier. Der erste Schluck war nur Schmerz. Sie hatte das Gefühl, daß Mund und Hals eine einzige offene Wunde waren, aber sie trank weiter, ohne abzusetzen, ohne Atem zu holen. Als der Becher leer war, hielt sie ihn Sterne wieder hin. Ihr Vorsatz war vergessen. Sie wollte trinken. Sie konnte sich nicht mehr beherrschen.

Sie schwang sich aus dem Sattel. In ihren Händen, in ihren Armen war plötzlich wieder Kraft. Sie stürzte nicht. Sie taumelte nicht. Sie stand sicher auf den Füßen. Ihr Blick fiel auf die Guerba in Sternes Hand. »War es das letzte Wasser?« fragte sie.

Sterne schüttelte den Kopf.

Sie aß von dem Straußenei, das Almansor mit dem Dolch zerteilt hatte, nachdem es in der Schale gebraten worden war. Als sie nach der kurzen Unterbrechung weiterritten, spornte Caroline ihr Pferd an. Es reizte sie, gegen diese Hitzewellen anzurennen, sie zu durchschneiden. Sie war in der Stimmung, die Wüste herauszufordern, ihr zu zeigen, daß sie die Stärkere war. Sterne mußte seinem Pferd die Sporen geben, um an ihrer Seite zu bleiben. Der plötzliche Stimmungsumschwung war ihm nicht entgangen. Er war bestürzt und zugleich fasziniert. War sie sich klar darüber, daß er gelogen hatte, daß sie den letzten Tropfen Wasser getrunken hatte? War es das? Wollte sie in diesem rasenden Ritt dem Tod entgegeneilen? War sie zu stolz, um zu warten, bis er sie holte? Wollte sie ihrer eigenen Angst zuvorkommen?

Er liebte sie in diesem Augenblick mehr als je zuvor. Er liebte sie so sehr, daß er vor dem Leben mehr Angst hatte als vor dem Tod.

Das Leben konnte sie ihm jeden Tag wieder entreißen, aber der Tod würde sie ihm auf immer geben. Der Gedanke, mit ihr zu sterben, hatte nichts Erschreckendes für ihn.

Tief über das Pferd geduckt, jagte Caroline dahin. Als sie das Pferd jetzt zügelte, war sie für Sekunden in eine Staubwolke gehüllt. Wie aus einem goldenen Nebel tauchte sie daraus auf. Ihre Augen sprühten Wildheit. Hoch aufgerichtet stand sie in den Steigbügeln. Plötzlich ging eine Veränderung mit ihr vor. Sie deutete mit dem Stiel der Peitsche zurück. »Almansor! Er ist verschwunden!«

In einigem Abstand hinter ihnen zog der Trupp der Kamele und Ersatzpferde. Ein Ersatzpferd fehlte. Die Leine des Leitkamels schleifte am Boden. Und dann sahen sie die Guerba. Sie hing am Leitkamel. Sie war nicht leer wie die ihren, sondern fast noch zur Hälfte gefüllt. Es war Almansors Wasserration.

Caroline glaubte, Almansor vor sich zu sehen, schmal, schmächtig, noch ein Junge. »Er muß kaum noch etwas getrunken haben«, sagte sie. »Aber warum hat er das Pferd genommen? Damit kommt er nicht weit.«

»Weit genug, daß wir ihn nicht mehr einholen könnten, wenn wir es zu spät gemerkt hätten. Er muß schon an der Raststelle zurückgeblieben sein. Indem er uns das Wasser ließ, hoffte er, daß wir es bis zum nächsten Brunnen schaffen.«

Caroline hatte die Guerba gelöst. Sie konnte keine Dankbarkeit empfinden. Sie sah keinen Sinn in diesem Opfer. Die Guerba in den Händen stand sie da. Mit einem Schlag kam ihr die ganze Ausweglosigkeit ihrer Lage zu Bewußtsein. Diese Guerba, dieses Wasser – das war das Todesurteil. Denn wenn Almansor sich aufgab...

Sie wechselte einen Blick mit Sterne. »Wir müssen ihn suchen«, sagte sie. »Wenn wir Almansor aufgeben, geben wir uns selber auf.«

Sterne ließ die widerstrebenden Kamele kehrtmachen. Stöhnend und brummend fügten sie sich schließlich. Sterne mußte sie fortwährend mit leichten Schlägen in Bewegung halten. Sie erreichten ihren letzten Rastplatz. Die zerbrochenen Schalen der Straußeneier lagen im Sand. Über dem kleinen Aschenhaufen kräuselte sich weißer Rauch. »Dort sind Spuren!« rief Sterne. Caroline wandte sich in die Richtung, in die er zeigte. Über den Sand lief der Abdruck von Hufen. Sie gingen nach Westen, ab von ihrem Weg.

Caroline sah Sterne an. »Warum hat er das getan? Gibt es einen vernünftigen Grund?« Sterne zuckte mit den Achseln. Auf die Spur blickend, die sich in der Wüste verlor, sagte er: »Wir werden es bald wissen. Sehr groß kann sein Vorsprung nicht sein.«

Sie hatten den Wind und die Sonne im Rücken, und Almansors Spur war deutlich und tief. Ein Schwarm rotbrauner Vögel strich in großer Höhe über sie weg. Sterne sah ihnen aufmerksam nach, bis sie verschwunden waren.

Caroline trieb ihr Pferd an. Sie umklammerte den Sattelknopf. Übelkeit stieg in ihr auf. Sie hörte Sternes Stimme, aber sie verstand nicht, was er sagte, denn ihre ganze Aufmerksamkeit war auf die Vision gerichtet, die in diesem Augenblick aus dem Nichts der Wüste auftauchte. Die Umrisse waren zart, aber ganz deutlich: eine Mauer, ein Turm, Bäume. Caroline warf Sterne einen Blick zu. Er saß gleichmütig im Sattel, die Augen auf Almansors Spuren geheftet. Sie hatte das Gefühl, als erstarre ihr das Blut in den Adern. Wenn Sterne das Bild nicht sah, dann... Sie schloß die Augen. Vielleicht konnte sie es damit vertreiben. Aber als sie die Augen aufschlug, war es immer noch da. Jetzt beginnt es, dachte sie. Ich habe schon Halluzinationen. Ahnte Sterne, was mit ihr los war? Warum sagte er nichts? Sie fuhr zusammen, als er die Hand auf ihren Arm legte.

»Es ist keine Fata Morgana«, sagte er. »Es ist Wirklichkeit.«

Caroline war immer noch unfähig zu reagieren. Der Dunstvorhang, der das Bild bisher verhüllt und in ungewisse Ferne gerückt hatte, war zerrissen. Vor ihnen lag eine im Sand halb versunkene Siedlung. Nur ein einzelner Turm und ein Stück der Umfriedungsmauer erhoben sich aus den gelben, mit Dorngestrüpp überwachsenen Dünenwellen.

Sie schlugen den schmalen Pfad ein, der sich neben der Mauer vorbeischlängelte. Über eingestürzte Häuser wucherten blühende Mimosen; auf Balken, die in der Luft zu schweben schienen, lagen leere Storchennester; der Stamm eines Zimtbaums hatte die Mauern einer Hütte gesprengt – und über allem flatterten Tauben. Aus den Büschen und Bäumen leuchtete ihr Gefieder. Ein Schwarm stob aus dem Zimtbaum auf. Der Kopf einer Ziege tauchte am Ende der Hecke auf. Meckernd drängten andere Tiere nach. Es gab also Leben in der Siedlung, Wasser!

Caroline sah den Mann, der den Ziegen folgte. Er war in schwarze Lumpen gekleidet. Sein Gesicht war von einer Kapuze verdeckt. Wie angewurzelt blieb er stehen. Einen Moment sah es aus, als wolle er die Flucht ergreifen, aber dann hob er seinen Stab.

»Geht!« rief der Mann. »Geht aus der Stadt!« Er drängte sich durch seine Herde. Die Tiere wichen zur Seite. Den Stab erhoben, kam er näher. »Geht!« rief er immer wieder. »Geht!« Es war weniger eine Drohung als eine flehentliche Bitte. Plötzlich blieb er stehen. Die Hand mit dem Stab sank herab. Er schien sich daran zu klammern, während er sich zu seiner vollen Größe aufrichtete, den Kopf hoch erhoben. Dann streifte er die Kapuze herunter.

Sie blickten in ein vom Aussatz entstelltes Gesicht.

Caroline hatte noch nie einen Aussätzigen gesehen. Unwillkürlich lenkte sie ihr Pferd dichter an Sterne, als sie jetzt aus den Ruinen weitere in schwarze Lumpen gehüllte Gestalten auftauchen sah. Auf ein Zeichen des Hirten blieben sie stehen. Es war eine stumme, herrische Geste, die verriet, daß dieser Mann es gewohnt war zu befehlen. Er zog die Kapuze wieder über Kopf und Gesicht. »Habt Ihr nicht genug gesehen?« sagte er, zu Caroline und Sterne gewandt. »Ich bitte Euch zum letztenmal, geht!«

»Wir brauchen Wasser«, sagte Sterne. »Für unsere Tiere und für uns. Ihr werdet Durstenden Eure Brunnen nicht verbieten.«

»Said soll kommen!« rief der Hirte seinen Leuten zu. »Said! Said!« Der Ruf pflanzte sich durch die Ruinen fort. Ein heller Ruf antwortete. Es kam aus den Lüften. Auf dem höchsten der Balkone, die an dem erhaltenen Wehrturm wie Schwalbennester klebten, stand ein Junge. Sein loses grünes Hemd flatterte um ihn. Dann verschwand er in einer Mauerlücke und wurde Sekunden später auf dem Platz vor dem Turm sichtbar. Er rannte, daß seine braunen Locken flogen.

Caroline wagte kaum hinzusehen, als er jetzt bei dem Hirten stehenblieb, denn es war für sie unvorstellbar, daß auch dieser Junge ein Aussätziger sein sollte. Seine nackten Füße, seine Beine, seine Arme, sein Hals – nirgends konnte sie ein Zeichen der Krankheit entdecken. Er hatte die makellose Haut eines Kindes. »Ich brauche dich, Said«, sagte der Hirte. »Es ist wegen der Fremden. Sie brauchen Wasser.«

Erst jetzt wandte der Junge Caroline und Sterne das Gesicht zu. Er hatte wilde schwarze Augen. Caroline versuchte sein Alter zu schätzen. Er war etwas größer als Almansor, aber sicher jünger, dreizehn oder vierzehn Jahre alt. »Said wird Euch zu einem Brunnen führen, der wenig benützt wird«, sagte der Hirte.

Said trat zu Caroline und Sterne, als ein Schrei die Stille zerschnitt. »Zurück! Rühr sie nicht an!« Es war Almansors helle, durchdringende Stimme. Er stürzte auf Sterne und Caroline zu. Plötzlich blieb er stehen. Sterne schwang sich vom Pferd. Almansor wich vor ihm zurück. Seine Augen waren geweitet und starr.

Sterne legte den Arm um seine Schulter. »Beruhige dich«, sagte er. »Du wirst nicht angesteckt werden, und wir auch nicht.«

Durch die Aussätzigen ging eine Bewegung. Ein Murmeln lief durch die Reihen. Seit Hunderten von Jahren hatte es kein Gesunder gewagt, ihre Stadt zu betreten, die nicht umsonst den Namen Ur-Imanndes trug, was soviel hieß wie ›niemand hört euch hier‹. Auch auf Almansor hatte Sternes Unerschrockenheit eine ähnliche Wirkung. Der schmächtige Körper entspannte sich. Die Schultern erschlafften wie ein losgelassener Bogen. Der Kopf sank herab.

»Du wußtest, daß du diese Siedlung hier finden würdest?« fragte Sterne.

Almansor nickte. »Ich wollte Euch nicht verlassen. Hier gibt es Wasser, gutes Wasser. Ich wollte es für Euch holen – aber ich wollte Euch keine Hoffnung machen; ich war nicht sicher, ob es mir gelingen würde.« Jedes Wort schien ihn ungeheure Anstrengung zu kosten. »Wer die Siedlung einmal betreten hat, darf sie nie mehr verlassen. Ich werde Wasser holen, soviel Ihr braucht; ich werde die Tiere tränken. Ich habe diese Stadt schon betreten...«

Erst jetzt begriff Sterne. Die Erkenntnis, daß Almansor glaubte, bereits durch das Betreten der Siedlung angesteckt zu sein, war für Sterne erschütternder als seine Opferbereitschaft. »Hast du aus einem Gefäß der Aussätzigen getrunken?« fragte Sterne.

»Nein«, murmelte Almansor.

»Hast du einem Aussätzigen die Hand gegeben?«

»Nein, aber...«

»Hast du dich an irgendeinem Gegenstand verletzt?«

Almansor schüttelte den Kopf.

»Und trotzdem glaubst du, daß du angesteckt bist! Wir werden das Wasser gemeinsam holen, und du wirst mit uns weiterziehen.«

»Ich bin schuld, daß wir ohne Wasser waren«, erwiderte Almansor mit plötzlicher Heftigkeit. »Ich habe geschlafen, als die Diebe kamen. Ich...«

»Glaubt ihr Mohammedaner nicht, daß nur geschieht, was Allahs Wille ist?« rief Sterne ungeduldig. »Also war es Allahs Wille, was geschehen ist. Und jetzt hilf mir!« Sterne holte aus der Satteltasche einen weißen Mullschal und riß ihn in Stücke. Zwei davon reichte er Almansor. »Wickle das um die Hände und zieh den Gesichtsschal über Mund und Nase. Wenn wir aus der Stadt sind, verbrennen wir die Kleider.« Almansor gehorchte schweigend. Sterne wandte sich zu Caroline. »Wartet hier auf uns. Steigt nicht vom Pferd.«

Geführt von Said, die Guerbas in den Händen, gingen sie schnell davon. Sie überquerten einen Platz, tauchten im Schatten eines Ribuaceen-Baumes unter. Mit seinem spitzen, schilfgedeckten Runddach ähnelte der Brunnen aus der Ferne einer kleinen Hütte.

Aus den Häusern klang das Klappern von Töpfen, der Stoß von Mörsern. Vor einem flachen Holztrog kniend, schlugen zwei Frauen Wäsche. Das Leben der Siedlung, das durch ihre Ankunft angehalten worden war, begann wieder zu pulsieren. Als habe es nur des einen furchtlosen Mannes bedurft, um diese Menschen vergessen zu lassen, daß sie lebende Tote waren, dachte Caroline.

Faradji, der Hirte, ging ähnlichen Gedanken nach wie Caroline. Er hatte sich in eine Art offenen Schuppen zurückgezogen, der aus einem Stück alter Mauer, zwei Pfählen und einem Strohdach bestand. Die Ankunft der Fremden hatte ihn aufgerüttelt. Nie zuvor hatte er es gewagt, einem Fremden sein Gesicht zu zeigen. Es war eine Prüfung gewesen, und sie waren nicht zurückgewichen. Said war mit dem Mann jetzt am Brunnen, und die Fremden schöpften von dem Wasser, das Aussätzige tranken; sie hatten keine Angst. Es interessierte Faradji nicht, wie dieser Fremde hieß und wer er war. Er hatte Vertrauen zu ihm. Dieser Fremde war der Mann, auf den er insgeheim immer gewartet hatte. Nicht für sich selbst – sondern für Said, seinen Sohn.

Die Fremden hatten den Brunnen verlassen, kehrten zu ihren Tieren zurück. Said kam über den Platz geschlendert, neben ihm der weiße Hirtenhund. »Said!« rief der Hirte. »Komm her!« Er konnte sich nicht vorstellen, wie sein Leben ohne seinen Sohn sein würde, aber daran durfte er jetzt nicht denken. »Said«, sagte er zu seinem Sohn. »Geh zu den Fremden. Sage ihnen, daß ich mit ihnen zu sprechen habe. Geh«, sagte er nochmals. »Bring sie her!« Er blickte seinem Sohn nach. Es würde nicht mehr lange dauern, und Said war ein Mann. Er würde das Verlangen haben zu lieben. Nein, er durfte nicht werden wie die Männer hier. Faradji nahm von dem Reisig, das längs der Mauer des Schuppens aufgeschichtet lag. Er häufte es auf die rußgeschwärzte Steinplatte vor dem Schuppen und setzte es in Brand.

Regungslos sah er den Fremden entgegen. »Bleibt jenseits des Feuers«, sagte er, »die Flammen werden Euch schützen.«

Das Reisig strömte Eukalyptusduft aus. Caroline wußte nicht, ob sie es sich nur einbildete, oder ob dieser Duft dem heißen Hauch der Flammen tatsächlich erfrischende Kühle beimischte. Faradji hatte die Kapuze tief ins Gesicht gezogen. Trotzdem spürte Caroline, wie seine Augen prüfend auf ihr und Sterne ruhten. Mit einem Stock schob er das Feuer ein wenig auseinander, damit die Flammen niedriger wurden. Er schien reden zu wollen und doch immer wieder vor dem ersten Wort zurückzuschrecken. »Ich kann euch nichts anbieten«, begann er schließlich. »Alles was wir an Lebensmitteln besitzen, haben unsere Hände berührt.«

»Wir danken Euch für das Wasser«, sagte Sterne. »Etwas Köstlicheres hättet Ihr Verdurstenden nicht bieten können.«

Faradji beugte sich vor. »Wohin geht euer Weg?«

»Nach Algier.«

In die Flammen starrend, sagte Faradji: »Ein weiter und gefährlicher Weg. Kennt Ihr die Sahara so gut, daß Ihr sie ohne Führer durchqueren könnt? Der Weg der Eilkuriere führt viel weiter östlich.«

»Wir haben den schnellsten Weg gewählt«, sagte Sterne.

»Ich lebe seit dreizehn Jahren hier«, sagte Faradji, »aber ich habe noch nie erlebt, daß jemand uns um Wasser bat. Ihr müßt sehr verzweifelt gewesen sein.« Er sprach in gedämpftem, nachdenklichem Ton, wie zu sich selber. »Verzeiht, wenn ich frage, aber der Mantel, den Euer Gefährte trägt, weckt meine Neugier. Dieser purpurne Mantel – ich dachte immer, nur *ein* Mann besäße das Vorrecht, ihn zu tragen. Ich weiß freilich nur noch wenig von der Welt draußen.«

»Ihr habt Khalaf gekannt?« entfuhr es Caroline.

Faradji lauschte ihrer Stimme, verglich sie mit seiner Erinnerung. Zögernd sagte er: »Der Mann, den ich meine, kannte jeden Brunnen der Sahara.«

Caroline hatte ganz vergessen, daß sie Khalafs Mantel trug. Es kam ihr erst jetzt zu Bewußtsein, daß keiner der Aussätzigen darauf reagiert hatte. Aber war das verwunderlich? Was bedeutete Khalafs Purpurmantel hier? Diese Menschen hatten keine Feinde. Selbst wenn in diesen Ruinen unermeßliche Schätze aufgehäuft wären, brauchten sie keine Waffen, um sie zu beschützen. Sie hatten keine Freunde und keine Feinde. Sie existierten nicht mehr für die Welt. So furchtbar es sein mußte, in einer so vollkommenen Isolierung zu leben, so paradiesisch schien Caroline die Sicherheit und der Friede, der diesen Menschen durch ihre Krankheit zuteil wurde.

Sternes Gedanken bewegten sich in anderer Richtung. Das Wasser würde drei Tage reichen – danach würde die verzweifelte Suche nach einem Brunnen von neuem beginnen. Es war wie eine Eingebung, daß er fragte: »Wenn Ihr Khalaf gekannt habt, vielleicht wißt Ihr dann auch von diesem Plan?« Sterne entnahm dem ledernen Beutel den Plan der Brunnen, entfaltete ihn und hielt ihn mit beiden Händen in die Höhe. Er wollte ihn Faradji reichen. Der Hirte wehrte ab. »Legt ihn auf den Boden.«

Sterne breitete den Plan auf der Erde aus. Faradji starrte auf das Papier. Es war, als rolle die Zeit zurück. Er war wieder jung, gesund; er, Faradji ben Nokunder, Freund und Berater von Khalafs Vater. Er war wieder in Algier, auf der Dachterrasse der Villa inmitten eines Gartens, der ein Meer weißer Orangenblüten war. Es war Nacht. Der Mond stand am Himmel. Der sechzehnjährige Khalaf saß auf einem gelben Kissen, und er, Faradji, breitete vor ihm, genau wie es eben der Fremde getan, diesen Plan aus.

»Kennt Ihr den Plan?« Sterne ertrug Faradjis Schweigen nicht länger.

Faradji reagierte nicht. Er wollte weiterträumen. Er wollte noch nicht in die Wirklichkeit zurückkehren. »Dieser Plan ist ein kostbarer Besitz«, sagte er mit einer Stimme, die aus Schlaf und Traum zu kommen schien.

»Und doch hat er uns fast das Leben gekostet.«

Faradji nickte. »Der Plan war nur für *einen* bestimmt.« Stolz klang aus seiner Stimme. »Nur einem sollte er dienlich sein, seinem Besitzer. Alle anderen sollte er in die Irre führen.« Aus dem Schatten der Kapuze blickte Faradji zu seinem Sohn und dann wieder auf den Plan. Wieder gingen seine Gedanken zurück in die Vergangenheit. Hatte wirklich seine Hand diese Zeichen auf das Papier getupft, die Linien gezogen? War wirklich er selber es gewesen, der die Idee hatte, wie man den Plan der Brunnen verschlüsseln mußte, damit er für jeden Fremden zu einem Rätsel wurde? In seiner Behausung stand die Truhe, in der die Schätze lagen, mit denen Khalafs Vater ihn zum Dank dafür beschenkt hatte, wertlos für ihn, und doch der Beweis, daß er nicht träumte. Es war, als schlösse sich ein Kreis. Hatte er nicht immer auf dieses besondere Zeichen gewartet, das ihm anzeigen würde, daß Said nicht verurteilt war, das Leben mit lebendig Begrabenen zu teilen?

Der Schatten einer Taube glitt über den Boden. Faradji wünschte die Zeit anhalten zu können. Dieser Augenblick, in dem die Zukunft sich ankündigte wie die Blüte in einer schwellenden Knospe – das war das Glück, die einzige Form des Glücks, die ihm geblieben war; und auch dieser würde er bald beraubt sein, wenn Said mit den Fremden in die Welt hinauszog. Faradji straffte sich. Er wußte, daß Sterne auf Antwort wartete. »Ich kenne das Geheimnis des Plans, und ich werde es Euch enthüllen«, begann Faradji. »Aber zuvor habe ich eine Bitte an Euch.« Er richtete den Blick auf Said. »Das ist mein Sohn Said. Ich habe ihm alles Wissen mitgegeben, das ich selber besitze. Es hat mich immer glücklich gemacht, zu sehen, mit welchem Heißhunger er lernte. Aber ich wußte auch, daß der Tag kommen würde, an dem ich ihm keine Antwort mehr geben konnte auf seine vielen Fragen. Dieser Tag ist jetzt da. – Ich bitte Euch, nehmt ihn mit!«

»Vater!« Said sprang auf. »Sagt ihnen, daß ich jagen kann für sie. Ich brauche nicht einmal ein Tier. Ich kann so schnell laufen wie ein Pferd.« Er wollte seinem Vater um den Hals fallen, aber Faradji stieß seinen Sohn mit einer Heftigkeit zurück, in der sich der ganze Aufruhr verriet, der in ihm tobte. »Mein Sohn ist hier geboren«, fuhr er fort. »Als er zur Welt kam, wollte ich ihn töten. Ich wollte nicht, daß er wie seine Mutter und sein Vater das Leben eines Aussätzigen führen mußte. Es war ein Wunder, daß er nicht wurde wie die anderen, daß er gesund blieb. Jeder Tag war ein Tag voller Angst. Es ist Zeit, daß er diesen Ort verläßt.«

»Wir werden Said mit uns nehmen«, sagte Sterne. »Hat er Verwandte in Algier?«

Faradji schüttelte den Kopf. »Geht mit ihm in den Basar, wenn Ihr in Algier seid.« Er sagte das so, als habe er alles schon lange und unzählige Male in allen Einzelheiten erwogen. »Said soll sich dort ein Schreibpult, Tinte und Federn kaufen. Und einen kleinen seidenen Teppich. Wenn er diese Dinge besitzt, bringt ihn zur Sengiir-Moschee. Unter den Arkaden sitzen die Schreiber. Dort soll Said seinen Teppich ausbreiten und sein Schreibpult hinstellen. Ich habe ihn schreiben gelehrt. Er beherrscht, außer Arabisch, Türkisch und Griechisch. Seine Schrift ist sehr schön. Er wird schon am ersten Tag genug Geld verdienen, um sich sattessen und eine Unterkunft bezahlen zu können. Alles weitere wird Allah fügen, wie es ihm gefällt.« Faradji hatte schnell gesprochen. Er hatte geglaubt, daß alles ganz leicht sein würde, war nur erst die Entscheidung gefallen. Aber er hatte sich geirrt.

»Habt Ihr Kleider für ihn? Die er hier getragen hat, muß er verbrennen.«

Almansor, der zurückgekehrt war, ungeduldig auf Caroline und Sterne wartend, hatte die letzten Worte Faradjis mitgehört.

»Said kann Kleider von mir haben«, rief er.

»Wir werden vor der Stadt ein Feuer machen und unsere Kleider verbrennen«, sagte Sterne. »Said kann sich dann aussuchen, was ihm gefällt.«

»Grün ist meine Lieblingsfarbe«, rief Said. »Die Farbe des Propheten.«

Faradji wandte sich an seinen Sohn. »Die Worte gehen dir leicht von der Zunge, Said. Ich sage dir, hüte sie draußen in der Welt, verschließe deine Lippen. Vor allem aber vertraue niemandem an, woher du kommst, nicht dem besten Freund! Sage, daß du keinen Vater und keine Mutter mehr hast.« Faradji verstummte. Er kämpfte mit sich. Es drängte ihn, dem Sohn seinen wahren Namen zu enthüllen. Nie war die Versuchung größer gewesen als in diesem Augenblick; der Wunsch, im Gedächtnis seines Sohnes neben dem Bild des Aussätzigen ein anderes einzugraben, ein schönes, strahlendes, war übermächtig. Aber das Wissen, was sein Vater in der Welt war, bevor der Aussatz ihn befallen hatte, würde Said nur in Konflikte stürzen. Es war besser, er wußte nicht, daß in Algier Brüder und Vettern seines Vaters lebten, reiche, angesehene Bürger. Immer wenn er ihren Namen hörte, würde er sich ausgeschlossen fühlen – er würde das Gefühl, ein Verbannter zu sein, nie loswerden. »Geh jetzt«, sagte Faradji zu seinem Sohn. »Verabschiede dich von den anderen. Und nimm aus der Truhe in meinem Zimmer den Ledersack mit Geld. Beeile dich.«

Seinem Sohn nachblickend, sagte Faradji zu Caroline und Sterne: »Ich danke euch! Und wenn ihr noch mehr tun wollt – lehrt ihn, mißtrauisch zu sein. Hier konnte er nicht lernen, wie die Menschen sind. Er ist nicht vorbereitet auf die Welt der Gesunden. Er wird erst später wissen, daß er ein Paradies verlassen hat...«

Das Feuer hatte das Reisig verzehrt. Immer noch schien es Faradji schwerzufallen, an etwas anderes zu denken als an den Abschied von seinem Sohn Said. Er machte eine Handbewegung, als versuche er, seine Gedanken zu verscheuchen. Mit seinem Stab deutete er auf den am Boden ausgebreiteten Plan. »Ich habe euer Anliegen nicht vergessen. Ich werde euch das Geheimnis dieses Plans enthüllen. Es ist einfach, wenn man es weiß.«

»Merkt euch die Zahl sieben«, fuhr er nach einem Schweigen fort. »Ja, sieben – das ist die Zahl der Himmelssphären, die Zahl der Töne einer Oktave. In sieben Tagen wurde die Welt erschaffen. Sieben ist das Symbol der Vollendung und der Vollkommenheit. Merkt euch die Zahl, und ihr kennt das Geheimnis.« Er beugte sich vor. »Jeder der eingetragenen Brunnen liegt sieben Meilen östlicher und sieben Meilen nördlicher, als es auf der Karte angegeben ist. Nehmt den Plan. Seht es Euch an.«

Sterne nahm den Plan zu sich. »Sieben Meilen östlicher und sieben Meilen nördlicher«, murmelte er vor sich hin.

»Ihr könnt euch darauf verlassen. Ihr werdet Wasser haben im Überfluß. Eure Guerbas werden nie mehr leer sein, und das Wasser wird köstlich und frisch sein. Ich hätte es euch auch gesagt, wenn ihr meinen Sohn nicht mit euch genommen hättet. Den nächsten Brunnen werdet ihr heute gegen Abend erreichen.« Faradji hatte plötzlich den Wunsch, daß sie gingen. Er war in einer Stimmung, in der es ihn drängte, zu sprechen, sich zu offenbaren, und er schämte sich dessen. Er erhob sich, pfiff den weißen Hirtenhund zu sich. Er nahm ihn an eine Leine.

Said kam gelaufen, ein Bündel in der Hand. Vater und Sohn standen sich schweigend gegenüber. »Gehorche ihnen, wie du mir gehorcht hast«, sagte Faradji. »Allahs Hand hat dich hier geschützt. Er möge auch in Zukunft mit dir sein. Und jetzt geht.«

Said stand mit leuchtenden Augen da. Er war glücklich, und er glaubte, auch sein Vater müßte es sein. Es war sein erster Abschied, und doch sagte Said, was alle Söhne in diesem Augenblick zu ihren Eltern sagen und alle Männer zu ihren Frauen: »Ich werde wiederkommen.«

»Ich will nicht, daß du wiederkommst«, fuhr der Vater ihn an. »Ich will, daß du vergißt, daß dieser Ort existiert und daß du einen Vater hast.«

Said lachte. Er merkte nicht, wie sein Vater litt. »Ich werde lernen und lernen, bis ich ein berühmter Arzt bin. Ich werde ein Mittel finden, das dich heilt.«

Es war Almansor, der der Szene eine Ende machte. »Machst du mit, Said?« fragte er. »Ein Wettrennen bis zur Mauer! Wer zuerst dort ist, darf als erster ein Pferd wählen.« Said warf den Kopf zurück. »Lauf zu! Ich gebe dir fünf Schritte Vorsprung.« Die beiden Jungen rannten los. Der Hirtenhund sprang kläffend in die Höhe. Er versuchte sich von der Leine loszureißen, aber Faradji hielt ihn fest.

Von der Mauer her kam die triumphierende Stimme Saids: »Ich habe gewonnen, Vater...«

12

Seit Stunden schraubte sich der Saumpfad, an manchen Stellen nicht breiter als eine Kamelspur, immer höher. Es war später Nachmittag. Ein blasser Himmel spannte sich über das Atlasgebirge. Einige Gipfel trugen Schnee; die sinkende Sonne machte rosa Porzellan daraus. Die im Schatten liegenden Hänge füllte das Dämmerlicht mit Polstern grünen Mooses.

Caroline hielt ihr Pferd an, als eine mit Thymian bestandene

Wiese sich vor ihnen öffnete. Sie wandte sich zu Sterne, der hinter ihr ritt.

»Müde?« fragte er.

Caroline schüttelte den Kopf.

»Wir werden bald die roten Dächer von Rhas sehen.«

Caroline antwortete nicht.

»Freut Ihr Euch nicht?« Sterne sah, wie ihr Blick über die Gipfel der Berge ging und sich dann zurückwandte zu dem Weg, den sie gekommen waren. Blauviolett und gewellt wie der Saum eines bewegten Meeres, zeichnete sich in der Ferne die Grenze der Steinwüste ab. »Nehmt Ihr Abschied?«

Sie sah ihn an. Ohne zu antworten, streckte sie die Hand nach ihm aus. Ja, sie nahm Abschied, und es fiel ihr nicht leicht. Seit sie die Siedlung der Aussätzigen verlassen hatten, war das Wirklichkeit geworden, was Scheich Toman ihnen prophezeit hatte. Die Wüste war ein grünes Meer für sie geworden. Nichts hatte sie aufhalten können, nicht die gnadenlose Hitze der Sahara, nicht die messerscharfen Schotterfelder der Steinwüste, nicht die halsbrecherischen Pfade des Hoggar-Gebirges und nicht der mühselige Ritt über das Hochland des Schotts.

Siebenundzwanzig Tage hatten Caroline nicht zu erschöpfen vermocht; jede Schwierigkeit hatte nur dazu gedient, neue Kräfte in ihr zu wecken. Warum hatte Sterne sie gefragt, ob sie sich freue? Ja, bald würden sie in Rhas sein, dem Berberdorf, in dem Sinaida mit dem Kind wartete. Morgen schon würden sie Algier erreichen. Warum war sie nicht glücklicher? Warum fühlte sie eine Leere in sich – eine Leere, die nicht das Atemholen vor einer allzu großen Freude war? Warum empfand sie nicht Ungeduld, sondern eher ein Zögern?

In die Stille hinein erklang Almansors Stimme. »Das Dorf! Ich habe es zuerst gesehen!«

Caroline mußte lächeln. Dem ersten Wettstreit der beiden Jungen waren jeden Tag neue gefolgt. Immer wieder hatten Almansor und Said etwas gefunden, worin sie sich messen konnten: Rennen mit den Pferden, Jagden auf Strauße und Gazellen, Wettstreit beim Feuermachen und Zeltaufschlagen.

Der Weg zog sich in flachen Serpentinen aufwärts. Die Hänge waren mit Steppengras und Dornbüschen bewachsen. An den Berghang geduckt, lag ein Dorf, von dichten Nebelschwaden verhüllt. Der Weg machte immer neue Windungen. Er führte an Schluchten vorbei, über grüne Matten. Unter einer Gruppe Eichen stand eine Schäferhütte. Getroffen von den schrägen Strahlen der sinkenden Sonne, wurden die Silhouetten der Berge immer schärfer. Wie ein Schattenspiel fächerte sich das Panorama vor den Augen der Reiter auf. Zwei Bergrücken schoben sich plötzlich auseinander. Auf einem über den Abgrund hinausragenden Paßweg wurden fünf Reiter sichtbar. Dunkel stachen ihre Gestalten in den Himmel.

Ramon Sterne hatte sich an die Spitze des Trupps gesetzt. Caroline ritt hinter ihm. Almansor und Said bildeten mit den Lastkamelen die Nachhut. Die fünf Reiter waren hinter einem Bergrücken verschwunden. Das letzte Stück des Wegs war sehr steil. Das Dorf war durch einen vorgeschobenen Hügel ihren Blicken entzogen. Aber sie waren bereits so nahe, daß sie eigentlich Geräusche des Lebens hätten hören müssen. Diese vollkommene Stille beunruhigte sie.

Endlich hatten sie den letzten Anstieg hinter sich. Der Pfad mündete auf ein halbrundes Wiesenplateau. Füllen, die noch das rauhe Fell ihrer Jugend trugen, lagen am Boden. Die ausgehöhlten Eichenstämme, die als Tränke dienten, waren ausgetrocknet. Die Pferde sprangen auf, als sie die Ankömmlinge sahen. Wiehernd drängten sie sich gegen die Umzäunung der Koppel. Aber Caroline hatte nur Augen für das Dorf.

Was sie in der Ferne für Nebel gehalten hatte, war Rauch. In dichten Schwaden lag er über den Häusern; von vielen standen nur noch die steinernen Grundmauern. Ein Feuer hatte im Dorf Rhas gewütet. Die Luft war bitter vom Brandgeschmack. Noch immer schwelten die Aschehaufen, die verkohlten Dachbalken und die mit Heu gefüllten Schober. Unfähig zu einem Gefühl, zu einem Gedanken, starrte Caroline hinüber zu dem Dorf. Ihr Blick ging immer wieder über die Mauern, die vom Feuer aufgerissenen Dächer, die rußgeschwärzten Türen, die leeren Fenster. Selbst in der Zerstörung wirkte das Dorf reinlich und aufgeräumt.

Etwas in Caroline wiederholte immer wieder: zu spät, zu spät. Es unterlag ihrem Willen so wenig wie der zuckende Nerv unterhalb ihres rechten Schulterblatts, der wie ein zweites Herz unter der Haut zu schlagen beginn.

Die Männer sprachen aufeinander ein. Caroline hörte nur Laute. Sie besaß nicht mehr die Kraft, sie zu Worten zusammenzufügen. Zu spät, dachte sie.

»Bleibt hier!« hörte sie Sterne sagen. »Ich werde ins Dorf gehen.« Er schwang sich vom Pferd, gab ihr die Zügel. »Nehmt es mit zur Tränke.« Sterne zögerte. Er hatte Caroline noch nie so erlebt. Sie hatte Augen, die nichts aufnahmen, in die nichts eindrang, wie aus Stein.

Caroline lenkte die Pferde zur Tränke. Die Kamele hatten sich am Boden niedergelassen. Said und Almansor standen neben dem Pumpbrunnen. Almansor schwenkte den Kran über das Gatter. Said ergriff den geschwungenen Pumpenstiel, zog ihn herunter. Mit lautem Plätschern ergoß sich das Wasser in die Tränke.

Die Mauern warfen den Klang seiner Schritte zurück. Der Rinnstein in der Mitte des Wegs glänzte vor Nässe. Auf den Stufen eines Hauses lag eine versengte Holzpuppe. Die rote Farbe war abgesprungen. Im Innenhof eines Gehöfts war ein alter Mann dabei, halbverkohlte Teppiche mit Sand zu bestreuen. Neben einer Zisterne saß eine weißhaarige Frau und putzte einen Kupferkessel. Sie fuhr auf, als sie Sterne erblickte. Der Mann ließ die Schaufel sinken. Er kam auf Sterne zu, musterte ihn mit funkelnden Augen. »Bist du gekommen, um Pferde zu kaufen? Dann bist du zu spät dran. Heute früh haben die Männer die letzten dreihundert Stück nach Algier zum Markt getrieben. Aber sieh dir ruhig die Jungen an. In einem Jahr sind sie soweit, dann haben sie ein Fell wie Seide. Du kannst dir schon jetzt welche aussuchen, ich markiere sie dir.«

Sterne blickte um sich. »Was ist geschehen?« fragte er, von der Gelassenheit des Mannes überrascht. Der Alte kicherte vor sich hin. »Was soll geschehen sein? Wir hatten ein schweres Gewitter. Die Blitze haben die Scheunen entzündet. Rhas brennt alle paar Jahre – aber dafür sind dann die Weiden für unsere Pferde im nächsten Jahr besonders gut.«

Sterne war der Alte ebenso unheimlich wie die Greisin, die wieder begonnen hatte, den Kupfertopf, der bereits wie ein Spiegel glänzte, zu putzen. »Ich suche Sinaida«, sagte Sterne, »die Amme.«

»Das dritte Gehöft«, murmelte der Alte. Sterne ging auf das bezeichnete Haus zu. Der Dachstuhl des Hauses war vom Feuer zerstört. Die Mauern troffen vor Nässe, als habe man versucht, den Brand zu löschen. Auf einem Karren im Hof türmten sich Kisten und Vorratssäcke. Auf seine Rufe kam keine Antwort. Sterne ging zu dem kleinen Nebenhaus, das vom Brand verschont geblieben war. Er stieß die Holztür mit dem Fuß auf – und prallte zurück. Aus dem Dunkel richtete sich ein funkelnder Gewehrlauf auf ihn. Ein Hahn knackte. Sterne sprach den arabischen Gruß des Friedens. Der Mann erwiderte ihn nicht. Breitbeinig stand er am Fuß der schmalen Treppe, die ins Innere des Hauses führte.

»Ich suche Sinaida.«

Der Mann blickte ihn voller Mißtrauen an. »Was wollt Ihr von meiner Frau?«

»Ich komme wegen des Kindes.«

Der Lauf des Gewehres hob sich ein wenig. »Ich weiß von keinem Kind. Wir haben keine Kinder. Der Leib meiner Frau ist verflucht. Sie kommen alle tot zur Welt.« Er verstummte. Aus dem Schatten tauchte die Gestalt einer Frau auf. Sie legte dem Mann die Hand auf die Schulter. »Einmal mußte es doch geschehen«, sagte sie. »Laß ihn herein.« Zögernd senkte der Mann das Gewehr.

Sterne trat in den niedrigen, halbdunklen Raum. Von den Deckenbalken hingen, an Schnüren aufgezogen, Kräuter und Blumen zum Trocknen. Es duftete nach Lavendel, Kamille, Anis und Verbene. »Ich bin gekommen, um das Kind zu holen, das Chasid Benjir Euch in Abomey anvertraut hat.« Sterne fielen die Worte schwer.

Ein Schweigen entstand. Endlich sagte Sinaida: »Chasid Benjir hat mir das Kind einer Christin anvertraut. Ich habe geschworen, es niemand anderem zu geben als ihr selbst. Seid Ihr der Vater des Kindes?«

»Nein.«

Sinaide schüttelte den Kopf. »Was ist das für eine Mutter, die nicht Zeit hat, ihr Kind selbst zu holen! Ich bin aus Timbuktu geflohen, um das Kind zu retten. Ich habe es beschützt wie eine Mutter. Sie muß selber kommen, wenn sie das Kind will. Nur ihr selber werde ich es geben.« Sie trat vor Sterne. »Konnte Aba el Maan die Christin nicht retten?« In ihren Augen war plötzlich ein Leuchten. Sie ergriff Sterne am Arm, zog ihn mit sich. Sie schlug einen Vorhang zur Seite. Sie legte den Finger an die Lippen, Schweigen und Ruhe fordernd. Dann trat sie an die Wiege. Behutsam zog sie den Bastschleier zurück.

»Ich habe es eben gestillt«, flüsterte sie.

Das dunkle volle Haar lockte sich um die Stirn des Kindes. Die Lippen lagen nur leicht aufeinander. Die Lider mit den langen Wimpern bebten. Plötzlich schlug es die Augen auf. Sterne beugte sich über die Wiege. Er erschrak vor den großen, tiefblauen Augen, mit denen das Kind ihn anblickte. Es waren Carolines Augen, und sie erinnerten ihn an alles, was er zu vergessen versucht hatte: daß Caroline einen anderen Mann liebte. Dieses Kind! Er fürchtete es in diesem Augenblick mehr als den anderen Mann. Dieses Kind würde sie ihm nehmen.

Er vergaß, daß jeder der Tage, die vergangen waren, seit sie Timbuktu verlassen hatten, ihn belehrt hatte, daß jene Nacht im

Kerker nichts bedeutete für sie. Aber er hätte nicht wahrhaft geliebt, wenn diese Erkenntnis seine Liebe hätte töten können. Aus jeder Agonie erhob sie sich von neuem. Sie starb nur, um im nächsten Augenblick um so flammender aufzuerstehen. Seine Liebe war Verzweiflung und Glück in einem, und sie war ein ununterbrochenes Hoffen auf das Wunder. Über die Wiege des Kindes gebeugt, zweifelte Sterne zum erstenmal, daß dieses Wunder jemals geschehen würde. Er trat zurück. Mit einer heftigen Bewegung riß er den Mantel über der Brust auf, als könne er sich so von dem dunklen Zwang befreien, der seinen Willen und seine Gedanken zu unterjochen drohte.

Sein Blick ging durch den Raum. Die Wände waren mit rosenholzfarbener Seide ausgeschlagen; den Boden bedeckte ein seidener Teppich in goldenem Sandton. Die Wiege war aus Zitronenholz gefertigt und mit kostbaren Einlegearbeiten aus Elfenbein verziert. Das Bett in der alkovenartigen Nische, das Tischchen mit den silbernen Gerätschaften, die aufgeschlagene Truhe, in der sich weißes Linnen stapelte – alles zeugte von einem Luxus, der in einem Dorf berberischer Pferdezüchter überraschte. Sinaida hatte Sternes Blick bemerkt, aber sie deutete ihn falsch. Sie ließ die leise schaukelnde Wiege los. »Sagt mir, was Ihr verlangt. Ich gebe Euch alles, wenn Ihr mir das Kind laßt. Man hat heute die Pferde nach Algier auf den Markt getrieben. Fast hundert davon gehören uns.«

»Schweig!«

Die Frau warf sich zu Sternes Füßen. »Nein! Nehmt es mir nicht weg, das Kind. Ich liebe es, als hätte ich es selber unter dem Herzen getragen. Laßt es mir! Es wird es besser haben als jedes andere Kind auf der Welt. Ich habe es nicht geboren, und doch könnte seine Mutter es nicht mehr lieben als ich.«

Sterne sah die Frau an. Jede Sekunde, da er ihre Worte duldete, waren Verrat. Warum gebot er ihr nicht Einhalt? Warum machte er nicht allem ein Ende? Warum hatte er sie in dem Glauben gelassen, daß die Mutter des Kindes tot sei, und so ihre Hoffnungen geweckt? »Ich werde wiederkommen«, sagte er gepreßt. Er wußte nicht, was er damit eigentlich meinte.

Er eilte mit großen Schritten durch das Dorf. Er atmete den Brandgeruch, der jetzt in der abendlichen Kühle eine ätzende Schärfe bekam. Er stieß mit dem Fuß verkohlte Holzstücke vom Weg. Jedes Bild prägte sich ihm ein: der zerbrochene Webstuhl, an dem ein angefangener Teppich hing; das unentwirrbare Knäuel aus Spindeln und bunter Wolle, das daneben am Boden lag; das Backhaus mit den verkohlten Brotfladen; die beiden Schwalben, die unablässig einen eingestürzten Dachfirst umkreisten und ihr zerstörtes Nest suchten. Er sah alles, und doch wußte er nicht, wie er überhaupt aus dem Haus der Amme gekommen war; seine Beine bewegten sich ohne sein Zutun. Die letzten Häuser blieben zurück. Ein kalter Wind strich ihm entgegen. Er schloß den Mantel über der Brust.

Von der Koppel her klang das Quietschen der Pumpe. Ein glitzernder Strahl Wasser durchschnitt die dämmerblaue Luft. Caroline mußte seine Schritte bereits gehört haben. Was sollte er ihr sagen, wie erklären, daß er ohne das Kind zurückkam? Er blieb stehen. Caroline wandte sich um, richtete die Augen auf ihn. Benommen blickte Sterne in diese Augen, in denen sich das Blau dieser Dämmerstunde kristallisiert zu haben schien.

»Was ist mit ihr? Was ist ihr geschehen?« hörte er Carolines Stimme. »Ich habe es gespürt. Ihr braucht es mir nicht erst zu sagen, es ist tot, nicht wahr?«

Er hatte nicht die Kraft zu sprechen. Das andere war stärker. Sie legte die Finger auf seine Lippen, verschloß sie. »Sagt nichts. Nicht jetzt, später einmal, vielleicht... Ich will es jetzt nicht wissen, nicht in dieser Stunde... Laß mich allein.«

Sie gab Almansor ein Zeichen, ihr Pferd herbeizuführen. Ohne auf die anderen zu warten, ohne einen Blick auf das Dorf zurückzuwerfen, ritt sie davon.

Es war wie eine Flucht. Caroline kümmerte sich nicht darum, daß der Weg steil abfiel. Die Schenkel in seine Flanken gepreßt, trieb sie das Tier erbarmungslos voran. Sie hatte nichts sonst, um ihren Schmerz zu betäuben, keine Tränen, kein Gebet.

Die Dämmerung ging allmählich in Nacht über. Der kalte Wind schnitt ihr ins Gesicht, wühlte in ihrem Haar. Caroline wünschte, daß es Sturm wäre, daß Regen ihr ins Gesicht peitschte. Der schmale Bergpfad, das ächzende Pferd genügen ihr nicht. Sie brauchte andere Gewalten, um sich daran zu messen. Wäre sie ein Mann gewesen, vielleicht hätte diese Stunde einen Desperado aus ihr gemacht – einen Mann, der einer chaotischen Weltordnung dadurch die Stirn bot, daß er sich selbst dem Chaos verschrieb.

Aber warum sollte nicht auch eine Frau die Fesseln sprengen können? Das Schicksal hatte sie entwurzelt, hatte sie von dem Mann, den sie liebte, getrennt, hatte ihr das Kind genommen. In Zukunft würde nichts und niemand mehr sie zu halten vermögen.

Sie sah Sterne neben sich auftauchen. Sie wußte, daß er seit jener Nacht nur auf ein Zeichen von ihr wartete. Warum nicht? Was hinderte sie noch daran, sich ihm hinzugeben? Aber im Augenblick reizten sie die immer dunkler werdende Nacht und der abschüssige Felspfad mehr als die Umarmung eines Mannes. Zu ihrer Rechten fiel der Berg senkrecht ab; links schoben sich die Felswände näher heran. Der Weg wurde immer enger. Trotzdem zügelte sie ihr Pferd nicht, sondern trieb es weiter an.

Sie wußte nicht, wie lange sie so dahinflog. Sie merkte nicht, daß das Pferd langsamer wurde, in Trab fiel. Sie kam erst wieder zu sich, als Arme sie aus dem Sattel hoben.

Sie hatte weder Hunger noch Durst. Trotzdem trat sie, magisch von den Flammen angezogen, nahe an das Feuer, das Almansor entzündet hatte. Sie ließ sich auf die Felle nieder, sie trank, aber ihre Gedanken suchten etwas anderes. Sie war nur noch ein Warten auf den Augenblick, da er sie ganz von sich selbst erlösen würde – dort im Zelt, wenn seine Hände von ihr Besitz ergreifen würden.

Sie lag im Zelt und wartete. Die Schritte kamen näher. Der Schein des Feuers drang in die Dunkelheit, als Sterne die Plane zur Seite schlug. Sie hörte, wie er ihren Namen flüsterte. Sie schloß die Augen.

Sterne blickte auf sie hinunter. Wie er sie liebte! Das Wissen, daß er für diese Liebe zur Lüge fähig war, hatte etwas Atemberaubendes für ihn. Er litt nicht an seinem Verbrechen. Er berauschte sich daran. Es war ihm, als habe es dieser Tat bedurft, um sie endlich zu erringen. Nun würde sie auf immer die seine werden. Das Gefühl, sie vollkommen zu besitzen, durchflutete ihn. Zum erstenmal trug sie einen Schmerz, den er ihr auferlegt hatte. Er wünschte, daß dieser Augenblick nie enden möge. Er sah seine Söhne bereits vor sich, Ebenbilder seiner selbst. »Du wirst dein Kind vergessen«, sagte er, »denn wir werden Söhne haben und Töchter, die so schön sind wie du.«

Carolines Hände auf seiner Schulter hatten plötzlich kein Gewicht mehr. Mit einer einzigen Bewegung entzog sie sich ihm. Das dunkle Haar fiel ihr über die Wange, verbarg ihr Gesicht vor ihm. Sie brauchte nur ein Wort zu sagen. Sie brauchte nur die Hand auszustrecken, die Arme um ihn zu legen, ihn an sich zu ziehen. Warum tat sie es nicht? Warum nahm sie sich nicht, wonach ihr Körper verlangte? Warum lebte sie nicht allein für diesen Augenblick, warum sprengte sie die Fesseln nicht, die ihr vorher noch als so sinnlos erschienen waren?

Warum nicht?

Sie hörte, wie Sterne sich erhob. Sie hielt ihn nicht zurück.

Die Luft hatte nicht mehr die trockene Härte der Wüste und der rauhen Berge; sie trug bereits die Kühle des Meeres in sich. Die aufgehende Sonne hatte das Meer aus der grauen Leere der Dämmerung gezaubert. Noch war es nichts weiter als ein gähnender Abgrund längs des Horizonts, tiefblau und unermeßlich. Caroline beschlich das seltsame Gefühl, auf einer riesigen Kugel dahinzureiten, die in diesem Blau schwebte.

Schweigsam ritten sie am Rand der Hochebene dahin und beobachteten mit ängstlicher Andacht das Schauspiel, wie diese Fata Morgana der Unendlichkeit sich allmählich in den glänzenden Spiegel des Meeres verwandelte.

Almansor, der vorangeritten war, brach in ein wildes Geschrei aus. »Algier!« Seine helle, durchdringende Stimme flog über die Hochebene. »Ich sehe die Kasba! Said! Wir sind in Algier!« Said ließ die Blumen, die er eben gepflückt hatte, fallen und rannte zu Almansor.

Caroline schob die Schals aus dem Gesicht. Sie wünschte, sich zu den Araberjungen zu gesellen, ihre Freude zu teilen, aber etwas zwang sie, bei dem schweigsamen Mann, der neben ihr ritt, zu bleiben. Weder der Schlaf noch der Ritt durch den Morgen hatten die Spannung zwischen ihr und Sterne zu lösen vermocht. Wie anders hatte sie sich diese Stunde vorgestellt! Voller Überschwang und Freude. Warum war sie nicht froh und glücklich – jetzt, da das Ziel greifbar nahe vor ihr lag?

In düsterem Schweigen war Sterne die ganzen Stunden neben ihr geritten. Sie hatte mit hochmütiger Gleichgültigkeit darauf reagiert. Jetzt hielt sie es nicht mehr aus. Wenn Sterne nicht als erster die Hand zur Versöhnung ausstreckte, dann würde sie es eben tun. Sie wandte sich ihm zu. »Wir haben die Sahara wirklich bezwungen.« Ein Lächeln begleitete die Worte, gab ihnen Wärme.

Sterne stemmte sich in den Steigbügeln auf, hob die Hand über die Augen, als blende ihn die Sonne. Aber es war nur Abwehr gegen dieses Lächeln. Es überrumpelte ihn, es schien ihn zu verspotten. Sagte dieses unbefangene, strahlende Lächeln nicht, daß diese Frau nichts von den Qualen seines Herzens wußte? Er schwang sich vom Pferd. Ohne sie anzusehen, trat er neben ihr Pferd, reichte ihr die Hand, um ihr beim Absitzen zu helfen. Ihr aufgelöstes Haar streifte dabei seine Wange. Er zuckte zusammen unter der Berührung. Trotzdem gelang es ihm, mit gleichmütiger Stimme zu sagen: »Ich weiß. Ihr habt diese Stunde voller Ungeduld herbeigesehnt.«

»Und Ihr nicht?«

Er senkte den Kopf. »Gebt mir Euren Mantel«, sagte er unvermittelt. Seine Stimme klang rauh.

»Den Mantel?«

Er nickte. »Khalafs Mantel hat seinen Zweck erfüllt. In der Wüste hat er uns beschützt. In Algier würde er uns nur verraten.«

»Verraten? Jetzt sprecht Ihr in Rätseln.«

»Habt Ihr vergessen, daß Omar, der Dey von Algier, Khalafs Vater ist? Jeder seiner Leute würde ihn erkennen; selbst wenn sie von Khalafs Tod noch nichts wissen sollten, würden sie sich fragen, wie Ihr in den Besitz des Mantels kommt. Gebt mir den Mantel. Er ist zu gefährlich. Ich werde ihn verbrennen.«

Caroline löste die Spange, die den Mantel auf der Brust zusammenhielt. Sie zögerte. Es fiel ihr schwer, sich von dem Mantel zu trennen. Dieser Purpur hatte sie bei Tag geschützt und bei Nacht gewärmt. Er war für sie zu einem Symbol des Überlebens geworden. »Ich möchte ihn trotzdem behalten«, sagte sie. »Im Gepäck versteckt ist er sicher.«

»Wollt Ihr damit in Paris Furore machen?« Sterne betrachtete sie mit einem Blick, der schlimmer war als jedes Wort. In seiner Vorstellung war sie plötzlich wieder die große Dame, als die er sie in Paris zum erstenmal gesehen hatte, umrauscht von schwarzer Seide, funkelnde Diamanten im Haar. Noch ehe die Bräune der Wüstensonne auf ihrer Haut verblaßt war, würde sie wieder ihren Platz in der Pariser Gesellschaft einnehmen, als wäre nichts geschehen. Die schöne Herzogin von Belômer! Der Gedanke war ihm unerträglich. In aggressivem Ton sagte er: »Ihr werdet Euch schnell wieder in die Rolle der Herzogin zurückfinden.«

Caroline erriet, was er mit seinen Worten sagen wollte, aber das milderte ihren Zorn nicht. »Ihr irrt Euch, Sterne. Es ist keine Rolle, ich *bin* die Herzogin von Belômer, gleichgültig, ob ich auf der nackten Erde schlafe oder in einem seidenen Bett, ob ich in Timbuktu bin oder in Paris.«

»Um so besser. Dann brauchen wir auch jetzt nicht Komödie zu spielen. Beenden wir die Angelegenheit, wie wir sie begonnen haben, ohne viel Worte. Ihr braucht nichts zu fürchten. Ich werde nicht da sein, wenn Ihr den Fuß auf das Schiff des Herzogs, Eures Gatten, setzt. Ich werde kein Schauspiel geben, wie Ihr vielleicht befürchtet. Und jetzt gebt mir den Mantel.«

Caroline starrte ihn an. Sie begriff, warum er so gegen sie raste. Es geschah nicht, weil er sie verachtete, sondern weil er sie liebte. Er liebte sie – mehr als sie je geahnt hatte. Sterne hatte sich abgewandt. Er war auf dem Weg zu dem Feuer, das Almansor und

Said entzündet hatten. »Bleibt!« rief sie ihm nach. »Bleibt, ich bitte Euch.« Tränen traten ihr in die Augen.

»Weint nur«, sagte er voller Spott, »wenn es Euch erleichtert. Ihr werdet bald wieder lachen.«

»Was habe ich Euch getan?«

»Nichts, nur daß Ihr die Frau eines anderen seid.« Etwas wie Haß flackerte in den dunklen Augen auf. »Glaubt Ihr, daß Almosen etwas Schönes sind? Glaubt Ihr, daß sie glücklich machen? Was wollt Ihr noch, daß ich an Demütigungen Euretwegen auf mich nehme? Soll ich für die Pariser Gesellschaft eine Zirkusnummer abgeben: die Herzogin und ihr Sklave?«

»Geht«, sagte Caroline leise. »Geht!« Sie erstickte fast vor Empörung und Leid.

Sie wartete darauf, daß er sie allein ließ, aber er ging nicht. Mit einer Sanftheit, die sie außer Fassung geraten ließ, legte er den Arm um sie. »Kommt jetzt«, sagte er. Sie gingen schweigend zum Feuer. Sterne hob den Mantel, hielt ihn einen Augenblick über die Flammen, die blaß und kraftlos wirkten neben dem flammenden Leuchten, das der Mantel verbreitete. Dann ließ er das rote Tuch in das Feuer fallen.

»Tut es nicht«, flüsterte Caroline. Sie wußte nicht, was sie eigentlich damit meinte.

13

Eine Woge weißen Gischts, dem Meer jäh entsprungen und doch daran gefesselt durch das Spiegelbild, das im durchsichtigen Blau der Wellen schwebte – das war Algier. Prunkend mit schimmernden Kuppeln und goldenen Dächern. Drohend mit starrenden Bastionen und zinnenbewehrten Mauern. Gekrönt vom mächtigen Block der Kasba.

Algier war so, wie Caroline es sich vorgestellt hatte. Eine Stadt aus Licht und Finsternis, aus blendendweißen Häusern und nachtdunklen Gassenschluchten. Die sengende Hitze, das gnadenlose Licht, der ohrenbetäubende Lärm, das dichte Gewühl der Menschen, die Gerüche, die aus den Innenhöfen der Häuser drangen – ein wirres Brausen dröhnte in Carolines Kopf, schlug mit der Wucht einer Brandung über ihr zusammen. Schemenhaft glitten die Bilder an ihr vorüber: blühende Gärten, Pavillons aus bunten Kacheln, plätschernde Brunnen, elegante Villen, Marmorpaläste,

Minarette, die zu nichts anderem erbaut schienen, als den goldenen Halbmond auf ihrer Spitze zu tragen, Moscheen und immer wieder Arkadenhöfe mit ihren grünen und blauen Säulen.

Almansor hatte sich von ihnen getrennt, um die Tiere und Waren zu verkaufen und dann mit gemieteten Maultieren am Babaluet-Tor auf sie zu warten. Auch Said war nicht mehr bei ihnen. Er saß bereits im Schatten einer Mauer auf seinem kleinen Teppich, das Schreibpult vor sich. Ein heller, schwingender Ton erhob sich über das Brausen. Caroline blieb stehen.

»Die Glocken von Notre Dame des Victoires«, sagte Sterne. »Gleich neben der Kirche befindet sich das Haus des französischen Konsuls.«

Caroline sah schon das Amtszimmer des Konsuls vor sich: Ein dämmriger kühler Raum, ein Bureauplat mit grünem Leder, der Duft von Tinte, Siegellack und Tabak. Das Gemälde des Bourbonenkönigs an der Wand, in einer Ecke der leere Marmorsockel, auf dem früher Napoleons Büste stand. Ob der Konsul Nachrichten vom Herzog hatte – daran wagte sie in diesem Augenblick nicht zu denken. Ihre Gedanken waren auf viel einfachere Dinge gerichtet: Worte in geschliffenem Französisch; die Manieren eines Grandseigneurs; das Flair jener Männer im Dienst des Königs, die, auch wenn sie arbeiteten, eine Atmosphäre des Müßiggangs verbreiteten; ihre Galanterie dem weiblichen Geschlecht gegenüber; die Kleinigkeiten, mit denen sie ihren Büros Intimität zu verleihen wußten; das private Teegeschirr, eine schöne Tapisserie, eine Miniatur, die auf dem Schreibtisch lag – für Caroline würde alles ein Stück Heimat auf fremdem Boden sein. Sternes Stimme riß sie aus den Gedanken. »Ich fürchte, wir haben den Weg umsonst gemacht. Seht doch!«

Mehr als seine Worte erschreckte Caroline die Genugtuung, die sie aus seiner Stimme zu hören glaubte. Das Haus des französischen Konsuls war ein schmaler, zweigeschossiger Bau im europäischen Stil. Das Glas der Fenster war zertrümmert, das Emblem über der Haustür halb heruntergerissen; die Haustür selbst war versiegelt und trug ein mit Nägeln angebrachtes Schreiben in arabischer Schrift. »Was hat das zu bedeuten?«

»Nichts Gutes. Das Papier an der Tür scheint ein Konfiskationsdokument zu sein.«

Ein Araber mit zwei großen Körben in den Händen trat in diesem Augenblick aus dem Nebenhaus. Er stutzte, als er die beiden Fremden vor dem Haus des französischen Konsuls bemerkte. »Ihr wollt zu Monsieur Lacret-Taillaird?«

Sterne nickte. »Aber es scheint, daß wir zu spät kommen.«

Das Mißtrauen auf dem Gesicht des Arabers milderte sich. »Hat er bei euch auch Schulden?« fragte er. »Mich hat er seit einem halben Jahr nicht mehr bezahlt. Er hat viele hereingelegt, wenn euch das beruhigt. Er hat alles als Geschenk betrachtet – oder als Bestechung, wenn ihr so wollt. Wieviel schuldet er euch?« – Sie schwiegen. – »Ihr seid nicht von hier«, fuhr der Araber fort, »das sieht man euch an. Laßt mich raten! Ihr kommt, nach dem Staub auf euren Kleidern zu schließen, aus dem Tell-Atlas. Entweder waren es Teppiche oder Pferde, für die er euch das Geld schuldet.«

»Pferde«, sagte Sterne aufs Geratewohl.

»Wußte ich es doch! Die Schimmel, mit denen er in letzter Zeit vierspännig zur Promenade fuhr! Ich habe ihn gesehen! Wie hat er uns die Macht seines Königs spüren lassen! Aber das ist jetzt vorbei. Die vier Schimmel stehen in den Ställen des Deys. Wendet euch an ihn. Vielleicht bekommt ihr sie zurück.«

Sterne ging auf den Ton des Arabers ein. »Was ist mit ihm geschehen? Wann hat er Algier verlassen?«

»Sie haben ihn auf die Kasba gebracht, und ich hoffe, er schmachtet dort im tiefsten Kerker.« Der Araber brach in boshaftes Lachen aus. »Und verlassen wird er Algier allenfalls durch ein Kanonenrohr. Sollen sie nur kommen, die Christen mit ihren Schiffen, der Dey wird ihnen ihren Konsul als Willkommensgruß entgegenschießen, so wie es früher mit Le Vacher geschehen ist.«

Sterne zitterte, Caroline könnte sich mit einer unbedachten Bemerkung verraten, aber seine Furcht war unbegründet. Das Gespräch der beiden Männer schien sie nicht im geringsten zu interessieren. »Wir kommen gerade erst aus den Bergen in die Stadt.« Er fuhr leiser fort: »Von welchen Schiffen sprecht Ihr?«

»Keiner weiß Genaues. Ganz Algier schwirrt von Gerüchten. Habt Ihr nicht die vielen Soldaten der Stadtmiliz bemerkt? Und die Karren, die zu den Forts hinausrollen, beladen mit Pulver und Kanonenkugeln? Man sagt, sie gießen Tag und Nacht Munition. So war es immer, ehe die Schiffe kamen. Die Christen neiden dem Dey seine Macht auf dem Mittelmeer. Dabei sind sie selber die größten Piraten. Sie sollen nur kommen. Sie haben es schon oft versucht, aber der Dey sitzt noch immer auf der Kasba, und Algier gehört immer noch uns Arabern, und daran wird sich auch in Zukunft nichts ändern. – Kehrt in eure Berge zurück, Fremde!« Er nahm seine Körbe, die er abgestellt hatte, auf und ging davon.

»Was tun wir nun?« fragte Caroline.

Sterne war einen Moment sprachlos. Er kannte ihre Beherrschung, aber daß sie sich nicht alarmiert zeigte, enttäuschte ihn fast. Immer wieder überraschte sie ihn, weil sie ganz anders als erwartet reagierte. »In der augenblicklichen Situation sind wir als Christen in der Stadt nicht allzu sicher. Ich schlage vor, wir reiten hinaus zu Gounandros. Ihr wißt, mein Freund, der griechische Arzt.«

Hörte sie ihm überhaupt zu? Ihr Blick ging hinunter zum Hafen. Weiße Schiffe schwebten auf der blauen Flut. Auf allen wehte die grüne Fahne des Deys. Auf der Mole des Hafens patrouillierte Miliz in ihren roten Uniformen. Wieder mußte Sterne an die Worte des Arabers denken. Es drängte ihn, mit Gounandros zu sprechen, von ihm zu erfahren, was er von den Schiffen wußte, die nach Algier unterwegs waren.

»Habt Ihr noch genügend von Ismaels Geld?« fragte Caroline unvermittelt.

»Ja«, antwortete Sterne. »Aber wozu? Bei Gounandros...«

»Ich möchte in den Basar.« In Carolines Augen stand ein Lächeln. »Ich möchte einkaufen. Ich habe schrecklich Lust, Geld auszugeben, versteht Ihr das?«

Ihre Fähigkeit, eine Gefahr vollkommen zu ignorieren, war etwas, das Sterne gleichzeitig faszinierte und aufbrachte. So ähnlich mußten die Herzoginnen der Revolution beschaffen gewesen sein, die vor ihrer Enthauptung große Toilette machten, als gehe es nicht in den Tod, sondern auf ein Fest. »Ich werde Euch in den Basar führen«, sagte er düster.

Begleitet von der Musik, die aus den kleinen Cafés scholl, dem Duft der Süßwaren- und Fruchtläden, den Rufen der Prostituierten aus halboffenen Haustüren und vergitterten Fenstern, drangen sie immer tiefer in die Stadt ein, bis endlich die dämmrigen Suks sie aufnahmen; lange überdachte Straßen, die unterirdischen Schatzgewölben glichen.

Caroline hatte das Gefühl, einen Bezirk der Magie zu betreten. Wie ein Kind, das zum erstenmal auf einem Jahrmarkt ist, erschien ihr alles, selbst das Alltäglichste, märchenhaft. Die engen Gassen wurden zu phantastischen Labyrinthen, die zerlumpten Gestalten der Bettler zu verwunschenen Prinzen, die nur auf das Zauberwort warteten, das sie erlösen würde. Die Teppiche, die Messinggeräte, die Seidenballen, die Silberwaren, das Lederzeug, die Spiegel, die aufgetürmten Körbe – es waren Gegenstände der Zauberkunst, die Rufe der Händler kabbalistische Formeln. Sie vergaß ganz, daß diese Dinge zum Verkauf ausgebreitet lagen, daß sie wirklich waren, daß man sie berühren konnte.

Im Suk der Wohlgerüche wurde ihr Verlangen, etwas von diesen in schimmernden Phiolen abgefüllten Kostbarkeiten zu besitzen, übermächtig.

Ein Stand zog sie besonders an. Der Händler, ein junger Mann, saß umrahmt von den Kerzen, die von der Decke herabhingen, in seiner Nische wie in einem Schrein. Mit seinen schmalen, ringgeschmückten Händen öffnete er die Phiole, die Caroline ihm bezeichnet hatte. »Zehn Tropfen drei Piaster.«

»Laßt mich für Euch handeln«, flüsterte Sterne. »Zwanzig Piaster – für hundert Tropfen«, bot er dem Händler.

»Fünfundzwanzig«, entgegnete der Händler gelassen.

»Dreiundzwanzig.«

Der Händler nickte. Er öffnete die Phiole. Mit einem kleinen Pfropfen Wolle begann er die Tropfen abzuzählen. Als das kleine Flakon gefüllt war, verschloß er es, stellte es auf ein Tablett und reichte es Sterne hinüber. Sterne zog den Beutel mit Geld und zählte dreiundzwanzig Piaster hin. Der Händler nahm eines der Silberstücke prüfend in die Hand. »Ihr zahlt mit Piastern aus Timbuktu?«

»Was habt Ihr daran auszusetzen?« Sterne hätte am liebsten alles stehen- und liegenlassen und wäre mit Caroline davongeeilt. Es war Wahnsinn, die Gefahr so herauszufordern, wie sie es taten.

»Im Gegenteil«, antwortete der Händler. »Die Silberpiaster aus Timbuktu sind doppelt soviel wert wie die hiesige Währung. Hat keiner Euch das gesagt? Nehmt die Hälfte des Geldes zurück.«

»Wartet«, sagte Caroline. »Gebt uns Waren dafür.«

Der Händler breitete ein weißes Tuch auf dem kleinen Tisch aus. »Legt Eure Hand darauf, daß ich die Düfte wähle, die zu Euch passen.«

Sterne wollte Caroline daran hindern, aber sie hatte die Hand bereits ausgestreckt. Der Händler betrachtete die Innenfläche, die nicht wie der Handrücken tief gebräunt war. Er mußte sehen, daß er keine Araberin vor sich hatte, aber er ließ sich nichts anmerken. Er begann unter den winzigen Flakons, Schachteln und Säckchen, die rund um ihn aufgebaut waren, auszuwählen. Sorgfältig schlug er die Dinge in bunte Papiere ein, verschnürte sie. Ein Berg von Päckchen türmte sich auf dem Tisch. Neugierig gewordene Passanten traten an den Stand.

»Soll ich Euch einen Träger rufen«, sagte der Händler. »Ich sehe, Ihr habt keinen Diener bei Euch.«

Sterne, dem der Boden unter den Füßen brannte, nickte erleichtert. »Ruft einen Träger herbei«, sagte er. »Er soll uns zum Babaluet-Tor bringen.«

Der Händler setzte eine Pfeife an den Mund. Eine andere Pfeife antwortete, und bald darauf stand ein kleiner ausgedörrter Mann vor ihnen. »Bring sie zum Babaluet-Tor«, sagte der Händler. »Auf dem kürzesten Weg.«

Der Träger nahm die eingekaufte Ware an sich und forderte sie auf, ihm zu folgen. Von den Blicken der Neugierigen begleitet, verließen sie den Suk. Ein versunkenes, zufriedenes Lächeln lag auf Carolines Gesicht. Sterne sah es mit Bewunderung und Unruhe. Die Stadt wimmelte von Milizsoldaten. Der französische Konsul war ein Gefangener des Deys. Während der ganzen Stunden, die sie jetzt in der Stadt waren, hatte er nicht einen Europäer gesehen. In Zeiten wie diesen vermieden sie es, sich öffentlich zu zeigen, und sie wußten warum. Aber Caroline hatte ihren Willen durchgesetzt und war in den Basar zum Einkaufen gegangen. Er beneidete sie um ihre Unbekümmertheit und um ihre Kraft. Im entscheidenden Augenblick war sie immer die Stärkere.

Vor sich auf dem Sattel die Päckchen, saß Caroline auf dem Maultier, zufrieden, wie es eine Frau nur ist, wenn sie sich gerade den Luxus unnützer Dinge geleistet hat. Almansor hatte mit den Tieren vor dem im Westen der Stadt gelegenen Babaluet-Tor gewartet. Wie schon am Morgen, beim Betreten der Stadt, mußten sie über den tiefen, mit Kaktus, Aloe und Dorngestrüpp bewachsenen Graben reiten, der Algier auf den drei Landseiten umzog. Rechts von ihnen rauschte das Meer, brach sich mit weißem Schaum an den Felsen der Forts. In ihrem Rücken stieg, steil an den Berg gelehnt, die Stadt an, ihre Häuser wie große Zuckerwürfel aufeinandertürmend, und über allem, auf dem höchsten Gipfel der Stadt, der schlohweiße Würfel der Kasba mit ihren hohen krenelierten Mauern, ihren flatternden grünen Fahnen.

Unterhalb des Friedhofs der Juden bogen sie auf einen schmalen Seitenpfad. Zypressen, Feigenbäume und Jasmin säumten den Weg. Sie ritten schon fast eine Stunde. »Für einen Arzt wohnt dieser Gounandros aber weit von der Stadt«, sagte Caroline.

»Geduldet Euch!« antwortete Sterne. »Ein Mann wie Gounandros, der zwanzig Jahre seines Lebens auf dem Meer verbracht hat, könnte es keinen Tag in einer Stadt wie Algier aushalten. Sein Haus steht auf einer kleinen Halbinsel. Bei Flut ist sie überschwemmt, und das Wasser steigt bis an die Mauern. Auch die Patienten, die er hat, kommen mit der Flut. Es gibt kaum einen Piraten im Mittelmeer, den Gounandros nicht irgendwann einmal zusammengeflickt hat.«

»Und Ihr, wie kamt Ihr zu ihm? Ihr habt erzählt, er habe Euch das Leben gerettet.«

»Vor hundert Jahren hätte man ihn als Hexenmeister verbrannt«, fuhr Sterne fort, ohne auf ihre Frage einzugehen. »Ihr solltet ihn bei der Arbeit sehen. Er fertigt Nasenbeine und Kiefer aus Silber, er baut Arme und Beine aus Stahl und Leder; er setzt Katzendärme ein.«

»Genug!« sagte Caroline gutgelaunt. »Ich hoffe, Euer Grieche kann uns zu ein paar heilen Piraten und zu einem seetüchtigen Schiff verhelfen.«

»Ihr wollt Algier verlassen?«

»Ihr nicht? Sagtet Ihr nicht, die Stadt sei gefährlich für uns?« Sie verstummte. Sie waren in eine Allee junger Pappeln hineingeritten, an deren Ende ein eisernes Tor sichtbar wurde. Aus dem Schatten des Torpfostens trat ein Bewaffneter, stellte sich ihnen in den Weg. Sterne war von seinem Maultier gestiegen. Er schob die Tücher aus dem Gesicht.

»Ramon!« rief der Posten freudig aus. »Wahrhaftig, Ihr seid es. Wir hatten nicht mehr gehofft, Euch lebend wiederzusehen.« Er öffnete das Tor. Sterne ergriff die Zügel von Carolines Maultier. Ein Park von fast urwaldhafter Vegetation nahm sie auf. Nach wenigen Metern wurde der Weg zu einem schmalen, aus groben Steinen erbauten Damm, der durch die üppig wuchernde Wildnis führte. Die Schlicklinie, die sich über die Stämme der Bäume zog, zeigte an, wie hoch die Flut hier oft stieg. Das Gelände neben dem Damm sank immer mehr ab und verwandelte sich allmählich in einen mit Schlingpflanzen und Seerosen überzogenen Sumpf, den zum Meer hin ein Wall braunen Schlicks begrenzte. »Dort, hinter der Fliederhecke, seht Ihr das Haus.«

Für Augenblicke sah Caroline die Spitze der Halbinsel, ein Felsenriff, auf dem sich Mauern erhoben, ein mit Türmen bewehrter Bau. Der steinerne Damm verbreitete sich und mündete in einen Vorhof. Hinter den niedrigen Remisen der Stallungen ragte das festungsartige Haus empor. Es lag unmittelbar am Meer, am äußersten Ende der Halbinsel. Die halbrunde Bucht, die durch die ins Meer stoßende Halbinsel entstand, war zu einer Mole ausgebaut. Ein Segler lag daran. Zwei Männer, die offenbar von dem Segler kamen, betraten im gleichen Augenblick den Vorhof. Der eine trug eine Kapitänsuniform. Sein Gesicht war blutleer, einen Arm hielt er fest an den Körper gepreßt.

Als Sterne ihn erblickte, eilte er freudig auf ihn zu. Er breitete die Arme aus, um den Mann zu umarmen, aber der zuckte mit einem Schmerzenslaut zurück. »Hast du keine Augen im Kopf«, schrie er. »Willst du mir den Arm vollends abreißen!« Erst dann schien er sein Gegenüber zu erkennen. »Ihr, Ramon!? Heil und gesund! Und da sagt man, ein Ritt durch die Wüste sei voller Gefahren. Schaut mich an!«

»Was ist mit Euch geschehen, Mora?« Er deutete zur Mole. »Seit wann fährt der große Piratenkapitän Mora einen Küstensegler. Wo ist Eure *Karthago*?«

Um die Lippen des Piraten zuckte es schmerzlich. »Erinnert mich nicht daran! Ein Kapitän kann seinen Arm verlieren, es hebt nur sein Ansehen. Aber sein Schiff zu verlieren! Die *Karthago* liegt auf dem Meeresgrund! Verflucht sei der Franzose!«

»Ihr, Kapitän Mora, seid mit Eurer *Karthago* einem Franzosen unterlegen?«

»Zum Teufel!« sagte Mora. »Die Piraterie ist kein Geschäft mehr. Natürlich war es nicht ein einzelner Franzose. Sie sind mit einer ganzen Armada unterwegs nach Algier. Sie sollen von Lissabon kommen, achtundzwanzig Engländer, elf Holländer und dieser eine Franzose. Und ich mußte ihnen in die Quere kommen!«

Sterne eilte zurück. Mit Hilfe Almansors hatte Caroline inzwischen die vielen Päckchen von ihrem Maultier losgeschnürt und stand jetzt, die Arme voll beladen, wartend da, während Almansor die Tiere wegführte.

»Verzeiht«, sagte Sterne, »daß ich Euch warten ließ.« Ihm schwirrte der Kopf von dem, was er eben erfahren hatte. Er fürchtete, daß Caroline ihm vom Gesicht ablesen konnte, was ihn bewegte, aber sie sagte nur: »War das wieder einer Eurer Freunde?«

Sterne blieb die Antwort erspart. Eine große, dunkel gekleidete Frau war aus dem Haus getreten. Ihr Blick ging an Caroline vorbei zu Sterne. Die Arme ausgebreitet, lief sie auf ihn zu. »Ramon!« Sie küßte ihn auf die Wangen, umarmte ihn mit stürmischer Herzlichkeit. Erst dann schien sie auch Caroline zu bemerken. »Ihr müßt Caroline sein«, sagte sie mit ihrer dunklen, klingenden Stimme. Sie streckte die Hand aus. »Ich bin Myrto.« Das dunkle, am Hinterkopf zu einer Art Helm aufgetürmte Haar verlieh ihrem blassen Gesicht mit den großen dunklen Augen etwas Übersteigertes. Sie legte den Arm um Caroline. »Mein Gott, wie jung Ihr seid! Jetzt kann Euch nichts mehr geschehen. Hier seid Ihr wie zu Hause.«

»Wo ist Petros?« fragte Sterne.

Die Frau lächelte. »Wo wird er sein? Er flickt ein paar Matrosen zusammen. Heute ist wieder einmal Hochbetrieb. Mora hat seine *Karthago* verloren.« Zu Caroline gewandt, sagte sie: »Lassen wir die Männer! Kommt mit ins Haus. Ihr werdet Sehnsucht haben nach einem Bad, nach frischer Wäsche, nach einem guten Essen und nach Schlaf...«

Er mußte zu Gounandros, mußte mit dem Freund sprechen, mußte in Erfahrung bringen, was es mit der Flotte von Schiffen auf sich hatte, die nach Algier unterwegs war. Sterne war außer Atem, als er das kleine Medikamentenzimmer betrat, an den der Behandlungsraum grenzte. Mit Erleichterung sah Sterne den mächtigen Schatten, der sich hinter der grünlichen Glasscheibe der Tür abzeichnete. Vorsichtig öffnete er die Tür. Der süßliche Geruch von Äther schlug ihm entgegen.

Petros Gounandros kehrte ihm den Rücken zu. Der Verwundete lag auf dem Operationstisch. Er war wie eine Mumie in weiße Verbände gewickelt. Nur die Beine waren frei. In der rechten Wade klaffte eine tiefe Fleischwunde. Gounandros sah nur kurz auf. In einem Ton, als wäre Sterne nicht von einer gefahrvollen Expedition durch die Wüste, sondern nur von einem Gang in die Stadt zurückgekehrt, sagte er: »Ich bin gleich soweit.«

»Ich habe Mora getroffen«, sagte Sterne. »Er sprach von einer Flotte, die, von Lissabon kommend, nach Algier unterwegs sei. Weißt du davon?«

»Ich kann mich nur auf eine Sache konzentrieren.« Der Grieche schlug dem Verwundeten mit dem Handrücken auf die Wange. »Bist du wieder da? Ich nähe jetzt die Wunde, nicht gerade angenehm, aber zum Aushalten.« Gounandros zog die Haut über der Wunde zusammen. Als er die Nadel ins Fleisch stach, blickte Sterne weg. Er kannte den Griff dieser großen Hände. Er hatte ihn am eigenen Leib verspürt. Erst später hatte er begriffen, daß dieser wilde Schmerz es gewesen war, der ihm das Leben gerettet hatte. Vielleicht war das ein Teil der Erfolge dieses Griechen, daß er die Männer, die halb tot zu ihm gebracht wurden, anfaßte wie Gesunde. Er fluchte mit ihnen. Er fuhr sie an. Aber währenddessen arbeiteten seine Hände schnell und exakt. Er betrieb seine Kunst mit einer Vehemenz, die den Gedanken an den Tod ausschloß.

Gounandros hatte die Wunde genäht und verbunden. Er öffnete die Tür, die ins Haus führte, und rief mit lauter Stimme. »Ihr könnt ihn holen!«

Zwei junge Männer, ägyptische Medizinstudenten, die bei ihm

lernten, luden den Verwundeten auf eine Bahre. Gounandros breitete eine weiße Decke über den Kranken. »Jetzt bist du dran«, sagte er zu ihm. »Streng dich an! In einer Woche möchte ich dich wieder auf den Beinen sehen.«

Der Mann murmelte etwas, das wie ein Fluch klang. Gounandros gab einem der beiden Ägypter ein kleines Leinensäckchen. »Du weißt Bescheid. Er muß zwei Tassen davon trinken. Wenn das Fieber kommt, wird er versuchen, die Verbände herunterzureißen. Also sorgt dafür, daß einer immer bei ihm bleibt.«

Sobald sie allein waren, zog der Grieche das weiße Hemd, das er trug, über den Kopf. Er sah jetzt, in einer bis zu den Waden reichenden Hose und mit bloßem Oberkörper, wie ein Ringer aus. Sterne konnte sich nicht erinnern, Gounandros einmal müde und erschöpft erlebt zu haben. Dieser Titan von einem Mann schien immer auf der Suche nach etwas, woran er seine Kräfte messen konnte.

Gounandros hatte ein neues Hemd übergestreift. Er kam langsam durch den Raum. »Du hast es also geschafft. Und die Französin? Ist sie auch dabei?« Die Männer sahen sich in die Augen. So sehr Sterne es haßte, wenn ihn jemand durchschaute, in diesem Augenblick tat es ihm gut, daß es einen Menschen gab, der ihn ohne Worte verstand. »So steht es also mit dir«, sagte Gounandros. »Dann ist dir der Weg wenigstens nicht lang geworden.«

Gounandros spürte, wie Sterne sich verschloß, aber das störte ihn nicht. Wenn er ihm helfen sollte, brauchte er eine klare Diagnose. Liebe war für Gounandros etwas, das zur Freude der Menschen dienen sollte, nicht zu ihrem Unglück. Sie war etwas sehr Schönes, aber in seinen Augen nicht wichtig genug, um einem Menschen zum Schicksal zu werden. Und so überlegte er sich sofort, was er am besten gegen diese Krankheit unternehmen könnte. »In solchen Rettungsmanövern steckt immer der Keim der Liebe«, sagte er. »Sonst hätte dich die ganze Geschichte wahrscheinlich gar nicht gereizt. Es mußte so kommen.« Er packte Sterne an der Schulter. »Ich kenne diese Französin nicht, aber ich weiß genug über sie, um zu wissen, daß sie keine Frau für dich ist. Für das Leben braucht man eine Frau wie Myrto. Eine, für die du der Erste und der Einzige bist. Willst du eine Frau festhalten, die kein Mann vor dir zu halten vermochte?«

Draußen wurde die Stimme Kapitän Moras laut. »Komm«, sagte Gounandros. »Den können wir jetzt nicht brauchen.« Er öffnete die Tür zum Nebenraum, halb Alchimistenküche, halb Werkstatt. Es war der Ort, in dem Gounandros sich am liebsten aufhielt. Er zog die Tür zu. »Nun sprich schon!« fuhr er Sterne an. »Was soll ich für dich tun?«

»Was ist mit den Schiffen? Ist es richtig, was Mora mir erzählt hat? Er sprach von vierzig Schiffen, einer ganzen Flotte.«

»Ja, das Geschäft geht schlecht, und Leute wie Mora haben es schwer. Die Piraterie bringt nichts mehr ein. Wenn ich an die herrlichen Zeiten denke, als dieser Korse die ganze Welt in Atem hielt! Alle bekämpften Napoleon, und keiner hatte Zeit, auf die Piraten zu achten.«

»Mora sagt, die Flotte käme von Lissabon.«

»Ja, sie haben es als eine Art Strafexpedition gegen den Dey von Algier deklariert«, antwortete Gounandros. »Die Engländer stekken dahinter. Sie haben sich wieder einmal der Christensklaven erinnert, die in der Gefangenschaft des Deys schmachten. Vielleicht meinen sie es ernst, vielleicht ist es nur ein Vorwand, um Männern wie Mora das Handwerk zu legen.«

»Mora sprach von einem französischen Schiff.«

»Daher weht der Wind. Mora wird den Franzosen so schnell nicht vergessen. Es war die *Alouette*.«

»Die *Alouette*«, wiederholte Sterne. Er hatte das Wort kaum hörbar ausgesprochen, und doch erschrak er über seine eigene Stimme. Er hatte das Gefühl, daß sie durch das Haus dröhnte, daß alle ihn hörten. »Wann wird die Flotte Algier erreichen?«

»Ich kenne ihre Pläne nicht. Aber wenn sie wollen, könnten sie morgen vor Anker gehen.«

Sterne trat vor seinen Freund. Seine Stimme klang beschwörend. »Sie darf es nicht erfahren! Versprich mir das, Petros!«

»Sie braucht morgen bloß aus dem Fenster zu schauen – dann weiß sie es. Entweder seid ihr euch einig, oder ihr seid euch nicht einig. Was soll ich dabei? Das Heilmittel gibt es noch nicht, das ich ihr einträufeln könnte, damit sie, wenn sie aufwacht, vergessen hat, daß sie die Frau des Herzogs von Belômer ist.« Er schüttelte den Kopf. »Die Wüste ist dir nicht bekommen, mein Junge. Ich rate dir, sieh zu, wie du das Weib auf schnellstem Weg loswirst.« Aber er sah, daß es sinnlos war, weiter in Sterne zu dringen. »Wie wäre es mit Bone? Mein Haus dort steht leer. Ich hätte selber gute Lust hinzugehen, bis hier alles vorbei ist.«

»Du glaubst, daß es zum Kampf kommt?« Sterne war ans Fenster getreten. Das Meer zeigte keine Bewegung. Er suchte den Horizont ab, diesen kaum erkennbaren Streifen, der das Meer wie eine dünne silberne Kordel säumte. Er wünschte, daß die Schiffe schon da wären. Er wünschte, diesen blauen Himmel bersten zu sehen unter den Salven der Schiffsgeschütze. Die Erde würde erzittern, wenn die Kanonen auf den Forts das Feuer eröffneten, das Meer würde sich in einen riesigen schäumenden Krater verwandeln. Algier war noch nie von der Seeseite eingenommen worden. Auch diesmal würden die Feinde scheitern. Eine Idee ergriff Besitz von ihm, vage. Der Dey von Algier! Sein Bruder war einer der besten Freunde Omars gewesen. Würde Omar die Freundschaft, die er für Norman empfunden hatte, nicht auf ihn übertragen? Und wenn es nicht Freundschaft war, so verband sie doch die gleiche Gefahr: die Schiffe, die auf Algier zusegelten, bedeuteten für sie beide Bedrohung. Er würde dem Dey seine Dienste anbieten. Er würde auf seiner Seite kämpfen. Aber er dachte zugleich auch an Sinaida, an das Kind; es waren nur sechs Stunden bis zum Dorf Rhas. Sollte er das Kind holen?

Er trat vom Fenster weg. Getroffen vom Licht des Meeres, waren seine Augen für Sekunden wie blind. Allmählich löste sich aus dem roten Nebel die Gestalt des Arztes.

»Was ist mit dem Haus in Bone?« sagte Gounandros. »Hast du es dir überlegt?«

Sterne mied den Blick des Freundes. »Ich habe in der Stadt zu tun«, sagte er.

»Was soll man der Französin sagen, wenn sie nach dir fragt?«

»Daß ich bei Gafuddhin bin. Wir haben in Timbuktu Wechsel auf dieses Handelshaus gezogen.« Sterne hatte nicht das Gefühl zu lügen. Er verteidigte nur sein Geheimnis und seine Liebe.

Nebenan entstand Lärm. Etwas fiel krachend zu Boden. Mora stand plötzlich im Raum. »Gib mir ein Skalpell – dann lasse ich mir die Kugel von deiner Köchin herausschneiden. Dich scheinen nur noch Leichen zu interessieren. Solange einer noch auf eigenen Füßen steht, nimmst du ihn gar nicht für voll.«

»Laß mich die Schramme anschauen«, sagte Gounandros. Er schlitzte den Ärmel von Moras Jacke auf. Das Hemd darunter war dunkel vom getrockneten Blut. Mit einem Ruck riß Gounandros den Stoff herunter. Mora stieß einen Fluch aus. Gounandros tastete die Wunde ab. »Die französische Kugel, wegen der du mir die Ohren vollschreist, findet auch meine Köchin nicht. Schau du lieber deinen kostbaren Arm an!«

Mora, der während der Prozedur den Kopf starr abgewandt gehalten hatte, gehorchte. Entsetzt blickte er auf seinen Arm, der verdreht im Gelenk hing.

»Versuche, den Arm auszustrecken!«

»Du Schlächter! Du Folterknecht!« Mit zusammengebissenen

Zähnen tat Mora, was ihm der Arzt gesagt hatte. Gounandros hatte eine Hand auf das ausgerenkte Schultergelenk gelegt, mit der anderen umschloß er den Oberarm. Plötzlich riß er den Arm nach vorne. Mora schrie auf. Gounandros drückte ihn auf einen Stuhl. »Der Arm ist jetzt wieder da, wo er hingehört.« Er nahm eine Flasche von einem Wandbord, schenkte ein großes Glas ein und reichte es Mora.

Sterne hatte nur auf einen günstigen Augenblick gewartet, um zu verschwinden. »Kann ich ein Pferd haben?« sagte er zu Gounandros.

»Nimm dir den Fuchs.« Gounandros starrte mit zugekniffenen Augen Sterne nach. Er hatte das dunkle Gefühl, daß er ihn zurückhalten sollte. Aber konnte er bei dieser Krankheit helfen? Man konnte Wunden zusammenflicken, Arzneien verschreiben, Schlaf verordnen, Unterschlupf gewähren – das war alles. Menschen von dieser Krankheit zu heilen, das war einem Arzt nicht gegeben.

14

Zusammengerollt wie eine Katze lag Caroline im Bett. Sie schlief nicht mehr, aber sie hatte noch kein Verlangen, die Augen zu öffnen. Nur manchmal blinzelte sie in den Raum, um sich gleich wieder mit einem wohligen Seufzer in die süße Dunkelheit zurücksinken zu lassen. Weich und warm umhüllte sie das Bett. Wenn sie sich bewegte, hatte sie das Gefühl, in einer Wolke sonnenwarmer Daunen dahinzufliegen. Weder das Haus noch das Zimmer, in dem sie sich befand, existierten für sie – nur dieses Bett. Wie leicht Daunen waren! Wie glatt das Linnen nach den Monaten auf der harten Erde, in Felle und Decken gehüllt, in denen der Sand rieselte, die Waffen neben sich, vor dem Zelt das Knistern des Feuers, die Laute der Tiere...

Sie war aufgewacht und hatte sich in einem Bett wiedergefunden. Zu Hause in Rosambou, nach durchtanzten Nächten oder Jagdtagen, war das Erwachen genauso gewesen. Ohne Erinnerung daran, wie sie ins Bett gekommen war, ein wohliges Dahindämmern ohne jedes Orts- und Zeitgefühl – bis die Tür leise aufging und Marianne mit dem Frühstück kam. Das Rascheln ihrer gestärkten Schürze, wenn sie ans Bett trat und Caroline Kissen in den Rücken stopfte, das Klappern des Geschirrs, wenn sie den Tisch näher ans Bett rückte...

Der erwachende Hunger machte Caroline endgültig munter. Sie setzte sich auf, blickte um sich und begann zu lachen. Es war ein französisches Bett, in dem sie geschlafen hatte. Die vier Bronzepfosten mußten ursprünglich einen Baldachin getragen haben. Auch die Kommode, die zwei Stühle und der Spiegel waren unverkennbar französischen Ursprungs. Das Hauskleid in europäischem Schnitt auf dem Stuhl vor dem Bett wirkte auf ihre an die arabische Tracht gewöhnten Augen fremdländisch, vor allem die Unterwäsche mit ihren Spitzen, Rüschen und Schnürungen.

Die beiden Spitzbogenfenster waren von innen durch weiße Holzläden geschlossen. Das Licht, das durch die Fugen drang, gab ihr keinen Hinweis auf die Tageszeit. Caroline schlüpfte aus dem Bett. Auf der Kommode lag ihre flache, mit Emaille verzierte Uhr, aber sie war stehengeblieben. Sie zog die Schübe der Kommode auf. Ihre Sachen lagen wohlgeordnet darin, Haiks, Pluderhosen, Hemden, Boleros, ganze Ballen weißen Musselins. Im letzten Schub waren Schuhe und Pantoffeln untergebracht; er war mit Zeitungspapier ausgelegt. Französische Worte, französisches Zeitungspapier – nur das nahm sie wahr.

Wie zuvor im Bett, umhüllte sie ein starkes Heimatgefühl. Fast ein Jahr war sie von zu Hause fort. Jetzt war es August. Sie sah das Land um Rosambou vor sich: ein wogendes Meer reifender Felder. Sie sah den Wind darüberstreichen. Sie sah die Sensen der Schnitter funkeln, die hochbeladenen Fuder in den Scheuern verschwinden. Schwärme von Vögeln fielen in die Felder, um die verlorenen Körner aufzupicken, und stoben auf, wenn die Meute der Hunde heranjagte, die bellend die Jagd begleitete. Die grünen Mäntel der Treiber, die bunten Anzüge der Jäger, die herbstlichen Wälder, die eine goldene Sonne in Flammen setzte – sie sah alles vor sich.

Caroline eilte zum Fenster. Ungeduldig hob sie den Riegel und öffnete den Laden. Durch die eisernen Gitterstäbe blickte sie hinaus aufs Meer. Flügelschlagend stürzte ein Vogel aus einer Mauerspalte und glitt dann mit ausgebreiteten Schwingen hinaus ins Blau. Caroline sah ihm nach, bis er verschwunden war. Sie wünschte an seiner Stelle zu sein. Sie wünschte seine Flügel zu haben für ihr Heimweh. Sie mußte heim, nach Rosambou, zurück zur Erde, die ihre Heimat war.

Stimmen kamen von der Mole. Ein halbes Dutzend Männer scharte sich um einen Mann. Caroline erkannte in ihm den Mann, den Sterne bei ihrer Ankunft begrüßt hatte. Der linke Ärmel seiner Jacke war jetzt abgeschnitten und ein von der Schulter bis zum Ellbogen dick verbundener Arm ragte heraus. Ein grüngoldener

Schal diente als Schlinge. Die übrigen Männer trugen die malerischen, vom Zufall entworfenen Uniformen der Piraten.

Caroline entging kein Detail dieser abenteuerlichen Gruppe, und doch drang das Bild nur bis zu ihren Augen. Innerlich war sie immer noch weit fort, und sie verspürte keinerlei Neigung, sich von den Bildern der Heimat loszureißen. Ihr wurde heiß bei der Vorstellung, daß vielleicht schon bald Segel über ihr flattern würden, daß vielleicht schon die nächste Flut sie von Algier wegtragen würde, der Heimat zu.

In fliegender Eile kleidete sie sich an, halb zornig, halb amüsiert darüber, wie ungeschickt ihre Finger sich, nach so langer Zeit ganz aus der Übung, beim Schließen der unzähligen Haken und Knöpfchen anstellten. Sie fuhr sich mit der Bürste ein paarmal durch das offene Haar. Als sie zur Tür lief, tauchte für einen Augenblick ihre Gestalt in dem Spiegel auf. Sie warf den Kopf in den Nacken, daß das Haar flog. Genau ansehen werde ich mich erst, wenn ich an Bord bin, dachte sie, während sie das Zimmer verließ und, ohne lange zu überlegen, den dämmrigen Gang entlanglief. Erst an der Treppe blieb sie stehen, um sich zu orientieren.

Von den vielen Türen, die auf den Gang mündeten, stand eine halb offen. Leise Geräusche drangen heraus. Caroline trat hinein. In einem weißgestrichenen Eisenbett lag ein Mann, den ganzen Oberkörper in einem dicken weißen Verband. Neben dem Bett standen Myrto und ein junger Orientale. Die Frau des Griechen machte Caroline ein Zeichen. Sie nahm das Tablett von dem Tisch und verließ zusammen mit Caroline den Raum.

»Ist Euer Mann wirklich nur Arzt oder der gute Samariter in Person?« sagte Caroline fröhlich.

»Ihr habt tief geschlafen«, sagte Myrto. »Hat der Hunger Euch geweckt? Kommt mit mir in die Küche.«

Caroline schüttelte den Kopf. »Ich suche Sterne. Ich muß mit ihm sprechen.«

»Ich habe ihn die ganze Zeit nicht gesehen. Sicher steckt er noch bei meinem Mann.« Myrto deutete auf eine Tür. »Sagt den beiden, in einer halben Stunde ist das Essen fertig.«

Caroline war an der Tür des Behandlungsraumes stehengeblieben. Der Grieche wandte sich um. Er entzündete eine Öllampe, nahm sie vom Tisch und hielt sie so, daß ihr Licht Caroline ins Gesicht fiel. »Ich bin Petros Gounandros«, sagte er.

Caroline streckte die Hand aus. »Ihr seid mir kein Fremder, so viel hat Sterne von Euch erzählt. Ich danke Euch, daß Ihr uns aufgenommen habt.«

Der Grieche ergriff ihre Hand, von der spontanen Herzlichkeit genauso überrumpelt wie von ihrer Schönheit. Das Bild, das er sich von dieser Frau gemacht hatte, war anders gewesen. Er fuhr sich über die Augen. Es war eine ihm unbewußte Bewegung, die er immer dann machte, wenn er das Gefühl hatte, eine Diagnose zu schnell gestellt zu haben. Es gab eine Schönheit, die jedes objektive Urteil über die Person unmöglich machte. Wie er sich als Arzt oft ärgerte, daß er nicht göttliche Kräfte besaß, so ärgerte er sich auch jetzt, daß er nicht mit dem alles durchdringenden Blick eines Gottes in diese Frau sehen konnte. »Hier ist es zu ungemütlich.« Der Grieche führte Caroline in den Nebenraum, der im Halbdunkel, nur erhellt von einer Kerze, wie eine Alchimistenhöhle aussah. »Setzt Euch!« Er deutete auf die Eckbank neben der großen offenen Feuerstelle. Unter der Tür zum Behandlungsraum stehend, rief er seinen Assistenten zu: »Die Instrumente auskochen! Was an Stoff da ist, in Bahnen schneiden. Vier Breiten. Wenn es losgeht, ist dazu keine Zeit mehr...« Gounandros schlug die Tür zu, wütend über die letzte verräterische Bemerkung, die ihm entschlüpft war; wütend, daß Sterne von ihm verlangte zu lügen.

»Ich suchte Sterne«, sagte Caroline. »Eure Frau meinte, ich würde ihn hier finden.«

Gounandros schenkte sich ein Glas ein und setzte sich ihr gegenüber. »Ramon ist in die Stadt, zu Gafuddhin, wegen der Wechsel. Er dachte, Ihr würdet bis morgen früh durchschlafen. Ich habe schon Männer gesehen, die sechsunddreißig Stunden geschlafen haben, wenn sie aus der Sahara kamen. Männer, die eher auf Strapazen hätten eingestellt sein müssen als eine Frau wie Ihr.« Er verstummte ärgerlich, weil er schon wieder etwas wie Bewunderung für diese Frau fühlte.

»Ich werde demnächst sechsunddreißig Stunden schlafen«, sagte Caroline. »Wenn ich erst zu Hause bin, in Rosambou.« Es tat ihr gut, den heimatlichen Namen auszusprechen. Es war, als verringere sich dadurch die Entfernung. »Ich habe im Hof Seeleute gesehen.« Sie richtete den Blick auf Gounandros. »Wißt Ihr, ob man sie anheuern kann?«

Gounandros schob die Kerze auf dem Tisch zur Seite, aber das dunkle Feuer dieser graublauen Augen, die ihn ansahen, wurde im Schatten nur noch leuchtender. »Ihr wollt ein Schiff?«

»Das schnellste, das es gibt, mit dem besten Kapitän.«

»Und wohin soll die Reise gehen?«

»Nach Frankreich, nach Marseille.«

»Der Hafen von Algier quillt über von Schiffen«, erwiderte

Gounandros kühl. »Aber Ihr werdet schwerlich Leute finden. Das Meer ist ziemlich unsicher in letzter Zeit.«

Caroline musterte Gounandros in ihrer direkten Art, die, ohne arrogant zu sein, Menschen unruhig machen konnte. Er belog sie nicht. Aber er sagte ihr auch nicht die Wahrheit. Was verschwieg er? »Sterne hat mir gesagt, daß Ihr jedes Schiff in Algier kennt und jeden Kapitän. Ich brauche ein Schiff, einen schnellen Segler.«

Gounandros sah sie mit zusammengekniffenen Augen an. »Laßt mich überlegen«, sagte er, während er sich, um Zeit zu gewinnen, ein zweites Glas einschenkte. Gerade weil sie nicht so war, wie er befürchtet hatte, gerade weil er verstand, daß Sterne für diese Frau alles wagte, kam ihn die Lust an, Schicksal zu spielen. Ob es nur der Wunsch war, Sterne einen Dienst zu erweisen? Ein Wort von ihm zu Mora, und Caroline würde Algier verlassen – ohne Sterne. Gounandros' Vorstellungskraft war so intensiv, als wäre bereits alles Wirklichkeit. Er sah Sterne vor sich, in dem Augenblick, da er entdeckte, was geschehen war – und sofort wußte Gounandros, daß es sinnlos war, Schicksal spielen zu wollen. »Ich verstehe Eure Ungeduld«, sagte er nachdenklich. »Aber warum wartet Ihr nicht wenigstens, bis Ramon zurück ist? Vielleicht bringt er gute Nachrichten.«

Caroline nickte abwesend. Sie hatte Schritte gehört. Es war Myrto, die in den Raum trat. »Das Essen ist angerichtet«, sagte sie.

Sternes Platz am Tisch war leer geblieben; der blaue Teller, das Besteck, die weiße Serviette waren nicht benützt, ebenso das Weinglas, das Gounandros wie zum Trotz gefüllt hatte. Seit einer Stunde standen die Speisen in einer der Wärmekammern des großen Kamins.

Es herrschte Stille im Raum, und eine Weile war Caroline froh um diese Stille und das Dunkel; froh, daß der Arzt und seine Frau jedes Gespräch mieden und ihren eigenen Gedanken nachhingen. Vor der Tür wurde eine Männerstimme laut. Der Mann, der hereintrat, war der Kapitän mit dem verbundenen Arm, den Caroline von ihrem Zimmer aus gesehen hatte. »He, Petros, meine Leute haben einen Fang...« Er verstummte mitten im Satz, als er Caroline erblickte, die für ihn eine Fremde war. »Kann ich dich allein sprechen?«

Gounandros erhob sich schweigend und verließ mit dem Kapitän den Raum. Caroline hörte die Schritte der Männer, die sich schnell entfernten. Ohne Myrto eine Erklärung zu geben, sprang sie auf und eilte den Männern nach. Dem Klang ihrer Schritte und dem

Schein der Laterne folgend, durchquerte sie die Halle, stieg eine Wendeltreppe hinab. Sie holte die Männer schnell ein. Sie konnte eine schmale Eisentür erkennen, durch die Gounandros und der Kapitän ins Freie traten. Sie folgte ihnen. Der kühle Hauch der Nacht strich ihr entgegen, der Geruch von Wasser; sie hörte das Anschlagen der Wellen. »Es wird ein Fischer sein«, kam die Stimme des Griechen aus der Dunkelheit.

»Da kann ich nur lachen. Kein Fischer würde seine Netze in einer solchen Nacht auslegen. Es ist ein verdammter Franzose. Warte ab, bis du ihn mit eigenen Augen siehst.«

Caroline hielt es nicht länger auf ihrem Platz. Gounandros und Mora, die nur wenige Schritte vor ihr auf den Stufen standen, die zur Mole hinabführten, fuhren herum. »Tretet ruhig näher.« Gounandros konnte sich nicht helfen, diese Französin gefiel ihm immer besser. Ja, er war erleichtert, daß es nun endlich vorbei war mit dem lächerlichen Versteckspiel. Er empfand es keineswegs als unangenehm, daß es ihm zufiel, ihr die Wahrheit sagen zu müssen.

»Ihr habt von einem Franzosen gesprochen, der Euch in die Falle gegangen ist?« sagte Caroline.

»Langsam, langsam«, sagte der Grieche bedächtig. »Es geht vor allem darum, daß eine ganze Flotte von Schiffen nach Algier unterwegs ist. Ihr schweigt? Und wenn ich Euch sage, daß eines der Schiffe für Euch von besonderem Interesse ist, ein französisches Schiff mit dem schönen Namen *Alouette*?« Gounandros hob die Laterne, um das Gesicht dieser Frau deutlicher vor sich zu sehen, ihre Reaktion auf seine Worte. Sie sah ihn offen an, und doch war dieses Gesicht undurchdringlich. Er deutete auf Mora. »Kapitän Mora hat ein Gefecht mit jenen Franzosen hinter sich.«

»Und was für eines!« platzte Mora heraus. »Sah aus wie ein Luxuskahn, diese *Alouette*, Gold und Schnitzereien und das Kanonendeck kaschiert. Darauf bin ich hereingefallen.«

Verständnislos blickte Caroline von einem zum anderen. Noch immer nicht begriff sie die Bedeutung dessen, was sie eben gehört hatte. Sie spürte die Kühle der Nacht auf der Haut, sie hörte das Schlagen der Wellen unter der Treppe, die ins Wasser hinunterführte, sie sah das Boot, das dort unten festgemacht hatte. Kapitän Mora hob die Hände an den Mund. »Los! Worauf wartet ihr?« rief er in die Dunkelheit. »Bringt ihn herauf!«

Caroline war Mora gefolgt und stand jetzt an der Brüstung der Mole. Im flackernden Schein eines Windlichts erkannte sie den Kutter. Das Segel war eingeholt. Ein Mann mit angelegter Muskete stand auf dem Molendamm, ein zweiter war noch im Boot und wartete, bis der Gefangene an Land gestiegen war. Schweigend kam der Trupp über den Damm, der Gefangene in der Mitte. Die zwei Piraten trieben ihn zur Eile an, aber er ging in seinem bedächtigen Schritt weiter. Er überragte seine Bewacher um Haupteslänge. Sein Haar war grau, die breiten Schultern aufreizend gerade.

Er ging nicht wie ein Seemann. Das war das erste, was Caroline auffiel. Mit jedem Meter, den er näher kam, wurde Caroline sein Gesicht vertrauter. Gleich würde er ihren Namen rufen, so wie vor vielen Jahren in Rosambou, wenn sie Verstecken gespielt hatten und er, auch wenn er sie schon längst entdeckt hatte, noch so tat, als sähe er sie nicht.

Mit ausgebreiteten Armen lief Caroline auf Simon Valmont zu. Doch nach ein paar Schritten blieb sie stehen. Die Arme sanken ihr herab. Sie fürchtete sich vor dem nächsten Augenblick. Das starre Gesicht des Mannes war schrecklich; aber diese Maske zerbrechen zu sehen, würde noch schrecklicher sein.

Plötzlich kam Bewegung in ihn. Mit jeder Hand packte er eines der Gewehre, die auf ihn gerichtet waren, stieß sie weg. »Simon! Simon!« Sie sank an seine breite Brust. Sie hatte keinen Boden mehr unter den Füßen. Sie war wieder das kleine Mädchen, das abends nicht ins Haus wollte und das Simon nach einer wilden Jagd endlich eingefangen hatte und als kostbaren Besitz in die Küche zu Marianne trug, die schon den Zuber mit dampfendem Wasser vor den Kamin gerückt hatte.

Simon hielt Caroline fest in seinen Armen. Er spürte die Wärme ihrer Haut. Sie schien ihm noch zarter und zerbrechlicher als früher, aber sie lebte. Er träumte nicht. Er schämte sich jeden Augenblicks, in dem er nicht mehr daran hatte glauben können, sie jemals wiederzusehen. Er ließ sie los, aber seine Hände blieben auf ihrer Schulter liegen. Der Wind hob ihr offenes Haar. Sie trug ein leichtes Hauskleid. Ihr mußte kalt sein. Er nahm den Mantel von den Schultern, legte ihn Caroline um.

Sie zog den Mantel dicht um sich. Sie wollte etwas sagen, aber die aufsteigenden Trönen preßten ihr die Kehle zusammen. Sie barg ihr Gesicht an seiner Brust. Sie war froh, daß er sie wieder an sich zog. Sie schmiegte sich schutzsuchend an ihn. Sie spürte die Silberknöpfe seiner Jacke an der Stirn, glatt und kühl, und jetzt erst wußte sie, daß es Wirklichkeit war; er war gekommen, um sie heimzuholen.

Die Piraten mit den Musketen standen stumm da. Kapitän Mora

begriff von dem, was sich vor seinen Augen abspielte, nur, daß seine Leute sich wie Tölpel benahmen. »He, hat der Wind euch die Bälge ausgeblasen?« schrie er sie an. »Ist in euren Flinten Zimt statt Pulver? Dieser Mann ist mein Gefangener, einer von diesen verfluchten Franzosen. Habt ihr vergessen, daß ich auf jeden Mann von der *Alouette*, den ihr schnappt, eine Prämie ausgesetzt habe?«

Caroline ließ Simon los. Der Name des Schiffes war das erste, was in ihr Bewußtsein drang seit jenem wunderbaren Augenblick, in dem aus dem Dunkel der Nacht plötzlich der Mann getreten war, dessen Gegenwart genügte, um die Fremde in Heimat zu verwandeln.

»Du kommst von der *Alouette*?«

Simon nickte. »Ich hielt es einfach nicht mehr aus, und so nahm ich ein Boot. Alles klappte vorzüglich, bis diese zwei Burschen mich entdeckten.«

»Und wo liegt die *Alouette*?«

Kapitän Moras Geduld war erschöpft. Zornbebend pflanzte er sich vor Caroline auf. »Dieser Mann gehört mir!«

Anstatt Mora zu antworten, wandte sich Caroline an Gounandros. Mit jener Arroganz, deren sie fähig sein konnte, sagte sie: »Schafft mir diesen Mann vom Leib!«

Kapitän Mora schnappte nach Luft. Verblüfft starrte er Caroline an, deren Ton ihm die Rede verschlagen hatte. Gounandros nutzte den Augenblick und zog Mora mit sich weg.

»Wo ist das Schiff?« wiederholte Caroline ihre Frage.

Simon umfing sie mit einem Blick, in dem zu lesen stand, daß er sich wieder und wieder das Wunder bestätigen mußte, daß sie lebendig vor ihm stand. »Die *Alouette* gehört zu einer Flotte von vierzig Schiffen«, sagte er. »Sie werden morgen im Laufe des Tages vor Algier Anker werfen. Sie haben zusammen genug Geschütze, um den ganzen Atlas zum Einstürzen zu bringen. Der Gedanke, daß Ihr vielleicht in Algier seid, wenn das Bombardement losgeht, machte mich verrückt. Ich mußte Euch vorher finden.« Er lächelte. »Wenn ein anderer mir gesagt hätte, er wolle Euch auf diese Weise suchen, ich hätte ihn für wahnsinnig erklärt. Es war gegen jede Vernunft – aber Ihr seht, manchmal ist Unvernunft das Richtige. Ich habe Euch gefunden.«

Carolines Blick ging in die Nacht hinaus. In der schwarzen Finsternis war das Licht eines Leuchtturmes. Endlich fand sie den Mut, die Frage zu stellen. »Ist er an Bord?« Sie sah Simon dabei nicht an.

»Ja.«

Wie gut dieses Ja war! Plötzlich schien alles ganz einfach.

»Weiß er, daß ich hier bin?«

»Er hoffte, Euch hier zu finden.«

»Und weiß er, daß ich lebe?«

Wo sollte er nur anfangen mit alledem, was er zu berichten hatte? »Er erhielt die Nachricht, daß Ihr tot seid.«

Caroline dachte an Aba el Maan und die zurückgesandten Sachen. »Und wie soll ich ums Leben gekommen sein?«

»Es hieß, Ihr seid nach der Geburt Eures Kindes gestorben.«

»Und – hat er es geglaubt?«

»Nein«, sagte Simon. »Er hat keinen Augenblick daran gezweifelt, daß Ihr lebt.« Er streifte Caroline mit einem seltsamen Blick. »Ihr erinnert Euch an Euer Hochzeitsgeschenk?«

»Der Diamant, ja, was ist damit?«

»Der Herzog glaubt, daß dieser Stein in dem Augenblick, in dem Ihr sterbt, in Staub zerfallen wird. Ich war dabei, als der Bote ihm die Nachricht von Eurem Tod brachte. Er hat den Mann wie einen Lügner weggeschickt. Er glaubte nur an das Orakel des Diamanten.«

Caroline legte die Hand auf Simons Arm. Sie mußte ihn anfassen, um sich zu vergewissern, daß es Wirklichkeit war, was sie erlebte. Und trotzdem war all das ein Traum, aus dem erst in dem Augenblick Wirklichkeit werden würde, in dem sie den Fuß auf die *Alouette* setzte. Sie wehrte sich gegen die Woge von Empfindungen, die bei diesem Gedanken in ihr aufwallte. Dafür war später Zeit genug. Mit derselben Härte, mit der sie ein durchgehendes Pferd zu zügeln verstand, nahm sie ihr Herz in die Hand. Diese Stunde war noch nicht gekommen; die Heimkehr in die Arme ihres Mannes würde die letzte, die schwierigste Station ihrer Irrfahrt sein. Jetzt mußte sie den Kopf für andere Dinge frei haben. »Du sagst, die Flotte wird morgen in Algier eintreffen. Wird es zum Kampf kommen?«

»Ich fürchte, ja. Lord Exmouth, der das Geschwader führt, wird vom Dey verlangen, daß er alle Christensklaven freiläßt. Und das wird nicht geschehen, auch unter der Drohung von zweitausend Geschützen nicht. Es wird zum Kampf kommen.«

»Es darf nicht geschehen«, sagte Caroline. Nur Männer konnten auf eine solch aberwitzige Idee kommen! Sie wußte, wie besessen der Herzog von dem Gedanken war, die Sklaverei zu bekämpfen, wo immer sie geübt wurde. Sie hatte ihn noch darin bestärkt. Sie war stolz gewesen, als er der größten der alten portugiesischen Sklavenhändlerfamilien, den Brüdern Santi, offen den Kampf erklärt hatte. Und was war geschehen? Sie, Caroline, war das Opfer dieses Kampfes geworden. Alles, was sie erlitten hatte, stieg wieder in ihr auf. Nein – nicht zurückschauen! Der Preis, den sie gezahlt hatte, war allzu hoch, allzu schrecklich gewesen. Was sie sich nie zuvor eingestanden hatte, wurde ihr in dieser Stunde klar. Für alle Leiden, für alle Demütigungen, für alle Qualen des Leibes und des Herzens hatte sie immer nur einen verantwortlich gemacht: *ihn*, ihren Gatten. Daß sie sich Sterne hingegeben hatte – war es etwas anderes gewesen als Rache, die sich gegen *ihn* richtete? Und doch war an dieser Rache nichts Verwerfliches. Sie war ein Ausbruch der gleichen Kräfte gewesen, die sie davor bewahrt hatten, zu zerbrechen, die sie befähigt hatten, zu überleben. Wenn es Schuld war, dann war es eine Schuld, für die sie nur sich selber Rechenschaft ablegen mußte, niemandem sonst...

Die Geräusche des an seinen Tauen zerrenden Kutters erinnerten Caroline daran, wo sie war. Ihre Hand lag immer noch auf Simons Arm. Gounandros und Mora standen etwas abseits und unterhielten sich leise. Entschlossen trat Caroline zu den beiden. Um ihren Mund lag ein Lächeln, aber ihre Augen funkelten kalt. »Ihr wußtet es also die ganze Zeit!« sagte sie. »Schon als ich die Schwelle Eures Hauses überschritt, wußtet Ihr von den Schiffen und der *Alouette*. Nein, erspart Euch weitere Lügen. Es war Sterne, der Euch dazu gezwungen hat! Er wollte nicht, daß ich es erfahre!«

Erst nachdem sie die Worte ausgesprochen hatte, begriff sie, was sie bedeuteten. Aber das Schweigen des Griechen sagte ihr, daß sie recht hatte. Ramon Sterne hatte sich etwas angemaßt, wozu kein Mensch das Recht besaß, auch nicht, wenn er liebte. Eine brennende Ungeduld erfaßte sie. Was hatte es für einen Sinn, länger mit Gounandros zu rechten. Sie verlor nur kostbare Zeit. »Ich bitte Euch nicht gerne, Gounandros«, sagte sie. »Aber gebt mir ein Boot und Leute, die mich zum Schiff meines Mannes bringen.«

»Ihr sollt mein eigenes Boot haben«, antwortete Gounandros. »Es ist schnell, und ich nehme an, daran liegt Euch viel.« Er wandte sich an Mora. »Wie lange brauchst du, um die *Perette* zu takeln?«

Kapitän Mora trat einen Schritt zurück. Abwehrend hob er seinen gesunden Arm. »Die Französin! Nein, Petros, in drei Teufels Namen nein! Mich kannst du nicht dumm schwatzen.« Er fuhr mit der Hand durch die Luft, als versuche er in seine verwirrten Gedanken Ordnung zu bringen. »Du verbindest meine Leute – und im selben Haus versteckst du eine Christin! Ist das eure verfluchte Religion? Barmherzigkeit nennt ihr das! Freund und Feind lieben! Aber verlang das nicht von mir!«

»Jemanden auf ein Schiff übersetzen, hat nichts mit Freundschaft oder Feindschaft zu tun«, erwiderte Gounandros. »Muß ich sie selber hinausbringen?«

»Das kannst du nicht verlangen, Petros. Laß mich da heraus. Wenn ich diesen verfluchten Franzosen ansegle, dann nur, um mit ihm zu machen, was er mit meiner *Karthago* gemacht hat.«

In seiner offenen Feindseligkeit wirkte Mora auf Caroline vertrauenswürdiger als Gounandros mit seinem durch nichts zu erschütternden Gleichmut. Dem ewigen weiblichen Trieb folgend, die Wunden, die die Männer sich gegenseitig beibrachten, zu lindern, wandte sie sich an den Kapitän. »Ich werde Euch den Verlust Eures Schiffes ersetzen, Kapitän Mora.«

Mora blickte sie aus schmalen Augen an. »Ich bin kein Handelsmann«, sagte er stolz. »Ich bin Pirat. Mein Metier hat seine eigenen Gesetze. Für ein gesunkenes Schiff gibt es nur einen Gegenwert: den versenkten Feind. Aber ich sehe ein, das ist Männersache. In einer Stunde wird das Boot für Euch bereit sein. Ich werde Euch persönlich hinausbringen.«

»Danke, Kapitän.«

»Ich lasse Euch rufen, wenn es soweit ist. Zieht etwas Warmes an. Wir werden schnelle Fahrt machen, und der Wind frischt auf.«

Gounandros nahm die Laterne, die auf der Brüstungsmauer der Mole stand. Caroline wandte sich an Simon. »In einer Stunde segeln wir«, sagte sie voller Freude. Simon erwiderte nichts. Wie schützend legte er den Arm um ihre Schultern.

15

In der dämmrigen Wohnhalle mit dem auf Pfeilern ruhenden Deckengewölbe herrschte Stille. Schnell und unaufmerksam, wie es sonst gar nicht seine Art war, hatte Simon die Speisen, die Myrto ihm vorsetzte, hinuntergeschlungen, hatte zwei Gläser Anisschnaps getrunken und war mit Carolines Gepäck verschwunden, um Kapitän Mora bei den Vorbereitungen zu helfen.

Die Beine untergeschlagen, saß Caroline auf einem niedrigen Lederpolster nahe am Kamin. Feuer – es hatte eine magische Anziehungskraft auf sie. Schon als Kind hatte sie stundenlang davor sitzen können, sich in das Spiel der Flammen verlierend, dessen geheimnisvolle Stimmen ihr vertrauter waren als die der Menschen und dessen wilde verzehrende Kräfte sie in sich selber spürte, als habe nicht der Leib einer Mutter sie geboren, sondern der feurige Schoß dieses Elements.

Sie nahm den Schürhaken und stieß in einen rotglühenden Strunk. Von dem geborstenen Panzer der Rinde brach ein Stück heraus, blaue Flämmchen züngelten hoch, hüpften gleich Irrlichtern von Strunk zu Strunk und erloschen wieder. Es ist wie in der Liebe, dachte sie, ein Auflodern, ein Hauch sengender Hitze, und dann wieder Dunkel und Asche und Kälte. Deshalb flohen alle Menschen in die Liebe, und deshalb erwachten sie immer frierend daraus.

Sterne. War es zwischen ihnen etwas anderes gewesen? Sie hatten einander Zuflucht geboten, einander gewärmt. Sie waren einander Brunnen gewesen in der Wüste. Daß es ihr möglich war, so darüber zu denken, sagte ihr, daß es hinter ihr lag, überwunden war, wie die Wüste. Über das, was sie an den Herzog band, hatte sie nie so ruhig nachdenken und urteilen können, sie konnte es auch jetzt nicht. Es war etwas, das größer und stärker war als sie. Sie konnte davor fliehen, sie konnte dagegen aufbegehren, dagegen sündigen; das Band, das sie zu zerreißen glaubte, wurde dadurch nur um so fester.

Gounandros legte das Buch, in dem er gelesen hatte, beiseite. Er zog die flache Messingschale heran, klopfte seine Meerschaumpfeife aus. Er hätte zufrieden sein müssen, denn es war alles so gekommen, wie er es wollte. Es war gut, daß diese Französin in ihre Welt zurückkehrte. Die Diagnose, die er gleich zu Beginn über Sternes unselige Liebe zu dieser Frau gestellt hatte, war nur bestätigt worden. Sicher war es das beste, wenn die beiden sich nicht mehr begegneten.

Er legte die Pfeife auf den Tisch. Wenn er nur gewußt hätte, was mit Sterne los war. Seit mehr als acht Stunden war er jetzt in der Stadt. Nur um sich von den eigenen Gedanken abzulenken, fragte er Caroline: »Habt Ihr eine Nachricht, die Ihr hinterlassen wollt?«

Einen Moment wandte Caroline den Kopf, dann blickte sie wieder ins Feuer. »Ihr kennt Ramon. Ihr wißt, wie stolz er ist. Sagt ihm, was geschehen ist. Jedes Wort von mir würde ihn jetzt nur verletzen. Später wird er verstehen, was zwischen uns war.«

Gounandros war seltsam berührt. Sollte sie zu den seltenen Frauen gehören, die ihre Sünden nicht in den Essenzen edler Schuldgefühle mumifizierten? Er hatte plötzlich das Verlangen, mit ihr zu sprechen, sie besser kennenzulernen, aber schon hörte er draußen Mora.

»Die *Perette* ist bereit«, rief Mora laut, während er hereinkam. Er trat an den Tisch, ergriff die Flasche, die dort stand, setzte sie an den Mund und nahm einen langen Schluck. Er fuhr sich mit der Hand über die Lippen. »Du hast mich da in was Schönes hineingeritten, Petros. Ihr Griechen habt das Zeug dazu, selbst den Teufel das Beten zu lehren.«

Caroline hatte sich von ihrem Platz am Kamin erhoben.

»Hört nicht auf ihn«, sagte Gounandros. »Ich verbürge mich, daß er Euch sicher hinausbringt.«

Mora lachte schallend. »Das wäre also die erste christlich-mohammedanische Allianz. Käme das in Mode, würde bald überhaupt kein Geschäft mehr mit Schießpulver gemacht.« Er wandte sich an Caroline. »Kommt, Madame!«

Caroline nahm den Mantel, warf ihn um. Sie blickte sich nach Gounandros um. Sie wollte sich von ihm verabschieden. Sie wollte ihm danken – aber er hatte unbemerkt den Raum verlassen. Sie durchquerten die Halle, eilten die Wendeltreppe hinab, gingen durch den Keller und traten durch die Eisentür ins Freie. Hintereinander stiegen sie zur Mole hinunter. Ein Boot mit einem ungewöhnlich hohen Mastbaum schwankte leise in der Dünung. Die Segel waren noch zusammengerollt. Simon streckte Caroline die Hand entgegen.

Mora sprang ins Boot. Er deutete auf eine Bank neben der Reling.

»Setzt Euch hierher.« Mit einem Blick auf Simon fuhr er fort: »Und, Madame, bestellt Eurem Seneschall, daß von jetzt an ich bestimme! Er soll mich nicht reizen.«

Auf dem Molendamm war Gounandros aufgetaucht. Er löste die Trosse, an der das Boot hing, warf sie hinüber. Seine Bewegungen waren ungeduldig, fast überstürzt. Mit einer langen Stange schob er das Boot an. Sanft glitt es vorwärts. Schon nach wenigen Metern erfaßte es der Sog des Meeres.

Schräg vor dem Wind flog die *Perette* dahin. Der Bug zerteilte das Meer. Bei jeder anrollenden Welle erschütterte ein Stoß das Boot vom Klüver bis zum Ruder. Die Fluten streiften den Bordrand, als wollten sie ins Boot springen. Caroline saß da, die Hand ins Wasser getaucht. Der Wind strich ihr über das Gesicht, das noch erhitzt war vom Feuer. Er riß ihr das Haar aus der Stirn. Er fegte die Gedanken aus ihrem Kopf und befreite sie von der Beklommenheit, mit der sie in das Boot gestiegen war. Sie fühlte sich wie erlöst. Die Lasten, die Glück und Unglück ihr auferlegt hatten, waren abgefallen wie Frucht und Grün von einem Baum. Als brächte sie von diesem langen schrecklichen Weg, der hinter ihr lag, keine Erinnerungen mit, als wäre nichts geblieben, weder von den guten noch von den schlimmen Stunden, als das geheimnisvolle Rauschen des

Meeres in einer leeren Muschel. Eine Welle hob das Boot in die Höhe, ließ es zurückfallen, daß es aufschlug und ein Sprühregen über Deck ging. Mit einem Schrei klammerte sich Caroline an Simon und begann im selben Augenblick über ihre Ängstlichkeit zu lachen. Sie sah seine Augen ganz nahe vor sich. Wie einfach das Leben war, seit er bei ihr war.

»War die Fahrt von Lissabon hierher auch so stürmisch?« fragte sie.

Die Antwort war ein dunkler Laut tief aus seinem Innern, der alle Membranen seines großen Körpers in Schwingungen zu versetzen schien. »Bin erst später dazugestoßen, kam von Marseille.«

»Sagtest du nicht, daß du in Lissabon warst?«

»Ich mußte noch einmal zurück, nach Rosambou.«

Caroline war so an seinen schleppenden bretonischen Tonfall gewöhnt, daß es ihr nicht auffiel, wie zögernd er im Augenblick antwortete.

»Wie sieht es in Rosambou aus?« fragte sie lebhaft. »Gibt es immer noch Streit zwischen dem Verwalter und dem Waldheger wegen der Fasanenaufzucht? Wie hat sich Philippe daran gewöhnt, Herr auf Rosambou zu sein, oder ist er wieder in seine Pariser Jagdgründe zurückgekehrt, zu seinem Lieblingswald, den Frauen zwischen dreißig und vierzig? Du mußt mir alles erzählen.« Neben ihr war Schweigen, Reglosigkeit. Es war, als hätte Simon zu atmen aufgehört, als wäre unter dem dunklen Mantel und dem Schlapphut kein Mensch, sondern ein Stück Holz. Caroline stieß ihn lachend an. »Hat Philippe vielleicht geheiratet?«

»Bitte«, sagte er rauh.

Caroline blickte Simon verständnislos an. Die Hände auf den Knien saß er da, seine breiten geraden Schultern unter einer unsichtbaren Last gekrümmt. »Philippe ist tot.«

Die Wellen schlugen gleichmäßig an, rollten unter dem Boot durch. Philippe, flüsterten die Wellen. Philippe ist tot. Philippe. Das Boot stieg und senkte sich in den Wellen, ohne zu vibrieren, ohne zu schlingern. Nichts als das Tacktacktack, mit dem der Rumpf die Wellen zurückschlug, war zu hören. Ein Pulsschlag, der nicht stockte, gleichgültig, unaufhaltsam. Die Dinge hatten kein Herz, das plötzlich stehenblieb. Regungslos saß Caroline da. Philippe! Philippe ist tot. Waren es noch immer die Wellen oder ihre Lippen?

Philippe, kalt und steif in einem Sarg, er, der lebendiger war als das Leben, er, der gerade erst begonnen hatte zu leben. Sein blondes Haar, das immer so aussah, als wühle der Wind darin;

seine braunen Augen, die vor Lebenshunger brannten. Rosambou ohne seinen schnellen Schritt, ohne seine Befehle, ohne sein Lachen? Die Räume, in denen es immer aussah, als habe ein Orkan gewütet, jetzt aufgeräumt und tot.

»Verzeiht! Ich hätte es gleich sagen müssen. Ich weiß, wie tapfer Ihr seid – aber ich brachte es nicht über mich.«

Welche Stimme sprach da, welche Stimme wagte es, das Flüstern der Wellen zu stören! Wie müde sie es war, tapfer zu sein. Was hätte sie darum gegeben, wenn er es ihr verschwiegen hätte! Jetzt und immer. »Wie ist es geschehen?«

»Ein Duell.«

Es war absurd, aber die Vorstellung, daß Philippe mit der Waffe in der Hand gefallen war, beschwichtigte Carolines rasenden Schmerz. Sie glaubte Philippes Stimme zu hören. »Paß auf, ich werde einmal bei einem Duell sterben.« Unzählige Male hatte er diesen Satz gesagt; kaum hatte er einen Degen halten können, hatte er schon davon geträumt, sich zu duellieren. Jahrelang hatte er an seinem Geburtstag ein Turnier veranstaltet, in dem die Jungen aus Arcis-sur-Aube mit Holzsäbeln aufeinander einschlugen.

»War es wegen einer Frau?«

Simon nahm den Hut vom Kopf und drehte ihn am äußersten Rand der Krempe in den Händen. »Es geschah in Lissabon. Ich kann es nicht in zwei Worten erzählen.«

»Mit wem hat er sich geschlagen?«

Simon antwortete nicht, und Caroline wagte es nicht, ihn anzusehen. Sie wartete auf seine Stimme. Das Wasser rauschte ihr in den Ohren, schwoll immer mehr an, wurde zu einem betäubenden Dröhnen. »Haltet das Boot an!« schrie Caroline plötzlich.

Mora sah auf. »Das ist keine Kutsche«, sagte er gutgelaunt.

»Dreht bei! Sofort.« In ihrer Stimme war etwas, das den Kapitän zwang, ihr zu gehorchen. »Streicht Hauptsegel und Fock«, rief er seinen Männern zu. »Wir halten nur den Klüver.« Das Boot verlor an Fahrt. Der Rhythmus der anschlagenden Wellen wurde langsamer.

»Wer war es?« fragte Caroline Simon. »Sag es ohne Umschweife.«

Simon hob das Gesicht, das er in die Hände gepreßt hatte. Das war nicht mehr Simon, das war ein Mann, den Caroline nie zuvor gesehen hatte. Und plötzlich wußte sie alles. »Es war der Herzog«, sagte sie. Sie wußte, daß es so war, und doch wartete sie darauf, daß Simon widersprechen würde. Aber er blieb stumm. »Er hat Philippe getötet?« Sie wußte nicht mehr, wo sie sich befand. Etwas zwang sie, davonzulaufen. Sie sprang auf, stieß an den Bootsrand. Sie taumelte.

Simon riß sie zurück. »So hört mich doch an. Ja, es ging um eine Frau – es ging um Euch! Es war alles ein schreckliches Mißverständnis. Philippe war es, der den Herzog zu diesem Duell gezwungen hat. Ihr kennt Philippe. Ihr wißt, wie er sein konnte. Wenn er haßte, war er nicht mehr er selber, wußte er nicht mehr, was er tat. Philippe hat den Herzog angebetet. Er war sein Idol, sein großes Vorbild, er wollte sein wie er. Nach Eurer Gefangennahme änderte sich das alles! Er gab ihm allein die Schuld, er begann ihn zu hassen. Als der Herzog dann, anstatt selber zu gehen, Ramon Sterne nach Afrika schickte, war es ganz aus.«

Caroline hatte sich wieder auf die Bank sinken lassen. Sie saß mit gesenktem Kopf da. Sie hörte Simons Stimme, aber es war nur ein sinnentleertes Raunen, wie die Geräusche des Wassers, des Windes und der flatternden Segel.

»Er war schon voller Haß, als ich mit ihm nach Lissabon kam. Wir fuhren zum Herzog. Wir trafen ihn jedoch nicht an. Er war auf einem Fest. Dort, auf der großen Freitreppe, begegneten wir jenem Araber, der die Nachricht von Eurem Tod brachte. Ich habe Euch gesagt, daß der Herzog diesem Boten keinen Glauben schenkte. Zum Beweis, daß Ihr lebt, fuhr er mit Philippe und mir in sein Haus und zeigte uns den unzerstörten Diamanten. Da warf ihm Philippe den Degen vor die Füße. Wartet! Ja, es kam zum Kampf zwischen den beiden, aber nicht der Herzog hat ihn getötet...«

Sie unterbrach ihn. »Wo hast du Philippe begraben?«

»In Rosambou.«

Sie nickte. Die Mutter. Der Vater. Und nun Philippe! Jetzt war nur noch ein Platz frei in der Familiengruft. Sie würde die letzte sein. Ein schmaler Platz unter der Erde, eine Platte aus weißem Marmor, auf den nur die sinkende Sonne ein paar flüchtige Strahlen warf, und das nur im Sommer, wenn sie den großen Kreis beschrieb.

Sie machte Mora ein Zeichen. Der Kapitän befestigte das Ruder. Er nahm die Lampe, die am Boden stand, und kam zu Caroline. Er ärgerte sich über sich selbst, daß er es nicht wagte zu fragen. Von der Frau, die ihm ihr blasses, stilles Gesicht entgegenhob, ging etwas aus, das ihn frösteln machte.

»Wir segeln zurück«, sagte Caroline.

Unter den einsilbigen Befehlen Kapitän Moras brachten die Männer das Boot auf Kurs. Trotz der steifen Brise führten sie das

Manöver so geschickt durch, daß nichts davon zu spüren war und das Boot nicht Wind und Wellen zu gehorchen schien, sondern einer geheimnisvollen, ihm selber innewohnenden Kraft.

Die Ruderpinne in der Hand, eine nicht brennende Zigarre zwischen den Zähnen, saß Mora am Heck. Ohne sie direkt anzusehen, nur mit Blicken aus den Augenwinkeln, beobachtete er Caroline. Die Kapuze des Mantels war ihr vom Kopf gerutscht. Die Lampe am Boden warf Licht in ihr Gesicht. Die Lippen waren leicht geöffnet, ihre Augen in die Ferne gerichtet. An der Schläfe glaubte Mora den Schatten einer pochenden Ader zu erkennen.

Leichte Nebelschleier flossen über das Boot, den Geruch von Tang mit sich führend. Die Nacht war dunkelblau, ohne Mond, aber mit tief aus der Himmelskuppel hängenden Sternen, die so groß und so bunt schimmerten wie die Lichter Algiers. Steil stieg die Stadt aus dem dunklen Spiegel des Meeres, eine tausendstufige Pyramide aus weißem Stein. Schon kam die Küste näher.

Caroline sah es mit Schrecken. Sie selber hatte den Befehl gegeben, umzukehren. Aber was sollte sie dort? Was sollte sie überhaupt noch irgendwo, wo es Menschen gab, die andere Menschen quälten? Nur fort, weit fort, fliehen vor den Toten und vor den Lebendigen, vor dem Vergangenen und dem Zukünftigen – und vor sich selber. Caroline wünschte nichts anderes, als irgendwo unterzutauchen, wo es Mauern gab, stark genug, um sie vor dem Leben zu schützen. Es gab so einen Fleck – Rosambou, das Schloß ihrer Väter, mit seinen festen Mauern und seinem verzauberten Park, jetzt still wie ein Kloster. Der Teich beim türkischen Pavillon, die Steinfiguren bei den Wasserspielen, die dämmrigen, von wilden Rosen übersponnenen Laubengänge. Rosambou. Sie brauchte ein Schiff. Gounandros mußte ihr dieses Schiff besorgen.

Sie erhob sich und trat zu Mora. »Ihr habt Euer Schiff verloren. Wie lange braucht Ihr, um ein neues segelfertig zu haben?«

Mora nahm die Zigarre aus dem Mund, betrachtete sie, um seiner Überraschung Herr zu werden. »Wohin wollt Ihr denn?«

»Nach Marseille. Sagt, wann könnten wir auslaufen?«

»Ein Schiff ist schnell beschafft. Was die Mannschaft betrifft, ich hoffe, daß Kapitän Mora immer noch etwas gilt auf der Piratenbörse. Allerdings werdet Ihr Euch an den Anblick einiger rauher Gesellen gewöhnen müssen.«

»Wie lange brauchen wir nach Marseille?«

»Kommt darauf an, wie oft Ihr den Wunsch verspüren werdet, umzukehren.«

»Wir werden nicht umkehren.«

Sie sprach in einem Ton mit ihm, der Mora das Gefühl gab, ihr Vertrauter zu sein. Er warf die Zigarre ins Meer. »Rechnet mit einer Woche.«

»Mit Ballast wäre das Schiff besser zu segeln«, sagte Caroline. »Aber dazu wird wohl keine Zeit mehr sein?« Ihr praktischer Sinn war etwas, das sie nie im Stich ließ.

Eine Frau, die sich auf die Seefahrt verstand! Sie stieg immer mehr in Moras Achtung. »Ihr könnt beruhigt sein. Bis morgen habt Ihr Euer Schiff, wenn es sein muß.«

»Ja«, sagte sie, »es muß sein.«

»Ich wollte Euch nicht einmal zu der Flotte hinausbringen – und jetzt segle ich mit Euch bis Marseille.« Mora war verwirrt, das widerfuhr ihm nur selten. Er wußte nicht, ob er falsch oder richtig handelte. Es war eigenartig mit dieser Frau. Sie befahl nicht. Sie bat nicht. Sie spielte nicht einmal ihren Reichtum aus. Man konnte einfach nicht anders, als ihr gefällig sein.

Caroline war auf ihren Platz auf der Bank zurückgekehrt und in Schweigen versunken. Sie bemerkte nicht, daß Simon sie fragend ansah. Er wartete immer noch auf eine Reaktion, auf irgend etwas, das dieses furchtbare Schweigen beendete.

»Ihr habt mir vorhin nicht bis zu Ende zugehört«, begann Simon. Es mußte ihm gelingen, die Mauer, die sie um sich gezogen hatte, zu durchbrechen. »Nicht der Herzog hat Philippe getötet. Noch während des Duells hoffte er, daß Philippe zur Besinnung kommen würde. Er hielt den Kampf hin, und gerade das war es, was Philippe außer sich brachte. Philippe war derjenige, der den Degen wegwarf und eine Pistole zog...«

Caroline sah Simon mit einem Blick an, der ihn zum Verstummen brachte. »Es ist geschehen«, sagte sie. »Philippe ist tot. Was redest du noch?«

Jene tiefe Enttäuschung, die man so heftig nur über einen Menschen empfindet, den man sehr liebt, stieg in Simon auf. Gerade die Eigenschaften, die er sonst an ihr bewunderte, jetzt brachten sie ihn auf. Er wünschte sich Caroline schwach, hilflos, in Tränen aufgelöst. Alles wäre besser gewesen als diese undurchdringliche Ruhe. Warum war sie nicht wie andere Frauen, die selbst in einer Stunde wie dieser, wo der Mann, den sie liebten, ihnen so weh getan hatte, zu ihm flohen, einfach weil sie unfähig waren, den Schmerz allein zu ertragen? Ihre Kraft machte ihm Angst, als wäre darin der Keim zu neuem Verhängnis beschlossen.

Das Boot hatte die Küste erreicht. Mit flatternden Segeln glitt es in den Windschatten der Mole.

Sie war von Simon geweckt worden, in aller Frühe, als er in Carolines Zimmer stürzte und rief: »Blickt hinaus zum Meer!« Nur widerstrebend war sie aufgestanden; schon wissend, was sie sehen würde, zog sie den Morgenmantel an und folgte Simon ans Fenster. Alles sträubte sich in ihr, als sie dann in der Ferne auf der glatten See die Schiffe sah, in einem Halbkreis formiert. Die klare Luft des frühen Morgens verlieh auch den weit entfernten Dingen plastische Schärfe. Die Messingknöpfe, die Davits, in denen die Beiboote hingen, das nackte Geäst der Masten – alles war wie mit dem Stift in das metallische Blau des Himmels gezeichnet. Die Flotte hatte in der Reede von Algier Anker geworfen.

Die Flaggen wehten im Wind. Um das Schnitzwerk am Bug der Schiffe kräuselte sich weißer Schaum. Aus den Kaminen der Kombüsen stieg Rauch. Endlich fanden Carolines Augen, was sie suchten. Das Schiff lag am rechten Flügel des Halbkreises. Es war länger als die anderen. Über dem Heckaufbau flatterte die blaue Fahne.

Für Sekunden glaubte Caroline dort zu sein. Sie glaubte die Planken unter den Füßen zu fühlen, das leichte Schaukeln der Dünung. Sie trat zurück. Sie konnte nicht mehr hinschauen. Warum war sie nicht dort, auf dem Schiff? Hatte sie nicht bereits in einem Boot gesessen, das sie zur *Alouette* hatte bringen sollen? Was hatte sie nur abhalten können?

Ein großer Teil ihrer Erinnerung schien ausgelöscht. Sie begriff nur, daß sie nicht an dem Platz war, auf den sie gehörte. Aber dann sah sie Simon. »Ist das Schiff bereit?« fragte sie. Er wollte etwas entgegnen, aber sie schnitt ihm das Wort ab. »Ich will nur wissen, ob das Schiff bereit ist.«

Simon nickte. »Es ist bereit«, sagte er.

»Ich werde sofort unten sein. Geh schon voraus.«

Die Schiffe hatten das Bombardement begonnen, als Caroline die Mole erreichte.

Die Barke am Ufer war voll beladen. Fässer mit Farbe und Lack, Körbe mit Früchten und Gemüse, Verschläge mit Hühnern. Bei jeder Salve, die über das Meer rollte, steigerte sich das Gackern, Krähen und Quieken der Tiere zu einem Höllenlärm. Das Bombardement nahm an Heftigkeit noch zu. Die Sechsunddreißigpfünder der Kasba schossen zurück. Eine Mauer von Rauch und Qualm hatte sich vor der Flotte gebildet. Die Masten und Wimpel der Schiffe ragten daraus hervor.

Schnell nahm Caroline Platz, wartete voller Ungeduld, daß die Barke ablegte.

Ein letztes Mal ging ihr Blick zurück zu der schwarzen Eisentür, die von der Mole in das Haus von Gounandros führte. Immer noch hoffte sie, daß sie sich plötzlich auftun würde. Ramon Sterne war nicht wieder erschienen, und sie wollte nicht ohne Abschied von ihm gehen. Es war ein Wunsch mehr egoistischer als sentimentaler Natur. Solange sie in Ungewißheit schwebte, konnte sie ihrer eigenen Rettung nicht wirklich froh werden.

Sie waren jetzt aus der Mole heraus und unter dem Haus von Gounandros. Die dem Meer zugewandte Front glich den Forts, die sich längs der Küste auf den ins Meer vorspringenden Felsklippen erhoben. Caroline blickte hinauf. Sie mußte den Kopf weit zurücklegen, denn der Steuermann bemühte sich, so nahe wie möglich im Schutz des Ufers zu bleiben.

Simon, der Caroline gegenübersaß, beobachtete sie. Er war als letzter in die Barke gestiegen. Er hatte keine Fragen gestellt. Er würde keine stellen, das hatte er sich geschworen. Er kam sich alt, ausgedient und nutzlos vor nach dieser Nacht; ihm war wie einem Vater zumute, der erlebt, daß sein Kind ihn nicht mehr braucht. Er fühlte sich verantwortlich. Er hatte mitgeholfen, Caroline zu erziehen. Er hatte sie reiten und fechten gelehrt; er hatte ihren Mut und ihre Abenteuerlust geweckt. Sie hatte die Fesseln ihres Geschlechts nie kennengelernt. Sie war immer frei gewesen, frei, zu tun, was sie wollte, frei, zu lieben, wen sie wollte. Er war bis zu dieser Stunde stolz gewesen, daß sie so war – aber jetzt erkannte er, daß dies ihr Glück und ihr Fluch war. Sie würde immer geliebt werden. Sie würde die Männer anziehen wie ein Magnet – aber keiner würde die Kraft besitzen, sie zu halten. Ihr Leben würde eine einzige Flucht werden, von Abschied zu Abschied – wenn sie nicht endgültig zu dem einen zurückfand, der ihr ebenbürtig war.

Eine Kugel schlug in der Nähe ins Meer. Eine Fontäne stieg auf. Wasser sprühte über das Deck. Die Barke begann zu schaukeln. Die anrollenden Wellen trieben sie nahe an die Felsen der Steilküste. Die Ruderer verdoppelten ihre Schläge. Eine mit hohen Binsen bestandene Halbinsel tauchte vor ihnen auf. Dahinter wurde ein Schiff sichtbar. Die mit gelben und roten Streifen bemalten Wände hatten durch Verwitterung und wiederholtes Kalfatern das bizarre Muster eines Harlekinkleides angenommen.

»Laßt Euch durch das Äußere nicht täuschen«, sagte Simon. »Ich habe mir das Schiff genau angesehen. War ursprünglich ein holländisches Kauffahrteischiff. Diese Ostindienfahrer sind für die Ewigkeit gebaut. Klinkerplatten auf den Laufgängen, die Kajüten mit Mahagoni vertäfelt. Die teuflisch hohen Masten sind neu. So hoch takeln nur Amerikaner und Piraten.«

»Um so besser.« Caroline gefiel dieses Schiff, das die rassige Häßlichkeit eines Bastards besaß. Die Männer hatten die Ruder eingezogen. Sanft glitt die Barke an das Schiff. Ein Fallreep flog durch die Luft, schlug gegen die Wanten. Oben an der Reling stand eine Gestalt mit einem violetten Turban, lehnte sich weit heraus, winkte, Almansor! Mit Bestürzung dachte Caroline daran, daß sie den Araberjungen vollkommen vergessen hatte.

»Er bestand darauf, mit aufs Schiff zu kommen. Er sagt, Ihr hättet es ihm versprochen.« In Simons Stimme war ein Unterton, den Caroline nicht zu deuten wußte. Sie hob die Hand und winkte Almansor zu. Daß er auf dem Schiff war, empfand sie als gutes Omen.

Mora hatte die Besatzung, die genauso buntscheckig war wie das Schiff, antreten lassen. Die Hand an dem dunkelblauen Dreispitz, salutierte der Piratenkapitän vor Caroline. Sein schwarzweiß gesprenkelter Bart war gestutzt. Simon hatte Mora klargemacht, daß die Frau, die nach Marseille zu bringen er die Ehre hatte, eine Herzogin war. Er hatte ihm gesagt, wie er sie anzureden habe, aber Mora sagte jetzt nur: »Willkommen, Madame«, und schon dabei genierte er sich vor seinen Männern, deren Respekt er durch ein allzu gesittetes Benehmen zu verlieren fürchtete. Aus seiner Kadettenzeit stieg dunkel die Erinnerung an das Reglement auf. Danach hätte er ihr als Schiffseigner jetzt die Mannschaft vorstellen müssen. Seine Männer lösten das Problem auf ihre Weise, denn als sie die Verschläge mit den Kapaunen, Hühnern und Frischlingen erblickten, die in diesem Augenblick über die Reling gehievt wurden, brachen sie in ein begeistertes Hallo aus. Jeder griff sich eine Kiste und verschwand damit.

»Ich komme mir vor wie Noah auf der Arche«, sagte Mora. »Ziegen, Lämmer, Hasen, Wachteln, Hühner, Schweine. Schanz- und Halbdeck sind eine einzige Menagerie. Aber die drei Segnungen der christlichen Seefahrt, Zwieback, Dörrfisch und Skorbut, habe ich nie geschätzt.«

»Wann segeln wir?« fragte Caroline.

Mora zog eine Grimasse. »Wir waren früher bereit als Ihr, Madame.«

»Dann laßt uns auslaufen.«

»Wir müssen durch die Linien«, mischte sich Simon ein. »Sie

blockieren die ganze Ausfahrt. Vor Dunkelheit auszulaufen, wäre Selbstmord.« Das Bombardement, das einige Minuten geruht hatte, setzte wieder ein. Schlag auf Schlag folgten die Schüsse. Gleich schwarzen Meteoren durchschnitten die Kugeln den blauen Himmel. Von der Kasba wurde zurückgeschossen. Geduckt lagen die Geschütze auf den Bastionen, schwarzgeschuppte, feuerspeiende Drachen. Caroline stand an der Reling, blickte hinauf. Simon sah, wie sie blaß wurde. Er nahm ihren Arm. »Kommt«, sagte er. »Ich bringe Euch unter Deck. Ihr braucht Ruhe.«

Caroline lag auf dem schmalen Bett. Sie hatte keinen Schlaf gefunden, sie fühlte sich auch gar nicht müde, aber es tat ihr gut, zu liegen und ihren Gedanken nachzuhängen. Mit einem feinen hohen Ton schlug eine Uhr die volle Stunde. Das Glockenspiel, der ›Zauberflöte‹ entlehnt, das durch den dämmrigen Raum klang, erinnerte Caroline an ihre Kindheit. Ihre Mutter hatte die Melodie manchmal gesungen. Caroline sah ihre Mutter vor sich, das von hellblondem Haar umrahmte Gesicht mit den braunen Augen; sie glaubte, ihre Stimme zu hören. Eines Tages war diese Stimme verstummt; eines Tages war in die braunen Augen jene Ferne gekommen, in der sich Trauer und Verachtung mischten. Damals war der Wunsch in dem Kind erwacht, anders zu werden als die Mutter, die mit Sanftheit, Schweigen und Tränen ihren Mann und ihre Kinder terrorisierte. Sie waren ihr zu lebendig gewesen, zu heftig, zu leidenschaftlich. Statt sich an ihrem Wesen zu wärmen, hatte sie sich vor ihnen zurückgezogen. Die Distanz war immer größer geworden; eine Mauer war zwischen ihnen gewachsen. Sie hatten eine Mutter gehabt, die am Tisch saß, die durchs Haus ging und die doch nicht mit ihnen lebte. Jeder Versuch, sie aus ihrer Isolierung herauszuholen, hatte die Kluft nur noch vergrößert. – Die Uhr war verstummt. Das Bombardement dauerte immer noch an. Das Schiff schaukelte leise in der Dünung, erfüllt von gedämpften Geräuschen. Die Erinnerung an die Mutter ließ Caroline nicht los. Was hatte diese Frau so verändert? Irgend etwas mußte geschehen sein, mit dem sie nicht fertig wurde, hatte sie in die Einsamkeit getrieben. Was immer es war, Caroline sah ihre Mutter in dieser Stunde mit anderen Augen als früher. Ihrer Mutter hatte die Zeit nicht geholfen. Und ihr selbst? Würde für sie der Tag kommen, an dem sie verzeihen konnte?

Schritte kamen den Niedergang herunter. Caroline glaubte Simon vor sich zu sehen, wie er versuchte, auf den Zehenspitzen zu gehen. Er klopfte zaghaft an die Tür.

»Komm herein, Simon«, rief Caroline. Er hielt ein rundes Tablett in der Hand. Eine weiße Serviette war darübergebreitet. »Du bringst den Duft von frischem Brot mit, oder bilde ich mir das nur ein?« begrüßte sie ihn.

Er nahm die Serviette von dem Tablett. Ein Laib Brot lag darauf, goldbraun gebacken, mit Koriander bestreut. Caroline berührte das Brot. Es war noch warm. »Ich habe es vor einer Viertelstunde aus dem Ofen geholt.« Simon stellte das Tablett auf den Tisch, der wie alle Möbel in der Kajüte am Boden festgeschraubt war. »So mochtet Ihr es doch am liebsten. Oder hat sich das geändert?«

»Nicht alles ändert sich«, sagte sie. Sie nahm eine Scheibe Brot und bestrich sie dick mit Butter. Heißhungrig biß sie hinein. »Ich glaube, ich werde die nächsten Tage nichts anderes essen als dein Brot.«

»Als Euer Vater sich damals im ägyptischen Feldzug das Fieber holte, habe ich ihn mit Brot und Wein kuriert.«

Caroline sah Simon an. »Du warst doch damals schon im Haus, als das mit Mutter geschah. Weißt du, was es war?«

Die Falten um Simons Augen vertieften sich. »Wie kommt Ihr darauf, jetzt, nach so langer Zeit?« Er hatte sich an den Rand ihres Bettes gesetzt. »Ich kann es Euch nicht sagen. Und Ihr seid anders als Eure Mutter, es würde Euch nicht helfen.« Er blickte auf seine Hände. Sein Vorsatz fiel ihm ein, keine Fragen zu stellen. »In einer Stunde ist es dunkel. Ihr seid noch immer entschlossen, nach Marseille zu segeln?« Er hob den Kopf. »Ich muß noch einmal davon anfangen«, sagte Simon. »Der Tod Philippes... es traf den Herzog so wie Euch.«

»Ich glaube dir«, sagte sie leise. »Aber ich kann meinen Entschluß nicht ändern.«

»Warum könnt Ihr das nicht? Wißt Ihr wenigstens selber, warum? Was ist das für ein Entschluß!? Ein Schmerz – das ist Euer ganzer Entschluß. Ihr macht es wie Philippe, Ihr gebt einer Stimmung zuviel Macht über Euch. Daraus kommt nie etwas Gutes. Ihr wißt es, von Eurem Vater, von Philippe und von Euch selbst.«

Sekundenlang war nur das Ticken der Uhr zu hören. Sie hatte Tränen in den Augen. Sie verbarg sie nicht vor Simon. Sie war froh, daß er bei ihr war. Sie war froh um diesen Schmerz, den er ihr zufügte. Sie mußte durch diesen Schmerz. Es gab keinen anderen Weg. Sie mußte ganz zu sich selbst zurückfinden, bevor es eine Zukunft für ihre Liebe gab.

»Erlaubt Ihr mir, dem Herzog eine Nachricht zu geben? Ihr könnt ihn nicht in dieser Ungewißheit lassen.«

Caroline gab keine Antwort. So weit war es gekommen! Sie waren sich ganz nahe, aber sie floh vor ihm! Alles hatte sie verloren, ihr Kind – jetzt auch ihn? Sie besaß nichts mehr als ihr Leben; und dieses Leben hatte keinen Wert mehr. Beraubt von allem, was sie liebte, war es schrecklicher als der Tod. Warum hatte sie nicht mit all ihren Träumen sterben dürfen, mit ihrer Sehnsucht nach ihm? Warum war sie dazu verdammt zu leben? Sie vergrub das Gesicht in den Händen.

Simon versuchte nicht, sie zu trösten. Es war gut, daß sie endlich weinen konnte. Es war dunkel in der Kabine geworden, als sie die Hände vom Gesicht nahm. Die Geschütze der Schiffe und der Kasba schwiegen. Die Wellen schlugen an die Bordwände. Die Uhr tickte. Simon saß dort, schweigend. Er wartete auf Antwort. Die Tränen hatten sie erleichtert, aber sie hatten nichts geändert. Sie erhob sich, warf den Umhang um die Schultern. »Gehen wir hinauf«, sagte sie.

Am Deck brannte keine Lampe. Die Planken strömten noch die Wärme des Tages aus. Der Duft von Farbe und Firnis, der über dem Schiff hing, vermischte sich mit dem Brandgeruch, den der vom Land wehende Wind mitbrachte. Algier stand in Flammen. Die Nacht verlieh dem Bild der Zerstörung etwas Fantastisches. Auf den Bastionen der Kasba brannten mannshohe Fackeln. Wenn der Wind sie ansprang, entrollten sie sich zu roten Flammenfahnen. Draußen im Meer, weiter von der Küste entfernt als am Tag, lag die Flotte, von der Nacht zu einer langgestreckten, halbmondförmigen Insel zusammengeschmolzen, die Ufer mit Lichterketten geschmückt. Mora war zu Caroline und Simon getreten.

»Ist die Aufstellung dieselbe geblieben?« fragte Simon.

Mora nickte. »Vor drei Stunden werden wir keinen Mond haben. Nur mit Kleinsegeln werden sie uns nicht sehen und nicht hören.«

»Wir dürfen kein Risiko eingehen«, sagte Simon. »Wir müssen durch die Linien. Verlaßt Euch auf mich. Ich übernehme die Verantwortung.«

Caroline war plötzlich mißtrauisch. Was hatte Simon vor?

»Ich verstehe nicht, warum wir durch die Linien müssen«, sagte sie.

»Glaubt mir«, antwortete Simon, »diese Finte hat schon seinerzeit vor La Rochelle funktioniert, als ein feindliches englisches Schiff unangefochten die dichten französischen Linien passierte. Wir werden es genauso machen wie jener Engländer, der sich zu den Hugenotten in La Rochelle durchschmuggelte. »Die *Hoffnung von Rotterdam* ist das äußerste Schiff am rechten Flügel der Flotte.

Wir fragen uns einfach zu ihr durch. Ganz arglos. Wir warten nicht darauf, bis wir angerufen werden. Wir rufen die anderen an. Und schon sind wir hindurch, sozusagen offiziell.«

»Und wer sind wir?«

»Wir sind die *Cromwell*! Das Schiff am letzten Platz des linken Flügels. Moras Leute haben geflucht, aber wir sind genauso gestrichen. Schwarz. Und am Bug steht der Name.«

Geräuschlos glitt die *Cromwell* über das Wasser. Die schwarzgestrichenen Bordwände, Planken und Masten, das dunkle Tuch der Kleinsegel – das Schiff war eins mit der Nacht. Caroline stand neben Mora, der das Ruder führte. Achtzehn Schiffe hatten sie passiert. Es waren noch zwei übrig. Simon warf Caroline einen verstohlenen Blick zu. Die Kapuze des Umhangs ließ nur die helle Linie ihres Profils frei, eine Linie, die zu schön war, um etwas von dem preiszugeben, was in diesem Augenblick in ihr vorging. Sie mußte die *Alouette* erkannt haben, und er konnte nicht glauben, daß Caroline unversöhnlich blieb. Es war gegen die Natur. Die Natur der Frau war es, zu verzeihen, nicht zu richten. Er belauerte sie. Er wußte, er würde das kleinste Anzeichen verstehen. Und er war sicher, daß es kommen würde. Sie konnte nicht stärker sein als dieser Augenblick. Sie konnte nicht stärker sein als ihre Liebe.

Er vernahm hinter sich die Bewegung der Kleinsegel. Ein leises Zittern lief durch die *Cromwell*. Gegenüber lag schlank und weiß die *Alouette*. Simon hob die Hände an den Mund.

»Daniel und die Löwen!«

»Daniel und die Löwen!« scholl die Losung zurück. Der erste Offizier der *Alouette* benützte ein Sprachrohr. Sein Englisch hatte einen starken französischen Akzent. »Wer seid ihr?«

»Die *Cromwell*.« Einen Herzschlag zögerte Simon. Dann rief er: »Wir haben Nachricht für den Herzog von Belômer. Gebt acht!« Caroline gewahrte das in Wachstuch eingeschlagene verschnürte Paket in Simons Hand. Er schleuderte es in einem hohen Bogen hinüber zur *Alouette*. Sie hörte das Aufklatschen auf den Planken.

»Wie kannst du es wagen!« Sie glaubte zu schreien, aber ihre Stimme hatte keinen Klang. Sie stürzte zu Mora. »Volle Segel! Schnell!« Sie war wie von Sinnen. Mora, der sich durch Simons Handlungsweise genauso hintergangen fühlte wie Caroline, reagierte mit der Schnelligkeit eines alten Piratenkapitäns. Brausend entfalteten sich die Segel am Großmast. Gleichzeitig flogen am Klüverbaum Vormarsstagsegel, Klüver und Flieger auf. Die Besatzung schien sich verdoppelt zu haben. Das Steuerrad drehte sich in

Moras Händen. Seine Befehle schollen über das Deck. Ein Beben lief durch die *Cromwell*, ein heftiger Stoß folgte. Caroline taumelte. Simon fing sie in seinen Armen auf.

»Laß mich! Ich werde dir das nie verzeihen. Laß mich los!«

Noch nie hatte Simon sie so erlebt. Er hatte das Gefühl, einer nicht wiedergutzumachenden Katastrophe beizuwohnen. Etwas Unwiderrufliches war geschehen. Aber immer noch wollte er nicht daran glauben. Die Sekunden verstrichen. Die *Cromwell* ließ die Schiffe hinter sich zurück, gewann das offene Meer. In den Tauen und Segeln pfiff der Wind.

Caroline blickte in die schwarzen riesigen Flügel, in denen der Wind riß, und es war ihr, als blicke sie in ihr eigenes zerrissenes Herz.

17

Caroline hatte die Schiffskarte im Kopf. Marseille lag am dreiundvierzigsten Breitengrad. Seit zwei Tagen waren sie unterwegs. Noch vier Tage, und sie würden im Hafen von Marseille einlaufen. Sie nahm den Spiegel zur Hand. Ob es ihr bis dahin gelingen würde, die Spuren der Wüste aus ihrem Gesicht zu tilgen? Unermüdlich beschäftigte sich Caroline, seit sie auf See waren, mit nichts anderem als mit sich selber. Bei ihrem Haar hatte sich der Erfolg am schnellsten eingestellt. Es war wieder geschmeidig und glänzend. Auch das Braun ihres Teints, das Caroline jetzt, da sie sich wieder mit europäischen Schönheitsmaßstäben betrachtete, abscheulich fand, milderte sich zusehends. An den Stellen, die der Sonne nicht so ausgesetzt gewesen waren, hatte die Haut bereits wieder einen perlmuttartigen Schimmer. Die Haut der Hände würde am längsten brauchen. Am Handgelenk lief eine Linie, die Grenze zwischen der gebräunten und der vom Ärmel geschützten Haut. Auch am Hals gab es eine solche Linie. Zum Glück waren die Kleider, die sie in der Truhe der Kabine vorgefunden hatte, fast alle hochgeschlossen und besaßen lange Ärmel.

Caroline löste die Kordel, die den Frisiermantel zusammenhielt. Bevor sie ihn abstreifte, ging sie zur Tür und schob den Riegel vor. Das Kleid lag über den Ledersessel gebreitet, blütenweiß mit gelben Stickereien. Man sah, daß es noch nie getragen war. Auf ihre Frage nach der Herkunft der Kleidertruhe hatte Mora mit einem Achselzucken und einem vieldeutigen Lächeln gemeint, daß Piratenschiffe immer mit dergleichen versehen seien.

Als sie sich angezogen hatte, nahm sie noch einmal den Spiegel in die Hand. Der einfache Schnitt des Kleides mit dem gefältelten Stehkragen verlieh ihr etwas Kindliches, das durch das offene, mit einem weißen Band gehaltene Haar noch verstärkt wurde. Versunken blickte sie sich an. Ob sie je wieder so jung sein würde, wie sie an Jahren war? Oder würde ihre Jugend, ihre Schönheit von jetzt an ein so sinnloses Dasein führen wie ein junges Herz in einem verwelkten Körper?

Der Tisch in der Kapitänskajüte war mit barbarischer Pracht gedeckt. Goldene Teller, goldene Bestecke, deren Griffe mit Verzierungen so überladen waren, daß man sie kaum halten konnte, funkelndes Kristall, zwei sechsarmige Kerzenleuchter, die am Tisch festgeschraubt waren. Um Mora, Caroline und Simon zu bedienen, waren vier Männer auf den Beinen.

Anfangs hatte Mora versucht, mit Messer und Gabel zurechtzukommen, aber bald war er in die für ihn bequemere arabische Sitte zurückgefallen. Den kleinen Finger abgespreizt, zerpflückte er mit der Rechten die Speisen, drückte sie zu kleinen Bällen zusammen. Ohne daß man recht sah, wie er es bewerkstelligte, flogen sie in seinen Mund. Nachdem das Dessert abserviert war, tauchte er die Hände in die Schale mit Wasser, die neben ihm stand. Behaglich lehnte er sich im Stuhl zurück. »Die Schule des Müßiggangs. Da habt Ihr was angerichtet. Ich glaube, ich könnte das eine ganze Weile aushalten.«

Im Salon verbreitete sich der Duft des Kaffees. Mora bedeutete den Männern, sich zu entfernen. Mit gekreuzten Beinen auf dem Teppich sitzend, bediente er Caroline und Simon. Er reichte ihnen den Zucker, bot ihnen gemahlenen Pfeffer und Aprikosenlikör an. Neben den kleinen Tassen standen Gläser mit Eiswasser. Mora klatschte in die Hände, verlangte das Rauchzeug. Er genoß sichtlich die stumme Erbitterung, mit der seine Männer sich in ihr neues, ganz und gar unpiratisches Leben schickten. »Zwei Tage christlicher Seefahrt, und schon tun sie, als wären sie im Bagno gelandet. Ich hoffe nur, daß sie nach dieser Fastenkur doppelt scharf sind. Falken und Jagdhunde läßt man vor der Jagd auch hungern. Und Ihr? Wie gefällt es Euch unter gezähmten Piraten, Madame?«

»Der Mokka und das Konfekt sind ausgezeichnet. Ihr müßt mir das Rezept verraten. Ich möchte mir auch verschiedene andere Speisen aufschreiben. Euer Koch könnte in Paris Karriere machen.«

Mora lachte laut heraus. »Geht in die Kombüse und sagt ihm das selber. Ich glaube nicht, daß Canquoëlle sich von Eurem Vorschlag geschmeichelt fühlt. Er ist Franzose, aber er haßt alles, was französisch ist. Er trägt die Lilie auf der Schulter eingebrannt. Er ist aus dem Bagno geflohen. Wir Mohammedaner sind Kinder gegen euch Christen, wenn es ums Strafen geht. Wir töten. Aber ihr Christen habt Höllen eingerichtet. Wir sind grausam, aber ihr seid Teufel. Ich habe als Junge zwölf Stunden lang auf Holzscheiten knien müssen, weil ich in unserer Dorfkirche in Morezza, das ist ein Dorf in Sardinien, gelacht habe. Ich bin ein Renegat. Es hat mich niemand gezwungen. Ich habe meinem Glauben freiwillig abgeschworen.«

Das Aroma des Kaffees vermischte sich mit dem Duft des Tabaks. Caroline fühlte sich wohl. Seit zwei Stunden hatte sie nicht mehr an sich selber gedacht. Wie gut das war, die Gesellschaft von Männern, die sie nicht liebten, die sie nicht begehrten. Vom Deck her drangen laute Rufe. Ein Mann stürzte in den Salon. »Ein Schiff, Kapitän!«

»Welche Flagge?« fragte Mora.

»Noch nicht auszumachen. Aber der Kerl meint offensichtlich uns!«

Caroline warf Simon einen Blick zu. Sie wußte immer noch nicht, welche Nachricht Simon dem Herzog hatte zukommen lassen. Sie hatte Simon nicht danach gefragt, und er hatte geschwiegen. Mora war aufgesprungen. »Wenn Ihr sehen wollt, wie meine Männer aufleben, dann kommt mit!«

An Deck herrschte ein lautes Durcheinander. Männer eilten an ihre Posten. Am Hißtau flatterte die französische Flagge. »Warum zeigen wir nicht die französische Flagge?« wollte Caroline wissen.

»Gefühlssache«, erwiderte Mora. »Das Schiff, das uns verfolgt, ist zu schnell für ein Handelsschiff. So schnell segeln nur Leute unseres Schlags.«

»Bekämpfen Piraten sich auch untereinander?«

»Dies sind schlechte Zeiten, Madame. Da gelten die Spielregeln nicht mehr.« Moras Augen blitzten. »Es sieht wahrhaftig so aus, als bekämen meine Leute Unterhaltung. Ihr gestattet doch einen Rückfall? Zu Eurer Sicherheit.« Er nahm das Sprachrohr an den Mund. Die Männer in den Rahen wiederholten seine Anweisungen. Der Schatten, den die Segel ins Wasser warfen, wuchs. Das Schiff drehte bei. »Die Sonne im Rücken«, kommentierte Mora, »damit beginnt jeder Sieg.« Schaukelnd kam das Schiff zum Stillstand. Mora stellte das Steuer fest. »Segeln ist Mathematik. Man muß nicht immer gleich das ganze Tuch herunterholen. Das ist Stümperei. Immer beweglich bleiben.«

Die Männer trugen das Enterwerkzeug herbei, nahmen die Segeltuchhülle von den zwei Achtundsechzigpfünder-Karronaden, ganz kurzläufigen, nur für den Nahkampf berechneten Kanonen. Eine Muskete in der Hand, einen breiten Gürtel mit einer prallen Patronentasche über dem violetten Kaftan, tauchte Almansor aus einem Niedergang auf. Um den Kopf hatte er nach Piratenart ein rotes Tuch geschlungen. Mit der Miene eines Mannes, der sich stark genug fühlt, allein den Kampf mit einem ganzen Schiff aufzunehmen, trat er zu Caroline. Sie nickte ihm abwesend zu und richtete den Blick wieder auf das näherkommende Schiff.

»Sie hissen die weiße Fahne!« Die Stimme des Mannes im Mastkorb hallte über das Deck der *Cromwell*. Ein Schrei der Entrüstung war die Antwort. Flüche wurden laut. Auch Mora erfaßte die allgemeine Enttäuschung. »Wartet ab!« rief er seinen Leuten zu. »Laßt sie erst herankommen. Alles bleibt in Bereitschaft.«

Caroline hatte von Simon das Fernrohr erbeten. Sie hob es an die Augen, richtete es auf den Segler. Im Heckaufbau glitzerte eine Reihe von Fenstern. Sie suchte den Namen. Am Bug standen arabische Schriftzeichen. Der Mann im Mastkorb warf beide Arme hoch. »Die *Noura*.« Sein Ruf pflanzte sich über das Schiff fort, ein Gemisch aus Jubel und Empörung.

»Der Genuese«, murmelte Mora niedergeschlagen. Er stampfte wütend auf. Carolines Frage zuvorkommend, sagte er: »Picoli, der Genuese, ist ein alter Freund. Es ist sein Sport, anderen Leuten die Freude zu verderben.« Er bekam einen Wutanfall. »Weg mit den Karronaden!« brüllte er. »Sofort das Tuch darüber. Wollt ihr zum Gespött des Mittelmeers werden!« Kurz darauf brach er in ein wildes Gelächter aus. »Die Sonne hat er wenigstens im Gesicht. Sein Auftritt ist nur halb so imposant, wenn er blinzeln muß.«

Auf der Brücke der *Noura* erschien ein Mann, klein, zierlich, einen riesigen Hut auf dem Kopf, den blauen Mantel kunstvoll drapiert. Ein Offizier, fast doppelt so groß wie Picoli, reichte seinem Herrn das Sprachrohr. »Eure Ladung?« schrie Picoli auf italienisch herüber.

»Kräutertee«, schrie Mora zurück.

Die Mannschaften beider Schiffe brachen in Gelächter aus.

»Du hast wohl auf einen fetten Happen gehofft«, fuhr Mora fort, »aber du hast umsonst so hoch getakelt.«

»Irrtum! Ich befördere Extrapost für dich. Es sind schlechte Zeiten ausgebrochen, Kapitän.« Die nächsten Worte sprach er langsam und skandierte jede Silbe: »Ich de-kla-rie-re ei-nen Passa-gier.«

Die Mannschaften beider Schiffe brüllten und johlten vor Lachen. Sie waren in einer Stimmung, in der sie alles komisch fanden. »Ein Pas-sa-gier!« Die Luft war erfüllt von diesem Wort.

Caroline hatte das Gefühl, an den Schlägen ihres Herzens zu ersticken. Er ist es, dachte sie. Er ist gekommen. Ihr Leben, das aus dem Gleichgewicht geraten war, hatte plötzlich wieder seinen Mittelpunkt. Die Waagschale der Liebe war wieder so schwer, daß alles andere daneben bedeutungslos wurde. Sie nahm das, was rund um sie geschah, kaum wahr. Plötzlich bemerkte sie das Boot, das von der *Noura* in die Tiefe schwebte. Zwei Männer saßen darin. Der eine war ein kaffeebrauner, bulliger Krauskopf. Von dem anderen sah sie nur den weißen, tief in die Stirn gedrückten Dreispitz und die grüngoldene Litze an seinem Kragen. Das Boot setzte im Wasser auf. Die Männer lösten die Trossen aus der Halterung. Der Krauskopf nahm die Ruder. Das Boot glitt in den Schatten der *Cromwell*, entschwand ihrem Blick. Sie lief die Reling entlang, mitten durch die Männer, vorbei an Simon und Almansor, ohne sie zu sehen.

Das Boot hatte beigedreht. Schaukelnd schwebte es auf dem Wasser, unmittelbar neben dem hinuntergelassenen Fallreep. Der Mann mit dem Dreispitz machte eine ärgerliche Geste. Der Hut rutschte ihm aus der Stirn, als er den Kopf hob. »Laßt endlich ein Seil herunter«, schrie er. Es war nicht der Herzog. Es war ein Fremder.

Der Mann in dem Boot, der die Frau in dem weißen Kleid oben an der Reling entdeckt hatte, zog den Dreispitz vom Kopf, vollführte mit einer übermütigen, weitausholenden Geste eine Verbeugung. »Euer Passagier, Madame«, rief er herauf. An die Wanten anschlagend, sank die Trosse hinab.

»Gut so«, scholl es von unten herauf. Die Trosse spannte sich. »Fertig! Holt ein! Aber vorsichtig!«

Caroline hielt den Relingpfosten, an dem sie stand, umklammert. Ein Korb hing an der Trosse, schwebte in die Höhe. Der Mann an der Kurbel drehte ganz langsam, trotzdem begann der Korb zu pendeln. »Langsamer«, riefen die Männer aus dem Boot. »Wollt ihr, daß er über Bord geht?« In ihre Stimmen mischte sich ein heller Ton, brach ab, setzte wieder ein, immer lauter und höher und zorniger – der Schrei eines Kindes!

Rund um sie lärmten die Männer, fluchten, lachten, aber Caroline hörte nur diese kleine durchdringende Stimme. Sie schob den Mann weg, der bereitstand, um den Korb über die Reling zu hieven. Sie zog die Trosse heran, umfing den Korb mit beiden

Armen. Tief in die Kissen eingebettet, wurde ein Kopf mit dunklen Haaren sichtbar. Das Kind lag ganz still. Mit großen dunkelblauen Augen verfolgte es die Bewegungen der Hand, die das Segeltuch weggezogen hatte und die nun die Decke zurückschob. Plötzlich bewegte sich etwas unter der Decke. Eine kleine Hand wühlte sich frei. Als gelte es, ein Spielzeug zu erhaschen, griff das Kind nach Carolines Hand. Nach Kinderart umklammerte es einen Finger, zog daran. Ein tiefer befriedigter Atemzug ging durch den kleinen Körper.

Caroline fühlte die Wärme, die der kleine vom Schreien erhitzte Körper ausstrahlte. Etwas in ihr sagte, es ist unmöglich: Dein Kind ist tot! Sie wollte schon die Decke wegnehmen und nach dem Zeichen suchen, aber dann ließ sie davon ab. Sie brauchte diese Bestätigung nicht. Es war ihr Kind. Und es lebte. Caroline war in einer Verfassung, in der sie jedes Wunder als etwas ganz Natürliches hingenommen hätte. Sie fragte nicht, wie es geschehen war. Für sie zählte nur, daß es so war.

Es gab noch jemanden, für den das Wunder genauso groß war wie für Caroline, und das war Simon. Er stand neben Caroline. Er brauchte nicht zu fragen. Er brauchte dieses kleine Wesen nur anzusehen. Das dunkle Haar, das in Locken das Gesicht umrahmte, das Blau der Augen, sehr klar, sehr dunkel und mit einem geheimnisvollen grauen Schimmer an den Rändern der Iris. Es waren ihre Augen, ihr Blick, leuchtend und furchtlos. Für Simon, der Caroline vom ersten Tag ihres Lebens kannte, war es, als wäre sie ein zweites Mal geboren.

»Es hat überhaupt keine Angst«, sagte er.

Caroline sah lächelnd auf. »Kannst du dir vorstellen, daß mein Kind ängstlich wäre? Als sie es heraufzogen, hat es nur aus Ungeduld geschrien.« Das Kind hatte auch die zweite Hand aus der Decke befreit. Es griff damit nach Carolines Haar. Eingeklemmt zwischen Kissen und Korb, entdeckte Caroline ein Stück Papier. Sie zog es heraus, faltete es auseinander. Es war mit arabischen Schriftzeichen bedeckt.

»Ich werde es Euch vorlesen«, sagte Mora, der hinter Caroline stand. Es erging ihm nicht anders als seinen Männern. Auch er erlag dem Zauber dieses Augenblicks. »Es sind Anweisungen für die Nahrung des Kindes. Sonst nichts. Nur ein genauer Plan für die Mahlzeiten.«

Ein kahlköpfiger Mann, in eine weiße Schürze, die ihm bis zu den Knöcheln reichte, eingewickelt, drängte sich durch den Kreis der Männer. »Das geht mich an!« meldete er sich. »Gebt mir den Plan,

Kapitän.« Sich über den Korb neigend, versuchte der Koch Canquoëlle einen Blick auf das Kind zu werfen. Ein kleiner Dürrer mit einem Schnurrbart, der nach Türkenart über das Kinn herunterhing, packte den Koch an der Schürze. »Du erschreckst das Kind mit deiner Glatze. Es wird überhaupt nichts mehr essen, wenn es dich sieht.«

»Was verstehst denn du von Kindern, Mouche? Alles, was glänzt, ist schön für ein Kind. Ich habe auf der Glatze meines Großvaters das Trommeln gelernt.« Er wandte sich an Caroline. »Ich weiß, wie man Kinder aufpäppelt.« Sein Französisch war ein bizarres Gemisch aus eleganten Wendungen und einem vulgären Tonfall.

»Wie alt ist es eigentlich?«

»Sechs Monate.«

»Bub oder Mädchen?«

»Mädchen. Sagt nur, das sieht man nicht?«

Der Koch nickte befriedigt. »Dann gibt es sowieso kein Problem. Mädchen sind nicht so empfindlich mit dem Magen. Ihr müßt jetzt unter Deck mit der Kleinen. Der Wind, das ist Gift.« Die Augen des Kindes ruhten groß und aufmerksam auf dem Mann, und plötzlich stieß es einen fröhlichen Laut aus. Canquoëlle lief vor Freude rot an. »Da siehst du es, Mouche!« Er steckte den Zettel mit den Anweisungen in die Tasche seiner weißen Schürze. »Kommt«, sagte er zu Caroline. Er machte vor ihr den Weg frei.

Geleitet von einer Prozession ehrfürchtig schweigender Männer, trug Caroline ihr Kind hinunter in die Kajüte. Nur Simon war bei ihr geblieben. Er trat an das Bett, stopfte dem Kind ein Kissen in den Rücken. Caroline las die Frage in seinen Augen. »Ich mußte es weggeben«, sagte sie. »In Abomey, gleich nachdem es geboren war. Eine jüdische Amme nahm es zu sich.« Sie verstummte. Es würde noch lange dauern, bis sie wirklich darüber sprechen konnte.

Simon sagte ihr Schweigen mehr, als Worte es vermocht hätten. Noch nie hatte er so stark gefühlt, daß diese Monate der Gefangenschaft und der Flucht, die hinter Caroline lagen, Schrecknisse und Leiden bargen, die seine Vorstellungskraft überstiegen. Eines Tages, in Rosambou, vor dem Feuer, würde sie sprechen, die Legende ihres eigenen Lebens erzählen können, aber sie würde dann auch für sie bereits ins Reich der Fantasie gehören – und das war gut so; nur verändert und verwandelt erträgt der Mensch die Erinnerungen an die Schrecken, durch die er hat gehen müssen. Nein, er wollte sie nicht durch Fragen an das Vergangene, dem sie eben entronnen war, erinnern.

Das Kind wirbelte eine Elfenbeinrassel durch die Luft. »Wenn es ein Junge wäre, müßte es Moses heißen«, sagte Simon. »In einem Korb übers Meer geschwommen...«

»Oder Mohammed. In einer Moschee geboren.«

»Jedenfalls scheint sie den gefährlichen Hang zum Abenteuerlichen von der Mutter geerbt zu haben.«

»Nur von der Mutter?« fragte Caroline.

Simon konnte ihr Lächeln nicht erwidern. Sie war ihm unheimlich. Er begriff sie nicht. Vor zwei Tagen war sie vor dem Herzog geflohen wie vor einem Feind, jetzt sprach sie von ihm, als würde er gleich zur Tür hereinkommen. Hatte das Kind diese Wandlung hervorgebracht? Um etwas zu sagen, fragte er: »Ist sie überhaupt getauft?«

»Ich habe sie getauft. Auf den Namen Giliane.«

»Giliane. So etwas Ausgefallenes konnte nur Euch in den Sinn kommen.« Er hatte Mühe, seine Rührung zu verbergen. Er wandte sich schnell ab, trat an das Bullauge. Aber er sah nicht das Meer, nicht die ferne Küstenlinie der Insel Mallorca. Er sah Rosambou vor sich, erfüllt von Leben, von Kinderstimmen. Die Kinder von Caroline und Gil. Jetzt hatte er keine Angst mehr vor der Zukunft. Alles würde gut werden. Er trat vom Fenster weg. Caroline machte ihm ein Zeichen, leise zu sein. Das Kind war eingeschlafen. Sachte nahm Caroline die Kissen weg, die es aufstützten, bettete es zum Schlafen. Simon schaute ihr zu. Seltsame Wesen, diese Frauen. Schwächer als die Männer und zugleich stärker; zerbrechlicher und zäher; grausamer und zärtlicher. Er hatte Caroline in allen Stadien ihrer Entwicklung erlebt, er kannte alle ihre Gesichter – aber niemals hätte er sich vorstellen können, daß sie sich eines Tages mit dieser Innigkeit über ein Kind neigen würde. Sie war ihm nie schöner erschienen, nie mehr sie selbst als in diesem Augenblick. Leise verließ er den Raum.

Caroline lauschte auf den Atem des Kindes, auf die kleinste Regung. Die Augäpfel unter den Lidern bewegten sich, durch die Wimpern ging ein Flattern. Mit einem tiefen Atemzug, der fast wie ein Seufzer klang, wandte sich das Kind zur Seite. Die Hand, die immer noch die Rassel aus Elfenbein umklammert hielt, öffnete sich. Caroline sah die winzigen Fingernägel. Sie legte die Wange auf die Hand des Kindes. Grenzenlose Zärtlichkeit erfüllte sie. Sie dachte nicht an die Nöte, unter denen sie ihr Kind geboren hatte, nicht an die Tränen, unter denen sie es weggegeben, nicht an die furchtbare Stunde, da sie geglaubt hatte, es sei tot. Sie war sicher, daß Sterne sie damals belogen hatte, sicher auch, daß er es war, der ihr nun den Genuesen nachgesandt hatte, aber auch diese Gedanken streiften sie nur sehr flüchtig.

Giliane. Das war Gil und sie, ihre Liebe. Diese Liebe war lebendig wie dieses Kind. Diese Liebe war nicht Vergangenheit, sondern wie das Kind die vollkommenste und überwältigendste Form der Zukunft.

Die Spaziergänger, die auf der Terrasse von Fort Saint Jean den sinkenden Tag genossen, fühlten sich angenehm aus ihrer Langeweile gerissen, als die Hafenwache von Notre Dame de la Garde den Dreimaster *Cromwell* signalisierte. Als bedeute die Ankunft dieses Schiffes für jeden von ihnen etwas sehnlich Erwartetes, eilten sie an die Brüstung. Fremde, die einander vorher nicht beachtet hatten, lächelten einander zu; Perspektive wurden zurechtgeschraubt; Zigarettendosen schnappten auf; die älteren Männer entzündeten ihre Pfeifen aufs neue; die Frauen fischten in ihren Taschen nach Konfekt.

Die Barke des Lotsen hatte den Hafen verlassen. Nicht ungeduldig, sondern eher ängstlich, das Schauspiel möchte einen allzu raschen Verlauf nehmen, sahen sie die Barke, die von Chateau d'If eine Weile verdeckt gewesen war, auftauchten und gleich wieder im Schatten der *Cromwell* verschwinden. Unter drei Marssegeln, dem großen Focksegel und dem Briggsegel näherte sich die *Cromwell* der Durchfahrt zwischen der Insel Calasreigne und Jaros. Je näher das Schiff kam, um so mehr rechtfertigte es die Neugier der Marseiller. Die sehr hohe Takelage auf dem braven Fregattenschiff, die schwarzen Segel, der englische Name und dazu die französische Flagge – das alles war ungewöhnlich und umgab das Schiff mit einem Hauch Abenteuer und Geheimnis. Neben dem Lotsen, der die *Cromwell* durch die schmale Einfahrt nach Marseille steuerte, sah man einen Mann in einer bizarren Uniform stehen. Die meiste Aufmerksamkeit jedoch zog eine Frauengestalt in einem weißen Gewand auf sich. Reglos stand sie vor einem Zelt, das auf der Back aufgeschlagen war. Mit träumerischem Blick schaute sie über das Meer und weckte in den Männern und Frauen auf der Terrasse von Fort Saint Jean das prickelnde Gefühl, Zeugen von etwas Außergewöhnlichem zu sein.

Caroline war seit dem Morgen an Deck. Sie hatte als erste die Küste Frankreichs auftauchen sehen, eine Linie etwas dunkleren Blaus zwischen Himmel und Meer. Sie war schnell gewachsen, zu schnell, wie Caroline plötzlich fand. Jetzt, da die Heimat nahe war, hätte sie das Schiff am liebsten angehalten. Es war ihr, als könnte sie nicht an Land, als müßte sie auf dem Meer warten. Worauf...? Sie scheute sich auch jetzt noch, es sich einzugestehen, daß sie auf ihn wartete; gerade weil sie sich so verzweifelt dagegen zur Wehr setzte, war es zu einer fixen Vorstellung geworden, daß er sie noch auf dem Meer einholen würde. Das Kind lenkte sie nicht ab, sondern erinnerte sie nur dauernd daran. Es gab Augenblicke, da es ihr unbegreiflich war, wie sie Algier hatte verlassen können. Schreckliche Vorstellungen peinigten sie, Todesahnungen. Und doch wußte sie, daß sie nicht anders hatte handeln können. Sie hatte fliehen müssen. Sie hatte Abstand gewinnen müssen. Sie hatte die Schmerzen gesucht, die sie jetzt erlitt. Sie waren das Feuer, das alles Trennende tilgte und in dessen Flammen sich ihre Liebe neu kristallisierte, stärker und mächtiger als je zuvor.

Die *Cromwell* lavierte an den Brandungsstegen des Nothafens vorbei. Der Anker war bereit, ausgeworfen zu werden; die Wanten waren vom Bugspriet losgehakt.

Caroline trat in das Zelt, das nach orientalischer Art mit Teppichen, niederen Diwans und Kissen ausgestattet war. Neben dem Korb des Kindes lag ein Berg von Spielsachen. Jeder Mann an Bord hatte für Giliane zum Abschied etwas gebastelt. Da waren Holzpüppchen, eine Flöte, ein buntes Windrad, aus Koralle geschnitzte Tiere, ein Fächer. Jeder war gekommen, hatte seine Gabe auf die Decke gelegt. Es war eine Art Wallfahrt gewesen; für Augenblicke hatten diese Männer ohne Heimat und ohne Familie die Hand ausgestreckt nach etwas, das sie auf immer verloren hatten. Etwas Versöhntes war auf ihre vom Leben gezeichneten Gesichter getreten, als hätte der leuchtende Blick des Kindes genügt, alles Unrecht, das ihnen widerfahren und das sie selber verübt hatten, zu sühnen. Caroline stand neben dem Korb des Kindes. Sie neigte sich darüber, noch zögernd, ob sie es wecken solle, als Giliane die Augen aufschlug. Wie immer, wenn sie erwachte und Caroline erblickte, war die erste Regung ein erleichterter Laut, als sei sie froh, dem Schlaf entronnen zu sein.

Das Kind auf dem Arm, trat sie aus dem Zelt. Giliane hatte den Arm um Carolines Hals gelegt, schmiegte den Kopf an ihre Wange. Caroline drehte sanft den Kopf des Kindes. »Dorthin mußt du schauen. Dort drüben fängt Frankreich an. Es ist deine Heimat, und du wirst dort aufwachsen und nie etwas anderes wissen. Der Pfarrer von Saint Joseph wird nichts dabei finden, in den Kirchenbüchern ein bißchen zu mogeln und Rosambou als deinen Geburtsort einzutragen. Du wirst Rosambou lieben. Nur noch eine Weile, und wir sind dort.«

Giliane streckte sich in ihren Armen, stieß einen hellen freudigen Laut aus. Caroline drückte das Kind fester an sich, küßte es aufs Haar. Wie so oft in den letzten Tagen, gedachte sie der Frau, die ihrem Kind während der vergangenen sechs Monate die Mutter gewesen war. Caroline hatte Sinaida niemals gesehen, aber so viel wußte sie: Sinaida mußte Giliane mit unerschöpflicher Liebe umhegt haben. Nur so ließ es sich erklären, daß es in Gilianes Wesen weder Mißtrauen noch Furcht zu geben schien. Das Kind war zutraulich zu jedem, war es gewohnt, daß jemand mit ihm spielte, daß jemand zu ihm sprach. Es hatte noch nicht weinen gelernt, sondern nur lächeln.

Neugierig hob das Kind den Kopf. Ein Rauschen erfüllte die Luft, als die Segel an den Tauen niedergingen; von seiner früheren Fahrt weitergetragen glitt die *Cromwell* in den Hafen. Der Anker wurde ausgeworfen, die Kette rollte knirschend ab. Durch das sacht dahintreibende Schiff ging ein Ruck. Eine unsichtbare Hand hielt es an. Simon trat zu Caroline. Er strahlte über das ganze Gesicht. »Was bevorzugt Ihr? Ein Hotel an der Cannebière oder etwas Ruhigeres? Am Prado vielleicht? Dort gibt es ein ganz neues, mitten in einem Park.«

»Weder Cannebière noch Prado«, sagte Caroline bestimmt. »Wir werden in Marseille nicht übernachten. Wir mieten einen Wagen und die schnellsten Pferde.« Sie wandte sich Giliane zu. »Wir sind da! Wir sind da!« flüsterte sie wie beschwörend. Plötzlich hob sie ihr Kind empor. Mit ausgestreckten Armen hielt sie es dem Land entgegen. »Du weißt noch nicht, wie schön die Welt in Frankreich ist. Ich werde dir alles zeigen, alles. Das hier ist nur der Anfang. Wir müssen schnell nach Rosambou – dort ist die Welt am schönsten...«

Diesen und ähnliche Sätze bekam Simon in den nächsten Tagen noch oft zu hören. Immer wenn er eine Rast einlegen wollte, wenn er einen Ruhetag vorschlug, gab sie ihm zur Antwort: »In Rosambou können wir genug ausruhen.«

Es war etwas in ihr, das Simon Angst machte. Eine fremde Gewalt schien sie vorwärtszutreiben, ein dunkles Gefühl, nicht mehr viel Zeit zu haben; außerdem begann Simon ernstlich um die Gesundheit von Mutter und Kind zu fürchten. Er spielte bereits mit dem Gedanken, zu einer List Zuflucht zu nehmen, um eine Pause zu erzwingen, als Caroline, kurz vor Lyon, dem Kutscher den Befehl gab, langsamer zu fahren. Sie öffnete die Fenster. Sie nahm Giliane auf den Schoß und erzählte ihr von ihrem Vater, dem Herzog von Belômer, der hier aufgewachsen war.

Ihre Unrast war verschwunden. Nachdem sie im Hotel Belvedère Quartier gemacht hatten, besichtigte sie die Stadt. Am nächsten Morgen blieb sie bis elf Uhr im Bett. Von Weiterfahrt war nicht mehr die Rede; nach einem ausgedehnten Frühstück ließ Caroline einen offenen Wagen anspannen. Sie ließ sich von Simon in die Stadt kutschieren. Den ganzen Nachmittag kaufte sie ein. Innerhalb weniger Stunden hatte sie das ganze in Marseille abgehobene Geld ausgegeben. Aber sie war nicht mehr in Afrika. Sie war in Frankreich, und sie trug den Namen eines Mannes, der bei jeder Bank unbegrenzten Kredit hatte.

Ein Tag nach dem anderen verging. Noch immer sprach Caroline nicht von Weiterfahrt, und als sie sich endlich dazu entschloß, benützte sie jede Gelegenheit, um die Fahrt zu verzögern und Pausen einzulegen, was Simon nicht weniger unheimlich war als vorher ihre Unrast. Aber vielleicht sah er Gespenster, und Caroline genoß es einfach, unter Menschen zu sein, die wie sie sprachen, genoß es, keine Angst mehr vor dem Morgen zu haben.

Immer wieder ließ sie die Kutsche anhalten, immer wieder stieg sie aus, Giliane auf dem Arm. Wegen einer Schafherde; wegen eines Apfelbaums, der sich unter der Last seiner Frücht bog; wegen eines Rosenstocks und weißer Wäsche, die auf der Bleiche lag; wegen der Kinder, die auf einem abgeernteten Feld ihre Drachen steigen ließen; einer Schar Enten, die den Weg versperrten, einer Katze, die auf einem Mäuerchen saß und deren seidiges Fell Giliane streicheln sollte.

Daneben gab es – der Muße dieser idyllischen Augenblicke kraß widersprechend – die Hektik ihrer unkontrollierten Einkäufe. In Maron ließ sie anhalten, um sechs Kartons mit Spitzen zu kaufen. In Chalou waren es Wolldecken für die Kutschen und die Pferde; in Beaune rotes und weißes Sattelzeug, ein Service aus blauem Milchglas und eine zweite Kutsche, um das viele Gepäck unterbringen zu können. In Dijon kam schließlich noch eine schwarze zweijährige Stute zu dem Troß, ein Reittier, das Caroline bei der Besichtigung eines Gestüts aufgefallen war, weil es genau wie ihr Lieblingspferd Luna einen weißen Stern auf der Stirn hatte.

Wenn Simon die junge blühende Frau mit dem Kind auf dem Arm beobachtete, hätte er glücklich sein müssen. Statt dessen wuchs seine Sorge von Tag zu Tag. In Carolines Wesen war etwas, das ihn tief beunruhigte. Sie lebte jeden Augenblick mit einer so brennenden Leidenschaftlichkeit, als hätte sie nur noch diese Stunde, diesen Tag.

Gemächlich rollten die Kutschen durch das spätsommerliche Land. Es war ein Tag von drückender Schwüle. Die grünen Blenden, die vor die offenen Fenster der Reisekutsche gelegt waren, gaben mildes Licht.

Giliane lag schlafend in ihrem Korb. Eine leichte Decke war lose über das Kind gebreitet. Hin und wieder drehte Caroline die Decke um, tupfte Giliane die winzigen Schweißperlen von der Stirn. Der Wagen schaukelte leise in den Federn. An einem Leitseil trottete das Vollblutpferd, die zweijährige Stute, die sie in Dijon gekauft hatte, hinter Carolines Reisewagen. Sie hörte seinen Schritt. Er unterschied sich deutlich von dem gleichmäßigen Getrappel der Kutschenpferde. Es hatte seinen eigenen Takt; Nervosität drückte sich darin aus und die Trauer über die verlorene Freiheit.

Neben Caroline lagen eine Zeitung, eine Flasche mit Eau de Cologne und der kleine himmelblaue Fächer aus gelackter Pappe, den Canquoëlle für Giliane gebastelt hatte. Sie gebrauchte ihn immer wieder, um dem Kind Kühlung zuzufächeln. Am Himmel braute sich ein Gewitter zusammen. Caroline brauchte die Blenden nicht vom Fenster zu nehmen, um sich davon zu überzeugen. Es war etwas Unwägbares in der Luft, ein stummer Ruf zum Aufruhr, der durch die Natur lief. Ihre Nerven und ihre Sinne fingen diese geheimen Ströme auf. Sie liebte diese mit Elektrizität aufgeladene Atmosphäre. Sie fühlte sich dadurch wunderbar belebt. Vielleicht war es auch der Gedanke, daß sie noch heute das Ziel ihrer Reise erreichen würde.

Von draußen erklang das Brr-brr-brr des Kutschers. Die Bremsklötze knirschten in den Kufen. Der Wagen kam zum Stehen. Caroline löste die Blende, schob sie ein Stück zurück. Ein mit Säcken beladener Bauernwagen versperrte die schmale Straße. Zwei schwarzweiß gescheckte Ochsen waren davorgespannt. Der Mann, der sie am Zügel führte, trug einen alten Strohhut. In dem verschossenen blauen Band, das darum geschlungen war, steckte ein Büschel dottergelber Strohblumen. Caroline schlug das Herz höher, denn nur Arnaud trug solch einen Hut. Es war der Bauer, dem der Einödhof gehörte, der im Süden an die Felder von Rosambou angrenzte. Simon war vom Bock gesprungen. »Wie geht's, Arnaud? Auf dem Weg zur Mühle?«

Der Bauer nickte. »Weizen. Morgen dreschen wir noch einmal so eine Fuhre.« Er griff in die Tasche seiner Leinenjoppe. »Schau dir diese Körner an. Wir wußten gar nicht mehr, was unsere Felder wert sind. Es ist, als wollte die Erde uns alles zurückgeben, was der Krieg uns genommen hat. Da, probier eines, süß wie Mandeln. Da brauchen meine Frauen kaum noch Zucker für die Kuchen.«

Simon nahm von den Weizenkörnern. Er zerbiß sie bedächtig und nickte. »Wie sieht es bei uns aus?«

»Euer Verwalter ist aus dem Häuschen. Er weiß gar nicht mehr, wo er die Drescher herholen soll. Er ist schon ein Fuchs, das muß man ihm lassen. Er hat die Laienbrüder von Saint Joseph herumgekriegt. Im Winter will er ihnen dafür ihre Kirche heizen. Und du?« Arnaud gab Simon einen freundschaftlichen Stoß. »Wieder mal dem Krieg nachgereist?«

»Das letzte Mal.«

»Das sagst du seit zwanzig Jahren. Aber das war wohl der kürzeste Feldzug, den du mitgemacht hast. In der Zeitung stand, in vierundzwanzig Stunden wäre alles vorbei gewesen und der Dey hätte kapituliert. Babette wird verrückt vor Freude, wenn sie erfährt, daß du wieder da bist. Sie hat es sich immer noch nicht aus dem Kopf geschlagen, Madame Valmont zu werden. Oder hat Marianne immer noch die erste Wahl?« Arnaud, der aus Erfahrung wußte, daß er keine Antwort zu erwarten hatte, deutete auf die Kutschen. Er senkte die Stimme. »Es sieht so aus, als kämst du nicht allein zurück. Ist vielleicht unser gnädiges Fräulein...«

Der ganze Arnaud! Am liebsten hätte Caroline ihm etwas zugerufen, wäre aus der Kutsche gesprungen, aber sie hatte keine Schuhe an den Füßen, ihre Bluse war wegen der Hitze aufgeknöpft. Sie schloß die Blende vor dem Fenster. Ihr Herz klopfte vor Freude. Zu Hause! Keine Reitstunde mehr, und sie waren in Rosambou!

Draußen sprachen die beiden Männer mit gedämpften Stimmen weiter. Hin und wieder glaubte sie ihren Namen zu hören. Caroline holte die schwarzen Reitstiefel unter dem Sitz hervor und schlüpfte hinein. Leise vor sich hin summend, knöpfte sie die Bluse zu, zog die Jacke des Reitkostüms darüber. Zuletzt öffnete sie den in die Rückwand der Kutsche eingelassenen Spiegelschrank. Sie nahm Kamme und Bürste, ordnete ihr Haar. Ihrer Haut war von der Wüste nichts mehr anzusehen. Auch auf der Fahrt durch Frankreich hatte sie die Behandlung, die sie auf dem Schiff begonnen hatte, weitergeführt. Die vielen Stunden im Schatten der Kutsche hatten das ihre dazugetan. Ihr Teint hatte wieder den Schimmer von Perlen, nur noch strahlender als früher, mit einem warmen goldenen Unterton. Peitschenknallen klang herein. Laut ratternd manövrierte der von dem Ochsengespann gezogene Wagen Arnauds auf der schmalen Straße an den Reisekutschen vorbei.

Eine Erschütterung ging durch die Kutsche. Simon saß wieder auf dem Bock. Caroline hörte das Knirschen der Winde, als der Kutscher die Bremsklötze löste. Gleich würden die Pferde anziehen. Sie warf einen Blick auf das schlafende Kind, dann öffnete sie den Schlag, sprang hinaus. »Warte!« rief sie dem Kutscher zu. Sie machte Simon ein Zeichen. Während er vom Bock kletterte, schloß sie den Schlag der Kutsche. Innen war es still; Giliane war nicht aufgewacht.

Simon hatte sein verschlossenes Gesicht, wie immer, wenn er erschrocken war und es nicht zeigen wollte.

»Ich möchte das letzte Stück reiten«, sagte Caroline.

Seine Brauen zogen sich noch enger zusammen. Sein Blick ging an ihr vorbei. »Es wird ein Gewitter geben.«

Caroline mußte lächeln. Das war die einzige Schwäche dieses furchtlosen Mannes, seine Furcht vor Gewittern. Wie oft hatte sie ihn deshalb schon verspottet! Aber heute war sie in einer zu weichen Stimmung, um sich über ihn lustig zu machen.

»Ich halte es in der Kutsche nicht mehr aus«, sagte sie. »Und sieh dir die Stute an. Wie traurig sie dort steht. Sie wird sich freuen über etwas Auslauf.«

»Ihr habt das Tier bisher nur einmal geritten, vor dem Kauf. Ihr wißt nicht, wie es auf Donner und Blitz reagiert.«

»Ein Pferd erschrickt nur, wenn der Reiter erschrickt. Meinst du, ich hätte die Lehrsätze der Reitstunden, die du mir erteilt hast, vergessen?«

»Ein Gewitter ist etwas anderes. Da werden Tiere unberechenbar.«

»Es ist noch weit weg. Es kann Abend werden, bis es kommt. Ich muß zu den Brombeeren, sonst schlagen Regen und Sturm sie herunter. Erst durch Arnaud habe ich gemerkt, wie nahe wir schon an Rosambou sind.« Caroline legte die Hand auf seinen Arm. »Leg der Stute den neuen weißen Sattel auf. Bitte.«

Simon kaute auf den Schalen der Weizenkörner herum. Er suchte nach Argumenten, um Caroline von ihrem Vorhaben abzubringen, aber gleichzeitig wußte er, daß sie am Ende doch ihren Willen durchsetzen würde. Brummend öffnete er den Schlag des Gepäckwagens. Almansor, der sich darin verkrochen hatte, fuhr erschrokken aus dem Schlaf.

Caroline blickte über die Felder und Wiesen, die sich links und rechts von der Straße dehnten. Die Wiesen zeigten bereits das stumpfe verblassende Grün des sich neigenden Sommers. Die Felder funkelten in den Tönungen edler Metalle, vom Silber über

Gold bis zum Kupfer. Im Westen stand eine schwarzblaue Wolkenmauer. Darüber war der Himmel sehr hell, im Zenit von durchsichtiger Klarheit, eine Kuppel aus hauchdünnem Glas; die geringste Erschütterung der Luft schien zu genügen, um sie zum Einsturz zu bringen.

Den Sattel über der Schulter, in der Hand das weiße Zaumzeug, ging Simon zu dem Pferd. Mit gesenktem Kopf stand es dort und fraß lustlos vom staubigen Gras des Straßenrands. In dem Augenblick, als Simon das Zugseil löste, ging eine Verwandlung mit dem Tier vor sich. Es warf den Kopf hin und her, tänzelte mit den Vorderhufen. Während Simon das Pferd aufzäumte, führte er einen seiner inneren Monologe gegegen das Geschlecht der Frauen. Was immer Gott sich dabei gedacht hatte, als er sie erschuf, er mußte in einer verrückten Laune gewesen sein. Entweder waren Frauen zum Sterben langweilig, oder sie ließen einen keinen Augenblick zu Atem kommen. In jedem Fall brachten sie das Leben eines Mannes durcheinander. Mit der Linken die Trense haltend, führte Simon das Pferd heran. Stumm hielt er Caroline den Steigbügel hin.

Caroline schwang sich in den Sattel. Das Pferd wieherte laut, schüttelte die Mähne. »Gib mir etwas Zucker«, bat Caroline.

Simon griff in die Tasche seines Umhangs, reichte ihr die Reste eines zerstoßenen Zuckerhuts. Sein Gesicht wurde immer verschlossener. Er hatte sich die Ankunft in Rosambou ausgemalt: wie sie durch das Tor fuhren; wie alle herbeistürzten, Marianne, rot im Gesicht, mit fliegenden Schürzenbändern. Er, Simon Valmont, öffnete den Schlag der Kutsche. An seinem Arm betrat Caroline das Haus. Marianne trug den Korb mit dem Kind. »Und Giliane?« fragte er. Es war seine letzte Hoffnung, sie zurückzuhalten. »Wenn die Kleine aufwacht?«

»Almansor soll sich zu ihr setzen«, antwortete Caroline mit einem Unterton der Ungeduld.

Simon senkte den Kopf, betroffen von ihrer Stimme; der Ton erinnerte ihn an Philippe, an jene unglückselige Nacht in Lissabon, da er versucht hatte, Philippe zurückzuhalten. Dieselbe zwanghafte Angst war in ihm gewesen, und wie jetzt hatte er sich dessen wie einer unmännlichen Rührseligkeit geschämt. Er hatte das Unglück vorausgeahnt, und er hatte es nicht verhindern können. Ohne es zu wissen, hielt er das Pferd immer noch an der Trense.

»Nun fahrt schon zu«, sagte Caroline. »Ihr müßt euch beeilen, sonst bin ich eher zu Hause als ihr, und...« Sie wandte den Kopf. Aus der Ferne klang Hufschlag. Auf der Straße flog eine Staubwolke daher, ein einzelner Reiter, der sich in rasender Eile näherte. Es sah aus, als berühre das Pferd den Boden nicht. Nur der zurückgeworfene Kopf des Tieres war zu sehen, seine fuchsrote, flatternde Mähne. Der Reiter war eine dunkle Silhouette. Caroline konnte nichts weiter erkennen, als daß er blondes Haar hatte. Während sie dem daherjagenden Phantom entgegenstarrte, stritten die widersprüchlichsten Gefühle in ihr, Furcht und Freude, Zorn und Hoffnung. Sie wußte nicht, welchen dunklen Quellen dieser jähe Aufruhr entsprang. Sie war zu keiner Überlegung mehr fähig.

Ohne darauf zu achten, daß Simon immer noch das Pferd hielt, gab sie dem Tier die Sporen. Sie hörte den dumpfen Aufschrei nicht. Sie sah nicht, daß Simon sich nur durch einen Sprung davor bewahrte, von ihrem Pferd zu Boden geschleudert zu werden. Blind gehorchte sie dem Zwang zu fliehen.

In gestrecktem Galopp jagte sie über die Wiesen. Längs des schmalen Wasserlaufs, der von Weiden gesäumt war, fiel das Terrain ab. Dorthin lenkte sie das Pferd. Erst als sie sich von den Bäumen verborgen wußte, hielt sie an.

Die Flanken des Tieres flogen. In Caroline zitterte jeder Nerv. Sie richtete sich im Sattel auf, bog die Zweige auseinander. Von ihrem tiefer liegenden Standpunkt aus schien die Straße sich irgendwo zwischen dem Grün der Wiesen und dem tiefen Blau des Himmels hinzuziehen. Die Wagen, die Pferde standen noch dort, aber es sah aus, als ruhten sie nicht auf der festen Erde, sondern als schwebten sie.

Der Reiter war bis auf ein paar Meter an die Kutsche herangekommen. Das Pferd fiel in Trab. Wie von einem Zauberspiegel nähergerückt, löste sich die Gestalt des Reiters aus dem Hintergrund. Caroline sah ihn so deutlich, als wäre kein Meter Abstand zwischen ihr und dem Mann. Die Angst, die sie zur Flucht getrieben, flammte mit neuer Heftigkeit auf. Sie wagte nicht hinzusehen. Sie richtete ihre ganze Aufmerksamkeit auf Nebensächliches. Die Jacke, die der Mann trug, war aus blauem Samt. Die Enden der Krawatte aus weißem Batist schwangen wie Schmetterlingsflügel zu geschweiften Spitzen aus. Unter dem tiefgrauen Wildleder der Stiefel zeichnete sich der Fuß ab. Aus demselben Material, in derselben anschmiegsamen Machart waren auch für sie Reitstiefel angefertigt worden; bei Chrétien Pinâche in Paris, kurz vor ihrer Hochzeit. Die Pause zwischen zwei Herzschlägen – mehr Zeit war nicht vergangen, aber ihre Angst, ihr Zaudern hatten das Zauberbild vertrieben. Das geliebte Gesicht, das sie so nahe vor sich gefühlt hatte – zu nahe, als daß sie es gewagt hätte, den Blick darauf zu richten –, war wieder in die Ferne gerückt.

Simon deutete über die Wiesen in Carolines Richtung. Der Reiter richtete sich einen Moment in den Steigbügeln auf. Sein Blick ging über das Land. Dann gab er dem Pferd die Sporen.

19

Wolken von Mücken hingen zwischen den Ästen der Weiden. Carolines Pferd schlug mit dem Schweif nach den Insekten, aber sie ließen sich nicht vertreiben. Ihr hohes Sirren erfüllte die Luft. Caroline merkte nichts davon. Ihre Sinne waren ausschließlich auf den Reiter konzentriert, der über die Wiesen geritten kam. Wie von einem Magnet angezogen, bewegte er sich in einer geraden Linie auf die Weiden zu, hinter denen Caroline sich verborgen hielt.

Er ist es! Er ist doch noch gekommen! Das war ihr Herzschlag und ihr Atem. Das war Erschrecken und Jubel.

Ihre Stute tänzelte unruhig. Sie hatte die Witterung des anderen Tieres aufgenommen. Laut wiehernd warf sie den Kopf zurück. Caroline zog die Zügel scharf an. Sie riß das Pferd herum. Jenseits des Baches war umzäuntes Weideland. Auf der linken Seite grenzte es an einen Laubwald. Wasser spritzte auf, als sie das Pferd in den Bach trieb. Die Hufe des Tieres fanden auf den glatten Kieseln kaum Halt. Es strauchelte, aber Caroline hielt es mit fester Hand, zwang es vorwärts. Sie galoppierte die Böschung hinauf, nahm die Stute in einem weiten Sprung über die aus Feldsteinen errichtete Umfriedung, die das Weideland umzog.

Als sie einen Blick zurückwarf, sah sie jenseits des Baches das kupferrote Pferd aus dem grünsilbernen Schatten der Weiden brechen. Der Reiter saß dicht an den Körper des Pferdes geduckt. Jetzt richtete er sich auf, hob die Hand. Caroline drückte die Schenkel fester an den Leib des Pferdes. Mit zurückgebogenem Kopf und schnaubenden Nüstern flog es dahin. Seine Hufe rissen tiefe dunkle Narben in das Gras. Der Laubwald rückte schnell näher.

Caroline spornte die Stute immer noch mehr an. Sie erkannte den zwischen zwei Eichen errichteten Hochsitz. Dort, das wußte sie, führte eine Schneise durch den dichten Wald. Sie hatte die obere Umfriedungsmauer des Weidegrunds erreicht. Das Pferd nahm sie im Flug. Es war ein feinnerviges, temperamentvolles Tier; ein leichter Druck des Knies genügte, um es zu lenken.

Der Wald nahm sie auf, herbstbunte Dämmerung. Sie atmete den Duft von Rinde, von trockenem Laub und Pilzen. Über ihr erscholl der Schrei eines Hähers. Sie hörte Hufschlag hinter sich, das Knacken von Ästen. Sie floh weiter, ein ernstes, selbstvergessenes Lächeln auf dem Gesicht. Sie fühlte sich hier sicher; das war der Wald ihrer Kindheit, der Wald der Hexen und Wunder, der Wald der sprechenden Tiere und der tanzenden Irrlichter. Rechts schimmerte zwischen den Stämmen eine Lichtung auf. Hohes, von einem langen heißen Sommer fast rosa gebleichtes Gras stand darauf. Nicht einmal die Ärmsten der Armen holten sich dieses Gras für ihre Tiere, denn die Wiese gehörte zur verlassenen Giradot-Mühle. Sie stand jenseits der Wiese auf einer Anhöhe. Von der Ferne gab der Turm der Mühle, von dem die Flügel abgebrochen waren, dem Anwesen das Aussehen einer Kirche. Marianne hatte sich immer bekreuzigt, wenn von der Giradot-Mühle gesprochen wurde. Mit flüsternder Stimme erzählte sie von dem Gold, das in dem tiefen Brunnen lag, von dem Geist des Müllers, der in Neumondnächten den Brunnen ausschöpfte. Doch das hatte in Caroline nicht Angst geweckt, sondern Neugier. Nächtelang hatte sie zusammen mit ihrem Bruder Philippe auf den Geist gewartet. Der Geist zeigte sich nicht, aber in gewitterschwülen Hochsommernächten sahen sie das Irrlicht. Nicht ein kleines blaues Flämmchen, wie sie über sumpfige Wiesen geisterten, sondern eine leuchtende Säule mit einem bläulichen Fuß, groß wie eine Menschengestalt. Es tauchte nicht immer an derselben Stelle auf, aber es verschwand immer am Brunnen. Kam es in die Nähe des Wassers, wurde seine Bahn zu einem Kreis, der in immer enger werdenden Spiralen zum Brunnen führte, bis die weiße Lichtsäule plötzlich auf dem Brunnen schwebte, für Sekunden zu doppelter Größe anwuchs und dann im Brunnenschacht verschwand.

Caroline und Philippe hatten nie jemandem davon erzählt. Es war ihr Geheimnis geblieben. Immer wieder hatte es sie dorthin gezogen, auch als sie schon erwachsen waren, und jedesmal war ihnen, als hätte die Erde an diesem von den Menschen gemiedenen Ort ihre paradiesische Schöpfungsfrische zurückerlangt? Die Vögel schlugen süßer; der Rittersporn blühte dreimal im Jahr, und die Luft war schwer von dem Duft der Brombeeren.

Caroline wählte nicht den direkten Weg über die Wiese, den Hügel hinauf zur Giradot-Mühle. Solange es ging, ritt sie im Wald, bis sie bemerkte, daß der Hufschlag hinter ihr verstummt war. Sie zügelte das Pferd, lauschte. Es lag etwas Grausames in der völligen Stummheit der Natur. Fast hätte sie seinen Namen gerufen. Aber vielleicht war er ganz in der Nähe, verborgen von dem dichten Unterholz, und wartete nur auf ihren ängstlichen Ruf. Das sollte nicht geschehen! Er sollte es sein, der zuerst ihren Namen rief, der sich um sie ängstigte.

Im Schutz des Ahornhangs, der vom Wald bis zur Rückseite der Mühle führte, ritt sie dahin. Die Bäume trugen ihr Herbstkleid. Die dunkelblaue Wolkenmauer im Westen türmte sich immer höher auf. Ein flüchtiger Lichtschimmer huschte darüber. Ein plötzlicher Windstoß schüttelte die Bäume. Blätter wirbelten durch die Luft, fielen als purpurner Teppich auf die Wiese. Der ferne Schlag einer Dorfuhr klang durch die Stille, der Schrei eines Wasserhuhns.

Sie ritt an dem verfallenen Wohnhaus der Mühle vorbei. Der alte Mühlstein lehnte immer noch neben der Haustür. Daneben stand eine Bank. Grauer moosartiger Schwamm überzog das morsche Holz. Ihr Blick ging zurück. Sie suchte den Waldrand ab. Nirgends rührte sich etwas. Kein Blatt regte sich. Die Luft stand wieder unbeweglich. Dicht vor ihr strich eine Schwalbe vorbei. Mit den Flügelspitzen fast die Steine berührend, schoß der Vogel über die aus Granitquadern errichtete Verladerampe am Fuß des Windmühlenturms. Sie ritt darauf zu. In den Jahren des Erwachsenwerdens, wenn sie mit ihrer Unruhe hatte allein sein wollen, war das ihr Lieblingsplatz gewesen. Auf diesen Steinen hatte sie gelegen, die Augen in den Himmel gerichtet. Hier träumte sie von einer Liebe, die groß und ungezähmt sein sollte wie die Natur, jäh wie der Blitz und süß wie das Mondlicht. Nie träumte sie wie andere Mädchen von einem behaglichen Heim, von hübschen Kindern, von einem kleinen schläfrigen Glück. Sie ersehnte sich eine Liebe, die Sturm war, Aufruhr. Das Geräusch eines kollernden Steins riß sie aus ihren Gedanken. Am Ende der Rampe tauchte eine Gestalt auf. Caroline umklammerte die Zügel fester. Sein fuchsrotes Pferd neben sich führend, kam der Herzog näher.

Die Sekunden verstrichen, ohne daß einer von beiden zu einer Geste, zu einem Wort fähig gewesen wäre. Sie hatten sich diese Stunde immer wieder vorgestellt. Sie hatten geglaubt, gerüstet zu sein. Aber jetzt fühlten sie sich überrumpelt, wehrlos, einer dem anderen ausgeliefert. Zu schmerzhaft, zu jäh traf sie dieser Augenblick. Zu heftig, zu überwältigend war die Wirklichkeit.

Das Glück, das sie empfanden, war zu groß; es gab keine Worte dafür, keine Gesten. Es war die Kraft, die Sterne bewegt, sie unendliche Bahnen zurücklegen läßt, um sie eines Tages beim

Aufeinandertreffen zu einem einzigen Gestirn verschmelzen zu lassen.

Der Herzog stand reglos. Er schien nicht einen scharfen Ritt hinter sich zu haben, er atmete kaum. Früher hatte Caroline diese Fähigkeit, in jeder Situation eine provozierende Ruhe zu bewahren, irritiert. Jetzt liebte sie ihn dafür. Diese äußerliche Ruhe war der Schutzwall, den er um seine Liebe errichtet hatte. Angst durchzuckte sie; wenn diese Bastion sich für sie nie mehr auftun würde? Wenn seine Liebe nur der Vergangenheit galt, der Verschollenen, nicht der Wiedergefundenen? Sie wartete auf ein Zeichen. Die Zügel entglitten ihren Händen. Sie hatte kaum mehr die Kraft, sich aufrecht zu halten. Schweigend blieb der Herzog vor ihr stehen. Er fuhr ihrem Pferd über die Stirn. »Es sieht Luna sehr ähnlich«, sagte er, »und es hat fast sein Temperament.«

Sie lauschte auf seine Stimme. Er stand vor ihr. Sie war gerettet; es war wie das erlösende Gefühl beim Erwachen aus den tödlichen Ängsten eines Alptraums. Die Hand des Mannes fuhr über den Hals der Stute. »Du hast sie bei Costals in Dijon gekauft! Mein Fuchs stammt aus demselben Gestüt. Zwei Tage später war ich dort.«

»Deshalb hast du mich so schnell entdeckt!« sagte sie. »Dein Fuchs wollte unbedingt zu ihr.« Ihre Blicke begegneten sich. Tief in seinen unergründlichen Augen glomm etwas wie ein Lächeln.

»Simon sagte, daß ich dich entweder bei der Giradot-Mühle oder bei den Brombeeren finden werde. Manchmal denke ich, daß es sehr traurig ist, daß er mehr von dir weiß als ich.«

»In den Brombeeren wäre es schwerer gewesen, mich zu finden.« – »Es gibt keine Hecke, die dicht genug wäre für das Rot deines Reitkleids.«

»Ich habe es in Lyon gekauft, bei Policar Cayette.«

»Ich habe es gehört. Es scheint, du hast halb Lyon aufgekauft.«

»Ich fand es herrlich, Geld auszugeben.«

»Leblanc wird deine Freude teilen. Er ist nie glücklicher, als wenn sein Schreibtisch mit Rechnungen zugeschneit ist.«

Sie liebte ihn. Sie betete ihn an. Jedes seiner Worte sagte ihr: Ich liebe dich! Sie brauchten nicht die großen Worte. Sie konnten das alltäglichste, das erbärmlichste Vokabular benutzen. Je nichtssagender die Worte waren, um so bessere Boten waren sie für die eigentliche Nachricht, die sie zwischen ihnen hin- und herzutragen hatten. »Wollen wir reiten?« fragte er.

Sie hob den Blick zum Himmel. Er hatte sich noch mehr verdüstert. »Laß uns zu den Brombeeren gehen«, sagte sie, »ich habe mich so darauf gefreut.«

Er reichte ihr die Hand, half ihr aus dem Sattel. Bestürzt blickte er auf die tiefgebräunte Haut der Hand. Wie viele Stunden war sie der glühenden Sonne und dem beißenden Sand der Wüste ausgesetzt gewesen? Wie viele Stunden hatte diese Hand den Zügel gehalten? Aber er durfte sich nicht von dem Dunklen und Schrecklichen, das diese Stunde barg, verschlingen lassen. Sie durften sich nicht umdrehen und zurückschauen, jetzt noch nicht. Sie mußten Zuflucht nehmen zu den leichten Worten und den leichten Dingen. Sie brauchten diese Brücke, um das Ufer der Zukunft zu erreichen, die erst jenseits dieser Stunde begann.

»Gab es keine Handschuhe in Lyon?« fragte er.

»Hast du vergessen, daß ich Handschuhe ausschließlich bei Madame Oltschewska kaufe? Leblanc hat nichts zu fürchten. In seinem Kontor wird es bald einen Schneesturm von Rechnungen geben. Ich erinnere dich daran, daß du mir versprochen hast, mich zur elegantesten Frau von Paris zu machen.«

»Die eleganteste Frau von Frankreich, habe ich gesagt.«

Ein Schatten fiel über sie. Es war, als striche ein riesiger dunkler Vogel über sie hinweg. Die tiefblaue Wolkenkammer neigte sich. Einem fallenden Vorhang gleich, senkte sich das Dunkel auf die Erde. An einer Stelle zerriß das Blau. Ein dunkelrotes Stück Sonne wurde sichtbar. Sie blickten beide auf die scharlachrote, klaffende Wunde im Dunkel.

»Hast du die Brombeeren vergessen?« fragte er.

»Komm!« Sie zog ihn mit sich.

Sie überquerten den früheren Wirtschaftshof der Mühle, liefen durch den verwilderten Garten. Vom Zaun standen nur noch die steinernen Eckpfosten. Caroline war auch jetzt wieder verzaubert von dieser Wildnis. Nirgends entwickelt die Natur eine so überschwengliche Üppigkeit wie dort, wo sie nach langer menschlicher Zucht ihre Freiheit wiedererlangt. Der Rhabarber wuchs in mächtigen Büschen; die Disteln mit dem rosa Blütenkopf und den gerillten silbernen Stengeln reichten Caroline bis zur Schulter. Der einzelne Rosenstock mit den fleischfarbenen Blüten war hoch wie ein Baum geworden.

Sie verließen den Garten und eilten auf dem zugewachsenen Pfad zum nahen Wald. Die Farben der Landschaft veränderten sich von Sekunde zu Sekunde. In dem seltsamen, blau fluoreszierenden Licht steigerte sich jede Farbe zu ihrem Extrem. Das gebleichte Gras erschien weiß, das Herbstlaub der Bäume flammte in brennendem Rot und schwefligem Gelb. Die wenigen noch grünen Bäume funkelten smaragden. Jede Kontur war verschärft, überdeutlich hervorgehoben. Die Luft schien ein einziger Brennspiegel zu sein, der im nächsten Augenblick alles in Flammen setzen würde.

Sie hatten den Wald erreicht; Caroline ließ seine Hand los und begann zu laufen. Sie wollte zuerst dort sein, wollte ihm die im warmen sonnendurchglühten Dämmerlicht gereiften Beeren bringen. Die Beeren funkelten zwischen den Blättern, schwarz und gläsern. Caroline pflückte hastig, mit zitternder Hand. Jenseits der Hecke glitt sein Schatten vorbei. Sie rief ihn nicht. Sie wußte, daß er sie sah. Sie hielt ihm die mit Beeren gefüllte Hand entgegen, als er sich neben ihr auf dem moosigen Waldboden niederließ. Er neigte sich über ihre offene Hand. Wie ich ihn liebe! dachte sie. Sie streckte die Arme nach ihm aus. Sanft zog er sie zu sich heran. Er fühlte ihr Haar zwischen den Fingern. Er blickte in ihre Augen. Er hatte sie geliebt. Aber erst als er sie verloren hatte, war ihm bewußt geworden, wie groß diese Liebe war. Er hatte nicht mehr gelebt seit jener Stunde; und er wußte, wenn er sie noch einmal verlieren würde, wäre das sein Ende. Er strich ihr das Haar aus der Stirn. »Ich werde dich nie mehr allein lassen.«

»Gil, Gil, Geliebter.« Sie flüsterte es unhörbar. Alles Vergangene war wie weggefegt. Sie bedeckte seine Hand mit Küssen.

Ein greller Lichtschein zuckte über den Himmel. Gleichzeitig zerriß ein gewaltiger Schlag die Stille. Die Wipfel über ihnen rauschten auf. Wieder flammte ein Blitz, wieder barst ein Donner. Von der Mühle her klang schrilles Wiehern.

Caroline wartete darauf, daß die Schreie aufhörten, daß die Tiere sich beruhigten. Sie wollte es nicht hören, sie wünschte taub zu sein dafür. Sie konnte von dieser Stunde nichts hergeben. Das angstvolle Wiehern der Tiere hörte nicht auf. Es zerriß ihr das Herz. Sie starrte ihn an, aus riesigen Augen, als müßte sie sein Bild noch einmal, ein letztesmal ganz in sich aufnehmen. Dann sprang sie auf. »Die Tiere«, stammelte sie. Mit bloßen Händen bog sie die Brombeersträucher auseinander. Ihr Kleid verfing sich in den Dornen. Sie riß es los. Sie mußte ihre ganze Kraft einsetzen, um gegen den Sturm anzukommen. Das Unwetter, das so lange gezögert hatte, entlud sich mit rasender Gewalt. Der blauviolette, von Flammen zerklüftete Himmel senkte sich immer tiefer, begrub die Erde unter seinem dunklen Feuermantel. In heulenden Böen fegte der Sturm über den Hügelkamm.

Den Kopf gesenkt, kämpfte Caroline dagegen an. Der Rock preßte sich gegen ihre Beine, blähte sich in ihrem Rücken zu einem Segel, das sie zurückzureißen drohte. Sie packte den Stoff mit beiden Händen, raffte ihn an sich. Ihr Fuß stieß gegen einen abgebrochenen Ast. Durch das Tosen der Natur gellten die Schreie der verängstigten Tiere. Für Augenblicke herrschte totale Finsternis. Auch der Sturm hatte ausgesetzt. Die Tiere schrien immer verzweifelter. Messerscharf streifte etwas Carolines Hand, die Spitze eines vertrockneten Diestelblatts. Sie war im Garten der Giradot-Mühle. Die Sonnenblumen hatte der Wind niedergemäht.

Es war noch kein Tropfen gefallen; das Gewitter steigerte sich immer mehr. Die Blitze wurden greller, die Donnerschläge explosiver. Die Luft vibrierte vor Elektrizität. Caroline befand sich in einem Zustand, der zugleich Betäubung und Rausch war. Der Trotz, mit dem sie sich den aufgebrachten Elementen entgegenwarf, entsprang nicht der Angst, sondern eher einem triumphierenden Gefühl, selbst Teil der Natur zu sein, selbst Aufruhr; nicht Fleisch, das ängstlich zur Erde drängte, sondern Feuer, glühender Atem des Himmels.

Die Pferde hatten sich auf die steinerne Rampe unterhalb des Windmühlturms geflüchtet. Der dauernde Wechsel von Finsternis und blendender Helligkeit hatte sie ihres Instinkts beraubt. Blind vor Angst rasten sie auf der Rampe hin und her.

Caroline rannte die Stufen hinauf. Oben blieb sie stehen. Langsam ging sie auf die Pferde zu. Sie rief die Tiere, aber ihre Stimme ging im Donner unter. Die schwarze Stute bäumte sich auf, Schaum vor dem Mund. Der gespannte Tierkörper schwebte in der Luft.

Aber dann war plötzlich etwas anderes da. Sie hörte ein Knistern über sich. Sie schloß geblendet die Augen, als der Blitz niederfuhr. Die beschwörend nach dem Tier ausgestreckte Hand traf ein Schlag. Sie wollte zurückweichen, aber eine glühende Faust hielt ihre Hand gepackt. Ein heißer Strom schoß durch den Arm in ihren Körper. Sie taumelte, aber sie konnte nicht fallen.

»Gil! Gil!« schrie sie auf. Das Licht, das sie geblendet hatte, erlosch. Der Feuerstrom, der in gewaltsamen Stößen ihren Körper durchzuckte, verebbte. Ein wundersamer Friede durchdrang ihr Herz und ihren müden Körper. Das Glück, von dem sie geträumt, das Paradies... jetzt gehörte es ihnen... endlich...

Gil, sagte sie, aber es war nur noch ihr Herz, das sprechen konnte, ihr Mund blieb stumm. Gil, sagte ihr Herz, Gil und immer wieder Gil, bis zu seinem letzten Schlag.

Der Herzog kniete neben ihr, einen Arm unter ihrer Schulter, stützte er ihren Kopf.

Die Tiere hatten sich beruhigt. Das Gewitter war weitergezogen. Fahles Licht lag über der Landschaft. Ein Seufzen ging durch die Natur, ein unerlöster, klagender Laut.

In der Flut des offenen blauschwarzen Haars schwebte das Gesicht. Die Augen waren, wie die eines schlafenden Kindes, nicht ganz geschlossen. Sie war nicht mehr die tollkühne Reiterin, die vor ihm geflohen war, die, Sturm und Gewitter trotzend, zu den Pferden geeilt war – sie kam ihm zart und zerbrechlich vor.

Er starrte in das Gesicht, dessen sanfte Gelöstheit das Echo eines seligen Traumbildes zu sein schien. Er drückte seine Lippen auf ihre Stirn. Er wagte kaum, die Hand unter ihrem Kopf wegzunehmen, als könnte er sie dadurch wecken. Leise erhob er sich. Er führte die Pferde von der Rampe, koppelte sie zusammen.

Behutsam hob er die Tote auf, trug sie zu den Pferden. Er setzte sie vor sich auf den Sattel. Mit der Linken hielt er sie an sich gepreßt, mit der Rechten lenkte er die Pferde.

»Schlaf, Liebste«, flüsterte er. »Ich bin bei dir. Ich bringe dich heim.«

Der Himmel war dunkel, nur von dem schmalen Streif blasser Helligkeit im Westen kam Licht. Geisterhaft floß es über die Erde.

Der Reiter zog langsam des Wegs, als hätte er unendlich viel Zeit. Zärtlich hielt er die Frau im Arm. Ihr Haar wehte über sein Gesicht. Er flüsterte ihr zu.

Im Gewoge der Felder war noch die Unruhe des Gewitters. Die Ähren schimmerten metallisch. Die Felder reichten bis vor das schmiedeeiserne Tor, das in den Schloßpark von Rosambou führte. Es stand offen. Man wartete seit langem auf sie. Im Kies des Wegs funkelte Katzensilber. Ein Teich leuchtete aus der Tiefe der grünen Dämmerung, der türkische Pavillon mit seinen spitzen Minaretten. Das Rauschen der Wasserspiele klang durch die Stille, auch diese zeitlos, nach Ewigkeiten gemessen. Eine breite Allee öffnete sich, mit Rosen überwachsene Laubengänge. Steinerne Bänke standen in dem kurzen samtigen Rasen, Götter und Nymphen aus Stein. Traurigkeit schwebte über allen Dingen.

»Rosambou«, flüsterte der Mann der Frau zu, die so schwer an seiner Brust lehnte, aber er dachte nur an den Augenblick, da sie die Augen wieder aufschlagen und ihn erkennen würde.

Im Schloßhof brannten Laternen. Auf der Freitreppe waren die Kandelaber entzündet. Die Fenster des Schlosses erstrahlten hell. Das Gesinde stand am Fuß der Freitreppe. Die Männer trugen weiße Hemden und ihren Sonntagsrock. Die Frauen hatten weiße gestärkte Kragen und Manschetten an ihre Kleider geheftet. Sie hielten Blumen in der Hand.

Mit großen Schritten kam Simon über den Hof gelaufen.

Plötzlich blieb er stehen. Er starrte auf das Paar, das aneinandergeschmiegt zu Pferd saß. Seine Augen füllten sich mit Tränen.

Stumm zurückweichend, starrten die Männer und Frauen dem Mann nach, der die Freitreppe hinaufstieg, die Frau in den Armen. In der Halle brannte der große Kristallüster. In den Wandleuchten staken lange goldgelbe Honigkerzen, wie für ein Fest.

Der Herzog stieg die geschwungene Treppe hinauf. Er ging durch die Galerie. Der Duft der Kerzen durchzog das ganze Haus.

Die Tür zu Carolines Gemächern stand offen. Im Salon war der Tisch gedeckt. Kristall, Silber, Rosen. Die Fenster waren geöffnet, um die Frische des Abends hereinzulassen. Die Vorhänge wehten leise hin und her. Im Schlafgemach brannte nur ein Leuchter.

Behutsam legte er sie auf das Bett. Er zog die Reitstiefel von ihren Füßen. Er öffnete die Jacke. Der Duft ihres Körpers stieg zu ihm auf.

Ihre Hände lagen auf der weißen Seide, tief gebräunt. Ein Riß zog sich über den Rücken der linken Hand. Das Blut war getrocknet. An der Spitze des Mittelfingers, dort wo der Blitz in ihren Körper eingedrungen war, war ein dunkler verbrannter Fleck.

Aber er dachte nur an die Brombeeren, an ihr süßes dunkles Blut. Er nahm die Hand, zog sie an die Lippen. Er küßte diesen Finger, der für ihn die Beeren gepflückt hatte.

Aber es ist bitter, was er schmeckt: Phosphor und Schwefel. Und diesmal gibt es kein Ausweichen. Er erlebt alles noch einmal. Er ist wieder bei der Giradot-Mühle. Sie läuft vor ihm, in ihrem flammendroten Reitkostüm. Sie steht oben auf der Rampe. Der Turm der Mühle ragt hinter ihr auf. Das ängstliche Wiehern der Pferde erfüllt die Luft. Gleich einem gespenstischen Schemen schwebt die schwarze Stute in der Luft. Plötzlich wird die Szene taghell. Der Blitz steht über Caroline.

Er küßte die Hand wieder und wieder. Wenn ihr Herz aufgehört hat zu schlagen, warum schlug dann seines noch?

Er breitete die seidene Decke über Caroline. Er ging zu dem Tisch, auf dem der Leuchter stand. Er öffnete seine Samtjacke, er löste die weiße Seidenkrawatte, das Hemd. Er nahm den Lederbeutel, den er auf der Brust trug.

Einen Moment wog er ihn in der Hand. Er öffnete ihn und zog ein Stück purpurner Seide heraus. Am Morgen hatte er den Diamanten das letzte Mal betrachtet. In funkelnder Klarheit war er vor ihm gelegen, sein ewiges, unzerstörbares Licht versprühend.

Das Stück Seide lag ausgebreitet auf dem dunklen Holz des Tisches. In der Mitte ein Häufchen grauen Staubs.

Leseprobe Sandra Paretti

Als Leseprobe stellen wir Ihnen das erste Kapitel aus Sandra Parettis Roman *Tara Calese* (Goldmann-Taschenbuch 9551) vor.

Inhalt:

Am 6. Juni 1980, einem friedlichen Sommerabend, wird die Terrasse von Sunset Hill zum Schauplatz einer blutigen Abrechnung zwischen zwei New Yorker Mafia-Familien. An diesem Abend muß die junge, unbeschwert und geborgen aufgewachsene Tara Calese, Tochter des Mafia-Bosses Massimo Calese, mitansehen, wie ihre Mutter erschossen wird. So plötzlich und brutal aus ihrer »heilen« Welt herausgerissen, versucht Tara von diesem Moment an, ihr Leben neu zu ordnen. Doch der Mann, den sie liebt, läßt sie im Stich. Ihre Flucht aus New York mißglückt und treibt Tara in die Hände des FBI. Dort sieht der ehrgeizige General Attorney Chris Shannendy in dem verzweifelten Mädchen seine Chance, die Karriereleiter bis zum Amt des Präsidenten hinaufzuklettern. Er will Tara zwingen, gegen ihren Vater auszusagen: ein vernichtender Schlag gegen die gesamte New Yorker Mafia. Doch die attraktive Tara läßt sich nicht einschüchtern, sondern wird statt dessen für Shannendy zum Schicksal…

»Sandra Paretti läßt sich auf ein Thema ein, das uns nicht erst seit dem *Paten* fast wie ein Stück Alltäglichkeit vorkommt: der Kampf zwischen bürgerlicher und Anti-Welt, der zwischen Gut und Böse, der um Haben und Sein.«

Buchjournal

Sandra Paretti

TARA CALESE

Roman

New York

Montag, 15. September 1986

Sie lag im Dunkeln, und das Dunkel war erfüllt von einem dumpfen Dröhnen. Ihr Herz hämmerte. Von einer Seite fiel ein schwacher Lichtschein in den Raum. Undeutlich erkannte sie die Lamellenstores eines Fensters. Eine Wolldecke war über sie gebreitet. Sie lag auf einer Couch.

War sie nicht mehr im Flugzeug?

Was hatte man mit ihr gemacht?

Warum war sie so müde?

An das Flugzeug konnte sie sich genau erinnern, ein kleiner Learjet mit sieben Sitzen. Noch vor dem Start hatte man ihr einen Becher Orangensaft in die Hand gedrückt. Durstig hatte sie den Becher ausgetrunken. Was war danach geschehen?

Hatte man ihr mit dem Saft ein Betäubungsmittel gegeben?

Warum?

Was hatte man vor mit ihr?

Wohin hatte man sie gebracht?

Man?

Wer war das? Wer steckte hinter dieser Entführung?

Zuerst hatte es ausgesehen wie eine Verhaftung, aber während der Autofahrt war ihr klargeworden, daß sie sich in der Gewalt von Kriminellen befand.

Die Stimmen. Waren es Männerstimmen? Oder lief nebenan ein Fernseher? Die Stimmen wurden lauter. Geräusche an der Tür, ein Schlüssel. Schritte kamen näher. Der Raum war plötzlich in weißes Licht getaucht. Sie schloß die Augen und stellte sich schlafend.

Was würden sie mit ihr tun?

Ihr Herz begann zu rasen. Sie hatte das Gefühl, etwas in ihr zerplatzt; etwas Heißes, Ätzendes breitete sich in ihrem Körper aus, stieg aus dem Leib aufwärts in die Brust und weiter in die Kehle. Sie konnte kaum noch atmen, sie glaubte zu ersticken.

»He, Baby, hast du gerufen?« Eine große Männerhand tätschelte ihre Wange. »Schlecht geträumt, Baby? Komm schon, mach die Augen auf. Geschlafen hast du lange genug.« Die Hand schüttelte sie an der Schulter. »He, was soll das, ich seh' doch, daß du nicht mehr schläfst.«

Der Mann ließ sie los. »Wie du willst. Ich rate dir nur eins, mach keine Dummheiten. Versuch nicht, aus dem Fenster zu springen. Erstens kriegst du's nicht auf, zweitens sind wir im neunten Stock, bißchen hoch zum Springen. Wäre schade um dich. Noch was, wenn du auf die Toilette mußt, die Tür in der Ecke, o. k.?« Der Mann wartete noch einen Moment, doch da sie sich weiter schlafend stellte, ließ er sie allein. Er löschte das Licht und sperrte die Tür ab.

Als er gegangen war, bereute sie, daß sie nicht mit ihm gesprochen hatte. Sie schämte sich ihrer Furcht. Warum hatte sie ihn nicht gefragt, wo sie war, und was man von ihr wollte.

Wer war dieser Mann überhaupt?

Nur eines stand fest, man hatte sie entführt.

Aber warum?

Sie fand nur eine Antwort auf diese Frage – weil sie Tara Calese war, die Tochter von Massimo Calese.

Sie lag reglos. Dunkel erinnerte sie sich, daß man sie gefesselt hatte.

Im Traum?

In Wirklichkeit?

Sie versuchte, die Hände zu bewegen, erst die rechte, dann die linke. Keine Fesseln. Sie atmete auf.

Sie öffnete die Augen, hob den Kopf und blickte sich um. Aus der grauen Dämmerung lösten sich allmählich die Gegenstände, ein niedriger Tisch, zwei Polsterstühle. Sie glaubte drei Türen zu erkennen. Zwischen zweien stand ein leeres halbhohes Bücherregal. Sie setzte sich auf; sie fühlte sich benommen. Die Luft im Raum war verbraucht.

Seit wann war sie hier? Sie hob die rechte Hand an die Augen und schaute auf die Uhr. Halb acht. Aber was für eine Tageszeit? Halb acht Uhr abends? Halb acht Uhr morgens?

Als man sie zum Flugzeug gebracht hatte, war es Abend gewesen. Wieviel Zeit war seitdem vergangen? Ein Tag, oder mehr?

Auf einem der Polsterstühle erkannte sie ihre Tasche. Auf dem Boden standen ihre Turnschuhe.

Sie schob die Wolldecke zurück und blickte an sich herunter. Die Jeans, das weiße Hemd.

Sie lauschte auf ihren Körper. Schmerzen? Nein, keine Schmerzen, nur eine bleierne Schwere und das Gefühl, daß die Kleider ihr auf der Haut klebten.

Sie hatte den Wunsch, sich zu waschen. Zuerst heiß baden und dann kalt duschen. So lange kalt duschen, bis die dumpfe Benommenheit von ihr weichen würde. Sie stand auf, aber sie war so wackelig auf den Beinen, daß sie an der Wand Halt suchen mußte. Schritt für Schritt tastete sie sich zu der Tür in der Ecke.

Am Fenster hielt sie inne. Sie schob die Lamellenstores auseinander und blickte nach draußen. Eine Brandmauer, eine graue Schlucht zwischen zwei Häusern; von unten drang der diffuse Schein einer Straßenlaterne herauf. Aus der Tiefe, gedämpft durch das Fenster, klang der Lärm einer großen Stadt herauf. Ein Geräusch hob sich deutlich ab, ein Rattern und Schlagen, es schwoll an und verebbte schnell wieder.

Eine Hochbahn? Ein Fernzug, der in der Nähe vorbeifuhr?

Sie tastete sich weiter zur Toilette, öffnete die Tür und fand den Lichtschalter. An der Wand über dem Waschbecken flammte eine Neonröhre auf. Das helle Licht blendete sie. Der Raum war klein. Auf dem Waschbecken lag ein Stück Seife, an einer Stange hing ein Handtuch. Die grauweißen Kacheln und die dunklen Steinfliesen wirkten schmuddelig.

Sie trat zum Waschbecken. Das Gesicht, das ihr aus dem Spiegel entgegenblickte, war ihr Gesicht, und doch schien es ihr fremd. Es war blaß, wie versteinert. Der Tag, an dem ihre Mutter beerdigt wurde, stieg vor ihr auf: ein Sommertag mit einem warmen Südwind, der den Hudson River leicht kräuselte und über den blauen Himmel durchsichtige

Tüllwolken trieb, die sich da und dort ausbreiteten wie weiße, wehende Brautschleier.

Die schwarzen Gestalten um das Grab, der Priester, der von den Geheimnissen der göttlichen Vorsehung sprach. Wußte er wirklich nicht, wie Diana Calese gestorben war? Oder hatte die Familie ihn bezahlt, damit er nichts wüßte, so wie sie die Polizei und den Arzt bezahlt hatten, damit ihre wahre Todesursache nicht bekannt würde.

Sie wusch sich die Hände. Als sie sich über das Waschbecken beugte, bemerkte sie, daß ihr eine Krawatte vom Halse baumelte, ein knalliges Ding in Pink und Gelb.

Woher kam diese blöde Krawatte?

Das weiße Hemd hatte ihr Norman gegeben – aber woher stammte die Krawatte?

Sie zog die Krawatte über den Kopf, suchte das eingenähte Fabrikationsschildchen. Herera Fabrics, Made in Mexico, stand da.

Der Flughafen von Mexiko. Sie hatte mit Bob Fisher auf den Abflug der Maschine nach New York gewartet. Um sich die Zeit zu vertreiben, waren sie durch die Souvenirshops geschlendert und schließlich bei einem Krawattenstand gelandet. »Wenn du schon ein Herrenhemd trägst, brauchst du auch eine Krawatte«, hatte Bob Fisher lachend gesagt, und sie aufgefordert, die knalligste herauszusuchen. Scherzend hatte Bob Fisher ihr die rosarote Krawatte mit dem Indianerhäuptling in Gelb um den Hals gebunden.

In dem Moment, als er sich abwandte und bezahlte, war über den Lautsprecher der Aufruf gekommen: *Fluggast Tara Fisher nach New York bitte zur Information!*

Der Aufruf hatte ihr gegolten. Ihr Ticket lautete auf diesen Namen; der Paß, den sie bei sich hatte, ebenfalls. Name und Paß waren falsch. Aus Tara Calese war Tara Fisher geworden, eine Verwandte von Bob Fisher. Sie hatte gedacht, es genügte, den Namen zu wechseln, und sie wäre gerettet. Die Ausreise aus Amerika vor drei Tagen war glattgegangen; und jetzt eben, an der Paßkontrolle, hatte der Beamte nur einen Blick auf den Einreisestempel geworfen und gemeint, das wäre aber kein langer Besuch gewesen.

Zuerst hatte man die Ansage auf spanisch durchgegeben, das zweitemal auf englisch. »Was hat das zu bedeuten?« hatte sie Bob Fisher erschrocken gefragt, doch der hatte nur gelacht. »Spiel nicht den ahnungslosen Engel, das ist hundertprozentig Luiz Martinez, den das unwiderstehliche Verlangen hergetrieben hat, dich noch mal zu sehen. Den hat es richtig erwischt. Mach dich darauf gefaßt, daß er demnächst in New York auftaucht.«

Eine innere Stimme hatte sie gewarnt, hatte ihr zugeflüstert, die Transithalle nicht zu verlassen.

Warum hatte sie nicht darauf gehört?

Jenseits der Sperre waren zwei Männer auf sie zugekommen, Männer in unauffälligen graublauen Anzügen, die sich in nichts vom Flughafenpersonal unterschieden. An der Brusttasche steckten ihre Identifikationskarten. Morris hieß der Ältere, Keller der Jüngere.

»Miss Fisher?« hatte Morris sie angeredet, und als sie nickte, hatte er gesagt: »Wir haben den Auftrag, Sie zur Flughafenpolizei zu bringen.« Er hatte amerikanisch gesprochen, auf eine schleppende Art; sein Gesicht hatte Gleichgültigkeit ausgedrückt, als handelte es sich um eine Routineprüfung.

Die beiden Männer hatten sie in die Mitte genommen und aus dem Flughafen geführt. Und dann, ehe sie begriff, was mit ihr geschah, hatte sie in einem Wagen gesessen.

Wann war das gewesen?

Tara wußte nur noch mit Sicherheit, daß sie am Samstagabend von Mexico City nach New York hatte fliegen wollen.

Wie viele Tage waren seitdem vergangen?

Zwei Tage, drei, oder mehr?

Zuerst die zwanzigstündige Autofahrt. Es war ein olivgrüner Chevrolet Station; auf der Ladefläche lagen eine Schaumgummimatratze und ein Schlafsack.

Sie waren auf Landstraßen gefahren. Immer wieder Pässe, immer wieder lange Strecken durch Steppengebiet, wo nichts wuchs als baumhohe Kakteen. Irgendwann, mitten in der Nacht, hatten sie sich in einem mexikanischen Bergdorf mit dem Fahren abgewechselt.

Sie hatte sich krampfhaft bemüht, wach zu bleiben, teils aus Furcht vor den Männern, teils in der Hoffnung, es könnte sich plötzlich eine Möglichkeit zur Flucht ergeben.

Irgendwann war sie dann doch eingeschlafen. Sie hatten ihr ein Schlafmittel in das lauwarme Wasser gemischt, das sie ihr in einem Pappbecher reichten.

Sie wußte nicht, wann und wo sie die Grenze passiert hatten. Als sie erwachte, waren sie bereits auf amerikanischem Gebiet, und das Programm im Autoradio kam von einem Sender in Houston.

Sie hatte sich wie gerädert gefühlt, als wären alle ihre Muskeln verspannt. Aber die Fahrt war immer noch nicht zu Ende gewesen. Es war weiter gegangen, immer weiter, den ganzen Tag durch. Erst bei Dunkelheit hatten sie Houston erreicht.

Mit tauben Füßen war sie aus dem Auto gestiegen. Allein die Tatsache, wieder auf den Beinen zu stehen, nicht mehr eingesperrt zu sein in dem verhaßten Auto, hatte die absurde Hoffnung in ihr geweckt, man würde sie freilassen...

Gefangen von ihren Gedanken hatte Tara die Schritte des Bewachers nicht gehört. Plötzlich stand er hinter ihr.

»He, Baby, ausgeschlafen?« Er legte ihr die Hand auf die Schulter und musterte sie mit einem anzüglichen Grinsen. »Du bist einsame Klasse, das muß man dir lassen. Ich habe was zu essen gebracht, einen Cheeseburger und Kaffee.«

Er war mittelgroß und schwer gebaut, zwischen dreißig und vierzig Jahre alt. Er trug ein verwaschenes hellbraunes T-Shirt mit einem U-Boot bedruckt und der Schrift *We come unseen.* Das Lederhalfter der Waffe war speckig und saß sehr knapp. Zu der Zeit, als es ihm angemessen worden war, mußte er schlanker gewesen sein. Er roch penetrant nach Schweiß.

Er schob sie aus dem Bad und deutete auf den Couchtisch, wo auf einer Papierserviette ein riesiger Cheeseburger lag, aus dessen Rändern Salatblätter hervorquollen. Daneben stand eine Tasse mit dampfendem Kaffee. »Den Kaffee habe ich selber gemacht. Ich hoffe, er schmeckt dir, Baby.«

Tara erwiderte nichts. Ihr Blick ging zu der Tür, die in den Außenraum führte; die Tür war offen, und Tara konnte eine primitive Einbauküche erkennen, Gasherd, Spüle und Eisschrank. Neben dem Eisschrank wieder eine Tür. Es mußte die Wohnungstür sein, die Kette war nicht eingehängt, in dem Sicherheitsschloß steckte der Schlüssel. Bis zu der Tür waren es nur wenige Meter. Sie mußte es versuchen. Wenn in der Küche nicht ein zweiter Kerl hockte, hatte sie eine gute Chance zu entkommen.

»Keinen Hunger?« fragte der Mann.

»Nein.«

»Wenigstens ein Schluck Kaffee, das wird dir guttun. Der Appetit kommt dann von selber.« Er beugte sich über den Tisch, um ihr die Tasse zu geben.

Tara handelte blitzschnell. Sie packte ihre Tasche und rannte los. Sie kam nur bis zur Mitte der Küche. Dort schnellte ein langer Kerl aus einem Sessel und trat ihr in den Weg.

»Stop, Fahrverbot«, sagte er mit gleichgültigem Gesicht. Er trug einen grünen Jogginganzug, sein strähniges Haar fiel über ein Stirnband mit der Aufschrift *Olympiade Moskau.*

Tara wollte an ihm vorbei. Seine Hände schnappten zu wie eiserne Zangen.

Zitternd vor Wut, sah sie zu ihm auf. »Loslassen«, schrie sie, »sofort loslassen.«

Der erste Bewacher trat dazu. »Du enttäuschst mich, Baby. Ich dachte, wir verstehen uns. Schade...« Der Lange lies sie los. Tara holte aus und schlug mit der Tasche nach den Männern.

»Was hat sie?« fragte der Lange. »Was hast du mit ihr gemacht?«

»Nichts – ihr gefällt's einfach nicht bei uns. Halt sie fest«, befahl er dem Langen, dann trat er dicht vor Tara, so dicht, daß sein Leib sie berührte. »Ich wende nicht gern Gewalt an... Noch eine verrückte Tour und wir stellen dich ruhig. Hast du verstanden? Und jetzt, marsch, zurück in das Zimmer.« Er wollte sie vor sich herschieben, aber sie leistete Widerstand.

Er packte ihr rechtes Handgelenk und streifte den Ärmel hoch. »Siehst du das da?«

In Taras Armbeuge klebte ein Pflaster. der Mann riß es weg. »Das war die Spritze, mit der sie dich im Flugzeug ruhig gestellt haben. Also überleg's dir.«

Tara starrte auf die rote Einstichstelle, die umgeben war von einem bläulichen Bluterguß. Ihre Wut fiel in sich zusammen; sie wurde schlagartig nüchtern. »Gangster«, sagte sie eisig, »ihr seid Gangster. Für wen arbeitet ihr?«

Die Männer wechselten einen Blick, und dann hielt der Lange ihr eine FBI-Erkennungsmarke hin. »Sagt dir das was? Federal Bureau of Investigation. Ich bin Sergeant Finch und er ist Sergeant Heffner.«

Tara sah ihn verwirrt an. Bisher hatte alles darauf hingedeutet, daß die Entführer Kriminelle waren, vielleicht sogar Leute der Mafia, die im Dienst der Fillipis standen. Sie musterte die Männer voller Mißtrauen. »Zeigen Sie mir den Haftbefehl. Ohne Haftbefehl dürfen Sie mich nicht festhalten, das ist widerrechtlich, das ist gegen das Gesetz.«

»Hast du gehört, Paul...« Sergeant Finch ließ sich in den Sessel fallen. »Eine Calese klärt uns darüber auf, was Gesetz und Recht ist. Ich lach' mich krank.«

Sein Zynismus prallte an ihr ab. »Ohne Haftbefehl haben Sie kein Recht, mich festzuhalten. Ich will einen Anwalt, und zwar sofort.« Sie wollte zu dem Telefon, das an der Wand neben der Tür hing, doch Sergeant Heffner packte sie unsanft an der Schulter. »Hände weg vom Telefon, Baby. Du brauchst keinen Anwalt – du brauchst Schutz, kapiert. Deswegen bist du hier, damit wir dich beschützen können.«

»Wovor beschützen? Was wollen Sie damit sagen?«

»Dich daran erinnern, daß du eine Calese bist, falls du das vergessen hast. Vielleicht hast du auch vergessen, daß du dir einen Paß mit falschem Namen beschafft hast und untergetaucht bist. Es war dir zu heiß geworden als eine Calese herumzulaufen, oder? Du hast verdammtes Glück gehabt, daß wir vom FBI dich aus dem Verkehr gezogen haben und nicht die Männer von Ugo Fillipi.«

Tara holte Luft. »Ugo Fillipi ist in New York?«

Die beiden Männer beobachteten mit Genugtuung, wie Tara bei der Erwähnung von Ugo Fillipi zusammenzuckte. Sergeant Heffner grinste. »Verstehst du jetzt, warum du Schutz brauchst? Es wäre schade um dich, wenn du wie deine Mutter enden würdest.«

Tara senkte den Kopf. Die Vorstellung, sie wäre Ugo Fillipi in die Hände gefallen, lähmte sie. Sergeant Finch griff nach den schwarzen

Hanteln, die am Boden lagen. Er hob sie langsam über den Kopf und stieß dabei hörbar die Luft aus. Tara hatte plötzlich keine Kraft mehr, stumm wandte sie sich ab und kehrte in ihr Zimmer zurück.

Bevor Sergeant Heffner die Tür schloß, warf er Taras Tasche ins Zimmer. Beim Aufprall auf den Boden fiel ein Teil des Inhalts heraus und kollerte über den Teppich. Tara achtete nicht darauf. Sie setzte sich auf die Couch und starrte wie blind vor sich hin.

Ugo Fillipi war in New York.

Das hätte sie nie voraussehen können.

Und sie saß hier in einer FBI-Wohnung.

Hatte das FBI auch ihren Vater verhaftet?

Ihre Gedanken bewegten sich im Kreis und kehrten immer wieder zu der Frage zurück: Was wußte das FBI? Hatten sie herausgefunden, daß ihr Vater verantwortlich war für die Explosion der *Flamingo*? Hielt man sie für mitschuldig? Ihr Verhalten sprach gegen sie. Das Verschwinden nach der Katastrophe, das Untertauchen in New York, der falsche Paß, die Reise nach Mexiko.

Warum war sie nicht in Mexiko geblieben. Dort wäre sie sicher gewesen. Oder es gab keinen Ort, wo eine Calese sicher war?

Wenn Ugo Fillipi sich in den Kopf gesetzt hatte, sie zu finden, war auch dieser FBI-Unterschlupf keine Garantie für ihre Sicherheit.

Sie kniete sich auf den Boden und sammelte die Sachen ein: Kleingeld, ein paar Dollarscheine, ein Päckchen Kleenex, ein Lippenstift, die Brieftasche. Sie suchte den Paß, doch der Paß war nicht mehr da, den hatte das FBI konfisziert.

Ihr Versuch, als Tara Fisher unterzutauchen, war gescheitert.

Sie war wieder Tara Calese – und sie war eine Gefangene des FBI.

In der Brieftasche steckten ein paar Schnappschüsse, die sie im Sommer gemacht hatte: Das erste Bild zeigte Norman zu Pferd. Vor dem blaßroten Himmel waren Mann und Roß nur ein dunkler Schattenriß. Das zweite Bild hatte sie auf dem großen Gartenfest gemacht, das jedes Jahr am Geburtstag ihrer Großmutter Mariannina Calese in Sunset Hill veranstaltet wurde. Obwohl über Achtzig, tanzte die alte Dame immer noch für ihr Leben gern. Vor allem Tango, wie das Foto zeigte. Auf dem letzten Bild waren Normans Hunde zu sehen, das Ibizenco-Pärchen, das in diesem Jahr Junge bekommen hatte. Die Jungen balgten tapsig miteinander, während die Eltern Fire und Flame ausgestreckt im Gras lagen. Im Hintergrund erkannte man die Terrasse von Sunset Hill; im Schatten des Säulenvorbaus stand der weißgedeckte Tisch bereit zum Abendessen; die Weinkaraffen funkelten im Licht. Jedes Bild erzählte von einem Moment des Glücks, einem Moment, den sie nie vergessen würde.

Sunset Hill. Das Haus lag auf sanften Hügeln, die sich am Ostufer des Hudson Rivers hinzogen. Der Park, der das Haus umgab, war so groß wie ein Wald und die Auffahrtsallee zum Haus eine halbe Meile lang.

Zu dem Besitz gehörten ein Jagdhaus, eine Bootshütte am Hudson River, Pferdeställe, Hundezwinger, ein Tennisplatz, ein Swimmingpool, der wie ein natürlicher See angelegt war und schließlich der Helicopter-Platz.

Das war die Welt, in der Tara geboren und aufgewachsen war. Sie hatte nie etwas anderes gekannt, und so war der Reichtum, der sie umgab, immer etwas Selbstverständliches für sie gewesen, so selbstverständlich wie die Tatsache, daß der Besitz, der an Sunset Hill angrenzte, den Vanderbilts gehörte.

Daß die Vanderbilts bereits Multimillionäre waren, als die italienische Einwandererfamilie Calese noch Mühe hatte, ihre fünf Kinder satt zu kriegen – von denen Massimo der Jüngste war –, gehörte einer grauen Vorzeit an, über die sich das Vergessen gesenkt hatte. Wenn doch die Rede darauf kam, tat man in Sunset Hill so, als könnte man sich daran nicht mehr recht erinnern. In Massimo Caleses Augen erschien dann ein ratloser Ausdruck – was diesen Mann mit dem ehrlichen Gesicht noch ehrlicher aussehen ließ – und er murmelte: »Es ist so lange her. Die ersten zehn Jahre waren nicht einfach. Ich glaube, ich habe 21 Stunden am Tag gearbeitet. Ich hatte mir in den Kopf gesetzt, mit dreißig meine erste Million beisammen zu haben, und irgendwie hab' ich's geschafft. Danach ging alles von selber.« Die Story eines Mannes also, für den der vielgeträumte amerikanische Traum von Glück und Geld Wirklichkeit geworden war – nur leider behielt er die wahre Geschichte für sich und faßte sie mit einem ebenso vagen wie austauschbaren Satz zusammen: »Fleiß, Köpfchen und Glück, mehr braucht man nicht.«

Sonst war er alles andere als wortkarg. Eine Entenjagd konnte er so anschaulich schildern, daß man glaubte, das Knacken des Schilfs und das Hecheln der apportierenden Hunde zu hören. Und für Billardpartien reichte sein Gedächtnis viele Jahre zurück, und er hatte sogar den Punktestand gespeichert.

Massimo Calese war ein Unternehmer modernen Stils. Von seinem New Yorker Büro aus dirigierte er einen Konzern, zu dem Transportfirmen, Export-Impirtfirmen sowie eine Ladenkette mit mehr als tausend Niederlassungen gehörten. Bei der Führung des Unternehmens standen ihm zwei erwachsene Söhne aus erster Ehe zur Seite. Angelo Calese, der älteste, führte das Büro in Los Angeles; Ed Calese, der jüngere, der in Harvard Jura studiert hatte, war in New York die rechte Hand des Vaters.

Massimo Calese aber hatte noch andere Ambitionen. Da gab es das Calese Gestüt, das er in einer »Anwandlung von katastrophalem Leichtsinn«, wie er es nannte, für seinen jüngsten Sohn, Tony Calese, finanziert hatte. Das Gestüt lag eine halbe Stunde nördlich von Sunset Hill, und Tony betrieb dort die Aufzucht von Polo Ponies und von Vollblütern. Bisher hatte das Gestüt mit den hochgesteckten Zielen nur Geld verschlungen. Massimo trug das mit Fassung. Der Gewinn lag in diesem Fall woanders. Durch das Gestüt hatten sich ihm und seiner Familie gesellschaftliche Kreise geöffnet, die ihnen vorher verschlossen gewesen waren.

Ein anderes ambitiöses Unternehmen war die *Hudson River Stiftung*, die er mit einem Grundkapital von dreißig Millionen ins Leben gerufen hatte. Ziel dieser Stiftung war es, den Hudson River, der die Hauptschlagader Nordamerikas war, vor den Umweltschäden, die seiner Pflanzen- und Tierwelt drohten, zu retten.

Die Reaktion der Öffentlichkeit auf diese Stiftung war überwältigend gewesen, und Massimo Calese war über Nacht so etwas wie ein Medienstar geworden. Sogar die *Times* hatte Massimo Calese einen Leitartikel gewidmet und ihn *Retter des Hudson* getauft.

Und wieder einmal hatte das ungeschriebene Gesetz der amerikanischen Gesellschaft funktioniert. Der sogenannte Geldadel, für den Massimo Calese vorher nicht existiert hatte, nahm den Mann, der die

Hudson River Stiftung geschaffen hatte, mit offenen Armen auf und behandelte ihn, als hätte er schon immer dazu gehört.

Auch Tara war in den Sog dieser Entwicklung geraten. Vorher war sie für die Lehrer in der High School von Terrytown nur ein reiches Mädchen gewesen, das für Pferde mehr Interesse zeigte als für die Schule. Durch die Stiftung des Vaters sah man ihre Tierliebe plötzlich in einem anderen Licht, nämlich als angeborene Naturverbundenheit, und man war stolz, eine Calese als Schülerin zu haben. Die Mitschüler reagierten noch direkter. Tara Calese wurde das Mädchen, dessen Freundschaft alle suchten. Dieser Umschwung hatte Tara zunächst verwirrt, doch als auf ihrer Schulbank eines Tages ein Sticker klebte, *I love Calese,* hatte sie einen naiven Stolz empfunden, den Namen Calese zu tragen – eine Calese zu sein.

Wie sorglos hatte sie gelebt, wie unbeschwert. War es wirklich Tara gewesen, die alle Zeitungsberichte über den Vater ausgeschnitten und gesammelt hatte? War sie es wirklich, die in stillen Stunden am Schreibtisch gesessen und ihren Namenszug geübt hatte, um dem *Calese* mehr Schwung zu geben?

Sie wünschte, die Zeit wäre damals stehengeblieben, und sie hätte den Tag nie erlebt, an dem sie von einer Stunde zur anderen erkennen mußte, daß sie in einer Welt voller Illusionen gelebt hatte – daß ihr Vater nicht der Mann war, für den sie ihn gehalten hatte.